Droemer Knaur®

Gerald Messadié

Ein Mensch namens Jesus

Roman

Aus dem Französischen
übersetzt von Kirsten Ruhland

Michael v. Anne 89 . . .

Droemer Knaur

Seite 517
" 617
" 704

Für die Mitarbeit dankt
die Übersetzerin
Frau Maria Bumes und Frau
Christine Steffen.

CIP-Titelaufnahme der Deutschen Bibliothek

Messadié, Gerald:
Ein Mensch namens Jesus:
Roman / Gerald Messadié.
Aus dem Franz. übers. von Kirsten Ruhland. –
München: Droemer Knaur, 1989
ISBN 3-426-19256-X

Umschlaggestaltung: Adolf Bachmann
Satzarbeiten: IBV Satz- und Datentechnik GmbH, Berlin
Druck und Bindearbeiten: May & Co, Darmstadt
Printed in Germany
ISBN 3-426-19256-X

2 4 5 3 1

Erster Teil

Die Jahre in der Anonymität

II.

Ein Festmahl bei Herodes

An einem glühendheißen Sommernachmittag im siebenhundertfünfundvierzigsten Jahr nach der Gründung Roms* ruhte der Kapitän des römischen Handelsschiffes »Marsiana« im Schatten eines gestreiften Zeltes auf seinem Achterdeck, kaute Rauteblätter und schlürfte genüßlich Met, während sich sein Schiff im Hafen von Ostia vor Anker wiegte. Es hieß, die Blätter der Raute, einer aus Palästina importierten Heilpflanze, schützten vor Sonnenstich, doch jedermann wußte auch, daß der Genuß ihres Saftes zu Nachlässigkeit und enthemmter Stimmung verleitete. Der Kapitän fühlte sich eher angespannt, seit man ihm einige Tage zuvor offiziell zur Kenntnis gegeben hatte, daß die »Marsiana« requiriert worden sei, um einen Passagier höchsten Ranges zu befördern: einen kaiserlichen Legaten nämlich, Gaius Claudius Metellus. Der Kapitän mußte diesen Botschafter zum Hafen von Aschkelon in Palästina bringen, was bedeutete, daß er sich während der drei Wochen dauernden Überfahrt die kleinen Annehmlichkeiten seines Metiers verkneifen mußte: die bescheidenen Extraprofite und die Sauftouren bei den Zwischenlandungen ebenso wie die verschiedenen Möglichkeiten, hinter dem Rücken des Eigentümers der »Marsiana« mit Getreide zu handeln oder auch hier mit Wein, dort mit Glaswaren ein Geschäft zu machen.
Warum konnte dieser erlauchte Pinsel nicht an Bord einer der beiden Kriegsgaleeren reisen, welche die »Marsiana« zum Schutz gegen Piraten eskortieren sollten! Der Kapitän warf einen düsteren Blick auf die zwei schlanken, flachen, schwarz-gelb gestrichenen Schiffe, die mit ihrem gelben Segel in geringer Entfernung sacht dümpelten. Und obendrein verspätete sich der Legat auch noch!

* 8 vor der Zeitrechnung

»Wie muß ich ihn anreden?« kam der Erste Offizier fragen. »Exzellenz, oder wie?«
»Überhaupt nicht anreden wirst du ihn. Ich werde dich rufen, wenn er etwas braucht.«
Der Blick des Schiffsoffiziers schweifte über die Kais und blieb dann an den beiden Galeeren hängen, deren Oberdeck nur so wimmelte von kaum bekleideten Ruderern – achtundvierzig je Schiff –, die noch einmal frische Luft schnappten, bevor sie sich auf ihre Plätze begaben.
»Was soll eigentlich dieses ganze Theater?« fragte der Offizier.
»Ich hab's dir doch schon gesagt! Der gute Mann soll einen Volkszählungserlaß nach Palästina bringen. Um Geld geht's da. Jeder Jude muß ein paar Münzen ausspucken. Bisher hat Herodes, der König von Palästina, immer das Geld eingesteckt. Jetzt will Cäsar Augustus auch sein Teil davon. Um sicherzugehen, daß ihm keine üblen Streiche gespielt werden, trägt Augustus dick auf: einen Legaten, Galeeren und den ganzen Zirkus.«
»Viel Geld?« fragte der Offizier mit großen Augen.
»Ich habe mir sagen lassen, daß Herodes seine Untertanen, als er ihnen das letztemal die Taschen umgestülpt hat, um sechshundert Silbertalente* erleichtert haben soll.«
»Nicht von Pappe!« meinte der Schiffsoffizier. »Und was soll Herodes diesmal bleiben?«
»Der alte Fuchs verdankt dem Cäsaren seine Krone. Als alte Kumpel werden sie sich reinteilen. Vielleicht schiebt aber auch Cäsar Augustus alles ein, was weiß ich«, antwortete der Kapitän, während er eine Ladung grünen Schleims in hohem Bogen über Bord beförderte.
Der Schiffsoffizier ließ zum Zeitvertreib seine Fingerknöchel knacken.
»Warum hat er sich nur die ›Marsiana‹ ausgesucht?« fragte er.
»Keine Ahnung. Da ist er ja! Los, mach zu!«
Eine kleine Menschenansammlung hatte sich auf dem Kai eingefunden. Acht Sklaven setzten auf dem schmierigen Pflaster eine Sänfte ab. Ein junger Reiter sprang vom Pferd und eilte herbei, um den Vorhang zu heben und dem noch unsichtbaren Reisenden den Arm zu rei-

* ungefähr 250000 DM, doch unter Berücksichtigung der damaligen Kaufkraft wohl über tausendmal soviel

chen. Ein magerer Mann mit besorgtem Gesichtsausdruck ergriff den Arm und setzte zuerst einen Fuß auf den Boden, dann den anderen. Er klopfte mit der Hand seine Toga ab, streckte sich und nahm mit mißtrauischem Blick den bauchigen Schiffsrumpf der »Marsiana« in Augenschein. Ein purpurrotes Band funkelte am Saum seiner Toga, und sein silberweißes, kurzgeschnittenes Haar schimmerte in der Sonne. Der Kapitän eilte die Landebrücke hinunter, um seinen Passagier in Empfang zu nehmen, doch er wurde in seinem Diensteifer von den Galeerenkapitänen abgedrängt, die dem Legaten als erste ihre Referenz erwiesen.

Eine Stunde später waren der Legat, sein Sekretär sowie seine vier Sklaven an Bord der »Marsiana« untergebracht. Die Anker wurden gelichtet, und die Ruder begannen die Wellen zu durchpflügen, während man die Segel setzte. Metellus ließ sich mit einem reichlich unbehaglichen Gefühl unter dem gestreiften Zelt auf dem Achterdeck nieder. Er hatte nämlich Angst vor dem Meer, weil er zu viele Geschichten über entfesselte Stürme und Meeresungeheuer gehört hatte. Aus diesem Grund hatte er auch beschlossen, auf einem hochbordigen Schiff wie der »Marsiana« zu reisen, denn er dachte, daß ihn die acht Ellen hohe Bordwand dieses Schifftyps besser gegen gewaltige Brecher und glitschige Fangarme schützen würde als die flachen Decks der Galeeren.

Ein kaum behaglicheres Gefühl hatte Metellus hinsichtlich der zu erwartenden Reaktionen auf das Dekret, das er in der Tasche trug. Bei Hof hatte man ihn schon vor Herodes' Doppelzüngigkeit und der aufständischen Natur der Juden gewarnt. Noch nie hatte er einen Fuß nach Palästina gesetzt. Und er, der nicht mit der Wimper gezuckt hatte vor Rebellen wie den Rätiern oder Mösiern, für die ein Speer ein Speer war und ein Talent ein Talent, hegte Mißtrauen gegen die meisten Rassen, die östlich von Athen anzusiedeln waren: Asier, Galater, Bithynier, Syrier und was es dort sonst noch alles gab. Auch die so beruhigenden Bezeichnungen wie Reichs- oder Senatsprovinzen, die man ihren Gegenden verpaßt hatte, konnten daran nichts ändern. Die Erinnerung an ein Gespräch, das er einmal mit einem Partherfürsten, einem Priester obendrein, geführt hatte, rief in ihm noch jedesmal ein Gefühl von Bitterkeit und Bestürzung wach. Mit Schmuck behängt bis zum Bauchnabel, hatte dieser Kerl behauptet, daß alles, was man Wirklichkeit nenne, unwirklich sei und durch die Sinne verzerrt wahrgenommen werde. Aber ich bitte dich, Fürst, was täte man ohne die Sinne? hatte ihm der Legat entgegengehalten. Oh, gerade ohne sie, brachte der Parther vor, würde man endlich in die wirkliche Realität eintauchen.

Zu den Befürchtungen bezüglich des Meeres und des Morgenlandes, die er würdevoll vor seinem Sekretär verbarg, kam noch die Last einer gewissen Einsamkeit, der Untätigkeit, kurz: der Langeweile, dieses Grabes aller Gefühle. Die Aussicht, drei Wochen lang nichts als Wellen und Wolken zu betrachten, Fisch und Karotten in der Gesellschaft ungeschliffener Seeleute zu essen – das nimmt man nicht so ohne weiteres gelassen auf, auch nicht angesichts des Trostes der Vergilschen Verse, die ihm sein Sekretär im modrigen Halbdunkel der Kabine auf Wunsch vortragen würde.

So geschah es, daß der Legat sofort begriff, als der Kapitän am zweiten Tag vorsichtig, ja scheinheilig und auf dem Wege über den Sekretär verlauten ließ, daß er einem gewissen Kaufmann gerne erlaubt hätte, bei der nächsten Landung in Messina an Bord zu kommen, wäre da nicht die erlauchte Anwesenheit des kaiserlichen Gesandten. Dieser spielte den Großherzigen und erklärte, er wolle der Aufnahme eines weiteren Passagiers nach Aschkelon nicht im Wege stehen. Jegliche Gesellschaft war ihm willkommen, wenn sie nur den unerquicklichen und unheimlichen Berichten des Kapitäns über Schiffbrüche, Haie und Tiefseeungeheuer ein Ende bereitete. Die Erwartung eines neuen Passagiers ließ den Lagaten beinahe seine Seekrankheit vergessen, und er zählte die Tage bis Messina.

Er wurde nicht enttäuscht. Der Neuankömmling, der die Fünfzig und eine spiegelnde Vollglatze ansteuerte, war, obwohl eben nur ein Kaufmann, der Gesellschaft eines Legaten nicht unwürdig. An der Art, wie er seine Dankbarkeit darüber zum Ausdruck brachte, daß man ihn an Bord aufnahm, erkannte der Legat einen Mann mit langer militärischer Erfahrung. Er täuschte sich nicht: Unter Cäsar Augustus' Befehl hatte der Kaufmann als Offizier in Armenien gekämpft. Eine Stunde, nachdem er dem Legaten vorgestellt worden war, hatte der Kaufmann, während sie unter dem Schutz von zwei Legionären in einer Taverne gemeinsam speisten, genügend Selbstsicherheit gefunden, um aus diesen glorreichen Tagen zu erzählen. Er hatte jener ergreifenden Zeremonie beigewohnt, als Phraates IV., König der Parther, dem Cäsaren die Feldzeichen des Crassus und des Antonius zurückgab, da Augustus einwilligte, die parthische Unabhängigkeit zu respektieren.

»Das war vor zwölf Jahren!« seufzte der Kaufmann. Der Wein tat das Seine, und so konnte sich der Legat bald über die Entdeckung seines behelfsmäßigen Reisebegleiters glücklich schätzen. Er lud diesen ein, ihn in die Bäder zu begleiten, denn nach fünf Tagen auf See ohne Bad und Rasur empfand er das dringende Bedürfnis, sich zu erfrischen. Der Kaufmann bedankte sich. Er ahnte wohl, daß er diese Gunst seiner Unterhaltung zu verdanken hatte, und so plauderte er lebhaft weiter, während die beiden Männer im Tepidarium ihre Muskeln lockerten, um sich dann ins Kaltwasserbecken zu begeben. Erst als der afrikanische Masseur ihn mit aromatischen Ölen einrieb und der Barbier ihn rasierte, verstummte er.

Er sei, erzählte er, nur Kaufmann geworden, weil sein Schwiegervater, selbst seines Zeichens Kaufmann, seine drei Söhne in verschiedenen Kriegen verloren habe, wovon der letzte der Feldzug gegen die Pannonier gewesen sei, der im vorangegangenen Jahr beendet worden war. Der alte Mann habe verzweifelt nach einem vertrauenswürdigen Nachfolger gesucht, um wieder einen florierenden Handel aufzubauen. Und so sei es gekommen, daß er bei der Armee seinen Abschied eingereicht habe, um eine neue Laufbahn einzuschlagen. Zweimal im Jahr überquerte er das Mittelmeer in Richtung Orient, einmal im Sommer, das andere Mal im Herbst, um Gewürze, rohes und geschnitztes Elfenbein, Edelsteine, aber auch Nardenöl, Weihrauch, Myrrhe und Heilkräuter zu kaufen. Er kenne die Kyrenaika, Ägypten, Judäa, Syrien, Zypern und sei sogar bis Pergamon, Bithynien und zum Pontus vorgestoßen. Er spreche fließend Griechisch, Aramäisch, Ägyptisch und andere Sprachen.

Der Legat hatte Anzeichen von Interesse gezeigt, als der Kaufmann Judäa erwähnte. Diesem war das nicht entgangen. Er beklagte die überhebliche Starrsinnigkeit der Juden. Sie seien soviel weniger zivilisiert als die Römer! Sie verehrten, und zwar fanatisch, nur einen einzigen Gott, den sie Jahwe nannten, jedoch in unwürdiger Weise fürchteten. Es sei nahezu unmöglich, ihr Verhältnis zu diesem Gott zu erklären, so verschieden sei es zu dem Respekt, den die Römer ihrem

Jupiter oder die Griechen Zeus entgegenbrächten. Nein, das sei fast eine Familienangelegenheit: Für sie scheine dieser Gott wie ein Vater zu sein, der sich einzig und allein den Juden und ihrer Macht widmete. »Unser Jupiter«, meinte der Kaufmann, »bestimmt das Geschick aller Menschen. Aber dieser Jahwe ... Man könnte meinen, daß er all jenen, die nicht Juden sind, das Recht abspricht, sich zur Menschheit zu zählen.« Augustus und Antonius, fuhr der Kaufmann fort, hätten gut daran getan, einen so skrupellosen Mann wie Herodes zum König über die Juden zu machen.

»Ist denn Herodes wirklich ein skrupelloser Mann?« fragte der Legat sichtlich interessiert.

Dem Kaufmann wurde klar, daß die plötzliche Neugierde seines Gegenübers mit dem Grund seiner Reise zusammenhing. Umsicht war also geboten; gewisse Meinungsäußerungen konnten weitererzählt werden.

»Sprich ohne Furcht!« sagte der Legat. »Du erweist mir damit nur einen Dienst.«

»Herodes ist in der Tat ein skrupelloser König«, begann der Kaufmann. »Aber man muß auch hinzufügen, daß kaum ein anderer Mann fähig wäre, Ordnung in ein Land wie Palästina zu bringen. Die Juden lauern ständig auf eine Gelegenheit, ihn zu stürzen. Aber wenn ich sage ›die Juden‹, dann ist das ein sehr vager Begriff, da sie sich in mehr oder weniger gegensätzliche, aufrührerische Gruppen aufspalten. Da sind die Samariter, die Pharisäer und die Sadduzäer, die denselben Gott, wenn auch in unterschiedlichen Riten, verehren. Und unter ihnen, vor allem unter den Pharisäern, gibt es unterschiedliche Sekten, von denen jede ihre eigenen Ziele verfolgt ...«

»Und was wollen die Juden?« fragte der Legat.

»Die Herrschaft ihres größten Königs David wiederherstellen. Deshalb warten auch viele von ihnen auf einen neuen König, der sie mit Hilfe ihres Gottes Jahwe befreien soll. Sie nennen diesen zukünftigen König Messias.«

Der Legat grübelte über diese Auskunft nach. Man hatte ihm in Rom erzählt, Palästina sei ein unruhiges, bewegtes Land und der Volkszählungserlaß könne dort schlecht aufgenommen werden. Doch im Gespräch mit einem Kaufmann hatte er mehr erfahren, als ihm die angeblich so gut informierten Höflinge des Kaisers hatten erzählen können.

Es war Zeit geworden, wieder zum Schiff zurückzukehren. Sturmverheißende Windstöße fegten durch die Straßen und über den Hafen, peitschten die Wellen jenseits der Pier und preßten dem Legaten die Toga gegen die Beine. »Nur eine kleine Bö«, kommentierte der Kapitän, als er den kaiserlichen Gesandten wieder an Bord begrüßte. Dieser wagte ihm nicht zu widersprechen, um nur ja nicht unerfahren oder ängstlich zu wirken. Kurz nachdem sie den Hafen mit Kurs auf Kyrene verlassen hatten, wurden die Wellen dann allerdings doch immer höher. Der klobige Rumpf der »Marsiana« stampfte und rollte so stark, daß der Legat die Reling verlassen mußte, von der aus er beobachtet hatte, wie die Gischt die Decks der Galeeren auf beiden Seiten weiß umschäumte. Der Himmel, der zunächst klar geblieben war, überzog sich mit bleigrauen Wolken. Ein Blitz flammte, wie es schien, nur wenige Ellen von der Galeere zu ihrer Linken entfernt auf, und ein schwerer Regen verwandelte das Deck im Nu in eine glitschige Rutschbahn. Vornübergebeugt, mit wenig elegant auseinandergestemmten Beinen und an den Arm des Sekretärs geklammert, beeilte sich der Legat, sein Lager aufzusuchen. Als er sich hingelegt hatte, wurde er zunächst blaß, dann grün. Die Seekrankheit, zu der sich noch die Angst vor dem Ertrinken gesellte, setzte seinem Bemühen um eine würdevolle Haltung enge Grenzen. Er stöhnte.

Der Kaufmann eilte herbei. Er hatte einen Becher Wasser mitgebracht, den er dem Sekretär zu halten gab, während er aus dem voluminösen Lederbeutel, den er an der Hüfte hängen hatte, ein Elfenbeinkästchen hervorzog. Diesem entnahm er drei schwarze Kügelchen, kaum größer und appetitlicher als Kaninchenkot, und ließ sie den Legaten mit der Autorität eines Arztes schlucken. Die Verwirrung ließ bei jenem keinen Zweifel aufkommen, womöglich vergiftet zu werden. Er würgte die Kügelchen mitsamt dem Wasser hinunter und dämmerte schon wenig später friedlich vor sich hin. Sein Schnarchen machte in der Kabine bald dem Tosen des Meeres alle Konkurrenz.

Als der Legat erwachte, war es tiefe Nacht. Der Sturm war vorüber, und eine muntere Brise wiegte die »Marsiana« nun weitaus freundlicher. Der Sekretär schlief im Heck. Der Legat hatte Durst, er machte sich auf die Suche nach seinen Sklaven. Sie sollten ihm ein paar von den süßen Zitronen bringen, die er in Messina hatte kaufen lassen. Im

Laternenlicht reparierten einige Matrosen das viereckige Besansegel. Auf Backbord und Steuerbord säten die Lichter der Galeeren, als wollten sie Neptun ehren, goldglitzernde Pailletten aufs Meer. Während er seine süßen Zitronenstückchen kaute, erkannte der Legat in einer an die Reling gelehnten Gestalt den Kaufmann. In der Finsternis war schwer auszumachen, ob der Kaufmann seinen Mantel im Wind trocknete oder ob er die Sterne beobachtete. Der Legat gesellte sich zu ihm.

»Geht es dir besser, erhabener Metellus?« erkundigte sich der Kaufmann.

»Ja, in der Tat. Ich habe dir zu danken. Was war das für eine geheimnisvolle Arznei, die du mir eingegeben hast? Sie hat Wunder gewirkt.«

»Oh, nichts besonders Geheimnisvolles: etwas Ton und Nieswurz, eines der üblichen Mittel des Orients gegen die Übelkeit. Der Ton beruhigt den Magen, und die Nieswurz die Nerven.«

»Hast du gerade die Sterne beobachtet?« fragte der Legat. »Gehört zu eurem Metier auch das Lesen der Gestirne?«

»Nein, aber wenn man viel in diesen Regionen reist, kann man gar nicht umhin, sich mit der Astrologie vertraut zu machen.«

»Und was sagen die Sterne?« fragte der Legat freundlich.

»In Ägypten wurde mir gesagt, daß man in diesen Tagen nach wichtigen Zeichen am Himmel Ausschau halten solle. Eine lange Periode, die mehr als zweitausend Jahre gedauert hat, nähert sich ihrem Ende. Wir verlassen das Zeitalter des Widders, um in das der Fische überzuwechseln. Und dies müßte nach Meinung der Priester in Theben große Veränderungen mit sich bringen.«

»Große Veränderungen«, murmelte der Legat nachdenklich. Auch er glaubte an Zeichen und Vorboten. Er hob die Augen und sah nichts als ein silbriges Flimmern. Die Zeichen sollten erst einige Monate später kommen.

Als die »Marsiana« sich endlich Aschkelon näherte, kam es dem Legaten vor, als lebe er schon lange im Orient. Er empfand dem Kaufmann gegenüber Dankbarkeit und fragte ihn, ob er ihm mit der einen oder anderen Empfehlung dienlich sein könne. Der Kaufmann begriff sehr wohl, daß ihm auf höfliche Weise bedeutet wurde, er sei nun entlassen, und er antwortete, er fühle sich belohnt genug durch die Ehre, während der Überfahrt die Gesellschaft einer so bedeutenden Persönlichkeit geteilt zu haben. Selbstverständlich konnte sich ein Botschafter, der aus Rom kam, um sich mit einem König zu unterhalten, beim Verlassen des Schiffes nicht in Gesellschaft eines Kaufmanns zeigen. Und als der Garnisonchef, der über die Ankunft des kaiserlichen Gesandten unterrichtet worden war, herbeigeeilt kam, um diesem einen gebührenden Empfang zu bereiten, hatte sich der Kaufmann schon diskret zurückgezogen.

Der Legat machte sich unverzüglich auf den Weg nach Jerusalem, um dort Herodes den Großen zu treffen. Man hatte ihm angeboten, in einer Sänfte zu reisen, doch er hatte sich entschlossen, die Strecke zu Pferd zurückzulegen, was der Würde eines römischen Gesandten besser entsprach. In der Metropole mochte es angehen, daß sich die älteren Senatoren oder auch er in der Sänfte tragen ließen; im Ausland jedoch empfahl es sich, darauf zu achten, daß die Autorität des Kaiserreichs gebührend repräsentiert wurde.

Er und seine Eskorte schlugen die direkte Straße, der Küste entlang, nach Gaza ein, dann die Straße in Richtung Norden, die über Emmaus nach Jerusalem führte. Erst später sollte der Legat anläßlich eines privaten Besuches im Land begreifen, daß dies nicht der charakteristischste Teil Palästinas war, da er weder den ländlichen Charme des grünen Galiläa noch die metaphysische Faszination aufwies, die vom orientalischen Judäa ausgeht. Dort lösen sich die judäischen Berge im metallisch glitzernden Spiegel des Toten Meeres auf, und der Wind treibt Staubwolken vor sich her wie ganze Legionen Verwünschungen wispernder Geister. Und trotzdem erlag der Legat bereits hier dem Zauber des Ostens.

Er hatte eine recht ordentliche Bildung genossen, und so rief die öde Landschaft in ihm die Vorstellung von ehernen, ägyptischen Streitwagen wach, welche unter ohrenbetäubendem Getöse mit einem Regen von Pfeilen die Meder verfolgten. Auch das Bild anderer barbarischer Horden weckte die Landschaft, die im Westen und Süden unweit der fruchtbaren Ufer des Nils eingefallen waren. Wilde, die einem unbestimmten Traum von Überfluß nachjagten und deren primitive Waffen in der mörderischen Sonne blitzten. Er kannte die Namen dieser Volksstämme nicht, er sah nur die gegerbte Haut dieser Männer vor sich, ihre sehnigen Muskeln, ihre vorstehenden Rippen ... Er frö-

stelte und legte die Hand an den Griff seines Säbels, als wolle er sich auf die Feinde der römischen Zivilisation, ihre Gesetze und Ordnung stürzen. Wie gut doch, dachte er bei sich, daß das Imperium seinen gewaltigen Schatten auf diese Regionen wirft. Je weiter diese Dämonen zurückgedrängt werden, desto besser.
Diese Dämonen, verwunderte sich der Legat. Nun lasse ich mich schon dazu hinreißen, an Dämonen zu denken! Einem Römer war der Gedanke an Dämonen völlig unvertraut. Die einzige Vorstellung, die sich ein Bürger des Römischen Reiches von bösen und teuflischen Wesen machen konnte, war die von Lemuren, aus dem Dunkel aufgestiegener Larven, die in die Häuser gottloser Menschen einfielen. Aber Dämonen! Der Legat mußte über seine Entgleisung lächeln und konzentrierte sich wie zu seiner Beruhigung auf das harte Klappern der Hufe seines Pferdes. Doch trotz der klaren Luft und des blendenden Lichts muß unmerklich irgendeine giftige Ausdünstung vom Boden dieses Landes ausgehen, dachte er bei sich. Es ging ihm nämlich erneut durch den Kopf, daß Dämonen im Grunde genommen keine so unwahrscheinliche Form des Übernatürlichen waren. Brachte nicht jedes Land wie seine ihm eigenen Bäume und Tiere auch seine ihm eigenen Geister hervor?
»Reich mir die Feldflasche!« sagte er zu seinem Sekretär.
Er fühlte sich wie ausgedörrt und fragte sich, ob die Sonne des Orients nicht allmählich heimtückisch sein Gehirn angriff. Wie dem auch sei, dachte er, amüsiert über seine fixe Idee, es fällt schwer, sich vorzustellen, daß Jupiter auch über dieses Land herrscht. Jupiter regiert nur zivilisierte Menschen in Städten wie Rom und in fruchtbaren Regionen wie Kampanien. Aber hier? Nichts deutete auf seine Macht hin, noch auf die Apollos, Merkurs, Junos oder Minervas. Beherrschte also eine andere Macht diese ausgetrockneten Regionen? Er trank aus der Feldflasche, ohne sie an die Lippen zu setzen. All diese Gedanken führten nirgendwohin; er tat wohl besser daran, sich auf seine Begegnung mit Herodes dem Großen vorzubereiten und seine Amtsautorität, mit der man ihn belehnt hatte, zu demonstrieren. Diese Begegnung war für den übernächsten Tag angesetzt.
Der Legat hatte erwartet, einen Provinztyrannen und ungehobelten Rüpel vorzufinden; daher hatte er sich von vornherein auf eine hochmütige Miene verlassen. Überrascht mußte er erkennen, daß er einem

König gegenübertreten sollte. Doch dies war nicht sofort zu erkennen. Er wurde an den Toren Jerusalems von einer militärischen Ehrenformation empfangen, die er auf ungefähr hundert Mann schätzte und der er zugestehen mußte, daß sie im Hinblick auf die Waffen wie auch ihr tadelloses Auftreten in nichts den Römern nachstand. Zum großen Erstaunen des Sekretärs schimmerte unter manchem Helm blondes Haar hervor, der Legat aber erinnerte sich, daß Cäsar Augustus persönlich dem Potentaten vierhundert gallische Gardisten zum Geschenk gemacht hatte. An die dreißig Mann von ihnen waren der Ehrenformation beigeordnet worden, sicherlich um dem Legaten Metellus in Erinnerung zu rufen, daß die kaiserliche Gunst dem Osten bereits lange vor seiner Ankunft zuteil geworden war und daß er alles in allem doch nur ein Gesandter war. Und die orientalischen Soldaten, welche den Großteil der Formation bildeten, schienen umgekehrt nicht sonderlich beeindruckt von den zwanzig römischen Legionären zu sein, denen man in Aschkelon Pferde geliehen hatte. Doch sei auch bemerkt, daß die Italer durch die Seereise einiges von ihrer herrschaftlichen Ausstrahlung eingebüßt hatten.

Die Empfangsrede des Kommandanten der Abordnung, in ausgezeichnetem Latein gehalten, war vollendet höflich und kurz gefaßt. König Herodes der Große fühle sich geehrt durch den Besuch eines Gesandten seines mächtigen Freundes Cäsar Augustus und heiße ihn herzlich willkommen. Der erlauchte Besucher möge in dem für seine Zwecke eingerichteten Palast ein wenig ausspannen und dann dem König die Ehre erweisen, noch am selben Abend im königlichen Palast mit ihm zu speisen.

Nach ein paar Worten des Dankes brauchte man sich nur noch auf den Weg zu machen. »Vortrefflich!« mußte der Legat seinem Sekretär gestehen. »Uns ist wohl ein Kurier von Aschkelon aus vorangeeilt, um den König zu benachrichtigen. Auf diese Weise haben sie diesen Empfang einrichten können. Man ist gut organisiert in diesem Land.«

Gleich nachdem sie das Tor der Pferde passiert hatten, bogen sie in ein Labyrinth von Straßen ein. Hie und da wurden sie im Vorbeireiten mit, wie es dem Legaten schien, recht kalten Blicken bedacht. Wenig später blieben die Reiter, die die Führung übernommen hatten, vor einem großen Portal stehen, und der Legat begriff, daß sie am Ziel angekommen waren. Der Kommandant erklärte ihm, daß man ihm sein

Quartier im hasmonäischen Palast eingerichtet habe. Der König habe dort lange Zeit gewohnt, bevor er eine andere Residenz habe bauen lassen. Der Legat saß ab, der Kommandant zog sich zurück, und ein Haushofmeister, gefolgt von einer Heerschar Diener und schwarzer Sklaven, löste ihn in seiner Aufgabe ab und führte den Römer in seine Gemächer; es waren die persönlichen Räume des Königs selbst.
»Das Bauwerk, das du durchs Fenster dort drüben siehst, erhabener Metellus, ist der Tempel, den unser erlauchter König wiederaufbauen hat lassen«, erklärte der Haushofmeister auf lateinisch. »Auf deinen Wunsch hin wird dir jederzeit ein Bad bereitet werden.« Dabei wies er auf ein paar schwarze Sklaven. Man ließ den Legaten nun allein mit seinem Sekretär, der ehrfürchtig mit der Hand über die Marmormosaiken strich. Die beiden sahen sich kopfschüttelnd an.
»Abgesandte des Kaisers werden fürstlich empfangen«, meinte der Sekretär.
»Und wie wird erst das Essen mit Herodes aussehen!« gab der Legat zurück.
Er verlangte nach seinem Bad. Keine halbe Stunde später kündigten ihm nach Sandelholz duftende Dampfschwaden an, daß es fertig sei. In Gedanken versunken, ließ er sich unter dem geröteten Blick der Sklaven in das Alabasterbecken gleiten.

»Gib folgendes an die Legionäre weiter: Daß sie mir ja nicht mehr als einen Becher Wein im Verlauf des Abends trinken! Man weiß schließlich nie.«
Der Sekretär sprang die Treppen hinab, um den Befehl zu überbringen. Gesalbt, massiert und für seinen Geschmack ein wenig zu stark parfümiert, sah der Legat mit kritischem Blick auf seine Stiefel aus weißem Ziegenleder hinunter, prüfte die Agraffe und den Faltenwurf seiner Toga und wanderte dann, in der Erwartung, daß man ihn holen komme, unruhig im Raum auf und ab. Jemand klopfte an die Tür; es war der Haushofmeister, hinter sich eine Heerschar von orientalisch gekleideten Kammerdienern, Höflingen und gallischen Gardisten. Sie bildeten einen Geleitzug für die wenigen Schritte, die den Palast der Hasmonäer vom Neuen Palast trennten.
Fackelschein ließ ringsum alles rot erglühen, tauchte die hohen Mauern und die vier Türme in fahles Ocker und warf goldene Funken auf

Waffen und Rüstungen der Wachsoldaten, die in Reih und Glied vor dem Portal postiert waren. Im ersten Saal, in dem vier eines Titans würdige Feuerbecken wohlriechenden Rauch verströmten, standen schwarze Wachsoldaten von athletischer Statur, die Lanze in der Faust und den Blick in unbestimmte Ferne gerichtet. Im nächsten Saal waren es dann Juden und Gallier, die sich auf den Stufen einer Treppe gedrängt aufgereiht hatten. Zwei Jünglinge hoben einen schweren Vorhang, Zimbeln ertönten, und endlich stand der Legat Herodes gegenüber.

Er sah einen Mann vor sich, der es gewohnt war, Angst einzuflößen: die fahle Gesichtsfarbe, der kantige Unterkiefer, die fetten, schweren Gesichtsfalten, lange schwarze Haare, vor allem aber diese dunklen, von Ringen umschatteten Augen, die schwarzen, in empfindliche und nahezu violette Hautsäcke gefaßten Achaten glichen, dies alles verlieh Herodes die Ähnlichkeit mit einer Eidechse. Er lächelte, doch die Falten, die sich zwischen Nasenflügeln und Mundwinkeln dabei abzeichneten, drückten weder Freude noch Milde aus. Er öffnete seine Arme zum Zeichen des Willkommens, doch sie waren stark genug, um einen Mann zu erdrücken. Er trat einen Schritt vor, einen einzigen nur, die übrige Distanz mußte der Legat zurücklegen. Dann eine kräftige und wiederholte Umarmung. Der Legat begriff sofort, daß er sich hier auf fremdem Boden befand. Er war lediglich der Überbringer einer Botschaft. Dieser Mann war ein Freund Roms, aber er war auch der Herrscher über die Sieben Provinzen – Judäa, Samarien, Galiläa, Peräa, Trachonitis, Batanäa und Auranitis – und bestimmt nicht einer jener Soldaten, die das Glück oder ein gutes Schwert, vielleicht auch die Gunst eines senilen Despoten unvermutet von der Bohnensuppe des gemeinen Söldners zum gefüllten Wildbret und zur Krone emporgehoben hatte, sondern der Sohn eines idumäischen Fürsten und einer arabischen Prinzessin. In seinen Venen und Arterien, die zu durchtrennen noch niemandem gelungen war, pulsierte sehr wohl königliches Blut, auch wenn Herodes, wie der Kaufmann auf dem Schiff erklärt hatte, nicht als legitimer König der Juden erachtet wurde. Und er war kein untätiger Fürst, hatte er sich doch nach und nach die Parther, die Araber und dann auch die Juden untertan gemacht. Der Legat begriff, weshalb der Kaiser eine so hohe Meinung von Herodes hatte; Augustus wußte einen echten König zu erkennen. Da er auch auf Details zu achten gewohnt war, warf der Legat einen verstohlenen Blick auf die Kleidung des Königs: Er war der Mühe wert. Ein purpurrotes, mit Gold und Silber besticktes Gewand, das in der Hüfte durch einen breiten, aus Gold geflochtenen und mit Edelsteinen besetzen Gürtel gehalten wurde, umhüllte großzügig die etwas beleibte Fülle des Monarchen. Ein runder Smaragd von der Größe einer Kirsche funkelte an einem Finger, ein Rubin derselben Größe an einem der anderen Hand. Die schwarzen Ziegenlederstiefel waren ebenfalls golddurchwirkt. Bei zahlreichen Stammesfürsten, denen der Legat begegnet war, hatte ein solches Übermaß an Schmuck und Putz nur deren Mangel an Selbstbewußtsein verraten. Bei Herodes war dies kein Übermaß, sondern nahezu betonte Unverschämtheit. Von irgendwoher erklang Flötenmusik; hinter einem der Vorhänge mußte sich wohl ein Spieler verbergen. Unmittelbar vor den bereitgestellten Tischen ließ sich Herodes auf der mittleren Liege nieder, und er lud den Legaten ein, auf der Liege zu seiner Rechten Platz zu nehmen. Sie haben also, dachte der Legat bei sich, die Eßgewohnheiten von uns Römern angenommen. Kämmerlinge geleiteten die Leute der Eskorte an ihre Plätze.

Der Wein wurde serviert, jedoch nicht in Bechern, sondern in goldenen griechischen Rhyta, trinkhornähnlichen Gefäßen in Form von Widderhörnern. Natürlich wurde Herodes zuerst bedient, doch er schien gar keine Notiz davon nehmen zu wollen, solange nicht ein Sklave hinter ihm aus dem Gefäß gekostet hatte. Jedermann wartete, bis der König den ersten Schluck tat. Endlich hob Herodes sein Rhyton, prostete dem Legaten zu und trank. Der Gesandte kostete das Getränk, das er vollmundig und lieblich fand und dem Gewürznelken beigesetzt waren. Er bat, es ihm mit Wasser zu mischen. Unterdessen hatte die musikalische Untermalung an Klangfülle zugenommen, doch gerade nur soviel, um Herodes' Unterhaltung mit seinem Gast zu überdecken: Wie des Cäsars Befinden sei? Welches seine jüngsten Siege gewesen seien? Ob der Legat eine angenehme Überfahrt gehabt habe? Und was denn nun der werte Grund seines Besuches sei?

»Ich bin gekommen, um dir, König Herodes, den Volkszählungserlaß zu unterbreiten, den Cäsar Augustus in deinem Königreich ins Werk gesetzt zu sehen wünscht.«

Kaum daß Herodes auch nur mit der Wimper zuckte, während er

fortgesetzt lächelte. Immerhin, von nun an würde er seinen Steuerertrag mit dem Kaiser zu teilen haben. Aber wird er das auch tatsächlich tun? fragte sich der Legat.
»Des Cäsars Wunsch wird mir Befehl sein«, meinte Herodes.
Man hatte begonnen, die Speisen aufzutragen. Zunächst kamen gefüllte Rebhühner in Granatapfelsaft, dann Langusten- und Olivenspießchen, gefolgt von in Honig gegarten Zitronenschalen, um zwischen den Gängen den Geschmack zu neutralisieren. Nun gab es in Öl gebratene Seezungen mit Sauerrahm, Zwiebeln und gehackter Petersilie, gekochte Entenbrüstchen mit Feigen in Weinsoße, anschließend Johannisbrotsaft, um wiederum den Gaumen zu erfrischen, und weiter ging es mit Lammbraten, der mit Wurzelstockstückchen des Aronstabs garniert und mit Hilfe von Schalotten und einer Safransoße pikant gemacht war, außerdem Zichoriensalat, mit Olivenöl, Knoblauch und Salz angemacht, und schließlich Honigbrot, dazu Sahne, Mandel- und Dattelgelee, allerlei Backwerk sowie frische Trauben.
»Ich hatte gehofft, dir gefüllte Wachteln mit Nachtigallenzungen anbieten zu können«, sagte Herodes, »doch unglücklicherweise haben wir noch nicht die rechte Jahreszeit für Nachtigallen.«
Der Legat murmelte ein verlegenes Kompliment; das Mahl war ohnehin exotisch genug, um Stoff für mehr als eine Unterhaltung abzugeben, wenn er erst einmal wieder zurück in Rom war.
»Ich habe mir sagen lassen, daß die römischen Soldaten enthaltsam leben. Daher habe ich angeordnet, daß man ihnen nur die halbe Ration serviert«, meinte Herodes obenhin.
Diese Autoritätsbekundung war denn doch ein starkes Stück. Der Legat, der gerade begann, mit Mühe aufzutauen, erstarrte in übellaunigem Schweigen. Trotzdem besänftigten bereits die erste Bissen – Langusten und Oliven in Zitronensaft – unmerklich seinen Unmut. Als er in den ersten Rebhuhnschenkel biß und die knusprige und hauchdünne Haut genoß, das rosa Fleisch von geradezu sündhafter Zartheit und die leicht süßsaure Granatapfelsoße mit grünem Pfeffer, begann er wieder dahinzuschmelzen. Er lächelte selbstzufrieden und verlangte nach neuem Wein. Als hätten sie nur auf dieses Zeichen der Anerkennung gewartet, erhoben jetzt erst seine Leibwachen am anderen Ende des Saales ihre Stimmen, und auch die Musik schwoll an. Herodes mußte sich ein Lächeln verbeißen: Der Römer war schneller

umzustimmen, als er gedacht hatte; der Augenblick war günstig, um eine Attacke vorzunehmen, bevor der Botschafter vollständig dahinschmolz und beim Genuß des Weines seine Zurechnungsfähigkeit verlor. Man würde an Rom Geld abgeben müssen, daran war nicht mehr zu rütteln, doch diesen Leuten mußte zu verstehen gegeben werden, daß sie, wäre er nicht Herodes, keinen müden Sesterz vom Orient zu erwarten hätten. Der Monarch erkundigte sich liebenswürdig, ob sein ehrenwerter Gast mittlerweile über eine klare Vorstellung der Situation in Palästina verfüge.

»Nun, wenn ich glaube, etwas begriffen zu haben, so, daß du, erhabener Herodes, vollkommen Herr der Situation bist. Doch ich würde gerne wissen, warum eigentlich gerade dieses Land so rebellisch zu sein scheint. Man hat mir dies und das über die Juden erzählt, aber ich muß gestehen, daß ich mich außerstande sehe zu verstehen, weshalb dein Volk in so viele aufrührerische und rivalisierende Parteien aufgespalten ist. Ich habe schon einiges erlebt an Zwistigkeiten in den fernen Provinzen Roms, doch die herrschten stets zwischen Stämmen, die keine Verwandtschaft miteinander verband. Außerdem ging es dort um ganz offensichtlich materielle Belange: fruchtbares Land, Städte oder Kriegsbeute. Hier aber sehe ich kaum ein Motiv für die ständigen Revolten, von denen man mir berichtet hat.«

»Ach?« antwortete Herodes. »Vielleicht deshalb, weil die Römer eine bessere Meinung von den Juden haben als die Juden von sich selbst. Ich meine, die Römer glauben noch an die Existenz einer jüdischen Nation, während die Juden wissen, daß dies eine Fiktion ist.«

Der Legat war gerade unfähig, auch nur eine Silbe zu artikulieren; er hatte den Mund voll mit Rebhuhnfleisch und strahlte vor Gaumenwonne.

»Du mußt wissen«, fuhr Herodes fort, »seit dem Beginn des Niedergangs von Davids großem Königreich vor acht Jahrhunderten haben sich die Juden auseinandergelebt. Nimm die Samariter, zum Beispiel. Sie behaupten, aus den Zehn Stämmen hervorgegangen zu sein, das heißt, sie erheben den Anspruch, als echte Hebräer zu gelten, sowohl bezüglich des Blutes als auch des Glaubens und ihrer Bräuche. Dieser Anspruch jedoch steht im völligen Widerspruch zu einem der Heiligen Bücher, dem Buch der Könige, demzufolge sie in Massen nach Assyrien verschleppt wurden und ihre ursprüngliche Eigenart dort in heidnischen Verbindungen verloren. Allein dies wäre bereits ein gewichtiger Grund für Zwiste mit den übrigen Juden. Hinzu kommt aber, daß die Samariter auch behaupten, ein anderes Heiliges Buch, das ›Deuteronomium‹, sei falsch, weil es den von Gott auserwählten Ort auf dem Berge Zion ansetzt, während es sich doch, ihrer Ansicht nach, um den unweit von dort gelegenen Berg Garizim gehandelt habe ...«

Der Legat, der nicht die geringste Ahnung hatte, was das Buch der Könige oder das »Deuteronomium« war, nickte interessiert, während er seine Finger in eine Schale mit lauwarmem und parfümiertem Wasser tauchte. Dann trank er einen Schluck Wein und stellte fest, daß man die Weinsorte gewechselt hatte. Der erste war leicht und kühl gewesen, dieser hier nun war temperiert und schwerer; es war ein Muskateller, hergestellt aus der Traubensorte, die man »phönizische Datteln« nannte.

»Im übrigen«, fuhr Herodes fort, »verfechten die Samariter den Standpunkt, daß der Altar Gottes nicht auf dem Berg Ebal hätte errichtet werden dürfen, wie es die übrigen Juden wollten, sondern vielmehr auf dem Berg Garizim. Sie sind derart fanatisch«, sagte er und hob dabei die Augenbrauen, »daß sie sowohl die ehemals heilige Stätte in Schilo wie auch den großen Tempel, dessen Wiederaufbau ich vor mehreren Jahren begonnen habe, schlicht und einfach für heidnisch erklären.«

»Wie töricht!« rief der Legat, während er auf einer Zitronenschale kaute.

»Ja, töricht. Und jetzt sind sie sich spinnefeind mit den anderen Juden, die sich nur noch selten in ihre Provinz vorwagen und sich mit kaum geringerem Widerwillen unter sie mischen als diese unter die übrigen Juden.«

»Wie konnte es geschehen, daß Juden anderen Juden gegenüber so feindselig werden konnten?« fragte der Legat, während er sich von den Seezungenfilets nahm und sie unter einer großzügigen Sahneschicht verschwinden ließ.

»Es scheint, der Zwist begann bei der Gründung der Samariter-Sekte vor fast neunhundert Jahren. Omri, der König des Nordreichs Israels – das Südreich stellte Judäa mit Jerusalem als Hauptstadt dar –, kaufte damals einem Mann namens Schemer einen Hügel für zwei Silberta-

lente ab. Omri ließ dort eine Stadt bauen, aus der er seine Hauptstadt machte, und das war Samaria. Von diesem Zeitpunkt an zeichneten sich die Eigenheiten der Samariter rasch deutlich ab. Omris Sohn Ahab heiratete eine fremdländische Prinzessin, die Phönizierin Jezabel, und führte durch sie den Baal-Kult und andere phönizische Gottheiten ein. Nahezu gleichzeitig aber baute er einen jüdischen Tempel. Das war nicht nur widersprüchlich, das war Gotteslästerung, und die übrigen Juden schrien unter der Führung des Propheten Elias nach Rache. Die Dynastie der Omriden wurde im übrigen in der Folge ausgelöscht. Ein Bote des Propheten Elias setzte einen neuen König ein: Jehu. Kannst du mir folgen?«
»Ausgezeichnet, erhabener Herodes.«
»Wie findest du diesen Wein?«
»Die Götter könnten sich keinen besseren wünschen.«
»Ein einziger Gott wäre genug, danke. Ich werde dir davon in den Palast bringen lassen. Sind eure Soldaten an den Genuß von Wein gewöhnt?« fragte Herodes.
Der Legat warf einen Blick auf seine Leibwachen und runzelte die Augenbrauen; das Limit des einen erlaubten Bechers hatten sie gewiß überschritten.
»Ich halte es für geraten, sie einstweilen etwas kürzerzuhalten«, meinte er. Nachdem Herodes diesbezügliche Anordnungen erteilt hatte, fragte der Legat weiter: »Und die Samariter?«
»Die Samariter? Ach ja, die waren von den Propheten besiegt worden.«
»Was ist eigentlich ein Prophet?«
Herodes murmelte auf hebräisch eine bissig-ironische Bemerkung und sagte laut: »Was ein Prophet ist? Ein Mensch, der von den göttlichen Eingebungen beseelt ist und die anderen anführt. Nun gut, Friede, wenn nicht gar Zufriedenheit, hätte in Samaria wieder einkehren können. Das Israel getaufte Nordreich wurde von einer Dynastie regiert, deren Gründung auf einen großen Propheten zurückging. Alles hätte reibungslos verlaufen können. Aber nein, zwei andere Propheten, Amos und Hosea, begannen voll apokalyptischer Wut lauthals zu predigen, daß Israels Untergang nahe sei. Sicher bewiesen sie einen guten Sinn für die politische Lage, denn Israel fiel in der Tat nach einer dreijährigen Belagerung durch den Assyrerkönig Syr-

gon II. Nach dieser Belagerung geschah es, daß die Samariter nach Medien und Mesopotamien verschleppt wurden und in ihrem eigenen Land durch die Bevölkerung der heidnischen Stadt Cutha ersetzt wurden, weswegen sie nun von den Juden als Bastarde angesehen werden.«

Herodes versah seinen Teller mit einer reichlichen Portion Entenbrüstchen und Feigen; der Legat folgte seinem Beispiel. Beide leerten ihre Rhyta, die sofort wieder gefüllt wurden.

»Doch du selbst, Herodes, du verachtest Samaria nicht, wenn ich recht verstehe. Hast du die Stadt nicht schließlich zu deiner Hauptstadt auserwählt?«

»Du willst sagen, Sebaste, wie wir sie heute nennen. Ja, ich mag das Klima, und deshalb lasse ich die Stadt wieder neu errichten. Ich kann nicht behaupten, daß dies der Sache der Samariter sonderlich dienlich gewesen wäre. Jetzt sind die anderen Juden auch noch eifersüchtig auf sie.«

»Und wer sind diese anderen Juden?«

»Zunächst haben wir da die Pharisäer. Ich bin mir nicht sicher, ob sie tatsächlich im Ursprung Juden gewesen sind. Es gibt Philosophen am Hofe, die das Gegenteil sagen«, erzählte Herodes mit einem gewaltigen Bissen im Mund. »Die Bezeichnung Pharisäer leitet sich ab von Parsi, das heißt Einwohner Persiens. Und tatsächlich sind sie die einzigen unter den Juden, die mit den Persern eine gewisse Vorstellung von einem mit Engeln bevölkerten Himmel gemein haben. Ebenso wie die Perser haben sie die Engel in eine ziemlich komplexe Hierarchie von Erzengeln, Cherubinen und Seraphimen eingeordnet, was Samariter und Sadduzäer gleichermaßen verächtlich verwerfen.«

»Engel?« wiederholte der Legat rülpsend.

»Ja, Engel. Überirdische Wesen in der Gestalt von Menschen, doch vermutlich geschlechtslos. Auf dem Rücken haben sie Flügel«, erklärte Herodes. »Jedenfalls gelten die Pharisäer jetzt ganz und gar als Juden. Sie behaupten sogar, einen besonderen Platz unter den Juden einzunehmen. Erstens betrachten sie sich als die einzigen, die treu am Gesetz Moses' festhalten. Und zweitens erheben sie Anspruch auf die Rolle der direkten Übermittler des Gesprochenen Gesetzes des Propheten Esra und der Priester des ersten Tempels ... Ich lese in deinen Augen, daß du nicht weißt, was das Gesprochene Gesetz und das Geschriebene Gesetz ist.«

»Du liest ganz richtig«, gestand der Legat, während er auf der Liege eine der Verdauung förderliche Haltung suchte.
»Das Geschriebene Gesetz, das wir auch das Gesetz Moses' nennen, ist in einem unserer ältesten Bücher, dem ›Deuteronomium‹, enthalten. Es gibt jedem Juden genaue Anweisungen darüber, was man in allen möglichen Situationen des Lebens zu tun hat. Allerdings ist das Leben, was auch die Römer sehr wohl wissen, immer unvorhersehbar. Zum Beispiel verfügt das ›Deuteronomium‹, daß ›ein einziger Zeuge nicht genügt, um einen Menschen, gleichgültig welchen Verbrechens oder welcher Sünde, zu beschuldigen: Die Anklage muß sich auf die Aussage zweier oder dreier Zeugen stützen‹, was zur Vermeidung von Verleumdung und von zweifelhaften Prozessen erheblich beiträgt. Doch stell dir vor: Einer der beiden Zeugen stirbt, bevor er ausgesagt hat. Was dann? Den Schuldigen unbestraft lassen? Und gerade in solchen Fällen ist das Gesprochene Gesetz von Nutzen.«
Frischer Granatapfelsaft wurde serviert. »Probier davon!« sagte Herodes. »Das hilft der Verdauung.« In einem Zug leerte er seinen Kelch, und der Legat tat es ihm nach. Dann wurde dem König und seinem Gast das gebratene Lamm auf einem riesigen silbernen Tablett präsentiert. Der Römer seufzte, als ihm der Duft von Safran und Schalotten in die Nase stieg. Er war schläfrig, er hatte viel mehr gegessen, als er gewohnt war, und auch zu üppige Gerichte im Verhältnis zu seiner eher spartanischen Gewohnheit. Eigentlich wäre es angebracht gewesen, jetzt beim Lamm einen Riegel vorzuschieben; und doch, er hielt es nicht für nötig, sich bei einer so ungeeigneten Gelegenheit Willensstärke abzuverlangen. Schließlich war er ja Gast eines Königs, und das kam nicht alle Tage vor. Also nahm er sich vom Lamm und auch von den Aronstabwurzeln, die ihn lockten. Und was das wohl für schwarze, nagelähnliche Stückchen im Fleisch waren? Ah, Gewürznelken! Diese seltenen Gewürznelken! Und jene kleinen schwarzen Körner in der Soße? »Wacholderbeeren«, erklärte Herodes. Der Legat schwelgte im erlesenen Gefühl von Macht und dekadentem Wohlleben, so erlesen wie diese Gewürze, welche die Schmackhaftigkeit der Speisen steigerten. Mit der freudigen Erregung eines jungen Mannes, der zum erstenmal die Brüste einer Frau berührt, griff er nach einer Aronstabwurzel. Auch ein wenig über den Durst hatte er getrunken; er strahlte rundherum vor Glück und Zufriedenheit. Das Wur-

zelstück zerging ihm auf der Zunge und verströmte die scharfe Süße wilder Zwiebeln, kombiniert mit der delikaten Herbheit der Wacholderbeeren. Zum Teufel mit den Juden!

»Die Pharisäer«, sagte Herodes, unterbrach sich aber, um sich eine Faser Lammfleisch aus den Backenzähnen zu fischen, »die Pharisäer also sind in erster Linie eine Kaste von Schriftgelehrten. Sie sind die Spezialisten in der Interpretation der beiden Gesetze, und da diese Gesetze die Pfeiler des jüdischen Glaubens bilden, sehen sich die Pharisäer als Hüter der jüdischen Nation. Leider«, fügte Herodes in bedrohlichem Ton hinzu, »mischen sie sich auch in die Politik ein. Eine ganz und gar beklagenswerte Neigung.«

Diese Worte weckten fern im Gedächtnis des Legaten schlummernde Erinnerungen. Er wandte dem Gastgeber seinen feuchten Blick zu und bemühte sich, seinen Stirnfalten einen gestrengen Ausdruck zu verleihen.

»So hatten sie beispielsweise die Unverschämtheit«, fuhr Herodes fort, indem er sein Gewicht verlagerte und mit königlicher Selbstsicherheit seine Genitalien in eine bequemere Lage brachte, »dreimal hintereinander Delegationen nach Rom zu schicken, um Markus Antonius – dem Himmel sei Dank, vergeblich – zu bitten, mich abzusetzen!«

Der Legat tat empört, als verschlage ihm das den Atem, und wäre tatsächlich beinahe dabei erstickt. »Bring sie um!« rief er aus.

»Ich kann sie natürlich nicht alle töten lassen, weil das Volk zu ihnen hält, obwohl die Pharisäer im Ruf stehen, Meister der Pflichtvergessenheit zu sein und auch der Kunst, schlechtabgewogene Scheffel als volle zu verkaufen. Doch hie und da ein paar Kreuzigungen, das hält sie schon unter Kontrolle. Sie können ja auch nützlich sein, denn im Grunde genommen stellen sie die Elite des jüdischen Volkes: Kaufleute, Philosophen und natürlich Schriftgelehrte. Dem Himmel sei Dank, daß ihr Einfluß auf den Sanhedrin, unseren Gerichtshof für religiöse Belange, durch die Sadduzäer in Schach gehalten wird.«

Dem Legaten fiel auf, daß der König innerhalb weniger Augenblicke zweimal den Himmel angerufen hatte. Er wollte sich gerade fragen, welcher jüdischen Kaste wohl der König der Juden angehörte, als ihm einfiel, daß der König gar kein Jude war.

»Diese Hunde! Sie mögen mich nicht!« rief Herodes. »Nun gut, schlim-

mer aber ist: Ich mag sie nicht. Diese verfluchten Intriganten, die Verschwörungen anzetteln und unter meinen und deinen Füßen, Metellus, raffinierte Intrigen spinnen.«
Der Legat, mittlerweile völlig vom Alkohol benebelt, lächelte den König trunken und verständnislos an.
»Aber ja, Metellus!« wetterte Herodes weiter, wobei er die Höflinge aufschreckte, die vor sich hin dösten oder weinselig die Decke anstierten. »Direkt unter diesem Fußboden, in den Küchenräumen, da sitzen mindestens ein Dutzend Pharisäer, die wissen wollen, was ich gegessen, was ich getrunken habe, und die die bedienenden Sklaven bestechen, um an ein paar Gesprächsbrocken heranzukommen. Glaubst du etwa, ich weiß nicht genau Bescheid über all das? Hierher, David!« rief er einem Mundschenk zu. Dieser, ein Bursche mit ebenholzschwarzen, langen Locken über geschminkten Augen, kroch nahezu Herodes zu Füßen. »Wie viele Pharisäer treiben sich zur Stunde in den Küchenräumen herum, sprich!« Er legte dem jungen Mann seine schwere Hand auf den Nacken.
»Zehn, glaube ich.«
»Und sag meinem lieben Freund hier auch, was sie da unten treiben! Kochen werden sie wohl kaum oder Soßen kosten, nehme ich an.«
»Nein, mein Gebieter. Sie sehen sich die Platten an, die nach oben getragen werden und wieder herunterkommen, und sie zählen die Knochen.«
Herodes prustete so laut los, daß die Unterhaltungen im ganzen Saal verstummten. »Sie zählen die Knochen, haha! Und was gibt's noch, Junge?«
»Sie stellen Fragen nach den Gesprächsthemen in diesem Kreis, mein Gebieter.«
Der Legat richtete sich von seiner Liege auf. Er hatte seine Zweifel an dem, was er soeben zu hören bekam. Schriftgelehrte beim Zählen abgenagter Knochen!
»Und worüber, sagst du ihnen, unterhalten wir uns?« fragte Herodes.
»Über die Fertigstellung des Tempels, o Herr«, antwortete der Mundschenk.
»Über die Fertigstellung des Tempels, natürlich!« Wieder platzte Herodes los und hielt sich den Bauch vor Lachen. »Hier, mein Junge, das

ist für dich.« Er reichte dem Burschen eine große Silbermünze. »Sag ihnen, du seiest dir nicht sicher, aber du hättest den Eindruck, wir redeten über die bevorstehende Verhaftung verschiedener Mitglieder des Sanhedrin. Geh und sei ein guter Schauspieler!« Er wandte sich dem Legaten zu und meinte: »Keine Viertelstunde wird es dauern, und zwanzig aufsässige Mitglieder des Sanhedrin sind in heller Aufregung. Eine schlaflose Nacht werden die verbringen.«
»Warum duldest du diese aufrührerischen Pharisäer?« fragte der Legat mit dem Rest an Klarsicht, den der Magen seinem Gehirn noch zugestand.
»Ich habe es dir doch schon gesagt, Metellus! Was sollte ich tun? Sie alle töten? Ist das eine Art zu regieren? Also spiele ich die Sadduzäer gegen sie aus. Hat man dir erklärt, wer die Sadduzäer sind? Das sind die Nachkommen der Söhne Zadoks, des alleinigen Oberpriesters unter Salomons Herrschaft, daher ihr Name. Der Prophet Ezechiel hat bestimmt, daß sie am würdigsten seien, den Tempel zu leiten. Und sie haben ihr Vorrecht für sich behalten; sie bilden die Kaste der Hohenpriester. Sie sind Aristokraten, skeptisch und, wie ich meine, trotz ihres hohen Ranges recht lau in ihrer religiösen Überzeugung. Nimm doch ein wenig vom Salat! Er erfrischt den Gaumen und hilft zu rülpsen. Rülpsen ist gut für die Gesundheit.« Und tatsächlich, der König rülpste. »Nun, auch die Sadduzäer sind recht nützlich, weil sie die Pharisäer auf den Tod nicht ausstehen können. Die Pharisäer glauben an Engel, nach Ansicht der Sadduzäer ist dies jedoch schlichtweg ein Aberglaube. Die Pharisäer glauben an die Auferstehung der Toten am Tage des Jüngsten Gerichts, die Sadduzäer halten dagegen, daß die einzige Schrift, die in ihren Augen zählt, der ›Pentateuch‹ beziehungsweise die Thora, davon keinerlei Erwähnung macht. Wie die Propheten erwarten auch die Pharisäer einen Messias oder einen Mann königlichen Geblüts, der am Ende unserer Zeit kommen soll, um das Königreich des Allmächtigen in Erfüllung gehen zu lassen. Die Sadduzäer erwarten niemanden dergleichen, obwohl ich mir nicht sicher bin, ob sie einen Messias wirklich ablehnen. Die Pharisäer sind der Ansicht, das Gesprochene Gesetz sei ebenso wichtig wie das Geschriebene Gesetz, die Sadduzäer erwidern, das einzige Gesetz, das sie kennten, sei das Geschriebene, und Gesetz könne nur sein, was niedergeschrieben ist. Alles in allem«, Herodes lachte gluck-

send, »hassen mich die Pharisäer, und die Sadduzäer sind froh über meine Protektion. Im großen und ganzen sind sie wie Hund und Katze. Wenn die Pharisäer Schwierigkeiten machen, läßt man eben den Sadduzäern lange Leine, und versteigen sich die Sadduzäer in Größenwahn, so läßt man die Pharisäer auf sie los. Willst du nicht von diesem Honigbrot kosten? Weißt du, wie es zubereitet wird? Tränke drei Tage und drei Nächte lang Brot in Honig, dann laß es einen Tag in der Sonne trocknen, backe es ein oder zwei Stunden im Ofen und verziere es mit einem Häubchen süßer Sahne! Hier, nimm!« Herodes ging mit gutem Beispiel voran und schlang im Nu einen mächtigen Happen des Desserts hinunter.

Fast stöhnte der Legat, so sehr fühlte er sich hin- und hergerissen zwischen Atemnot und lockender Versuchung; doch er tat es Herodes nach, indem er Wein dazu schlürfte, um diesen überflüssigen Genüssen den Weg die Kehle hinab zu erleichtern.

»Der Palast ist ein einziges Nest von Spionen. Jeder, ob Barbier, Gärtner, Koch, Lieferant oder Amme, alle machen sie Geschäfte mit Neuigkeiten, betteln um die eine oder andere Gunst, erpressen irgendwelche Versprechungen, um zu erfahren, was ich mache oder plane. Denkst du etwa, ich wüßte das nicht? Nein, ich schicke sie auf falsche Fährten, und dann lasse ich sie sich gegenseitig zerreißen. Ah, da sind die Tänzerinnen! Ich nehme an, du hast noch nie unsere Tänzerinnen gesehen?«

Der Reihe nach erschienen sieben junge Mädchen. Sie waren, abgesehen von kleinen Paillettenspitzen auf der Scham, vollkommen nackt unter hauchfeinen Gazeschleiern. Ihre zarten, mit Henna rot gefärbten Zehen schienen den Marmorboden zu liebkosen. Tamburinschläge begleiteten ihre Schritte, während sie sich vor Herodes drehten und dabei die Geschmeidigkeit ihrer jugendlichen Körper zur Geltung brachten, deren verführerische Taille dem Bewunderer schmerzhaft bewußt machte, daß diese verlockenden Rundungen konkrete Wirklichkeit waren. Plötzlich hoben sie die Arme, und mit ihnen richteten sich ihre amarantrot gemalten Brüste auf; sie wirbelten ihre Handgelenke umher, und unzählige kleine Silberglöckchen, die an ihren breiten Armreifen hingen, schwirrten lauter und lauter, bis die Zimbeln des Orchesters einfielen und die Flöten eine Melodie über fünf Noten modulierten. Da stampften die Tänzerinnen mit den Fer-

sen auf den Boden und begannen, sich gleichmäßig und sehr langsam in den Hüften zu wiegen. Die Gespräche waren versiegt. Römer und Höflinge, ob vom Pontus, aus Medien oder Zypern, alle sahen mit verkniffenen Augen zu, da ihnen die Dämpfe des Alkohols und der Gewürze nun das Innerste ihrer Gefühle aufwühlten.
»Sind das jüdische Mädchen?« fragte der Legat mit trockenem Mund.
»Nein«, erwiderte Herodes obenhin, »nur Phönizierinnen und Syrierinnen.«
Die Mädchen drehten sich immer schneller. Dabei tanzten ihre kleinen Brüste, und sie öffneten ihre Lippen, um nach Luft zu schnappen. Dem Legaten entrang sich ein tiefer Seufzer.
»Du kannst dir«, meinte Herodes und sah ihn aus mittlerweile durch rötliche Schatten um seine Augenhöhlen noch dunkler wirkenden Augen an, »irgendeines dieser Mädchen zur Gesellschaft aussuchen. Sie stehen zu deiner freien Verfügung.«
Der Legat seufzte abermals, während sich ein Rinnsal Schweiß durch ergraute Brusthaare und über wächserne Fettpolster einen Weg abwärts bahnte. Ob das wohl eine Falle war? fragte er sich.
»Doch jetzt werden wir uns der Abwechslung halber an den Knaben ergötzen«, sagte Herodes, nachdem sich die Mädchen mit gefalteten Händen und über die Köpfe gereckten Armen zurückgezogen hatten, in der plötzlichen Stille, die dem Höhepunkt ihrer Bewegungen folgte.
Kaum waren sie hinter dem Vorhang verschwunden, der ihre Reize einem symbolischen Tod gleich verschlang, als sieben schwarzgelockte, kaum züchtiger bekleidete Knaben die Tanzfläche betraten. Auch sie waren geschminkt. Die Musik verfiel in einen langsameren, kraftvolleren Rhythmus, der sich mehr der erwachenden, wenn auch noch ungewissen Männlichkeit der Knaben anpaßte. Sie mimten Zweikämpfe und teilten dabei Schläge aus, die nicht treffen sollten. Dann verwandelten sich die aggressiven Bewegungen in eine stolze Parade, bei der jeder Knabe seine noch unbehaarte Brust herausreckte und seine geschmeidigen Muskeln spielen ließ, während die theatralischen Schläge der Tamburine diese Poesie der Sinnlichkeit rhythmisch unterstrichen. Hierauf deuteten sie, langsam um die von den Tischen abgegrenzte Fläche tanzend, erneut Kämpfe an.

»Nun«, meinte Herodes lässig. »auch bei den Tänzern steht es dir völlig frei, dir einen auszusuchen. Du brauchst nur ihrem Meister, dem großen Kerl an der Tür dort drüben, einen Wink zu geben, wenn du dich nachher zurückziehst.«
Der Legat nickte verwirrt und nachdenklich, und nachdem die verführerisch schönen Tänzer verschwunden waren, trank er völlig geistesabwesend seinen Granatapfelsaft, den ihm der Mundschenk serviert hatte, und nahm sich von der Mandelcreme, die man ihm in einer großen Schale aus buntem Glas anbot. Wie sollte man alldem widerstehen können, fragte er sich erneut im stillen, und als hätte dieser die Gedanken seines Gastes lesen können, hörte er Herodes sagen:
»Laß dich nicht täuschen, Metellus! Dies ist nicht der Hof eines jüdischen Königs. Es gibt keinen jüdischen König. Es gibt keinen mehr, weil es auch kein jüdisches Volk mehr gibt. Ich, ich halte die letzten Überreste von König Davids Volk zusammen, Metellus. Ohne mich würden sie sich bald in erbarmungslosen Bürgerkriegen gegenseitig zerfleischen. Als Zeugnis dessen, was sie in den vergangenen Jahrhunderten einmal gewesen sind, habe ich ihnen den Tempel wiedergegeben. Und sie hassen mich«, fügte er mit trauriger Stimme hinzu. »Aber ich habe mich an den bitteren Geschmack ihres Hasses gewöhnt. Wenn du wieder in Rom bist, kannst du Cäsar Augustus sagen, daß ich Herr über Israel bin.«
Ja, dachte der Legat in seiner Umneblung, und du hast den Cäsar mit deinem Spiel ganz ordentlich an der Nase herumgeführt!
»Und wie sieht nun mein Anteil aus?« fragte Herodes unvermutet, wobei er den Legaten scharf ansah.
Ob er sich wohl beklagen würde? überlegte der Legat. Würde er darum bitten, Milde walten zu lassen?
»Mein Steueranteil«, fuhr Herodes fort. »Es ist jüdisches Geld. Ich habe ein Recht auf einen Anteil.«
Der Legat fühlte sich unsanft in die Wirklichkeit zurückversetzt. »Hast du beim letztenmal nicht alles für dich behalten?« fragte er mit trockenem Mund.
»Aber dieses Geld ist schließlich die Haupteinnahmequelle für den Staat. Damit unterstütze ich, wie du sehr wohl weißt, den Tempel, den Verwaltungsapparat und auch die Armee.«
»Ich werde das bei Cäsar Augustus vorbringen.«

Herodes betrachtete seine Füße und spielte mit den Zehen. »Ihr müßt mir allein schon deshalb Geld lassen, weil die Juden nicht dulden werden, daß alles Rom zufällt. Beim nächstenmal könnte es sehr schwierig werden, eine Steuer zu erheben. Sehr schwierig. Drücke ich mich klar genug aus?«
Der Legat nickte.
»Du mußt Cäsar Augustus das bei deiner Rückkehr eindringlich klarmachen. Ich schlage vor, daß ihr mir die Hälfte laßt.«
»Und wieviel wird die Hälfte sein?« fragte der Legat.
»Die Hälfte ist eben die Hälfte«, erwiderte Herodes und erhob sich schwungvoll. Weder Alter noch Wohlleben, geschweige denn der Wein schienen seiner Behendigkeit Abbruch getan zu haben. »Ich pflege früh schlafen zu gehen«, sagte er zum Legaten, während seine Garde, die Hände am Schwertgriff, an der Tür ein Spalier bildete und die Höflinge sich beeilten, ihm eine angenehme Nacht zu wünschen. »Doch du kannst gerne bleiben. Dienerschaft, Essen, Wein und Tänzer stehen ganz zu deiner Verfügung. Ich wünsche wohl zu ruhen!«
Nachdenklich und ernüchtert setzte sich der Legat auf. Er warf einen Blick auf die dösenden, nach all den Genüssen trägen Römer und schüttelte den Kopf. Dieser Orient! Was für ein Labyrinth! Er klatschte in die Hände, um seine Leute zu wecken, die sich mit schweren Lidern und noch fettverschmiertem Mund nur mühsam aufzuraffen vermochten. »Nehmt Haltung an!« befahl er unter den neugierigen Blicken der Bediensteten. Und während er sich zur Tür wandte, wo ihn Fackelträger in Habachtstellung erwarteten, um ihn zu seinem Palast zu begleiten, drang an sein Ohr das Tuscheln und Lachen der Mädchen hinter dem Vorhang.
Am nächsten Morgen schickte er seinen Sekretär nach dem Kammerherrn, der ihm zu seiner persönlichen Betreuung zugewiesen worden war. Als der Würdenträger herbeigeeilt kam, erklärte ihm der Legat, daß er ihn als Führer für einen Stadtrundgang wünsche. Er selbst, sein Sekretär wie auch der Kammerherr sollten wie gewöhnliche Leute gekleidet sein, und der Kammerherr solle ihm alles, was sie zu sehen und zu hören bekämen, erklären und kommentieren. Der Kammerherr verneigte sich, und eine Stunde später verließen die drei Männer den Palast durch eine Dienstbotentür.
Nachdem sie die Talmulde Struthion passiert hatten, gelangten sie

zum Tempel. Sie durchschritten die Halle der Heiden. Als er die Königliche Vorhalle betrat, deren Wald von Säulen er bewunderte – die Kapitelle waren in korinthischem Stil gehalten –, wagte der Legat nicht, den eindeutig hellenistischen Stil des gewaltigen Gebäudekomplexes laut zu erwähnen. Er fürchtete, die Gefühle des Kammerherrn zu verletzen. Nichts gab es hier, was sich von den zahlreichen der Religion oder auch Regierungszwecken dienenden Bauwerken unterschied, die er bereits in anderen römischen Provinzen gesehen hatte. Hatten die Juden denn gar keinen eigenen Stil? Er würde hierzu später seinen Sekretär befragen, der ein Architekturkenner war. Seine erste Frage galt einem alten Mann, der sich beim Betreten der Halle demonstrativ die Augen mit einem Ende seines Mantels bedeckte. Mit gezwungenem Lächeln erklärte der Kammerherr, dies geschehe wegen des großen römischen Adlers über dem Frontgiebel. Der Mann sei vermutlich ein Nazarener, das heißt ein Mitglied dieser äußerst strengen Sekte. Durch das heidnische Symbol fühle er sich beleidigt.
Und weshalb weigerte sich jener dort, das Wechselgeld eines Händlers mit den Händen zu berühren, und fing es statt dessen in einem besonderen Tuch auf? Weil die Münzen das Bildnis des Augustus trugen, was gegen das von Moses empfangene Zweite Gebot der Juden verstoße: Du sollst dir kein Bildnis noch irgendein Gleichnis machen!
Wer waren diese finster dreinblickenden Männer mit dem dichtgelockten Haar und den elegant gestutzten Bärten? Mesopotamier, wahrscheinlich Gewürzhändler. Und jene, mit den glattrasierten Köpfen? Ägypter, die hier sicherlich ihr Zedernholz verkaufen wollten. Und dieser fast nackte Mann, dessen Haut schwarz wie Ebenholz war? Jedermann in Jerusalem kenne ihn, denn er sei der Sklave eines kretischen Arztes, der gute Heilmittel gegen Magenleiden kenne. Und jene feiste Gestalt dort drüben mit dem langen, schwarzen, quadratisch geschnittenen Bart? Ein phönizischer Goldhändler.
Langsam begann der Legat zu begreifen, weshalb diese Mischung von Rassen und Religionen, die man nach dem Namen ihrer früheren Bewohner, der Philister, Palästina nannte, von so flüchtiger Natur sein mußte. Er fragte sich, ob dieses Land jemals zu einer Einheit gelangen würde.

In der Mittagshitze dieses Sommertags im siebenhundertfünfundvierzigsten Jahr nach der Gründung Roms, im vierzehnten tribunizischen Jahr des Augustus und im dreitausendsiebenhundertzweiundfünfzigsten Jahr seit der Entstehung der Welt nach jüdischem Glauben, gärte Jerusalem wie Traubensaft. An der Einfriedung des Quartiers der Heiden erfuhr der Legat, daß er hier nicht weiterdurfte. Niemand habe, wenn er nicht Jude sei, Zutritt zu den Höfen hinter dieser Absperrung. Nicht einmal der Cäsar, bekräftigte der Kammerherr in geradezu herausforderndem Ton. Das Trio wandte sich den Straßen zu, die erstaunlich belebt waren, trotz der Hitze und obwohl die reichen Leute längst ihre Sommerquartiere oder Landsitze an der Küste oder auch in Jericho bezogen hatten.

Zwei Gallier aus der königlichen Garde schlenderten umher. Zu den Feigen und Datteln, die sie verzehrten, tranken sie Tamarindensaft, den ihnen eben ein fahrender Händler verkauft hatte. Ein anderer bot ihnen Rauteblätter zum Kauen an. Doch sie schüttelten, den Rauschmitteln des Orients gegenüber mißtrauisch, nur ablehnend den Kopf, als er ihnen versicherte, um wieviel besser sie dank des Safts die Hitze ertragen würden. Ein Freudenmädchen warf ihnen verstohlene Blicke zu. Ein Pharisäer murmelte wüste Verwünschungen und spuckte auf den Boden. In gleichmäßigem Wechsel ertönte das Wimmern und Seufzen zweier Bettler, die unweit voneinander am Straßenrand saßen; einer der beiden schien blind, und seine Augen waren mit Schuppen verkrustet, der andere war Invalide und hatte gräßlich verkümmerte Beine.

Und in welchen Sprachen redeten all diese Leute? Das einfache Volk aramäisch, und wer gebildet war, griechisch; die Händler sprachen auch lateinisch; nur die Priester des Tempels unterhielten sich meist auf hebräisch. Doch man hörte auch Phönizisch, Ägyptisch, Parthisch und andere Sprachen oder Dialekte.

Es schien, als könne das Leben ewig so weitergehen. Doch der Legat hatte da seine Zweifel. Was würde geschehen, wenn Herodes eines Tages starb? Und wie würde dann die Unzufriedenheit der Juden zum Ausdruck kommen? Nur gut, daß wir Römer hier sind, dachte er bei sich.

Vor seiner Abreise zeigte ihm Herodes noch den weißen Marmortempel, den er Cäsar Augustus zu Ehren nahe der Quellen des Jordan hatte erbauen lassen. Auch wurde er darüber informiert, daß die Boten des Königs den Volkszählungserlaß im ganzen Reich bekanntgemacht hatten, von Cäsarea Philippi bis Masada, von Arimathäa bis Kana, Jericho und Antipatris, bis Agrippium, Chorazin und Magdala. Reich und arm wußten, daß man sich an seinem jeweiligen Geburtsort einzutragen und dem Kaiser das Geld zu zahlen hatte, das dem Kaiser gebührte. Mit Kästchen aus wertvollen Hölzern, Duftwasser, Elfenbein, Edelsteinen, kurz: mit Geschenken überhäuft, kehrte der Legat heim. Doch wie groß auch die Annehmlichkeiten und der Erfolg seiner Mission waren, ein unbestimmtes Gefühl ängstlichen Unbehagens und lauernder Bedrohung konnten ihm all diese Schätze nicht nehmen.

III.

Sohn eines Sohnes

»Parther sind das«, flüsterte der syrische Gastwirt seinem Sohn zu, nachdem er drei Gäste in den Hausflügel geleitet hatte, der für besondere Gäste reserviert war. Auch hatte er ihnen eilfertig Dienerschaft geschickt mit Kochgeräten, Weinflaschen und Tonkrügen voll Bier, mit Duftwassern, klarem Brunnenwasser, Tüchern und frischem Obst, ja sogar einen Sklaven zu ihren alleinigen Diensten.

»Parther ...«, wiederholte sein Sohn verträumt, während er die sieben Kamele betrachtete, die im Hof ganze Arme voll Klee fraßen. So genau wußte er nicht, wo dieses Partherreich lag; er war in Judäa geboren.

»Weit oben im Norden, in Hyrkanien ist das, zwischen unserem Land und Armenien«, erklärte ihm sein Vater.

»Es sind Fürsten, nicht wahr, Vater?«

»Nein, Magier. Priester. Sie lesen in den Sternen. Sie haben eine sehr alte Religion, die vor tausend Jahren von Zarathustra begründet worden ist.«

»Zarathustra ...«, wiederholte der Knabe, belustigt über den Namen.

»Zarathustra, ja. Er wurde geboren, nachdem seine Mutter Milch getrunken hatte, die vom Himmel herabregnete.«

»Kommt das öfter vor, daß Milch vom Himmel regnet?« fragte der Knabe.

Das lärmende Eintreten dreier Bedienter der Parther enthob den Wirt einer Antwort auf diese heikle Frage. In schlechtem Aramäisch verlangten sie nach einer Mahlzeit. Etwas zu essen und Wein, auf dem Wein bestanden sie, obwohl sie den Anschein erweckten, als liege ihr letzter Becher Wein noch nicht allzu lange zurück. Doch war es wirklich Wein gewesen? fragte sich der Syrier. Es fiel ihm ein, daß diese Menschen die Gewohnheit hatten, sich an bestimmten getrockneten

Pilzen zu berauschen. Er eilte in die Küche, um den womöglich unter Rauschgifteinfluß stehenden Parthern nur ja nicht zu mißfallen.
Sein Sohn indessen lief zum Obstgarten hinter jenem Gebäudeteil, in dem die geheimnisvollen Gäste ihr Quartier bezogen hatten. Er schlich sich unter ein offenes Fenster und wagte einen verstohlenen Blick in den Raum. Da waren sie, mit ihren seltsam eckig geschnittenen Krausbärten, den ebenfalls krausen und mit Öl eingeriebenen langen Haaren und den ringbeladenen Händen. Sie waren gerade dabei, ihr Gepäck aufzuschnüren. Einer von ihnen bemerkte den neugierigen Zaungast. Er lächelte und machte die anderen auf ihn aufmerksam. Der Knabe erstarrte vor Schreck. Die anderen lächelten ebenfalls. Welch lange weiße Zähne sie doch hatten!
»Komm her, Junge!« sagte einer der Parther auf aramäisch. »Wie heißt du?«
»Samuel.«
»Nur herein, Samuel!«
Der Parther nahm eine kandierte Dattel aus einer Schale und hielt sie dem Knaben lächelnd unter die Nase. Da konnte man doch nicht widerstehen! Der Sohn des Gastwirts griff kurz entschlossen danach und kostete. Ein eigenartiger Geschmack. Und was war das für ein scharfer Duft?
»Ingwer«, antwortete ein anderer Parther.
»So etwas habe ich noch nie gegessen«, sagte der Knabe, noch immer unter dem Fenster. »Warum seid ihr nach Jerusalem gekommen?«
Das Lächeln der drei verwandelte sich in belustigtes Lachen. »Wenn du hereinkommst, sage ich es dir«, meinte der rundlichste der drei Parther mit näselnder Stimme.
Der Knabe lief um das Gebäude herum und betrat die nach Gewürzen duftende Welt der Reisenden.
»Wir sind hier auf der Suche nach einem neuen König«, erklärte ihm der dickleibige Parther.
»Wird Herodes denn sterben?« fragte Samuel.
»Wir alle sterben eines Tages. Zeichen am Himmel kündigen uns an, daß ein neuer König kommen wird. Er dürfte wohl bald geboren werden, wenn es nicht vielleicht sogar schon soweit ist.«
»Zeichen am Himmel?« wiederholte Samuel.
»Setz dich!« sagte der Parther. »Und nun sieh her! Ich gehe jetzt um

dich herum.« Langsam bewegte er sich um Samuel herum. »Stell dir vor, du wärst die Sonne, und ich wäre der Zodiakus! Nur daß der Zodiakus die Sonne nicht so schnell umkreist. Er braucht sechsundzwanzigtausend Jahre für eine volle Umdrehung. Weißt du überhaupt, was der Zodiakus ist? Das ist ein riesiger Kreis. Dieser Kreis ist aufgeteilt in zwölf Bereiche, von denen jeder einzelne bestimmten Sternen zugeordnet ist. Diese Sterne sind außerordentlich wichtig, sie bestimmen das Geschick aller Menschen. Jeder dieser Sterne spielt diese Rolle auf seine Weise jeweils über zweitausend Jahre lang. Zum Beispiel wurden wir bisher von Varak, dem Tierkreiszeichen des Widders, beherrscht, jetzt aber treten wir in das Zeichen des Mahik ein ...«

Samuel sollte das Ende dieser Astrologiestunde nicht zu hören bekommen. Nie sollte er den Unterschied zwischen der Herrschaft Varaks und der Mahiks erfahren, und auch nicht, welche Zeichen der Sternkundige am Himmel entschlüsselt hatte. Urplötzlich wurde er von seinem Vater am Kragen gepackt und dem Vortrag des Parthers entrissen, nachdem der Wirt eine Litanei von Entschuldigungen vorgebracht hatte.

»Er hat uns nicht gestört«, sagte einer der Parther, »laß ihn nur nachher wiederkommen!«

»Varak! So ein Unsinn!« schimpfte der Wirt los, sobald sie außer Hörweite waren. Er zog Samuel die Ohren lang. »Daß ich dich nicht noch einmal im Zimmer von Gästen erwische!«

Die Astrologiestunde aber sollte dennoch ihre Fortsetzung finden, wenn auch vor einer anderen Zuhörerschaft.

Noch am darauffolgenden Tag fanden sich die Parther, zwischen den Höckern ihrer Kamele sitzend, vor dem großen Tor des Palastes Herodes' des Großen ein, wo sie den Wachposten in aller hoheitsvollen Schlichtheit zu verstehen gaben, daß sie den König zu sehen wünschten. Einer der Wachsoldaten wurde im Laufschritt in den Palast geschickt; indessen bestaunten die anderen wie auch die Passanten auf der Straße die Fremden mit ihren hohen, dunklen Filzhüten, den vergoldeten Ledersandalen und ihren weiten, reichbestickten Umhängen. Die Einwohner von Jerusalem bildeten sich in der Regel einiges darauf ein, so ziemlich allem, was es an Tier- und Menschenrassen gab, bereits begegnet zu sein, doch hatten sie sich einen ausgeprägten

Sinn für alles Malerische und Originelle bewahrt. Wenig später kehrte der Soldat in Begleitung eines Kammerherrn zurück. Gerade da fiel es den Kamelen plötzlich ein, ihren Darm zu erleichtern. Doch die Parther ließen sich von den übelriechenden, ungelegenen Haufen nicht aus der Ruhe bringen. Gelassen nahmen sie den Kammerherrn in Augenschein und stellten ihm dann die Frage, die in ähnlicher Form ihm selbst auf den Lippen lag: »Wer bist du?« Erst als sie sich vergewissert hatten, daß sie es mit einem angemessen hohen Würdenträger zu tun hatten, ließen sie ihn wissen, daß sie dem König eine freundschaftliche Mitteilung ihres Gebieters Phraates IV., König des Partherreiches, zu überbringen hätten und dazu eine Nachricht von allerhöchster Wichtigkeit. Sie selbst seien drei Hohepriester. Der Kammerherr antwortete beeindruckt, er werde den König umgehend von ihrer Ankunft und dem Grund ihres Besuches unterrichten, und forderte sie auf, einstweilen innerhalb des Palastes zu warten. Entgegen seiner Erwartung stiegen sie jedoch nicht aus dem Sattel; auf ihren Kamelen ritten sie durch das Tor, und im Hof erst riefen sie den Tieren den Befehl zu, sich niederzuknien, was erneut die Aufmerksamkeit der Wachposten fesselte. Die vornehmen Priester saßen nun ab, klopften den Staub von ihren Kleidern und Umhängen, streckten sich und gähnten. Ob sie wohl eintreten und sich etwas gedulden wollten? bat der Kammerherr. Sie sahen einander an, und nach kurzem Zögern kramten sie aus den riesigen Satteltaschen zu beiden Seiten der Kamelhöcker ein ganzes Sammelsurium von Kästchen, Taschen und Pergamentrollen hervor.

»Man möge anordnen, daß die Kamele getränkt werden«, sagten sie, zum Kammerherrn gewandt. »Einen Eimer für jedes Tier.«

Der Wunsch wurde quer über den Hof weitergegeben.

Endlich folgten die drei Besucher dem Kammerherrn, der sie mit einem geübten, raschen Blick taxierte: hochgewachsen, etwa um die Fünfzig und sichtlich gewohnt, daß man ihnen aufs Wort gehorchte. Eigentlich waren es schöne Menschen, mit ihren schwarzen Krausbärten, den dunklen Gesichtern und ihren großen, mit schwarzem Kajal umrandeten Augen. Diese Zarathustra-Abkömmlinge würden dem König sicher gefallen. Doch was mochten sie wohl für eine wichtige Botschaft bringen?

Während die Kamele ihren Durst stillten, folgten die Besucher ihrem Führer ins Innere des Palastes. Man bot ihnen heißen, mit Zimt ge-

würzten Wein an, Datteln mit Mandelfüllung und Honigwaffeln. Wenig später erklärte sich Herodes, halb neugierig, halb belustigt, bereit, den Parthern eine Audienz zu gewähren. Wie schon der Legat, schritten auch sie an der farbigen Marmorpracht, den unzähligen Fackeln und dünnen Rauchsäulen aus Sandel- und Zedernholz vorbei. Sie vernahmen Zimbel- und Kithara-Klänge, dazu das von Stimmengemurmel durchmischte Plätschern einiger Springbrunnen, und sie bewunderten die Vielzahl der schwarzen und weißen Sklaven. Dann wurden sie gebeten, vor einer Tür zu warten, die von zwei halbnackten Männern mit gezücktem Säbel und je einem Leoparden an der Leine bewacht wurde. Die Bestien fauchten; die Parther warfen dem Kammerherrn einen strengen Blick zu. Man hörte kurze Befehle, Muskeln strafften sich, und die Leoparden legten sich nieder. Die Tür ging auf, und die Besucher sahen sich auf der Schwelle zu einem großen, mit Mosaiken ausgelegten Saal. Wenige Schritte vor ihnen thronte Herodes, umgeben von seinen Ministern, Höflingen und Eunuchen. Die Hohenpriester verneigten sich würdevoll. Eine Pergamentrolle wurde entfaltet. Phraates IV. ließ seine besten Wünsche für Wohlstand und ein langes Leben überbringen. Herodes nickte zur Antwort, wobei sein hennagefärbter Bart im Licht des frühen Nachmittags rot aufflammte. Ein Ebenholzkästchen wanderte aus den Händen eines Parthers in die des Kammerherrn, der es Herodes vorzeigte: Darinnen lag ein Goldarmreif, in den ein prächtiger, blitzender Smaragd eingelassen war. Ein wundervolles Geschenk! Demnach mußte die Botschaft von Bedeutung sein. Doch weshalb hatte Phraates IV. Priester als Gesandte auserwählt?
»Auch wir haben dir eine Botschaft zu überbringen, Herodes«, sagte da bereits derjenige Priester, der die Delegation zu leiten schien.
Die Parther machten sich mit den Pergamentrollen zu schaffen, die sie auf dem Boden ausbreiteten. Jedermann reckte den Hals, um zu sehen, was sie enthielten: Zeichnungen, Kreise, Dreiecke und geheimnisvolle Zahlen.
»Dies ist ein bedeutender Augenblick, Herodes. In diesem Jahr ereignet sich etwas, das nur alle zweitausendeinhundertsechsundachtzig Jahre vorkommt, das heißt, in jedem Sternmonat des großen Himmelsjahres, das sechsundzwanzigtausend Sonnenjahre dauert, nur einmal«, erklärte ein Hoherpriester mit lauter, feierlicher Stimme.

Herodes war aus der Fassung geraten; er wandte sich um zum nächststehenden Höfling, der aber die Augenbrauen noch stärker runzelte als die übrigen, und dies nicht nur, weil er zu verstehen bemüht war, was sich ihm hier darbot.
»Das bedeutet«, fuhr der Priester fort, »daß der Zodiakus, der Tierkreis, der sich um die Sonne dreht, von einem Zeichen ins nächste überwechselt. Mit anderen Worten und nach griechischen Astrologiebegriffen, die dir vielleicht vertrauter sind als die unseren, wechseln wir vom Zeichen des Widders in das der Fische über. In unserer Astrologie hieße das ein Wechsel vom Zeichen des Varak zu dem des Mahik.«
»Ihr habt diesen ganzen langen Weg gemacht, um uns das zu sagen?« fragte der Höfling mit den gerunzelten Augenbrauen. »Die Mühe hättet ihr euch sparen können.«
»Ich stelle euch hier unseren Hofastrologen Tisimak vor«, sagte Herodes.
Der Priester lächelte Tisimak mechanisch zu. Die Ungehörigkeit dieses Kollegen schien ihn völlig unbeteiligt zu lassen. »Geduld, nur Geduld!« meinte er. »Die Geduld ist der Schlüssel zum Himmel, und aller Zorn der Welt wird die Sonne nicht um eine Daumesbreite schneller bewegen. Das soeben Gesagte war lediglich eine Einführung und nur dazu bestimmt, darzulegen, in welch außergewöhnlichen Tagen wir leben. Während eures Monats Ab* im vergangenen Jahr haben meine Brüder und ich und zweifellos auch mein vortrefflicher Kollege Tisimak ein weiteres außergewöhnliches Ereignis beobachtet, das diesmal die großen Planeten im Umkreis der Erde mit ins Spiel bringt. Jupiter«, sagte der Hohepriester, wobei er die Arme hob und seine weiten, bestickten Ärmel schwenkte, »Jupiter, der Planet der Könige, hat sich Saturn außerordentlich stark genähert.« Hier machte er eine Pause und wartete auf die Wirkung dieser Enthüllung. Nichts geschah, nur Tisimak wurde unruhig. Es war ihm sichtlich nicht wohl in seiner Haut.
»Und wofür steht Saturn symbolisch?« fragte Herodes.
Der Hohepriester lächelte unterwürfig und antwortete, die Augen fest auf Herodes gerichtet: »Für die Juden.«**

* in jenem Jahr, 8 vor der Zeitrechnung, ungefähr Mitte Juli bis August

** Die Zuweisung eines Planeten zu einem Land oder Volk geschieht nach dem Prinzip der Vierteilung des Universums, einem Prinzip, das Ptolemäus im 2. Jahrhundert systematisch weiterentwickelte, indem er jedem Viertel nicht einen, sondern drei Planeten zuteilte.

Durch die Versammelten ging eine Bewegung, und Tisimak zuckte merklich zusammen.
»Ist das wahr?« fragte Herodes, während er sich zu seinem Hofastrologen umdrehte. »Das hast du mir nie gesagt.«
»In der Tat«, begann Tisimak, »könnte es einerseits sein, daß ...«
Der Parther schnitt ihm das Wort ab: »Mein ehrenwerter Kollege erfreut sich sicherlich des Privilegs, über mehr Zeit zu verfügen als wir, um dir, Herodes, dies zu erläutern. Erlaube uns fortzufahren! Einige Wochen später, noch während wir über dieses Omen unsere Meinung austauschten, zeigte sich ein anderes, noch weitaus erstaunlicheres. Jedermann hat es bemerkt. Ein bestimmter Punkt in der Konstellation des Steinbocks funkelte immer stärker und stärker. Wir nahmen zunächst nicht ohne eine gewisse Besorgnis an, daß es sich um einen Kometen handele. Doch nein. Es war ein Fixstern! Regelmäßig im Morgengrauen trat er in Erscheinung.«
Herodes schien nun interessierter. Auch waren Stimme und Tonfall des Parthers so überzeugend, daß man sich seinen Äußerungen kaum entziehen konnte.
»War es ein neuer Stern?« fragte der König.
»Um die Wahrheit zu sagen, viele von uns im Partherreich vergaßen nach dieser Entdeckung sogar tagelang das Essen. Dann habe ich zu unserem immer größer werdenden Staunen entdeckt, daß Jupiter bis zu eurem Monat Nisan* in der Nähe des Saturn bleiben wird. Wiederum ein außergewöhnliches Ereignis.« Er beugte sich über seine Aufzeichnungen, um zu erklären, wie die Bahnen des Jupiter und Saturn in der Tat für den Zeitraum von neun Monaten gewissermaßen ineinander verschmolzen. »Neun Monate lang, Herodes, neun! Das ist das denkbar deutlichste Zeichen für eine bevorstehende Geburt. Im Ab wurde ein Kind gezeugt, im Nisan wird es geboren werden. Ein Knabe ist es, und er wird König dieses Landes sein.«
Herodes lehnte sich zurück und erblaßte. Tisimak war aschfahl geworden. Der Kammerherr und der übrige Hofstaat hatten Mühe, ihre Befangenheit zu verbergen.
»Dies«, schloß der Parther scheinbar unbekümmert ob der Wirkung seiner Rede, »hat uns bestimmt, die Reise anzutreten. Wir sind zu-

* Mitte März bis April des Jahres 7 vor der Zeitrechnung

nächst den Ufern des Tigris nordwärts gefolgt und haben uns dann nach Westen in Richtung Syrien gewandt, bevor wir nach Süden, in euer Land gelangt sind. In allen Städten, durch die wir gekommen sind, haben wir mit den dort ansässigen Sternkundigen Richtigkeit und Sinngehalt unserer Entdeckungen überprüft. Es ist schon so: König Herodes, im Nisan wirst du Vater eines noch größeren Königs sein.«

Ein unheilvolles Schweigen legte sich über die Versammelten und ließ jeden in furchtsamer Erwartung erstarren. Man hätte eine Nadel zu Boden fallen hören können. Der Hohepriester aber, der seinen fatalen Fehlgriff einfach nicht zu bemerken schien, strahlte den König triumphierend an.

Schließlich gähnte Herodes gedehnt und lachte dann schallend los. »Eine sehr ermutigende Vorhersage, meine lieben Gäste! Trotzdem muß ich euch enttäuschen. Wir erwarten keine königliche Geburt im Nisan. Auch nicht im Monat darauf oder später.«

Die Parther standen wie Salzsäulen erstarrt. Ihre Unterkiefer hingen herab. Ein Luftzug fuhr in die Himmelskarten und rollte sie zusammen. Tisimak grinste hämisch angesichts des Mißgeschicks seiner Konkurrenten.

»Seht«, fuhr Herodes fort, »es gibt auch Gerüchte, denen zufolge ein König aus der direkten Nachkommenschaft Davids erwartet wird. Eure syrischen Freunde haben euch davon sicher erzählt. Jedoch trifft diese Hypothese ebensowenig zu wie die eure. In Wirklichkeit ist es heutzutage unmöglich, den Stamm Davids zurückzuverfolgen, da er nach Serubbabel so sehr durcheinandergeraten ist, daß es ihn so gut wie nicht mehr gibt. In ganz Palästina gibt es nicht einen einzigen Juden, der ernsthaft von sich behaupten könnte, er sei der wahre Erbe von Davids Thron.«

Die Umstehenden lächelten erleichtert mit herablassender Miene.

Herodes warf einen Blick nach rechts, dann nach links und sagte mit erhobener Stimme, in der etwas Drohendes lag: »Bedenkt doch, bei all den Intrigen hier am Hofe hätte man gewiß davon gehört, daß ein solcher Mann existierte! Denn die Geburt eines Fürsten kommt, wie ihr wißt, nicht von ungefähr. Er muß von einem Fürsten gezeugt sein. Nur einen solchen Fürsten hättet ihr aufsuchen wollen, nicht wahr? Und was andere betrifft, die vielleicht ein Auge auf den Thron gewor-

fen haben und ihn sich womöglich mit List oder Gewalt aneignen wollen ... lange dürften die kaum zu leben haben.«
Wie Straßenverkäufer ihre Ware am Ende eines erfolglosen Tages einpacken, rollten die Parther bereits ihre Palimpseste zusammen.
»Die Sterne haben sich getäuscht«, schloß Herodes. »Nicht wahr, Tisimak?«
»Weder der Himmel noch du, mein Gebieter, täuschen sich jemals«, erwiderte Tisimak. »Ihr werdet nur manchmal falsch gedeutet.«
Der oberste Parther machte dem Kammerherrn ein Zeichen und übergab ihm dann die Geschenke, die dem zu nichts zerronnenen zukünftigen König zugedacht gewesen waren: ein mit Elfenbein- und Kupferintarsien verziertes Zedernholzkästchen voll Weihrauch, Duftfläschchen, die Narde, chinesischen Zibet und Gewürznelkenöl enthielten und ein Säckchen aus Seide prall von Edelsteinen. Die traurige Opfergabe machte jeden Kommentar überflüssig. Die Parther verneigten sich schlicht vor dem König, während der Kammerherr diesem die Geschenke zu Füßen legte. Auch Herodes verneigte sich zur Antwort, und sie verabschiedeten sich. Im Hofstaat wurde es wieder lebendig. Diese Parther!

Am späten Nachmittag eines windigen Tages im Nisan jenes Jahres klopfte ein alter Mann an die Tür der einzigen Hebamme von Bethlehem. Sie kaute noch an ihrem Abendessen. »Einen Augenblick, ich bin gleich fertig«, antwortete sie mechanisch, als sie die Tür öffnete, ohne ihren Besucher auch nur eines Blickes zu würdigen. Unbekümmert um den Wind, ließ sie die Tür offenstehen und eilte in die Stube, um ihren Mantel zu holen. Erst als sie zurückkehrte, bemerkte sie, wie hoch betagt ihr Kunde war.
»Was heißt denn das?« fragte sie bissig. »Sind die Ehemänner heutzutage so schwächlich, daß sie sich nicht selbst in die Kälte hinauswagen, um die Hebamme zu holen?« Sie ließ die Tür hinter sich zufallen.
»Wo ist deine Tochter? Seid ihr aus Bethlehem? Ich erinnere mich nicht, dich schon einmal gesehen zu haben, auch wenn diejenige, die dich zur Welt gebracht hat, bereits seit etlichen Monden nicht mehr unter uns Lebenden weilen dürfte.«
»Ich wohne nicht in Bethlehem«, antwortete der alte Mann, »aber ich bin hier geboren. Jakob, ein Priester aus dem Stamme Davids,

war mein Vater. Und ich bin Josef, Priester in Jerusalem. Die Frau aber ist nicht meine Tochter, sondern meine rechtmäßig angetraute Frau.«

Die Alte blieb wie angewurzelt stehen und musterte Josef von oben bis unten. Achtzig, vielleicht fünfundachtzig Jahre mochte er alt sein. Sie öffnete den Mund, besann sich dann aber und schloß ihn wieder. »Wohin gehen wir?« fragte sie, nachdem sie eine Weile gelaufen waren.

»Zu einer Scheune außerhalb der Stadt«, sagte Josef.

»Das kann doch wohl nicht wahr sein!« rief die Hebamme mit gerunzelten Augenbrauen. »Du bist Priester, und deine Frau soll in einer Scheune niederkommen?«

»In den Herbergen war kein Platz mehr«, erklärte Josef. »Wir haben jetzt keine Zeit, um über solche Dinge zu streiten. Folge mir!«

Raschen Schrittes erreichten sie einen Bauernhof, der tatsächlich am Rande der Stadt lag. In der Nähe des Hofes befand sich ein Stall und darinnen ein Esel, eine Kuh und eine sehr junge Frau. Fast noch ein Mädchen, dachte die Hebamme, das kaum mehr als sechzehn Jahre alt sein kann, weil das das Mindestalter für eine Heirat ist. Die Frau lag, auf dem Heu ausgestreckt, nahe der Tür.

»Ich habe Durst«, klagte sie mit schwacher Stimme.

»Geh ihr etwas zu trinken holen, und bring mir einen Krug heißes Wasser!« ordnete die Hebamme an.

Noch bevor er zur Hebamme aufgebrochen war, hatte Josef darum gebeten, daß man ihnen heißes Wasser vorbereite. Es kochte schon bei seiner Rückkehr. Als er mit zwei Tonkrügen im Arm wieder zum Stall kam, blieb er vor der Tür stehen und biß die Zähne zusammen. Drinnen hörte man die Ausrufe der Hebamme, die abwechselnd Gott anrief und allerlei laute Flüche ausstieß. Er horchte. Nein, schimpfte sie, so etwas habe sie noch nie gesehen; keinem hätte sie geglaubt, wenn er ihr gesagt hätte, daß sie das noch erleben werde ... Ein einziges Geschrei und Gezeter war das. Josef stieß die Tür auf und begegnete mit seinem vom Alter getrübten Blick dem der Hebamme.

»Unglaublich!« schrie sie. »Dieses Mädchen ist noch Jungfrau!«

Doch so aufgeregt sie war, bei seinem Anblick, wie er da stand, erstarrte sie: ein müder, vom Wind zerzauster alter Mann, mit tiefen Falten um die Mundwinkel, in die sich unbeschreibliche Bitterkeit eingegraben hatte.

»Ich weiß«, sagte er, während er den großen Krug auf dem gestampften Boden absetzte und sich vorbeugte, um seiner Frau ein Trinkgefäß zu reichen. »Ich weiß. Ich habe sie nicht berührt.« Er stand da, gebeugt vom Alter. Die Hebamme setzte gerade zu einer Antwort an, als die junge Frau vor Schmerz aufstöhnte. Da sagte Josef: »Ich habe dich gebeten, bei der Geburt eines Kindes beizustehen. Nun tu das auch!«
Alles in ihm kochte vor Wut. Daß ein Mann in seinem Alter und seinem Stande seinen Stolz mit Füßen treten mußte, indem er einer Hebamme zu gestehen hatte, daß er nicht der Vater des Kindes seiner Frau war! Ein krampfhaftes Zittern durchlief ihn, während er, die Augen starr auf den Boden geheftet, die im Luftzug tanzenden Strohhalme beobachtete.
»Was soll das, Rabbi?« fragte die Hebamme mit gesenkter Stimme. »Willst du mich in eine Hexerei hineinziehen?«
Hexerei! Ja, es gab Anlaß zu vermuten, daß es hier nicht mit rechten Dingen zuging. Auch gebildete Leute hatten schon an einen Winkelzug des Bösen gedacht, um zu einer Erklärung für Marias rätselhafte Schwangerschaft zu gelangen. Maria stöhnte. Dann ein erstickter Schrei. Es eilte. Zuerst einmal mußte das Kind zur Welt gebracht werden.
»Wenn nur die geringste Spur von Hexerei bei der Sache ist, bin ich geliefert«, sagte die Hebamme. »Man wird mir nie mehr erlauben, noch einmal einer schwangeren Frau nahe zu kommen.«
Er mußte sich jetzt die Wahrheit eingestehen: Er glaubte nicht an Hexerei bei alldem. Vielleicht hatte es doch eine sexuelle Berührung gegeben, und Marias Jungfernhaut hatte standgehalten, nur eben nicht genug, um ...
»Du hast mein Ehrenwort als Priester, gute Frau: Hier ist kein Zauber mit im Spiel.«
Wieder stöhnte Maria, diesmal so laut, daß der Esel den Kopf hob und die Ohren unruhig hin und her bewegte.
»Wenn du jetzt nicht sofort hilfst, dieses Kind zur Welt zu bringen, riskierst du, des Kindesmordes angeklagt zu werden«, fuhr Josef sie an.
Mit mürrischer Miene erwog sie seine Worte. »Gut, dann aber raus hier!« erwiderte sie.
Er trat hinaus in die abendliche Dämmerung und in den Wind. Er lehnte sich gegen die Stallwand, vor der seine Gestalt nahezu ver-

schwand: ein braunes Bündel von Erinnerungen und Knochen, das so sehr mit den rohen Backsteinen verschmolz, daß ihn ein vorbeikommender Wanderer auf zehn Schritt Entfernung nicht bemerkt hätte. Maria. Er hatte kaum etwas von ihrer Existenz gewußt, bevor er ihr bei dem Hohenpriester in Jerusalem begegnet war. Noch kein Jahr war das her. Damals war sie kaum älter als zwölf gewesen, die verwaiste Tochter von Anna und Joachim. Die Eltern hatten seinem Stamm, dem Stamme Davids, angehört. Und er, Josef, hatte mit seinen neunundachtzig Jahren das Leben friedlich zu beenden gedacht, sich gewünscht, allmählich und sanft zu verlöschen, bis der Tod ihn ins Licht des Herrn davontrug. Doch der Hohepriester hatte ihn eines schönen Tages zu sich berufen, um ihm zu sagen, daß Maria, nachdem sie weder ein Heim noch Eltern hatte, die sich um sie kümmern konnten, einem Vormund anvertraut werden müsse. Und der Hohepriester hatte dabei an Josef gedacht, denn, so deutete er an, Josef sei nicht nur ein Mann von Prinzipien, sondern auch über das Alter der Fleischeslust hinaus. Josef hatte sich auf der Stelle gesträubt. Er verfügte nicht mehr über die Kraft, um auf ein Mädchen im heiratsfähigen Alter aufzupassen, noch dazu ohne den Beistand einer Frau im Hause, einer erfahrenen Frau, versteht sich, um dem Einfallsreichtum der zarten Jugend vorzubeugen. Außerdem gab es keine Kinder, die man dem jungen Ding hätte anvertrauen können, um es zu beschäftigen. Ja, einen Ehemann würde er ihr auch noch finden und sich erneut mit Mitgiftjägern herumärgern müssen. Nein, von solchen Bürden wollte er nichts wissen. Er hatte seine Pflicht getan und sechs Kinder gezeugt, davon vier Knaben – Jakobus, Justus, Simon und Judas – und zwei Mädchen, Zwillinge – Lydia und Lysia. Obendrein waren nun Lydia und Lysia sowie Jakobus und Justus verheiratet, nicht aber Simon und Judas. Und diese beiden lebten unter dem väterlichen Dach. Simon war sechsundzwanzig, Judas vierundzwanzig Jahre alt. Zwei junge Männer in diesem Alter und ein heiratsfähiges Mädchen gefahrlos in einem Haus zusammenleben zu lassen, das sollte ihm erst einmal einer vormachen! Der Hohepriester mußte den Verstand verloren haben! Ohne zu wissen, wie es geschah, würde diese Maria geschwängert sein, noch bevor sie sich unter seinem Dache die Haare gewaschen hatte. Er hatte Mädchen diesen Alters erzählen hören, Kinder könne man bekommen durch zu intensiven Augenkontakt oder gar durch ein

Bad in einem Becken, in das zuvor ein Mann gestiegen war. Ihre Mütter erklärten ihnen später die Geheimnisse des Geschlechtsaktes. Dann hörten die jungen Dinger auf, solchen Unsinn zu reden, und wurden rot bis unter die Haarwurzeln, sobald sie nur einen Mann von weitem sahen. Doch Maria hatte keine Mutter, um sie aufzuklären, und wenn er auch eine Matrone hätte finden können, die ihr das Wesentlichste beibringen konnte, so würde ihm doch das Risiko bleiben, sie mit Simon und Judas unter einem Dach schlafen zu lassen. Er, Josef, wäre es dann, der kein Auge mehr zumachen könnte. Gewiß, Simon und Judas waren brave und, wie es sich gehörte, im Respekt vor den Zehn Geboten erzogene Burschen. Wer aber vermag die Wege des Bösen zu ergründen? Dieser wollüstige Geist war ewig bereit, junge Seelen in seinen Bann zu schlagen und das appetitliche Fleisch der Jugend zu verführen.

Ja, all diese Gefahren hatte er bedacht, und der Gedanke an sie war ganz besonders ihm unerträglich, da er nicht nur Priester, sondern auch ehemaliger Nazarener war, und zwar einer der angesehensten dieser alten, für ihre Sittenstrenge bekannten Pharisäersekte. In jungen Jahren hatte er sich während der gesamten Dauer seines Gelübdes – drei Jahre lang – enthalten, sich die Haare zu schneiden, Wein zu trinken sowie Frauen und Leichnamen nahe zu kommen. Jedermann wußte das. Deshalb hatte ihn auch der Hohepriester einen »Mann von Prinzipien« genannt. Als das Gelübde dann abgelaufen war, hatte er seine Haare abgeschnitten und auf dem Altar verbrennen lassen, doch wer einmal Nazarener war, blieb es sein Leben lang. Immer noch fühlte Josef sich dieser Sekte zugehörig, der er auch bis zu seinem letzten Atemzug ergeben bleiben würde.

Den Tod hatte er sich bisher immer als eine Wolke am Ende einer steilen Straße vorgestellt, als eine wohltuende, schicksalhafte Frische, in der sich der Körper auflöst und die Seele entschwebt. In dieser Wolke hatte er seine Frau wiederfinden wollen, die nach fünfundvierzig Jahren treuer Ehe und Pflichterfüllung vor drei Jahren verstorben war. Doch nun erschien ihm der Tod wie eine hinausgezögerte Belohnung. Das Schicksal – oder war es Gott? – hatte den Einsatz erhöht: Noch nicht, Josef, noch nicht. Du wirst vor dem letzten Schlaf noch zu leiden haben. Er seufzte, und der nächtliche Wind seufzte mit ihm. Die Erinnerungen schürten seinen Groll. Er dachte an jenen verhängnisvollen Tag zurück, als er aus Aschkelon heimgekehrt war, wo er eine Lieferung Zedernholz in Empfang genommen hatte. Aus zwei Gründen war er dort gewesen: Erstens, weil er Oberhaupt des davidischen Stammes war, dem Herodes unter anderen Privilegien auch das der Holzbeschaffung für den Tempelbau zugestanden hatte. Der Tempel war noch nicht fertig, und die Architekten benötigten Zedernholz für die Stützpfosten. Zweitens, weil er nicht nur Priester, sondern auch Zimmermann war, gehörte er doch zu den tausend Priestern, denen dreizehn Jahre zuvor von Herodes befohlen worden war, ein Handwerk wie das des Zimmermanns oder des Steinmetzes zu erlernen, damit der geheiligte Boden des Tempels nicht von gottlosen Füßen entweiht werde. Eine Woche lang war er also in Aschkelon gewesen, vier Monate, nachdem er dem Wunsch des Hohenpriesters dann doch nachgegeben und Maria als Mündel zu sich genommen hatte. Die längere Abwesenheit hatte seine müden Augen alles klarer erfassen lassen: An jenem Abend, kurz nach dem Essen, als Maria hereingekommen war, um den Tisch abzuräumen, hatte ihn plötzlich die Erkenntnis durchzuckt, daß die Rundungen, die ihm zuvor an ihr kaum aufgefallen waren, nicht etwa Anzeichen einer blühenden Gesundheit waren. Nein, Maria war schwanger. Gott im Himmel, dieses unselige Mädchen hatte sich zur Sünde hinreißen lassen! Man würde sie steinigen. »Mit wem hat Maria in letzter Zeit zu tun gehabt?« fragte er seine beiden Söhne. Seiner Schätzung nach mußte Maria im vierten Monat ihrer Schwangerschaft sein, also hatte der Sündenfall gleich nach ihrem Einzug in seinem Haus stattgefunden.

»Mit niemandem«, antwortete Simon zerstreut. »Warum fragst du?«

»Habt ihr denn keine Augen im Kopf?« brüllte Josef los. »Sie ist schwanger!«

Die beiden Söhne sahen Josef entgeistert an. »Schwanger?« wiederholte Judas. »Wie sollte das geschehen sein?«

Logen sie? Oder war es ein anderer gewesen? Er ließ Maria zu sich kommen, nachdem er seine Söhne entlassen hatte. Schroff stellte er sie zur Rede. »Mädchen, du trägst ein Kind in deinem Bauch. Und Kinder entstehen erst, nachdem die Frau den männlichen Samen empfangen hat. Also bist du keine Jungfrau mehr und hast ohne die Bande der Ehe die Sünde fleischlicher Lust begangen. Mit wem? Ich will es wissen.«

Sie schüttelte den Kopf. »Ich bin unberührt«, beteuerte sie.
Diese Verlogenheit! Diese Unverfrorenheit! Und doch, er war noch im Zweifel. Er wollte nach einer Hebamme schicken, die sie untersuchen sollte. Der Nachteil war nur, daß eine Hebamme ihre Zunge nicht im Zaum halten konnte, so daß diejenige, die kommen und bei Maria eine Schwangerschaft feststellen würde, noch in derselben Minute, in der sie das Haus verließ, einen Skandal auslösen würde, der Marias Leben zerstören mußte. Also wartete er erst einmal ab, wobei es ihm jedoch auch in der Folgezeit nicht gelang, seine Söhne als Schuldige zu überführen noch Maria irgendein Geständnis abzuringen. Die Dinge allerdings lagen klar auf der Hand.
Auf und ab ging er auf dem vereisten Erdboden vor dem Stall. Es begann zu regnen. Er fröstelte und zog den Mantel enger um seine gebrechlichen Schultern. Die Erinnerungen stiegen weiter in ihm auf. Eine Nachbarin hatte Marias Schwangerschaft bemerkt und tratschte ihre Entdeckung herum. Hannas, einem Schriftgelehrten aus dem Tempel, kam dieser Klatsch prompt zu Ohren. Josef hatte das Gesicht der Frau in widerwärtiger Erinnerung: eine speckige Haut, rote Lider um die Augen eines Wiesels und ein Mund wie ein Katzenwels. Wie um die Lage noch zu verschlimmern, war Josef nach der Entdeckung des schrecklichen Zustandes nur noch selten im Tempel erschienen; er fühlte sich so ausgelaugt, daß er schon den Tod herbeiwünschte, um von seinem Mißgeschick erlöst zu werden. Doch er war noch immer unter den Lebenden, als Hannas eines Tages an seine Tür klopfte und sich in unheilverheißendem Ton nach dem Grund seines Fernbleibens erkundigte.
Die Schmach einer Lüge wurde Josef erspart, denn Hannas fragte sogleich: »Ist es, weil Maria schwanger ist?«
»Ja«, antwortete Josef.
»Warst du es?«
»Der Herr möge dir verzeihen«, murmelte Josef.
»Das kann nicht verborgen bleiben«, meinte Hannas.
Und es blieb auch nicht verborgen: Noch am selben Tag wurde Simon, der Hohepriester, darüber in Kenntnis gesetzt. Er zitierte Josef zu sich. Simon wollte zunächst nicht an dergleichen glauben. Er fand es schlechthin unvorstellbar, daß der Nazarener Josef im Alter von nahezu neunzig Jahren einer triebhaften Anwandlung wegen seinen guten Ruf aufs Spiel gesetzt haben sollte.

»Ist sie wirklich schwanger?« fragte er Josef.
»Ich habe bei meiner Frau sechsmal eine Schwangerschaft miterlebt. Selbst Augen wie die meinen, die immer schwächer werden, können sich nicht täuschen. Sie ist schwanger und meiner Ansicht nach mindestens im vierten Monat.«
»Hast du eine Ahnung, wer der Vater ist?«
Josef erbleichte und antwortete heftig: »Nein.«
»Kann es einer deiner Söhne gewesen sein?«
»Nein.«
Simon seufzte betrübt. Er hatte große Achtung vor Josef, und Josef wußte das, doch Gesetz war Gesetz. Josef wurde in Haft genommen und die Tempelpolizei ausgeschickt, um auch Maria festzunehmen.
»Wir werden noch hier und heute ein Urteil über dich sprechen«, hatte der Hohepriester gesagt, »und ich werde nur wenige Mitglieder des Gerichts zusammenkommen lassen.« Die Gerichtsversammlung war in der Tat klein gewesen. In jeder anderen Situation hätte Josef Simons Fürsorge auch zu schätzen gewußt. Sie hatten ihn verhört: Hatte er Intimverkehr mit dem Mädchen gehabt? Nein, nein und nochmals nein!
Im Wind schüttelte er nun den Kopf und weinte. Herr, warum hast Du mir am Ende meines Lebens diese Prüfung noch auferlegt?
Das Qualvolle an der Sache war, daß die Gerichtsversammlung von seiner Unschuld überzeugt war. Trotzdem war es ihre Pflicht, ihn zu verhören. Auch Maria wurde mit Fragen überschüttet. Diese hatte die Richter aus der Fassung gebracht, als sie auf die Frage, ob sie mit Josef Verkehr gehabt habe, mit dem Wort »Verkehr« nichts anzufangen wußte.
»Was bedeutet das?« hatte sie gefragt. Ob dieses Mädchen wohl zurückgeblieben sei, hatte einer der Richter gemeint. Ein anderer mußte die Frage nun mühsam klar und für Maria verständlich formulieren: Ob sie ein Mann an dem Körperteil berührt habe, mit dem sie uriniere. Sie errötete und schüttelte den Kopf. Dann begann sie zu weinen. Von jenem Augenblick an war kein Wort mehr aus ihr herauszubringen, da sie unentwegt schluchzte. Da durchfuhr Josef ein bedrückender Gedanke. Das Mädchen pflegte wie ein Murmeltier zu schlafen. Einmal hatte er sie so stark rütteln müssen, daß er schon befürchtete, sie sei tot. Jeder x-beliebige hätte … O Herr, hab Erbarmen!

Nur gut, dachte Josef in der nächtlichen Kälte bei sich, daß mein Leben zu Ende geht. So werde ich an all das wenigstens nicht zu oft zurückdenken müssen. Doch da tauchte schon die nächste Erinnerung auf: Er hatte den Gerichtshof gebeten, eine zusätzliche Erklärung abgeben zu dürfen. »Maria sagt, sie sei immer noch jungfräulich.« Simon wandte sich an das Mädchen und fragte es, ob das wahr sei. Sie nickte. »Das ist doch ein komplettes Hirngespinst!« rief ein Richter. »Holen wir eine Hebamme! Die soll uns sagen, ob dieses Mädchen eine Lügnerin ist, eine Idiotin oder ein Naturwunder.«
Nachdem Simon die Angelegenheit vor Sonnenuntergang geregelt wissen wollte, vor allem aber entschlossen war, Josef die Schande des Gefängnisses, und sei es auch nur für eine Nacht, zu ersparen, befahl er, umgehend nach einer Hebamme zu schicken. Eine halbe Stunde später war die Frau da. Man erklärte ihr, was es festzustellen galt. Ein einziger Blick auf Maria genügte, und sie hätte beinahe das Gleichgewicht verloren und wäre über die Brüstung gefallen, die die geheiligte Hälfte des Hohen Gerichtssaales, wo die Richter saßen, von der für Nichtpriester vorbehaltenen Hälfte trennte. Ein Levit fing sie gerade noch rechtzeitig auf.
»Rabbis!« rief die Hebamme. »Will man sich über mich lustig machen? Jeder Schwachkopf kann doch sehen, daß dieses Mädchen über den vierten Monat hinaus schwanger ist!«
»Tu, was man von dir verlangt!« befahl Simon.
»Komm mit«, sagte die Hebamme zu Maria, »und mach dich auf etwas gefaßt, denn es ist keine Kleinigkeit, worum man sich hier deinetwegen streitet.«
Als sie wieder in den Gerichtssaal zurückkam, schien die Hebamme Mühe zu haben, ihren Mund wieder zuzubekommen.
»Nun, und?« fragte Simon.
Sie hob die Arme zum Himmel, schlug dann die Hände zusammen, hob erneut die Arme zum Himmel und schlug wieder die Hände zusammen.
»So sprich doch!« drängte Simon.
»Rabbi! Das Mädchen ist schwanger und zugleich Jungfrau. Die Jungfernhaut ist unverletzt«, sagte sie. Dann wurde sie ohnmächtig. Als sie wieder zu sich kam, schrie sie: »Ein Wunder!« Man gab ihr ein Geldstück und schob sie aus dem Gerichtssaal, nicht ohne sie jedoch

zuvor Stillschweigen über den Fall schwören zu lassen. Maria, die man wieder hereingeholt hatte, zeigte ein verschlossenes, finsteres Gesicht.
Josef war nicht sogleich klargeworden, wie völlig abwegig und unmöglich die Worte der Hebamme geklungen hatten. Sein verstörter Verstand hatte einzig registriert, daß Maria Jungfrau war, was nur bedeuten konnte, daß kein Geschlechtsverkehr stattgefunden hatte. Er stützte den Kopf in seine Hände und weinte Tränen der Erleichterung. Als der Richter vorschlug, die Sitzung zu vertagen, damit das Gericht über das Problem beraten könne, dachte Josef nur: Welches Problem? Ist jetzt nicht alles geklärt? Erst als ein anderer Richter den Gedanken nahelegte, Maria sei womöglich gar nicht schwanger, sondern habe ein Geschwür im Bauch, und ein dritter argwöhnte, sie sei das Opfer eines Teufels in Frauengestalt geworden, da wurde Josef plötzlich die Absurdität der Situation bewußt: Maria war vielleicht Jungfrau, ja, aber sie war schwanger. Wie konnte man Wasser in einen versiegelten Krug gießen? Alle begannen sie gleichzeitig zu reden, ohne dem anderen noch zuzuhören. Simon setzte dem Durcheinander ein Ende, indem er die Stimme erhob und daran erinnerte, daß sie vor Sonnenuntergang ein angemessenes Urteil zu fällen hätten. »Ihr alle habt gehört, was die Hebamme festgestellt hat«, sagte er. »Das Mädchen ist schwanger. Es hat keinen Sinn und würde zu keinem Ende führen, darüber zu diskutieren, wie das geschehen konnte. In fünf Monaten wird ein Kind zur Welt kommen, ein uneheliches Kind. Diesen Skandal müssen wir verhindern.«
Doch schon hatte sich ein pharisäischer Richter zu Wort gemeldet und verlangt, daß man die Hypothese vom Teufel in Frauengestalt näher untersuche, woraufhin ein Sadduzäer heftig reagierte und sich darauf berief, daß derlei Fälle im »Deuteronomium« keine Erwähnung fänden, und zwar aus dem sehr einfachen Grund, weil es Teufel ebensowenig gebe wie Engel. Josef hatte das Gefühl, einen Alptraum zu durchleben. Irgend etwas in ihm bäumte sich auf. Was war das nur für ein Gericht? Da sollte über Würde und ein Menschenschicksal entschieden werden, und diese Richter stritten sich über Engel und Teufel!
»Selbst wenn wir annehmen, daß an dieser Vermutung etwas dran ist«, wandte der Hohepriester ein, »wo würde uns das hinführen? Nehmen

wir an, das Kind wird ein Dämon sein. In diesem Fall müßten wir es töten. Brüder, ich bitte euch, diesen weiteren Skandal, den wir damit schaffen würden, zu bedenken! Nicht etwa aus schlichter Vergeßlichkeit läßt das ›Deuteronomium‹ solch einen Fall unerwähnt, sondern aus einem göttlichen Wissen um die Wirren, die er zur Folge haben würde. Ich darf euch in Erinnerung rufen, daß wir hier sind, um nach Möglichkeit einen Skandal zu vermeiden.« Dann wandte er sich an Josef: »Es scheint also, Rabbi, daß Maria durch eine besondere Laune der Natur zugleich unberührt und doch schwanger ist. Ich erkläre hiermit im Namen des versammelten Gerichts, dessen Vorsitz ich hier führe, daß wir deinen Ruf derzeit für unbescholten erachten. Loben wir den Herrn!«
Und sie lobten alle den Herrn.
»Und trotzdem«, fuhr Simon fort, »bleibt der Sachverhalt bestehen: Maria ist dir anvertraut worden, und nun ist sie schwanger. Wenn wir euch beide einfach so gehen ließen, wäre es außergewöhnlich schwierig, den Leuten klarzumachen, daß eine Frau ohne Mitwirkung eines Mannes empfangen kann. Böse Verleumdungen würden zirkulieren, da jedermann eine Ausflucht wittern müßte. Außerdem können weder du noch wir ein Mädchen, für das wir verantwortlich sind, der Schande, ein uneheliches Kind zu bekommen, ausliefern.« Er hatte kurz innegehalten und dann hinzugefügt: »Ich habe beschlossen, du wirst Maria heiraten.«
»Ich habe beschlossen, du wirst Maria heiraten...« Immer noch klangen Josef diese Worte im Ohr. Der Abend war kalt. Der alte Mann rieb sich die Hände, um sich aufzuwärmen. Er wurde unruhig. Warum war es nur so still im Stall? Ein gräßlicher Gedanke tauchte in seinem Innersten auf wie eine Fledermaus, die sich auf ihr Opfer stürzt: Und wenn das Kind tatsächlich das Ergebnis eines teuflischen Werkes war? Hatte die Hebamme etwa irgendein unbeschreibliches Ungeheuer, eine geschuppte, schwarze Kreatur ans Licht der Welt gebracht? War das der Grund für diese unheimliche Stille im Stall? Er erschauerte und betete verzweifelt zum Herrn.
Ja, er hatte Maria geheiratet. »Ich habe beschlossen, du wirst...« Alle waren sie sich einig gewesen in diesem Punkt. Ein Richter hatte zu bedenken gegeben, daß es einen bedauernswerten Präzedenzfall schaffen würde, wenn das Gericht die Möglichkeit einer Schwangerschaft

ohne Verlust der Jungfräulichkeit öffentlich einräumte. Dann müsse nämlich für unter derartig ungewöhnlichen Umständen geborene Kinder ein rechtlicher Status erstellt werden. Ein anderer hatte erklärt, daß Josef als Oberhaupt des davidischen Stammes gar nicht anders könne, als sich dem Gerichtsbeschluß zu beugen, wenn er der Ehre der Nachkömmlinge Davids nicht Abbruch tun wolle.

Er hatte sich zu wehren versucht: »Ich habe erwachsene Söhne, und ich bin ein alter Mann. Sie aber ist noch ein Kind … Ihr macht mich zum Gespött der Kinder Israels.«

Die Richter blieben unbeugsam. »Fürchte Gott, deinen Herrn«, hatte Simon mit feierlicher Stimme gesagt, »und erinnere dich daran, was Er mit Datan, Abiram und Korach gemacht hat, unter deren Schritten die Erde sich teilte, um sie wegen ihrer Lügen zu verschlingen. Sieh dich vor, Josef, daß es nicht deinem Hause so ergehen wird!«

Ein vorgefaßtes Urteil also. Josef musterte sie, wie sie da der Reihe nach saßen, und einmal mehr wurde ihm wie schon an Herodes' Werken klar, was Ungerechtigkeit war. Die Alternative hieß: heiraten oder Gefängnis. Er entschied sich für die Ehe. Noch bevor sie das Gericht verließen, mußten sie sich von Simon vermählen lassen. Als dies geschehen war, wandte sich Josef an seine Richter und zitierte die folgenden Worte Ijobs:

> »Meine Rede bleibt noch betrübt;
> meine Macht ist schwach über meinem Seufzen.
> Ach daß ich wüßte, wie ich Ihn finden
> und zu Seinem Stuhl kommen möchte
> und das Recht vor Ihm sollte vorlegen …«

Noch gleichgültiger hätten sie sich kaum zeigen können. Auch kümmerte sie nicht das hämische Gelächter hinter vorgehaltener Hand und all der Schmutz, dem er sich in der Nachbarschaft auszusetzen hatte. In den Tempel wollte er fortan nicht mehr zurückkehren. Ihm blutete das Herz vor Enttäuschung und Wut. Sein einziger Trost war, daß er Simon und Judas vor Schimpf und Schande bewahrt hatte, obwohl auch sie ihr Teil an Verleumdungen abbekamen. Sein Haus war ein Haus der Stille geworden. Selbst wenn Jakobus, Justus, Lydia und Lysia zu Besuch kamen, benahmen sie sich wie bei einer Beileidsbezeigung. Maria hatte sich völlig in ihr Zimmer zurückgezogen. Sie war

dem kalten Blick ihrer Stiefkinder einmal begegnet, und sie hatte verstanden. Die einzige Person, mit der sie überhaupt sprach, war die Dienstmagd, eine alte Frau, die großes Mitgefühl zeigte. Josef dachte oft an dieses Mädchen, das in seinem Haus lebte und ein Kind in seinem Bauch trug, dem er in einigen Wochen seinen Namen geben sollte. Sein Unmut und seine Verbitterung hatten nachgelassen; schließlich war sie ja ein Opfer des Zufalls und der Unkenntnis. Ihr Geheimnis aber blieb, wie es war. Was wußte diese zartwangige Sphinx tatsächlich davon, wie alles angefangen hatte? Hatte sie wirklich geschlafen, als ein Mann den Samen des Lebens in sie legte? Hatte sie denn überhaupt nichts bemerkt? Rein gar nichts? Bisweilen belauerte Josef den Gesichtsausdruck seiner Söhne Simon und Judas, wenn sie – allerdings mit quälender Behutsamkeit – auf seine Heirat zu sprechen kamen. Ein Zucken im Mundwinkel, ein Flackern in den Augen oder ein mürrisches Gesicht hätten ihm als Indiz dienen können. Aber nein, wenn tatsächlich einer von diesen beiden etwas zu verbergen hatte, dann war er Meister in dieser Kunst.
Die Neugierde der Nachbarn und das Hauptinteresse des Tratsches galten natürlich der Geburt des Kindes. Selbstverständlich würde man eine Hebamme, das hieß ein Klatschmaul, hinzuziehen müssen, und die würde dann schon in Erfahrung bringen, von wem das Kind war, oder? Hebammen wußten immer alles, sie besaßen den Hauptschlüssel für alle Familiengeheimnisse. Man bedenke nur beispielsweise, wie Rebecca anhand eines Feuermals auf dem rechten Bein des zweiten Kindes von Efraim entdeckt hatte, daß der Vater Efraims eigener Bruder war... Josef hatte nur allzuviel von derlei Unsinnigkeiten zu hören bekommen, obgleich seine verstorbene Frau in ihrer frommen Unschuld diesen Gehässigkeiten gegenüber ein gleichgültig taubes Ohr entwickelt hatte; er beschloß also, daß das Kind unbedingt außerhalb von Jerusalem zur Welt kommen mußte. Es gab einen ausgezeichneten Vorwand, um die Stadt zu verlassen: das Volkszählungsdekret, das in ganz Palästina verkündet worden war. In seiner Eigenschaft als Stammesoberhaupt durfte sich Josef einer öffentlichen Pflicht nicht entziehen. Und da seine Familie aus Bethlehem stammte, wollte er sich dort eintragen lassen.
Marias Schwangerschaft war bereits in überaus fortgeschrittenem Stadium, wenn auch niemand sagen konnte, wann sie begonnen hatte.

Doch Bethlehem lag nur eineinhalb Wegstunden von Jerusalem entfernt. Wenn man diese kurze Strecke auf dem Esel in gemächlicher Gangart zurücklegte, würden die Strapazen kaum über Marias Kräfte gehen.
»Paßt mir auf das Haus auf!« hatte er zu seinen Söhnen gesagt. »Ich muß für ein paar Tage verreisen.« Bei dieser Gelegenheit war es geschehen, daß Judas mit unvermuteter Ängstlichkeit plötzlich gefragt hatte: »Und das Kind?« Diese drei Worte hatten Josef wie ein Faustschlag in den Magen getroffen. Im Boden zwischen ihm und Judas hatte sich ein Abgrund aufgetan. Auf der einen Seite stand er, und dort drüben, weit drüben, stand Judas mit brennendroten Wangen, in denen das Blut pulsierte, das ihm die Frage eingegeben hatte. Langsam, sehr langsam hatte Josef geantwortet: »Es ist jetzt mein Kind und dein Bruder.« Dann hatte er den Esel gesattelt, der Dienstmagd befohlen, für Maria ein Bündel Kleider zusammenzupacken, und sich auf den Weg gemacht. Maria hatte die ganze Zeit über kein Wort gesprochen, bis sie bei ihrer Ankunft in Bethlehem die ersten Wehen verspürte. Es wurde Abend. Josef versuchte, in einer Herberge ein Zimmer zu finden, denn irgendwelche Verwandte wollte er gerade jetzt um keinen Preis sehen. Doch vergebens. Da die Zeit drängte, nahm er das Angebot eines Bauern an, in dessen Stall zu übernachten, und er machte sich auf die Suche nach einer Hebamme.
In dieser Kälte werde ich mir noch den Tod holen, dachte er bei sich, um so besser. Einen Augenblick später stieß die Hebamme mit dem Fuß die Tür auf und sagte, es sei ein Junge. Er trat in den Stall und beugte sich über das verknautschte rosige Etwas, das, in eine Windel gewickelt, neben Maria lag. Nein, es war kein Ungeheuer, sondern ein kleines Menschenkind.
»Faß ihn einstweilen noch nicht an«, wurde er von der Hebamme angewiesen.
Danach hatte er auch nicht das geringste Bedürfnis. Als er sich zur Hebamme umdrehte, um sie zu bezahlen, murmelte sie irgend etwas vor sich hin. Vielleicht ein Gebet oder eine Teufelsbeschwörung. Sie hatte es eilig zu verschwinden, und Josef blieb mit Maria, dem Esel und der Kuh allein zurück. Er suchte ihren Blick; sie sah ihn mit völlig ausdruckslosem Gesicht an, oder preßte sie nur die Zähne zusammen, um einen Schrei der Auflehnung zu unterdrücken?

»Geht es dir gut?« fragte er sanft.
Kaum spürbar nickte sie mit dem Kopf.
»Hast du Hunger?«
Sie sagte nicht nein, also ging er beim Bauern ein paar Nahrungsmittel kaufen. Sie knabberte ein wenig an den Sachen herum und schlief dann ein. Er selbst war völlig übermüdet. Er streckte seine schmerzenden Glieder im Stroh aus und dämmerte in den Schlaf hinüber, wobei ihn noch im letzten Schimmer klaren Bewußtseins der Gedanke streifte, daß er ja weder für das Kind gebetet noch es gesegnet hatte.
Drei Tage blieben sie in dem Stall, dann nahm er das sorgsam eingemummte Kind und ließ es in der Synagoge von Bethlehem eintragen. Er nannte den Knaben Jesus, nach dem Hohenpriester, der seinen Erstgeborenen beschnitten hatte, und auch weil dieser Name die moderne Form des alten Namens Josua war und »Jahwe ist Rettung« bedeutete. Hierauf zahlte er den von den Römern geforderten Zehnten. Am nächsten Tag machte er sich mit Maria und dem Kind auf den Heimweg.
Vorschriftsgemäß befolgte Josef alle Riten, die mit einer Geburt zusammenhingen. Am achten Tag, nachdem Jesus geboren war, brachte er ihn in den Tempel, um ihn beschneiden zu lassen. Nach Marias Reinigung als Wöchnerin, die vierzig Tage nach der Niederkunft stattfand, nahm er ihn erneut mit in den Tempel, um ihn dem Herrn zu weihen. Ansonsten jedoch sah man Josef im Tempel nicht mehr, auch wenn er mit dem einen oder anderen Priester noch auf freundschaftlichem Fuße stand.
Nachdem der Sturm vorüber war, wunderte er sich über seine Widerstandskraft. Im Laufe der schweren Tage, die dem Urteilsspruch des Gerichts vorausgegangen und gefolgt waren, hatte er oft geglaubt, an gebrochenem Herzen sterben zu müssen. Doch schien die Schicksalsprüfung ganz im Gegenteil verborgene Energien in ihm wachgerufen zu haben. Ein- oder zweimal begegnete ihm auf der Straße der Schriftgelehrte Hannas, der sich über seinen munteren, forschen Gang wunderte. Neunzig Jahre alt und lebendig wie ein Fisch im Wasser! Und außerdem rachsüchtig: Als das Klatschweib mit dem Eulengesicht, das die Neuigkeit von Marias Schwangerschaft verbreitet hatte, einmal an einem Sabbat Wäsche aufhängte, ließ er sie von der Tempelpolizei verhaften und eine Strafe bezahlen. Das wirkte als Abschrek-

kung, denn daraufhin hielten all jene, die sich zu gewagten Mutmaßungen über die wahre Identität von Jesus' Vater hatten hinreißen lassen, lieber ihre Zunge im Zaum.
Doch nun war es das energische Wiederaufleben der Lebensgeister Josefs, das vor allem im Tempel Gerüchten neue Nahrung gab. Von Hannas bis hin zum Hohenpriester beobachtete man besorgt nicht nur die neugewonnene Vitalität des alten Rabbi, sondern auch gewisse Machenschaften, auf die er sich einzulassen schien. Beispielsweise knüpfte er seine Verbindungen zur Bruderschaft der Nazarener wieder enger, und er machte niemandem gegenüber ein Hehl daraus, daß er in diesen eine umstürzlerische religiöse und politische Gegenpartei zu den Sadduzäern und dem Clan der die obere Verwaltungsebene beherrschenden Pharisäer sah.
»Was mag er wohl im Schilde führen?« fragte sich der Hohepriester, der Josef sehr schätzte und es nur allzugern gesehen hätte, wenn die alten Zwistigkeiten ein für allemal begraben worden wären. »Und welche Ränke werden hier geschmiedet?« Eine schwierige Frage, denn in den Untergeschossen des Königreichs war in den Kesseln der Habsucht, des Ehrgeizes und des Argwohns immer irgendeine Suppe am Brodeln.
Josef also hatte sich erneut in Aktivitäten gestürzt. Er fand kaum Zeit, sich um die junge Frau, welche die seine war, oder um seinen fünften Sohn zu kümmern. Als die ersten Schneefälle die Palmen und Olivenbäume um Jerusalem überzuckerten, kam die Dienstmagd eines Morgens, um ihm zu berichten, daß es im Zimmer von Maria zu kalt sei und daß sie um die Gesundheit des Kindes fürchte. Er befahl ihr, die beiden unbenutzten Feuerbecken, die sich im Schuppen hinter der Küche befanden, mit Holz zu füllen und sie in Marias Zimmer zu bringen. Da die Becken schwer waren und außer ihm im ganzen Haus kein Mann war – Simon und Judas hatte er inzwischen im Haushalt eines verheirateten Sohnes aufnehmen lassen –, half er der Dienstmagd beim Tragen. Als er das Zimmer betrat, stillte Maria gerade das Kind.
Er war ergriffen, als sähe er sie beide zum erstenmal. Er versuchte, seine Gefühle zu unterdrücken, doch das Mitleid und die Erinnerung an seine verstorbene Frau erweichten sein Herz.
»Geht es dir gut?« fragte er sie zum erstenmal seit jener Nacht im Stall.

»Es geht schon«, antwortete sie und beobachtete dabei die Dienstmagd, wie sie Reisig im Feuerbecken zurechtlegte.
Ein Seufzer, nahezu ein Schluchzen, stieg in Josefs Brust auf. Er hätte gerne noch etwas gesagt, aber es gelang ihm nicht, und er verließ den Raum.
Eines Morgens fanden die Nachbarn Tür und Fensterläden von Josefs Haus verschlossen. Als die Milch- und Gemüsehändler an die Tür pochten, hallte ihnen nur die Leere des Hauses entgegen. Der Esel war nicht mehr im Stall und die Dienstmagd nirgends zu finden. Ein wenig später kamen Leute von Herodes' Polizei – nicht der des Tempels –, um nach dem alten Priester zu forschen, doch sie erhielten kaum Auskunft, außer daß am Abend zuvor das Haus noch bewohnt gewesen sei, denn man habe die Magd einen Bottich in den Rinnstein leeren sehen. Dennoch war Josef mit Frau und Kind in der Nacht verschwunden. Niemand wußte, wohin. Nicht einmal seine Söhne und Töchter. Der wiederauflebende Klatsch der Nachbarn vermischte sich mit dem Wehklagen des Windes.
Niemand hatte den Besucher spät in der Nacht an Josefs Tür klopfen sehen. Niemand war bei der hastig geflüsterten Unterhaltung zwischen Josef und ihm zugegen gewesen oder hatte gesehen, wie Josef vor Schreck erbleichte. Bei der Nachricht des Besuchers war es gewiß um eine Frage von Leben und Tod gegangen, denn Maria wurde wenige Augenblicke später geweckt, Jesus in eine Wolldecke gehüllt und das Allernotwendigste sowie ein wenig Proviant in ein Bündel gepackt. Die Magd bekam ein paar Geldstücke zugesteckt und die Anweisung, sich auf dem Lande zu verstecken. Dann war der Esel aus dem Stall geholt, ein wenig Futter in einen Sack gestopft und die Tür hinter den Flüchtlingen verriegelt worden.
Denn Flüchtlinge waren sie. Ein Indiz im Haus hätte die Hast und die zitternden Hände verraten können: Eine Schüssel Mehl, die vom Tisch gefallen war, hatte wie Schnee den Boden weiß überpudert. Mehl, aus dem man Brot machen wollte.

IV.

Alexandria

Nachdem sie Jerusalem bei Nacht und Nebel verlassen hatten, schlug Josef die Straße ein, die im Inneren des Landes nach Süden führte. Bei Morgengrauen erreichten sie Hebron. Er gönnte sich und Maria keine Ruhepausen, und Maria, die das Kind in ihren Umhang gehüllt hielt, wagte nicht einmal, vor sich hin zu dösen, um nicht mitsamt dem Kind vom Esel zu fallen. Als die drei Flüchtlinge am Nachmittag das Wadi des Ghazze unweit von Beerscheba überquerten, waren sie nahe der Erschöpfung. Doch nun waren sie außer Gefahr; sie hatten Idumäa erreicht, das zwar eine einzige Wüstenei, aber sicher war. Josef bereitete hinter einer Düne ein Lager. Er zündete ein Feuer an, gab Maria etwas von dem Brot und dem Käse, die er in ein Tuch gewickelt hatte, aß selbst ein wenig, warf seiner Frau und dem Kind eine warme Decke über die Schultern und sah ihnen zu, wie sie einschliefen. Er bemühte sich, wach zu bleiben, doch das Alter und die Erschöpfung forderten ihren Tribut, und auch ihm fielen bald die Augen zu. Wüstenspringmäuse huschten durch die Gegend und hielten hie und da an, um, hoch aufgerichtet und auf ihre zierlichen Hinterbeine gestützt, fasziniert das Feuer zu beobachten. Ein Schakalpärchen witterte neugierig die fremdartigen Gerüche, die ihnen der Nachtwind zutrug. Doch offensichtlich klang Josefs gewaltiges Schnarchen so bedrohlich, daß sie sich nicht näherten und statt dessen nach einem Wüstenkaninchen jagten.

Der Morgen graute zunächst feucht und windig, doch als die rabenschwarze Nacht endgültig gewichen und die Wüste in rosa, dann fahlgelbes Licht getaucht war, hatte die Sonne dem Sand schon wieder seine volle, weiche Wärme zurückgegeben. Josef erwachte wie gerädert und streckte vorsichtig seine schmerzenden alten Glieder. Seit langem schon brachten ihm die Nächte nicht mehr die Erholung, wie er sie in seiner Jugend gefunden hatte, doch viele würden ihm ohnehin nicht mehr bleiben, bis jene große Nacht den Beschwerlichkeiten des Alters Gerechtigkeit widerfahren ließ. Er beugte sich über Maria; sie schlief noch, eine Hand sanft über Jesus gelegt. Das Kind hatte die Augen geöffnet und den Blick still auf Josef gerichtet. Ob es Hunger hatte, fragte sich Josef. Er würde Maria bald wecken müssen, damit sie es stillte, doch zuvor wollte Josef noch rasch einem eigenen Drang abhelfen. Er kletterte die Sanddüne hinauf, hinter die sie sich geflüchtet hatten, und glitt auf der anderen Seite ein wenig hinab, um sich dort zu erleichtern.

Als er wieder zurückkehrte, bemerkte er plötzlich einen Sandstreifen am Horizont, etwa eine Wegstunde von ihnen entfernt. Er erkannte eine Karawane, die sich offensichtlich Richtung Nordwesten bewegte. Sein Herz machte einen Luftsprung; vielleicht waren sie gerettet! Sie hatten kaum noch Proviant, und es war recht zweifelhaft, ob sie Hitze, Hunger, Durst und Erschöpfung gefahrlos überstehen konnten, bevor sie das Ziel erreichten, das Josef vor Augen schwebte: Alexandria. Wenn die Karawane sie mitnahm, würde er nicht mehr zu laufen brauchen. Er wußte, seine Beine waren zu schwach für die vielen Stunden Fußmarsch, die sie noch vor sich hatten. Er war zwar geflüchtet, um sein Leben zu retten, aber ohne eine rechte Vorstellung davon, was ihn nun erwartete. Wie konnte er sich der Karawane bemerkbar machen?

Eine Fliege auf einem Kamel war leichter zu erkennen als eine Wegstunde entfernt ein Mensch auf einer Düne. Also nahm Josef all seine Kräfte zusammen, rannte zu Maria, weckte sie schreiend und wies sie an, hier auf ihn zu warten. Dann bestieg er den Esel und trottete entlang der Düne so schnell wie irgend möglich auf die Karawane zu.

Eine halbe Stunde später hatte er den Zug erreicht. Auf den ersten Blick erkannte er die Leute an ihren weißen Wollburnussen, den ausgemergelten Gesichtern und den pechschwarzen Krausbärten: Es waren Nabatäer. In Jerusalem hatte er schon viele gesehen. Sie waren Verbündete der Juden und verabscheuten Herodes. Sie waren reich, weil sie mit Edelsteinen handelten. Jene hier, das erfuhr er später, führten Perlen und Korallen mit sich, um sie in Alexandria zu verkaufen.

Sobald er den atemlosen alten Mann auf seinem Esel bemerkt hatte, brüllte der Karawanenführer einen Befehl, und der Zug hielt an. Schwarze Augen fixierten Josef, der wußte, daß die Nabatäer Aramäisch sprachen. Er wandte sich an den Führer der Karawane, einen etwa vierzigjährigen Mann mit dem Gesichtsausdruck eines Falken. Er erklärte ihm seine Lage: eine Frau, ein Säugling, kaum Nahrungsmittel und fast kein Wasser. Er wolle nach Alexandria. Ob man ihm wohl gegen ein Entgelt die Reise auf einem der etwa zwölf unterschiedlich beladenen Tiere gestatte?

»Von Bezahlung kann nicht die Rede sein«, antwortete der Karawanenführer. »Du würdest uns beleidigen. Geh und hole die Deinen! Wir warten hier auf dich.«

Er beugte sich hinunter und musterte Josef.

»Du kennst wohl die Wüste nicht, Alter? Bis zur nächste Oase ist es mehr als eine Dreitagesreise. Du würdest verdursten.«

Er reichte Josef eine Feldflasche.

»Zwei Schlucke für dich und zwei für deine Frau, mehr wäre schädlich. Aber viel Wasser für das Kind, weil es die Hitze sonst umbringt.«

Dankbar wünschte Josef ihm, seiner Familie und seinem Stamm den Segen des Herrn, und erst als er bereits weggeeilt war, um die Seinen zu holen, fiel ihm ein, daß diese Leute ja vom Himmel gefallene Steine anbeteten.

Nach einer Woche erreichten sie Alexandria. Als Josef sich von dem Nabatäer verabschiedete, der ihm das Leben gerettet und ihn nicht ein einziges Mal gefragt hatte, aus welchem Grund er eigentlich mit einer Frau und einem kleinen Kind in der Wüste umherirrte, kamen ihm vor Dankbarkeit die Tränen. Und es sollten nicht die einzigen bleiben. Der Nabatäer gab ihm nämlich einen kleinen Stoffbeutel, den er ihm erst zu öffnen einschärfte, wenn er fort sei.

Als er ihn schließlich aufknüpfte, fand Josef darin eine Perle, groß wie eine Erbse. Von dem Geld, das er für sie zu bekommen hoffte, würden sie mehrere Monate leben können.

Denn es galt nun, in Alexandria zu leben, in dieser unbekannten, teuren Stadt, die Josef nur deswegen als Ziel gewählt hatte, weil er wußte, daß sich hier im Lauf der Jahre eine Kolonie von mehreren tausend Juden entwickelt hatte. Auch manche andere Kolonie blühte hier, wie es hieß: Da waren Galater, Illyrier und Achaier, Leute aus Ky-

rene, Karthago und Pergamon, Überläufer, die aus untergegangenen Königreichen und vor rachsüchtigen Tyrannen geflohen waren, Sterndeuter und Philosophen, Hedonisten und Seher. Im übrigen hatte man ihm erzählt, daß das ägyptische Königshaus seit der Unterwerfung unter die Römer viel zu geschwächt sei, um für all diejenigen eine Gefahr darzustellen, die nicht die ägyptischen Götter mit ihren Falken-, Katzen-, Affen- oder Nilpferdköpfen verehrten. Nein, die Regierung war schwach und unfähig, mit strenger Hand durchzugreifen. Selbst der leichte Seewind, der die Jasminzweige an den Balustraden der Villen am Meer tanzen ließ, schien Josef charakterlos und suspekt.
Und wirklich, schon auf dem Weg zur Synagoge verzog er mürrisch sein Gesicht beim Anblick der skandalösen Szenerie, die sich ihm darbot: Frauen, deren Gesicht nicht nur unverschleiert, sondern auch noch geschminkt war, die Lippen rot, die Wimpern schwarz und die Wangen weiß, Frauen, die aufreizend und aufwendig gekleidet waren, lächelten und offen mit Männern sprachen, dazu Knaben, die viel zu leicht und teuer gekleidet und aufwendig frisiert waren, und Männer, die mit den einen wie den anderen schäkerten ... Maria auf ihrem Esel sperrte weit die Augen auf. Josef befahl ihr, sich das Gesicht zu verhüllen und zu beten. Er seufzte erleichtert auf, als sie die Synagoge, ein freundliches, tröstliches Gebäude in einem solch heidnischen Land, erreichten. Er zog den Esel unter den Torbogen, band ihn an einem der dort eingelassenen Eisenringe fest und schob Maria eilig vor sich her in den Hof.
Sogar der Rabbiner, dachte Josef bei sich, ist hier anders als in Palästina. Erstens ist er zu fett, und außerdem lächelt er zuviel. Doch der Rabbiner war Josefs Los gegenüber nicht gleichgültig. Er fand rasch eine Unterkunft für die Flüchtlinge im jüdischen Deltaviertel und schlug sogar vor, daß der alte Priester und Zimmermann seinen Lebensunterhalt durch die Ausbildung von Lehrlingen verdienen könne.
»Aber diese Stadt ...«, begann Josef und erschauerte vor Entrüstung.
»Zunächst einmal soll sich meine Frau um die deine und das Kind kümmern«, unterbrach ihn der Rabbiner. »Und du, setz dich doch, und gönne dir eine Mahlzeit! Später wollen wir alles bereden. Du mußt mir ja auch erzählen, warum du Jerusalem verlassen hast. Aber das hat Zeit, bis ihr euch in eurem neuen Heim eingerichtet habt.«

Und er führte Maria zu einer Tür, an der sie von einer fröhlichen Matrone, zweifellos der Frau des Rabbiners, empfangen wurde. Josef bat er in einen Raum, wo er einem Bediensteten anordnete, ihm eine Schüssel dicke Bohnen und Zwiebeln zu servieren. Dann ließ er ihn von demselben Diener zu dem Haus geleiten, das er für die Emigranten ausfindig gemacht hatte.
Bald hatte Josef in seinem neuen Haus das mitgebrachte Kleiderbündel abgesetzt und Maria sich darangemacht, die Fußböden zu fegen und die Strohmatratzen zu klopfen, auf denen sie schlafen wollten. Auch Bekanntschaft mit den neugierigen Nachbarn war schnell gemacht, die ihnen für ihre ersten Mahlzeiten einigen unentbehrlichen Hausrat liehen, bis sie sich selbst welchen gekauft hätten. Nachdem Josef in der Nachbarschaft eine Matrone von entsprechend solidem Lebenswandel gefunden hatte, um Maria in guter Obhut zu wissen, wenn er einmal nicht zu Hause war, und nachdem die Rauchschwaden des ersten Feuers im behelfsmäßigen Herd den Staubgeruch verdrängt hatten und es nach verbranntem Bergahorn roch, wurde es Zeit für Josef, der Synagoge wieder einen Besuch abzustatten. Vor allem mußte er den Preis für die Perle aushandeln, denn er hatte kaum Geld, und außerdem wartete der Rabbiner auf seine Erklärungen, weshalb sie aus Jerusalem geflohen waren. Er riskierte sonst, trotz seines hohen Alters irgendeiner schweren Straftat verdächtigt zu werden.
Er sei kurz nach Mitternacht geflohen, berichtete er dem Rabbiner, der Eleasar hieß, weil ein Schriftgelehrter, mit dem er freundschaftlich verbunden sei, einer jener Pharisäer, die sich in die Dienstbotengeschosse des königlichen Palastes eingeschleust hatten, gekommen sei, um ihn zu warnen. »Du mußt unbedingt noch vor Morgengrauen aus Jerusalem verschwinden«, habe der Freund geraten. »Herodes plant, einige von uns zu verhaften, vor allem diejenigen, die mit Pheroras' Frau auf gutem Fuße gestanden haben.« Pheroras war Herodes' Schwager, den er zum Tetrarchen über Peräa und Batanäa ernannt hatte. Für diese Gunst hätte er eigentlich ein Verbündeter des Tyrannen sein müssen, doch Herodes hatte keine wirklichen Verbündeten, da ihn alle nur fürchteten oder seinen Thron begehrten. Pheroras und seine Frau intrigierten also gegen all diejenigen, die den Weg zum Thron versperrten, vor allem gegen Herodes' Söhne Alexander und Aristobul.

Die natürlichen Verbündeten der Verschwörergruppe um Pheroras und seine Gemahlin seien die Pharisäer, erklärte Josef. Als Strenggläubige, die leidenschaftlich das Prinzip der Offenbarungslegitimität des israelischen Thrones verteidigten, verabscheuten sie natürlich Herodes, der kein Jude sei und als Thronräuber angesehen werde. Eleasar nickte. Das alles war ihm bekannt. Dieser Josef schien zu glauben, Alexandria befinde sich hinter dem Mond.
»Übrigens«, fuhr Josef fort, »in Alexandria gibt es noch weitaus schwerwiegendere Gründe, ihn zu hassen. Erinnerst du dich, was er vor vierzig Jahren* anrichtete?« Und ohne Eleasars Kopfnicken zu beachten, fuhr er fort: »Er war damals erst Statthalter von Galiläa; wir wurden von den Römern bedrängt; sie erhoben unerträglich hohe Steuern, quälten unsere Väter und entehrten unsere Frauen. Und als wir uns dagegen auflehnten, hat er im Namen der Römer Rache geübt, indem er die besten von uns zu Hunderten niedermetzeln ließ ...«
»Ja, ich erinnere mich«, unterbrach ihn Eleasar. »Nach jenem Massaker sind viele Juden nach Ägypten geflohen.«
»Daraufhin«, sprach Josef weiter, »hat ihn der Hohe Rat vorgeladen, damit er Rechenschaft ablege über seine Grausamkeit. Herodes hat ihn nur gedemütigt. Und als er aufgrund seiner verachtenswerten Machenschaften dank Rom König wurde, hat er nahezu alle Mitglieder des Hohen Rates töten lassen.« Josefs Stimme bebte vor Empörung und erstickte schließlich in einem Schluchzer.
»Ich weiß«, sagte Eleasar beschwichtigend und verjagte dabei eine Fliege mit dem Handrücken, »danach suchten noch mehr Leute in Alexandria Zuflucht. Und dann gab es eine noch größere Revolte. Und es waren noch mehr, die sich hierher flüchteten.«
»Und was unseren derzeitigen Hohen Rat angeht«, fuhr Josef hartnäckig fort, »weißt du eigentlich, daß fast alle seiner heutigen Mitglieder von Herodes in ihr Amt gehoben wurden? Wußtest du von diesem schändlichen Umstand?«
»Ich weiß«, seufzte der Priester und winkte überdrüssig ab, »die Wege des Herrn sind eben unergründlich.«
Er erhob sich, um eine Lampe anzuzünden, denn die Dunkelheit brach herein.

* 47 vor der Zeitrechnung

»Meine zwei Vettern, Heli und Jakob, alle beide Väter vieler Kinder, sind vor den Augen ihrer Frauen auf der Straße ermordet worden!« rief Josef.
»Ich weiß«, wiederholte Eleasar, »und die Sadduzäer hat euer Leid nicht im mindesten gekümmert.«
»Die Sadduzäer!« zischte Josef erbost. Dabei legte er sich die Hand auf die Stirn, wie um einen unerträglichen Schmerz zu lindern. »Manchmal frage ich mich, ob sie überhaupt zu unserem Volk gehören und ob sie wissen, was das ist: Furcht vor dem Herrn.«
»Glücklicherweise werden sie von manchen Pharisäern, wie beispielsweise den Schammaiten, ein wenig in Schach gehalten«, meinte Eleasar und sah erwartungsvoll zu Josef hinüber.
»Die Schammaiten?« wiederholte dieser stirnrunzelnd. »Weshalb erwähnst du die Schammaiten? Das ist eine Gruppe fanatischer Pedanten, die gut daran täten, ihre Nase ein wenig aus den Büchern zu heben, um sich der Misere um sie herum bewußt zu werden.«
»Verzeih meinen Irrtum, aber ich glaubte, du seist einer von ihnen, da ja auch sie mit den Sadduzäern verfeindet sind.«
»Ich bin Hillelit«, sagte Josef mit aller Entschiedenheit. »Und du machst auch nicht gerade den Anschein, als seist du ein Anhänger der Schammaiten.«
»Du kannst beruhigt sein«, erwiderte Eleasar. »Ich bin ebenfalls Gefolgsmann von Hillel. Wir haben kaum Schammaiten in unserer Gemeinde. Die Atmosphäre in Alexandria würde ihnen nicht behagen. Aber all das erklärt mir nicht, weshalb ihr Jerusalem verlassen mußtet.«
Eine Stimme im Haus rief: »Vater! Das Essen ist fertig!«
»Darf ich dich einladen, mit mir und meinen Söhnen zu Abend zu essen?« fragte ihn der Priester, der immer noch rätselte, welche Konflikte Josef wohl mit der Staatsmacht des Herodes gehabt haben könnte, aber trotz alledem nicht auf sein Abendessen verzichten wollte.
Sie setzten sich zu einer Mahlzeit aus Zwiebeln und geschmorten Plattfischen, die mit einem Teller Käse und einem Schälchen gekochten Mais in Honig schloß. Der Priester hatte drei Söhne, von denen zwei Kaufleute waren, während sich der dritte dem Rabbinat verschrieben hatte und nach Palästina zurückkehren wollte.

»Ich habe hier dreißig Jahre meines Lebens verbracht«, sagte ihr Vater. »Ich glaube nicht, daß ich jemals nach Palästina zurückkehren werde. Nicht, daß ich dort etwas zu befürchten hätte ...«, fügte er noch hinzu.

Wieder runzelte Josef die Stirn. Sie dankten Gott und begannen zu essen, wobei Josef, der nur mehr wenige Zähne hatte, langsam und vorsichtig kaute. Während der ganzen Mahlzeit blieb er stumm, und der Priester wurde allmählich ungeduldig. Er fragte sich, ob er wohl an diesem Abend noch das Ende von Josefs Geschichte zu hören bekommen würde.

Als die Mahlzeit beendet war und sie wiederum dem Herrn gedankt hatten, sagte er zu Josef: »Du hattest also mit der Frau des Pheroras zu schaffen?«

»Nicht ich«, korrigierte ihn Josef. »Wir. Viele von uns sind der Meinung, man müsse alles tun, um der Dynastie des Herodes die Macht zu entziehen. In ihren Adern fließt Schlangenblut! So dachten auch Pheroras und seine Frau. Sie wollten Herodes' Söhne Alexander und Aristobul beseitigen. Entsetzliche junge Leute. Entsetzlich! So verdorben! Keine Sünde Sodoms ist ihnen fremd. Alexander hat sogar mit seinen drei Eunuchen Geschlechtsverkehr gehabt!«

Josef erstickte fast an diesen Worten. Der Priester, dem schon Schlimmeres zu Ohren gekommen war, blieb wesentlich gelassener.

»Pheroras und seine Frau«, fuhr Josef fort, der jetzt, da die Spannung wich, seine in letzter Zeit angestaute Erschöpfung zu spüren begann, »wiesen jeden, auch Herodes, auf den unmoralischen Lebenswandel von Alexander und Aristobul hin. Und Herodes war inzwischen dahintergekommen, daß seine Söhne ein Komplott gegen ihn schmiedeten. Ich sage ja, eine wahrhafte Schlangenbrut!«

»Doch was hattest du mit alldem zu tun?« fragte Eleasar. »Warum warst du in Gefahr?«

»Nur Geduld!« meinte Josef. »Herodes ließ seine Söhne in Sebaste, nahe bei Cäsarea, erwürgen. Doch wie kann man wissen, was das Gehirn eines Ungeheuers alles ausbrütet? Er empfand Gewissensbisse. Er beschuldigte Pheroras, ihn durch Verleumdung zu dieser gräßlichen Tat getrieben zu haben. Er beweinte die Söhne, die er selbst hatte erdrosseln lassen! Kannst du dir das vorstellen? Er verlangte von Pheroras, daß er seine Frau verstoße, und ließ all diejenigen

festnehmen und verhören, die mit ihr zu tun gehabt hatten. Er ließ die Leute foltern, um die Wahrheit zu erfahren, Namen und Pläne ... Und ich war einer von denen, die mit Pheroras' Frau in Verbindung gestanden hatten. Herodes kannte meinen Namen. Ich sollte festgenommen werden ... Gerade noch rechtzeitig wurde ich gewarnt. Ich wußte nicht, wohin. Ich wußte nur, daß ich Palästina verlassen mußte und daß in Alexandria Juden lebten ...«
Eleasar nickte zerstreut. Schon wieder ein Tontopf, der gegen einen Eisentopf ankämpfen zu können glaubt, dachte er bei sich. Josef hatte gut daran getan, zu fliehen; doch besser noch wäre es gewesen, sich gar nicht erst an solchen Intrigen zu beteiligen, die zu nichts führen konnten, weder für ihn noch für sein Volk.
»Hast du wirklich geglaubt«, fragte er deshalb, »die Dynastie des Herodes könne gestürzt werden?«
»Aber natürlich«, entgegnete Josef, »indem man die einen gegen die anderen hetzt.«
»Aber da sind doch noch die Römer«, gab Eleasar zu bedenken. »Sie hätten euch niemals einen König nach euren Vorstellungen wählen lassen. Ein echter Jude als König, ein Jude davidischer Abstammung, würde sich nur mit der völligen Unabhängigkeit zufriedengeben, und das hieße: Krieg gegen die Römer.«
»Sollen wir etwa die Schande der Versklavung in Kauf nehmen, ohne uns dagegen aufzulehnen?« fragte Josef mit wildem Blick. »Du lebst schon zu lange weitab von Palästina. Du weißt nicht, was dort vor sich geht. Die römischen Adler über dem großen Tor des Tempels – ist dir eigentlich klar, was das bedeutet?«
»Doch, das ist mir klar«, beeilte sich Eleasar zu sagen. »Aber wen hättet ihr auf den Thron setzen wollen, du und deine Partei? Wie ich schon sagte, ihr braucht einen König aus dem Stamme Davids. Wer soll das sein? Wo ist er?«
»Der Herr wird ihn für uns finden«, antwortete Josef sichtlich wütend.
»Aber wie wollt ihr wissen, daß gerade Gott ihn euch gesandt hat und nicht der Teufel? Du weißt ebensogut wie ich, daß sich Davids Nachkommenschaft seit Jahrhunderten verloren hat.«
»Der Herr wird ihn für uns finden, habe ich gesagt. Du mußt nur Vertrauen in Ihn haben. Fürchtest du nicht, daß du schon zu lange in ei-

nem heidnischen Land lebst?« fragte Josef und sah den Priester forschend an.
»Der Glaube an den Herrn hängt nicht davon ab, wo man lebt«, erwiderte Eleasar unwirsch. »Du kennst doch die Essener, nehme ich an.«
»Ja, ich kenne sie. Sie waren doch ursprünglich Pharisäer.«
»Nun gut, sie haben unweit der Stadt am Rande der Wüste am See Mareotis eine Siedlung gegründet. Gelegentlich sehe ich welche von ihnen, wenn sie nach Alexandria einkaufen kommen. Ich rede hie und da mit ihnen. Auch sie warten auf unseren Befreier. Allerdings scheinen sie nicht sicher zu sein, ob dieser Messias nun der Messias Aarons, also ein geistlicher König sein wird, oder aber der Messias Israels, das heißt ein weltlicher König.«
Die Flamme der Lampe flackerte im Nachtwind. Nach einer kurzen indigoblauen Phase war die Nacht tiefschwarz geworden. Eleasar erhob sich, um das Fenster zu schließen. Die Fensterläden knarrten in ihren Angeln, dann war wieder alles ruhig. Josef war verwirrt und verärgert. Dieser Priester hier sprach wie die griechischen Philosophen, um deren Gesellschaft sich die Sadduzäer so rissen, nicht aber wie ein echter jüdischer Priester. Josef hatte bisher mit ihm weder über den Preis der Perle noch darüber gesprochen, wo er sie verkaufen könne. Er verschob dies auf den nächsten Tag. Er hatte jetzt Ruhe nötig und verabschiedete sich.
»Findest du auch den Weg zurück?« fragte Eleasar. »Am besten begleitet dich wohl mein ältester Sohn Abraham. Komm morgen wieder! Dann regeln wir die finanziellen Angelegenheiten. Der Herr segne deinen Schlaf!«
Nur wenige Laternen beleuchteten das Deltaviertel. Doch als sie die schmale Straße, in der die Synagoge lag, verließen, und in die Straße der Kanopen einbogen, die das Deltaviertel abgrenzte, erhellte dem alten Mann und seinem Führer eine stolze Reihe von Fackeln den Weg. Viele Geschäfte auf der anderen Straßenseite hatten noch geöffnet. Hier gab es Lebensmittel, Milchschweine und Lammfleisch, Hühner und Enten, Datteln und frische Feigen; auch Wein, Kleidung, Schmuck, Töpferwaren und Heilkräuter wurden zum Kauf angeboten. Ein Einbalsamierer feilschte unter seiner Tür mit drei Männern um den Preis und die Qualität seiner Dienste. Aus einem Laden strömte der Duft von starken Parfüms. In einiger Entfernung verprü-

gelte ein Mann mit einem Stock einen anderen, der sich eigenartigerweise nicht wehrte.
»Ein Dieb«, erklärte Abraham. »Erwischt man einen von ihnen, muß er zwanzig Schläge über sich ergehen lassen, damit er nachher ein Viertel von dem behalten darf, was er gestohlen hat.«
Nichts gab es hier, an dem Josef keinen Anstoß genommen hätte; er war ganz benommen und angewidert. Wie sollte er in dieser gottlosen Stadt leben können! Als Abraham ihm die Tür seines Hauses zeigte, standen ihm Tränen in den Augen. Mit schwacher Stimme dankte er dem jungen Mann und ließ die Tür hinter sich ins Schloß fallen.

V.

Die Heuschreckenfresser vom Toten Meer

Im Sommer steigen die Temperaturen an der Westküste des Toten Meeres ins Unerträgliche, so daß man zweifeln kann, ob man sich noch auf Erden befindet. Zwischen dem Jordan-Tal im Norden, der Moabitischen Hochebene im Osten, den Bergen von Judäa im Westen und der Wüste Arabah stellt das Tote Meer eine gewaltige Senke dar; seine Oberfläche liegt nahezu achthundert Ellen* unter dem Meeresspiegel. Die einzigen Winde, die hierher gelangen, sind die Südwinde aus der Wüste. Sie werden in diesem Brutofen eingefangen, wirbeln empor und erschöpfen sich zwischen dem metallisch weißglühenden Himmel und den bleigrauen Fluten des Meeres. Ihr Todeskampf erzeugt unmerkliche Schwingungen in dem bläulichen, gespenstischen Dunst, der über der Wasseroberfläche schwebt, so als könnten sich die bösen Geister von Sodom, das am südlichsten Punkt des Meeres gelegen hatte, nicht dazu entschließen, diesen Höllenschlund zu verlassen.

Nicht nur auf den Körper wirkt sich die Hitze aus, sondern auch auf den Geist. Gefühle, Bedürfnisse, Zuneigung und Haß, Zielsetzungen und Sehnsüchte – all das pflegt sich auf kurz oder lang zu verflüchtigen oder zu verglühen und in Asche zu zerfallen. Auf diese Reinigung folgt ein Gefühl beschwingter Losgelöstheit. Dann aber wird man sich bewußt, daß diese kurze Ekstase lediglich die Faszination der Leere war, und daß das Übermaß an Licht die materielle Welt eher verschleiert als enthüllt. Nichts in der Trostlosigkeit dieser Landschaft vermag das Auge zu erfreuen. Die Sinne werden abgetötet. Das Bewußtsein schaltet sich aus. Die Bewegung der Welt scheint innezuhalten. Die enormen, glühenden Gesteinsmassen, das leblose Wasser und die flir-

* ungefähr 400 Meter

rendheiße Luft sind so weit entfernt von jeglicher Vorstellung einer Landschaft, daß man sich in einer anderen Welt glaubt. Das Bild, das man von sich hat, wird lächerlich, und der Gedanke an den Tod verliert seine beängstigende Macht. Eine andere Ahnung schwebt jenseits von allem und scheint doch gleichzeitig auch jedem Sandkorn innezuwohnen. Es ist nicht nur eine Idee, sondern vielmehr das niederschmetternde Erleben einer gewaltigen Vibration, die, wenn man sich ihr lange genug aussetzt, den Ballast der Gefühle und des Körpers auflöst, um ihn den dürstenden Felsen zu trinken zu geben; ein unvorsichtiger Wanderer würde so in den ekstatischen Schatten eines Sterblichen, in das Opfer einer stummen und fortgesetzten Explosion verwandelt. Es ist das Erleben eines großen Geistes, das Erleben Gottes.
Kein vernünftiger Mensch wäre auf die Idee gekommen, sich in dieser Gegend niederzulassen. Und doch kamen, fast hundert Jahre bevor der kaiserliche Legat das Volkszählungsdekret nach Palästina brachte und ein bedrängter neunzigjähriger Rabbi namens Josef nach Ägypten floh, eine Handvoll Asketen aus freier Entscheidung an das Westufer, um sich dort an einem Ort, der Qumran genannt wurde, niederzulassen. In ihrer quälenden Leblosigkeit war diese Landschaft für sie lediglich eine hauchdünne Haut, eine Membrane, die den Himmel von der Hölle trennte. Sie paßte ganz zu ihren strengen Vorstellungen von Selbstzucht. Die Leute nannten sich Essener.
Das Leben in Qumran ging noch seinen stillen, gewohnten Gang, als zwei Rabbiner, die nie zuvor Essener zu Gesicht bekommen hatten, jeder auf einer mehr oder weniger freiwilligen Reise, per Zufall, doch in unvergeßlicher Weise mit der Existenz dieser Hochburg am Toten Meer Bekanntschaft schließen sollten. Der eine hieß Josef und war erst vor kurzem in Alexandria eingetroffen. Der andere, Joram, war leitender Rabbiner der großen Synagoge in Antiochia und soeben auf dem Seewege nach Jerusalem gelangt.
Joram war kein unbedeutender Mann, da seine Synagoge von der Elite der jüdischen Gemeinde von Antiochia besucht wurde, die aus etwa zweihunderttausend Männern, Frauen und Kindern bestand und eine der reichsten im ganzen Mittelmeerraum war. Zweimal im Jahr schickte Joram beträchtliche Geldsummen als Ergebnis seiner Kollekten – und manchmal auch als nicht ganz freiwillige Spenden – nach Jerusalem zur Finanzierung des Tempels. Er und seine Synagoge wa-

ren also für den hohen Klerus von Jerusalem durchaus ein Begriff, und wie so oft überbrachte er auch dieses Mal eine stattliche Pfründe, weshalb er mit entsprechend großem Prunk und Pomp empfangen wurde.

Joram brachte allerdings noch etwas anderes in seinem Reisegepäck mit, und zwar eine Frage, die der jüdische Klerus keineswegs als ein Geschenk empfand: Wer waren eigentlich diese Juden, die sich Essener nannten, und wie waren sie, einmal abgesehen von politischen Gesichtspunkten, im Rahmen der jüdischen Religion einzuordnen? Joram, ein Pharisäer, war über die Stimmung in Jerusalem gut genug im Bilde, um zu ahnen, daß seine Frage wie auch die Antwort, die man ihm geben würde, inoffiziell bleiben mußten, wenn er nicht unliebsam auffallen wollte. Er ahnte, daß diese Essener eine permanente Herausforderung waren, doch da sie weitab von den Zentren der jüdischen Theologie lebten, begriff er den Grund dieser Gereiztheit nicht. Um eine Erklärung dafür zu finden, brauchte er jemanden, der zwar den offiziellen Kreisen angehörte, sich jedoch genügend Freiheit in Wort und Geist bewahrt hatte, um ihm die Situation ungeschminkt zu erklären. Er wählte also einen Mann, dem er bereits in Antiochia begegnet war: einen reichen Kaufmann, der zwar dem Sanhedrin, dem Hohen Rat, nicht aber dem dort herrschenden Klüngel angehörte, der mächtig genug war, um gefürchtet, und intelligent genug, um geachtet zu werden. Er hieß Josef und stammte aus Arimathäa. Sobald es ihm möglich war, ließ Joram Josef eine mit aller Umsicht abgefaßte Mitteilung zukommen, in der er den Wunsch äußerte, im privaten Rahmen mit Josef über ein heikles Thema zu sprechen. Daraufhin erhielt er für den folgenden Sabbat eine Einladung zum Abendessen.

Es war nur für zwei Personen angerichtet. Das Essensritual wurde genau eingehalten, jedoch ohne jede Großtuerei. Joram hatte die Erfahrung gemacht, daß Juden, die viel auf Reisen waren, ihrer Frömmigkeit auf schlichte Art und Weise Ausdruck gaben. Als sie sich vom Tisch erhoben, wo sie bisher nur einige Familienneuigkeiten ausgetauscht hatten, hob Josef den Kopf, als wolle er damit sagen: Nun, was gibt es?, und Joram begann vorsichtig, sein Anliegen darzulegen:

»Ich würde gerne deine Meinung hören zu einem Phänomen, das, wie ich annehme, nirgendwo verbreiteter ist als in Palästina, doch über das mir, fürchte ich, nur wenige in unseren Reihen vorurteilslose Auskünfte und ein unparteiisches Urteil bieten können.«

»Und über das«, fuhr Josef von Arimathäa fort, »die Angehörigen des Tempels unter Umständen ein verfälschtes Zeugnis ablegen könnten.«
»Ja, so kann man es ausdrücken, Bruder. Ich bewundere deinen Scharfsinn. Es handelt sich um die Essener. In Antiochia haben wir einige, sehr wenige allerdings, angetroffen. Mir wurde erzählt, daß sie außerhalb der Stadt leben, wenig kontaktfreudig sind und ein überaus tugendhaftes Leben führen.«
»Übertrieben tugendhaft, würde ich sagen«, meinte Josef.
»So ist es, ja, genauso ist es! Also, ich begreife schon einmal nicht, weshalb sie überhaupt in unsere Stadt gekommen sind. Gut, ich hätte mir nicht so viele Gedanken darüber gemacht, wenn nicht einige der ehrenwertesten Mitglieder unserer Gemeinde, diejenigen, die Griechisch sprechen und viel Umgang mit Philosophen, griechischen Philosophen natürlich, pflegen, seit einiger Zeit begonnen hätten, mir und anderen unausgesetzt von den Essenern zu erzählen. Wir haben in Antiochia, wie du vielleicht weißt, unter den Heiden eine Menge hochintelligenter Köpfe, gebildete Leute, die hier ein paar Erfahrungen bei den Ägyptern und dort bei den Asiaten gesammelt haben, und die mit den Namen von Buddha, Osiris, Mithra und Herakles um sich werfen, als handele es sich um nahe Verwandte. Und sie sind einflußreich, diese Leute. Es hätte gar keinen Sinn, meine Zeit damit zu verschwenden, das Banner Moses' zu schwingen und meinen Schützlingen zu raten, nicht auf sie zu hören. Antiochia ist nicht Jerusalem. Diese Leute führen Lobreden über die Essener, nur weil sie einen Griechen, Kreter oder Bithynier von ihnen schwärmen gehört haben. Ärgerlicherweise spricht alles dafür, daß die Essener ihrerseits keine Lobreden auf mich oder die übrigen Priester führen. Das ist unangenehm und um so mehr, als ich, wie ich gestehen muß, nahezu nichts über sie oder ihre Lehre weiß.«
Josef von Arimathäa erhob sich, um zwei Silberbecher mit Samos-Wein zu füllen, reichte Joram einen davon und trank einen Schluck aus dem anderen. Joram kostete mit der Zungenspitze und war hingerissen von dem vollen, harzigen Geschmack des Weines.
»Ich möchte vorausschicken«, sagte Josef, »daß es schwierig ist, sich eine Meinung über die Essener zu bilden.« Er legte ein Bein über das andere und lehnte sich in die Kissen des Diwans zurück. »Ursprüng-

lich waren sie Pharisäer, die vor etwa hundertfünfzig Jahren, zu Beginn der Hasmonäer-Herrschaft, ziemlich lockere Bruderschaften bildeten. Mancherorts wurden sie als Therapeuten oder als Heiler bezeichnet, und andernorts auch als Hemerobaptisten, da sie die Gepflogenheit haben, täglich ein Bad zu nehmen. Was sie hauptsächlich miteinander verband, war die Abscheu vor dem jüdischen Volk, das die Gesetze des Moses immer weniger achtete. Schon wie sie genannt wurden, verrät, daß sie der körperlichen Reinheit große Bedeutung beimaßen. Obwohl wir zu jener Zeit nicht als besonders krank oder ungepflegt galten, war es doch eine Neuheit, sich täglich zu baden oder den damals schlechtangesehenen Beruf eines Arztes auszuüben. Schon unter der Herrschaft der Hasmonäer waren sie unzufrieden gewesen, als wir aber von den Seleukiden und später von den Römern beherrscht wurden, wurden sie vollends rebellisch. Und man konnte sich ja auch tatsächlich der Wirklichkeit nicht mehr verschließen. Verzeih mir, wenn ich es so klar heraus sage: Die Bemühungen, die wir Pharisäer und die Sadduzäer unternahmen, dem Gesetz Moses' wieder seine alte Gültigkeit zu verschaffen, waren vergebens.« Josef von Arimathäa seufzte.

Joram lauschte mit vorgerecktem Hals, um ja keine Silbe von dem zu verpassen, was sein Gastgeber zu berichten hatte. Jeder trank einen Schluck.

Dann fuhr Josef fort: »Damals distanzierten sich diese Heiler, oder wie immer man sie nennen will, noch weiter von den anderen Juden. Sie verließen die Städte, in denen sie gelebt hatten, und begannen in der Umgebung Selbstkasteiung und strenge Zucht zu predigen als Buße und Vorbereitung für die Ankunft des Messias. Deshalb nannte man sie bald die Büßer. Die fanatischsten gingen in die Wüste, um sich im Qumran, in dieser trostlosen Gegend am Toten Meer, niederzulassen. Und dort befolgten sie die Weisung des Propheten Jesaja: ›Geh in die Wüste und folge dort dem Weg des Herrn!‹ Sie sind heute noch dort, zumindest der harte Kern ihrer Sekte, denn Essener gibt es auch in Ägypten, zum Beispiel am See Mareotis bei Alexandria, und auch bei euch leben einige. Erst später nannte man sie Essener, vielleicht in Anlehnung an den aramäischen Begriff el Hâsin, was soviel heißt wie ›die Frommen‹, unter Umständen aber auch nach einer anderen, ebenfalls aramäischen Bezeichnung, el Cenu'im, was

›die Keuschen‹ bedeutet. Sie sind nämlich gegen die Ehe, und mehr noch, gegen geschlechtliche Liebe.«
»Wie viele Essener gibt es wohl?« fragte Joram.
»In Qumran dürften es nicht mehr als zwei- oder dreihundert sei, in Palästina insgesamt viertausend, und fünfzehntausend im ganzen Orient.« Während er aufstand, um Wein nachzuschenken, berichtete Josef weiter: »Hier in Jerusalem spricht man nicht viel über sie. Manchmal könnte man meinen, wir wüßten nichts von ihrer Existenz. Doch das ist keineswegs der Fall. Wir wissen, daß sich ihr Glaube und ihre Einstellung in den letzten zehn oder fünfzehn Jahren sehr stark verändert haben. Von den übrigen Juden trennen sie mittlerweile Welten. So ist es ihnen gelungen, sich völlig gegen griechische oder römische Einflüsse abzuschotten, dasselbe gilt für den immer noch existierenden Baal-Kult. Es ist traurig, das sagen zu müssen, lieber Freund, aber in den meisten jüdischen Haushalten, und wenn man dort noch so fromm ist, kannst du mit Sicherheit davon ausgehen, daß du Amulette, manchmal sogar kleine Statuen findest, und zwar Bildnisse aus Gold von Baal und anderen Gottheiten, vorwiegend Fruchtbarkeitsgöttern. Vor allem die Frauen pflegen diese Kulte. Erst kürzlich hat eine Frau vor mir auf der Straße aus irgendeinem Grund auf den Bordstein springen müssen. Sie hat sich dabei ungeschickt angestellt, und irgend etwas fiel ihr aus dem Mantel. Als sie sich umdrehte, um es aufzuheben, sah sie mich, wurde über und über rot und ergriff die Flucht. Und weißt du, was da lag? Ein ägyptischer Phallus!«
Joram schüttelte ungläubig den Kopf.
»Nun gut, den Essenern also ist etwas gelungen, was für uns alle eigentlich vorteilhaft wäre: Sie haben in der Zeit einen Sprung zurück gemacht, zu dem Punkt in der Geschichte, als David noch der unbestechliche Herold des Gesetzes war – das ist es«, meinte Josef.
»Sie leben demnach für einen Traum«, folgerte Joram.
»Ich bin mir nicht sicher, ob ich es einen Traum nennen würde. Auf jeden Fall zahlen sie für diesen Traum einen Preis, den die Juden heutzutage, fürchte ich, nicht akzeptieren würden: Angst und Beklemmung. Angst, weil sie ständig darauf gefaßt sind, daß die Sterne herabfallen und die Sonne verlöscht, und Beklemmung, weil sie sich unausgesetzt des einen oder anderen Verstoßes für schuldig halten; sei es, daß sie

über einen Sektenbruder Schlechtes gedacht haben oder daß sie beim Gebet zerstreut waren, oder aber auch, daß sie nur jemanden beim Reden unterbrochen haben: Immer ist da ein Schuldgefühl.«
»Pedantische Leute, was?« bemerkte Joram.
»Ich würde eher sagen: krank vor Gewissensnöten. Sie wollen jederzeit für das Ende unserer Zeit bereit sein. Daher muß man auch eine lange Probezeit durchmachen, ehe man ihrer Gemeinschaft angehören darf: zwei Jahre. Das gibt einem reichlich Zeit, es sich noch einmal zu überlegen, falls einem die Prüfungen während dieser Monate zu hart erscheinen. So verzichtet der Novize beispielsweise am Ende des ersten Jahres auf die Nutzung seines gesamten Besitzes, nicht jedoch auf den Besitz selbst, den er erst am Ende des zweiten Jahres aufgibt, worauf dieser endgültig ins Eigentum der Gemeinschaft übergeht.«
»Ich kann mir nicht vorstellen, daß die Leute in Antiochia so etwas hinnehmen würden!« rief Joram.
»Genausowenig wie die täglichen Riten der Essener; jede Menge und alles andere als bequem. Mindestens dreimal am Tag müssen sie beten, ›bei Sonnenaufgang, wenn sie sich auf halbem Wege befindet, und wenn sie sich in ihr Haus zurückgezogen hat‹, um sie zu zitieren. Allerdings hat mir ein Neubekehrter, der Qumran verlassen hatte, weil er die dortigen Zwänge nicht ertragen konnte, erzählt, daß die Essener in Wirklichkeit zehnmal täglich beten. Sogar nachts stehen sie zum Gebet auf, um dem Beispiel der Schutzengel zu folgen. Am Sabbat ist den Essenern nicht nur wie uns die Arbeit verboten, nein, sie dürfen sie nicht einmal erwähnen. Auch dürfen sie nicht mehr als tausend Ellen weit gehen, keine Erde umgraben und keine Steine bewegen. Deshalb haben sie auch nicht das Recht, an diesem Tag ihre natürlichen Bedürfnisse zu befriedigen. An den übrigen Tagen der Woche gehen sie laut Vorschrift in die Wüste und graben dort mit einer speziellen Schaufel ein mindestens eineinhalb Fuß tiefes Loch, um sich zu erleichtern.«
»Ist denn das die Möglichkeit!« entfuhr es Joram.
»Wahrscheinlich ist der eigentliche Grund bei diesem merkwürdigen Verbot jedoch, daß ein Essener an diesem Ruhetag seinen Körper nicht beschmutzen darf. Was körperliche Reinheit angeht, sind die Essener sehr streng. Daher ist es einem Novizen auch untersagt, einen Älteren der Gemeinschaft zu berühren, und der darf wiederum den körperli-

chen Kontakt mit ihm nicht dulden. Die Aufnahmezeremonien beginnen typischerweise mit einem Bad, dem der Novize sich in Anwesenheit der Ältesten unterzieht. Von da an nimmt ein Essener alle Tage seines Lebens bei Sonnenuntergang ein Bad und zieht sich dann ein frisch gewaschenes, weißes Gewand an, das nur eine einzige Naht haben darf. Daraufhin begibt er sich zum gemeinschaftlichen Abendessen, das aus Brot, gerösteten oder gekochten, keineswegs aber schmackhaft zubereiteten Heuschrecken und Wein besteht. Jeglicher Verstoß gegen die Regeln wird bestraft, indem dem Sünder für einen ganzen Tag ein Viertel des Brotes gestrichen wird. Ich nehme an, du begreifst jetzt allmählich, weshalb die Essener gegenüber Juden wie uns kaum Nachsicht walten lassen.«

»Doch, doch, ich verstehe ...«, murmelte Joram. »Außerdem: ist es wahr, daß sie unverheiratet bleiben?«

»Ich sagte ja schon, sie verachten die Ehe, obwohl es in einigen Gemeinschaften, die am Rande der Städte leben, auch verheiratete Essener gibt. Doch diese werden als willensschwache Sektenbrüder zweiten Ranges angesehen. In den großen Essenerhochburgen wie Qumran und jener am See Mareotis ist das Zölibat absolute Vorschrift. Doch du kannst mir glauben, trotz dieser strengen Regeln kann man es sich dort leisten, viele, die das Noviziat antreten möchten, zurückzuweisen. Nicht immer hat das geistige und moralische Gründe, sondern in manchen Fällen erfüllt der Körper des Bewerbers nicht die gewünschten Bedingungen. In diesem Punkt sind die Essener überaus anspruchsvoll: Ein Novize darf weder an einer Krankheit leiden noch irgendeinen körperlichen Mangel haben. Er muß wohlproportioniert gebaut sein, schlanke Fesseln haben, vollentwickelte Muskeln, breite Schultern und schmale Hüften; er muß ausgewogene Gesichtszüge, gepflegte Haare sowie schmale Hände und Füße aufweisen können. Eine behaarte Brust ebenso wie plumpe Füße, zu stämmige Beine oder eine fleischige Nase können bereits ein Grund sein, abgewiesen zu werden.«

»Eine solche Wertschätzung körperlicher Vorzüge scheint mir einigermaßen suspekt«, bemerkte Joram spitz.

»Ich kann mir denken, worauf du anspielst«, meinte Josef von Arimathäa, der sich erneut erhoben hatte, um ihre Becher nachzufüllen, diesmal mit Granatapfelsaft, dem Pinienkerne und saftiges Fruchtfleisch von Orangen beigesetzt waren. »Aber die Gründe für diese Auswahlkriterien scheinen anderswo zu liegen. Die Essener sind der Ansicht, daß der Körper die innere Schönheit eines Menschen widerspiegelt. Jedenfalls bezweifle ich, daß die anatomischen Vorzüge des männlichen Körpers von den Essenern als Objekt des Genusses gesehen werden. Jegliches unkeusche Verhalten wird nämlich vorschriftsmäßig bestraft.«

Joram nippte genießerisch an seinem Becher und grübelte. »Warum leben sie nicht alle in Qumran?« fragte er nach einer Weile.

»Ich glaube, das haben sie ursprünglich auch getan, bis vor dreißig Jahren, als es jenes schreckliche Erdbeben gab, an das du dich sicher erinnern kannst. Dieses Beben hat einen Teil von Qumran zerstört. Die Essener interpretierten diese Katastrophe als ein Zeichen des Zorns Gottes. Sie zerstreuten sich in die Wüste. Dann tauchte wohl der Gedanke auf, daß das Erdbeben nur ein warnender Fingerzeig gewesen sei. Manche kehrten deshalb nach Qumran zurück, wo sie die zerstörten Gebäude wieder neu errichteten, die übrigen haben sich andernorts niedergelassen.«

»Und ihr, wie denkt ihr über all das?«

»Oft kommt das Thema bei uns im Tempel nicht zur Sprache. Die Essener leben zurückgezogen, und weder die eine noch die andere Seite hegt den Wunsch nach Annäherung. Es ist kein Geheimnis, daß der Klerus und die führenden Persönlichkeiten im Sanhedrin die Essener nicht sonderlich schätzen. Ihre strikte Befolgung des Mosaischen Gesetzes und ihre Moralgrundsätze sind über jede Kritik erhaben, gewiß, aber sie scheuen sich auch nicht, über alle Dächer hinweg, ihre abgrundtiefe Verachtung für den Tempel und seine Diener hinauszuschreien. Der Hohe Rat ist für sie eine Versammlung von Schurken. Aber ich darf doch sichergehen, lieber Freund, daß du all dies hier als streng vertraulich behandelst?«

»Zwinge mich nicht, am heiligen Sabbat den Namen des Herrn anzurufen!« protestierte Joram. »Ich bin dir sehr dankbar für die wertvollen Auskünfte, die du mir gegeben hast, und noch mehr für diejenigen, die du mir noch erteilen wirst. Sie werden mir zu meiner persönlichen Orientierung dienen.«

»In diesem Fall möchte ich hinzufügen, daß die Pharisäer wie auch die Sadduzäer gleichermaßen darüber verärgert sind, daß die Tugenden der Essener im Vergleich zu den unseren eine Herausforderung darstellen. Nachdem sie keinen Handel treiben, sondern sich mit ihrer Hände Arbeit als Bauern, Maurer, Weber, Töpfer und vielem mehr selbst genügen, machen sie auch keine schnöden Gewinne; nicht ein einziger Essener ist reich. Niemals können sie eines Vergehens beschuldigt werden wie etwa des Verkaufs zu knapp bemessener Scheffel Getreide oder zehnfacher Preise in Hungerjahren. Sie sind ein Muster an Ehrenhaftigkeit, und ich fürchte, daß man dergleichen nicht gerade von vielen in Jerusalem behaupten kann.«

»Mit anderen Worten«, meinte Joram, »es gibt hier also Leute, die auf die Essener wegen deren guten Rufes eifersüchtig sind.«

»So ist es. Aber da sind noch andere Gründe für die gegenseitige Abneigung, die ich vorhin erwähnte. Vor etwa hundertvierzig Jahren hatten die Essener einen, wie es scheint, sehr bedeutsamen Mann zum Oberhaupt, den sie Meister der Gerechtigkeit nannten. Der Ruf dieses Mannes, der nahezu wie ein Prophet verehrt wurde, ging weit über die Grenzen von Qumran hinaus und erregte Neid und Mißgunst unseres damaligen Königs, Alexander Jannai. Er ließ den Meister der Gerechtigkeit ausgerechnet am Tag der Versöhnung gefangennehmen, foltern und töten. Nachdem jener Alexander zugleich König und Hoherpriester war, nannten ihn die Essener den ›Schlechten Priester‹. Nun gut, ihr Haß gegen Alexander Jannai hätte eigentlich mit dem Niedergang seines Geschlechtes abnehmen können, es stellte sich jedoch heraus, daß eine Vielzahl weiterer Priester an der verabscheuungswürdigen Verfolgung des Meisters der Gerechtigkeit beteiligt gewesen waren. Und deswegen wird uns Priestern in Jerusalem immer und ewig die Versöhnung mit den Essenern versperrt sein. Um die Worte der Essener selbst zu zitieren, die mir gut bekannt sind: ›Alle Menschen, die in den Neuen Bund eingetreten, aber vom rechten Weg abgekommen sind, haben Verrat begangen und sich vom Quellwasserbrunnen abgewandt. Sie gehören fortan nicht mehr zum Volke, und ihre Namen werden von den Listen gelöscht sein, vom Todestage unseres obersten Meisters an bis zur Ankunft der Erlöser Aarons und Israels.‹ Tja, so sieht es aus, mein Freund. Ihr Groll steht bis ans Ende aller Zeiten in den Fels gemeißelt.«

»Du kennst ihre Schriften auswendig?« erkundigte sich Joram neugierig.

»Ja, sie wurden mir oft genug vorgelesen oder vorgetragen, als ich zu ergründen versuchte, weshalb uns die Essener so hassen.«
»Und heute?«
»Was meinst du damit? Wir bemühen uns eben nach besten Kräften, ihren Groll nicht wieder zu schüren.«
»Ich würde also gut daran tun, sie uns in Antiochia vom Leibe zu halten?«
»Wenn dir das möglich ist, ja. Doch für euch in Antiochia stellen sie eine weit geringere Gefahr dar als für uns hier. Ist dir aufgefallen, wie drohend sich das anhört: ›die Erlöser Aarons und Israels‹? Diese Worte bedeuten, daß die Erlöser weltliche und geistliche Herrscher sein werden, und da man annimmt, daß sie gemeinsam auftreten werden, ergibt sich daraus der Schluß, daß sie in einer einzigen Person vereint sein werden. Wenn ein solcher Messias auftaucht, wird er augenblicklich mit Herodes dem Großen und den Römern in Konflikt treten. Es wird Volksaufstände geben und ein Blutbad nach dem anderen.«
»Du bist also nicht gerade wild darauf, diesen Messias bald in eurer Mitte zu sehen?«
»Ich wüßte nicht, dergleichen gesagt zu haben! Aber vielleicht bist du es, der nicht sonderlich darauf erpicht ist?« entgegnete Josef von Arimathäa mit einer gewissen Heftigkeit. »Glaubst du denn, es kann mit uns so weitergehen?«
»So schlimm sind wir ja nun auch wieder nicht«, meinte Joram.
»Nein, das wohl nicht. Aber unser Volk ist ursprünglich vom Glauben geformt und zusammengeschweißt worden, während es heute nur noch dank des Geldes und der Angst vor den Römern existiert. Du darfst die Macht der Religion und des Stolzes nicht unterschätzen. Wir sitzen auf einem Vulkan.« Josef von Arimathäa stand auf, um im Raum auf und ab zu gehen.
»Verzeih die Frage, aber wie kannst du deine Klarsicht mit deiner Zugehörigkeit zum Hohen Rat in Einklang bringen?« fragte Joram.
»Ich bin nicht der einzige im Sanhedrin, der so denkt«, murmelte Josef. »Und nur weil ich zufällig der herrschenden Oberschicht angehöre, muß ich noch lange nicht mit Blindheit geschlagen sein. Ich habe die Bücher gelesen wie viele andere auch.«
»Und was wirst du tun, wenn ein Messias kommt?«
»Was meinst du wohl?« setzte ihm Josef mit einem feinen ironischen Lächeln entgegen.

Joram rutschte unbehaglich auf seinem Diwan hin und her und fuhr sich mehrmals mit der Hand durch den Bart. »Ich«, murmelte er, »ich habe immer geglaubt, in Antiochia könne uns rein gar nichts passieren ... Hast du gehört, was die Astrologen verkünden? Ganz Antiochia ist in Aufruhr wegen ihrer Vorhersagen.«
»Ja, ich habe es gehört.« Josef von Arimathäa nickte. »Auch Herodes hat es gehört, der Hohepriester Jesus ebenfalls, und einige andere mehr. Ich würde mir gerne eine genauere Meinung bilden können über das, was die Astrologen zu sagen haben.«

In der Tat waren es »einige andere mehr«, die gehört hatten, was die Astrologen in den Sternen gelesen hatten. Das Gerücht hatte sich sogar weit nach Westen hin verbreitet.
»Hast du schon gehört?« sagte ein Essener zu einem jüdischen Fischer, den er am See Mareotis traf, als er gerade in den Papyrusstauden nach Heuschrecken suchte. »Ein König ist in Israel geboren worden. Gepriesen sei der Allmächtige!«
»Es weiß nur keiner, wo und wer das sein soll«, meinte der Fischer unwillig, während er einen Zwergwels wieder ins Wasser zurückwarf.
»Du mußt nur auf den Herrn vertrauen. Er kennt ihn und wird ihn uns zeigen, wenn die Zeit dafür gekommen ist.«
Das Gerücht erreichte Alexandria, wo es sich unter den Ambra- und Zederndtuft und den Geruch von getrocknetem Fisch mischte. Es dauerte nicht lange, und es kam auch Josef bei einer Unterhaltung mit seinen Lehrjungen zu Ohren.
»Weißt du schon, Meister, daß in Palästina ein König geboren wurde? Denk doch, vielleicht ist er zur selben Zeit geboren worden wie dein Sohn!«
»Seid still! Denkt lieber an eure Arbeit! Diese Zapfen hier sind zu grob ausgefallen, sie werden nicht passen.«
In dieser Nacht träumte der alte Mann, daß er im Schlaf die Augen öffnete und ein himmlisches Licht sah. Als er am Morgen aufwachte, fragte er sich im stillen: »Ob Herodes wohl noch einen Sohn bekommen hat?«

VI.

Kunde vom Tod eines Königs

Den Fischern, die wie jede Nacht verschlafen auf ihren Booten hockten, draußen, wenige Taulängen vor dem alexandrinischen Küstenvorort Eleusis, und mit dem Schleppnetz Plattfische und Krabben fingen, konnte es gar nicht entgehen, wie ungewöhnlich viele Fackeln an diesem Abend um eine der Villen dort drüben flackerten. Das Gebäude war ihnen wohlbekannt, denn gerade dorthin verkauften sie in der Regel die besten Fänge, die ihre Netze von den Untiefen heraufholten. Mit seinem Säulengang aus griechischem weißem Marmor und den üppig mit Blumen bewachsenen Terrassen unterschied es sich von allen übrigen Wohnsitzen in Alexandria. Es gehörte einem reichen griechischen Kaufmann namens Krisilaios, von dem es hieß, er sei ein Freund des römischen Präfekten und Statthalters von Ägypten, Gaius Petronius, in jedem Fall aber ein unterwürfiger Katzbuckler. Für gewöhnlich erhellten drei Dutzend Fackeln die Gärten und verliehen den Statuen einen rosigen Schimmer, als wären sie aus Fleisch und Blut. Heute abend aber waren es dreihundert, die ihr Licht auf den Küstenstreifen warfen.

Ungewohnt laute Stimmfetzen wurden vom Wellengekräusel aufgefangen. Es waren Befehle in griechischer und ägyptischer Sprache, mit denen Krisilaios eine ganze Heerschar von Bediensteten und schwarzen, weißen oder auch mischhäutigen Sklaven antrieb, die sich demütig unter den von den Kassettendecken und den gefliesten Fußböden widerhallenden Beschimpfungen beugten.

»Wo sind die Tigerfelle? Warum sind die Weinflecken auf diesem hier nicht entfernt worden? Wascht sie mir auf der Stelle raus, oder es kostet euch den Kopf! Ist der Zypern-Wein jetzt endlich kühl? Holt mir einen Becher davon, damit ich ihn probieren kann ... He, du da unten! Ich will in diesem Teil des Hauses keine Küchendämpfe zu riechen bekommen! Leg mehr Weihrauch auf die Feuerbecken! Und du, warum haben die drei Fackeln dort drüben ausgehen können? Ich werde dich für sämtliche Fackeln im Garten verantwortlich machen. Seuthes! Als Haushofmeister ist es deine Pflicht, aufzupassen, daß alle Fackeln am Weg brennen, solange ich nicht andere Weisungen gebe... Dieser Wein ist viel zu schwer, mischt ein wenig Wasser bei und verrührt ihn in den Tonkrügen mit Stöcken aus Zedernholz! Aber wehe, wenn ihr die Weinhefe dabei aufwirbelt, dann lasse ich euch auspeitschen! Diese Blumengirlanden über der Tür sind welk. Hat denn keiner außer mir in diesem Hause Augen für solche Dinge? Seuthes! Sobald die Vorbereitungen abgeschlossen sind, sorge dafür, daß sie sich alle die Füße waschen und ihre guten Sandalen anziehen ... und diejenigen, die zu stark schwitzen, sollen ein Bad nehmen! Das stinkt ja hier, als wären wir ein Garnisonslager! Legt Sandelholz in die Glut der Feuerbecken am Tisch, der Weihrauch verdirbt den Soßenduft ...«

Nur geringfügig ermüdet von seinem häuslichen Scharmützel, schritt Krisilaios zu den Terrassen hinunter, um sich zu vergewissern, daß alle Statuen mit frischen Girlanden geschmückt waren. Dann zog er sich zurück, um ein Bad zu nehmen, seinen wohlgenährten Körper einer Massage zu unterziehen und sich seine gegerbte Haut mit parfümierten Ölen einreiben zu lassen. Er erwartete den vornehmsten Besuch, den man in ganz Ägypten empfangen konnte: den Präfekten Gaius Petronius, auf dessen Gunst sein Wohlstand gründete. Einmal bereits hatte er ihn zu Gast gehabt, doch dieser Empfang heute abend sollte den ersten an Glanz noch übertreffen. Er hatte nämlich vor, ihn um einen Gefallen zu bitten. Als Wortführer der Gemeinde der griechischen Kaufleute in Alexandria wollte er erreichen, daß der Präfekt den jüdischen Kaufleuten den Verkauf von Gewürzen untersagte. Der Handel mit Gewürzen, die auf dem Seewege ins Rote Meer kamen und nach Elephantine verladen wurden, um von dort aus auf dem Nil nach Alexandria transportiert zu werden, stellte für die in Ägypten lebenden Griechen eine ihrer Haupteinnahmequellen dar. Bisher war es ihnen geglückt, sich das Alleinrecht darauf zu bewahren. Jetzt aber hatten einige Juden heimlich Verträge mit phönizischen Kaufleuten geschlossen, die aus Abessinien Gewürze einführten – Gewürze von geringer Qualität, versteht sich! –, und zudem umgingen diese Juden auch noch stillschweigende Abkommen, indem sie mit aromatischen Hölzern, im eigentlichen Sinne keine Gewürze, handelten, die theoretisch den Griechen vorbehalten waren. Ja, sie gingen in ihrer Unverschämtheit sogar soweit, Zimt, Vanille und Rhinozeroshorn als medizinische Ingredenzien zu verkaufen ... Das konnte man nicht mehr durchgehen lassen! Und Krisilaios übte vor dem Spiegel die Mimik der Entrüstung, die er dem Präfekten zu bekunden gedachte.

Doch der so sorgfältig in Szene gesetzte Plan sollte scheitern. Der Präfekt traf mit einer Stunde Verspätung ein, mit finsterer Miene und ganz vertieft in Gespräche, die er im Flüsterton mit seiner Geleitschaft führte. Er kostete kaum von den Speisen, und erst als er aufbrach und auf den Stufen vor der Villa bereits seine Toga mit einer schweren Granatbrosche befestigte, hatte der Grieche Gelegenheit, dem Römer seine Bitte zu unterbreiten. Doch hörte man ihm überhaupt zu? Gaius Petronius beschäftigte im Augenblick nur noch jene Nachricht, die am selben Morgen mit einem phönizischen Schiff eingetroffen war: Herodes der Große war tot. Rom würde nun mit Sicherheit den Verwaltungsapparat im Orient neu organisieren.

Am anderen Ende der Stadt schüttelte zur gleichen Zeit der Zimmermann Josef in seiner Werkstatt das Sägemehl von Sandalen und Gewand, um zum Abendessen heimzukehren, da tauchte Abraham, der älteste Sohn des Rabbiners Eleasar, mit verstörtem Gesicht auf.

»Mein Vater schickt mich«, sagte er. »Er möchte dich so bald wie möglich sprechen.«

»Gebe Gott, daß nichts Schlimmes passiert ist!« rief Josef.

»Beruhige dich! Ich glaube, es sind nur gute, wenn nicht sehr gute Nachrichten, die mein Vater für dich hat.«

Josef wies seinen vernünftigsten Lehrjungen an, darauf zu achten, daß alle Lampen sorgfältig geputzt waren, bevor er die Werkstatt abschloß, und eilte, zitternd vor Erregung, mit Abraham zur Synagoge.

Im Hof hatte sich eine kleine Menschenansammlung gebildet. Die Frauen warteten vor der Tür und stießen von Zeit zu Zeit schrille Schreie aus. Einige Männer begannen zu singen: »Gelobt sei der Allmächtige! Gelobt sei Er, der uns die Geduld gegeben hat, diesen glücklichen Tag abzuwarten!« Die buschigen Augenbrauen hochgezogen, beeilte sich Josef, zum Rabbiner zu gelangen, von dem er herzlich umarmt wurde.

»Bruder!« rief Eleasar. »Freue dich im Herrn! Herodes ist tot! Die Macht des Bösen, die dem Allmächtigen siebenunddreißig Jahre lang getrotzt hat, ist endlich besiegt! Vor drei Tagen ist die Seele des Tyrannen vor ihrem Schöpfer erschienen, und seine sterbliche Hülle verwest unter einer sechs Fuß dicken Erdschicht im Herodion!«

Josef schloß die Augen und schwankte. Sichere Arme stützten ihn und führten ihn zu einer Bank. Als er die Augen wieder öffnete, ließ er den Tränen freien Lauf. Erst eine halbe Stunde später konnte er sich wieder fassen.

»Sag mir, sag mir!« wollte er mit zittriger Stimme wissen. »Wer ist sein Nachfolger?«

»Es heißt, er habe Philippus, den Sohn, den ihm Kleopatra geschenkt hat, testamentarisch zum Tetrarchen von Trachonitis ernannt«, erklärte der Rabbiner. »Herodes Antipas, der Sohn aus seiner Verbindung mit Malthake, wird Tetrarch von Galiläa, und sein anderer Sohn Archelaus ist König. Doch Cäsar Augustus wird diese Beschlüsse erst noch billigen müssen.«

»Archelaus...«, murmelte Josef. »Werden wir denn nie diese Brut los! Demnach bleibt also seine ganze Familie an der Macht.«

»Was hast du denn geglaubt?« fragte der Rabbiner. »Aber hast du Gründe, diese drei Männer zu fürchten? Bist du auch mit Archelaus aneinandergeraten?«

»Nein«, antwortete Josef leise und schüttelte den Kopf.

Einige Männer wollten Dankesopfer darbringen, doch sie hatten keine Tauben zur Verfügung; sie beschlossen, die Zeremonie auf den nächsten Tag zu verschieben.

»Begleite mich bitte nach Hause!« bat Josef den Abraham. »Meine Beine sind heute abend zu schwach.«

Er weinte noch immer, und sein Bart war tränenfeucht, als er vor seinem Haus anlangte. Er verabschiedete Abraham, ließ die Tür hinter sich ins Schloß fallen und setzte sich, den Blick gedankenverloren ins Halbdunkel gerichtet, auf den Boden.

»Wer ist da?« rief eine Frauenstimme. »Bist du es, Josef?«

Es war, als hätte Josef die Sprache verloren. Maria eilte herbei. Mit der Anmut ihrer Jugend und der Unbekümmertheit in ihrem Blick schien es vorbei zu sein. Sie glich einer dunklen Rose, die jeden Augenblick dahinwelken kann. Sie hatte Ringe unter den Augen, und unter

den Falten ihres Kleides erahnte man die üppige Bauchrundung einer reifen Frau. Diesmal jedoch war es wahrhaft nur ein Zeichen von Wohlgenährtheit; schwanger sollte sie nie wieder werden.
»Was hast du?« fragte sie mit rauher Stimme. »Sag doch etwas!«
»Bring mir einen Becher Wasser mit dem Saft einer Zitrone. Dann wird es mir gleich bessergehen. Herodes ist tot.«
Unter Lobpreisungen des Herrn lief sie in die Küche. Als sie zurückkam, erschien das Kind auf der Schwelle der Küchentür. Es trug eine Lampe, da mittlerweile die Nacht hereingebrochen war, und hielt seine Hand davor, wie man es ihm beigebracht hatte, um die anderen nicht zu blenden. Die Flamme ließ seine Hand bernsteinfarben durchsichtig erscheinen und verlieh seinen braunen Augen und dem dunklen Haar goldenen Glanz. Es stand bestürzt und wie sprachlos vor dem Bild, das sein Vater auf dem Boden sitzend darbot. Es war ein so ernstes Kind, daß man sich unwillkürlich fragte, ob es jemals mit dem Holzpferd auf Rollen spielte, das im Hintergrund seinen übergroßen Schatten auf die Wand warf. Seine Mutter nahm ihm die Lampe aus der Hand und hängte sie an die Wand.
»Geh und zünde noch eine an!« sagte sie zu ihm.
Das Kind gehorchte, jedoch in nahezu hochmütiger Weise, während es seinen Schritt verlangsamte, um zu hören, was sein Vater mit schwacher Stimme sagte.
»Frau, wir werden bald heimkehren nach Jerusalem.«
»Ja, Rabbi«, erwiderte sie.
»Und du wirst mich in der Erde meiner Väter und Vorfahren begraben. Und du wirst deine Trauer in Gedanken daran wiegen, daß das Mark meiner Knochen in die Blumen übergegangen ist und die Pupillen meiner Augen die Keime künftiger Lenze nähren werden.«
»Sprich nicht so, Josef! Ich muß sonst weinen.« Doch sie weinte bereits.
»Du wirst sehen, Frau, wenn sie zu spät kommen, sind tiefes Leid und große Freude für müde Herzen eine allzu schwere Prüfung. Und man hat nur noch eines im Sinn: Ruhe zu finden im Herrn. Hilf mir bitte, aufzustehen!«
Es gelang ihm endlich, seiner Glieder wieder Herr zu werden. Das wackelige Gerüst aus Knochen, Gelenken und Sehnen setzte sich in Bewegung. Doch es hielt sich ein wenig gebeugter als für gewöhnlich. Auch die Bartspitzen hatten sich eigenartigerweise gekrümmt.

»Komm, und iß ein wenig!« forderte ihn Maria auf.
»Archelaus«, murmelte der alte Mann. »Archelaus. Immer noch wächst Unkraut auf den Feldern.«
Das Kind beobachtete ihn aus dem dunklen Hintergrund der Küche. »Archelaus. Archelaus«, wiederholte es für sich, als handle es sich um einen Kehrreim. Doch als es sich später schlafen legte, war das letzte Gefühl, das es vor dem Hinüberschlummern empfand, Traurigkeit. Immer waren alle in seiner Umgebung traurig. Warum nur sah man einzig die Heiden ständig lachen?
Josef erwachte am nächsten Morgen peinlich spät. Er hätte sogar noch länger geschlafen, wären nicht die Schreie der ziehenden Händler, die ihre Gurken und Karotten, ihre Melonen und Feigen anpriesen, und das schrille Feilschen der Frauen gewesen. Manche von ihnen ließen sich einige Proben in an Seilen hängenden Körben bis an ihre Fenster hochhieven, worauf sie die besagten Wunder, die die ägyptische Erde angeblich hervorgebracht hatte, nur begutachteten, um sie naserümpfend zu verschmähen.
Die Gefühlswallungen vom Vorabend hatten Josef erschöpft, doch die Aussicht auf die Heimkehr nach Israel erfüllte ihn mit Freude. Erinnerungen schwirrten in seinem Kopf umher, aber er verjagte sie wieder. Er hätte sonst erneut weinen müssen. Er wunderte sich darüber, daß es im Haus so still war, und trat in das Zimmer, das Maria mit Jesus teilte. Auch sie schlief noch. Ihr Atem ging geräuschvoll. Schweiß stand auf ihrer Stirn. Und zum erstenmal, seit er sie geheiratet hatte, empfand Josef Gewissensbisse wegen seines abweisenden Verhaltens, das er ihr gegenüber immer gezeigt hatte. Sie war so jung! Und damals war sie noch jünger gewesen! Was hatte sie schon vom Leben gewußt? Wenn sie gesündigt hatte, so war nun die Zeit der Vergebung gekommen. Es gibt Frauen, die geboren zu werden scheinen, um ewig Kinder zu bleiben, und Maria war eine von ihnen. Als Waise und von allen verstoßen, hätte sie in Armut dahinwelken müssen, wenn er sie nicht geheiratet hätte, oder aber sie wäre längst tot. Nun, er hatte sich dazu aufgerafft, das Kind, das sie empfangen hatte, anzunehmen wie einen kleinen grünen Zweig an einem morschen, abgestorbenen Baum ... Er wandte sich zu Jesus' Lager um und lächelte. Das Kind saß hellwach in seinem Bett.
»Ich habe mich schon gewaschen«, flüsterte es.

Maria hörte plötzlich auf zu schnarchen. Wie eine Ertrinkende ruderte sie mit den Armen und murmelte unverständliche Worte, bevor sie mit einem Schlag hochfuhr und erschrocken aufrecht im Bett saß.
»Es ist spät!« rief sie aus. »Schrecklich spät! Ich muß krank gewesen sein.«
»Nur müde«, meinte Josef. »Ich möchte, daß du unsere Abreise vorbereitest und alle Schulden zahlst, die wir womöglich bei dem einen oder anderen haben. Vielleicht brechen wir morgen schon auf, oder übermorgen.«
»Wer ist Archelaus?« fragte da Jesus aus heiterem Himmel.
»Der König des Landes, in das wir gehen werden, unser Land und dein Land, Israel. Er ist kein echter König, nein, er ist ein Vasall und Diener der Römer.«
»Er ist ein schlechter Mensch, nicht wahr?« fragte Jesus.
»Ja, ein schlechter Mensch wie sein Vater Herodes«, erwiderte Josef, der erstaunt über die Fragen des Kindes war.
»Haben wir Israel wegen Herodes verlassen?« wollte Jesus weiter wissen.
»Jesus!« mahnte ihn Maria, die fürchtete, Josef könne die Fragen ihres Sohnes als lästig empfinden.
»Das ist wahr. Wir haben Israel verlassen, weil Herodes mich und vielleicht sogar uns alle drei sonst hätte töten lassen. Hat dir deine Mutter davon erzählt?«
»Nein, ich habe mir das ganz alleine so gedacht.«
»Du denkst nicht unrecht«, meinte Josef lächelnd. »Ich werde mich nach einem guten Rabbiner für deine Erziehung umsehen müssen, sobald wir wieder zu Hause sind. So, und jetzt sprich dein Gebet!«
»Das habe ich schon getan.«
»Na, dann komm, und trink mit mir deine Frühstücksmilch!« sagte Josef.
Das Kind folgte seinem Vater in die Küche. Während ihnen Maria jedoch für gewöhnlich voranlief, um die Trinkschalen zu füllen, sah sie den beiden diesmal gedankenvoll nach. Es war das erstemal, daß Josef sich zugänglich und sanft zeigte. Hastig schlüpfte sie in ihre Sandalen und beeilte sich, sie zu bedienen.

Ein böser Tag brach im Hause des Krisilaios an. Der Grieche war wütend. Kaum daß er das Frühstück aus Trauben, süßen Zitronen und einem Schälchen zimtbestreuter Sahne, das ihm die Dienerschaft vorsetzte, anrührte.
»Ein rauschendes Fest für nichts und wieder nichts, was?« brummte er vor sich hin. »Diese Juden! Diese fanatischen Affen! Immer müssen sie Ärger machen! Erst nehmen sie sich die Frechheit heraus, Gewürze zu verkaufen. Dann stirbt auch noch ihr König, und der Präfekt des großen römischen Kaiserreiches hat für nichts anderes mehr Augen und Ohren. Die Pest über sie und alle ihre Könige! Was soll ich nur meinen Handelsbrüdern sagen?«
Die beiden abessinischen Sklaven hörten sich die Verwünschungen respektvoll an. Ihre Miene blieb völlig unbeweglich. Doch sie wußten, daß diese Juden zumindest keine Sklaven hielten.

VII.

Eine Reise nach Nazaret

Josef mußte nun Abschied nehmen vom Rabbiner Eleasar.

Als er zur Synagoge kam, fegte Jonathan, der jüngste Sohn des Priesters, gerade den Hof. Er erkannte ihn und kam ihm entgegen.

»Mein Vater erwartet dich«, sagte er.

»Wie sollte er mich erwarten können?« wunderte sich Josef.

Doch Eleasar bestätigte es ihm. »Ich bin kein Hellseher, Josef, aber ich weiß, daß du dich in Alexandria nie heimisch gefühlt hast und daß du, nachdem du auch alt wirst, so bald wie möglich in dein Land zurückkehren möchtest. Wann gedenkst du zu reisen?«

»Morgen.«

»Ich fände es besser, wenn du noch einen Tag wartest. Da ist eine Karawane Nabatäer, die übermorgen hier von Alexandria aus nach Jerusalem aufbricht.«

»Ich habe erfahren, daß eine Karawane Abessinier schon morgen loszieht«, sagte Josef, »und ich hatte eigentlich vor, mich diesen Leuten anzuschließen.«

»Die Abessinier werden dir sicher ein hohes Reisegeld abknöpfen, während die Nabatäer, die ja großzügig sind, kaum etwas von dir verlangen werden.«

»Ich danke dir, daß du so besorgt um mich bist!«

»Manchmal, mein lieber Josef, scheinst du mir einer anderen Welt anzugehören, die nur noch in deinen Erinnerungen, wenn nicht gar ausschließlich in deinen Träumen existiert.«

»Diese Welt wird wiederkommen.«

»Dein Wunsch möge sich erfüllen! Aber erinnere dich daran, daß wir, als wir noch unsere Propheten hatten, ein kriegerisches Volk waren. Heute nun sind wir ein Volk von Händlern geworden. Doch ich habe nicht auf dich gewartet, um dir gute Ratschläge zu erteilen, ich wollte dich vielmehr fragen, wo du dich in Israel niederlassen willst.«

»In Jerusalem selbstverständlich. Meine Söhne erwarten mich dort.«
»Davon würde ich dir abraten. In der Stadt muß es förmlich wimmeln von Intrigen. Manche deiner Feinde werden noch leben; sie könnten gegen dich arbeiten. Außerdem ist Archelaus von Rom noch nicht anerkannt. Es ist durchaus möglich, daß er hinreisen muß, um des Cäsars Gunst zu erbitten. Vielleicht erhebt sich während seiner Abwesenheit das Volk gegen den Sohn jenes Mannes, den es so sehr haßte. Seine Rivalen jedenfalls werden sich keine Gelegenheit entgehen lassen, es dazu anzustacheln. Es könnte Unruhen geben, auf welche die Römer bestimmt mit Blutbädern antworten. Du bist nicht allein für dich verantwortlich, sondern für eine Familie. Ich rate dir, deine Heimkehr nach Jerusalem zu verschieben.«
»Dein Weitblick ist erstaunlich«, sagte Josef.
»Geh doch nach Galiläa! Selten breiten sich Unruhen von Jerusalem bis dorthin aus. Dort wirst du in Sicherheit sein.«
»Ich muß dir nochmals danken für deine Fürsorge.«
Eine Weile saßen sie schweigend nebeneinander, doch Eleasar schien noch etwas auf dem Herzen zu haben.
»Du wirst dem Kind von nun an ein Vater sein müssen«, brachte er schließlich hervor.
Der alte Mann fühlte seine Ohren rot werden. Dieser Rabbiner war ein Fuchs.
»Es ist ein Geschenk des Allmächtigen«, fuhr Eleasar fort. »Und es scheint begabt zu sein. Als du Jesus vor dem Passah-Fest hierher mitgebracht hast, habe ich ihn beobachtet und auch ein wenig mit ihm gesprochen. Er ist recht aufgeweckt für sein Alter. Willst du einen Priester aus ihm machen?«
Josef betrachtete eingehend die Steinplatten des Fußbodens. »Ich gehöre dem Stamm Davids an«, sagte er endlich, »und ein Priester meines Stammes müßte in Jerusalem oder besser noch in Bethlehem ausgebildet werden. Wenn wir aber nach Galiläa gehen ...«
»Ich verstehe«, meinte Eleasar kühl. »Aber bedenke es trotzdem.«
»Ich muß jetzt gehen.«
»Nimm dies bitte mit«, sagte Eleasar und reichte dem Besucher den kleinen Stoffbeutel, in dem vier Jahre zuvor die Perle gelegen hatte.
Josef öffnete ihn; die Perle lag immer noch darin. »Du hast sie also

nicht verkauft«, stammelte er. »Und woher kam dann das Geld, das du mir für sie gegeben hast?«

»Wir verfügen über besondere Geldmittel, um Leuten wie dir zu helfen. Es sind meist Spenden der reichsten Kaufleute. Ich dachte mir, du kannst die Perle vielleicht noch einmal gut gebrauchen, denn ich habe nie geglaubt, daß du für immer in Alexandria bleibst. Und du wirst bald Geld nötig haben, um dich in Galiläa niederzulassen.«

»Der Herr möge dich segnen!«

Glücklich war Josef nicht, als er sich auf den Heimweg machte. Er hatte es nicht gern, wenn man ihm eine Lektion erteilte, und der Rabbiner hatte ihm gleich zwei mitgegeben: eine in Hinsicht auf Jesus und die andere, was Großzügigkeit betraf, seine guten Ratschläge zur Frage, wo er sich in Israel niederlassen sollte, gar nicht mitgerechnet.

Er nahm die Karawane der Nabatäer; sie brach bei Morgengrauen in Thesmophorion, einem Marktflecken östlich von Alexandria, auf, zog nach Süden, in Richtung des Idku-Sees, und wandte sich dann entlang der Sümpfe des Burullus-Sees wieder nach Norden. Wie Eleasar vorhergesagt hatte, lehnten die Nabatäer eine Bezahlung für die Reise ab. Bei Sonnenuntergang hatten sie das Westufer des Nilhauptarms erreicht. Die Kamele knieten nieder, und innerhalb einer halben Stunde war ein Lager von drei Dutzend Zelten errichtet. Feuer wurden entfacht, auf das umliegende Gebüsch wurde mit Stöcken eingeschlagen, um die Vipern zu vertreiben, und die Steine drehte man um, damit die Skorpione getötet werden konnten. Eine Stunde, nachdem Fladen über den Feuerstellen gebacken und mit Sauermilch und Zwiebeln verteilt worden waren, schlief bereits ein jeder unter dem Schutz der Wächter.

Jesus konnte lange nicht einschlafen. An diesem Tag hatte er mehr zu sehen bekommen als sonst in einem Jahr, und ihm schwirrte der Kopf von all den rätselhaften Dingen. Wen stellten wohl die zwei großen weißen Marmorstatuen dar, die er zu beiden Seiten eines Tempels in Thesmophorion gesehen hatte? Was waren das für Pyramiden, die sie in der Ferne bemerkt hatten? Wer waren diese sonnenverbrannten Leute, mit denen sie reisten? Und weshalb waren seine Eltern die einzigen ihrer Art in dieser Karawane?

Im Morgengrauen wurden sie von knappen Zurufen geweckt. Ein türkisblaues Netz überzog den Himmel am östlichen Horizont, ein

Schwarm wilder Enten zog dicht über sie hinweg gen Norden, schlaftrunkene Gestalten kamen aus ihren Quartieren hervor und mischten sich unter die anderen. Die Zelte wurden wieder zusammengepackt, die Kamele erhoben sich und ließen sich zur Tränke führen, und schon formierte sich die Karawane neu. Noch am Morgen passierte sie eine Brücke, dann eine weitere bei Busiris und gegen Mittag noch eine bei Bubaste. Als es Abend wurde, hatte sie die Stadt Daphne am Rande eines Schwemmtales erreicht, wo sie erneut haltmachte. Jesus hörte seinen Vater mit einem Nabatäer über das Tal reden und erfuhr, daß dieses früher ein Kanal gewesen war, der die beiden Meere miteinander verbunden hatte.* Aber welche Meere? Maria wußte es nicht. Wieder verging eine Nacht. Die Wüstenspringmäuse vollführten im Sternenlicht ihre federnden Sprünge, die Schakale heulten. Die folgende Nacht wie auch die beiden Nächte darauf verbrachten die Reisenden in einer Oase; dort aßen sie frische Datteln. Dann schlugen sie die Straße entlang der Küste ein, und zwei Tage später bereits nahm Josef unter vielen Danksagungen Abschied von den Nabatäern.
Derselbe Esel, mit dem sie nach Ägypten gekommen waren, stellte nun ihr einziges Reittier dar. Solange er, an das letzte Kamel angehängt und mit zwei Säcken beladen, der Karawane nur hatte folgen müssen, war er noch mühelos dahingezockelt. Jetzt aber, da er abwechselnd Josef und Maria mit Jesus zu tragen hatte, kam er erheblich langsamer voran.
Sechs Tage brauchten sie, bis sie nach Galiläa gelangten. Zuvor zogen sie am Fuße des Karmel-Gebirges entlang, überquerten den Fluß Kischon und gelangten dann erst in die Ebene Estrelon. Hier war Josef nun allmählich am Ende seiner Kräfte. Erschreckt bemerkte Maria, wie blaß er war. Sie führte den Esel, während Josef auf dem Rücken des Tieres gefährlich hin und her schwankte. Als es Abend wurde, tauchte unweit vor ihnen eine kleine Ansiedlung auf. Maria half Josef aus dem Sattel und überließ ihn der Obhut ihres Sohnes, während sie Hilfe holen ging. Begleitet von zwei Bauern, kam sie zurück. Mit vereinten Kräften wurde Josef zu einem benachbarten Haus gebracht, wo man ihm ein Lager richtete. Zwei Tage lang schlief er. Sein Atem war kaum spürbar. Maria sah sich bereits als Witwe und weinte. Am

* es handelt sich um den ersten Suezkanal, der unter Ramses II. gegraben worden war

dritten Tag öffnete er die Augen und erklärte, er habe Hunger und Durst. Man gab ihm Milch zu trinken.
»So hat es diesmal also noch nicht sein sollen«, murmelte er. »Wo sind wir? Und wer sind diese Leute?«
»Ich bin Samäus«, sagte ein am Kopfende seines Lagers stehender Mann, »und du befindest dich in meinem Haus, in dem du uns willkommen bist. Das Dorf hier heißt Nazaret.«
»Das war nur recht und billig, daß ein Nazarener einem anderen seine Tür öffnet«,* sagte Josef und schlief wieder ein. Keiner verstand, was er meinte.
Erstaunlich schnell kam er wieder zu Kräften, so als stiegen unbekannte Energieströme aus dem Boden Israels in seine Adern. Er glich jenen uralten Olivenbäumen, die man im Frühjahr noch glaubt, endgültig fällen zu müssen, und denen es dann doch immer wieder gelingt, Früchte hervorzubringen. Sobald ihn seine Beine tragen konnten, machte er sich auf, die Umgebung zu erkunden.
Der Sommer hatte seinen Einzug gehalten. Die Felder schillerten im Sonnenschein, und bei der leisesten Luftbewegung verströmten die Hügel den Duft von Myrthe und Koriander. Maria machte sich Sorgen über Josefs langes Ausbleiben und ging ihn suchen. Noch bevor sie ihn auf einer Anhöhe erblickte, hörte sie bereits seine Stimme. Er kniete und sprach ganz allein für sich, völlig entrückt, so daß sie befürchtete, er habe einen Sonnenstich.
»Herr, sei gepriesen bis zu dem Tag, da sich die Sonne verzehrt hat!« rief er lauter als die Zikaden. »Sei ewig bedankt, allmächtiger Herr dieser Erde, für das Geschenk des Lebens, das Du uns gemacht hast! Herr, ich bin nicht mehr als eine Schwalbe, eine Palme oder ein Kaninchen, ich bin nur ein alter Mann, der in Dir seine ewige Ruhe finden will. Doch mein Herz ist voller Liebe zu Dir und voller Feude, Dein Eigentum zu sein. Ich habe ebensoviel Vertrauen in Deine Barmherzigkeit, wie ich Deinen Zorn fürchte. Schenke mir einen guten Tod!«
Erschrocken, ratlos und erschüttert, wagte sie nicht, sich ihrem Mann zu nähern. Die Gefühle, die sie so viele Jahre unterdrückt hatte, wollten sie schier ersticken. Sie weinte und fiel auf die Knie. Erst nach einer Weile bemerkte er sie, oder vielleicht ahnte er auch nur ihre

* Nazarener hießen nicht nur die Einwohner von Nazaret, sondern auch die Mitglieder einer überaus sittenstrengen Pharisäersekte

Nähe, als er das Schluchzen vernahm. Von weitem sah er sie an mit seinem gestrengen Blick. Und erst, als er sich erhob und den Hügel herunterkam, lief sie ihm entgegen.
»Der Herr möge dir noch viele Jahre schenken!« sagte sie. »Ich brauche dich.«
»Wir müssen ein Haus für uns finden«, meinte er nach einer Weile.
Er ging dem Rabbiner einen Besuch abstatten und erfuhr bei dieser Gelegenheit, daß Nazaret nicht mehr als etwa hundert Seelen zählte. Einen Zimmermann gab es hier bereits. Und was den Rabbiner anging, so war von dem kaum ein brauchbarer Rat zu erwarten; er konnte kaum lesen und schreiben und sah überdies die Hand nicht vor den Augen. Gewiß war er auch nicht der Richtige, um Jesus zu unterrichten.
Ihn unterrichten... überlegte Josef. Aber mit welchem Ziel? Nach und nach wagte er endlich, sich seine Verstimmung einzugestehen. Er mußte nun über die Zukunft des Kindes entscheiden. »Ich habe für ihn gesühnt«, sprach er bei sich, während er sich auf den Rückweg zum Hause des Samäus machte, »und immerhin gehört er zu meiner Familie. Aber ich kann ihn unmöglich einen Rabbiner werden lassen.«
Maria war mit den Frauen am Fluß beim Wäschewaschen. Nicht weit davon spielte Jesus mit ein paar Kindern. Er entdeckte den Vater schon von weitem und verließ seine Spielgefährten.
»Du bist nicht mehr krank, Vater?« fragte er ihn.
»Der Herr hat mir einen Aufschub gewährt.«
»Während du krank warst, hat die Mutter gesagt, ich muß lernen, Gebete für dich zu sprechen.«
»Ich werde dir das Beten beibringen.«
»Und alle sagen, daß ich vielleicht einmal ein Rabbiner werden und deshalb lesen lernen muß.«
»Alle...«, knurrte Josef. »Und wer soll das sein, alle? Du hörst doch wohl hoffentlich nicht auf die Meinung von jedem x-beliebigen?«
»Aber bin ich denn nicht alt genug, um lesen und schreiben zu lernen?« Jesus ließ nicht locker.
»Natürlich. Wir werden schon dafür sorgen.«
»Und ich werde kein Priester?«
»Habe ich jemals gesagt, daß du einer werden sollst?«

»Aber bist du denn keiner?« fragte Jesus leise, fast herausfordernd.
»Nicht alle Söhne von Rabbinern sind ihrerseits wiederum Rabbiner. Du wirst Zimmermann wie ich. Du stellst viel zu viele Fragen und hörst viel zuviel auf das, was die Leute sagen.«
Als Samäus und die Seinen am Abend um den Tisch versammelt waren, während sich die Frauen im Hintergrund hielten, hob Josef seine Hand und ergriff das Wort.
»Samäus, du hast dich mir gegenüber wie ein Sohn verhalten, du hast mir und meiner Familie ein Dach, Brot und Salz gewährt. In deinem Haus hat mir der Allmächtige das zurückgegeben, was mir an Kräften noch bleibt, und ich erbitte Seinen Segen über dein Heim. Gerne hätte ich den Rest meiner Tage in der Nähe eines Menschen, wie du einer bist, verbracht. Aber es gibt in Nazaret nicht genug Arbeit für auch nur einen Zimmermann, und um auf den Feldern zu arbeiten, bin ich zu alt. Morgen werde ich euch also verlassen.«
»Warum sprichst du von dir, als wärest du nur ein Zimmermann? Du bist ebenso ein Rabbiner, und du weißt, daß es dir an nichts fehlen würde, wenn du dich als solcher hier niederlassen würdest.«*
»Ein Rabbiner?« erwiderte Josef. »Vor dem Herrn gewiß, aber ob ich das auch noch vor den Menschen bin, da bin ich mir nicht so sicher.«
Ein peinlich berührtes Schweigen folgte hierauf.
»Nein!« fuhr Josef plötzlich zornig fort. »Unter den Menschen will ich kein Priester mehr sein! Ein Priester in dieser schandbaren Zeit? Nein! Da soll nur ein jeder die Bücher selbst lesen und zum Herrn beten, bis zu Dessen Wiederkehr!« Und zu Samäus gewandt, mit vorgerecktem Hals und bebendem Kinn, fuhr er fort: »Was hast du geglaubt? Daß ich unter dem Vorwand, ich sei schließlich auch ein Rabbiner, hierher gekommen bin, um euren Rabbiner um die Hälfte seines Brotes zu bringen? Hast du mich für einen dieser Priester aus Jerusalem gehalten? Hast du mir wirklich nicht mehr Anstand zugetraut?«
»Ich habe niemals dergleichen gedacht«, antwortete Samäus beschwichtigend. »Ich wollte dir damit einfach nur zu verstehen geben, daß wir hier in Galiläa gastfreundlich sind.«
»Nun gut, es wäre dieses Landes nicht würdig, wenn ich eurem armen Rabbiner seine kümmerliche Kost streitig machen würde. Er be-

* die Gläubigen waren gehalten, für den Unterhalt eines kranken, gebrechlichen oder alten Rabbiners aufzukommen

sitzt ohnehin nur die drei Schriftrollen mit den Weisungen, und es würde ihm schwer zu schaffen machen, wenn ich ihm noch die bitteren Kräuter und die Zwiebeln nehmen würde.«
»Ich verstehe«, murmelte Samäus. »Und du hast Söhne, hat mir deine Frau gesagt. Ich hoffe, sie werden sich um dich kümmern, wo immer du dich niederläßt.«
»Das werden sie tun, wenn ich sie bitte. Die vier sind Schreiber und Schriftgelehrte, und sie verdienen sich einen guten Lebensunterhalt im Tempel. Nur muß ich sie zunächst einmal wissen lassen, daß ich überhaupt noch am Leben bin. Seit über vier Jahren bin ich nun fort, und es würde mich nicht wundern, wenn sie mich für tot hielten, denn seit meinem Aufbruch aus Jerusalem sind sie wohl ohne Nachricht von mir.«
»Du kannst ihnen eine zukommen lassen.«
»Ja, aber ich würde ihnen gerne auch eine Adresse angeben. Und deshalb möchte ich so bald wie möglich eine Stadt finden, in der ich mich niederlassen kann. Ich stamme aus Judäa und kenne Galiläa nicht, aber ich habe an Kafarnaum gedacht. Das ist ein Fischerort, und Boote sind immer wieder reparaturbedürftig, was für mich Arbeit bedeuten würde. Außerdem hat man mir gesagt, daß dort ständig neue Häuser gebaut werden. Man wird also Gerüste, Türen, Fenster und Treppen brauchen können ...«
»Willst du nie wieder nach Jerusalem zurückkehren?«
»Nicht, um dort zu leben. Doch zum nächsten Passah-Fest möchte ich dort sein.«
Sie beendeten ihre Mahlzeit. Was Jesus von der Unterhaltung aufgeschnappt hatte, war vor allem, daß die vier anderen Söhne seines Vaters im Tempel beschäftigt waren. Warum konnte er dann nicht Rabbiner werden? Und warum hegte sein Vater solch großen Zorn gegen den Priesterstand? Und weshalb wollte er nicht nach Jerusalem zurückkehren?

VIII.

Erster Besuch im Tempel

Josef ließ sich in Kafarnaum nieder.
Diese Garnisonstadt, die zugleich Verwaltungszentrum, Zollstation und Hauptumschlagplatz für die Fischerei am Nordufer des Sees Gennesaret war, wimmelte von Menschen. Ein Zimmermann mehr oder weniger, das spielte hier keine Rolle. Arbeit gab es genug. Kaum hatte Josef ein Haus mit Werkstatt, einen Lehrling und seine ersten Kunden gefunden, mußte er schon einen zweiten Lehrling aufnehmen. Der eine Kunde gab eine Tür und Fensterläden für ein neues Haus in Auftrag, ein anderer wollte die Balken seines alten Hauses erneuert haben. Schon nach wenigen Wochen stellte Josef zusätzlich zu den beiden Lehrlingen einen Gesellen ein. Die ganze Stadt war vom Baufieber erfaßt.
Vor allem war man seit mehreren Jahrzehnten mit der Errichtung eines Bauwerks befaßt, das Josefs höchstes Mißfallen erregte: mit dem Bau einer Synagoge. Ganz aus weißem Stein erhob sie sich mit ihrer pilastergeschmückten Fassade auf einer Plattform, die den Blick in die Runde freigab. Auch ihr Inneres war schön, mit ihrem hohen, von sieben Säulen getragenen Mittelschiff, den breiten Seitenflügeln und dem mit Alabasterplatten gefliesten Fußboden. Nur, es war ein Centurio gewesen, ein Römer und Judenfreund, der sie mit seinen Denaren finanziert hatte. Wie konnte es zugehen, daß ein Römer die Juden mochte, und wenn er sie mochte, wie konnte er dann Heide bleiben? Schlimmer noch, gab es wohl demnach auch Juden, die mit den Römern gut Freund waren? Tatsächlich: Die Abneigung der einen den anderen gegenüber gab es in Kafarnaum nicht. Womöglich war diese Synagoge gar ein Geschenk des Bösen …
Josef machte zwei oder drei Vorstöße, das Thema mit dem Rabbiner der Synagoge zu erörtern, doch dieser gehörte zum selben Schlag wie

der Alexandriner Eleasar: Er war viel zu tolerant. Höflich wollte er Josefs Bedenken zerstreuen, und da er annahm, der alte Mann wollte ihm schöntun, um einen materiellen Vorteil zu erreichen, schlug er ihm den einen oder anderen neuen Kunden vor. Damit verdarb er es sich natürlich endgültig mit Josef. Ja, er trat sogar noch tiefer ins Fettnäpfchen.

»Und dein Sohn, mein Bruder, schickst du ihn nicht in unsere Schule?« fragte er.

»Ich werde ihn selbst unterrichten«, entgegnete Josef.

»Ich spreche natürlich nicht vom Zimmermannshandwerk«, beharrte der Rabbiner, »sondern von den Heiligen Büchern.«

»Das habe ich schon richtig verstanden«, brummte Josef abweisend in seinen Bart hinein.

Das Kind war jetzt fünf Jahre alt. Josef brachte Jesus allmählich das Handwerk des Zimmermanns bei, indem er ihn in seiner Werkstatt auf einen Schemel setzte, damit er den Gesellen zusehen konnte. Gelegentlich bat er ihn, hie und da mit Hand anzulegen und beispielsweise die Werkstatt auszufegen, ein Werkzeug zu suchen oder kleinere Besorgungen zu machen. Jesus lernte auf diese Weise einige Grundbegriffe des Handwerks kennen, wie etwa den Unterschied in der Handhabung eines Schlichthobels und einer Rauhbank, die Art und Weise, eine Schneide zu schleifen, und daß man die Zapfen in Richtung der Fasern zuschneiden mußte.

Mit fünf Jahren wurde ihm beigebracht, wie man ein grob geschrupptes Brett glatthobelt. Zwei Tage lang schmerzten ihn danach noch die Arme. Mit sechs konnte er Holz abschleifen und die Risse, je nachdem, ob das Holz für die Nutzung im Freien oder im Hausinneren bestimmt war, mit Harz oder eiweißuntermischtem Sägemehl ausspachteln. Auch wie man mit einem Drehbohrer ein sauberes Loch bohrt, wußte er. Als Siebenjähriger hatte er gelernt, ein Teil zu schruppen und recht ordentlich zuzuschneiden und Zapfen sowie passende Zapflöcher fertigzustellen. Mit acht Jahren konnte er dann bereits einen Tisch und einen Stuhl zimmern oder auch einen Holzzuber, was eine heikle Angelegenheit war, weil man das Holz nur bis zu einem ganz bestimmten Grad anfeuchten durfte, bevor der Zuber bereift wurde. Außerdem erhielt er seine ersten Lektionen in Holzschnitzerei. Bald waren seinen handwerklichen Kenntnissen nur noch körperliche Gren-

zen gesetzt. Josef nahm ihn mit in die Stadt und fragte ihn: »Siehst du diese große Tür dort? Wie würdest du sie anfertigen, wenn du lediglich Bretter hättest, die kürzer sind, als die Tür hoch ist?« Oder aber er ermahnte ihn: »Siehst du diese menschlichen Darstellungen? Unser Gesetz verbietet sie. Selbst wenn du dir zutraust, auch dergleichen schnitzen zu können, antworte immer, wenn man dich darum bittet, du könntest es nicht!« Die Lehrlinge hatten Jesus gern. Er war geduldig, ausnehmend höflich und ausdauernd. Und er war ein schönes Kind, nicht nur was sein braunes Haar, die braunen Augen, den goldenen Schimmer seiner Haut oder auch seinen schlanken und bereits muskulösen Körper betraf, nein, auch in dem Schweigen, das ihn umgab, lag Schönheit. Diese Schönheit wurde aus Quellen genährt, die man kaum zu bestimmen vermochte. Er schien in sich ein reiches Reservoir an Träumen und Gedanken zu tragen, das er jedoch mit keiner seiner wenigen Äußerungen oder maßvollen Gesten verriet. Oft ging er nach der Arbeit allein spazieren, um am Ufer des Sees das Zusammenspiel von Wind, Wasser und Wolken zu beobachten oder auch die Fischer, wenn sie ihre Netze einholten. Und manchmal geschah es dann auch, daß er zum Abendessen nicht nach Hause kam, um statt dessen mit den Fischern ihre eintönige Mahlzeit aus gebratenem Fisch, Zwiebeln und Brot zu teilen. Eine karge Kost, die man dem Jungen gerne zugestand, da er häufig half, die Fische nach Art und Größe zu sortieren, wobei die Welse einzig an die Römer verkauft wurden.
Es gab niemanden, mit dem er wirklich hätte reden können. Josef verfiel mit den Jahren immer mehr und zog sich in mürrische Schweigsamkeit zurück, und Maria, was wußte die schon? Wer hätte ihm sagen können, warum die Juden, die doch schließlich hier zu Hause waren, unter einer Fremdherrschaft standen? Und weshalb sogar ihr König ein Fremder war?
Gebete und Arbeit, das mußte genügen. Ein Gebet am Morgen, um dem Herrn noch vor dem Aufstehen zu danken, daß Er Seine Geschöpfe mit Vernunft begabt hat. Und wenn man aufgestanden war, ein weiteres Dankgebet, daß Er die Blinden wieder sehend machte und dem Gläubigen den Schritt festigte. Und wieder ein Gebet, nachdem man seinen körperlichen Bedürfnissen nachgegangen war und sich gewaschen hatte, um dem Barmherzigen dafür zu danken, daß Er diejenigen kleidete, die ohne Kleider waren; eines, wenn man sich die San-

dalen band, um den Allwissenden zu preisen, der das Ziel aller Wege kannte, und eines, während man sich den Gürtel knotete, um dem Vater zu danken, daß Er Israel stark gemacht hat. (Aber wie war das dann mit den fremden Herrschern im Lande?) Und wieder ein Gebet, wenn man sich die Kappe aufsetzte, um dem Allmächtigen zu danken, daß Er Israel mit Ruhm bedeckt hat …

Als er eines Tages nach Hause kam, traf er dort auf vier fremde Männer, die Josef mit großer Ehrerbietung behandelten, ihn, Jesus, aber nicht gerade mit sonderlich liebenswürdigen Blicken bedachten. Auch zwei Frauen waren dabei.

»Deine Brüder«, erklärte Josef, »und deine Schwestern.«

Jakobus, der Älteste, mußte etwa achtundfünfzig sein. Dann kamen Justus, Simon und Judas, der Jüngste, der zweiunddreißig oder dreiunddreißig Jahre alt sein mußte. Die Frauen hießen Lydia und Lysia. Sie waren Zwillingsschwestern und beide verheiratet, wie übrigens auch Jakobus und Justus. Die Männer umarmten ihn, ganz offensichtlich aus Ehrerbietung ihrem Vater gegenüber. Dann tauchten auch noch wie aus dem Nichts an die achtzehn Knaben und Mädchen auf. Ob sie wohl im Hof draußen gewartet hatten? Einige davon waren ungefähr im gleichen Alter wie Jesus, allerdings konnte er im wachsenden Schatten des Zwielichts ihre Gesichter nicht genau erkennen. Lampen wurden angezündet, die Kinder umarmten Josef. Meine Neffen und Nichten also, dachte Jesus bei sich. Dann wurden bis an den Rand mit Lebensmitteln gefüllte Tragkörbe ausgepackt. Sie hatten ein Lamm mitgebracht; ob man es wohl im Hof braten könne? Jesus' Augen suchten verstört nach der Mutter, fanden sie aber nicht. Wo konnte sie nur sein? Er suchte sie in der Küche und in den an den Hof angrenzenden Räumen – vergebens. Warum nur kümmerte sich Josef nicht um den Verbleib von Maria? Ob sie wohl einkaufen gegangen war? Jesus lief auf die Straße hinaus, und als er dort draußen stand, verspürte er plötzlich keine Lust mehr, ins Haus zurückzukehren. Maria war verschwunden, und niemand außer ihm achtete darauf. Er hob den Blick und erhaschte im sich verdichtenden Indigoblau der Nacht an einem Fenster des nachbarlichen Obergeschosses den flüchtigen Schatten einer weiblichen Silhouette, der gleich wieder verschwand, in dem er aber seine Mutter erkannt zu haben glaubte. Er rief sie an, ohne eine Antwort zu erhalten, und kehrte verwirrt ins Haus zurück. Drinnen machten sich Lydia und Lysia in der Küche zu schaffen und verrichteten die Arbeiten, die bisher nur Maria vorbehalten waren: Sie kochten dicke Bohnen, reinigten Salat, schälten Zwiebeln und hantierten dabei wie selbstverständlich mit den Küchengeräten, die er eigentlich immer für das alleinige Eigentum seiner Mutter gehalten hatte. Die Brüder Justus und Judas gingen zum Wirt einer nahe gelegenen Herberge, um sich bei ihm einen Spieß und Stützen für das Lamm auszuleihen. Das alles wurde dann im Hof aufgestellt, gemeinsam mit den drei Dutzend Trinkkrügen für den Wein, den sie in einem Schlauch mitgebracht hatten.

Besonders befremdend aber war Josefs Fröhlichkeit und der Umstand, daß er, ganz abgesehen von Maria, auch an seinen jüngsten Sohn keinen Gedanken mehr zu verschwenden schien.

Offenbar wurde seine zweite Ehe von diesen Leuten rundweg geringgeschätzt. Aber warum? Als zwei Stunden später endlich das Essen fertig war und alle sich gesetzt hatten, als Josef ein Dankgebet gesprochen hatte, das Jesus zum erstenmal schwülstig und schier endlos vorgekommen war, und als sie dann zu essen begannen – Jesus war auf den Platz zwischen einer Nichte, die nicht einmal zu wissen schien, was er in dieser Gesellschaft zu suchen hatte, und einem Neffen abgeschoben worden, der eine Schleuder bei sich trug und diese vor sich hinlegte, wie in Erwartung eines neuen Goliath –, da drehte sich die Unterhaltung bereits nur noch um eines: den Tempel von Jerusalem. Was aus diesem Bekannten geworden sei? Nach Antiochia sei er geflohen. Und aus jenem? Der sei Vorsteher der Schreiber geworden. Und der Palast? Und der Hohepriester? Und der Sanhedrin? Man redete bis tief in die Nacht. Hatten diese Leute denn vor, hier auch noch zu übernachten? Jesus war müde, und seine Besorgnis um die Mutter wuchs. Endlich verabschiedeten sich die Verwandten, was ebenfalls kein Ende nehmen wollte, und verschwanden im Dunkel der nächtlichen Straße Richtung der Herberge, die sie gewiß ganz allein für sich gemietet hatten. Josef, der leicht schwankte, weil er ein oder zwei Fingerhut voll Wein getrunken hatte, musterte zufrieden die abgeräumten Tische, nickte dann und ließ seinen Blick auf Jesus ruhen, der mit verschlossenem Gesichtsausdruck an die Wand gelehnt dastand. Dann ging er wortlos schlafen. Jesus löschte alle Lampen bis auf eine, damit seine Mutter im Durcheinander der noch herumstehenden Tische und Bänke ihren Weg finden konnte.

Er setzte sich in der Finsternis auf sein Bett und beschloß, seine Gebete so lange nicht zu sprechen, bis seine Mutter heimgekehrt sei. Wenig später knarrte die Tür. Sandalen huschten kaum hörbar über die Dielen, Kleider streiften Möbelstücke, dann herrschte völlige Dunkelheit. Maria hatte die letzte Lampe gelöscht. Er tastete sich zu ihr. Sie spürte seine Gegenwart und blieb unbeweglich stehen.
»Wo warst du denn?« fragte er sie.
»Bei den Nachbarn.«
»Bin ich ein Bastard?«
»Du bist anerkannt worden«, sagte sie mit kaum hörbarer Stimme.

Wie das Gras auf einem Grab wächst, vergingen die Monate und Jahre. Jesus war mittlerweile zwölf Jahre alt. Eines Morgens faßte der alte Zimmermann seinen Sohn bei den Schultern und sah ihm lange prüfend ins Gesicht. Dabei kam er ihm so nahe, daß Jesus jedes Haar, jede Pore auf seiner knolligen Nase und jede Falte um seine Augen hätte zählen können. Josef runzelte die Augenbrauen. Jesus fragte nicht, warum.
Zwei- oder dreimal hatte er sich Tadel eingehandelt, weil Josef zugetragen worden war, daß der Sohn häufig der Synagoge einen Besuch abstattete, um sich dort mit dem Rabbiner Nahum zu unterhalten. Jesus hatte nicht gefragt, was an einem Gespräch mit einem Priester so verwerflich sei.
Und er fragte auch nicht, weshalb Josef seit neuestem nahezu allmorgendlich das Bettzeug seines Sohnes zu untersuchen pflegte; er tat, als bemerke er es nicht. Nur eines Morgens, während einer dieser inquisitorischen Untersuchungen, blieb er neben dem Bett stehen und sah den Vater fest an. Der Alte erwiderte den Blick. Jesus wich ihm nicht aus. Von diesem Tag an gab es keine Inspektionen mehr.
Doch der Flaum auf Jesus' Oberlippe war für jedermann sichtbar.
Der Frühling kam. Die ersten Lilienblüten wagten sich hervor, die ersten Wiedehopfe ließen ihr Upupup! erschallen. Eines Abends sagte Josef bei Tisch: »Das Passah-Fest rückt näher. Wir reisen nach Jerusalem.« Und während Maria den Tisch abräumte, meinte er noch, zu Jesus gewandt: »Du bist jetzt zwölf Jahre alt. Du trägst nun die Verantwortung für alles, was du tust und läßt.« Mit einem strengen Blick unterstrich er diese Worte.

Es gab kaum Mädchen in Jesus' näherer Umgebung. Aber sicher würde es in Jerusalem welche geben – oder gar Schlimmeres. Das aber würde gewiß nicht viel an Jesus' Erfahrung in dieser Hinsicht ändern. Der Knabe wußte sehr wohl, daß es im römischen Viertel von Karfanaum ein Freudenhaus gab, erzählte doch der Geselle, wenn Josef nicht in die Werkstatt kam, was immer öfter passierte, gern pikante, zur Hälfte sicher erfundene Geschichten.

Bevor sie aufbrachen, meinte Josef noch: »Jerusalem ist ein gutes Stück größer als Kafarnaum. Und so viele Menschen, wie zum Passah-Fest dort zusammenkommen, wirst du noch nie in deinem Leben gesehen haben. Wir könnten uns im Trubel verlieren. Ich werde auf alle Fälle bei Simon in der Straße der Schreiber wohnen. Hier hast du Geld, damit du dir etwas zu essen kaufen kannst, falls du dich tatsächlich verläufst. Nimm nichts an von einem Fremden!«

Bereits auf dem Weg nach Jerusalem, kurz hinter Nain, wäre Jesus fast von den Eltern getrennt worden, so drängten sich dort die Menschen. Esel, Pferde und Kamele kamen nur langsam voran.

Jerusalem! Die Menge vor den Toren war so dicht, daß man für die Strecke von einer halben Wegstunde bis zu einem der Stadttore eine ganze Stunde brauchte. Ein riesenhaftes Tier ragte über alle anderen Reit- und Lasttiere hinaus, gewiß war das ein Elefant. Aus einer Art Sänfte auf dem Rücken des Ungetüms blickte ein Reisender mit einer Hautfarbe, die an Oliven erinnerte, arrogant über die Menge unter ihm hinweg. Da gab es Griechen, Römer, Syrier und Nabatäer, die Jesus unterscheiden konnte, da er sie schon von Kafarnaum her kannte. Aber die anderen? Waren das Hulathiner, Zyprioten, Parther? Oder gar Bithynier oder Leute vom Pontus? Sie konnten schließlich unmöglich alle Juden sein. In große Umhänge gehüllt die einen, kaum bekleidet die anderen, blonde Haarschöpfe, schwarze Haut, krauses Haar, kahlrasierte Köpfe, und alles redete in unbekannten Sprachen …

Jesus blickte um sich. Josef und Maria waren nirgendwo mehr zu sehen. Er war allein in dem trägen, aber unaufhaltsamen Strom, der auf ein noch unsichtbares Ziel zustrebte, ganz gewiß den Tempel, jenes architektonische Wunderwerk, Sitz der religiösen Macht, Inkarnation des jüdischen Geistes und ständige Ursache für Josefs unversöhnlichen Haß.

Sollte er gleich zum Tempel gehen? Als er endlich das Stadtviertel Har ha bavit, Berg des Hauses, erreichte, begann es schon zu dämmern, und die Menschenmenge schob sich entlang der beiden Aufgänge, die zu den äußeren Toren führten, so langsam voran, daß Jesus sein Vorhaben aufgab. Mindestens eine Stunde würde er noch brauchen. Er war erschöpft und müde, und der Hunger plagte ihn. Er beschloß, am nächsten Tag wieder zu kommen. Sich etwas zu essen zu kaufen erwies sich schnell als aussichtslos: Ein karges Mahl, wie er es sonst in Kafarnaum zu sich nahm, hätte ihn die Hälfte dessen gekostet, was er von Josef bekommen hatte. Ein Brot und getrocknete Feigen hatte er mitgebracht. Er aß ein wenig von beidem und trank Wasser aus einem Brunnen, an dem er sich auch Gesicht, Hände und Arme wusch.

Wo sollte er schlafen? Zu Simon zu gehen, hatte er wenig Lust, und in einer Herberge ein Zimmer zu nehmen war unmöglich. Er lief weiter und gelangte in ein ruhigeres Viertel, wo er am Fuße einer hohen Mauer ein stilles Eckchen fand. Die Wachsoldaten hoch über ihm schienen keinen Anstoß daran zu nehmen, daß er es sich hier bequem machte. Er rollte sich zusammen, zog den Mantel enger um die Schultern, denn die Nacht war frisch, und schlief sogleich ein.

»Was hast du hier zu suchen, Junge? Der Palast des Königs ist kein Unterschlupf für Herumtreiber!«

Jesus blinzelte verschlafen. Vor sich sah er einen Soldaten in funkelnder Rüstung. Er setzte sich auf und rieb sich die Augen. Der Soldat wartete darauf, daß er sich aus dem Staub machte. Also stand er auf und entfernte sich, wobei er sich mehrmals umdrehte, um nach Möglichkeit einen Blick auf den Palast dieses Königs zu erhaschen, von dem er nur wußte, daß er nicht mehr Archelaus war. Obwohl eben erst der Tag dämmerte, war in Jerusalem schon wieder alles auf den Beinen.* In den Gassen wogte ein endloser Strom von Bauern. Ihre Lasttiere waren beladen mit Körben, Käfigen, Tonkrügen, Wein- und Wasserschläuchen, Gemüse und Geflügel. Hier schob einer sein zu schwer beladenes Maultier, dort zog ein anderer seinen Esel am Halfter quer durch eine Schafherde. Lange vor Morgengrauen waren sie

* während des Passah-Festes hielten sich bis zu 200000 Menschen in Jerusalem auf

aufgestanden und hatten vor den Stadttoren warten müssen, bis man sie endlich mit ihren Waren einließ: Feigen und Granatäpfel aus Ägypten, Koriander und Anis, Datteln und Melonen, Thunfisch aus dem Roten Meer und Forellen aus dem Jordan, Hühner, Wachteln, Tauben für den Mittagstisch und andere für die Opferung; Mehlsäcke wurden geschleppt und Krüge mit Oliven- und Sesamöl, Käse aus Galiläa und Judäa, Salz vom Toten Meer und Pfeffer aus Abessinien. Gerüche vermischten sich mit Gackern, Blöken und dem Geschrei der Händler sowie den Fragen der Hausfrauen und Dienerinnen, von denen die meisten eigentlich nur mit ihren Krügen Wasser holen gegangen waren.

»Heb mir fünf Seezungen auf!«

»Sie sind alle schon im voraus an die Herberge ›Zum Pilger‹ verkauft.«

»Was für einen Wein hast du anzubieten?«

»Galiläischen. Wenn du zypriotischen willst, brauchst du nur meinen Bruder Samuel hinter mir zu fragen ...«

Jesus war hellwach. Wo konnte man hier nur seinen menschlichen Bedürfnissen abhelfen? Immer dringender wurde die Frage, bis er sich in seiner Not schließlich an einen Händler wandte. Dieser zeigte auf ein nur wenige Schritte entferntes Gebäude, vor dem man bereits Schlange stand.

»Die Bäder liegen gleich dahinter«, fügte er mit einem vielsagenden Blick auf die staubbedeckten Füße des Jungen hinzu.

Jesus bemühte sich zu beten, doch es wollte ihm nicht gelingen, sich zu konzentrieren. Was für eine Art zu leben war das hier! Er versuchte, sich mehr schlecht als recht am Brunnen rasch das Gesicht zu waschen, und aß dann eine Feige, dazu ein wenig Brot. Er würde sich wohl oder übel allmählich doch nach der Straße der Schreiber durchfragen müssen, denn sein Proviant ging zur Neige, und er wollte sich wieder den Eltern anschließen.

Zunächst aber mußte er den Tempel sehen. Josefs Verwünschungen und Mahnungen zum Trotz wollte er dieses Baudenkmal doch wenigstens einmal kennengelernt haben. Was sollte er den Lehrlingen in Kafarnaum denn sagen, wenn er ihnen den Tempel von Jerusalem nicht in allen Einzelheiten beschreiben konnte? Er beschleunigte seine Schritte, um dem großen Andrang zuvorzukommen. Im Gehen wurde

ihm erst klar, daß sich der Königspalast, vor dem er geschlafen hatte, genau in entgegengesetzter Richtung vom Tempel befand.
Die Sonne war aufgegangen, und nun schwärmten auch die Fliegen wieder aus. Fensterläden klapperten, Mägde gossen Schmutzwasser in den Rinnstein vor den Häusern, aufgescheuchte Hähne krähten in den Höfen, Kinder standen, oft nur mit einer Sandale am Fuß, gähnend in den Haustüren. Auf dem Weg, der zum Tempel führte, begann es von Menschen zu wimmeln. Es blieb Jesus nichts anderes übrig, als dem Strom zu folgen und sich hie und da zwischen den Pilgern, die ihm entschieden zu langsam gingen, hindurchzuschmuggeln. Dabei stolperte er einmal über den Stock eines alten Mannes, und er wäre der Länge nach hingefallen, hätte ihn nicht eine kräftige Hand aufgefangen. Die Hand gehörte einem bärtigen jungen Mann, der ihn tadelnd ansah.
»Warum hast du es denn so eilig?«
»Ich will zum Tempel«, antwortete Jesus eingeschüchtert.
»Da wollen wir alle hin.«
»Ja, aber gestern abend bin ich nicht einmal bis zum Tor gekommen. Und heute habe ich mir fest vorgenommen, diesen Tempel zu besichtigen.«
»Wo kommst du her?«
»Aus Kafarnaum.«
»Und wie heißt du?«
»Jesus, Sohn des Josef. Und du?« erwiderte Jesus, wieder etwas mutiger.
»Jonathan. Weshalb willst du unbedingt den Tempel besichtigen?«
»Aber ... Wir sind doch deswegen hergekommen!«
»Du hast also die Reise gemacht, um ein Baudenkmal zu sehen? Ja, was glaubst du denn, was das hier ist? Die ägyptischen Pyramiden?« Der Spott war nicht zu überhören.
»Nein, ich weiß, was der Tempel ist: Er ist das größte Heiligtum der Juden.«
»Dieser Tempel ist also sehr alt?« fragte Jonathan.
»Du weißt sehr wohl, daß er es nicht ist«, erwidete Jesus mit einem Anflug von Ironie. »Es ist nicht einmal fünfzig Jahre her, daß er durch Herodes den Großen erbaut worden ist, als Ersatz für den Tempel Salomons.«

Sie hatten den Südostteil des Tempelbezirks erreicht, von wo aus zwei Stufenaufgänge im rechten Winkel auseinanderliefen. Der kürzere, südliche, führte quer über eine Brücke zum Tor der Pracht, auch Königstor genannt, auf dem anderen, östlichen, gelangte man zu den Hulda-Toren.

»Dieser Herodes ist also der Nachfolger von Salomon«, sagte Jonathan.

»Ich habe nichts dagegen, daß du mich hier einer Art Prüfung unterziehst«, meinte Jesus in gleichgültigem Ton, »aber ich kann mir nicht vorstellen, daß deine Frage, wenn du ein richtiger Jude bist, irgendeinen Sinn haben soll. Selbstverständlich war Herodes nicht der Thronerbe Salomons. Trotzdem gibt es den Tempel, und ich werde jetzt zum Tor der Pracht gehen.« Das sagte er in einem Ton, der dem anderen unmißverständlich bedeutete, daß er entlassen sei, was dieser mit einem Lächeln zur Kenntnis nahm.

»Weißt du«, sagte Jonathan, »daß nicht einmal die Hälfte der Besucher, die du hier siehst und noch sehen wirst, so viel über den Tempel wissen wie du?«

»Schade«, sagte Jesus, »aber du als Sohn eines reichen Schriftgelehrten aus Judäa, du wenigstens weißt Bescheid.«

»Woher weißt du, wer ich bin?« fragte Jonathan verdutzt.

»Die Ironie ist eine Tochter Judäas. Ihr habt hier viel mit Griechen zu tun. Und die Schriftgelehrten sind immer stolz auf ihr Wissen.«

In der Morgensonne schimmerten die Steine golden. Zänkische Tauben umflatterten die korinthischen Kapitelle. Die beiden jungen Leute bahnten sich einen Weg durch das Tor der Pracht, vorbei am Quartier der Nazarener zu ihrer Linken und den Ständen der Holzverkäufer zu ihrer Rechten. Sie gelangten in den weiträumigen Hof der Frauen, bei dessen majestätischem, trotz der Menschenmenge erhabenem Anblick sie wie gebannt stehenblieben. Zu beiden Seiten lenkten weiße Säulenreihen den Blick auf die Tempelfassade. Über dem würdevollen Portal des von vier Wandpfeilern eingesäumten Nikanor-Tores erhob sich die imposante Fassade, deren schlichter Schmuck lediglich aus zwei Wandpfeilern an den Außenkanten sowie zwei Porphyrsäulen zu beiden Seiten des hohen, rechteckigen Tores bestand. Rechts vom Tor war der Bereich der Leprakranken, links der Verkaufsstand für Öle. Und überall Händler über Händler.

Ausgerüstet mit auseinanderklappbaren Marktständen, hatten sie sich ringsum niedergelassen, um Opfertauben, Öl, Wein, Myrrhe, Weihrauch oder Gebetsriemen und Kerzen zu verkaufen. Auch Geldwechsler sah man unter ihnen, die Münzen aus Lukanien oder Mazedonien, aus Kappadokien oder Achaia, deren Prägungen Bildnisse von Göttern, fernen Königen, nackten Menschen oder auch von Tieren trugen, in Schekel umzutauschen. Und es gab auch einen Arzneihändler, der seine Heilmittel an Frauen verkaufte, die an häufigen Zuständen litten, auch ein Wasser- und Ysophändler war da und ein Verkäufer von Zuckerwerk. Wieder ein anderer bot Duftwasser und parfümierte Tücher an, und alle hantierten bewundernswert fingerfertig mit ihrer Ware, die sie lauthals priesen. Sie lächelten dienstfertig oder schnitten Grimassen, wenn ihnen die Leprakranken zu nahe kamen und ihre Kunden erschreckten, indem sie ihnen mit den Stümpfen ihrer Glieder unter der Nase herumfuchtelten. Sobald sich aber ein Priester in der Nähe zeigte, setzten sie im Handumdrehen wieder eine würdevolle Miene auf.
Jesus war fassungslos. »Warum werden sie nicht von den Priestern verjagt?« fragte er.
»Sie haben die Genehmigung, hier Handel zu treiben«, erklärte ihm Jonathan.
»Aber ... diese Geschäftemacherei?«
»Sie zahlen den Priestern eine Abgabe dafür.«
Das Gesicht des Jungen lief rot an.
»Wie alt bist du eigentlich?« fragte Jonathan.
»Zwölf.«
»Und wer ist dein Lehrer?«
»Mein Vater.«
Sie gingen bis zu der Mauer, die die Grenze zu den Innenhöfen bildete. Jonathan blieb stehen, um eine griechische Inschrift zu entziffern.
»Was steht da geschrieben?« fragte Jesus.
»Daß die Heiden hier nicht mehr weitergehen dürfen.«
Und tatsächlich, jenseits der Einfriedung waren bereits weniger Leute, zumal der Großteil der jüdischen Pilger erst später erwartet wurde. Endlich traten sie in den Tempel ein. Sein Gewölbe war so hoch, daß Jesus vor Staunen den Mund aufsperrte. Auf halber Höhe schwebte eine Weihrauchwolke, genährt von riesigen Feuerbecken,

die soeben von einigen auf kleinen Leitern sitzenden Leviten nachgefüllt wurden. Die Wolke reichte bis zum äußersten Ende des Bauwerks, das vom massiven Opferaltar beherrscht wurde, und löste sich dort in einen weißlichen Nebel auf, den die Flammen vieler hundert Kerzen zerrissen. Beim Anblick dieser Wolke hatte man den Eindruck, die äußersten Grenzen des Erdenlebens berührt zu haben; darüber mußte bereits der Himmel beginnen. Auf dem Podest, auf dem sich der Altar befand, kamen gerade die vorgeschriebenen dreiundneunzig Priester dem Morgenritual nach, ihnen gegenüber ihre Helfer, die sie im unaussprechlichen Namen Gottes segneten. Leviten schoben ihnen eine Schar Lämmer zu. Ein verzweifeltes Aufblöken zeigte die Opferung eines jeden Tieres an. Das Blut rieselte über das grobe Gestein des Altars, wo es ein paar Minuten feucht schimmerte, bevor es in dunklen Lachen gerann. Beim Näherkommen beobachteten Jesus und Jonathan, wie sich ein Priester bückte, um frisches Blut für das Trankopfer in eine silberne Schale zu füllen, während ein anderer das Tempelbanner entrollte. Hierauf hallte plötzlich das kriegerische Dröhnen der Becken durch den Tempel, beantwortet von den triumphierenden Fanfaren der silbernen Trompeten. In dem gewaltigen Getöse vermochte niemand die Worte zu verstehen, welche die Leviten rezitierten und die aus dem für diesen Tag vorgeschriebenen Psalm sowie Passagen aus dem Gesetze bestanden. Bald schwoll die Musik so laut an, daß die auf den Kranzgesimsen hockenden Tauben vor Schreck verwirrt durcheinanderflatterten. Zimbeln und Triangel stimmten ins Konzert ein, und am Ende jedes Verses erschallten wieder die Trompeten.

Lange Zeit stand Jesus wie gebannt. Dann wandte er sich dem Ausgang zu. Eine Hand legte sich auf seine Schulter; sie gehörte Jonathan.

»Die Zeremonie beginnt doch gerade erst! Warum gehst du?«

»Hier kann ich nicht beten. Ich bin doch gekommen, um zu beten. Ich werde mir eine kleine Synagoge suchen.« Jesus begann, sich einen Weg durch die Menge zu bahnen. Jonathan folgte ihm. Der Andrang war so groß, daß es ein oder zwei Stunden später sicher unmöglich war, in den Tempel zu gelangen. Die beiden jungen Leute verließen den Tempelbezirk. Ohne viele Worte zu wechseln, passierten sie das Essener-Tor und befanden sich nun im Hinnom-Tal. Hier waren viel weniger Leute, allerdings immer noch genügend Pilger, um die Gegenwart von fliegenden Händlern zu rechtfertigen. Jonathan kaufte einem von ihnen zwei Becher Tamarindensaft und zwei Honigfladen ab. Im Handumdrehen war beides in die hungrigen Mägen gewandert.

»Warum folgst du mir auf Schritt und Tritt?« fragte Jesus und sah Jonathan forschend an.

»Vielleicht, weil ich nichts anderes zu tun habe.«

»Wenn du mich nicht getroffen hättest, wärst du im Tempel geblieben.«

»Ich war schon oft im Tempel«, antwortete Jonathan widerwillig. Sie kamen an Gräbern vorbei, von denen manche in den Fels geschlagen waren. Es roch nach Salbei.

Von Zeit zu Zeit warf Jesus einen Blick auf seinen Begleiter, der die auf ihm lastende Frage wohl spüren mußte, auch wenn er die Augen auf den Boden geheftet hielt, während sie dahinschlenderten.

»Ich nehme an, du verstehst mich nicht«, rückte Jonathan endlich heraus.

Jesus war verblüfft: ein Erwachsener, dem etwas an der Anerkennung eines Halbwüchsigen lag. Er schwieg.

»Ich meine, du verstehst nicht, daß auch ich den Tempel verlassen habe.«

»Ich hatte den Eindruck, nachdem du ihn ja viel besser kennst als ich, müßtest du dich dort erheblich wohler fühlen.«

»Das ist ja der springende Punkt. Ich kenne ihn zu gut, bis zum Überdruß.«

Wieder sah Jesus erstaunt auf. »Überdruß« bedeutete in seinen Augen Ärger, und verärgert hatte Jonathan bei den Vorgängen im Tempel nicht gerade gewirkt.

»Weißt du, ich habe eigentlich niemanden, mit dem ich darüber reden könnte«, sagte Jonathan mit einem fragenden Blick.

»Du hast also keine Geschwister oder Freunde?«

Sie blieben stehen und setzten sich.

»Doch, aber... Ich weiß nicht, ob du das verstehen kannst: Für sie, für sie alle«, erklärte er mit bedeutungsvoller Miene, »gibt es nur ihre Geschäfte, den Tempel oder den Königspalast.« Er wirkte ratlos und setzte hinzu: »Am liebsten gleich alle drei auf einmal.«

Zwei Häher flogen über sie hinweg.
»Was macht dein Vater?« fragte Jesus.
»Er ist Kaufmann. Ein reicher Kaufmann. Und er ist Mitglied des Sanhedrin.«
Vor ihnen, auf der gegenüberliegenden Seite des Tales, lag Jerusalem ins Weiß und Gold des vollen Sonnenlichts getaucht.
»Und was macht dein Vater?« fragte Jonathan.
»Er ist Rabbiner und doch kein Rabbiner.«
Jonathan mußte lachen. »Wie kann man denn zwei gegensätzliche Dinge gleichzeitig sein?«
»Er ist Rabbiner, lehnt es aber strikt ab, daß man ihn als solchen ansieht, und er arbeitet als Zimmermann. Er ist schon sehr alt.«
»Warum will er nicht als Rabbiner betrachtet werden?«
»Früher einmal war er mit dem Tempel eng verbunden. Er mußte fliehen. Wir sind nach Ägypten gegangen und wieder zurückgekehrt. Das wär's.«
»Das wär's!« wiederholte Jonathan lachend. »So viele Dramen in zwei Worten!«
»Und was willst du werden? Kaufmann, Rabbiner oder Höfling, oder auch alle drei zugleich?« fragte Jesus.
Jonathan lag im Gras und schüttelte sich vor Lachen.
»Du hast in einer Viertelstunde mehr gelacht als mein Vater, seit ich ihn kenne«, meinte Jesus, »und doch bist du trauriger als er.«
»Warum sollte ich deiner Meinung nach traurig sein?«
»Weil du in dieser verdorbenen Stadt lebst.«
»Woher willst du wissen, daß sie verdorben ist?«
»Weil mein Vater das gesagt hat. Und er kennt sie.«
Jonathan strich mit der flachen Hand über das Gras. »Weißt du, wo du deine Eltern wiederfinden kannst?«
»Bei meinem ... bei meinem Bruder Simon, in der Straße der Schreiber.«
»Ach, dein Bruder wohnt in der Straße der Schreiber? Simon, wie noch?«
»Wie ich: Sohn des Josef.«
»Du bist der Bruder von Simon, Sohn des Josef?«
»Kennst du ihn etwa?«
»Meinem Vater gehört das Haus, in dem er wohnt. Aber ich wußte nicht, daß er noch einen so jungen Bruder hat.«

»Ich bin ein Kind aus zweiter Ehe.«
Jonathan schien nachdenklich. »Hast du letzte Nacht dort geschlafen?« fragte er mit einem skeptischen Blick.
»Nein.«
»Wo dann?«
»An der Mauer des Königspalastes.«
Jonathan schien nun noch nachdenklicher. »Wenn du willst, kannst du mit mir kommen und mit uns, das heißt meinem Vater und meiner Familie, heute abend das Passah-Mahl teilen«, sagte er. »Das ist sicherlich besser, als unter der Aufsicht der Wachsoldaten zu schlafen. Und du kannst dann auch ein Bad nehmen.« Er warf einen kurzen Blick auf Jesus' Aufmachung. »Mein Vater heißt auch Josef. Er ist aus Arimathäa, aber er hat ein Haus in Jerusalem, in dem ich mit dem Rest der Familie wohne.«
»Wir haben nur einen Vater«, rezitierte Jesus.
»Das ist ein Zitat aus dem Buch Maleachi«, bemerkte Jonathan.
Gemeinsam verzehrten sie noch das restliche Brot und die Feigen, die Jesus übriggeblieben waren. Am frühen Nachmittag machten sie sich dann auf den Rückweg.

IX.

Gespräch zweier Griechen in Jerusalem

»Hier dürfen wir nicht mehr weiter«, sagte ein Mann auf griechisch und zeigte mit dem Finger auf die Tafel mit der griechischen Inschrift, die an der den Vorhof der Heiden abschließenden Mauer befestigt war.

»Vielleicht sollten wir einem der Priester eine Münze in die Hand drücken«, schlug der andere vor.

»Laß dir das nur nicht einfallen! Man würde uns steinigen.«

»Wir sind also eigens aus Athen hierher gekommen, um vor dieser Mauer umzukehren?« ereiferte sich sein Begleiter.

Er war etwa um die Dreißig und trug einen rotblonden, sehr gepflegten Bart. Sein Gesprächspartner hingegen mußte bereits auf die Sechzig zugehen. Er war kahlköpfig, und sein Bart war grau.

»Du kannst nicht behaupten, daß man uns nicht gewarnt hat«, meinte der Ältere. »Zudem wissen wir ohnehin sehr gut, was sich dort drinnen abspielt.«

»Opferzeremonien.«

»Ja, Opferzeremonien. Man kennt das von den meisten anderen Religionen.«

»Von allen Religionen.«

»Nein, ganz bewußt habe ich von ›den meisten‹ gesprochen. In Asien beispielsweise verzichten die Chinesen und Hindus auf Tieropfer.«

»Nicht aber die Griechen, und die Römer auch nicht. Warum?«

»Du kannst den Göttern danken, daß wir wenigstens keine Menschenopfer mehr darbringen.«

Sie kehrten um und schoben sich durch die Menschenmenge zurück zum Tor der Pracht, wobei sie tüchtig mit den Ellbogen nachhalfen.

»Was ist eigentlich die tiefere Bedeutung der Opferungen?« fragte der jüngere der beiden Griechen. »Welchen Sinn soll es haben, Fleisch,

Milch und Wein für einen Gott verderben zu lassen, der sie nicht genießen kann?«
»Mein lieber Ion, nimm dich in acht, denn du riskierst recht gotteslästerliche Worte! Selbst wir Griechen dürfen religiöse Sitten nicht in der Öffentlichkeit anzweifeln, ohne Gefahr zu laufen, zu Staatsfeinden erklärt zu werden. Doch um deine Frage zu beantworten: Opfer sind dazu bestimmt, unsere Angst vor den Göttern zu bannen. Natürlich – aber wenn du das weitererzählst, werde ich einfach behaupten, du habest geträumt –, natürlich glaube ich, daß die Götter viel zu intelligent sind, um sich darum zu kümmern, ob wir nun zum einen oder anderen Anlaß unsere Opfer dargebracht haben oder nicht. Nur wir Menschen sind eben nicht so intelligent.«
»Verzeih, Eukrates, ich kann dir nicht recht folgen.«
»Ich wollte ganz einfach sagen, daß wir in ständiger Angst vor den Göttern leben. Wir haben Angst vor dem Blitz, vor Überschwemmungen, Hungersnot, Erdbeben, Bränden und vor einem frühzeitigen Tod. Da wir den Grund für diese unheilvollen Schicksalsschläge nicht kennen, schreiben wir sie launischen Mächten zu. Und nachdem wir uns diese Mächte nach unserem eigenen Bild vorstellen, halten wir sie für habgierig genug, einen Teil unserer Nahrung für sich zu beanspruchen, den wir ihnen dann anbieten, um uns ihr Wohlwollen zu verdienen.«
Sie schritten die letzten Stufen des Tempelaufgangs hinunter und standen nun auf der Straße, die schwarz von Menschen war.
»Wie primitiv das doch alles ist!« entfuhr es Ion, der stehengeblieben war, um ein kleines Malheur zu beobachten: Eine Steige voll Granatäpfel, die ein Mann auf seinem Kopf getragen hatte, gab unter der Last nach, und die reifen Früchte zerplatzten auf den Pflastersteinen. Ihr Saft spritzte blutrot über den Boden.
»Ich würde das alles eher instinktiv nennen«, gab Eukrates zu bedenken. »Und ich finde es fast beklagenswert, in welch abfälligem Ton man heutzutage von den Instinkten zu sprechen pflegt. Die Instinkte stellen die andere Seite der menschlichen Natur dar. Sie sind nicht mehr, aber auch nicht weniger wert als die Intelligenz. Unser Gehirn kann ebensoviel Übles ausbrüten wie die Instinkte. Als die Juden noch ein großes Volk waren, glaubten sie wesentlich stärker als heute an die Wirksamkeit von Opfergaben, wobei sie auch Menschenopfer

nicht ausklammerten. Hast du das Gefeilsche um die Opfergaben beobachtet, das sich zwischen den Gläubigen und den Händlern im Tempel abgespielt hat? Was für eine Knauserigkeit! Man könnte meinen, sie kaufen die Tauben und die Milch für ihren eigenen Bedarf. Wenn ihr Gott wirklich die Geschehnisse im Tempel mitverfolgt, muß ihm davon übel werden.«
Sie schlenderten die Straße entlang und musterten die Passanten, die ihre Blicke erwiderten.
»Du sprachst gerade von Menschenopfern«, sagte Ion. »Willst du damit sagen, daß die Juden tatsächlich Menschen geopfert haben?«
»Dafür gibt es mehr als einen Hinweis in ihren geheiligten alten Büchern, und in jedem Fall den auf Abraham, ihren legendären Stammvater, dem von seinem Gott befohlen wurde, den eigenen Sohn Isaak zu opfern. Der arme Mann fühlte sich vom Schmerz schier zerrissen, doch da es sein Gott war, der ihm dieses grauenhafte Opfer abverlangte, mußte er gehorchen. Also nahm er seinen Sohn, um ihm die Kehle durchzuschneiden. Die Überlieferung sagt, daß genau in dem Augenblick, als der Vater das Messer ansetzte, eine Art geflügelter Geist, den die Juden Engel nennen, erschien und dem Geschehen Einhalt gebot. Das beweist, daß die Juden, die man damals Hebräer nannte, vor Menschenopfern nicht zurückschreckten, wenn es der Himmel wollte.«
»Wie schrecklich!« rief Ion. »Doch was ist das?«
Sie waren am Fuße eines von fünf Säulenvorhallen flankierten Bauwerkes angelangt, das von einer Menschenmenge umringt war. Sie traten etwas beiseite, weil die Ansammlung aus Kranken und körperlich Behinderten bestand. Manche waren blind, andere verkrüppelt oder mit Geschwülsten bedeckt, wenn sie nicht sogar im ersten Stadium des Aussatzes waren.
»Wenn ich nicht irre«, meinte Eukrates, »befinden wir uns im neuen Teil von Jerusalem, der unter Herodes dem Großen entstanden ist und Kainopolis heißt. Und dies hier müßte das Haus der Barmherzigkeit oder, wie sie es nennen, Beth Chesedah sein. In seinem Innern soll sich ein Bad befinden, das von Heilquellen gespeist wird.«
»Nein, so etwas!« rief Ion aus. »Komm, gehen wir! Und verzeih, wenn ich mich wiederhole, aber dies alles erscheint mir doch recht primitiv.«

»Falls es die Menschenopfer sind, die dich so aufgebracht haben«, meinte Eukrates mit einem leisen Lächeln, »dann muß ich dich wohl daran erinnern, daß wir Griechen sie auch nicht immer verachtet haben.«

»Na, hör mal, Eukrates! Wenn man dir so zuhört, könnte man meinen, die Menschheit hätte nichts als Menschenfleisch gehabt, um sich zu ernähren.«

»Ich bin mir gar nicht so sicher, ob nicht du oder ich ein paar Kannibalen unter unseren Vorfahren haben. Aber ohne erst so weit auszuholen, möchte ich dein Gedächtnis ein wenig auffrischen. Unser eigener Gott Dionysos, der Sohn des Zeus und der Sterblichen Semele ...«

Ein Bettler hatte wehklagend Eukrates' Arm ergriffen. Dieser machte seine Hand frei, zog seinen Geldbeutel, den er am Gürtel verborgen trug, und suchte eine Kupfermünze hervor, um sie dem Bettler zu reichen.

»Du hast heute morgen bereits zweimal Bettlern ein Almosen gegeben«, bemerkte Ion. »Sie werden dich hier noch arm machen. Was für ein Land!«

»Die Bettler gehören genauso zu unserer Menschenrasse wie die Kannibalen. Wie ich gerade sagen wollte, wurde Dionysos von seinen eigenen Priesterinnen, den Bakchen, in Stücke gerissen und verschlungen. Du hast doch sicher Euripides gelesen? Nun, dann wirst du dich erinnern, daß in den ›Bakchen‹ Pentheus, Dionysos' Feind, dasselbe Los ereilt, weil er sich gegen diesen Gott gestellt hat. Und du wirst dich auch daran erinnern, daß Orpheus von den Mänaden ebenfalls zerrissen und verschlungen wurde. Die Götter sind lediglich eingeschritten, um seinen Kopf und seine Lyra, die auf den Meeresgrund gesunken waren, zu retten. Und vielleicht weißt du auch, daß die Priester seines Kultes später des Opfers feierlich gedachten, indem sie rituell das rohe Fleisch eines Stieres aßen ...«

»Aber das ist doch reine Mythologie!« rief Ion, während er begehrliche Blicke nach dem Stand eines Süßwarenhändlers warf.

»Die Priester, die rohes Stierfleisch aßen, gehörten durchaus zur Wirklichkeit. Und ich glaube nicht, daß Sophokles den Kannibalismus so ausführlich erwähnt hätte, wenn er lediglich eine Erfindung gewesen wäre. Denk doch nur an die Opferfeste in seiner Schrift ›Die Kreter‹! Ich nehme an, du weißt, was mit diesen Festen gemeint ist, oder?«

»Ja«, sagte Ion, »das waren kannibalische Veranstaltungen. Ich finde das alles erniedrigend.«
»Ich nicht«, erwiderte Eukrates nachdenklich. »Das soll nicht heißen, daß ich Menschenfleisch essen würde. Aber ich bin mir nicht sicher, ob ich es nicht tun würde, wenn ich in einem Land aufgewachsen wäre, wo es als Privileg oder Pflicht gilt. Oft muß man erst auf den Geschmack kommen.«
Sie ließen das Tempelviertel hinter sich. Das Straßenpflaster sah nun weniger gepflegt aus. Die Rinnsteine quollen über, so daß die beiden Griechen häufig ganze Bäche von Schmutz und Kot überspringen mußten.
»Zu viele Menschen, zuviel Unrat«, bemerkte Eukrates.
»Reiten wir doch aufs Land!«
»Dort erwartet uns nichts, was interessant und neu wäre. Überall in der Welt sieht es auf dem Lande gleich aus. Nein, ich bin nach Jerusalem gekommen, um mehr über die Juden zu erfahren.«
»Und was weißt du von ihnen nach dieser einen Woche, die wir hier sind?«
»Es wäre ziemlich arrogant von mir, das alles einfach zusammenzufassen. Aber es sind Leute von ungemein großem Stolz. Dieser gründet auf einer weit zurückreichenden und ruhmvollen Vergangenheit. Sie dulden die Römer nur, weil sie keine andere Wahl haben, ihre Kultur aber verträgt sich mit der Roms nicht. Also sind sie unzufrieden. Zudem ist ihr Klerus ganz offensichtlich korrupt. Wenn das bereits ich innerhalb weniger Tage gespürt habe, braucht man wohl kaum daran zu zweifeln, daß die Juden selbst es viel stärker und schon viel länger empfinden. Ein Aufstand dürfte demnach unausweichlich sein.«
»Das wäre Wahnsinn. Die Römer haben jede Menge Truppen hier!«
»Unterschätze nicht den Mut, oder wie es dir zu sagen beliebt, den Wahnsinn, den der Glaube bewirken kann«, versetzte Eukrates, »vor allem, wenn er durch den Stolz der Massen angefacht wird.«
»Aber dieser römische Offizier, mit dem wir gestern abend gegessen haben, hat doch gesagt, daß es bereits Revolten gegeben hat und daß sie gescheitert sind.«
»Das hat wenig zu bedeuten. Die Juden sind nicht gezähmt und werden es meiner Ansicht nach nie sein. Warte nur, bis sie einen Anführer gefunden haben und den Römern dann wirklich zu schaffen machen!

Ein Volk von Propheten ist das. Wenn die Zeit reif ist, werden sie einen hervorbringen, der an eine Wiederkehr des Gesetzes appelliert, und schon ist die Erhebung da.«

»Die Priester werden einen solchen Anführer jedoch nicht gerade mit offenen Armen empfangen«, meinte Ion.

»Hast du Durst? Ich sehe dort drüben einen Händler, der süße Zitronen verkauft«, unterbrach ihn Eukrates. Er rief den Mann herbei und kaufte ihm ein halbes Dutzend dieser Früchte mit ihrer blassen, wächsernen Schale ab, reichte drei davon Ion und machte sich gleich daran, mit seinem Reisemesser eine zu schälen. »Wie du so schön sagst«, nahm er das Gespräch wieder auf, »die Priester werden diesen Propheten nicht mit offenen Armen empfangen – die weißen Häutchen zwischen den einzelnen Spalten mußt du übrigens entfernen, sie sind bitter –, doch ist es das Los aller Helden, die Feindseligkeit irdischer Mächte auf sich zu ziehen. Nimm nur den Fall unseres Herakles! Nachdem er die Welt von Ungeheuern wie den eisengeschnäbelten Vögeln am See Stymphalos, dem wilden Erymanthischen Eber, der Hydra im Sumpfe Lerna und dem Nemeischen Löwen befreit hatte, wurde er von seiner eigenen Ehefrau Deianeira mit Hilfe einer Tunika vergiftet, die sie in das Blut des Kentauren Nessos getaucht hatte. Herakles' Qualen waren so unerträglich, daß er beschloß, seinem Leben auf dem Scheiterhaufen ein Ende zu machen. Er war ein Halbgott, da ihn Zeus persönlich mit der Sterblichen Alkmene gezeugt hatte, und doch läßt ihn Sophokles vor seinem Tod folgende letzte Worte an seinen Vater richten: ›O Zeus! Pein, nichts als Pein hast du mir gegeben.‹«

»Langsam komme ich zu der Überzeugung, daß du ein weitaus philosophischerer Kopf bist, als es dein Beruf als Architekt vermuten ließe«, sagte Ion. »Du beziehst dich oft auf die Mythologie.«

»Die Mythologie ist ebensosehr Wirklichkeit wie diese Frucht hier. Sie vereint in sich alles, was in den Windungen der menschlichen Gehirne gärt, alle Leidenschaften und alle Träume. Ideen vergehen, nicht aber die Mythen.«

»So wird also dieser jüdische Prophet, den du kommen siehst, als Opfer enden.«

»Wenn er ein Held ist, ein großer Held, wird er auch ein Halbgott sein. Alle großen Helden sind Halbgötter, und alle Halbgötter enden als Opfer.«

Ion lächelte. »In deiner Gesellschaft hat man das Gefühl, mit den Augen den Schleier der Zukunft zu durchdringen. Ich bin neugierig auf den Augenblick, in dem dieser Prophet in Erscheinung tritt.«
»Du machst dich über mich lustig«, bemerkte Eukrates und leckte sich den Oberlippenbart.
»Das würde ich mir nie erlauben! Es ist mir wirklich nie bewußt gewesen, daß die Helden auch Halbgötter waren und als Opfer endeten.«
»Wir haben von Dionysos und Herakles gesprochen. Aber da gibt es auch noch Tammuz bei den Sumerern und Osiris bei den Ägyptern, obwohl letzterer als richtiger Gott gilt. Ein Held ist jedenfalls immer ein Störenfried, der die anderen aus ihrem bequemen Leben reißt. Und je erfolgreicher er ist, um so mehr Feinde macht er sich.«
Eukrates machte sich an seine letzte Zitrone und bemühte sich diesmal, die Schale in einer einzigen Spirale abzuschälen, die er dann zwischen Daumen und Zeigefinger baumeln ließ.
»Das Grundmuster gewisser Ereignisse wiederholt sich immer wieder, und doch wiederholen sich die Ereignisse selbst nie.«
Wieder zog ihn ein Bettler am Ärmel und flehte ihn, noch dazu in schlechtem Griechisch, im Namen Davids um eine Gabe an. Eukrates besah sich den Bettler genauer; er war noch ein Kind, offensichtlich bei bester Gesundheit, doch vor Dreck starrend. Die Augen des Jungen waren verkrustet und verklebt. Anstatt ihm Geld zu geben, zog Eukrates den jugendlichen Bettler, der vor Angst laut heulte, kurzerhand zu einem nahe gelegenen Brunnen. Dort wusch er ihm sorgfältig das Gesicht. Das Kind blinzelte mit den Augen. Sie waren dunkelbraun.

X.

Begegnung mit den Schriftgelehrten

Aus jedem Haus Jerusalems stieg Rauch empor. In allen Stadtvierteln roch es nach gebratenem Fleisch.
Etwa eine Stunde vor Sonnenuntergang hielten sich nur noch Fremde auf den Straßen auf, die ab und zu stehenblieben, um die Juden zu beobachten, die ihre Türpfosten mit blutgetränkten Majoranzweigen besprengten, mit dem Blut der Lämmer, die an diesem Tag geopfert worden waren und die nun auf einem Spieß über dem Holzfeuer brutzelten. Dies geschah zum Gedenken an jenen fernen Tag, an dem der Gott der Hebräer alle männlichen Neugeborenen Ägyptens mit Ausnahme der Seinen getötet hatte.
Das Jerusalemer Haus des Josef von Arimathäa war groß, es lag ganz in der Nähe des Tempels und direkt beim alten Palast der Hasmonäer.
Jonathan blieb an der Schwelle eines geräumigen, großzügig erhellten Zimmers stehen, in dem ein Dutzend Männer, alte wie junge, auf Bänken saßen oder auf Schemeln hockten. Sie hatten soeben ein Bad genommen, denn ihre Bärte waren noch feucht und ihre Füße ganz gerötet. Sandelholzduft lag in der Luft. Die Männer trugen überwiegend gestreifte, in kräftigen Farben leuchtende Gewänder, die ganz im Gegensatz zu ihrem feierlichen Gebaren standen. Jeder von ihnen hielt einen Hirtenstab in der Hand zur Erinnerung an die Zeit, als die Juden noch Nomaden waren.
Aller Blicke wandten sich den Neuankömmlingen zu und ruhten dann lächelnd und fragend auf dem jüngeren der beiden.
»Du wärst beinahe zu spät gekommen, Jonathan«, sagte ein etwa vierzigjähriger Mann. »Ich heiße deinen Freund willkommen.«
»Guten Abend, Vater. Guten Abend, Großvater. Guten Abend, ihr Onkel und Brüder. Ich möchte euch Jesus vorstellen, den ich eingela-

den habe, mit uns zu Abend zu essen. Er ist der Sohn von Josef, einem Rabbiner und Zimmermann aus Kafarnaum.«
»Willkommen, mein Sohn«, sagte der Vater zu Jesus. »Vielleicht willst du dich vor dem Essen etwas frisch machen. Jonathan wird dich begleiten.«
»Komm«, sagte Jonathan, »wir müssen uns beeilen.«
Er rief einen Diener und beauftragte ihn, dem Schriftgelehrten Simon in der Straße der Schreiber mitzuteilen, daß Jesus, der Sohn des Josef, bei Josef von Arimathäa zu Abend esse. Dann führte er Jesus in einen großen Raum im hinteren Teil des Hauses. Eine Holzbank war das einzige Möbelstück im Raum. Auf dem Boden standen mit dampfendem Wasser gefüllte Holzzuber und eine Schüssel. Jonathan nahm etwas von der Bank, was Jesus noch nie gesehen hatte: eine mit Sandelholzessenz parfümierte Natronseife.
»Damit kann man sich wunderbar reinigen. Zuerst machst du deinen Körper gründlich naß, dann reibst du dich mit dieser Seife ein und spülst sie anschließend sorgfältig ab. Hier sind die harten Bürsten für die Füße. Wasch du dich zuerst, aber mach schnell! Ich werde ein Gewand in deiner Größe von einem meiner jüngeren Brüder holen.«
Er schloß die Tür hinter sich. Als er zurückkam, trug Jesus bereits wieder seine alte Kleidung.
»Das ist meine eigene. Ich brauche nicht wohlhabend auszusehen.«
»Ich hatte nicht vor, dich wohlhabend aussehen zu lassen«, meinte Jonathan sanft. »Ich wollte nur, daß du sauber aussiehst. Deine Kleider sind schmutzig. Das entspricht nicht den Vorschriften für das Passah-Fest. Laß sie hier! Morgen werden sie sauber und trocken sein.«
Jesus nickte und zog sich um.
»Und dieser Hirtenstab ist mein Geschenk für dich«, sagte Jonathan und reichte dem Jüngling einen kräftigen Stock aus Akazienholz. »Nun geh, jetzt werde ich mich waschen.«
Es gab dieselbe Mahlzeit wie in allen Häusern: ungesäuertes Brot, bittere Kräuter und gebratenes Lamm. Die Männer aßen zügig. Die Frauen hielten sich ständig bereit für die nötigen Handgriffe zu ihrer Bedienung. Gleich nach Beendigung des Mahls ergriffen sie Geschirr, Brot, Salz und Pfeffer. Die Speisereste wurden sofort an die Armen und Bettler verteilt, die vor der Türe warteten. Die Tischgäste wischten mit der rechten Hand die Brotkrumen zusammen, sammelten sie in

der linken und aßen auch sie. Dann erhoben sie sich, um mit dem Stab in der Hand dem Herrn zu danken. All dies dauerte kaum eine halbe Stunde.

Dann zogen sich die Männer in das Zimmer zurück, in dem sie vor dem Abendessen gewartet hatten. Jonathan flüsterte seinem Vater etwas zu, der daraufhin nickte.

»Mein Sohn sagte mir, daß du Priester werden möchtest«, wandte er sich freundlich an Jesus.

Wann hatte er dies gesagt? Ach ja, auf dem Rückweg. Jesus bestätigte es und blickte dabei zu Jonathan hinüber.

»Willst du in Jerusalem oder lieber in Galiläa Priester werden?« fragte Josef.

Der Großvater verfolgte aufmerksam die Unterhaltung. Jesus war überrascht; er hatte sich diese Frage noch nicht gestellt.

»Wir haben viele Priester in Jerusalem, aber nur wenige in Galiläa. Kommst du aus Galiläa?«

»Ich bin in Bethlehem geboren. Ich stamme aus dem Hause Davids.«

Mehrere Augenpaare wandten sich nun Jesus zu. Josef schien gerade zu einer Bemerkung zu dieser Antwort ansetzen zu wollen, besann sich jedoch eines anderen und strich sich durch den Bart. Jonathan flüsterte seinem Vater wieder etwas ins Ohr. Jesus vernahm nur das Wort »Ägypten«.

»Wenn er aus dem Hause Davids ist, muß er in Judäa Priester werden«, warf der Großvater mit zittriger Stimme ein.

»Du wirst in jedem Fall, sobald du dich entschieden hast, Priester zu werden, von deiner Familie Abschied nehmen müssen. Du wirst auf dich allein gestellt sein«, sagte jetzt Josef.

War das eine Ermunterung?

»Mein Sohn meint, du seist scharfsinnig. Sag mir, weshalb du dich geweigert hast, im Tempel zu beten!«

»Der Tempel ist eher ein Palast als ein Ort zum Beten«, sagte Jesus. »Und dieses Handeln und Feilschen so nah bei den Säulengängen!«

Der Großvater brach in ein meckerndes Gelächter aus, und auch die anderen begannen zu lachen. Jesus spürte schon Ärger in sich aufsteigen, als der Großvater bemerkte: »Dieser Junge verfügt über mehr gesunden Menschenverstand als viele Erwachsene.«

»Der Tempel ist der Palast des Herrn«, gab Josef zu bedenken.
»Wie kannst du so etwas sagen?« hielt ihm der Großvater entgegen. »Jedermann weiß, daß er ein Denkmal zu Ehren dieses heidnischen Usurpators ist, des Sohnes eines anderen heidnischen Usurpators! Bring diesen Jungen doch nicht durcheinander!«
»Immer ruhig, Vater!« sagte Josef. »Ich würde gern wissen, welche Überlegungen unser Gast hier anstellt.«
»Unser Vater braucht keinen Palast«, sagte Jesus. »Ihm gehört die ganze Welt.«
»Womit wir wieder in der Wüste wären«, murmelte ein Onkel. »Die alte Geschichte!«
Ein Diener brachte ein Tablett, auf dem Becher mit Granatapfelsaft standen; er reichte sie in der Runde umher und warf dann Sandel- und Zedernholzspäne auf die in einem irdenen Gefäß glühende Kohle. Vom Rauch aufgeschreckte Nachtfalter stürzten sich in einen sinnlosen Tanz.
»Wenn er in Jerusalem Priester werden soll, dann muß er den Schriftgelehrten vorgestellt werden, und zwar den aufgeschlossensten. Spricht er nämlich auf diese Weise, macht er sich den ganzen Tempel zum Feind.«
»Schicken wir ihn doch zu Mattathias!« schlug Jonathan vor.
»Mattathias, ja, das ist in der Tat der richtige Mann«, pflichtete ihm Josef bei.
»Zweitausend Priester gibt es in Jerusalem, und wir können nur einen einzigen Mann empfehlen!« keifte der Großvater und fuchtelte mit den Armen in der Luft. »Ich möchte diesem Jungen gern Hebräisch beibringen. Sag mir, Jesus, willst du, daß ich dich die hebräische Sprache lehre? Du mußt Hebräisch können, um die Bücher zu lesen.«
Der alte Mann legte ihm seine Hand auf den Kopf, und Jesus lächelte ihn an.
Als sich Jonathan und Jesus in das Zimmer, das sie miteinander teilen sollten, zurückgezogen hatten, sagte Jonathan, schon im Dunkeln liegend: »Ich hoffe, daß dich all diese Fragen nicht zu sehr gestört haben?«
»Ich habe den Eindruck, daß ich zu leben beginne«, erwiderte Jesus.
In dieser Nacht hatten sie beide einen Traum. Der eine träumte, er

sei David begegnet, der andere, wie sehr er sich nach einem Vater sehnte.

Einen Großteil des nächsten Vormittags verbrachten sie mit der Suche nach Mattathias. Der steckte irgendwo unauffindbar in einem Labyrinth, zumindest kam es Jesus so vor. Als Jonathan endlich zu ihm vorgedrungen war und ihm Jesus auf Empfehlung seines Vaters als einen Jungen vorstellte, der das Gesetz studieren wolle, geruhte Mattathias, ein gewisses, etwas überraschtes Interesse zu zeigen. Er sagte es zwar nicht, aber wahrscheinlich kam es ihm merkwürdig vor, daß der einflußreiche Josef von Arimathäa ihm einen Burschen von niederem Stand empfahl; denn wenn der Junge aus gutem Hause gewesen wäre, dann hätte er doch keine Empfehlung nötig gehabt, der Name allein hätte schon genügt. Aber »Jesus, Sohn des Josef«, das bedeutete im Grunde genommen gar nichts. Dieser Junge würde nie die höheren Weihen erlangen, die nur Juden reiner Herkunft zuteil wurden; nur sie waren zum Beispiel berechtigt, Todesurteile zu verkünden. Jesus nahm diese feine Unterscheidung instinktiv wahr, und dies versetzte ihn in eine Stimmung, die der von damals, als seine Halbbrüder in ihr Haus in Kafarnaum gekommen waren, sehr ähnlich war. Plötzlich fragte er sich, ob er denn wirklich Lust hatte, Priester zu werden, aber er hatte sich nun einmal auf die Sache eingelassen, Jonathan hatte sich eingeschaltet, und Josef von Arimathäa hatte ihm seine einflußreiche Unterstützung gewährt; wie ein Vater hatte er gehandelt, einfach so, nur weil ihm seine Antworten gefallen hatten; es wäre nicht anständig gewesen, ihn zu enttäuschen, dessen war sich Jesus vollkommen bewußt.

Dieser Mattathias nun war abgrundtief häßlich. Von gedrungener Gestalt und mit einem faltigen Gesicht, das an ein besprengtes Leintuch erinnerte. Seine Körperhaltung wirkte plump und linkisch, so als würde er ständig nach einer Seite fallen. Er hatte eine gelbliche Gesichtsfarbe und Triefaugen. Dazu war er arrogant. Und erst die gräßlichen Füße! Klobige und behaarte Füße, denn natürlich ging Mattathias barfüßig wie alle Tempelpriester, was auch erklärte, weshalb sie ständig erkältet waren.

Er neigte sich zu Jesus und fragte ihn mit süßlicher Stimme: »Wie heißt du? Und woher kommst du?«

»Ich heiße Jesus, Sohn des Josef, und ich komme aus Kafarnaum in Galiläa.«

»Kafarnaum in Galiläa, so?« sagte Mattathias mit einem subtilen Lächeln auf den Lippen. »Gibt es etwa noch ein anderes Kafarnaum?« Er warf Jonathan einen verständnisinnigen Blick zu. »Und mir wurde gesagt, daß du Priester werden willst, stimmt das?«
»Das stimmt.«
»Und warum willst du Priester werden?«
»Um zur Wiederherstellung des Gesetzes beizutragen.«
»Wiederherstellung?« wiederholte Mattathias. »Wird das Gesetz denn nicht richtig befolgt?«
»Darüber kannst du selbst befinden«, sagte Jesus.
Mattathias hob erstaunt den Kopf. »Allein in Jerusalem gibt es über zweitausend Priester, und im ganzen Land noch viel mehr«, meinte er. »Soll man denn hinter jeden Juden zur Aufsicht einen Priester stellen?«
»Es wäre besser, in jedem Juden einen Priester zu postieren«, antwortete Jesus.
Mattathias lachte gekünstelt und wandte sich an Jonathan. »Ich verstehe das Interesse deines Vaters an diesem Jungen«, sagte er. »Er ist nicht auf den Mund gefallen.«
Ein Levit, der bis dahin die Unterhaltung am Rande mitbekommen hatte, ihr aber nicht zugehört zu haben schien, wurde aufmerksam.
»Wie alt bist du noch mal?« fragte Mattathias.
»Zwölf.«
»Hast du je Unterricht erteilt bekommen?«
»Mein Vater hat mir die Bücher Genesis, Exodus, Leviticus und Deuteronomium vorgelesen.«
»Was macht dein Vater?«
»Er ist Zimmermann.«
»Ein Zimmermann hat dir diese Bücher vorgelesen? Sie sind in Hebräisch geschrieben; in welcher Sprache hat er sie dir vorgelesen?«
»Er hat sie nach und nach ins Aramäische übersetzt.«
»Dein Vater, ein Zimmermann, kann Hebräisch und Aramäisch?«
Jesus zögerte einen Augenblick. »Ein Mann muß nicht unbedingt Schriftgelehrter sein, um die Bücher lesen zu können.«
»Und hat er dir gesagt, wer uns das Gesetz übergeben hat?«
»Der Herr.«
»Vergißt du da nicht Moses und die Propheten?«

»Sie haben das Gesetz in Empfang genommen.«
»Gab es also das Gesetz nicht, bevor sie es in Empfang genommen haben?«
»Wieso nicht?« gab Jesus zurück. »Hat der Herr den Menschen nicht nach seinem Ebenbilde geschaffen? Das Gesetz ist folglich im Herzen des Sohnes eingegraben, so wie es das im Willen des Vaters ist.«
»Es war also unnütz, daß der Herr Moses die Gesetzestafeln übergab, da das Gesetz schon in den Herzen der Menschen geschrieben stand?«
Jesus warf dem verblüfften Jonathan einen Blick zu, dann dem immer runzeliger wirkenden Mattathias und dem Leviten, der sich am Kopf kratzte.
»Die Menschen hatten sich verirrt«, sagte er gleichgültig. »Sie hatten einfach das Gesetz vergessen.«
»Geh und hole Ebenezer«, wandte sich Mattathias an den Leviten.
Ebenezer war ebenfalls Priester, doch sein Äußeres unterschied sich von dem Mattathias' sehr: Er war hoch gewachsen, schmal, blaß, und er wirkte erschöpft. Jesus hatte die Unterbrechung genutzt, um sich in der Wandelhalle umzusehen, in der man ihn so überraschend prüfte. Eingehend betrachtete er die Silber- und Goldmalereien auf dem Kranzgesims und an der Decke sowie die mit Goldfäden gewebten Fenstervorhänge.
»Ich habe heute viel zu tun«, klagte Ebenezer.
»Ich befragte eben diesen Jungen, Jesus, Sohn des Josef, aus Galiläa über das Gesetz. Josef von Arimathäa hat ihn mir anempfohlen. Ich hätte gern, daß du an der Prüfung teilnimmst«, sagte Mattathias.
Ebenezer blickte den Jungen kühl an. Offensichtlich konnte er nichts an ihm finden, was die Störung gerechtfertigt hätte.
»Dieser Junge«, sagte Mattathias, »behauptet, daß das Gesetz nicht nur aus geschriebenen Worten besteht, sondern auch in das Herz der Menschen eingeschrieben ist.«
»Er meint wahrscheinlich das Gesprochene Gesetz«, sagte Ebenezer.
»Nein, so meine ich das nicht«, bemerkte Jesus. »Ob die Worte nun geschrieben oder gesprochen werden, sie sind nur Worte. Sie können leer sein wie gedroschenes Stroh.«
»Warum sollten sie leer sein?« fragte Mattathias. »Was ist denn das nun wieder für eine Idee: leere Worte?«

»Das Wort Jahwes ist ewig lebendig; die Worte der Menschen hingegen können ihren Sinn verlieren oder vergessen werden. Wenn der Mensch das Wort des Herrn mit seiner Hand schreibt oder mit seinem Mund ausspricht, läuft er Gefahr, es mit seinen eigenen zu verwechseln. Er legt das Gesetz also aus, wie es ihm gefällt. So können die Worte des Gesetzes weiterbestehen, aber leer sein.«

»All das ist doch selbstverständlich, Kind!« warf Mattathias ein. »Es besteht doch kein Grund, das so zu sagen, als ob du eine große Entdekkung gemacht hättest!«

»Natürlich ist es selbstverständlich«, antwortete Jesus ruhig, »und trotzdem brauchen wir Propheten, die uns daran erinnern. Warum hätte sonst Amos verkündet, daß der Herr unser Volk dem vollkommenen Untergang weihen würde?«

»Und warum hat er es gesagt?« fragte Ebenezer streng.

»Weil Israel das Gesetz vergessen hatte und verdorben war.«

»Wer hat dir das Buch Amos vorgelesen?«

»Mein Vater.«

»Was hat er dir noch über Amos gesagt?«

»Daß es nicht recht ist, dem Herrn mit materiellen Gaben gefallen zu wollen, sondern durch eine aufrechte und großzügige Haltung des Geistes.«

»Auch das ist klar«, sagte Mattathias.

»Wenn es klar ist, warum haben wir dann Händler im Tempel?« fragte Jesus. »Warum ist es erlaubt, Opfergaben zu verkaufen?«

»Siehst du?« raunte Mattathias Ebenezer zu.

»Amos wollte sagen, daß die moralische Aufrichtigkeit den Opfergaben vorzuziehen ist, und das leuchtet auch ein. Aber er hat die Opfergaben weder verurteilt noch verboten«, bemerkte Ebenezer.

»Aber warum hat er dann den totalen Untergang verkündet, und warum hat auch Hosea gesagt, die Hoffnung werde aus der Asche der Strafe erstehen?«

»Das war vor der Zerstörung des Tempels Salomons«, sagte Ebenezer. »Jene Zerstörung war nämlich die von Hosea angekündigte Strafe.«

»Wenn der Tempel des großen Königs Salomon zerstört worden ist«, entgegnete Jesus, »warum sollte dann der des Königs Herodes nicht auch zerstört werden?«

»Weshalb sollte er denn zerstört werden?« rief Ebenezer.

»Muß das Königsgeschlecht Davids nicht wieder an die Herrschaft gebracht werden?« fragte Jesus.
»Wieso?« schrie Ebenezer. »Warum sollte ein Nachkomme Davids den Tempel zerstören?«
Unerschrocken blickte Jesus die beiden Schriftgelehrten, Jonathan und den Leviten an.
»Diejenigen, die Zuckerwerk gegessen haben, sind auf der Straße gestorben«, rezitierte er ruhig, »und diejenigen, die purpurne Kleider trugen, sind jeder in ein Häuflein Asche zerfallen.«
»Ruf Gedalja!« befahl Ebenezer dem Leviten.
»Ein schwieriger Fall«, meinte Mattathias auf griechisch. »Er will Priester werden, und er wäre tatsächlich ein sehr guter Priester, wenn er nur diese verderbliche Geisteshaltung ablegen könnte. Er sagt, sein Vater, ein Zimmermann, habe ihn unterrichtet. Kennst du einen Zimmermann namens Josef, der in Kafarnaum lebt und ein sehr gebildeter Mann sein muß? Denn dieser Zimmermann scheint die Bücher gut zu kennen ...«
»Ein Zimmermann!« rief Ebenezer ebenfalls in griechisch. »Vielleicht ein Zelot! Das Kind macht einen recht sektiererischen Eindruck.«
»Wenn die Zeloten Umsturzgedanken verbreiten, so fragt sich nur, warum sie auch Zuhörer finden. Außerdem ist sich das Kind sicherlich nicht bewußt, was es sagt, sonst würde es nicht hierher kommen, erst recht nicht, wenn es Priester werden will. Es wurde uns von Josef von Arimathäa empfohlen, dessen Sohn, der junge Mann zu deiner Rechten, vielleicht eines Tages Mitglied des Sanhedrin werden wird. Eine heikle Angelegenheit ist das. Jedenfalls habe ich dich nicht gerufen, weil ich entrüstet bin, sondern weil mir das Kind außergewöhnlich begabt erscheint.«
»Aber du mußt zugeben, daß der Junge staatsgefährdende Gedanken äußert«, sagte Ebenezer.
»Sicherlich, sicherlich«, räumte Mattathias ein. »Doch sind wir denn so verwundbar, daß uns einige vorwitzige Zitate aus dem Munde eines Kindes aus der Fassung bringen können? Ich glaube, der Junge würde trotzdem einen sehr guten Priester abgeben, unter der Voraussetzung, daß er richtig unterrichtet wird. Schließlich begegnet einem solch ein begabtes Kind nicht alle Tage.«
»Wir wissen nicht einmal, ob er reiner Abstammung ist«, sagte Ebenezer.

Jonathan hörte beunruhigt zu, denn er verstand Griechisch. Auch Jesus begann unruhig zu werden. Diese lange Unterhaltung in der fremden Sprache und der aufgebrachte Ton Ebenezers erschienen ihm bedrohlich. Er trug sich mit dem Gedanken, sich davonzumachen, und blickte verstohlen in Richtung Türe, als der Levit in Begleitung des dritten Priesters, Gedalja, zurückkam. Jesus fühlte sich in einer Falle. Gedalja war viel jünger, kräftig gebaut und schien vor Gesundheit und Geisteswitz zu strotzen.
»Gibt es ein Problem?« fragte er mit klarer, etwas hoher Stimme.
»Wir haben hier diesen Jungen aus Kafarnaum, der Priester werden will und sich auf die Zerstörung des Tempels gefaßt macht«, sagte Ebenezer auf griechisch und voller Sarkasmus.
»Zerstörung? Und durch wen?« fragte Gedalja ruhig.
»Durch einen Nachkommen Davids«, antwortete Mattathias blasiert.
»Und was habt ihr geantwortet, Brüder? Sicherlich, daß niemand sich darauf berufen kann, aus dem Geschlecht Davids zu entstammen, da sich dessen Spuren nach Serubbabel verlieren«, sagte Gedalja.
»Sprich selbst mit ihm!« sagte Ebenezer.
»Du rechnest also mit der Zerstörung des Tempels, Kind?« fragte Gedalja in väterlichem Ton auf aramäisch.
»Die Mauern von Jericho sind beim Schall der Trompete Josuas eingestürzt«, erwiderte Jesus angespannt.
»Jericho wurde belagert, Kind«, sagte Gedalja. »Wer aber sollte den Tempel belagern?« Und da er keine Antwort erhielt, wiederholte er beinahe spöttisch: »Wer sollte denn den Tempel belagern?«
Dieser Ton brachte Jesus in Harnisch. Bis jetzt hatte er es mit zwei ernsthaften Gesprächspartnern zu tun gehabt, aber dieser hier war eitel. Er atmete tief durch und sagte: »Städte können auch von innen belagert werden.«
Das selbstgefällige Lächeln verschwand aus Gedaljas Gesicht, dafür zeichnete es sich jetzt auf Mattathias' und Ebenezers Miene ab. Gedalja neigte sich zu dem Jungen hinunter und fragte scharf: »Was willst du damit sagen?«
»Braucht der Herr eine Festung? Braucht er einen Palast? Je höher die Mauern sind, desto größer ist die Zahl der Feinde. Dieser Tempel ist eine Festung. In den Büchern steht geschrieben, daß alle Festungen zu

Staub zerfallen werden, aber daß allein der Ruhm Jahwes unbeschadet bleibt.«
»All das gibt keinen Sinn!« rief Gedalja aus. »Wie willst du Priester werden, wenn du dummes Zeug redest?«
Jesus bekam es mit der Angst. Er fragte sich, wann und wie er sich aus dieser mißlichen Lage befreien könne.
»Denk doch ein bißchen nach!« fuhr Gedalja fort, der sich wieder beruhigt hatte. »Sollen wir denn keinen Tempel haben? Oder sollen wir uns mit einer Lehmhütte begnügen?«
Jesus war müde, verwirrt; er ließ den Kopf hängen. Ja, der Herr selbst hatte Salomon beauftragt, den ersten Tempel zu errichten. Aber diesen hier? Er schwieg so lange, daß die drei Priester und Jonathan befürchteten, er könne unter einem plötzlichen geistigen Ausfall leiden. Schließlich hob er den Kopf und sagte mit leiser und trauriger Stimme: »Wo ist der neue Salomon?«
Wieder blickte er zur Tür; ein Menschenauflauf hatte sich draußen gebildet. Er erkannte seinen Vater und seine Mutter, wie auch diejenigen, die man seine Brüder nannte.
Josef trat als erster heran. »Wo warst du?« fragte er vorwurfsvoll. »Wir haben dich in ganz Jerusalem gesucht! Warum hast du uns das angetan?«
»Ihr hättet wissen müssen, daß ich im Hause meines Vaters bin«, sagte Jesus.
Alle sahen ihn betroffen an.
»Ist das dein Sohn?« fragte Ebenezer. »Hast du ihm Unterricht erteilt?«
»Ja«, erwiderte Josef kurz angebunden.
Gedalja musterte Josef scharf und runzelte die Augenbrauen. »Ich glaube, dich zu kennen«, sagte er. »Bist du nicht Josef aus dem Geschlecht Davids? Bist du nicht Josef aus Bethlehem, Sohn des Jakob? Warst du nicht vor dreizehn Jahren hier Priester? Hast du nicht beim Bau des Tempels mitgearbeitet? Du bist doch nach der Hinrichtung Alexanders und Aristobuls aus Jerusalem geflohen.«
Da blickte Jesus seinen Vater erstaunt an. Er hatte also an der Errichtung dieses Tempels mitgewirkt! Und warum wünschte er nun dessen Zerstörung?
»Ja«, antwortete herausfordernd Josef.

»Nun wird alles klar«, sagte Gedalja.
»Es war längst alles klar«, sagte Josef, nahm seinen Sohn an der Hand und zog ihn zum Ausgang.
»Das Kind hätte trotzdem einen guten Priester abgegeben«, murmelte Gedalja.
Niemand achtete auf seine Worte.

XI.

Noch ein Gespräch der beiden Griechen, diesmal auf einem Schiff

»Man hat nie genug Geld«, seufzte Ion, nachdem ihr Schiff von Askelon aus in See gestochen war. »Da ich nun schon einmal so weit gekommen bin, hätte ich auch gern einen Abstecher nach Ägypten gemacht. Aber dazu müßte ich Schulden machen, und das schätzt mein Vater nicht sehr.«

Plötzlich wurde es laut an Bord, da der Kapitän über die Art, wie einige Waren im Laderaum verstaut waren, Unmut äußerte. Besonders mißfiel ihm, wie die Weinamphoren aus Galiläa untergebracht waren. Die Matrosen aber beklagten sich, daß die Träger, in denen die Tonkrüge transportiert werden sollen, verfault waren. Dann verklang der Streit in den Magazinen, in die der Kapitän hinuntergestiegen war, um eine Lektion über die Kunst des Verstauens zu erteilen.

»Mein lieber Ion«, bemerkte Eukrates, an der Reling lehnend, »du hast genügend Skulpturen, Elfenbein- und Korallenschmuck, Sandelholz, syrische Seidenwaren, Perlen und Parfüms gekauft, um nach deiner Rückkehr ein Geschäft aufzumachen. Mit dem Geld, das du dafür ausgegeben hast, wärst du leicht bis zu den Säulen des Herkules gelangt. Wir haben immerhin Pergamon, Zypern, Antiochia und Jerusalem gesehen ... Und in Tyrus hast du ein sehr kostspieliges Fest gegeben, dessen Ausschweifungen dich anschließend zwei Tage lang ans Bett gefesselt haben.«

»Ich habe mich von Monostatos dazu verleiten lassen. Die Medusa möge ihn zu einer Steinsäule erstarren lassen! Aber diese Tänze, o diese Tänze!«

»Monostatos hat nur deinem Dämon geschmeichelt. Und außerdem scheint die Welt für dich ohnedies ein großer Lustgarten zu sein. Was hast du noch alles vor?«

»Ich werde mir den Rest ansehen, Olbia, Kertsch, Ktesiphon, Barygaza, Ekbatana, Kalikut, Taprobane. Ja, Taprobane. Mir wurde gesagt, daß auch dort die Tänze ... Ich werde ans Ende der Welt fahren und am Ufer der leuchtenden Meere, in denen die Fische singen, geschmolzene Perlen trinken!«
Eukrates brach in schallendes Gelächter aus. Das Schiff entfernte sich von Aschkelon, und der Architekt ließ seinen Blick über die goldenen Gestade Palästinas schweifen.
»Mir scheint«, sagte er, »wir haben bei den Juden so viel Neues kennengelernt, daß uns für viele Abende reichlich Stoff zum Nachdenken bleibt.«
»Ja, ja«, antwortete Ion zerstreut und sog die erste salzige Brise der Heimfahrt ein. Dann wandte er sich an Eukrates und fragte: »Was habe ich denn erfahren? Du scheinst immer mehr zu sehen als das, was man mit den Augen wahrnehmen kann.«
»Oh, so viele Dinge, daß ich gar nicht weiß, womit ich beginnen soll. Die Gefahren des Gnostizismus etwa, die Kunst, die Katastrophe zu organisieren ...«
»Könntest du bitte etwas deutlicher werden?«
»Der Gnostizismus, lieber Ion, ist eine Philosophie, die eine alte Schwäche des menschlichen Geistes widerspiegelt. Da der Mensch unfähig ist, sich eine andere Ordnung der Natur vorzustellen als diejenige, die sich ihm darbietet, und da er von vornherein überzeugt ist, die Krönung aller Lebewesen, ja sogar des Universums zu sein, ist er natürlich geneigt, seine mißglückten Unternehmungen als Ungerechtigkeit auszulegen. Ähnlich dem Kind, das sich nur um sich kümmert, macht er eine übernatürliche und hinterhältige Macht, die er als einen bösen Gott definiert, für sein Unglück verantwortlich. Und seine Logik läßt ihn zu der Folgerung kommen, daß es, da es ja einen schlechten Gott gibt, auch einen guten geben muß. Natürlich identifiziert er sich mit dem guten, den er mit Opfergaben überhäuft, wobei er in seiner naiven Schläue manchmal soweit geht, auch dem schlechten Gott Opfer darzubringen, um ihn nicht eifersüchtig zu machen. Er nimmt auch an, daß der gute Gott seine Leiden teilt – das geht ganz deutlich aus Homers Dichtung hervor, wenn die Helden die Gunst des einen oder anderen Gottes einfach als gegeben ansehen. Schließlich denkt er sich aus, daß der gute Gott mit dem schlechten in offener

Feindschaft lebt. Da wir alle sterblich sind und denken, daß der Tod etwas Sinnloses ist, das sich unter der Herrschaft des guten Gottes nicht zutragen würde, folgern wir daraus auch, daß auf der Erde immer der schlechte Gott den Sieg über den guten davonträgt. Das bedeutet, daß die materielle Welt das Reich des schlechten Gottes ist. Aber da dieser Gedanke unerträglich wäre, nehmen wir auch an, daß der gute Gott in der unsichtbaren Welt Rache nimmt. Genau das machen die Juden. Sie sind bewundernswerte Meister in der Inszenierung von Seelenqualen.«

»Mir scheint, daß sie sich nicht sehr stark von uns unterscheiden«, sagte Ion, wobei er sich zum Schutz vor den ersten gischtsprühenden Wogen in seinen Mantel hüllte.

»Ja, bis auf einen gewissen Punkt. Wir haben nämlich nicht wirklich gute oder schlechte Götter. Alle unsere Götter sind mal gut, mal schlecht, je nachdem, wie stark sie sich in die menschlichen Angelegenheiten mischen. So führten die Streiche, die Dionysos seinem Vetter Pentheus, dem König von Theben, spielte, schließlich zur Ermordung des Königs durch die Bakchen. Dionysos könnte uns also als ein schlechter Gott erscheinen. Und dennoch ist er es, der Ariadne aus ihrem Gefängnis auf Naxos befreit und sie zur Frau nimmt – nicht gerade mit großer Begeisterung, das gebe ich zu. So wie er sind alle unsere Götter ambivalent und unberechenbar, und wir haben keinen einzigen, der nur gut oder nur schlecht wäre. Selbst Hades, der Gott der Unterwelt, ist kein übler Kerl ...«

»Und warum soll es sich bei den Juden anders verhalten?« fragte Ion.

»Sogar völlig anders. Anstelle mehrerer ambivalenter Götter haben sie einen namens Jahwe gewählt, der nur gut ist und im Jenseits herrscht, nicht aber auf Erden. Parallel dazu haben sie sich einen Teufel ausgedacht, den sie Satan nennen und der die Welt beherrscht. Merkst du, was das bedeutet?«

»Nein«, antwortete Ion.

»Es bedeutet, daß die Juden ihr Weltbild schrecklich vereinfacht haben: Das Gute ist oben, das Böse unten. Infolgedessen haben sie die ganze Vielseitigkeit der Welt aus ihren Köpfen verbannt. Und das ist genau das Gegenteil dessen, wonach der menschliche Geist streben sollte. Nun, eine derartige Vereinfachung bedeutet auch, daß alle irdischen Unterfangen verflucht sind. Letztendlich geht immer Satan als

Gewinner hervor. Und die Juden glauben tatsächlich, daß das Leben auf der Erde von satanischen Fallen geradezu wimmelt. Sie haben deshalb ein kompliziertes System von Ermahnungen und Hintertüren zur Umgehung dieser Fallen geschaffen. Daher rühren auch ihre grimmigen und freudlosen Gesichter. Alles, was ihnen fremd ist, wird verdächtigt, ein Werk des Teufels zu sein. Während sich die meisten Menschen für andere Religionen interessieren – und sei es auch nur in der Hoffnung, wirksameren Göttern als den eigenen die Ehre zu erweisen –, haben sich die Juden in ihrem Glauben eingeschlossen und betrachten alle anderen Religionen als teuflischen Kult.«

»Es stimmt, daß man uns nicht gerade freundlich empfangen hat«, gab Ion zu.

»Freundlich empfangen? Daß ich nicht lache! Wenn wir die Absperrung im Vorhof der Heiden mißachtet hätten, wie du im Tempel von Jerusalem vorgeschlagen hast – weißt du, was uns dann geblüht hätte? Man hätte uns einfach getötet, und die Römer wären uns sicher nicht zu Hilfe gekommen. Kurzum: Schau dir doch die derzeitige Lage in Palästina an! Die Juden werden von den Römern beherrscht. Eine unerträgliche Situation. Der Teufel gewinnt eben immer. Sie können aber nicht mit den Römern unterhandeln, ohne als Abtrünnige zu gelten, was entsetzlich wäre, weil sie dann auch die zweite Runde verlieren würden, nämlich jene, die sich im Jenseits abspielt, wenn sie vor Gottes Angesicht treten. Sie durchleben große Qualen: Einerseits können sie die Römer, die ihnen militärisch überlegen sind, nicht besiegen, und andererseits können sie es nicht ewig ertragen, unter den Bedingungen des Teufels zu leben. Was tut man also in solch einer Situation? Man strebt eine Katastrophe an, eine Katharsis, eine Tragödie, die der Beklemmung ein Ende setzt. Der Schlußakt sieht so aus: Diejenigen, die gewinnen müssen, gewinnen. Die anderen verlieren. Sie sind offensichtlich zum Verlieren berufen, und das wissen sie. Aber das kümmert sie nicht. Wenn sie in einem heiligen Krieg gegen die Armeen des Bösen sterben, werden sie im Jenseits durch die Gunst des guten Gottes belohnt. Ihr Tod wird folglich ein guter Tod sein, und sie richten ihr Leben nahezu auf ihn aus.«

»Das wäre das erstemal, daß jemand einem Gott sein eigenes Leben opfert«, bemerkte Ion und schaute verträumt auf den marmorierten Schaum der Wellen.

»Es wäre tatsächlich das erstemal. Und man wird die Juden vernichten. Die Überlebenden werden es nicht leicht haben, denn sämtliche Nichtjuden verabscheuen sie, vor allem diejenigen, die wissen, daß sie Fanatiker sind, mit denen ein Zusammenleben unmöglich ist.«
»Wie bist du nur zu dieser Erkenntnis gekommen?« fragte Ion.
»Das alles wurde mir vor ebenjener Absperrung im Tempel klar, die ich vorher erwähnt habe. Sie ist einzigartig auf der Welt. Jeder beliebige Fremde hat bei uns das gleiche Recht wie ein Grieche oder Römer, die Tempel zu betreten. Du wolltest nach Ägypten reisen; ich war dort. Die ägyptischen Priester haben sich in ihren Tempeln auch einen Raum vorbehalten, den nur sie betreten dürfen; der Zutritt ist nicht nur den Angehörigen anderer Religionen untersagt, sondern jedem, der kein ägyptischer Priester ist. Aber die Juden hassen alles, was fremd ist; sie haben nicht nur einen Raum, zu dem der Zutritt verboten ist, sondern sie haben ihn zudem in einen Teil des Tempels gelegt, den weder die Frauen noch die Angehörigen andersgläubiger Völker betreten dürfen. Und dann habe ich mich, als wir in Jerusalem waren, ein wenig umgehört. Dabei habe ich erfahren, daß es zwei besonders fanatische Sekten gibt. Die eine hat sich erst vor relativ kurzer Zeit gebildet, es sind die Zeloten, die sich zum Ziel gesetzt haben, den Römern möglichst viel Ärger zu bereiten. Wenn sich die Gelegenheit bietet, schrecken sie nicht einmal davor zurück, römische Soldaten zu töten. Meiner Meinung nach werden sie mit diesen Provokationen nicht sehr weit kommen. Die andere Sekte ist älter, es sind die Essener. Auch sie sind Extremisten, und sie glauben noch stärker als die anderen an die Schlechtigkeit der materiellen Welt. Das Warten auf die Endkatastrophe, von der ich dir erzählt habe, auf die Apokalypse, ist für sie die einzig mögliche Verhaltensweise. Diese Apokalypse findet statt, wenn ihr guter Gott Jahwe die materielle Welt zerstören und den bereis erwähnten schlechten Gott Satan besiegen wird, der, nebenbei gesagt, früher ein Getreuer des guten Gottes gewesen, dann aber nach seiner Auflehnung in Ungnade gefallen sein soll. Für mich liegt es auf der Hand, daß eine solche Geisteshaltung über kurz oder lang unweigerlich zu einem gewaltigen Aufruhr führen muß.«
»Wenn ich dich richtig verstanden habe, sind die Zeloten und Essener Gnostiker«, meinte Ion. »Aber mir ist der Begriff ›Gnostiker‹ noch immer nicht recht klar.«

»Das ist ganz einfach. Die Gnostiker glauben, die Wahrheit könne nicht durch den Verstand erlangt werden, sondern nur durch einen Glaubensakt, der den Verstand außer Kraft setzt.«

»Aber hast du mir nicht einmal gesagt, daß es weit im Osten Menschen gibt, die ebenfalls denken, die Wahrheit könne nur auf diese Weise erlangt werden?«

»Ja, das sind die Schüler des Philosophen Buddha. Ich vermute übrigens, daß der Gnostizismus im Osten seinen Ursprung hat. Eigentlich ist es nicht überraschend, daß die Juden eine gnostische Ader haben, da sie vor mehreren Jahrhunderten von dort kamen. Wie dem auch sei, selbst wir Griechen sind vom Gnostizismus angesteckt.«

»Du widersprichst dir. Vorhin noch hast du unsere Götter dem jüdischen Gott gegenübergestellt ...«

»Ja, ja, aber es gibt trotzdem einen Zug, der uns gemeinsam ist, und das ist die Illusion zu glauben, es gebe eine höchst eindeutige und unabänderliche Wahrheit, zu der man mit einer gewissen Anstrengung gelangen kann. Die gnostischen Juden meinen, daß diese Anstrengung im Glauben zum Ausdruck kommen muß, dagegen denken die Griechen oder zumindest einige von ihnen, daß dies der Verstand bewältigen muß. Nimm zum Beispiel Platon. Er nimmt gewiß nicht an, daß man die Wahrheit durch eine Erleuchtung erlangen kann, doch er glaubt, daß absolut gute und absolut schlechte Dinge existieren.« Eukrates lehnte sich wieder an die Reling, um die Wellen zu beobachten, die seine Stimmung auszudrücken schienen.

»Und jener Held, den du dir neulich, als wir in Jerusalem spazierengingen, vorstelltest?« fragte Ion. »Welchen Platz nimmt er in deiner Theorie ein?«

»Er paßt hervorragend in meine Theorie. Er wird jung sein und schön, und man wird ihn mit den schlimmsten Aufgaben betrauen, genau wie unseren Herakles. Armer Herakles!« rief Eukrates. »Was mußte er nicht alles vollbringen! Und am Ende wurde er von seiner eigenen Frau, Deianeira, besiegt, weil sie eifersüchtig war auf eine Jungfrau – eine eher bescheidene Belohnung für seine Mühen –, die er unvorsichtigerweise mit nach Hause gebracht hatte. Die Qualen, die unser Held erlitt, nachdem er jene giftgetränkte Tunika angezogen hatte, waren so unerträglich, daß er beschloß, seinem Leben auf einem Scheiterhaufen ein Ende zu setzen. Und seine prachtvollen Muskeln schmolzen in den Flammen!«

Ion und Eukrates lachten schallend.
»Wie du die Geschichte erzählst!« sagte Ion.
»Tja, auch unser Held der Juden wird mit tausend undankbaren Aufgaben betraut werden. Er wird sie erfüllen, und dann wird man auch ihn ganz sicherlich töten.«
»Das ist ja deprimierend! Gibt es denn keine triumphierenden Helden?«
»Aber nein, ein Held ist jemand, der sich für das Gemeinwohl aufopfert. Man darf einen Menschen, dem alles gelingt, was er unternimmt, nicht als Vorbild hinstellen. Das wäre gefährlich. Überleg doch einmal! Jeder wäre gerne so ein Held, und alles ginge drunter und drüber. Außerdem taugt eine so bewundernswerte Persönlichkeit besonders gut zur Opfergabe. Den Gottheiten einen Stier opfern, was ist das schon? Aber ihnen einen Helden zum Opfer darbringen, daran müssen die höchsten Mächte doch Gefallen finden! Unser jüdischer Held wird unweigerlich geopfert werden wie ein Stier, ein Lamm oder eine Taube. Dann kann man sein Andenken in Ehren halten, einen Kult schaffen ...«
»Wird den Helden denn niemals bewußt, daß sie benutzt werden?«
»Aber ja, ganz bestimmt! Doch das typische für einen Helden ist sein Glaube an die eigene Unsterblichkeit. Er läßt sich opfern. Sein Stolz siegt. Unser Held wird sich ganz wie Herakles opfern lassen.«

XII.

Besucher bei Nacht, Besucher bei Tag

Sein Blick war düster geworden, die Wangen waren eingefallen. Jerusalem hatte einer Säure gleich der Unbekümmertheit des Jünglingsalters arg zugesetzt, kein sanftes Lächeln mehr und auch kein herausfordernd funkelnder Blick. Das Bedürfnis nach Einsamkeit war gewachsen. Immer ausgedehnter wurden die Spaziergänge entlang des Ufers.

Die Welt, insbesondere Jerusalem, lag in den Händen von Erwachsenen, die alle möglichen recht undurchschaubaren Strategien verfolgten. Entweder waren sie durchtrieben und bestechlich wie die Priester im Tempel, oder aber man hatte sie ausgestoßen wie Josef. Früher hatte Josef offensichtlich großen Einfluß gehabt. Er hatte sich aber dann mit der herrschenden Kaste Jerusalems überworfen und die Flucht ergreifen müssen. Seine Kenntnis der Bücher war nur ein Erbe aus der Vergangenheit, sie war zu nichts mehr nutze. Außerdem war er zu alt geworden.

Was nun *ihn* anging, so beherrschte er lediglich das Handwerk des Zimmermanns, und von den Büchern wußte er nur, was sein Vater ihm bezüglich der Menschen gesagt hatte. Bald würde Josef sterben, und *ihm* würde nichts anderes übrigbleiben, als das Leben eines Zimmermanns in Kafarnaum zu führen. Heiraten, als zweitklassiger Bürger alt werden, als einer jener zahllosen Juden, welche die Bewegungen der römischen Truppe zu einem Leben in ständiger Unruhe zwangen. Nein.

Aber es gab keinerlei Aussicht, dem zu entfliehen. Unmöglich, sich dem im Tempel herrschenden System zu fügen. Der Gedanke allein schon widerte ihn an, außerdem war es unmöglich. Und dennoch. Er verfügte ja über eine gewisse Ausstrahlung, das hatte er im Tempel genau gemerkt. Wie gereizt und erregt Mattathias, Ebenezer und Gedalja reagiert hatten! Wenn er doch nur die Bücher kennen würde! Selbst als kleiner, unbedeutender Rabbiner könnte er dann Leuten wie ihnen schwer zu schaffen machen. Aber sein Vater wollte nicht, daß er Rabbiner wurde.

»Ein Ei fliegt nicht«, sagte er, als Jesus ihn bat, ihn die Bücher zu lehren.

Aber wenigstens ausbrüten hätte man es müssen, dieses Ei.

Und als Jesus wieder davon sprach, wie notwendig es sei, die Bücher lesen zu können, damit sie nicht alleiniger Besitz solcher Leute wie der im Tempel blieben – die Unterhaltung fand auf dem Heimweg von Jerusalem statt –, gab Josef eigensinnig zurück: »Kein Buch hat sich jemals verschlossen.« Und weiter: »Selbst der Schakal lehrt seine Jungen, die Spur des Jägers zu meiden.«

Dann kam eines Morgens Elias, einer der Lehrlinge und Sohn des Bäckers, der die römische Garnison belieferte, zu spät zur Arbeit. Er hatte seinem Vater helfen müssen, die doppelte Menge Teig zu kneten.

»Warum das?« fragte Josef.

»Weißt du nicht? Fünfhundert römische Soldaten sind in der letzten Nacht aus Syrien eingetroffen.«

»Fünfhundert?«

»Fünfhundert. Sie kamen bei Einbruch der Dunkelheit und forderten meinen Vater auf, zweihundertfünfzig Brote mehr zu backen. Dann gingen sie mit derselben Bitte zum Bäcker Janina. Bist du denn nicht in der Stadt gewesen? Die Leute sind in heller Aufregung. Mehrere Läden haben schon eine Stunde, nachdem sie aufgemacht hatten, geschlossen, und andere haben überhaupt nicht aufgemacht. Wegen der Zeloten.«

Mehrere Köpfe in der Werkstatt fuhren hoch.

»Wer sind die Zeloten?« fragte Jesus den Gesellen.

»Aufrührer. Judas aus Galiläa und Zadok sind ihre beiden Anführer. Sie haben vor einigen Tagen in der Nähe von Chorazin zwei Römer getötet. Und der Rabbiner hat sich aus Angst, die Zeloten könnten ihn um Hilfe bitten, in der Synagoge eingeschlossen«, fügte er sarkastisch hinzu.

»Jetzt erinnere ich mich«, sagte einer der Lehrlinge, »daß ein Fischer auch gesagt hat, die Volkszählung habe zu Unruhen in Chorazin geführt.«

»Die Volkszählung?« schrie Josef. »Die Volkszählung? O Herr, schon wieder!« Sein Kinn bebte. »Warum hast du mir nichts davon gesagt?«
Außer sich ging er in der Werkstatt auf und ab. Die Späne wirbelten unter seinen Sandalen hoch.
»Daß man die zwei Römer umgebracht hat, ist kein Unglück«, meinte der Geselle. »Es ist Zeit, daß wir dem Prokurator Coponius und seinem syrischen Komplizen Quirinius zeigen, daß wir keine Lämmer sind, die gehorsam zum Schlachthof trotten. Das Schwert Davids ist nur begraben, aber nicht zerbrochen.« Er verschränkte die Arme vor der Brust.
Josef drehte sich zu ihm um. »Bist du ein Zelot?«
»Nein, aber meine beiden Vettern sind welche. Und wenn sie mich dazu auffordern, schließe ich mich ihnen an.«
»Ihr alle wißt ja gar nicht, wohin das Ganze führen kann. Aber ihr hättet es mir zumindest sagen sollen.«
»Wir sind hier, um dich zu beschützen, Vater Josef, weil du ein gerechter Mann bist. Von der Volkszählung wirst du noch früh genug erfahren. Die Steuereintreiber sind heute morgen in die Stadt gekommen, um den Erlaß des Prokurators zu verkünden. Einige Leute haben schon angekündigt, daß sie die Steuer nicht zahlen.«
»Na und?« fragte Josef. »Man wird sie schlagen oder ins Gefängnis werfen, oder aber sie müssen die Flucht ergreifen. Jedenfalls wird ihr Hab und Gut beschlagnahmt, und dann haben sie viel mehr verloren als das, was sie an Steuern zahlen müßten.«
»Wir befinden uns im Krieg, Vater Josef«, sagte der Geselle. »Es ist besser, im Kampf zu verlieren, als dem Henker den Nacken hinzuhalten. Außerdem gibt es auch in Kafarnaum Zeloten. Sie können den Römern ordentlich einheizen.«
Bleich verließ Josef die Werkstatt.
»Erzählt mir mehr von den Zeloten!« bat Jesus.
»Das sind Leute wie wir. Sie fühlen sich von den Römern gedemütigt und haben die Priester satt.«
»Wie viele sind es?«
»Was spielt das für eine Rolle? Ein paar Menschen hätten genügt, um Sodom zu retten.«
»Laßt uns mit ihnen kämpfen!« rief ein Lehrling.

»Laßt uns gegen die Römer kämpfen!«
Schlachtrufe wurden laut, die Werkstatt hallte von Kriegsgeschrei wider, die Luft vibrierte von den wilden Hieben einiger schnell zu Säbeln umfunktionierter Holzlatten.
»Ruhe!« schrie der Geselle. Er war ein entschlossener und umsichtiger Mann, dieser Simeon. »Wer hat schon von Soldaten ohne Waffen und Ausbildung gehört? Haltet euch vorläufig besser nur bereit. Wenn es soweit ist, werden die Anführer euch sagen, was zu tun ist. Und denkt daran: Auch List ist eine Waffe. Ein gezielt geworfener Stein in der Nacht kann die gleiche Wirkung haben wie ein gut geführtes Schwert. Nun aber an die Arbeit!«
Am Abend, als sie sich wuschen, brach jedoch die Aufregung erneut durch. Hier ein Fausthieb, der einen gegnerischen Schädel zerschmettern sollte, und dort ein kräftiger Arm, der die Keule schwang, um einem Feind das Kreuz zu brechen. Sie schrien so laut, daß Josef kam, um sie zu schelten.
»Eure Arme sind nicht stärker als die der Römer, solange nicht die Kraft des Herrn in ihnen steckt. Geht heim und bittet den Vater von uns allen, daß Er euch bewaffnet!«
Als sie zu Abend aßen, kamen die Nachbarn, um sie darauf aufmerksam zu machen, daß an den Ufern des Sees unweit der Stadt Feuer brannten. Vater und Sohn gingen hinaus. Ein Haus stand in Flammen, und Fackeln bewegten sich in der Nacht wie Irrlichter.
Sie kehrten ins Haus zurück und versuchten zu schlafen. Aber ihr Schlaf war so leicht, daß ihn einige Schläge an die Tür im Dunkel der Nacht sofort unterbrachen. Im Schein einer Kerze schob Josef den Riegel zurück. Zwei schweißglänzende Gesichter tauchten auf. Eines davon war blutüberströmt.
»Friede sei mit dir, Josef, Sohn des Jakob«, sprach der verletzte Mann. »Kannst du uns Unterschlupf gewähren? Vor Tagesanbruch sind wir wieder fort.«
»Kenne ich euch?«
»Ich bin Judas, man nennt mich Judas aus Galiläa. Mein Gefährte heißt Nathan. Wir werden von den Römern verfolgt.«
Josef nickte. Sie traten ein. Die Tür wurde wieder verriegelt.
»Nach hinten!« sagte Josef. »Sollten sie kommen, könnt ihr über den Hof fliehen.«

Maria goß Wasser in eine Schale, riß ein Stück Leinen in schmale Streifen und holte ein Säckchen getrockneten Wegerich aus einem Wandschrank. Jesus betrachtete die Besucher neugierig. Judas war am Scheitel getroffen worden. Die Wunde mußte von einem Dolch herrühren, denn ein Schwert hätte den Kopf bis zum Hals gespalten. Nathan war unverletzt. Sie waren beide um die Dreißig. Aber Judas zog unwillkürlich alle Aufmerksamkeit auf sich, nicht nur, weil ihm sein kantiges Gesicht und der ebenso kantig geschnittene Bart das Aussehen eines Nabatäers verliehen, sondern weil er trotz seiner Verletzung noch lächelte. Er zuckte nicht zusammen, als Josef die Wunde zu waschen begann und das getrocknete Blut aufweichte, das seine Haare zu einer wunderlichen Frisur zusammengeklebt hatte. Judas betrachtete seinerseits Jesus.
»Du bist Jesus«, sagte er.
»Du scheinst gut unterrichtet zu sein«, brummte Josef, über den Kopf des Zeloten gebeugt. »Ich nehme an, du weißt das von meinem Gesellen Simeon, der dir auch mein Haus genannt hat.«
»Simeon ist tot«, erwiderte Judas. »Sie haben ihm den Kopf abgeschlagen.«
Josef wankte, und Jesus lief herbei, um ihn zu stützen. Aber der alte Mann fing sich rasch wieder und schob seinen Sohn beiseite.
»Simeon war tapfer«, sagte Nathan.
Und damit war die Trauerrede beendet.
Josef legte in Weingeist getränkten Wegerich auf die gereinigte Wunde. Seine Hände zitterten, gingen aber fachkundig zu Werke. Verletzungen beim Sägen und Hobeln waren in der Werkstatt nichts Außergewöhnliches.
»Jedenfalls …«, wollte Judas eben anheben, als er von seinem Stuhl kippte. Josef versetzte ihm eine Ohrfeige. Judas schlug die Augen wieder auf. »Ich wollte sagen …«
»Du wirst es später sagen«, fiel ihm Josef ins Wort.
»Bring ihnen Sauermilch und Brot!« sagte er zu seinem Sohn. Und zu den beiden Verfolgten gewandt: »Wenn ihr gegessen habt, dann legt euch schlafen! Ich werde euch vor Tagesanbruch wecken.« Er legte Judas einen Verband an, welcher der Kinnbinde eines Toten recht ähnlich sah.
Jesus brachte das Essen. Judas beobachtete ihn eine Weile und sagte

dann: »Gesegnet sei Er, der uns dieses Brot gibt, und gesegnet sei der Diener, der es uns aufträgt. Gesegnet sei Er, der Seinen Soldaten auf ihrem Weg barmherzige Menschen begegnen läßt.« Gierig begann er das Essen hinunterzuschlingen.

»Der Herr beschützt die Verteidiger des Gesetzes«, sagte Josef.

»Zehn Tote«, murmelte Judas, »für fünf Römer, die zur Hölle gefahren sind.« Er rückte den Verband auf seinem Kopf zurecht, legte sich hin und schlief sofort ein.

»Laß uns deinen Sohn!« bat Nathan.

»Ihr sucht die Schuld nicht beim wirklichen Feind«, erwiderte Josef. »Der weilt mitten unter uns.«

»Du sprichst wie Zadok, Alter.«

»Wer ist das?«

»Unser zweiter Anführer.«

»Er ist ein Sadduzäer.«

»Wie du sagst.«

»Dann gibt es wenigstens *einen* guten Sadduzäer«, sagte Josef.

Judas schnarchte.

»Dann vertraue doch Zadok deinen Sohn an!«

Jesus' Augen leuchteten auf.

»Es gibt Besseres zu tun, als Römer niederzumachen.«

»Juden niedermachen, meinst du wohl.«

»Du nennst sie Juden, ich Gesetzesverächter.«

»Würdest du uns deinen Sohn überlassen, wenn wir ein paar Priester aus Jerusalem in Stücke rissen?«

»Und den Tempel in Brand steckten?« fragte Jesus.

»Und den Tempel in Brand steckten?« wiederholte Nathan lächelnd.

»Hört zu, ihr beiden«, sagte Josef, »diese Art Gewalt ist lächerlich, solange das Volk das Ziel, das mit ihr verfolgt wird, nicht versteht. Zehn Aufstände sind weniger wert als wenige gut gesprochene Worte. Wir brauchen Propheten, keine Schwerter.«

»Was sollen wir dann tun?« fragte Nathan und unterdrückte ein Gähnen. »Predigen?«

»Sende ein Wort«, erwiderte Josef, »und es fliegt viel weiter als ein Pfeil oder ein Wurfspieß. Und es wirkt viel länger«, fügte er hinzu.

Nathan war eingeschlafen. Jesus und der Vater sahen sich an.

»Wir schlafen abwechselnd, jeder eine Stunde«, sagte Josef. »Geh nun!«
Nachtfalter flatterten um die Lampe. Bei Tagesanbruch würden sie tot sein.
Als ihn sein Vater weckte, brummte er unwillig. Er hatte im Traum gekämpft.
»Vergiß nicht, mich zu wecken! Sie haben keine Chance. Ich bin zu alt, du bist zu jung. Die Waffen …«, sagte er und zuckte mit den Schultern.
Jesus ging, um über die Schlafenden zu wachen. »Sende ein Wort …«, murmelte er. Was für ein Kampf, Herr der Heerscharen? Was für ein Kampf? Die allmählich ins Haus dringende Feuchtigkeit kündigte den nahenden Morgen an. Er öffnete den Fensterladen der Dachluke. In einer Stunde würde es dämmern. Und David, Herr? Hatte er nicht Goliath getötet? »Sende ein Wort …«
Dann weckte er Josef, dessen magere Gestalt fast unter den Falten seines Gewandes verschwand und mehr denn je der eines Toten glich. Der Greis öffnete die Augen und blickte in die seines Sohnes. Da war kein Mitgefühl, nein, Greise hatten kein Mitgefühl mehr. Wortlos vergewisserte er sich, daß sein Sohn ihn verstanden hatte.
Sie weckten ihre Schützlinge. Josef überprüfte den Zustand der Wunde; sie schwoll ab. Er öffnete die Tür und trat hinaus. Hatte da unten nicht eben eine Grasmücke gesungen? Er nickte. Die beiden Zeloten setzten ihre Kappe auf und gingen. Die Dunkelheit verschluckte sie. Im Hintergrund des Zimmers tauchte Maria auf.
»Ich habe Milch warm gemacht«, sagte sie.
»Wohin gehen sie?« fragte Jesus.
»Der Wind trägt den Samen«, erwiderte Josef.
Palästina war in hellrotes Licht getaucht.
Die Werkstatt öffneten sie wie gewohnt.
Als erster traf Elias, der Sohn des Bäckers, ein. »Ich war mit Simeon …«, begann er.
»Ich weiß«, fiel ihm Josef ins Wort.
Samuel, der Handlanger des Gesellen, kam mit Verspätung. »Die Stadt ist voller Römer«, berichtete er. »Sie nehmen jeden verwundeten Mann fest. Zwölf Tote gab es bei den Juden und sieben bei den Römern.« Er schlüpfte in seine Arbeitskleidung.

Josef vertraute Jesus die Werkstatt an und legte sich schlafen. Kurz vor Mittag wurden sie in ihrer Arbeit unterbrochen.
»Da sind sie«, sagte Elias.
Alle Blicke richteten sich auf die Fenster. Drei Männer kamen den Fußweg entlang, der von der Straße zur Werkstatt führte. Zwei von ihnen waren römische Soldaten. Maria, die gerade Wäsche aufhängte, lief ins Haus. Als die Männer an der Werkstattür angelangt waren, konnte man die Lederschürze des Steuereintreibers erkennen. Jesus erwartete sie mit vor der Brust verschränkten Armen. Sie musterten ihn herablassend. Inzwischen trat Josef mit drohend erhobenem Kinn auf die Schwelle des Wohnhauses.
»Josef«, rief der Steuereintreiber, ein struppiger Mann mit krächzender Stimme, »ich bin gekommen, um den Zehnten für den Prokurator von Galiläa einzutreiben. Du mußt für deine Frau, deinen Sohn und dich sechs Denare zahlen und für jeden deinen Arbeiter einen Sesterz.«
Er kniff die Augen zusammen und grub die Hände in seine große Schürzentasche, sei es, um sich durch die Berührung mit dem schon eingesammelten Geld zu beruhigen oder um seinen Worten Nachdruck zu verleihen.
»Das ist doppelt soviel Steuergeld wie beim letztenmal«, entgegnete Josef. »Damals hatte ich drei Denare für uns und einen Dupondius für jeden Lehrling gezahlt. Von dem Geld, das du verlangst, können wir zwei Monate leben.«
Der Steuereintreiber blinzelte noch immer wie eine vom Tageslicht überraschte Eule. »Weigerst du dich zu zahlen?« fragte er nach einer Weile.
»Ich weigere mich nicht zu zahlen, ich versuche nur, dir begreiflich zu machen, daß du unangemessen viel verlangst.«
»Die Steuern wurden vom Prokurator im Namen des Cäsaren Augustus festgelegt. Ich bin nicht berechtigt, mit dir oder irgend jemand anderem darüber zu verhandeln. Hast du das Geld?«
Die Soldaten, die in ihrer Rüstung schwitzten, traten einen Schritt vor.
»Ich hole das Geld«, sagte Josef.
Der Steuereintreiber und die Soldaten warteten unter den bedrohlichen Blicken der Lehrlinge. Josef kam mit einem Geldbeutel in der

Hand zurück. Er knüpfte die Bänder auf und griff neunmal in den Beutel, um die Münzen herauszuholen; dabei sagte er mit lauter, weithin hörbarer Stimme: »Nimm, Zöllner, zwei Denare für meine Frau, zwei für meinen Sohn ... Und hier noch zwei für mich. Zähle gut nach, Zöllner, denn es könnte das letztemal sein, daß ich dir Geld gebe! Nächstes Jahr bin ich vielleicht schon tot, und wer weiß, du vielleicht auch, und dann werden die Schakale deine herumliegenden Knochen zählen. Hier nun einen Sesterz für meinen Lehrling Elias ... und einen für Jeremias ... und einen für Jokanaan ... schließlich einen für Ahas und einen letzten, sieh ihn dir genau an, für meinen Lehrling Zibeon. Hast du genau nachgezählt, Zöllner? Aber wie gut du auch zählen magst, der Herr jedenfalls wird am Jüngsten Tag noch genauer abzählen.«

Jedesmal, wenn der Steuereintreiber die Hand nach den Münzen ausstreckte und dabei versuchte, näher an Josef heranzutreten, um der Demütigung zu entgehen, tat Josef einen Schritt zurück, so daß jener das Geld mit ausgestrecktem Arm in Empfang nehmen mußte. Am Ende der Zahlungszeremonie hatte der Steuereintreiber eine ungute, purpurähnliche Gesichtsfarbe angenommen, die an faules Fleisch erinnerte.

»Und dein Geselle Simeon?« fragte er boshaft lächelnd.

»Er ist diese Nacht gestorben, Zöllner, das weißt du genau. Es ist gefährlich geworden auf den Straßen. Nimm auch du dich in acht! Du könntest dort Dämonen begegnen.«

Das Gesicht des Steuereintreibers lief nun violett an.

»Du wirst nie mehr des Nachts dein Haus verlassen können, Zöllner. Nun geht es dir wie der Ratte, die nicht weiß, wann sich die Eule auf sie stürzt. Du wirst nie mehr den Mond sehen können und die Sterne. Nun aber geh, denn wenn du dich noch länger hier aufhältst, könnte man glauben, daß du mir einen Freundschaftsbesuch abstattest, und das würde dir schaden, wenn die Leute dich für eine Freund Josefs hielten. Sie könnten dich dann um Zahlungsaufschub bitten. Lebe wohl, Zöllner!«

Josef kehrte ihm und den Soldaten den Rücken zu. Seine Leute spuckten aus, als die Besucher abzogen.

Eines Tages würden die Eier doch noch das Fliegen lernen müssen. Aber nicht die Eier eines Rebhuhns, nein, die eines Adlers.

XIII.

Jokanaan

Das Brot wurde gebacken und gegessen. Die Schwalben zogen davon und kehrten zurück. Wogen von Salbei- und Lavendelduft legten sich übers Land, verebbten und schwollen von neuem an. Die Mangusten erbeuteten zahlreiche Spitzmäuse, und die Igel trotzten den Kobras. Zwei Jahre vergingen. Das Brot schmeckte oft bitter.
In der Synagoge rezitierte Jesus: »Wenn nur mein Volk auf mich hörte / Wenn nur Israel meinem Weg folgte / Dann zwänge ich bald seine Feinde in die Knie / Und streckte seine Verfolger mit meiner Hand nieder.«
Er war jetzt bald achtzehn Jahre alt. Josefs Kräfte ließen stark nach. Seine Stimme wurde manchmal unhörbar, und die der anderen hörte er nicht mehr.
An einem Winterabend traf Jesus zu Hause einen jungen Mann an, der vor seinem Vater stand und ihm aufmerksam zuhörte. Vielleicht ein neuer Lehrling.
»Sohn«, sagte Josef, »dies ist dein Vetter Jokanaan, der Sohn von Elisabet, der Base deiner Mutter, und dem Priester Zacharias. Er ist so alt wie du, denn er kam nur wenige Monate vor dir zur Welt. Er ist uns besuchen gekommen.«
»Es ist ein weiter Weg von Judäa hierher«, sagte Jesus.
»Ich komme nicht aus Judäa, sondern aus Ptolemais«, erwiderte Jokanaan. »Mein Vater hatte dort Verwandte. Meine Eltern sind gestorben. Und nun besuche ich die noch lebenden Verwandten, bevor ich für lange Zeit fortgehe.«
»Für lange Zeit?« fragte Jesus.
»Für sehr lange Zeit«, sagte Jokanaan. Er war dünn, ein knochiges Nichts, und seine schwarzbraune Hautfarbe erinnerte an eine kaum verglühte Brandfackel.

»Gehst du ins Ausland?« wollte Jesus wissen.
Der junge Mann schien zu zögern. »Nein, ich gehe in die Wüste, dort im Süden, jenseits von Hebron.« Und er lächelte, als wolle er die Rätselhaftigkeit seiner Antwort entschuldigen. Die Zähne blitzten in seinem dunklen Gesicht auf wie funkelnde Dolche. Seine Augen aber lächelten nicht.
»Wie lange willst du bei uns bleiben?« fragte Jesus.
»Eine Nacht. Morgen breche ich wieder auf.«
»Das Abendessen wird fertig sein«, sagte Josef. »Leistet mir Gesellschaft!«
Der Handlanger Samuel kam, um ihnen Bescheid zu sagen, daß die Werkstatt geschlossen war. Josef schickte die beiden Vettern mit den Lehrlingen zum Waschen. Als sie zurückkamen, bat Maria ihren Neffen, ihr von Elisabet zu erzählen; sie weinte.
Josef schlief am Tisch ein. Er wurde ins Bett gebracht.
»Laß uns einen kleinen Spaziergang machen, Jokanaan!« schlug Jesus nach dem Essen vor. Sie hüllten sich in ihre Mäntel und machten sich auf zum See.
»Was tut man denn dort in der Wüste?« fragte Jesus.
»Ich gehe nach Qumran. Das ist ein Kloster nahe am Toten Meer. Ein Essenerkloster. Hast du schon von den Essenern gehört?«
»Ja, einiges.«
Der heftige Wind drückte ihnen die Mäntel eng an den Körper.
»Warum hast du dich für die Essener entschieden?« begann Jesus wieder.
»Sie haben sich noch nicht verderben lassen«, antwortete Jokanaan.
Sie gelangten zu den Vororten, die sich am Seeufer entlang erstreckten. Windböen durchrüttelten, Krämpfen gleich, die Nacht.
»Was hast du bis jetzt gemacht?« fragte Jokanaan.
»Nichts. Ich habe das Handwerk meines Vaters erlernt. Vor einigen Jahren sind wir einmal in Jerusalem gewesen. Ich war im Tempel, ein Freund hatte mich dorthin geführt. Ich wollte Priester werden. Ein Priester kam, dann noch einer und schließlich ein dritter, und es gefiel ihnen nicht, was ich sagte. Als dann mein Vater mich holen kam, wurde mir alles klar.«
»Klar? Was denn?«
»Der Klerus ist korrupt, und mein Vater ist eine Art Geächteter, zu

alt, um verfolgt zu werden. Ich wollte Priester werden, aber es war unmöglich, weil mein Vater nun mal ist, wie er ist, und weil ...« Eine Windböe unterbrach ihn.
»Warum wolltest du Priester werden?« fragte Jokanaan.
»Weil ich an dem wenigen, was mein Vater mir aus den Büchern vorgelesen hat, Geschmack gefunden hatte.«
»Und jetzt willst du nicht mehr Priester werden?«
»Ich weiß es nicht. Geht man nach Qumran, um die Bücher zu studieren?«
»Ja, man studiert dort die Bücher, doch man geht anschließend nicht wieder nach Jerusalem, sondern bleibt dort oder schließt sich einer anderen Essenergemeinschaft an.«
»Es ist also ein Exil.«
»Von außen gesehen, ja.«
»Und von innen?«
Eine Windböe drohte sie zu trennen.
»Da bedeutet es, zu den Auserwählten zu gehören. Eine Zeit geht zu Ende, und eine neue bricht an. Verstehst du?«
Aber Jesus' Blick schien eher auszudrücken, daß er seinen Gesprächspartner nicht wirklich verstanden hatte.
»Natürlich ist diese ganze Welt verdorben, wie du gesagt hast«, fuhr Jokanaan fort. »Der morsche Wald zerfällt am Ende immer zu Staub, die abgestorbenen Bäume stürzen zu Boden, und die Sterbenden vergehen. Das kommende Zeitalter ist bereits angebrochen.«
In der Ferne blinkten die Lichter von Kafarnaum. Auf einer Landzunge, von Wellen umschlungen, blieben sie stehen.
»Und welche Rolle spielen die Essener dabei?« fragte Jesus.
»Sie haben mit den anderen Priestern gebrochen. Sie bereiten sich in der Einsamkeit vor.«
»Worauf?«
»Auf das Ende. Vielleicht auf das Ende der Welt. Auf das Ende *dieser* Welt jedenfalls.«
»Ich glaube nicht, daß uns das von den Römern befreien wird; wenn wir also sterben, dann eben als ihre Knechte«, entgegnete Jesus langsam. »Die Anwesenheit der Römer, das ist unser Problem. Wenn sie weg wären, könnten wir uns um die korrupten Priester kümmern.«
»Aber wir werden die Römer nicht los«, bemerkte Jokanaan.

»Nein, selbst wenn wir alle Zeloten wären, könnten wir sie nicht loswerden. Und dennoch ...«
Sie machten sich auf den Rückweg.
»Aber was nützt es, sich in einem Kloster am Ende der Welt einzusperren?« rief Jesus ungeduldig aus. »Es wird nur den Essenern nützen, wenn das Ende der Welt wirklich kommt.«
»Man darf sie nicht so beurteilen«, meinte Jokanaan, »sie bemühen sich, gerecht zu bleiben.«
»Das ist einfach, wenn man in der Wüste lebt«, gab Jesus zurück.
»Das Leben in Qumran ist nicht einfach.«
Sie gingen am Hafen entlang. Die Fischer, die an diesem Tag einen spärlichen Fang gemacht hatten, fluchten.
»Früher wurden die Essener verfolgt, und sie können jederzeit wieder verfolgt werden«, sprach Jokanaan weiter. »Einer ihrer Meister, der berühmteste, den sie noch heute in Ehren halten – sie nennen ihn Meister der Gerechtigkeit –, wurde genau am Tag der Versöhnung getötet.«
»Wann? Davon wurde uns nie etwas erzählt.«
»Vor einhundertfünfzig Jahren.«
»Weshalb?«
»Weil er den damals herrschenden König, Alexander Jannai, verurteilt hatte, der gleichzeitig auch der Hohepriester von Jerusalem war; die Essener nannten ihn den Schlechten Priester.«
»Die Lage scheint sich nicht sonderlich geändert zu haben. Oder sind die Priester immer schlecht? Und was soll dieses ewige Trauern um den Meister der Gerechtigkeit?«
»Sie warten auf einen anderen Meister, der die Salbung haben wird. Und dieser Messias wird sowohl der Messias Aarons als auch der Messias Israels sein. Verstehst du? Der Messias Aarons wird für die Wiederherstellung des Gesetzes sorgen, der Israels für die Vertreibung des Bösen.«
»Auch für die Vertreibung der Römer?«
»Die Römer sind Teil des Bösen.«
»Und der Meister der Gerechtigkeit, war er denn nicht selbst ein Erlöser?«
»Nein, er hatte die Salbung nicht. Der Messias wird vom Herrn auserwählt. Die Engel befehlen ihm, sich zu erheben und die sieben Meß-

gewänder anzulegen – das sind die im Buch ›Exodus‹ aufgeführten Insignien des Hohenpriesters. Dann salben sie ihn«, sagte Jokanaan feierlich, »und sie erheben ihn auf die göttliche Stufe des auserwählten Priesters.«

»Und er wird trotzdem ein Mensch bleiben?« fragte Jesus.

»Ja.«

»Woher weißt du das alles?«

»Es gibt nicht nur in Qumran Essener. Vor vielen Monaten bin ich einem von ihnen am Jordan begegnet, und ich habe mich lange mit ihm unterhalten.«

»Und dann?« fragte Jesus. »Was wird dann aus dem Hohenpriester in Jerusalem und dem ganzen Klerus? Und was wird aus dem Tempel?«

»Die Ankunft des Messias wird die Lügner ans Tageslicht bringen. Was sonst noch geschehen wird, weiß ich nicht.«

Sie gingen schweigend weiter.

Dann fragte Jesus wieder: »Und die Römer?«

»Wer sind denn die Römer schon? Meinst du, sie können sich dem Willen des Herrn widersetzen?« entgegnete Jokanaan stolz. »Hast du deinen Glauben verloren?«

»Nein, aber der Herr verbietet uns nicht, daß wir uns in weltlichen Angelegenheiten unseres Verstandes bedienen, und es handelt sich hier sehr wohl um weltliche Angelegenheiten, nicht wahr? Man muß das Volk von den Römern, die unseren Klerus in ihre Dienste zwingen, befreien.«

»Es gibt keine weltlichen Angelegenheiten«, erwiderte Jokanaan. »Für den Herrn gibt es keinen Bereich, der Ihn ausschließt.«

»Und du willst also bis zur Ankunft des Messias in Qumran bleiben?«

»Ja, ich werde bis zur Ankunft des Messias in Qumran bleiben«, bestätigte ihm Jokanaan, felsenfest überzeugt.

Sie näherten sich dem Haus.

»Du bist Waise«, sagte Jokanaan, »das merke ich an deiner Verwirrung.«

Sie teilten dasselbe Zimmer und entkleideten sich im Dunkeln. Jesus schlief sofort ein, wurde jedoch von einem Alptraum aus dem Schlaf gerissen. Er hatte vom Hohenpriester in roten Meßgewändern geträumt, die in Wirklichkeit nichts als blutbefleckte Fetzen waren. Er hörte die regelmäßigen Atemzüge Jokanaans und beneidete ihn um seine Gewißheit. Für ihn selbst hielt die Welt noch ihre Schlüssel versteckt, Kafarnaum war nur eine weit von Jerusalem abgelegene Stadt. Wohin sollte er gehen? Womit beginnen?

Der anbrechende Tag fand ihn schlafend, aber schweißgebadet. Er schlug die Augen auf und sah in Jokanaans Gesicht, das sich über ihn beugte.

»Du hast geträumt«, sagte er. »Du hast im Schlaf gesprochen.«

»Was habe ich gesagt?«

»Du hast mich gerufen.«

Das kalte Wasser vertrieb die Ängste der Nacht.

Als Jokanaan Abschied nahm, begleitete ihn Jesus ein Stück. »Ein letztes Wort«, sagte er. »Es können doch mehrere Menschen glauben, daß sie der göttliche Wille ausersehen hat.«

»Das ist nicht möglich. Es werden Zeichen geschehen.«

»Welche Zeichen?«

»Zeichen«, wiederholte Jokanaan. »Die Engel ...« Er unterdrückte eine Geste der Ungeduld. »Es wird nur einen einzigen Messias geben«, versicherte er mit Nachdruck.

Jesus nickte. Er wußte zuwenig darüber. Als Jokanaan fort war, blieb er vor dem Meer stehen und blickte lange nachdenklich in das gleißende Glitzern der Wasseroberfläche.

XIV.

Der Tod eines Zimmermanns

Alles Jünglingshafte an ihm war nun endgültig verschwunden. Die Haut war sonnengebräunt, der Bart dicht, der Körper muskulös, und auch die letzte Anmut der Jugend war dahin.
Die Mütter betrachteten ihn voll Interesse, die Mädchen ebenso. Basen gab es keine, nicht einmal entfernt verwandte, dabei stand in nächster Zeit eine gutgehende Werkstatt als Erbteil in Aussicht. Es kam zu ersten Annäherungsversuchen, oft unter der zögernden Mitwirkung des Rabbiners. Persönliches wurde diplomatisch mit Geschäftlichem verbunden. Aber Josef war taub, und Jesus zeigte sich abweisend. Die Verärgerung beim einen oder anderen über sein Verhalten ließ einiges Gerede aufkommen. Maria war darüber beunruhigt.
»Ist es nicht Zeit, eine Frau zu nehmen?« fragte sie. »Die Leute zerreißen sich schon die Mäuler.«
»Ich werde darüber nachdenken.«
»Hast du ein unerreichbares Mädchen im Kopf?«
»Nein.«
»Sagt dir denn keines der Mädchen zu, die man dir zur Frau anbot?«
»Sie sagen mir alle zu, aber ich will nicht heiraten.«
»Selbst die Propheten haben geheiratet.«
»Die Essener nehmen sich keine Frau.«
»Die Essener?« fragte Maria verdutzt zurück.
Es gelang ihr, sich bei Josef in dieser Angelegenheit Gehör zu verschaffen. Lange gab er ihr keine Antwort, dann sagte er: »Wenn ein Baum seine Früchte im Winter trägt, werden die Vögel sie fressen.«
Sie war sehr betrübt.
»Der Gärtner«, fuhr er fort, »weiß, in welcher Jahreszeit er säen muß, um die Früchte zu ernten. Der Wind dagegen sät aufs Geratewohl.«

Sie hüllte sich in den Schleier und verschwand. Jesus hatte alles gehört. Am Tag darauf war Josef tot.
Stundenlang verharrte Jesus am Fußende des Bettes, auf dem dieser Körper lag – so leicht, wie aus Federn und Wind gemacht. Er dachte über die Ehre und den Stolz nach, und über die Treue. Der Gärtner hatte die vom Wind ausgesäte Pflanze angenommen, das war es also.
Der Handlanger Samuel kaufte Myrrhe und Aloe, von beidem sechs Pfund. Frauen wuschen den Leichnam, banden ihm mit schmalen Bändern die Füße zusammen, legten ihm dann eine Kinnbinde an und betteten ihn auf das Leichentuch. Sie besprengten das, was vom Zimmermann geblieben war, mit Essenzen und legten ein Schweißtuch über sein Gesicht, das die letzten Sekrete aufsaugen sollte. Dann schlugen sie das Leichentuch zusammen, ließen jedoch das Gesicht unbedeckt, wie es bis zum Augenblick der Beerdigung der Brauch war. Erst nachdem der Raum mit Duftstoffen ausgeräuchert war, ließen sie Maria und die Trauergäste eintreten.
Zwei Dutzend Menschen erwiesen dem Verstorbenen die letzte Ehre. »Auf daß die Gebete und das Flehen der Kinder Israels von ihrem Vater im Himmel erhört werden…«, rezitierte Jesus. Maria wiederholte nach ihm die Worte des Kaddisch; sie weinte nicht dabei. Einunddreißig Jahre war sie nun alt, und seit langem hatte sie begriffen, daß Josef viel eher ein Vater gewesen war als ein Ehemann. Um seinen Körper hatte sie schon seit langem getrauert, nun oblag ihr nur mehr das Trauergeleit.
Als die Gebete gesprochen waren und genau in dem Augenblick, in dem der Rabbiner eintraf, legte Jesus das Scheitelkäppchen des Priesters, der Josef ja gewesen war, auf das Leichentuch. »Herr der Barmherzigkeit«, sprach Jesus und blickte dem Rabbiner in die Augen, »Du, Auge, das alles siehst, Ohr, das alles hört, erhöre meine Bitte für Deinen Priester Josef und sende Michael, den obersten Deiner Engel, und Gabriel, den Boten des Lichts, und die Heerscharen Deiner Engel, um der Seele Deines Dieners, meines Vaters, Geleit zu geben, bis sie zu Dir gelangt.«
Sie betteten den Leichnam auf eine Tragbahre; Jesus nahm den Griff vorne rechts und Samuel den links, zwei Lehrlinge faßten hinten an. Sie gingen hinaus und schlugen den Weg am See entlang Richtung

Friedhof ein. Samuel hatte für einen Platz in einer Gruft gesorgt, wo der Leichnam bleiben sollte, bis er ausgetrocknet war. In zwei oder drei Jahren würden sie ihn dann in die letzte Ruhestätte überführen, in ein sechs Fuß langes und drei Fuß tiefes Grab, in dem die sterblichen Überreste des Zimmermanns endgültig zu Staub zerfallen konnten. Anschließend gingen Jesus und all jene, die mit dem Leichnam in Berührung gekommen waren, ins Bad, um sich zu reinigen. Von dort aus begaben sie sich in das Haus, das von nun an Jesus' Haus war. Dort setzten sie sich mit der Familie und den Freunden zum Totenmahl zusammen. Der Rabbiner war auch dabei; im Laufe des Essens erinnerte er daran, daß die Werkstatt gemäß dem Brauch dreißig Tage geschlossen bleiben müsse.

»Wir sind alle arm«, erwiderte ihm Jesus, »und die, die mit mir arbeiten, haben es noch nötiger als ich, ihr Brot zu verdienen. Wenn ich die Werkstatt schließe, müssen sie sich Geld leihen, um ihre Frauen und Kinder zu ernähren, denn ich kann sie nicht entlohnen. Die Seele meines Vaters wird schwerlich in den Frieden ihres Schöpfers eingehen, während sich die Wucherer bereichern. Wir werden deshalb morgen wie gewöhnlich arbeiten. Und wir werden unseren Körper sauberhalten, nicht in Lumpen herumlaufen und die Läuse davon abhalten, sich auf unserem Kopf einzunisten. Kummer muß nicht vor jedermann zur Schau gestellt werden.«

Der Rabbiner saß mit offenem Munde da. »Morgen wieder aufmachen?« japste er. »Aber das bedeutet, unsere Bräuche zu mißachten! Niemand wird euch Arbeit geben oder Aufträge von der Werkstatt annehmen, höchstens die Ungläubigen.«

»Wenn dem so ist, dann werden wir für die Ungläubigen arbeiten und sagen, daß es besser ist, für sie zu arbeiten, als sie unsere Priester auswählen zu lassen. Und nun wirst du das Gebet sprechen, oder soll ich es tun?«

Der Rabbiner erhob sich widerwillig, sprach die Danksagung und anschließend das Gebet für den Verstorbenen. Als er geendet hatte, rezitierte Jesus einen Psalm: »Das Leben des Menschen ist wie das Gras / Er blüht wie die Blumen des Feldes / Wenn der Wind kommt, werden sie welk / Und die Erde vergißt sie / Aber die Liebe des Herrn wird niemals / Mangeln denen, die Ihn fürchten / Und auch seinen Söhnen und deren Söhnen / Wird es nicht mangeln an Seiner Gerech-

tigkeit / Wenn sie auf Seine Stimme hören und den Bund achten / Wenn sie sich an Seine Gebote erinnern / Und Ihm gehorchen.«
Der Handlanger und die Lehrlinge nickten, verabschiedeten sich von Jesus und gingen. Der Rabbiner, der nun keine Zuhörer mehr hatte, ging ebenfalls.
»Die Leute tratschen schon, weil du ledig bleibst. Heute abend haben sie einen weiteren Grund zu Klatsch und Tratsch gefunden. Sie werden sich eine andere Werkstatt suchen«, gab Maria zu bedenken.
Und tatsächlich: Am nächsten Tag kam niemand.
Am Tag darauf versammelten sich ein paar Neugierige in einiger Entfernung, um festzustellen, ob zutraf, was man redete, daß nämlich Jesus, der Sohn des Zimmermanns Josef, die vorschriftsmäßige Einstellung der Arbeit nicht beachtete. Samuel murrte, daß sie die Werkstatt nicht geschlossen hätten, um keinen Monatslohn einzubüßen, jetzt aber Gefahr liefen, ihre Arbeit endgültig zu verlieren. Er machte sich auf den Weg, fertige Werkstücke abzuliefern; man nahm ihn sehr unfreundlich auf.
Dann kam der Rabbiner, um sich zu beschweren, daß Jesus, der schließlich nicht in Kafarnaum geboren sei, die seit jeher hier ansässigen Leute verärgere, weil er die Vorschriften nicht beachte.
»Es gibt nur eine Vorschrift, die beachtet werden muß: das Gesetz«, entgegnete Jesus. »Die Bräuche, um die du so großes Aufhebens machst, sind von Menschen eingeführt worden, nicht vom Allmächtigen. Wenn sich deine Schäflein mehr um das Gesetz kümmern würden und weniger um die Bräuche, dann wären wir nicht ohne Arbeit.«
»Was berechtigt dich, auf das Gesetz zu verweisen, dich, der du nicht unterrichtet bist?« rief der Rabbiner.
»Alle Menschen können auf das Gesetz verweisen, da es für alle da ist.«
»Ich hatte gehofft, du würdest einsichtig sein, aber du bist starrköpfig wie ein Esel«, sagte der Rabbiner und zog wütend ab.
Jesus ging in die Werkstatt, um seinen Leuten die Lage zu erklären. Er kündigte an, daß er das Geschäft ganz schließen werde, sobald er ihnen ihren Lohn ausbezahlt habe.
»Der Rabbiner ist schuld daran!« klagten sie.
»Nein«, meinte Jesus und schüttelte den Kopf. »Wenn die Pest wütet

und ein Mensch an ihr erkrankt, dann ist das nicht seine Schuld. Der Rabbiner hat die Pest.«
Noch am Nachmittag trafen Jakobus, Justus, Simon und Judas gemeinsam ein. Jesus führte sie an Josefs Grab und kehrte dann mit ihnen nach Hause zurück, um ein zweites Totenmahl abzuhalten.
Sie wechselten ein paar nichtssagende Worte, doch dann fragte Jakobus: »Hat uns unser Vater etwas vermacht?«
»Er besaß nur die Werkstatt. Wenn einer von euch sie will, kann er sie haben«, antwortete Jesus.
Sie blickten ihn überrascht an; er erklärte ihnen seine Meinungsverschiedenheit mit den Leuten in Kafarnaum. Eine Zeitlang sagten sie nichts, dann meinte Simon, daß der Vater wahrscheinlich wie Jesus gehandelt hätte, und er lud Jesus sogar ein, nach Bethlehem zu kommen, dort zu arbeiten und bei ihnen zu leben.
Jesus schüttelte den Kopf. »Ich könnte in diesem Judäa, aus dem mein Vater einst geflohen ist, nicht in Frieden leben. Ich könnte nicht in der Nähe eines Tempels wohnen, dessen Priester sich an den dem Herrn gemachten Opfergaben bereichern. Übrigens sind selbst hier die Speicher der Synagoge in Erwartung einer Hungersnot randvoll mit Weizen gefüllt. Der Rabbiner wird ihn dann zum zehnfachen Preis verkaufen und zudem nur mit leichten Talenten abwiegen lassen. Ich gehe fort und warte auf den Sturm.«
»Den Sturm?« fragte Jakobus.
»Den Sturm«, bestätigte Jesus. Und nach einer Weile: »Ein Mann wird kommen. Und der Sturm wird ausbrechen.«
Sie wirkten verunsichert. Bevor sie schlafen gingen, schlugen sie Maria vor, doch bei Lydia oder Lysia zu wohnen, was Fürsorge und Entschuldigung zugleich war.
Die Nacht wurde kalt und klar, und die Sterne leuchteten wie eine Silberschrift am Himmel. Niemand aber vermochte diese Schrift zu entziffern.

XV.

Begegnung mit einem Magier

Nachdem die kleine Karawane – ein halbes Dutzend Maultiere, die Josefs Söhne und deren Stiefmutter trugen – im Straßenstaub und im Morgendunst verschwunden war, und nachdem Jesus so getan hatte, als schlüge er die entgegengesetzte Richtung ein, wurde es Zeit, eine Pause einzulegen. Nur einen Steinwurf von dem Haus entfernt, in dem er seine Kindheit und Jugend verbracht hatte und das nun mit geschlossenen Fensterläden friedlich im Sonnenschein dalag, setzte sich Jesus unter einen Baum.

»Eine Zeit, um geboren zu werden, und eine Zeit, um zu sterben«, murmelte er. Aber er war frei, und der Tod war nur ein schwarzer, weit entfernter Punkt.

»Eine Zeit, um zu weinen, und eine Zeit, um zu lachen.« Aber er hatte wenig geweint und keine Lust zu lachen.

»Eine Zeit, um zu suchen, und eine Zeit, um zu verlieren.« Er hatte kaum zu suchen begonnen und fühlte sich keineswegs zum Scheitern verurteilt.

Keiner der Sprüche aus dem Buche Jesus Sirach paßte auf ihn. Er hatte noch nicht einmal angefangen, von allem ein wenig zu kosten. Er dachte an Jokanaan, der ihm fehlte, den er aber plötzlich schulmeisterlich und zu selbstbewußt fand. Er bekam Lust, die Welt zu sehen, ihre Provinzen und ihre Städte, ihre Städte und ihre Ebenen, ihre Ebenen und ihre Menschen. Er wußte, daß er etwas tun mußte, aber er wußte nicht, was.

Er stand auf und warf sich sein Bündel über die Schulter. Wie beim erstenmal, als er nach Jerusalem gegangen war, hatte er nichts als sein Gewand, seine Sandalen, seinen Umhang und einen Stock bei sich, dazu ein wenig Brot und Früchte. All sein Geld hatte er der Mutter gegeben. Es blieb ihm nur noch etwas Kleingeld.

Maria. Diese Anmutige, Traurige, diese Ahnungslose und Weise. Sie hatte ihm liebevoll ihre Milch gespendet und ihn treu umsorgt. Jetzt konnte sie ihm nichts mehr geben.
Er schlug den Weg nach Betsaida ein, das im Ostjordanland, in Trachonitis, lag. Die ersten Menschen, denen er begegnete, waren Bauern. Er fragte sie, ob er einige frische Feigen von den zahlreichen, mit Früchten schwer beladenen Bäumen pflücken dürfe, in deren Nähe sie arbeiteten. Sie starrten ihn verschreckt an und ergriffen, ohne zu antworten, die Flucht. Er ging ihnen nach, aber sie liefen noch weiter weg. Da er ein guter Läufer war, holte er einen der Bauern ein.
»Warum bist du davongelaufen?« fragte er ihn. »Und warum hast du Angst?«
»Erbarmen!« schrie der junge Bauer. »Erbarmen, Herr!«
»Ich bin nicht dein Herr, und ich habe auch nicht vor, dich zu schlagen. Warum benimmst du dich so eigenartig?«
Gebückt, schmutzig und zerzaust, wie ihn Jesus mit festem Griff am Arm hielt, glich der Bauer einem Affen, den Jesus damals in Jerusalem gesehen hatte. Ein jämmerliches Tier in roten Hosen, das von einem Neger an der Leine geführt worden war und tanzen mußte. Jesus lokkerte den Griff, und der Bauer fiel wimmernd zu Boden. Die anderen blieben auf Distanz und verfolgten ängstlich die Szene. Offensichtlich hatten sie nicht die geringste Lust, einem der Ihren zu Hilfe zu eilen, was Jesus ebenfalls erstaunte.
»Hör auf mit diesem Weibergejammre!« befahl er, aber vergebens, denn der andere winselte weiter. »Nie lassen sie uns in Ruhe«, stöhnte der Bauer mit der Stimme eines alten Weibes. »Immer nur schlagen sie uns, nehmen weg, was uns gehört, behandeln uns schlimmer als Hunde ...«
»Wer?« fragte Jesus und schüttelte sein ungewolltes Opfer.
»Alle. Alle Leute aus der Stadt. Und Leute wie du.«
»Nenne sie!« befahl Jesus.
»Alle«, wiederholte der Bauer. »Und vor allem Barnabas.«
»Wer ist Barnabas?«
»Barnabas, der Rabbiner«, sagte der Bauer und schaute sich dabei verstohlen um. Offensichtlich suchte er nach einer Fluchtgelegenheit. Jesus packte den Bauern wieder fester am Arm und schüttelte ihn erneut. »Barnabas, der Rabbiner, schlägt dich? Antworte!«

»Er schlägt uns und nimmt uns alles weg. Obst, Gemüse, die Ernten, alles.« Der Bauer heulte mit unerträglicher und falscher Heftigkeit, womit er wohl die anderen Bauern um Hilfe rufen wollte.
Jesus glaubte, keine weiteren Auskünfte aus ihm herausholen zu können, und ließ ihn los. Er pflückte ein paar Feigen und setzte seinen Weg fort, entschlossen, den Rabbiner Barnabas selbst zu befragen.
Der Anblick der Synagoge von Betsaida überraschte ihn. Das Bauwerk hatte nicht nur gewaltige Ausmaße, sondern es war auch gänzlich schwarz. Es bestand aus Basalt, der vor allem an den Kapitellen der Pilaster und am Kranzgesims mit Porphyr verziert war. Diese Synagoge wirkte hochmütig und häßlich. Jesus eilte die Vortreppe hinauf und bat den Leviten, der die Pforte bewachte, ihn beim Rabbiner zu melden. Der Levit lachte und zuckte mit den Achseln. »Der Rabbiner Barnabas ist seit mehreren Jahren tot«, rückte er schließlich mit der Sprache heraus.
»Wer ist sein Nachfolger?«
»Der Rabbiner Zacharias. Warum interessiert dich das? Bist du aus Betsaida? Ich erinnere mich nicht, dich schon gesehen zu haben. Jedenfalls hast du nie Geld für den Gotteskult bezahlt«, antwortete der Levit.
»Ich komme aus Kafarnaum. Ich bin der Sohn eines Priesters und Zimmermanns namens Josef.«
»Wenn das so ist, dann werde ich den Rabbiner bitten, dich zu empfangen.«
In Betsaida mußte es reiche, zumindest aber großzügige Leute geben. Der Fußboden des Raumes, in den man Jesus einließ, war mit Mosaikarbeiten verziert, Teppiche hingen an den Wänden und waren über den Diwan gebreitet, auf dem der Mann hockte, welcher der Rabbiner Zacharias sein mußte. Er war kaum älter als vierzig, gut genährt, und der rötliche Schimmer seines Bartes, den er offensichtlich mit Henna färbte, zeugte davon, daß er auf eine gepflegte Erscheinung achtete. Wachen Blickes sah er dem Eintretenden entgegen.
»Willkommen in der Nachbarschaft, mein Sohn! Man sagte mir, du seist der Sohn eines Priesters namens Josef aus Kafarnaum. Ich wußte nicht, daß es einen dieses Namens gab, ich kenne jedoch meinen Kollegen aus Kafarnaum.«
»Mein Vater war in Jerusalem Priester. Er wirkte am Bau des Tempels mit. Später erst ließen wir uns dann in Kafarnaum nieder.«

»Und welch glücklicher Zufall führt dich ins Haus des Herrn in Betsaida?«
Jesus erzählte den Vorfall mit den Bauern. Zacharias hob die Schultern. »Ewig jammern und lügen sie, diese Bauern«, sagte er. »Der Beweis dafür ist, daß sie einen toten Rabbiner beschuldigen, er schlage sie. Du hättest die Feigen nehmen sollen, ohne sie lang zu fragen. Was sind schon ein paar Feigen!«
»Ich pflege mich gewöhnlich nicht in Obstgärten einfach so zu bedienen. Wie dem auch sei, diese Bauern schienen zu Tode erschrocken. Wer schlägt sie? Wurden sie von Barnabas geschlagen?«
»Gibt es denn in Kafarnaum keine Bauern?« fragte Zacharias spitz.
»Doch, natürlich, aber mir ist nicht bekannt, daß man sie schlägt.«
»Die haben aber Glück! Bauern sind überall bösartige Esel und kaum als menschliche Wesen zu bezeichnen, wie du ja weißt.«
»So, weiß ich das?« fragte Jesus kalt.
»Soll das heißen«, brauste Zacharias plötzlich auf, »daß ich meine Zeit wegen des Gejammers eines Bauern vergeuden soll? Nenn mir seinen Namen, dann prügle ich ihn eigenhändig durch!« Er schlug die Beine übereinander, nahm sie dann wieder auseinander und fächelte sich Luft zu. »Habe ich richtig verstanden, daß dein Vater Priester in Jerusalem war? Heißt das, daß er in Kafarnaum keiner war?«
»Er ist bis zum letzten Tag seines Lebens Priester geblieben, aber er hat es vorgezogen, in Kafarnaum Zimmermann zu sein.«
»Ist das nicht eigenartig?« murmelte Zacharias.
»Das ist es in der Tat. Ich werde mich nun, nachdem ich festgestellt habe, daß die Bauern nicht lügen, verabschieden, und zwar mit einem Zitat von Ezechiel.«
»Ezechiel?« wiederholte Zacharias.
»›Wie ich die Hirten Jerusalems verachte, die sich nur um sich selbst kümmern!‹«
»Soll man sich etwa auch noch um die Hasen und Mäuse auf den Feldern kümmern?« ereiferte sich Zacharias. »Warum kümmerst du dich nicht um sie? Warum gehst du nicht predigen? Du bist der Sohn eines Priesters, also bist du unterrichtet. Geh doch den Tieren predigen!« Und er lachte schallend.
»Nimm dich in acht, daß der Herr nicht auch dir Lehren erteilt!« rief Jesus laut, als er den Raum verließ.

»Unerhört!« schrie Zacharias. »Du bist sicher ein Zelot!«
Jesus ging so schnell, daß er die Stadt hinter sich ließ, ohne es gewahr zu werden. Zwei Stunden später erreichte er das Dorf Kursi. Er hatte es kaum betreten, als seine Aufmerksamkeit auch schon auf eine Menschenansammlung gelenkt wurde, die sich auf dem Dorfplatz gebildet hatte. Zwei oder drei Dutzend Leute standen im Kreis um ein Spektakel herum, das er nicht erkennen konnte. Das ungewöhnliche an der ganzen Szenerie war die Stille. Die Bauern sprachen gewöhnlich laut und barsch, diese hier aber flüsterten kaum. Er bahnte sich einen Weg durch die Reihen nach vorne. In der Mitte des Kreises saß ein dicker, seltsam gekleideter Mann: Er trug ein weites Gewand aus weißer Seide mit reichbesticktem Kragen und Saum, ein pelzbesetztes Käppchen, Ketten, Ringe und rote Filzpantoffeln. Ihm gegenüber stand ein Junge, dessen Augen so verkrustet waren, daß es ihm unmöglich war, sie zu öffnen. Der dicke Mann wiegte rhythmisch seinen Oberkörper und Kopf, wobei er unverständliche Worte psalmodierte. Trotz der exotischen Erscheinung dieser Person vermutete Jesus, daß die so vor sich hin gemurmelten Worte nur eine Art Zauberspruch waren, denn er konnte zwei oder drei griechische und einige syrische Worte heraushören. Die Stimme des Mannes wurde schriller und schriller, bis sie mit einem Schrei abbrach. Er strich mit seinen Händen über einen gefüllten Holzzuber und schüttete dabei heimlich ein Pulver hinein, wodurch sich das Wasser rot färbte. Dann ließ der Mann den Jungen vor dem Zuber niederknien. Er drückte seinen Kopf unter Wasser, wo er ihn festhielt, bis der Unglückliche – vermutlich war er dem Ertrinken nahe – heftig mit den Armen ruderte. Während dieser Zeremonie stieß der Mann kurze Schreie aus. Dann drückte er den Kopf des Jungen erneut mehrmals hintereinander ins Wasser, bis dessen Schreie die seinen übertönten. Schließlich verlangte er ein Leintuch, mit dem er die Augen des Jungen auswischte.
»Ich kann sehen! Ich kann sehen!« rief der Junge.
Die Menge, die bis dahin den Atem angehalten hatte, murmelte und geriet in Bewegung. »Zauberei!« riefen einige. Die Mutter des Jungen warf sich dem Mann zu Füßen, streckte die Arme zum Himmel empor und bat den Herrn, daß doch der Teufel nicht an dem, was sie ein Wunder nannte, mitgewirkt haben möge.
Der Vater dagegen hielt den Jungen an den Schultern und fragte

streng: »Siehst du mich? Sind meine Augen geöffnet oder geschlossen? Jetzt? Und jetzt? Sag die Wahrheit, denn diese Behandlung kostet mich viel Geld, und wenn du das Augenlicht wieder verlierst, sobald dieser Magier fort ist, dann schlage ich dich windelweich!«
Das Kind antwortete zitternd: »Ich sehe dich, ich schwöre es. Du hast sogar schon wieder neue weiße Haare in deinem Bart ...«
Die Frauen kreischten, die Männer klatschten in die Hände, die Kinder johlten.
Der Magier verschaffte sich mit einigen Stockschlägen gegen den Rand des Zubers Gehör. Alle verstummten, sie erhofften sich wahrscheinlich ein weiteres Wunder.
»Hört zu, ihr unwissenden Hunde!« sagte er in gebrochenem Aramäisch. »Euer Glück hat es gewollt, daß meine großartige Eingebung mich in euer verlassenes Dorf führte. Ihr wolltet zunächst nicht glauben, daß ich Wunder wirken kann. Jetzt seht ihr es mit eigenen Augen wie dieser Junge, den ich geheilt habe. Es stimmt, daß ich Wunder wirke. Dieser Junge hatte Geschwüre an den Augen und wäre bald aussätzig geworden. Meine Wissenschaft hat nicht nur sein Augenlicht, sondern auch sein Leben gerettet. Nun will ich bezahlt werden. Verglichen mit einem geretteten Leben ist meine Forderung wirklich gering. Ich sage euch also: Wenn ihr nicht das seid, was man in den Städten von euch behauptet, Tiere nämlich, dann entlohnt mich jetzt!«
»Wieviel?« fragte der Vater.
»Ich habe es dir schon gesagt, einen Sesterz.«
Die Menge verstummte erneut.
»Einen Sesterz?« wiederholte der Vater. »Aber das ist das Doppelte von dem, was mir der Steuereintreiber für ein Jahr abnimmt!«
»Willst du für das Leben deines Sohnes einen Preis ansetzen, Bauer? Bist du wirklich schon so schamlos geworden? Dieser Junge wird bald mit dir arbeiten und dir viel mehr als einen Sesterz einbringen. Los, gib mir den Sesterz, oder ich werde mir mit Hilfe der Soldaten verschaffen, was mir zusteht.«
Ein alter Mann, der die Szene seit einer Weile beobachtet hatte, trat vor und sagte: »Ich bin der Rabbiner dieses Dorfes. Jeder Mensch kennt mich und weiß, wer meine Eltern waren und was ich mache. Aber dich«, und dabei zeigte er mit seinen knochigen Fingern auf den

Magier, »mit deinem prunkvollen Gewand, deinen Pulvern und geheimnisvollen Blitzen, wer kennt dich? Wer weiß, woher du kommst? Wer sagt uns, daß der Junge nach deiner Abreise nicht wieder erblindet? Mach dich augenblicklich fort von hier, dann werden wir ja sehen!«

Der Magier lächelte selbstgefällig. »Oh, dich kenne ich auch, Huschai. Ich weiß eine ganze Menge über dich. Du behauptest, mich nicht zu kennen? Ich heiße Aristophoros und bin ein Schüler des berühmten Dositheus. Mein Name ist sogar im weit entfernten Alexandria, in Theben und Antiochia bekannt. Meinen Lehrer aber kennt jedermann. Wenn du nicht willst, daß die fünf Provinzen erfahren, wie ungebildet du bist, dann sag lieber nicht noch einmal, daß du mich nicht kennst! Damit zeigst du, wie strohdumm du eigentlich bist, so dumm, daß ich ein ganzes Jahr bräuchte, um dich zu heilen.«

Einige Bauern lachten höhnisch. Jesus war fasziniert. Der Rabbiner öffnete den Mund, aber Aristophoros ließ ihn gar nicht zu Wort kommen.

»Plappere doch nicht so voreilig drauflos, Rabbiner! Du bist zu schwach, um deinen Atem vergeuden zu können. Du fragst, ob mich der Teufel geschickt hat? Diese Frage müßte vielmehr ich dir stellen. Du bist auf deinem knochigen Hintern hockengeblieben, während dieser Junge hier erblindete. Ist das ein Zeichen deines Wissens? Deiner Weisheit? Deiner Güte? Nein, ich werde dir sagen, Huschai, wie diese Wirkungslosigkeit zu erklären ist: Sie ist Beweis dafür, daß du keinerlei übernatürliche Macht vertrittst. Nicht einmal der Teufel würde deine Dienste wollen, du Nichtsnutz!« Und dann, indem er sich der Zuhörerschaft zuwandte, die den Beschimpfungen des Magiers ebenso gebannt folgte wie seinen Kunststücken, rief er: »Liebe Leute, ich weiß euch Neuigkeiten zu berichten! Vor einem Jahr hat dieser Rabbiner Huschai dem Hohenpriester von Jerusalem eine Bittschrift zugesandt. Er bat ihn um Geld, um das einstürzende Dach der Synagoge wieder instand setzen zu lassen, weil die Leute von Kursi zu arm seien, um die Reparaturen zu bezahlen. Nun, vor etlichen Tagen – nicht wahr, Huschai? – schickte ihm der Hohepriester fünfzehn Sesterzen zur Finanzierung der Reparaturen, wobei er betonte, daß diesmal das Geld für die Ausbesserungsarbeiten verwendet werden solle, und nicht für den Ankauf von Weizen, der im Falle einer Hungersnot zum vierfachen Preis wiederverkauft würde. Wurden die Ausbesserungsarbeiten begonnen, liebe Leute? Ich frage euch. Nein? Dann könnt ihr mir aber glauben, daß sie unverzüglich in Angriff genommen werden. Geh, Huschai, hole die Zimmerleute, die Zeit drängt! Nun, liebe Leute, das genügt. Und nun mein Geld, ansonsten ...« Er erhob sich.

Der Vater des Sohnes trat auf ihn zu. »Ich habe diesen Betrag nicht und kann mir das Geld auch nicht ausleihen«, sagte er. »Nimmst du zwei Gänse an? Das ist alles, was ich habe.«

Der Magier runzelte die Stirn.

»Übst du dein Handwerk nur gegen Geld aus?« fragte nun Jesus. »Wenn das der Fall ist, weißt du ja, daß jeder Mensch seinen Preis hat. Die Reichen können mehr bezahlen als die Armen. Und das hier ist ein armes Dorf.«

Aristophoros blickte Jesus aus seinen runden und schlauen Augen an. »Und du, wer bist du denn? Du bist natürlich nicht von hier, denn du verfügst über einen gesunden Menschenverstand. Nun gut, ich nehme die Gänse.«

»Brauchst du wirklich zwei Gänse?« fragte Jesus lächelnd. »So ein Gepäck hinten auf deinem Reittier wird deiner Erscheinung nicht gerade schmeicheln. Du wirst wie ein syrischer Händler aussehen.«

Aristophoros brach in schallendes Gelächter aus. »Du wirst mich noch um mein letztes Hemd bringen!« sagte er. »Und doch, vielleicht lohnt es sich, es gibt so wenige Menschen, mit denen man sich gern unterhält. Nun denn, ich nehme eine Gans und gebe dir die andere.«

Er hielt die beiden Gänse an den Beinen über seinen gewaltigen Bauch und übergab eine davon Jesus, der sie an den Vater des Jungen weiterreichte. Dieser küßte ihm die Hände.

»Das hatte ich befürchtet«, spöttelte Aristophoros. »Dabei nehme ich an, daß du nur altbackenes Brot in deinem Bettelsack hast. So, und was nun?«

»Ich möchte ja keinen Nutzen aus der Situation ziehen«, sagte Jesus, »aber wenn du schon so großzügig bist, könntest du diesen Mann bitten, uns deine Gans zu braten; das gäbe für alle ein gutes Mahl ab.«

Aristophoros kniff die Augen zusammen, um Jesus genauer anzusehen, und schwor, daß er nie wieder den Fuß in ein armes Dorf setzen werde.

»Jedenfalls jagen die Löwen nur dann die Mäuse, wenn sie ausgehungert sind«, bemerkte Jesus, dem Aristophoros die Gans aushändigte. »Sag deiner Frau, sie soll sie mit Knoblauch spicken und braten«, wandte er sich an den Bauern.
Der Junge, der sein Augenlicht wiedererhalten hatte, sah die beiden Männer von der Seite blinzelnd an.
»Wasche dir heute abend die Augen noch einmal mit sauberem Wasser aus!« wies ihn Jesus an. »Und wiederhole das dann jeden Tag!«
»Komm, setzen wir uns unter diesen Pflaumenbaum«, sagte der Magier. »Die Sonne sticht. Der Wein in diesem Land muß abscheulich sein.«
»Wie kommt es, daß du so gut über die Machenschaften des Rabbiners Bescheid weißt?« erkundigte sich Jesus.
»Dieser Geizkragen! Ich habe mich mit einem Rabbiner aus Betsaida angefreundet – er ist ebenfalls ein Geizkragen, aber viel schlauer –, indem ich ihm Geld zusteckte, um in seiner Stadt meinen Beruf ausüben zu können. Und dann, bei Tisch, habe ich mir seinen Klatsch angehört. Was sind diese Priester doch für Schwätzer! Jetzt kenne ich die Geheimnisse einer jeden Stadt rund um den See Gennesaret. Jenem Rabbiner, einem gewissen Zacharias, ist also Huschai verhaßt, weil er mit ihm ein Hühnchen zu rupfen hatte, und er erzählte mir die Geschichte mit den fünfzehn Sesterzen. Und du, wie heißt du eigentlich? Woher kommst du?«
»Jesus. Ich bin der Sohn eines Zimmermanns aus Kafarnaum und stamme ursprünglich aus Bethlehem. Ich selbst bin Zimmermann. Ich habe Kafarnaum vor kurzem verlassen.«
»Du kommst also aus Judäa und hast dich in Galiläa niedergelassen?« bemerkte Aristophoros augenzwinkernd. »Seltsam. Warum bist du aus Judäa weggegangen? Hattest du dort Ärger?«
»Du bist Grieche, denke ich. Ich werde nicht so indiskret sein und dich fragen, warum du Griechenland verlassen hast«, gab Jesus zurück, den die Vertraulichkeit des Magiers ärgerte. »Erzähl mir lieber von deinem Beruf und von jenem Meister Dositheus, den du vorhin erwähnt hast.«
»Nun gut«, sagte Aristophoros, »zunächst möchte ich klarstellen, daß ich nicht wirklich Grieche bin: Meine Mutter ist Syrierin, mein Vater war Kreter, und ich bin in Antiochia geboren. Es ist mein Beruf, die

Leiden der Menschen gegen klingende Münze zu lindern. Ich bin in dieses Land gekommen, weil es hier von Kranken wimmelt. Noch nie habe ich so viele Leprakranke, Blinde, Lahme und Mißgeburten gesehen. Und Besessene. Eine einzige Stadt Palästinas beherbergt mehr Dämonen als das gesamte Gebiet um das Schwarze Meer. Ich heile sie also. Mein Handwerk habe ich von einem berühmten, einem sehr großen Mann gelernt: Man nennt ihn den Aufrechten, Hestos. Auch Dositheus, der von Gott Gegebene, oder, in eurer Sprache, Natanael. Er ist ein Prophet. Ein ebenso großer Prophet wie euer Ezechiel«, rief Aristophoros pathetisch, aber offensichtlich ernsthaft aus. »Das Wissen strömt direkt aus dem Reich des Geistes in ihn. Er weiß alles. Alles.« Und zum erstenmal fiel der Magier in tiefes Schweigen.
»Lebt er noch? Und wo findet man ihn?« fragte Jesus schließlich.
»Du weißt nichts!« rief Aristophoros plötzlich völlig zusammenhanglos. »Die Welt ist voller Geheimnisse, die du nicht einmal erahnst. Wie soll ich es dir sagen? Du müßtest alle vergangenen und alle noch kommenden Jahrhunderte durchleben, um nur ein Quentchen Wahrheit zu erfahren. Ja, Dositheus lebt. Er lehrt in Samarien.«
»Ist er Jude?« fragte Jesus, den der Überschwang seines Gesprächspartners überraschte.
Aristophoros schloß die Augen. »Du kannst«, sagte er leise, »vom Aufrechten nicht wie von irgend jemandem sprechen. Was spielt es schon für eine Rolle, ob er Jude ist oder nicht? Sind wir nicht alle aus demselben Fleisch und Blut? Sind wir nicht alle Lehmpuppen, auf die ein Funken des göttlichen Lichts gefallen ist? Und wenn wir uns nicht bemühen, dem Licht gerecht zu werden, sind wir dann nicht allesamt Hunde des Teufels? Antworte mir! Weißt du wenigstens das?« schrie er und öffnete die Augen.
Jesus war vollkommen verblüfft und antwortete nicht.
»Öffne deine Lungen dem göttlichen Atem, dem Pneuma, und die Weisheit der Welt wird in dich fließen ... Atme das Licht ein ... und die Weisheit wird in dir bis ins unsägliche anwachsen ... Und schließlich wirst du an jenes höchste Nichts des Lichts gelangen und im Ansich eingehen ... Und dein irdisches Sein wird aufhören zu bestehen. Das Böse hat verloren. Das Wort hat das Chaos bezwungen. Du wirst im logos anthropos herrschen, aber dein Ich wird dann nichts mehr bedeuten!«

Jesus war diesem Wortschwall aufmerksam gefolgt. Er hörte aus ihm Spuren einer Lehre heraus, in der gewiß mehr steckte, als dem erregten Vortrag des Magiers zunächst zu entnehmen war. Er kam sich vor wie ein Schriftgelehrter, der ein schmutziges und zerrissenes Buch zu entziffern sucht. Zudem verunsicherte ihn die Diskrepanz zwischen Aristophoros' theatralischem Getue und seiner von Dositheus inspirierten Beschwörung.
Diesen Gedanken hing er gerade nach, als der Magier beinahe traurig murmelte: »Nein, Dositheus ist kein Jude. Du findest ihn in Salim in der Nähe von Änon.«
»Und warum bist du nicht bei ihm? Warum hast du ihn verlassen, wenn du ihn so sehr bewunderst?«
Anstelle einer Antwort bekam er einen exaltierten Seufzer zu hören.
»Im Namen der Wahrheit!« rief der Magier dann aus. »Die Wege des Bösen sind zahllos. Ich schwöre. Diese Frau ...« Und seine Stimme schlug in einen fast unhörbaren Baß um, während er wiederholte: »Diese Frau!«
»Welche Frau denn?«
»Luna Helena. Sie ist mit einem von Dositheus' Schülern names Simon weggelaufen.«
»Bist du noch bei Verstand?« fragte Jesus. »Was soll denn *luna*, der Mond, mit Dositheus zu tun haben?«
»Luna, Menschensohn, ist der Beiname Helenas, der Priesterin, die mit Dositheus zusammenlebte. Sie hat ihn verlassen. Vor einem Monat, oder soll ich sagen, vor einem Mond, nahm Simon, der glänzendste Schüler des Dositheus, Simon, der Mann, der in den Lüften fliegen und Hunderte von Meilen entfernte Menschen besuchen kann, ohne auch nur einen Fuß zu heben – Simon also nahm Helena mit sich, um seinen eigenen Weg zu gehen. Der Mond hat die Sonne verlassen. Sie überredeten mich, ihnen zu folgen, aber eines Nachts, als der wirkliche Mond schien, überkam mich die Scham. Ich sah in dem Gestirn den Widerschein des traurigen und vorwurfsvollen Gesichts des Aufrechten. Ich verließ Helena und Simon, aber ich wagte nicht, zu meinem Meister zurückzukehren. Und nun bin ich hier und heile Dummköpfe in entlegenen Dörfern und stehe da mit einer Gans.« Er weinte über sein Mißgeschick, also aufrichtig, was Jesus verdroß.
»Deine Heilmethoden haben nichts mit Magie zu tun. Du hast lediglich

die Verkrustungen aus den Augen jenes Jungen gewaschen. Er hatte keine Geschwüre und wäre nie aussätzig geworden.«
»Das Pulver der Aloepflanze, Menschensohn. Das Pulver der Aloepflanze«, protestierte Aristophoros, während er sich mit einem Ärmel die Augen trocknete. »Es beruhigt entzündetes Gewebe. Was ist denn schon Magie? Ein Wissen, das einige wenige besitzen. Kennst du die Eigenschaften des Aloepulvers? Nein. Sprich nicht unüberlegt von der Magie! Und wie behandelt man eine besessene Frau? Weißt du es? Ich werde es dir zeigen. Du kannst nichts Besseres tun, als mir zu folgen. Ich werde dich lehren, was man mich gelehrt hat. Ich mache einen Heilkundigen aus dir. Ich bringe dir Griechisch bei. Denn wie kann man behaupten, gebildet zu sein, ohne Griechisch zu können? In der ganzen Welt sprechen die Menschen Griechisch. Aber wer spricht schon Aramäisch? Oder Hebräisch? Du bist von stattlichem Wuchs. Du gäbst sogar einen besseren Magier ab als ich.«
»Ist das deine ganze Magie? Tut Dositheus also nichts anderes, als Leute für ein oder zwei Sesterze zu heilen?«
»Sei bescheiden und dankbar, Menschensohn! Sei bescheiden, sage ich, weil Dositheus ein echter Prophet ist. Er lehrt, den Atem von der Materie zu unterscheiden, er lehrt auch, sich durch Kontrolle der Atmung zu reinigen. Er lehrt viele Dinge. Beurteile ihn nicht nach mir! Ich bin nur ein gesunkener Stern. Wenn Dositheus einem Kranken die Hände auflegt, tritt sofort die Heilung ein. Am Abend, bevor ich ihn verließ, habe ich ihn mit eigenen Augen einen Sterbenden ins Leben zurückholen sehen.«
Jesus war nachdenklich geworden. Der Bauer und sein Sohn kamen, um strahlend zu verkünden, daß die Gans fertig sei.
»Dann gehen wir also meinen Lohn essen«, sagte Aristophoros.
Jesus aß ohne Appetit. Eine Frau, die Luna genannt wurde, ein Mann, der durch die Lüfte flog, ein Meister, der Tote erweckte ... Er hatte seine Reise kaum begonnen. Er mußte an den Messias und an Jokanaan denken. Wo war Jokanaan jetzt? Die Erlöser tauchten da auf, wo Jokanaan sie nicht erwartete. Doch es konnten nicht die wahren Erlöser sein. Ein Messias mußte ein Jude sein.

XVI.

Saphira

An jenem Morgen, als Jesus sich nach seiner Begegnung mit Aristophoros wieder auf den Weg machte, war kein Wölkchen am Himmel zu sehen, und alles um ihn her erschien ihm luftig und angenehm leicht.

Den Prokurator von Samarien, Galiläa und Idumäa hinderte das herrliche Wetter jedoch nicht daran, in seiner Villa in Sebaste – einem Gebäude aus rötlichem Stein, das in einem Meer von Glyzinien und Reseden förmlich versank – äußerst übelgelaunt zu erwachen. Coponius, seines Standes Ritter, war von einem Alptraum gequält worden, in dem er mit einer Hydra im Meer gekämpft hatte. Noch immer verfolgte ihn das Bild der sieben Schlangenhälse mit den sieben schrecklichen Köpfen. Wie Herkules hatte er in seinem Traum einen Kopf nach dem anderen abgeschlagen, doch war es ihm kurz vor dem Erwachen noch immer nicht gelungen, den letzten Kopf vom Hals zu trennen, da der Traumkampf ihn zu sehr erschöpft hatte; es war ihm lediglich geglückt, ihn mit seinem Arm von sich zu halten. Und nun kämpfte er bei dem Gedanken an die schleimigen Schuppen, die hervorstehenden, gallertartigen Augen und die stinkende, zwischen den Giftzähnen hervorschnellende Zunge gegen den Brechreiz an.

Wie die meisten Römer aus der Oberschicht war auch der Prokurator abergläubisch, und der Alptraum hatte ihn derart aus der Fassung gebracht, daß er ganz gegen seine Gewohnheit eine Stunde später aufstand. Man hörte das Kommen und Gehen der Unterhändler im Hof, während der Haushofmeister mit gewichtig-geheimnisvoller Miene umherlief. Die Gemahlin des Coponius, die der so ungewohnte Zustand ihres Mannes beunruhigte, hatte vorgeschlagen, doch den chaldäischen Astrologen kommen zu lassen; in den Diensten des Prokurators stand nämlich nach Art zahlreicher, im Orient lebender römi-

scher Würdenträger auch ein persönlicher Hausastrologe und Seher. Die meisten Astrologen waren Ägypter oder Chaldäer; Balschur stammte aus Chaldäa. So schnell ihn seine etwas krummen Beine trugen, eilte er herbei, denn Coponius war weit mehr als nur eine bedeutende römische Persönlichkeit, und er, Balschur, Deuter der himmlischen Absichten, mußte das ja schließlich wissen. Coponius war der Machthaber, der die Nachfolge des Ethnarchen Archelaus angetreten hatte. Aufgrund seines hohen Ansehens durfte er weiterhin in seinem Amt bleiben, obwohl sein Gönner, der verstorbene Cäsar Augustus, sein Schicksal ganz in die Hände des Erben Tiberius gelegt und es damit den Launen eines Tyrannen ausgeliefert hatte, der im Verruf stand, unter dem Einfluß eifersüchtiger Höflinge zu stehen. Tiberius aber hatte Coponius in seinem Amt bestätigt. Ja, er war ein mächtiger Mann, dieser Coponius, und Balschur raffte die Mantelschöße, um eilends vor seinem Herrn zu erscheinen.
Kaum hatte er das geräumige Schlafgemach des kaiserlichen Stellvertreters betreten, ließ der Sterndeuter mit theatralischer Geste die Kapuze seines Mantels auf die Schultern herabgleiten, fiel vor dem Bett auf die Knie, und während er die Arme hob und seine lange Nase in die Höhe reckte, rief er aus: »Gepriesen seist du, Herr, im Namen aller Geister des Lichts!«
Dann erhob er sich, ohne eine Antwort abzuwarten, warf eine Handvoll Myrrhe in die große Räucherpfanne, ließ seine Hände kreisen, wandte sich dann seinem Gebieter zu und fragte, ob er bereits seine erste Mahlzeit zu sich genommen habe.
»Der Magen hat sich mir umgedreht«, knurrte der Prokurator, »nicht mal eine Rosine könnte ich runterbringen.«
Balschur verlangte nach einer Schale mit Rosenessenz, um Gesicht und Glieder seines Herrn zu erfrischen, dann trug er einem Diener auf, einen reifen Granatapfel auszuschaben und die Körner mit Zitronensaft zu beträufeln. Erst nach dem Bad und dieser Erfrischung werde er ihm seinen Rat erteilen, ließ er Coponius wissen. Daraufhin zog er sich ins Vorzimmer zurück. Der Prokurator kam dieser herrischen, jedoch sicherlich sachverständigen Anweisung nach, und eine Stunde später ließ er, nun schon wesentlich erholter, wieder nach Balschur rufen, um ihm von seinem Traum zu erzählen.
Balschur saß oder hockte vielmehr in der Nähe des Bettes und wiegte

seinen Oberkörper rhythmisch vor und zurück. Als der Prokurator seinen Bericht beendet hatte, verharrte er einen Augenblick mit geschlossenen Augen, dann schlug er sie auf, wobei er einen kleinen Schrei ausstieß.
»Wir haben Vollmond«, sagte er. »die Geister der Nacht sind in Aufruhr. Sie bringen Neuigkeiten schneller als gewöhnlich in Umlauf, und ein sensibler Geist wie der deine, Herr, fängt ihre Botschaft unweigerlich auf. Ich will mich klar ausdrücken: Diese Geister wirken bedrohlich, sind es aber nicht; dennoch bedeuten sie eine Warnung, die es zu berücksichtigen gilt. Du hast im Wasser gekämpft. Der See Gennesaret liegt uns am nächsten, was also bedeutet, daß die Warnung die Angelegenheiten der Provinz Galiläa betrifft. Das Ungeheuer hat mehrere Köpfe; das heißt, daß es sich nicht um ein Individuum, sondern um mehrere Personen handelt. Es hat dich angegriffen; das deutet darauf hin, daß es über deine Person die römische Macht attackiert. Der letzte Kopf war am schwersten abzuschlagen; das wiederum bedeutet, daß er den Anführer jener Gruppe versinnbildlicht. Du wurdest, alles in allem, vor einem Aufstand gewarnt, dessen Anführer du töten mußt.«
»Schon wieder ein Aufstand!« stöhnte Coponius. »Bist du auch sicher?«
Balschur nickte mit Nachdruck. »Du weißt doch, daß die Steuern wachsende Unzufriedenheit im Volk hervorrufen. Nicht, daß die Juden über die Abgaben als solche empört wären, sie sind es vielmehr darüber, Leuten Steuern zahlen zu müssen, die nicht ihrem Glauben angehören.«
»Verbohrtes Gesindel!« brummte Coponius und erhob sich von seinem Lager, um ans Fenster zu treten, wo ihn der üppige Duft der Reseden empfing. Dann sagte er: »Du hast meine Unruhe und meine schlechte Laune vertrieben. Und auf deine erfrischende Vorspeise hin habe ich Appetit bekommen.« Er schickte nach seinem Schatzmeister, um dem Chaldäer fünf Sesterzen aus seiner Privatkasse auszahlen zu lassen.
Gut informiert zu sein, das war Balschurs ganze Magie. Daß ein Aufstand in der Luft lag, war nicht nur ihm bekannt, sondern vielen Leuten; daß diese Umsturzbewegung aber einen Anführer hatte, wußten nur wenige, und noch weniger kannten dessen Namen. Es handelte sich

um einen Galiläer namens Judas, der seinen Glaubensgenossen ihr sträflich duckmäuserisches Verhalten gegenüber den Römern, ihren Steuereintreibern und den Bordellbesitzern vorhielt, deren Zahl in der Provinz rasend anstieg.

Sobald Balschur gegangen war, rief Coponius den Obersten seiner Geheimpolizei zu sich und gab ihm den streng vertraulichen Auftrag, den Anführer der Revolte ausfindig zu machen. Der Beamte rief seinerseits seine Spitzel zusammen, die sich zu den Oberhäuptern des Klerus in Kafarnaum, Betsaida, Skythopolis und Pella aufmachten. Sogar bis nach Jericho in Judäa, das außerhalb ihres offiziellen Wirkungsbereiches lag, begaben sie sich und machten der Geistlichkeit klar, daß die Geduld Roms ihre Grenzen erreicht habe. Das ließen sich die Priester nicht zweimal sagen. Zehn Tage später hatte man Judas schon den Römern ausgeliefert, ihn verurteilt und in Cäsarea Philippi ans Kreuz geschlagen. »Ein gefährlicher Sektierer, der uns nur Ärger eingebracht hätte«, rechtfertigte sich der Klerus.

Der Statthalter von Judäa, Pontius Pilatus, war sehr erfreut darüber, daß nun sein Amtskollege einen Teil der Verantwortung für die Aufrechterhaltung der Ordnung in Palästina trug, denn er hatte in seiner Provinz schon genug zu tun. Was Herodes Antipas, den Tetrarchen von Galiläa, anging, so hatte der gar nicht erst eine persönliche Meinung zu einer römischen Entscheidung anzumelden und deshalb auch im Falle jenes Judas nichts mitzureden. Jedenfalls waren die Machthaber kaum geneigt, einen anläßlich der Steuern drohenden Aufruhr auf die leichte Schulter zu nehmen. Sie hatten noch allzugut die rund dreitausend Opfer des Tempelaufstandes zu Beginn der Regierungszeit des Archelaus in Erinnerung, den Brand des Königspalastes von Jericho und die rund zweitausend Kreuzigungen, die man aus ebendiesem Anlaß mit Hilfe der römischen Truppen aus Syrien hatte vornehmen müssen.

Außerdem war unbestritten, daß der Name Judas Unglück brachte. Hatte sich nicht in derselben Epoche ein anderer Judas, der Sohn des Ezechias, eines Opfers des Herodes, selbst zum Statthalter Galiläas ausgerufen! Damals hatte man die Soldaten des Imperiums auf offener Straße ermordet, und selbst dem geringsten kaiserlichen Boten mußte ein ganzer Trupp Geleitschutz mitgegeben werden. Coponius glaubte, sich auf diese Weise am einfachsten aus der Affäre gezogen zu haben.

Was für einer gefährlichen Brut doch jeder, der Judas hieß, angehörte!
Auf seiner ganzen Wanderschaft in Richtung Süden hörte Jesus die Leute jedoch nur von jenem Judas aus Galiläa erzählen. In einer Herberge versicherte man ihm, die Römer hätten den Messias gekreuzigt, denn bei Judas habe es sich ganz bestimmt um den Messias gehandelt. Andernorts behauptete man dagegen, Judas könne gar nicht der Messias gewesen sein, da dieser ja noch am Leben sei und sich Dositheus nenne.
Er war also recht ratlos, als er Skythopolis erreichte. Skythopolis! Auch wenn die Stadt nun einen neuen heidnischen Namen trug, geriet darüber der wahre Name Bet-Schean nicht in Vergessenheit. Auf den Mauern Bet-Scheans hatte man einige Jahrhunderte zuvor die Leichname Sauls und seiner Söhne zur Schau gestellt, nachdem die Hebräer im Gebirge von Gilboa von den Ägyptern besiegt worden waren ...
Am Spätnachmittag kam er dort an, müde und traurig, und er verspürte einzig und allein den Wunsch, einem freundlich gesinnten Menschen zu begegnen. Er ging, ohne zu wissen, wohin. Sein Blick irrte über die Vielzahl römischer Bauten, Tempel, Statuen, Pferderennbahnen, Aquädukte und Säulenhallen, die sich vor ihm ausbreitete. Fast an jeder Kreuzung schlenderten Prostituierte beiderlei Geschlechts, die ihrer Aufmachung nach nicht gerade in Armut zu leben schienen, hüftschwingend an ihm vorüber. Waren die Einwohner dieser Stadt wirklich so heißblütig? Aber Müdigkeit und Hunger ließen nicht einmal das Gefühl der Verachtung aufkommen. Er fragte sich nur, ob es ihm wohl gelingen werde, etwas Ruhe zu finden auf diesem Tummelplatz der Religionen, Hoffnungen, Betrügereien und Revolten, zu dem die ehemalige Königsstadt Davids verkommen war. Die Abenddämmerung tauchte die Stadt in bläulichschwarzes Licht mit roten Schattierungen, welche von den Fackeln herrührten, die Sklaven unter den Arkaden in Eisenringe steckten, wie es neuerdings in den römischen Städten Sitte war. Jesus fröstelte. Da spürte er plötzlich, daß der Blick einer Frau, die auf der Schwelle eines stattlichen Hauses stand, auf ihm ruhte.
»Du siehst erschöpft aus«, sprach sie ihn an. »Deine Füße sind staubbedeckt und deine Wangen eingefallen. Glaubst du nicht, daß dir warmes Waschwasser und eine Suppe guttäten?«

»Frau, du täuschst dich in mir. Deine Kleider verraten mir deinen Beruf. Vergeude nicht deine Zeit mit mir! Ich habe nicht das nötige Geld und außerdem auch kein Verlangen nach den Träumen, die du verkaufst.«
»Ich will kein Geschäft mit dir machen, ich biete dir ganz einfach meine Gastfreundschaft an; du kannst unter meinem Dach wohnen und essen.«
Sie stand bestimmt nicht mehr in der Blüte ihrer Jahre, und der erloschene Glanz ihrer Augen im geschminkten Gesicht drückte ganz deutlich aus, daß sie keinen Kunden mehr suchte. Doch die Vorsicht siegte über seine Müdigkeit.
»Ich schätze dein Angebot sehr, aber du mußt wissen, daß ich in zweifacher Hinsicht ein Fremder bin. Ich bin kein Samariter, und für mich heißt der Heilige Berg Nebo und nicht Garizim.«
»Am Jüngsten Tag werden wir alle am Fuß eines einzigen Berges stehen«, erwiderte sie, ohne ihn dabei anzusehen.
Er nickte und folgte ihr ins Haus. Drinnen war es warm, und ihm fiel sogleich die kostbare Ausstattung auf. Teppiche und Pelze waren über die Lager gebreitet, überall brannten Duftlämpchen, Wandleuchter und Fackeln beschienen die geschmückten Wände. Kitharaklänge ertönten und verstummten auf einen Wink der Frau. Zwei Nubier strafften sich in Erwartung der Befehle ihrer Herrin.
»Ich kann dir alle möglichen Speisen anbieten«, sagte sie, »aber ich habe den Eindruck, daß du sehr genügsam lebst und dir ein einfaches Mahl lieber ist. Willst du eine Fischsuppe und anschließend ungesalzenen Quark mit Sesambrot?«
Er nickte. Diener kamen, um ihm aufzutragen. Während er aß, hielt sie sich in ehrerbietiger Entfernung. Sie beobachtete ihn, wie er vor Beginn und nach Beendigung des Mahles sein Gebet sprach.
Als er fertig war und sich ihr zuwandte, meinte sie mit etwas rauher Stimme: »Du stellst dir gewiß Fragen. Ich wurde von meinem Mann verstoßen, weil ich unfruchtbar bin. Erzähl mir von dir!«
»Ich heiße Jesus und bin der Sohn eines Zimmermanns aus Kafarnaum. Ich hoffe, einem Magier namens Dositheus zu begegnen und vielleicht auch noch einem anderen namens Simon.«
»Magier … Wozu kann man nur Magiern begegnen wollen?« sagte sie wie zu sich selbst.

»Vielleicht, weil sie mehr wissen ...«, deutete er an.
»Und wenn sie mehr wissen?«
»Wissen ist Macht.«
»Na und?« fragte sie mit bitterer Ironie.
Er war sprachlos. Nie hatte er daran gedacht, daß man den Nutzen der Macht in Frage stellen könne.
»Wozu denn diese Macht?« fragte sie weiter.
Wie verwünschte er doch die Unverschämtheit dieser Frauen, die sich von jeglicher gesellschaftlicher Moral losgelöst hatten! Aber sie war freundlich zu ihm; schließlich hatte sie ihm ihre Gastfreundschaft erwiesen, selbst wenn er nun in gewisser Hinsicht dafür zahlen mußte.
»Die Macht könnte zum Beispiel jenem Volk von Nutzen sein, das ich das meine nenne.«
»Dann müßtest du ein Römer werden.«
Er begriff nicht.
»Du müßtest, wenn du nach Macht strebst, ein Römer werden, denn ein einziger römischer Offizier verfügt über mehr Macht als alle unsere Tetrarchen. Und außerdem bist du reichlich naiv, wenn du glaubst, eine Macht wie die eines Magiers gegen die Römer einsetzen zu können. Dieses Volk hier ist besiegt.«
»Dann sollte man also alle Hoffnungen begraben?« warf er sarkastisch ein.
»Man darf die Macht der Besiegten nicht unterschätzen. Hier siehst du eine besiegte Frau«, sagte sie und breitete dabei die Arme aus, »und dennoch suchen die ehrbaren Bürger dieser Stadt bei mir Rat.«
Sie erhob sich und schritt in dem üppig ausgestatteten und doch so leer wirkenden Raum auf und ab. Er beobachtete sie, wie sie dahinschritt, müde und schön, ihr Kleid nachzog und die Nacht mit ihrem Duft erfüllte. Er war verstört. Er wollte diese Portion bitteren Wissens, über das sie verfügte, auch besitzen.
»Das ist also dein ganzer Lebenssinn«, fuhr sie fort, »das Streben nach Macht. Ich ahnte es, als ich dich auf der Straße herumirren sah. Du hast noch nie eine Frau gehabt.«
Sie ließ die Worte in die Stille fallen, so wie ein Wechsler den Klang der erhaltenen Münzen in seinem Ohr nachhallen läßt, um den Silbergehalt zu prüfen.

»Es gibt Höheres als die Fleischeslust«, entgegnete er, »die Ehre eines Volkes zum Beispiel.«
Sie schlang die Finger ineinander, und ihre Ringe funkelten wie die Augen eines Tieres. »Die Ehre!« brachte sie mit erstickter Stimme hervor. »Ich wurde im Stich gelassen, weil mein Mann um seine Ehre fürchtete. Die Ehre, dieses Spielzeug der Männer! Ein so kostbares Spielzeug, daß sogar Frauen bereit sind, sich ihm zu opfern. Ich bin ehrlos, Sohn eines Mannes, und ob du es glaubst oder nicht, ich bin stolz darauf. Ihr Männer Israels! Eure Ehre erfüllt mich mit solcher Verachtung, daß es mich beinahe glücklich macht, das zu sein, was ich bin. Und ihr glaubt an Jahwe! Als ob er nicht geradezu die Verneinung der Ehre wäre ...«
»Frau!« schrie er.
»Schweig!« schrie sie noch lauter und ganz wild. »Die Ehre! Für euch ist sie ein Bild, das ihr euch selbst entwerft. Aber wem möchte der Alleinige schon das Bild Seiner selbst verleihen?« Ihre Schritte wurden gedehnter, ihre Bewegungen fast katzenartig. »Ich weiß, welche Männer du bis jetzt kennengelernt hast – erzähl mir nichts –: alte Schriftgelehrte, Köpfe, die im Vergangenen wühlen. Täusche dich nicht, Galiläer! David war nicht wie sie. Die Vergangenheit ist vergangen, uns bleiben nur gespreizte Worte von ihr, wie sie die Sadduzäer herunterbeten und die Pharisäer andachtsvoll aufs Papier kritzeln. Geh nur zu deinen Magiern, du Naivling!«
»Und die Propheten?« fragte er zutiefst verunsichert. »Waren die Propheten auch Männer, die in der Vergangenheit lebten?«
»Wir könnten einen an jeder Straßenkreuzung in allen Städten Israels brauchen«, entgegnete sie höhnisch. »Bist du wohl ein Prophet?« Die Lampen rauchten. »Du hast mich gerührt, als ich dich auf der Straße sah. Ich glaubte in deinem traurigen Schritt, der Art, mit der Sandale über die Steinplatten zu streifen, in deinem geneigten Kopf und deinen leeren Händen Zärtlichkeit erkennen zu können. Irrtum, gutgläubige Frau, du hast dich täuschen lassen. Du sahst nur einen Soldaten ohne Feldherrn. Morgen schon wird Blut für seine Ehre fließen. Soldat, die Diener werden dir sagen, wo du das Bad findest, denn du bist weiterhin willkommen in meinem Haus. Sie werden dich auch zu deinem Zimmer führen und dir zeigen, wie man die Tür von innen verriegelt.« Dann entfernte sie sich.

»Sag mir deinen Namen!« rief er ihr nach.
»Saphira.«
Wieder war er allein. Gedemütigt und wütend, den Tränen nahe. Einer der Nubier erschien. Er folgte ihm, denn ein Bad hatte er bitter nötig. Er achtete kaum auf den Luxus, den Wasserhahn, aus dem wohlriechendes Wasser floß, die ebenfalls parfümierte Seife; einen Augenblick lang stand er vollkommen verwirrt in dem Marmorbecken. Er wusch sich. Der Nubier kam, um ihn abzutrocknen, und reichte ihm ein Leinengewand.
Nicht einmal die erlesene Ausstattung seines Zimmers konnte seine trüben Gedanken vertreiben. Kostbares Holz, Bronze, Elfenbein ... Alles um ihn war in tiefes Schweigen gehüllt. Nur vom kleinen Garten im Innenhof drang ein leises Raunen an sein Ohr. Er ging umher und konnte keinen Schlaf finden. Das Haus wirkte gänzlich verlassen. Er verlor sich in den Gängen. Wie war es möglich, daß eine Prostituierte ihm solche Angst einflößte?

XVII.

Sophia

Welch groteske Redseligkeit! dachte er bei sich, als er sich an Aristophoros erinnerte. Führte also die Lehre eines Dositheus oder auch die seines Schülers Simon zu einem solch jämmerlichen Ergebnis? Und dennoch, die Magier, einerlei ob sie nun wirklich Magier oder Betrüger waren, verfügten über Macht. Wenn er sie nur endlich zu Gesicht bekäme, dann wüßte er bald – dessen war er sich sicher –, was tatsächlich an ihrer Zauberei dran war. Aber um zu erfahren, wie sie ihre Macht gewonnen hatten, mußte man ihnen eben erst begegnen. Denn gerade Macht fehlte ihm. Er war einsam und verwundbar.

Auch mangelte es ihm, seiner Meinung nach, an einem gewissen Scharfsinn, wie Saphira ihn an den Tag gelegt hatte. Weniger als eine Stunde hatte sie gebraucht, um ihn, gewissermaßen von innen her, bloßzulegen. Solche Menschen gewannen, je näher man sie kennenlernte.

Im weißflirrenden Sonnenlicht lag der staubige Weg vor ihm. Von Skythopolis war er aufgebrochen, hatte dann das Gilboa-Gebirge umgangen, um wieder ins Jordantal zu gelangen und nach Änon, in der Nähe von Salim, wo nach Aristophoros' Worten Dositheus lehrte.

In Änon fragte er, wo der Magier Dositheus zu finden sei. Ein kleiner Menschenauflauf bildete sich. Die Dorfbewohner hatten sehr wohl schon von jenem – wie hieß er doch gleich? –, ja, von jenem Dositheus gehört, aber niemand wußte genau, wo er sich aufhielt.

»Hier in der Gegend gibt es viele Magier«, teilte man ihm mit. »Die meisten sind in den Gilboa-Bergen zu finden.«

Am nächsten Morgen machte er sich also wieder auf den Weg, und um die Mittagszeit erblickte er in der Ferne ein Haus, von dem bläulicher Rauch aufstieg, ein weißer Fleck inmitten einer Baumgruppe. Auf halbem Wege begegnete er seltsam gekleideten Männern. Sie hatten kahlrasierte Schädel und um den Körper ein einziges großes Stofftuch geschlungen, das eine Schulter unbedeckt ließ, eine Gewandung, die ein wenig an die der Ägypter erinnerte. Beim Näherkommen entpuppte sich das Haus unter den Bäumen als eine Gruppe von Gebäuden. Er ging auf das größte zu; seine Eingänge hatten keine Türen. Andere, ähnlich gekleidete Männer tauchten auf und musterten ihn unverwandt.

»Ist dies das Haus des Dositheus?« fragte er auf aramäisch.

Keine Antwort; er wiederholte seine Frage in schlechtem Griechisch.

»Dies ist das Haus des Lotus, mein Bruder; wir nennen es auch den Tempel der Glückseligkeit. Hier gibt es niemanden, der Dositheus heißt«, erwiderte ein Greis mit glattgeschorenem Schädel in ausgezeichnetem Aramäisch.

»Was ist denn das Haus des Lotus?« fragte Jesus verwirrt.

»Aber bitte, tritt doch ein und sieh selbst!«

Zahllose Augenpaare waren auf ihn gerichtet. Dies war kein jüdisches Haus; es war nach fremdländischen Plänen erbaut. In der Mitte des ersten, sehr geräumigen Raumes thronte die in schwarzen Stein gehauene Statue eines Mannes in eigentümlicher Hockstellung. Er hatte schrägstehende Augen und lächelte. Die Lichter einer Vielzahl von Lämpchen tanzten über den steinernen Mann und verliehen ihm einen lebendigen Ausdruck. Der Sockel war mit Blumen übersät. Weitere Anhänger des unbekannten Kults saßen oder hockten um die Statue herum, ohne Jesus Beachtung zu schenken. Der Raum führte in einen großen Hof, in dem ein anderer Greis ebenso eigenartig auf dem Boden hockte und in schlechtem Griechisch zu den um ihn herum Versammelten sprach. Das war gewiß nicht Dositheus. Doch welche Religion vertrat er?

»Bist du ein neuer Schüler?« wollte der Mann, der ihm geantwortet hatte, wissen. »Oder suchst du nur diesen Dositheus?«

»Wie könnte ich ein Schüler sein, wenn ich deine Religion gar nicht kenne?«

»Wir lehren keine Religion.«

»Was dann?«

»Sophia, die Weisheit«, antwortete der Mann lächelnd.

»Aber ihr habt einen Gott?«

Der Mann schüttelte den Kopf. »Wir lehren die Verschmelzung des

einzelnen mit dem allumfassenden Geist. Wir haben keinen solchen Gott, wie ihr Juden ihn verehrt. Bist du ein Samariter?«
»Nein, ich komme aus Galiläa.«
»Was tust du dann in dieser Gegend, von der deine Landsleute behaupten, sie sei unreiner als ein Grab, und unter Menschen, von denen es heißt, sie seien unreiner als Schweine?« fragte er mit erhobener Stimme.
»Ich sehe schon, du bist selbst Samariter«, erwiderte Jesus. »Dichte mir keine Gefühle des Hasses an, die ich nicht empfinde«, fügte er hinzu.
»Du bist Galiläer und hältst Samariter nicht für unreiner als Schweine?«
Jesus schüttelte den Kopf. Der Mann musterte ihn neugierig.
»Wie kommt es, daß ein Samariter eine Philosophie annimmt, die keinen Gott kennt?« fragte Jesus.
»Ich bin kein Samariter, wenngleich ich auch in Samarien lebe. Ich bin Idumäer«, erklärte der Mann. »Die Lehre, der ich mich anschloß, hat mir Frieden gebracht. Ich habe mich mit deinem Volk und der Religion, die es ausübt, beschäftigt. Sie haben mich beide enttäuscht.«
»Wer ist der Meister deiner Lehre?«
»Ein Mann, der in einem weit entfernten Land gelebt hat, jenseits des Pontus, des Persischen Golfs und des Erythräischen Meeres. Er hieß Buddha.«
»Und was lehrt Buddha?«
Der Mann lächelte, kniff die Augen zusammen und suchte nach Worten. »Daß alles im Nichts endet«, antwortete er endlich.
Sie standen sich still gegenüber, etwas verwirrt von all den Gedanken, die sie in diesem Augenblick beschäftigten.
»Und warum suchst du Dositheus«, begann der Buddhist schließlich wieder, »wenn du schon einen Gott hast? Genügt dir dieser Gott nicht?«
»Er möge dir diese Gotteslästerung verzeihen«, entgegnete Jesus. »Ich suche ihn, weil mein Volk vom rechten Weg abgekommen ist, weil seine Priester ihren Herrn nicht mehr achten und weil wir einen neuen Propheten brauchen. Ich möchte wissen, ob dieser Dositheus vielleicht der erwartete Prophet ist.«
Er hatte es vermieden, das Wort Messias zu gebrauchen. Aber der alte

Mann war feinsinniger, als er dachte. Er neigte den Kopf ein wenig zur Seite, als wolle er ein Lächeln verbergen. »Wenn ich auch Idumäer bin«, murmelte er, »so kenne ich doch dein Volk. Ihr wartet auf einen Messias, und ich schließe daraus, daß du dich vergewissern willst, ob Dositheus dieser Messias ist oder nicht, stimmt's?«

Die Schatten der Bäume tanzten um sie her.

»Ja, so ungefähr«, gab Jesus zu.

»Und würde der Messias etwas an der Tatsache ändern, daß dein Volk sich verirrt hat?«

»Er würde es erlösen.«

Der Buddhist nickte, allerdings ohne große Überzeugung. Dann musterte er den jungen Unbekannten, als wolle er aus der Gesamtheit der Merkmale, die einen Menschen ausmachen, den Fehler herausfinden, der sich dort eingeschlichen hatte.

»Ich kenne diesen Dositheus«, bemerkte er endlich. »Er ist nicht der, den du suchst. Er ist ein Magier, der Glaubenslehren verkündet, die den deinen fremd sind. Und er wirkt Wunder.«

»Wunder?«

»O ja, Wunder. Zum Beispiel schlägt er zwei Metallstäbe gegeneinander, und ein Blitz zuckt auf. Aber wer braucht schon Wunder? Nur Leute ohne Glauben!« Er schien plötzlich das Interesse an der Unterhaltung zu verlieren und fügte hinzu: »Aber es tut mir leid, ich kann dir nicht sagen, wo er sich aufhält.« Daraufhin entfernte er sich.

Jesus erkundigte sich mehrmals nach Dositheus; man schickte ihn schließlich zu einem Eremiten namens Obed, der, wie es hieß, in einer Höhle am Fuße des Berges Ebal hauste, und von dem die Leute behaupteten, er besitze alles Wissen der Welt.

Von ferne gesehen, wirkte Obed kaum wie ein menschliches Wesen. Er war fast nackt, seinen Kopf umwallte eine gewaltige Mähne, und als Jesus den Pfad einschlug, der zu seiner Behausung hinaufführte, stand er über den Boden gebeugt da und beobachtete dort unten etwas. Er hob seinen Blick und ließ ihn auf Jesus ruhen, bis sich beide gegenüberstanden. Obeds Augen hatten einen klaren und leeren Ausdruck.

»Du wirst aus dem Kelch deiner Schwester trinken«, deklamierte er mit hoher, fast eunuchenhafter Stimme. »Einem großen und tiefen Kelch / Gefüllt mit Verachtung und bitterem Hohn / Mehr als je-

mals ein Kelch davon enthalten wird / Voll Trunkenheit und Kummer wird er sein ...«
»... Ein Kelch voll Unglück und Zerstörung / Der Kelch deiner Schwester Samaria / Und du wirst ihn bis zur Neige leeren / Dann wirst du die Scherben zerbeißen und dir die Brust aufreißen«, fuhr Jesus fort.
Da es Abend wurde, brannte in der Höhle ein Feuer, das das Profil des Einsiedlers in rotes Licht tauchte.
»Willkommen, mein Sohn! Du bist nicht hierher gekommen, um mich zu sehen. Dafür bist du zu jung. Du suchst etwas.«
»Gibt es denn überhaupt jemanden, der nichts sucht?« fragte Jesus.
Die Kröten begannen zu unken, Fledermäuse taumelten in den Himmel, zuckend wie Seelen, die das Jüngste Gericht verpaßt haben.
»Die jungen Leute suchen ein Geheimnis, und die Greise sind traurig, weil sie keines gefunden haben. Aber es gibt kein Geheimnis.«
Er ging in die Höhle, die er in gutem Einvernehmen mit einem Igelpärchen zu teilen schien. Jesus blieb am Eingang stehen. Der Eremit warf Holz ins Feuer.
»Komm nur herein!« forderte er ihn auf und setzte sich auf den Boden.
Das Feuer flackerte, dunkle Zungen reckten sich zum Höhlengewölbe empor. Obed sah Jesus unverwandt an.
»Die Dämonen suchen dich zu fassen«, sagte er fast traurig. »Nicht umsonst sind sie so unruhig.«
Er strich zwei-, dreimal mit den Händen über das Feuer, das sich beruhigte und nun heller leuchtete. Schwarzer Rauch qualmte aus der Grotte.
»Sie sind abgezogen«, bemerkte Obed, »sie haben es nicht gern, daß man sie erkennt. Wie heißt du?«
»Jesus.«
»Josua. Alle Namen ändern sie um in den Städten.«
Die Igel trippelten zum Höhleneingang, sie begaben sich auf Nahrungssuche.
»Du suchst Dositheus«, sagte Obed nach langem Schweigen.
»Woher weißt du das?«
»Ich habe schon öfter welche wie dich gesehen. Aber du solltest ihn um diese Zeit besser nicht aufsuchen. An den Wegen lauert dir überall betrunkenes Raubgesindel auf. Bleib hier, wenn du willst! Morgen

früh kannst du dann weiterziehen. Ich mache gleich etwas zu essen für uns; es gibt süße Wurzeln, geröstete Heuschrecken und Honig. An der Quelle hinter der Höhle kannst du dich waschen.«
Als Jesus von der Quelle zurückkam, ließ Obed gerade Heuschrecken auf einem Geflecht aus grünen Zweigen, das er über dem Feuer bewegte, brutzeln. Die Flügel der Tiere hoben sich in die Luft, als wollten sie ein letztes Mal fliegen, waren jedoch nur noch hauchdünne Aschenfetzchen; die Beine glühten rot auf und zerfielen; nur die bräunlichen, zusammengeschrumpften Körper blieben übrig. Sie schmeckten nach gebratenem Fischschwanz und Mandeln. Obed legte nun einige Wurzeln in die Asche, als sie diese verzehrt hatten, holte er eine Honigwabe aus einem Bienenstock und zeigte Jesus, wie man mit dem kleinen Finger den Honig daraus hervorholte. Dann sprachen sie gemeinsam die Danksagung. Die Nacht um sie her knisterte, zischelte, schrie.
»Die Dämonen gieren nach dir, und du suchst Dositheus«, bemerkte Obed. »Du bist also bereits von Bedeutung, aber du strebst nach Macht.« Er stocherte im Feuer herum. »Wozu kann Macht denn dienen?«
»Zur Rettung der Ehre.«
»Es ist unmöglich, gleichzeitig Priester und Soldat zu sein«, entgegnete Obed. »Du sprichst von der Soldatenehre.«
»Die römischen Adler auf dem Giebel des Tempels in Jerusalem …«, begann Jesus.
»Ja, ich habe sie gesehen«, unterbrach ihn der Eremit. »Es wäre besser, wir hätten keinen Tempel oder würden ihn nicht besuchen. Der Tempel war nur eines Salomon würdig. Später wurde er zum Hohn.«
»Aber uns fehlen die Ehre *und* das Schwert. Soll man es dabei bewenden lassen?«
»Ich ließ es nicht dabei bewenden«, gab Obed lächelnd zurück.
»Du siehst ganz so aus, wie man sich die Essener vorstellt. Bist du ein Essener?«
»Ich war einer. Aber ich brauche die Einsamkeit. Selbst die Lehre der heiligsten Männer hat ihre Grenzen.«
»Wir können nicht alle in Höhlen leben.«
»Wird die Macht, nach der du strebst, der Ehre oder dem Schwert die-

nen? Wirst du Soldat oder Hoherpriester? Wenn Dositheus dir beigebracht hat, Wunder zu wirken, welchen Weg wirst du dann wählen?« fragte Obed.
»In wessen Namen vollbringt er Wunder?«
»Er ist weder ein heiliger Mann noch ein Prophet, er ist ein Magier. Er stellt Gold her, läßt Gegenstände in der Luft schweben und heilt Menschen, manchmal nur durch schlichtes Handauflegen. Ich weiß nicht, welche Kraft dabei in ihm wirkt. Er sagt von sich, er handle im Auftrag dessen, was er den Großen Geist des Universums nennt. Aber ich vermute, daß dieser Große Geist nicht Jahwe ist.«
»Wer denn dann?« fragte Jesus.
»Dositheus behauptet, alles Immaterielle sei göttlich. Aber er vergißt, daß auch der Dämon immateriell ist, und das scheint mir ein großer Irrtum zu sein. Werden ihm seine Kräfte vielleicht vom Teufel verliehen? Ich weiß es nicht. Aber ich ahne, daß sie aus niederen, möglicherweise von Dämonen beherrschten Sphären herrühren.«
Oh, du dunkle, abgründige Welt! Jude zu sein war also nicht das alle Welt beherrschende Hauptproblem, da auch Nichtjuden mit einer Macht unterhandelten, die sehr wohl Jahwe sein konnte; und ebenso konnten ihre Dämonen die gleichen sein wie die, von denen auch die Juden verfolgt wurden. Josef hatte solche Fragen nie erwähnt. Die Straße wirkte an sich schon düster genug. Nun gab es da eine Abzweigung, und die Abzweigungen wiederum gabelten sich erneut, und so setzte sich das wohl unendlich fort.
Obed stocherte wieder im Feuer herum, als suche er in ihm nach Worten. »Dositheus wurde im Osten unterrichtet.«
»Von Buddha?« fragte Jesus.
»Nein, die Buddhisten rufen nicht die Geister an. Ich kenne den Namen seines Lehrers nicht. Vielleicht wurde er auch von mehreren unterwiesen. Es gibt so viele Leute auf der Welt, die die Geister anrufen können. Aber welche Geister? Es gibt welche, deren Wesenheit ich nicht kenne und die tief unter der Erde hausen. Vielleicht steht er mit ihnen in Verbindung und versetzt sich mit ihrer Hilfe an andere Orte.«
»Wie ist das zu verstehen?« fragte Jesus.
»Er hat gelernt, seinen Körper zu verlassen und durch die Lüfte zu schweben. Dieses Geheimnis gab er an einen Schüler namens Simon weiter, der ihn verließ, um seine eigene Sekte zu gründen.«

»Wie kann man durch die Lüfte schweben?«
»Man scheint an einem Ort zu schlafen, befindet sich aber anderswo und kann auf diese Weise vor weit entfernten Menschen erscheinen. Es gibt übrigens Menschen, die diese Fähigkeit von Natur aus besitzen, ohne sie sich erst aneignen zu müssen.«
Jesus wirkte sehr überrascht.
»Das ist das Problem mit Leuten wie Dositheus. Sie liegen nicht gänzlich falsch. Manche Menschen verfügen tatsächlich über bestimmte Fähigkeiten, das habe ich selbst festgestellt. Aber welcher Bezug zwischen diesen Fähigkeiten und dem Herrn besteht? Ich weiß es nicht.«
Er blickte den jungen Mann fragend an und stellte fest, daß dessen Verwirrung wuchs. »Du zum Beispiel verfügst womöglich über solche Fähigkeiten. Schließe die Augen und strecke die Hände dem Feuer entgegen, mit dem festen Willen, es zu löschen! Versuch es nur!«
Verunsichert wie nie zuvor, schloß Jesus die Augen. Sein Geist konzentrierte sich auf das Feuer und dann, nach einer Weile, auf die Notwendigkeit, es zum Erlöschen zu bringen. Lange Zeit hielt er so die Hände ausgestreckt.
»Öffne die Augen!« befahl Obed.
Ein paar spärliche Flammenzünglein zuckten eben ein letztes Mal empor. Obed warf ein wenig Reisig darauf und blies in die Glut, um das Feuer zu schüren. Es flackerte wieder auf.
»Ich hatte recht«, nickte er. »Aber man sollte dies nicht wiederholen, um die Leute in Erstaunen zu versetzen. Gebrauche deine Fähigkeiten nur im Namen des Herrn! Du wirst müde sein. Schlaf jetzt!«
Völlig verstört breitete Jesus seinen Mantel auf dem Boden aus und legte sich hin.
Er erwachte im Morgengrauen und ging wieder zur Quelle. Dann erklärte ihm Obed ganz genau den Weg zu Dositheus.
»Du bist fest entschlossen, ihn kennenzulernen. Dann geh also«, sprach er mit gesenktem Blick. »Vielleicht ist es ja auch gar nicht so gefährlich. Aber vergiß folgendes nicht, mein Sohn: Die Seele eines Menschen erhebt sich immer höher als die Seelen zweier Menschen, und die zweier Menschen wiederum höher als die von dreien. Denk auch daran, daß der Dämon verschiedene Gesichter trägt!«
Keine Umarmung, keine Gefühlsregung, und ohne sich noch einmal umzublicken, kehrte Obed nach diesen warnenden Worten in seine Höhle zurück.

Es war ein verschlungener Weg, den ihm der Eremit gewiesen hatte, und, wie es Jesus schien, voller Schlammlöcher. Dieser Mann war also ein Essener wie sein Vetter Jokanaan. Oder genauer: Er war keiner mehr. Wie konnte man sein Essenertum plötzlich ablegen? Und wenn er doch kein Essener, sondern ein Zelot war? Oder der Teufel? Und diese Lebensweise! Was wohl Josef davon gehalten hätte? Und was er über die Fähigkeiten und Kräfte erzählt hatte, wie sollte man das nun wieder verstehen? Durch die Luft fliegen, nein so etwas! Hatte er selbst wirklich das Feuer mit seinen Händen beinahe zum Erlöschen gebracht? Er ärgerte sich gerade über sein Unvermögen, eine Antwort auf all diese Fragen zu finden, als er an den Rand eines von Obed erwähnten Orangenhains gelangte. Mistgestank und Blütenduft lagen im Wettstreit miteinander. Bienen summten und flogen emsig umher. Jesus erblickte eine Ansammlung von Menschen und näherte sich ihnen. Frauen und Männer saßen im Kreis im Gras und aßen. Verblüfft blieb er in einiger Entfernung stehen. Er konnte erkennen, was sie aßen: Salatblätter, Karotten und grüne Lupinensamen. Man wurde auf ihn aufmerksam. Ein etwa vierzigjähriger, magerer und braungebrannter Mann mit langen Haaren sprach ihn auf griechisch an.

»Ich spreche nicht gut Griechisch«, antwortete Jesus auf aramäisch.

»Ich habe dich eingeladen, näher zu kommen«, wiederholte der Mann mit ruhiger, selbstsicherer Stimme in Aramäisch. »Wie heißt du? Ich bin Dositheus.«

Er hatte also ganz richtig geraten und, während er seinen Namen nannte, musterte er Dositheus, der ihm zulächelte. Rötlicher Bart, blaue Augen. Blut des Nordens und des Südens floß offensichtlich in seinen Adern.

»Du bist nicht aus Zufall hierher gekommen, nicht wahr?« meinte Dositheus. »Setz dich!«

Jesus setzte sich auf einen freien Platz in der Runde neben ein junges Mädchen mit dunklen Augen, das ihn neugierig ansah.

»Ich erfuhr deinen Namen von einem Magier, dem ich vor einigen Tagen begegnete, von Aristophoros«, erwiderte Jesus.

»Aristophoros!« rief Dositheus. »Dieser arme Trödler des Unendlichen! Wie geht es ihm denn?«

»Ein Kummer zermürbt ihn, ansonsten aber ist er recht redselig.«

»Verräter und Helfershelfer eines Verräters«, murmelte eine Frau.
»Seien wir ihm dankbar«, entgegnete Dositheus, »denn im Grunde hat er sich selbst verraten und uns sein wahres Wesen enthüllt. Daß er zu seiner Niedertracht steht, zeugt in meinen Augen von Mut. Hätte er uns nicht verlassen, wäre er etwas weit Schlimmeres gewesen, ein Heuchler nämlich.«
Jesus zog die Augenbrauen hoch, aber es erwarteten ihn noch weitere Überraschungen, denn Dositheus fuhr fort: »Es gibt übrigens keinen Verrat im eigentlichen Sinne des Wortes. Ich würde sogar sagen, daß gerade diejenigen, die niemals Verrat begehen, mit Vorsicht zu genießen sind, es sei denn, sie sind geistig besonders träge. Wer hat nicht mindestens einmal in seinem Leben seine Vorsätze geändert?« Sein Blick ruhte beinahe aufdringlich auf Jesus.
»Heißt das also«, entgegnete dieser, »daß es weder Gut noch Böse gibt? Wenn die Treue der Verräter mit der Treue derjenigen, die keine Verräter sind, auf eine Stufe gesetzt wird, wo bleibt dann das Gesetz?«
Dositheus schüttelte den Kopf. Seine Gefährten beobachteten den Neuankömmling mit mißtrauischen Blicken.
»Das Gute und das Böse«, fuhr Dositheus fort, »wie schnell das gesagt ist! Du bist Jude, nicht wahr? Und was ist für dich das Böse? Der Gehorsam gegenüber dem Teufel. Aber was ist denn der Teufel? Der Engelsfürst, der gefallene Engel, dem Gottes Gnade nicht mehr zuteil wird. Aber jener Gott ist, gemäß den jüdischen Propheten, die Liebe. Steht nicht bei Jeremias geschrieben: ›Ich bin der Herr / Meine Liebe ist grenzenlos‹? Wie kann man also glauben, daß Gott am Jüngsten Tag seinem in Ungnade gefallenen Diener, dem Teufel, nicht vergeben wird? Wer sind wir denn, daß wir dem Urteil Gottes vorgreifen und denen, die nicht derselben Sache dienen wie wir, Strafen und Leiden auferlegen? Zeugt das nicht von Arroganz? Hat nicht genau diese Sünde Luzifer aus seinen himmlischen Gefilden in die höllischen Abgründe stürzen lassen? Ich frage dich also, Jesus, in wessen Namen sollte ich Aristophoros verurteilen?«
War das Leben denn nichts als eine lange Prüfung? Wieder befand er sich im Tempel, und alle warteten auf seine Antwort.
»Ohne das Wort des Herrn«, sagte er, »könnten wir uns hier gegenseitig umbringen, ohne daß uns deswegen irgend jemand verurteilen dürfte, Diebe wären genauso ehrbar wie anständige Leute.«

Die anderen hatten im Essen innegehalten.
»Ausgezeichnete Antwort«, bemerkte Dositheus lächelnd. »Sie bringt in wenigen Worten zum Ausdruck, daß das Sittengesetz ein Gesetz der Menschen ist. Es ist dazu bestimmt, die Menschen zu schützen.« Seine Stimme klang gelassen; er strahlte eine unerschütterliche Sicherheit aus. »Und du«, begann er nach einer Weile wieder, »glaubst du, deinem Gesetz treu zu sein, wenn du dich nach Samarien wagst, um einen fremden Lehrer anzuhören? Was zieht dich hierher?«
Er würde also immer und ewig ein Fremder bleiben!
»Die Verfechter unseres Gesetzes sind vom Weg abgekommen«, antwortete er und versuchte dabei, ebenfalls einen gelassenen Ton zu wahren. »Ich halte mich daher für berechtigt, frei meinen Weg zu suchen. Aristophoros sagte mir, du seist ein großer Meister, vielleicht sogar ein Prophet. Ich bin gekommen, um dir zuzuhören.«
»Du bist willkommen«, erwiderte Dositheus.
Sein Blick war offen und freimütig. Solch einem Mann konnte man in Kafarnaum nicht begegnen.
Ein junger Mann, der neben Jesus saß, bot ihm Salat und Karotten an. Dositheus bat, man solle nun das Mittagessen auftragen. Frauen und Jünglinge holten Tabletts, auf denen verschiedene Leckereien angerichtet waren: Fleischpastetchen mit Pinienkernen, gebackener Käse, Bällchen aus Reis- und Fischteig, Zwiebeln, Schalen voll Linsen, Mandel- und Honigkuchen sowie kandierten Apfelsinenschalen. Man stellte die Speisen in die Mitte der Runde ins Gras, und die Schüler achteten darauf, daß der Gast auch von jedem Gericht zu kosten bekam. Zudem schleppte man noch etliche Krüge mit frischem Wein und gläserne Trinkbecher herbei, wie man sie nur in den reichsten Häusern Kafarnaums vorfand; auch bemalte Trinkschalen wurden gebracht, die, wie man ihn aufklärte, aus Griechenland kamen.
»Dositheus ist vermögend«, bemerkte Jesus.
»Die Fürsten hören ihn an«, erklärte der junge Mann, der die Rolle seines Betreuers übernommen hatte. »Sie zeigen sich ihm gegenüber recht großzügig. Aber Dositheus besitzt nichts.«
Ein Mädchen setzte sich zu Dositheus, und er steckte ihr mit der Hand ein paar leckere Happen in den Mund. Lächelnde Blicke und Zärtlichkeiten waren ihre Antwort. War sie vielleicht die Nachfolgerin jener Frau namens Luna? Er versuchte sich vorzustellen, daß er

selbst eine Frau so fütterte, doch es gelang ihm nicht. Wie ungeniert sich diese Leute benahmen! Einerseits bezauberte ihn ihre Ungezwungenheit, andererseits nahm er aber auch Anstoß daran. Er hatte sich darauf gefaßt gemacht, einen gestrengen Herrn inmitten einer Jüngerschar mit sorgenvollen Gesichtern vorzufinden, und nun traf er hier einen heiteren Mann mit Sinn für die Freuden des Lebens, umringt von Menschen, die offensichtlich glücklich waren und sich ein vergnügtes Stelldichein in einem Obstgarten gaben. Lebten sie etwa alle zusammen in einem Haus? Nein, welch ein verwerfliches Durcheinander! Und wer waren diese Frauen? Ehefrauen, Schwestern, Schülerinnen, Hetären? Gab es eine Hierarchie unter ihnen? Da sie Griechisch sprachen, konnte er den Unterhaltungen nur mühsam folgen.

Dositheus schien einige dieser Fragen erraten zu haben, denn er kam plötzlich darauf zu sprechen, daß sein Haus allen, die sich seiner Lehre anschließen wollten, offenstehe. Es sei nicht unbedingt notwendig, materielle Gaben zu spenden, jeder zahle nach seinen Möglichkeiten, und außerdem stamme der größte Teil der Nahrungsmittel aus einem Bauernhof, der mit seinem Gemüse- und Obstgarten und seinem Hühnerhof zum Haus gehöre.

»Du warst sicher überrascht, daß auch Frauen unter uns sind«, fügte Dositheus hinzu. »Ich weiß ja, daß für euch Juden die Frauen unreine, ja fast seelenlose Geschöpfe sind. Sie sind für euch nichts als Dienerinnen und bloße Gebärvorrichtungen, um nicht zu sagen Sklavinnen.«

Er sprach in beinahe anklagendem Ton, und Jesus wußte dem nichts entgegenzuhalten.

»Aber ich, der ich halb Epheser, halb Athener bin, habe mir die Freiheit herausgenommen und es zugleich auch als meine Pflicht erachtet, den Frauen den Platz zuzugestehen, der ihnen gebührt. Wie hätte es auch anders sein können! Ist nicht Ephesus das Hauptzentrum der Artemisverehrung? Und haben die Griechen nicht Göttinnen wie Aphrodite, Hera und Psyche ganz besonders wichtige Rollen zugewiesen? Wie kann man eine Gesellschaft als gerecht erachten, wenn einer Hälfte dieser Gesellschaft jegliche Daseinsberechtigung abgesprochen wird? Was sagst du dazu, mein Sohn? Würdest du deine Mutter als Sklavin bezeichnen? Würde dir der Gedanke, der Sohn einer Sklavin zu sein, nicht bitter aufstoßen?« Mit seinem Glas in der Hand sah er Jesus herausfordernd an.

Jesus errötete, aber wieder wußte er nichts zu entgegnen. Dieser Magier hatte ihn soeben elternlos gemacht. Jahrhunderte schienen seit dem Tod Josefs vergangen zu sein. Und Jerusalem lag für ihn in unendlicher Ferne.
»Hast du vor, bei uns zu bleiben?« fragte Dositheus. »Dann sag mir, wonach du suchst!«
In der Schar wurde es still, alle wollten erfahren, was der Neuankömmling suchte.
»Ich bin Jude, und mein Volk ist in Knechtschaft geraten«, antwortete Jesus mit niedergeschlagenen Augen. »Seine Führer haben es verraten, und die Hüter unseres Gesetzes wachen nur mehr über Worte, die ihren Sinn verloren haben.«
»Und was gedenkst du zu tun?« wollte ein junger Mann wissen. »Willst du einen Aufstand vom Zaun brechen? Bist du ein Zelot?«
»Nein. Ich glaube nicht, daß wir mit Hilfe bewaffneter Revolten unsere Unabhängigkeit wiedererlangen können. Die Macht der Römer ist viel zu groß. Und selbst wenn ein Aufstand der fünf Provinzen die Römer verjagen könnte, bliebe es meiner Ansicht nach immer noch fraglich, ob uns das wieder zu unserer Tugend verhelfen würde. Doch auch wenn die Römer bleiben, muß es möglich sein, zu dieser Tugend zurückzufinden.«
»Suchst du hier das nötige Rüstzeug, um der Tugend wieder ihren Stellenwert zu verschaffen?« fragte der junge Mann.
Was sollte er darauf antworten? Das Buch, das er brauchte, war nicht geschrieben. Oder aber er kannte die Bücher nicht gut genug.
»Vielleicht seid ihr hier im Besitz der Wahrheit«, entgegnete er, »vielleicht besitzt ihr auch nur einen Teil davon. Aber selbst wenn ihr nur ein kleines bißchen Wahrheit gefunden hättet, würde ich mir daraus eine Waffe schmieden.«
Dositheus schwieg und schien in den Anblick seiner Zehen versunken.
»Ich bin Samariterin«, meldete sich daraufhin die junge Frau neben Jesus zu Wort, »und ich kenne euch, euch Pharisäer und Sadduzäer, ich kenne eure Glaubenslehren ebenso wie eure Verachtung uns Frauen gegenüber. Ihr glaubt, daß euer Gott für euch Partei ergriffen und sich gegen alle anderen Stämme und Völker gestellt hat, so wie Er sich auch bei eurem Auszug aus Ägypten auf eure Seite stellte und

die Sieben Plagen über das Land schickte; kaum aber seid ihr besiegt, versiegt euer Glaube an Ihn. Ihr habt Ihn euch angeeignet, und damit aus Ihm schlicht und einfach einen unsterblichen Juden gemacht und Ihn Seiner Erhabenheit beraubt.« Mit welcher Leidenschaft sie das sagte! Der ganze verhaltene Groll der Samariter gegenüber den übrigen Juden sprach aus ihr. »Die Tugend, die ihr wiederfinden müßt, heißt Demut. Sonst wirst du vergeblich nach Waffen bei uns suchen«, fügte sie hinzu.

Jesus war hochrot im Gesicht angelaufen. Er war zutiefst getroffen und brachte stammelnd hervor: »Aber glaubst du, glaubst du denn, daß der Herr uns gegenüber gleichgültig ist? Glaubst du nicht, daß Ihn unser Verfall schmerzt? Hat Er denn nicht auch uns erschaffen? Ist es möglich, daß Er sich nun gleichgültig von uns abwendet?«

Aber das Gesicht der Frau blieb verschlossen; sie glich einer wütenden Katze.

»Friede, Maritha!« lenkte Dositheus ein. »Dieser junge Mann ist gekommen, um unsere Hilfe zu erbitten, wir sind ihm unsere Gastfreundschaft schuldig.« Er schien lange nachzudenken. »Es hat keinen Sinn, die Welt in Provinzen einzuteilen«, meinte er schließlich. »Maritha wollte sagen, daß deine Äußerungen widersprüchlich sind. Einerseits scheinst du zu sagen, dein Volk habe sich von Gott abgewandt, und andererseits, Gott habe sich nun auch von deinem Volk abgewandt. Das bedeutet folgendes: Wenn dein Volk wieder tugendhaft wird, dann wird Gott« – es war nahezu unerträglich, mit welch vertraulicher Dreistigkeit er Gott beim Namen nannte – »ihm auch wieder gewogen sein. Das meintest du doch, oder?«

Jesus gab keine Antwort; er wirkte verkrampft wie ein Schüler, der seine Lektion schlecht aufgesagt hat.

»Aber Maritha hat tatsächlich recht. Es besteht kein Zusammenhang zwischen diesen beiden Tatsachen. Ihr könnt eure Tugend wiedererlangen und trotzdem weiter in Knechtschaft bleiben.«

Die Worte trafen Jesus mitten ins Herz. Er verspürte den heftigen Wunsch, auf und davon zu laufen. Zur selben Stunde, in der ans Kreuz geschlagene Zeloten mit dem Tod rangen, erhoben sich Sadduzäer mit vor Fett triefendem Mund zufrieden vom Mittagstisch. Jokanaan, Obed, wo seid ihr?

»Ist der Allmächtige denn taub?« fragte er mit schwacher Stimme.

»Er ist immateriell«, antwortete Dositheus. »Waffen kümmern Ihn nicht. Denn ihr wart tugendhaft, als Er sich eurer Meinung nach von euch abkehrte.«
Jesus erhob sich in höchster Bedrängnis. Diese Leute waren nicht der richtige Kreis für ihn. Er hörte Dositheus – schon aus einiger Entfernung – noch sagen, daß Gott nicht gut und nicht schlecht sei und sich nicht sonderlich um die Juden kümmere ...
Man hatte ihm von all den Wundern erzählt, die dieser Mann aus dem Norden vollbrachte. Er würde nie erfahren, ob es wirkliche Wunder waren und von welcher Macht sie bewirkt wurden. Er wollte es gar nicht erfahren.
Noch immer hatte er den Geschmack des Staubes im Mund, des Staubes, der in der Stunde seines Aufbruchs aufgewirbelt war, der ihm in Leisten und Achseln klebte und bis zum Abend zwischen seinen Zähnen knirschte; da erst stieß er endlich auf einen Bach, in dem er sich waschen konnte.
Doch er bedurfte eines anderen Baches. Je mehr Zeit verrann, desto stärker knirschte der Staub Israels zwischen seinen Zähnen.

XVIII.

Das Wort eines Diebes

In diesem Jahr hatte man erst hundertsiebzehn oder hundertachtzehn Kreuze errichtet, vielleicht auch mehr. Nicht einmal der Prokurator wußte die genaue Zahl. Was spielte das auch für eine Rolle. Die Milane mußten eben mit dem Kleinwild vorliebnehmen.
Arge Magenkrämpfe hätten den Hohenpriester beinahe dahingerafft. Dabei hatte man ihn doch vor dem Verzehr fetten Lammfleisches gewarnt! Jener Simon, der übrigens ein Sohn des Boethos war, kam nicht wieder so recht auf die Beine und trat seinen Platz an Hannas ab, der seine Gelüste besser zu zügeln wußte.
Der Prokurator Coponius, des Orients samt seiner Intrigen und Düfte überdrüssig, packte seine Koffer und kehrte nach Rom zurück. Das Palastvolk in Jerusalem, die Tetrarchen, der Tempelklerus und die römischen Offiziere ergingen sich einige Tage lang in Mutmaßungen über die möglichen Laster seines Nachfolgers Ambivius. Wenn man schon einen solchen Namen hatte! Aber der hielt sich nur sehr kurz in Jerusalem auf und hatte es eilig, wieder seinen Palast in Cäsarea aufzusuchen; die Klatschmäuler waren nicht auf ihre Kosten gekommen.
Die alten Männer und natürlich auch die Frauen in Palästina hatten ein neues Thema gefunden, über das sie nach Herzenslust jammern konnten: Man stimmte Wehklagen über die schlechten Zeiten an. Im Land wimmelte es geradezu von Magiern, von deren Wundertaten Reisende die Kunde verbreiteten. Auch die Zahl der Fremden in Palästina nahm ständig zu: Abessinier, Nubier, Mesopotamier und andere, die man nicht zu benennen wußte und die aus dem Gebiet jenseits des Pontus stammten – man erkannte sie an ihren blonden Haaren, den schmalen blauen Augen und der milchigen Haut. Und auch aus dem Osten gab es viele, manche von fast schwarzer, andere von

eher wächserner Hautfarbe. All diese Menschen ließen sich für ihre heidnischen Kulte Tempel erbauen, natürlich nicht in Jerusalem, aber doch in den Städten der Dekapolis. Noch nie hatte man in Jerusalem soviel Gold, Silber und Edelsteine gesehen. Sogar die jüdischen Händler, die sich doch am Handel mit den Ausländern, denen sie unreine Tiere verkaufen durften, bereicherten, beklagten diese Verschwendung. Es war äußerst gefährlich geworden, sich nach Einbruch der Dunkelheit aus dem Haus zu wagen, denn zahllose Strolche und Diebe machten die Straßen unsicher. Schreckliche Geschichten erzählte man sich. Was waren das für Zeiten!

Müde und trüben Gedanken nachhängend, lenkte Jesus seine Schritte Richtung Qumran, unschlüssig noch, welchen Weg er einschlagen sollte, denn es standen zwei zur Auswahl: einer, der am Jordan entlang nach Jericho führte, wo er in einiger Entfernung vom Toten Meer auslief (mit einem Fußmarsch von ein bis zwei Tagen mußte man hier wohl rechnen), und ein anderer, der von Samaria nach Betanien führte und kurz vor Qumran endete. Für welchen Weg man sich auch entschied, in beiden Fällen mußte ein Teil der unwirtlichen und gefährlichen Wüste Judäas durchquert werden. Am meisten Sorgen bereitete Jesus die Gefahr, sich zu verlaufen, denn in der Wüste würde kaum jemand ihm den Weg zeigen können. Er stand ohnehin noch ganz unter dem Eindruck der unangenehmen Erlebnisse anläßlich seines kurzen Besuches bei Dositheus. Er grübelte und grübelte und versuchte, Ordnung in seine Gedanken zu bringen.

Da war zunächst einmal diese Idee von einem immateriellen Gott ... Natürlich, Gott war nicht stofflich! Aber übte er denn deshalb keinen Einfluß auf die reale Welt aus? Unmöglich! Aber wenn er über die reale Welt herrschte, dann hieß das auch, daß er nicht stärker als der Teufel war. Auch dieser Gedanke war unerträglich. Unmöglich, den Allmächtigen und seinen Gegenspieler auf die gleiche Stufe zu stellen.

Der von Dositheus angeführte Begriff eines großen allumfassenden Geistes war ihm besonders zuwider, zumal er ihm nicht aus dem Kopf gehen wollte. Ein von Liebe beseelter Geist, der am Ende der Zeiten dem Abtrünnigen verzieh ... Das hieße ja, daß die Menschen bis ans Ende der Tage diesen beiden im Streit liegenden Mächten als Spielball dienten. Aber im Grunde stand auch nichts dem Gedanken entgegen, daß der Herr nicht ebenso dem Teufel, der wie ein pflichtvergessener Erdenmensch der Versuchung erlegen war, vergeben würde. Aber welcher Versuchung? So fragte er sich grimmig, als er nahe bei Efraim in der Scheune eines reichen Bauern lag, der ihm Gastfreundschaft gewährt hatte. Welcher Versuchung? Wie war es möglich, daß die Versuchung schon vor dem Teufel existiert hatte? Was für ein lächerlicher Gedanke! Dann mußte man ja annehmen, der Teufel sei einem ihm schon seit ewigen Zeiten vorausgegangenen Übel erlegen, das folglich nur vom Allmächtigen selbst herrühren konnte. Hirngespinste, leichtsinniges Gefasel eines Griechen! Jesus stand auf und öffnete das Scheunentor, um die kalte Nachtluft einzuatmen. Es gab also keinen Teufel. Beinahe hätte er einen Schrei ausgestoßen, laut sein Aufbegehren und seine Qual in die Nacht hinausgeschrien. Draußen sang jemand eine zärtliche, traurige Melodie. Gewiß ein enttäuschter Liebhaber. Es gibt keinen Teufel, murmelte er, oder aber der Teufel ist genauso alt wie der Allmächtige. Sie sind Brüder. Sie teilen sich die Welt, und damit hat sich's. Es sei denn, daß Gott gleichzeitig gut und böse ist wie ein Mensch. Jedenfalls gibt es keine Vergebung. Gott hat dem Teufel nicht mehr zu vergeben als der Teufel Gott oder der Mond der Sonne.

»Ich sterbe«, dachte er. »Ich bin tot.«

Und tatsächlich erstarb alles Vergangene in ihm. Er trug Josef ein zweites Mal zu Grabe, dann auch seine Kindheit und Jugend als Jude. Er sehnte sich nach ein paar Armen, die ihn fest an sich drückten, und nach einem Körper, den er umarmen konnte. Schließlich legte er sich wieder hin und schlief erschöpft und niedergeschlagen ein.

Am nächsten Tag half er den Bauern bei der Ernte. Seine Ausdauer und Kraft setzte sie in Erstaunen. »Bleib doch bei uns!« schlug einer ihm vor. »Unsere Mädchen sind schön, und unsere Orangen duften.« Er antwortete lediglich mit einem Lächeln, und alle dachten, er sei geistig vielleicht etwas zurückgeblieben.

Als er mit den Bauern beim Essen saß, traf ihn ein Gedanke wie ein Blitz aus heiterem Himmel: Wenn Gott dem Teufel nichts mehr zu vergeben hatte, dann gab es kein Jüngstes Gericht und auch kein Ende aller Zeiten! Er hielt im Essen inne. Wohin führten all diese Fragen? Er starrte auf seine Schüssel und aß dann die Weizenschrotsuppe widerwillig auf.

»Mein Sohn, man kann nicht sein ganzes Leben lang als Landstreicher umherziehen«, sagte ein alter Mann, der ihn beobachtet hatte, zu ihm. »Du bist jung und stark, du mußt dich irgendwo niederlassen. Dir fehlt die Wärme eines heimischen Herdes, und das zehrt an dir.«
Wärme! Eine Hand an seiner Wange, ein nacktes Bein, das sich gegen seines drückte, so aneinandergeschmiegt in den Schlaf hinüberzugleiten – wie oft hatte er davon geträumt! Aber er hatte sich ja für einen anderen Weg entschieden. Er betrachtete seine von den scharfen Getreidehalmen aufgerissenen Handflächen; sie würden schneller vernarben als sein Herz.
In der dritten Nacht schlief er sehr wenig. Zu wem sollte er beten? Wie konnte er sicher sein, daß sein Gebet auch wirklich Gott erreichte und nicht den Teufel? Unweigerlich mußte er an eine weitere Äußerung von Dositheus denken, an die nämlich, daß das Sittengesetz ein Gesetz der Menschen sei. Dem Großen Geist war es vollkommen gleichgültig, er ließ das Menschengeschlecht nach Herzenslust seine eigenen Gebote und Verbote erstellen. Moses hatte also nur Traumgesichte gehabt. Oder aber er war ein Komödiant gewesen, eines jener schamlosen Individuen, die in den römischen Theatern der Dekapolis auftraten. Wenn Josef wüßte, welche Gedanken ihn beschäftigten! Moses war auf den Berg gestiegen, um seine Gebote in Steintafeln einzuritzen, und dann hatte er behauptet – und es vielleicht auch ganz aufrichtig gemeint –, Gott habe sie ihm eingegeben. Diese verrückte Hypothese war nicht ganz von der Hand zu weisen angesichts der Tatsache, daß es ebenso viele Sittengesetze wie Völker gab. Das der Römer hatte nicht sehr viel mit dem der Ägypter gemein, welches sich wiederum von dem der Juden unterschied. Das der Juden aber …
Die Juden! Nur sie allein hatten keinen Gott, der das Böse verkörperte, wie zum Beispiel der ägyptische Gott Seth oder der römische Mars, gar nicht erst zu reden von all den anderen unzüchtigen oder verrückten Göttern, die es da gab. Römer wie Ägypter hatten moralische irdische Gesetze und unmoralische Götter. Bei den Juden dagegen waren Gott und Gesetze im Einklang. Alles übrige war unwichtig.
»Wenn Dositheus recht hat und es also keinen Gott des Guten gibt, wenn Gott gleichzeitig das Gute und das Böse ist, dann muß Er Seinen guten Teil in sich dazu bringen, sich zu offenbaren«, murmelte er.
Er trat ins Freie. Laut tönte das Zirpen der Grillen, Veilchenduft er-

füllte die Nacht. Das traurige Lied des Verliebten vom Vortag war längst verklungen, statt dessen heulte in der Ferne ein Schakal. Die Welt, ging es ihm durch den Kopf, war viel feierlicher als der Tempel in Jerusalem. In seinem Innersten riß und zerrte quälende Spannung wie im Bauch einer Frau kurz vor der Niederkunft. Irgend etwas schien sich anzukündigen, mußte geboren werden.

Wenn es Gott noch nicht gibt, muß er eben erschaffen werden.

Er ging ein paar Schritte. Ein Fuchs ergriff vor ihm die Flucht.

Man muß das Gute vom Bösen trennen, das Veilchen von der Pustel, den Mörder vom neugeborenen Kind, den Treulosen vom Unschuldigen.

Leidenschaft packte ihn plötzlich mit aller Gewalt. Er vergaß alles, selbst seine eigenen Gedanken, und fiel in die Knie, dann auf den Rükken. So blieb er reglos liegen. Seine Wangen fielen ein. Sein Gesicht wurde aschfahl. Erst als der Morgen graute, kam er wieder zu sich. Völlig erschöpft erhob er sich. Er hatte Visionen gehabt, wirre Traumbilder, die er jedoch schon vergessen hatte, während er Wasser aus dem Brunnen zog, um sich zu waschen. Er mußte weiter, weiter nach Qumran.

So machte er sich wieder auf den Weg, ging langsam, immer dem Flußbett der Faria entlang. Was nur war in dieser Nacht mit ihm geschehen? Meine Seele hat mich verlassen, dachte er. In der Nacht war er umhergeirrt, daran erinnerte er sich, aber das war doch unmöglich, da er ja vor dem Scheunentor erwacht war. Und dennoch … erschrocken blieb er stehen: Vor seinen Augen tauchte jenes Bild wieder auf, das Bild von Häusern, die er von oben gesehen hatte. Von oben! Wie hatte er Häuser von oben herab sehen können? Er setzte sich hin, um nachzudenken, ohne dem Geheimnis jedoch auf den Grund zu kommen. Warum aber hatte er auf Anhieb gedacht, seine Seele habe ihn verlassen? Und wenn wirklich, wo war sie dann?

Als der Abend nahte, fühlte er sich matt; er verspürte Hunger und Durst. Das Wasser des Jordan tauchte vor ihm auf, in rötliches Licht getaucht. Jesus verließ den Pfad und ging zum Fluß. Dort zog er sich aus, warf seinen Stock auf das Kleiderbündel und ließ sich in die kalten Fluten gleiten. Das Wasser brachte sein Blut in Wallung, und auch sein hungriger Magen meldete sich zu Wort. Er kletterte wieder ans Ufer. Dort jedoch ließ ihn ein in der Nähe seiner Kleider hockender

Unbekannter seinen Hunger vergessen. Ein Dieb? In der Tat galt der Weg als nicht ungefährlich. Man hatte ihm schon viele Geschichten von Räubern erzählt, die Reisende ausplünderten, ja sogar umbrachten. Als er sich langsam näherte, bemerkte er sofort, daß jemand in seinen Kleidern gewühlt hatte. Der sonnenverbrannte, struppige Geselle warf zwei Geldmünzen spielerisch in die Höhe und beobachtete ihn. Jesus begriff, daß es sein Geld war, alles, was ihm noch von dem Ersparten, das er aus Kafarnaum mitgenommen hatte, geblieben war.

Ohne den Mann aus den Augen zu lassen, streifte er sich hastig seine Kleider über. Er schlüpfte in die Sandalen, ergriff seinen Stock und sprach dann den Fremden an: »Hast du da mein Geld in der Hand?«

Spöttisch blitzte es in den Augen des Mannes auf. »Ist das alles, was du hast?«

Jesus nickte.

»So ein Pech!« meinte der Unbekannte. »Dann bist du ja noch ärmer als ich.« Und er reichte Jesus die Münzen zurück.

Jesus, dem nun klar wurde, daß er es mit einem Dieb zu tun hatte, nahm das Geld verdutzt entgegen, ohne jedoch seinen Stock aus der Hand zu legen.

»Ich habe dich aus dem Wasser steigen sehen«, sagte der Mann. »Du bist kräftig gebaut, aber du hast nicht einmal ein Messer bei dir, stimmt's?«

Jesus nickte.

»Nichts als einen Stock und zwei Geldmünzen – man kann nicht gerade behaupten, daß du schwer an deinem Reisegepäck schleppst. Hast du wenigstens irgendwo etwas zu Essen versteckt?«

»Nein, ich habe nichts versteckt. Ich bin selbst hungrig. Wer bist du?«

»Joasch. Das war der Name eines Königs, nicht wahr? Aber ich bin ein Dieb und nicht einmal der König der Diebe, sonst hätte ich diesen Beruf schon längst an den Nagel gehängt. Gewöhnlich bin ich nie allein unterwegs, aber gestern hat man meinen Kumpan festgenommen. Magst du mit mir zusammen weiterziehen? Ich denke, das wäre für uns beide sicherer.«

»Ich soll einen Dieb beschützen?« fragte Jesus lächelnd.

»Was ist denn schlimmer?« fragte Joasch. »Gefahr zu laufen, von ande-

ren Dieben umgebracht zu werden, oder sich in Begleitung eines der Ihren in Sicherheit zu wiegen? Außerdem kann ich dir etwas zu Essen anbieten. Ich habe zwei Wachteln, dazu Feigen, Nüsse, Datteln und sogar einen guten Wein in meinem Beutel.«
»Wenn ich einwillige, mußt du mir allerdings versprechen, nichts Unmoralisches zu tun, solange wir zusammen sind.«
»Mein Wort darauf.«
»Einverstanden.«
»Du bist kein Jude. Wie heißt du?«
»Doch, ich bin Jude und heiße Jesus.«
»Ein Jude ließe sich nie auf das Wort eines Diebes ein. Übrigens, wo geht die Reise hin?«
»Die Juden lassen sich zwar auf das Wort eines Diebes ein, aber sie erkennen es nicht an. Zunächst will ich nach Jericho.«
»Du sprichst von den Priestern, nicht wahr? Und was willst du in Jericho?«
»Du hast recht verstanden, ich meinte die Priester. In Jericho habe ich nichts Bestimmtes vor. Ich hoffe lediglich, dort jemanden zu finden, der mir sagen kann, wie man nach Qumran kommt.«
Joasch blickte ihn forschend an, dann sprang er plötzlich auf. Er schien etwas zu suchen, kehrte dann aber mit Zweigen zurück, deren Blätter er abzupfte. Aus einem Beutel, den er seitlich an seinem Gewand trug, zog er zwei Wachteln und rupfte sie, um sie dann auf die Zweige zu spießen.
»Hol ein wenig Holz und trockenes Gras!« bat er Jesus.
Dicht an einer eingefetteten Lunte rieb er einen Feuerstein gegen ein kurzes, schrägkantig zugeschnittenes Eisenstück. Eine rötliche Flamme züngelte empor, die er sofort ans dürre Gras hielt, über das er das von Jesus herbeigeschaffte Holz legte. Innerhalb kurzer Zeit brannte ein munteres Feuer, über dem Joasch die Wachteln briet, von denen er dann eine seinem Gefährten reichte. Amüsiert beobachtete er, wie Jesus, die Wachtel zwischen Daumen und Zeigefinger der linken Hand, mit der Rechten zum Herrn betete. Jeder aß seine Wachtel und ein paar Feigen. Auch ein wenig Brot, das eigentlich für die Römer gebacken worden war, ließen sie sich schmecken; dazu tranken sie den Wein, der, wie Joasch schon angekündigt hatte, wirklich gut war. Jesus sprach die Danksagung.

»Betest du so vor und nach jeder Mahlzeit?« wollte Joasch wissen.
Jesus nickte.
»Warum hast du dann deine Gebete nicht an mich gerichtet, denn mir hast du das Essen doch zu verdanken?«
»Und von wem hast du es wiederum?«
»Ich habe mir die Mahlzeit selbst geschenkt. Warum sollte dein Gott mir zu essen geben?«
»Weil er dein Vater ist.«
»Er? Der Vater eines Diebes?« spöttelte Joasch.
»Wessen Sohn solltest du denn sonst sein?« fragte Jesus und hüllte sich in seinen Mantel.
»Der des Teufels, zum Beispiel«, erwiderte Joasch, während er im Feuer herumstocherte.
Aus der Glut stob eine Wolke flimmernder Funken.
»Du weißt, daß es unrecht ist zu stehlen, also weißt du auch, wo du zu Hause bist«, sagte Jesus und traf Anstalten, sich hinzulegen. »Joasch, das ist ein jüdischer Name. Folglich bist du Jude, und du hast einen Vater.«
»Ein Zuhause, einen Vater!« murrte Joasch vor sich hin. »Mein Haus ist verfallen, und ich bin ein Bastard. Bloße Worte! Dieses Land ist eine einzige Kloake. Letzten Monat erwischten mein Kumpel – der, den sie vor kurzem festgenommen haben – und ich einen Reisenden mit seiner Familie auf der Straße zwischen Jerusalem und Jericho. Nicht daß du denkst, wir arbeiteten hier im Süden immer so, aber wir hatten seit längerer Zeit niemanden mehr überfallen. Nun, ein alter, sabbernder Priester war uns da in die Hände gefallen, der mit seiner Frau und seinen Söhnen unterwegs war. Seine Söhne waren tapfer, aber dumm; jeder bekam einen Schlag mit dem Knüppel auf den Kopf, und schon lagen sie flach. Der Priester setzte zu einem großen Wehgeschrei über unsere Gottlosigkeit an, winselte, wie arm er und wie schlecht die Welt doch sei, und so weiter. Daraufhin schlug er vor, uns ein wenig Geld zukommen zu lassen, wenn er in Jericho angelangt sei. Er plärrte so laut, daß ich ihm eine Ohrfeige verpassen mußte. Wir durchwühlten das Gepäck. Seine Frau hielt einen schönen Batzen Gold- und Silbermünzen versteckt, drauf gesessen hatte sie, lauter Gold und Silber, noch schön warm von ihrem Hintern. Und wie sie geschrien hat! Wie ein Hühnchen, das man bei lebendigem Leibe rupft!

Auch ihr versetzten wir einen beruhigenden Klaps. Dann mußten wir natürlich den Priester tadeln, weil er gelogen hatte – ich habe ihm das Ohr ein wenig umgedreht –, und schließlich banden wir die beiden Jungen auf ihre Esel und peitschten die Kruppen der beiden anderen Tiere. Jener Priester trug den schönen Namen Secharja. Wir hatten ihn schon fast vergessen, als wir einige Tage später nach Bet-Araba gingen, um Messer, gute syrische Klingen, zu kaufen. Dort begegnete uns ein anderer Dieb, mit dem wir früher ein oder zwei Dinger gedreht hatten. ›Was? Ihr habt den Priester Secharja beraubt?‹ Er bog sich vor Lachen. Wir fragten ihn, was daran so lustig sei? Und da klärte er uns auf – Samuel heißt er übrigens –, daß jener Priester als einer der größten Diebe im ganzen Land galt. Ein verdorbenes Land, sage ich dir. Jeder bestiehlt, wen er kann, und diejenigen, die von Gut und Böse reden, sind möglicherweise die allergrößten Halunken. Aber ich spreche nicht von dir, du bist ein armer Teufel, ein ganz unbedarfter, und ärmer noch als Ijob. Bist du Priester?«
»Nein.«
»Was suchst du dann in Qumran? Das ist ein verkommener Ort, das Tor zur Hölle, nichts als den Staub der Felsen frißt man dort wie ein ausgehungerter Milan … Und lauter Männer, Halbverrückte!«
»Du beklagst die Verdorbenheit Israels, in Qumran aber stehlen und betrügen die Leute nicht, sie huren nicht und stopfen sich nicht das ganze Jahr hindurch den Wanst voll. Sie befolgen das Gesetz des Herrn. Sie wollen dem Gesetz des Herrn in diesem Land wieder Geltung verschaffen.«
»Ha!« rief Joasch mit rauher Stimme und wandte Jesus sein Gesicht zu, in das der Sarkasmus seine Furchen eingegraben hatte. »Schon wieder bloße Worte! Ich bin zwar ein Dieb, das heißt aber noch lange nicht, daß ich deshalb auf den Kopf gefallen bin und nicht weiß, was um mich her alles passiert. Du sprichst einfach so vom Herrn und von Leuten, die sich Seine Soldaten, Seine Priester, Seine Herolde und was weiß ich noch alles nennen. Da unten in Samarien kenne ich zwei, die auch von einer großen himmlischen Macht sprechen. Der eine hat einen griechischen Namen, an den ich mich nicht mehr erinnern kann, aber der andere heißt Simon. Neulich kaufte ich mir Wein in einer Schenke in Jericho; da hörte ich einen Mann klagen, seine Tochter sei stumm geworden. Konnte nicht mehr sprechen, mit einem Schlag. Alle, die

ihm zuhörten, und auch der Mann selbst, meinten, daß ein Dämon von ihr Besitz ergriffen hat. Aber der Vater erklärte, die Rabbiner hätten diesen Dämon nicht auszutreiben vermocht. Da murmelte der Wirt der Schenke, daß er einen Magier namens Simon kenne, der gegen ein Entgelt von zwei Sesterzen den Dämon austreiben könne, selbst wenn es Beelzebub höchstpersönlich sei. Der Vater meinte daraufhin – allerdings ohne allzu große Überzeugung –, er könne doch keinen heidnischen Magier kommen lassen, die Priester würden ihm das nie verzeihen. Er erkundigte sich aber trotzdem, wo jener Simon zu finden sei. Ja, er habe schon von ihm gehört ... ›Wovor hast du Angst?‹ fragte der Wirt. ›Wenn ein Mensch einen Dämon austreibt, dann bedeutet das doch, daß er in Gottes Namen handelt, oder?‹ Dann erklärte ein Gast, der das Gespräch verfolgt hatte, jener Simon sei nur ein Magier zweiten Ranges, der seine Kunst von einem anderen Magier erlernt habe, von jenem Griechen, den ich vorhin erwähnt habe ...«

»Dositheus«, sagte Jesus.

»Ja, Dositheus, so heißt er, woher weißt du das? Dieser Gast also sagte, daß es immer besser sei, mit dem Meister einer Kunst zu unterhandeln und nicht mit dessen Schüler. Er fing auch an, über Simon zu schimpfen, behauptete, daß die Frau, mit der er zusammenlebe, Helena, nur eine aufgeplusterte Hure sei, daß sie vor ihrer Begegnung mit Dositheus in einem Bordell in Ephesus gearbeitet habe ... Kurzum, endlose Klatschgeschichten. Der Vater der Stummen, der Unglückstropf, wußte nicht mehr aus noch ein. Dositheus oder Simon? Er wußte einzig und allein, daß seine Tochter stumm war, und das bedeutet ein Unglück, eine Schande. Mich interessierte natürlich, wie diese Geschichte ausgehen sollte. Also blieb ich in der Schenke, bis man zu einer Entscheidung gelangte. Zu guter Letzt stellte sich heraus, daß Simon, der viel umherreist, sich in Jericho aufhielt, während sein Lehrer sein Lager in der Nähe von Samaria aufgeschlagen hatte. Ein Bote wurde sogleich losgeschickt, um anzufragen, ob Simon wohl geruhe – sie sprechen von ihm wie von einem König oder Propheten –, ob er also geruhe, eine Stumme zu behandeln. Drei Stunden später war es draußen stockdunkel. Der Wirt hatte seine Türen verschlossen, wir warteten alle und knabberten zum Zeitvertreib geröstete Melonenkerne. Der Bote kam zurück, Simon war da! Simon war da!«

Jesus mußte zugeben, daß dieser Dieb wesentlich unterhaltsamer war als die meisten anständigen Leute.

»Es klopft an die Tür, wir halten vor Spannung den Atem an. Der Riegel wird zurückgeschoben, und ein tritt Simon. Wie ein König ist er gekleidet. Einen schwarzen, bestickten Mantel über einem weißen Gewand, und auf seiner Brust funkelt ein aufwendiger, aus Gold und Granaten gearbeiteter Halsschmuck. Duftende Öle verleihen seinem Haar schimmernden Glanz, sein Krausbart ist ebenfalls parfümiert, und sein Gesicht erst! Glatt wie das eines Kindes ist es. Ein außergewöhnlicher Mann. Den hätte ich nicht bestehlen können. Vater und Wirt stürzen ihm entgegen, machen einen Bückling nach dem anderen, es ist, als sei Ezechiel auf die Erde zurückgekehrt! Der Vater erklärt die Angelegenheit. Simon, gefolgt übrigens von fünf Schülern – das vergaß ich vorher zu sagen –, stellt einige Fragen. Warum ist das Mädchen stumm geworden? Wer war anwesend, als sie die Stimme verlor? Hatte sie im Licht des Vollmonds geschlafen? Welche Worte hatte der Vater zuletzt an sie gerichtet? Dieser antwortet, er habe das letzte Mal mit ihr gesprochen, als er ihr mitteilte, daß er sie seinem zweiten Vetter zur Frau geben wolle. ›Gehen wir zu ihr‹, meint Simon. Es bildet sich ein Zug, der zum Haus des Vaters marschiert, einem kleinen, glatzköpfigen Mann, runzlig wie eine getrocknete Feige; Jesaja, Sohn des Josef, heißt er, glaube ich. Er ist Zedernholz- und Weinhändler. Leichenblaß vor Aufregung ist er also, es fehlt nicht viel, und auch ihm verschlägt es noch die Sprache. Die anderen haben es natürlich sehr wichtig und wieseln geschäftig umher. Das Mädchen liegt auf seinem Bett, vierzehn oder fünfzehn Jahre mag es alt sein, höchstens, und es ist wirklich totenbleich. Ein Zittern überläuft seinen Körper, sobald es Simon bemerkt, sogar das Bett zittert und auch die Mutter, die das Mädchen hält, ein richtiges Erdbeben ist das. Simon holt ein Döschen aus seinem Ärmel hervor, öffnet es und stäubt mit raschen Gesten dem Mädchen ein wenig Pulver unter die Nase. Entsetzlicher Gestank breitet sich im ganzen Raum aus, und Simon spricht mit Donnerstimme: ›Dämon im Körper dieses Mädchens, nenn deinen Namen, ich befehle es dir!‹ Das Kind zittert und zuckt entsetzlich am ganzen Leib, es weint, es schreit. ›Im Namen des Großen Geistes, des Herrn aller Mächte, die über und unter dieser Welt herrschen, nenn deinen Namen, Dämon!‹ brüllt Simon. Er ohrfeigt die Besessene, während seine Schüler ihr leichte Schläge auf die übrigens recht hübschen Oberschenkel versetzen. Sie schreit, beginnt unverständliche Worte zu stammeln. Ja, sie spricht! Ich verstehe nicht, was das Mädchen sagt, aber einer von Simons Schülern ruft plötzlich: ›Sie hat Anaboth gesagt! Der Dämon hat seinen Namen genannt, Anaboth, die grüne Kröte.‹ Die Mutter fällt in Ohnmacht, die Nachbarn haben das Haus gestürmt, der Vater liegt auf den Knien, berührt mit dem Kopf den Boden und betet zum Herrn, ein Drunter und Drüber herrscht im Haus, wie es schlimmer gar nicht sein kann, und über dem ganzen Spektakel erhebt sich Simons mächtige Stimme: ›Anaboth, ich befehle dir, auf der Stelle aus dem Körper dieses Mädchens auszufahren! Geh und kehre nie mehr zurück! Sprich, Mädchen, sprich! Ich gebiete es dir!‹ Das Mädchen stammelt: ›Mutter! Mutter!‹ Dann verliert es ebenfalls das Bewußtsein. In einer Zimmerecke entdecken wir den Rabbiner, bleich wie die Wand ist er, und seine Augen glühen. Man tränkt Handtücher in Essigwasser und Kampfer und schlägt sie den ohnmächtigen Frauen ins Gesicht. Alles redet durcheinander, einzig und allein Simon bewahrt die Ruhe. Er erklärt der Versammlung, daß Anaboth der dreizehnte große Dämon sei, der Hüter schändlicher Geheimnisse, und daß er ins Haus gekommen sei, weil jemand solch ein Geheimnis zu verbergen habe. Die Mutter, die ihr Bewußtsein wiedererlangt hat, beginnt zu kreischen: ›Das ist wahr, das ist wahr! Der Herr möge mir verzeihen, ich wollte nicht, daß dieses Kind zur Welt kommt! Erbarmen, Herr!‹ Das Mädchen, das nun auch wieder bei Sinnen ist, sagt, es habe Durst, und sogar von der Straße herauf hört man die Leute rufen: ›Ein Wunder!‹ Simon nimmt seine zwei Sesterzen in Empfang, und der Rabbiner scheint plötzlich nicht mehr ganz bei Trost zu sein, denn er schlägt sich wie besessen an die Stirn. So, und du, mein Sohn, du sprichst also davon, dem Gesetz des Herrn in Palästina wieder Geltung verschaffen zu wollen? Da fragt sich nur, welches Herrn? Der deine – denn meiner ist er nicht mehr –, Jahwe, hat ernstzunehmende Konkurrenten, wie du siehst. Jener Simon wirkte im Namen des Großen Geistes, wer immer das auch sein mag. In Palästina reiht sich ein fremder Tempel an den anderen, Jupiter oder Zeus sind sie geweiht, Apollo, Minerva und unzähligen anderen Göttern, alles Tempel, die von den Römern erbaut wurden; und dann gibt es auch noch die zu Ehren von Isis, Osiris, Mithras und Baal. Wenn sie von deinem Jahwe nicht das bekommen, was sie gern hätten, laufen die Juden klammheimlich zum gefügigsten unter den anderen Göttern über, damit er ihre Bitten erhört. Und ich weiß, wovon ich rede, denn ich habe aus den Beuteln der Juden und den Röcken ihrer Frauen kleine Statuen und Goldamulette dieser fremden Götter gestohlen, ganz zu schweigen von ein paar ganz besonders ausgefallenen, die wohl Fruchtbarkeitsgötter darstellten und an Obszönität kaum zu übertreffen waren. Wenn du dem Gesetz deines Gottes wieder Geltung verschaffen willst, dann dürfen deine Taten denen Simons nicht nachstehen, du wirst ihn sogar überflügeln müssen. Kannst du das? Ich frage dich: Kannst du das?«

»Ich werde es versuchen«, sagte Jesus.

Joasch schlug mit dem Stock ins Feuer, und glühende Funken stoben gen Himmel. Ein Symbol, aber wofür?

»Ha!« entfuhr dem Dieb wieder, »du wirst lernen müssen! Man sagte mir, daß diese Männer Jahre gebraucht haben, um ihr Handwerk zu erlernen. Willst du bei Simon in die Lehre gehen? Nein, warte, ich antworte für dich: Du wirst es nicht tun, denn du bist stolz und unbefangen. Und doch, jener Simon birgt ein Geheimnis. Ich habe ihn heimlich berührt, und mir brannte die Hand. Außerdem erzählte mir irgend jemand, Simon sei am selben Tag in Samaria und in Jericho gesehen worden, als aber die Leute in Jericho ihn berühren wollten, hätten sie in die Luft gegriffen. Er war reiner Geist, ohne stoffliche Gestalt, verstehst du? Und er lächelte. Außerdem gibt es da noch einen anderen.«

»Einen anderen was?«

»Einen anderen Magier. Er wirkt in Ptolemais, in Phönizien und in Cäsarea. Er ist Grieche und heißt Apollonios. Er soll schöner sein als der lichte Tag, und die Leute sagen, er erwecke Tote zum Leben.«

»Woher weißt du von ihm?«

»Weil mir wieder ein anderer Berufsgenosse, dem ich im Norden begegnet bin, von ihm erzählt und dann gemeint hat: ›Er ist der einzige Mensch, den ich nicht bestehlen könnte.‹« Joasch lachte laut auf. Plötzlich wandte er sich Jesus zu und meinte, nun wieder ernst: »*Ich* könnte auch dich nicht bestehlen.«

»Vielleicht, weil ich nicht reich genug bin«, gab Jesus lächelnd zu-

rück. »Und du würdest trotzdem gern an deinen Vater glauben«, fügte er nach einer Weile hinzu.
Joasch zuckte nur mit den Achseln.
»Ich werde eine Runde schlafen. Wecke mich später, damit auch du dich noch ein wenig aufs Ohr legen kannst!«
Er deckte sich mit seinem Mantel zu und drehte sich um. Seine reglose Gestalt konnte man kaum noch vom Erdboden unterscheiden.
Dann, nach ein paar Minuten, hörte Jesus ihn in der Dunkelheit sagen:
»Du glaubst, daß eines Tages alles zu Ende geht, nicht wahr?«
»Ja.«
»Alles, was existiert?«
»Ja.«
»Die Ursachen und die Wirkungen?«
»Ja«, erwiderte Jesus, ein wenig stutzig.
»Weil es Gottes Wille sein wird?«
»Worauf willst du hinaus? Ja, natürlich!«
»Weil dein Gott die Ursache von allem ist, nicht wahr?«
»Ja.«
»Dann wird er aber ebenso wie die anderen Ursachen verschwinden, da ja alle Ursachen und alle Wirkungen nicht mehr weiterbestehen werden.«
»Wer hat dir das gesagt?«
»Niemand. Ich bin ganz allein darauf gekommen.«
Nun mußte man sogar schon Schriftgelehrter sein, um sich mit Dieben unterhalten zu können. Dieses Land war wirklich krank.

IXX.

Die auf das Ende warten

Der Dieb und sein zufälliger Weggefährte wechselten nur mehr wenige Worte bis Jericho. Jesus schien in trübe Gedanken versunken, und Joasch blickte recht griesgrämig drein. Das Kommando römischer Legionäre, dem sie kurz nach ihrem Aufbruch über den Weg gelaufen waren – es handelte sich um Syrier, die in ihren Uniformen etwas linkisch aussahen –, war auch nicht gerade dazu angetan gewesen, sie aufzumuntern. Erst beim Anblick der Stadt, die am Horizont auftauchte, ein einziges, in der heißen Luft verschwimmendes Flimmern in Rosa- und Grautönen, hellten sich ihre Gesichter auf. Da lag er nun vor ihnen, jener denkwürdige Ort, wo vor fünfzehn Jahrhunderten die Trompeten Josuas die Mauern der kanaanäischen Zitadelle zum Bersten gebracht hatten – es war ihnen, als sei es erst gestern gewesen.
»Los, du mußt jetzt blasen!« sagte Joasch.
Jesus schaute ihn verdutzt an.
»Jesus, das heißt doch Josua!« meinte Joasch zwinkernd.
»Es würde mich gar nicht wundern, wenn du ein vom rechten Weg abgekommener Schriftgelehrter wärst«, entgegnete Jesus. »Mit wieviel Jahren bist du eigentlich Dieb geworden?«
»Mit fünfzehn. In Joppe. Mein Vater wollte einen Rabbiner aus mir machen. Ich habe ein Huhn gestohlen und mich dann auf ein Schiff geflüchtet. Erst zwei Jahre später bin ich zurückgekehrt. Alle halten mich für tot.«
Vor den zwölf Ellen* hohen Mauern der Stadt blieb Jesus stehen und versuchte, sich an die Passagen zu erinnern, die ihm Josef aus den Büchern vorgelesen hatte. Warum, so fragte er sich, hatte der Herr, nachdem Er Josua zum Sieger gemacht hatte, warum hatte Er nur zugelas-

* ungefähr sechs Meter

sen, daß die Armee des Zedekia von den Babyloniern in alle Winde zerstreut wurde, und daß die Soldaten Nebukadnezars sein Volk niedermetzelten und aus Jericho vertrieben? Als sie durch das Judäische Tor schritten, maß er mit den Augen die Dicke der Balken. Sie hätten wahrlich hundert babylonischen Angriffen standhalten können.
Am ersten Brunnen machten sie unter einer Statue des Cäsars, neben der eine Reihe Legionärshosen zum Trocknen aufgehängt waren, halt. Das einst von Elisa gereinigte Wasser besudelte heute der Schmutz der Römer, die ihre Wäsche darin wuschen. Die beiden bogen in die unmittelbar vor ihnen abzweigende Straße ein und gelangten an einen kleinen Platz, in dessen Mitte ein im römischen Stil gehaltenes Denkmal emporragte, gekrönt von der Statue eines dickleibigen Mannes. Die Inschrift war in lateinischer und hebräischer Sprache eingemeißelt. Jesus hatte einige Mühe, sie zu entziffern: Sie standen vor einem Denkmal Herodes' des Großen. Wo einst die Propheten ihren Fluch ausgestoßen hatten, priesen heute Zitronen- und Tamarindensafthändler lauthals ihre Getränke an. Jericho war eine Stadt des lockeren Lebenswandels und der Vergnügungen geworden. Jesus und Joasch setzten sich auf die Stufen des Denkmals, beobachteten die Passanten und verfolgten mit besonderem Interesse einen kleinen Zug, der einer von vier Schwarzen getragenen Sänfte mit heruntergelassenen Vorhängen das Geleit gab.
»Ganz schön was los hier«, murmelte Joasch. Dann fragte er einen Händler, der seinen mit Gemüse beladenen Maulesel vor sich hertrieb, ob er wohl wisse, wie man am besten nach Qumran komme. Der Händler blieb stehen, musterte die beiden Männer nicht gerade freundlich und nickte. Nachdem er die unhöfliche Bemerkung vor sich hin gebrummelt hatte, daß sie genau wie Leute aussähen, die nach Qumran wollten, schilderte er ihnen den Weg: auf der Straße Richtung Süden, dann rechts der Felswand entlang; bei der dritten Furt, ganz da in der Nähe liege es.
Jesus erhob sich und griff nach seinem Stock.
»Warte hier kurz auf mich!« bat ihn Joasch und entfernte sich rasch.
Jesus blickte zur Statue jenes Mannes hinauf, den Josef so verabscheut hatte. Wenn er auch nur ein denkwürdiges Wort gesprochen hätte, dann wäre es nicht nötig gewesen, ihm dieses Denkmal zu setzen, dachte er.

Joasch kam zurück und reichte Jesus ein Päckchen. »Brot, eine gebratene Taube und Feigen«, bemerkte er dazu.
»Warum das?« fragte Jesus.
»Weil du nicht stehlen kannst«, entgegnete ihm Joasch und lachte lauthals auf. Einen Augenblick später stand Jesus wieder allein vor dem Denkmal. Der Schatten Herodes' fiel auf ihn; er tat einen Schritt zur Seite. Eine Frau ging vorüber. Auf ihrem Arm trug sie ein Hündchen mit weißem, krausem Fell. Ja, er hatte schon richtig gesehen, das Tier saß auf ihrem Arm. Sie warf ihm einen vielsagenden Blick zu, worauf er sich beeilte, wieder ans Judäische Tor zu gelangen.
Nach einem einstündigen Fußmarsch war nur mehr Wüste rings um ihn. Um die Mittagszeit durchwatete er die erste Furt. So wie die ganze Wüste Judäas von Gelbtönen beherrscht wurde, war auch das Gestein der angekündigten Felswand gelb. Zur Linken blinkte in der Ferne eine bleierne Lache, das Tote Meer. Unerbittlich stach die Sonne nieder. Das gleißende Licht blendete Jesus. Ein Gefühl des Unwohlseins überkam ihn plötzlich. Ganz nah an seinem Ohr vernahm er einen Pfeifton; er lehnte sich an den Felsen. Ein unterdrücktes Lachen hörte er nun, obwohl außer ihm niemand zu sehen war. Das Gelächter schwoll an in einem Maße, wie es nur ein Wahnsinniger hervorbringen konnte. Doch es war kein Wahnsinniger, der da so lachte. Seit langem schon hatte Jesus ihn erwartet, und geradezu erleichtert begrüßte er ihn nun.
»Gott wird dir vergeben«, sagte er.
Das Lachen ging in ein Grollen, dann in ein nicht enden wollendes Gebrüll über, das donnernd zum Meer hinunterrollte, immer größere Gesteinsbrocken mit sich riß und schließlich die Erde zum Beben brachte.
»Wenn du keine Vergebung willst«, schrie Jesus, »dann scher dich fort!«
Er war schweißgebadet und hielt sich nur mühsam auf den zitternden Beinen. Den Widerhall seiner Stimme hatte das Echo in harte, mißtönende Laute aufgelöst, zu denen sich noch das Wehklagen des plötzlich aufkommenden Windes gesellte. Der Wüstenstaub wirbelte hoch und umtanzte ihn in einem rasenden Reigen.
»Jahwe!« schrie er. Einem Brecher gleich wogte eine gewaltige Dünung, fauchend und brüllend wie ein verletztes Tier, zum Toten Meer

hinab. Zwei- oder dreimal noch schlug der Wind dem Wanderer das Gewand klatschend um die Beine, dann rührte sich nichts mehr. Stille legte sich über die Welt, die nun in einem Zustand äußerster Anspannung vor ihm zu liegen schien wie ein Stück Leder, das der Gerber bis zum Zerreißen gespannt hat.
Jesus erschauerte. Er trank einen großen Schluck Wasser aus der Kürbisflasche, die er in Jericho aufgefüllt hatte, und aß eine Feige. Der Feind existierte also. Eines Tages würde er auch seine Herkunft herausfinden. Wichtig war nur, zu wissen, daß es ihn gab, daß er ein treuloser Diener war oder auch das andere Erscheinungsbild der Allmacht.
Er kniff die Augen zusammen. Die zweite Furt lag nur ein paar Schritte weiter; völlig ausgetrocknet war sie. In der Ebene konnte Jesus in der Ferne die kubischen Formen einiger Häuser erkennen. Der Weg war sehr steinig geworden. Langsam schritt er voran, ohne die Ansiedlung aus den Augen zu lassen. Es standen mehr Häuser dort, als es zunächst den Anschein hatte, und sie waren alle um ein großes Hauptgebäude angeordnet, das von einem viereckigen, gedrungenen Turm überragt wurde. Etwas weiter südlich fraßen zwei oder drei Dutzend Schafe gierig ein paar kümmerliche Flecken Weideland kahl, Esel und Maultiere leisteten ihnen dabei Gesellschaft. In Richtung Osten erstreckten sich in Streifen angelegte Anbauflächen. Jesus war nun nahe genug herangekommen. Er konnte Männer mit nackten, schweißglänzenden Oberkörpern auf den Feldern ausmachen, ja, er erkannte sogar, daß junger Weizen angebaut wurde. Wo hatten sie nur Wasser gefunden in diesem Höllental? Als er die Ansiedlung erreichte, schritt er auf das Hauptgebäude zu, von dem er annahm, es sei ein Kloster. Vergeblich suchte er in der fensterlosen Mauer nach dem Eingang. Er blieb stehen, um sich vom heißen Wind den Schweiß trocknen zu lassen, und verscheuchte ein paar lästige Fliegen. Ein Arbeiter, der gerade des Wegs kam, musterte ihn, und Jesus fragte ihn nach dem Eingang zum Gebäude.
»Auf der Seite, die aufs Meer hinausgeht. Er ist hinter einem Windfang verborgen.«
Dieser Mann hier war sicher nicht von der Sorte jener halbverblödeten Bauern, denen er in Betsaida begegnet war. Jesus ging um das Bauwerk herum; im Vorübergehen stiegen ihm die übelriechenden Dämpfe einer Gerberei in die Nase, dann sog er den vertrauten Geruch frischen

Sägemehls ein. Er hatte das unbestimmte Gefühl, beobachtet zu werden, und blickte nach oben. Tatsächlich, vom Turm aus folgte ihm ein Späher mit den Augen. In Qumran waren also Wächter nötig, was bedeutete, daß auch hier Gefahren lauern konnten. Aber welche nur? Er gelangte an den Windfang, der den Eingang vor Sandstürmen schützen sollte. Die Tür dahinter war angelehnt. Er stieß sie auf und betrat einen kleinen, relativ kühlen Raum, in dem ein Mann, über eine Pergamentrolle gebeugt, an einem Tisch saß. Dieser Tisch und ein Stuhl bildeten das ganze Mobiliar des Zimmers. Der Mann hob langsam den Kopf und ließ seinen Blick auf Jesus ruhen.

»Friede sei mit dir!« begrüßte ihn Jesus. »Lebt unter euch Jokanaan, der Sohn des Priesters Zacharias?«

»Ja, das tut er«, antwortete der Mann.

»Kann man ihm vielleicht ausrichten lassen, daß ihn Jesus, der Sohn des Zimmermanns Josef, zu sehen wünscht?«

»Jokanaan ist gerade auf den Feldern. Ich werde ihn benachrichtigen. Warte hier!«

Das war nun der zweite Essener, dem er hier begegnete. Alle beide waren jung, aufgeweckt, und noch dazu schön. Vielleicht traf wirklich zu, was man ihnen nachsagte, daß sie nämlich sehr viel Wert auf die körperliche Erscheinung ihrer neuen Mitglieder legten, weshalb sie Dicke oder zu Magere, Kleine oder Verwachsene, ja sogar solche mit groben Gesichtszügen zurückwiesen. Als man ihm erzählte, daß die Essener selbst Kandidaten, deren Fesseln ihnen nicht schlank genug erschienen, ablehnten, hatte er das nur mit einem Achselzucken abgetan; vielleicht hatte er unrecht gehabt. Ratlos besah er seine Handgelenke. In den Augen der Essener konnte eine auserwählte Seele nur in einem harmonischen Körper wohnen. Er empfand das als Ungerechtigkeit, und der aus dieser Anschauung abgeleitete Gedanke an eine Einteilung der Menschen in höher und minder bewertete Klassen schokkierte ihn geradezu. Auf den ersten Blick ließ sich auch der Ausschluß von Frauen mit dem Hinweis auf die Notwendigkeit körperlicher und geistiger Zucht rechtfertigen. Aber konnte man denn nicht wenigstens Ehefrauen zulassen? Selbst die Propheten hatten Frauen gehabt. Wenn man das Fleisch in Qumran schon so verachtete – vielleicht hatte man sogar Angst davor –, warum wurden dann nur gutaussehende Männer ausgesucht? Er versuchte die Erinnerung an Saphira zurückzudrängen, aber sie tauchte auf Umwegen, in Form einer Frage, wieder vor ihm auf: Warum nahm denn er sich keine Frau? Vielleicht tat er den Essenern mit seiner Kritik unrecht. Vielleicht waren sie gleich ihm mit ganz anderen Gedanken und Sorgen als denen, eine Familie zu gründen, beschäftigt. Und Jokanaan …

Da hörte er das Geräusch von Sandalen auf dem Steinboden. Er drehte sich um. Sein Herz machte einen Freudensprung. Tief lagen die Augen in ihren Höhlen, die Wangen schienen eingefallen, die Nase war spitz geworden. Aber der Mund war schön wie eh und je, fast purpurn leuchteten die Lippen, und sie lächelten. Jesus ließ seinen Gefühlen freien Lauf und wollte Jokanaan eben umarmen, als dieser einen Schritt zurückwich.

»Du darfst mich nicht berühren. Selbst als Novize wäre es dir nicht erlaubt. Herzlich willkommen! Ich hatte dich erwartet.«

Wieder sahen sie sich in die Augen, schweigend, fast befremdlich mutete es Jesus an, wie sehr sich ihre Begrüßung in die Länge zog. Warum hat er mich nur herbeigesehnt? fragte sich Jesus.

»Brüder können einander nicht näher sein, als wir es sind«, sagte Jokanaan mit nahezu unhörbarer Stimme. »Bist du mit der Absicht gekommen, bei uns zu bleiben?«

Jesus antwortete mit einem Kopfnicken.

»Du wirst zunächst Novize sein. Die Probezeit dauert zwei Jahre. Die Meister verlangen sehr viel. Wenn du einmal Mitglied unserer Gemeinschaft geworden bist, dann bleibst du es für immer. Eheschließung wird nicht gern gesehen, dennoch haben sich einige unserer Brüder, vor allem jene, die in der Nähe von Städten leben, eine Frau genommen. Wir besitzen nichts und teilen alles. Wir arbeiten auf den Feldern oder in den Werkstätten, meistens abwechselnd, einmal hier und einmal dort. Wenn das Noviziat abgelaufen ist, offenbaren dir unsere Meister unsere Lehre. Ich werde dich den Obersten unseres Rates vorstellen, denn ich muß aufs Feld zurück. Vielleicht sehe ich dich nach dem Abendessen. Jedenfalls werden wir noch genügend Zeit haben, uns zu unterhalten.«

»Und danach?« fragte Jesus.

»Danach?«

»Was geschieht denn, wenn ich Mitglied der Gemeinschaft geworden bin? Werde ich dann mit euch hier bleiben, um in der Wüste zu beten, während das Gesetz im ganzen übrigen Land zu Staub zerfällt, die Römer uns weiter beherrschen und die Priester immer pflichtvergessener und treuloser werden?«

»Sind wir damals bei unserer Begegnung nicht übereingekommen, daß die Kenntnis der Bücher die Grundvoraussetzung ist, um wahre Führer unseres Volkes zu werden? Aus welchem anderen Grund sollte sonst jemand nach Qumran kommen? Das Ende ist nah, und wenn die Stunde kommt, wird der Herr in uns seine wahren Priester finden.«

»Das Ende?« fragte Jesus.

»Ja, das Ende. ›Jammern und Wehklagen wird in den Straßen und auf den Plätzen ertönen / Der Bauer wird zum Trauergeleit gerufen / Und die Klageweiber wird man kommen lassen / Bis in die Weinberge wird das Wehgeschrei zu hören sein / Denn ich werde unter euch sein und euch heimsuchen / Spricht der Herr / Toren, die ihr voller Erwartung dem Tag des Herrn entgegenblickt / Was wird jener Tag für euch sein?‹ Israel ist gefallen, und es wird sich nicht wieder aufrichten. Uns bleibt nichts anderes zu tun, als uns auf den Tag des Herrn vorzubereiten.«

»Und was ist mit den anderen? Sollen wir sie einfach ihrem Schicksal überlassen? Das hatten wir damals aber nicht so besprochen.«

»Damals!« rief Jokanaan. »Da war ich jung, und da warst du jung.«

»Fühlst du dich jetzt alt?« fragte Jesus. »Und haben die Jahre etwa irgend etwas am Los der Juden geändert? Was nützen ihnen Priester, die sich in den Büchern auskennen, ihr Volk jedoch im Stich lassen und nur mehr auf das Ende der Tage warten? Hast du nicht schon genug studiert? Wie lange willst du noch hierbleiben? So lange, bis du so viele Zähne verloren hast, daß dich niemand mehr versteht?«

»Wie hart und grausam du mir gegenüber geworden bist!« gab Jokanaan mit rauher Stimme zurück; Tränen waren ihm in die Augen getreten, und unwillkürlich wich er zurück. »Was soll ich denn tun? Hinausziehen und predigen? Hätten meine Worte denn mehr Wirkung als die der Propheten? Und deine? Sie haben wirklich Propheten über Propheten gehabt und doch nicht auf sie gehört.«

»Oh, wie du von ihnen sprichst, Jokanaan! So wie du denken auch die Sadduzäer und Pharisäer im Tempel! Ich sehe schon, du wirst hier bleiben, bis deine Gebeine unter Wüstensand und Steinen zu Staub zerfallen sind.«

Jokanaan schloß die Augen und atmete tief durch. »Ich liebe dich und weiß, daß auch du mich liebst«, sagte er, als er sich wieder gefaßt hatte. »Aber deine Liebe ist bitter wie Galle. Ich habe dich nicht gezwungen, nach Qumran zu kommen. Bist du gekommen, um dich uns anzuschließen, oder um mich zum Weggehen zu bewegen? Warum machst du mir so schwere Vorwürfe? Du weißt ja gar nicht, wie sehr ich mich quäle ...«

»Was quält dich?«

»Ich warte auf den Messias, aber wird er noch vor meinem Tod kommen?«

»Und wenn er nicht kommt?«

»Das wäre schlimmer als der Tod«, flüsterte Jokanaan. »Hör mal«, sagte er und suchte nach Worten, »haben wir nicht beide begriffen, daß es keinen Sinn hat, Zelot zu werden? Willst du, daß wir hier einen bewaffneten Aufstand vorbereiten? Willst du das wirklich? Glaubst du, daß das einen Nutzen haben oder eine Wirkung zeigen würde? Glaubst du, daß wir den Priestern den Krieg erklären können? Sie stehen unter dem Schutz der Römer. Genausogut könnten wir uns gleich auf die Römer selbst stürzen. Man muß retten, was noch zu retten ist. Ein paar Gerechte müssen Sodom vor dem Feuer des Himmels bewahren. Was willst du anderswo? Hast du schon daran gedacht, daß du allein wärst? Und hier bin doch ich bei dir!«

Jesus schloß die Augen. Der kleine Raum, in dem sie sich gegenüberstanden, war eine Art Grenzstelle zwischen der Ehrlosigkeit und dem Warten auf das Ende. Es war vielleicht besser, sich noch ein wenig Zeit zu lassen, um in Ruhe nachdenken zu können. Aber das Ende! Was sollte er davon halten? Flüchtig dachte er an die Nächte nach seiner Begegnung mit Dositheus, Nächte, in denen ihn Zweifel geplagt hatten. Das Ende? Es wäre gleichzeitig das Ende Gottes. Jokanaan konnte er das nicht sagen, ja, nicht einmal die leiseste Andeutung dieses lästerlichen Gedankens durfte er verlauten lassen. Er fühlte sich müde. Sein Weg durch die Wüste hatte also zu diesem Bollwerk geführt, einer Festung des Glaubens mit so schmalem Einlaß, daß man sich notgedrungen selbst verstümmeln mußte, um ins Innere zu gelangen.

»Ich werde bleiben«, verkündete er, wagte jedoch nicht, hinzuzufügen: für einige Zeit.

Zwei Männer erschienen in der Tür.
Jokanaan wandte sich zu ihnen um. »Dieser Mann ist mein Vetter Jesus. Er ist gekommen, um sich uns anzuschließen. Führt ihn vor den Rat!« Dann ging er.
»Ich heiße Hezechäus«, stellte sich einer der beiden Männer vor. Er hatte eine athletische Figur und war schön, was Jesus zu dem Gedanken bewog, wie vergeblich Schönheit doch war. »Folge mir bitte!«
Sie überquerten einen Innenhof, in dessen Mitte der viereckige Turm emporragte, der ihm schon von weitem aufgefallen war, und gelangten in einen Saal. Männer saßen hier auf Steinbänken, über steinerne Tische gebeugt. Einige lasen in Schriftrollen, andere schrieben emsig. Ob sie die Bücher wohl neu schrieben? In der Stille war nur das Kratzen der spröde übers Pergament gleitenden Federn zu vernehmen und das hektische Surren einer verwegenen Fliege, die wahrscheinlich durch eines der offenen Fenster vom Hof draußen an diesen ehrwürdig-ernsten Ort gelangt war. Ein Schreiber hob den Kopf, griff nach einer Fliegenklatsche und wartete, bis das Insekt seinen wilden Zickzackflug unterbrach und sich irgendwo niederließ. Ein flinker Schlag, und schon war es um sie geschehen. Der Schreiber schob das tote Tier mit seiner Sandalenspitze auf den Fliegenfänger, ging zum Fenster und warf es hinaus. Während er zu seinem Platz zurückkehrte, warf er Jesus einen flüchtigen Blick zu und ließ dann seine Augen etwas länger auf Hezechäus ruhen. Ein Anflug von Unwillen zeichnete sich in seinem Gesicht ab. Schließlich nahm er ein Priesterkäppchen aus einem Korb hinter seiner Bank und reichte es Hezechäus, der es sich sichtlich verlegen aufsetzte. Dann nahm er seine Arbeit wieder auf, als sei nichts gewesen. Hezechäus beugte sich zu ihm hinunter und sagte leise ein paar Worte. Der Mann hob nahezu gelangweilt den Kopf und bot Hezechäus an, sich neben ihn zu setzen. Sie unterhielten sich im Flüsterton. Diesmal würdigte der Schreiber Jesus eines eingehenden Blickes, schließlich nickte er. Hezechäus erhob sich und pochte leise an eine Tür, bevor er sie öffnete und Jesus mit einem Wink bedeutete, ihm zu folgen.
Nur zwei Männer befanden sich in dem Raum, der jedoch viel kleiner war als der erste. Sie standen über eine Schriftrolle gebeugt, und einer der beiden wies mit dem Finger auf eine Textstelle. Als Jesus und Hezechäus eintraten, steckte er vermutlich gerade mitten in einem Satz;

sein Finger verharrte an dieser Stelle. Sein schlohweißer Bart hob sich scharf von der sonnengebräunten Haut seines kahlen Kopfes ab. Obwohl ihm infolge seines Alters die Augen tränten, wirkte der Blick, den er auf die Störenfriede richtete, aufgeweckt und flink wie der eines Wiesels. Der andere hingegen hatte graue Haare und blickte stumpf dösend vor sich hin.
»Erlaubt ihr, daß ich euch unterbreche?« fragte Hezechäus. »Unser Bruder Elias hat mir gestattet, euch einen Fremden vorzustellen, der in unsere Gemeinschaft eintreten möchte. Er ist der Vetter unseres Bruders Jokanaan und heißt Jesus.«
Die beiden Männer antworteten mit einem unmerklichen Nicken. Einige Augenblicke lang musterten sie Jesus von Kopf bis Fuß. Jesus ließ indessen seinen Blick über die mit Schriftrollen vollgepfropften Regale schweifen; die Pergamentrollen sahen alle gleich aus, man konnte lediglich erkennen, daß manche öfter benutzt wurden und folglich stärker abgegriffen waren.
»Wann bist du angekommen?« fragte der Ältere.
»Zwischen der achten und neunten Stunde.«
»Woher kommst du, und wer ist dein Vater?«
Jesus antwortete in zwei Sätzen.
»Welcher Josef aus Bethlehem war dein Vater?« hakte der ältere der beiden, der mit dem Bart, nach. »Ich kenne Bethlehem recht gut, denn auch ich bin dort geboren. Es gab da einen Josef, Sohn des Jakobus, ein Pharisäer und Priester, der außerdem für das Holz beim Tempelbau zuständig war. Den kannte ich. Aber der war alt.«
»Er war mein Vater.«
»Du bist also der Sohn eines Priesters«, warf der Jüngere ein. »Aber warum gingst du nach Galiläa, wenn dein Vater doch Priester im Tempel war? Wurde dir Unterricht erteilt?«
Wiederum antwortete Jesus in zwei Sätzen.
»Josef war Nazarener«, bemerkte der Ältere. »Ließ er dich auch das Gelübde ablegen?«
»Nein.«
Sie setzten sich an einen Tisch.
»Was veranlaßte dich, nach Qumran zu kommen?«
Jesus merkte plötzlich, daß er es nicht mehr wußte. Und außerdem, diese ewigen Prüfungen …

»Jokanaan«, erwiderte er nach einer Weile. Er machte eine vage Handbewegung und fügte dann leise hinzu: »Hoffnung. Verzweiflung.«
»Hoffnung?« fragte der Ältere.
Wenn sie nicht wußten, was man erhoffen konnte, was sollte man da antworten?
»Und weiter?« beharrte er.
»Hoffnung und Verzweiflung, die zwei Seiten ein und derselben Medaille«, sagte Jesus.
Der Jüngere schien allmählich aus seiner schläfrigen Lethargie aufzuwachen.
»Warum hat mein Vater unglücklich sterben müssen?« fuhr Jesus fort. »Weil der Klerus in Jerusalem das Gesetz für einige Gunstbezeigungen der Römer und ihrer Hampelmänner verkauft hat.«
Der Ältere warf einen gelangweilten Blick zur Decke und meinte: »Niemand benötigt Priester, um das Gesetz zu beachten.«
»Was nützt eine einsame Weizenähre auf einem verlassenen Feld?« gab Jesus zurück.
»In welchem Buch steht das geschrieben?« erkundigte sich der Jüngere.
»In keinem.«
Erneut musterten sie ihn.
»Wo ist deine Mutter?« fragte der Ältere.
»Sie lebt bei meinen Brüdern in Galiläa.«
»Bist du verheiratet?«
»Nein.«
»Wie wird ein junger und gesunder Mann mit seiner Leidenschaft fertig?«
»Es kostet mich keine sonderliche Mühe, sie im Zaum zu halten. Mein Kopf ist mit ganz anderen Dingen beschäftigt, so bleibt für Leidenschaft wenig Zeit und Freiraum.«
»Aber steht nicht auch geschrieben, daß jeder Mann sich eine Frau nehmen und Kinder zeugen soll?«
»Sät ein besonnener Landmann seinen Samen in brackigen Ackerboden?«
»In welchem Buch…« wollte der Jüngere eben wieder fragen, besann sich aber dann doch eines anderen.
»Es ist nicht leicht, unserer Gemeinschaft beizutreten«, ließ der Ältere

Jesus wissen, ohne ihn dabei anzusehen. »Wir sind auf keine große Mitgliederzahl angewiesen. Wir können nur Männer brauchen, die uns selbst wiederum nötig haben, und mehr noch, wir brauchen nur die Besten von ihnen. Wir sind keine Zeloten, wir stellen keine Armee auf. Keine Armee kann das Ende der Zeiten auch nur um eine einzige Minute hinausschieben.« Er verschränkte seine Arme und legte eine kleine Pause ein. »Heute abend nach dem Essen wirst du noch einmal befragt, dann aber vom Rat der Zwölf. Wenn uns deine Antworten zusagen, wirst du zum Noviziat zugelassen. Es dauert zwei Jahre. Erst wenn deine Probezeit zu unserer Zufriedenheit abgelaufen ist, können wir dich in unserem Kreis aufnehmen. Jeglicher Fehler, den du begehst, kann uns dazu veranlassen, dich vorübergehend oder endgültig aus unserer Gemeinschaft auszuschließen. Bist du bereit, diese strenge Disziplin auf dich zu nehmen?«

»Ich schrecke vor keiner Disziplin zurück, wenn sie angebracht ist.«

»Sehr gut«, bemerkte der jüngere Schriftgelehrte, während er sich erhob, um den Prüfling zur Tür zu begleiten.

Aber Jesus machte keine Anstalten zu gehen. Er beobachtete sie, und sie starrten ihn an.

»Was willst du noch sagen?« fragte der Grauhaarige.

»Und was ist mit den Juden draußen in der Welt?« forschte Jesus nach. »Soll man sie einfach ihrem Schicksal überlassen?«

Der Bärtige lehnte sich in seinen Sitz zurück, warf erneut einen Blick zur Decke und runzelte die Stirn. »Es hat keinen Sinn, das Meer zu pflügen«, entgegnete er. »Selbst wenn alle Propheten wieder auf die Erde zurückkehrten und sich in alle Städte Israels begäben, würde es ihnen nicht gelingen, auch nur einen Menschen mehr zu retten. Das Rad der Zeit hat sich zu Ende gedreht, die Schriftrolle ist gänzlich abgerollt, nur wenige Worte bleiben noch zu lesen übrig. Wenn das letzte Wort gelesen sein wird, schickt der Herr seinen Boten, und dieser wird das Ende der Tage verkünden. Die Bösen werden in einer letzten Schlacht besiegt werden. Wir können nichts weiter tun, als uns für diesen Tag bereit zu halten.«

Der Abend nahte. Jesus spürte Müdigkeit in seinen Gliedern. Der jüngere Rabbiner zog an einer Schnur, woraufhin irgendwo ein Glöckchen bimmelte. Hezechäus tauchte wieder auf. »Ich heiße Efraim«, sagte der Rabbiner, »und mein Bruder hier, Matthias.« Dann wandte er sich an Hezechäus und wies ihn an: »Führe unseren Bruder ins Badehaus! Dort soll er sich mit den Novizen waschen. Dann wird er mit euch zu Abend essen.« Er setzte sich wieder, während Jesus Hezechäus folgte.

»Du mußt dir vor dem Bad Erleichterung verschaffen«, klärte ihn Hezechäus auf, als sie das Klostergebäude verlassen hatten. »Siehst du die Büsche dort? Der Ort scheint mir dafür geeignet.« Er holte eine kleine Schaufel aus seiner Tasche und reichte sie Jesus, der sich fragte, was er damit anfangen solle. »Da, nimm!« forderte ihn Hezechäus auf. »Vergrabe, was du zu vergraben hast, eineinhalb Fuß tief! Ich warte hier auf dich, um mit dir zur Abendwaschung zu gehen.«

Welche Umstände man sich doch wegen des Inhalts der Gedärme machte! Die Leute hier fieberten dem Ende der Tage entgegen, wozu also noch diese lächerlichen Vorkehrungen? Als er die Sache ordnungsgemäß hinter sich gebracht hatte, leuchtete der Himmel in rötlichblauem Licht. Hie und da wurden hinter den Fenstern des Klosters schon Lampen angezündet. Hezechäus deutete auf ein paar Männer, die sich in einer Reihe aufgestellt hatten. Fast alle waren sie jung, manche sogar sehr jung. Sie trugen Lendenschurze, ihr Oberkörper war nackt, und jeder von ihnen hatte ein weißes Gewand über dem rechten Arm hängen. Jesus schloß sich ihnen mit Hezechäus an. Der Zug setzte sich in Bewegung und gelangte in einen Hof, in dessen Mitte sich ein von einem Springbrunnen gespeistes Wasserbecken befand, dessen Überlauf in einer steinernen Rinne abfloß. An den Mauern befestigte Fackeln spendeten Licht.

»Wirst du auch mit uns ein Bad nehmen?« erkundigte sich Jesus.

»Ja, ich bin noch Novize. In drei Wochen werde ich vielleicht als Bruder in die Gemeinschaft aufgenommen.«

Obwohl er noch Novize war, vermied auch Hezechäus jeglichen körperlichen Kontakt mit dem ihm Anvertrauten. Als sich ihre Ellbogen einmal zufällig berührten, zuckte er zusammen. Jesus mußte ein Lächeln unterdrücken.

Als schließlich alle versammelt waren – an die drei Dutzend Männer waren es wohl –, erhob sich eine Stimme: »Ihm wird nicht vergeben / Auch wenn er Buße tut / Und die reinigenden Wasser werden ihn nicht läutern / Auch nicht durch Meer und Flüsse wird er geheiligt / Noch waschen ihn rein alle Wasser der Vergebung / Unrein, unrein wird er bleiben / Solange er Gottes Urteil mißachtet.«

Zu beiden Seiten des Rezitierenden stand ein Rabbiner, um mit wachsamen Augen zu beobachten, wie die Novizen, einer nach dem anderen, ins Becken hinabstiegen, den Kopf unter Wasser tauchten, sich den Körper mit einer Bürste aus Hirsestroh abschrubbten und dann in einer Kabine verschwanden, um sich dort abzutrocknen und umzuziehen, bevor sie, nun in weiße Gewänder gekleidet, wieder heraustraten. Ein Diener sammelte die nassen Lendentücher mit einer Stange auf und warf sie in einen Holzzuber; ein zweiter trug den Bottich fort und brachte ihn leer zurück.

Als Jesus an der Reihe war, meinte Hezechäus zu ihm: »Zieh dich aus, aber behalte deinen Schurz an!«

Jesus stieg die drei Stufen hinunter, stand bis zu den Hüften im erstaunlich kalten Wasser, prustete und rieb sich, da er keine Bürste hatte, mit den Handflächen den Körper ab. Er hatte seine Zweifel, ob er nun wirklich von seinen Missetaten reingewaschen war. Dann stieg er aus dem Bad und suchte sein Gewand, das er nicht mehr finden konnte.

»Ich habe es genommen, um es zum Waschen zu geben«, erklärte ihm einer der Novizen und reichte ihm ein trockenes Lendentuch und ein weißes Gewand. »In der Kabine liegt ein Handtuch zum Abtrocknen.«

Während Jesus sich, vor den Blicken der anderen geschützt, trockenrieb, hörte er, daß der Rezitator seine Ermahnungen wiederaufgenommen hatte: »... Und durch den Geist der Heiligkeit / Im Streben nach einem gemeinsamen Leben in Seiner Wahrheit / Wird er von allen seinen Sünden reingewaschen / So daß er das Licht des Lebens schauen kann.«

Nachdem er sich die Haare mit einem Holzkamm, der in der Umkleidekabine für die Badenden bereitlag, entwirrt hatte, band er sie im Nacken zu einem Knoten zusammen. Ohne zu wissen, wohin er nun gehen sollte, verließ er die Kabine und schloß sich wieder den Novizen an, die sich, noch immer im Gänsemarsch, zum Hauptgebäude begaben. In einem sieben bis acht Ellen hohen, etwa zehn Ellen breiten und viermal so langen Saal fand er sich wieder. Zwei deutlich voneinander abgegrenzte Tischreihen, zu beiden Seiten von langen Bänken gesäumt, waren darin aufgestellt. Die Novizen nahmen vor den Tischen in der Nähe der Türe Aufstellung. Die übrigen Tische waren

wohl den älteren Mitgliedern vorbehalten. Und tatsächlich, nur wenig später betraten andere Männer, unter ihnen auch Jokanaan, den Raum durch eine weitere Tür. Wie die Novizen stellten auch sie sich vor den Tischen und den leeren Tellern auf.
Nun schritt ein greiser Mann von majestätischer Erscheinung herein, offenbar der Oberste der Essener. Sein weißer Bart lag ihm wie ein Schutzschild über der Brust, eine schlohweiße Mähne umrahmte sein Haupt und fiel wallend auf die Schultern herab. Da seine Haare noch feucht schimmerten, konnte man daraus schließen, daß auch der Meister dem abendlichen Waschritual nachkam. Zwei Rabbiner – oder nannten sie sich hier vielleicht anders? – erschienen in seinem Gefolge, Efraim und Matthias, die beiden, die Jesus einer ersten Befragung unterzogen hatten. Der Greis dankte dem Allmächtigen für Seine Gnade, ihnen allen heute ein weiteres Mal die Gunst gewährt zu haben, Ihn, den Herrn, zu lobpreisen, und alle Versammelten sprachen seine Worte nach. Dann dankte er Ihm für die Kraft, die Er ihnen den ganzen Tag hindurch verliehen hatte, damit sie ihre Arbeit vollbringen konnten, und wartete wieder, bis seine Worte wiederholt wurden. Schließlich pries er den Herrn, weil Er ihnen geholfen hatte, den Geist des Bösen in Schach zu halten und sich von den Sünden der Welt fernzuhalten, und er dankte Ihm für die Nahrung, die Er ihnen schenkte. Nach diesen abschließenden Worten setzte er sich, und die Köche kamen in den Saal; diejenigen, die zur Tür der Novizen hereinkamen, bedienten ausschließlich die Novizen, die anderen hingegen nur die älteren Essener. Das Essen wurde in irdenen Gefäßen herbeigeschafft, die so schwer waren, daß zwei Männer sie kaum schleppen konnten. Es gab Weizensuppe mit Wachtelfleisch, von der sich jeder mit einem hölzernen Schöpflöffel bediente. Anschließend wurde dem Meister der Essener ein riesiger Brotkorb vorgesetzt, aus dem er einen Laib nahm und ihn mit symbolischer Geste entzweibrach, bevor der Korb weitergereicht wurde und alle ihr Brot nach dem Vorbild des Meisters brachen. Zu guter Letzt brachten die Diener Weinkrüge an den Tisch des ehrwürdigen Greises; er verdünnte den Wein mit Wasser, dann erst wurde er an die Allgemeinheit ausgeschenkt.
Eine halbe Stunde dauerte das Abendessen, das alle Tischgenossen schweigend einnahmen. Als der Meister sein Mahl beendet hatte – auch die anderen waren inzwischen gesättigt –, erhob er sich, dankte

dem Herrn und verließ den Saal. Die Versammelten waren noch kaum bei der Tür angelangt, da eilten die Köche schon wieder zu den Tischen, um die kärglichen Essensreste in Schüsseln einzusammeln und sie – wie man Jesus erklärte – unverzüglich im Wüstensand außerhalb des Klosters zu verscharren.
Den Schakalen wird diese Gegend wohlbekannt sein, dachte Jesus bei sich.
»Nun ist der Zeitpunkt gekommen, um dich unserem Rat vorzuführen«, kündigte Hezechäus ihm feierlich an. »Und wenn du wirklich Mitglied unserer Gemeinschaft werden willst, tätest du vielleicht besser daran, solche Gedanken, wie du sie heute nachmittag gegenüber unserem Bruder Jokanaan und anschließend noch vor Efraim und Matthias geäußert hast, nicht zu wiederholen.«
Daß die beiden Schriftgelehrten über den Verlauf ihrer Unterredung mit dem Kandidaten berichtet hatten, überraschte Jesus nicht sonderlich. Daß aber Jokanaan es ihnen gleichgetan hatte, verstimmte, ja verletzte ihn. Hatte man seinen Vetter womöglich dazu gezwungen?
»Was war denn so tadelnswert an meinen Überlegungen?« wollte Jesus wissen. »Sind wir nicht alle auf der Suche nach Wahrheit, und kommt die Wahrheit nicht durch solche Überlegungen ans Licht?«
»Die Wahrheit ist bereits gefunden.«
»Und wie erfahre ich sie?«
»Du mußt nur zuhören«, erwiderte Hezechäus.
Sie gingen auf den Hof hinaus, wo der Abendwind die Fackeln flakkern ließ und mit den Schatten einiger Personengrüppchen spielte, die sich dort gebildet hatten, um vor dem Schlafengehen ein paar Worte auszutauschen. Angeregte Diskussionen waren das sicher nicht, das sah Jesus auf den ersten Blick. Er hörte, wie einer dem anderen von seinem Problem erzählte, das er mit dem Brennen großer Tongefäße hatte. Jesus ließ seinen Blick über den Platz schweifen, weil er Jokanaan suchte, doch Hezechäus ermahnte ihn zur Eile.
Der Rat tagte in einem Raum, der ganz in der Nähe des Saales der Schreiber lag. Zwölf Männer saßen da auf einem Podium, in ihrer Mitte jener ehrwürdige Greis, der den Vorsitz beim Abendessen geführt hatte. Prächtige Wandleuchter sorgten für eine mehr als großzügige Beleuchtung. Hezechäus führte seinen Schützling in den Raum und verkündete in feierlichem Ton: »Hier ist der Kandidat!«

woraufhin er sich zurückzog. Jesus versuchte währenddessen in den Mienen der zwölf zu lesen. Ach, wie leidenschaftslos die Richter Qumrans doch auf das Ende der Welt warteten! Der Meister bat den Allmächtigen um Seinen Beistand, dann eröffnete der unmittelbar neben ihm sitzende Mann die Prüfungszeremonie.

Name, Name der Eltern, Geburtsort, Alter, Beruf, Name der Geschwister, deren Berufe, Vettern und Verwandte ... Welchen Unterricht er genossen habe. Welche Propheten Josef ihn gelehrt habe. An welche er sich am besten erinnerte. Ob er einige ihrer Prophezeiungen vortragen könne. Kannte er die Geschichte des Gottesvolkes? Erwartete er einen Propheten? Oder einen Messias? Was Josef zur Flucht aus Palästina veranlaßt habe. Warum er mit dem Tempelklerus gebrochen habe. Wie kam es, daß er so spät ein zweites Mal geheiratet hatte und warum? Was hatte Josef über die Essener erzählt? Wie hatte Jesus von ihnen erfahren, und was berichtete man von ihnen? Was er über ihre Lehre wisse. Konnte er lesen, schreiben, rechnen? Beherrschte er die hebräische Sprache? Griechisch? Es war schon später Abend, als die Befragung zu Ende ging.

»Geh hinaus, aber warte vor der Türe!« wies ihn der Beisitzer an, der ihm die Fragen gestellt hatte.

Jesus wartete im Saal der Schreiber. Konnte man diese Männer noch als richtige Juden bezeichnen? Was waren das nur für Juden, die ihr Volk in die Finsternis, die es umgab, zurückstießen? Er spielte schon mit dem Gedanken, diesen freudlosen Ort zu verlassen, um sich wieder nach Jerusalem zu begeben. Aber das hätte wohl oder übel geheißen, wieder seinem Beruf als Zimmermann nachzugehen; nichts hätte er dann dazugelernt. Und wenn er zurückging, was würde das schon ändern? Er seufzte. Begab man sich hinaus in die Welt, so bedeutete das eine ständige Konfrontation mit den unehrlichen, schmutzigen Dingen des Lebens. Hier in Qumran hatte man die Unlauterkeit verbannt, doch mit ihr war auch jegliches Leben gewichen. Er fühlte sich allein. Er dachte an seine Mutter. An seine uneingestandene Sehnsucht nach Saphira und nach Joasch, dem Dieb... Mit Menschen wie ihnen müßte man das Leben neu gestalten, überlegte er gerade, als die Tür aufging und er wieder in den hell beleuchteten Raum gerufen wurde.

Ein anderes Ratsmitglied stellte ihm Fragen über seine Gesundheit

und über die Krankheiten, die er bisher gehabt habe. Schließlich forderte er ihn auf: »Würdest du dich bitte ausziehen, damit wir feststellen können, daß du auch wirklich ein Mann bist.«
Verwirrt blickte er die Männer an. Mit gebieterisch erhobenem Kinn verlieh der Prüfer seinem Befehl Nachdruck. Jesus entkleidete sich bis auf das Lendentuch.
»Auch den Schurz!«
Splitternackt stand Jesus nun vor der Versammlung. Der Prüfer stieg vom Podium herab, schritt zunächst um ihn herum und besah ihn sich dabei aufs genaueste, betastete dann seine Muskeln, untersuchte Zähne, Augen und Ohren.
»Der Kandidat ist ein Mann«, verkündete er dem Rat, »und er ist bei guter Gesundheit.«
Jesus zog sich wieder an.
Die zwölf beratschlagten halblaut, welchen Betreuer und Gefährten sie Jesus zuweisen sollten. Schließlich kamen sie überein, ihm zwei zu geben: Hezechäus für das Gemeinschaftsleben und Jokanaan für die religiöse Unterweisung. Man rief Hezechäus herbei, um ihn über seine neue verantwortungsvolle Aufgabe aufzuklären. Dabei wurde auch angeordnet, daß Jesus, je nach Umständen und Bedürfnissen, in der Tischlerwerkstatt und auf den Feldern arbeiten solle.
»Was seine Unterbringung betrifft«, verfügte der Meister der Essener, »so wird er in deinem Haus wohnen, Hezechäus. Nun geht!«
Der Hof lag verlassen; nur eine einzige Fackel leuchtete ihm noch. Oben im Turm hielt der Späher sein wachsames Auge auf den Horizont gerichtet; wohl für den Fall, daß die Sterne vom Himmel fielen oder rötliche Staubwirbel das Nahen der Heerscharen des Bösen ankündigten. Sie gelangten an ein langgestrecktes Gebäude, das in einzelne Wohnzellen mit jeweils eigener Haustüre unterteilt war.
Hezechäus öffnete seine Tür, zündete eine Lampe an, zog eine zusammengerollte Matratze aus einer Ecke hervor, klopfte sie aus und meinte zu Jesus: »Hier ist dein Bett.«
»Ich habe Durst«, sagte Jesus.
»Auf dem Fensterbrett steht ein Krug.«
In langen, gierigen Zügen trank er das frische, nur ganz leicht salzig schmeckende Wasser. Zum Umfallen müde war er! Am Boden kniend, verrichteten sie ihr Gebet. Dann fiel Jesus erschöpft auf sein

Lager. Draußen wisperte der Wind seine irrwitzigen Fragen ins Dunkel der Nacht. Die Sterne funkelten wie eh und je über den Köpfen dieser Menschen, die fest daran glaubten, daß die Gestirne früher oder später vom Himmel fallen würden, weil die Juden vom rechten Weg abgekommen waren. Weit weg, im entferntesten Winkel Asiens, legte sich der erwachende Tag über die Reisfelder, und die Hibiskussträucher wiegten ihre taubeperlten Blüten im Morgenwind.

XX.

Der Prozeß der Kleinmütigen

Die Tage vergingen wie im Flug und die Nächte, so wie der Sand durch die Finger rinnt und nichts als feinen Staub zurückläßt. Die Welt draußen, Jerusalem und Kafarnaum, Marias ureigenste Art, das Brot in ein Leinentuch einzuwickeln, und Josefs typische Geste, wenn er die Klinge des Hobels prüfte, der Duft der Orangenbäume in der schlammigen Erde gegen Ende des Winters und das Kindergeschrei im Gäßchen nahe bei ihrem Haus, merkwürdige Erinnerungen wie die an den greinenden Aristophoros oder an Saphira, wie sie eine Sandale in der Nacht verliert – all dies zerfiel zu Staub, zu Staub im Wind. Er hatte gelernt, den Acker zu bestellen, und er konnte mittlerweile Hebräisch. Sein Körper war hart geworden wie Stahl, ein Feuerstein würde er bald sein und Funken sprühen bei jeglichem heftigen Stoß. In einigen Wochen war sein Noviziat beendet. Qumran sollte nun sein Jerusalem werden. Vielleicht würde er eines Tages die Welt wiedersehen, falls man ihn auserwählen sollte, anderswo eine neue Gemeinschaft zu gründen.

Doch einer Sache war er sich gewiß: Das Ende der Welt stand ihnen nicht bevor. In Jokanaan, der mit Jesus' Ausbildung betraut war, rief das Schweigen seines Schützlings ein wachsendes Gefühl von Beklemmung wach. Wenn Jokanaan vom bevorstehenden Weltuntergang sprach, trat in Jesus' Augen eine große Leere. Jokanaan erschreckte diese Leere. Er, der mit Leib und Seele Essener war, ertrug den Zweifel dieses von allen geschätzten Novizen nicht mehr, diesen Zweifel, der offen dalag wie ein Kiesel auf der flachen Hand. Und als Jokanaan eines Tages wieder einmal – fast hätte man meinen können, aus Lust an der Provokation – auf das nahende Ende zu sprechen kam und in die braunen Augen des Novizen wieder diese seltsam schwarze Leere trat, konnte er nicht mehr an sich halten und fragte: »Du glaubst

nicht an das Ende der Welt?« Im Grunde war es keine Frage, sondern eine Feststellung.
»Noch jede Welt ist bisher zu Ende gegangen«, entgegnete Jesus. »Moses' Welt ging unter, die Davids ebenso, und wir sind immer noch hier.«
Jokanaans Züge verhärteten sich.
»Die Welt kann nicht einzig und allein wegen uns Juden untergehen. Es leben noch andere Völker auf ihr. Warum sollten sie dem Tod geweiht sein, nur weil unsere Priester sich etwas zuschulden kommen ließen? Und wenn doch – dann müssen sie gerettet werden. Man muß das Ende der Welt verhindern«, fügte er fast traurig hinzu.
»Wir sind das Volk Gottes«, beharrte Jokanaan.
»Sind wir es?« äußerte sich Jesus zweifelnd. »Oder waren wir es vielmehr? Wenn die Welt nicht gleichzeitig mit dem Reich Davids unterging, wenn sie weiterbestand, obwohl der große Tempel einstürzte, warum sollte dann gerade jetzt das Ende nahen?«
»Ist das alles, was meine Lehre bewirkt hat?« fragte Jokanaan mißbilligend.
»Die Ereignisse tragen ihre Lehre in sich, eine kraftvollere und schlüssigere als die der Menschen. Zu glauben, daß die Welt zugrunde geht, bedeutet, an seinem eigenen Verfall Rache nehmen. Wir sind tief gefallen, Jokanaan, deshalb haben sich die Essener auch in die Wüste zurückgezogen.«
Jokanaan rauschte das Blut im Kopf. All das war unerträglich und doch so einleuchtend. So klar, Herr, klar wie der lichte Tag! Er warf sich fast auf Jesus und packte ihn, das Berührungsverbot vollkommen vergessend, an den Schultern.
Da fuhr Jesus fort: »Wir müssen eine andere Priesterschaft gründen, aber keine, die sich in die Wüste zurückzieht.«
»Was tust du noch hier?« flüsterte Jokanaan.
»Ich weiß es selbst nicht mehr.«
Jokanaan ging hinaus.
Drei Tage lang suchte er sein verlorenes Gleichgewicht, ja sogar seinen normalen Atemrhythmus wiederzuerlangen. Es wollte ihm nicht gelingen. Sein Atem ging wie gehetzt. Am Morgen des vierten Tages bat ihn Hezechäus, doch einmal mit Elifas, dem Novizen, der jetzt mit Jesus die Wohnzelle teilte, zu sprechen. Dieser war mit seinen siebzehn Jah-

ren von solch unschuldiger Naivität, daß er sich allen wie ein offenes Buch darbot. Hezechäus' leiser Unterton in der Stimme hätte Jokanaan eigentlich eine Warnung sein müssen. Um die Mittagszeit versuchte er dann verzweifelt, Elifas ein paar zusammenhängende Worte abzuringen.

»Und weiter?« drängte Jokanaan, dem die Erregung die Adern an den Schläfen und am angespannt nach vorn gereckten Hals hervortreten ließ.

»Das habe ich dir ja schon gesagt«, gab der Novize in weinerlichem Ton von sich. »Ich habe einen Aufprall gehört.«

»Elifas, mein Bruder«, versuchte Jokanaan, ihn zu beschwichtigen. »Bist du dir bewußt, daß du das alles auch geträumt haben kannst?«

»Ich habe nicht geträumt«, widersprach Elifas resigniert. »Gerade das hat mich aufgeweckt, habe ich das nicht gesagt? Und von da an habe ich kein Auge mehr zugetan.«

Jokanaan verschränkte die Arme, schloß die Augen, schlug sie wieder auf, betrachtete den wolkenlosen Himmel und sah dann den jungen Mann wieder an. »Wärst du bereit, vor dem Meister unseres Rates zu schwören, daß du in der vergangenen Nacht gesehen hast, wie Jesus über dem Boden schwebte?«

»Wenn man es von mir verlangt, werde ich schwören«, gab Elifas verärgert zurück.

»Komm mit!« befahl Jokanaan. Er wollte Efraim und Matthias bitten, den Rat zu einer außerordentlichen Versammlung einzuberufen.

Aber da besteht doch ein Zusammenhang! durchfuhr es ihn plötzlich im Gehen. Da besteht ein Zusammenhang. Jesus und der Meister der Gerechtigkeit ... Er erinnerte sich an das einstige Oberhaupt der Essener, den Meister der Gerechtigkeit, den der »Schlechte Priester« Alexander Jannai hatte umbringen lassen und dessen Tod der Vorbote für die Ankunft eines Messias gewesen sein sollte, eines Mannes aus dem Geschlecht Davids... Jesus aber entstammte dem Geschlecht Davids. Er, Jokanaan, wußte das, und außer ihm wußte sonst kein Mensch davon. Aber all das konnte er dem Rat nicht so ohne weiteres schon jetzt enthüllen; die zwölf müßten zunächst einmal darauf vorbereitet werden. Als er an der Türe der Schriftgelehrten angelangt war, kamen ihm die Worte in den Sinn, die Efraim über Jesus geäußert hatte: »Welch merkwürdiger Mann.« Merkwürdig, in der Tat! Er pochte

leise an die Tür. »Herein«, kam es von drinnen. Der verkrampfte Gesichtsausdruck Elifas' ließ die beiden Alten zunächst vermuten, der Novize habe ein schweres Vergehen begangen. Matthias befürchtete schon, man würde Elifas der Masturbation bezichtigen. Und Jokanaans erregte Stimme versetzte tatsächlich all seine Sinne in Alarmbereitschaft angesichts dieses äußerst unangenehmen Themas, das ihn offensichtlich erwartete.
Hezechäus hatte Elifas am hellichten Tag schlafend im Leder- und Fellschuppen hinter der Gerberei überrascht. Da er irgendeine nächtliche Aktivität vermutete, die ihn ungehörigerweise am Schlaf gehindert hatte, verlangte er von ihm eine Erklärung für dieses zusätzliche Schlafbedürfnis. Elifas stammelte nur wirres Zeug, und aus dem Gestottere ging eine recht ungereimte Geschichte hervor. Hezechäus, der gerade anderweitig beschäftigt war, bat Jokanaan, den Tutor Elifas', Licht in diese Angelegenheit zu bringen. Unter Androhung von Strafmaßnahmen bekannte Elifas schließlich den Grund seiner Schlaflosigkeit. Er hatte ihn nicht verraten wollen aus Angst, man würde ihm keinen Glauben schenken oder ihn für verrückt halten. Der dumpfe Aufprall eines Körpers auf der Strohmatratze neben seinem Lager hatte ihn aus dem Schlaf gerissen. Als er die Augen aufgeschlagen hatte, sah er, wie sein Zimmergefährte Jesus offensichtlich in Trance abermals von seinem Lager aufstieg und frei in der Luft schwebte.
Efraim und Matthias verzogen das Gesicht. Es war unmöglich, den Rat einzuberufen, ohne vorher eine ordnungsgemäße Überprüfung eines so unglaublich klingenden Berichts durchgeführt zu haben. Eine volle Stunde wurde Elifas aufs peinlichste verhört; er wich jedoch um keinen Deut von seiner bisherigen Darstellung des Vorfalls ab. Die beiden Alten waren mehr als fassungslos; äußerste Verunsicherung beschlich sie. Wunder solcher Art waren nicht mehr vorgekommen seit …
»Ja«, schaltete sich Jokanaan ein, »seit dem Meister der Gerechtigkeit.«
Matthias ging, um den Meister von diesem Ereignis in Kenntnis zu setzen, der ihm auch die anderen Ratsmitglieder herbeizurufen befahl. Um die dritte Stunde, hieß es, werde eine außerordentliche Versammlung abgehalten, da eine derart wichtige Angelegenheit keinen Aufschub dulde. Jokanaan und Elifas vertraten sich die Füße im Hof.

Hezechäus gesellte sich zu ihnen. »Was ist nun bis jetzt herausgekommen?« erkundigte er sich.
»Der Rat wird einberufen.«
Wo war Jesus? Er arbeitete in der Schreinerwerkstatt.
Der Rat tagte zur vereinbarten Zeit. Jokanaan wurde gebeten, an der Sitzung teilzunehmen; außer Elifas wurde nur er geladen, da er sowohl Elifas' als auch Jesus' Tutor war.
»Das Licht des Vollmonds schien ins Zimmer, als mein Bruder Jesus und ich abends zum Schlafen zurückkehrten«, berichtete Elifas. »Durch ein Geräusch in der Kammer wachte ich auf; ich hatte geglaubt, einen Körper auf die Strohmatratze fallen zu hören. Mir wurde plötzlich ganz sonderbar zumute, und ich drehte mich ein wenig zur Seite, um zum Lager meines Bruders Jesus hinübersehen zu können, und da erblickte ich ...« Die Stimme versagte ihm.
»Was hast du gesehen?« fragte Efraim.
»Jesus schwebte mit angezogenen Beinen und mit geschlossenen Augen über seiner Matratze.«
»Vielleicht hast du das nur geträumt«, legte Efraim ihm nahe.
»Aber nein, gerade das Geräusch hat mich doch geweckt, und dann konnte ich nicht wieder einschlafen bis ... bis heute vormittag.«
»Hezechäus fand ihn um die Mittagszeit schlafend im Schuppen der Gerberei«, fügte Jokanaan erklärend hinzu.
»Dann hast du dir das Ganze nur eingebildet«, meinte Efraim. »Jesus hockte zwar da, aber in der Dunkelheit glaubtest du, ihn über dem Boden schweben zu sehen.«
»Mein Vater«, widersprach Elifas mit Nachdruck, »wenn ich doch den Schein des Mondlichts auf seinem Bett unter ihm gesehen habe! Kurze Zeit darauf vernahm ich zum zweitenmal einen dumpfen Aufprall. Mein Bruder Jesus war wieder auf die Matratze gefallen. Es dauerte eine Weile, bis er die Augen aufschlug und zu mir sagte, ich solle keine Angst haben und wieder einschlafen.«
»Er sagte zu dir, du sollst keine Angst haben?«
»Ja.«
»In welcher Höhe schwebte er?«
»So hoch ungefähr«, meinte Elifas und hielt dabei die flache Hand in Kniehöhe.
Die Mitglieder des Rates blickten sich an.

»Berichte nun von den anderen Geräuschen!« forderte Jokanaan ihn auf.
»Ich hatte schon früher in manchen Nächten Geräusche gehört. Damals achtete ich nicht sonderlich auf sie, obwohl sie mich jedesmal aus dem Schlaf schreckten. Ich dachte immer, Jesus dreht sich nur auf seinem Lager um.«
»Seit wann hörst du diese Laute schon?«
»Genau kann ich das nicht sagen. Aber es geht jedenfalls schon mehrere Wochen so.«
Die Mienen der Ratsmitglieder hatten sich verdüstert. Elifas wurde mit der strengen Anweisung, Stillschweigen zu wahren, entlassen.
»Der junge Mann scheint die Wahrheit zu sagen«, meinte der Meister ratlos. »Aber um eine solche Wahrheit zu begreifen, ist schon der Beistand des Allmächtigen vonnöten. Wußtest du über die Wunderwerke deines Vetters und Schützlings Jesus Bescheid, Jokanaan?«
»Nein.«
»Manche von uns haben unheilvolle Zeichen wahrgenommen«, fuhr der Meister fort. »Daniel hier zum Beispiel hat gesehen, wie eine unsichtbare Hand ihm in der Nacht die Decke vom Bett zog. Aber was Elifas da beschreibt, das sind keine unheilbringenden Zeichen, zumindest würde ich sie vorläufig nicht als solche bezeichnen. Sie scheinen fast prophetischen Charakter zu haben. Was haltet ihr davon, meine Brüder?«
»In der Tat waren unsere Propheten die einzigen Menschen, denen man die Fähigkeit zuschrieb, in der Luft zu schweben«, bemerkte einer, der Ebenezer hieß. »Aber können wir deshalb zu Recht annehmen, daß Jesus ein Prophet ist?«
»Darüber laßt uns erst befinden, nachdem wir Jesus selbst befragt haben. Wir werden ihn gleich kommen lassen. Aber vorher würden wir gern noch erfahren, was du von diesem Novizen hältst, Jokanaan.«
»Er hat in den zwanzig Monaten keinen einzigen Fehler begangen. Mir fällt auf, daß er sehr schweigsam ist. Bei seiner Ankunft hatte er sich leidenschaftlich über das Schicksal der Juden geäußert. Heute spricht er nicht mehr davon.«
»Das alles liefert uns kaum Hinweise«, murmelte der Meister.
»Unsere Brüder in Galiläa«, gab Efraim zu bedenken, »teilen uns hin und wieder mit, was sich in den auswärtigen Gemeinschaften und

manchmal auch in der Umgegend ihrer Niederlassungen Neues tut. So berichteten sie mir einmal von Wunderwerken, die gewissen Magiern zugeschrieben werden: einem gewissen Dositheus, der sich in Samaria niedergelassen hat, einem Apollonios, der sich zwischen Tyrus und Ptolemais aufhält, und einem Mann namens Simon, dessen Wohnsitz mir unbekannt ist. Die Leute behaupten zum Beispiel, Dositheus könne einen Blitz in einem Zimmer niederfahren lassen, und von Apollonios sagt man, er erscheine den Menschen gleichzeitig an verschiedenen Orten. Könnte dein Vetter nicht von diesen Männern die Kunst erlernt haben, sich in die Lüfte zu erheben?«

»Mir ist bekannt, daß er herumgereist ist«, entgegnete Jokanaan, »aber ich glaube nicht, daß diese Magier ihn ihre Kunst gelehrt haben. Das hätte er mir erzählt.«

»Vielleicht hat er es verschwiegen«, mutmaßte der Meister. »Geh ihn holen!«

Große Angst überkam Jokanaan auf dem Weg zur Schreinerei. Würde der Rat denn unterscheiden können, ob es sich bei Jesus' Wunderwerk um reine Zauberei oder aber um den Ausdruck göttlichen Wirkens handelte? Jahrelang hatte er auf Jesus gewartet, wenn er nun wieder fortginge ... Aber er ist kein Magier! beruhigte er sich, als er bei der Werkstatt anlangte.

Jesus war gerade dabei, ein neues Holzstück in eine schadhafte Stelle an der Unterkante einer Tür einzupassen; vermutlich war hier der Sand am Werk gewesen, vielleicht waren es aber auch Ratten. »Was führt dich hierher?« fragte er Jokanaan.

»Ich muß dich sprechen.«

»Skorpione und anderes Getier konnten durch diese Tür kriechen. Neulich entdeckten wir sogar eine Viper.«

Jokanaan war äußerst erregt.

»Du scheinst über irgend etwas sehr aufgebracht zu sein, oder täusche ich mich?«

»Antworte mir: Bist du ein Magier?«

»Ob ich ein Magier bin? Ich weiß es nicht. Elifas hat also geplappert.«

Jokanaan nickte.

»Ich kann es ihm nicht verübeln. Er ist jung. Ich vermute, daß er Hezechäus davon erzählt hat? Und Hezechäus hat daraufhin den Rat benachrichtigt, nicht wahr?«

Abermals nickte Jokanaan.
»Und zur Stunde tagt der Rat und schickt dich, mich zu holen?«
»Bevor wir gehen, sag mir, versprich mir feierlich, daß du kein Magier bist!«
»Woher soll ich das wissen?« gab Jesus ärgerlich zurück. »Ich bin Magiern begegnet, konnte mir aber nur über ihre Reden ein Urteil bilden, nicht über die Mächte, deren Vermittler sie zu sein schienen.«
»Und du, welche Mächte vertrittst du?« fragte Jokanaan, dessen Unruhe von Sekunde zu Sekunde wuchs.
»Ich weiß nicht, ob ich überhaupt eine Macht vertrete, und wenn wirklich, so glaube ich nicht, ein Vermittler des Bösen zu sein. Laß uns jetzt gehen!«
Als sie sich dem Versammlungssaal näherten, überholte Jesus Jokanaan, um als erster den Raum zu betreten. Ohne eine Gefühlsregung zu zeigen, blickte er die zwölf Männer der Reihe nach an. Schon wieder soll ich beurteilt werden, dachte er bei sich. Ständig werden Urteile gefällt und Prüfungen abgehalten, immer gibt es Richter und Prüfer, Gegenrichter und Gegenprüfer, und alle sind sie gleich!
»Jesus«, begann der Meister, »wir sind hier zusammengekommen, um eine sehr ernste Angelegenheit zu untersuchen, die dich betrifft. Heute vormittag berichtete uns dein Zimmergefährte, der Novize Elifas, daß du dich vergangene Nacht in die Luft erhoben hast. Wünschst du, daß wir Elifas als Zeugen aussagen lassen?«
»Nein. Er hat die Wahrheit gesagt.«
»Wir haben Anlaß zur Vermutung, daß sich dieses Wunder in den vergangenen Wochen mehrmals ereignet hat. Stimmt das?«
»Es stimmt.«
»Wir würden gern wissen, wie du dieses Wunder vollbringst.«
Alle beugten sich in Erwartung einer Antwort gespannt vor. Schweiß perlte auf Jokanaans Stirn.
»Ich vollbringe dieses Wunder, wie ihr es nennt, nicht willentlich.«
Sie sperrten ihre Augen weit auf.
»Ich kann es nicht herbeiführen, selbst wenn ich wollte.«
Einige Ratsmitglieder zogen lange Gesichter.
»Es geschieht nur, wenn ich bete. Das ist alles, was ich weiß.«
»Der Herr?« flüsterte der Meister.
»Wer sonst?« Jesus blickte auf die Steinplatten des Fußbodens. »Es

handelt sich dabei weniger um Gebete, die ich aufsage, als vielmehr um Versenkung.«
»Um Versenkung?« wiederholte der Meister fragend.
»Um ein Bemühen, wie soll ich sagen, ein Bemühen, mit Gott in Einklang zu kommen.«
Ungläubige Blicke.
»Wir alle beten, und wir versenken uns auch. Aber noch nie hat einer von uns vom Boden abgehoben«, gab der Meister zu bedenken.
»Vielleicht bedienst du dich einer ... einer ganz besonderen Methode?« forschte Ebenezer nach.
»Wo hätte ich sie denn erlernen sollen? Ich kann einzig und allein sagen, daß ich nur dann vom Boden abhebe, wenn meine Versenkung einen bestimmten Grad an Intensität erreicht hat.«
»Einen bestimmten Grad an Intensität«, wiederholte der Meister.
»Wenn ich mich gänzlich vergesse, den Herrn um nichts bitte, und wenn die Worte aus meinem Kopf entschwinden.«
»Wie können die Worte aus dem Kopf entschwinden, vom Zustand des Schlafes einmal abgesehen?« erkundigte sich der Meister.
»Wenn man sich bemüht, nur an den Herrn zu denken, lösen sich die Worte in nichts auf, und der Körper ebenfalls.«
»Was soll das heißen, der Körper ebenfalls?« fragte Ebenezer.
»Ja, auch der Körper wird völlig leer«, wiederholte Jesus. »Er kühlt ab. Die Atmung verlangsamt sich. Man ist nicht mehr in sich.«
Die Ratsmitglieder gerieten zunehmend außer Fassung.
»In der Nacht, wenn die Verdauungsorgane zu Ruhe gekommen sind, tritt es eher ein«, fügte Jesus hinzu.
»Nimmst du die Atmung zu Hilfe, um auf dieses Wunder hinzuwirken?« wollte der Meister wissen.
»Nein. Ich habe schon betont, daß ich das, was ihr ein Wunder nennt, nicht willentlich hervorrufen kann. Mir kam jedoch zu Ohren, daß manche Menschen tatsächlich mit Hilfe ihrer Atmung den Körper zum Schweben bringen.«
»Manche Menschen?« hakte Matthias nach.
»Schüler von Magiern.«
»Bist du einem Magier begegnet?«
»Ja, Dositheus.«
»Hat er dich etwas gelehrt?«

»Nein, nichts.«
»Ist dir schon jemals in den Sinn gekommen, daß dein... Schweben ein Werk des Teufels sein könnte?« fragte der Meister.
»Warum sollte der Teufel im Spiel sein, wenn ich Gott im Gebet anrufe?«
»Aber es ist doch bekannt, daß sich der Teufel gern an einen betenden Gläubigen heranschleicht«, wandte Efraim ein. »Wie willst du denn wissen, daß nicht er es ist, der dich in die Höhe schweben läßt, während du betest?«
»Vielleicht läßt er mich emporschweben, aber das Licht des Herrn läßt er mich gewiß nicht schauen.«
»Du erblickst das Licht des Herrn, wenn du betest?« fragte der Meister. Fast überschlug sich dabei seine Stimme.
»Ja, die Schatten der Nacht verschwinden völlig in einem Licht, das heller leuchtet als die Strahlen der Sonne.«
»Und weiter?«
»Mein Körper, der ja Materie ist, hebt nur ein kleines Stück vom Boden ab, aber meine Seele entschwebt in unendlich größere Höhen.«
»Wie hoch steigen sie, Körper und Seele?«
»Mein Körper schwebt meistens nicht höher als in Knie-, manchmal auch in Hüfthöhe, aber meine Seele steigt wie ein Drachen hoch in den Himmel. Aus unermeßlichen Höhen blicke ich dann auf die Erde nieder, und auch in Gedanken bin ich weit fort von ihr, da ich ganz dem Herrn zugewandt bin.«
Ebenezer beugte sich zu seinem Nachbarn hinüber, um leise mit ihm zu sprechen.
Der Meister wischte sich mit der Hand über die Stirn und forschte weiter: »Du hast eben gesagt, dein Körper schwebe meistens nicht höher als in Knie- oder Hüfthöhe. Steigt er hin und wieder auch höher?«
»Ja. Einmal wurde ich so weit emporgetragen, daß mein Kopf an die Zimmerdecke stieß.«
»Wie erklärst du dir diese Unterschiede?«
»Ich bin nicht immer in derselben Verfassung; manchmal strömt mehr, manchmal weniger vom Odem des Herrn in mich ein.«
»Und was geschieht, wenn deine Seele emporsteigt?«
»Wenn man über den Olivenbäumen schwebt, wird ein Heulen und

Schreien vernehmbar. Meiner Meinung nach werden jene Laute von Dämonen oder aber auch von gequälten Geistern ausgestoßen. Dann bemühe ich mich, meine Angst zu überwinden und höher zu steigen, indem ich mich dem Herrn zuwende.«

»Dich überkommt also Angst in dieser Höhe?« fragte der Meister.

»Ja. Wenn mein Glaube und mein Vorsatz schwächer würden, liefe ich sicher große Gefahr, von den Winden des Bösen, die in den unteren Sphären wehen, fortgerissen zu werden. Vielleicht müßte ich sogar sterben.«

»Woher weißt du das?«

»Da oben wird einem manches klar.«

Der Rat verharrte eine Weile in nachdenklichem Schweigen, dann fragte Ebenezer weiter: »Du glaubst also, daß die Dämonen in den niederen Regionen hausen?«

»Ich vermute, daß es sich um Dämonen handelt. Ihr Klagen, Pfeifen und Heulen klingt schauerlich.«

Jesus begann leise zu stöhnen, ein kontinuierlicher Wimmerton drang aus seiner Kehle, ein Ton, der zu wildem Gebrüll anschwoll und sich in unerträglich schrillen, den Wehlauten eines rasenden, verletzten Tieres recht ähnlichen Schreien brach. »So ungefähr klingt das«, meinte er, nachdem er wieder verstummt war.

Die Mitglieder des Rates waren leichenblaß. Auch aus Jokanaans Gesicht war jegliche Farbe gewichen.

Wie kleinmütig diese Leute doch sind! ging es Jesus durch den Kopf. Als sie sich wieder gefaßt hatten, räusperten sie sich und rutschten unbehaglich auf ihren Sitzen hin und her. Er glaubte das Verhör damit beendet.

»Wie kommt es«, erkundigte sich jedoch nochmals der Meister, »daß dieses … Wunder nicht während unserer Gebetsstunden am Tag geschieht?«

»Sie sind zu kurz«, erwiderte Jesus.

Matthias stand auf, um aus dem Tonkrug zu trinken, der, zur Kühlung in ein feuchtes Leinentuch gehüllt, auf dem Fensterbrett stand. Andere Ratsmitglieder baten ihn, den Krug weiterzureichen.

»Weißt du, ob du noch andere Wunder vollbringen kannst?« wollte der Meister wissen, nachdem er getrunken und sich den Bart abgewischt hatte.

Jesus zögerte einen Augenblick und meinte dann: »Es scheint, daß ich ein Feuer zum Erlöschen bringen kann, indem ich die Hände über die Flammen halte. Ein Eremit hat mich darauf aufmerksam gemacht.«
»Laß uns ein Feuerbecken bringen!« wies der Meister Jokanaan an. Dann sagte er, zu Jesus gewandt: »Welcher Eremit?«
»Er hieß Obed.«
»Obed!« rief der Meister und wandte sich den übrigen Versammelten zu: »Sollte es sich womöglich um jenen Novizen handeln, der vor zwei Jahren spurlos verschwunden ist?«
»Das ist gut möglich«, entgegnete Jesus. »Er kannte Qumran.«
Kurze Zeit später brachte Hezechäus ein Feuerbecken mit glühenden Kohlen in den Saal, auf die er kleine Holzscheite warf. Mit einem Fächer aus Raubvogelfedern fachte er das Feuer an. Flammen züngelten empor. Daraufhin wurde Hezechäus gebeten, den Raum wieder zu verlassen.
»Versuch nun, dieses Feuer zu löschen!« befahl der Meister.
Jesus faltete die Hände und verharrte so mit gesenktem Haupt vor dem Feuer. Dann streckte er die Arme aus und hielt die Handflächen über das Becken. Es schien, als sei er völlig unempfindlich gegen die Hitze. Die Flammen wanden sich, wurden kleiner und verschwanden. Nur die Kohlen glühten noch rot auf. Jesus hob den Kopf. Die Versammelten machten einen niedergeschlagenen Eindruck. Der Meister starrte vor sich hin, obwohl Jesus ihn unverwandt ansah.
»Willst du etwas dazu sagen?« fragte Efraim schließlich.
»Ja. Mir scheint, daß wir das Wesentliche außer acht lassen.«
»Und das wäre?«
»Die Erscheinungen, die ihr hier mit euren Augen seht, sind nur ein ganz geringer Ausdruck der göttlichen Macht.«
Der Meister erwachte aus seiner Erstarrung: »Willst du damit andeuten, daß dir die Macht des Herrn verliehen ist?«
»Wenn nicht die des Teufels, welche sollte es dann sein?« entgegnete Jesus voller Bitterkeit. Er hatte nichts verlangt, keinen einzigen Fehltritt getan, und trotzdem machte man ihm gleichsam den Prozeß. Unwillkürlich kam ihm in den Sinn, daß dieser Rat dem Tempelklerus gar nicht unähnlich war. Zum erstenmal fühlte er, wie sich eine Kluft zwischen ihm und diesen Juden auftat.
»Wie erklärst du dir«, fragte der Meister, »daß keiner aus unserem

Kreis mit solchen Kräften ausgestattet ist? Solltest du womöglich besser sein als wir?«
»Es steht mir nicht zu, über euer Verhältnis zum Allmächtigen zu urteilen. Die Fähigkeiten, die ihr mir zuschreibt, sind überflüssig; man braucht sie nicht, um dem Herrn Ehre zu erweisen. Und ich möchte mit allem Nachdruck betonen, daß ich keinerlei Überlegenheitsanspruch geäußert habe.«
»Trotzdem«, beharrte der Meister, »du besitzt diese Fähigkeiten, und wir haben sie nicht.«
Das war es also! Ein eifersüchtiger Alter! Jesus warf Jokanaan einen eiskalten Blick zu. Qumran! Eine Zitadelle voller Heuchler, gefühlloser Gebetsmühlen und Verbitterter!
»Vielleicht«, entgegnete er gedehnt und versenkte in kaltblütiger Entschlossenheit seinen Blick in den des Meisters, »hat mich der Herr auserwählt, um ein winzig kleines Zeugnis Seiner großen Macht abzulegen.«
Dieser Satz traf sie alle an ihrer empfindlichsten Stelle; sie richteten sich starr auf ihren Sitzen auf.
»Glaubst du, Jesus, daß Gott dich auserwählt hat?«
»Das weiß ich nicht. Ich kann mir deshalb nicht stolz an die Brust schlagen. Ich habe nicht mit meinen Fähigkeiten geprahlt, sie nicht zur Schau gestellt. Ihr habt sie zufällig entdeckt. Aber wer bin ich denn schon, daß ich Gott das Recht verweigern könnte, mich zu erwählen?«
»Nur die Propheten waren imstande, Dinge zu vollbringen wie du«, meinte Ebenezer nachdenklich und rieb sich das Kinn. »Bist du ein Prophet?«
»Ich weiß nicht, ob ich einer bin. Ich kam hierher, um die Bücher zu studieren. Außerdem, wußten die Propheten denn, daß sie Propheten waren? Sie selbst haben sich nie als solche bezeichnet.«
Zeigte sich in ihren Blicken, in den Blicken dieser Ratsmitglieder von Qumran, nicht jener mißtrauische Schimmer, den man von den Tieren kennt? Glichen sie nicht den Schakalen, die in der Nacht nur aus Angst vor dem Feuer auf Distanz blieben?
»Spricht der Herr zu dir, während du … dich versenkst?« erkundigte sich Efraim.
»Ist Seine Gegenwart nicht die Verkörperung des Wortes? Und habe

ich nicht schon gesagt, daß die Worte meinen Sinnen entschwinden?«
»Es mag ja sein, daß die Worte aus deinen Sinnen schwinden, aber das schließt doch nicht aus, daß der Herr Sein Wort an dich richten kann. Hat Er dir eine Botschaft übermittelt?«
Allmählich rückten sie mit ihren Befürchtungen heraus.
»Ihr wollt wissen«, antwortete Jesus langsam, »ob mir verkündet wurde, daß ich der Messias bin, nicht wahr?«
Nach diesen Worten ging ein Raunen durch den Rat, und der Meister fuchtelte wild mit den Armen. »Nimm dich in acht!« schrie er. »Im Namen des Allmächtigen, bedenke, was du sagst!«
Jetzt setzte Jesus alles aufs Spiel: »Eine Flüssigkeit wurde mir über die Stirn gegossen.«
Die Salbung! O Unheil und Erschauern! Die Salbung, das Erkennungsmerkmal des Messias! Entsetzen spiegelte sich in ihren Augen. Der Meister reckte seinen vor Erregung pulsierenden Hals weit vor und runzelte die Stirn. Ebenezer ließ mehrere Tonkrüge in den Saal bringen. Ihre Kehlen waren trockener als das Pergamentpapier, auf das sie die alten Texte abschrieben bis in alle Ewigkeit. Jedes Haar an ihrem Körper war trocken wie Stroh, leicht hätten sie Feuer gefangen.
»Ich schlage vor, die Sitzung zu vertagen«, verkündete Ebenezer, aber im wachsenden Durcheinander ging sein Vorschlag vollkommen unter.
»So also empfangen sie den Messias«, murmelte Jokanaan.
Sie fragten, ob sie wohl weiter ihre Bücher abschreiben sollten, ob es noch nötig sei, die Ernte einzubringen, ob es nicht angebracht sei, die ganze Gemeinschaft zu versammeln. All das riefen sie wirr durcheinander, ohne Jesus auch nur eines Blickes – es sei denn eines verstohlenen, ja beinahe feindseligen – zu würdigen.
»Du kannst nun gehen«, wies ihn der Meister an.
Aber Jesus rührte sich nicht von der Stelle. Das Oberhaupt des Rates wiederholte seinen Befehl, er kam ihm noch immer nicht nach. Er besah sich diese Versammlung kopfloser Greise und hielt mit seiner Verachtung nicht mehr hinter dem Berg.
»Was willst du noch?« schrie der Meister, den diese Unverfrorenheit äußerst beunruhigte.

Sie standen auf dem Podium und behandelten den, den sie für den Messias hielten, wie einen Räuber, der sie mit seinem Dolch bedrohte.

»Ich will euch nur sagen, daß das Wort Gottes lebt und sich nicht in euren Schriftrollen versteckt hält«, verkündete Jesus herausfordernd. »Ich möchte auch sagen, daß ihr gar nicht wissen könnt, ob die Welt bald zu Ende geht, denn die Absichten des Herrn sind euch verborgen. Und außerdem muß ich euch vorhalten, daß euch das Wohlergehen eures Volkes vollkommen gleichgültig ist.« Mit vor Wut bebender Stimme schloß er: »Qumran ist sinnlos!«

»Unverschämt!« schrie der Meister.

»Wenn ihr dem, der vielleicht euer Messias ist, schon einen solchen Empfang bereitet, wie werdet ihr dann erst dem gegenübertreten, der ihn gesandt hat!« Jesus kehrte ihnen den Rücken und schritt zur Tür.

Bis zu jener gelben Felswand ging er, von der aus man einen guten Blick über den Küstenstreifen des Toten Meeres hatte. Ein Stück indigoblauen Himmels schien zu zerbröckeln und als tiefblaue Lapislazulisteinchen in die schwarzen Fluten zu tröpfeln. Das tote Wasser trank diese Himmelstropfen, und die Nacht brach herein. Da vernahm er mit einem Male Schritte hinter sich, und er wußte sofort, daß es Jokanaan war.

»Wie tot dieses Land ist«, murmelte er. »Wie verhaßt muß einem das Leben sein, um sich hier niederzulassen!«

»Du mußt die Gegend sofort verlassen«, sagte Jokanaan, während er ein Säckchen und den Wanderstab neben Jesus legte. »Ich habe dir ein wenig zu essen und zu trinken eingepackt.«

Jesus nickte.

»Ich gehe morgen fort von hier«, fügte Jokanaan hinzu. Was sollte nur aus ihm werden, fern jener Zitadelle, der er die besten Jahre seiner Jugend geopfert hatte?

»Ach, diese Schriftgelehrten!« seufzte Jesus und zuckte mit den Achseln.

»Du bist wie eine Fackel in der Nacht«, sagte Jokanaan. »Du leuchtest und bringst alles an den Tag.«

Jesus erhob sich und legte seinem Vetter die Hände auf die Schultern. Dieser erschauerte nicht, sondern tat das gleiche.

»Wir werden uns wiederfinden«, meinte Jesus. »Es ist gar nicht möglich, daß wir uns nicht mehr begegnen; nun ist es nicht mehr möglich.«
Er machte sich auf den Weg.
Einmal noch drehte er sich nach Jokanaan um, dessen einsame Gestalt sich von der Felswand abhob. Der Mond ging auf. Er glich einem Loch in einer dunklen Wand, hinter der helles Licht erstrahlte.

XXI.

Eine Idee des Tiberius

Der Prokurator Ambivius hatte sich in Palästina eine Krankheit zugezogen, die sein Arzt »flottes Fieber« nannte, weil sie seine Gedärme gehörig durchräumte. Seit seiner Rückkehr nach Rom mußte er nun mit einem Brechmittel versetzte Tonkügelchen schlucken, eine Behandlungsmethode, die ihn kaum mehr zu Atem kommen ließ. Zur Erholung schickte ihn der Arzt auf eine Badekur nach Baiae und schärfte ihm ein, nur ja nichts anderes als verdünnten Wein oder Essigwasser zu trinken. Schon einen Tag nach des Prokurators Eintreffen in der Villa des Prätors Claudius Antias meldeten die kaiserlichen Kundschafter Tiberius, daß sich Ambivius nahe bei Neapolis aufhielt, ja, sie unterrichteten ihn sogar über den Grund dieses Aufenthalts. Der Cäsar bestellte den Prokurator aus den Kolonien sogleich zu sich, und diesem ließ der Ruf keine Ruhe mehr, bis ihn sein Schiff auf Capri an Land gesetzt hatte und er die in Fels gehauene Treppe zum kaiserlichen Wohnsitz emporgeeilt war, um den Gesichtsausdruck seines Herrn und Gebieters zu ergründen. Der blickte ganz freundlich drein, aber man konnte schließlich nie wissen ... Noch während er nach Atem rang, küßte Ambivius den Saum der kaiserlichen Toga, spürte dann die Hand des Herrschers in seinem Nacken und vernahm Tiberius' Stimme, als dieser ihn aufforderte, doch neben ihm Platz zu nehmen.

»Wir essen gleich zu Abend«, verkündete Tiberius. »Ich ließ dich rufen, um dich um Auskünfte zu bitten.«

Mit großen, feuchtglänzenden Augen bemühte sich Ambivius um einen möglichst hündisch ergebenen Blick.

»Diese Juden!« fuhr Tiberius fort. »Jeden Monat erreichen mich neue unerfreuliche Berichte, die sich kaum von denen unterscheiden, die du mir geschickt hast.«

An dieser Stelle meldeten sich Ambivius' Gedärme schmerzhaft zu Wort.
»Hier ein ermordeter Soldat, dort einer, und das jeden zweiten bis dritten Tag. Ständig herrscht Aufruhr. Wenn ich recht verstehe, wird er von im Untergrund operierenden Aufständischen geschürt, die man Zeloten nennt, nicht wahr? Kurzum, es ist uns offensichtlich nicht gelungen, Ruhe und Ordnung in diesem Land herzustellen, meinst du nicht auch?« Er wartete nicht ab, was sein Gesprächspartner dazu meinte. »Mir ist zu Ohren gekommen, daß uns die Juden im Grunde los sein möchten. Bei den Kelten und den Germanen ist mir das ja begreiflich. Warum aber die Juden? Hör zu, Ambivius! Sind sie denn nicht in Rom und den anderen italienischen Städten geradezu mustergültige Staatsbürger? Was würde man zum Beispiel in Neapolis ohne sie machen? Duftwasser, Rebhühner, Perlen und Edelsteine, all dies hat die Stadt nur den Juden zu verdanken. Wenn man mal Geld braucht, dann findet sich doch immer ein Jude, der dir anstandslos etwas leiht. Habe ich nicht recht?« Auch Ambivius hatte sich kürzlich erst von einem Juden Geld ausgeliehen. »Langer Rede kurzer Sinn: In Rom sind sie zufrieden; warum sind sie es da unten nicht auch?«
»Die Religion«, brachte Ambivius mit kaum hörbarer Stimme hervor. Dann mußte er sich räuspern.
»Was soll das heißen, die Religion?« fuhr Tiberius auf. »Wir lassen sie doch in Frieden mit ihrer Religion!«
»Für sie sind fremdländische Gotteskulte in einem Land, das einst das ihre war, ein großer Frevel.«
Tiberius sah Ambivius aus seinen wäßrigen Augen an. Welch dicke Tränensäcke er doch hat, dachte Ambivius. Aber der Mund ist klein, man möchte fast meinen, der Mund einer Frau.
»Überleg dir deine Antwort gut!« mahnte Tiberius. »Warum sind sie so glücklich über eine Synagoge am Ufer des Tiber, und warum sollten sie einen Jupitertempel da unten nicht dulden?«
»Mein Kaiser, in Rom haben sie doch Israel vergessen. In Israel dagegen können sie Rom nicht vergessen«, entgegnete Ambivius.
Er ist gar nicht so dumm, wie er aussieht, mußte Tiberius sich insgeheim eingestehen.
»In Rom, Cäsar, kannst du sie ohne weiteres in eine römische Uniform stecken, in Jerusalem aber spucken sie hinter dem Rücken der Legionäre aus.«

»Trotzdem, sie wissen schließlich, daß wir sie nicht hassen; daß jemand, der in Rom schlecht über die Juden spricht, sich selbst in Verruf bringt. Und sie wissen doch auch, daß Palästina nun mal nicht mehr ihr Land ist.«
»Sie haben nichts dazugelernt und nichts vergessen«, bemerkte Ambivius. »Sie leben nach wie vor im Land ihres Helden, des Königs David. Wir sind für sie Fremde, Unterdrücker. Wir zwingen ihnen unser Gesetz auf. Sie betrachten sich als ein Volk, das von seinem Gott unter allen Völkern der Welt auserwählt wurde, und folglich fühlen sie sich den übrigen Menschen überlegen. Viele Juden träumen davon, die Waffen gegen uns zu erheben; bis jetzt kämpfte noch jeder für sich allein, aber nun wollen sie gemeinsam zur Tat schreiten.«
»Und die Könige, die man ihnen gegeben hat? Sind sie nicht zufrieden mit ihnen?«
»Sie verabscheuen die Dynastie der Herodeer.«
»Und meinst du wirklich, daß sie aus religiösen Gründen so denken und handeln?« fragte Tiberius. »Ich kenne ihre Religion immerhin. Mir ist nicht bekannt, daß sie zum Kampf gegen Rom aufruft.«
In Ambivius war der Verdacht gereift, daß Tiberius nicht die geringste Ahnung vom Wesen der Juden hatte, und wahrscheinlich wußte er ebenso wenig Bescheid über die Gallier, Insubrer, Teutonen, Nemeter oder Wangionen ... Manch einer kam wohl zum Thron wie die Jungfrau zum Kind. Und ich, dachte er bei sich, ich war wohl dazu auserlesen, mir das »flotte Fieber« in Cäsarea zu holen! Und doch war er Tiberius noch eine Antwort schuldig.
»Es gibt kein Volk, das mit den Juden vergleichbar wäre«, sagte er. »Kein anderes Volk hat seine Götter auf einen einzigen reduziert und beschlossen, jenen Gott als Vater anzuerkennen. Die Juden sind die intolerantesten Menschen, die ich kenne. Die Cherusker, die Vindelizier oder die Friesen halten sich je nach ihrer militärischen Ausstattung uns gegenüber für überlegen oder unterlegen. Die Juden aber, mein Kaiser, betrachten sich immer und uneingeschränkt als Überlegene.«
»Herodes der Große hat doch ihren berühmten Tempel wiederaufbauen lassen. Und sie hassen sein Geschlecht?«
»Sie holten den Leichnam des Herrschers aus dem Grab, um ihn den Hunden zum Fraß vorzuwerfen.«

»Und das wird immer so sein, meinst du?«
»Ja. Bis zur Ankunft des Messias.«
»Was soll denn das nun wieder heißen?« fragte Tiberius und kratzte sich am Ohr. »Die Mücken sind arg zu dieser Tageszeit.«
»Da bin ich auch ein bißchen überfragt. Angeblich soll ein König vom Himmel herabsteigen, um sie zu befreien und das Königreich Davids wiederherzustellen.«
»Laß uns hineingehen«, schlug Tiberius vor. Er ergriff den Arm des Prokurators. »Alles, was du mir mitgeteilt hast, bestätigt mich nur in dem Gefühl, das ich seit einiger Zeit habe: Die Juden in Palästina werden auf immer und ewig Störenfriede sein. Was hältst du davon, sie des Landes zu verweisen?«
Ambivius stolperte vor Überraschung über eine der drei Stufen, die von der Terrasse zum Innenhof hinabführten. Die kaiserliche Hand fing ihn auf.
»Wir zerstreuen sie übers ganze Reich«, spann Tiberius seine Idee weiter, »und zwar in Grüppchen von hundert oder hundertfünfzig Mann. Ein paar in die senatorischen Provinzen, ein paar in die kaiserlichen Provinzen. Was meinst du? Und vielleicht können wir sogar unsere Handelsländer dazu überreden, uns einige dieser lästigen Bündel abzunehmen. Wenn sie so über die Erde verstreut sind, in Rätien, im Norikum, in Pannonien, Mösien und Belgien, auf Sardinien und warum nicht auch in Kappadokien oder Mauretanien, dann wird ihnen das Träumen vom davidischen Königreich schon vergehen. Und in Palästina werden wir dann Idumäer, Nabatäer und andere Völker ansiedeln.«
Ambivius' Gesichtsausdruck wurde noch hündischer. Es fiel ihm nicht schwer, sich ein paar Tränen aus den Augen zu quetschen, da der Sandelholzrauch seine Wirkung tat.
»Wunderbar!« rief er. »O du bewundernswertes Genie!« Und als Krönung: »Bewundernswertes kaiserliches Genie!« Die Höflinge verfolgten überrascht diesen Begeisterungsausbruch, als Ambivius sich bückte, um von neuem die Toga seines Herrn zu küssen.
Dann richtete er sich ganz plötzlich wieder auf, als wäre ihm ein schrecklicher Gedanke gekommen.
»Was ist los?« erkundigte sich Tiberius und schob ihn dabei in Richtung Speiseraum.

»Es gibt mehr als dreihunderttausend Juden, mein Kaiser.«
»Decianus!« rief Tiberius einen Höfling herbei. »Du kennst doch die Flotte. Wie viele Schiffe sind zum Transport von dreihunderttausend Menschen nötig?«
»Wie lange soll die Reise dauern?« fragte Decianus, ein kleiner, kahlköpfiger Mann um die Dreißig.
»Sagen wir mal, es handelt sich um eine Überfahrt von Palästina nach Sardinien«, meinte Tiberius.
»Ungefähr zwei Wochen. Man kann hundert Passagiere auf eine Triere einschiffen, fünfzig auf eine Diere, und ebenso viele haben auf einem Handelsschiff Platz. Eine mit dreißig Schiffen bestückte Flotte könnte somit tausendfünfhundert bis zweitausend Fahrgäste transportieren. Und auf kürzere Strecken ist es sogar möglich, ein bis zwei Zehntel mehr Menschen zu befördern.«
»Hm«, meinte Tiberius. »Mit hundertfünfzig solchen Flotten könnten sie also alle außer Landes geschafft werden.«
»Wir müssen ja nicht alle wegschicken«, warf Ambivius ein. »Die Hälfte würde auch schon genügen.«
Sie gingen zu Tisch. Mädchen- und Knabenchöre sangen Trinklieder, wie sie der Prokurator noch nie gehört hatte.
»Illyrier«, klärte Decianus ihn auf. »Unser Herr hat vor, die Juden zu verschiffen, wenn ich recht verstanden habe?«
Ambivius antwortete mit einem bedächtigen Kopfnicken.
»Es würde mich schon sehr wundern«, bemerkte Decianus, während er den Wein kostete, »wenn Herodes sich seines Volkes berauben ließe.« Und dann, als die hellen Stimmchen gerade besonders hoch sangen, nutzte er die Gelegenheit, um hinzuzufügen: »Ein König ohne Volk, mein lieber Ambivius, ist der reinste Eunuch.«

XXII.

Zweikampf in Antiochia

Das Ende der Welt! dachte er, während er den Sonnenaufgang betrachtete. Das Ende *ihrer* Welt! Ja, das wohl! Ein Leben voll Angst und Bitterkeit hatte sie alle zu verkalkten Greisen werden lassen! Und so herrschten sie über ihre kleine Welt, nur danach bestrebt, alle dort Lebenden als verkalkte, auf den Weltuntergang ausgerichtete Gottesdiener zu konservieren; lebloser als die zur Salzsäule erstarrte Frau Lots. Das Ende der Welt! Lachte der Herr nicht schon über die Dummheit seiner Geschöpfe? Hatte der ganze Rat der Zwölf wirklich nur das eine im Gedächtnis behalten: daß er allein schweben konnte, sie aber nicht? Warum besaß er denn diese Fähigkeit? Er hatte nicht gewagt, es ihnen zu sagen, und doch hätte er es tun sollen, ihnen in ihre leblosen, zu Salzgebilden erstarrten weißen Gesichter schreien sollen: Ich schwebe, weil ich leicht bin, und ihr, Rabbiner, klebt am Boden, weil ihr schwer seid!

Er hatte die ganze Nacht kein Auge zugetan und kam dennoch leichten, fast federnden Schrittes in Jericho an. Wie gern hätte er jetzt ein Haus gefunden, in dem Joasch und Saphira ein Essen gaben! Mit Wein, mit viel gutem Wein, nicht jenem gestreckten Krätzer, den er fast zwei Jahre lang getrunken hatte. Er war so glücklich, Qumran endlich hinter sich zu haben, daß er über das ganze Gesicht strahlte. Die Menschen auf der Straße lächelten ihn an. Und Jokanaan? Armer Jokanaan, der Herr möge ihm die nötige Seelenstärke verleihen, um ihm über seinen Irrtum hinwegzuhelfen! Denn er hatte sich geirrt, der sanfte, glühende, schöne Jokanaan. Auch er hatte an einen verbitterten Allmächtigen geglaubt, an einen Gott, der aus Verdruß über sein Volk alle Himmelslichter ausblies. Welch unseliges Los der Jugend: von Unruhe getrieben, hat sie es immer allzu eilig, einen Meister zu finden! Warum sollte der Herr die Finsternis des Untergangs über die

Erde breiten, Er, der nichts als Licht war? Warum sollte Er Seine Ankunft oder die Seines Messias mit Dunkelheit ankündigen? Das wäre doch eher eine Methode des ... Teufels!
Er verspürte Hunger und Durst. Also aß er den Käse und das Brot, das Jokanaan in sein Bündel gesteckt hatte, und trank den letzten schlechten Wein aus Qumran.
»Herr, ich will froh sein am Tag, an dem ich einmal sterben muß«, betete er nach beendigter Mahlzeit. »Nimm das als meine Danksagung!«
Er besaß keinen roten Heller mehr. Da entdeckte er die Werkstatt eines Zimmermanns, und er ging hin, um nach Arbeit zu fragen. Der Zimmermann schien sein eigenes Gesicht selbst aus Zedernholz geschnitzt zu haben. Er stellte ihn ein und ließ ihn sofort mit der Arbeit beginnen. Er sah ihm aufmerksam zu, beobachtete, wie er mit der flachen Hand das Hobeleisen überprüfte und die Risse im Holz mit einer Lösung aus Harz und Alkohol zustrich.
»Du bist tatsächlich Zimmermann«, bemerkte er.
»Habe ich etwas anderes behauptet?«
»Die Leute reden viel, wenn der Tag lang ist. Woher kommst du?«
»Aus dem Süden«, antwortete Jesus vorsichtig.
»Aus Ägypten?«
»Nein, aus Qumran.«
»Hast du dort bei den Essenern gelebt?«
»Ja.«
»Und warum bist du nicht geblieben?«
»Ich glaube nicht, daß es irgendeinen Nutzen hat, auf meinen vier Buchstaben hocken zu bleiben und auf das Ende der Welt zu warten.«
»Ist das alles, was sie tun?« erkundigte sich der Zimmermann ungläubig.
»Im Grunde genommen, ja.«
»Aber sie sind fromm«, bemerkte der Zimmermann in halb fragendem Ton.
»Es ist einfach, fromm zu sein, wenn man nichts tut.«
»Haben sie dich davongejagt?«
»Nein, ich bin aus freien Stücken gegangen«, antwortete Jesus und unterbrach seine Arbeit, um dem Zimmermann in die Augen zu sehen.

»Aber kein Mensch kehrt aus Qumran zurück!«
»Es gibt Ausnahmen, wie du siehst.«
Der Zimmermann wollte sich unbedingt ein wenig unterhalten und lud Jesus ein, gemeinsam mit ihm zu Abend zu essen. Endlich hatte er einen Zuhörer gefunden, einen besseren als seinen fünfzehnjährigen Lehrling, und was für einen noch dazu: einen Mann, der direkt aus Qumran kam! Sie aßen gebratene Tauben, Quark und Oliven; nur der Wein war schlecht.
»Was zahlst du mir am Tag?« fragte Jesus.
»Einen Schekel.«
»Gib ihn mir!«
Er ging einen Krug Zypernwein kaufen, kam zurück und stellte ihn auf das Brett, das ihnen als Tisch diente. Der Zimmermann machte große, erstaunte Augen.
»Der Wein dort unten hat abscheulich geschmeckt«, erklärte Jesus.
Sein Gegenüber brach in schallendes Gelächter aus. Dann aber legte er ohne Umschweife mit seinen Zukunftsvisionen los. Der Messias werde mit einem Feuerschwert herniederfahren und als erstes allen Römern den Kopf abschlagen; am nächsten Tag werde er die Betrüger enthaupten, und zwar gleich zu Beginn eine gewisse Anzahl Rabbiner.
»Was für ein Gemetzel!« warf Jesus ein.
Der Zypernwein war anscheinend zuwenig verdünnt, denn die Rede des Zimmermanns wurde immer zusammenhangloser. Nein, der Messias werde nicht kommen, weil die Juden seiner gar nicht würdig seien. Der Lehrling zwinkerte Jesus zu. Schwerfällig stand der Handwerker auf und ging zu Bett, nachdem er seinem neuen Gehilfen erlaubt hatte, in der Werkstatt zu schlafen. Jesus bereitete sich ein Lager auf dem Boden, ohne – zum erstenmal seit nahezu zwei Jahren – ein Bad genommen zu haben. Er schlief zehn Stunden. Noch vor der Morgendämmerung ging er sich am benachbarten Brunnen waschen, kam dann in die Werkstatt zurück, um sie auszukehren, zündete die Lampe unter dem Harztopf an und machte sich daran, die am Vortag glattgehobelten Bretter abzuschleifen.
»O Wunder, o Wunder!« rief der Zimmermann, als er mit einer Schale warmer Milch erschien. »Vor mir aufgestanden und schon an der Arbeit! Und das, obwohl er Zypernwein trinkt!«

»Aber nicht zu allen Mahlzeiten«, bemerkte Jesus.
Der Lehrling tauchte mit wichtiger Miene in der Werkstatt auf. »Er ist schon da«, meinte er, »im Norden ist er schon.«
»Wer?« fragte der Tischler.
»Der Messias, natürlich!«
»Woher willst du das wissen?«
»Mein Onkel aus dem Norden hat es uns gestern erzählt. Der Messias ist ein großer Mann mit goldenem Haar. Als ihn der König von Syrien sah, lud er ihn gleich ein in seinen Palast, als ob er seinesgleichen wäre.«
»Und weiter?« erkundigte sich der Zimmermann.
»Was, und weiter? Der Messias ist da, nichts weiter.«
»Erstens«, stellte der Meister klar, »liegt Syrien nicht im Norden, sondern im Osten. Außerdem wird es nicht von einem syrischen König, sondern von einem römischen Verwalter regiert. Wenn ein Römer deinen Messias in seinen Palast eingeladen und der Messias die Einladung angenommen hat, dann ist er ebensowenig ein Messias, wie ich der Sohn der Königin von Saba bin.«
»Wenn ich's dir doch sage, Meister«, rief der Lehrling. »Wirklich! Ich kenne sogar seinen Namen. Glaubst du mir nicht? Er heißt Abba Lonios. So, damit du's weißt!«
»Apollonios«, berichtigte ihn Jesus und setzte dabei sein Hohleisen an. Eben war ihm der Name, den ihm der Dieb genannt hatte, wieder eingefallen. »Er ist Grieche.« Und er fügte hinzu: »Er kommt aus Tyana.«
»Wo liegt Tyana?« erkundigte sich der Zimmermann.
»In Kappadokien.«
»In Kappadokien, so«, murmelte der Meister und wandte sich seinem Lehrling zu: »Siehst du? Er ist Grieche!« Er grinste zufrieden: »Wer hat schon jemals von einem griechischen Messias gehört? Ein Messias, Kind, ist der Ururenkel Davids. Folglich muß er ein Jude sein, verstehst du?« Plötzlich runzelte er die Augenbrauen, drehte sich zu Jesus um und fragte: »Und du, woher kennst du diesen Apollonios?«
»Ich kenne ihn nicht persönlich, man spricht von ihm«, entgegnete Jesus. »Die Leute sagen, er sei ein sehr gelehrter Mann. Sie behaupten auch, daß er ein Magier sein soll wie so viele andere.«
»Was ist ein Magier?« wollte der Lehrling wissen.

»Jemand, der mit Dämonen unter einer Decke steckt«, gab sein Meister zurück. »Los, an die Arbeit!«
Wenig später stellte der Zimmermann fest, daß Jesus wirklich über vieles Bescheid wußte. »Du hättest besser daran getan, bei den Essenern zu bleiben, mein Freund! Du wärst sicher etwas Bedeutenderes geworden als ein Zimmermann. Aber vielleicht bist du nicht nur ein einfacher Zimmermann, obwohl du dein Handwerk wirklich verstehst. Womöglich bist du ein Rabbiner. Hab' ich's erraten?«
»Ich bin kein Rabbiner. Es gibt auch gebildete Zimmerleute.«
Als er genug Geld beisammenhatte, um einige Wochen lang davon leben zu können, ging er von Jericho fort und schlug wieder den Weg nach Archelaus und Skythopolis ein. Er wanderte in Richtung Norden, überschritt die Grenzen Palästinas, dorthin, wo unbekannte Städte verheißungsvoll auf ihn warteten. Wieder kam er an Saphiras Haus vorbei. Die Türe war verschlossen. Er klopfte an, erhielt aber keine Antwort. Das machte ihn ein wenig traurig. So schnell kann es gehen, dachte er, schon stellt man Besitzansprüche. Von Skythopolis aus gelangte er nach Hippos, das am rechten Ufer des Sees Gennesaret lag. Er fühlte sich müde und leer.
In gewisser Hinsicht haben die Essener schon recht, ging es ihm durch den Kopf, die Welt geht dem Ende zu. Nichts mehr blieb von seiner Vergangenheit, und daher rührte auch seine Traurigkeit. Selbst Jokanaan, der ihm lange Zeit wie eine leuchtende Stütze erschienen war, schwand langsam aus seinem Herzen.
Er betrat eine Schenke, in der Hoffnung, Körper und Geist mit Speis und Trank zu beleben. Der Wirt war Syrier. Auf seiner Brust prangte ein emailliertes Stierbildnis, ein Anhänger des Mithras-Kultes also. Während er sein Abendessen – gebratenen Fisch und Wein – zu sich nahm, kamen drei römische Soldaten in das Gasthaus. Sie setzten ihre Helme ab und wischten sich mit dem Handrücken über die Stirn. Es war später Nachmittag, und ein Gewitter lag in der Luft. Sie bestellten Wild und Palmwein. Einer der Soldaten war Orientale, vielleicht ebenfalls Syrier. Sie sprachen lateinisch, und da sonst niemand in der Schenke saß, konnte Jesus ihrer Unterhaltung mühelos folgen. Sie erzählten sich, was ihnen an den anderen Provinzen, in denen sie schon gedient hatten, besonders gefallen hatte. Überall war es angenehmer als bei den Juden, darin stimmten alle drei überein.

»Wir dürfen uns keine Illusionen machen«, meinte einer der Soldaten, »wir sind nirgendwo gern gesehen.«
»Ja«, pflichtete ihm ein anderer bei, »aber die Juden sind das einzige Volk im ganzen Reich, das über keine Armee verfügt und trotzdem auf seine Unabhängigkeit pocht.«
Zum erstenmal hörte Jesus von den Juden in ihrer Gesamtheit sprechen; nie war ihm der Gedanke gekommen, man könne die Juden als ein Volk, eine Einheit verstehen, so wie man sich etwa die Römer vorstellte. Und doch, dachte er, ich selbst beurteile sie ja auch immer häufiger in ihrer Gesamtheit, als gehörte ich gar nicht zu ihnen ...
In der Nacht ging das Gewitter nieder, und als er am nächsten Tag seinen Weg fortsetzte, waren seine Gedanken noch immer bei den Römern. Warum, so überlegte er, beherrschten gerade sie die ganze Welt? Etliche Male hatte man ihm erzählt, daß von den Säulen des Herkules, die die westlichen Grenzpfosten des Reiches darstellten, bis hinunter zum Pontus und hinauf zu den Gegenden im hohen Norden – von denen man sich berichtete, sie steckten zur Hälfte im ewigen Eis –, daß überall in diesem Riesenreich die Legionäre des Cäsar Wache hielten. Warum hatten die Juden denn keine Armee? Warum durften sie nirgends Herrscher sein, nicht einmal im eigenen Land? Hatten sie der Welt entsagt? Waren sie womöglich alle potentielle Essener?
So gelangte er immer weiter nach Norden.
Er sprach Mandäisch, Syrisch, Nabatäisch, Palmyrisch, Samaritisch, aber vor allem Griechisch und Lateinisch, sooft sich ihm die Gelegenheit bot. Jenseits von Ituräa allerdings sah er sich dann außerstande, noch weitere Sprachen hinzuzulernen, zu fremd klangen sie in seinen Ohren, und zu häufig änderten sich Aussprache und Dialekt.
In Tyrus reiste ein Mann in einem vergoldeten Pavillon auf dem Rükken eines Elefanten, weich gebettet in seidene Kissen. Von goldenen Ketten gehaltene Papageien umflatterten ihn. In Sidon hatte ein Fremder eine geschlossene Sänfte als Fortbewegungsmittel gewählt; ihr voran schritten gefleckte Pferde, mit kamelähnlichen Köpfen auf lächerlich langen Hälsen. Einige Leute meinten, ein Prinz ziehe da vorüber, andere hielten ihn für einen Magier, der Blei in Gold verwandeln könne, und wieder andere erzählten von einer schwarzhäuti-

gen Frau mit goldenem Haar. In Palmyra wurden einen ganzen Tag lang Sklaven versteigert. Alle fanden sie Käufer: die Schwarzen wie die Jungfrauen aus Galatien, die Jünglinge aus Dalmatien ebenso wie die Athleten aus Irland. Man verkaufte sie nackt, und ihre neuen Besitzer legten ihnen gleich nach dem Kauf einen Mantel um.
Jesus arbeitete mal hier, mal dort, übernachtete, wo sich gerade Gelegenheit bot, und wusch sich in Flüssen und Brunnen. Oft belästigte man ihn mit eindeutigen Angeboten. Er lehnte ab, war aber stets bemüht, niemanden zu kränken, soweit der Betreffende sich auch ihm nicht in beleidigender Weise näherte. In den griechischen Schenken an der Küste hörte er die Straßensänger Hunderte von Versen eines Dichters namens Homer vortragen. In den römischen Schenken dann wurden Verse eines anderen Poeten, der Vergil hieß, gesungen. Er trank achaiischen Zimtwein und Erdbeerwein aus Pergamon; er trank Reiswein und Palmwein, Gersten-, Hafer- und Honigbier; er aß aus Roggenmehl gebackenes Rosinenbrot und Milchbrötchen aus Maismehl, er kostete das Eierbrot der Parther und zyprisches Pfefferbrot, ägyptische Sesamfladen und armenische Nußbällchen. Er lernte, Tigranes-Brot – ein Brot aus Käseteig – zum Wein der Bituriger zu essen. Er verzehrte Brot in allen erdenklichen Formen, nur wenn es männliche oder weibliche Geschlechtsorgane darstellte – die Legionäre liebten das –, verzichtete er lieber darauf.
In diesem Jahr riß Tiberius der Geduldsfaden: Er verbot den jüdischen und ägyptischen Gotteskult in Rom und ganz Italien. Ein syrischer Händler, der eben aus Rom zurückgekehrt war, berichtete Jesus von dem kaiserlichen Beschluß.
»Bald«, meinte der Händler, »schließen sie auch noch den Tempel in Jerusalem, oder sie machen einen Apollo-Tempel daraus. Alle Juden Roms und Italiens, die ihrem Glauben nicht abgeschworen haben, wurden in die römische Armee eingezogen. Jetzt schickt man sie nach Germanien an die Front.«
Unaufhaltsam und immer schneller ging es demnach bergab mit den Juden. In gewisser Hinsicht hatten die Essener gar nicht so unrecht. »Ein abgestorbener Baum stürzt unweigerlich zu Boden«, hatte auch Josef einmal gesagt. Vielleicht war der jüdische Klerus in Rom genauso korrupt gewesen wie der in Jerusalem. Aber wie soll es weitergehen? fragte sich Jesus, als er sich am Abend auf dem Dielenboden einer

Werkstatt ausstreckte; er atmete den angenehm unaufdringlichen Holzgeruch ein und lauschte dem Trippeln hungriger Mäuse. Wie soll es weitergehen?

Die Frage, auf die er keine Antwort wußte, begleitete ihn in seinen Gedanken überallhin; unaufhörlich stellte sie sich ihm, ganz gleich, was er tat, ob er Kiefern-, Zedern-, Nußbaum-, Buchen- oder Eichenholz bearbeitete, ob er mit Messer und Hohleisen gelbliches Teak- oder geschwärztes Ebenholz ausstach, ob er den Ägyptern zusah, wie sie Wein und Milch als Trankopfer auf den Altar des Dionysos gossen, den Skythen, wie sie ihrer Göttin Isis Tauben opferten oder auch zypriotischen Frauen und jungen Ziliziern, die Schamlippen junger Kühe und Stierhoden auf den Altar jener Göttin legten, die in ein und demselben Tempel verschiedene Namen trug: Venus, Ischtar oder Astarte. In Sidon forderte ihn eine Gruppe Bithyner und Syrier, der er in einer Schenke begegnete, auf, doch an den Riten, die sie ihrem Gott Mithras zu Ehren vollzogen, teilzunehmen. Er wollte sie nicht kränken und bat sie, ihm von jenem Gott, der nicht der seine war, zu erzählen.

»Mithras ist die unbesiegte Sonne, natalis invictus. Er wurde in der längsten Nacht des Jahres von einer Jungfrau in einer Höhle geboren. Mit ihm siegt das Licht über die Dunkelheit«, erklärte einer der älteren Männer aus der Gruppe, ein weißbärtiger Syrier.

»Aber da du nicht eingeweiht bist«, fügte ein junger Bithyner hinzu, »wirst du zunächst nur in die erste der sieben Sphären aufgenommen, in die Sphäre des Raben.«

»Wie ist es möglich, von einer Jungfrau geboren zu werden?« wollte er wissen.

»Es gibt solche Menschen«, erwiderte der Syrier, »sie gehören zu den Auserwählten.«

»Und welche besonderen Eigenschaften zeichnen Mithras aus?«

»Er ist der Gott der Fülle«, antwortete der Syrier, »er ist stark, jung und schön. Er hat den Stier getötet, das Sinnbild tierischer Kraft auf dieser Welt. Und das Blut des Stieres hat die Erde fruchtbar gemacht. Somit herrscht der Geist des Lichts über alles Lebende.«

»Wem wurde der Stier geopfert?« fragte Jesus.

»Mithras opferte ihn sich selbst.«

»Ist Mithras ein Mensch oder ein Geist?«

»Beides zugleich«, erklärte der Syrier würdevoll. »Er ist das, wonach wir alle streben, die vollkommene Verschmelzung von Körper und Licht. Sein Fleisch ist Licht. Folglich ist er ein Gott. Und wir alle sind Götter, wenn wir uns nur vom Licht durchdringen lassen.«
Jesus seufzte. Die Worte des Mannes weckten ein unbehagliches Gefühl in ihm. War er nicht selbst in diesen ekstatischen Zustand entrückt gewesen, an dem die Essener Anstoß genommen hatten, ebendadurch, daß er das Licht des Herrn in sich eindringen und dadurch die Schwerkraft überwinden ließ? Aber war er deshalb schon ein Gott? Vielleicht tatsächlich der Messias? War er Mithras dann nicht ebenbürtig? Und Mithras, war der nicht selbst auch ein Messias gewesen? Konnte es mehrere Erlöser geben? Er war wie betäubt und wußte nicht mehr aus noch ein. Zu seinen Tischgenossen meinte er, er gehöre schon einer Religion an und könne sich keiner anderen mehr anschließen.
»Du meinst es sicher ehrlich, Fremder«, entgegnete ihm ein Bithyner, ein junger, dunkeläugiger, blonder Mann, mit einem bedrohlichen Lächeln auf den Lippen. »Aber ich muß mich schon sehr wundern, daß ihr Juden für die Römer Waffen tragt und für die Parther Geld zählt, euch jedoch einfach nicht eingestehen wollt, daß es noch andere Götter außer dem euren gibt.«
»Diejenigen, die neuerdings für die Römer kämpfen, tun das nur, weil man sie dazu zwingt«, verteidigte sich Jesus.
»So. Meinst du?« erwiderte der Bithyner mit immer breiterem Lächeln. »Schon zu Zeiten meines Großvaters – dreißig Jahre dürfte das hersein – folgten die Juden den Adlern der Liktoren. Einige waren sogar Offiziere, und in Syrien, Bithynien und Thrakien trugen manche bis in ihre alten Tage den römischen Helm.«
Schweigen. Vielsagende Blicke.
»Das bedeutet, Fremder«, fuhr der junge Mann fort, »daß sie auch am Sabbat kämpften und sich von eurem grausamen Gott abgekehrt hatten.«
»Unserem grausamen Gott?« rief Jesus.
»Ist denn ein Gott, der die Verfehlungen seiner Anbeter bestraft, indem er sie zu Menschenfressern werden läßt, kein grausamer Gott?« fragte der Bithyner ruhig.
»Wovon sprichst du?«

»Steht im ›Deuteronomium‹ nicht geschrieben, Fremder: ›Deine eigenen Kinder wirst du essen / Das Fleisch der Töchter und Söhne / Die dir der Herr dein Gott geschenkt hat / Denn eine Hungersnot wird ausbrechen / Wenn deine Feinde dich belagern‹? Heißt es nicht in den Prophezeiungen des Jesaja an sein Volk: ›Rechts ißt ein Mann nach Herzenslust / Bleibt aber weiter hungrig / Links schlingt ein anderer in sich hinein / Doch kann er seinen Hunger nicht stillen / Jeder verzehrt das Fleisch seiner eigenen Kinder / Und keiner verschont seinen Bruder‹? Hast du bei Jeremias nicht gelesen: ›Ich werde aus dieser Stadt Jerusalem einen Anblick des Schreckens und der Verachtung machen / So daß jeder der vorübergeht entsetzt sein wird / Und verächtlich das Gesicht verzieht beim Anblick ihrer Wunden / Ich werde die Menschen zwingen / Das Fleisch ihrer Söhne und Töchter zu essen / Gegenseitig werden sie sich zerfleischen ...‹? Sag mir, Fremder, steht in den Klageliedern nicht geschrieben: ›Müssen die Frauen die Frucht ihres Leibes essen / Die Kinder die sie bis zur Geburt in sich tragen‹? Hast du eure eigenen Bücher nicht gelesen, Fremder? Ist das ein Gott oder ein Dämon, der seinem Volk derartige Qualen auferlegt?«
Leichenblaß und zitternd rang Jesus nach Atem. »So werden nur die Menschen bestraft, die ihren Glauben verraten haben«, brachte er schließlich mit rauher Stimme hervor.
»Warum bist du dann so verstört, Fremder?« fragte der Bithyner. »Etwa, weil diese Strafen lieber geheimgehalten werden sollten, oder aber, weil es eines Gottes unwürdig ist, menschliche Wesen auf die Stufe von Tieren herabzusetzen? Hat dein Gott den Menschen nicht nach Seinem Ebenbild geschaffen? Geht man denn so mit seinem Ebenbild um?«
»Schweig!« schrie Jesus. »Wer bist du überhaupt?«
»Ich heiße Alexander«, antwortete der Bithyner, unentwegt lächelnd. »Ich lebe in der Dekapolis und wurde in der freien Stadt Philadelphia als Sohn eines bithynischen Vaters und einer jüdischen Mutter geboren. Meine Eltern unterrichteten mich in zwei Religionen, dem Mithras-Kult, dem mein Vater anhing, und der jüdischen Religion meiner Mutter. Mein Vater war tolerant und wollte mich meinen eigenen Glauben wählen lassen, sobald ich alt genug dafür war. Da wir in einer wahrhaft freien Stadt lebten, konnte mir meine Mutter, die

selbst unterrichtet war, die Bücher vorlesen. In einer jüdischen Stadt – das möchte ich nur für meine Freunde hinzufügen – wäre das unmöglich gewesen, weil dort die jüdischen Frauen die Bücher nicht einmal berühren dürfen. Als ich sieben Jahre alt war und die Geschichte von Jahwes Zorn auf Moses hörte, packte mich das Entsetzen. Du kennst doch diese Episode, nicht wahr, Fremder? Moses wußte nicht einmal, weswegen ihn sein Gott in der Nacht auf einer verlassenen Straße angegriffen hatte wie ein Übeltäter, mit der Absicht, ihn zu töten ...«

Schweiß perlte auf Jesus' Stirn.

»Und sicher weißt du auch«, fuhr der Bithyner mit lauerndem Blick fort, »daß Moses schließlich den Grund für Gottes Zorn erkannte: Er, Moses, war nicht beschnitten. Die Tatsache, daß er seine Vorhaut nicht geopfert hatte, er, der große Prophet, euer größter Prophet, der auf dem Berg Sinai vor seinen Schöpfer trat, hatte ihn beinahe das Leben gekostet! Schon als kleines Kind erfüllte mich dieser Gedanke mit Entrüstung, denn was bedeutet die Beschneidung eigentlich? Die symbolische Opferung der Männlichkeit. Und ich frage euch, meine Freunde, und auch dich, Fremder, was muß das für ein Gott sein, der von seinen Dienern die, wenn auch symbolische, Opferung ihres Mannseins verlangt? Was für ein Gott, der alle Unbeschnittenen zu töten sucht?...«

»Du beschimpfst mich, heidnischer Sophist!« schrie Jesus außer sich und warf sich auf den Bithyner. Die anderen Männer rissen ihn zurück und hielten ihn fest. Der junge Mann hatte nicht einmal mit der Wimper gezuckt. Seine Gefährten drückten Jesus wieder auf die Bank zurück.

»Das ärgerliche an euch Juden ist«, meinte der Bithyner weiter, »daß ihr die Intelligenz so verachtet! Du hast es gar nicht für nötig gefunden, über meine Fragen nachzudenken, sondern hast sie sofort als Beleidigung aufgefaßt. Ich bin noch nicht fertig mit dem, was ich dir zu sagen habe, aber keine Sorge, Fremder, ich werde mich kurz fassen. Auch später habe ich oft an diesen Zweikampf zwischen Jahwe und Moses gedacht, und jedesmal stieg das gleiche Gefühl der Empörung in mir hoch. Ich war auf der Suche nach einem Gott wie dem meinen, einem, der stolze, aber tolerante Menschen will. An jener Begebenheit stieß mir ferner auf, daß es Moses glückte, seinen Schöpfer zu besiegen

und die Flucht zu ergreifen. Ein wahrer Gott, Fremder, verliert niemals. Und deshalb sollten wir ihn auch nie in unsere weltlichen Angelegenheiten mit einbeziehen, wie ihr das tut. So, jetzt bin ich fertig.«
Jesus stürzte zur Tür hinaus. Aufgewühlt, verletzt und verstört, lief er durch die Nacht. Er wußte keine Antwort auf die Worte des Bithyners. Spät fand er Schlaf, nachdem er vergeblich zu beten versucht hatte. Am nächsten Morgen weckte ihn in aller Frühe das Flötenspiel eines Hirten, der seine Schafe auf die Weide trieb. Er stand auf, um sich im Meer zu baden.
War sein Gott wirklich der der Juden? Hatte nicht Er den Bithyner erschaffen und diese Begegnung inszeniert? Oder hatte da womöglich der Teufel seine Finger im Spiel? Man kann doch nicht ständig und bei allem, was geschieht, den Verdacht auf den Teufel lenken, sagte er sich, im Grunde macht man es sich damit sehr einfach.
Er wanderte tagelang, ohne Hunger und Erschöpfung zu spüren, nur Durst quälte ihn manchmal. Die Juden, andere Menschen, Menschen wie alle anderen ... Warum hatte er sich verunsichern lassen, weil einige von ihnen die römische Uniform trugen? Steckte derzeit nicht ganz Judäa in dieser Uniform? Und gebührte denen, die den Sabbat nicht einhielten, wirklich größere Verachtung als jenen, die sich an diesem Tag im Namen des Herrn untersagten, Wasser zu lassen? In welchem Buch hatten die Essener gelesen, daß der Herr seinen Dienern am Sabbat Verstopfung vorschrieb? Er zuckte mit den Achseln und mußte an die Koliken zurückdenken, unter denen einige Essener in Qumran regelmäßig am Sabbat gelitten hatten. Wir brauchen etwas anderes, Herr! Etwas anderes als den alten Teufel, ohne den nur träge und halsstarrige Menschen nicht leben können und der allzugut in jenes Gottesbild paßt, das sie sich in ihrem von Angst und Schrecken geprägten Leben zusammengeschustert haben. Warum hatte er ihnen in Qumran nicht ins Gesicht geschrien: »Glaubt ihr denn, daß David sich am Sabbat das Scheißen verkniffen hat?« Aber auch er war nur ein Mensch mit allen seinen Ängsten.
In der Ferne tauchte eine Stadt auf, eine große Stadt, wie ihm schien. Er fragte einen Fischer: Antiochia.
Konnte Rom schöner sein? Antiochia glich einem einzigen Fest, das Harmonie und Intelligenz hier feierten. Wo das Auge hinsah: vergoldeter Stein, von Akanthus umrankte Säulen, die wie Finger in den

Himmel zeigten, im Sonnenlicht blitzende goldene Dächer. Vorplätze, Säulenhallen, Tempel und Kolonnaden breiteten sich vor ihm im golden funkelnden Licht Syriens aus. Unermüdlich wanderte er staunend durch die Straßen. Die Stadt wirkte von zwei breiten, gepflasterten und von Arkaden gesäumten Prachtstraßen viergeteilt, die im rechten Winkel zueinander verliefen. Buntes Treiben herrschte in den Geschäften, die Sockel der Statuen waren mit Girlanden umwunden, weiße Tauben flatterten in der Luft wie ein großer, zerfranster Flügel, der hie und da das Sonnenlicht durchblinken ließ, Federn fielen langsam in taumelndem Flug auf die Dächer, umschwebten die verzierten Kranzgesimse, um schließlich sanft auf Zypressen, Oleander und Balustraden zu landen. Kinder sangen, Pferde wieherten, unverschleierte Mädchen gingen unter dem Geklingel der silbernen Glöckchen an ihren Fesseln vorüber und lenkten die Aufmerksamkeit der Vorübergehenden auf ihre mit Henna gefärbten Fersen. Die Düfte des Orients durchdrangen das Nebeneinander der drei Säulenordnungen, deren Strenge sie lockerten; sie umspielten die schmucklosen dorischen Bauten, umflatterten als duftende Fahnen die männlich ionischen Kapitelle und umschmeichelten den gefälligen korinthischen Stil. Gebratener Knoblauch, Ambra und Jasmin, zerstoßener Koriander, Düfte, die kamen und gingen, ohne daß man hätte sagen können, woher und wohin. Sie kreisten um die Nasenflügel der Statuen, zogen vorbei am dicken Hintern der Matronen, würzten anzügliche Bemerkungen und begleiteten kajalgeschminkte Blicke, wenn sie blauen Augen aus Mazedonien oder auch Skythien begegneten.

Antiochia war eine reiche Stadt, das stand außer Zweifel. Eine glückliche Stadt. Unbeschwert und verdorben.

Aber warum strahlte dieser Ort so viel leuchtender als die sogenannte Stadt des Friedens, Jerusalem? Hatte der Herr den Menschen nicht auch Lebensfreude zugestanden?

Zu seiner Linken erhob sich ein Baal-Tempel, zu seiner Rechten einer zu Ehren des Herakles. Jesus blieb zunächst unbedacht mitten auf der Straße stehen, doch schnell mußte er mit einem Satz zur Seite springen, um einem Gespann weißer Pferde mit goldenem Geschirr auszuweichen, das auf dem Pflaster herandonnerte, ein prachtvoller Wagen, der Ruhm und Macht zum Ausdruck brachte, darauf die braungebrannte Gestalt eines Römers, nein, eines Heroen im ehernen Panzer.

So fand er sich plötzlich vor einem Mann wieder, der vor seinem Laden saß, sich den großen Zeh seines rechten Fußes rieb und eine mit Haschisch gestopfte, zierliche weiße Tonpfeife rauchte. Er mochte wohl um die Vierzig sein, für einen der sechs nagelneuen Särge, die ganz hinten in seinem Laden an der Wand lehnten, schien er jedenfalls noch nicht reif zu sein. Jesus musterte ihn, aber der Blick des Mannes weilte bei ferneren Bildern.

»Ich suche Arbeit als Zimmermann«, sprach ihn Jesus schließlich auf griechisch an.

Der Händler kniff die Augen zusammen und sah ihn abschätzend an. »Wie lange brauchst du, um sechs weitere Särge zu zimmern?« erkundigte er sich. »Mein Lieferant ist nämlich gestern sein eigener Kunde geworden.«

»Ich schaffe einen pro Tag. Vielleicht auch zwei. Aber ich rühre keinen Leichnam an.«

»Ich auch nicht«, entgegnete der Händler. »Ich bin Jude. Ich verkaufe die Särge lediglich, das Einsargen übernehme ich nicht.« Er musterte Jesus von Kopf bis Fuß. »Hier in Antiochia leben zweihunderttausend Juden und ebenso viele Griechen und Syrier. Bei den Griechen ist die Sterblichkeit am höchsten. Zuviel Frauen und Wein. Bist du wegen der Frauen hierhergekommen oder wegen des Weins?«

»Weder noch«, erwiderte Jesus lächelnd.

»Dann bist du sicher auf der Suche nach Philosophen. In Antiochia wimmelt es von Rednern; alles Leute, die zu denken scheinen, daß die Welt nicht ein für allemal so eingerichtet sein darf, wie sie nun mal eben ist. Als wäre es möglich, Starke und Schwache abzuschaffen, alle Menschen gleichzumachen! Und wie sie reden! Wenn ihre Worte Staub wären, müßten wir binnen kürzester Zeit ersticken. Sogar unsere Rabbiner reden – ach, was sag' ich, nichts als schwätzen tun sie. Und noch dazu auf griechisch! Alle Welt spricht Griechisch. Vielleicht spricht Gott selbst auch Griechisch, was weiß ich!«

Mißmutig blickte er auf die Asche, zu der das Haschisch im Pfeifenkopf verbrannt war.

»Komm morgen früh!« meinte er schließlich. »Wirst du auch bestimmt da sein?«

»Ich werde da sein.«

»Hast du etwas zum Essen?« Er holte eine Münze aus seiner Westen-

tasche und gab sie Jesus. »Nimm dich in acht vor den Bädern! Sonst kannst du morgen schlecht arbeiten«, fügte er mit vertraulichem Augenzwinkern hinzu.
»Weißt du einen Platz, wo ich schlafen kann?« fragte Jesus.
»Wenn es dich nicht stört, deine Träume mit Särgen zu teilen«, meinte der Mann, »dann kannst du hier übernachten. Der Laden ist rund um die Uhr offen. Du mußt nur die Tür aufdrücken. Särge sind das einzige, was in Antiochia sicher vor Diebstahl ist. Es bringt Unglück, sie zu stehlen«, erklärte er kichernd.
Jesus schlenderte ziellos umher. In einer Schenke kaufte er ein rundes Zwiebelbrot mit eingebackenen dicken Bohnen, dann legte er sich, weil er müde war, in einem Garten in der Nähe der Synagoge ins Gras. Unter Resedasträuchern schlief er in der milden Wärme des Nachmittags ein. Als er erwachte, hatte er Durst und große Lust, ein Bad zu nehmen. Er trank an einem Brunnen von den wasserspeienden Lippen eines Delphins. Für das Bad blieb ihm – wenn er die Warnung des Sarghändlers ernst nehmen wollte – nichts anderes übrig, als in die Fluten des Orontes unterhalb der Stadt zu steigen. Obwohl ein scharfer Wind blies und ein leichter, launischer Nieselregen sich über die Stadt gelegt hatte, denn immerhin war es Dezember und der Fluß sicher recht kalt, begab er sich auf die Suche nach einem Pfad zum Ufer. Er wollte nicht verschwitzt und staubig schlafen gehen und deshalb den erstbesten, dem er begegnete, nach dem kürzesten Weg zum Fluß fragen.
Unter einer Tamarinde lag er dann: ein magerer, altersloser Mann. Während Jesus sich ihm näherte, war ihm, als höre er den Mann mit sich selbst sprechen, doch eine solche Eigenart war sicher noch lange kein Grund anzunehmen, daß dieser Mensch ihm nicht den Weg zum Orontes zeigen könne.
Als Jesus dann näher an den Unbekannten herantrat, rief dieser mit kräftiger, offensichtlich gesangserprobter Stimme: »Unsterblich ist die Seele! Denn sie ist nicht dein, sie gehört dem Schicksal. Wenn der Körper die Fesseln dieser Welt abstreift, so wie das Pferd seinen Reiter abwirft, fährt sie gen Himmel und verflucht die mühsame und unwürdige Knechtschaft des nun vollendeten Lebens. Aber du, der du lebst, kümmerst dich nicht darum. Du schenkst meinen Worten erst dann Glauben, wenn es keinen Grund mehr zu glauben und auch nicht

zu zweifeln gibt. Denn solange du unter den Lebenden weilst, hängst du an deinem Reittier ...« Er schien Jesus anzusehen.
»Sprichst du zu mir?« fragte Jesus überrascht.
»Ich spreche zu allen Menschen, also spreche ich auch zu dir, weil du gerade hier bist, mein Sohn«, entgegnete der Mann und blieb im Gras liegen. »Du hast dich mir genähert, und die Worte sprudelten aus meinem Herzen.« Er wirkte überdreht und fiebrig.
»Ich wollte dich fragen, wie man am besten zum Orontes gelangt.«
Der Mann starrte ihn lange unverwandt an. Unwillkürlich kam Jesus der Gedanke, er habe es mit einem Verrückten zu tun. Sein Gefühl jedoch sagte ihm, daß, falls der Mann wirklich verrückt war, da auch noch etwas anderes dahinterstecken müsse.
»Was willst du da unten im Taifun?« schrie der Mann. »Suchst du etwa die Fluten des Drachen auf, weil deine letzten Bande zum Leben gerissen sind?«
»Hör mal!« sagte Jesus ungeduldig. »Ich habe vor, mich im Fluß zu waschen, das ist alles. Außerdem, was soll das mit deinem Taifun und dem Drachen?«
»Fremder«, erklärte der Mann sarkastisch lächelnd, »so nennen wir hier den Orontes. Namen, die dieses teuflischen Flusses würdig sind! Du brauchst nur deinen Fuß in seine Fluten zu setzen, und schon pakken dich zehntausend als Strudel verkleidete Schlangen, um dich in Höllentiefen hinabzureißen. Sich im Orontes waschen! Das Wasser ist so eisig, daß dir sofort das Herz stehenbleibt. Warum, glaubst du, haben wir öffentliche Bäder?«
»Die haben einen schlechten Ruf«, entgegnete Jesus.
»Den haben sie zu Recht, aber ist denn dein Fleisch so schwach, daß du den Anblick von Lüsternheit nicht ertragen kannst? Glaubst du, daß ein starker Geist – denn deiner ist stark, das kann ich in deinen Augen lesen –, glaubst du denn, daß ein starker Geist sich durch den armseligen Gebrauch, den die Menschen von ihrem Körper machen, ablenken läßt? Antworte mir! Mir ist nur eine einzige Möglichkeit bekannt, mich mit einem anderen Menschen meines Körpers zu bedienen, aber der eigentliche Reiz liegt doch in den zahllosen Arten, seinen Geist zu gebrauchen!«
Die wortgewaltige Rede entlockte Jesus ein Lächeln. Außerdem verbarg sich hinter den Übertreibungen sehr wohl eine Spur von Weisheit.

»Bist du wie die anderen Juden? Denn du bist Jude, nicht wahr? Ich errate es an deiner besonderen Art, die Haare zusammenzubinden. Gehörst du also auch zu den Juden, die glauben, der Allwissende wisse nicht alles und vergeude seinen Zorn, um die Verfehlungen der Menschen zu bestrafen? Glaub mir, Fremder, es gibt Menschen, die nie ihre Lenden entblößt haben, nicht einmal in der Wüste, und doch wahrhaft abartig und niederträchtig sind, und dann gibt es solche, die wie Kinder mit ihrem Glied spielen, aber trotz ihrer äußeren Schande im Innersten ein gutes Herz haben.«

Was hat dieser Mensch wohl erlebt, und was weiß er, daß er eine so ungewöhnliche Rede führen kann? fragte sich Jesus.

Der Mann begann zu lachen. »Geh in die Bäder des Augustus, Fremder, und frage nach meinem Freund Eukolines! Er ist jung, aber weise, denn er weiß mehr über die menschliche Natur als die ägyptischen Pyramiden. Sag ihm, Thomas von Didyma habe dich geschickt und du suchest nichts anderes als deinen Frieden und die Reinigung deines Körpers! Geh nur, glaub mir!«

»Was waren das für Worte, die du bei meinem Näherkommen von dir gegeben hast?«

»Wie heißt du?«

»Jesus.«

»Jesus, Josua, ich sprach die Worte meines Meisters Apollonios. Ich war ein Jahr lang einer seiner Schüler. Ich schmachtete nach seinen Worten und berauschte mich an seinen Wundern. Ich fiel beinahe in Ohnmacht, als ich ihn in die Lüfte entschweben sah wie eine Taube. Ich liebte ihn, wenn er Kranke heilte. So manche Regel, die er mich gelehrt hat, befolge ich noch immer. Aber vergangenen Herbst verließ ich ihn eines Tages, so wie ein Blatt vom Zweig fällt. Er lehrt eine schöne Philosophie, und lange Zeit habe ich gehofft, in ihm den Messias gefunden zu haben. Aber jetzt weiß ich, daß er nur ein bemerkenswerter Mann ist. Mein Herz ist hungrig, ich strebe nach etwas anderem, der Himmel weiß, wonach. Heute habe ich ihn in der Straße der Cäsaren gesehen, zum erstenmal nach so langer Zeit. Da befiel mich große Traurigkeit, und ich ging hierher, um unter den Bäumen Trost zu suchen.«

»Warum kehrst du nicht zu ihm zurück?« fragte Jesus. »Wenn er wirklich der bemerkenswerte Mann ist, den du in ihm siehst, dann wird er dich mit offenen Armen empfangen.«

»Ich habe dir doch gesagt, daß ich nach etwas anderem strebe.«
»Wonach?«
»Wenn ich das nur wüßte! Genügt es denn zu wissen, daß es zwei Reiche gibt, das des Körpers und das des Geistes, daß Gott über letzteres regiert und daß all unsere Pläne und Werke in der materiellen Welt lächerlich sind und nur Verachtung verdienen? Mein Verstand sagt mir, daß dieses Wissen genügt, um Weisheit zu erlangen, aber die Weisheit lehrt durch sich selbst, daß auch sie nicht alles ist.«
»Nichts ist alles«, bemerkte Jesus.
»Ja, nichts ist alles«, wiederholte Thomas. »Auch du weißt das.«
»Jener Apollonios hält sich also hier in der Stadt auf«, erkundigte sich Jesus.
»Ja, willst du ihn aufsuchen? Vielleicht bist du sogar einzig und allein mit dieser Absicht nach Antiochia gekommen? Du mißtraust den Bädern ebenso wie er ... Er verkündet seine Lehre in Gärten wie diesem hier und schläft nur in Tempeln, die über Nacht offenstehen, zum Beispiel im Baal- oder Schiwa-Tempel, vor allem aber im Daphne-Tempel ... Daphne ist eine seiner Lieblingsgöttinnen.«
»Daphne?«
»Die Nymphe, die Apollo in einen Baum verwandelt hat.«
»Du bist Jude und glaubst an eine griechische Göttin?«
»Habe ich das behauptet? Aber es gibt Schlimmeres auf dieser Welt! Apollonios verehrt sie, ich dagegen tue es ihm nur nach. Ich hatte geglaubt, er besitzt einen Schlüssel. Aber dem ist nicht so. Oder vielleicht bin ich auch nur undankbar ...« Er versank in trübsinnige Träumerei, und Jesus verließ den Garten.
Es wurde Nacht, die Straßen aber waren erleuchtet. Jesus gelangte zur Straße der Cäsaren. Einerlei, ob man vorwärts oder rückwärts blickte, die Straße schien ohne Ende. Hunderte von Fackeln – an jeder Säule steckte eine in einem Eisenring – machten die Nacht zum Tage. Eine solche Lichterpracht hatte Jesus noch nie gesehen. Die breitesten Straßen Jerusalems waren im Vergleich hierzu nur zwielichtige Gäßchen. Er konnte sich kaum satt sehen an dieser züngelnden Glut, die goldene Funken auf die Akanthusblätter an den Kapitellen und auf das Wasser der Springbrunnen sprühte. Dann fragte er nach dem Weg zu den Bädern des Augustus. Man schickte ihn zu einer anderen Prachtstraße, der Straße des Jupiter, die, wie ihm schien, noch länger

war. Endlich gelangte er an sein Ziel, doch er stand noch eine Weile unschlüssig herum, da er das Gebäude für einen Palast hielt.
Und ein Palast war es in der Tat. Ein Eingangsgewölbe, so hoch wie das des Jerusalemer Tempels, Wände aus buntem Marmor, mosaikverzierte Fußböden, Statuen und Feuerbecken, die duftende Dampfschwaden verströmten ... Er fragte nach Eukolines, woraufhin sich ein junger Mischling mit dem Blick eines Fuchses vor ihm verneigte. Jesus berief sich auf Thomas von Didyma. Der junge Mann nickte, half ihm beim Ausziehen und führte ihn ins Tepidarium. Für diese abgewrackten Fettwänste also baut man solch einen Palast, dachte Jesus spöttisch, während sein Blick über die von krampfadrigen Beinen getragenen Schmerbäuche glitt, die sich auf den Bänken in ihrer Nacktheit zur Schau stellten. Aber es machte ihm nichts aus, in ihrer Gesellschaft zu schwitzen, obwohl ihm bald klar wurde, daß sich hier auch einige junge Männer tummelten, deren Hauptanliegen nicht unbedingt in der körperlichen Reinigung lag, und die wenigsten sich allem Anschein nach darum bemühten, gegen die unerfreulichen Auswirkungen eines zu reichlichen Genusses von Wildbret und griechischem Wein anzukämpfen. Eukolines ging, nachdem er ihm ein Badetuch dagelassen und ihm mitgeteilt hatte, daß er für die nach dem Schwitzen zu vollziehenden Riten zu seiner Verfügung stehe. Jesus befand sich in Gesellschaft von drei schlaffhäutigen Männern, die eine lebhafte Unterhaltung auf griechisch führten. Da er nichts Besseres zu tun hatte, hörte er ihnen zu.
»Ich habe noch nie vernommen, daß ein Mensch einfach Feuer fangen kann wie Werg!« rief einer aus.
»Aber ich war doch dabei! Ich habe es mit eigenen Augen gesehen. Wir hatten gerade zu Abend gegessen und waren alle guter Laune, da schießen wie aus heiterem Himmel Flammen aus seiner Brust und seinem Arm hoch. Er schreit um Hilfe, wir begießen ihn mit Wasser, aber vergeblich, erst nachdem wir ihn in einen Teppich eingerollt haben, erloschen die Flammen. Dabei war keinerlei offenes Feuer in seiner Nähe, die nächste Fackel war mindestens fünf Fuß von ihm entfernt.«
Sie schwiegen eine Weile, dann meinte ein anderer: »Da hat der Teufel seine Finger im Spiel.«
»Ja, das ist klar. Fragt sich nur, welcher Teufel? Ein Teufel der Grie-

chen? Der Römer? Der Juden? Der Chaldäer? Oder einer unserer eigenen Teufel?«
»Teufel ist Teufel, sag' ich dir. Ich glaube, es gibt da einen Punkt, den wir zu oft außer acht lassen. Wir haben eine Unmenge Götter über uns, von Osiris bis Herakles und von Mithras bis Baal, aber es gibt nur eine einzige Rasse von Teufeln.«
»Wie kommst du auf die Idee?«
»Die Teufel kommen aus der Erde, und es gibt nur eine Erde, während dagegen viele verschiedene Himmel existieren. Die Teufel sind alle miteinander verwandt. Deshalb würde ich meine Zeit nicht damit verschwenden, herauszufinden, welcher Teufel es war. Es war ein Teufel, und damit hat sich's.«
»Du meinst also, ein Teufel ist aus der Erde direkt in unseren armen Muros gefahren«, sagte der Mann, der den Vorfall erzählt hatte. »Aber warum? Muros ist doch ein guter Mensch, wir kennen ihn alle.«
»Natürlich ist er gut! Die Bösen lassen die Teufel ja in Ruhe.«
»Was erzählst du da für einen Unsinn!« begehrte einer der Gesprächsteilnehmer auf. »Sollen demnach bloß die guten Menschen den üblen Streichen der Teufel ausgesetzt sein?«
Er wandte sich an Jesus, wie um ihn als Zeugen für diese ungereimte Behauptung hinzuziehen.
»Ein Teufel kann von einem Menschen nur Besitz ergreifen, wenn er auf keinerlei Widerstand stößt«, erklärte Jesus. »Euer Freund Muros ist wahrscheinlich schwach.«
»Das stimmt, Muros ist schwach«, pflichtete ihm einer der Männer bei. »Kennst du ihn?«
»Nein.«
Sie griffen ihre Unterhaltung wieder auf und warfen ab und zu einen verstohlenen Blick auf Jesus. Der eine meinte, Muros esse zuviel, was sein Gemüt erhitze; es bestehe also gar kein Anlaß, die Tücke eines Teufels heraufzubeschwören. Der andere behauptete, Muros hure zuviel. Der dritte schließlich war überzeugt, das Unglück seines Freundes sei darauf zurückzuführen, daß er zu vielen verschiedenen Göttern opfere, was sicherlich den Teufel aufgebracht habe. »Man muß bei einer Religion bleiben, das ist die Hauptsache«, schloß er.
»Ja, aber man muß die stärksten Götter wählen, und wie stellt man

das am besten an? Mein ältester Sohn war krank. Ich habe Baal ganz besondere Opfergaben dargebracht, aber mein Sohn wurde von Mal zu Mal kränker. Meine Frau opferte daraufhin Mithras, und siehe, mein Sohn wurde wieder gesund.«
Er wischte sich den Schweiß ab, der ihm von der Stirn perlte, und auch die kleine Lache, die sich über dem Nabel gebildet hatte.
»Das nächstemal«, bemerkte der andere, »wird Baal deiner Bitte mehr Gehör schenken, aus Angst, daß du zu einem anderen Gott überläufst.«
»Oder aber er erhört sie überhaupt nicht – aus Zorn. Diese Götter sind letztendlich nichts anderes als Wucherer. Sie sind reiner Geist, lassen sich aber mit klingender Münze bezahlen.«
Jesus hörte ihren Überlegungen mit gleichgültiger Miene zu. Er erriet die Frage, auf die ihre Unterhaltung hinauslief, und tatsächlich, kurze Zeit später wurde sie auch schon gestellt: Wie wählt man einen Gott?
»Ein Gott ist Wahrheit und Licht«, erklärte Jesus. »Man darf ihn nicht um materielle Güter bitten, denn diese können genausogut von Dämonen gewährt werden.«
»Dann sind die Götter ja zu nichts nutze, und man könnte gleich den Dämonen Opfer bringen«, hielten sie ihm entgegen.
»Was verschafft euch aber die Gewißheit, daß die Dämonen eure Bitten zuverlässiger erhören als die Götter?« gab Jesus zu bedenken, während er sich den Schweiß von der Stirn tupfte.
»Wenn uns weder die Götter noch die Dämonen Gehör schenken, warum verschwenden wir dann überhaupt unser Geld für Opfergaben!« rief unwirsch einer der drei alten Männer und verlieh seinem Ausruf mit einem klatschenden Schlag auf den Schenkel Nachdruck.
»Denk doch mal nach, Timo!« entgegnete ein anderer. »Was wären wir denn ohne die Götter? In welcher Gesellschaft würden wir leben? Unter Dieben und Huren? Ist die Gottesfurcht nicht Grundlage unserer Gesetze?«
»Ach, Unsinn!« hielt ihm besagter Timo entgegen. »Die Götter streiten sich doch selbst untereinander herum wie die Menschen. Wir alle wissen, daß sie habgierig, stolz, lüstern und zänkisch sind, und obendrein machen sie den Dämonen noch die kläglichen Reste dieser Welt und sogar die unserer armseligen Gerippe streitig. Die Gesetze

beruhen auf nichts anderem als der Notwendigkeit, miteinander zu leben.«

»Deine Rede ist zwar gottlos«, schaltete sich der dritte Greis ein, »zeugt aber in gewisser Hinsicht doch von gesundem Menschenverstand. Ich muß gestehen, daß ich mir von jenen Wesen in den Lüften, die wir Götter nennen, nicht viel erwarte, und daß ich auch von seiten jener unterirdischen Geisterwelt, den Dämonen, Lemuren und wie sie alle heißen, nicht viel befürchte. Ich gehe lediglich in den Tempel, um nicht unnötig aus dem Rahmen zu fallen.«

»Aus reiner Scheinheiligkeit!« rief Timo und brach in schallendes Gelächter aus.

Als Jesus ins erfrischende Naß des Kaltwasserbeckens tauchte, hörte er den lästerlichen Alten bestätigen, daß er tatsächlich ein Heuchler sei. Die Gottlosigkeit grassiert also überall in der Welt, unter den Heiden wie unter den Juden, dachte er, während er ein paar Züge schwamm. Wieder einmal mußte er den Essenern fast recht geben: Der Sittenverfall im ganzen Land beschwor unweigerlich den Weltuntergang herauf. Als er aus dem Wasser stieg, stand Eukolines schon bereit, um ihn in einem Nebenraum mit einer Roßhaarbürste zu massieren.

»Sind eigentlich alle Einwohner von Antiochia so gottlos wie meine drei Nachbarn?« fragte er, während der Masseur mit der nassen Bürste energisch die abgestorbenen Hautpartikel von seinem Rücken rubbelte.

»Um das herauszufinden, müßte man zuerst alle Gottlosen und Heuchler abziehen.«

Jesus mußte lachen.

»Bist du ein Schüler des Apollonios?« erkundigte sich der junge Mann.

»Nein. Ich habe ihn noch nie gesehen.«

»Wenn du ihn sehen und hören willst, dann geh heute abend in den Daphne-Hain!«

Jesus trocknete sich ab, zog seine Kleider an und reichte Eukolines sein letztes Geld. Der junge Mann lehnte es ab mit der Erklärung, daß Thomas von Didymas Freunde im Bad des Augustus nichts zu zahlen hätten, und er fügte noch hinzu: »Thomas hat mich meinem Ziel ein großes Stück näher gebracht.«

»Und wo liegt dein Ziel?« fragte Jesus.
»Wenn ich das wüßte!«
Daß in diesem Land auch niemand etwas wußte!
Das Bad hatte ihn hungrig gemacht. Essensduft stieg ihm in die Nase und regte seinen Appetit an. Der verlockende Duft rührte von einer Bude her, in der eine alte Frau Fleischbällchen mit Sesamkörnern und Fischstücke briet. Honiggetränkte Waffeln waren übereinander auf einem Tablett angerichtet. Er verlangte ein Stück Fisch und wollte gerade hineinbeißen, als er im Hintergrund der Bude ein bleiches Büblein erblickte, das nach Atem zu ringen schien. Er fragte, was dem Kind fehle. Die Frau klagte, daß es schwach sei und nicht essen wolle. Der Junge war ihr einziges Enkelkind; Vater und Mutter hatte er verloren. Ob es in Antiochia denn niemanden gebe, der ihm helfen könne, fragte Jesus.
»Wahrscheinlich schon«, entgegnete die Alte, »aber ich kann mir die Behandlung nicht leisten.«
»Kann ich mit ihm sprechen?« bat Jesus.
Die Frau sah zu ihm auf und nickte. Er trat in die Bude und legte seine Hand auf das magere Beinchen des Jungen, der erschauerte. Dann nahm er ihn in seine Arme und umspannte den dünnen Nacken des Kleinen mit seiner Hand. Das Kind ließ ihn gewähren. Jesus hielt die Augen geschlossen. Der Atem des kleinen Kranken ging immer geräuschvoller und stockender; schließlich wurde das Keuchen so laut, daß Jesus große Angst überkam. Er drückte das Kind, das plötzlich hustete und einen Schrei ausstieß. Die Alte fluchte. »Nun ist er tot!« jammerte sie. »Du hast ihn umgebracht!« Aber Jesus spürte, daß das Kind lebte; er schlug die Augen auf und blickte in die des ruhiger atmenden Jungen, dann sah er in das vor Erregung verzerrte Gesicht der alten Frau.
»Ich bin nicht tot«, erklärte das Kind und legte seine Hand auf die Brust seines Wohltäters.
»Herr! Allmächtiger Herr!« rief die Frau. Sie nahm Jesus das Kind aus den Armen. »Er atmet!« flüsterte sie. »Er atmet viel ruhiger!« Tränen kullerten ihr bis an die Spitze der Hakennase. »Allmächtiger!«
Jesus machte sich über seinen Fisch her. Zwei Kunden wurden ungeduldig, da sie nicht wußten, was in der Bude vor sich ging.

»Geh deine Kunden bedienen!« sagte Jesus zur Alten.
Mit fahrig zitternden Händen hantierte sie mit dem Gebratenen. Unaufhörlich stammelte sie: »Allmächtiger!«
Das Kind stand neben ihr und blickte auf das Essen. »Ich habe Hunger«, verkündete es mit dünnem Stimmchen.
»O Herr!« schrie die Alte. »Herr, deine Güte bringt mich noch um!«
»Jetzt ist nicht der geeignete Augenblick zum Sterben«, bemerkte Jesus. »Gib lieber deinem Enkel etwas vom Fleisch.«
Die Kunden sperrten die Augen weit auf.
»Dieser Mann ...«, begann die Frau und zeigte dabei mit der Hand auf Jesus, »dieser Mann hat ein Wunder vollbracht.«
Jesus spießte ein Fleischbällchen auf und reichte es dem Kind, das kurz darüberblies und es sofort gierig verschlang. Die Großmutter warf sich Jesus zu Füßen und begann hemmungslos zu weinen. Er hob sie auf. »Ist ja schon gut, du erschreckst nur deinen Enkel.« Er führte sie zu ihren Pfannen zurück und verließ die Bude.
»Wer bist du?« rief die Frau ihm ungestüm nach. »Ich will deinen Namen wissen. Alle Tage will ich für dich beten, bis meine Stimme versagt.«
»Bete für Jesus!« erwiderte er.
»Jesus ...«, wiederholte sie.
»Und zeig mir den Weg zum Daphne-Hain!«
Sie war so verstört, daß er sich die Beschreibung mehrmals wiederholen lassen mußte. Dann ging er. Sie rief ihn zurück. »Ich werde dich bis zu meinem Tod mit Essen versorgen.«
»Gib deinem Enkel zu essen, er hat es nötig«, antwortete Jesus, bevor er der Bude endgültig den Rücken kehrte.
Der Daphne-Hain bestand lediglich aus einer kleinen Baumgruppe; ein paar Laternen warfen dort riesige Schatten. Es ist schon seltsam, welch ausgesprochene Vorliebe diese Leute für Bäume haben, ging es Jesus durch den Kopf, wobei er an die Orangenanpflanzung dachte, in der Dositheus seine Reden gehalten hatte. Ob sie wohl glauben, daß das Geäst der Baumkronen sie der Natur näherbringt? Stimmen wurden laut in der Nacht, von denen eine höher als die übrigen zu schweben schien; es war, als würde sie von ihrem eigenen melodiösen Redefluß getragen. Diese Stimme rückte näher, sie sprach Griechisch und redete von Schwingungen. Das konnte nur Apollonios'

Stimme sein. Jesus blieb einige Fuß von dem Redner entfernt stehen, um ihn in aller Ruhe zu betrachten. Apollonios war groß, und seine blonden Haare, die ihm über das braungebrannte, hohlwangige Gesicht herabfielen – ein untrügliches Merkmal häufiger Ekstasen, dachte Jesus sofort –, verliehen ihm eine würdevolle und verführerische Ausstrahlung. Sein Bart wirkte jugendlich, die Augen strahlten blau. Er ist nicht älter als ich, dachte Jesus weiter. Die Tunika trug Apollonios nach griechischer Art, eine Schulter war unbedeckt.
»Woraus besteht die Welt?« Mit diesen Worten wandte er sich einer Gruppe von etwa zwölf Zuhörern zu. »Aus vier Elementen: Feuer, Wasser, Luft und Erde. Jedes dieser Elemente erzeugt unterschiedliche Schwingungen, die ineinander übergehen und die Luft erfüllen. Du, Damis«, sprach er einen ungefähr dreißigjährigen Zuhörer an, »du glaubst, daß ein Stein leblos ist, nicht wahr?«
»Stimmt das etwa nicht?«
»Nein! Presse ihn in deiner Hand, dann spürst du seine Kraft. Er leistet dir Widerstand. In ihm steckt folglich eine größere Energie als in dir.« Sein Blick glitt über die Zuhörerschar hinweg und blieb an Jesus hängen. Er zog die Augenbrauen hoch.
»Ich heiße Jesus und komme aus Galiläa. Darf ich dir zuhören?«
»Aber bitte, tritt näher! Die Schwingungen der vier Elemente, von denen das Universum erfüllt ist, erzeugen eine fünfte Schwingung, die wir Äther nennen und die das Weltall nicht nur erfüllt, sondern durchdringt. Der Äther ist eine für unsere Ohren nicht wahrnehmbare Musik, aus der Götter hervorgehen können, eine Musik, die nie verklingt. Feuer erlischt, Wasser verdunstet, Erde zerfällt zu Staub, und Luft verbraucht sich, aber der Äther besteht in seiner Vollkommenheit ewig. Er verwandelt sich nie und wird auch nicht weniger oder mehr.«
»Aber in welcher Beziehung steht der Äther zu einem Sterblichen?« wollte eine junge Frau mit kehligem Akzent wissen. »Welchen Einfluß übt er zum Beispiel auf mich aus?«
»Dein Körper ist vom Äther beseelt, ohne ihn wärst du nicht am Leben. Nichts auf der Erde entspricht dem Äther so wie der menschliche Körper.«
»Und der der Tiere?« fragte Jesus.
»Der kommt gleich nach dem des Menschen«, antwortete Apollonios.

»Also ißt man Äther, wenn man ein Hühnchen verzehrt?«
»Aus ebendiesem Grund sollen wir kein tierisches Fleisch essen«, entgegnete Apollonios ernst. »Alle meine Schüler wissen das.«
»Was soll man dann essen?« fragte Jesus weiter.
»Pflanzliche Kost.«
»Aber leben die Pflanzen nicht auch? Stirbt eine Palme, deren Krone man abschneidet, nicht ebenso wie ein Mensch, wenn man ihn köpft?«
»Die Pflanzen sind die dem Menschen unähnlichsten Lebewesen«, erklärte Apollonios, »deshalb dürfen wir sie essen.«
»Wenn man Brot ißt, nimmt man auch Äther zu sich«, fuhr Jesus fort, »da es aus Pflanzlichem hergestellt wird. Warum sollte es dann verboten sein, den Äther von Hühnern oder Fischen zu essen?«
»Worauf willst du hinaus?« fragte Apollonios und besah sich Jesus genauer.
»Ich folge nur deinen Gedankengängen. Aber ich habe noch eine andere Frage: Wird jemand, wenn er eine Verfehlung begeht, vom Äther dazu angeregt oder nicht?«
»Was nennst du eine Verfehlung?«
»Die Lüge, zum Beispiel.«
»Nein, der Äther inspiriert keine Verfehlungen.«
»Wer dann?«
»Die niederen Schwingungen der Erde.«
»Nicht die des Feuers, der Luft oder des Wassers?«
»Nein«, entgegnete Apollonios.
»Die Erde ist also das am wenigsten erhabene Element?«
»Ja«, bestätigte Apollonios, wobei er den Fremden mit unverhohlener Neugier musterte.
»Wie erklärt sich dann, daß die Erde Lebewesen nährt, die wiederum dem Menschen Nahrung spenden, der, wie du meinst, dem vollkommenen Äther am nächsten steht?«
»Worauf willst du hinaus? Sag es mir!« entgegnete Apollonios.
»Ich dachte, du führst hier das Wort.«
»Die Pflanzen reinigen die Schwingungen der Erde, und der Mensch reinigt seinerseits die Schwingungen der Pflanzen. Bist du nun zufrieden? Oder kannst du uns eine bessere Philosophie anbieten?«
»Ich lehre keine Philosophie«, erwiderte Jesus, der die bohrenden Blicke der Zuhörer auf sich spürte.

»Dann beschäftige dich mit ihr!« meinte einer der Anwesenden.
»Ein Philosoph ist wie ein Kind, das mit einer Muschel das Meer ausschöpfen möchte. Alle Worte der Erde ersetzen nicht einen einzigen Wassertropfen für einen Fisch«, sagte Jesus.
»Schickt man dich von einer uns feindlich gesinnten Sekte zu uns?«
»Ich bin nur gekommen, um den berühmten Apollonios zu hören.«
»Wie ich schon sagte«, fuhr Apollonios fort, »in jedem von uns ist ein kleiner Teil Äther. Manche Menschen können dieses höchste Gut durch Disziplin in sich mehren.«
»Und was geschieht, wenn man stirbt?« wollte ein Zuhörer wissen.
»Der dem Körper innewohnende Anteil Äther kehrt zu seinem Ursprung zurück. Nimmt doch, wie ich schon sagte, der Äther des Universums an Volumen weder zu noch ab.« Und zu Jesus gewandt, sagte er: »Bist du zufrieden?«
»Mir kam gerade der Gedanke, daß zu Anbeginn nur ein Mann und eine Frau auf der Erde lebten, sind wir uns da einig?«
Apollonios nickte.
»Sie teilten sich folglich allen zur Verfügung stehenden Äther. Dann bekamen sie Kinder und Kindeskinder, die sich wiederum fortpflanzten, bis schließlich du und ich auf die Welt kamen. Bedeutet das, daß sich der den Menschen zustehende Ätheranteil verringert und auch in Zukunft immer weiter abnimmt?«
Leises Raunen erhob sich im Daphne-Hain.
»Der Äther ist unbegrenzt«, antwortete Apollonios. »Egal, wie viele Menschen auf Erden leben, jeder erhält den gleichen Anteil.«
Erneut war Gemurmel zu vernehmen.
»Wenn dem so ist«, spann Jesus seinen Gedanken weiter, »dann wächst das Äthervolumen auf der Erde. Heißt das, daß der Menschheit immer mehr Macht und Vollkommenheit zuteil wird?«
»Ob nun mehr oder weniger Äther auf der Erde ist, seine Wirkung bleibt die gleiche. Wichtig ist nur, daß jeder Mensch seinen Ätheranteil in sich anwachsen läßt. Mehrere Wege führen zu diesem Ziel. Da gibt es zum einen eine passive Möglichkeit; dazu nimmt man eine ganz bestimmte Hockstellung ein und dreht die Fußsohlen so«, erklärte er und machte die Übung vor. »So gelingt es am einfachsten, innerlich leer zu werden und somit den Äther in sich aufzunehmen.«
»Wie wird man innerlich leer?« erkundigte sich der junge Mann namens Damis.

»Man schließt die Augen und läßt alle Gedanken, die einem durch den Kopf gehen – solche, die unsere eigene Existenz betreffen, unsere Umgebung und schließlich die ganze Welt – einen nach dem anderen hinter sich zurück.«
»Ist das nicht schwer?« fragte eine Frau.
»Es setzt natürlich eine gewisse Übung voraus. Außerdem gibt es noch eine andere Methode, die für Männer während des Geschlechtsaktes von Bedeutung ist. Die ist schwieriger. Wenn die Erektion eingetreten ist, muß der Mann versuchen, wieder die Kontrolle über seinen Körper zu erlangen. Und genau in dem Augenblick, in dem sich die Samenflüssigkeit ergießen will, hält man sie zurück. Mit ein wenig Erfahrung gelingt es vielleicht, alle Samen in die Hoden zurückfließen zu lassen.« Er erhob sich und ließ seinen Blick über die Runde schweifen.
»Mich würde interessieren«, meldete sich Jesus zu Wort, »wozu es gut sein soll, Leere in sich einkehren zu lassen, um seinen Anteil Äther zu vermehren. Nützt das außer mir selbst auch jemand anderem?«
»Nein. Den Weg des Lichts geht man allein«, entgegnete Apollonios.
»Dann«, fuhr Jesus fort, »muß ich mich aber fragen, ob die Person, die das Licht oder den Äther, wie du sagst, empfängt, nicht für ihre Brüder und Schwestern, für andere Männer und Frauen verloren ist. Und ob sie dann nicht in einer ähnlich bevorzugten Situation lebt wie ein reicher Mann, der sein Vermögen nicht mit den Armen teilt.«
Anstatt ihm zu antworten, blickten ihn Apollonios und seine Anhänger nur verdutzt an. Diese Leute stellten sich nicht viele Fragen, das stand fest.
»Außerdem frage ich mich«, fuhr Jesus fort, »was für einen Sinn die eben von dir beschriebene sexuelle Übung haben soll.«
»Der männliche Same enthält eine ganz beträchtliche Menge Äther«, erklärte Apollonios. »Wenn man ihn zwingt, in die Hoden zurückzufließen, steigert man seine Kraft.«
»Aber befindet sich der Same nicht schon im Körper?«
»Doch, sicher.«
»Warum sollte seine Kraft dann anwachsen, wenn man ihn in die Hoden zurückholt?«
»Weil man ihn innerhalb des Körpers mobilisiert.«
»Läuft das nicht in etwa darauf hinaus, daß ich, wenn ich einen Be-

cher Wein an meine Lippen führe, aber nicht davon trinke, die Weinmenge im Becher erhöhe? Und welche Rolle kommt der Frau bei dieser Übung zu?« fragte er, allmählich ungehalten.
»Welche Rolle wird es schon sein? Was denkst du denn?« fragte Apollonios zurück, dem Jesus' Fragen zunehmend auf die Nerven gingen.
»Dient sie einzig und allein als Scheide, um das Schwert zu schärfen?« meinte Jesus. »Welchen Nutzen zieht sie aus alldem?«
»Das ist wahr«, bemerkte eine Frau. »Soll es für uns keinen Äther geben?«
Eine zweite Frau pflichtete ihr bei.
»Immerhin kommt ihr in den Genuß der Lust!« rief ein Mann.
»Das ist keine geschlechtliche Vereinigung«, rief Jesus aufgebracht, »das ist ein einsames Vergnügen, dem zwei Menschen in einem gemeinsamen Akt nachgehen. Zu dergleichen war der männliche Same nie vorgesehen!«
»Er hat recht!« riefen einige Frauen.
»Eine Prostituierte, die ihren Körper an Männer verkauft, welche ihre Triebe nicht zu mäßigen wissen, ist mir lieber als eine Frau, die sich zu dieser widernatürlichen Übung hergibt, noch dazu unter dem Vorwand der Vertiefung geistiger Erkenntnis!« schrie Jesus.
Ein paar Männer standen auf, um ihn zu bändigen. Er war bleich vor Zorn. Apollonios runzelte die Augenbrauen.
»Sicher haben uns eifersüchtige Mitglieder einer anderen Sekte diesen Mann als Spion untergeschoben«, erboste sich Damis, während die Frauen Jesus zu befreien suchten.
»Hört mir zu!« schrie Jesus. »Gelehrte Worte können zu jeglicher Art von Abartigkeit mißbraucht werden!«
Die Männer packten ihn, um ihn zum Schweigen zu bringen; sie machten Anstalten, ihn aus dem Wäldchen hinauszuzerren.
»Laßt ihn sprechen!« befahl Apollonios.
»Jener Äther, von dem man euch die Ohren vollredet, ist Gott. Aber Gottes Wege sind viel einfacher und geradliniger als die gewundenen Gedankengänge, denen ihr hier folgen müßt.«
»Du Schwachkopf!« beschimpfte ihn Damis, und weitere Gefolgsleute taten es ihm nach.
»Hört mir zu!« rief Jesus. »Seht her!« Außer sich vor Zorn, riß er sich von den Männern los, die ihn in festem Griff hielten. Er streckte seine

Hände der ihm nächststehenden Fackel entgegen. Die Flamme knisterte, rauchte und erlosch. »Seht her, dies ist die Kraft Gottes, die in jedem von uns steckt, nicht der Äther!« Er hielt die Hände über eine weitere Fackel, die zischte und rot aufglühte, bevor sie erstarb. Bestürzung machte sich breit. Die Frauen kreischten in der Dunkelheit, die Männer versuchten die Fackeln wieder anzuzünden. »Glaubt an Gott, an Gott allein!« schrie Jesus.

Plötzlich stand er im Dunkeln Apollonios gegenüber. »Wer bist du?« fragte dieser.

»Ein Diener des Herrn. Lehre nicht so dummes Zeug! Setz deinen Verstand besser ein!«

Verstört und abgekämpft verließ er das Wäldchen. Er kehrte in den Laden zurück und legte sich vor die Särge, die den Duft frischen Zedernholzes vom Libanon-Gebirge verströmten. Einen Messias! Hatten die Menschen wirklich nicht mehr Verstand im Kopf? Dositheus, Simon, Apollonios – die sollten Erlöser sein? Aufschneider, Verkünder haarsträubender Albernheiten, Phrasendrescher – das waren sie! Herr, betete er stumm, mach, daß die Erde sich auftut mit entsetzlichem Tosen, daß Blut vom Himmel regnet und die Flüsse sich schwarz färben, daß die Dummköpfe sich in schreiende Esel verwandeln, in brennende Schweine oder zahnlose Ratten, aber tu etwas! Dann überfiel ihn der Schlaf.

Er träumte. Im ersten der längs an der Wand aufgestellten Särge lag Elias, im zweiten Jesaja, im dritten Ezechiel und im vierten sein Vater Josef. Ezechiel bohrte ein Loch in den Sargdeckel, und durch dieses Loch strömte Licht hervor. Im Morgengrauen erwachte er. Es schien ihm, als sei dies das erste Morgengrauen, das dieses Namens würdig war. Eine herumstreunende Katze schlich in das Geschäft und miaute. Dann kam die alte Frau, deren Enkel er geheilt hatte, mit Brot und warmer Milch.

»Mein Enkelsöhnchen strotzt heute morgen vor Gesundheit wie eine junge Dattelpalme«, erzählte sie. Es schien ihr ganz selbstverständlich, daß es dem Jungen soviel besserging. »Bring mir die Schale zurück, wenn du fertig bist!« bat sie ihn noch beim Gehen.

Er goß für die Katze ein wenig Milch in ein Schüsselchen, und sie leckte sie genußvoll aus.

»Wenigstens du bist vernünftig«, sagte er zu ihr. Am liebsten hätte er

Antiochia auf der Stelle verlassen, aber er fühlte sich dem Sarghändler verpflichtet.
Der Mann, der übrigens Salathiel hieß, kam früh und freute sich sichtlich, Jesus schon wach und zur Arbeit bereit anzutreffen. Er führte ihn in den Holzschuppen, wo er ihm die Werkzeuge und Firnistöpfe zeigte. Gegen vier Uhr nachmittags hatte Jesus den ersten Sarg fertiggestellt. Warum legte man die Toten in Antiochia nicht einfach in die Erde? Er holte Salathiel, der die Kiste an verschiedenen Stellen prüfend abklopfte und dann strahlend ausrief: »Perfekte Arbeit! Laß ihn uns gleich lackieren! Ich habe von den restlichen vier schon zwei verkauft, sie werden jeden Augenblick abgeholt. Schlaganfälle.« Dann sah er Jesus von der Seite an und fragte: »Warst du gestern abend im Daphne-Hain? Ich erkundige mich deshalb danach, weil die Alte von der Bude hier in der Nähe erzählt hat, du habest sie nach dem Weg gefragt.«
»Ja, und?« meinte Jesus.
»Apollonios hat heute morgen in aller Frühe Antiochia verlassen.« Er sah Jesus stirnrunzelnd an.
Der jedoch brach in schallendes Gelächter aus.
Salathiel stand mit einem Firnistopf in der Hand da und machte ein betretenes Gesicht. »Wer bist du?« wollte er wissen.
»Im Augenblick bin ich dein Sargtischler.«
»Apollonios war der Stolz unserer ganzen Stadt.«
»Dann wird er in Zukunft eben der Stolz von Pergamon oder Tarsus sein. Wo ist der Kocher zum Erhitzen des Lacks?«
Salathiel reichte ihm eine Öllampe und das Feuerbecken. »Kommst du zum Abendessen zu mir nach Hause?« fragte er wie nebenbei.
Jesus sah ihn fragend an.
»Meine Schwiegermutter ist krank«, gestand Salathiel kleinlaut.
»In Antiochia hat man flinke Zungen«, bemerkte Jesus lächelnd, während er den Lack mit einem Stab umrührte.
Salathiel gluckste und schnalzte dabei mit der Zunge, dann strich er sich verlegen mit dem trockenen Lackierpinsel über die Handfläche.
»Es gibt auch ein Bad bei uns im Haus. Wir haben nämlich fließendes Wasser in Antiochia.« Daraufhin setzte er sich auf die Bank vor der Ladentür.

Der Firnis wurde aus Schellack und Weingeist hergestellt, denen noch Öl untergerührt wurde. Jesus erhitzte ihn, bis er flüssig genug war, um in die Holzporen einzudringen, goß noch ein wenig Weingeist dazu, der für ein rascheres Trocknen sorgte, und während er dann den Sarg lackierte, dachte er an Apollonios zurück. Ein böser Mensch war er sicher nicht. Aber gewiß war er auch nicht unerläßlich für die Menschheit. Er redete eben, ohne etwas zu sagen, oder gab sich mit zweifelhaften Worten und Ideen zufrieden. Er ist kein guter Handwerker, schloß Jesus seine Überlegungen.

Morgen früh würde der Sarg trocken sein. Er ging hinaus. Die Abenddämmerung tauchte die Stadt in goldenes Licht. In der Luft lag der süße Duft der Glyzinien.

»Bist du fertig?« fragte Salathiel. »Willst du ein wenig Tamarindensaft?« Er reichte Jesus einen Krug und einen Becher. Ein Spielwarentrödler zog am Geschäft vorüber und blickte ostentativ zur Seite. Tonpferdchen auf hölzernen Rädern, an Stöcken befestigte Windrädchen aus bunten Holzspänen, die sich lustig drehten ... Jesus rief ihn herbei und kaufte ihm ein Pferd ab. Salathiel runzelte die Stirn. »Abbilder...« murmelte er. Jesus zuckte nur mit den Achseln. »Kein Mensch wird auf die Idee kommen, ein Spielzeug anzubeten«, meinte er, »und Gott wollte den Kindern noch nie das Spielen verwehren.« Er bahnte sich einen Weg durch die Menge von Kaufleuten, Soldaten und Dirnen und gelangte zur Bude der alten Frau. Das Kind erkannte ihn sofort, jubelte, lief ihm entgegen und umschlang seine Hüften. Als Jesus ihm das Pferd gab und erklärte, wie man es an einem Faden ziehen müsse, kniete der Junge sich mit ernster Miene hin, um das Geschenk zu begutachten.

»Nimm ihn mit! Er ist nun dein Sohn«, sagte die Alte. »Du kümmerst dich viel besser um ihn als ich. Dann kann er mit deinen anderen Kindern zusammensein.« Sie weinte.

Jesus aber schüttelte den Kopf und kehrte in die Tischlerwerkstatt zurück.

Salathiels Schwiegermutter schien Epileptikerin zu sein. Er heilte sie, zumindest schlief sie ruhig ein, ohne irgendeine Arznei eingenommen zu haben.

In den folgenden Tagen zimmerte er zehn Särge.

Das Fest der Wintersonnenwende rückte näher. Wie immer um diese

Zeit, so erklärte Salathiel, verwandelte sich Antiochia in eine einzige große Taverne. Die Leute begannen nun schon am hellichten Tag, ihre Schamlosigkeit auszuleben. Es war höchste Zeit fortzugehen.
»Ich wußte, daß ich dich nicht hierbehalten würde«, sagte Salathiel und zahlte ihm sogar etwas mehr als den versprochenen Lohn aus.
Jesus begab sich noch einmal zu dem Jungen, den er geheilt hatte und der allmählich wieder rote Wangen bekam. Schon lange hatte er nicht mehr mit Bedauern von einem Menschen Abschied genommen.
Ein Zug weißer Ochsen, die zur Opferung an den Altar Mithras' geführt wurden, versperrte die Straße des Jupiter; eine Schar Lämmer trottete in entgegengesetzter Richtung die Straße hinab, dem Schlächter entgegen. Eine mit Girlanden behängte Schar junger Mädchen und Knaben fuhr auf blumengeschmückten Wagen vorüber, unter einem Getöse von Zimbel- und Triangelklängen, in dem die unflätigen Bemerkungen der johlenden Menge nahezu untergingen. Sogar die Bettler waren betrunken. An einer Straßenecke verkaufte ein Händler in aller Öffentlichkeit Fliegenpilze, an einer anderen wurde aus Hanfsaft gewonnener Wein angeboten. Ein Gelähmter kaute hingebungsvoll Rauteblätter. Huren kreischten und sangen, Lustknaben zeigten beim Tanz ihre enthaarten Achseln.
Aus der Straße der Cäsaren kam ein weiterer Zug von fast nackten Männern und Frauen heran, die einen riesigen, mit Bändern geschmückten und auf Blumen gebetteten roten Phallus zogen. Sie sangen herausfordernd obszöne Lieder.
»Ist er nicht schön?« rief eine alte Griechin Jesus zu.
»Viel zu groß«, antwortete der achselzuckend.
Er kam sich gealtert vor. Zu viel hatte er gesehen, zu viel erfahren. Aber vielleicht war all das noch immer nicht genug. Auf der Straße, die ihn nach Norden führte, empfing er den Regen wie einen Segen des Himmels.

Zweiter Teil

Die Jahre in der Öffentlichkeit

I.

Jokanaans Überzeugung

Während der Überfahrt von Kreta nach Phönizien brach ein Sturm los. Es war einer jener tobenden Wutanfälle der Naturgewalten, wie sie in den Berichten der Seeleute sonst eher den Launen der Nordmeere als denen des Mittelmeeres zugeschrieben werden und in denen sich die Mutter der Zivilisation mit rasender Wut gegen jene Ufer warf, wo man zu viele Tempel zu Ehren anderer Mächte als ihrer eigenen errichtete und wo zu viele Philosophen die Unberechenbarkeit der Natur, die sie selbst verkörperte, vergaßen. Wie ein Spielball wurde die phönizische Triere von der Höhe der schaumgekrönten Wogen in die Abgründe aus gischtgeädertem Marmor geworfen. Der Großmast war gebrochen. Es war vom dritten bis zum ersten Deck unmöglich geworden zu rudern, und die Ruderer unter der Brücke fluchten bei allen Göttern, die sie so schadenfroh auslachten. Die Passagiere in der Achterkajüte, ein halbes Dutzend Kaufleute und ein Glücksritter, klammerten sich indessen an alles, was in ihrer Nähe greifbar war, Metallbeschläge, Tauwerk oder Winschen, um das Stampfen, Schlingern und die gewaltigen Erschütterungen des Schiffsrumpfes zu überstehen, wenn er wieder hart in die Wellentäler zurückfiel, unter denen die Hölle lauerte – welch Paradoxon, denn ansonsten wären sie nichts gewesen als nasse Kleiderbündel, die in Erbrochenem und Salzwasser durcheinanderpurzelten und auf Bauch und Rücken über die glitschigen Planken rutschten, um sich zwischen zwei Heringsfässern oder zwei Säcken voll Rosinen plötzlich Auge in Auge mit ein paar zu Tode verängstigten Ratten wiederzufinden.
Auch roch es nicht sonderlich angenehm. Die von der Angst geschüttelten Passagiere schwitzten stark. Jesus ergriff daher eine Taurolle und kämpfte sich zur Brücke hinauf, um dort der kalten Furie zu trotzen. Ein Ende des Taues zurrte er am Maststumpf fest, das andere kno-

tete er sich mit sechs Ellen Spielraum um die Hüften, so daß er ein gutes Stück Seil, einer toten Schlange gleich, nach sich schleppte. Er war noch nicht ganz fertig damit, als bereits eine riesige Wasserwand über ihm zusammenschlug und ihn mit aller Wucht erfaßte, bevor sie auf der anderen Deckseite wieder hinabstürzte. Er lächelte. Der Gefahr war er sich zwar durchaus bewußt; jeden Augenblick konnte das Schiff sinken. Doch die Angst nützte ihm schließlich nichts.
Völlig durchnäßt und starr vor Kälte, klammerte er sich an die Reling. Und als die Triere auf dem Kamm einer Woge entlangfuhr, sah er in den todbringenden Abgrund hinab, der sich unter ihr auftat. Wenn das Leben nur auch so einfach wäre, konnte er gerade noch denken, bevor ihn eine Ladung Gischt ohrfeigte. Dieses verrücktspielende Meer wirkte wie eine Taufe. Es verjagte die Erinnerungen an Kompromisse und Demütigungen, an korrupte Priester und anständige Huren, leidende Kinder und klagende Greise, verworrene Philosophien und verwirrte Philosophen, an Tempel, die zu groß waren für wirkliche Götter, und Götter, die zu klein waren für diese Welt. Er hatte Ägypten gesehen und Kappadokien, Byzanz und Ktesiphon am Tigris, er hatte unter den Massageten, jenen Bewohnern der Steppe, gelebt, und er hatte die Pyramiden gesehen und Tempel in allen Farben. Überall war er nur der Angst vor dem Tod und der Gier nach Fleischeslust und Gold begegnet, niemals aber hatte sich die Seele erhoben – wußte überhaupt einer, was das ist, die Seele? Für die sogenannte zivilisierte Welt war der Mensch ein Wesen, das sich entweder die Ewigkeit zurechtzimmerte, sprich zunichte machte, oder das sich Zugang zu dem einen oder anderen Olymp, das heißt zu einer Taverne verschaffte, die zugleich auch Freudenhaus war und in der man sich in fröhlicher Gesellschaft mit lärmenden Göttern und Hurengöttinnen befand.
Die Juden hingegen ... Wieder ergoß sich ein Schwall Salzwasser über ihn, und er schlitterte übers Deck, bis das Seil um seinen Bauch sich straffte. Er versuchte hustend wieder zu Atem zu kommen. Die Juden, ja, ihnen wäre es beinahe gelungen, die Angst zu bezwingen, allerdings auch nur beinahe. Fast hätten sie ihren Gott geliebt. Doch wie all die anderen, die nur mit Hilfe von Geisterbeschwörungen, Opfergaben und Verwünschungen zu überleben wußten – wie vielerlei Beruhigungspillen es für furchtsame Gemüter doch gab! –, waren auch sie schließlich der Angst erlegen. Jahwe – Er hätte ein Vater sein können,

war aber nur mehr ein Aufpasser, der sich viel zu sehr dafür interessierte, was Seine Geschöpfe auf Erden anstellten. Seine Strafen und Belohnungen waren, zumindest in der Darstellung der Heiligen Bücher, immer sehr irdischer Natur. Wenn Er mit Seinem Volk unzufrieden war, zerstörte Er Seine Städte und Herden, und wenn Sein Volk Ihn zufriedenstellte, baute Er dieselben Städte wieder auf und schenkte ihm reiche Ernten und fette Herden. Er existierte also nur in dem Maße, als sich Seine Launen in der materiellen Welt niederschlugen. Gefährlich! Allzuoft kamen Unheil und Krankheiten vor, die nichts mit göttlicher Absicht zu tun hatten. Was sollte man denn davon halten, daß es unschuldige, aber kranke Kinder und reiche, vor Gesundheit strotzende Halunken gab? Und was war dann mit Herodes dem Großen, der friedlich in seinem Bett entschlafen war, nachdem er so viele Unschuldige hatte ermorden lassen? Und die ganze Zeit über glaubten die Juden immer noch, daß ein kleiner Verstoß gegen die Regeln des Sabbat ihrem Haus den Ruin brachte …

Plötzlich rissen die Wolken ein wenig auf und gaben den Blick auf einen Fetzen grünlichen Himmels frei. Der Wind blies immer noch stark, doch die Wellen beruhigten sich zusehends. Eine Stunde später konnten sich die Ruderer des dritten Decks wieder an ihre Arbeit machen. Sonne und Wind trockneten Brücke und Kleider. Trotz des Durcheinanders, das der gebrochene Mast und der Wirrwarr verschlungener Taue auf der Brücke angerichtet hatten, gelang es dem Kapitän, das Vorsegel setzen zu lassen. Im goldenen Licht der untergehenden Sonne tauchte am Horizont die phönizische Küste auf. Gegen Morgen würden sie den Hafen von Ptolemais erreichen. Jesus löste das Seil, das ihn mit dem Maststumpf verband, und stellte sich gegen den Wind, um seine Kleider und Haare trocknen zu lassen.

Während seine Kleider im Wind flatterten, erinnerte er sich an eine Unterhaltung mit einem ägyptischen Priester in der so gut wie verlassenen Stadt Heliopolis, unweit des Nils. Es war ein sehr alter Priester gewesen, einer der letzten, die dem Kult des Gottes Re treu geblieben waren, ein trauriger, weiser und verständnisvoller Mann. Warum war, vor allem seit der Ankunft der Römer, die ägyptische Religion dem Verfall geweiht, und warum nur hatte niemand versucht, ihr zu neuem Leben zu verhelfen?

»Auch die Götter sterben, mein Sohn«, hatte der Priester gesagt, »oder zumindest sterben sie in uns. Wenn ihr Auftrag hier auf Erden erfüllt ist, kehren sie wieder in ihre himmlischen Gefilde zurück. Vor Jahrhunderten haben Priester meines Glaubens von der Nordgalerie der Cheopspyramide aus beobachtet, wie die Seele des Pharao zum Stern Thuban aufstieg. Heute beobachtet das niemand mehr. Keiner kümmert sich noch darum, ob diese große Seele den Himmelspalast des Osiris erreicht hat, weil fast niemand mehr an Osiris glaubt. Da die großen Geheimnisse gleichermaßen selbstverständlich wie unaussprechlich sind, hat es auch keiner je gesagt, aber in Wahrheit schaffen wir Sterblichen die Unsterblichen. Versteh mich nicht falsch, sie sind nicht die Produkte unserer Phantasie. Sie sind ebensosehr Wirklichkeit wie wir, die wir ihre Geschöpfe sind, weil wir genausowenig ohne sie leben können, wie sie ohne uns einen Grund zu existieren hätten. Sie sind der Ausdruck unserer Lebenskraft – Ka«, sagte er andächtig, »weil es kein lebendes Wesen gibt, nicht einmal die Wüstenspringmaus, das nicht durch seine Existenz, und hätte sie auch nur wenige Wochen gedauert, seinen Triumph über den Tod und somit die Existenz einer widerstreitenden Macht, des Gottes der Wüstenspringmäuse zum Beispiel, bewiesen hätte. Generationen von Wüstenspringmäusen schaffen also einen Gott. Der Mensch allerdings unterscheidet sich von der Wüstenspringmaus: Er träumt. Er ist unruhig und kann nicht auf einem Fleck bleiben. Folglich wird er seiner Götter müde und schafft ständig neue ...«

Der Greis schwieg eine Weile, um wieder zu Atem zu kommen, und blickte auf die Wüste. Sie schillerte rosa unter den ausgebreiteten Flügeln von Millionen von Heuschrecken, die sich in der Nacht zuvor hier niedergelassen hatten – und sicherlich den Speisezettel der Wüstenspringmaus bereicherten.

»Du hast mich vorhin gefragt, weshalb niemand unseren Glauben wiederbelebt hat. Die Antwort ist einfach. Um ihn neu beleben zu können, hätte man Neuerungen einführen müssen. Man hätte also das alte Brauchtum ändern müssen. Die Reichen und Mächtigen, jene, die uns regiert haben, solange es etwas zu regieren gab, stellten sich dagegen, denn wenn man eine alte Ordnung durch eine neue ersetzt, tauscht man in der Folge auch die alten Herren gegen neue aus. Die Armen hätten eine solche Wende gewiß begrüßt, doch sie konnten sich gegen die Reichen nicht auflehnen. Jetzt gibt es in Heliopolis keine

Reichen und keine Armen mehr. Fast niemand ist mehr hier, und der Glaube ist inzwischen tot.«

Sein Blick irrte über die zur Hälfte vom Sand verwehten Lotusknospenkapitelle, die Mauern, die die Sonne gebleicht und der Wind zerfressen hatte, und über die umgestürzten Säulen.

Er schloß mit den Worten: »Du bist Jude. Die Juden entstammen unserem Land. Euer erster König war ein Ägypter, er hieß Moses. Er ging fort von hier, weil er uneren Klerus als korrupt empfand. Und von Reisenden, die sich manchmal hierher verirren, höre ich, daß auch euer Glaube im Sterben liegt. Laß dir von mir gesagt sein, daß, falls du eines Tages deinen Glauben ändern willst, die Reichen deine ersten Feinde sein werden, weil du unweigerlich eine Bedrohung für ihren Reichtum und ihre Macht darstellst.«

Die Worte des ägyptischen Priesters klangen ihm noch in den Ohren, während die Küste Phöniziens vor ihm immer näher kam. »Auch die Götter sterben ... Den Reichen und Mächtigen widerstreben Veränderungen ... Deine ersten Feinde werden die Reichen sein ...« Das bedeutete, er würde ganz wie mit den Essenern auch mit Pharisäern, Sadduzäern und der gesamten Hierarchie Jerusalems aneinandergeraten, wenn er nur die geringste Veränderung vornehmen wollte. Und Jahwe, war Er tot? Lag Er im Sterben? War das der Grund, weshalb sich keine Propheten mehr erhoben? Folgten die Juden demnach den Spuren der Ägypter?

Es wurde der Befehl erteilt, die Segel einzuholen. Die Ruderer des zweiten, dann die des ersten Decks erhielten die Anweisung, sich in die Riemen zu legen. Die Passagiere, die sich von den Schrecken des Sturms erholt hatten, lehnten nun lässig an der Reling.

Nein, Jahwe war nicht tot, Jahwe konnte nicht sterben!

Jesus sah die Passagiere forschend an, die ihre Kleinmütigkeit wieder zu vergessen suchten, indem sie gierig in langen Zügen doppelt vergorenen Wein aus ihren Reiseflaschen tranken ... Ob sie wohl auf meiner Seite sein werden? fragte er sich. Nein, das waren Kaufleute, und Kaufleute haßten es, wenn etwas in Unordnung geriet.

Die Gerüche der Heimat – er befand sich ja nun kaum eine Wegstunde von Galiläa entfernt – empfingen ihn beim Verlassen des Schiffes. Warmes Sesambrot, Käse in knoblauchgewürztem Olivenöl, in Koriander gebratene Fische und Lammbraten mit Minze, all diese Düfte

drangen überall aus den Hafenschenken. Es fiel ihm ein, daß ja Passah-Fest war. Sicher fehlte er seiner Mutter. Und auch Jokanaan. Er würde keine Zeit haben, einen Abstecher nach Bethlehem zu machen, um das Fest mit seiner Mutter, Jakobus und den anderen zu begehen. Im Grunde wurde ihm für alles die Zeit zu knapp. Für alles? Für was eigentlich? Er fragte sich, woher diese innere Hast in ihm kam.
Das Passah-Fest beging er allein, auf der Straße nach Kafarnaum, und lediglich mit Brot und Zwiebeln als Mahlzeit. Als er in der Abenddämmerung den Ort erreichte, suchte er geradewegs die Wohnung des einstigen Lehrlings Elias auf.
Der kleine Tischler lebte noch immer im selben Haus. Er war eben aus seiner Werkstatt heimgekommen, als er jemanden an die Tür klopfen hörte. Er blickte den Mann, der da lächelnd auf der Schwelle stand, fragend an, dann begann sein Gesicht zu strahlen, und er breitete die Arme aus. »Wo warst du? Sag, wo warst du nur die ganze Zeit über?« murmelte er, während er den Besucher in gerührtem Gefühlsüberschwang an sich drückte. Und ohne Jesus Zeit zu einer Antwort zu lassen, zog er ihn ins Haus und rief die ganze Familie, Männer, Frauen, Kinder, zusammen. Eine ganze Horde war das, die da freudestrahlend herbeilief. Wasser wurde aufgesetzt, man half ihm aus den Kleidern, die den Frauen gleich zum Waschen gegeben wurden, und holte frische Kleider aus den Truhen.
Elias war dicker geworden, ebenso seine Frau, und die fünf Kinder, die den Gast mit unverhohlener Neugier anstarrten, schienen auch nicht gerade unterernährt. Jesus kam gar nicht zu Wort, Elias und die anderen quirlten pausenlos um ihn herum. Der Tisch wurde gedeckt, es gab Getreidesuppe mit Fleisch, dann Käse, Salate, Brot und Honig, und der Wein war kühl und wohlriechend.
»Meister, Meister, wo warst du?« wiederholte nun Elias seine Frage.
»Weit«, sagte Jesus endlich. »Am Pontus, in Ägypten, Mazedonien …«
»Meister, wir brauchen dich hier!«
»Warum nennst du mich Meister? Ich bin nicht mehr dein Meister.«
»Du bist dazu geboren, ein Meister zu sein«, erwiderte Elias.
»Und warum brauchst du mich?«
Elias reagierte zunächst nicht und starrte ins Leere. »Es hat sich so viel geändert in Kafarnaum …«, meinte er dann. »Ich verdiene gut.

Ich habe fünf Kinder. Meine Frau ist ein Goldstück. Ich bin ein geachteter Mann. Aber wie traurig ist doch alles hier!«
Er trank einen Schluck Wein aus einem blauen, syrischen Glas. Ja, die Geschäfte schienen gut zu gehen; auch Jesus hatte ein solches Glas vor sich; er bemerkte, daß sie vollmundigen, dunklen Wein aus Antiochia tranken.
»Vor kurzem habe ich Zibeon wieder einmal besucht. Du erinnerst dich doch an Zibeon, den jüngsten Lehrling? Er arbeitet in Kana«, erzählte Elias, während er sich den Mund mit einem bestickten Tuch – teures Leinen aus Rhodos – abwischte, und Jesus stellte fest, daß seine eigene Serviette noch reicher bestickt war. »Er hat eine Menge Kunden. Auf Intarsienarbeiten für Möbel hat er sich spezialisiert, Ebenholz mit Elfenbeinintarsien, Zedernholz mit Einlegearbeiten aus Silber oder Kupfer ... Sechs Monate, ja sogar ein Jahr im voraus erhält er Aufträge von überall her. Allein schon durch den des Prokurators Gratus, für den er Sitzmöbel anfertigte, hat er sein Schäfchen ins trockene gebracht. Und dennoch, auch Zibeon ist nicht froh. ›Wer sind wir?‹ sagt er. ›Kaufleute? Sind wir ein Volk von Kaufleuten geworden? Warum lesen wir dann überhaupt noch die Heiligen Bücher? Damit wir unsere Bitterkeit nicht verlieren? Wenn wir Jesus noch unter uns hätten, ja, der könnte uns neue Kraft geben.‹ Auch ihm, Zibeon, fehlst du.«
Jesus seufzte unwirsch.
»Auch andere als Zibeon, selbst Leute, die dich nicht kennen, würden dir dasselbe sagen. Nicht ein Tag ist vergangen, an dem ich nicht an deinen Vater Josef und dich gedacht habe. Wenn du meine Frau fragst, wird sie es dir bestätigen.«
Jesus aß schweigend zu Ende. Dann fragte er mit leiser Stimme: »Was erwartest du von mir? Was erwartet Zibeon? Und was können die anderen von mir erwarten?«
Elias blickte zu Boden und antwortete, er wisse nicht, wie er es ausdrücken sollte, ihm fehlten die richtigen Worte.
»Ihr habt doch die Rabbiner«, sagte Jesus. »Und ihr habt die Bücher.«
»Die Rabbiner ...«, murmelte Elias. »Nein, die Rabbiner ...« Er schüttelte heftig den Kopf. »Die Bücher ... die Bücher allein lesen ... Du verstehst doch, was ich meine ... Quäl mich nicht so, Meister!«

»Wieso quäle ich dich, wenn ich dich bitte, dich klar auszudrükken?«
»Wir gehen unter! Das weißt du doch. Wir brauchen einen Meister, der uns da wieder herausführt!«
»Und du meinst, ich sei dieser Führer. Aber ich bin kein Zelot, und das weißt du auch.«
»Nein!« protestierte Elias. »Ich dachte nicht an einen Zeloten, und ich kann dir versichern, daß Zibeon ebensowenig einen Zelotenführer im Sinn hat. Nein, einen Meister«, sagte Elias niedergeschlagen, »einen Meister, der uns aus dieser Finsternis helfen könnte. Ein oder zwei Generationen später werden wir nichts anderes mehr sein als Vasallen und Abhängige der Römer. Warum tust du so, als verstündest du das nicht?«
»Und wer sollte ich sein, daß ich euch aus der Finsternis helfen könnte?« sagte Jesus leise, wie zu sich selbst.
»Ich sage ja, unser Meister. Ich habe dich seit acht Jahren nicht mehr gesehen. Damals warst du nur ein Halbwüchsiger, noch kaum ein junger Mann, und doch hast du die Leute beeindruckt. Du hast Kraft ausgestrahlt. Sie ist gewachsen, das habe ich gefühlt, als du in meiner Tür standest. Und verzeih, wenn ich dir das so sage, diese Kraft gehört dir nicht, sie gehört uns allen, weil du einer von uns bist, wie der Baum zum Wald gehört ... Verstehst du mich jetzt?« Und als sei es nicht für andere Ohren bestimmt, fügte Elias leise hinzu: »Es kann nicht mehr so weitergehen ... Wir brauchen einen Messias!«
»Einen Messias!« wiederholte Jesus überrascht.
»Ja, einen Messias! Warum auch nicht? Wer kann schon sagen, ob nicht du derjenige bist?«
»Wir dürfen uns nicht zu solchen Dingen versteigen«, antwortete Jesus und leerte sein Glas.
»Gehörst du denn nicht dem Stamme Davids an?«
»Ich bin müde, ich möchte schlafen«, erwiderte Jesus.

In dieser Nacht schlief er sehr unruhig.
Am nächsten Morgen brachten sie ihm seine frisch gewaschenen Kleider und ein neues Paar Sandalen, da die seinen durchgelaufen waren.
»Du hast einen langen Weg vor dir«, erklärte Elias, um einen ungezwungenen Ton bemüht. »Wohin willst du gehen?«

Ja, wohin eigentlich? Er hatte den roten Faden verloren. Zunächst einmal würde er versuchen, Jokanaan zu finden. Sicher war er irgendwo in Samarien. Was er da wohl trieb?
Nach all dem Trubel und dem herzlichen Abschied bei seinem Aufbruch war es Jesus nun recht lieb, wieder allein zu sein. Er war froh, nicht mehr hie und da haltmachen zu müssen, um sich ein paar Münzen und ein karges Mahl zu verdienen. Während seiner Reisen hatte er genügend Geld gespart, um allein bleiben zu können, wenn ihm danach war.
Demnach gibt es also doch einige Juden, die unzufrieden sind, dachte er bei sich, während er Galiläa durchwanderte. Der Grund ihrer Enttäuschung aber war ihm unklar. War es die Herrschaft der Römer? Dagegen konnte man nichts tun. Die Korruptheit des Klerus? Auf den ersten Blick gab es daran auch nichts zu rütteln. Man konnte nicht einfach von einer Stunde auf die andere einen Klerus ändern, der sich wohl oder übel gezwungen sah, sich mit Herodes Antipas und Rom gut zu stellen. Einen Messias erwarteten sie also. Welch naive Hoffnung! Aus dem Nichts aufgetaucht, sollte dieser als Messias Aarons und Israels in seinem göttlichen und königlichen Glanz die Probleme lösen, die die Juden allein nicht hatten bewältigen können.
Noch dazu waren sie bereit, in jedem x-beliebigen, in ihm beispielsweise, den Messias zu sehen! Seine Reisen hatten ihn gelehrt, daß es kein Land gab, in dem die Erlöser auf so großes Echo stießen wie in Palästina. Da war Dositheus, Apollonios und noch ein anderer, der sich Simon nannte und dem er noch nicht begegnet war ... Weder auf Zypern noch in Baktrien, und auch nicht in Alexandria war er einem Messias begegnet. Gewiß, Apollonios lehrte nicht in Palästina, dafür aber in einer Stadt, in der mehr Juden lebten als in Jerusalem: in Antiochia. Keine Juden, kein Messias!
Außerdem ärgerte es ihn, daß allgemein angenommen wurde, der Messias werde nur für die Juden kommen. Und die anderen? Die Parther, Bithyner, Zilizer und Syrier? Existierten die etwa nicht? Und darüber hinaus, die Hyperboräer, die Gallier, Nabatäer, Gerrhäer, Osker, Galater, Keltiberer, Illyrer, Armenier, Kyrener, Mösier, Dalmater und Noriker? Waren die etwa vom göttlichen Licht erleuchtet, so daß sie keines Messias' bedurften? Oder waren sie gar Untermenschen? Sollten sie vielleicht ohne einen Messias auskommen müssen, weil sie keine Vorstellung von ihm hatten?

Eines jedenfalls war klar: Die Juden erwarteten nicht einmal mehr einen Propheten. Nein, diesmal mußte es ein direkter Bote Gottes sein, der ihnen gesandt werden sollte. Ein Botschafter, der mit einem Schlag das Ende der Welt bringen würde! Leicht machen sie es sich, dachte er, man weiß nicht mehr weiter, also erklärt man alles für ungültig! In dieser Hinsicht destillierten die Essener noch den Likör der jüdischen Ungeduld. Ebenso wie die Juden sich keinen Deut um den Rest der Welt kümmerten, scherten sich die Essener nicht um den Rest der Juden. Sie erwarteten den Weltuntergang für sich ganz alleine! Wie albern! dachte er.

Nachdem er Archelaus hinter sich gelassen hatte, begann er die Leute auf der Straße zu fragen, ob sie nicht vielleicht von einem Eremiten namens Jokanaan gehört hatten. Man verwies ihn an einen Heilkundigen, einen Bauern und an einen Rabbiner, die alle ebenfalls den Namen Jokanaan trugen. Einige hatten tatsächlich von einem Eremiten gehört, von dem sie glaubten, daß er so hieß, doch sie konnten nicht sagen, wo er sich aufhielt.

In Jericho endlich stieß er auf eine genauere Spur. »Der Essener«, brummte ein zahnloser Händler, der Rauteblätter verkaufte. »Eine Wegstunde weiter, am linken Ufer.« Erstaunt gab Jesus zu bedenken, daß es dort kein Dorf, ja nicht einmal eine Ansiedlung gab. Der Händler entgegnete, daß der Eremit eben wie alle Eremiten lebe, nämlich in der Wüste. Er sprach in schneidendem Ton, während er Jesus mit forschenden, mißtrauischen und zugleich spöttischen Blicken musterte.

»Warum willst du zu diesem Essener?« fragte er nach einer Weile, während er seine eigenen Rauteblätter mit, wie Jesus vermutete, winzigen Stückchen Fliegenpilz kaute. »Willst du dich etwa auch taufen lassen?«

»Taufen?« wiederholte Jesus fassungslos.

»Ja, taufen, Wasser über den Kopf gießen und ein paar Gebete und so. Wenn du dich nicht taufen lassen willst, warum gehst du dann zu dem Essener? Das ist alles, was er macht: die Leute bis zum Scheitel in den Jordan tauchen und das Ende aller Zeiten ankündigen. Und wenn ihm dann noch ein bißchen Luft bleibt, zieht er über Herodes und die Priester her.«

In hohem Bogen entledigte er sich einer Ladung Spucke und lachte glucksend. Jesus ließ ihn stehen und machte sich auf den Weg, um möglichst noch vor der schlimmsten Tageshitze an den angegebenen Ort zu gelangen. An der betreffenden Stelle verließ er die Straße und folgte einer deutlichen Spur von Eselskot und Hufabdrücken fast direkt bis an sein Ziel.

Zwei oder drei Dutzend Leute aller Altersgruppen standen am Ufer, manche mit hochgeschürzten Kleidern. Sie beobachteten andere, die im Wasser standen. Es war nicht schwer, Jokanaan darunter auszumachen. Er goß den Badenden mit Hilfe einer Schale Wasser über den Kopf. Einer jener Getauften entstieg völlig unbekleidet dem Fluß und trocknete sich ab, ein anderer folgte, die nächsten zogen sich aus und wateten ins Wasser. Jesus fragte sich, ob diese Leute wohl jeden Morgen kamen und gingen, um sich von ihren Sünden reinwaschen zu lassen. Als schließlich alle getauft waren, kehrte auch Jokanaan ans Ufer zurück. Mit einer erschreckend knochigen Hand griff er gerade ins Schilf, um sich an Land zu ziehen, da erblickte er Jesus.

Wie angewurzelt blieb er so stehen, mit einem Bein im Wasser, und starrte Jesus an. Dann rief er plötzlich aus: »Herr! Hier ist er, Dein Bote!«

Die flirrende Hitze trug seine Stimme bis hinauf in die Wipfel der Palmen, die sich leise wiegten. Aufgestörte Tauben flatterten über ihnen. Die Getauften rissen die Augen auf.

»Die Zeit ist also reif«, sagte Jokanaan, während Jesus ihm ans Ufer half, »du bist zurückgekommen.«

»Gott sei mit dir«, erwiderte Jesus.

Der strahlende junge Mann von früher war zum Skelett abgemagert. Hohlwangig war er, und seine Augenhöhlen lagen tief. Die Haut über seinen nunmehr hervorstehenden Backenknochen hatte sich in sonnverbranntes Leder verwandelt, und die Rippen stachen fast aus seinem Leib hervor. Seine einst so gepflegten Haare waren nun ausgebleicht und hingen ihm zerzaust über die Schultern herab. Der vom Wasser noch triefende Bart schließlich verlieh dem ehemaligen Essener endgültig das Aussehen eines Wahnsinnigen. War es der Hunger gewesen? Aber nein, die Täuflinge hatten Lebensmittel mitgebracht. Jokanaan konnte nicht am Verhungern sein. Ekstasen, ja natürlich! Auch er gab sich Ekstasen hin.

In diesen violetten Lippen, dem tief rosafarbenen Zahnfleisch, in den

fiebrigen Augen und in dieser Zerbrechlichkeit, die an ein sterbendes Kind erinnerte, lag indessen eine andere, neue Schönheit.
»Ich habe auf dich gewartet. Du mußt mich von meinen Sünden reinwaschen«, sagte Jokanaan und fuhr sich mit den Fingern ordnend durch die Haare. »Bade du den Badenden, wasche den Waschenden!«
»Wer bin ich, daß ich dich von deinen Sünden reinwaschen könnte?« antwortete Jesus. »*Du* bist hier derjenige, der tauft.«
»Ich?« schrie Jokanaan mit nahezu schriller Stimme. »Ich bin weniger als die Heuschrecke im Gras, weniger als die Nachtigall, die in den von der Last der Nacht niedergedrückten Zweigen dem Anbruch des Tages entgegenjubelt, und ich bin weniger als die Wüstenspringmaus, die in der Wüste den Schatten sucht! Ich bin der abgestorbene Baum, der allmählich hohl wird, die Frucht des Bergahorns, die die Sonne täglich mehr austrocknet, der Körper einer Schwalbe, der sich mit Wind füllt ... Welcher Mensch könnte von sich behaupten, er sei frei von Sünden? Ich flehe dich an, mich zu taufen.«
»Einem jeden seine Aufgabe«, beharrte Jesus. »Die Lämmer führen keine Herde an, und die Früchte bringen keine Blüten hervor. Du sollst es sein, der mich tauft.«
Jokanaan schloß die Augen und bog den Kopf zurück. Schauer durchliefen seine Muskeln, wie Fische unter der Wasseroberfläche dahinhuschen.
»Ich bin dein Diener«, sagte er dann leise.
Jesus entkleidete sich und stieg bis zur Hüfte in den Jordan. Jokanaan, der vor ihm stand, tauchte seine Schale ins Wasser und goß Jesus langsam den Inhalt über den Kopf.
»Wäscht man die Vögel am Himmel? Oder die Lilien auf dem Feld?« murmelte Jokanaan statt der rituellen Worte, die er wohl für gewöhnlich dabei sprach. »Doch ich muß meinem Meister gehorchen ...«
Gleich wird er in Trance fallen, dachte Jesus, als Jokanaan auch schon zu schwanken begann. Jesus stützte ihn eiligst und brachte ihn ans Ufer zurück. Einige Männer, die keine Täuflinge zu sein schienen, zogen ihn aus dem Wasser und setzten ihn in den Schatten.
Schüler, dachte Jesus, während er sich mit der flachen Hand trockenrieb, bevor er sich wieder ankleidete. Jokanaan hatte also Schüler. Zwölf. Nach dem Vorbild des Rates in Qumran. Jokanaan schien sich wieder erholt zu haben, und Jesus setzte sich zu ihm.

»Die Zeit ist reif«, sagte Jokanaan erneut, »seht, dies ist der Bote des Herrn.«
Jesus reagierte nicht. Sollte er protestieren und erklären, er sei nicht der Bote des Herrn? War nicht jeder Mensch einer? Und was hätte es genützt, Jokanaan zu widersprechen! Es war ganz offensichtlich, daß der Eremit den Boden der Wirklichkeit verlassen hatte und sich Visionen hingab.
»Bist du der Messias?« fragte einer der Schüler, zu Jesus gewandt.
»Wer kann schon bei Tagesanbruch sagen, ob in der Abenddämmerung die Sonne scheinen wird?« gab Jesus zurück.
»Weißt du, wann die Sonne aufgehen wird?«
»Gott kann, wenn Er will, die Sonne daran hindern aufzugehen, ebenso wie Er ihren Lauf am Himmel bestimmt hat.«
»Er heißt Josua«, erklärte der andere zwischendurch seinen Mitbrüdern.
»Als wir noch in Qumran waren«, sagte Jokanaan, »hatte ich Augen, aber konnte nicht sehen. Während ich durch die Finsternis kroch, sahst du das Licht des Herrn. Dein Vorbild ist es, das mich hierhergeführt hat. Meine Aufgabe ist bald erfüllt.« Wieder neigte er seinen Kopf nach hinten. Jesus hatte den Eindruck, sein Adamsapfel müsse gleich die Haut am Hals durchbohren.
»Keine Aufgabe ist erfüllt, solange das Wort Jahwes nicht überall auf Erden verkündet worden ist«, gab Jesus zu bedenken. »Wir alle müssen auf die Morgendämmerung des Herrn warten.«
»Und das wird der Tag sein, an dem der Messias erscheint«, murmelte Jokanaan, doch Jesus erwiderte darauf nichts. »Wo bist du nur all die Jahre gewesen?« fragte Jokanaan.
»Ich habe versucht, die Illusionen der Welt zu ergründen.«
»War denn das nötig? Wußtest du die Antworten nicht schon im vorhinein?«
»Ob ich sie wußte? Wie hätte ich sie finden sollen? Und außerdem, habe ich sie überhaupt gefunden?« versetzte Jesus. Er bemühte sich, nicht schon beim ersten Wiedersehen mit Jokanaan in Streit zu geraten, doch die ekstatische Verehrung, die sein Vetter ihm entgegenbrachte, war ihm unangenehm, ja lästig. Jokanaan hätte besser daran getan, ebenfalls durch die Lande zu ziehen, dann wäre er mit seinen Ankündigungen eines Messias nicht so rasch bei der Hand ge-

wesen. Jokanaan hatte Qumran nur physisch verlassen, in seinem Herzen war er Essener geblieben. Immer noch wartete er auf den Weltuntergang, und folglich auf einen Messias. Einer aus der Schar, dessen Geschlecht sich unter dem nassen Lumpen um seine Hüften abzeichnete, hatte Jesus' mißbilligende Blicke auf Jokanaan bemerkt und reichte seinem Meister ein bräunliches Kleidungsstück, das sich beim genaueren Hinsehen als eine Tunika aus Kamelhaut entpuppte. Jokanaan erhob sich, um sich das Kleidungsstück überzustreifen. Von Trägern gehalten, schlotterte es um den ausgezehrten Körper.
»Mach uns die Freude und iß mit uns«, bat Jokanaan.
Die Gefährten bereiteten das Essen. Es war dieselbe Mahlzeit, wie Jesus sie einst mit Obed geteilt hatte: Heuschrecken und wilder Honig. Gewiß war das auch die Nahrung der ersten Essener gewesen, in Qumran allerdings hatten sie es nie vorgesetzt bekommen. Stellten sich diese Frömmler tatsächlich vor, daß Gott eine solche Kost vorschrieb? Glaubten sie, Rebhühner, Fische, Gänse und Enten seien nur für Heiden bestimmt? Oder meinten sie etwa, der menschliche Körper sei so minderwertig, daß man ihn dem Hungertod entgegentreiben müsse?
»Weißt du«, sagte da Jokanaan, als hätte er die Gedanken seines Gastes erraten, »dies ist die Nahrung, die der Herr Seinen Kindern in der Wüste bereithält.«
»Und was, wenn es keine Heuschrecken gibt und die Bienen keinen Honig haben?«
»Dann fastet man eben«, antwortete streng der Schüler, der Jokanaan sein Kleid gereicht hatte.
»Zu fasten, weil der Wind die Heuschrecken davongetragen hat – das ist kein rechtes Fasten«, meinte Jesus.
»Mißbilligst du diese Nahrung?« fragte Jokanaan.
»Es gibt keine Nahrung, die ich mißbilligen würde. Aber ich glaube, daß Brot und Wein, die im Schweiße des menschlichen Angesichts entstehen, nicht weniger Achtung verdienen als Nahrungsmittel, die uns der Zufall beschert. Doch der Herr möge diese Mahlzeit segnen, wie Er auch das Brot gesegnet hat, das meine Mutter zu backen pflegte.«
»Lehre mich, ich werde dir zuhören«, sagte Jokanaan und stimmte eine nicht enden wollende Litanei von Danksagungen an, während sich seine Gefährten mißgelaunt von dem Neuankömmling abwandten,

den ihnen ihr Meister als den Messias vorgestellt hatte. Die hier, dachte Jesus, werden lange brauchen, um sich mir anzuschließen. Ein drückendes Schweigen herrschte während der Mahlzeit.
»Taufst du täglich dieselben Leute?« fragte Jesus.
»Nein, eine Taufe genügt, um ihre Seelen von der Geburt in Sünde zu reinigen.«
Welche Sünde? fragte sich Jesus. Sollte denn die Geburt eines Geschöpfes Gottes als Sünde angesehen werden? Jokanaan war wirklich und wahrhaftig Essener geblieben. Und was hatte diese Variante des einmaligen Bades zu bedeuten? Hatte Jokanaan einen neuen Ritus begründet? Er hoffte, daß sich bald eine Gelegenheit zu einem offenen Gespräch mit dem Eremiten unter vier Augen ergeben würde.
»Warum bist du nach Israel zurückgekehrt?« fragte einer aus der Schar, ein etwa vierzigjähriger Mann mit struppiger Mähne.
»Ich bin zurückgekommen wie die Schwalbe, die zu ihrem Nest zurückkehrt.«
»Und wie heißt der Frühling, der dich herführt?«
»Hoffnung«, antwortete Jesus schlicht.

Langsam machte sich die Dämmerung breit. Die Farbe des Himmels ging ins Violette über, bevor sie endgültig von der Dunkelheit verschluckt wurde. Man zündete ein Feuer an. Die Stimmen der Wüste machten sich immer vernehmlicher bemerkbar. Die Schreie der Nachtvögel, quakende, knisternde und zischelnde Laute vermischten sich mit dem Seufzen des Windes wie Worte einer anderen Sprache. Jokanaan betete langsam mit lauter Stimme, wobei er von Zeit zu Zeit wartete, bis die anderen seine Beschwörungen aufgenommen und wiederholt hatten.
Jesus starrte in die Flammen und dachte nach; über die blinde Überzeugung des Betenden von seiner Rolle als Messias und über den Einfluß, den die Wüste und das Zusammenleben mit Menschen, die nichts als sein Echo waren und der Wirklichkeit feindselig gegenüberstanden, auf das Wesen seines Vetters ausgeübt hatten. Er hat nichts dazugelernt, ging es ihm durch den Kopf, er wartet nur auf den göttlichen Boten, der in einem schrecklichen Racheakt der Welt ein Ende machen wird. In dieser Erwartung ist weder Weisheit noch Liebe, nur die Ungeduld des geschlagenen Kindes, das nun erwartet, daß sein Va-

ter denen, die es mißhandelt haben, eine Tracht Prügel verabreicht! Jokanaans pathetischer Tonfall und das bußfertige Nachmurmeln seiner Schar erschienen ihm nur wie endloses Geschwätz. Er warf sich seine Ungeduld vor und seufzte. Er konnte nicht umhin, Jokanaan gern zu haben, und sei es nur um der Leidenschaft willen, mit der dieser Mensch sich seinem Streben nach dem Göttlichen hingegeben hatte. Jokanaan erinnerte ihn an einen hyperboräischen, von Leidenschaft verzehrten Dichter, den er eines Abends in Ktesiphon seine Gedichte hatte lesen hören. So packend und mit so kraftvollem Ausdruck hatte jener gelesen, daß Jesus wie gebannt zuhören mußte, obwohl er nicht ein Wort des Dichters verstand. Doch die innere Beseeltheit jenes Mannes war so stark gewesen, daß auch Jesus sich einem Trancezustand nicht hatte entziehen können, als sich am Endes eines Vortrags der Barbar entkleidet und zum Spiel der Zimbeln nackt getanzt hatte. Jener Barbar damals glaubte an Gott! Vielleicht verhielt es sich ebenso mit Jokanaan, wenn auch um vieles freudloser. Nur wenige Jahre genügten also, um einen strahlenden jungen Mann in ein Stück bereits erkaltende Glut zu verwandeln! Welchen Gott sollte man vorziehen, den des Barbaren, der das Leben entfachte und schürte, oder aber den Jokanaans, der es erstickte?
Das Gebet war beendet. Jetzt erst merkte Jesus, daß er gar nicht zugehört hatte und auch nicht in die Antwortgesänge mit eingefallen war. Die Meinung der Schüler über diesen angeblichen Messias stand jetzt mit Sicherheit fest. Er hatte versucht, Ordnung in die Fragen nach Gott zu bringen, die er sich, wie schon so oft in den vergangenen Jahren, auch heute abend gestellt hatte. Doch wieder einmal vergeblich.
Man breitete Decken auf dem Boden aus, und Jokanaan bot Jesus die seine an. Sie lagen Seite an Seite. Einer aus der Schar wurde als Wache am Feuer bestimmt, die übrigen legten sich schlafen. Bald war neben den Geräuschen der Nacht nur noch ihr Schnarchen zu hören. Jesus schloß die Augen, doch wenig später schon öffnete er sie wieder; er spürte Jokanaans Blick in der Dunkelheit wie eine Hand, die sich ihm auf das Gesicht legte.
»Warum schläfst du nicht?« fragte Jesus. »Du brauchst Schlaf, um bei Kräften zu bleiben.«
»Es ist die Freude!« flüsterte Jokanaan. »Deine Rückkehr ist eine solche Erleichterung! Ich habe all diese Jahre über an dich gedacht. Ich kenne sonst niemanden.«

»Wie meinst du das?«
»Niemanden, der außer dir der Finsternis ein Ende bereiten könnte.«
»Warum gerade ich?«
»Das ist ein untrügliches Gefühl. Ich bin Menschen begegnet, die mit aller Inbrunst für ihren Glauben lebten und deren Seele rein und ohne jeden Makel war, aber keiner gleicht dir. Du bist wie alles, was wirklich von der Vorsehung bestimmt ist, und es erscheint völlig natürlich. Ich könnte mir nicht vorstellen, daß es dich nicht gibt. Und auch nicht, daß es die Welt ohne dich gibt. Du mußt der Messias sein.«
»Und du mußt wissen«, erwiderte Jesus, während die Palmen über ihren Köpfen die Sterne zu verjagen suchten, »daß ich nicht einmal weiß, wie ein Messias auszusehen hat.«
»In Qumran hast du vor dem Rat gesagt, daß du die Vision einer Salbung erlebt hast ...«
»Habe ich von Salbung gesprochen? Ich glaube eher gesagt zu haben, daß mir eine Flüssigkeit über den Kopf gegossen wurde. Vielleicht war es nur die Erinnerung an die abendlichen Waschungen ...«
»Das paßt alles zusammen.«
»Was paßt zusammen?«
»Ich habe mir oft gedacht, daß dem Messias seine Mission nicht bewußt sein würde. Aber ich halte dich vom Schlaf ab.«

Er erwachte. Jemand hatte ihn beim Namen gerufen. Finstere Nacht war es. Er beugte sich zu Jokanaan hinüber; sein Platz war leer. Irgend etwas Außergewöhnliches spielte sich in der Dunkelheit ab. Jesus sah nach oben und entdeckte Jokanaan, der, einem Schwimmer gleich, auf halber Höhe der Palmen schwebte wie ein Blatt, das sich im Wind wiegte, und ihn anrief. Er erhob sich, um ihn besser beobachten zu können. Dieser verrückte Bursche! Zerbrechlich, wie er war, konnte diese körperliche Belastung jederzeit das flackernde Licht seiner Lebenskerze erlöschen lassen! Zudem schwebte er zu hoch. Bei dieser Höhe wurde nicht nur der Körper auf die Probe gestellt, sondern auch der Geist. Leise rief er Jokanaan. Der reagierte nicht. Dann weckte er einen der Schüler.
»Schon wieder!« entsetzte sich der Mann und rieb sich die Augen. »Und diesmal ist er noch höher gestiegen! Daran bist du schuld!«
»Steig auf meine Schultern und versuch, ihn herunterzuholen«, sagte Jesus.

Doch da drehte sich Jokanaan leicht. Es sah gefährlich aus. Vielleicht stirbt er, dachte Jesus. Langsam begann er zu sinken, mit der Unbeweglichkeit eines Ertrunkenen, der im Wasser unterging. Als seine Füße in Reichweite waren, packte Jesus sie und zog Jokanaan zu Boden. Ob sein Körper wohl immer so leicht war? Er bettete den Eremiten auf die Decke und beugte sich über sein Gesicht, während er ihm die Hände massierte. Seine Augen waren verdreht. Er legte das Ohr an Jokanaans Brust; das Herz schlug unmerklich. »Komm zurück«, flüsterte er mehrere Male. Nach einer Stunde kehrten die Pupillen wieder in ihre normale Lage zurück, aus Jokanaans Brust drang ein Röcheln, dann schlief er ein.

»Er wird sich jetzt erholen«, meinte Jesus, zu Jokanaans Schüler gewandt.

»Überlaß mir deinen Platz, ich werde jetzt auf ihn aufpassen«, sagte dieser.

Die Sonne stand bereits hoch, als Jokanaan die Augen aufschlug. Seine Schüler standen im Kreis um ihn herum und rangen vor Ungeduld die Hände, weil bereits seit Sonnenaufgang etliche Pilger darauf warteten, vom Eremiten getauft zu werden. Doch Jokanaan war kaum fähig, sich auf den Beinen zu halten. Er konnte unmöglich den ganzen Tag über im Wasser stehen.

»Geh und sag ihnen, daß du sie heute taufen wirst. Die Taufe muß nicht unbedingt nur Sache eines einzigen Mannes sein«, wandte sich Jesus an den ältesten in der Schar.

»Willst *du* uns jetzt vielleicht sagen, was wir zu tun und zu lassen haben?« fragte jener schroff.

»Tut, wie er euch sagt«, schaltete sich Jokanaan ein.

Jesus hockte sich neben Jokanaan und drängte ihn, einige Bissen von den mitgebrachten Nahrungsmitteln der Pilger zu essen. »Gott hat niemals befohlen, daß seine Kinder Hungers sterben sollen«, mahnte er streng, »und auch die Ekstasen sind nicht nötig.«

»Nicht nötig?« wiederholte Jokanaan.

»Sie müssen Zufallserscheinungen bleiben, man darf sie nicht bewußt herbeiführen. Gestern abend wärst du beinahe gestorben.«

»Du hast mir das Leben gerettet«, meinte Jokanaan.

»Und du hättest es nicht aufs Spiel setzen dürfen.«

»Hast du denn deine Trancezustände nicht gesucht?«

»Nein. Während ich betete, überkamen sie mich. Ich meide sie seither. Der Mensch darf nicht wider seine Natur streben. Gott hat uns aus Fleisch und Blut gemacht. Ganz offensichtlich ist es nicht sein Wille, daß wir uns vor der Zeit in reinen Geist verwandeln.«
»Aber die Zeit ist doch gekommen!« protestierte Jokanaan.
»Ich spreche von unserem Tod, und du, du denkst an das Ende der Welt. Ich glaube nicht, daß uns das Ende der Welt unmittelbar bevorsteht. Wir haben eine Aufgabe hier auf Erden. Und wir werden lange brauchen, bis wir sie erfüllt haben.«
»Aber wenn du der Messias bist«, rief Jokanaan aus, »bedeutet das doch, daß das Ende der Welt naht! Du selbst bringst es!«
»Ich wüßte nicht, daß ich der Messias wäre«, entgegnete Jesus unwillig. »Ich dachte, ich hätte mich gestern klar genug ausgedrückt. Und wenn ich der Erlöser wäre, der Messias Israels und Aarons, müßte ich jedenfalls hier und jetzt über eine geistige und materielle Macht verfügen, die groß genug wäre, um auf der Stelle das Gesetz des Moses und die Würde der Juden wiederherzustellen. Wo soll mein Zepter sein? Wo meine Soldaten, hm? Wie auch immer meine Aufgabe aussieht, ich werde sie als Sterblicher, als Menschensohn erfüllen.«
Jokanaan lehnte sich mit dem Rücken gegen einen Baum. »Du hast alles verworfen, was wir in Qumran gelernt haben«, murmelte er.
»Und warum meinst du, daß ich von dort weggegangen bin?« antwortete Jesus und stand auf, um eine sich nähernde Gruppe von Leuten zu beobachten.
Sie kamen nicht zur Taufe, das sah man gleich. Ein halbes Dutzend schwitzender und die Gesichter verziehender Priester und Leviten waren es, die Jokanaan zu sprechen wünschten. Einer seiner Schüler führte sie zu ihm. Jokanaan, der am Boden sitzenblieb, musterte sie stillschweigend.
»Dein Ruf dringt bis in die Städte«, hob ihr Wortführer an. »Wir haben gehört, daß die Leute aus allen Provinzen hierherströmen, um sich von dir taufen zu lassen. Und sie verbreiten über dich allerlei Geschichten. Manche behaupten, du seiest der Messias, andere halten dich für Elias und wieder andere für einen neuen Propheten. Als Hüter des Glaubens können wir diese Gerüchte nicht umgehen lassen, ohne sie zu überprüfen.«
Sie warfen abschätzende Blicke auf seinen mageren Körper, sein aus-

gemergeltes Gesicht, und man konnte geradezu ihre Gedanken lesen: Soll das hier etwa der Gegenstand jener Heldengeschichten sein?
»Ihr bereitet also euren Bericht für die Leute in Jerusalem vor«, gab Jokanaan sarkastisch von sich. »Nun, ich bin weder der Messias noch Elias! Und was das Gerücht von einem neuen Propheten angeht, woher sollte ich wissen, ob ich einer bin? Vielleicht mache ich Prophezeiungen, aber bin ich deshalb bereits ein Prophet?«
»Wer bist du dann? Wie würdest du dich selbst bezeichnen?« fragte ein Levit.
»Ich bin eine Stimme, die in der Wüste ruft: ›Bereitet den Weg für den Herrn!‹«
»Aber du bist nicht mehr in der Wüste, da so viele Leute bis hierher reisen, um dich zu sehen. Außerdem hast du Schüler um dich. Du lehrst sogar die Pilger. Wenn du weder der Messias noch Elias bist und auch nicht sagen kannst, ob du ein Prophet bist, welchen Sinn hat dann die Taufe, die du den Leuten zuteil werden läßt? Bist du Essener?«
»Wenn ich ein Essener wäre, dann würde ich wohl auch bei den Essenern leben, meint ihr nicht? Sicher, ich taufe, wie sie, mit Wasser, aber ich tue das nur einmal und nicht alle Tage. Eine Taufe genügt, um den Reuigen von seinen Sünden reinzuwaschen.«
»Willst du damit andeuten, daß diejenigen, die durch dich noch nicht getauft wurden, unrein sind?«
»Das liegt bei euch, wie ihr es auffassen wollt«, antwortete Jokanaan mit einem Lächeln. »Die Sünde jedenfalls existiert nur in den Augen des Sünders. Wenn ihr euch für rein haltet, weshalb macht ihr euch dann Gedanken um meine Taufe?«
»Das haben wir dir ja bereits gesagt, wir sind hier, um diesen wildwuchernden Gerüchten nachzugehen.«
»Wenn *ich* schon euren Seelenfrieden störe, wie mag es dann erst mit dem werden, der nach mir kommt!« meinte er provozierend.
»Wer?« wollten sie im Chor wissen.
»Ein so großer Mann, daß ich nicht einmal würdig bin, ihm die Sandalen auszuziehen«, antwortete er und sah Jesus an.
»Von wem sprichst du?« fragte der Wortführer der Gruppe und zupfte beunruhigt an seinem ausgefransten Bart. »Kennst du ihn? Kennen wir ihn?«

»Ich spreche vom Messias!« schrie Jokanaan plötzlich auf, mit einer Heftigkeit, die allen durch die Glieder fuhr. »Nehmt euch in acht, ihr und eure Herren«, fuhr er gleich darauf wieder mit leiser, drohender Stimme fort, »eine jede eurer Taten wird er auf eine Feuerwaage legen! Die Steine eurer Häuser werden in ihren Grundfesten erzittern, wenn er erscheint, und jedes einzelne Haar auf euren Köpfen wird auf der Stelle ergrauen!«
Vor Wut liefen ihre Gesichter rot an. Jokanaan erhob sich.
»So, ihr habt nun alle Antworten, die ihr braucht. Ihr habt hier nichts mehr verloren. Betet, daß euch Satan auf dem Heimweg nicht in einem Sandsturm verschluckt!«
Fast augenblicklich erhob sich ein Wind und wirbelte Staub in ihrer Nähe auf. Sie traten den Rückzug an. Und als sie ihre Maultiere bestiegen, blies der Wind immer kräftiger. Trotz Wind und Entfernung aber drang Jokanaans Lachen bis zu ihnen.
»Der Wind!« rief er. »Seht nur, die Ernte des törichten Schnitters!«
»Sie sind gekommen, um Streit zu suchen«, bemerkte Jesus.
»Ja, das sind Streithammel, zänkisch wie Wiesel und feig wie Hasen«, sagte Jokanaan. »Ich kenne sie. Das Herz bleibt ihnen stehen, sobald sie auch nur einen Schatten an der Wand sehen.«
Er keuchte. Einer seiner Schüler half ihm, sich wieder zu setzen.
»Das ist er, der nach mir kommt.« Jokanaan wies mit dem Finger auf Jesus. »Er ist der Auserwählte. Er ist gekommen, um die Welt zu erlösen.«
Jesus war ihm dankbar, daß er nicht das Wort »Messias« benutzt hatte.

II.

Korn im Wind

... Und plötzlich ist der Mensch wie das Kornfeld im Wind, dessen Ähren sich alle in dieselbe Richtung neigen. Er glaubt. Das heißt, alle Fasern seines Seins sind auf denselben Punkt, auf ein geistiges Ziel ausgerichtet. Was für ein Wind war das nur gewesen, der Jokanaan eingeflüstert hatte, sein alter Klosterbruder aus Qumran sei der Messias? Fast unentwegt beschäftigte Jesus die Frage auf seiner Wanderschaft durch das Land. In Betanien dann hatte er plötzlich das Gefühl, sich in einem solchen Kornfeld, mit dem er Jokanaan verglichen hatte, zu befinden.
Er bat um Arbeit und Unterkunft. Man fragte ihn nach seinem Namen. Der Zimmermann, an den er sich gewandt hatte, sah ihn lange eindringlich an, was Jesus als taktlos empfand. Dann nickte der Zimmermann leicht, wie im Selbstgespräch.
»Habe ich dich nicht schon einmal gesehen, am Jordanufer, bei dem Eremiten Jokanaan?« fragte er schließlich.
»Ich war dort, ja«, entgegnete Jesus, »aber es waren so viele Leute da... Verzeih, wenn ich dich nicht wiedererkenne.«
»Bist du nicht derjenige, den Jokanaan als Messias bezeichnete?«
Wortlos sahen sie sich eine Weile an.
»Doch, ja, das bin ich«, antwortete Jesus endlich.
»Die Wolken können zwar die Sonne verdecken, aber sie können es nicht Nacht werden lassen«, sagte der Zimmermann. »Du brauchst keine Arbeit, du kannst kein Zimmermann sein.«
»Und doch ist es mein Beruf«, versetzte Jesus.
»Meister, das ist es nicht, was ich sagen wollte. Ich bin zutiefst ergriffen, daß du mein Handwerk kennst. Aber dies ist nicht der Augenblick für Säge und Hobel. Ganz Betanien wird dich wiedererkennen.«
»Aber ich brauche Arbeit«, sagte Jesus.

»Mein Haus soll auch dein Haus sein, du sollst an meinem Tisch den Platz des Hausherrn einnehmen«, antwortete der Zimmermann. »Und du wirst sehen, daß mein Haus gewiß nicht das einzige in Betanien sein wird, das dir bis ans Ende der Zeiten offensteht.«
Und wieder das Ende der Zeiten! dachte Jesus.
Der Zimmermann namens Nathan war vor die Tür getreten, um die Leute zusammenzurufen. Kaum daß man Zeit gehabt hätte, drei Verse zu lesen, waren auch schon zehn Personen in der Werkstatt versammelt. Und bis man sechs gelesen hätte, waren es dreißig. Bald hatte sich auf der Straße ein ganzer Menschenauflauf gebildet.
»Da ist er, der uns von Jokanaan angekündigt wurde!« rief Nathan mit feierlicher Stimme. »Dies ist unser Messias!«
Da gab es kein Entrinnen. Die Sache mußte ein für allemal klargestellt werden. Jesus, der bisher schweigsam geblieben war, begegnete den entsetzten, ungläubigen oder verblüfften Blicken.
»Damit wir uns recht verstehen«, sagte Jesus schließlich zu Nathan gewandt, an dessen selbstzufriedenem Gesichtsausdruck abzulesen war, daß er sich als der Herold des Messias betrachtete. »Was ist deiner Meinung nach ein Messias?«
»Das ist der Mann, der von Jahwe geschickt wird, um uns vom Übel zu befreien«, antwortete Nathan.
»Das ist aber doch noch nicht alles, was du über ihn weißt? Ein Messias ist ein Mann, dem die höchste Stellung zuteil geworden ist. Das bedeutet, daß er ein König ist, und ein echter König Israels muß von David abstammen, nicht wahr?«
»Ja, das mag schon so stimmen.« Nathan nickte.
»Wenn ich nun der Messias bin, so auch König der Juden, und was wird deiner Ansicht nach ein Nachkomme Davids tun?«
»Krieg wird er führen gegen die Römer.« Beifälliges Gemurmel wurde in der Menge laut. »Ja, ja, Krieg!«
»Gut«, sagte Jesus. »Sehe ich aus wie einer, der bald den Krieg erklären wird? Und mit welchen Soldaten? Aber laß es dir gesagt sein, und das gilt auch für euch alle«, rief er und wandte sich an die Menge, »selbst wenn ihr das Gegenteil behauptet und mir versichern wollt, daß sich das ganze Volk aus den fünf Provinzen unter meinen Befehl stellen würde, müßte ich euch antworten, daß ihr im Irrtum seid. Durch einen Krieg werden unsere Probleme nicht gelöst. Und zwar weil der

Grund für unsere Probleme nicht bei den Römern, sondern in der Vergangenheit unseres Volkes liegt. Ein Krieg würde daran nichts ändern. Wir sind die Sklaven der Römer, weil wir einem kranken Schaf gleichen, das sich gegen den Schakal nicht wehren kann.«
Eine alte Frau trat vor. »Jokanaan hat zu meinem Sohn gesagt, daß du der Messias bist. Wenn du es nicht bist, wer bist du dann?«
»Wenn du einen Namen für mich brauchst, so nenne mich einen Verteidiger des Gesetzes Mose.«
»Und was, meinst du, sind dann die Priester?« fragte ein Rabbiner. »Verrückte, die den Hundekot aufsammeln?« Er drehte sich zur Menge und rief laut, jedem Menschen sei es freigestellt, das Mosaische Gesetz auf eigene Faust zu verteidigen, die Schüler irgendwelcher Möchtegernpropheten wie Jokanaan jedoch seien hierzu gewiß nicht befähigter als jene, die es ihr Leben lang studiert hätten.
»Wenn du dir deines guten Rechts so sicher bist«, versetzte Jesus, »dann besteht kein Grund, die Priester mit Verrückten zu vergleichen, die Hundekot von der Straße aufsammeln. Im Gegenteil, du müßtest dich beglückwünschen, mehr Menschen guten Willens auf deiner Seite zu haben.«
Doch der Rabbiner stand angriffslustig vor ihm, machte dann sogar noch einen drohenden Schritt auf ihn zu, wobei er keifte, das Volk Israels und er selbst hätten die Nase voll von diesen falschen Propheten, Aufsässigen und Unruhestiftern, die er mit Füchsen in einem Hühnerstall verglich.
Auch Jesus ging nun einen Schritt auf diesen Kampfhahn von Priester zu, der ihm allzu viele schlechte Erinnerungen ins Gedächtnis rief, und sprach zu ihm mit beherrschter, aber eindringlicher Stimme: »Vielleicht, Rabbiner, gäbe es weniger Rebellen, wenn die Zustände in diesem Lande Israel anders wären. Wenn du niemals zu knapp bemessene Scheffel und in Hungerjahren das Getreide zum dreifachen Preis verkauft hast, wenn du niemals die Trauer einer Witwe ausgenützt hast, wenn du niemals Wucherzinsen erhoben oder den Armen und Schwachen verachtet hast, nie einem Bettler Brot und Salz verweigert hast, wenn du niemals einem Reichen den Ehebruch vergeben und den Schwachen zur Steinigung verurteilt hast, wenn du dich nicht auf die Seite der Feinde Israels gestellt hast, wenn du den Sabbat in deinem Herzen und nicht nur nach den Buchstaben des Gesetzes re-

spektiert hast, und dabei in den Stunden des Gebets über habgierige Pläne nachdachtest, wenn du dir nicht den Unterleib gestreichelt hast, während du doch gleichzeitig Tugend predigtest, wenn du nie Weihrauch und Myrrhe entwendet hast, um dein eigenes Haus zu parfümieren – wenn du dich all dieser Dinge nie schuldig gemacht hast, Rabbiner, dann hast du auch keinen Anlaß, dich vor Rebellen zu fürchten oder vor jenen, die nach Gerechtigkeit rufen, obwohl sie nicht wie du die Bücher studiert haben.«
Die Umstehenden hielten den Atem an. Der Rabbiner schüttelte wütend den Kopf. Er drehte sich zu den anderen um, bemerkte aber, daß ihm nur Feindseligkeit entgegenschlug. Er schloß den bereits zu einer Erwiderung geöffneten Mund wieder und ging davon, wobei er sich zornig den fransenbesetzten Mantel abklopfte.
»Noch nie hat jemand so zu einem Rabbiner gesprochen. Dem da jedenfalls geschieht das ganz recht«, sagte Nathan. »Das beweist nur deine Autorität. Jokanaan hatte schon recht, was dich betrifft.«
Eine Frau trat vor und versuchte, Jesus' Hand zu fassen, um sie ihm zu küssen, doch der Kuß streifte gerade nur den Ärmel – Jesus hatte seine Hand zurückgezogen.
»Geht alle hin in Frieden«, sagte er. »Gott wacht über euch.«
Da er so gedrängt wurde, nahm er Nathans Gastfreundschaft an. Kein Zweifel, es lag etwas in der Luft. Sie warteten auf jemanden, doch sie warteten weder auf einen Zeloten noch auf einen Apollonios.

Als er ein wenig später in Betanien umherschlenderte, hielt er vor einem Brunnen, um zu trinken. Neugierig betrachtete er sein verzerrtes Spiegelbild auf der Wasseroberfläche. Während er sich den Bart abwischte, merkte er, daß er von einem Mann beobachtet wurde, der in geringer Entfernung vor ihm stand, als ob er auf ihn warten würde.
Er musterte ihn. Ob das wohl ein Gefolgsmann des Rabbi war? Dreißig Jahre alt war er ungefähr, stämmig gebaut, und sein Blick hatte etwas Kindliches.
»Rabbi«, sagte da der Unbekannte, »ich bin Andreas, Sohn des Johannes aus Galiläa. Ich möchte dir folgen.«
»Wie kommt ein Galiläer nach Judäa?«
»Ich besuche hier Verwandte.«
»Warum willst du dich mir anschließen?«

»Nathan berichtet, daß Jokanaan sagt, du seist der Messias.«
»Wie sollte das der eine wie der andere wissen können?« murmelte Jesus.
»Ich jedenfalls, ich glaube an dich. Warum willst du es denn nicht wahrhaben, daß ich an dich glaube?«
»Und wenn du dich täuschst? Und wenn auch ich mich täusche?«
»Ich habe gehört, wie du mit dem Rabbiner gesprochen hast. Ich kann mich nicht täuschen, und du ebenfalls nicht. Meinst du nicht, daß man die Wahrheit erkennen kann?«
Der erste Soldat.
»Ich habe nicht vor, Betanien sofort zu verlassen«, sagte Jesus langsam. »Du findest mich bei Nathan.«
Er kehrte zu Nathans Haus zurück. Das Zimmer, das ihm der Zimmermann zur Verfügung gestellt hatte, lag auf gleicher Höhe mit einem Mandelbaumwäldchen. Er legte sich zur Ruhe, doch seine Gedanken drehten sich im Kreis. Was beinhaltete eigentlich dieses Wort: Messias? Inzwischen wußte er es nicht mehr. Wer aber konnte es schon sagen? Er schlief ein. Als er wieder erwachte, wurde es draußen gerade dunkel. Er wollte die Lampe anzünden, fand aber keinen Feuerstein und ging hinaus, um sich einen brennenden Span zu holen. Die Bäume waren im Licht der untergehenen Sonne purpurrot, der Himmel malvenfarben. Er entzündete den Docht. Sollte der Herr, in Seiner unendlichen Weisheit, die Menschen wie Kinder behandeln? Es gab genügend Engel im Himmel, um die Hand eines jeden Menschen zurückzuhalten, der im Begriff war, einen Irrtum zu begehen; und trotzdem blieben die Engel dort oben, ihr Eingreifen hätte nur bedeutet, daß die Sterblichen weder Verstand noch Willen besaßen. Also würde der Herr auch keinen Messias schicken, damit dieser die Probleme löste, die die Menschen selbst geschaffen und in denen sie sich nun verstrickt hatten.
»Nein, Herr, keinen Messias!« murmelte er, während er den Docht etwas hinaufdrehte.
Stimmen ertönten draußen zwischen den Bäumen. Unwillig riß er sich von seinen Gedanken los. Wer rief da »Rabbi Jesus!« wie ein verlorenes Kind?
»Hier bin ich«, antwortete er. Der Schein der Lampe, die er hochhielt, um besser sehen zu können, fiel auf ein rosiges, glattes Etwas, das ei-

nem Stein ähnelte und sich als die Glatze eines ihm unbekannten Mannes entpuppte, der sich gerade über seine Sandalen bückte.
»Ich habe meinen Bruder Simon mitgebracht«, erklärte Andreas außer Atem. Er also war der zaghafte Rufer gewesen.
Simon hob nun sein Gesicht, das ebenfalls an einen grobbehauenen hellen Stein erinnerte. Sein naiver Blick wirkte etwas rührselig. Er schien Jesus aufrichtig, aber auch halsstarrig und charakterschwach.
Nathan erschien, um zu verkünden, daß das Essen fertig sei. Es bestand aus gebratenem Fisch. Schweigend aßen sie eine Weile, bis Andreas plötzlich erklärte, sein Bruder habe sich ebenfalls vorgenommen, ihm zu folgen. Jesus äußerte sich nicht zu dieser Entscheidung. Was sollte er anfangen mit diesen beiden ungehobelten Burschen? Jetzt schaltete sich auch Nathan ein, um ein gutes Wort für die zwei einzulegen.
»Wir sind beide verheiratet«, erklärte Simon. »Wir werden erst einmal unsere Familien in Galiläa benachrichtigen müssen.«
»Und wer wird sich um sie kümmern?« erkundigte sich Jesus.
»Ach, da gibt es genügend Leute«, erwiderte Andreas rasch.
Wer weiß, dachte Jesus, vielleicht ließ sich mit solch impulsiven Menschen sogar eher etwas ändern in Israel als mit allzu besonnenen. Einfach so seine Familie und Arbeit verlassen …
»Ich bin nicht verheiratet«, sagte Jesus. Dann ließ er einen Augenblick verstreichen, um ihnen Gelegenheit zu geben, darüber nachzudenken, wie unbequem es für sie werden würde, verheiratet zu sein und doch ohne Frauen durch die Lande zu ziehen. »Aber ich werde mit euch nach Galiläa kommen. In Bethlehem allerdings müßten wir einen Zwischenaufenthalt einlegen, damit ich meine Mutter besuchen kann. Sie lebt dort bei meinen Brüdern.«
Zustimmend nickten sie.
»Ein Schwimmer schwimmt nackt«, fuhr er fort. Verblüffte Gesichter. Ob sie ihn wohl verstanden hatten? »Ein freier Mann ist der, der alles hinter sich verbrannt hat«, sprach er weiter. »Ihr werdet mir nur folgen können, wenn ihr alles verbrannt habt.« Er sah sie prüfend an. Sicherlich hatten sie verstanden. Jetzt blieb nur noch abzuwarten, ob sie diese Lebensregel akzeptierten.
Zwar bot die kurze Reise von Betanien nach Bethlehem kaum Gelegenheit, näher auf die Bedingung einzugehen, die er den beiden Brü-

dern zur Auflage gemacht hatte, dafür konnte Jesus aber einen Wesenszug an ihnen feststellen, der beiden gemeinsam war: Sie mußten irgendein Erlebnis hinter sich haben, das sie zutiefst enttäuscht und entrüstet hatte. Doch was mochte das gewesen sein? Was hatten sie erlebt? Ein Zusammenstoß mit einem Rabbi, der es mit seinen Pflichten nicht so genau nahm, oder vielleicht eine Dirnengeschichte? Sicherlich nichts Schwerwiegendes. Sie schienen sich eher von etwas Unbestimmtem treiben zu lassen, einer allgemeinen Enttäuschung, die zur Zeit in der Luft lag.

Als sie Bethlehem erreichten, sagte er zu ihnen: »Laßt euch nicht ablenken wie die Kinder, die im Dunkeln grauenhafte Gefahren sehen in einem Spinnrad oder einem Hund. Die wirkliche Gefahr ist die Dunkelheit selbst. Die Kerzen des wahren Tempels sind erloschen. Unser Ziel ist es, sie wieder anzuzünden.«

»Das Licht wird dir den Weg weisen«, erwiderte Andreas.

Am Tor, das nach Bethlehem hineinführte, trafen sie einen Bekannten von Simon und Andreas. Anfang Zwanzig mußte er sein und nördlicher Abstammung, dem Kupferton seines Haares nach zu urteilen, das er wie Jesus im Nacken zusammengefaßt trug. Eine lustige Nase hatte er, lachende Augen und einen Mund, der wie geschaffen schien für Honig, Wein und Frauen. Was wird davon übrigbleiben, wenn er all das zur Genüge genossen hat? überlegte Jesus. Andreas und Simon stellten ihm Jesus vor. Er hieß Philippus und war ebenfalls Galiläer. Von wo genau? »Aus Betsaida.«

Jesus folgte zerstreut der halb geflüsterten Unterhaltung, die sich zwischen Andreas, Simon und Philippus entspann. Ihn amüsierten die gewichtigen Mienen, die die beiden Brüder dabei aufsetzten. Mußte sich denn selbst hier die Eitelkeit vordrängen? Simon und Andreas benahmen sich buchstäblich wie Werber. Für welche Armee, welchen Kampf? Wollten sie gegen die Römer kämpfen, gegen den Sanhedrin, die gesamte Phalanx der Rabbiner und gegen das Universum? Sollte er seine Absicht nicht lieber von Anfang an klarstellen? Das hätte ich ja auch getan, dachte er, wenn ich es nur selbst kennen würde, dieses Ziel. Er umkreiste unentwegt eine unsichtbare Zitadelle und suchte nach ihrer schwächsten Stelle. War es Jerusalem? Nein, die Zitadelle, die er da ganz allein belagerte, war viel größer, auch wenn sie der Stadt ähnelte. Dieser Tempel und die Machenschaften dieser Kohorte gott-

loser Priester darin erschienen ihm jetzt nahezu lächerlich. Trotzdem ärgerte es ihn, daß er die Wegstrecke, die er seit jenem Verhör durch Mattathias vor Jahren zurückgelegt hatte, nicht klar erkennen konnte.
Nach einer Weile erst bemerkte er, daß seine Gefährten, die ihm seit der Begegnung mit Philippus gefolgt waren, ihre Schritte den seinen anglichen. Philippus, der nun neben ihm ging, sah ihn erwartungsvoll – gewiß waren die beiden Werber die Urheber dieser Erwartung – von der Seite an. Jesus erwiderte seinen Blick und lächelte.
»Andreas und Simon haben mir soeben gesagt, wer du bist«, traute sich Philippus endlich zu sagen und sah ihn weiter fragend an.
Jesus schwieg.
»Sie sagen, daß du der Messias bist«, beharrte Philippus.
»Der Mensch schafft, was er glaubt«, antwortete Jesus.
»Ich bin wie sie bereit, daran zu glauben«, sagte Philippus.
»Aber wie du siehst, habe ich weder Zepter noch Krone«, entgegnete Jesus. Vielleicht würde er dank der Hoffnung solcher Männer doch eines Tages die Truppen ausheben, die zur Belagerung der Zitadelle nötig waren. Und wenn nicht, wer war er dann?
»Wer weiß, vielleicht ist gerade das das Erscheinungsbild des Messias. Ein geheimer Bote, dessen Macht sich erst dann zeigen darf, wenn der Tag und die Stunde gekommen sind«, meinte Philippus.
Der Gedanke war neu. Jedenfalls kam er unerwartet, von einem Grünling, wie es dieser Philippus war. Sie waren vor der Synagoge angelangt. Jesus blieb stehen. »Jeder könnte es also sein«, bemerkte er. »Und woher soll man wissen, ob man recht hat oder nicht?«
»Das stimmt«, räumte Philippus ein, »aber es wird schon einen Grund dafür geben, daß man gerade dich für den Messias hält.«
Jesus grübelte darüber nach, ohne jedoch eine Antwort zu finden. Er schüttelte leicht den Kopf und betrat das Gebäude, wo er nach der Adresse seiner Brüder fragen wollte. Von einem weißhaarigen Geistlichen erfuhr er, daß Justus und Jakobus mit ihren Familien im Haus ihres Vaters lebten, während Simon und Judas sich mit Lydia und Lysia das Nachbarhaus teilten. Der Geistliche trat auf die Stufen vor dem Eingang der Synagoge, um dem fremden Besucher das erstere der beiden Häuser zu zeigen.
»Es gehörte einem Priester namens Josef, aus dem Stamme Davids. Ein

sehr geachteter Mann, aber schwierig im Umgang«, erzählte er leutselig. »Niemand weiß eigentlich so recht, warum er sich in hohem Alter mit einer sehr viel jüngeren Frau ein zweites Mal verheiratet hatte. Sie lebt noch, im Haus von Lydia. Es heißt, sie hätte einen Sohn ...«
»Das bin ich«, sagte Jesus kurz angebunden.
Der Geistliche starrte den jungen Mann mit zusammengekniffenen Augen an. »Man erzählt sich so einiges über dich«, murmelte er nur, bevor er wieder in der Synagoge verschwand.
Jesus blieb gedankenverloren auf der Treppe stehen. Die Bedrohlichkeit, die in den Worten des Rabbiners gelegen hatte, klang noch in ihm nach. Ein Kind kam mit einem Huhn unterm Arm vorbei, starrte ihn an und kratzte sich dann zwischen den Beinen. Sie schlugen den angegebenen Weg ein. Unvermittelt stürmten die Erinnerungen auf ihn ein. Maria, wie sie am Faden eines Kreisels zog, um ihm zu zeigen, wie er mit dem Spielzeug umzugehen hatte; an dem kleinen Kreisel, der da auf der Erde herumhopste, hatte sie dabei fast mehr Spaß gehabt als er. Maria, wie sie sich in der Hitze am Küchenherd den Schweiß von der Stirn wischte. Marias Gesicht, das sich an einem Abend, als er sich erkältet hatte und im Bett lag, liebevoll über ihn beugte. Und der erste Blick, erstaunlich gefaßt und merkwürdig lang, den sie auf Josefs Leichnam geworfen hatte. Er hatte damals den Eindruck gehabt, als ob sie vom toten Josef eine Antwort erwartete, die er ihr zu seinen Lebzeiten nie gegeben hatte. Eine Antwort auf welche Frage?
Als sie vor der Tür angelangt waren, klopfte er. Zwei Kinder öffneten, ein etwa sieben oder acht Jahre alter Junge und ein Mädchen, das vielleicht zwölf oder dreizehn war und sie mit dem eigenartig verstellten Blick musterte, der so typisch für heranreifende junge Mädchen war.
»Wer seid ihr denn?« fragte er ganz spontan und wurde sich gleich darauf bewußt, wie unpassend seine Frage war.
»Ich heiße Josef, Sohn des Justus, und das ist Salome, Tochter des Simon. Und du, wer bist du?«
»Ich bin Jesus, euer Onkel. Kann ich hereinkommen, mit meinen Freunden?«
Die Kinder rissen die Augen auf. Salome errötete und rannte ins Haus zurück. »Jesus ist da!« rief sie in die Wohnstube hinein.
»Was? Was hast du gesagt?« fragten mehrere Stimmen gleichzeitig,

und sie mußte es wiederholen. Jesus lächelte und nahm den kleinen Josef auf den Arm.
»Was ist denn?« fragte er das Kind. »Hast du die Sprache verloren? Weißt du, wer ich bin?«
»Du bist ein Prophet«, antwortete der Kleine und legte ihm den Arm um den Hals. Lautes Stimmengewirr im Hausinnern kündigte großen Trubel an. Fünf weitere Kinder erschienen, und hinter ihnen Maria. Noch andere tauchten auf, die Jesus jedoch nicht beachtete, da er nur seine Mutter ansah.
Sie streckte die Hände nach ihm aus und rief leise, wie für sich selbst: »Mein Sohn!«
Er ging auf sie zu und faßte sie mit einem Arm um die Schulter, da er auf dem anderen ja noch immer den kleinen Josef hielt. Sie umarmte alle beide und weinte still. Nun traten auch die anderen vor, zunächst Judas, dann Jakobus und ein paar Frauen, die er nicht kannte.
Maria wischte sich die Tränen ab und sagte lächelnd zu ihm: »Wie du dich verändert hast! Du bist noch größer geworden, seitdem du fortgegangen bist.«
Auch Jakobus und Judas umarmten ihn unter ständig wiederholten Ausrufen: »Gepriesen sei dieser Tag!« Sie stellten ihm ihre und auch Simons und Justus' Kinder vor, schickten nach Lydia, Lysia und deren Familien und nach Simon und Justus. Alles ging drunter und drüber, Rufe, Segenssprüche, Lachen, abgerissene Sätze – kurz, es herrschte ein freudiges Durcheinander. Jesus stellte seine Gefährten vor. Dann eilten die Frauen, allen voran Maria, in die Küche, um eine Mahlzeit zuzubereiten. Als sich Maria dabei noch einmal nach ihm umdrehte, wurde ihm in diesem Augenblick zum erstenmal bewußt, daß sie eine hübsche Frau gewesen war und daß er das nie bemerkt hatte. Die Kinder zogen ihn an den Händen und unterbrachen so dieses Zwiegespräch der Augen. Alle setzten sich im Kreis um ihn herum.
»Wo warst du?« fragte Judas.
»Im Orient, jenseits des Meeres.«
»Und was hast du gesehen?«
»Die anderen.«
»Die anderen?« fragte Jakobus.
»Ja, die anderen«, wiederholte Jesus. »Die Juden sind schließlich nicht die einzigen Bewohner dieser Erde.«

»Was braucht es einen Juden zu kümmern, wer die anderen sind?« fragte Justus. »Genügt es denn nicht, wenn wir schon mit den Römern zu schaffen haben?«

»Die anderen sind ebenso Geschöpfe Gottes«, entgegnete Jesus. »Auch sie glauben an eine über alles erhabene Macht, auch wenn es nicht dieselbe ist, an die wir glauben.«

»Es sind doch Heiden!« rief Jakobus aus.

»Indem wir Worte vor uns aufbauen wie Schutzschilde, werden wir unsere Probleme nicht lösen.«

»Aber sie respektieren nicht das Gesetz!«

»Oh, was das angeht, so bin ich der Meinung, daß sich die größten Heiden wohl im Stadtgebiet von Jerusalem finden dürften, denn dort ist man zwar über das Gesetz im Bilde und wird in seinem Sinne unterrichtet, nur achten will man es nicht.«

Betretenes Schweigen lastete im Raum.

»Mein Vater, der auch euer Vater war, ist verfolgt worden, und zwar nicht von den Römern, sondern von den Leuten aus Jerusalem«, fuhr Jesus fort. »Ich denke nicht, daß ihr das vergessen habt. Und wenn es schon einmal klar heraus gesagt werden muß, dann hier und jetzt: Ein Heide ist mir bei weitem lieber als ein scheinheiliger Jude.«

»Bist du etwa nach Israel zurückgekehrt, um uns den Glauben der Heiden zu lehren?« fragte Justus.

»Nein«, antwortete Jesus nicht ohne Aggressivität, »ich bin zurückgekommen, um unserem Gesetz in seiner eigentlichen Bedeutung wieder Geltung zu verschaffen. Und nicht, um mich unter diejenigen zu reihen, die die Bücher nur mit den Lippen lesen, oder unter jene, denen das Schicksal der Juden zwar gleichgültig ist und die in der Wüste auf die Feuersbrunst des letzten aller Tage warten, sich gleichzeitig aber trotzdem als Juden bezeichnen.«

Solche Rede war es nicht gewesen, die sie hatten hören wollen. Andreas, Simon und der neugewonnene Gefährte Philippus blickten sichtlich erstaunt und befremdet in die Runde: hier eine skeptisch in Falten gelegte Stirn, dort ein Paar niedergeschlagene Augen oder auch ein verständnisloses Seufzen. Die Frauen waren aus der Küche herbeigeeilt, um zuhören zu können. »Kannst du uns dein Anliegen in wenigen Worten zusammenfassen?« bat Simon, Jesus' Halbbruder, der erst kurz zuvor hinzugekommen war.

»Es sind das Leben und die Wahrheit, die allein im Glauben begründet sind. Alles andere verdeckt nur den Tod.«
Philippus, der neben Jesus auf dem Boden saß, nahm seine Hand, um sie zu küssen. Jesus ließ es geschehen.
»Deshalb also verkündet Jokanaan überall, du seist der Messias?« fragte Justus. »Sogar den Samaritern ist es zu Ohren gekommen.«
»Jokanaan ist ein frommer Mann, aber ich glaube nicht, daß es ihm oder irgend jemand anderem zusteht, den Messias zu bestimmen.«
»Willst du uns damit sagen, daß Jokanaan sich täuscht und du nicht der Messias bist?«
»Es steht nicht in meiner Macht, über Jokanaans Ankündigung ein Urteil zu fällen. Ich sage lediglich: Wenn ich tatsächlich der Messias sein sollte, so weiß ich es nicht. Heilige Worte darf man nicht einfach so obenhin sagen. Ein Messias ist ein Thronfolger Davids; welchen Anlaß sollte ich oder wer auch immer haben zu glauben, daß gerade ich dieser Nachfolger bin?«
»Immerhin bist du aus dem Stamme Davids«, gab Judas zu bedenken.
»Ihr schließlich auch«, wandte Jesus ein.
»Und du, wartest du auf den Messias?« fragte Simon.
»Zu jeder Zeit kann sich Gottes Wille offenbaren. Aber der wirklich Gläubige braucht nicht erst außergewöhnliche Zeichen, um seine Gläubigkeit zu zeigen. Ja, einerseits warte ich auf den Messias, andererseits aber auch wieder nicht.«
Selbst die Kinder waren still geworden.
»Und deine Gefährten, folgen sie dir um deiner selbst willen oder weil sie in dir den Messias sehen?« wollte Justus wissen.
»Sie folgen dem, der das Wort Gottes spricht. Alles andere ist ihre Sache.«
»Wird es in deiner Schar auch Frauen geben?« fragte Maria.
»Die Lebensgefährtinnen des Mannes müssen nicht zurückstehen.«
»Frauen!« murmelte Simon.
Jesus sah ihn kopfnickend an. Ja, Frauen.
Sie erhoben sich, das Essen stand bereit. Jesus bat darum, daß Maria neben ihm sitzen dürfe. Er sprach die Gebete. Dann erhob sich sein Bruder Simon, um dem Herrn für den Segen zu danken, der ihnen durch die Rückkehr seines Bruders Jesus zuteil geworden sei. »Jesus ist

nun ein heiliger Mann«, sagte Simon, »Dein Licht weise ihm den Weg, auf dem wir ihm folgen werden, damit Dein Wille geschehe.«
Ein heiliger Mann. Eine vorsichtig und diplomatisch gewählte Bezeichnung war das. Man gestand ihm einen besonderen Status zu, nicht jedoch den des Messias, noch nicht. Mit seinem undurchdringlichen Blick beobachtete er seine vier Brüder. Welcher wohl?... Vielleicht würde er es nie erfahren.
Er erzählte Maria von seinen Reisen. Sie stellte ihm viele Fragen über die Essener. Warum er sich wieder von ihnen getrennt habe? »Es sind doch schließlich fromme Männer«, meinte sie.
»Die Frömmigkeit nützt vor allen Dingen jenen, die ohne Glauben sind«, antwortete er, »und die Furcht ohne Ende steht genau im Widerspruch zum Frieden des Herrn.«
Alle verstummten sie, während er sprach, begierig, seine Worte in sich aufzunehmen und sie in sich wirken zu lassen. »Muß man den Herrn denn nicht fürchten?« fragte Jakobus.
»Ein aufrecht gehender Mensch geht den Weg des Herrn, weshalb sollte er ständig zittern?« Sie wandten ein, daß vielleicht gerade die Furcht ihn aufrecht gehen lasse. Nein, die Weisheit sei es, war seine Antwort. Die Gefährten, vor allem Andreas, schienen immer stärker verunsichert; man überschüttete sie mit Fragen über dies und das, es war, als hätte sich ein Teil von Jesus' Ansehen auf sie übertragen.
Hinter dem Haus blühten die Mandelbäume, und ihr Duft schlich sich von draußen herein. »Du bringst uns den Frieden«, stellte Maria fest. »Es ist das erstemal, daß ich den Duft der Mandelbäume rieche.«
Nach der Mahlzeit verteilten die Frauen die Reste an die Aussätzigen, die auf der Straße warteten.
An diesem Abend schlief Jesus schnell ein. Er träumte, daß er in einem Kornfeld stand, dessen Ähren sich unter seinen Händen neigten. Nein, nicht unter seinen Händen; unter dem Wind.

III.

Eine Seherin in Sebaste

Zwei oder eher drei Männer hatten sich spontan dazu entschlossen, ihm zu folgen; es würde gewiß nicht lange dauern, und andere würden sich ihnen anschließen. Wenn er sprach, verstummte alles um ihn her, nein, mehr noch, man hörte ihm andächtig zu und sah zu ihm auf. Also hieß es nunmehr reden und immer wieder reden. Ein anderes Mittel, dieses träge Volk wachzurütteln, gab es nicht. Und nicht zu rezitieren oder irgend etwas herzubeten galt es, nein, sprechen mußte er zu ihnen, Die Rabbiner ergingen sich in Rezitationen, ihre Worte kannte man zur Genüge.

Wenn ich Rabbiner geworden wäre, überlegte er, würde auch ich sicherlich zum Rezitieren oder gar Schwafeln neigen.

Wo aber beginnen? Nicht in Judäa jedenfalls. Jerusalems Einfluß war hier zu groß. Im Handumdrehen würde man ihn zum Schweigen bringen. Er mußte im Norden, mit Galiläa, beginnen, das er von allen Provinzen am besten kannte, und auch weil der Schatten der dem Tempel angehörenden Sadduzäer und Pharisäer wie auch der des Herodianischen Hofes nicht so weit reichte. Dann erst wollte er sich Jerusalem nähern. Und danach? Er wußte es nicht. Der Pfad war recht schmal, der zwischen einer bewaffneten Revolte der Zeloten und dem gefügigen Gehorsam Jerusalem gegenüber hindurchführte. Wie auch immer, der Klerus jedenfalls würde sich darüber klarwerden müssen, daß seine Macht geschwunden war. Je nachdem, wie sich der Konflikt entwickelte, würde er sein taktisches Vorgehen darauf abstimmen müssen. Daß es womöglich zu Gewaltanwendung kommen könnte, daran bestand für ihn kaum Zweifel.

Philippus hatte sich entschlossen, sich Simon und Andreas anzuschließen. Ob aus Überdruß, Kampflust oder Erleuchtung, wer vermochte das schon zu sagen?

Zwei Tage später brachen sie auf. Die Brüder hatten Jesus ein Maultier, Proviant und etwas Geld gegeben. Und von seiner Mutter erhielt er ein Geschenk, an dem sie seit Jahren gesessen hatte: ein Gewand, das ohne jede Naht aus einem einzigen Stück Stoff gefertigt war. Lydia streifte ihm neue Sandalen über die Füße. Eigentlich kannte sie ihn kaum und liebte ihn nur um des Andenkens ihres gemeinsamen Vaters willen. Und Lysia? Errötend erklärte sie, die linke Sandale sei ihr Geschenk für ihn, die rechte Lysias. Er mußte lachen, worauf die beiden Schwestern noch mehr erröteten und verlegen mitlachten, obwohl es ihnen, ohne daß sie wußten, wie und weshalb, eher nach Weinen zumute war. Und tatsächlich, da stahlen sich auch schon Tränen aus den Augenwinkeln.
Zuletzt verabschiedete er sich von Maria.
»Ich bin stolz«, sagte sie.
Am frühen Nachmittag erreichten sie Jerusalem, wo sie übernachten wollten. Weiter sollte die Reise dann gehen über Bet-El nach Sichem, Samaria (oder Sebaste, wie die Stadt auch genannt wurde), En-Gannim, Nain, Tiberias, Magdala, Kafarnaum ... Sie gingen in einer Herberge etwas essen, wo sie auch zwei freie Zimmer für die Nacht fanden. Plötzlich trat ein Mann in die Gaststube und bat um Essig, um sich eine Wunde an seinem Bein reinigen zu können. Überrascht rief Jesus ihn an; es war einer von Jokanaans Gefährten. Er lud ihn ein, sich an ihren Tisch zu setzen und mit ihnen zu essen, und fragte ihn nach dem Grund seiner Anwesenheit in Jerusalem. Verstört oder vielleicht auch nur zerstreut, antwortete der Mann, er habe wegen seiner Verletzung dem Meister nicht weiter folgen können. Unablässig betrachtete er die tiefe Schnittwunde an seinem Bein, die sich entzündet hatte; bereits der halbe Unterschenkel war mit flammender Röte überzogen.
»Folgen? Wohin?« fragte Jesus.
»Das weißt du nicht? Er hat beschlossen, nach Samarien zu gehen, um dort die Ankunft des Messias zu verkünden.«
Spielte er den Ahnungslosen, der nicht wußte, daß es sich bei dem besagten Messias um ebenjenen Mann handelte, mit dem er gerade ungeniert sprach? Doch was mußten das für Schüler sein, die den Überzeugungen ihres Meisters so gleichgültig gegenüberstanden? Jesus hörte auf zu essen und starrte den Mann an. Als dieser den forschenden Blick auf sich ruhen fühlte, wandte er Jesus den Kopf zu und sah ihn nahezu herausfordernd an.

»Das bist du, der Messias, nicht wahr?« Er deutete mit einer Kinnbewegung zu Jesus hin.
»Aber du glaubst es offenbar nicht.«
»Wir dachten immer, Jokanaan selbst sei es.«
Der Wirt brachte den Essig. Jesus bat, sich die Wunde ansehen zu dürfen, und wies den Wirt dann an, einen heißen Breiumschlag aus Leinsamenöl und Mehl zu bereiten. Dem fügte Jesus noch ein wenig Honig hinzu, um das Ganze dann eigenhändig auf die Schnittwunde zu legen und das Bein zu verbinden, wobei er dem Mann dringend riet, so lange im Bett zu bleiben und das Bein ruhigzustellen, bis die entzündliche Röte zurückgegangen sei, und es dann noch drei Tage lang mit Wegerichumschlägen zu behandeln. Andreas, Simon und Philippus beendeten ihre Mahlzeit in verwirrtem Schweigen.
»Wo hast du das alles gelernt?« wollte Philippus schließlich wissen.
»Auf meinen Reisen. Es ist sehr nützlich, nicht nur Heilmittel für die Seele, sondern auch für den Körper zu kennen. Ein Mann mit einem verletzten Bein ist ebensowenig fähig, das Wort des Herrn in sich aufzunehmen, wie ein Betrunkener.«
Jokanaans Schüler schien unbeeindruckt.
»Unser Körper gehört doch dem Bösen, oder nicht?« fragte er. »Ist er nicht der Sitz der Begierde, bis er zu dem der Verwesung, der Quelle aller unreinen Körperflüssigkeiten, wird? Müssen wir ihn denn nicht züchtigen, um ihn so rein wie möglich zu halten?«
»Hast du dir schon einmal überlegt, wie viele gesunde Menschen fromm sind, und wie viele Kranke gottlos?« gab Jesus zurück. »Ja? Hast du das? Glaubst du etwa, ein brandiges Bein würde dir den Weg zum Heil verkürzen? Meinst du nicht, daß Jokanaans Taufe auch die Reinigung des Körpers von seinen Übeln bezweckt? Und glaubst du, daß ein kranker Körper der Geisteskraft zuträglich sein kann?«
»Ja, aber wenn der Körper vom Bild der Sinneslust gequält wird?« fragte der Mann in fieberhafter Erregung.
»Ein gesunder Mann, der verheiratet ist und seine Frau begehrt, trägt keinerlei Schuld, sonst wären Moses und David als Ausbund der Lasterhaftigkeit zu bezeichnen gewesen, und du, du würdest die Sünde begehen, über deine Vorfahren zu urteilen und sie für sittenlos zu halten«, antwortete Jesus. »Hüte dich vor den Listen des Bösen, der uns glauben machen will, wir seien Engel!«

»Und wenn man nicht verheiratet ist?« wollte der andere weiter wissen.
»Wer unfähig ist, seine Natur zu zügeln, sollte nicht ledig bleiben.«
Der Mann senkte den Kopf, nahm den Schwanz des gegrillten Fisches, der auf seinem Teller übriggeblieben war, und kaute ganz langsam und nachdenklich darauf herum. Dann stand er auf. »Du hast zwar vielleicht mein Bein geheilt, aber meinen Schritt hast du verunsichert«, meinte er mit einem bösen, verkniffenen Lächeln, während er sich auf sein gesundes Bein stützte. »Wer sagt mir denn, daß du nicht selbst eine List des Bösen bist?«
Jesus zuckte mit den Achseln. Dann schenkte er sich Wein ein.
Doch Jokanaans Schüler wollte sich so nicht zufriedengeben: »Du hast meinem Meister gesagt, daß du nicht der Messias bist. Wer also bist du?«
»Ein Mann im Dienste des Herrn.«
»Dann«, folgerte der Mann, »steht mein Meister über dir, und du bist nicht mehr oder weniger als ich, denn stehen wir nicht schließlich alle im Dienste des Herrn? Und was können Leute wie wir schon ausrichten ohne einen Messias? Ohne einen Mann wie Jokanaan? Nichts, gar nichts!«
»Eine Unverschämtheit sondergleichen ist das!« schrie Philippus.
Der andere maß ihn mit einem ironischen Blick.
»Sieh mal«, lenkte Jesus ein, »es gibt einen Unterschied zwischen einem erwachsenen Mann und einem Kind. Während der Erwachsene die Gesetze der Natur, so wie sie der Herr erschaffen hat, kennt und durchschaut, wundert sich das Kind, weshalb die Rebstöcke im Winter keine Trauben hervorbringen und warum Schafe keine Eier legen. Die Kinder warten immer auf Wunder.«
»Was soll das heißen?« fragte der Mann und setzte sich wieder.
»Es hat scheinheilige Priester gegeben«, fuhr Jesus fort, »die glaubten, das Gesetz des Moses durch Wortspielereien verdrehen zu dürfen. Das hat Verbitterung und viel böses Blut hervorgerufen. Einige voreilige Männer sahen in den Römern die Verantwortlichen für all dies und glaubten das Problem zu lösen, indem sie hier und da einige Römerköpfe zertrümmerten. Das heißt, sie benahmen sich wie Kinder, die dem Tisch, an dem sie sich gestoßen haben, Fußtritte versetzen. Die Römer sind nicht schuld an der Scheinheiligkeit des Klerus. Dann

gab es da noch fromme Männer, die der Auffassung waren, daß der zürnende Allmächtige Palästina und die ganze Welt vernichten werde, so als würde Er sich in Seiner unendlichen Weisheit nicht anders als ein Marktschreier verhalten, der, weil er wütend ist, daß er nichts verkauft hat, seine Waren zusammenpackt und sich schlafen legt. Dein Meister Jokanaan und ich, wir haben unter diesen Männern gelebt, die das urplötzliche Ende der Welt erwarten. All das ist kindisch. Wir müssen erwachsen werden.«
»Was soll das nun wieder heißen?«
»Daß ein Messias eine solch wunderbare Lösung wäre, wie Kinder sie erwarten.«
»Willst du damit sagen, daß der Herr keine Wunder wirkt? Daß er keinen Messias schicken wird?«
»Kein Mensch kann wissen, was der Herr tun wird. Nein, ich meine damit, daß es, wenn jeder Mann und jede Frau auf ein Wunder warten, um den Herrn verehren zu können, täglich ein Wunder und in jeder Generation einen Messias geben müßte. Wunder ereignen sich nur nach dem unergründlichen Willen Gottes. Und das einzige tägliche Wunder ist der Glaube.«
Er schenkte dem Mann Wein ein.
»Und du«, fragte jener nachdenklich, »was gedenkst du zu tun? Herumziehen und predigen wie ein Rabbiner ohne Synagoge? Warum sollten dir die Leute Glauben schenken, wenn du ihnen nicht ein Zeichen göttlicher Kraft gibst wie Jokanaan, der sich während des Gebets in die Lüfte erhebt?«
»Das wird sich noch weisen«, entgegnete Jesus. »Im Orient wimmelt es von Magiern. Aber ich bin mir nicht sicher, ob sie auch nur eine einzige verirrte Seele zu Gott zurückgeholt haben.«
»Und ich, was soll ich deiner Meinung nach tun?«
»Wenn dein Bein geheilt ist, dann schließ dich wieder deinem Meister an.«
Der Mann erhob sich, nickte auf undurchdringliche Weise mit dem Kopf und ging. Simon, Andreas und Philippus schwiegen nachdenklich.
»Du gehst verdeckt vor«, sagte Philippus plötzlich mit geschlossenen Augen. »Es ist, als wolltest du uns sagen, daß wir nichts von dir zu erwarten haben, und doch ...«

Als er die Augen wieder öffnete, stand ein junger Mann an ihrem Tisch. Von magerem Wuchs war er, wie ein ausgedörrter Strauch, und in seinem ernsten Gesicht leuchteten einzig die Augen. »Verzeih«, sprach er Jesus an. »Ich habe das Gespräch zwischen dir und diesem Mann mit angehört. Und mir ist klargeworden, daß du derjenige bist, von dem ich seit Wochen reden höre. Kann ich mich euch anschließen? Ich heiße Natanael.«
»Was machst du in deinem Leben, Natanael?«
»Wenn man das als Beruf bezeichnen kann«, sagte Natanael lächelnd, »dann bin ich Sohn eines Rabbi. Aber eigentlich sollte ich Kaufmann werden. Ich habe bereits einen Bruder, der Rabbi ist.«
»Warum willst du uns folgen?«
»Dir will ich folgen«, präzisierte Natanael. Sein Blick wanderte melancholisch über den Tisch. Jesus schenkte ihm Wein ein. »Ich habe dich reden hören«, meinte er endlich, »du bist die Freiheit. Noch nie habe ich jemanden wie dich reden hören. Und was du gesagt hast, habe ich noch nirgendwo zu hören bekommen. Ich weiß nichts aus meinem Leben zu machen, was mich befriedigen würde. Und es ist lange her, daß mich Worte, wie ich sie vorhin von dir gehört habe, so im Innersten getroffen haben.«
»Und das wäre?« fragte Jesus.
»Daß wir erwachsen werden müssen.«
Da war eine Glut, die nur darauf wartete, geschürt zu werden. »Ich kann dich natürlich nicht daran hindern, mit uns zu gehen. Vielleicht wirst du enttäuscht sein. Doch in jedem Fall bist du uns willkommen. Dies hier sind Andreas, Simon und Philippus.«
Nun waren sie also zu fünft, als sie am nächsten Tag die Grenze nach Samarien überschritten. Erst in der Nacht erreichten sie Sichem, das von manchen auch Sychar genannt wurde.
»Sychar«, brummte Simon belustigt. Er mußte an den abgedroschenen Witz über diese samaritische Stadt denken, in dem ihr Name angeblich mit dem gleichlautenden aramäischen Wort verwechselt wurde, das soviel bedeutete wie Trunkenheit. »Sychar, Stadt der Trunkenbolde!«
»Na, na«, tadelte Jesus lächelnd, »ihr Gott ist auch der unsere, selbst wenn sie Ihn nicht auf dieselbe Art und Weise verehren.«
»Die Samariter!« brummte Simon trotzdem weiter. »Weißt du denn

nicht, daß ein Stück Brot, das von einem Samariter stammt, unreiner ist als Schweinefleisch?«
»Ich habe beides gegessen, Schweinefleisch und Brot von Samaritern«, entgegnete Jesus ungehalten über eine solche Anwandlung von Intoleranz. »Sei doch nicht noch fanatischer als die Priester im Tempel!«
»Meister! Du hast Schweinefleisch und Samariterbrot gegessen und wagst das auch noch laut zu sagen?« rief Andreas entgeistert aus. Natanael und Philippus hatten dieses Geständnis eines im »Deuteronomium« aufgeführten Vergehens, des Verzehrs von Fleisch unreiner Tiere, eher ungerührt aufgenommen.
»Schweinefleisch war früher verboten, weil die Aufzucht dieser Tiere zu teuer kommt. Sie gehen nicht auf die Felder, um dort wie die Tiere, die zum Essen freigegeben sind, zu weiden, sondern müssen mit Getreide gefüttert werden. Und das ist auch der Grund, weshalb die Ägypter ebenfalls den Verzehr von Schweinefleisch zu unterbinden suchen.«
»Und Brot von Samaritern!« murmelte Andreas fassungslos. Philippus erkundigte sich unterdessen bei einem Vorübergehenden nach einer Herberge, die nach Möglichkeit von einem Griechen oder Syrier bewirtschaftet sein sollte.
»Jetzt reicht es aber!« brauste Jesus auf. »Ihr würdet lieber im Haus eines Heiden übernachten als in dem eines samaritischen Juden, nur weil eure Väter und die Väter eurer Väter mit den Samaritern Streitereien gehabt haben!«
Nun wandte er sich an den Angesprochenen und erklärte ihm, es habe da ein Mißverständnis gegeben, und sie suchten eine von einem Samariter geführte Herberge.
»In der Parallelstraße zu dieser hier findet ihr eine«, war die Auskunft des Mannes.
Mit energischen Schritten ging Jesus den vieren voran. Sie folgten ihm nur widerstrebend, aber da sie sich nun einmal zu ihm bekannt hatten …
Der Herbergswirt deckte einen Tisch für sie. Immer noch schimpften Andreas und Simon leise vor sich hin, daß sie keinen Bissen samaritischer Speisen essen wollten. »Im Jahr, als ich geboren wurde«, sagte Andreas grimmig, »haben sie den Tempel entweiht, indem sie am Vor-

abend des Passah-Festes Totengebeine in das Allerheiligste geworfen haben. In jenem Jahr ist das Passah-Fest ausgefallen.«
»Der Tempel ist so oder so der Sitz der Sünde«, antwortete Jesus und trank seinen ersten Schluck samaritischen Weins.
»Hast du eigentlich vor, das Wort Gottes zu predigen, indem du den Leuten sagst, daß du Schweinefleisch gegessen hast und daß die Samariter gute Juden sind?« fragte Simon. »Man wird dich steinigen und uns gleich mit.«
»Mitgefangen, mitgehangen«, erwiderte Jesus ungerührt. Tatsächlich aß er allein, während die anderen sich mit Datteln und Wein begnügten.
Als er seinen leeren Teller von sich schob, kam der Wirt an seinen Tisch und beugte sich zu ihm hinunter, um ihm aufmerksam ins Gesicht zu sehen. »Wie ist es möglich, daß sich ein Jude dazu herbeiläßt, mein Brot zu kauen, ohne es wieder auszuspucken? Ich habe gehört, was deine Begleiter gesagt haben und auch, was du ihnen geantwortet hast. Wie kommt es, daß du so anders denkst?«
»Vielleicht, weil ich mir den Spruch gemerkt habe, der besagt, daß der Herr denjenigen verabscheut, der einen Streit zwischen Brüdern hervorruft.«
»Ja, sind wir denn plötzlich Brüder?«
»Haben wir nicht denselben Gott?«
Der Wirt wischte nachdenklich den Tisch ab. »Und weshalb haben wir uns dann überworfen?« murmelte er vor sich hin.
»Wegen nichts als ein paar Worten«, antwortete Jesus. »Und weil die einen wie auch die andren glaubten, Gott zu ihrem alleinigen Eigentum machen zu können. Das heißt, weil wir auf beiden Seiten überheblich waren.«
»Und du meinst, jetzt sind wir es nicht mehr?«
»Vielleicht ist es Zeit, daß wir uns endlich darüber klarwerden, daß uns weder Gott noch seine Worte gehören.«
Andreas, Simon, Philippus und Natanael verfolgten mit Unbehagen das Gespräch.
»Und du hast Schweinefleisch gegessen«, fuhr der Wirt nun fort.
»Ja, ich habe Schweinefleisch gegessen.«
»Du warst sicher betrunken?«
»Keinesfalls. Ist das Schwein nicht auch ein Geschöpf Gottes? Sollte Er es etwa nur zum Nutzen der Römer erschaffen haben?«

Der Wirt verschränkte die Arme und wandte sich diesmal an alle fünf: »Was ist los in Palästina? Da tut sich doch was! Ein Eremit namens Jokanaan verkündet überall, der Messias sei gekommen und Jesus hieße er. Ein vernünftiger und jüdischer Mann erzählt mir, daß er Schweinefleisch gegessen hat, und ich nehme nicht einmal Anstoß daran. Ich möchte nur wissen, was das alles soll!« Er hob die Arme und ließ sie auf seine Oberschenkel fallen.

Jesus dachte lange über diese Frage nach. Die Juden waren unruhig geworden, das war die ganze Erklärung. Als er vom Waschraum zurückkam, wo er sich gründlich gesäubert hatte – die Straße war sehr staubig gewesen –, fand er Natanael im Schlafraum mit gesenktem Kopf an der Wand lehnend vor.

»Der Waschraum ist hinten im Hof«, sagte er zu ihm.

Natanael hob den Kopf und sah ihn traurig an. »Ich muß wieder gehen«, sagte er.

»Und warum?«

»Du bringst mich völlig durcheinander. Alles, woran ich immer geglaubt habe, veränderst du. Auf diese Art und Weise werde ich noch verrückt.«

»Vorhin hast du mir gesagt, ich sei für dich die Freiheit. Ich vermag dich also nicht aufzuhalten. Nur eins möchte ich dir sagen: Für die Freiheit muß man bezahlen. Nicht der Wahnsinn ist es, vor dem du Angst hast, sondern die Aussicht auf die Freiheit.«

»Und ich fühle es jetzt schon, daß du selbst da nicht haltmachen wirst. Überall wird sich alles ändern, sobald du auftauchst. Du hast einen solch klaren Verstand!« Er gestikulierte wild mit der Hand, um diese letzten Worte zu unterstreichen. »Genauso wie mich wirst du auch dieses ganze Land in Verwirrung stürzen.«

»Demnach verwirrt also Klarheit die Leute«, bemerkte Jesus, während er sich die frischgewaschenen Haare im Nacken mit einer dünnen Schnur zusammenband. »Daran hatte ich noch nie gedacht.«

»Siehst du!« rief Natanael aus. »Du begreifst sogar die Widersprüchlichkeit sofort!« Er stieß sich von der Wand ab und schüttelte den Kopf. »Und trotzdem weiß ich, daß ich es mein Leben lang bereuen würde, wenn ich jetzt fortginge!«

Welch große Leidenschaft und Unsicherheit doch aus ihm sprach!

»Nun bist du mir böse«, meinte Natanael.

»Nein.«
Natanael ließ sich Jesus zu Füßen nieder. »Selbst wenn ich es wollte, ich könnte nicht fortgehen«, gestand er. »Aber ich habe tatsächlich Angst, alles neu in Frage zu stellen.«
»So solltest du dich nicht schlafen legen, staubbedeckt, wie du bist«, sagte Jesus sanft zu ihm. »Und was deine Angst betrifft, säe dein Korn noch am Morgen aus, solange Zeit dazu ist, und scheue keine Mühe bis zum Abend, denn du weißt nicht, ob dieses Korn oder jenes dort keimen wird, vielleicht aber auch alle beide zugleich.«
Natanael ging sich waschen. Als er zurückkam, schlief Jesus bereits.

Am nächsten Tag waren sie in Sebaste, der ehemaligen Hauptstadt, die unter Herodes dem Großen nach römischem Muster wiederaufgebaut worden war. Ein Stadtbild, das zahlreichen anderen Städten der Dekapolis sehr ähnelte.
»Ist das dort ein Tempel?« wollte Natanael wissen, der die Städte im Norden Palästinas nicht kannte.
»Nein, ein Hippodrom.«
»Was ist ein Hippodrom?«
»Ein kreisförmiges Gelände, auf dem die Römer Pferderennen veranstalten. Sie schließen dabei Wetten auf die Pferde ab, und dem Gewinner winkt ein schöner Preis.«
»Kann ich auch wetten?« fragte Philippus.
»Was?« entrüstete sich Simon.
»Und das da, das dürfte doch wohl ein Tempel sein?«
»Nein, es ist ein Stadion, wieder ein anderes Gelände, auf dem die Athleten zeigen, was sie können.«
»Gibt es auch jüdische Athleten?« fragte Natanael.
»Lasterhafte Verderbnis ist das!« ereiferte sich Simon erneut.
»Warum lasterhafte Verderbnis?« fragte Jesus.
»Der Körper … der Körper …« stotterte Simon.
»Der Körper, ja und?« entgegnete Jesus. »Womit bestellen wir denn die Felder und fischen im Meer? Wodurch hat unsere Rasse fortbestehen können, hm?«
Simon und die anderen blieben mit verstörten Gesichtern stehen. »Aber … der Körper … die Heiden … die Statuen …« protestierte Simon, mehr und mehr ratlos.

»Ist er uns nicht vom Herrn selbst gegeben worden? Hat Er uns etwa befohlen, ihn zu verachten? Wenn die Heiden auch regelrecht ihren Götzendienst damit treiben – und selbst da wäre ich vorsichtig mit einem übereilten Urteil, denn was wissen wir schon darüber? –, wenn dem nun so wäre, ist das gleich ein Grund, so zu tun, als gäbe es ihn gar nicht?«
Sie setzten sich wieder in Bewegung, ganz in ihre Grübeleien versunken.
»Aber warum malträtiert dann Jokanaan seinen Körper so sehr?« fragte Andreas.
»Jokanaan ist nicht mehr Herr seiner selbst«, antwortete Jesus. Doch die Frage war durchaus berechtigt.
»Und das hier, das muß aber nun endlich ein Tempel sein«, meinte Philippus und deutete auf ein Gebäude an einem kleinen Hügel westlich von ihnen, über dem ein Turm aufragte.
»Nein«, erklärte Jesus lächelnd, »das ist der alte Palast des Königs Omri.«
»Ja, gibt es denn gar keine Tempel in dieser Stadt von Ungläubigen?« wunderte sich Simon.
»Dort drüben zum Beispiel ist schon einer«, sagte Jesus, »aber es ist eine Synagoge.« Dabei wies er auf ein Gebäude römischen Baustils.
»Mit einer nackten Männerstatue davor«, empörte sich Simon wieder.
»Wer war König Omri?« wollte Natanael plötzlich wissen.
»Ein großer König, der die Philister besiegt hat und dem zu Ehren sich Israel Generationen hindurch ›Haus Omri‹ genannt hat. Das war, noch bevor wir mit den Samaritern über Kreuz geraten sind. Ach ja, da wir gerade bei dem Thema sind – habt ihr nun eigentlich vor, weiterzufasten und euch von altbackenem Brot zu ernähren, oder wollt ihr schließlich doch einsehen, daß jedes Brot ein Geschenk des Herrn ist? Außerdem darf ich euch daran erinnern, daß dies das Land ist, in das auch Jokanaan kam, um hier zu predigen und zu taufen.«
Sie drucksten verlegen herum. »Na gut, ihr Brot will ich essen, aber Schweinefleisch rühre ich gewiß nicht an!« meinte Simon endlich.
»Wenn man ihr Brot ißt, muß man ja nicht unbedingt gleich mit ihnen reden«, überlegte Andreas laut.
»Ja, weil wir natürlich etwas Besseres sind als sie, nicht wahr?« brummte Jesus verärgert.

Auf der Suche nach einer Herberge gingen sie eine breite Straße hinunter, als sie plötzlich auf eine Gruppe von zwei bis drei Dutzend Leuten stießen, die um einen auf dem Boden liegenden Mann herumstanden. Der Mann hatte die Augen verdreht, sein Gesicht war aschfahl.
»Er ist tot«, sagte jemand, »wir müssen den Rabbi rufen.«
»Das ist ein Grieche, man muß nach den Bütteln schicken«, meinte ein anderer.
»Aber nein«, fiel ein dritter ein, »das erkennt doch jedes Kind, daß der hier ein Phönizier ist. Seht ihr denn nicht, wie er den Bart trägt?«
»Ob nun Grieche oder Phönizier«, sagte eine Frau, »ihr werdet ihn doch wohl nicht hier liegenlassen wollen, bis die Geier kommen?«
Jesus beugte sich über den Mann. Er bemerkte eine goldene Kette an dessen Hals, und als er sie unter seinem Gewand hervorzog, tauchte ein an ihrem Ende befestigter Gebetsriemen auf. Er legte das Ohr auf die Brust des Mannes. Sein Herz schlug noch, wenn auch sehr schwach.
»Der da ist kein Jude«, bemerkte einer der Gaffer böse, »seht nur, wie er die Leiche anfaßt! Daß er mir nachher nur nicht zu nahe kommt! Am besten, ihr haltet ihn euch vom Leib.«
Jesus kniff den Mann an einer bestimmten Stelle ins Ohr, dann drückte er ihm beide Daumen fest in die Augenhöhlen, unmittelbar oberhalb der Augen. Der Mann bewegte den Kopf und hob eine Hand. In der Menschenmenge, die mittlerweile immer mehr angewachsen war, erhob sich ein Raunen der Verwunderung.
»Ein Wunder!« rief eine Frau aus.
»Ein Wunder! Ein Wunder!« wiederholten die anderen.
»Kann mir wohl jemand helfen, diesen Mann hier in den Schatten zu setzen?« fragte Jesus in die Runde. Sogleich eilten Simon, Andreas, Philippus, Natanael und auch einige andere herbei, die sich zuvor in wohlweislich sicherer Entfernung zu der vermeintlichen Leiche gehalten hatten. Man setzte den Mann auf einen Stuhl vor einem Laden. Jesus bat die Leute, etwas zurückzutreten, damit der so wundersam Geheilte freier atmen konnte.
»Er hat einen Sonnenstich abbekommen«, erklärte Jesus und verlangte nach einem mit kaltem Essigwasser getränkten Tuch und einem Krug Wasser. Der Mann, der nun die Augen geöffnet hatte, wirkte sehr elend. Jesus flößte ihm reichlich Wasser ein und legte ihm

das feuchte Tuch über den Kopf. »Wohnst du hier in der Nähe?« fragte er den Mann.
Ein Kopfnicken unter dem Tuch war die Antwort.
»Dann laß dich von jemandem nach Hause begleiten und leg dich dort bis morgen ins Bett. Die Umschläge mit Essigwasser wiederholst du am besten, bis du wieder auf die Beine kommst. Und trink viel Wasser.«
Zwei der Herumstehenden halfen dem Mann hoch und machten sich mit ihm behutsamen Schrittes auf den Weg. Währenddessen hatten die Leute begonnen, sich in allen erdenklichen Mutmaßungen über Jesus zu ergehen: Gewiß war das ein Magier, nein, ein großer phönizischer Heilkundiger, nein, nein, ein Prophet war er. Die Augenzeugen erklärten den Neuankömmlingen, daß sie gesehen hätten, wie ein Mann wieder zum Leben erweckt worden sei. Sie schworen, daß dieser Mann da einen Toten der Ewigkeit entrissen habe. Bald herrschte aufgeregtes Durcheinander, und als die Büttel endlich eintrafen, rissen sich bereits zwanzig Personen darum, als Zeugen aussagen zu dürfen. Da begann eine Frau – sicherlich dieselbe, die die Idee mit dem Wunder aufgebracht hatte – plötzlich zu kreischen: »Es ist der Messias! Der Messias ist unter uns! Gepriesen sei der Herr!«
Nichts wie weg, hieß es jetzt. Jesus stürzte in die gegenüberliegende Werkstatt eines Schusters, der das Geschehen mit verfolgt hatte und nun offenen Mundes dastand. »Schließ die Tür!« bat Jesus, dem die Menge auf den Fersen war.
»Bist du wirklich der Messias?« fragte der Schuster, den die Vorstellung weit mehr faszinierte, hier einem Fabelwesen – auch wenn es der Vorbote des Endes der Zeiten war – gegenüberzustehen, als der Gedanke, einem Fremden aus der Klemme helfen zu müssen.
»Ich bin nicht der Messias«, antwortete Jesus ungeduldig. »Schließ doch endlich die Tür und sag mir, ob es hier einen zweiten Ausgang gibt, den man von der Werkstatt aus nicht sehen kann.«
Die Menschenansammlung draußen auf der Straße artete allmählich in regelrechten Aufruhr aus.
»Ganz am Ende, im hinteren Raum ist eine Tür«, gab der Schuster zur Antwort. »Und sie sagen wirklich alle, daß du der Messias bist?«
»Möge der Herr dir an meiner Stelle antworten«, rief Jesus noch über die Schulter, bevor er in die angegebene Richtung davonstürzte.

»Im Namen Gottes, segne mich!« schrie der Schuster. »Einen Segen, nur einen, ich flehe dich an!«
»Ich segne dich!« brüllte Jesus zurück, während er eilig die Tür hinter sich zuschlug.
Der Schuster aber kniete am Boden, wo er Gefahr lief, von der hereinströmenden Menge niedergetrampelt zu werden, und schlug sich jubelnd an die Brust: »Der Messias hat mich gesegnet!«
Die Tür führte auf ein Gäßchen hinaus. Jesus drückte die erstbeste Tür auf, die sich ihm bot, und zog sie hinter sich zu. Er hörte, wie die Menge auf der Suche nach ihm in die Gasse strömte und »Messias! Messias! Wo bist du?« schrie. Manche jammerten: »Gib uns doch ein Zeichen, im Namen des Herrn!« Sie polterten an alle Türen des Gäßchens. Er bekam es mit der Angst zu tun, denn über kurz oder lang mußten sie ihn finden. »Er ist zum Himmel aufgefahren!« rief einer, und ein anderer: »Der Tag ist gekommen! Der Tod ist besiegt! Bereut eure Sünden, denn der Tag ist gekommen! Der Messias weilt unter uns!«
Jesus wich zurück in den dunklen Flur und sah sich nach einem sicheren Unterschlupf um. Da tauchte plötzlich am Fuße einer Treppe eine verschleierte Gestalt auf. Fast bedrohlich wirkte sie im Gegenlicht des Fensters hinter ihr. »Willkommen in meinem Haus«, sagte sie endlich. Es war die Stimme einer älteren Frau, die nur gebrochenes Aramäisch sprach. »Es ist bei mir nicht üblich, daß meine Besucher lange um Einlaß bitten müssen. Und wenn du nichts dagegen hast, mit einer dir unbekannten Frau zu sprechen, dann komm doch herauf, um dich ein wenig auszuruhen.«
Als er näher trat, drehte sie sich um und stieg die Treppe hinauf. Im oberen Stockwerk angelangt, wandte sie sich ihm erneut zu. Es ließ sich nur noch erahnen, daß sie in jungen Jahren einmal eine Schönheit gewesen sein mußte. Ihr Gesicht war faltenzerfurcht, ihre mit Ringen bedeckten Hände ausgedörrt und hager. Aber so klein und vom Leben gezeichnet sie auch war, ihre ganze Haltung zeugte ohne Frage von der Autorität, die sie in ihrem Leben ausgeübt hatte.
»Du bist Jesus, nicht wahr?« sagte sie, während sie, ohne eine Antwort abzuwarten, ihrem Besucher in einen großen Raum voranging, dessen Mobiliar aus etlichen Diwanen bestand und dessen Wände mit gestickten Wandbehängen und Leopardenfellen bedeckt waren.

Der gesamte Raum jedoch wurde beherrscht von dem Standbild einer Frau mit stolzen Gesichtszügen, deren Nacktheit von einer Vielzahl von Brüsten gewissermaßen verdeckt wurde. Zwei schwarze Sklavinnen schienen weniger in den Diensten der Hausherrin zu stehen als vielmehr in denen der Statue. Weihrauch und Sandelholz brannten unterhalb des Sockels, Blumen und Früchte lagen am Boden verstreut.

»Ich heiße Kadath«, sagte die Frau, während sie sich setzte, »und die Statue, die du eben betrachtest, stellt die große Göttin Astarte dar.« Sie bewegte ein Glöckchen, worauf eine dritte Sklavin, noch ein Kind, mit entblößtem Oberkörper erschien. Kadath wies sie an, ihnen Met und kandierte Früchte zu bringen. »Setz dich doch«, lud sie Jesus ein. Sie selbst ließ sich in die Kissen ihres Diwans zurücksinken und ordnete um sich her die Falten ihres mit einem dunklen Rankenmuster bedruckten Kleides. Es war aus Rohseide, wie Jesus bemerkte. Dergleichen hatte er schon einmal gesehen, sie wurde aus einem dicken Gewebe gewonnen, das man aus China bezog, zerfaserte und zusammen mit Flachsfasern neu verwebte. Welche Extravaganz und welch ausgeprägter Hang zum Luxus! Und doch wußte Kadath mit Sicherheit, daß nur noch der Tod für ihre Verführungskünste empfänglich sein würde. Was von ihrem Körper übriggeblieben war, verschwand in den geschickt zurechtgelegten Falten des Kleides. Jesus setzte sich steif in die Kissen seines Diwans. Ob sie wohl, wie Saphira, eine zu Wohlstand gelangte ehemalige Prostituierte war? Oder eine Kupplerin?

Sie schien seine Gedanken lesen zu können, denn sie meinte mit einem Anflug von Ironie in der Stimme: »Ich war Priesterin des Astartekultes. Hohepriesterin. Aber dieser Kult ist tot, obwohl die Göttin Astarte älter ist als dein Gott.«

»Ich danke dir für deine Gastfreundschaft, doch ich bin nicht gekommen, um mir irgendwelche Gotteslästerungen anzuhören.«

»Ich wollte weder deinen Gott schlechtmachen noch dich beleidigen«, sagte sie. »Die Götter werden geboren, leben und sterben wie Sterbliche, nur daß ihr Leben eben länger dauert.«

Dasselbe hatte der Ägypter damals bereits gesagt. War das nun eine sich gerade ausbreitende Idee oder aber die Weisheit, die aus ihr sprach?

»Hör mir gut zu«, fuhr sie fort, »denn auch wenn es anders scheint, bin ich nicht dein Gegner, und du nicht meiner. Jahrhunderte hindurch war die große Gottheit, die die Menschen verehrten, eine Frau, die Göttin der Fruchtbarkeit und des pflanzlichen Wachstums. Sie trug unterschiedliche Namen bei den verschiedenen Völkern, doch sie war überall dieselbe.« Mit ihren gichtigen Fingern wies sie dabei auf die Statue. »Astarte bei uns Phöniziern, Ischtar bei den Babyloniern und Assyrern wie auch bei den Akkadern, Anat in Ugarit und Ceres bei den Römern, die ewig schwangere und jungfräuliche Erdmutter! Ein Mann war es dann, der ihre Nachfolge antrat, ein gestrenger, alter Mann, weil die Götter immer nur unser eigenes Spiegelbild sind und weil die Menschen begonnen hatten, Kriege zu führen, weil das Schwert wichtiger geworden war als die Sichel und junge Menschen töricht sind, weil die Völker nach Männern verlangen, die ihr Wissen vermehren, was sie dann Weisheit nennen, und weil es die Alten sind, denen man Weisheit zuschreibt!«
Welch große Verbitterung! Hatte sie wirklich nur ein Leben gelebt? Oder waren es zehn nacheinander gewesen?
»Du bist jung«, sagte sie, und er merkte, daß ihr Blick glasig war, »doch obwohl die Dämmerung sich über sie senkt, wirst du sie vielleicht zu neuem Leben erwecken können.«
Die Sklavin trug ungelenk ein Tablett mit den gewünschten Getränken und Naschereien herein. Zuerst bediente sie ihre Herrin, dann den Gast. Jesus kostete vorsichtig von dem Met, konnte darin aber zu seiner Beruhigung keine Spur von einem Rauschmittel ausmachen.
»Woher weißt du meinen Namen?« fragte er.
»Ich habe von meinem Fenster aus alles mit verfolgt. Ich habe gesehen, wie der Mann ohnmächtig wurde, und ich habe dich kommen sehen. Ich habe beobachtet, wie du ihn geheilt hast und welche Fähigkeiten und Kenntnisse du besitzt. Zuerst dachte ich, du seist einer der Heilkundigen vom Toten Meer, dann aber erinnerte ich mich, daß ein anderer Heilkundiger namens Jokanaan die Ankunft eines von Gott gesandten Mannes ankündigt, der sich Jesus nennt. Nur du konntest das sein.« Sie lächelte, als verstünde sich diese Folgerung ganz von selbst. »Du bist schön«, bemerkte sie. »Es heißt, alle Heiler seien schön. Übrigens war es auch eine Frau, die den Aufruhr ausgelöst hat. Nichts als unterdrückte Begierden! Aber du bist nicht nur schön, du gehörst

auch zu jenen, die immer jung bleiben, weil sie ewige Söhne sind, während andere von frühestem Jünglingsalter an den väterlichen Typ verkörpern. Das ist dir neu, nicht wahr? Ein Mann ist entweder Sohn oder Vater, nichts sonst! Es gibt keine Brüder! Die Frau in mir hat es sofort gewußt, als ich dich von meinem Fenster aus sah, daß du ein Sohn bist. Du kannst meinen Met getrost trinken, es ist nichts beigefügt.«

»Söhne, Väter?« fragte er mit hochgezogenen Augenbrauen.

»Du weißt nicht, wer für den Typus des Vaters steht? Die Machtmenschen, die Hüter des Geldes, die Obersten der Stämme und die Vertreter des Glaubens. Jäger, Krieger, Priester, doch vor allem flachbrüstige Wesen, in deren Augen Frauen nur zu ihrem Vergnügen da sind oder um ihnen zu Nachkommenschaft zu verhelfen, oft auch beides. Und weißt du auch nicht, wer die Söhne sind? Sanft sind sie und bärtig wie junges Getreide, sie entziehen sich jeglichem Besitzanspruch und sind verliebt in die Liebe, ihre Haut ist glatt und zart wie die ihrer Mütter, und leidenschaftlich sind sie wie einst ihre Väter. Es sind Menschen, die von Männern gleichermaßen geliebt werden wie von Frauen. Ist dir aufgefallen, mit welchen Augen dich deine Gefährten betrachten? Wie Verliebte! Die Väter wollen, daß ihre Söhne wiederum Väter werden, doch die Söhne lehnen sie ab, die Waffen, Ländereien und Früchte der Ernte – sie lehnen sie ab, aus Furcht vor dem Altern! Du bist ein Sohn, die Liebe steht dir im Gesicht geschrieben, deine Augen haben die Farbe des Honigs und deine Lippen die des Weins. Bis an dein Lebensende wirst du ein Sohn bleiben.«

Das hatte der Ägypter nicht gesagt. Nur von einer Frau, einer alten Frau, konnte dergleichen kommen. Jesus' Gesichtszüge entspannten sich.

»Bist du ein Einzelkind? Oder war dein Vater sehr alt? Du ähnelst nämlich den jungen Männern, denen ich begegnet bin und bei denen das eine oder das andere der Fall war.« Sie ließ ihren Blick im Zimmer umherwandern. »Mein Leben neigt sich dem Ende zu«, sagte sie. »Der Tempel ist verfallen. Diejenigen, die meinem Glauben anhingen, sind längst an Altersschwäche gestorben. Ich habe das Standbild jener, der ich mein ganzes Leben lang gedient habe, hierher gebracht. Und da erst wurde mir klar, daß ich nur noch das besitze, was ich gegeben habe. Mein einziger Reichtum! Ich kann nur noch geben, vorausgesetzt, es fällt auf fruchtbaren Boden, und du bist fruchtbarer Boden. Laß dir sagen: Du wirst die Menschen bezaubern, und du wirst gehaßt werden. Die Macht befindet sich in den Händen der Väter, und diejenigen, die den Sohn in dir nicht leiden können, werden auch den Rebellen in dir hassen. Denn du bist ein Rebell! Und was für ein Rebell, Jesus! Du wirst den unwürdigen Vätern das Messer in die Brust stoßen! Scharfsinn und Heißblütigkeit sind in dir wie Mehl und Hefe vereint. Auch geheime Türen hast du schon geöffnet. Deine hohlen Wangen verraten es mir, deine tiefliegenden Augen und deine starke Ausstrahlung. Du hast Trancezustände erlebt.«

Welch unglaubliches Wissen diese Frau doch hatte.

»Habe ich etwa nicht recht?« fragte sie.

Er antwortete nicht.

»Hast du von heiligen Pilzen gegessen?«

»Nein, das ist eine andere Art von Reise«, meinte er. »Rauschmittel helfen nur, die Dämonen zu erkennen, die uns beherrschen, und uns gewissermaßen nicht in uns selbst zu verschließen. Die Entrückung im Gebet darfst du nicht mit anderen Trancezuständen vergleichen. Aber sag mir, welchen Zusammenhang siehst du zwischen mir und deiner Göttin?«

»Als ich dich vor der Menge flüchten sah, begriff ich, daß du nicht der Messias bist, und vor allem, daß du selbst nicht daran glaubst. Aber mir wurde auch klar, daß die Faszination, die du ausübst, um sich greifen wird. Es wird gar nicht leicht sein, die Samariter wie auch die übrigen Juden zu überzeugen, daß du nicht der Messias bist. Vor allem die jungen Männer und die Frauen werden dir folgen«, sprach sie, als beschriebe sie eine Vision, »alle Frauen – Mütter, Töchter, Liebende! Die Machthaber Israels werden es mit der Angst zu tun bekommen! Scheinheilig und korrupt, wie sie sind, werden sie dich hassen, wie die Manguste die Schlange haßt!«

Sie trank einen tiefen Schluck aus ihrem Becher und klatschte in die Hände.

»Sei mir nicht böse, wenn ich dich mit der Schlange vergleiche. Für uns Diener der Astarte ist sie ein heiliges Tier. Sie verkörpert den Geist der Erde. Und ich glaube, daß in dir der Geist der großen heiligen Schlange wohnt ...«

Herbeigerufen durch das Händeklatschen, glitt eine Pythonschlange durch den Raum auf sie zu. Eine Sklavin erhob sich, um ihr eine Schale Milch zu holen. Jesus beobachtete, wie das Tier seinen Kopf in die Milch tauchte, die es auf ihm unerklärliche Weise einsog.
»Sie ist die Ergänzung der Fruchtbarkeit«, erklärte Kadath. »Allein ist sie der Tod, doch gepaart mit dem Geist der Weiblichkeit bedeutet sie das Leben.«
Das Reptil wandte sich ab von dem Napf und schien wieder in seine Behausung zurückkehren zu wollen, als es den Gast bemerkte und auch schon auf ihn zuglitt. Langsam hob es den Kopf und reckte ihn Jesus entgegen, der sich seinerseits zu ihm hinunterbeugte. Mensch und Schlange sahen einander unverwandt an.
»Nimm sie«, forderte ihn Kadath auf.
Jesus hob das Tier hoch, das sich in der Luft heftig zu winden begann, sich gleich darauf jedoch um den Arm des Fremden schlang und den Kopf auf seine Hand legte. Es schloß die Augen. Kadath nickte, während Jesus auf den Kopf der Python hinuntersah, der da auf seinen Fingern ruhte. »Alles, was sich verstehen muß, erkennt sich auch mühelos. Astarte und du«, sagte Kadath und bog den Kopf zurück. »Es ist einfach! So einfach! Du wirst der Herrschaft der Väter ein Ende setzen!«
»Jahwe ist mein Vater!« rief Jesus aus.
Sie schüttelte den Kopf. »Verrat!« stieß sie mit rauher Stimme hervor. »Alles, was irgendwie väterliche Wesenheit besitzt, wird dich verraten und dich Folterqualen aussetzen! Hörst du, was ich sage?« schrie sie. »Sie werden dir getreulich folgen, solange sie glauben, daß du nach ihrer Pfeife tanzt, aber in dem Augenblick, in dem sie begreifen, daß du nicht der Messias bist, werden sie dich verraten! Und deine Stimme wird gellen wie Lilits Stimme!«
»Lilit?«
»Die unfruchtbare und erste Frau Adams. Sie wollte den Sohn zu ihrem Geliebten machen, doch welch grausige Hochzeit zwischen dem jungen Mann und der unfruchtbaren Frau! An manchen Abenden kannst du Lilit hören, wie sie ihren Schmerz hinausheult, während sie die Lager der jungen Männer und die erntereifen Felder verwüstet, Neugeborene tötet und den Kelch der jungen Braut zerschmettert! Und doch, Jesus, wird dich Lilit, deren Brüste und Lippen über und

über blutbesudelt sind, bis zum Wahnsinn lieben … Sie wird dir sogar das Leben retten. Ich sehe Lilit, als junges Mädchen tanzt sie in der Wüste«, schrie Kadath auf, »sie tanzt nackt in der Wüste …«
Sie war völlig verstört. Die Sklavinnen eilten ihr zu Hilfe, als sie sich auf den Diwan zurückfallen ließ.
»Nackt in der Wüste«, flüsterte sie. »Ich habe sie gesehen!« Sie wirkte plötzlich noch trauriger, noch müder. »Ich bin erschöpft«, meinte sie. »Du hast mich Kraft gekostet …«
Jesus erhob sich. Die Pythonschlange entwand sich seinem Arm und ließ sich langsam und weich zu Boden gleiten.
»Eines der Mädchen wird dir zeigen, wie du unbemerkt an der Menge vorbeikommst.«
Sie bog den Kopf zurück und schloß die Augen. Ihre mit Ringen beladene Hand ruhte auf ihrer Brust.

Das Gäßchen machte einen Knick, hinter dem unvermutet eine breite Straße im weißflirrenden Sonnenlicht lag. Rom hatte den Labyrinthen des Orients also nur seine großspurigen Fassaden aufgesetzt. Jesus hörte hastige Schritte hinter sich; es war Natanael, der ihn nun einholte. Er war in Tränen aufgelöst. Voller Fragen steckte er, doch er verbiß sie sich.
»In ganz Sebaste spricht man nur noch von dir«, keuchte er außer Atem.
Die anderen warteten in einer Taverne. Mit einer Flut von Fragen stürzten sie ihm entgegen.
»Der erste heftige Windstoß des Frühlings verweht die Saat«, sagte er nur.
Sie fanden eine ruhige Herberge, in der sie nicht mit Belästigungen zu rechnen brauchten, und dort, an diesem Abend, hätten die vier Jünger sogar Schweinefleisch gegessen, wenn er es von ihnen verlangt hätte.
Nachdem die Nacht hereingebrochen war, verließ Jesus noch einmal die Herberge, um ein wenig durch die Straßen zu wandern. Er rief sich Einzelheiten des Gesprächs mit Kadath in Erinnerung. Verrat! Jeder hätte das vorhersehen können. Ja, der Verrat war unvermeidbar. Aber Lilit, die Tänzerin in der Wüste? Wer sollte das sein? Dann plötzlich tauchte die Frage auf: Wer führte ihn? Welches war sein

Weg? Die Spuren des Hellenentums, die sich im flackernden Fackelschein hier und da von der Dunkelheit abhoben, konnten ihm keinen Hinweis geben, es sei denn, daß Israel nicht mehr in Israel lag. Samaria, Sebaste, Augusta – und dann diese fremdländischen Gesichter, denen man in der Nacht begegnete. Rom hatte der Welt sein Gesicht aufgedrückt, also mußte man Rom ein anderes Gesicht aufdrücken.

Als er zurückkam, erwarteten sie ihn mit besorgten, ängstlichen Gesichtern. Er hätte gern alles erklären und sie vorbereiten wollen, während er so vor ihnen stand, schweigsam und geheimnisvoll. Vieldeutigkeit verwirrt die Schwachen und Unentschlossenen, ging es ihm durch den Kopf. Er wünschte allen eine gute Nacht und ging schlafen.

IV.

Messias wider Willen

Polternde Schläge gegen die Tür rissen Jesus aus dem Schlaf. Er warf sich seinen Mantel über und ging öffnen. Es war Simon, völlig in Panik.

»Meister! Sie sind da, vor der Tür! Es werden immer mehr, und der Herbergswirt ist schon ganz verängstigt!«

»Von wem redest du denn nur?« fragte Jesus, während er einen Wasserkrug vom Fensterbrett nahm und in langen Zügen trank.

»Die Leute von gestern, Meister!«

»Und wie haben sie mich gefunden? Hast du etwa deinen Mund nicht halten können?«

»Aber nein, Meister!« protestierte Simon unter heftigem Kopfschütteln und mit leidenschaftlicher Stimme. »Ich selbst wurde ja geweckt vom Wirt, der uns fragen wollte, ob du nicht Jesus seist, Jesus, der ...«

»Und du hast natürlich geantwortet, daß ich es sei.«

»Meister!« flehte Simon. »Wir waren alle so überrumpelt und in Verlegenheit, daß uns die Antwort bereits im Gesicht geschrieben stand. Kannst du die Menge nicht von hier aus hören? Sie haben die Herberge fast gestürmt.«

Tatsächlich hallten draußen Schreie und erregtes Stimmengewirr. Philippus klopfte und trat, gefolgt von Andreas und Natanael, ein.

»Meister«, sagte Natanael, »du kannst sicher wieder durch eine versteckte Tür flüchten. Aber wie oft willst du das noch tun?«

Jesus bat, man möge ihm ein wenig Zeit lassen, um sich vorzubereiten. Unter den neugierigen Blicken zweier Knaben wusch er sich im Hof, kämmte sich und kleidete sich an. Dann holte er ein Stück Brot und eine Schale Milch und sagte halblaut zu sich selbst: »Nun wird also die geheimnisvolle Prophezeiung beginnen, sich zu erfüllen.«

Mehr als hundert Leute warteten draußen auf ihn. Warteten sie wirklich alle auf den Messias? Einige machten eher den Eindruck von Schaulustigen, Leuten, die wohl auf dem Weg zur Arbeit diesen Menschenauflauf bemerkt hatten; fahrende Händler, ja sogar Sklaven waren darunter.
»Samariter«, rief er, und sofort verstummte alles, »es gibt nur einen Gott im Himmel. Er hat Moses Sein Gesetz überreicht, und alle Menschen, die Sein Gesetz achten, sind Seine Söhne und Brüder in Ihm. Nehmt euch in acht vor jenen, die einen Keil treiben zwischen die Brüder, denn das sind keine Freunde, und sie haben nur ein Ziel: das Volk Gottes zu schwächen. Nun ist aber gerade dieses Volk bereits stark geschwächt.«
»Mit welchem Recht sprichst du zu uns?« rief ein Mann. »Ich höre, du bist weder ein Rabbi noch ein Samariter.«
»Meinst du die von den Menschen zugestandene Macht oder die gottgegebene? Wenn du von der sprichst, die von den Menschen kommt, die habe ich nicht und will sie auch nicht. Sprichst du aber von der anderen, so höre mir getrost zu, denn sie ist jedermann gegeben, der guten Willens ist. Das Volk Gottes ist geschwächt, weil diejenigen, die die Worte des Gesetzes aufschrieben, dabei vergessen hatten, daß es sich hier um die Worte von Menschen handelte. Dadurch ließen sie den eigentlichen Geist des Gesetzes außer acht und versteiften sich lediglich auf den Wortlaut. Sie haben sich somit verhalten wie ein geistig Zurückgebliebener, der, wenn er auf seinem Weg einem Wolf begegnet und feststellt, daß das Tier vier Beine, einen Schwanz und den Kopf eines Hundes hat, ihn für einen Hund hält.«
Stimmengemurmel und vereinzeltes Lachen war zu hören. Irgend jemand rief laut: »Bist du nun der Messias?«
»Habe ich das mit einem Wort behauptet? Wenn ich es wäre, würdet ihr dann im Morgengrauen hierherkommen, um euch zu vergewissern, ob ich nicht doch wie jemand anderes aussehe? Oder würdet ihr kommen, um das Wort Gottes zu hören? Seid ihr nur hier, um einen Mann Wunder wirken zu sehen, oder seid ihr gekommen, weil ihr auf der Suche nach der Wahrheit seid?«
»Wir fragen, ob du der Messias bist, weil du gestern einen Toten wieder zum Leben erweckt hast«, meldete sich eine andere Stimme.
»Ihr sprecht von einem Wunder oder vielmehr von einem Ereignis, das

als solches angesehen wurde«, erwiderte Jesus. »Ich muß euch sagen, daß ich selbst andere Menschen Wunder vollbringen sah, aber dabei niemals geglaubt habe, daß einer von ihnen der Messias sei. Weizen und Unkraut wachsen auf demselben Feld. Wenn ich der Messias wäre, was wäre ich anderes als der Bote Gottes? Ich würde ebensowenig darauf bedacht sein, Ruhm zu erlangen, wie ich euch bitten würde, dazu beizutragen. Hört mich also an, ich bin gekommen, um euch daran zu erinnern, daß es keinen Weg gibt, der sich zwischen dem Reich Gottes und den Provinzen des Bösen hindurchschlängelt. Ebenso wie man nicht Bürger zweier Gegenden sein kann, so kann man auch nicht Gott und dem Teufel zugleich dienen. Versteift euch also nicht so unsinnig auf die fixe Idee, daß eines Tages der Messias kommen muß, sondern richtet euer Denken eher darauf aus, was im Sinne des Gesetzes ist.«

Die Menge, die mittlerweile noch mehr angewachsen war, lauschte offenen Mundes. Die Gesichter der Jünger wirkten angespannt, ja fast ängstlich.

»Samariter, ihr seid zu mir gekommen und habt mich sogar aus meinem Schlaf geholt. Ich hatte nicht vor zu predigen, doch da ihr das Wort Gottes hören wolltet und ein Diener des Allmächtigen sich nicht allein gehört, sondern im Dienste all derer steht, die nach Wahrheit streben, habe ich euch gehorcht. Ich habe euch das Brot aus meinem Bettelsack gegeben.«

Als hätten sie nur auf das Ende seiner Rede gewartet, stürzten sie nun alle auf ihn zu. Frauen, die ihre Kinder hinter sich herzogen und ihn um seinen Segen baten, Junge und Alte, die ihn an Armen und Beinen zu berühren suchten. Und unter ihnen ein Mann mit erdigen Füßen, der ein kleines Mädchen an seine Brust gedrückt hielt. Ganz offensichtlich ein Bauer, der in aller Eile sein Feld verlassen hatte, weil man ihm erzählte, daß ein Wundertäter in der Stadt sei. Er hatte das kranke Kind aus dem Bett gezerrt und in eine Decke gehüllt, in der wahnwitzigen Hoffnung, es werde geheilt. Die Kleine, die fünf oder sechs Jahre alt sein mochte, hatte ein abgezehrtes Gesichtchen mit fiebrig glühenden Wangen. Fast unbeweglich stand der Vater inmitten dieser Menschenmenge, die Jesus mit lautem Flehen und Bitten bedrängte; er starrte Jesus lediglich stumm an. Es war unmöglich, ihn zu übersehen.

Jesus machte sich von der Menge frei und beugte sich über die Kleine. Äußerlich glühte sie, doch er spürte die Kälte in ihr. Sie war dem Tod geweiht. Noch vor dem nächsten Neumond. Fast hätte er sich brüsk abgewandt, doch er zwang sich, sie in die Arme zu nehmen. Er schloß die Augen und atmete tief, während er sich an die Worte des Ägypters zu erinnern versuchte: »Der Strom des Lebens kommt aus der Brust. Leite ihn über deine Schultern und Arme in die Hände und von dort aus in den Kranken.« Doch das kleine Mädchen war wie ein Faß ohne Boden, daß die Energie in sich verschluckte. Dies hier war keine Kranke, sondern eine Sterbende, und er fürchtete, sie damit umzubringen. Die Leute ringsum hielten den Atem an. Er unternahm einen letzten Versuch. Der Schweiß rann ihm über die Stirn. Er nahm all seine Kräfte zusammen, spürte, wie ein Krampf ihn schüttelte, und beinahe wäre der kleine Körper seinen Armen entglitten. Er war schweißgebadet. Das kleine Mädchen stöhnte auf. Er öffnete die Augen, in der Furcht, es könne ein Laut des Todeskampfes gewesen sein. Doch sie sah ihn an, es war der erste Blick, den sie auf ihn richtete.
»Du mußt leben!« flüsterte er.
Schwankend kämpfte er gegen einen Schwindelanfall an. Um ihn her schien man zu glauben, er vollführe einen magischen Tanz. Die Kleine schloß wieder die Augen. Nein! Sie durfte nicht schlafen! Er schüttelte sie, worauf sie mit einem gequälten Lächeln antwortete. Ganz rot angelaufen war ihr Gesicht jetzt, und ihr Vater beugte sich darüber, als sähe er in einen Abgrund. Sie keuchte. Noch einmal übertrug er auf sie alle Energie, die ihm noch blieb. Sie hustete, dabei schoß ihr ein Blutklümpchen aus dem Mund und Jesus auf den Ärmel. Jemand wollte es abwischen.
»Nein!« rief er. »Faßt mich nicht an!«
Immer noch rang die Kleine nach Atem, auch sie schweißgebadet. Man bräuchte Tausende wie mich, ging es ihm durch den Kopf. Aber wozu eigentlich? Um das Unabwendbare hinauszuzögern? Er war nahezu am Ende seiner Kräfte, doch er durfte sie ihrem Vater noch nicht zurückgeben. Es war noch zu früh für sie zum Sterben, und doch, welch lächerlicher Gedanke! Wann war denn schon jemals der richtige Zeitpunkt dafür? Herr, wie schwer doch die Gabe wiegt, die Du mir zu tragen auferlegt hast! dachte er, während er dem Kind wieder und wieder zuflüsterte: »Leben, du mußt leben!« Ja, sie mußte am Leben

bleiben, nicht um seines eigenen Ruhmes willen, sondern um die Macht Gottes zu zeigen ... Sie atmete heftiger. Vielleicht war es nur noch eine Frage von Augenblicken, bis die finsteren Schleier, die an ihr zehrten, aus diesem Körper wichen ...

Die Menge wurde allmählich ungeduldig. »Das ist der langsamste Magier, den ich je gesehen habe!« spöttelte einer.

Ein Magier! Das also war es, was sie glaubten! Er schloß die Augen, um die Wärme besser spüren zu können, die langsam in den kleinen Körper zurückkehrte. Ein Raunen ließ ihn die Augen wieder öffnen. Das Kind lächelte ihn schwach an. Erschöpft ließ er es zu Boden gleiten.

»Sie kann doch nicht stehen!« entsetzte sich der Vater. Tatsächlich war die Kleine zu schwach dazu, und Jesus konnte sie gerade noch rechtzeitig auffangen. »Sie ist geheilt!« rief der Vater, wobei er sie strahlend hoch über aller Köpfe hielt, damit jeder sie sehen konnte. Sie blinzelte, vom stärker werdenden Sonnenlicht geblendet und verängstigt, dieses kleine Bündel Elend mit den zarten, schmalen Schultern, doch unentwegt lächelte sie.

»Sie ist noch sehr schwach, aber sie wird wieder zu Kräften kommen«, sagte Jesus.

Wieder erhob sich ein Raunen, und kaum hatte er zu Ende gesprochen, wurde er von einigen umstehenden Männern auf die Schultern gehoben, darunter auch Simon und Natanael. Laute Rufe erschollen. Die Straße war schwarz von Menschen. »Lob dem Herrn! Gegrüßt sei Sein Messias!« Noch wie betäubt von seinen Anstrengungen, war Jesus gar nicht so recht in der Lage zu begreifen, wie ihm geschah. Israel, dein Herz schlägt immer noch, trotz all des Unrechts! Israel, welcher Heilkundige wird dich in seine Arme schließen, um dir das Leben wiederzuschenken?

In der Menge, die sich nun der Synagoge näherte, fuchtelte ein Mann wild mit den Armen. »Meister!« brüllte er aus Leibeskräften. Der Hals schwoll ihm dabei an vor Anstrengung. Jesus kam das Gesicht bekannt vor, doch er konnte sich nicht entsinnen, woher. »Meister!« rief der Mann mit überschwenglicher Stimme. »Ich bin es, ich, Thomas von Didyma! Antiochia, erinnerst du dich?«

Ja, natürlich! Jesus nickte. Er wollte auf keinen Fall in diesem Siegeszug zur Synagoge geschleift werden. Es gelang ihm, mit den Füßen

wieder auf den Boden zu kommen und sich von den Samaritern frei zu machen. »Geht, betet zum Herrn und dankt Ihm«, rief er ihnen zu, während es Thomas trotz des Gewühls gelang, eine Hand von Jesus zu fassen und sie mit Küssen zu bedecken. Endlich zerstreute sich die Menschenmenge, da ein Großteil der Samariter die Synagoge aufsuchte. Gemeinsam mit Thomas kehrte Jesus zur Herberge zurück.
Thomas' Gesicht wirkte mittlerweile noch verwüsteter, die Augen noch wirrer und fiebriger als damals in Antiochia. »Zwei Königreiche, Meister! Nicht wahr, es sind doch zwei Königreiche?« fragte er, während ihn die anderen mit einer Mischung aus Neugier und Mißtrauen musterten. »Aber ist es auch sicher, daß das Königreich Gottes das des Geistes ist und das Reich des Teufels das der Materie?«
»Was redet der denn da?« brummte Simon.
»Mann!« fuhr Thomas ihn an. »Wenn dein Gehirn ordentlich arbeiten würde, würdest du schon verstehen, wovon ich rede! Wenn Gott und der Teufel gleichermaßen an der Welt teilhaben, würde das bedeuten, daß der Teufel ebensogut Geist wie Materie sein kann; ist die Welt jedoch in Geist und Materie aufgeteilt, so heißt das, daß alle Materie dem Teufel und aller Geist Gott angehört. Bauer, siehst du denn nicht, welche Konsequenzen all das hat?« Und zu Jesus gewandt: »Nein, das begreift er nicht!«
»Sei friedlich, Thomas«, dämpfte ihn Jesus, belustigt über soviel aufbrausendes Temperament. »Auch der Teufel kann immateriell sein.«
Der Teufel! Wogegen hatte er vorhin eigentlich gekämpft, um das kleine Mädchen zu retten? Gegen den Teufel? Oder gegen den Tod? War der Tod vielleicht ein Verwandter des Teufels? Oder aber war das, was man Teufel nannte, nur ein bestimmtes Gesicht des Todes?
»Wie verhält es sich denn nun wirklich damit?« fragten Andreas und Simon.
»Meister, ich frage mich, wie du, der du an Macht und Kraft des Geistes über den großen Apollonios triumphiert hast, die schwerfällige Begriffsstutzigkeit dieser Leute ertragen kannst!«
»Was?« erbosten sich Andreas und Simon, während Natanael schadenfroh lachte über den Angriff, den die beiden Brüder sich von Thomas gefallen lassen mußten.
»Gebt Frieden, alle miteinander«, beschwichtigte Jesus. Und zu seinen ersten Jüngern gewandt: »Versteht ihr denn nicht? Wenn die Welt

zwischen Gott und dem Teufel aufgeteilt ist, und zwar alles, was sie ausmacht, Geist und Materie, dann bedeutet das doch, daß auch der Teufel seinen Anteil am Geistigen besitzt!«
»Gab es denn daran irgendeinen Zweifel?« warf Philippus ein. »War der Teufel vor seiner Auflehnung gegen seinen Herrn nicht schließlich ein Erzengel?«
»Ha«, machte Thomas. »Für einfache Seelchen ist eben alles einfach! Wenn es euch so einleuchtend erscheint, daß auch der Teufel über einen Anteil am Immateriellen herrscht, müßte es euch ebenfalls einleuchten, daß, da der Geist ja unvergänglich ist, auch der Teufel ewig sein muß.«
»Ja, und?« fragte Philippus, unter den fassungslosen Blicken von Andreas und Simon.
»Da fragst du noch?« Thomas wedelte wild mit den Armen durch die Luft. »Wenn der Teufel ewig ist, Bruder Philippus, warum folgst du dann überhaupt diesem Mann hier?« Dabei zeigte er auf Jesus.
»Ich verstehe überhaupt nichts mehr!« stöhnte Philippus und faßte sich an den Kopf. »Meister, wer ist dieser Mann? Warum quält er uns mit seiner Philosophie, die keiner verstehen kann?«
Jesus zeigte keine Reaktion. Vielleicht war es ganz sinnvoll, daß sich diese Männer wie in einer Art Prüfung mit Thomas auseinandersetzen mußten.
»Wenn ihr diesem Mann folgt«, fuhr Thomas fort, »so doch deshalb, weil ihr ihn für den Messias haltet. Und ist der Messias nicht auch derjenige, der das bevorstehende Ende aller Zeiten ankündigt? Und den Triumph Gottes über den Teufel? Wenn aber der Teufel über den Geist herrscht und ewig ist, wie könnte Gott dann über einen ebenfalls ewigen Feind siegen? Versteht ihr jetzt meine Fragen? Den Sinn der Worte? Und die Bedeutung der Philosophie? Wenn ihr Gefolgsleute dieses Mannes hier seid, wie beantwortet ihr dann die Fragen all derer, die nicht an ihn glauben? Was hättet ihr mir geantwortet, wenn ich ein Ungläubiger gewesen wäre?«
»Ist da etwas dran an dem, was dieser Mann sagt?« wandte sich Simon an Jesus.
»Ja«, erwiderte dieser, »sehr viel sogar. Es ist wahr, daß der Teufel auch immateriell ist, daß er über einen Teil der geistigen Welt herrscht und somit ewig ist. Folglich wird Gott nicht über ihn siegen können, und bis ans Ende aller Zeiten wird es den Teufel geben.«

Starr vor Entsetzen standen sie da, auch Thomas, und sahen ihn mit ungläubigen Augen an.
»Aber in Seiner grenzenlosen Barmherzigkeit«, fuhr Jesus im selben ruhigen Tonfall fort und wandte sich dabei besonders Thomas zu, »wird Gott dem Teufel am Ende der Zeiten vergeben.«
»Und dann?« fragte Philippus.
»Sie werden zu einem ungeteilten Einen verschmelzen, und die Zeit, die ja nur das Feld ihrer Uneinigkeit ist, wird aufhören zu sein.«
»Wozu soll es dann gut sein, gegen das Böse zu kämpfen, wenn am Ende ja doch alles gleich ist?« wandte Natanael ein.
»Wir Menschen«, erklärte Jesus geduldig weiter, »wir sind nicht unvergänglich. Unser Leben ist ein Mikrokosmos im Universum. Wenn wir nicht kämpfen, stirbt unsere Seele gleichzeitig mit unserem Körper. Wir wären somit nicht mehr da am allerletzten Tag, und die große Vergebung würde uns nicht zugute kommen.«
Allmählich spürte er, wie seine Kräfte ihn verließen, und er beendete die Auseinandersetzung. Sie hatten schließlich noch einen weiten Weg vor sich. Er ging sich ausruhen und schlief, bis Thomas ihn am Abend weckte und zum Essen holte.
»Willst du mit uns gehen?« erkundigte sich Jesus.
»Ja, und ich will dem Herrn ewig dafür dankbar sein.«
Überhäuft mit Geschenken und begleitet von zahllosen Samaritern, die noch ein Stück Wegs mit ihnen liefen, zogen sie am nächsten Tag weiter.
»Sind dir die Samariter immer noch verhaßt?« wandte sich Jesus an Simon.
Verlegen bearbeitete Simon mit seinem Stock den Straßenstaub vor seinen Füßen.
Die letzten Häuser von Sebaste entschwanden ihren Blicken, als Thomas Jesus fragte: »Und wenn sich der Teufel weigern sollte, sich der Gnade Gottes auszuliefern?«
»Was würde es dem Teufel nützen, den Kampf weiterzuführen, wenn sich das Göttliche in den Lebewesen und Dingen einmal verzehrt hat? Der Teufel ist nicht dumm.«
»Unbedeutend, wie ich bin, mit dem Verstand einer Heuschrecke und klein wie ein Sandkorn im Sturm, muß ich mich dann aber fragen, wieso die göttliche Gnade nicht schon vor dem Ende der Zeiten zuteil werden kann.«

Jesus lächelte über Thomas' unverbesserliche Unruhe. »Weil das Ende der Zeiten genau gleichzeitig mit der göttlichen Gnade über uns kommen wird. Vielleicht schon heute abend.«
Er lächelte noch, als Natanael auf den spöttischen Gesichtsausdruck seines Meisters aufmerksam wurde. »Schade, Thomas hatte sicher etwas Komisches gesagt, und ich habe es verpaßt«, meinte er.
»Er hat gewiß noch mehr auf Lager«, war Jesus' Antwort.

Es war Nacht geworden, als sie En-Gannim erreichten. Müde und staubbedeckt gingen sie ins Badehaus, um sich zu säubern. Das Wasser war noch warm, und in der Dunkelheit brauchten sie sich ihrer Nacktheit nicht zu schämen. Dann suchten sie eine Herberge – wiederum eine samaritische – auf, um sich dort aufzuwärmen.
Am anderen Morgen schlug ihnen der Herbergswirt vor, doch mit ihm zu kommen, um sich in Änon bei Salim von einem Propheten mit Namen Jokanaan taufen zu lassen.
»Wer ist das?« fragte Thomas.
»Ein Prophet, sagen alle Leute. Er predigt die Wiederherstellung des Mosaischen Gesetzes. Er sagt auch, daß das Reich Gottes nahe sei und daß ein weitaus bedeutenderer Mann als er kommen werde, dem die Sandalen auszuziehen er nicht würdig sei.«
»Und wer ist dieser Mann?«
»Der Messias ist es, und er heißt Jesus.«
Mit einem Blick in die Runde wies Jesus seine Gefährten an, Schweigen zu bewahren.
»Kommt ihr nicht mit?« fragte der Wirt noch einmal.
Seine Frau trat in diesem Moment ein. Sie ließ ihren Blick über die Gäste gleiten. »Bist du nicht Jesus?« fragte sie plötzlich mit argwöhnisch lauerndem Unterton in der Stimme.
Ruhig hielt Jesus ihrem Blick stand und wartete ab.
»Dieser Mann, den alle als den Messias bezeichnen, war gestern mit vier anderen Männer in Sebaste. Der Sohn vom Rabbiner hat gesehen, wie er dort ein kleines Mädchen geheilt hat, das an der Auszehrung litt. Ihr seid gestern abend auf der Straße von Sebaste her hier eingetroffen. Soll ich den Sohn vom Rabbiner holen? Du bist doch Jesus, nicht wahr?«
»Ja, ich bin es.«

»Warum hast du dich vor armen Leuten wie uns versteckt?« klagte der Wirt in vorwurfsvollem Ton.
»Was für einen Unterschied hätte das gemacht, wenn ihr mich nicht erkannt hättet?« antwortete Jesus seufzend. »Und wenn ich der Messias wäre, ja glaubt ihr denn, ihr wäret dann auch nur einen Schritt näher am Herrn?« Es war ihm anzuhören, daß er sich mühsam beherrschte. »Der Glaube der Juden steht auf wackligeren Beinen als der der Heiden«, fuhr er fort. »Die Heiden haben noch keinen der Götter, die sie anbeten, zu Gesicht bekommen. Und doch glauben sie an Jupiter, Herkules und Merkur. Die Juden dagegen beginnen sofort zu zweifeln, wenn ihre Gottheit sich ihnen nicht oft genug offenbart! Ich sage euch, wenn der Messias kommt, dann wird er kommen wie ein Lichtstrahl, wie der Staub oder der Tod! Heimlich wird er kommen, und keiner wird sich seiner Gegenwart bewußt werden, bevor es zu spät ist.« Betroffenes Schweigen herrschte ringsum. Er wandte sich an den Wirt und seine Frau: »Geh dich taufen lassen und denk nicht mehr an den Mann, der unter deinem Dach geschlafen hat. Und du, Frau, hüte dich vor dem Aberglauben und warte nicht auf das Außergewöhnliche.«
Er ging nach draußen, um einen seiner einsamen Spaziergänge zu machen. Nach einer Weile wurde er eingeholt von Natanael, der still neben ihm herging, bis er schließlich fragte: »Ist es denn dann verboten, dich zu lieben, dich, Jesus? Du bist es doch, den die Leute lieben, sie wollen dich berühren, sie nehmen dich an den Händen, streicheln dir die Füße und sind sogar glücklich, wenn sie nur deinen Ärmel kurz zu fassen bekommen.«
Ein Kind rannte an ihnen vorüber. Dabei ruderte es mit den Armen, als sei es ein Vogel.
»Was würde uns noch von den Heiden unterscheiden, wenn wir uns dazu herbeiließen, die Bücher zu verehren, anstatt ihren Inhalt zu lesen? Ich bin nur ein Buch.«
»Aber man liebt dich – dich, verstehst du? –, und man wird dich auch weiterhin lieben.«
»Was meint man eigentlich, wer ich bin?« fragte Jesus, plötzlich aufbrausend. »Die Prostituierte des ganzen Universums?« Kadaths Warnungen fielen ihm plötzlich wieder ein.
Als sie in die Herberge zurückkehrten, fanden sie die anderen war-

tend. Thomas sah Jesus nachdenklich an. »Du täuschst dich«, sagte er langsam, »sie wollen keinen Propheten, sondern den Messias.«
»Ich bin nicht der Messias«, gab Jesus müde und überdrüssig zurück.
»Vielleicht ist es nicht an dir, darüber zu entscheiden«, erwiderte Thomas.
Alle vier sahen sie ihn an. In ihren Augen las er Herausforderung. Er antwortete nicht.

V.

Ein beunruhigter Rabbi

Perez, Rabbi und Herr der Synagoge der Stadt Nain in Galiläa, wälzte sich unruhig in seinem Bett und konnte keinen Schlaf finden. Seine Seufzer, seine Erregtheit und die knarrenden Bodenbretter hielten seine Frau Tamar wach, bis sie es nicht mehr aushielt.
Sie setzte sich im Dunkeln auf und rief: »Was quält dich bloß?«
»Schlaf nur! Sorgen kann man nicht teilen. Außerdem bist du nicht gebildet und würdest es nicht begreifen.«
»Hast du eine dumme Frau geheiratet, Perez? In zwei Stunden werden die Hähne krähen, und wir werden beide Ringe um die Augen haben. Was ist denn los? Hast du eine Witwe beraubt?«
»Frau, ich verbiete dir, so mit mir zu reden! Glaubst du denn, du hast einen Dieb geheiratet?«
Doch sie blieb hartnäckig.
Er gab nach. »Weißt du, wegen dem Messias …«
»Die Sklaven reden nur noch von ihm«, meinte Tamar.
»Die Sklaven auch? Nun, ich habe einen Brief vom Rabbi aus En-Gannim bekommen, der sich auch Sorgen wegen der Gerüchte macht, die im ganzen Land umgehen.«
»Und das läßt dich nicht schlafen?«
»Viele Dinge sind es. Da ist zunächst jener Eremit namens Jokanaan, der in Änon tauft und verkündet, daß das Reich Gottes sich erfülle und der Messias gekommen sei. Was weiß er darüber? Auf jeden Fall hören ihm mehr und mehr Menschen zu. Dann sind da die Berichte aus ganz Samaria über einen Mann namens Jesus, der Wunder vollbringt. Er hat einen Toten zum Leben erweckt, ein kleines Mädchen geheilt und was weiß ich noch. Überall, wo er auftaucht, scharen sich die Leute um ihn und hören ihm zu. Gestern war er in En-Gannim, und heute muß er schon hier, in Nain, sein. Morgen wird er überall sein, denn dort, wo er

hinkommt, bleibt sein Bild zurück, und dorthin, wo er noch nicht gewesen ist, eilt ihm sein Ruf voraus. Der Rabbi von Kana hat mir seinen ältesten Sohn geschickt, um mich zu fragen, was ich von diesem Messias halte und ob ich wie die anderen zu ihm gehen werde.«

»Und was hältst du von der Sache?« fragte Tamar, die die Decke über die Knie zog, denn es war kalt.

»Das ist es ja, Frau, ich weiß nicht, was ich davon halten soll! Ich weiß es nicht. Uns Rabbinern hat man nichts über den Messias gelehrt. Es gibt nicht *eine* klare und deutliche Aussage über ihn in irgendeinem Buch. Ist er ein überirdischer Bote des Herrn? Ist er die Reinkarnation des Propheten Elias? Ist er der zukünftige König Israels?«

»Ich habe Hunger«, sagte Tamar, »und ich kann mit leerem Magen und müde, wie ich bin, nicht klar denken. Ich werde ein wenig Milch warm machen.«

Sie kam mit zwei Bechern Milch zurück, die sie schweigend in der langsam dahinschwindenden Dunkelheit tranken.

»Nun«, meinte Tamar, »was quält dich denn bei dem Ganzen? Wenn der Messias gekommen ist, solltest du dich freuen, endlich einem heiligen Mann in diesem Land zu begegnen.«

»Aber … wenn er das Reich Gottes und das Ende aller Zeiten verkündet, wie dieser Jokanaan behauptet, erleben wir doch unsere letzten Tage auf Erden!«

»Wir sind beide alt, Perez. Was macht es da schon, ob unser Leben in ein paar Jahren abläuft, ohne daß wir einen Messias gesehen haben, oder ob es in einigen Tagen bei der Ankunft des Messias endet? Ich wäre glücklich, wenn wir gemeinsam im Frieden des Herrn sterben könnten.« Sie stellte ihren leeren Becher auf ein Wandbrett, nahm dann den ihres Mannes und stellte ihn daneben; dann kroch sie wieder in ihr warmes Bett.

»Aber, Frau, du scheinst das Ausmaß dieses Problems nicht erfaßt zu haben. Wenn dieser Mann der Messias ist, soll ich ihn dann sofort aufsuchen und ihm all die Ehren erweisen, die er als höchster Bote verdient? Oder soll ich warten, bis er seine Macht durch wunderbare Zeichen bestätigt? Was soll ich tun? Angenommen, er ist nicht der Messias, sondern einer jener Zauberer, von denen es seit einiger Zeit wimmelt, und ich erweise ihm die Ehre, dann stehe ich da wie ein Dummkopf.«

»Die Männer neigen dazu, Gedanken vor die Taten zu stellen, Perez. Schau dir doch selber an, was für ein Mann er ist. Dann wirst du wissen, was du tun mußt.«

Sie streckte sich aus und zog sich die Decke bis zum Kinn.

»Ja«, murmelte Perez, »aber wenn er schon zuviel Macht hat, werden die Priester in Jerusalem und die Römer sich daran stören, und wenn er der neue König der Juden sein soll, wird es Probleme geben ...«

»Ich wollte, du würdest all das einfacher betrachten«, murmelte seine Frau im Halbschlaf. »Wenn er wirklich der Messias ist, mußt du dich auf die richtige Seite schlagen.«

Bald darauf war sie eingeschlafen, und der erste Schrei des Hahnes ließ nicht einmal ihre faltigen Lider erzittern.

Perez dagegen konnte nun überhaupt nicht mehr schlafen in dieser Nacht. Trotz ihres gesunden Menschenverstandes, dachte er, sieht Tamar das Problem des Messias doch allzu simpel. Er hatte das Gefühl einer drohenden Gefahr – genau wie der Rabbi von Kana. Er wollte sich die Meinung eines Vorgesetzten einholen, ohne die er sich einem Notfall nicht gewachsen fühlte, zum Beispiel wenn die Einwohner von Nain diesem Jesus zujubelten und ihm, Perez, vorwarfen, er erkenne den Messias nicht.

Der Fall trat tatsächlich ein, und viel früher, als Perez befürchtet hatte. Noch vor der Mittagspause, als er in seiner kleinen Synagoge das Säubern des Weihrauchgefäßes und das Putzen der Kupferutensilien überwachte, hörte er draußen Lärm. Er öffnete die Tür. Ein Mann, ein recht schöner junger Mann, wie er zugeben mußte, sprach von den Stufen der Synagoge aus feierlich zu einer kleinen Menge. Er war von fünf Männern umgeben. Perez schätzte, daß ungefähr zweihundert Bürger zuhörten, und erkannte einige gewichtige Persönlichkeiten Nains unter ihnen, so Abraham ben Jossif, einen Händler, der ihm die höchsten Abgaben zahlte. Dann waren da Bauern, die noch von ihrer Arbeit auf den Feldern schwitzten, dazu Frauen und Kinder. Am schlimmsten war, daß seine eigene Frau sich in der ersten Reihe der Gaffer befand. Er bedeutete ihr mit Gesten, die Versammlung zu verlassen, aber entweder sah sie ihn nicht, oder es war ihr egal. Erregt schritt Perez zu ihr, packte sie am Arm und stieß sie ungeachtet ihrer Proteste in die Synagoge. Nachdem er die Tür hinter ihr zugeschlagen hatte, wandte er sich dem Redner zu und befahl ihm, die Syn-

agogentreppe zu verlassen. Ein kurzes Schweigen folgte dieser Anweisung, dann schrie die Menge Perez nieder, und die fünf Männer, die den Redner umgaben, betrachteten den Rabbi mit ironischem Blick.
»Das ist das Haus des Herrn«, wandte sich Perez an den Redner.
»Tatsächlich«, erwiderte der. »Also ist es nicht deins, und du hast nicht die Macht, irgend jemanden daraus zu vertreiben. Außerdem wurde es von den hier versammelten Menschen bezahlt, denen es auch gehört.«
»Wer bist du?« fragte Perez, der die Antwort schon ahnte.
»Ich heiße Jesus, aber was bedeutet das schon? Muß man einen Namen und einen Rang haben, um das Wort Gottes zu verkünden?«
Perez erkannte schnell die Situation und beschloß, daß es im Moment am weisesten war, sich zurückzuziehen. Er ging wieder in die Synagoge und entschied entschlossen, sofort nach Jerusalem zu gehen. Während er seinen Plan noch abwog, drangen wohlklingende Worte durch die geschlossene Tür an sein Ohr: »Wie nennt ihr eine Frau, die sich für Geld hingibt?« Es war die Stimme Jesus'. »Zweifellos nennt ihr sie eine Hure. Und was ist dann eine Frau, die die heilige Verbindung mit dem Herrn gebrochen hat, um sich anderen hinzugeben?«
Perez wartete die Antwort nicht ab. Er lief zum Wohnhaus hinter der Synagoge, rempelte Tamar in einem Anfall kalter Wut an, nahm in fiebriger Eile Geld, Nahrung und einen Mantel und lief zum Stall, um seinen Maulesel zu satteln. Gerade als er aufbrechen wollte, sah er seinen ältesten Sohn herbeirennen, und ohne ihm Zeit zu geben, ihn zu fragen, sagte er ihm, er sei in zehn Tagen wieder zurück. Ein leichter Druck der Fersen, und der Maulesel verließ den Stall. Perez schaute noch einmal zur Fassade der Synagoge und maß Jesus mit einem letzten Blick; der redete immer noch und hatte einen Arm erhoben. War das also der Messias? Und wer konnte es beschwören?
Perez reiste wie in Trance. Er aß kaum, achtete nicht auf Räuber, wusch sich nur flüchtig, betete nicht einmal und döste beim Anbruch der Nacht ein, betäubt und von schlimmen Träumen hochgeschreckt. Einmal, als er neben der Straße saß, um sein Maultier weiden zu lassen, und die dicke Unterlippe, die sich wie zu einem Lächeln kräuselte, die langen gelben Zähne, die ungeduldig am Gras rissen, und die großen Augen, die wie von einer Frau waren, betrachtete, als sähe er zum erstenmal einen Maulesel, brütete er zornig vor sich hin.

Was sollte bloß diese Geschichte mit dem Messias? Er, Perez, war Rabbi, und dazu noch einer der belesensten – man lobte ihn sogar in Jerusalem –, und doch hatte er nicht die geringste Ahnung vom Messias. Ein Mann? Ein Engel? Was war seine Mission? Und was kam dann? Wirklich das Ende der Zeiten? Absurde Idee! Aber diesen Jesus gab es. Wer brauchte denn überhaupt einen Messias? Und warum? Es gab doch die Bücher, den Tempel, Schriftgelehrte, Rabbiner! War das denn nicht genug?

Nach fünf Reisetagen kam Perez gegen drei Uhr nachmittags in Jerusalem an. Er begab sich sofort zum Haus des Hohenpriesters Hannas und sammelte sich. Ein Levit öffnete ihm, und Perez informierte ihn in drängendem Ton, daß er der Rabbi von Nain sei und sofort den Hohenpriester sprechen müsse. Der Levit antwortete gelangweilt und hochmütig, daß der Hohenpriester ruhe, aber ein Priester niederen Ranges dem Besucher sicher den nötigen Beistand leisten könne.

»Hör zu«, sagte Perez gebieterisch, »ich bin Rabbi, und ich bin nicht gekommen, um mit dem Hohenpriester über Weideland zu reden!«

Ein zweiter Levit erschien. Perez hob die Stimme und erklärte, er habe die Reise von Nain in einem Stück gemacht, weil sein Anliegen von höchster Wichtigkeit sei.

Eine halbe Stunde später wurde er bei Hannas vorgelassen. Der Hohepriester schien in schlechter Verfassung zu sein. Er war weit über Sechzig, auf seine Brust hing ein grauer Bart herab, den man offenbar mit dem Brenneisen gekräuselt hatte; er runzelte die Stirn. Sein Gesichtsausdruck verriet eindeutig, daß Perez gut daran tat, einen wichtigen Grund zu haben, wenn er die geheiligte Ruhe unterbrach.

Perez spürte das und mobilisierte seine ganze Beredsamkeit: »Herr«, sagte er, »es herrscht Aufregung in Galiläa. Ein Mann namens Jesus, der behauptet, er sei der Messias, und Wunder vollbringt, fasziniert die Bevölkerung. Überall, wo er hingeht, jubeln die Massen ihm zu. Vor fünf Tagen hielt er den Leuten von Nain eine Rede von der Treppe der Synagoge herab. Ich habe versucht, ihn zu vertreiben, aber er hat geantwortet, die Synagoge gehöre mir nicht.«

»Sicher noch so ein Magier«, erwiderte Hannas. »Was für Wunder vollbringt er denn?«

»Ich habe keines gesehen, aber man erzählt sich, er habe einen Toten

zum Leben erweckt und in En-Gannim ein krankes Mädchen geheilt.«
»Das erinnert mich an etwas«, murmelte Hannas, dessen Interesse endlich geweckt schien. »Und er sagt, er sei der Messias?«
»Ich habe nicht gehört, daß er es behauptet hat, aber ich kenne die Quelle des Gerüchts. Es sind die Predigten eines Einsiedlers namens Jokanaan, der in der Nähe von Änon einen seltsamen Ritus vollzieht. Dieser Jokanaan hat am Jordan gepredigt, daß jener Jesus der Messias und das Reich Gottes nahe sei.«
Hannas betätigte eine Glocke; der erste Levit erschien, und der Hohepriester befahl ihm, einen gewissen Gedalja rufen zu lassen, der, wie er zu Perez sagte, schon Auskünfte über jenen Jesus habe. Kurz darauf kam Gedalja: stämmig, gebeugt und grauhaarig.
»Unser Gast ist Perez, der Rabbi von Nain«, erläuterte Hannas. Die beiden Männer begrüßten sich. Perez bewunderte die Quasten am Mantel des anderen, große, gelbe Seidenquasten, neben denen die seinen lächerlich aussahen.
»Unser Bruder Perez berichtet, daß ein Mann namens Jesus in Galiläa Unruhe stiftet, wo man ihm Wunder andichtet wie zum Beispiel die Wiedererweckung eines Toten. Man stellt ihn als Messias hin.«
Gedalja kratzte sich an der Stirn und setzte sich. »Ja, wir haben schon von ihm gehört, wie ich ja dem höchsten aller Priester schon berichtet habe. Er hat vor einem Monat in Samaria Anlaß zu eigenartigen Gerüchten gegeben. Aber ich glaube, daß er sich nicht als Messias ausgibt. Ein anderer verbreitet diese Legende, ein ehemaliger Schüler der Essener namens Jokanaan.«
Man brachte frische geschälte Mandeln und Tamarindensaft in Silberkelchen.
»Unser Bruder Perez scheint beunruhigt über das Ansehen, das dieser Mann bei den Massen besitzt und das so groß ist, daß er sich zum Beispiel geweigert hat, die Synagogentreppe von Nain zu verlassen. Nun«, meinte Hannas und wandte sich an Perez, »du hattest recht, daß du gekommen bist, um uns zu warnen. Wenn sich dieses Unwesen auf andere Städte ausbreitet, dann gibt es Grund zur Beunruhigung.«
»Ich sehe nicht, daß das passieren wird«, bemerkte Gedalja. »In einigen Wochen oder Monaten werden alle diesen Jesus vergessen haben. Vor ein paar Jahren haben andere Magier ähnlichen Aufruhr verur-

sacht. Erinnert ihr euch an Dositheus? Und an Menander? Und an Apollonios von Tyana?«

»Ich möchte untertänigst daran erinnern, daß, was diese Männer angeht, der Aufruhr erst aufhörte, als Dositheus und Menander starben und als Apollonios nach Osten weiterzog. Solange sie in den Provinzen umherzogen, herrschte Aufregung, und zahlreiche Unwissende glaubten, sie seien die Reinkarnation des Propheten Elias. Auch von ihnen behauptete man, sie seien Erlöser. Und dann ist da noch einer: Simon der Magier, der ebenfalls in Samarien predigt und eine große Zuhörerschaft hat. Viele Leute kommen, sogar aus Peräa, aus Trachonitis und aus Syrien, um ihn zu hören. Eine der Folgen dieser Aufregung ist, daß manche Bürger in Nain ihre Abgaben an die Synagoge verringert haben, weil sie behaupten, daß das Haus Gottes nicht das eines Geldleihers sei ...«

Gedalja nickte mit dem Kopf wie ein Arzt, der einem Patienten zuhört. »Glaube mir«, meinte er mit Nachdruck, »sobald er in der Dekapolis predigt, wird dieser Jesus seinen Einfluß schwinden sehen wie den Tau bei Sonnenaufgang. Die Einwohner dieser zehn Städte haben so viele Predigten über fremde Götter gehört, daß sie immun gegen neue religiöse Führer sind. Paradoxerweise hat sich der Zehnte dieser heidnischen Städte in den letzten drei Jahren erhöht.«

»Wegen des Handels, der dort floriert«, bemerkte Hannas trocken. »Nun, was wissen wir tatsächlich über diesen Jesus und diesen Jokanaan?«

Gedaljas Gesichtsausdruck erinnerte an den einer wiederkäuenden Kuh. »Dieser Jesus«, sagte er, »scheint mir derselbe zu sein, den ich vor vielen Jahren im Tempel geprüft habe, als er noch ein Jüngling war. Ein glänzender Schüler und ein rebellischer Geist, dessen Antworten nur zu getreu die subversive Veranlagung seines Vaters widerspiegelten, der früher im selben Tempel gepredigt hatte. Der Vater hieß Josef und war ein Nazarener und ...«

»Verzeih, wenn ich dich unterbreche«, meinte Hannas, »aber wenn der Vater Priester war, ist es dann nicht seltsam, daß der Sohn nicht auch einer ist?«

»Das ist auf den ersten Blick tatsächlich sonderbar, aber es ist es weniger, wenn man weiß, daß dieser Jesus geboren wurde, als Josef schon sehr alt war. Unser verehrter Meister jener Zeit, Simon, Sohn des Boe-

thos, hatte Josef gezwungen, ein Mädchen zu heiraten, das schwanger geworden war, als es unter seinem Dach weilte.« Gedalja begleitete diese Aussage mit einem leisen Lächeln.
»Das Kind ist also ein Bastard«, meinte Hannas.
»Das ist eine einleuchtende Schlußfolgerung, aber man kann sie nicht öffentlich verkünden, denn Jesus ist von Josef rechtmäßig anerkannt worden. Der Sanhedrin würde keinen Zweifel über die legitime Geburt des Kindes zulassen.«
Hannas und Perez nickten, und Gedalja fuhr, nachdem er einen großen Schluck Tamarindensaft getrunken hatte, fort: »Gut, Jesus ist väterlicherseits der Vetter von Jokanaan. Nach unserem Wissen wurde Jokanaan in die Gemeinschaft von Qumran aufgenommen, wo sich Jesus ihm anschloß. Jesus hat aus unbekannten Gründen, über die die Herren von Qumran nichts verlauten lassen, das Kloster verlassen, und Jokanaan folgte ihm.«
»Warum hat er wohl Qumran verlassen?« fragte Perez und verschluckte eine Handvoll Mandeln. »Die Essener vertreiben ihre Schüler nicht so leicht.«
»Alles, was wir von bestimmten Schülern erfahren konnten, ist, daß Jesus Wunder vollbracht haben soll, die die Herren des Klosters alarmiert haben. Der Mann scheint also eine Neigung zu Wundern zu haben.«
»Vielleicht sollte man sich mit dieser Neigung und diesen Wundern näher beschäftigen«, murmelte Perez, der sich plötzlich unbehaglich fühlte. Vielleicht war hier letztendlich doch vom Messias die Rede.
»All dies, Bruder Perez, verdient kaum großes Interesse und noch weniger Beunruhigung. Nehmen wir die Essener: Trotz der bemerkenswerten Kraft ihrer Lehre und der Tiefe ihrer Überzeugung haben sie innerhalb von eineinhalb Jahrhunderten nur wenige Schüler angezogen. Und wie groß soll denn, bitte sehr, der Einfluß eines Essenerrenegaten sein?« Zufrieden mit seiner Erklärung, stopfte Gedalja Mandeln in sich hinein und spülte sie mit dem Rest seines Tamarindensaftes hinunter. Hannas nickte.
Nur Perez schien skeptisch: »Es wäre von mir unangebracht, mich auf das Thema zu versteifen, nachdem ich die Argumente und Auskünfte meines Bruders gehört habe, noch dazu unter der klarsichtigen

Ägide des höchsten aller Priester«, sagte er und wandte sich an den Hohenpriester. »Trotzdem möchte ich den höchsten aller Priester auf die Tatsache hinweisen, daß in Provinzen, in denen nicht so fähige Leuchten wie der höchste aller Priester oder mein Bruder Gedalja wirken, eine gefährliche Sehnsucht nach dem Messias existiert. Der Herr bewahre mich davor zu glauben, daß schon die Hoffnung auf einen Messias gefährlich sei. Aber wie dieser Jesus beweist, kann eine wirre Hoffnung unkritische Geister zu Verirrungen des Geistes und des Herzens führen. Einer der Gründe meines Besuchs ist, daß ich gern meine Vorstellungen vom Messias ein wenig klären würde. Ich mag ein eifriger Leser der Bücher sein, doch ich gestehe, daß ich keine genaue Definition dieses Begriffs gefunden habe. Aber vielleicht muß man die Ursache meines unvollkommenen Wissens auch in meinem getrübten Blick suchen.«

Bei dieser unterwürfigen Rhetorik mußte Hannas sich ein Lächeln verbeißen. »Nein, Bruder, deine Augen sind gut«, antwortete er. »Es gibt nur eine äußerst vage Vorstellung vom Messias. Was ist ein Messias? Ein Mann, der die königliche Salbung erhalten hat. Wer erhält eine solche Salbung? Die Könige und in anderer, niedrigerer Form, die Hohenpriester. Nun, ich bezweifle, daß dieser Jesus so verrückt ist, einen der beiden Titel zu beanspruchen. Wenn einer seiner Gefolgsleute die Bezeichnung Messias wieder verwenden sollte, empfehle ich dir, ihn zurechtzuweisen und ihn zu mahnen, seine Zunge zu hüten, sonst könnte er von der Tempelpolizei wegen aufrührerischer Reden, sein Meister aber wegen Betrugs verhaftet werden.«

»Aber gib dich der Sache gegenüber überlegen!« fügte Gedalja hinzu. »Zeig dich nicht besorgt!«

»Und die Wunder?« fragte Perez.

»Widerlege sie, und gib zu verstehen, daß Jesus ein Samariter ist und daß es in Samaria von Magiern wimmelt!« Hiermit erhob sich Hannas, um zu zeigen, daß die Audienz beendet sei. Perez küßte die Hand des Hohenpriesters und umarmte Gedalja, ehe er sich wortreich verabschiedete.

Als sie allein waren, blickten Hannas und Gedalja sich an. »Wie dem auch sei«, meinte Hannas, »das Ganze ist ärgerlich. Wenn dieser Jesus weiter behauptet oder andere behaupten läßt, er sei der Messias, werden wir gut daran tun, ihn als Usurpator festzunehmen.«

»Lassen wir lieber Jokanaan festnehmen«, meinte Gedalja. »Er ist die Quelle der Gerüchte. Sobald man ihn ausschaltet, wird Jesus praktisch ohne Stimme sein, es sei denn, er besitzt die Frechheit, selber zu behaupten, er sei der Messias.«
»Laß mich darüber nachdenken«, erwiderte Hannas. »Ich frage mich, ob es nicht klüger wäre, den Gerüchten einige Zeit freien Lauf zu lassen. Dann wäre es leichter, beide Männer verhaften zu lassen.« Er stützte sich auf Gedaljas Arm, um aus seinem Sessel aufzustehen, und murmelte: »Der Messias! Wirklich! Ich möchte wissen, wo die Leute derart verquere Ideen herhaben!«

VI.

Noch mehr beunruhigte Rabbiner und ein Wunder in Kana

Der Rabbi von Änon war nicht weniger beunruhigt als seine Kollegen von En-Gannim und von Nain. Und seine Gründe waren noch gewichtiger: Seit Jokanaan sich am Rande der Stadt niedergelassen hatte – es war jetzt ein paar Wochen her –, taten alle so, als wäre dieser merkwürdige Eremit, den man den Täufer nannte, das wahre Oberhaupt des samaritischen Nestes am linken Ufer des Jordans. Die Autorität des Rabbiners war völlig untergraben, zumal seine Söhne sich von den Händen dieses Mannes hatten salben lassen; als sie am Abend heimgekommen waren, hatte der selige Ausdruck auf ihren Gesichtern ihren Vater sprachlos gemacht. Der Rabbi hatte sich Jokanaan selber angehört und sogar versucht, sich mit ihm zu unterhalten, aber er war außerstande gewesen, die rätselhaften Erklärungen des Täufers zu erfassen. So hatte Jokanaan zum Beispiel verkündet, daß sich die Welt ihrem Ende nähere, aber der Rabbi hatte keinen Sinn in dieser Prophezeiung finden können. Er stammte aus dem Bauernstand und besaß einen derben, gesunden Menschenverstand. Er hatte immer gedacht, daß der Schöpfer nichts ohne Grund tue, und sah keinen Anlaß zu einer vorsätzlichen Zerstörung. Der Messias, von dem Jokanaan sprach und der gekommen sein sollte – wo und wann? fragte sich der Rabbi –, schien kein echter König zu sein. Soweit der Rabbi die Worte des Täufers deuten konnte, war dieser Messias ein Herold Gottes und damit beauftragt, das Ende der Welt zu verkünden. Und genau das war für den Rabbi der Haken: Wenn der Herr wirklich das Ende der Welt im Auge hatte, warum sollte Er dann einen König ernennen, bevor Er den Vorhang fallen ließ?

Eigentlich war der Rabbi enttäuscht, denn er hatte nicht einmal

Grund, sich zu beklagen. Seine Synagoge war noch niemals so reich und seine Schäfchen noch nie so fromm gewesen, hatten doch die Predigten des Täufers den Glauben der Menschen in der Gegend zu bemerkenswerten Ausmaßen angespornt. Der Rabbi hatte sogar genug Geld zusammengebracht, um das Dach der Synagoge reparieren zu lassen. Und trotzdem fühlte er sich zum erstenmal als Fremder in seinem Land. Sein einfacher Glaube lieferte ihm keinen Schlüssel, um das Spektakel um ihn herum zu begreifen. Schließlich hoffte er, daß die ganze Sache mit dem Ende des Sommers aufhören würde. Diese Hoffnung dauerte ungefähr zwei Wochen, bis zwei Ereignisse die Stimmung Isaaks – das war der Name des Rabbi –, änderten.
Eines Abends kehrten seine Söhne in einem Zustand zurück, den er, milde ausgedrückt, für unausgeglichen hielt, und sie redeten schlecht von Herodes Antipas. Da Isaak, den ihre Aggressivität aus der Fassung gebracht hatte, ihnen nichts entgegensetzen konnte, ließen sie sich von ihrem Unmut hinreißen, und sie ergingen sich in wüsten Verfluchungen, bis ihnen Schaum vor dem Mund stand.
»Genug!« schrie der Rabbi außer sich und schlug mit der Faust so heftig auf den Tisch, daß er die Kelche umwarf und seine Frau ganz blaß aus der Küche herbeigelaufen kam.
Er entdeckte, daß die Verwünschungen seiner Söhne nur das Echo der Flüche des Jokanaan gegen den Tetrarchen waren, die sie am selben Nachmittag gehört hatten. Der Grund für des Täufers Zorn schien in dem Umstand zu liegen, daß Herodes die Frau seines eigenen Bruders Philippus geheiratet hatte, nachdem er sie verführt hatte.
»Geht euch das etwas an?« schrie Isaak. »Haben wir keine Richter und Priester in Samarien? Wissen die nicht besser als ihr über das, was in den Königsfamilien vorgeht, Bescheid? Seid ihr ganz sicher, daß nicht Philippus Herodias verstoßen hat? In diesem Fall hätte Herodes guten Grund, diese Frau zu heiraten. Auf jeden Fall möchte ich unter meinem Dach solche Reden nicht mehr hören.«
Das andere Ereignis, das Isaaks Stimmung veränderte, war der Besuch, den ihm zwei Mitglieder der Tempelpolizei von Jerusalem abstatteten. Wie die meisten Samariter kümmerte sich Isaak nicht groß um die Diener des Tempels; doch in diesem Fall waren sie Überbringer einer Anordnung des Prokurators von Samarien, die ihnen die Vollmacht gab, wen immer sie wollten über gewisse Punkte zu befragen.

Und welches waren diese Punkte? Die Häscher wollten wissen, ob der Rabbi anstößige Worte gehört habe, die ein gewisser Jokanaan über den Tetrarchen von Galiläa geäußert habe. Eine große Sache: Der Tetrarch hatte also die Tempelpolizei und den Prokurator von Samarien mobilisiert. Der Rabbi konnte nur antworten, er habe sehr wohl gehört, daß der Täufer unanständige Beschuldigungen die Ehe des Tetrarchen Herodes betreffend vorgebracht habe und noch immer vorbringe. Er fügte hinzu, daß er nichts dagegen unternehmen könne, da der Täufer ein wilder Mensch sei. Nun, der Rabbi war nicht böse bei dem Gedanken, daß man diesen Täufer zum Schweigen bringen und sich in Änon die Aufregung legen könne. All das, die neuen Riten, die Predigten, die Verwünschungen, die rätselhaften Erklärungen und die Prophezeiungen ohne jegliche Garantie, überschritt längst die Grenzen des Erlaubten.
Also war Isaak neugierig. Am Tag nach dem Besuch der Häscher nahm er sein Maultier und ritt zum Täufer. Er traf am Ufer des Flusses auf eine Menschenmenge, die viel größer war als die, die er bei seinen früheren Ausflügen zu Jokanaan gesehen hatte. Ein außergewöhnliches Ereignis schien in der Luft zu liegen, und so kam es auch: Jokanaan empfing einen Mann, der berühmt zu sein schien, einen schönen Mann mit blonden Haaren und stolzem Wuchs, der von einem großen Gefolge begleitet wurde. Isaak erkundigte sich nach ihm. Manche antworteten, sein Name sei Apollos, andere, Apollonios, aber alle sagten übereinstimmend, er sei ein großer Philosoph. Isaak kannte weder den Namen Apollonios, noch wußte er, was ein großer Philosoph war. Er war ganz Ohr und Auge und sah zu, wie Apollonios sich auszog und, athletisch und gebräunt, in den Jordan stieg, um mit seinen Schülern die geheimnisvolle Taufe zu empfangen. Isaak zählte sie: Es waren fünfzehn. Als alle wieder trocken waren, begann Jokanaan seine Predigt.
»Heute werde ich vom Fisch reden«, fing er an, »vom Fisch, der die beste Nahrung ist, wenn er frisch ist, doch ein schreckliches Gift, wenn er verdorben ist. Woher weiß man, daß ein Fisch verdorben ist? An seinem Geruch, werden manche von euch sagen. Doch es ist bekannt, daß unehrliche Köche den Geruch mit Hilfe von Gewürzen überdekken. Sie bereiten den Fisch mit Lorbeer, Koriander und Essig zu, und man braucht eine feine Nase, um den Betrug zu entdecken. Aber man weiß, daß ein Fisch verdorben ist, wenn man den Kopf mühelos ablö-

sen kann.« Er warf einen Blick in die Runde. Alle hörten ihm aufmerksam zu. »Manche Länder sind wie ein Fisch«, fuhr er fort. »Sie stinken vom Kopf her. Was ist der Kopf eines Landes? Sein Herrscher. Wir wissen zum Beispiel, daß Galiläa verdorben ist. Warum? Weil sein König, Herodes Antipas, Sohn eines Tyrannen, jenes Mannes, der den Tempel von Jerusalem zu seinem eigenen Ruhm nicht zu Ehren von Salomos Größe neu erbaut hat und der an schrecklichen Geschwüren starb, weil dieser König, sage ich, einen Frevel begangen hat: Er hat seinem Bruder Philippus die Frau, Herodias, gestohlen. Und er hat sie geheiratet, und diese Frau trägt in sich das Sperma zweier Männer, eine Sünde gegen das Gesetz. Und das wollen der Mann und die Frau sein, die Galiläa regieren, das Schicksal von Zehntausenden von Juden regieren, und der Hohepriester in Jerusalem und die Priester und Leviten des Tempels sprechen ihn von diesem Frevel frei und verschließen die Augen vor einer Sünde, die eigentlich mit der Steinigung bestraft werden müßte! Ich frage euch alle: Ist das das Beispiel, das der Herr eines Landes geben muß? Jeder Mann könnte morgen also die Frau seines Bruders nehmen und sie schänden, und wenn man es ihm vorwerfen würde, könnte er antworten, daß er es tun dürfe, da es der Tetrarch ja auch tue.«
Ein Gemurmel erhob sich.
»Ich sage euch allen, erzählt mir nicht, daß wir in Samarien sind und daß das, was in anderen Provinzen vorgeht, uns nichts angeht. Wir sind alle Juden, und morgen kann Herodes Antipas aufgrund einer Laune der Römer unser aller König werden. In diesem Fall werden wir einen blutschänderischen König auf dem Throne Davids haben und eine Königin, die ihren Namen ebensowenig verdient wie jene Frauen, deren Türschwelle Väter und Söhne, die den Herrn ehren, nicht einmal anzusehen wagen. Und ich nehme den Himmel zum Zeugen, und ich rufe Herodes an und fordere ihn auf, diese Frau wegzuschicken, damit sie für den Rest des Lebens bereue, und ich sage ihm auch: Herodes, weine bittere Tränen über deine Verirrungen, sonst ähnelst du einem verfaulten Fisch, und deine Pest wird das ganze Land vergiften!«
Isaak war aufgewühlt von der heftigen Anklage und auch von der Beredtsamkeit dieses hageren Mannes, den man den Täufer nannte. Diese Sünden meinte er also! Der Rabbi verspürte nicht mehr den

Wunsch, Herodes zu verteidigen oder zu behaupten, daß dessen Ehe ihn nichts angehe. Er mußte einfach an jene angemalte Frau denken, die in sich das Sperma zweier Männer erhitzte, und er war empört, wie es seine Söhne gewesen waren. Wie sie empfand auch er die Ehe des Herodes als Bedrohung seiner Männlichkeit. Immer noch in Gedanken versunken, hob er die Augen und entdeckte die beiden in der Menge. Väterliche Fürsorge trieb ihn dazu, sie weit von diesem Ort zu führen, an dem man so kühn den Skandal auf höchster Ebene anprangerte. Als er in ihrer Nähe war, unterhielten sie sich gerade mit Apollonios. Isaak packte den älteren am Arm, aber der junge weigerte sich mitzukommen, er packte den anderen, doch der weigerte sich ebenfalls. Isaak mußte also das Gespräch mit anhören.

»Die alten Götter sind tot«, sagte Apollonios. »Es kann sein, daß sie wahre Götter waren und besser, als die Juden glauben wollen, aber sie sind tot. Vielleicht sind sie tot, weil sie nationale Götter waren. Denn wir wissen jetzt, daß das Göttliche nicht zwischen die Grenzen eines Landes eingesperrt werden kann. Auch eure Religion wurde eingezäunt und ist zu eng mit der Macht, mit Königen und Hohenpriestern, mit Bauwerken verbunden ... Der Schöpfer der Welt ist universell. Er muß sowohl der Gott der Kappadokier und der Kreter als auch der der Juden und Ägypter sein ... Ich wußte all das, als ich in Alexandria war. Dann bin ich nach Palästina gekommen, weil ich von Jokanaan gehört habe als von einem tugendhaften Mann. Aber was sehe ich? Euer Gott ist noch viel provinzieller geworden als früher. Er war der Gott aller Juden, und jetzt hat Samarien eine andere Religion als Judäa ... Ihr zwei jungen Männer solltet im Osten und im Westen die Worte Jokanaans verbreiten, wie ich es selber tun werde, obwohl ich nicht einer der Euren bin ...«

»Habt ihr genau verstanden, was Jokanaan gesagt hat?« unterbrach ihn Isaak und wandte sich an ihn. »Du bist Grieche, was kümmert dich eine Sache der Juden? Denn es ist eine Angelegenheit der Juden, ja sogar nur einiger Juden, dieses schlechte Benehmen des Herrschers von Galiläa, und eine Angelegenheit der Juden ist auch die Ankunft des Messias. Was hältst du uns Reden über den Tod der Götter? Unser Gott ist jedenfalls *nicht* tot, und Er möge deine blasphemischen Worte verzeihen! Was säuselst du uns von einem universellen Gott, uns, die wir von Rom verfolgt werden, wo unser Ritus verboten ist? Und ihr beiden, meine Söhne, die ihr plötzlich von irgendeinem Wahnsinn ergriffen seid, seid ihr denn taub oder verrückt geworden, versteht ihr denn nicht mehr die aramäische Sprache eurer Väter? Dieser Jokanaan kündigt einen Herold des Herrn an, der wiederum das Ende der Welt verkünden soll! Wenn die Welt ohnedies bald enden soll, denn das sagt ja dieser Eremit, was müßt ihr dann in alle Himmelsrichtungen laufen, auf den Rat eines unbekannten Griechen hin, der den Wolken zuzuhören scheint? Ihr solltet nur noch beten und die Barmherzigkeit Gottes erflehen! Und wenn der Eremit ein Verrückter ist, der eine Rechnung mit Herodes zu begleichen hat, was müßt ihr euch ereifern, als ob die Gesetze der Welt sich ändern und die Bäume mit den Wurzeln in der Luft wachsen würden?«

Isaak hatte ohne Heftigkeit, und ohne die Stimme zu heben, gesprochen, aber voller Überzeugung. Die anderen drei dachten einen Moment lang nach.

»Man muß Jokanaans Rede deuten können«, sagte Apollonios dann. »Was er verkündet, ist das Ende einer alten Welt. Es ist das Ende der alten römischen Welt und der alten jüdischen Welt, und deshalb kann seine Predigt für einen Griechen wie mich anziehend sein, Rabbi. Das habe ich auch diesen beiden jungen Männern erklärt. Und der Messias, von dem er spricht, den gibt es. Ich habe ihn selber früher getroffen und nicht gewußt, wer er war ...«

Isaak schüttelte den Kopf. »Das Ende der alten jüdischen Welt«, murmelte er. »Schon das Reich Davids war zerfallen. Wie weit müssen wir noch hinabsteigen? Werden wir dieses Land verlassen müssen, in dem unsere Väter uns gezeugt haben?« Und er wandte sich um, bedeckte sein Haupt und schüttelte den Kopf.

Inzwischen bahnte sich in Nain, während Perez in Jerusalem vorsprach, die größte Erregung an, die Jesus jemals hervorgerufen hatte. Es begann noch während seiner Predigt auf den Stufen der Synagoge, die Perez sich anzuhören nicht mehr die Zeit genommen hatte.

»... Wer ist denn die Frau, die ihre heilige Verbindung mit dem Herrn gebrochen hat, um sich anderen hinzugeben?« fragte Jesus. »Sie gehört zu den obersten Kreisen der Gesellschaft! Ich war in Jerusalem, und ich habe den Tempel und die Priester gesehen, die seine Diener sind. Glaubt ihr, daß ihr Verhalten und ihre Gesichter den Kummer widerspiegeln, den unser demütiges Gebaren ihnen einflößen müßte? Nein, sie sind stolz und reich, ihre Bärte sind mit dem feinsten Nardenöl gepflegt, die Quasten an ihren Mänteln sind aus dickster Seide, es gibt für sie nur die ausgefallenste Nahrung, und ihre Truhen sind gefüllt mit Gold, dem Gold, das der Preis für ihre Schande ist. Wenn man in den Tempel kommt, sieht man einen Bereich, der den Geldwechslern vorbehalten ist, den Händlern, die an einem Tag mehr Geld verdienen als ein Arbeiter in einem ganzen Jahr, und das auf Kosten derer, die mit fremdländischen Geldstücken kommen, um Weihrauch, Tauben, Milch und andere Gaben für den Altar des Herrn zu kaufen. Dieses Geld wird also auf Kosten des Herrn gehortet! Und doch sind diese reichen Leute dieselben, die im ganzen Land den Scheffel Korn in Notzeiten zum Zehnfachen seines Preises verkaufen. Es sind dieselben, die Wucher treiben. Das alles wäre verständlich, wenn sie unsere Feinde wären. Aber angeblich sind es unsere Verteidiger und die Wächter unseres Glaubens!«

Lärm, Hochrufe, Stimmengewirr: »Einer von uns!« – »Es wurde Zeit, daß jemand hinausschreit, was jeder bei sich denkt!« – »Ein ehrbarer Mann!« – »Dieser Mann besitzt die Macht Jahwes!«

»Ich sage euch«, fuhr Jesus, ermutigt durch seinen Erfolg, fort: »Es gibt keinen schlimmeren Feind als den Feind im Innern.«

Noch mehr Lärm und Hochrufe.

»Was den Herrn am meisten beleidigt, ist«, sagte Jesus, »daß bei diesem Zustand ein Mann nicht mehr nach seinen Tugenden beurteilt wird, wie es der Fall war, als das Gesetz noch beachtet wurde, sondern nach seinem Vermögen. Ich sage euch, die, die ein Vermögen besitzen und ihre Seelen verkauft haben, um ihren Reichtum zu bezahlen, werden ärmer sein als der letzte Bettler, wenn sie vor dem Schöpfer erscheinen.«

Der Beifall wurde ohrenbetäubend.

»Aber der Arme, der weder seine Frau noch seine Schwester, noch seine Tochter, noch sich selber verkauft hat, dessen Reichtum wird vor dem Herrn unangetastet sein. Er ist wie das Senfkorn, das wachsen und blühen kann, während der Reiche wie das Korn ist, das der Wind ins Meer davongetragen hat.«

Ein tiefes Gemurmel, das wie ein dumpfes Brausen klang, begrüßte dieses Gleichnis. Sie hörten also zu, sie unterschieden zwischen der Bestätigung der göttlichen Gerechtigkeit und dem Lob der Tugend. Er suchte

in dunklen Augen, unter zerzausten Haaren und glatten Haaren, erkannte bittere Münder und noch weiche Lippen.
»Ich sage euch also im Namen unseres Vaters im Himmel, daß der Arme das Salz der Erde ist. Er soll nicht auf den Hochmut des Reichen achten, er soll wissen, daß er Gott so nahe ist, wie der nackte Fuß der Erde nahe ist, und daß er der wahre Hüter des Glaubens ist.«
Er breitete die Arme aus und ließ sie dann sinken, um zu zeigen, daß seine Ansprache zu Ende war. Doch sie warteten immer noch.
»Bist du der Messias, wie man sich erzählt?« fragte eine Stimme in der Menge, die sofort von anderen aufgenommen wurde.
»Ich bringe euch die Wahrheit, und diese Wahrheit gehört mir genauso wie allen anderen«, antwortete er.
»Aber bist du der Messias?« beharrte eine Frau.
»Gott bestimmt in Seiner unbegreiflichen Weisheit, wen Er will, und derjenige weiß es nicht einmal selber. Wenn ich der Messias bin, so weiß ich es nicht.«
»Stimmt es, daß das Ende der Welt nahe ist?« fragte ein anderer.
»Du, der mich das fragt, weißt du, wann du stirbst? Oder wann dein Bruder stirbt? Was ist für dich also der Unterschied zu unser aller Tod? Wirst du tugendhafter sein? Oder wirst du es etwa weniger sein? Ich sage euch, niemand auf Erden kann die Wege des Herrn erahnen, aber jeder muß bereit sein, jede Stunde des Tages und der Nacht vor seinem Schöpfer zu erscheinen.« Er trat einen Schritt zurück. »Kehrt zu eurer Arbeit zurück, und mögen die Worte, die ich euch überbracht habe, den Frieden bringen!«
Die Menge zerstreute sich.
»Jetzt«, meinte Simon, »würden diese Leute und viele andere dazu dir von Galiläa bis Jerusalem folgen, wenn du es verlangtest.«
»Ich bin kein General«, erwiderte Jesus. »Nur die Worte sollen nach Jerusalem gelangen.«
Simon schien unzufrieden mit der Antwort, aber Jesus konnte ihm nichts mehr erwidern. Er hatte gerade Thomas entdeckt, der ganz in eine leidenschaftliche Diskussion mit einem Fremden vertieft war. Als Thomas sich ihm zuwandte, trugen seine gequälten Gesichtszüge den Ausdruck eines Schauspielers, der Überraschung vortäuscht. In gezwungenem Ton erklärte Thomas, daß sein Gesprächspartner ein alter Bekannter und ein Schüler von Jokanaan sei und am Vortag bei der Taufe des Apollonios und seiner Schüler anwesend gewesen sei.

»Apollonios getauft!« murmelte Jesus.
»Aber er wird dir nicht gleichkommen, Herr. Er kann es nicht. Allein, die Zeit drängt. Du mußt deine Autorität in den großen Städten festigen. Und wir brauchen mehr Männer.«
»Ja«, meinte Andreas, »fünf sind zuwenig.«
»Nur der Teufel treibt zur Eile«, antwortete Jesus. »Gott wird Rat bringen.«
Am Abend wurde klar, daß Simon, Andreas und Philippus eine Unterbrechung wünschten, um ihre Familien wiederzusehen. Jesus stimmte zu. Am nächsten Tag war er allein mit Natanael und Thomas. Warum Natanael nicht auch zu seiner Familie gehe? Er müsse ihnen zu viel erläutern, erklärte der mit einem halben Lächeln.
Sie fanden ein Haus, in das sie sich zurückziehen konnten, denn die Mengen, die Jesus folgten, sobald er sich auf die Straße wagte, wurden langsam erdrückend. Und Jesus wollte sich ausruhen, während er auf die Rückkehr von Simon, Andreas und Philippus wartete. Natanael kümmerte sich zusammen mit einer Frau aus dem Dorf um das Essen, denn Thomas konnte nicht einmal ein Ei kochen. Tagsüber gingen sie auf der glühenden Straße um den Berg Tabor spazieren. Jesus grübelte. Jokanaan, der in der Nacht schwebte, die Python der Kadath, die Milch trank, das Wiedersehen mit Thomas, diese immer hitzigeren Menschenmassen ... die fünf Jünger ... Und all das in nur zwei Monaten, seit der Abfahrt in Ptolemais! Er suchte nach dem Sinn, dachte an die Worte des ägyptischen Priesters in Heliopolis. »Nur die Götter sehen den Teppich von vorne. Wir sehen nur die wirre Zeichnung auf der Rückseite.« Die Juden erwarteten etwas oder jemanden mit größerem Feuereifer, als er angenommen hatte. Bis jetzt war es ihm erschienen, als sei er erwählt worden, um der Mann zu sein, den sie sich als Befreier vorstellten. Er bot sich also für ihre Erwartung an, um so mehr, als es auch die seine war. Aber danach? Danach? Der Wind blies in seine Segel, aber zu welchem Hafen ging die Fahrt?
Thomas, der ihm auf seinem unregelmäßigen und manchmal sogar sprunghaften Weg folgte, schien das Echo seiner Überlegungen aufzufangen. »Und danach?« fragte er eines Tages, als Jesus stehengeblieben war, um sich im Schatten eines Maulbeerbaumes auszuruhen.
»Danach?« wiederholte Jesus beunruhigt.
»Ja, danach«, meinte Thomas. »Wir säen die Empörung. Was werden wir ernten?«

»Wenn Empörung das Wort Gottes ist, haben wir nichts zu befürchten.«
»Ich sage nicht, daß wir etwas zu befürchten haben. Ich frage: Wohin gehen wir?« Und da Jesus nicht antwortete, fuhr Thomas fort: »So wie es aussieht, mußt du am Ende Herr von fünf Provinzen sein. Du hast die Macht, und diese Macht wird in Konflikt mit der des Tempels geraten, dann mit den Häschern Roms. Denkst du daran?«
»Nein«, erwiderte Jesus.
Und Thomas brach in ein so seltsames Gelächter aus, daß Natanael ihn ansah, als sei er verrückt geworden, ein Lachen, das an das durchdringende Quietschen eines Flaschenzuges erinnerte.
Jesus lächelte. Aber in Wahrheit wußte er keine Antwort auf Thomas' Frage.
Kaum waren sie in Kana angekommen, als man sie auch schon auf der Straße erkannte. Man begleitete sie, Kinder tanzten händeklatschend hinter ihnen her. Unbekannte kamen zu Jesus, um ihm zu sagen, daß seine Mutter im Ort sei. »Sie werden bald noch die Größe deiner Sandalen wissen«, murmelte Thomas. Sie ließen sich zu dem Haus führen, wo Maria wohnte. Jesus traf sie in Begleitung von Justus, Simon, Lydia und Lysia an. Sie waren alle zu einer Hochzeit gekommen, die am Abend stattfinden sollte. Ein vermögender entfernter Verwandter hatte darauf bestanden, die ganze Familie zur Hochzeit seines Sohnes einzuladen. Auch Jesus und seine Begleiter waren eingeladen.
Das Haus, in dem die Hochzeit gefeiert werden sollte, war nach römischer Art gebaut, das heißt, es bestand aus Gebäuden, die einen quadratischen Hof umgaben, in dessen Mitte ein Brunnen plätscherte. Fackeln und Leuchter standen überall bereit, und ein Heer von Dienstboten wartete auf die ersten Schatten der Nacht, um sie anzuzünden. Man stellte nebeneinander lange Tische auf, hob Weinkrüge auf Dreifüße und hängte Girlanden aus Blumen über die Türen. Die ersten Gäste kamen vor Sonnenuntergang. Zuerst drängten sich vor dem Haus junge Männer in Prunkgewändern mit bunten Streifen und bestickten Kragen. Ihre Haut glänzte frisch gewaschen, ihre Haare waren eingeölt und parfümiert. Unter den Blicken der Gaffer organisierten sie Spiele, warfen zum Beispiel Flaumbäusche hoch, die man mit einer Hand auffangen mußte. Darauf kam eine Gruppe junger Mädchen in noch prächtigeren Gewändern, die so taten, als wür-

den sie die jungen Männer nicht beachten. Sie kicherten und flohen vor deren Späßen zu den Gemächern der Braut. Auch ältere Leute trafen ein, die unter dem wachsamen Blick eines alten Dieners Geschenke auf einen Tisch am Eingang legten. Endlich wurden die Fakkeln und die Kerzen angezündet, der Mond ging auf, Lachen und Gesang erklangen. Der Bräutigam erschien, und man drängte sich um ihn, um ihn zu beglückwünschen. Er bemerkte Jesus und löste sich von seinen Freunden, um schüchtern den Segen des unerwarteten Gastes zu erbitten, von dem er schon so viel gehört hatte.

Ein Mann hatte Jesus und seine Begleiter schon seit dem Beginn des Empfangs beobachtet. Jesus erkannte in dem Greis mit den feuchten Augen und der gerunzelten Stirn den Rabbi von Kana und kurz darauf einen Feind. Der Mann kam nämlich zu ihm und bat ihn mit erhobener Stimme und in feindseligem Ton, wobei sein gabelförmiger Bart wie umgekehrte Hörner abstand: »Bist du der, von dem man sagt, er sei der Messias?«

Schweigen trat ein.

»Die Männer Gottes hören auf die Stimme ihres Herrn und nicht auf den Lärm der Straße, Rabbi«, erwiderte Jesus.

»Willst du damit sagen, du bist nicht der Messias?« fuhr der Rabbi fort. »Warum läßt du es dann zu, daß man es behauptet?«

»Der Fuchs auf den Feldern fürchtet den Stab des Schäfers, aber der Schäfer fürchtet nur das Feuer des Himmels«, antwortete Jesus.

Der Rabbi lachte. »Solltest du das Feuer des Himmels sein?« fragte er.

»Und glaubst du, du bist ein Schäfer, Rabbi?«

Der Rabbi atmete durch, straffte die Schultern und ging zu seiner Gruppe zurück. Die Szene hatte sich unter den Augen des hilflosen Bräutigams abgespielt. Er ließ das Essen etwas früher servieren, um die Gäste abzulenken. Die Männer setzten sich an einen langen Tisch auf einer Seite des Hofes, die Frauen an einen auf der anderen Seite. Der Bräutigam plazierte den Rabbi zu seiner Rechten und Jesus zu seiner Linken, was ersterem den Appetit zu verderben schien. Jesus dagegen verspeiste seine gebratenen Wachteln, die Gerstensoße und auch noch die letzte gefüllte Dattel mit ungeteiltem Vergnügen, während er mit seinem Nachbarn Zitate aus dem »Hohenlied« austauschte. Im Gegensatz zu anderen Gästen, die zum Ende des Essens

hin einen benommenen Eindruck erweckten, weil sie viel getrunken hatten, behielt Jesus einen klaren Kopf. Er hatte das Getränk gekostet und zu stark befunden; es war Wein aus Chios, den man zweifellos in neuen Krügen transportiert hatte, so daß er durch die Verdunstung zu stark eingedickt war.
Gesänge stiegen in die Nacht auf, und junge, weißgekleidete Mädchen, die eine Lampe in der Hand hielten, betraten den Hof und stellten sich dann neben dem Baldachin auf, den man gegenüber vom Eingang aufgebaut hatte. Sie stellten die törichten und die weisen Jungfrauen dar. Die Braut nahm Platz unter dem Baldachin, gekrönt mit einer vergoldeten Girlande, das Gesicht gerötet in Erwartung ihres zukünftigen Gatten, der, begleitet vom Rabbi, Jesus und den Männern seiner Familie, auf sie zutrat.

»Meine Taube, die in der Felswand nistet
Oder in den Spalten der hohen Gletscher,
Laß mich dein Gesicht sehen,
Deine Stimme hören ...«

sang der Mann mit warmer und leichter Stimme. Und die Gäste sangen:

»Fangt sie für uns, die Schakale,
Die kleinen Schakale,
Die unsere Weinberge verwüsten,
Wenn die Reben blühen.«

Der junge Mann mußte ganz langsam gehen. Die Jungfrauen schützten sorgfältig die Flammen ihrer Lampen. Als der Bräutigam sang:

»Der Brunnen in meinem Garten
Ist eine Quelle fließenden Wassers aus dem Libanon.
Wach auf, Nordwind, komm nur, Südwind ...«

konnten nur fünf Jungfrauen ihre Flamme vor dem Luftzug schützen. Die zukünftigen Eheleute standen sich nun gegenüber. Ein Granatapfel wurde auf den Boden geworfen, wo er zerbarst, Parfümflaschen wurden vergossen, während der Rabbi die Trauformeln rezitierte und der junge Mann aufrecht stehend die Hand des Mädchens hielt. Wie

immer weinten die Frauen, wohingegen die Männer in Hochrufe ausbrachen. Jesus sah Tränen auf den Wangen seiner Mutter. Er fragte sich, ob sie der Erinnerung oder dem Bedauern entsprangen. Als die Tränen getrocknet waren, brachten die Diener dem jungen Paar die Geschenke. Sie verkündeten dabei, während sie zu ihren Füßen Silberteller, Leuchter, Stoffe und Seidengewänder, Gewürzsäckchen und klingende Geldbörsen niederlegten: »Das wird geschenkt von David, dem Sohne des Mathat« oder: »Das wird geschenkt von Myriam, der Mutter des Barnabas« und so weiter.
Der Herr des Hauses bat, man solle zu trinken bringen, doch die Dienstboten erwiderten, es gebe keinen Wein mehr. Da war aber auch kein Händler in Kana, der genug Wein für Dutzende von Leuten gehabt hätte, die Bestände waren verkauft. Jakob, der junge Ehemann, konnte nur schwer seine Verlegenheit verbergen. Der Rabbi zwinkerte gehässig mit den Augen, als hätte er schon gewußt, daß in einem Haus, in dem man Leute wie Jesus einlud, bei Anlässen wie einer Hochzeit der Wein ausging. Sein Gesichtsausdruck ärgerte Jesus, zumal der Rabbi, der zweifellos schon angeheitert war, erklärte: »Ist es nicht seltsam, daß wir keine Getränke mehr haben, wo doch ein Wundertäter unter uns ist?«
»Groll hat noch keinen genährt«, sagte Jesus laut, »und auch keine Traube, die auf einem verdorbenen Weinberg wuchs.«
»Ja«, rief Natanael mit dröhnender Stimme, »wenn gewisse Leute Durst haben, warum holen sie nichts aus ihrem eigenen Keller?«
Manche Gäste fingen an zu lachen und schlugen tatsächlich vor, man solle Wein aus der Synagoge holen. Inzwischen hatte Jesus den Mundschenk gerufen, um mit ihm die leeren Krüge zu untersuchen. Eine Art Sirup hatte sich auf ihrem Boden angesammelt. Er ähnelte den Rückständen, die man sonst in viel geringerem Umfang am Boden der Krüge mit palästinensischem Wein fand und die man immer ausspülte, wenn man neuen Wein einfüllte.
»Ich habe noch nie einen so dicken Satz gesehen«, meinte der Mundschenk.
»Vielleicht kann man zusätzlichen Wein erhalten, wenn man Wasser dazugibt, um ihn aufzulösen«, sagte Jesus.
»Die Rückstände sind sauer«, bemerkte der andere.
»Es sind nicht nur Rückstände, es ist Wein, der sich in Sirup verwan-

delt hat, weil infolge der Wärme auf dem Schiff aus den neuen Krügen zuviel verdunstet ist. Füllt einen Krug mit Wasser und gebt mir einen Stock!« sagte Jesus, der sich erinnerte, auf seinen Reisen schon von derart eingedicktem Wein gehört zu haben.
Man füllte einen Krug; Jesus löste den Satz am Boden mit Hilfe des Stockes auf, den man ihm gebracht hatte. Der Mundschenk blickte skeptisch drein. Dann verlangte Jesus von diesem gestreckten Wein zu kosten; er war zwar viel leichter als der erste, der viel zu alkoholhaltig und zu dickflüssig gewesen war, aber er war durchaus trinkbar.
»Hast du nie zuvor griechischen Wein serviert?« fragte Jesus den Mundschenk.
»Um ehrlich zu sein, Herr, nein. Ich empfehle immer die Weine aus Galiläa und Syrien, die in Ziegenschläuchen geliefert werden und wenig Rückstände enthalten. Es ist das erstemal, daß ich Wein aus Krügen serviere. Aber unsere Herren haben darauf bestanden, daß man griechischen Wein serviert, weil er seltener ist.«
Jesus reichte dem Mundschenk seinen Kelch, und der probierte von dem gestreckten Wein. Er trank einen Schluck, hob die Augenbrauen und erklärte den Trank für durchaus annehmbar. Angesichts des angetrunkenen Zustands der meisten Gäste, meinte er ein wenig ironisch, könnte ein etwas leichterer Wein nicht schaden. Und nachdem er den Bediensteten aufgetragen hatte, mit den Rückständen in den übrigen Krügen so zu verfahren wie mit dem ersten, verbreitete er sich in Lobpreisungen über das Wissen seines Helfers, ohne den das Fest verdorben gewesen wäre.
Alle sahen neugierig dem Gespräch zwischen Jesus und dem Mundschenk zu, ohne recht zu erkennen, was sie taten, da die beiden unter den Arkaden standen, in jenem Bereich, der den Dienern vorbehalten war. So wußte auch niemand etwas über den Ausgang der Unterhaltung. Als wenig später die Bediensteten die Kelche der Gäste neu füllten und mit dem des Rabbis anfingen, erhob sich unter den Anwesenden ein Gemurmel.
»Woher kommt dieser Wein?« fragte der Rabbi alarmiert.
Dieselbe Frage kam aus vielen Mündern.
»Dieser Mann hat mich reines Wasser in die leeren Krüge gießen lassen, und es hat sich in Wein verwandelt«, erwiderte der Mundschenk geheimnisvoll.

Das Gemurmel wurde zum Geschrei, und der Rabbi erblaßte.
»Herr!« rief Jakob. »Dein Gesandter hat mein Haus gesegnet!« Der Vater des Bräutigams ließ laut vernehmen, daß das Wasser sich am Tage der Hochzeit seines Sohnes in Wein verwandelt habe, was auf eine zahlreiche Nachkommenschaft schließen lasse. Dann ging er zu Jesus und küßte ihm die Hände. Die Frauen schwatzten laut und scharten sich um Maria. Das Wort »Wunder«, das zunächst nur schüchtern über allem schwebte, verwandelte sich zu einem Summen, das wie ein Bienenschwarm über der Festversammlung dröhnte. Eine große Feierlichkeit breitete sich aus, und für Scherze, wie sie sonst üblich waren, und situationsbedingte Anzüglichkeiten war kein Platz mehr. Man servierte wieder reichlich Wein.
Thomas, der schon eingeschlafen war, wurde wie die anderen Jünger unsanft geweckt. In das Spektakel blinzelnd, fragte er: »Was ist los? Was geht hier vor?« Da wiederholte der Mundschenk seine Geschichte ungerührt zum zehntenmal. Der Rabbi hatte sich mit einigen Anhängern abgesondert, die Frischverheirateten blieben bei Jesus und reichten ihm vorsichtig ihre Kelche.
»Alle servieren doch normalerweise zuerst den besseren Wein«, meinte Jesus, »und warten, bis alle Gäste betrunken sind, um dann den zweitklassigen Wein zu servieren. Aber ihr habt den besten für den Schluß aufgehoben.«
Nur Thomas nahm das Augenzwinkern wahr, das ihm galt.
»Das ist nicht mehr mein Wein«, sagte Jakob, »das ist der Wein des Himmels. Ein größeres Hochzeitsgeschenk wurde noch niemals gemacht.«
Jesus nickte. Müde verabschiedete er sich von seinen Gastgebern und seiner Mutter. Als er ging, hörte er, wie der Bräutigam den Psalm rezitierte, den er so gut kannte: »Der Herr ist mein Hirte / Mir wird nichts mangeln ...«
Die Jünger, die Jesus folgten, verlangten eine Erklärung.
»Ich habe Wasser in Krüge gießen lassen, die sie für leer hielten«, antwortete Jesus.
Am nächsten Tag summte ganz Kana von Berichten über das, was man mit immer größerer Gewißheit als Wunder beschrieb. Drei Tage später begann für den Rabbi Perez jene Periode der Schlaflosigkeit, und sein Kollege, der Rabbi Isaak, begann sich zu fragen, was in seinen Söhnen vorging.

»Galiläa ist erobert!« rief Simon aus.
»Und du hast nur dem Satz reines Wasser beigefügt?« fragte Natanael noch einmal.
»Was macht denn Jokanaan am Jordan?« meinte Jesus daraufhin. »Er gießt Wasser auf den Satz der Seelen.«
Wieder einmal wurde das Maultier mit Geschenken beladen, und wieder einmal zogen Jesus und seine Jünger weiter nach Norden. Die Luft schien heiß vom Wettstreit des Thymians und des weißen Heidekrauts entlang der Straße. Philippus und Thomas hingen ihren Träumen nach, während Andreas und Simon den Zug anführten. Natanael sang. Als er an den Streich dachte, den er dem Rabbi gespielt hatte, lächelte Jesus. Solche Halunken erlagen nur der Angst, der Ausschweifung und der Gier; er hatte sich der Angst bedient. Er würde öfter zu ihr Zuflucht nehmen müssen.

VII.

Unterhaltung in einer Taverne

Sie erreichten Kafarnaum mit einem Gefühl, das gleichzeitig an Trunkenheit und Unbehagen erinnerte. Der Weg, der vor Jesus und seinen Begleitern lag, schien breiter zu werden. Die Hindernisse – Mißtrauen, Feindseligkeit der Rabbiner und ihrer Anhängerschaft, Zweifel über die Tatsache, daß Jesus der Messias war – fielen mühelos. Auf ihrer Reise in den Norden war Jesus als ein Mensch empfangen worden, den man schon lange erwartet hatte, und keiner schien sich mit dem bevorstehenden Ende aller Zeiten aufzuhalten, das, wie Jokanaan sagte, die Ankunft des Messias voraussagte. Wie weit sollte er gehen? Würden sie Jerusalem einnehmen, wie man eine reife Feige pflückt?

Jesus, der müde von der Reise und den Menschenmengen war, hatte sich nach einem Mahl aus geronnener Milch und Salat zum Schlafen zurückgezogen. Maria, die ihnen gefolgt war, weil sie kein richtiges Zuhause hatte, war dabei, Wäsche mit Holzasche zu reinigen, um sie am nächsten Morgen zusammen mit der Frau des Wirtes zu spülen. Die Frauen kannten sich von früher, und ihr Gespräch zog sich bis tief in die Nacht hinein. Simon, Andreas, Thomas, Philippus und Natanael, die nach dem Mahl allein geblieben waren, tranken in der Taverne Wein und wollten noch nicht schlafen. Es war das erstemal, seit sie sich begegnet waren, daß sie ohne Jesus beisammensaßen, und es war eine neue Erfahrung für sie.

»Diese Geschichte in Kana ...« sagte Philippus, als denke er laut. Ihre Blicke trafen sich; sie hatten ihre Gedanken nicht von dem lösen können, was Philippus hartnäckig »diese Geschichte« nannte. »Nun, sie scheint seinem Ruf mehr genützt zu haben als die vorigen Wunder. Ihr habt es ja gemerkt, alle wußten davon.«

»Warum nennst du das eine ›Geschichte‹?« fragte Thomas.

»Ich will damit sagen ...« stammelte Philippus und fügte, als er sich wieder fing, hinzu: »Nun, war es denn wirklich ein Wunder?«

»Was ist ein Wunder?« fragte Natanael. »Es hängt vom Betrachter ab. Für den Allmächtigen, so nehme ich an, ist alles ein Wunder oder nichts, da alles nach Seinem Willen geschieht.«
»Schließlich hat er uns gesagt«, beharrte Philippus, »er habe nichts anderes getan, als Wasser auf den dicken Satz des griechischen Weines gegossen.«
»Du hättest das nicht gemacht«, erwiderte Andreas. »Es war wie ein Wunder, also nenne ich es auch ein Wunder.«
»Aber Gott war dabei nicht im Spiel«, meinte Philippus.
»Woher weißt du das? Du hast selber gesagt, daß nichts ohne Seinen Willen geschieht. Die Hand Gottes war sicher da, weil es genau dann passiert ist, als es passieren mußte.«
»Das ist es also«, sagte Natanael. »Es ist ein Wunder, weil es passiert ist, als es passieren mußte. Ich bin nicht sicher, ob das meiner Vorstellung von einem Wunder entspricht.«
»Keiner verpflichtet euch, daran zu glauben, euch beide«, warf Simon ein. »Wenn ihr nicht glaubt, daß Jesus der Messias ist und Wunder vollbringt, könnt ihr euch beim Hohenpriester in Jerusalem beschweren!«
»Ich werde nicht mehr darüber reden«, gab Philippus nach.
»Um so besser«, sagte Simon. »Wir sind keine griechischen Philosophen.«
»Was man noch abwarten muß«, meinte Thomas, »ist, ob alle Jesus als den Messias empfangen werden. Und was sollen wir antworten, wenn man uns fragt, was genau ein Messias ist?«
Simon wurde rot. »Was heißt das?« fragte er mit vor Empörung erstickter Stimme. »Willst du damit sagen, du weißt nicht, was ein Messias ist? Oder daß die Leute es nicht wissen?«
»Nun«, sagte Thomas, »darf ich dich daran erinnern, daß du nicht unser Anführer bist? Auch würde ich einen liebenswürdigeren Ton sehr schätzen. Ich sage es dir klipp und klar, Simon: Finde mir in den Büchern nur eine einzige klare Erwähnung des Messias! Und ich habe sie gelesen, die Bücher!« erklärte er plötzlich herrisch.
»Der Messias …« setzte Simon an, der immer röter geworden war. Dann explodierte er: »Aber Thomas, du machst dich über mich lustig! Alle wissen, wer er ist, da alle auf ihn warten.«
»Bruder«, erwiderte Thomas seufzend, »das Wort ›Messias‹ bedeu-

tet ›der, der die Salbung empfangen hat‹, was heißt, daß er ein Hohepriester oder König sein muß oder auch beides, was aber außerdem heißen könnte, daß der Hohepriester in Jerusalem ein Messias ist. So ist es eben. Jesus ist kein Hoherpriester, und er würde sich weigern, einer zu werden, und er ist auch kein König, und außerdem habt ihr ihn alle seit Wochen gehört; er hat kein einziges Mal gesagt, daß er der Messias ist.« Die Augen der anderen wurden rund. »Zudem«, fuhr Thomas fort und deutete mit seinem knochigen Finger auf Simon, »versuche doch nur zu erklären, daß ein Messias ein Hoherpriester oder ein König ist, und du kannst alles vergessen!« Er trank einen großen Schluck aus seinem Becher und fügte hinzu: »Wenn du das sagen würdest, Simon, du Dickkopf, würde man dich sofort als Aufwiegler verhaften. Glaubt mir, Jesus weiß genau, was er tut, wenn er sich weigert zu sagen, daß er der Messias ist!«
»Aber ist er es?« fragte Philippus.
Andreas hob die Arme zum Himmel. »Glaubst du, er ist es und sagt es uns nicht? Sieht ihm das ähnlich? Und was wäre denn das für ein Messias, der dies zu sein leugnet?«
»Also, was ist er denn deiner Meinung nach?« fragte Simon.
»Ein von Gott gesandter Mensch, über den man sich bis jetzt nicht im klaren sein kann.«
»Und warum sagt Jokanaan, daß Jesus der Messias ist, und wie kommt es, daß er noch nicht verhaftet wurde?« fragte Natanael. »Schließlich hat er Jesus vor uns allen gekannt, und er muß es doch wissen.«
»Jokanaan ist eine Art Prophet, wenn ich auch nicht sagen kann, ob es überhaupt verschiedene Propheten gibt, geschweige denn, ob Jokanaan einer ist. Auf jeden Fall glaube ich nicht, daß er noch lange verbreiten wird, daß Jesus der Messias ist. Und wenn Jokanaan kein Prophet ist, so ist es ohnedies egal, ob er es verbreitet oder nicht.«
»Du hast einen sehr trockenen Humor, Bruder«, meinte Andreas.
»Ich und einen trockenen Humor!« rief Thomas. »Bruder, ich weiß nicht, wer von uns beiden den ausgedörrteren Witz hat! Hätte ich euch heute abend nicht gewarnt, wärt ihr schon lange verhaftet worden, weil ihr Dummheiten von euch gegeben habt.«
Sie tranken wieder, um die Spannung zu lösen. Dann fragte Philippus: »Und was machst du bei uns, Thomas? Was machen wir alle bei Jesus?«

Thomas nickte und schürzte die schmalen Lippen. Er legte die Hand auf sein Knie und antwortete: »Die Wache auf einem Schiff in der Nacht sucht den Leuchtturm. Ich habe Jesus vor vielen Jahren getroffen. Es geschah eines Abends am Ufer des Orontes. Ich war verzweifelt. Ich, Thomas von Didyma, der Heiler, den Leute aus Patras und aus Delphi konsultierten, weil er die Orakel des Äskulap enträtseln und entscheiden konnte, ob ein Kind seine Reife erreichen, ein Mann das vierzigste Jahr überschreiten und eine Frau ihre Leibesfrucht austragen würde. Aber ich war ziellos. Ich hatte meinen Meister verloren, einen großen Philosophen, von dem ihr sicher gehört habt, Apollonios von Tyana. Seine Lehre war groß wie die Welt. Er wußte, wie man einen Schlangenbiß heilt, und er konnte an der Statur eines Mannes erkennen, unter welchem Stern er geboren war und an welcher Krankheit er sterben würde. Apollonios war tugendhaft und schön, und obwohl er sehr einfach gekleidet war, übte er auf alle große Wirkung aus, und mehr als nur ein König fragte ihn um Rat. Ein großer Weltengeist flüsterte ihm Tausende Geheimnisse ins Ohr. Er war für sich schon eine Religion. Seine Stimme erfüllte die Nacht mit Musik und mit Träumen und ließ den Tag noch heller leuchten. Und doch habe ich, Thomas von Didyma, ihn verlassen.«
»Warum?« fragte Natanael, dessen Augen vor Ungeduld glänzten.
»Ja, warum? Eines Tages werde ich ganz verstehen, warum ich ihn verlassen habe. Alles, was ich weiß, ist, daß ich gegangen bin, weil mir das Herz weh tat. Dieser Apollonios war trotz seiner geistigen Kräfte eine Statue. Ich bewunderte ihn so sehr, wie ein Mann nur einen anderen bewundern kann. Und doch rührte er mich nicht! Er hat mir über die Welt mehr beigebracht, als ich in mehreren langen Leben erfahren hätte können. Wie manche Elemente sich in andere verwandeln können, wie das Feuer vulkanische Materie aus jedem Gegenstand heraustreibt und wie man ein Fieber von einem anderen unterscheidet, auch wie man Fieber senkt, zum Beispiel mit Hilfe von Weidenrinde, da dieser Baum am Wasser wächst und dessen Eigenschaften angenommen hat …«
Sie hörten zu; ihnen schwindelte. Es gab also ein anderes Wissen als das aus den Heiligen Büchern.
»Aber er verwandelte auch mein Fleisch zu Stein. Wenn man alle Gesetze kennt, wird man gleichgültig. Und, Brüder, ich wollte nicht in

Stein verwandelt werden. Kein Glauben an eine Idee, nein! Ich bin fleischlich und will es bleiben, und ich will mich nicht in eine dieser tönenden Mumien verwandeln, zu denen manche Einsiedler werden. Ich ...« Er schüttelte den Kopf und vergrub die Finger in seinem grauen Haar. Seine Gesten waren wirr, und seine Stimme wurde fast unhörbar. Verließ ihn der Verstand? »Vielleicht könnt ihr mir nicht folgen ... Ohne Herz und ohne Fleisch ähnelt der Geist jenen Staubwirbeln, die sich an windigen Tagen in der Wüste erheben und bei denen man sich fragt, ob ein böser Zauber ihnen nicht bald Beine, Arme, einen Kopf und eine Stimme gibt ... Ideen kommen und gehen, ohne Spuren zu hinterlassen, wenn sie nicht im Blut, in den Eingeweiden, im Schoß und den dunkelsten Regionen der Lenden verwurzelt sind... Ihr Glanz blendet wie Schuppen auf dem Meer in der Sonne, und dann sterben sie mit den Wellen und der Nacht ... Sie sind wie jene Huren, mit denen man nur eine Nacht verbringt ... Apollonios schüttete Ideen aus wie aus einem Füllhorn, und er berauschte sich an ihnen und berauschte andere damit. Wenn ich wieder nüchtern war, hatte ich Hunger nach etwas anderem. Etwas anderes«, wiederholte Thomas mit heiserer Stimme. »Apollonios«, fuhr er nach einer Weile fort, »hat mir jedoch eine Vorstellung nähergebracht, die ich mir gemerkt habe: Alles, was existiert, ist in zwei Bereiche geteilt, den Geist und die Materie. Den Meistern folgend, die ihn geprägt haben, nahm er an – und hier bin ich nicht mehr mit ihm einverstanden –, daß die Materie schlecht und der Zerstörung geweiht ist, während der Geist gut und der Ewigkeit gewidmet ist. Er nahm auch an, daß über dem Gott der Materie und dem Gott des Geistes ein höherer Gott herrsche, den er den Großen Geist oder den Höchsten Geist des Universums nannte. Ja, es gibt zwei Bereiche: den ewigen Geist und die flüchtige Materie, aber ich glaube nicht, nein, ich spüre nicht, daß alle Materie schlecht und aller Geist gut ist. Was ihr, Simon und Andreas, bei unserem ersten Gespräch nicht begriffen habt, war das Rätsel, das Jesus für mich gelöst hat. Ihm war das Wissen angeboren, daß das Korn nicht schlecht ist, obwohl es Materie darstellt, und daß der nicht materialisierte Teufel in der Nacht böse Einflüsterungen in unsere Ohren haucht. Bis dahin verachtete ich die Materie und die Irrungen des Fleisches, aber Jesus hat mich anderes gelehrt.« Er ließ den Blick über seine Zuhörer schweifen.

»Jesus hat dich gelehrt, die Irrungen des Fleisches nicht zu verachten?« fragte Simon stirnrunzelnd.
»Ja«, meinte Thomas provozierend. »Die einzige Sünde ist der Starrsinn. Was ihr Sünde nennt, sind das Stroh und der Mist, der das Korn wachsen läßt. Ein Mensch ohne Sünde ist überheblich. Habt Mitleid mit dem Sünder, aber liebt ihn! Seine Sünden sind der Boden, auf dem die Blumen seiner Tugend blühen.«
»Auf alle Fälle«, meinte Simon, »ist Jesus ohne Sünde.«
»Ich habe ihn in Antiochia getroffen, habe ich euch erzählt. Und er ist auch nur ein Mensch«, erwiderte Thomas rätselhaft.
»Was willst du damit sagen?« fragte Simon.
»In Antiochia war er auch ein Sünder«, sagte Thomas langsam und sah Simon in die Augen.
»Unerträglich!« schrie Simon. »Das ist unerträglich!«
Und Andreas und Philippus riefen fassungslos: »Willst du damit zu verstehen geben, daß wir einem Sünder folgen?«
»Ist es nicht so?« fuhr Thomas in herausforderndem Ton fort. »Folgst du ihm nicht, Simon? Folgst du nicht einem Mann, der, wie er selber gestanden hat, zum Beispiel Schweinefleisch und Samariterspeise aß?« Als das Echo seiner Worte verklungen war, sagte er: »Du, Simon, bist voller Hochmut, wie ich schon sagte. Du hast nie Schweinefleisch gegessen, und du haßt natürlich die Samariter, und doch weißt du wohl, daß dieser Sünder dir überlegen ist, und du weißt es so gut, daß du ihn als Herrn akzeptierst. Dein Herr ist ein Sünder, Simon! Ich bin stolz darauf und glücklich darüber. Und wenn du kein Sünder bist, Simon, wäre es gut, wenn du in ein Bordell gingst, um das Leben ein wenig besser zu verstehen. Wem willst du predigen? Denn wir werden bald predigen müssen. Den Engeln? Reine Geister brauchen deine arme Lehre nicht, Simon, und die, deren Glauben makellos ist, brauchen sie auch nicht, Andreas! Ihr wollt alle wissen, warum ich Jesus folge. Weil ich sein Gesicht beobachtet habe, als er dieses kranke Mädchen in Samaria heilte. Er hatte die Last der Krankheit dieses Mädchens auf sich genommen. Ich habe auch gesehen, wie Apollonios Kranke heilte. Der empfand kein Mitleid. Er handelte wie ein Beamter des Höchsten Geistes, der ein Edikt anwendet. Er hielt sich für sündenfrei.«
Simon legte den Kopf in die Hände, als leide er unter unerträgli-

chem Schmerz, Andreas schien alt und krank zu sein, Philippus verdrehte verwirrt die Augen. Natanael aber kniff sich mit Zeigefinger und Daumen in die Unterlippe.

»Herr«, murmelte Simon, »folgen wir also in Deinem Namen einem Mann, der ein Sünder ist? Ist das da Dein Bote?«

»Simon!« rief Thomas. »Hast du geglaubt, du folgst einem Engel? Hast du nie daran gedacht, daß Engel keine Mütter haben? Und wenn Jesus ein Engel wäre, was wäre denn dann dein Verdienst? Einem Engel würde jeder Mensch folgen. Oder habt ihr, Brüder, in wahnhafter Eitelkeit angenommen, ihr wärt vom Allmächtigen auserwählt worden? Habt ihr das wirklich geglaubt?«

»Du wirst uns mit deiner Philosophie noch verrückt machen, Thomas!« sagte Philippus lächelnd. Er streckte sich und schloß die Augen.

»Philosophie?« schimpfte Thomas. »Es gibt in dem, was ich sage, nichts Philosophisches – nur gesunden Menschenverstand.«

»Und wohin wird uns dieser Mann nun führen?« fragte Philippus.

»Wenn man es euch sagte, würdet ihr es nicht verstehen. Alles, was ich euch sagen kann, Brüder, ist, daß ihr ihm folgt, weil ihr ihn unwiderstehlich findet und ihr nicht anders könnt. Er ist wie eine Musik, die in der Ferne gespielt wird. Man sieht die Musikanten nicht, doch trotzdem schlägt das Herz in ihrem Rhythmus.«

»Das gleiche könnte man auch vom Teufel sagen«, murmelte Natanael.

»Ja, das könnte man«, gab Thomas trotz Simons entrüstetem Blick zu. »Und doch wissen wir, daß er nicht der Teufel ist. Woher wissen wir es? Nicht mit unseren Köpfen; mit dem Kopf kann man nichts wissen. Nein, Simon, schau mich nicht so an! Wir wissen, was wir wissen, mit dem Herzen und dem Fleisch. Die Wahrheit durchdringt uns wie ein Schwert. Du hast keinen Beweis dafür, daß etwas – und sei es Gott – existiert, Simon. Und doch weißt du es. Dieses Schwert durchstößt den Panzer der Worte, um unsere Herzen zu erreichen.«

»Du bist betrunken«, sagte Andreas und stand auf.

»Dein Pech ist es, Andreas«, erwiderte Thomas, »daß du deinen Verstand so hochschätzt, daß du es dir niemals erlauben wirst, betrunken zu sein. Und weißt du, warum, Andreas? Weil du fürchtest, daß die Trunkenheit deine Blößen enthüllt.«

»Sollen doch die anderen die ihren bedecken«, sagte Andreas und ging.

»Die Art, wie du dich der Worte bedienst, ist gefährlich, Thomas«, meinte Simon und trank seinen Becher leer. »Sobald die Gefühle schwanken, wird dich die Qual des Zweifels annagen.«

»Ich ziehe den Zweifel der Undurchsichtigkeit der Sadduzäer vor«, antwortete Thomas. »Ich trinke auf den Zweifel!«

Er blieb allein mit Philippus und Natanael, die auf ein letztes Wort zu warten schienen.

»Wir sind auf Erden«, sagte er und leerte nun ebenfalls seinen Becher. »All dies geschieht auf Erden. Jesus ist auf Erden und schläft wie jedes menschliche Wesen, weil er müde ist. Wir dürfen uns nichts vormachen. Diejenigen, die glauben, daß der Himmel sie auserwählt hat, laufen Gefahr, die schlimmsten Irrtümer zu begehen. So ist es schließlich auch Israel ergangen ...«

»Aber du, du bist doch, hast du gesagt, aus Didyma, also bist du kein Jude«, bemerkte Philippus.

»Nein. Eigentlich bin ich aus Thrakien.«

»Was machst du dann bei uns? Dies ist eine Angelegenheit der Juden.«

»Ich bin mir da nicht so sicher, wirklich nicht«, erwiderte Thomas mit einem feinen Lächeln. Er stand auf und wünschte den beiden jungen Männern eine gute Nacht. Sie rührten sich nicht. Die Kerze auf dem Tavernentisch flackerte im Wind. Ein brauner Nachtfalter schreckte die Mücken auf, die um die Flamme tanzten, und stürzte in einen leeren Becher. Seine rotierenden Flügel ließen das Metall vibrieren. Die Düfte der Nacht wurden stärker. Philippus und Natanael umgab dichtes Schweigen. Sie wechselten einen Blick. All dies war komplizierter, als sie geglaubt hatten.

VIII.

Die vierzehn

Als sie am nächsten Morgen wieder zusammentrafen, kündigten Simon und Andreas an, daß sie sich für zwei oder drei Tage verabschieden wollten, um ihre Familien wiederzusehen, die in einem Vorort östlich von Kafarnaum wohnten. Das war schon vorher ausgemacht worden, und Jesus' Miene drückte weder Überraschung noch Widerwillen aus. Erst als sie betont hinzufügten, daß ihre Häuser selbstverständlich Jesus und den Seinen offenstünden, falls ihr Weg sie nach Osten ans Ufer des Sees Gennesaret führe, fragte Jesus, ob sie wirklich zurückkommen wollten. Sie protestierten. Was für eine Frage! Wie der Meister denn auf so etwas komme! Seien sie ihm denn von Judäa bis hierher gefolgt, um ihn jetzt zu verlassen?

»Ich habe euch heute morgen in die Augen gesehen«, meinte Jesus. »Euer Blick war verwirrt. Gestern abend, während ich schlief, muß etwas vorgefallen sein, was euch beunruhigt hat.«

»Dieser Mann kann Gedanken lesen«, sagte Andreas.

»Geht nur zu euren Familien!« fuhr Jesus fort. »Ihr wißt, wo ihr mich in zwei oder drei Tagen finden könnt.«

Als sie den kleinen Obstgarten hinter der Taverne verließen, in der die Unterhaltung stattgefunden hatte, sah Jesus Thomas, Philippus und Natanael fragend an.

»Es war so«, sagte Thomas, »wir haben über das Wesen des Messias gestritten. Ich habe zu ihnen gesagt, daß der Begriff vage ist, daß ein Messias ein Mensch sein soll, der gesalbt wurde, der also entweder ein Hoherpriester oder ein König, vielleicht auch beides ist. Du bist das nicht, und du hast nie behauptet, der Messias zu sein.«

Philippus und Natanael schauten Jesus neugierig ins Gesicht.

»Stimmt, das habe ich nie gesagt. Hat sie *das* beunruhigt?«

»Am meisten hat sie beunruhigt, daß ich hervorgehoben habe, du seist

ein Mensch, und ich sei dir gefolgt, weil du mich innerlich berührt hast, weil du ein Mensch und Sünder bist.«
»Ein Sünder?« wiederholte Jesus fragend.
Philippus und Natanael öffneten bestürzt den Mund.
»Auf jeden Fall in Antiochia.«
Philippus und Natanael waren wie versteinert.
»Das ärgerliche ist«, meinte Jesus nach einer Weile, »daß es dir gefällt, Menschen zu quälen. Du bist ein Provokateur, Thomas«, sagte er mit dem Anflug eines Lächelns. »Du hast Simon und Andreas verschreckt.«
»Sie schlafen im Stehen!« rief Thomas. »Ich muß sie einfach quälen, damit sie aufwachen. Sie glauben, du seist ein reiner Geist und daß sie dich eines Morgens auf einem Thron sitzen und Gericht halten sehen werden, und Feuerwolken werden über deinem Kopf schweben. Was ist besser, sie an diesen Unsinn glauben zu lassen oder aber sie zu quälen?« Wie immer, wenn Thomas sich aufregte, ähnelte er einer verhexten Puppe, deren wenige Haare sich aufstellten.
»Machen wir einen Spaziergang am Strand!« schlug Jesus in versöhnlichem Ton vor.
Auf dem Weg kamen sie an einer kleinen Gruppe vorbei, die sie beobachtete. Thomas, Natanael und Philippus erwiderten die neugierigen Blicke, doch Jesus reagierte nicht auf den Wunsch, sie kennenzulernen, den die Haltung der Leute auszudrücken schien. Er ging vielmehr schneller und schritt geschwind auf den See zu, als wolle er seinen Gefährten davonlaufen. Zu seinen Füßen plätscherten kleine Wellen. In der Ferne durchpflügten Segelboote das Wasser. Wolken jagten dahin. Es war derselbe Strand, an dem er sich damals zu den Fischern gesellt hatte, die gerade von ihrem Fang heimgekehrt waren; er hatte ihnen geholfen, die Netze einzuholen und zu reparieren oder den Fang zu zählen und nach Art und Größe zu sortieren: Barben, Welse, Flachfisch, Barsche, Krabben und einige Schildkröten, die sie in die Körbe legten ... Jene Fischer, die schon in der Dämmerung heimgekehrt waren, vollführten heute wieder dieselben uralten Bewegungen. Jesus beobachtete sie. Da bemerkten ihn zwei junge Männer, ihrer Ähnlichkeit nach zu schließen, sicher Brüder. Sie standen mit nacktem Oberkörper im Boot und sahen ihn, gegen das Licht blinzelnd, an, während ein älterer Mann die Netze einholte. Den neugierigen Blicken

dieser beiden hielt Jesus stand. Der ältere Mann sagte etwas zu ihnen, und sie lenkten seine Aufmerksamkeit auf Jesus, hinter dem die Jünger wie Leibwächter standen.

Der Mann kam zum Bug und betrachtete Jesus eine Weile. Dann legte er die Hände an den Mund und rief: »Bist du nicht der Messias?«

»Ich bin Jesus«, antwortete dieser mit einem Lächeln.

Der Mann sprang unerwartet behende an Land, wobei das Wasser aufspritzte, und lief auf Jesus zu.

»Ich bin Zebedäus«, sagte er, »segne mich!« Danach zeigte er auf seine Söhne. »Meine jüngsten Söhne Jakobus und Johannes«, stellte er sie vor. »Willst du sie nicht auch segnen?«

Die beiden sprangen an Land und stellten sich neben ihren Vater.

Was für unberührte Seelen! dachte Jesus.

Die drei neigten den Kopf in Erwartung des Segens, ohne wahrscheinlich viel von dem Mann zu wissen, der ihn ihnen erteilte. Darauf ging Jesus weiter. Die beiden Jungen folgten ihm, die Beine voller Fischschuppen, die Haare starr vom Salz, das in ihnen funkelte. Der eine war noch bartlos, der andere hatte schon einen Flaum.

»Wie alt seid ihr?« fragte sie Jesus, während die Gruppe immer größer wurde, die sich ihnen anschloß.

»Ich bin fünfzehn, und Jakobus siebzehn.« Johannes war der Sprecher. Sein Bruder schien reservierter zu sein.

»Wer bin ich für euch?«

»Aber ... der Messias!«

»Und wer ist der Messias?«

»Ein Hoherpriester«, sagte Jakobus, der nun offensichtlich auch etwas sagen wollte.

»Aber es gibt doch schon einen Hohenpriester in Jerusalem, wißt ihr das nicht?«

»Im Moment, ja. Aber danach wirst du es sein.«

Der Vater war ihnen gefolgt.

»Du bist ein guter Lehrer«, sagte Jesus zu ihm. »Willst du, daß sie von nun an Seelen anstatt Fische fangen?«

»Ganz wie du befiehlst«, meinte der Vater. »Ich vertraue sie dir mit Stolz an.«

»Sie werden dir aber fehlen«, sagte Jesus. »Mit wem wirst du auf den See fahren?«

»Wenn ich mich weigerte, würde mich die Reue bis zum Jüngsten Tag verfolgen.«
Jesus schickte Johannes und Jakobus ihre Kleider holen. »Von nun an sind wir sieben«, sagte er zu den drei anderen.
»Sie sind noch sehr jung«, bemerkte Thomas.
»Vielleicht finden sie dich alt«, erwiderte Jesus.
Gaffer standen ganz in ihrer Nähe und hörten jedes Wort. »Stellt er eine Armee zusammen?« fragte einer. »Warum hat er mich denn nicht gefragt?« meinte ein anderer. »Du denkst immer nur daran, zu kämpfen! Er ist doch kein Gladiatorenwerber!«
»Zumindest«, murmelte Thomas, »sind die beiden felsenfest davon überzeugt, daß du der Messias bist.«
Zebedäus hob die Arme gen Himmel.
»Was hast du?« fragte ihn Jesus.
Der Mann sah auf sein Boot. »Wir kommen vom Fischfang heim. Es ist ein Tag wie jeder andere. Aber nein, es ist der Tag des Herrn! Der Messias ist gekommen, um Israels Armee aufzustellen!«
Die Gaffer kamen immer näher. Sie fragten Thomas aus, dann Natanael und Philippus, schließlich wagten sie es, Jesus anzusprechen. Konnten auch sie sich ihm anschließen? Bezahlte er seine Männer?
Da kamen Jakobus und Johannes wieder, gebadet und frisch gekleidet. Wie einfach das alles war! Oder war es kühn? Sie umarmten Zebedäus, und Jesus ging mit seinen Jüngern davon.
»Ich bin froh«, meinte Johannes, ohne daß man ihn danach gefragt hätte.
Jesus erkundigte sich bei den beiden Jungen nach ihrer Ausbildung, ihren Hoffnungen und danach, warum sie ihm so leichten Herzens gefolgt waren.
Erstaunt antworteten sie, daß sie vom Messias gehört hätten. Er sei nun gekommen; hätten sie weiterfischen sollen, als sei nichts geschehen? Jakobus verlangte, daß alle Priester des Tempels, den er niemals gesehen hatte, verhaftet und zum Teufel geschickt werden sollten. Johannes dagegen schlug aufgrund von Gesprächen, die er zweifellos mitgehört hatte, vor, man solle die zehn Stämme oder das, was von ihnen noch übrig sei, versammeln, und diese Versammlung solle einen König wählen, der kein anderer als der Messias sein würde. Die Versammlung, betonte er, solle auf dem Berg Tabor abgehalten werden, was die Römer nicht verhindern könnten.

Jesus hütete sich angesichts dieser Naivität, zu lächeln. Jakobus und Johannes waren im Moment sicher erfrischender als die verschlungenen Gedanken von Thomas. Er antwortete ihnen geduldig, und seine gute Laune war ihm deutlich anzusehen. Thomas, der ebenfalls zuhörte, sah herablassend drein. Sollten doch diese Jünglinge ihre Ideen öffentlich, möglichst noch vor einem mißgünstigen Rabbi darlegen! Und Simon, der mit Andreas inzwischen wieder eingetroffen war und Thomas' Gedanken erraten zu haben schien, flüsterte ihm ins Ohr, daß er erst sehen wolle, was dieser Wein, der in ganz junge Schläuche gefüllt werde, wert sei. Jesus, der ein gutes Gehör hatte, trat später, als sie wieder in der Stadt waren, zu Simon und bemerkte, daß auch alte Schläuche einmal jung gewesen seien.
Die beiden Jungen wurden schnell kühner und ereiferten sich. Sie fragten, wann die neue Missionierung der Juden denn beginne, und Johannes fügte hinzu, daß Jesus sofort in der Synagoge predigen solle, ein Vorschlag, dem die anderen mit Protest begegneten. Wie verblüfft waren sie, als Jesus erklärte, dies sei ein guter Vorschlag, und er wolle ihn sofort in die Tat umsetzen. Jakobus und Johannes sollten also ihren Helden bald in Aktion sehen, und Philippus und Natanael, die sich vom Unternehmungsgeist der zuletzt Hinzugekommenen anstecken ließen, erklärten, sie seien begeistert. Simon, Andreas und Thomas setzten sich also murrend ans Ende der Schar, die an einem Spätsommervormittag vor dem Sabbat zur Synagoge zog.
Jesus stieg leichten Herzens die Stufen hinauf. Im Innern waren kaum zwölf Personen, alles Leute, die sich mit langsamen und gemessenen Schritten bewegten, und die sicher hier waren, um Beschneidungen zu regeln oder Danksagungen und Gelübde abzulegen. Zwei oder drei erkannten ihn, und im Nu verbreitete sich die Kunde wie ein Lauffeuer. Eine halbe Stunde später waren zwei Dutzend Menschen in der Synagoge, bald darauf konnte man sie nicht mehr zählen. Jesus blieb auf der Seite der Männer, seine sieben Jünger hinter sich, vor sich die Menge, die schweigend auf ein Ereignis wartete. Jesus schritt zur Kanzel.
»Volk von Kafarnaum«, sagte er, »der Vogel am Himmel sucht nach reifem Korn auf dem Felde, und die Narzisse wartet auf den Morgentau, um sich zu öffnen. Der Mensch aber wartet auf das Wort Gottes. Das Korn ist schnell verspeist, und der Tau trocknet in der Sonne.

Aber das Wort Gottes nährt den Menschen in Ewigkeit, und die, die sich daran laben, werden nie mehr hungrig sein.« Er ließ den Blick über die Menge schweifen, die noch dichter geworden zu sein schien. »Manche unter euch sind hergekommen in der Hoffnung, nicht nur einen Gesandten zu sehen, der ihnen das Wort Gottes bringt, sondern auch einen Herold, der Schwert und Banner aufheben möge, die schon so lange am Boden liegen. Ich möchte diejenigen daran erinnern, daß das Wort Gottes stärker ist als jedes Schwert und ruhmreicher als jedes Banner. Unzählig sind die Anführer der vergangenen Jahrhunderte, die durch das Schwert gesiegt haben und ihre Banner haben flattern lassen, ohne dadurch nur einen Deut in der Gunst des Herrn gestiegen zu sein. Ich erinnere auch die, die das Schwert und das Banner erwarten, daran, daß der Besitz aller Reichtümer der Welt nicht den des Wortes Gottes aufwiegt.«

Stirnrunzeln, offene Münder: Überraschung.

»Ich bin jedoch gekommen, um euch zu sagen, daß keiner für sich das Wort Gottes besitzt. Dieses Wort ist nicht wie das Vieh, das man einsperren kann, oder das Korn, das man einlagert. Es gibt niemandem Autorität über einen anderen. Es ähnelt der Luft, die wir atmen, und dem Wasser, das wir trinken, mit dem Unterschied, daß wir ohne dieses Wort wie Tiere oder Sklaven wären. Und nur weil das Volk Israels diesem Wort nicht gut zugehört hat, ist es heute in einem Zustand der Sklaverei.«

Leichte Unruhe, die sich zum Lärm steigerte.

»Beten wir also dafür, daß unsere Herzen immer für das Wort Gottes offen bleiben, damit wir unsere Kraft wiederfinden! Aber keiner soll es sich in den Sinn kommen lassen, mit dem Herrn zu handeln, Ihm zu sagen, daß, wenn er das gibt, Er jenes haben wird, wie man es nur zu oft sieht. Das göttliche Wort kann man gegen kein irdisches Gut eintauschen.« Jetzt, dachte er, heißt es ein Gefühl der Einheit schaffen. Rezitiere den zweiten Psalm, mit Pausen, damit sie ihn nachsprechen können: »Warum nur sind die Staaten erregt / Warum schmieden die Menschen ihre sinnlosen Ränke / Die Könige der Erde haben sich bewaffnet / Und die Mächtigen haben sich verschworen / Gegen den Herrn und seinen Messias ...«

Er wurde unterbrochen. Eine Stimme, zu der ein knorriger, emporgereckter Arm gehörte, schrie: »Wer bist du, daß du von der Kanzel aus sprichst? Bist du ein Rabbi?«

Ein Kreis bildete sich um den Störenfried, den Rabbi, der Synagoge.
»Hast du nicht gehört, Rabbi, was ich vorhin sagte? Ich sagte, daß keiner für sich das Wort Gottes besitzt. Willst du behaupten, du seist seiner als einziger in Kafarnaum teilhaftig?«
»Und du, willst du behaupten, daß jeder von dieser Kanzel aus predigen kann? Wozu sind denn dann die Rabbiner da?«
»Willst du damit sagen, daß ein Mann, der kein Rabbi ist, aber das Wort Gottes verkünden will, zum Schweigen gebracht werden muß, weil er kein Rabbi ist?«
Gemurmel, Stimmengewirr. »Dieser Mann hat recht, laßt ihn reden!«
»Bist du der Messias?« fragte der Rabbi nun ironisch. »Mir ist eher so, als seist du der Sohn Josefs, des Zimmermanns, der hier in Kafarnaum gelebt und gearbeitet hat. War dein Vater nicht früher Priester im Tempel zu Jerusalem? Und hatte nicht mein Vorgänger in dieser Synagoge ein Hähnchen mit dir zu rupfen, weil du die Arbeit am Tag nach der Beerdigung deines Vaters wiederaufnehmen wolltest? Ich sage euch«, wandte sich der Rabbi an die Menge, »dieser Mann gehört einem aufsässigen Geschlecht an! Wenn ihr einen von denen seht, habt ihr mit Gewißheit einen schlechten Tag!«
»Schlecht für wen?« fragte jemand in der Menge. Und ein anderer sagte: »Der Rabbi fühlt sich wohl auf den Fuß getreten!«
»Du bist ein hinterlistiger Mann«, sagte Jesus, »denn du hast mich gerade gefragt, ob ich der Messias sei. Nun, du bist gebildet genug, um zu wissen, daß es einen Hohenpriester gibt, der dich ernannt hat, und daß Galiläa einen Herrscher hat. Warum also stellst du so eine Frage, wenn du doch weißt, daß ich der eine oder der andere sein müßte, wenn ich der Messias wäre?«
»Nun«, erwiderte der Rabbi und knurrte herausfordernd, »du scheinst recht gelehrt zu sein. Aber kannst du diesen Leuten hier erklären, wie es kommt, daß du nicht den Unterricht genossen hast, der einem Priestersohn zukommt? Oder bist du etwa ein verkleideter Priester?«
»Das kann man schnell erklären, Rabbi. Glaubst du, daß mein Vater zuwenig Menschenverstand hatte, um zu dulden, daß man mich zusammen mit Wölfen unterrichtete?«
Lachen.

»Hört mir alle zu!« schrie der Rabbi wieder. »Dieser Mann ist nicht der Messias, weil kein Prophet und kein König jemals aus Galiläa hervorgegangen ist.«
»Hör du lieber mir zu, Rabbi!« rief ein Mann mit gereizter Stimme. »Willst du vielleicht damit sagen, daß wir alle hier Menschen zweiter Klasse sind?«
Jesus kannte den Zwischenrufer. Es war Elias, der ehemalige Lehrling seines Vaters. Pfiffe, Murren. Ein anderer Mann, den Jesus auch erkannte, ein weiterer Lehrling namens Zibeon, der so gut das weiche Holz polierte, stand so nahe bei dem Rabbi, daß ihre Nasen sich berührt hätten, wenn sie gehustet hätten. »Wenn du so gut im Bilde bist, Rabbi«, sagte er, »weißt du dann nicht auch, daß die Familie von Jesus aus Judäa kommt? Er könnte also sehr wohl der Messias sein!«
»Warum verficht er seine Sache dann nicht in Judäa?« brüllte der Rabbi. »Seht ihr denn nicht, daß dieser Mann uns nur Unruhe bringt? Ist das, was hier gerade passiert, nicht der Beweis dafür?« Er schnaubte vor Wut. »Man führt euch in die Irre! Ich bin hierherberufen worden, um über die Anwendung des Gesetzes zu wachen, über den Vollzug unserer Riten und über das öffentliche Wohl. Ich werde nicht zulassen, daß ein Magier euch verführt. Er behauptet, niemals gesagt zu haben, er sei der Messias. Trotzdem seid ihr alle hergekommen, um ihn anzuhören, weil ihr glaubt, er wird unser nächster Hoherpriester und König. Und übrigens«, fügte er hinzu und deutete mit dem Finger auf Jesus, »predigt er, als sei er der Messias. Entweder ist er verrückt, oder er ist ein Heuchler.«
Absolute Stille, so gespannt wie eine Bogensehne.
Ein Mann bahnte sich den Weg zum Rabbi. »Ich frage mich, wer hier eine gespaltene Zunge hat«, sagte er. Es war wieder Elias. »Du behauptest, Rabbi, du seist damit betraut, die öffentliche Moral zu verteidigen. Nun, was hat denn dann der Tempel des Sarapis in unserer Stadt zu suchen? Und weißt du nicht, Rabbi, was sich nachts in den nördlichen Vorstädten um den Altar der Aphrodite herum tut? Doch, du weißt es, man sieht dort Juden zusammen mit Heiden, Jüdinnen mit Römern. Du tust so, als wüßtest du nicht, daß viele Kinder, die in den letzten Jahren in Kafarnaum geboren werden, ihren Vätern nicht ähneln und daß man seit kurzem sogar welche sieht, die die blonden Haare der Gallier und der Skythen und Augen so blau wie Türkise haben.«

Wieder Unruhe.
»Ich tue, was ich kann«, meinte der Rabbi. »Mir stehen freilich keine Wachen wie die Tempelpolizei in Jerusalem zur Verfügung. Wie dem auch sei, ich frage mich, ob ihr Streit mit den Römern sucht. Vielleicht, wo ihr doch einem Mann zuhört, der sich für einen König ausgibt, obwohl wir einen König haben, der mit den Römern verbündet ist. Vielleicht wollt ihr Blut fließen sehen. Vielleicht wollt ihr wie vor einigen Jahren sehen, wie zu Dutzenden Kreuze errichtet werden, für Juden. Ich will nur eines, eine Antwort von diesem Mann.« Und er wandte sich an Jesus. »Warum läßt du zu, daß die Leute sagen, du seist der Messias?«
»Woher weißt du, daß das Dach deines Hauses morgen nicht von einem Sturm zerstört wird?« fragte Jesus.
»Was heißt das?« gab der Rabbi zurück. »Seht ihr nicht, daß dieser Mann ein Betrüger ist? Holt ihn sofort von der Kanzel herunter!«
Keiner rührte sich.
Doch, einer: Jakobus trat vor und wandte sich an die Menge: »Ich bin nur ein Fischer und Sohn eines Fischers dieser Stadt. Aber ich weiß genug, um euch zu sagen, daß wir zu lange ohne Hoffnung waren. Das Wort Gottes hat man uns aus den Büchern gelesen, nicht nach unserem Herzen. Wir sind heute in das Haus Gottes gekommen, weil uns Hoffnung lenkt. Die, die diese Hoffnung ersticken wollen, sollen öffentlich zugeben, daß sie Angst vor ihr haben.«
»Der junge Mann hat recht«, sagte ein Mann. »Ja, Rabbi, woher weißt du, daß das Dach deines Hauses nicht morgen vom Sturm zerstört wird? Du hast so getan, als würdest du die Frage dieses Jesus nicht verstehen, und doch habe ich, der ich nicht gebildet bin, sie verstanden. Woher weißt du, daß es nicht morgen einen anderen Hohenpriester gibt? Und weißt du, wer es sein wird? Nein. Ich werde Jesus nicht dazu zwingen, von der Kanzel herabzusteigen.«
Aufruhr. »Nein, ich auch nicht.« Dann: »Er soll reden, er hat nichts Böses gesagt.« Eine Frau: »Nicht er sät Unruhe. Wir haben bloß einen Psalm mit ihm rezitiert, und du hast ihn unterbrochen. Was ist Böses daran, einen Psalm zu rezitieren? Seine Worte tun uns gut, deine aber drücken nur Bitterkeit und Zorn aus.«
»Das stimmt, Rabbi«, rief plötzlich Johannes. »Warum bist du zornig? Solltest du Angst haben, daß Jesus dir ein Bruchstück deines Ansehens nimmt?«

»Wie sollte er das anstellen?« erwiderte der Rabbi, der sich nur widerwillig dazu herabließ, mit einem Fischer und noch dazu einem Jüngling zu diskutieren.
»Stell dir die Frage selber!« antwortet Johannes mit heller Stimme.
»Fahren wir mit dem Psalm fort!« ergriff Jesus wieder das Wort. Und er rezitierte die Verse mit lauterer Stimme als zuvor, zerhackte rhythmisch die Worte, als er zu einem bestimmten Abschnitt kam: »Er sagt von mir / ›Ich habe meinen König / Auf dem heiligen Berg Zions gekrönt‹ / Und ich werde die Worte des Herrn wiederholen / ›Du bist mein Sohn‹ / Sagt Er / ›An diesem Tag werde ich dein Vater / Frag mich / Was du willst ...‹«
Der Rabbi hörte einen Moment zu, nickte dann drohend mit dem Kopf und ging. Jesus stieg nach dem letzten Vers von der Kanzel.
»Rabbi«, fragte ihn ein Mann, »ist unsere Freiheit nahe?« Andere fragten, ob er in Kafarnaum bleibe, ob er andere Freiwillige brauche, ob er Soldaten brauche.
»Ich brauche tapfere Männer«, erwiderte er, »aber nicht, um das Schwert oder eine Keule zu erheben. Ich brauche sie, um das Wort des Herrn zu verbreiten.«
Sie drängten sich um ihn, so daß er fast nicht mehr atmen konnte. Er beruhigte sie und schob sie von sich, so daß er sie der Reihe nach prüfen konnte.
»Du!« sagte er zu einem dunklen kleinen Mann, der die Lederschürze des Zolleinnehmers trug. »Wie heißt du?«
»Herr, ich bin nur ein Zolleinnehmer.« Er schien unter der allgemeinen Abneigung zu leiden.
»Also wird es einen Zolleinnehmer weniger auf dem Rücken der Armen geben. Noch einmal: Wie heißt du?«
»Matthäus.«
»Matthäus, stell dich neben mich! Und du?« fragte er einen hochgewachsenen jungen Mann mit sanftem Gesicht, großen Augen und leichtem Bartflaum.
»Bartolomäus.«
»Was bist du von Beruf?«
»Ich bin Tagelöhner.«
Thomas verzog das Gesicht, und Jesus bemerkte es.
»Du arbeitest auf dem Feld?« fragte Jesus.

»Auf dem Feld und in den Obstgärten. Ich habe auch bei einem Metzger gearbeitet und im Hafen Lasten getragen.«
»Willst du dich mir anschließen?«
»Ja.«
»Warum?«
»Weil zum erstenmal, seit ich geboren bin, das Wort Gottes, so wie du es verkündest, nicht ein Befehl ist, sich zu fügen und nachzugeben.« Er schloß die Augen und sagte mit seltsam klingender Stimme: »Freiheit.«
»Bartolomäus, stell dich neben mich!«
Bartolomäus tat die drei Schritte, die ihn von seinem bisherigen Leben trennten, und schloß wieder die Augen. Jesus sah immer noch prüfend in die Gesichter. Er bemerkte eines, das knochig war; der große Schädel war mit feiner brauner Haut überspannt. Es war das aufrichtige Gesicht eines Soldaten, der unter dem Harnisch gealtert war, und dahinter blickte ein Kind hervor.
Die Augen hielten Jesus' Blick stand, und ohne daß man ihn gefragt hätte, sagte der Mann: »Mein Name ist Simon. Aber man nennt mich Simon den Zeloten«, fügte er hinzu, »weil ich das Schwert gegen unsere Feinde erhoben habe.«
»Wie viele hast du getötet?«
»Ich glaube, es waren zwei von fünf, vor einigen Wochen. Und davor ein weiterer.«
»Kennst du die Geschichte von dem Kind, das das Meer mit einem Schöpflöffel leeren wollte?«
»Jetzt bin ich hier«, antwortete Simon nach einer Weile.
»Die Festungen werden nicht mit Schwertern wieder aufgebaut, Simon«, sagte Jesus. »Denke daran, wenn deine Hand den Griff deines Schwertes sucht! Wir müssen Israel zu einem Haus Gottes umbauen. Dann werden seine Mauern so hoch sein, daß keine Festung ihm gleichkommt. Willst du einer von uns sein?«
»Ja«, antwortete Simon.
»Stell dich an meine Seite!«
Jesus fuhr fort mit seiner Prüfung. Er entdeckte einen, der seit einer Weile hoffte, seinem Blick zu begegnen, und es immer noch versuchte. Es war ein Mann, der auf die Dreißig zuging, das Gesicht gebräunt und die Haarmähne von der Sonne ausgebleicht. Als Jesus ihn ansah, öffnete er den Mund.

»Und du?« fragte Jesus.
»Ich heiße Jakobus!« rief der Mann so eifrig, daß Thomas darüber lächelte. »Jakobus, Sohn des Alphäus. Ich bin Fischer.«
»Was bringt dich dazu, zu denken, daß du bei uns glücklicher sein wirst als in der Freiheit auf dem Wasser?«
Der Mann schüttelte den Kopf. »Ich weiß, wenn ich wieder fischen würde, dächte ich, ich wäre nur zum Fischen gut.«
»Wozu glaubst du, sind die Männer gut, die bei mir sind?«
»Die, die schon bei dir waren, und die, die du gerade erwählt hast, sind sicher tapfere Männer. Denn es sind doch tapfere Männer, die du willst. Ich kann es auch sein.«
»Die römischen Soldaten sind auch tapfer, doch einen römischen Soldaten will ich nicht.«
»Nein, sicher nicht. Du willst einen Soldaten Israels«, sagte Jakobus, der Sohn des Alphäus.
»Ich will gar keinen Soldaten. Ich will Männer, die ein neues Leben wollen. Verstehst du, was ich meine? Ich will keine Männer, die so alt sind wie die Welt.«
»Bin ich alt?« fragte Jakobus, der Sohn des Alphäus. »Oder glaubst du, ich gehöre einer alten Welt an?«
»Nein, vielleicht nicht«, antwortete Jesus nach kurzer Überlegung. Es war Zeit, seine Auswahl zu beenden. Er war verwirrt. So viel Hoffnung ruhte auf ihm, während er noch auf so viele Fragen keine Antwort wußte. Suchten diese Männer nur wieder einen militärischen Führer? Sie waren entflammt von den heroischen Sehnsüchten eines Augenblicks, aber morgen, wenn die Asche kalt war, was würde davon bleiben? Oder hatten sie den Faden ergriffen, den er ihnen hinhielt, um aus der Dunkelheit herauszufinden? Er seufzte und forderte Jakobus, den Sohn des Alphäus, auf, sich den anderen anzuschließen. Er spürte das Gewicht des guten Willens, der sich ihm darbot und den er nicht verachten durfte, wenn er nicht alle beleidigen wollte, die von ihm beseelt waren. Sein Blick wanderte immer noch über die Menge. Da war zum Beispiel ein junger Mann in Johannes' Alter, der ihn vorwurfsvoll ansah. Als er schließlich sicher war, daß man ihn bemerkt hatte, trat er vor und sagte mit erstickter Stimme: »Ich heiße Thaddäus, Herr.«
»Was bist du?«
»Ich arbeite in dem Gasthaus, das zwei Straßen weiter steht.«

»Und was hast du vorher getan?«
»Ich habe in anderen Gasthäusern der Dekapolis gearbeitet.«
Thomas runzelte die Stirn.
»Ich kannte seinen Vater«, mischte sich Matthäus ein.
»Warum sprichst du in der Vergangenheit von seinem Vater?«
»Er ist tot. Er war Zolleinnehmer wie ich. Er ist ermordet worden.«
»Ich weiß, was du denkst«, sagte Thaddäus in einem Ton, der durch seine Schärfe überraschte. »Aber ich frage dich, Meister, wenn deine Lehre nicht für Leute wie mich da ist, an wen wendet sie sich dann?«
»Du hast mich zweifellos verstanden, Thaddäus. Komm an meine Seite!« Tatsächlich war seine Lehre für diese Enterbten, die Beschämten, die Ausgeschlossenen da. Er wandte sich an die Menge: »Es ist klar, daß ich euch nicht alle mitnehmen kann. Ich stelle keine Armee auf. Aber das heißt nicht, daß die, die mir nicht folgen können, sich abgewiesen oder unwürdig fühlen sollen. Sie sollen meine Fürsprecher hier in Kafarnaum sein, wie ich hoffe, daß es eines Tages alle Menschen guten Willens in Palästina sein werden.«
Jakobus, der Sohn des Alphäus, flüsterte ihm ins Ohr, daß es zumindest noch einen Mann gebe, der seine Aufmerksamkeit verdiene, einen Fischer, den er kenne – der dort vorne! – und der Judas heiße. Jesus hatte das faltige Gesicht schon bemerkt, weil es ihn an das Thomas' erinnerte, wenn ihm auch dessen unwiderstehliche Boshaftigkeit fehlte: ein Gesicht, das die Leidenschaft gezeichnet hatte.
»Judas!« sagte er.
Zu seiner Überraschung kamen zwei Männer nach vorne; der andere war ein magerer Rotschopf mit runden schwarzen Augen.
»Du heißt auch Judas?« fragte er letzteren.
»Ja, Rabbi. Man nennt mich Judas Iskariot, weil ich der Sohn des Simon Iskariot, des Gerbers, bin.«
»Bist du auch Gerber?«
»Das ist jedenfalls mein Handwerk. Aber ich übe es nicht mehr aus.«
Jesus erwartete eine Erklärung. Simon der Zelot lieferte sie ihm: Dieser Judas war auch ein Zelot, der sich bemühte, andere Zeloten um sich zu scharen, um eine Partei zu gründen.
»Bist du ihm gefolgt?« fragte Jesus.
»Nein, die Zeloten sind sowieso zu zahlreich. Wir wären noch leichter anzugreifen gewesen, wenn wir uns erst einmal zu einer Partei zusammengetan hätten.«

Jesus sah Judas Iskariot fragend an.
»Ja, das stimmt«, sagte der. »Ich habe versucht, die Zeloten, die keinen echten Anführer haben, zu sammeln. Ich bin der Untätigkeit der Juden müde. Sie jammern wie alte Frauen über die fremde Tyrannei und den Niedergang im eigenen Land, aber wenn es zu handeln gilt, machen sie sich unter dem Vorwand, sie hätten Familien, davon. Alle Menschen in den fünf Provinzen kennen die finanzielle Korruption, die in Jerusalem herrscht, und sie kennen die Korruption der Sitten in der Dekapolis. Diebe und Prostituierte aller Art stellen sich am hellichten Tag in allen großen Städten dieses Landes zur Schau, und ich bezweifle, daß es einen einzigen heidnischen Gott gibt, der nicht seinen Altar in Palästina hätte. Junge Juden werden zu schandbaren Festen hinzugezogen, auf denen alle nackt tanzen, betrunken und angemalt, aber ihre Väter wagen nicht einzuschreiten, weil sie keine Autorität mehr haben. Auch der Tempelpolizei melden sie sie nicht, weil sie fürchten, ihre Ehre zu verlieren oder den Römern zu mißfallen, die diese sogenannten Riten befürworten. Das passiert sogar in Kafarnaum, wo ein Metzger neulich seine beste Einkommensquelle verlor, die römische Garnison, weil er seinen Sohn beim Rabbi angezeigt hatte. Jeder Mensch in diesem Land könnte mit dem Finger auf einen feigen oder betrügerischen Rabbi zeigen, aber keiner tut es – oder fast keiner. Weißt du das alles nicht?« fragte er Jesus. »Ist es nicht die Schande, angefacht durch die Hoffnung, die dich beflügelt?«
Redegewandt, empört, wahrscheinlich ein Unruhestifter – auf jeden Fall sehr beredt, dachte Jesus. Alle haben ihn angehört. Es ist nicht sicher, absolut nicht sicher, daß er den Mann, dem er gegenübersteht, für den Messias hält.
»Judas«, antwortete Jesus, »vorhin, als ich deinen Namen sagte, bist du nach vorn gekommen. Bedeutet das, daß du dich uns anschließen willst?«
»Ja. Du scheinst eine Führernatur zu sein, man folgt dir leichter als mir. Also folge ich dir.«
»Ich habe doch Simon klargemacht, daß ich die Methoden der Zeloten nicht anwenden werde.«
»Die Methoden sind egal, das Ziel zählt.« Judas' Blick ruhte lange auf Jesus, fast herausfordernd. »Du mußt allerdings wissen«, fügte Judas Iskariot hinzu, »daß die Tempelpolizei Simon und mich sucht.«

»Du wirst trotzdem der andere Judas bei uns sein«, sagte Jesus.
»Heißt das, daß ich auch aufgenommen bin?« fragte der zweite Judas, der Sohn des Jakobus.
Jesus nickte. Da sah er, wie Thomas sich am Kinn kratzte. »Hast du etwas zu sagen?« fragte ihn Jesus.
»Ja, ja. Die Zeit allein wird zeigen, nach welcher Melodie die neuen Jünger tanzen. Für den Augenblick lenke ich deine Aufmerksamkeit auf die Tatsache, daß die meisten meiner Gefährten niedrige Arbeiter oder Gesetzlose sind, das heißt, Menschen, die Schwierigkeiten mit den Behörden haben. Ist dir klar, daß, wenn sie deine Boten sein sollen, sie ...«
Jesus unterbrach ihn: »Glaubst du, daß angesehene und reiche Leute mir folgen würden?« Thomas verzog das Gesicht. »Außerdem glaubst du, solche Leute würden angehört von denen, die Worte der Hoffnung erwarten? Oder gar von ihresgleichen? Dies ist eine Sache bescheidener Menschen, Thomas, und sie muß mit bescheidenen Menschen durchgeführt werden, für all diejenigen, die fürchten, daß Gott sie vergessen hat.«
»Alle Priester werden dann gegen uns sein«, sagte Thomas.
Johannes schaltete sich ein. »Glaubst du denn, Thomas, daß Leute, die ein wenig Autorität innehaben, diejenigen, die den Zustand, dem sie ihre Autorität verdanken, in Frage stellen, jemals dulden werden? Für mich besteht kein Zweifel, daß der Rabbi dieser Synagoge uns mit Freuden ins Gefängnis schicken würde.«
»Das bedeutet also Krieg«, bemerkte Thomas.
Alle hörten jetzt zu.
»Was ich trage, ist fast wie ein Schwert«, sagte Jesus dunkel.
»Es besteht auch kein Zweifel«, fuhr Johannes fort, »daß wir, wenn wir unseren Kampf verlieren, vernichtet werden und daß wir, wenn wir gewinnen, die vernichten werden, die sich uns widersetzen. Es ist also wirklich Krieg, Thomas.« Und er wandte sich an Jesus: »Du bist für uns verantwortlich.«
»Das bin ich«, erwiderte Jesus. »Jetzt will ich wissen, wie viele wir im ganzen sind. Simon, Andreas, Thomas, Philippus und Natanael waren schon da. Jetzt sind da noch Matthäus, Jakobus und Johannes, Söhne des Zebedäus, Bartolomäus, Simon der Zelot, Jakobus, Sohn des Alphäus, Thaddäus, Judas, Sohn des Jakobus, und Judas Iskariot.

Im ganzen vierzehn. Seid ihr alle bereit, als freie Menschen zu handeln, egal, wie der Druck auch sein mag, den die Macht dieses Landes auf euch ausübt? Wenn einer von euch es nicht ist, soll er ohne Angst gehen.«
Keiner rührte sich.
»Das heißt nicht, daß ihr nicht später auch gehen könnt. Kein Band kettet euch an mich. Jakobus, Sohn des Alphäus, weißt du, was du bei mir tun wirst?«
»Die Segel setzen für den Wind, der sich erhebt.«
»Und wohin weht der Wind?«
»Zur Mitte des Meeres hin, wo es viele Fische gibt und wo das Wasser klar ist.«
Jesus' Gesicht drückte Freude aus. »Ihr werdet taufen«, sagte er. »Ich glaube, daß fast alle hier von der Taufe gehört haben, da ihr ja auch von Jokanaan gehört habt. Die Taufe reinigt. Sie wäscht die Seele vom Schmutz des Körpers rein und den Körper von dem der Seele. Denn obwohl das eine und das andere zu verschiedenen Bereichen gehören, so gehören sie doch zusammen. Manche haben ein wenig voreilig angenommen«, meinte Jesus, ohne sich jedoch an Thomas zu wenden, »daß der Körper dem Teufel gehört, wie alle anderen materiellen Dinge, während die Seele Gott gehört, wie alles Geistige. Nun, der Teufel kann auch den Geist heimsuchen und anstecken, und Gott ist, wie wir wissen, auch an den materiellen Dingen beteiligt und läßt genauso eine klare Quelle aus einem Fels entspringen, wie er einen kranken Körper heilt.«
Er durchschritt den Mittelgang der Synagoge. Ein Luftzug ließ die Flammen der Kerzen und die Lampen an ihren Ketten tanzen.
»Vielleicht werdet ihr es verstehen«, fuhr er fort. »Es gibt Menschen, die ein über jeden Vorwurf erhabenes Leben führen, die keine Fehler begehen und genauestens den Sabbat achten, und doch ist ihre Seele kalt und ihr Herz stumm, denn sie befolgen nur den Buchstaben des Gesetzes. Und es gibt Sünder, die dem Herrn nahe sind. Ihre Gebete werden erhört, denn sie wenden sich aus ganzem Herzen an den Allmächtigen.«
Er hielt inne und wandte sich seinem Publikum zu: Jünger, die schon länger, und welche, die erst seit kurzem bei ihm waren, alte und junge Frauen, Händler, Handwerker. Sie schienen auf seine Worte zu war-

ten wie auf eine Flamme, die sie zur Erleuchtung mit nach Hause nehmen konnten. Wer von ihnen hatte nicht schon betrogen, gelogen, geflucht, Unzucht getrieben oder sogar getötet und dabei gehofft, daß Gott in diesem Moment schlafe oder abgelenkt sei? Wer von ihnen verstand ihn? Sie sahen vor allem verblüfft aus. Redete er in der Wüste? Oder zu einer Versammlung versteinerter Menschen?

Einer von ihnen räusperte sich; es war Judas, Sohn des Jakobus. »Meister, du hast uns gesagt, daß wir die Leute taufen sollen. Können wir das denn tun, ohne selbst getauft zu sein?«

Diese alte Sorge um Rituale! »Ich werde euch taufen«, antwortete er.

Aber Judas schien die Antwort nicht zu befriedigen. »Du hast uns auch gesagt«, fügte er schweren Herzens hinzu, »daß manche Menschen Heuchler sind, obwohl sie genauestens die Rituale einhalten, und daß andere, die Sünder sind, größeres Verdienst haben als sie. Wenn das so ist, was nützt dann die Taufe? Was wird sie an den Heuchlern und Sündern ändern?«

»Die Taufe ist eine Erneuerung«, sagte Jesus. »Sie ist kein Ritual, sondern ein Akt des Glaubens. Aber es stimmt, daß es immer Leute geben wird, die jeden Akt zu seiner eigenen Parodie machen und die, wenn sie dem Herrn eine Feige darbringen, selbst das Fleisch essen, während sie auf dem Altar nur die Schale lassen.«

Judas Iskariot runzelte die Stirn vor Anstrengung, den Unterschied zwischen Buchstaben und Sinn zu erkennen, Thaddäus hob vor Erstaunen die Augenbrauen und war sichtlich empört von der Idee, daß Sünder mehr wert seien als tugendhafte Menschen ... Ich muß es ihnen einhämmern! dachte Jesus. Es wieder und wieder sagen!

»Ihr wißt auch«, fügte er hinzu, »daß ich das Instrument dieser Erneuerung bin. Warum wärt ihr sonst hier, um mich anzuhören?« Ja, Herr, warum waren sie denn da? Erwarteten sie ein Wunder, wie das Ergrünen von Aarons Stab? »Die Taufe ist das Zeichen, das diejenigen, die die Erneuerung erwarten und uns folgen wollen, von den anderen unterscheiden wird.«

Warum gab er sich soviel Mühe? Würde sich der Wille des Herrn nicht ohnehin durchsetzen, egal, was er tat? Das war ein Punkt, den Thomas, der Philosoph, nicht erwähnt hatte: Konnte das Handeln des Menschen die Wege des Herrn beeinflussen? Er dachte an Sodom und Gomorra. Wenn es noch einen Gerechten in diesen Städten ge-

geben hätte, so hätte Gott sie verschont. Der Mensch besaß also eine Macht, die der des Herrn gleichkam – und der des Teufels! Jesus war müde, aggressiv und verwirrt. Seine Zuhörer waren aus trockenem Ton; man müßte sie mit Worten durchtränken, um sie umformen zu können. Und was war mit dem Rest Israels, den Sadduzäern, Zeloten, Essenern, den Händlern, Bauern, Totengräbern, Metzgern und allen anderen? O Jokanaan, wie weise warst du, dich in die Wüste zu begeben! Aber sie waren da und erwarteten etwas oder jemanden, sie hofften glühend auf die Befreiung.
»Vielleicht«, fuhr er fort, »erwarten manche von euch, daß ich Wunder vollbringe! Vielleicht halten sie mich für einen neuen Magier! Vielleicht möchten sie, daß ich auf einen Stein dieses Bodens schlage und eine Quelle daraus hervorspringt!« Ein Beben ging durch die Menge. »In diesem Fall wird euch Thomas sagen, was der Unterschied zwischen einem Magier und mir ist. Im Land wimmelt es von Magiern, ich gehöre nicht dazu.« Er hatte ins Schwarze getroffen. Sie hoben die Köpfe, lösten die Arme aus der Verschränkung, verlagerten das Gewicht von einem Fuß auf den anderen, räusperten sich. Natürlich erwarteten sie einen Messias, der gleichzeitig Feldherr und Magier war!
»Aber du hast doch Wunder vollbracht, oder?« fragte Bartolomäus. »Und was ist Schlimmes an einem Magier?«
»Ich vollbringe keine Wunder, Bartolomäus, nein. Ich bediene mich nur einer Macht, die mir vom Herrn verliehen ist, um die, die leiden, zu trösten. Ich gehe nicht mit denselben Mächten um wie die Magier. Denn es sieht so aus, als ob es Zwischenmächte zwischen Gott und dem Teufel gibt, die man anrufen kann, um Wunder zu vollbringen, wie du sagst. Aber die Magier handeln nur für sich, und das ist der Unterschied.«
»Man wird trotzdem Wunder vollbringen müssen, um an Jerusalem heranzukommen«, meinte Judas Iskariot.
»Und was wirst du in Jerusalem tun?« rief Jesus aus. »Du wirst den Hohenpriester ermorden, und was dann? Wirst du auch die anderen Priester töten? Träumst du von einem Blutbad?«
»Der Sitz der Macht, gegen die wir kämpfen, ist in Jerusalem«, beharrte Judas Iskariot, »und was auch anderswo passiert, ist bedeutungslos, solange Jerusalem nicht betroffen ist.«

»Und wie meinst du, sollen wir Jerusalem schlagen?« fragte Thomas.
»Ich hoffte, du wüßtest es«, erwiderte Judas Iskariot.
»Wenn du glaubst, daß wir vorhaben, die Macht in Jerusalem zu übernehmen«, sagte Thomas, »dann hast du dich geirrt. Das müßte allen klar sein.«
»Und was wollt ihr dann tun?« fragte Simon der Zelot. »Und was muß der Messias tun? Sollen wir hoffen, daß die Mauern Jerusalems in dem Moment zusammenbrechen, da wir eintreffen?«
»Wie wenig Glauben ihr doch habt!« rief Jesus aus. »Wißt ihr nicht, daß eine einzige Ratte in einem Kornfeld eine Armee ihrer Artgenossen in Aufruhr bringen und eine ganze Region zum Hungertod verdammen kann? Wenn wir genug Menschen in Palästina sammeln, werden die Menschen in Jerusalem zur Machtlosigkeit verdammt sein, trotz all ihrer angeblichen Macht. Und nur Worte des Glaubens können die Menschen sammeln. Deshalb will ich, daß ihr predigt und die Leute tauft. Palästina ist wie ein Land, in dem Dürre herrscht. Ihr werdet der Regen sein!« Er verlor die Geduld. »Ich werde gehen. Die, die mich anhören wollen, sollen mir folgen, die anderen können bleiben.«
Er ging zum Ufer, nur einige Schritte von ihnen entfernt. Schwarze Wolken kamen von Westen heran. Thomas trat zu ihm.
»Zähl die, die bleiben!« sagte Jesus.
»Das habe ich schon getan. Sie sind alle hinter dir und mir, alle dreizehn. Wir sind also vierzehn, die dir folgen.«
Jesus drehte sich um. Die Gruppe stand vor der Synagoge. Kleider und Mäntel flatterten im Wind. Der erste Blitz schlug in den See ein, und fast sofort danach fiel Regen in dicken Tropfen.
»Der Himmel tauft uns schon«, meinte Thomas und zog den Mantel enger zusammen.
Jesus lachte und schüttelte den Kopf. Sie liefen in eine Herberge, um sich mit Zimtwein aufzuwärmen.

IX.

Eine verärgerte Prinzessin und Gerüchte in Jerusalem

Sie näherte sich den Dreißig, hatte also den Zenit bereits überschritten. Jede andere Frau hätte sich damit abgefunden, nun eine würdige Matrone zu werden, da die Verführungskünste in dem Maße erloschen, wie Hüften und Waden stärker wurden, um sich schließlich zu Säulen des Familiensinnes zu entwickeln. Sie jedoch nicht. Das kecke Weiß, das oben auf ihrem Kopf in einer dunkelroten Mähne aufblitzte, kündete von den Freuden des frühen Sommers und nicht vom dahindämmernden Herbst. Ihr königlicher Glanz war über jeden Vergleich mit der matten Müdigkeit der Frauen ihres Alters, die jedoch von niedrigerem Stand waren, erhaben. Als Prinzessin geboren, durch die Heirat beinahe Königin, da sie Gattin eines Tetrarchen war, hatte sie keine andere Aufgabe, als zu repräsentieren. An diesem Herbstnachmittag ruhte sie, bekleidet nur von einem Schleiergewand aus Goldfäden, auf einem Berg aus Pelzen und gestickten Kissen, die auf einer Liege, so groß wie eine Tribüne, ausgebreitet waren, und überzeugte sich einmal mehr in dem Spiegel aus poliertem Silber, den sie in der Hand hielt, daß ihre Brüste nicht herabhingen, daß die Haut um ihre Augen keine Spuren der verstrichenen Zeit aufwies, oder doch so wenig, daß der Antimonstaub sie verdeckte, und daß ihre Bauchfalten immer noch wie ein Lächeln aussahen – »Dein Nabel zwinkert mir zu«, sagte ihr Mann immer. Sie betrachtete ihre Füße, deren hoher Spann nie eine Last tragen mußte. Ihr breites Gesicht, das durch die ägyptische Art, in der sie ihre Augen schminkte, noch beeindruckender wirkte, ihr tadelloser Teint, ihr – dank der Koschenillenpaste – purpurfarbener Mund, ihre volle Unterlippe, das auffallende Grübchen, das ihr Kinn schmückte – all das zeigte ihr, daß die

Macht ihrer Verführungskunst der politischen gleichkam. Wenn man vor ihr erschien, wußte man nicht, ob man wegen ihres Duftes erbebte, einer geheimnisvolle Mischung, die an braunen Honig und Jasmin erinnerte, oder in der Erwartung eines gewährten oder abgelehnten Gefallens. Sie, Herodias, Frau des Herodes Antipas, war beruhigt; sie brauchte dieses Gefühl, denn sie hatte Angst.

Eine ihrer beiden Hofdamen bot an, ihr ein Märchen zu erzählen; sie lehnte ab, indem sie einfach nicht antwortete. Ihre Amme, ein grau-gesichtiges Gespenst, deren düstere Gewänder an ihr schlotterten, als sei sie nur Luft, entfachte die Glut in den Feuerbecken, warf Sandelholzspäne und Zitronenschalen hinein und breitete dann auf dem Marmorboden einen Teppich aus Wolle aus und darüber einen aus Seide, der aus China stammte. Erwartung schwebte in der Luft, unsichtbar wallte sie in den bläulichen Dämpfen der Kohlebecken auf.

»Gib mir das Perlenkollier«, befahl Herodias einer nubischen Sklavin, deren Haut von Öl schimmerte, »du weißt schon, das mit den Granaten.« Sie steckte die Hand in eine Schüssel mit dem ausgekörnten Fruchtfleisch von Granatäpfeln und kaute mechanisch und in trübsinnige Gedanken versunken diese anderen Granatperlen. Eine Sklavin kroch zu ihr und flüsterte ihr ins Ohr: »Herrin, der Tetrarch wünscht deine Gesellschaft beim Abendessen.«

»Kein Hunger«, grummelte Herodias. »Sag ihm, er soll nicht auf mich warten. Gibt es im Keller griechischen Wein? Nicht den harzigen, sondern den leichten Rosé.« Eine andere Sklavin lief los, um dem Tetrarchen die Antwort zu überbringen, und bald durchlief das Echo von Herodias' Wunsch nach griechischem Rosé den Palast.

Die Nubierin, die dreizehn, vielleicht vierzehn Jahre alt war, stand vor dem Fenster und hielt das Kollier, das sie aus der Schmuckschatulle genommen hatte, gegen das Licht. Sie bewunderte den Widerschein der Perlen und das Feuer der Granate, das sie belebte. Vor Freude lächelnd, ging sie zu ihrer Herrin und beugte sich vor, um das Schmuckstück in deren Nacken zu befestigen, wobei sie darauf achtete, die Haare nicht einzuklemmen. Dann betrachtete sie ihr Werk.

»Selbst wenn du einen Strick tragen würdest, sähe er aus wie Gold«, murmelte sie.

»Ich werde dir einen Strick um den Hals binden, ja!« erwiderte Herodias, mußte aber gegen ihren Willen über das Kompliment lächeln, während sie mit den Fingern über die Steine fuhr.

Doch das Lächeln verschwand, als die vertrauten Schritte der Wache, die Herodes vorausging, im Gang widerhallten. Der Tetrarch selber hob den schweren Stoff, der vor der Tür hing, und entledigte sich so der Dienstbarkeit eines Eunuchen, der bei den Wachen blieb. Alle hielten den Atem an in der Hoffnung, etwas von dem Gespräch mitzubekommen. Doch sie wurden enttäuscht, denn Herodes schloß hinter sich die Tür.
Antipas schnupperte kurz den Duft des Zimmers ein, als wolle er herausfinden, welche Laune gerade herrschte. Herodias' Blick klärte ihn sofort auf. Sie war mürrisch.
»Mein geliebtes Rebhuhn will griechischen Wein«, sagte er mit leiser Stimme. »Ich habe ihr den Tau der Weinreben von Asterien gebracht, den der Atem der Cherubinen erfrischt hat.«
Er öffnete die Tür wieder und erteilte einen Befehl. Zwei Sklavinnen brachten einen Krug mit dem gewünschten Getränk und stellten ihn auf einen Dreifuß. Eine von ihnen tauchte einen Schöpflöffel hinein, um einen Kelch zu füllen, und trank einen Schluck. Darauf reichte ihr die Amme einen Kelch aus Gold, der ebenfalls gefüllt wurde; auch sie kostete den Wein, schnalzte, während sie der Sklavin böse Blicke zuwarf, mit der Zunge und zeigte sich endlich einverstanden, das Getränk ihrer Herrin zu reichen. Herodias benetzte ihre Lippen, da sie sich von Herodes beobachtet wußte, und seufzte mit halb geschlossenen Augen.
»Schmeckt er dir nicht?« fragte Herodes.
»Doch. Ich weiß nicht, warum ich ihn mir leichter und würziger vorgestellt hatte.«
»Ich hoffte auf deine Gesellschaft«, sagte er. »Es gibt gebratene Wachteln auf Thymian, wie du sie liebst.«
»Ich habe heute abend keinen Hunger.«
»Wirklich?«
»Du solltest dein Essen nicht aufschieben«, meinte sie. »Ich werde sicher morgen mitessen.«
Er zog einen Schmollmund, sichtlich verärgert durch die Aussicht, nur in Gesellschaft schnatternder Höflinge zu essen. »Komm wenigstens und trinke deinen Wein mit mir.«
»Ich hab' Kopfweh.«
»Meine Schneetaube wird doch wohl nicht krank sein?«

»Deine Schneetaube ist in der Stimmung einer Fledermaus.«
Herodes sog die Luft heftig durch die Nase ein. Die liebenswürdige Miene, die er aufgesetzt hatte, um die Gesellschaft seiner Frau zu erlangen, war fort, statt dessen kamen die verhärmten Züge des Potentaten wieder zum Vorschein. »Da ist noch diese Sache mit dem Eremiten«, sagte er.
»Du wirst wohl, nehme ich an, nicht überrascht sein, daß eine Frau, die öffentlich beleidigt und nicht gerächt wurde, keinen Appetit hat«, antwortete Herodias spitz.
»Die Schakale bellen, und die Karawane zieht weiter.«
Die Amme und die Sklavinnen standen wie mit der Wand verschmolzen. Sie fürchteten diese Auseinandersetzung seit Wochen. Jeder Riß in dem zerbrechlichen Kräfteverhältnis des Palastes konnte auch ihr Schicksal beeinflussen.
»Es ist nicht Gebell, was man uns berichtet hat und was man sich im ganzen Lande erzählt«, gab Herodias zurück.
»Es sind Worte, und Worte können schlimmer sein als Bisse wütender Schakale. Bist du zufrieden mit dem Hohngelächter der Pharisäer um uns herum? Und wirst du zufrieden sein, wenn dieses angebliche Gebell Rom erreicht und man zu flüstern beginnt, daß der Tetrarch seine Autorität verliert?«
Herodes schritt im Zimmer auf und ab. »Was schlägst du vor?« fragte er.
»Handle! Laß diesen Jokanaan verhaften und zum Tode verurteilen!« schrie Herodias.
»Um einen Aufstand zu entfachen!« rief er. »Er gilt als heiliger Mann und hat viele Schüler.«
»In einigen Wochen«, sagte Herodias und richtete sich plötzlich auf, »wird er noch mehr Schüler und noch mehr Macht haben, und seine Beleidigungen werden noch unverschämter sein. Dann wirst du dich nicht mehr fragen, ob du ihn verhaften mußt, du wirst dich seiner so schnell wie möglich entledigen. Aber in der Zwischenzeit, mein Gebieter, werden die Schäden, die er dir und auch mir eingebracht hat, noch viel schlimmer geworden sein. Du wirst ihn früher oder später zum Schweigen bringen müssen, und es wird am besten sein, wenn es früh geschieht!«
Herodes dachte über die Warnung nach und sagte dann: »Ich kann ihn

im Moment nicht verhaften lassen; er ist in Samarien, außerhalb meiner Gerichtsbarkeit.«

»Na, das ist aber ein Problem!« schrie Herodias. »Erkläre die Sache dem Konsul, und er wird dir helfen. Oder möchtest du, daß ich es für dich tue?« fügte sie mit einem gehässigen Lächeln hinzu.

»Nichts wirst du tun. Laß mich darüber nachdenken. Wirst du mit mir essen oder nicht?«

»Solange diese Sache nicht geregelt ist, wird jede Nahrung nach Gift schmecken.«

Herodes wollte schon gehen, als Herodias so heftig aufsprang, daß sie eine Sandale verlor.

»Noch was«, sagte sie, während ihr Mann ihr den Rücken zuwandte, »in deinem eigenen Reich, in Galiläa, gibt es einen Freund von diesem Jokanaan, einen gewissen Jesus, der auch dabei ist, Leute um sich zu versammeln. Man sagt überall, er sei der Messias. Du weißt, was das heißt, nicht wahr, er wäre dann ein Nachfahre Davids, mit anderen Worten, er wäre der wahre Herr über die fünf Provinzen. Was halten deine weisen Berater davon? Daß das nur Gebell ist?«

»Das ist Sache des Hohenpriesters«, erwiderte Herodes. »Er ist darüber vollkommen im Bilde.« Und er ging hinaus.

Herodias knurrte vor Wut. Dann begegnete sie dem Blick der Amme, die anscheinend etwas sagen wollte.

»Was ist?« fragte Herodias.

»Kein Mann und noch weniger ein Tetrarch erträgt es, von einer Frau regiert zu werden. Vielleicht mußt du einige Zeit Gleichgültigkeit vortäuschen. Er ist intelligent genug, um zu wissen, wo seine Interessen liegen. Früher oder später wird er diesen Mann zum Schweigen bringen.«

»Und wenn es dann zu spät ist?«

»Wir werden einige Tage warten. Geh zu ihm zum Essen. Das ist viel geschickter. Du hast die Macht deines Gehirns bewiesen. Jetzt zeig deine Weiblichkeit.«

Herodias glättete sich träge die Haare. Die Amme reichte ihr einen Topf mit parfümiertem Fett. Herodias sah sie an. Die Amme hielt ihrem Blick stand und nickte, reichte ihr weiter den Topf hin. Herodias ließ es zu, daß sie näher kam und ihr Arme und Brust massierte. »Geh zum Teufel!« flüsterte sie, während die knochigen Hände der Alten unter ihre Achseln griffen und die vom Alter trüb gewordenen Augen in die ihren tauchten. Schließlich deutete Herodias ein Lächeln an. Die Amme kniete sich hin, um ihrer Herrin die Füße zu massieren. Schließlich verließ Herodias das Zimmer, voraus ging eine Sklavin und hinter ihr eine andere. Die Amme hörte, wie sich das Klappern der Sandalen entfernte, kauerte sich in eine Ecke und bohrte mißmutig in der Nase.

Einige hundert Ellen entfernt, im Haus des Hohenpriesters, wurde auch gerade das Abendessen aufgetragen. Nachdem er sich nach dem Ritual die Hände in einem Kupferbecken gewaschen hatte, in das ein Levit Wasser aus einer Kanne goß, wandte sich Hannas, Führer aller Rabbiner Palästinas, dem Saal zu, in dem das Essen serviert wurde. Ein einziger Gast folgte ihm, sein treuer Vertrauter Gedalja. Sie blieben vor dem Tisch stehen und beteten mit halblauter Stimme, setzten sich dann zu einem Mahl aus gefülltem Rebhuhn mit Rosinen.

»Dieser Rabbi aus Nain … Wie hieß er noch?« sagte Hannas.

»Perez.«

»Ja, Perez«, fuhr Hannas fort, der energisch sein Geflügel entbeinte, »nun, er hatte nicht unrecht. Die Ereignisse geraten ein bißchen außer Kontrolle, findest du nicht? Wie ich hast auch du Berichte erhalten. Dieser Jesus tut so, als sei er der Herr von Kafarnaum. Rekrutiert seine Helfer in der Synagoge, also wirklich! Wir müssen irgendwo diese Erregung stoppen, sonst wird er noch in den Tempel kommen und dort Unruhe säen.«

»Ich würde mich glücklich schätzen«, antwortete Gedalja.

»Du würdest dich glücklich schätzen?« wiederholte Hannas empört.

»Sicher. Wir würden ihn sofort von der Tempelpolizei verhaften lassen. Dann könnten wir ihn zwei oder drei Jahre im Gefängnis verfaulen lassen.«

»Und die Reaktionen?«

»Welche Reaktionen? Er ist hier unbekannt. Nach einigen Streitereien und einigen Stunden wäre die Sache vergessen.«

»Und wenn er nicht nach Jerusalem kommt?«

»Er wird kommen, er wird kommen!« versicherte ihm Gedalja und

leckte sich einen Tropfen Soße von der Unterlippe. »Dieser Mann ist ehrgeizig, Jerusalem wird sein größtes Theater sein.«
»Aber angenommen, er kommt nicht?«
»Nun, dann verständigen wir den Tetrarchen. Wir lassen ihn in Galiläa verhaften.«
»Da werden die Reaktionen noch heftiger sein.«
»Sicher, aber das wird dann Herodes' Sache sein.« Er lächelte, doch Hannas blieb ernst.
»Was für einen Gefallen wir auch vom Tetrarchen wünschen, er wird ihn uns teuer bezahlen lassen«, sagte der Hohepriester.
»Es genügt, wenn wir ihm sagen, daß dieser Mann behauptet, der wahre Nachfahre Davids zu sein«, schlug Gedalja vor. »Soll ich unsere Mittelsmänner im Palast darauf ansetzen?«
»Versuch, sie auszuhorchen«, antwortete Hannas, der mit einer ihn plötzlich überkommenden Trübsinnigkeit eine Keule seines Rebhuhns betrachtete. Es war Neumond, und den hatte er noch nie geliebt; jeden Monat um diese Zeit fühlte er sich so müde wie sonst nie, und diesmal litt er außerdem an einem Gichtanfall.
»Übrigens, aushorchen«, fuhr Gedalja fort, »ich habe mir erlaubt, eine Gerüchtekampagne gegen diesen Mann in Gang zu setzen.«
»Eine Gerüchtekampagne?« wiederholte sein Gesprächspartner fragend, wobei er die Augen verdrehte und mit den Wimpern klimperte.
»Weißt du, er versteht sich gut mit den Samaritern, und abgesehen davon, daß er der angebliche Sohn eines verrückten, rebellischen alten Priesters ist, verkehrt er mit Frauen von zweifelhaftem Ruf.«
Gedalja hatte sich mehr Neugierde, wenn nicht sogar Begeisterung von seinem Vorgesetzten erwartet, aber seine letzten Worte stießen nur auf eine unerwartete Gleichgültigkeit. Ein trübsinniges Schweigen herrschte im Zimmer. Die beiden Leviten, die an der Wand lehnten, ähnelten Statuen. Hannas hatte aufgehört zu essen und betrachtete einen Punkt auf dem Boden. Gedalja selber wurde von einem unbegreiflichen Unbehagen erfaßt; er versuchte, den Punkt auszumachen, der die Aufmerksamkeit des Hohenpriesters fesselte. Es war eine Kakerlake, und obwohl sie kühn über die Fliesen huschte, schien sie dieselbe Hemmung ergriffen zu haben, wie sie im Zimmer herrschte. Die Leviten erkannten den Gegenstand der metaphysischen Betrach-

tung ebenfalls, und mit einem kurzen Klappern der Sandale, die er in die rechte Hand genommen hatte, setzte einer von ihnen dem Leben des Eindringlings ein Ende. Der Hohepriester seufzte auf.
»Eine Gerüchtekampagne...« wiederholte er. »Aber wenn...« Er fing sich wieder. »Wirklich«, sagte er abwesend, fast dümmlich. »Tatsächlich.« Dann stand er auf, um das Dankgebet zu sprechen. Gedalja bemerkte, daß Hannas an diesem Abend die Worte fast mechanisch von den Lippen kamen.

Ebenfalls zur gleichen Stunde ging im Haus eines Gemüsehändlers in Jerusalem die Mahlzeit ihrem Ende zu. Der Händler Jeremias hatte einen entfernten Verwandten eingeladen, der in Kafarnaum lebte. Er war gerade angekommen und redete nur vom Messias. Die Frauen des Hauses, die Mutter von Jeremias, seine Schwiegermutter, seine Frau, seine Schwester, seine verwitwete Schwägerin mit ihren beiden Töchtern und die zwei Dienerinnen, die an der Zimmertür standen, hörten zu. Jeremias versuchte mehrmals, das Thema zu wechseln, aber sein Gast war so erfüllt von seiner Geschichte, daß es ihm nicht auffiel.
Am nächsten Tag summte der ganze Häuserkomplex der Umgebung von Berichten, nach denen der Messias in Galiläa eingetroffen sei. Niedere Priester des Tempels, die bisher nichts von Jesus' Existenz gewußt hatten, erfuhren, daß ein Mann, der als der Messias galt oder sich als solcher ausgab, dem Hohenpriester und Gedalja große Sorge bereite.
Auch in Herodes' Palast kamen Gerüchte in Umlauf. Die Pharisäer aus dem Erdgeschoß wurden langsam ungehalten, weil sie auf zu viele Fragen antworten mußten, die sich im Grunde zu einer einzigen zusammenfassen ließen: Gab es in den Psalmen oder in anderen Büchern einen Hinweis auf den Messias? Eine Woche später diskutierte ganz Jerusalem über den Messias. Wieder eine Woche später ganz Judäa. Nicht, daß die Leute der Neuigkeit, der Messias sei in Galiläa, unbedingt Glauben schenkten, aber sie hofften vage, daß diese Neuigkeit ihr Leben verändern möge. Hoffnung, Furcht und Aufregung vereinten sich zu einer Unruhe, deren Ursache vor allem im Tempel vermutet wurde. Leute, die aus weit entfernten Dörfern und Städten kamen und das Gerücht gehört hatten, fragten naiv, ob der Messias in Je-

rusalem eingetroffen und ob er nicht im Tempel gewesen sei. Solche Fragen entfachten bei den Priestern und Leviten regelmäßig Wutanfälle, die ihrerseits wieder die Geldwechsler beunruhigten.
»Nein, mein Freund, ich habe nichts von einem Messias in Jerusalem gehört, und auch anderswo nicht. Das kostet fünf Denare«, sagte ein Geldwechsler und steckte ausländische Münzen ein.
»Was haben sie denn alle? Das ist der dritte innerhalb einer Stunde, der mich nach dem Messias fragt!« sagte er zu seinem Kollegen. »Weißt du etwas?«
»Nein. Ich habe einen Priester gefragt, doch der konnte mir auch nichts sagen«, antwortete der andere mit einem Achselzucken.

X.

Eine Ochsenpeitsche und einige Mißverständnisse

Jesus wohnte drei Tage lang bei Simon. In diesen drei Tagen überstürzten sich Neuigkeiten, Eindrücke und Vorahnungen, als ob die Zeit schneller verginge.

Judas Iskariot schien das Gras wachsen zu hören. Er berichtete, der Rabbi habe vor, einen Boten nach Jerusalem zu schicken, weil man ihm seine Synagoge genommen habe. Angeblich hätten ihn mehrere Leute davon abgebracht und ihn überzeugt, daß Jesus nicht nur ein frommer Mann sei wie andere auch, sondern vielleicht sogar der Messias. Judas meinte aber, daß der Rabbi trotzdem einen Mann geschickt habe, um den Sanhedrin zu warnen.

Reisende, die aus Tyrus und Samaria kamen, überbrachten recht wirre Geschichten von Magiern. In Tyrus gäbe es einen Fremden namens Menander, der tote Bäume wieder zum Blühen bringe. In Samaria habe man einen gewissen Simon innerhalb von nur einer Stunde in zwei weit voneinander entfernten Häusern gesehen. Es hieß, er fliege durch die Luft.

Man hatte außerdem die Soldaten des Herodes in Änon-Salim gesehen, wo sie Schüler des Jokanaan mißhandelten und Jokanaan selber wegen seiner Verwünschungen gegen den Tetrarchen und seine Gattin bedrohten. Der Täufer war außer sich geraten und hatte in seine noch bittereren Verwünschungen die Schergen mit einbezogen. Einige hatten sogar fliehen müssen, da sie fürchteten, von der Menge gesteinigt zu werden.

Spione aus Jerusalem, berichtete diesmal Thomas, verbreiteten in Galiläa Gerüchte, nach denen Jesus einmal der Bastard eines römischen Legionärs sei, das andere Mal ein Hexenmeister, der seine Kunst bei den Parthern gelernt habe, und daß er zu Huren gehe. Die letzte Verleumdung, vermutete Thomas, war sicher in Kafarnaum selber entstanden, denn es war in der Stadt bekannt, daß zu den glühendsten Verteidigern von Jesus eine junge Witwe und eine Frau mit ungewissem Familienstand gehörten.

Schließlich erzählte ein Reisender aus Judäa, daß die Essener von Qumran und aus anderen Gemeinschaften vor Jesus und Jokanaan warnten, da sie nur Abtrünnige und Verrückte seien.

Der bis dahin klare Himmel schlug also in Unwetter um. Die Jünger wurden ungeduldig. Sie wollten handeln, und für sie hieß handeln, sich endlich Jerusalem vorzunehmen.

»Es ist offensichtlich, daß dein Ruf sich im ganzen Land ausbreitet«, sagte Thomas, »und daß, wenn du daraus nicht schnell Nutzen ziehst, unsere Feinde zum Gegenangriff schreiten werden.«

Sie saßen unter einer Platane auf einer Wiese neben Simons Haus. Ziegen und Schafe fraßen, was sie dort fanden: Klee, Hafer, Unkraut, wilde Zichorien. In der Nacht hatte es geregnet; kleine Wolken, die wie weicher Brotteig aussahen, trieben dicht gedrängt dahin, und die Luft war kalt.

Man zwingt mich dazu, dachte Jesus. Aber waren es die Menschen, oder war es Gott? Was Thomas gesagt hatte, entsprach dem gesunden Menschenverstand, die Zeit drängte.

Hinter ihnen klapperte ein Fensterladen. Maria und Simons Frau lüfteten die Küche. Sie mußten für sechzehn Männer und genauso viele Frauen kochen. Wären da nicht die überreichen Geschenke an Korn, Mehl, Teig, fertigem Brot, Geflügel, Fleisch, Gemüse, Öl, Salz und Wein gewesen, hätten sie Hunger leiden müssen. Aber man konnte nicht darauf hoffen, daß dieser Überfluß weiter andauern würde; die Leute von Kafarnaum erwarteten auch Taten.

Thomas erriet die Gedanken seines Meisters: »In gewisser Weise«, sagte er, »bist du schon ein vom Herrn beauftragter Feldherr. Jokanaan kann nichts tun.«

»Und wenn du kein Feldherr des Himmels wärst«, fuhr Simon der Zelot fort, »wozu hättest du uns dann angeworben?«

»Vielleicht bist du dazu vorbestimmt«, schlug Johannes vor.

»Du hast einen Rivalen, Thomas«, meinte Jesus lachend. »Er weiß, ohne gelernt zu haben, und antwortet auf Fragen, die du nicht gestellt hast.«

»Ja«, sagte Thomas, »er ist intelligent. Vorbestimmt! Ich hätte daran denken sollen! Vielleicht bist du tatsächlich vorbestimmt.«

Eine Pause entstand.

»Also gut«, sagte Jesus plötzlich. »Wir gehen nach Jerusalem.«

»Wann?« fragte Johannes.

»Morgen.«

Es wurde beschlossen, daß Maria in Kafarnaum bleiben sollte. Fünfzehn Männer zogen mit sechs Maultieren los. Sie kamen eine Woche später durch das Tor der Schafe in Jerusalem an; es war ein Donnerstagabend.

»Schon morgen«, meinte Johannes, »müssen wir sie wissen lassen, daß wir da sind.«

Und Jesus wurde klar, daß Johannes der Jünger war, der den größten Einfluß auf ihn ausübte, obwohl er der jüngste war. Er schien klar wie das Wasser zu sein, und trotzdem stark wie Wein.

Sie machten sich sehr früh am nächsten Morgen auf den Weg. Im Tempelbezirk herrschte bereits dichtes Gedränge. Die Menge zwängte sich zwischen Schafherden mit Lämmern hindurch, Händler trugen Käfige mit Tauben und Weinkrüge auf dem Kopf. Ein großer Markt. Geblöke, Gegurre, Geschimpfe. Rechts und links die Auslagen der Geldwechsler, der Verkäufer von Weihrauch und Myrrhe, von Obst und Erfrischungen. Ebenfalls rechts der Holzladen, den Jesus' Vater früher sicher mit Eichenholz aus Zilizien und Zedernholz aus dem Libanon-Gebirge versorgt hatte, genau am Eingang zum Hof der Frauen. Protestschreie, ein Wechsler ruft einem Kunden zu, daß er bei jedem Münzwechsel seinen Anteil haben müsse.

»Das ist mein Beruf!« geifert er. »Wie sollte ich sonst leben?« Der andere sagt, das sei Wucher. Jesus geht auf den Händler zu und befiehlt ihm zu gehen.

»Was?« schreit der Händler. »Wer bist du denn?«

»Du hast mich verstanden, verlasse den Tempel.«

Die vierzehn stehen dicht gedrängt hinter Jesus. Der Händler hält sie für Gaffer. Jesus entreißt einem der Viehhändler seine Knotenpeitsche. Die Peitsche zischt durch die Luft und trifft die Brust des Händlers, der nach hinten fällt. Sie schnalzt noch einmal und trifft die aufeinandergestapelten Taubenkäfige des Händlers nebenan, die beim Herunterfallen zerbrechen.

»Hilfe!« schreit der Geldwechsler.
»Hilfe!« schreit auch sein Nachbar.
Die Tauben fliegen davon, die Peitsche trifft einen Schafbock und zwei Lämmer, die daraufhin über den Platz galoppieren. Jesus ist schon beim nächsten Händler, einem starken Kerl, der drohend näher kommt; die Peitsche trifft ihn im Gesicht, er versucht, sie aufzufangen, aber die Peitsche knallt noch einmal. Das Gesicht des Händlers blutet, aber es gelingt ihm, eine der Peitschenschnüre zu fassen, und er zieht so fest daran, daß Jesus das Gleichgewicht verliert, während der Händler mit dem anderen Arm seinem Angreifer einen heftigen Faustschlag versetzt. Simon, Johannes und die anderen packen den Mann, Jesus zieht an der Peitsche, bekommt sie frei und versetzt dem Kerl einen starken Schlag auf den Rücken, als dieser sich bückt, um seine Ware wieder aufzusammeln. Auf allen vieren durch die Menge kriechend, ergreift er die Flucht. Die anderen Händler eilen, mit Stöcken bewaffnet, herbei, um zu helfen, aber eine Schnur der Peitsche ringelt sich um einen Stock, der fällt zu Boden, die anderen Schnüre treffen die Angreifer im Gesicht und am Hals. Die Frauen in der Menge fangen an zu schreien, ebenso wie die Kinder, zwei Leviten eilen herbei, aber Jesus springt in großen Sätzen umher, knallt mit der Peitsche und fegt die restlichen Auslagen der anderen Händler davon. Auf dem Boden rollen Münzen. Jakobus läßt einen Tisch auf den Kopf eines Geldwechslers niedersausen, Natanael und Bartolomäus kämpfen mit anderen Händlern, die sie am Schlafittchen gepackt haben, Schafe blöken, der Tumult erreicht seinen Höhepunkt.
Plötzlich ertönt Jesus' Stimme: »Dies ist das Haus des Herrn! Ihr habt es in eine Räuberhöhle verwandelt!« Um ihn bildet sich eine Menschentraube, während die Händler durch das Nikanor-Tor fliehen, wo normalerweise die Leviten stehen und singen. Eine Gruppe aus Priestern und Leviten hat sich oben auf der Treppe gebildet, und sie betrachten mit düsterer Miene das Schauspiel. Ein Levit schreitet die Treppe herab und geht auf Jesus zu, um den sich die ganze Menge geschart hat. »Er ist der Reiniger!« schreien die Leute.
»Ja, er ist der Messias!« rufen andere.
Der Levit erfaßt mit einem Blick die Situation, er hört die Leute schreien, daß es höchste Zeit gewesen sei, mit diesen Händlern und Geldwechslern Schluß zu machen, das seien alles Diebe.

»Wer bist du?« fragt er Jesus. »Was ermächtigt dich, diesen heiligen Ort zu stören?«
»Gott ist unser aller Vater, und ich habe deshalb dasselbe Recht wie jeder andere, zu verhindern, daß Sein Haus in ein Räubernest von Händlern verwandelt wird.«
»Das ist nicht dein Haus. Es wurde den Priestern anvertraut, die sich darum kümmern.«
»Wenn die Priester zulassen, daß das Haus Gottes in einen Markt verwandelt wird, kann man dieses Haus genausogut zerstören. Und man würde nur drei Tage brauchen, um es in den Herzen der Menschen wiederaufzubauen.«
Überraschtes Murmeln in der Menge.
»Das ist leicht dahingesagt«, antwortet der Levit, »aber dieser Tempel wurde in sechsundvierzig Jahren errichtet. Und du willst ihn in drei Tagen wiederaufbauen?«
Jesus nickt.
»Er ist der Erneuerer, den wir erwarten!« rufen die Leute wieder.
Der Levit zuckt mit den Achseln. Die Tempelpolizei wartet schon am Nikanor-Tor, um Jesus und die Seinen auf ein Zeichen des Leviten hin zu verhaften.
»Dieser Mann ist von Gott gesandt!« ruft ein Greis, der auf den Leviten zugeht. »Es ist gottlos, daß die Händler die Frömmigkeit des Volkes ausnützen!«
»Ihr Priester findet es wohl ehrenhaft, daß man hier für ein Taubenpaar dreimal mehr als auf dem Markt bezahlen muß!« schreit ein anderer.
Die übrigen Leviten kommen herbei. Von allen Seiten wird Jesus lauthals verteidigt. Daß die Priester Komplizen von Dieben seien, daß die Gläubigen von den Geldwechslern ausgebeutet würden, und andere Proteste. Die Leviten schauen düster drein angesichts der sie umgebenden Feindseligkeit. Derjenige, der als erster auf ihn zugegangen ist, sagt zu Jesus: »So geht man mit diesen Fragen nicht um.« Und er kehrt langsam zum Nikanor-Tor zurück. Seine Gefährten zögern und folgen ihm dann.
»Diese Fragen dürfte es erst gar nicht geben!« ruft Johannes ihm nach.
Der Levit dreht sich um und erwidert, daß sie sich wiedersehen würden.

»Bist du der Messias?« fragen die Leute nun Jesus. Ein Mann, der ein Taubenpaar an den Krallen hält, zupft Jesus am Ärmel.
»Nur der Herr kennt den, dem die Salbung bestimmt ist!« erwidert Jesus.
»Auf dich wartet seit Ezechiel das ganze Land!« sagt der Mann mit den Tauben. »Gesegnet sei dieser Tag!« Andere stimmen in den Segen ein.
»Warum Ezechiel?« fragt Jesus und sieht dabei beunruhigt zur Tempelpolizei hinüber, die immer noch neben dem Nikanor-Tor steht.
»›In den letzten Tagen dieser Königreiche‹«, rezitiert der Mann. »Kennst du die Worte nicht? ›In den letzten Tagen dieser Königreiche, wenn ihre Sünde den Höhepunkt erreicht, wird ein König erscheinen, dunkel und streng, ein Meister der List ...‹«
»Aber das steht doch bei Daniel«, antwortet Jesus. »Ich bin kein Meister der List, und in diesen Versen ist nur von der Macht Gottes die Rede.«
»Ja, ja«, meint der Mann zufrieden, ergreift eine Falte von Jesus' Gewand und reibt den Stoff zwischen Daumen und Zeigefinger, dabei lächelt er. »Das ist Leinen, nicht wahr? Erinnerst du dich nicht an den in Leinen gekleideten Mann bei Ezechiel, der denen, die über die Schandtaten klagen, die überall im Land stattfinden, ein Zeichen auf die Stirn malt, damit sie der Zorn Gottes verschone?«
»Ich erinnere mich«, meint Jesus, während Thomas ihm bedeutet, es sei besser, zu gehen.
»Mach mir ein Zeichen auf die Stirn«, drängt der Mann. Und Jesus berührt den Mann mit dem Daumen zwischen den Augen. Der Gesichtsausdruck des Mannes verändert sich, er schaudert und ruft aus: »Das ist etwas anderes! Du trägst in dir eine heilige Macht!«
»Zeichne mich! Zeichne mich!« baten nun auch die anderen.
Aber Thomas flüsterte ihm ins Ohr, daß dies hier nicht die Synagoge von Kafarnaum sei und daß es hier eine starke Tempelpolizei gebe, die nur darauf warte einzugreifen. Jesus gab nach, und die fünfzehn Männer drängten sich zum nächsten Tor, dem Tor der Gesänge. Sie folgten Thomas' Rat, Jerusalem so schnell wie möglich durch das Aschentopftor zu verlassen, das andere das Goldene Tor nennen. Sie liefen den Abhang hinunter zum Kidron, den sie bei einer Furt durchquerten, und gingen am Olivenhain von Getsemani entlang. Judas Is-

kariot hatte die Idee gehabt, sich nach Betanien zu flüchten, weil er dort zuverlässige Freunde kannte, und unterwegs fragte ihn Jesus nun, ob diese Freunde immer noch zuverlässig seien.
Judas beteuerte, er sei unter Lebensgefahr nach Jerusalem gekommen, da er von sämtlichen Häschern in Judäa gesucht werde, und er wisse, wovon er rede. Die besagten Freunde seien zwei Brüder, und er habe sich, ebenso wie Simon der Zelot, bei ihnen versteckt. Als Jesus sich daraufhin nach dem Genannten umsah, sagten ihm die anderen, Simon sei in Jerusalem geblieben, um Freunde zu besuchen. Sicher Zeloten, dachte Jesus, denn alle Zeloten Judäas müssen jetzt wohl jubilieren. Früher oder später würde er klarstellen müssen, daß er, Jesus, kein Zelot war.
Johannes' Wangen waren vor Erregung gerötet. »Ein schöner Tag!« sagte er. Und als Jesus lächelte, ohne zu antworten, beharrte Johannes: Ob es denn etwa kein schöner Tag sei? Warum, wollte Jesus wissen. »Weil Worte schnell vergessen sind, wenn ihnen nicht Taten folgen. Jetzt ist alles klar.« Was denn klar sei? »Daß die Tempelleute unmoralisch sind. Und alle werden es sagen.« Er sprach abgehackt, denn sie gingen schnell.
»Ich wollte das, was ich heute getan habe, schon vor langer Zeit tun, seit ich zum erstenmal im Tempel war«, meinte Jesus.
»Und jetzt hast du die Autorität, es zu tun.«
Jesus dachte eine Zeitlang über das Wort »Autorität« nach. Sicher, er hatte sie, aber er wußte nicht, wer sie ihm verliehen hatte. Er blieb stehen, die anderen auch. »Erwartet nicht«, sagte er mit ernster Stimme, »daß wir immer so aufsehenerregende Dinge tun.«
Ein Windstoß fuhr über den Weg, wirbelte Staub auf und ließ ihn auf den Feldern tanzen.
»Was wir tun müssen, geht über den Tempel und Jerusalem hinaus«, sagte er noch.
Wieder einmal waren sie alle ratlos. Raben flogen dicht über ihren Köpfen hinweg und krächzten.

Endlich waren sie da. Jesus wurde überschwenglich aufgenommen. Natürlich, die Zeloten hielten ihn für einen der Ihren. Er blieb schweigsam. Alle waren enttäuscht, denn sie hatten einen anregenden Abend erwartet, an dem er von der Schlägerei erzählen und ei-

nige pikante Details über das anschließende Durcheinander erwähnen würde. Nichts dergleichen, auch nicht, als Judas Iskariot, Bartolomäus, Johannes und Jakobus untereinander die Ereignisse besprachen und immer wieder Ausrufe »Ein wahnsinniger Tag!« ertönten. Sie setzten sich zu Tisch, das heißt, sie setzten sich auf den Boden in diesem Haus, einem sehr kleinen Haus, und aßen Getreidesuppe mit Fleischresten, wobei sie Jesus aus den Augenwinkeln beobachteten. Hätte er seine Schar nicht wenigstens ein bißchen ermutigen können? Sie hatten doch nichts Böses getan ... Es klopfte an der Tür: Simon der Zelot mit einer Frau. Eine Frau! Hinter ihnen stand ein Mann, ein reicher Mann, wenn man nach dem Mantel aus gebürsteter Wolle, dem sorgfältig gestutzten und geölten Bart, den Sandalen mit Silberschnallen und vor allem seiner Haltung nach urteilen wollte. Aber eine Frau!
»Ich habe mir die Freiheit genommen«, sagte Simon der Zelot und schloß die Tür, »zwei Menschen mitzubringen, die unseren Meister kennenlernen wollen. Dies hier ist Nikodemus, der zum Sanhedrin gehört, und Maria Magdalena, die Schwester eines Mannes, den wir gut kennen, Lazarus von Betanien.«
Ein Mitglied des Sanhedrin! Sie erstarrten vor Bestürzung, das Essen blieb ihnen im Halse stecken. Jesus stand auf, und Nikodemus ging auf ihn zu, würdevoll, aber ehrerbietig. Die Frau kniete zu Jesus' Füßen nieder, ergriff seine rechte Hand und küßte sie. Jesus zog sie wieder hoch. Die Erregung verschönte sie, ihre Haut leuchtete rosig, ihre Bewegungen waren harmonisch, und ihre Augen strahlten.
»Hab keine Furcht, ich bitte dich«, sagte Nikodemus, »ich komme als Pilger der Wahrheit hierher und nicht als Verbündeter deiner Feinde.«
»Ich fürchte nur den Herrn«, erwiderte Jesus.
»Ein anderer wollte sich uns noch anschließen«, sagte Nikodemus, »denn er ist fast sicher, dich gekannt zu haben, als du noch jünger warst. Er ist auch Mitglied unseres Rates, Josef von Arimathäa.«
»Er wäre willkommen gewesen«, sagte Jesus. »Warum ist er nicht mit euch gegangen?«
»Aus Vorsicht. Er nahm an, daß es auffallen würde, wenn zwei Mitglieder des Rates zusammen die Stadt verlassen ...«
»Ich war im Tempel«, unterbrach ihn Maria Magdalena auf einmal, »und plötzlich ... das Licht!«

Der ältere der Gastgeber bat sie nun zum Essen, aber Maria Magdalena dankte und sagte, sie wolle zu den Frauen gehen. Nach der Suppe gab es Zichoriensalat mit Zwiebeln, danach gegorenen Käse, frisches Brot und Oliven. Jesus hatte Nikodemus den Platz zu seiner Rechten angeboten. Die Jünger hatten sogar ihre Enttäuschung vergessen, so erstaunt waren sie, ein Mitglied des Sanhedrin im Haus der Zeloten zu sehen. Nach allem, was geschehen war! Sie wagten kaum zu kauen, aus Angst, ein Wort von dem Gespräch zwischen Nikodemus und Jesus zu versäumen.

»Ich bin zu dir gekommen«, begann Nikodemus, »weil alle Hoffnung, die noch in diesem Lande bleibt, jetzt auf dir ruht. Eine beträchtliche Anzahl von Menschen hoffen, daß du ihr Schicksal ändern wirst. Die anderen fürchten genau das.« Er hatte schon gegessen, aber aus Höflichkeit schnitt er ein Stück Käse ab, legte ihn auf das Brot – und aß so das Brot der Zeloten. »Ich kann mir gut vorstellen, daß viele Mitglieder unseres Rates deine Tat im Tempel nicht gutheißen, aber ich, als gewähltes Mitglied der wichtigsten Körperschaft des Landes, möchte dir sagen, daß ich sie gutheiße. Ich lehne das Geschäft der Händler und Geldwechsler im Bereich unseres heiligen Hauses zutiefst ab.«

Die anderen hatten ganz aufgehört zu essen.

»Nun, warum hast du dann nichts getan, um dem ein Ende zu bereiten?« fragte Jesus.

»Ich und die meiner Kollegen, die dazu bereit waren, sind nur eine Minderheit im Sanhedrin. Angesichts der Tatsache, daß alle Beschlüsse eine Mehrheit finden müssen, hätten wir verloren. Und durch die Niederlage hätten wir auch die Macht verloren, gewisse andere Mißstände zu beseitigen. Es wäre also auch ein Verlust für viele andere gewesen.«

»Wie kann ein gesundes Glied in einem Organismus funktionieren, der sich auflöst?« fragte Jesus.

»Wie ein gesundes Glied in einem Organismus, der sich auflöst«, antwortete Nikodemus mit einem kleinen Lächeln, »mal gut und mal gar nicht. Jetzt frage ich dich, was du tun willst. Wirst du die geistliche Macht in Jerusalem stürzen?«

Thomas' Gesicht war vor Anspannung verzerrt. Die anderen saßen wie versteinert da.

»Könnte ich es denn?« fragte Jesus, der selbst überrascht war.

»Ja, du könntest es. Zahlreiche Priester würden sich einem Aufstand gegen Hannas und seine Gruppe anschließen.«
»Und danach?« fragte Jesus.
Johannes' Kehle entschlüpfte ein ersticktes »Ah«.
»Danach könntest du den Römern erklären«, fuhr Nikodemus unbeirrt fort, »daß dies Sache der Juden sei und sie nichts angehe, daß es außerdem eine religiöse Angelegenheit sei und es in ihrem eigenen Interesse liege, daß die Geistlichkeit vom Volk geachtet wird.«
»Redest du in deinem Namen, oder bist du von einer Partei des Sanhedrin delegiert?«
»Ich rede hier in meinem Namen, und ich rede nicht leichtfertig daher. Ich glaube, daß mehrere meiner Kollegen meiner Meinung sind.«
»Und wer wäre danach der Hohepriester, der über die Ordnung wacht?« fragte Jesus.
»Du, nehme ich an«, antwortete Nikodemus und sah Jesus direkt in die Augen.
Der Mann ist Politiker, dachte Jesus, aber er ist ehrlich. Sein Blick ist kalt, aber aufrichtig.
Ein ganzes Heer von Fliegen hätte Simon in den Mund fliegen können, er hätte es nicht gemerkt. Die Spannung im Raum war fast greifbar. Aus Jesus' Gesicht schien jedes Leben gewichen zu sein.
»Wenn du gekommen bist, um den nächsten Hohenpriester zu treffen, Nikodemus, so muß ich dir leider sagen, daß du dich geirrt hast. Selbst wenn der gesamte Sanhedrin dich hierherbegleitet hätte, um mir den Sitz des Hohenpriesters anzubieten, hätte ich abgelehnt. Es scheint mir, als seien gewisse Punkte deinem Scharfsinn entgangen.«
»Welche?« fragte Nikodemus.
»Man müßte die Herzen aller Priester des Tempels ändern, und das kann ich nicht. Das Unkraut hat die Felder überwuchert.«
Jokanaan und die Essener wußten das auch, aber sie erwarteten, daß das Feuer des Himmels die letzte Ernte zerstören werde. Nun, dachte Jesus, es ist zwar nicht die letzte Ernte, aber verbrannt werden muß sie trotzdem.
»Man kann sie bessern«, schlug Nikodemus vor.
»Alle Lesungen aus den Büchern haben sie nicht bessern können«, entgegnete Jesus. »Und ich bin über all das hinaus. Ich gehöre dem Jenseits.«

Nikodemus erregte sich: »Du hast vorhin Getreide und Fleisch gegessen, und du hast Käse, Oliven und Brot gekaut. Du bist also kein Gespenst, und du bist auf jeden Fall nicht über die Nahrung hinaus. Dann hast du vor einigen Stunden die Händler und Geldwechsler des Tempels ausgepeitscht, und auch das war nur zu real. Ich habe die Schläge gehört, habe zerbrochene Tische und rollende Münzen gesehen. Und jetzt sagst du mir, daß du über all das hinaus bist und daß du dem Jenseits angehörst. Ich verstehe das nicht mehr. Wenn es in deinen Taten und in denen der Männer, die dir folgen, etwas Zusammenhängendes gibt, müßtest du jetzt die Macht in Jerusalem übernehmen!«

Jesus lehnte sich an die Wand zurück. Unter halb geschlossenen Lidern beobachtete er seine Jünger. Es war klar, was sie dachten: Ist er nun unser Held oder nicht? Wird er der Befreier sein, oder was? Von welchem Jenseits redet er? Nur Thomas schien zu lächeln. Nur Thomas hatte zweifellos verstanden.

»Bau ein Haus«, sagte Jesus sanft. »Nach einigen Jahren wird es sich unvermeidlich verändert haben. Die Balken sind von Moos überzogen, der Regen nagt am Anstrich, die Angeln verrosten. Aber das Haus, das in deinem Herzen ist, verändert sich nicht. Das Haus im Herzen ist der ewige Tempel. Laß andere sich um Steintempel kümmern, wie die Römer, und laß mich den ewigen Tempel in den Herzen der Menschen erbauen. Ich bin nicht der nächste Hohepriester.«

Johannes brach in Tränen aus.

»Und doch brauchen wir auch einen Herrn für den Steintempel«, murmelte Nikodemus.

»O ja, Nikodemus, ihr braucht so einen Herrn! Aber ihr braucht eins nach dem anderen. Ihr bräuchtet alle zehn Jahre einen Jesus! Denn, siehst du, sobald man anfängt, den Geist in materielle Formen zu gießen, stellen sich Mißverständnisse ein, genauso wie das Moos, von dem ich sprach. Mach aus dem Wort Gottes Gesetz, wie es die Pharisäer getan haben, und du hast den Fuß in ein Labyrinth aus endlosen Interpretationen gesetzt. Es ist nicht mehr das Wort Gottes, sondern ein weiteres System aus menschlichen Gesetzen. Und in diesen Gesetzen nach der göttlichen Wahrheit zu suchen wird ebenso sinnlos, als versuchte man, die wahre Länge der Elle, von der Ezechiel spricht, festzulegen.« Er hielt inne, er sah müde aus. »Der erste Tempel«, fuhr er nach einer Weile fort, »wurde in Unschuld erbaut und in Feindseligkeit zerstört. Er hätte eine Erinnerung bleiben sollen. Einen Tempel für Gott zu erbauen ist absurd! Als ob man sagen wolle: ›Höre, Herr, wir bauen Dir einen Palast, damit Du dort bleibst und Dich nicht darum kümmerst, was wir draußen machen. Wir bringen Dir darin Opfer, aber laß uns unsere Geschäfte draußen so führen, wie wir es verstehen.‹ Siehst du nicht, Nikodemus, daß Ihn das beleidigt! Das ganze Universum ist Sein Tempel! Dieser hier ist lächerlich. Menschen üben darin die Macht aus, und Macht korrumpiert. Sie sind also korrupt. Den Platz des Hohenpriesters einzunehmen, und vor allem ihn einzunehmen unter dem Stab der Römer, heißt, mir einen wurmstichigen Thron anzubieten! Ich will ihn nicht.«

Sein Tonfall machte deutlich, daß er fertig war. Ein allgemeines Aufatmen ging durch die Runde, man räusperte sich, bewegte Arme und Beine, kratzte sich.

»Aber wenn man dich so hört, würde dein Sieg, wie er denn auch aussehen mag, das Ende des Gesetzes bedeuten!« rief Nikodemus aus.

»Nein, Nikodemus«, erwiderte Thomas, »er wäre der Beginn des Gesetzes!«

Sie tranken den Rest von dem Wein.

»Man hat mir gesagt, daß die Essener dich geformt haben«, meinte Nikodemus mit gebrochener Stimme. »Ich habe nicht genug darauf geachtet … Für euch ist die Welt in zwei Reiche eingeteilt, die Materie und den Geist … Und du sorgst dich nicht um die Materie!«

Er sah verstimmt aus. Aber Jesus nun auch. Essener! Ein Wort. Warum nicht gar ein griechischer Gnostiker? »Du irrst dich«, sagte er, »ich bin kein Essener. Kennst du sie? Ihre Vorstellung vom Gesetz ist so eng, daß sie es nicht einmal wagen, am Sabbat Wasser zu lassen! Sie haben ihre Definition des Gesetzes derart verfeinert, daß sie darüber zu leben vergessen und nicht nur für sich den Tod erwarten, sondern auch den Tod der Welt! Glaubst du, daß der Herr sich darum kümmert, ob die Juden am Sabbat Wasser lassen oder nicht? Glaubst du, daß auch ich mir vorstelle, daß Gott von Seinen Geschöpfen nur den Verzicht auf das Leben erwartet?« Er seufzte.

»Und was wirst du tun?« fragte Nikodemus weiter. »Was wird der Messias tun?«

»Wir werden die sichtbaren und unsichtbaren Gebäude zerstören, die die Juden erbaut haben, um das Licht Gottes zu verdunkeln. Wir werden Körper und Seelen waschen, wir werden die Augen reinigen vom Schmutz eines Schlafes, der von bösen Träumen heimgesucht wurde, die Ohren, die das Wachs leerer Worte verstopfte, werden wir frei machen, und die Körper, die beladen sind mit der Unreinheit der Vergangenheit, werden wir reinwaschen. Und wir werden außerdem eine Nation errichten, die größer ist als die fünf Provinzen.«
»Ich verstehe nicht«, murmelte Nikodemus. »Wie soll das geschehen?«
»Du, ein Lehrer Israels, verstehst mich nicht? Wenn du das, was ich auf Erden zu tun gedenke, nicht begreifst, wie wäre es dann erst, wenn ich von himmlischen Dingen redete?«
»Welche himmlischen Dinge?«
»Hilf dem Gläubigen, sich von sich selbst zu befreien, und du wirst in ihm den Abglanz seines Schöpfers wiederfinden! Lehre ihn das Leben, und du wirst seinen Fuß auf die Schwelle zu Jakobs Leiter setzen! Öffne seine Augen, und er wird das ewige Licht sehen! Dann wird die Erde nicht mehr das sein, was sie war, und der Mensch wird wieder Gottes Sohn werden!«
Nikodemus schien verwirrt. »Was für eine Lehre ist das denn?« murmelte er, während die Frauen den Tisch abräumten.
Als Maria Magdalena Jesus' Teller nahm, hielt sie plötzlich inne und rief: »Meister, hab Mitleid mit uns! Ich glaube, das ist alles ein schreckliches Mißverständnis!« Und sie blieb auf den Knien liegen, den Kopf geneigt, weinend, den Teller immer noch in den Händen haltend.
»Ja, Maria«, sagte Jesus und streichelte ihr den Kopf, »du hast recht, es scheint ein Mißverständnis vorzuliegen.« Sein Blick ging über die verblüfften Anwesenden, und er schüttelte traurig den Kopf.

XI.

Das menschliche Schwert

In dieser Nacht fand er in dem Haus in Betanien keinen Schlaf. Eine der drei verfügbaren Matratzen war für ihn in ein Einzelzimmer gelegt worden. Doch die Tür war verzogen und schloß nicht mehr, so daß er das Schnarchen seiner vierzehn Jünger hören konnte, die in dem großen Zimmer lagen, in dem sie gegessen hatten, und andere Schnarcher in anderen Räumen. Er versuchte zu beten, war aber nicht dazu aufgelegt. Er stieß das kleine Fenster auf, das über seinem Bett war, und die Kälte kam herein wie der Arme, den man am Ende eines Essens einläßt. Auch Geräusche drangen ins Zimmer, Gekratze, Gezische, Geheule, Zeichen einer Sprache, die nicht für die Menschen bestimmt war. Er stand auf und ging in den Raum, in dem die Jünger schliefen. Das Zimmer war aufgeheizt von den Körpern der Schlafenden, es roch immer noch nach dem gemahlenen Koriander, den man unter das Salz gemischt hatte, um den Appetit anzuregen, und der sich jetzt mit dem Schweißgeruch vermischte. Die dunklen Gestalten auf dem Boden, eingehüllt in Mäntel, stellten eine nächtliche Landschaft aus Bergen und Tälern dar wie die, die zweifellos die Eulen sahen, wenn sie über Judäa dahinflogen. Er stieß an einen Hügel; wer war das? Er bückte sich und erkannte Johannes, dessen eine Hand auf dem Boden ruhte, zum Himmel hin geöffnet. Er verspürte das Bedürfnis, ein Geschenk hineinzulegen, das Johannes dann beim Aufwachen finden würde, aber konnte ihm nur einen Wunsch bieten: daß er alt genug werden möge, um zu verstehen! Er tastete sich zur Eingangstür, entriegelte sie und trat in die klare Nacht hinaus, in der man fast die Sterne knistern hörte. Ein Rascheln ließ ihn den Kopf wenden; es war ein Fuchs, der sich wahrscheinlich vor die Tür gelegt hatte, um dort ein wenig Wärme oder Fleisch zu erwischen, und den er aufgeschreckt hatte. Er hielt drei Schritte von Jesus

entfernt inne, ohne ein Anzeichen von Furcht, und schnupperte fragend. Jesus lächelte und ging weiter. Ein Blick zurück zeigte ihm, daß sich das Tier wieder gesetzt hatte. Es war ein junger Fuchs.
Er ging den Weg, der nach Jerusalem führte und der sich den Hügel hinaufzog, den man den Ölberg nannte; nach einer Viertelstunde schnellen Fußmarsches erreichte er den Hain. Er hatte nicht das Bedürfnis weiterzugehen, die düsteren und zerzausten Bäume, die auf ihn gleichzeitig tröstend und geduldig wirkten, hielten ihn zurück. Er lehnte sich an einen niedrigen Ast und atmete durch. Seine Gedanken klärten sich allmählich, und er sah den Grund für seine Schlaflosigkeit. Falsch, alles war falsch! Die Menschen veränderten seine Taten und Worte zu etwas, was er nicht hatte tun und sagen wollen. Dieser Nikodemus zum Beispiel: Er hätte gewollt, daß Jesus und seine Jünger den Tempel in einem Handstreich eroberten. Und den Hohenpriester hinausdrängten! Ein guter Mann war dieser Nikodemus sicher; er hatte ehrlich gehofft, Jesus mit der Robe des Hohenpriesters bekleidet zu sehen. Und danach? Den Bazar reinigen und da und dort einige Priester auswechseln. Und dann hätten alle wieder von vorne angefangen. Man hätte wieder mit den Schmeicheleien begonnen, was zur altbekannten Korruption geworden wäre, die wiederum freche Pflichtverletzung und unverhohlene Vetternwirtschaft mit sich gebracht hätte. Und was wäre dann der Mann, der Hannas' Mitra trüge? Ein schlechter Schauspieler oder ein Schuft. Wie konnten erfahrene Leute wie Nikodemus so unbesonnen sein? Und wie konnten sie außerdem annehmen, daß die Römer sich auf die Rolle der Zuschauer beschränkten?
»Es ist nur eine interne religiöse Sache, erhabene Ritter, nichts, was euch alarmieren sollte, nur eine von diesen inneren jüdischen Streitigkeiten.«
»Was sagt ihr? Dieser Mann, der sich zum Hohenpriester ernannt hat, glaubt ihr, wir wissen nicht, daß man ihn den Messias nennt, und glaubt ihr, wir ahnen nicht, was das für euch bedeutet? Er ist ein König! Sollen wir also die Hände in den Schoß legen, während ihr einen König in den römischen Provinzen wählt? Wer ist denn berechtigt, den Tetrarchen, den Ethnarchen und die römischen Gouverneure zu vertreten? Was ist das für eine Geschichte? Ihr habt bis morgen Zeit, Hannas wiedereinzusetzen! Wir wollen keinen Messias!«

Jesus hob die Schultern. Inzwischen teilten auch die Jünger Nikodemus' Hoffnungen. Sie wollten einen Helden, einen David, Salomo, Josua, einen Alexander der Juden! Auch einen Propheten, Jeremia, Jesaja, Ezechiel, vereint in einem einzigen! Sie hörten den Erklärungen nicht zu, sie waren taub für die leiseste Erwähnung, daß er nicht der Führer einer Revolte gegen die Römer sei. Und wenn er sie verließ, war er allein, aber wenn er bei ihnen blieb, war er eine Geisel, wie er es tatsächlich jetzt schon war. Er war noch mehr allein, als wenn er einsam gewesen wäre! Nur wenige Monde würden aufgehen, bis sie in ihrem Starrsinn wieder versuchen würden, ihn in einen Widder zu verwandeln, mit dem sie den Tempel angreifen konnten. Er, ein Widder, wo er doch eher ein Opferlamm war! Ihn schauderte. Kopflos, blind trieben sie ihn in die Katastrophe! Er wollte leben! Er mußte sie für einige Zeit fortschicken, damit er aufatmen und sich wieder frei ausdrücken konnte. Redete er denn so schlecht, daß sie nicht begriffen, was er sagte? Er stellte sich ihre Gesichter vor: den schwerfälligen Simon, voller tugendhafter Empörung, ein echter Galiläer, auf ewig unempfindlich für judäische Feinsinnigkeiten, besessen von seinem Haß auf die Geistlichkeit. Thomas, der Affenhafte, der Halb-Orientale, den die Griechen geschliffen hatten und den die Erkenntnis des Unerreichbaren geformt hatte, lebhaft und skeptisch bis zum Zynismus. Judas Iskariot, undurchsichtig, getrieben von uneingestandenem Ehrgeiz, mit der Seele eines Grobians in der Haut eines Zeloten, zu intelligent, als daß er nicht verstanden hätte, daß die Zeloten es zu nichts bringen würden, aber nicht intelligent genug, um zu erahnen, daß er, Jesus, den engen Grenzen jüdischer Probleme entkommen wollte. Andreas, das verschwommene Abbild seines Bruders Simon. Simon, Sohn des Judas, ungehobelt und in den Flegeljahren der Revolte steckend. Und die anderen, die jungen, Jakobus, Johannes, Natanael, Bartolomäus, Barnabas, Thaddäus, junge Abenteurer, die voller Ungeduld darauf warteten, in einer Heldensage mitzuwirken! Ahnten sie, mit Ausnahme von Thomas, wirklich nicht, was sein Ziel war? Die Menschen zu lehren, jeden Augenblick in Gottes Gegenwart zu leben, jenseits von Regeln und Riten, von Büchern und Geistlichkeit, Priestern und Tempel – hatten sie das nicht begriffen? Folgten sie einem Menschen ihrer Einbildung?
Er griff seufzend nach einem Ast des Olivenbaums. Vielleicht hatten

sie es auch verstanden und wollten nur das Beiwerk ihrer Religion nicht aufgeben, aus Angst, ihre jüdische Identität zu verlieren. Nur, um zu Gott zu gelangen, sollten sie ihre Identität aufgeben, sich von ihren Vätern, ihren Traditionen, ihren Gewohnheiten und ihren Lastern trennen? Sicher war ihre Angst berechtigt. Auf all das verzichten – und wofür? Im Grunde wollten sie den Tempel nicht zerstören, sondern ihn sich aneignen. Wenn man erst den Tempel zerstörte, würden sie jeden Schutzes beraubt sein. Was für ein schlauer König Herodes der Große gewesen war! Er hatte verstanden, daß, wenn er den Tempel wieder aufbaute und beherrschte, er ihnen die verlorene Wohnstatt wiedergab und damit seine Herrschaft über sie sicherte! Aber zu Gott gelangen jenseits irdischer Grenzen ...

Dieser Nikodemus hatte etwas begriffen: »Man hat mir gesagt, daß die Essener dich geformt haben«, hatte er gemeint, und das war nicht ganz falsch, so groß auch die Abneigung Jesus' gegenüber dem beengten Denken der Essener sein mochte. Diese Leute hatten in Qumran zwar den direkten Weg zu Gott gesucht, aber sie hatten sich in den Zeilen der Bücher eingesperrt, hatten die Buchstaben der Religion nicht überwinden können, hatten bis ins kleinste die Vorschriften eines Gottes entziffert, der immer ferner rückte, je mehr man Ihn beschrieb ...

Jesus hob den Blick. Die Dunkelheit ringsumher nahm ihn weich in sich auf, er spürte das Vertrauen in die Millionen wachsamer Augen des Herrn. Früher hatte er so intensiv gebetet, daß er darüber seinen Körper vergaß. Das war ihm lange nicht mehr passiert, weil er jetzt glaubte, daß Gott dieses Sich-selbst-Preisgeben in den Flammen des Gebetes nicht verlangte. Und auch weil er dachte, daß das übermenschliche Bemühen, seiner Bestimmung zu entfliehen, anmaßend war. Er war ein Mensch, und Gott ging jedesmal, wenn er Ihn anrief, an seiner Seite. Außerdem hatte er bemerkt, daß diese fiebrigen Gebete ihn von der Welt isolierten. Ein Mensch, der das Licht entdeckt hat, will nicht darüber reden, er begnügt sich damit, für sich selber zu wissen, daß es existiert. Dann gleitet er in eine egoistische Ruhe, wie die Leute von Qumran, und das Licht hilft nur ihm selber. So war es in seinen Jahren in Qumran gewesen.

»O Herr, mein Vater«, murmelte er. Er betete jetzt demütiger. »Herr, laß mich für dich leben«, sagte er. Von nun an mußte er seine Freunde

wie seine Feinde aus der Fassung bringen. Keine Ausflüge in den Tempel mehr. Es wäre absurd gewesen, hätte man ihn dort verhaftet und ins Gefängnis geworfen, vielleicht sogar in den Tod geschickt. Es war ein Irrtum gewesen, die Händler auszupeitschen; er hätte eher ihrer aller Herrn, Hannas, auspeitschen sollen! Er hatte Glück gehabt, daß er unversehrt den Gefahren des Tempels entronnen war. Von nun an würde er schlau sein wie seine Feinde. Und er mußte Zeit gewinnen.
Er ging weiter und erreichte die Seite des Ölbergs, die oberhalb von Jerusalem lag, jener mächtigen Hure, die da auf ihrem Hügel schlief. Der Anblick dieses ruhenden weiblichen Leviatan brachte sein Blut in Wallung. Der Zorn der Propheten auf diese Stadt strömte in ihn. »Hört dieses, ihr Herren von Jakob, Herrschende über Israel«, hatte der alte Josef gesungen, und sein Sohn fand dieselben Töne, »ihr, die ihr die Gerechtigkeit hassenswert macht und sie vom rechten Weg abbringt, indem ihr Zion in vergossenem Blut aufbaut und Jerusalem in der Ungleichheit.« Er flüsterte, bevor er nun zu den letzten Versen kam: »Zion wird zu einem beackerten Feld und Jerusalem zu einem Berg aus Trümmern werden, und der Tempel ein Feld aus Heidekraut!« Hatten sie die Propheten gelesen, diese Menschen, die in Betanien schliefen, von ihren Träumen bei lebendigem Leib aufgefressen? Und all die anderen, die von der Nacht Israels umhüllt waren? Sicher nicht. Was hätte ihnen das Lesen der Propheten auch gebracht? Sie hätten sich genauso elend gefühlt und dennoch dieselben Visionen von Frieden und Gerechtigkeit im Gelobten Land gehabt. Er seufzte auf. Sie wußten nicht, daß die Länder, in denen Milch und Honig fließen, nur einen Frühling lang blühen. Der Honig und die Milch flossen nur dort oben. Hier unten wurde die Milch von Schlangen getrunken, und der Honig zog die Fliegen des Teufels an!
»O Herr!« rief er in die Nacht hinaus, und sein Herz wurde weit und erhob sich, das vertraute Kribbeln stieg ihm wieder in die Finger, seine Füße wurden leichter... Dann Chaos, Finsternis, Schwere und Angst! Er fiel auf die Knie, der spontane Aufstieg war gestört worden, Angst beherrschte seine Gedanken und erstickte ihn. Was, warum? Er erinnerte sich, daß er nicht allein war. All die anderen! Die Toten! Diese Masse aus Leiden, die jetzt diesen Ort überschwemmte wie ein Meer aus Würmern, das jedes Licht verschluckte, sie, dieses auf ewig verdorbene Fleisch, in dem die alten Liebesworte sich schon seit langem

in Gegurgel verwandelt hatten, sie, diese giftige Masse aus zuckenden und schmerzenden Eingeweiden, diese widerliche Schicht, über die er früher mit Leichtigkeit hinweggeschritten war, während er kaum das jammernde Gepfeife und das obszöne Geflüster hörte! Er zitterte vor Schrecken über die Berührung mit dem Bösen, und gleichzeitig hatte er Mitleid. Er seufzte. Herr, rette den Teufel, rette Deine gefallenen Diener, Herr! Und doch wußte er, daß der Teufel und die Seinen erst am Ende aller Tage auf Rettung hoffen durften. Das Ende mußte im Namen der Liebe kommen! Wenn die Flammen des Lichtes vom Himmel fielen, würde alle Materie zerstört werden, und da es für das Böse dann kein Brennholz mehr gäbe, würde das Böse verschwinden ...
Er keuchte, immer noch auf den Knien, und schwitzte heftig. Das Ende! Nur der Herr wußte, wann Er es einleitete. Aber er, Jesus, mußte es, wie alle Seine Diener, beschleunigen. Sein Blick traf wieder Jerusalem, die Hure, die auf ihrem Lager aus Ungleichheit ruhte, die Scharlachrote Frau, die Quelle aller vergifteten Bäche, die durch Israel rannen. Eine Brise kühlte sein Gesicht. Diese Wahnsinnigen! Sie wollten, daß er Jerusalem heiratete und den Herrn in einem geschändeten Haus feierte! Die blasphemische Hochzeit mit dem Leviatan! Und es waren dieselben, die glaubten, daß er der Messias sei! Der Bote Gottes unter einer Decke mit den Verrätern seines Herrn! Eine Welle des Hasses durchströmte ihn. Er rezitierte: »Mein Herz ist fest, o Gott, mein Herz ist fest!« Doch dann zweifelte er an seinem Haß. Konnte man im Namen des Herrn hassen? Die Verwirrung erschöpfte ihn vollends, er neigte den Kopf und ließ sich zu Boden fallen. Tränen hätten ihn getröstet, aber er konnte nicht mehr weinen.
Eine lange Weile verging, während er regungslos dalag und dem Chaos in seinem Kopf lauschte. Müde setzte er sich auf, und sein Blick kehrte wieder zu der in Finsternis getauchten Silhouette Jerusalems zurück. Eine Vision tauchte tief aus seinem Inneren auf, wie ein Tier, das seit langem schlief und nun voller Heftigkeit erwachte. Er versuchte, es zu verscheuchen, aber zu spät! Er selbst war es, der da auf dem Hügel gegenüber stand, wie ein Schwert in der Hand Gottes, und das Schwert senkte sich unausweichlich in das Herz der Bestie. Sein ganzer Körper war das Schwert, sein Kopf der Knauf, er konnte nichts daran ändern, die Würfel waren gefallen ... Eine widerliche, ekelerregende Woge aus lauter kriechenden, grunzenden, brüllenden Teil-

chen stürzte sich auf ihn. Ihn schwindelte. Es war dunkel, aber diese Woge war rot, und er wußte, was es war, er hatte sie bei seinem Aufstieg zum Licht gestreift, doch die Wesen, aus denen sie bestand, hatten es nicht gewagt, sich ihm zu nähern, weil er sich im Kegel des Lichts befunden hatte ... Waren es Teufel oder die Eingeweide der Erde selber – er hatte nicht mehr die Kraft, sich vorzustellen, was es wirklich war, es war nicht nur der Geist des Bösen, dem er auf der Straße nach Qumran gegenübergetreten war, nein, es war etwas anderes, es bereitete ihm heftige Kopfschmerzen, es war so nahe bei ihm, daß er alle seine Kräfte sammeln mußte, um nicht von den Teilchen verschlungen zu werden ... Er war mit kaltem, klebrigem Schweiß bedeckt. Myriaden von Stimmen, nein, von Tönen, die aus der Wunde strömten, die er der Bestie zugefügt hatte, und von ihnen ging ein Summen aus, das die Nacht zu erfüllen schien. Und dieses Summen machte sich über ihn lustig und gab ihm zu verstehen, daß er machtlos war. Ihm wurde klar, daß er sich in einem riesigen Apparat im Kreis drehen würde, der ihn unausweichlich zermalmen würde ... »Gott, hilf mir!« schrie er, aber die Woge dieses Abschaums überflutete ihn und erstickte seine Stimme. Gott war weit weg, zu weit weg ... Überraschung gesellte sich plötzlich zum Schrecken. Ja, diese fauligen Fetzen litten! Er spürte ihr Leiden in seinem Fleisch und in seinem Mark. Es waren keine Teufel, litten Teufel denn? Oder aber ... Er fiel wieder zu Boden, mit dem Gesicht nach unten, und übergab sich ... Die Kopfschmerzen waren so stark, daß er Angst hatte zu sterben. Sein Magen wurde von Krämpfen zerrissen. Er übergab sich noch einmal und hustete, dann brach er schluchzend zusammen. Er zitterte. Die roten Heere entfernten sich langsam. Er keuchte. Plötzlich herrschte wieder Schweigen. Er packte einen Ast, um sich hochzuziehen.
Es war diese Wolke aus halbkörperlichen Wesen gewesen ... Es waren Seelen gewesen ... Eine Horde aus irregewordenen Seelen, blind und flehend ... Was erflehten sie? Und warum hatten sie ihn angegriffen? Warum ihn? Was waren das für Seelen? Verdammte? Was konnte er für die Verdammten tun? Und warum hatte er gedacht, daß sie das Herz der Materie darstellten?
»Meister!«
Eine angstvolle Frauenstimme. Er wandte sich um. Eine in Schwarz gehüllte Frau kam eilig und mit ausgebreiteten Armen angelaufen.

»Meister, geht es dir schlecht? Du bist gefallen!«

Er erkannte Maria Magdalenas Stimme. Und den Tonfall der Liebe.

»Mir geht es schon besser. Ich komme zurück.« Aber er stolperte. Sie reichte ihm ihren Arm. Sie erklärte, daß sie vor einer Stunde gehört habe, wie die Haustür sich öffnete, und daß sie nachgeschaut habe, ob nicht Diebe sie aufgebrochen hätten. Dann habe sie ihn sich entfernen sehen und sei ihm beunruhigt gefolgt. Sie war ihm so nahe, daß er ihre Wärme und ihren Geruch spüren konnte. Reste körperlichen Verlangens tanzten in der Nacht. Dieser Angriff hatte ihn mehr verwirrt, als er geglaubt hatte. Er hatte ihm enthüllt, wie zerbrechlich die Flamme seines Geistes war, und er hatte außerdem seinen Überlebensinstinkt angefacht. Wieder mußte er zittern, er mußte stehenbleiben, kurzatmig und mit zusammengebissenen Zähnen. In diesem Moment hätte er Maria Magdalena packen und sich mit ihr im Gras wälzen können. Die Berührung ihrer Haut, ihre samtigen Brüste, ihr seidiges Geschlecht und ihre Lippen, ihr volles Fleisch, die Spalten und Rundungen, die vor Leben überquollen, all das hätte ihn beruhigt. Verstand sie ihn? Denn jetzt drückten ihre Finger seinen Arm …

Er bemühte sich, sie nicht anzusehen. Er ging wieder weiter.

Was hatte ihn da angegriffen?

Er sehnte sich danach, in die Arme genommen zu werden.

Als er endlich vor seinem Bett stand, ließ er sich niedersinken und glitt in den Schlaf wie eine Leiche ins Meer.

XII.

Prophet im eigenen Vaterland

»Ich sage dir, Jossi, du und ich, wir müssen jetzt in großem Maßstab denken. Wir müssen unser Geschäft in größerem Stil organisieren. Du hast doch auch gesehen, welch riesige Mengen Gemüse diese Leute aus Jerusalem essen, Linsen, Kopfsalat, Gurken, Schwarzwurzeln, Zichorien, Artischocken. Wir können ihnen alles verkaufen, was wir anbauen, und noch mehr, wenn ...«

Der typische Akzent von Galiläa. Ein Bauer. Auch Jossie war wohl ein Bauer.

»Klar«, erwiderte der andere, dieser Jossi, »aber denk an die vielen Esel und Maultiere, die wir bräuchten, um das alles nach Jerusalem zu bringen! Und dann die Ernährung der Tiere! Und was bleibt denn von dem Salat und den Zichorien nach fünf Tagen in der Sonne auf dem Rücken eines Maultiers?«

Die Stimmen näherten sich der Tür. Es klopfte, und die Männer traten ein, ohne die Antwort abzuwarten. Nur Jesus war da, er hockte auf dem Boden und knabberte an in Wasser getränkten Lupinenkernen.

»Ist Simon ...«, begann einer der Bauern. Da bemerkte er Jesus und verstummte.

»Simon wird bald zurückkommen«, sagte Jesus.

Die Lippen des Besuchers bewegten sich, er brachte aber kein Wort heraus. Jesus lächelte, stand auf und strich über sein Gewand.

»Ihr wart also in Jerusalem«, meinte er dann höflich, um das Schweigen zu brechen.

»Meister!« schrie einer der Bauern. »Die Stadt spricht von nichts anderem als davon, was du im Tempel getan hast!«

Mehrere Jünger, beladen mit Lebensmitteln, kamen nun herein.

»Paßt auf, wenn ihr mit den Leuten in Jerusalem Geschäfte macht«, sagte Jesus zu den beiden immer noch verblüfften Bauern, »manche Händler sind nur aufs Geld aus.«

»Meister!« sagte wieder der, den man Jossi nannte. »Man sagt, daß sogar Herodes dich sehen will!«
»Dieser Fuchs!« murmelte Jesus nachdenklich. »Und ich nehme an, daß, nachdem wir den Tempel verlassen haben, die Händler und Geldwechsler wie gewöhnlich ihre Geschäfte wiederaufgenommen haben. Man wird einfach nur ein paar mehr Wächter an den Toren postiert haben, für den Fall, daß ich wiederkommen sollte«, fügte er mit einem Hauch von Sarkasmus zu seinen Jüngern gewandt hinzu. »Nein, ich werde mich nicht mit Herodes treffen, es sei denn, er will mir nach Galiläa folgen, wohin ich zurückkehren werde.« Und da die Jünger erstaunt wirkten, setzte er hinzu: »Ja, ich verlasse Betanien morgen. Was habt ihr geglaubt? Daß ich zum Tempel zurückkehren würde, um dort einen Aufruhr zu entfesseln? Und mich verhaften zu lassen?«
Sie wirkten fassungslos.
»Jedenfalls«, sagte er zu ihnen, »wenn ihr mir nicht nach Galiläa folgen wollt, so braucht ihr es auch nicht. Wolltest du in den Tempel zurückkehren, Petrus?« Er wandte sich an Simon, den er jetzt Petrus nannte, einerseits wegen seines Schädels, der wie ein Stein glänzte, und anderseits, um ihn von Simon, dem Sohn des Judas, zu unterscheiden. »Und du, Thomas? Nein, du glaubst nicht, daß man Menschen mit Stockschlägen ändert. Aber du, Johannes? Und du, Bartolomäus? Und Thaddäus, und Judas Iskariot? Ihr wolltet doch sicher in den Tempel zurückkehren? Ich habe das Gefühl, ihr wolltet sogar, daß ich euch dorthin führe. Aber wie ich schon gesagt habe: Ich habe nicht die Absicht, mir das Gewand von Hannas anzuziehen.«
Judas Iskariot ließ in Gedanken versunken seine Fingergelenke knakken. Johannes ging mit gerötetem Gesicht hinaus, er war sichtlich erregt und wütend. Jakobus schien verstört. Die anderen waren verlegen.
Jesus ließ sie stehen und machte einen Spaziergang, gefolgt von Thomas. Sie kamen erst zum Abendessen wieder heim, das in fast völliger Schweigsamkeit verlief.
Aber als Jesus am nächsten Tag in der Morgendämmerung erwachte und Thomas wecken ging, fand er sie alle bereit. Sie hatten sogar schon vor ihm ihre Waschungen verrichtet. Im Blau der Dämmerung betraten sie die Straße nach Samaria, den kürzesten Weg nach Galiläa.

Vor Mittag waren sie an Bet-El vorbei, in der Abenddämmerung konnten sie den Berg Garizim sehen; sie beschlossen, dort zu übernachten. Jesus hatte den ganzen Tag kaum gesprochen, außer um dem einen oder anderen Jünger alltägliche Fragen zu stellen. Als Judas Iskariot und Andreas das Feuer entzündet hatten, alle auf dem Boden saßen und die Lebensmittel auspackten – Brot, Käse, Oliven, Zwiebeln, gebratenes Geflügel, harte Eier, Datteln und Wein –, ließ Jesus seinen Blick über die Runde wandern. Sie hielten den Atem an.

»Wenn ihr Engel wärt«, sagte er, »wüßtet ihr, daß diese materielle Welt leichter als der Staub ist. Ja, mir ist klar, daß ihr es mit eurem Verstand begreift, aber ich bezweifle, daß ihr es in euren Herzen wißt. Selbst der Tempel Salomos wurde zerstört, und keiner hat ihn wiederfinden können, nicht einmal einen Stein. Aber das Geschriebene Gesetz kann nicht zerstört werden«, meinte er und warf Holz ins Feuer.

»Du zum Beispiel«, sagte er zu Johannes, der sich wieder neben seinen Herrn gesetzt hatte, »ein Skorpion könnte dich jetzt stechen, und bald wärst du tot. Alles, was Johannes, der Sohn des Zebedäus, gewesen ist, würde zu Staub werden nach einiger Zeit. Aber wenn du in deinem Leben etwas gesagt hast, was es wert ist, daß man es sich merkt, wird man sich an dich erinnern. Deshalb ist Jesaja nicht tot, und auch nicht Daniel und die anderen Propheten. Versteht ihr, was ich sage? Selbst wenn wir den Tempel in Brand gesteckt hätten, was hätte das geändert? Sie hätten einen dritten Tempel gebaut. Deshalb sind nur die Worte wichtig. Hätte es nicht die Worte des Gesetzes und der Propheten gegeben, gäbe es heute keine Juden. Nun, obwohl ihr keine Engel seid, versucht wenigstens, wie eure bessere Hälfte zu denken.«

Er lächelte, und die Spannung, die seit dem Vorabend herrschte, lokkerte sich. Auch die anderen lächelten und aßen mit gutem Appetit.

»Wie kommt es, daß du besser als wir weißt, was die Engel denken?« fragte Judas Iskariot.

Bei diesen Worten hielt Simon Petrus, der gerade von einer Geflügelkeule und einem Stück Brot abgebissen hatte, mitten im Kauen inne. Das Brot fiel ihm fast wieder aus dem Mund, und seine Augen wurden groß und rund vor Entsetzen über diese freche Frage.

»Vielleicht habe ich weniger Verbindung zur Welt als du«, antwortete Jesus.

»Also wirklich!« rief Simon Petrus mit erstickter Stimme aus, nachdem er heruntergeschluckt hatte. »Du weißt doch, Iskariot, daß unser Meister der Messias ist!«

»Er hat es nie gesagt«, bemerkte Judas.

»Ich habe es nie gesagt, Judas hat recht. Ich denke, wenn ich es wirklich bin, dann wird man es bei meinem Tod wissen. Und ich erinnere euch noch mal daran, daß ihr alle frei seid.«

»Ich bin es nicht mehr«, sagte Johannes.

»Ich auch nicht«, echote Natanael.

Etwas später, als sie zum Schlafen die Decken auf dem kalten Boden ausgebreitet hatten, stützte sich Johannes, der sich wieder dicht neben Jesus gelegt hatte, auf und fragte ihn beunruhigt: »Aber wenn ich ginge, wärst du dann nicht traurig? Würdest du nicht denken, daß ich einen Fehler mache? Würdest du nicht versuchen, mich zurückzuhalten?«

»Vielleicht würde ich das«, antwortete Jesus. Elifas fiel ihm wieder ein, und er fragte sich, warum es immer die Jüngsten waren, die sich am stärksten an ihn banden. »Aber wenn du mich verließest, würde ich denken, du tätest es, weil ich dich zuerst verlassen habe.« Er wickelte sich in seinen Mantel, und während Thaddäus bei den Maultieren Wache hielt, horchte Jesus noch einmal auf die Stimmen der Nacht, das Geheule, gedämpftes Flügelschlagen, entferntes Gebell, nahes Surren. Als er erwachte, hatte sich Johannes an ihn geschmiegt. Er neigte sich dem Gesicht des Heranwachsenden zu, das vom Schlaf blank und weich war, und betrachtete es lange. Wieder etwas Unreines, so natürlich wie der Haß, die Angst, der Hunger, der Geschlechtstrieb. Zwar gestaltlos und ungeschlechtlich, aber trotzdem Liebe, die Liebe zu dem, was man braucht, wie seine eigene Liebe zu Gott. Aber konnte es nicht eine noch reinere Liebe geben, eine Liebe ganz ohne Bedürfnisse?

Gegen Mittag kamen sie in Sichem an. Während ihrer Wanderung war das Wetter trocken und windig gewesen, und sie hatten viel Staub geschluckt. Die Jünger verteilten sich in der Stadt, die einen suchten nach einer Herberge, die anderen nach den öffentlichen Bädern. Jesus, der vor allem Durst hatte, blieb erst einmal bei einem Brunnen stehen, den man den Jakobsbrunnen nannte, weil er angeblich neben ei-

nem Stück Land lag, das Jakob seinem Sohn Josef gegeben hatte. Als er merkte, daß in dem Brunnen kein Eimer war und er warten mußte, bis jemand Wasser herauszog, setzte er sich auf eine Bank und massierte sich die Schultern.
Ein Landstreicher, dachte er, das bin ich. Was war er gelaufen! Er betrachtete seine Füße. Sie hatten ihn Tausende von Wegstunden getragen, waren vom Schlamm des Nils überzogen, von den Steinen Syriens gehärtet, im Wasser des Euphrat erfroren, zerschnitten und verbrannt auf der glühenden Erde Paphlagoniens und des Pontus, gesalzen von der Gischt der Ägäis, beschmutzt von den Abwässern der Städte Ziliziens ... Der Boden Palästinas war weich im Vergleich dazu, aber er war nicht mehr so vertraut, denn es waren schon nicht mehr die Füße eines Palästinensers. Warum hatte er sie so weit umhergelenkt? Was hatte er verfolgt? Ein Licht in der Ferne, lebendig und unerreichbar. Ein Bild seiner selbst, das sich im Licht kristallisierte. Warm und zart, unwirklich und durchsichtig, und doch ihm gleich. Und zu welchem Zweck? Aus einem Verlangen heraus. Verlangen nach Liebe, nach Gott. Er hatte also unrecht, dieser Grieche, den so viele verehrten und der sagte, daß man nur nach Materiellem verlangen konnte! Vielleicht redete dieser Aristoteles für Menschen wie jene, die ihn umgaben, für die, die sein Verlangen nicht verstehen konnten ... Nur Thomas vielleicht verstand ihn, weil er schon das Ungenannte, das Unnennbare gesucht hatte. Die anderen hatten ganz sicher noch nicht einmal begriffen, was er seit zwei Jahrzehnten suchte. Sie suchten einen Feldherrn, der sie in den Kampf gegen die Priester führen sollte. Dabei ähnelten sie diesen Priestern so sehr! Wie Falke und Jäger, die denselben Hasen verfolgten!
Er bemerkte erst, daß sie es war, tatsächlich sie, die da vor ihm stand, als sie ihren Eimer auf den Boden gestellt und die Arme verschränkt hatte. Ihre Augen waren nicht mehr angemalt, und auch ihr Mund war nicht geschminkt. Ihr Gesichtsausdruck war noch desillusionierter als früher und schien zu sagen: Wenn du wüßtest! Saphira aus Skythopolis. Das Haar war jetzt von Silber durchzogen, der Hals immer noch geschmeidig, aber dick geworden. Doch dieselbe Haltung. Außerdem die einzige, die er gekannt hatte, die die höchste Kunst beherrschte, zu nehmen, wenn sie gab, und zu geben, wenn sie nahm. Unendliche Landschaft. Er bewunderte die Kunst, die Gott in ihr entfaltet hatte,

die bläuliche Seide unter ihren Augen, das Nasenbein, das unter der Haut durchschimmerte, die vollen, jetzt braunen, jetzt reifen Lippen, das perfekte Verhältnis zwischen Stirn und Nase, Kinn und Nase, die Feinheiten, die sich in den zarten Falten um ihren Mund eingeschrieben hatten. Sie betrachtete ihn eine Weile, als wenn auch sie versuchte, eine Antwort aus der Form seines Kiefers oder der dunkleren Färbung seines Bartes zu erhalten.

»Ich dachte mir, daß ich dich wiedersehen würde«, sagte sie. »Man hat mir gesagt, ich könnte dich am Jordan treffen.«

Zwanzig Jahre schon. Eine lange Zeit für einen Mann, aber für eine Frau erst …

»Gib mir zu trinken«, bat er.

»Ich bin Samariterin. Würdest du von einer Samariterin etwas zu trinken annehmen?«

»Ist dies nicht der Jakobsbrunnen? Ist sein Wasser nicht für alle Männer und alle Frauen gut?«

Sie ließ den Eimer in den Brunnen hinunter, ließ das Seil mit einigen schnellen Bewegungen hinabgleiten, so daß die Muskeln ihrer nackten Arme hervortraten. Dann zog sie ihn wieder hoch, und diesmal traten ihre Brüste hervor. Aus ihrem Rock zog sie eine Kelle, die sie mit Wasser füllte und ihm reichte. Er setzte sich und trank reichlich. In dem Moment kam Matthäus zurück. Jesus nahm seinen Blick über den Rand der Kelle wahr und trank weiter. Matthäus näherte sich mit steinernem Gesicht. Dann kamen Johannes und Simon Petrus. Eine Frau, zweifellos eine samaritische Hure, und ihr Herr trank von ihrem Wasser!

Simon Petrus räusperte sich. »Wir haben die Lebensmittel«, meinte er, als wolle er dieser skandalösen Begegnung ein Ende setzen.

Wie arm ist der, der die wilde Feige auf seiner Straße verachtet! Simon Petrus, du, den man in behüteten Gärten aufgezogen hat! Jesus trank noch einmal, schüttete dann den Rest seiner letzten Kelle auf den Boden.

»Und wenn der Durst des Reisenden gestillt ist«, sagte Saphira, »was nützt ihm dann die Wasserkelle?«

»Es gibt nicht nur einen Reisenden. Alle Menschen sind Reisende. Und der Durst ist wie das Wasser ein Geschenk Gottes.«

»Du redest wirklich wie ein Prophet«, sagte sie. »Man hatte mir sogar gesagt, du seist der Messias. Heißt das, daß in deinem Mund kein Platz mehr für gewöhnliche Worte ist?«

»Frau!« schrie Simon Petrus und hob die Arme, wobei nicht klar war, ob aus Empörung oder um ihr zu drohen.

Aber Saphira hob nur die Schultern. »Ich sag' es dir noch einmal, ich habe dich gesucht. Aber bist du nur gekommen, um den Worten, die in den Büchern stehen, neue hinzuzufügen?«

»Meister, bring diese Frau zum Schweigen!« schrie Simon Petrus.

»Wenn du das, was die Leute sagen, nicht hören kannst«, erwiderte Jesus, »wie sollen sie dir dann zuhören?« und an Saphira gewandt: »Wen suchst du? Wenn es weder ein Prophet noch ein Messias ist, so muß es wohl ein Ehemann sein.«

»Ich bin über das Heiratsalter hinaus«, meinte Saphira. »An dem Abend, nachdem du Skythopolis verlassen hattest, habe ich geträumt, daß meine Hände die Sterne erreichten. Ich pflückte sie vom Himmel und warf sie in Körbe, die an meinen Hüften hingen.«

Thomas, Andreas und Bartolomäus waren auch gerade gekommen. Sie betrachtete die schweigenden Jünger und wandte sich dann an Jesus.

»Nein, ich suche keinen Ehemann. Ich bin die Männer leid, alle Männer, die Helden wie die Sklaven, diese endlose Armee, die zwischen Windeln und Leichentuch dahinkriecht. Ich bin sie leid, diese Fresser von Gold und Fleisch. Ich dachte, du könntest tatsächlich der Messias sein, weil du immer vom Himmel gefallen zu sein scheinst, und ich weiß nicht, was du frißt. Weder Gold noch Fleisch! Du bist auch kein Priester, das heißt, ein Gesetzeshüter oder ein Aufpasser Gottes.« Sie ließ ihren Blick kühn über die Jünger schweifen. »Sag ihnen, Jesus« – sie kannte seinen Namen, sie nannte ihn so, wie es keiner von ihnen wagte –, »sag diesen Männern, die dir folgen, warum so viele Juden zu anderen Religionen konvertieren. Wenn sie es wüßten, würden sie einer Frau wie mir nicht so verächtliche Blicke zuwerfen, oder auch jenen, die ihr verderbtes Herz nicht hinter den Gebetsriemen verbergen, die nicht lächeln, aus Angst, ihre kaputten Zähne zu zeigen!«

»Und warum konvertieren die Juden zu anderen Religionen?« fragte Judas Iskariot mit dünnem Lächeln.

»Wie heißt du?« warf sie ihm hin.

»Judas Iskariot.«

»Iskariot! Ich brauche einen Spiegel, Mann! Hat denn keiner hier einen Spiegel, damit Iskariot darin sehen kann, warum die Juden zu anderen Religionen übertreten?« Und sie beugte sich zu Judas. »Siehst du denn nicht, was selbst ein Kind sehen könnte? Siehst du nicht, daß es in dir weder Freude noch Träume gibt? Du bist langweilig, Judas! Wir Juden haben die Langeweile satt! Du atmest Angst und Vorurteil! Was macht dieser Mann bei dir, Jesus?« rief sie. »Er ist nicht mehr wert als die Schriftgelehrten, die den Blick abwenden, wenn sie mich sehen, weil sonst die Ausschweifung ihre hochmütigen Masken zerstören könnte!«
»Diese Frau ist betrunken!« schrie Judas Iskariot.
Die Jünger warteten gespannt auf ein Wort, eine Geste von Jesus. Liebe Saphira, mitfühlende Seele, meine Schwester, nein, ich bin kein Aufpasser Gottes. Es stimmt, daß dieser Mann langweilig ist, aber ich will ihn nicht demütigen, denn es ist möglich, daß ihm die Augen aufgehen.
Sie stemmte die Hände in die Hüften. »Ich gehe«, sagte sie. »Aber nicht, bevor ich euch gesagt habe, wie recht ihr habt, diesem Mann zu folgen, der euch um tausend Ellen überflügelt. Er ist wirklich vom Himmel geschickt. Ich werde es in der Stadt erzählen.«
Gaffer hatten sich zu den Jüngern gesellt. »Bist du wirklich der Messias?« fragte jemand. »Der Messias ist doch auch für die Samariter gekommen? Wirst du unser König sein?«
»Ihr braucht keinen König«, antwortete Jesus. »Ihr müßt nur lernen, den Ruhm des Herrn zu teilen.«
»Wenn du nicht der Messias bist, wer bist du dann?«
»Sag es ihnen! Sag ihnen, daß du der Messias bist!« rief Simon Petrus. »Er ist der Messias!« sagte er zur Menge.
»Ist Gott nicht der König aller Menschen?« meinte Jesus, als ob er Simon Petrus' Ausbruch nicht bemerkt hätte, und er hob die Stimme. »Warum seid ihr alle so ungeduldig und wartet auf einen Messias, das heißt, einen irdischen König? Selbst wenn Gott ihn schickt, was sollte ein Messias tun, was ihr nicht selber tun könntet? Wendet euch lieber Gott zu, unserem König.«
»Du bist also nicht der Messias«, beharrte ein anderer. »Was willst du dann?«
»Ich bringe euch Sein Wort, und ich sage euch, daß es Zeit zum Ernten ist.«

»Es sind noch mehrere Monate bis zur nächsten Ernte«, erwiderte ein anderer. »Was werden wir denn ernten?«
»Wenn ihr nichts zu ernten findet, dann weil der Sämann die Samen in den Wind gestreut hat und die Vögel sie aufgefressen haben. Aber wenn die Körner in die Furchen gesät wurden, dann wird die Ernte zu groß für eure Scheunen sein.«
»Wovon redet er denn?« fragte ein Mann in der Menge.
»Sie verstehen dich nicht«, flüsterte Simon Petrus, »sag ihnen, daß du der Messias bist!«
»Der eine sät, der andere erntet«, fuhr Jesus fort. »Es ist Zeit für euch, die Ernte einzubringen, die andere vorbereitet haben.«
Die Jünger wurden unruhig. Plötzlich fing Judas Iskariot an zu schreien: »Ehrt den Messias!«
Die, die die Worte über die Ernte nicht gehört hatten, wiederholten seinen Ruf. »Ehrt den, der euch Jahwes Wort bringt! Mit ihm erhebt sich die Morgendämmerung!«
Jesus war fassungslos. Man hatte ihn nicht verstanden, man unterbrach ihn, und man feierte ihn als den, der er nicht war. Sie drückten ihm die Hand, man hatte ihn überlistet. Und so viel Freude, so viel Erwartung in den Gesichtern, wie konnte er sie da enttäuschen! Er war verwirrt. Man brachte Nahrung, man bat ihn, in Sichem zu bleiben.
»Ja, ja, wir bleiben«, versicherte Simon Petrus. In wessen Namen? Er suchte Saphira, aber er war allein in dieser Menge, die nach Nieswurz, Henna und Erde roch.
Erst als sie sich bereit machten, die Stadt zu verlassen, kam er auf diesen Vorfall zurück. Er hatte im übrigen die Jünger während seines Aufenthaltes in Sichem nicht oft gesehen, mit Ausnahme von Johannes, der ständig bei ihm blieb wie eine gezähmte Gazelle, stumm, verdutzt, mit verwirrtem Blick. Sie waren damit beschäftigt, Leute zu sehen, die verstehen wollten, was er gesagt hatte, und sich versichern wollten, daß er der Messias war. Sie hatten mehrmals am Tag gegessen und getrunken, und als er sie zu sich rief, waren sie schon nicht mehr nüchtern. Eine Bande mit roten Augen, die vor sich hin gähnte; sie sahen in dem kalten Licht des Wintermorgens nicht gerade frisch aus. Selbst Thomas, der doch besonnen war, und Jakobus, der ein gemäßigtes Naturell besaß, ähnelten Eulen, die der Tag überrascht hatte.
»Manche haben Ohren und hören nicht«, sagte er sarkastisch. »Vielleicht wollen manche unter euch der Messias sein?«

»Wenn du es nicht sein willst, wird man einen brauchen«, meinte Judas Iskariot.
»Der Weg steht euch offen«, sagte Jesus.
»Aber ich kann keine Menschen heilen«, erwiderte Judas.
»Ist das alles? Ich bringe es dir bei. Sind noch welche da, die der Messias sein wollen?«
»Wir möchten wirklich wissen, wie man Leute heilt«, meinte Matthäus.
»Die Leute heilen«, wiederholte Jesus. »Soll ein Messias das tun?«
»Das erwarten die Menschen auch«, meinte Bartolomäus. »Du hast in Sichem keinen geheilt. War es, weil es Samariter sind? Dabei hast du mit einer ihrer Frauen geredet. Einer gewissen Saphira. Die auch behauptet, du seist der Messias.«
Jesuns nickte. »Ein Prophet in seinem eigenen Land spricht in den Wind«, sagte er. Heile ein Geschwür, bringe ein Humpeln wieder in Ordnung, lege ein Pflaster auf, und schon bist du der Messias. Sie brauchen nicht nur einen Feldherrn, sondern auch einen Heiler. Was Apollonios anderswo gesehen hatte, war kein Geheimnis, die jüdischen Geschichten interessierten ihn nicht, ein Magier muß nur die Geldwechsler aus dem Tempel mit der Peitsche vertreiben. Er war ihrer müde, seiner vierzehn. Den sensiblen Thomas und den zärtlichen Johannes eingeschlossen. Allein ginge es ihm besser. Fehlte nur noch, daß sie ihm mit Hilfe des Weins beibrachten, den Messias zu spielen. Er überlegte sich, ob er sie sofort verlassen sollte. Aber vielleicht würden sie es ja mit der Zeit lernen ... »Gehen wir«, sagte er.

Auf der Straße nach Kafarnaum bereitete man ihm einmal mehr ein Fest. Ein Auflauf, ganze Menschenmassen, Lorbeer, Geschenke, Lebensmittel, Kleidung, Mäntel, Sandalen, Silber. Matthäus zählte alles. Die Leute hatten von dem Vorfall im Tempel gehört; manche hatten ihn ausgeschmückt und übertrieben, sagten, er habe den Hohenpriester geohrfeigt, an die Armen das Geld der Wechsler verteilt. »Der Geist des Elias ist in dir«, sagte einer, aber für einen anderen war er Ezechiel und für einen dritten Jesaja, ganz nach den Vorlieben der einzelnen. Er war versucht, ganz allein nach Kappadokien zurückzukehren.
Das Gespräch zwischen ihm und den Jüngern war versiegt oder blieb

es zumindest, bis eines Abends bei einem Essen in Kana, wo die Menschen felsenfest davon überzeugt waren, daß er der Messias sei, Johannes sich mit einem boshaften Lächeln an ihn wandte: »Herr, würdest du sagen, daß in den Wind sprechen dasselbe ist wie in den Wind säen?«
Es war das erstemal seit Sichem, daß der Jüngling das Schweigen brach. Alle hörten die Frage. Sie warteten auf eine Antwort.
»Vielleicht bin ich ein schlechter Säer, Johannes. Aber die Samen sind gut.«
»Die Samen sind aufgegangen«, meinte Simon Petrus. »Für dich wird es bald Zeit, zu ernten.«
»Sicher. Aber die Ernte wird weder meine noch eure sein.«
»Werden wir nichts davon haben?« fragte Iskariot.
»Wenn die Ernte gut ist«, erwiderte Jesus, »werdet ihr euch nähren können.«
»Woran?«
»Am Heiligen Geist, der in euch sein wird.«
»Nur in uns?«
»Der Reiche, der sein Brot den Armen verweigert, wird der des Königreiches würdig sein? Und was soll man dann erst vom Brot des Himmels sagen?«
»Sogar die Frauen?« fragte Judas, der Sohn des Jakob.
»Hat Gott nicht auch sie geschaffen?«
»Aber sie wecken das Fleisch und machen uns schwerfällig«, beharrte Judas.
»Wenn du eine Frau wärst, Judas, würdest du dann nicht das gleiche von den Männern denken?« Sie grübelten immer noch über seine Begegnung mit Saphira nach.
»Aber ist es denn nicht eine Sünde gegen den Geist, sich mit Frauen... zu verbinden?« fragte Simon Petrus.
»Glaubst du, daß der Herr das Leben nur in Unreinheit fortpflanzen wollte?« antwortete Jesus und hob die Stimme etwas. »Wenn ein Mann und eine Frau in einem Bett sind, kann die Liebe ihren Geist vereinen und über ihr Fleisch erheben.« Und nach einer Weile fragte er: »Dachtest du an die Frau, mit der ich in Sichem sprach?«
Simon Petrus errötete.
»Die Liebe ist auch eine der Quellen des Geistes, Simon Petrus. Du

darfst daran nicht in Begriffen der Eroberung denken, sondern als Hingabe. Wenn du dich einem Menschen nicht hingeben kannst, wie könntest du dich dann dem Herrn hingeben? Denn der Herr verlangt unendlich mehr als ein Mensch.«

»Du scheinst zu meinen, daß die Liebe göttlichen Ursprungs ist«, fuhr Judas fort. »Aber wenn zwei Männer behaupten, sich zu lieben, wie es manche Heiden tun, ist das denn nach Leviticus nicht etwas Abscheuliches?«

»Was du von mir verlangst, Judas, ist eine Verdammung, und keine Erklärung«, erwiderte Jesus schneidend. »Wenn ich nur dir allein antworten müßte, würde ich dich daran erinnern, was im Buch Samuel geschrieben steht, daß nämlich David und Jonathan einen feierlichen Pakt geschlossen hatten, weil einer den anderen wie sich selbst liebte. Das Buch Leviticus verdammt den Beischlaf zwischen Männern wie jeden anderen Beischlaf, der nicht von Liebe beseelt ist. Aber ich will euch allen mit den Worten Samuels antworten: ›Der Herr hat nicht denselben Blick wie der Mensch; der Mensch urteilt nach dem Schein, aber der Herr urteilt nach dem Herzen.‹ Wer von euch könnte sich das Recht anmaßen, irgend jemandem nach dem zu beurteilen, was er in seinem Herzen liest? Es ist Anmaßung und kein Mitgefühl, was ich in euren Fragen entdecke! Warum sollten wir die Pharisäer bekämpfen, wenn wir doch nur in ihre Schwächen verfallen? Wenn ihr doch nur euren Geist für die unsichtbare Welt öffnen könntet, die uns umgibt!« rief er zornig aus. »Dann würdet ihr Dinge sehen, die euch verstehen ließen, wie fruchtlos jede angebliche Sorge um das Gesetz ist! Hier, um diesen Tisch, wimmelt die Luft von leidenden Geistern, von Wesen, denen der Herr den Zutritt zu Seinem Reich verweigert hat, weil ihre Herzen vertrocknet und ihre Seelen grob waren!«

Erschreckt blickten sie sich um.

»Du kennst die Kunst des Heilens nicht, Judas Iskariot, aber du müßtest damit anfangen, dich selbst zu heilen! Wie könnt ihr anderen jemanden heilen, wenn ihr keinen Zugang zu den höheren Regionen habt, wo die Kraft ist? Sollten eure Seelen nicht eher versuchen, diese Kraft zu erlangen, als sich von den Legionen abscheulicher Geister zerfetzen zu lassen?«

»Welch schreckliche Worte für ein Essen«, sagte der Gastgeber, der sie eingeladen hatte.

»Die Geister der Toten quälen die Lebenden nicht«, protestierte Simon der Zelot.
»Du versuchst, uns zu erschrecken!« rief Bartolomäus.
»Schweigt, alle!« befahl Thomas. »Ihr seid unselige Unwissende!«
»Wir lassen uns keine Angst einjagen«, protestierte Judas.
Er und noch ein paar andere standen auf und beschimpften Thomas, Andreas, Simon Petrus und Johannes, die sich ihnen widersetzten. Doch Johannes beobachtete dabei aus den Augenwinkeln Jesus. Voller Angst bemerkte er das Zittern, das sich der Hände seines Meisters bemächtigt hatte, die Blässe seines Gesichts, den starren Blick.
Er hörte Jesus flüstern: »So sei es denn!« Dann stand Jesus plötzlich auf, hob die Arme, und die Flammen der Lampen im Zimmer flackerten wild und erloschen. Der Wind schlug die offene Tür zu, schüttelte die Girlanden aus Knoblauch und Zwiebeln an der Decke; eine Karaffe mit Wein fiel um. Der eisige Wind wurde noch stärker, er pfiff und seufzte und fuhr schneidend um die Anwesenden.
»Hilfe, Meister!« riefen die einen, »Hilfe, Herr!« die anderen. Aber die Worte wurden zu Angstschreien, als der Wind ihnen in die Haare fuhr und an ihren Gewändern riß, und ihre Schreie vermischten sich mit dem heulenden Wind.
»Meister!« brüllte Johannes und klammerte sich an Jesus.
»Lerne!« antwortete ihm Jesus hart. »Lerne und bete!« Und er machte sich aus der Umklammerung des Jünglings los. Er hob die Arme. »Allmächtiger Vater!« rief er. »Hab Mitleid mit ihnen! Hab Mitleid mit uns! Schick sie zurück! Zurück! Zurück! Zurück!«
Wirbel erhoben sich, ließen den Staub auf den Balken hochfahren, jemand öffnete die Tür. Die letzten Seufzer verstummten. Vollkommenes Schweigen herrschte in der Dunkelheit.
»Macht die Lampen wieder an«, befahl Jesus. Ein alter Diener brachte aus der Küche eine Fackel und reichte sie Jesus, der eine Lampe nach der anderen wieder anzündete.
Sie lagen alle am Boden, die Mäntel über den Kopf gezogen, und das Zimmer ähnelte einem mit Leichen übersäten Schlachtfeld. Als erster wagte Johannes aufzustehen; er brach in Tränen aus. Einer nach dem anderen setzten sich auch die übrigen auf; dann erhoben sie sich, mit vorsichtigem Blick, als ob sie fürchteten, einer unerträglichen Vision ins Auge blicken zu müssen. Doch sie trafen nur auf Jesus'

erzürnten Blick. Er war schweißgebadet. Er schritt im Zimmer auf und ab.
»Das war nur ein kleiner Ausschnitt aus der unsichtbaren Welt«, sagte er. »Ihr seid nur der niederen Regionen würdig.«
Judas, der Sohn des Jakob, zitterte, als habe er Fieber. Jakobus ging hinaus, um sich zu übergeben. Simon der Zelot saß unbeweglich, wie betäubt, da.
»Vielleicht werdet ihr jetzt verstehen, in welcher Welt ich meine Kämpfe führe. Vielleicht wird euer Geist die Wahrheit erahnen.«
»Die andere Wahrheit«, murmelte Thomas.
»Meine Geduld erschöpft sich«, fuhr Jesus fort. »Ihr seid nicht klarsichtiger als die, die ihr angeblich bekämpft. Ihr seht die Rinde der Dinge, aber nicht ihr Wesen. Was glaubt ihr, wer ich bin? Ein Bandenführer? Oder ein Magier? Betet ihr? Ich zweifle daran. Ihr rezitiert Worte. Wenn ihr betet, müssen eure Seelen sich Gott öffnen. Ihr wollt, daß ich der Messias bin. Ich bin nicht der, für den ihr mich haltet. Der Messias wird am Ende aller Dinge kommen, wie die Flamme, die sich aus trockenem Holz erhebt. Dann wird der Sohn des Menschen gereinigt sein.«
Er verließ das Haus und ging in die Nacht hinaus. Keiner wagte, ihm zu folgen. Schweigend blieben sie zurück. Auch sie beteten nun, im stillen.

XIII.

»Schreibt man für das Feuer?«

Sie kamen zu zehnt angestürmt, zu Pferde, sie leuchteten und glitzerten unter der Sonne und im gelben Staub; ihre Rüstungen glänzten, ihre Pferde schäumten, das Fell der Tiere schimmerte, alles verschmolz in einem einzigen Gewirr aus Licht und Lärm, zehn Mitglieder von Herodes' eigener Garde. Jokanaan sah sie zuerst in den Augen seiner Schüler, weil er ihnen den Rücken zuwandte. Zu spät! Er hätte niemals den Fehler machen dürfen, das samaritische Ufer des Jordan zu verlassen und an das peräische zu gehen. Die Wachen des Prokurators von Samarien hatten sich kaum um ihn gekümmert, er war nur ein Jude mehr, der in der Wüste herumschrie. Aber nein, er hatte ja hinübergehen müssen, weil es auf der anderen Seite zu viele Menschen gab, die ihn sehen und von ihm getauft werden wollten, und es gab zu wenig Schiffe und keine Brücke. Er war also dem in die Hände gefallen, den er so oft und so heftig beschimpft hatte, Herodes Antipas, Tetrarch von Galiläa und Peräa. Die Garde hatte ihm wohl aufgelauert. Er dachte daran, ins Wasser zu springen, aber dann wäre er ertrunken, denn er war schwach, und es gab starke Strömungen in diesem Fluß.

Sie saßen ab.

»Jokanaan, Sohn des Zacharias?« fragten sie.

»Der bin ich!« beeilte sich ein Schüler zu antworten.

Jokanaan aber zuckte mit den Achseln und sagte, daß er es sei.

»Wir sind gekommen, um dich auf Befehl des Tetrarchen zu verhaften, weil du ihn unzählige Male verleumdet hast.«

Er hatte einen fremden Akzent, war vermutlich ein Syrier oder ein Idumäer. Jokanaan stand auf. Die Schüler umringten die Reiter und versuchten bedrohlich zu wirken. Das schien die Soldaten aber nicht zu beeindrucken. Sie banden Jokanaan die Hände mit einem Seil zusammen und zogen ihre Schwerter. Die Schüler hatten keine Waffen.

»Du verhaftest einen heiligen Mann«, sagte einer.
»Wir haben unsere Befehle«, meinte der Syrier oder Idumäer und setzte den Fuß in den Steigbügel.
Zwei aus der Garde hoben Jokanaan hoch und setzten ihn in den Sattel hinter den, der ihr Anführer zu sein schien, doch sie setzten ihn verkehrt herum, als Zeichen seiner Unwürdigkeit. Die Schüler sahen ihrem Herrn verblüfft nach, als die Soldaten mit ihm davonstoben.
»Wohin bringt ihr mich?« fragte Jokanaan den Mann, der hinter dem Anführer ritt, und dem er also ins Gesicht sehen konnte.
»Nach Machärus«, erwiderte der andere.
Jokanaan glaubte es zunächst nicht. Machärus! Fast am Toten Meer, schräg gegenüber von Qumran! Das Ende gegenüber vom Anfang! Das war ein Scherz. Aber sie ritten nach Süden. Bei der ersten Rast am Abend banden sie ihm die Hände los. Sie halfen ihm beim Absitzen, als sei er eine Frau. Sie versuchten, ihm zu essen zu geben, aber Wildbret, nein! Er nahm nur ihr Sesambrot an. Das schlimmste war es, ihre Gespräche anhören zu müssen, die sich um Garnisonsintrigen, Vergleiche zwischen einem Posten und einem anderen, zwischen einem Bordell und einem anderen und um die Besoldung in den verschiedenen Provinzen drehten. Sie hofften auf einen Posten in der Dekapolis. Er hatte vorher noch nie solche Gespräche gehört.
»Wo bringt ihr mich hin?« fragte er noch einmal.
»Ich habe es dir gesagt, Mann, nach Machärus. Weißt du nicht, wo das ist? Am Toten Meer.«
»Ich weiß«, sagte er müde.
Schakale heulten mit haßerfüllter Stimme, die Stimme Lilits war das.
Er weinte. »Herr!« schrie er in die Nacht. »Du weißt, daß meine Stimme Dir gehört! Und doch bete ich heute abend für mich selbst! Ich rufe Deine Hilfe an!«
Die Soldaten verstummten, es war ihnen unbehaglich zumute.
»Die Axt sitzt in der Wurzel des Baumes, die Stunden verfließen, wie das Blut des Lammes tropft, und der Wind weht ein letztes Mal in der Wüste. Erinnere Dich meiner, Herr, wenn meine Seele befreit sein wird! Erinnere Dich, daß ich nie an den Flügeln der Taube genagt habe und daß ich mich in Deinem Licht gehalten habe! Erinnere Dich, daß ich Augen und Körper gereinigt habe!«
Das Feuer knisterte. Die Insekten tanzten in den Flammen ihren Totentanz. Eine Fledermaus schlug ganz nahe mit den Flügeln.

»Das Sühneopfer ist nah, Dein Bote ist gekommen, und seine Füße eilen auf Deinem Weg, seine Stimme verkündet Deine Ankunft. Meine Stimme steigt nicht mehr auf, die Wüste ist erfüllt von Deinem Atem.«
Er senkte den Kopf. Einer der Soldaten fragte ihn, was ein Sühneopfer sei. Das letzte Feuer, erwiderte er. Warum es ein Feuer gebe? fragte ein anderer. Weil die Ungerechtigkeit der Menschen die Welt in einen wertlosen Klumpen verwandelt habe, erklärte er. Und alle müßten sterben? Alle. Aber wer sei denn der Bote, der angekommen sein soll? Jesus, sagte er. Wer sei Jesus? Der Sohn Gottes, antwortete er. Wo sei dieser Mann? In Palästina. Aber wie wisse er, Jokanaan, daß er der Sohn Gottes sei? Weil es in den Büchern stehe; kannten sie denn nicht die Worte Samuels: »Ich werde sein Vater sein und er mein Sohn?« Was würde dieser Jesus tun? Er würde das Feuer legen. Und nach dem Feuer? Ob sie schon einmal die Feuerstelle eines Schmiedes gesehen hätten? fragte er sie. Obenauf funkelte das reine Metall, alles Unreine verbrannte. Das Metall sei das Göttliche, und der Rest löse sich in ewiger Düsternis auf.
Sie dachten über diese Worte nach, dann gähnte einer, die anderen taten es ihm gleich. Sie tranken den Wein aus, legten sich hin und schnarchten. Der Wachhabende sah Jokanaan an und murmelte: »Ich würde dich gerne befreien. Aber ich kann nicht. Verzeih mir.«
Jokanaan lächelte. »Am Tage deines Todes komme ich zu dir, ich werde deine Seele zum Herrn begleiten, und ich werde Ihn für dich um Verzeihung bitten.«
Vier Tage später entdeckte er, als er den Kopf wandte, einen metallischen Schimmer, und er erkannte das Tote Meer. Zu dieser Stunde arbeiteten seine früheren Gefährten auf dem Feld. Fliegen surrten hinter den gekalkten Wänden, und Federn kratzten auf Pergament. Schreiber fügten Wort an Wort ... Plötzlich überfielen ihn Zweifel: Warum schreiben? Würde das Feuer nicht alles Pergament und alle Worte verschlingen? Glaubten sie hier unten, daß ihre Buchstaben die Vergöttlichung des Wortes erleben würden? Oder vielleicht glaubten sie gar nicht wirklich an das Ende der Welt! War es möglich, daß lange nach seinem Tod die Ernte in der Sonne golden glänzen, daß die Traube Saft geben und daß die Fische noch in den Flüssen springen würden? Herr, sag mir, daß die Welt mich nicht überleben wird!

Hatte man ihn verraten? Hatte er womöglich alles versäumt – heißer Atem, der sich in der Liebe vereint, das süße Wachsen seines Fleisches im Kelch der vereinten Hände und der Gesang des Blutes in den Adern, wenn Sonne und Seele im Zenit stehen? Warum schrieben denn diese Männer?
Sie erreichten den Hügel von Machärus. Auf dem Gipfel erhob sich der Palast des Herodes. Die Pferde trabten den Serpentinenweg hinauf. Bald sah Jokanaan Qumran, bald sah er es wieder nicht. Dort unten, jenseits der toten Wasser, setzten die Schreiber ihr Tagewerk fort.
»Warum?« schrie er aus Leibeskräften. Sein Schrei flog in die Wüste und hallte irr zurück, verwandelt in einen unmenschlichen Laut: »Eliiii...« Die Soldaten waren an seine Selbstgespräche schon gewöhnt, sie drehten sich nicht einmal um.
Als sie ihn einsperrten, hatte die Sonne ihn betäubt. Die Zelle war groß und kühl, denn die Gefängnisse lagen im Erdgeschoß eines Turms der Festung, die den Palast umgab. Eine leichte Brise kam durch eine quadratische Öffnung in der gewölbten Decke und durch ein kleines Fenster in der eine Elle dicken Wand hindurch. Beide waren mit einem Eisenkreuz versperrt. Von oben stahl sich ein Sonnenstrahl herein, dort mußte ein Innenhof sein. Jetzt beugten sich auch Soldaten darüber, um den neuen Gefangenen zu sehen. Jokanaan achtete nicht auf sie, er sah nur das Gesicht des Wärters durch das Guckloch in der Tür.
»Schreibt man für das Feuer?« rief er.
»Zuviel Sonne, was?« fragte der Wärter.
»Gib ihm etwas Raute*, oder er fängt in seinem Loch an zu spinnen, bevor Herodes ihn gesehen hat!« schrie ein Soldat von oben.
Etwas später warf ihm ein Soldat tatsächlich einige Rauteblätter herunter, sie taumelten im Luftzug hin und her, bevor sie zu Boden fielen. Eine Ratte stürzte sich darauf.
»Nimm die Raute, Mann, du wirst sonst überschnappen! Trink Wasser!« schrie der Soldat oben.
»Sagt ihnen, sie sollen zu schreiben aufhören!« schrie Jokanaan. Erschöpft fiel er auf die Knie, dann zur Seite und versank in wirren Visionen. Qumran brannte, Flammen stiegen aus dem Toten Meer auf, und

* Die Raute sollte die Auswirkungen des Sonnenstichs dämpfen.

Salzstatuen glitzerten in der Asche. Jede stellte einen früheren Gefährten dar. Nur eine einzige menschliche Gestalt durchschritt das Feuer, das war Jesus. Seine nackten Füße berührten die Glut, Rauch ringelte sich um ihn, und sein Gesicht war dem roten Himmel zugewandt. Und er, Jokanaan, küßte ihm, dem Überlebenden, die Füße, das Gesicht und die Hände, und wühlte in den verbrannten Schriftrollen. Er verlor das Bewußtsein.
Als er wieder erwachte, saß er auf dem kühlen Boden. Ein Soldat hielt seinen Kopf und half ihm, aus einem Krug zu trinken. Es war derselbe, der ihn in der Wüste am Feuer um Verzeihung gebeten hatte. Ein anderer Soldat beobachtete alles. Drei tote Ratten lagen einige Schritte entfernt, ihre roten und rosafarbenen Eingeweide glitzerten still im Licht. Die Soldaten gingen und nahmen die Ratten, die sie am Schwanz hielten, mit. Jokanaan schaute zum Fenster, doch das Licht war zu grell. Er sah nur ein schwarzes Kreuz auf dem Feuer tanzen.

Jesus hatte gerade Kafarnaum erreicht, als zwei Schüler von Jokanaan ihn von dessen Verhaftung informierten. Er war auf einem Fest, das ein Offizier aus Herodes' Haus für ihn gab. Seinen Sohn hatte Jesus mit Hilfe von Weidenrindeneinreibungen von einem bösen Fieber geheilt. Die Kitharen klangen, junge Mädchen sangen. Maria Magdalena saß zu seinen Füßen, und Thomas trank Wein. Sie sahen, wie er aufstand und ging; er sagte, er wolle allein sein.
Er ging am Ufer entlang und dachte an jene lang entschwundene Nacht, in der er mit seinem Vetter über den Messias geredet hatte. Am anderen Ufer grollte ein Gewitter. Es klang wie ein Trommelwirbel.

XIV.

Die Wegkreuzung

Schwarze Wolken türmten sich über Kafarnaum, und der Wind heulte wie ein Rudel Hunde. Der See Gennesaret hatte sich in ein schäumendes Ungeheuer verwandelt. An der Tür eines Hauses am Seeufer tauchte eine Fackel auf, die in dem Unwetter unruhig flakkerte, ringsum leuchteten Gesichter auf, und Stimmen riefen durcheinander.

»Sucht ihn am Ufer!«

»Vielleicht hat er vor dem Unwetter ein Boot genommen und ist anderswo an Land gegangen!«

»Oder er ist in meinem Haus«, meinte Andreas, »ich gehe und seh' nach.«

Man entzündete an der ersten Fackel eine weitere, und drei Jünger gingen in ihrem Schein, der das aufgewühlte Wasser rot färbte, am Ufer entlang. Zwei andere liefen in die entgegengesetzte Richtung, während Andreas und Simon Petrus keuchend gegen den Wind ankämpften, in der Hoffnung, ihren verschwundenen Herrn im Haus von Andreas anzutreffen. Thomas blieb in der Dunkelheit zurück und zog seinen Mantel so fest wie möglich um sich. Er sah sich um und entdeckte Natanael, vom Unwetter ganz zerzaust, einige Schritte von dem Haus entfernt, in dem sie so ausgelassen gefeiert hatten, daß sie Jesus' Weggang gar nicht bemerkt hatten.

»Und wo suchen wir?« fragte Natanael herausfordernd.

»Ich suche ihn nirgends«, erwiderte Thomas. »Er ist seit fast drei Stunden verschwunden. Wenn er unsere Gesellschaft wollte, wäre er zurückgekehrt.«

»Worauf wartest du also?«

»Ich warte nicht. Ich schnappe ein bißchen frische Luft. Geh schlafen.«

»Wer kann schon schlafen?«
»Und wenn er für mehrere Tage weg ist?«
»Worum geht es denn nun?« fragte Natanael.
»Man hat Jokanaan verhaftet. Herodes' Garde.«
»Nun, er ist im Gefängnis, er ist nicht tot.«
»Er wird es bald sein. Herodias wird ihm nicht verzeihen.«
»Und?«
Immer mehr Blitze fuhren hernieder, und in ihrem Schein konnte man sehen, wie eine Regenwand quer über den See auf sie zukam. Sie flüchteten sich unter einen Vorbau.
»Jokanaan ist der Mensch, der Jesus am nächsten steht. Sie sind nicht nur Vettern, sondern waren auch zusammen bei den Essenern und sind zusammen dort weggegangen. Jokanaan ist derjenige, der Jesus nach Qumran gebracht hat. Und in Qumran ist Jesus der geworden, als den wir ihn heute kennen«, erklärte Thomas.
»Warum spricht er nie von den Essenern?« fragte Natanael. »Ich bin mir nicht sicher, ob du recht hast. Die Essener sind streng, und Jesus ist es nicht.«
»Woher glaubst du, stammt die Taufe?« erwiderte Thomas. »Es ist ein Essener-Ritus. Sie baden jeden Abend. Und Jesus ist wie sie ein Rebell.«
»Auch die Zeloten sind Rebellen.«
»Ja, aber er ist kein Zelot, wie du weißt. Er ist ein geistiger Rebell. Du siehst doch, daß er alle offiziellen Riten ablehnt. Er sucht nach dem Geist und nicht nach dem Wort. Er spricht direkt mit Gott. Er ist wie ein Prophet«, meinte Thomas. Seine Stimme hatte einen singenden Tonfall angenommen.
»Was willst du sagen mit ›wie ein Prophet‹? Ist er einer oder ist er keiner?«
»Die Propheten waren Hüter des Gesetzes«, sagte Thomas langsam. »Aber er verändert das Gesetz.«
»Also ist wahr, was die Pharisäer über ihn sagen, wenn du selber zugibst, daß er das Gesetz verändert.«
»Er verändert es, er zerstört es nicht. Die Pharisäer behaupten, daß er es zerstört.«
»Aber wenn das Gesetz von Gott gegeben ist, warum verändert er es dann?«

»Aber ist es von Gott gegeben?« murmelte Thomas. »War es immer so?«
»Du kannst gesteinigt werden, nur weil du die Frage gestellt hast«, meinte Natanael schaudernd. »Und wenn das Gesetz der Alten nicht gottgegeben ist, was ist dann das neue Gesetz?«
»Ja«, sagte Thomas nachdenklich. »Was ist sein neues Gesetz? Ich weiß es nicht, und doch weiß ich es. Er will uns dorthin führen, wohin die Juden niemals gegangen sind.«
»Du drückst dich so unklar aus!« rief Natanael aus. »Wo führt er uns denn hin?« Um sie herum prasselte der Regen. »Jetzt wird es schwer werden, diesen Vorbau zu verlassen! Wir hätten lieber früher schlafen gehen sollen.«
»Er wird uns zu Gott führen«, sagte Thomas und kauerte sich in eine Ecke des Vorbaus. »Gott hier auf Erden.«
»Was sagst du da? Ich höre dich schlecht. Hast du gesagt: ›Gott hier auf Erden‹? Was willst du damit sagen?«
»Weiß ich alle Antworten?« rief Thomas aus. »Ich tappe im dunkeln! Ich weiß, daß am Anfang Gott oben war und die Menschen hier unten. Jetzt will Jesus, daß der fleischliche Mensch sich ganz zu Gott erhebt und daß Gott herabsteigt. Er will, daß wir alle in Gott aufgehen, anstatt Ihn als schreckliche, fremde Macht, wie die heidnischen Götter, anzusehen. Er will Erde und Himmel vereinen.«
»Das vermutest du alles nur, du Sohn eines Menschen. Hat Jesus dir diese Dinge erklärt?«
»Woher willst du wissen, daß er es nicht getan hat?«
»Warum sollte er sich nur dir anvertraut haben?«
»Vielleicht war ich besser darauf vorbereitet, ihn zu verstehen, als ihr anderen.«
»Warum?« fragte Natanael.
»Ich hatte einen guten Meister.«
»Diesen Apollonios? Was hat er gelehrt?«
»Wie man sich von der Materie zum Geist erhebt. Und daß man Worten und Riten mißtrauen soll. Und das macht Jesus, er mißtraut mechanisch hergesagten Gebeten und Riten, treibt die Händler mit der Peitsche aus dem Tempel und heilt am Sabbat.«
»Wie sollen wir Juden bleiben, wenn wir unser Gesetz verletzen?«
»Warum willst du Jude bleiben?«

»Allmächtiger Herr!« rief Natanael aus. »Sag mir lieber, warum Jesus uns heute abend verlassen hat.«
»Schmerz. Das Bedürfnis nachzudenken.«
»Ich verstehe nicht.«
»Jokanaan hätte vielleicht ein Messias sein können. Aber diese Möglichkeit fällt jetzt weg, und der einzige erreichbare Messias ist nun er, Jesus.«
»Aber er will nicht, daß man ihn Messias nennt!«
»Nicht der Messias, an den jeder denkt.«
»Welcher dann?«
»Der geistige, der Messias Israels, nicht der Aarons.«
Natanael seufzte. »Meine Füße sind naß, und das alles übersteigt meinen Verstand.«
»Zweifellos. Du hast erst angefangen zu denken. Der Messias kommt erst, wenn alles fast zu Ende ist, wenn alle Materie dem Feuer des Geistes versprochen ist ...«
Natanael fragte nichts mehr.
»Die Grundfrage«, brummelte Thomas fast unhörbar, als redete er zu sich selber, »ist die Notwendigkeit eines Messias. Der Messias kommt am Ende von allem, und Jesus ist von den Essenern weggegangen, weil er nicht daran glaubt. Was muß denn dann aufhören? Was muß denn dann aufhören, Herr!«
Natanael sah ihn erstaunt an. »Du bist verrückt wie alle Thraker«, sagte er zu Thomas.
Der Regen trommelte unentwegt auf den Schlamm, bis sich in der Mitte der Straße ein Bach bildete. Dann klarte der Himmel auf, und der Wind der Dämmerung kräuselte die Pfützen. Kafarnaum schlief noch. Die Jünger waren noch nicht von ihrer Suche zurück. Die Fragen und Hoffnungen hatten sich in die Nacht verirrt. Beide Männer waren müde und zitterten vor Kälte. Natanael stand auf und trampelte mit den Füßen. Auch Thomas erhob sich und drückte das Wasser aus seinem durchnäßten Bart; er verließ seinen Zufluchtsort und überquerte die Straße in weiten Sprüngen, dann ging er zum Haus von Simon Petrus. Natanael folgte ihm widerstrebend, mit unsicherem Schritt, ein vom Wind gepeitschter, gebrechlicher, schmutziger Schatten, sein Gesicht war naß und glänzte in dem blassen Licht, sein Blick wirkte verloren.

Sieben Tage waren vergangen. Simon Petrus und Andreas, die sich selbst überlassen waren, hatten angefangen, die Galiläer am Ufer des Jordan zu taufen, nicht weit von Chorazin, weil sie sich für immer verlassen glaubten und sich nicht ihren fehlgeschlagenen Hoffnungen hingeben wollten, weil sie sich auch dachten, daß man nirgendwo anders als am Jordan taufen konnte. Abwesend und langsam führten sie die Zeremonie aus und fragten sich dabei, wie viele Menschen sie noch taufen sollten, wenn ihr Meister nicht wiederkam. Eines Morgens bemerkten sie, daß einige Gaffer, Eltern und Freunde der Neugetauften, den Kopf alle in dieselbe Richtung drehten. Dort stand Jesus, in einem Tamariskengebüsch, und beobachtete sie. War da ein ironisches Lächeln? Oder war es ein zärtliches? Sie überließen ihre Bittsteller der Erbsünde und liefen wie die Kinder ans Ufer, bis sie triefend naß vor ihm standen.

»Meister!« blökten sie einstimmig. »Wo warst du?« Beide streckten ihm die Hand entgegen.

»In den Bergen«, antwortete er immer noch mit demselben Lächeln.

Da er nicht oft lächelte, erschraken sie. Hatte er etwa berauschende Pilze gegessen?

»Wo sind die anderen?« fragte er.

Thomas war vermutlich mit Natanael in Kafarnaum geblieben, Johannes war mit Jakobus irgendwohin aufgebrochen … Verlegen standen sie vor ihm.

Er nickte. »Gehen wir nach Kafarnaum zurück«, meinte er.

Im Handumdrehen tauften sie die noch Wartenden, während die Neugetauften die Augen weit aufsperrten – offensichtlich war ihnen die Feierlichkeit der Zeremonie gleichgültig – und fragten: Aber dieser Mann dort, das war doch Jesus, oder, das war doch der Messias, nicht wahr? Und warum redete er nicht mit ihnen? Jesus hörte sie und ging zu ihnen; es waren zwei Greise in weißem Leinen, drei zitternde Jugendliche und ein Einbeiniger. Sie trockneten sich gerade ungeschickt ab.

»Die Sünde, die in eurem Fleisch steckt seit dem Beginn, ist abgewaschen«, sagte er. »Jetzt haltet eure Seelen rein. Es ist nicht wichtig, ob eure Hände vom Dreck, vom Mist oder sogar vom Kontakt mit Frauen, die ihre Regel haben, oder vom Berühren einer Leiche beschmutzt sind. Was zählt, ist, daß ihr nie vergeßt, daß eure Seelen Gott gehören.«

»Wem hat meine Seele gehört, bevor deine Männer mich tauften?« fragte ein Greis und blinzelte.
»Sie hätten Gott gehören sollen, der sie geschaffen hat. Du glaubtest jedoch, daß Rezitationen und Opfergaben sie reinigen könnten, was aber nicht der Fall war. Deine Seele gehört also keinem. Erinnere dich, daß eine Seele nie durch Worte oder das einfache Vollziehen von Ritualen gereinigt wird.«
»Aber ist das nicht auch ein Ritual?« beharrte der Greis.
»In den Augen Gottes rein zu sein steht über allen Ritualen«, antwortete Jesus.
Er machte Simon Petrus und Andreas ein Zeichen, sich endlich auf den Weg zu machen. Die beiden Brüder zogen sich eilig an, und die drei gingen nach Kafarnaum zurück. Simon Petrus hatte eines der sechs Maultiere behalten, die sie bei ihren Pilgerfahrten geschenkt bekommen hatten, aber weder er noch Andreas wagten es, das Reittier Jesus anzubieten, so sehr verwirrte sie das kühle Verhalten ihres Herrn. Und je weiter sie gingen, desto mehr ängstigte sie Jesus' Stummheit. Also saß keiner von den dreien auf, Andreas zog das Maultier hinterher.
»Wie viele Menschen habt ihr getauft, seit ich euch verlassen habe?« fragte Jesus nach langer Zeit.
Andreas erwiderte, daß er und sein Bruder ungefähr zweihundert Menschen getauft hätten. Sollten sie ganz Palästina taufen?
»Ihr werdet in Jerusalem nicht viele taufen«, antwortete Jesus.
»Wir gehen also von Kafarnaum nach Jerusalem?« fragte Simon Petrus.
»Wohin sonst?«
Als sie auf der Straße waren, die am Ufer entlangführte, verbreitete sich die Nachricht von Jesus' Rückkehr wie ein Lauffeuer. Im großen Hafen folgte ihnen schon eine kleine Schar, und die Kinder riefen: »Der Messias ist da!«, die Frauen klatschten begeistert in die Hände, während Bettler und Kranke am Wegesrand im Namen Davids um Hilfe riefen und darum baten, wieder sehen oder gehen zu können oder von ihren Geschwüren geheilt zu werden. Jesus blieb abrupt stehen. Ein Blinder, der ihm dicht gefolgt war, war gefallen und stieß unverständliche Laute hervor. Jesus half ihm, aufzustehen.
»Denke an Gott!« befahl ihm Jesus.

Der Blinde hob die Arme und keifte. Jesus nahm seinen Kopf in beide Hände und betrachtete seine Augen.
»Bring mir Wasser aus dem See«, sagte er zu Andreas.
Andreas kam mit einem vollen Krug zurück. Jesus goß ihn dem Mann über dem Kopf, dann ergriff er ein Stück seines Gewandes, um ihm den vertrockneten Eiter, der ihm die geschlossenen Lider verklebte, abzuwischen. Als das geschehen war, konnte man sehen, daß die Lider und die Haut rings um die Augen stark gerötet und geschwollen waren. Eine Bindehautentzündung.
»Schau mich an!« befahl Jesus.
Der Mann öffnete die Augen und stieß einen tierischen Schrei aus. Jesus übergoß ihn mit dem restlichen Wasser.
»Wasch dich heute abend und jeden Tag des nächsten Mondes mit dem Sud einer gekochten Weidenrinde, und du wirst geheilt sein«, sagte er.
Der eben noch Blinde betrachtete mit roten Augen die Menge, sein Mund stand offen, er sah auf seine Hände und fiel vor Jesus auf die Knie. Die Frauen kreischten und jubelten, die Männer schrien. Das Ganze spielte sich vor der Synagoge ab. Als Jesus aufsah, kamen vier Männer die Stufen herab und runzelten die Stirn, vier Pharisäer, die auf ihn zugingen.
»Du heilst Menschen auf der Straße?« fragte einer, als er bei Jesus angekommen war, mit lauter und drohender Stimme. »Wir wollen nicht, daß man vor dem Haus des Allmächtigen den Teufel anruft.«
»Wer hat gesagt, daß hier der Teufel angerufen wird?« fragte Jesus in ebenso herrischem Tonfall.
»Du bist ein Magier, und Magier heilen im Namen des Teufels. Ich sage dir, geh weg!« sagte der Pharisäer, ein Sechzigjähriger mit maskenhaftem Gesicht.
»Ich bin kein Magier, und du bist unwissend«, erwiderte Jesus. »Wenn du gebildet wärst, wüßtest du, daß man Dämonen nicht im Namen der Dämonen vertreiben kann, genausowenig, wie man Feuer mit Feuer ersticken kann.«
»Du bist weder Priester noch Arzt«, meinte der Pharisäer. »Ich frage mich sogar, ob du Jude bist. Bist du nicht Jesus, der Mann, der, wie man sagt, die Mutter eines Sünders am Sabbat heilte?«
»War das ein Sabbat?« fragte Jesus. »Und wenn es so wäre?«

»Du müßtest gesteinigt werden, Gottloser!« schrie ein anderer Pharisäer.
»Als ob ich nicht wüßte, als ob all eure Dienstboten nicht wüßten, daß ihr im Inneren der Synagoge am Sabbat kocht«, erwiderte Jesus verächtlich. Er trat näher auf sie zu. »Und sagt mir, sagt allen Leuten hier, wer von euch nicht seine Schafe aus einem Graben ziehen würde, wenn sie an einem Sabbat hineinfielen? Hätte ich diese Frau ihrer Krankheit überlassen sollen? Glaubt ihr, daß das fünfte Buch Mose das befiehlt? Wenn ein Mensch das glaubt, dann ist er gottloser als der letzte Heide!«
»Du wagst es!« schrie ein Pharisäer.
»Ihr seid schnell dabei, im Namen des Gesetzes und aus der Höhe eurer Tugend zu urteilen«, fuhr Jesus fort, »aber eure Tugend ähnelt den Raben, die die Friedhöfe heimsuchen, und das Gesetz ist weder euer Eigentum, noch seid ihr seine Hüter. Wenn ihr mich nicht so schnell verurteilt hättet, hätte ich kein Urteil über euch gesprochen, aber da ihr die Frechheit besitzt, euch zu Zensoren meiner Taten aufzuschwingen, muß ich euch und allen Anwesenden sagen, daß die einzige Autorität, die ihr besitzt, die ist, die ihr euch anmaßt!«
»Rede nur, rede«, sagte ein Pharisäer. »Bald werden wir dich ins Gefängnis werfen wie deinen Freund, den tollwütigen Hund Jokanaan.«
»Jokanaan«, wiederholte Jesus. »Ihr Leute ohne Hirn, als er frei war und weder aß noch trank, sagtet ihr und euresgleichen, daß er besessen sei – er, der reinste Elias! Aber ihr bereichert euch, ihr trinkt und treibt Unzucht ... Ja!« schrie er, und die Adern an seinen Schläfen traten hervor. »Ihr treibt Unzucht und behauptet, ihr verachtet die Frauen und Knaben, mit denen ihr es treibt, aber ihr habt weder Augen noch Ohren, weder Hirn noch Herz, ihr seid lebende Leichen! Und ihr wagt es, Jokanaan zu erwähnen!«
Tödliches Schweigen senkte sich nach seinem Ausbruch über die Menge. Die vier Pharisäer warteten ab, ihre Gesichter waren angespannt vor Wut und Angst.
Jesus hob noch einmal die Stimme: »Die Rolle, die ihr bei Jokanaans Verhaftung gespielt habt, wird schwerer auf euch zurückfallen als der schlimmste Fluch des Himmels! Ich weiß, daß, wenn der Menschensohn kommt, ihr ihn auch verhaften lassen werdet, weil Wesen der Fin-

sternis, die ihr seid, das Licht Gottes nicht ertragen können, aber der Fluch, der auf euch niedergeht, wird der grausamste sein, den die Kinder Israels jemals erlebt haben! Die wahren Dämonen, Pharisäer! War es euer Name, den ich angerufen habe, um diesen Mann zu heilen?«

»Steinigt ihn! Er beleidigt das Gesetz und den Sabbat und Israel! Der Teufel spricht mit seiner Zunge!« brüllte einer der Pharisäer. »Steinigt ihn, ich befehle es euch!«

Keiner rührte sich. Tausend Augenpaare ruhten auf den vier Pharisäern. Ein Kind ergriff einen Stein und warf ihn ihnen entgegen, dabei rief es: »Böse Leute!« Ein anderer Stein folgte, dann ein dritter ...

»Hört auf!« schrie Jesus. Die Pharisäer waren verschreckt zurückgewichen. »Kehrt in eure Düsternis zurück und bereut!« schrie Jesus. Die Pharisäer ergriffen die Flucht.

Judas und Johannes tauchten hinter Jesus auf. »Warum hast du sie nicht von der Menge steinigen lassen?« fragte Judas wütend.

»Nicht die Menschen muß man steinigen, sondern den Irrtum, der in ihnen wohnt«, antwortete Jesus. »Hast du jemals gesehen, daß ich einen Besessenen heilte, indem ich ihn steinigte?«

»Meister, du bist in Gefahr«, meinte Johannes. »Diese Männer sind mächtig, sie werden wiederkommen!«

Sie waren übrigens nicht weit, sondern standen oben auf den Stufen der Synagoge und beobachteten wie Raubvögel die Szene.

»Sie haben mehr Angst, als ich jemals haben werde«, erwiderte er. Dann wandte er sich an die Menge, die inzwischen mehr als tausend Menschen zählte. »Nehmt das Samenkorn auf, Männer und Frauen von Kafarnaum, und möge die Erfahrung in euch wachsen. Ihr konntet euch von der Bitterkeit überzeugen, die das Versprechen der Morgenröte in den Herzen der Finsternis hervorruft. Und dabei sind das die Menschen, die euer Leben leiten und im Namen des Gesetzes sprechen! Kein Zeichen Gottes und kein Akt guten Willens wird ihre Böswilligkeit bannen können. Nun denn, Kana und Chorazin, nun denn, Magdala und Betsaida! Wenn die guten Taten, die bei euch vollbracht wurden, in Tyrus und Sidon vollbracht worden wären, hätten diese schon lange bereut und hätten sich in Sackleinen gekleidet und mit Asche bedeckt! Aber das Schicksal von Tyrus und Sidon wird beneidenswerter sein als eures am Tag des Jüngsten Gerichts! Was dich angeht, Kafarnaum, wird man dich im Himmel preisen? Nein, man wird dich in den Abgrund schleudern!«

Frauen schrien, schlugen sich auf die Brust und zerkratzten sich mit den Fingernägeln das Gesicht, Männer zerrissen ihre Gewänder und riefen die göttliche Barmherzigkeit an. Simon Petrus beobachtete beunruhigt seinen Herrn. Jesus war blaß geworden, er schien zu schielen, und doch fuhr er, ohne ins Stocken zu geraten, mit seinen Verwünschungen gegen Kafarnaum fort.

»Wenn die guten Taten, die bei euch vollbracht wurden, in Sodom vollbracht worden wären, stände Sodom noch!«

Einige empörten sich über den grausamen Vergleich mit Sodom und riefen: »Wir sind keine Sodomiten, Messias!«

»Das Schicksal Sodoms, ich sage es euch, wird beneidenswert sein im Vergleich mit eurem am Tag des Jüngsten Gerichts!«

»Meister!« flüsterte Simon Petrus erschrocken.

Jesus hörte ihn nicht. Die verschreckte Menge begann sich zu zerstreuen, manche Frauen liefen schreiend davon, viele Männer schüttelten den Kopf, als hielten sie ihn für wahnsinnig. Nach einer Weile blieb nur noch eine Handvoll Leute übrig, vor allem junge Leute, die die Heftigkeit des Redners faszinierte.

»Ich danke Dir, Herr des Himmels und der Erde«, fuhr Jesus fort, »daß Du diese Dinge vor den weisen und gebildeten Menschen verborgen und sie einfältigen Menschen enthüllt hast! Und doch, Vater, grausam ist Deine Wahl!«

»Wovon redet er?« fragte jemand. »Was hat man vor wem verborgen? Wer sind die Weisen und Gebildeten?«

»Alles ist mir von meinem Vater anvertraut worden«, sagte Jesus. »Und keiner kennt den Sohn außer dem Vater, und keiner kennt den Vater außer Seinem Sohn und denen, denen der Sohn sich offenbaren will.«

Die restlichen Zuhörer lauschten mit offenem Mund. Simon Petrus, Andreas, Johannes und Judas waren bestürzt. Selbst der geheilte Blinde war fortgegangen. Und Jesus redete immer noch.

»Kommt zu mir, die ihr mühselig und beladen seid, ich werde euch trösten.«

Die vier Pharisäer waren eine Stufe herabgestiegen.

»Kommt unter mein Joch, und ich werde euch lehren, denn mein Herz ist demütig und sanft. Und eure Seelen werden getröstet werden, denn mein Joch ist sanft, und meine Last leicht.«

»Er hat den Verstand verloren!« flüsterte Andreas.
»Schweig!« schnitt Simon Petrus ihm das Wort ab. »Er ist der Messias!«
Einer der Pharisäer, der der Wortführer zu sein schien, kam die Treppe herab, überquerte die Straße, wobei er aufpaßte, daß die Quasten seines Mantels nicht den Boden berührten. Jesus betrachtete ihn. Als der Mann einen Schritt von Jesus entfernt war, blieb er stehen. »Elender Bastard«, sagte er, »deine Mutter ist eine Hure wie die Weiber um dich herum, und deine Männer sind nicht mehr wert als Weiber! Ich verfluche dich, Bastard, wie ich den Tag verfluche, an dem deine Mutter einen stinkenden Furz tat und dich gebar!« Und er spuckte Jesus ins Gesicht.
Jesus wischte den Speichel ab. »Was für eine Angst du hast«, meinte er. Wortlos wandte sich der Pharisäer ab und kehrte zur Synagoge zurück.
Jesus wandte sich an seine Jünger. »Kommt, ihr Weiber«, meinte er. Sie rührten sich nicht, die Beleidigung hatte sie erstarren lassen. »Dieser Mann hatte doch recht«, sagte er. »Ihr habt keinen Finger gerührt, um mich zu verteidigen.« Er lächelte, und sie erschraken noch mehr. »Ihr wollt einen Messias, aber ihr werdet euch nicht für ihn schlagen. Doch vielleicht wollt ihr ja gar keinen Messias, vielleicht wollt ihr Gott selber. Es wäre so einfach, wenn es Jahwe selber wäre! Ihr bräuchtet dann nur zuzusehen, wie die Bösen untergehen.«
»Die Bösen?« rief Judas. »Wo sind die Bösen? Der Platz ist leer! Du hattest vor einer Stunde Tausende, die dir folgten, und jetzt ist keiner mehr übrig. Du hast Kafarnaum mit Sodom verglichen, und jetzt schimpfst du uns Weiber. Wenn du so weiterredest, werden auch wir bald fort sein. Wie kannst du dich sanft und demütig nennen?«
»Weil ich es doch bin«, erwiderte Jesus. »Aber vielleicht hörst du die Worte mit dem Ohr und nicht mit dem Herzen.«
»Sag uns lieber, was unser Kampf ist und wo wir ihn führen sollen«, fuhr Judas fort.
Jesus verschränkte die Arme und betrachtete den See. »Es gibt keinen Kampf«, antwortete er nach einer Weile. »Keinen Kampf. Nur einen langen und mühsamen Weg zum Vater hin. Der Sohn wird zum Vater gehen, und er wird sich im himmlischen Licht auflösen. Und dann

wird er wiederkommen, aber er wird sich verändert haben. Sein Fleisch wird Fleisch sein, aber nicht dasselbe wie vorher. Es wird ein Fleisch aus Licht sein.«

Judas zuckte mit den Achseln. Simon Petrus und Andreas starrten zu Boden.

»Wer ist der Sohn?« fragte Johannes erregt. »Ist es der Messias? Bist es du?«

»Der Sohn wird der Messias werden nach seiner Begegnung mit dem Vater«, antwortete Jesus. »Verstehst du? Verstehst du, Johannes?«

»Heißt das, daß du bei deinem Tod der Messias sein wirst?« fragte Johannes.

Aber er bekam keine Antwort.

»Wo sind die anderen?« fragte Jesus ungerührt. »Sucht sie. Ich will euch alle am Tag des Sabbat vereint sehen, übermorgen im Haus von Simon Petrus.«

Er verließ sie und ging am Ufer entlang. Sie sahen, wie er sich entfernte, bis er nur noch so groß wie ein Käfer war.

»Er hat wohl in den Bergen einen Sonnenstich abgekriegt«, meinte Judas traurig und wütend zugleich. »Seine Worte ergeben keinen Sinn mehr.«

»Für mich schon«, erwiderte Johannes.

Die vierzehn versammelten sich am Sabbat also im Haus von Simon Petrus. Auch Maria war dabei. Und Maria Magdalena, die Schwester von Lazarus, die aus Judäa gekommen war. Und Rebekka, die Hure, die so oft in der Gruppe von Jesus' Anhängern dabei war und die ihren Beruf nicht mehr ausübte, jedoch die Angewohnheit beibehalten hatte, sich die Augen zu stark zu schminken. Und vier oder fünf Frauen, die felsenfest davon überzeugt waren, daß er der Messias sei, weil er die Kranken heilte und sie nicht alles verstanden, was er sagte.

Die Männer setzten sich auf den Boden, und die Frauen standen gegen die Wand gelehnt.

»Wo wart ihr und was habt ihr in den letzten Tagen getan, seit dem Fest im Haus des Offiziers?« fragte Jesus.

»Natanael und ich haben die Leute getauft, die darum baten, und dann haben wir wieder aufgehört«, erwiderte Thomas.

»Warum habt ihr aufgehört?«

»Warum nicht?« gab Thomas zurück. »Keiner wußte, wo du warst oder ob du zurückkommen würdest, und keiner weiß bis jetzt, wer du bist.«
»Und du, Judas, Sohn des Jakob? Und du, Philippus? Und du, Matthäus? Und ihr, Bartolomäus, Jakobus, Simon, Jakobus, Sohn des Alphäus, Thaddäus?«
»Ich arbeite jetzt wieder in einem Gasthaus«, antwortete Thaddäus.
»Und ich fische wieder mit meinem Vater«, antwortete Jakobus, der Sohn des Alphäus.
»Auch ich fische wieder mit meinem Vater«, sagte Jakobus, der Sohn des Zebedäus.
»Ich war mit einigen Rechnungen im Verzug«, meinte Matthäus und errötete.
»Ich ...«, begann Bartolomäus.
»Ich verstehe«, unterbrach ihn Jesus. »Sobald ich fort war, war es, als sei ich tot. Ihr habt nichts von dem behalten, was ich gesagt hatte. Ich will, daß ihr morgen geht und die Menschen in ganz Galiläa und darüber hinaus tauft. Ihr geht immer zu zweit. Ich will, daß ihr Kranke heilt und daß ihr die Dämonen austreibt. Nehmt kein Geld, kein Gold und kein Kupfer in euren Taschen mit, keinen Ballast, nur eure Sandalen. Der Arbeiter verdient sich seinen Lohn. Wenn ihr in einer Stadt oder einem Dorf ankommt, sucht dort jemand Vertrauenswürdigen und bleibt bis zu eurer Abreise bei ihm. Beschwört den Frieden des Herrn auf das Haus herab, wenn ihr eintretet, auf daß, wenn es dessen würdig ist, euer Gebet erhört wird. Wenn es nicht würdig ist, kommt der Frieden wieder zu euch. Wenn einer sich weigert, euch aufzunehmen oder euch anzuhören, klopft den Staub von euren Sandalen und verlaßt seine Schwelle oder die Stadt. Ich sage euch: Am Tag des Jüngsten Gerichts wird das Schicksal Sodoms dem jener Stadt vorzuziehen sein.«
Judas runzelte die Stirn. Jesus tat so, als bemerke er es nicht.
»Ich schicke euch wie Lämmer unter die Wölfe«, fuhr Jesus fort. »Seid schlau wie die Schlange und unschuldig wie die Taube. Und hütet euch. Männer werden euch vor ihre Gerichte stellen, sie werden euch in ihren Synagogen auspeitschen und werden euch vor Statthalter und Könige schleppen, damit ihr vor ihnen und den Heiden aussagt, und es wird meine Schuld sein. Aber wenn man euch verhaftet, sorgt euch

nicht um das, was ihr sagen müßt. Im geeigneten Moment werden euch die richtigen Worte auf die Lippen kommen, denn nicht ihr werdet sprechen, sondern der Geist eures Vaters, der mit eurer Zunge redet.«

»Ist das derselbe Vater, von dem du neulich gesprochen hast?« fragte Andreas.

»So ist es.«

»Sind wir also deine Brüder?« fragte Andreas.

»Ihr seid es.«

»Wird unser Fleisch also auch ein Fleisch aus Licht sein?«

»Wenn ihr befolgt, was ich euch sage, wird es so sein. Aber bevor es dazu kommt, wird der Bruder seinen Bruder durch Verrat in den Tod schicken, und der Vater wird den Sohn durch Verrat in den Tod schikken; die Kinder werden sich gegen ihre Eltern erheben und sie in den Tod schicken.«

Die Frauen stießen entsetzte Schreie aus.

»Warum sollte das so sein?« fragte Judas Iskariot.

»Weil die Wahrheit des Herrn wie das Schwert herabfährt und Fleisch und Häuser durchtrennt und weil keiner ihr entkommt. Sie trennt das Licht von der Dunkelheit, und die, die im Schatten wohnen, werden die verfolgen, die im Lichte stehen. Alle werden euch hassen, weil ihr mir folgt, aber der, der bis zum Ende ausharrt, wird gerettet werden. Wenn ihr in einer Stadt verfolgt werdet, flüchtet in eine andere. Ich sage euch dieses: Bevor ihr in allen Städten Israels gewesen seid, wird der Menschensohn dasein.«

»Wer ist der Menschensohn?« fragte Johannes.

»Er ist die künftige Vollkommenheit«, antwortete Jesus, »aber fragt mich nicht, wie die Vollkommenheit kommen wird. Hört mich an, auch wenn die Zeit drängt, seid nicht ungeduldig! Ein Schüler verliert nicht den Anschluß an seinen Meister, und der Diener nicht den an seinen Herrn. Der Schüler müßte froh sein, das Wissen seines Meisters teilen zu dürfen, und der Diener froh, das seines Herrn zu teilen. Wenn der Herr sich Belzebul nennt, um wieviel mehr erst die Bewohner seines Hauses!«*

* Es scheint, als würden diese dem Evangelium entlehnten Worte die Neigung Jesus' zu Wortspielen widerspiegeln. Dieses Wortspiel bezieht sich offenbar auf die Beschuldigung der Pharisäer,

Thomas ließ ein kurzes, glucksendes Lachen hören. Auch Judas fing an zu lachen. Jesus deutete ein verständnisvolles Lächeln an.
»Vielleicht können die Pharisäer die Worte nicht mehr richtig aussprechen«, meinte er. »Auf jeden Fall, habt keine Angst vor ihnen! Ihre Lügen werden aufgedeckt werden, aber was ich euch im Vertrauen sage, müßt ihr in alle Welt hinausschreien. Was ich euch zuflüstere, müßt ihr von allen Dächern rufen. Habt keine Angst vor denen, die nur den Körper töten, die Seele jedoch nicht verletzen können! Fürchtet vielmehr die, die in der Hölle Seele und gleichzeitig Körper zerstören können!«
»Meister«, sagte Simon Petrus, »wir verstehen dich, wenn du uns auferlegst, nur unsere Sandalen mit auf den Weg zu nehmen, weil uns dies auch von den Rabbinern auferlegt wurde, wenn wir den Tempelbezirk betraten, und wir verstehen auch, daß du uns rätst, schlau wie die Schlange und unschuldig wie die Taube zu sein, weil das auch in der Midrasch gelehrt wird, wo es heißt, daß Israel so sanft wie die Taube gegenüber dem Herrn sein muß und listig wie die Schlange gegenüber den Heiden. Auch die anderen werden uns also verstehen. Aber wenn du zu uns vom Menschensohn und der künftigen Vollkommenheit sprichst, wie sollen uns da die Menschen verstehen, wenn wir selber kaum begreifen, was du sagen willst?«
»Erinnere dich an Daniel, Simon Petrus!« erwiderte Jesus und hob die Brauen. Der Gesichtsausdruck war seinen Jüngern inzwischen vertraut. »Erinnerst du dich an seine Worte? ›Ich sah noch die Vision der Nacht, und ich erkannte, was ein Mensch zu sein schien, der mit den Wolken des Himmels herabstieg; er näherte sich dem Erstgeborenen und wurde ihm vorgestellt...‹«
»›...Herrschaft und Ruhm und königliche Macht wurden ihm übertragen‹«, fuhr Thomas fort, »›so daß alle Völker und alle Staaten aller Sprachen ihm dienten; seine Herrschaft sollte ewig sein, und seine königliche Macht kannte keine Grenzen...‹«
»Das ist es«, murmelte Jesus.

nach der er die Dämonen im Namen des Teufels, Belzebub, austrieb; hier verändert Jesus den Namen des Teufels in Belzebul, was »Herr des Tempels« bedeutet. Diese Deutung, die Alfred Edersheim vorbrachte, scheint die einzige zu sein, die es erlaubt, das Zitat aus dem Matthäus-Evangelium (10,25) korrekt zu interpretieren, das ansonsten unverständlich wäre.

Schweigen.
»Bist du der Menschensohn, auf den wir warten müssen?« fragte Thomas.
»Auf diese Frage kennt nur Gott eine Antwort«, erwiderte Jesus. »Was ich am Ende sein werde, weiß nicht einmal ich. Nur mein Vater wird darüber entscheiden. Sind wir nicht winzige Vögel? Und doch kann ohne die Erlaubnis unseres Vaters keiner zu Boden fallen. Was euch angeht, so werden selbst die Haare auf eurem Kopf gezählt werden. Seid also gewiß, nichts wird passieren, was sich auch nur um ein Haar vom Willen Gottes entfernt.«
»Warum denn dann kämpfen?« fragte Thaddäus. »Der Wille Gottes wird doch immer siegen!«
»Wie kann jemand seinen Vater lieben und sich nicht erheben, um ihn gegen die zu verteidigen, die seine Worte entstellen?« gab Jesus zurück. »Aber diejenigen, die mich vor den Menschen erkennen, werde ich vor meinem Vater im Himmel erkennen; und die, die mich vor den Menschen verleugnen, werde ich vor meinem Vater im Himmel verleugnen«, sagte er mit schneidender Stimme. »Warum kämpfen? fragt Thaddäus, und viele unter euch fragen sich sicher, warum wir nicht in Ruhe fischen oder das Feld bestellen sollten, anstatt unser Leben zu riskieren. Aber denkt nicht, daß ich gekommen bin, um den Frieden auf Erden zu bringen, nein, ich bin gekommen, das Schwert zu bringen! Ich bin gekommen, um den Mann gegen seinen Vater aufstehen zu lassen, die Tochter gegen die Mutter, den Sohn der Frau gegen seine Schwiegermutter. Dank mir wird ein Mensch seine Feinde unter dem eigenen Dach finden!«
»Aber was wird aus unserem Land, wenn unsere Familien so zerrissen werden?« schrie Andreas. »Und verstößt das, was du sagst, nicht gegen das ›Deuteronomium‹?« protestierte er zornig. »Hat man uns nicht vor allen anderen das erste Gebot gelehrt? Hat der Herr nicht befohlen: ›Du sollst Vater und Mutter ehren, wie der Herr dein Gott es befohlen hat, auf daß du lange lebest auf Erden und du erblühest auf dem Land, das der Herr dir gegeben hat?‹ Und du, wer bist du denn, daß du den Menschen gegen seinen Vater aufwiegelst?« schrie er, bevor er aufstand und das Haus seines Bruders verließ.
Verblüffung und Wut war in allen Gesichtern zu lesen.
»Es stimmt, wenn wir das, was du sagst, von allen Dächern herab-

schreien würden, würde man uns steinigen!« schrie Matthäus der Zöllner. »Und was ist der Nutzen? Das wäre das gleiche, als gäbe man den Sadduzäern und Pharisäern Stöcke, um uns die Knochen zu brechen!«

»Und du selber«, fragte Simon Petrus, der sehr blaß war, »würdest du gegen deine hier anwesende Mutter aufstehen?«

Aller Blicke richteten sich auf Maria, die angespannt und traurig zugehört hatte.

Jesus betrachtete sie und erwiderte kalt: »Ich würde es tun, wenn es nötig wäre.«

Maria verließ das Zimmer, gefolgt von Rebekka.

»Dieser Mann hat den Verstand verloren, sage ich euch!« brüllte Bartolomäus und stand auf, um Andreas zu folgen.

Aber er blieb an der Tür stehen, als Jesus gebieterisch rief: »Bartolomäus! Hör dir wenigstens das an!« Der Jünger drehte sich halb um. »Das Ende rückt näher, und dies ist ein Krieg. Wir leben nicht mehr zu Zeiten, da Israel der Stimme des Herrn zuhörte. Das Gesetz ist in Vergessenheit geraten, und die Menschen erheben sich schon gegeneinander, weil es keine Rechtschaffenheit mehr gibt. Wir müssen nun so handeln wie der Schnitter, der die Spreu vom Weizen trennt und verbrennt.«

»Aber warum soll man den Bruder gegen den Bruder und die beiden gegen den Vater aufhetzen?« schrie Bartolomäus, entstellt vor Zorn. »Warum willst du die Menschen quälen, weil ihre Herren gefehlt haben, und Schmerz bei allen hervorrufen wegen der Fehler einiger weniger? Im Namen von was und von wem«, fragte mit bebender Stimme, wobei er sich an die anderen wandte, »müssen wir Trauer über Israel bringen? Woher, Jesus, Sohn des Josef, nimmst du das Recht, über die Menschen zu urteilen, bevor Gott es tut? Wer hat dich denn mit einem Schwert bewaffnet, dich, der du behauptest, kein Feldherr sein zu wollen? Dein Schwert, soll es auf die Juden herabfahren, weil keine Römer da sind? Woher nimmst du deine Macht? Sag es mir! Mein Recht, dich danach zu fragen, ist so groß wie die Autorität, die du dir anmaßt!« schrie er keuchend.

»Antworte ihm!« befahl Simon Petrus mit ungewohnter Heftigkeit. »Dieser Mann hat wie wir das Recht, es zu wissen!«

»Die Frage von Bartolomäus läßt sich leicht zusammenfassen«, antwortete Jesus, der plötzlich erschöpft aussah. »Dieser Mann erwartet keinen Messias.« Er atmete schwer. »Das Schwert, das sich gegen den Fremden erhebt, würde nicht das verfaulte Glied herausschneiden, das am Körper Israels hängt ... Wir müssen zuerst die Spreu vom Weizen trennen ... Herausschneiden, was verfault ist, selbst wenn es unser eigener Körper ist, in unserer Familie ...«

»Geh endlich«, sagte Judas Iskariot zu Bartolomäus. Bartolomäus baute sich vor ihm auf, und Judas stieß ihn fort. Sie begannen, mit den Fäusten aufeinander einzuschlagen, bis Johannes und Natanael aufstanden, um sie zu trennen. »Geh! Du bist kein Jude!« schrie Judas, wobei er sich die Spucke und das Blut abwischte, die ihm aus einem Mundwinkel liefen. »Du willst mit den Pharisäern leben! Wir brauchen weder Feiglinge noch Eunuchen!«

»Ich habe geglaubt, du bringst die Freiheit, du seist ein Bote des Lichts«, sagte Bartolomäus zu Jesus, und seine Stimme war rauh. »Aber du bist ein Fanatiker, und sieh, was du tust: Du säst die Zwietracht selbst unter deinen Jüngern!« Er fuchtelte mit dem Arm vor den anderen herum: »Dieser Mann, der sich Jesus nennt, bezeichnete sich als demütig, er sagte, er sei gekommen, um das Gesetz zu erneuern, aber ihr könnt jetzt alle sehen, daß das Gegenteil der Fall ist.«

»Schweig!« schrie Judas und stürzte sich wieder mit geballten Fäusten nach vorne, aber Johannes und Natanael hielten ihn fest.

»Und du, Judas«, sagte Bartolomäus, »du bist auch ein Fanatiker, deshalb folgst du diesem Mann! Aber du wirst ihm nicht immer folgen! Denn du wirst bald wie alle anderen bemerken, daß er seine Jünger in die Katastrophe führt!« Diesmal stießen Johannes und Natanael Bartolomäus zur Tür.

Alle, Jesus inbegriffen, sahen aus, als hätten sie gerade einen Fieberanfall hinter sich.

»Es ist besser, sich vor der Schlacht der Tapferkeit der Soldaten zu vergewissern«, murmelte Jesus. »Kein Mensch verdient es, für mich zu kämpfen, wenn er mir Vater und Mutter vorzieht. Oder Sohn und Tochter. Oder wenn er mir nicht nachfolgt. Wenn er sein Leben schont, riskiert er, es zu verlieren. Indem er es für mich verliert, wird er es gewinnen.«

Die Stimme von Bartolomäus drang von draußen zu ihnen; sie war von einer Wildheit entstellt, die dem Wahnsinn gleichkam. »Das Zeichen des Todes ist auf diesem Mann!«

Johannes schauderte.

Jesus tat so, als habe er Bartolomäus nicht gehört. »Die, die euch empfangen, empfangen mich«, sagte er müde, »und mich zu empfangen heißt, den empfangen, der mich geschickt hat. Wer immer einen Propheten empfängt, wird auch einen prophetischen Lohn erhalten, und wer einen guten Menschen empfängt, weil es ein guter Mensch ist, wird den Lohn eines guten Menschen bekommen. Und wenn jemand einem meiner Jünger auch nur ein Glas Wasser gibt, so sage ich euch, dieser Mann wird sicher seinen Lohn erhalten.«

Sie waren nur noch zwölf, Johannes, Jakobus, der Sohn des Zebedäus, und Jakobus, der Sohn des Alphäus, Judas Iskariot und Judas, der Sohn des Jakob, Simon der Zelot, Natanael, Thaddäus, Thomas, Matthäus, Philippus und Simon Petrus.

»Andreas wird zurückkommen«, meinte Simon Petrus, der den Blick bemerkte, den Jesus in der Runde umherwandern ließ.

»Ihr werdet morgen früh gehen«, sagte Jesus nur. Und er verließ das Haus.

Da ließen die Frauen ihren Tränen freien Lauf. Die Frau von Simon Petrus, seine Schwiegermutter und Maria Magdalena folgten Maria und Rebekka in ein Hinterzimmer, alle schluchzten. Judas Iskariot ging verdrossen hinaus, gefolgt von Thomas, dann von den anderen.

Der Abend senkte sich herab; sie gingen in die Herberge. Sie tranken beim Essen etwas mehr, als nötig gewesen wäre, doch auch das vermochte ihren Appetit nicht zu steigern.

XV.

Die Proselyten

Andreas kehrte nicht wieder zurück. Seinem Bruder erklärte er, er sei außer sich vor Empörung.

Also machten sie sich auf den Weg, Johannes mit seinem Bruder Jakobus, Thomas mit Natanael und Judas Iskariot mit Simon dem Zeloten, ungeachtet der Bemerkung, die Thomas einmal fallengelassen hatte: Wenn sie beide sich zusammentäten, würden die Leute Jesus unweigerlich für einen Zeloten halten. Simon Petrus brach gemeinsam mit Matthäus auf, der andere Judas mit Philippus und Jakobus, der Sohn des Alphäus, mit Thaddäus.

Die ersten Tage wanderten die frischgebackenen Pilger fast wortlos nebeneinander; zu tief standen sie noch unter dem Eindruck der Geschehnisse. In Nain hielten die Leute Simon Petrus und Matthäus aufgrund ihrer Wortkargheit und ihres wilden, verstörten Blickes für Bettler oder Kundschafter. In Kana hielt man Johannes und Jakobus für Gelegenheitsarbeiter und bot ihnen tatsächlich auch an, sich auf den Feldern nützlich zu machen. Am See Gennesaret glaubte man in Jakobus, dem Sohn des Alphäus, und in Thaddäus Vater und Sohn zu erkennen, da eine gewisse Ähnlichkeit zwischen den beiden bestand. Einzig und allein Judas Iskariot und der Zelot wurden für die gehalten, die sie auch waren, denn ihre entschlossenen Mienen ließen unmißverständlich zum Ausdruck kommen, daß sie etwas zu sagen hatten. Beim geringsten Anlaß, und mochte es auch nur ein Bettler sein, der auf der Straße an ihnen vorüberging, warf Judas Simon einen Blick zu oder stieß ihn mit dem Ellbogen an. »Das körperliche Elend …« begann Simon, »… ist nichts, verglichen mit dem moralischen«, vervollständigte Judas den Satz. Die Leute murmelten zustimmend, und es kamen Gespräche in Gang: Der Zorn des Herrn schwebe über Israel, weil Jerusalem in Sünde lebte. Diese Taktik war

einfach und wirksam, da die Galiläer ein angeborenes Mißtrauen gegenüber den Menschen aus Judäa hegten.
An einem Vormittag in Chorazin wandten Judas und Simon sie zum erstenmal an. Mittags hatte man ihnen zu essen angeboten, und abends lud man sie zum Übernachten ein. Sie redeten vor begüterten Leuten. Am nächsten Tag tauften sie zwölf Menschen, am übernächsten siebenundzwanzig. Am dritten Tag waren sie am Ufer des Jordan von einer ganzen Schar Konvertierter umringt, denn jeder wollte Vorsorge treffen – wann bot sich auch je wieder eine solch günstige Gelegenheit! – für den Tag, an dem die Mächte des Himmels die des Bösen zum allerletzten Kampf aufforderten. Da man ihnen erklärte, die Taufe sei die symbolische Reinigung von den Sünden der Menschheit, suchte jeder sie zu erlangen. Außerdem stellten sich Simon und Judas als Jünger des ihnen allen bekannten Jesus vor. Behauptete man nicht von ihm, er sei der Messias? Hatte nicht er die Rabbiner von Kafarnaum, Kana, Nain und anderen Orten zur Raserei gebracht? Doch, doch, er war es gewesen. Wann würde der Konflikt zwischen Gott und dem Teufel ausgetragen werden? Immer wenn diese Frage aufkam, stöhnten die Frauen laut auf und schlugen sich an die Brust, die Greise ergingen sich in donnernden Ermahnungen und beteten inständig zum Herrn, wobei sie Passagen aus dem Buch Ijob zitierten. Aber der Herr allein wußte, wann das Faß zum Überlaufen kommen sollte.
»An diesem Tag«, verkündete Judas Iskariot, »muß der sich mit dem Schwerte Gottes bewaffnen und seine Feinde in Stücke schlagen, und sei es sein eigener Sohn oder seine ihm angetraute Frau.« Hin und wieder meinte Judas, ein ebenso guter Redner wie Jesus zu sein, und der Zelot war es dann, der immer wieder Gerüchte aus der Welt schaffen mußte, denen zufolge Judas in der Tat Jesus sein sollte, nur eben verkleidet als ein anderer.
Ihre Taktik und Rhetorik versetzte Dörfer und Städte in Angst und Schrecken, mit dem Ergebnis, daß alle Einwohner bereit sein wollten für den Tag X. So sorgten Judas und Simon in ganz Galiläa für Aufbruch- und Umkehrstimmung. Dem Rabbi von Chorazin blieb gar nichts anderes übrig, als sich der Bewegung anzuschließen. Daß man ihn dazu zwang, verstimmte ihn im Grunde nicht wirklich, denn die Leute waren überaus fromm geworden, und die Synagoge wurde seit dem Durchzug der zwei Besucher mit Opfergaben regelrecht überhäuft.

Simon Petrus und Matthäus verfügten zwar nicht über ebenso brillante Fähigkeiten, aber gerade wegen ihrer farblosen Erscheinung, die manche Leute zu Beginn etwas gestört hatte, zogen sie schließlich doch die Aufmerksamkeit der Öffentlichkeit auf sich. Ihr sorgenvolles Gebaren brachte die Menschen dazu, sich selbst Sorgen zu machen und den Jüngern sogar mit Ehrerbietung zu begegnen. Zwei reife Männer, denen ein großes Unglück widerfahren zu sein schien, die aber trotz allem Anstand und fromme Sitten gewahrt hatten, mußten unweigerlich Interesse erwecken. Hatten sie vielleicht ihre Familien in einer Feuersbrunst verloren? Hatten Wucherer sie in den Ruin getrieben? so fragten sich die Frauen. Schließlich schickte eine der Matronen aus dem reichen Stadtviertel von Kana, wo die beiden sich häufig aufhielten, eine Dienerin aus, um den Grund ihrer Traurigkeit zu erkunden. Simon Petrus hob die Arme zum Himmel, und Matthäus senkte den Kopf.

»Frau, Frau!« rief Simon Petrus aus. »All die Trübsal und das Leid, das du uns nennst, ist lächerlich, verglichen mit dem, was uns alle erwartet!«

Matthäus stimmte ihm mit sorgenvollem Kopfnicken bei.

»Was erwartet uns denn?« fragte die Dienerin, von plötzlicher Unruhe ergriffen.

»Gottes Zorn!« antwortete Matthäus mit klagender Stimme. »Wehe der Frau, die an jenem Tag ein Kind in ihrem Leib trägt! Wehe dem Mann, der gerade das Gold zählt, das er den Armen verweigerte! Der Himmel wird schwarz sein, die Flüsse rot, und die Ernte auf den Feldern wird die letzte sein, die sich dem Blick der Menschen darbietet! Die Schwalbe wird in abgestorbenen Baumstümpfen Zuflucht suchen, und der Hase wird sich still ins Gesträuch ducken, denn alle lebenden Kreaturen wissen dann, daß die Stunde des Herrn geschlagen hat!«

»Allmächtiger Gott!« schrie die Dienerin und lief eilends nach Hause, denn sie wollte keine weiteren Einzelheiten mehr über das Unglück hören. Und kaum war sie dort angekommen, sorgte die von den unheilvollen Prophezeiungen in Angst und Schrecken versetzte Magd für gehörigen Aufruhr unter dem Gesinde, bis ihre Herrin, durch die angstvollen Schreie und das Wehklagen neugierig geworden, nach ihr rufen ließ.

Mit übereinandergeschlagenen Beinen thronte sie, eine rundliche, verblichene Schönheit um die Vierzig, auf einem mit Kissen überladenen Diwan. »Also los«, forderte sie die Dienerin auf, »erzähl mir den Grund deiner Aufregung. Die Nachbarn denken womöglich schon, daß hier im Haus ein Mädchen abtreibt. Was hat es mit den beiden Männern, zu denen ich dich geschickt habe, auf sich?«
»Ach, Herrin!« rief die Magd und fächelte sich dabei mit einem Strohfächer Kühlung zu, der eigentlich zum Schüren des Feuers in der Küche diente. »Das sind fromme Männer! Sie haben mir alles Elend offenbart, von dem das ganze Land heimgesucht werden wird! Der Himmel wird schwarz sein, und das Blut wird die Flüsse rot färben! O Herr, hab Erbarmen mit uns!«
»Und warum sollte dies Unheil über uns kommen?« erkundigte sich ihre Herrin stirnrunzelnd.
»Wegen der Sünden Israels, Herrin! Wissen wir denn nicht alle, daß dieses Land verdammt ist? Ist nicht die Verkommenheit der Sonne zugekehrt, als sei sie die Tugend? Ich höre schon die Gebeine der Toten vor Zorn in den Gräbern klappern!«
»Ich höre gar nichts klappern, höchstens ein paar verirrte Kieselsteine in deinem Gehirn! Wer sind denn diese Unglücksprediger?«
»Jünger von Jesus! Dem Messias!« rief die Dienerin, die immer aufgeregter wurde. »Herr, erbarme Dich unser!«
»Jesus«, wiederholte die Herrin nachdenklich, »der war doch vor einigen Monaten auf der Hochzeit der Tochter des Zebedäus. Die Leute behaupten, er habe an jenem Abend Wasser in Wein verwandelt. Frau! Beruhige dich doch und lade sie zu uns ein.«
Eine Stunde später – die Einladung war mittlerweile überbracht – kam der Hausherr heim und traf dort zwei Männer an, die mit aschfahlem Gesicht in der Küche warteten und den Anschein erweckten, als müßten sie jeden Augenblick vor ihre Richter treten. Er erkundigte sich nach ihrem Namen und dem Grund ihrer Anwesenheit. Simon Petrus und Matthäus, die ja nicht wußten, wen sie vor sich hatten, blieben weiterhin wortkarg und finster. Dann schalteten sich die Bediensteten mit der Erklärung ein, die beiden seien fromme Männer.
»Herr! Sie können die Zukunft vorhersagen! Schreckliche Dinge, oh, Grauenhaftes steht Israel bevor!« erfuhr er aus dem zahnlosen Mund seiner alten Amme. »Wir sollen ihnen auf Wunsch unserer Herrin zu essen geben.«

Obwohl ihm der Bezug zwischen den hellseherischen Fähigkeiten der Besucher und dem Essen nicht recht klar war, nickte er, und während die Diener geschäftig den Tisch deckten und ihnen Geflügel, Käse, Brot und Wein vorsetzten, warf er forschende Blicke auf die rätselhaft verschlossenen, faltenzerfurchten Gesichter von Simon Petrus und Matthäus.

»Wir kommen aus Kafarnaum«, erklärte Simon Petrus endlich nach langem Schweigen. »Wir haben ahnungslos vor uns hin gelebt, bis der Herr unsere Schritte zu Jesus, unserem Meister, hinlenkte ...«

»Jesus!« unterbrach ihn sein Gastgeber. »Gehört ihr etwa zu seinen Jüngern?«

»Wir folgen ihm als seine ergebenen Diener«, antwortete Matthäus. »Wir mußten nur die Augen zu ihm erheben, um von der Blindheit unseres Herzens geheilt zu werden, wir mußten ihn nur anhören, um von der Taubheit unseres Geistes befreit zu werden.«

»Ist er wirklich der Messias?« wollte der Herr wissen.

»Wir glauben, daß er es ist, denn wir wurden Zeugen seiner Macht«, erwiderte Simon Petrus. »Wir haben mit unseren eigenen Augen gesehen, wie er Geister aus dem Jenseits herbeirief, und auch, wie er Kranke, Schwerkranke, heilte.«

»Hat er gesagt, er sei der Messias?«

»Sein Wissen ist unermeßlich groß, aber das Geheimnis versiegelt seine Lippen«, entgegnete Simon Petrus. »Er spricht nur Worte, die für die Menschen von Nutzen sind.«

Matthäus schielte hungrig nach den Speisen auf dem Tisch, was dem Hausherrn nicht entging. »Aber bitte, greift doch zu«, forderte er sie auf. Simon Petrus hob die Arme und dankte dem Herrn für die Speise, die ihnen einer Seiner Diener in Seinem Namen anbot, dann bat er um den göttlichen Segen für das Haus und seine Bewohner, und auch für Jesus, seinen Meister, der ihm die Ehre zuteil werden ließ, die Worte der Wahrheit zu verbreiten; schließlich brach er das Brot und goß unter Matthäus' gierigem Blick den Wein ein. Den Hausangestellten entging nicht die kleinste Einzelheit dieser Szene, und als ihre Herrin ihrerseits in die Küche herunterkam, um die Jünger zu sehen, glich die kleine Frauengruppe, die sich aus Anstand in den entferntesten Winkel der Küche zurückgezogen hatte, einer Schar von Gläubigen, die einem religiösen Ritus beiwohnen. Der Hausherr dagegen schien trotz seiner höflichen Miene weiterhin Vorbehalte zu hegen.

»Ich hätte gedacht, Jokanaan sei der Messias«, meinte er mit ruhiger Stimme, während er Platz nahm. »Mir ist zu Ohren gekommen, daß euer Meister Jesus sich gern in Gesellschaft leichter Mädchen aufhält und daß er auch den Festessen, die die Soldaten des Herodes zu seinen Ehren geben, nicht abgeneigt ist. Und ihr«, fügte er mit dem Anflug eines Lächelns hinzu, »ihr benehmt euch ganz so, wie man es von seinen Jüngern erzählt. Zum Beispiel habt ihr euch die Hände vor dem Essen nicht gewaschen.«

Simon Petrus wollte sich gerade eine Olive in den vom Vollbart fast verdeckten Mund schieben; er legte sie auf den Teller zurück. Die Frauen im Hintergrund wurden unruhig.

»Sind wir etwa schmutzig?« fragte er. »Leidet einer von uns beiden an einer Hautkrankheit? Hast du vielleicht eine Pustel in meinem Gesicht entdeckt oder den kahlen Fleck einer bösartigen Krankheit auf meinem Schädel? Oder hätten wir deine Nahrung vielleicht als geweihte Speise betrachten sollen? Befolgst du die Riten der Pharisäer, oder lebst du im Geist des ›Deuteronomiums‹?«

»Was ist denn schon dabei, sich die Hände vor dem Essen zu waschen?« fragte der Hausherr. »Und warum sollte das Pharisäertum etwas Schlimmes sein? Sind nicht auch unsere Priester Pharisäer? Lehnt ihr etwa unseren Klerus ab?«

»Wir lehnen niemanden ab«, entgegnete Simon Petrus, »ganz im Gegenteil, die Pharisäer sind *uns* feindlich gesinnt. Und welchen anderen Grund sollten sie dafür haben als den, daß sie sich durch das Licht der Wahrheit bedroht fühlen? Ist es nicht eine alte Regel, daß die Eule beim ersten Hahnenschrei auf und davon fliegt?«

»Ich zweifle nicht an eurem Glauben«, erwiderte der Hausherr immer noch in ruhigem Ton, »aber in unserem Land wimmelt es von Propheten und Magiern. Ob es sich dabei wirklich um fromme Männer oder um Scharlatane handelt, weiß niemand so recht. Als Kaufmann reise ich viel umher, und im Laufe der vergangenen Monate hörte ich zum Beispiel von einem gewissen Simon, einem wunderwirkenden Mann, der trockene Holzstecken wieder grün werden läßt oder eine Flamme aus seinen Fingerspitzen hochzüngeln lassen kann. Mit wurde sogar versichert, daß jener Simon des Nachts durch die Lüfte fliegt und daß er in Sarepta vor den Augen seiner Anhänger verschwand, um in Tyrus wieder aufzutauchen. In Damaskus dann begegnete ich einem bemerkenswerten Mann namens Dositheus, umgeben von einer großen Jüngerschar, unter denen ich römische Offiziere, nabatäische Prinzen, syrische Würdenträger und, ob ihr es glaubt oder nicht, sogar Juden erkannte. Ich hatte weder Lust noch Muße, ihm zuzuhören, aber man versicherte mir ebenfalls, daß das Geheimnis seines Erfolges in seiner besonderen Lehre zur Erlangung der göttlichen Glückseligkeit liege, die jeder Mensch durch Fühlung mit dem, was er – der Herr möge mir verzeihen – den Großen Geist des Universums nennt, anstreben könne. Die Juden schworen mir, sie hätten ihn über dem Boden schweben sehen, und einige unter ihnen waren felsenfest davon überzeugt, daß er der zukünftige König Israels und des ganzen Universums sei; sie wagten sogar, ihn Messias zu nennen. Weitere Reisende erzählten mir noch von anderen Meistern, so zum Beispiel von einem gewissen Apollonios von Tyana, den sie im Osten von Antiochia getroffen hatten ... All diese Leute vollbrachten Wunder und erteilten berühmte Lehren. Warum also sollte gerade euer Meister sich von ihnen unterscheiden? Und warum brauchen wir überhaupt einen neuen Meister?«

Simon Petrus und Matthäus hatten diesem skeptischen Vortrag mit wachsendem Unbehagen zugehört. Nun mußten sie entweder eine überzeugende Antwort finden oder aber schleunigst das Haus verlassen.

»Deine eigenen Worte beinhalten die Antworten auf deine Frage«, entgegnete Simon Petrus. »Alle von dir erwähnten Meister sind Beweis dafür, daß die Menschen auf einen Meister warten. Aber keiner von ihnen ist Jude, und wenn sie auch über besondere Tugenden und Fähigkeiten verfügen, so sprechen sie doch nicht unsere Sprache und gehören nicht unserem Glauben an. Und warum erwarten die Menschen einen neuen Meister? Weil der Geist des Gesetzes verhöhnt wird, weil wir unter einem fremden Joch leben und weil das Gelobte Land durch Denkmäler und Statuen fremder Gotteskulte entweiht wird. Ist dir das etwa entgangen? Es mag ja sein, daß du viel reist, dein eigenes Land aber kennst du vielleicht nicht so gut.«

»Außerdem hast du vorhin Jokanaan erwähnt«, ergänzte Matthäus. »Du dachtest, er sei der Messias. Aber ebendieser Jokanaan hat Jesus als den Messias angekündigt.«

Der Hausherr nickte, und die Frauen im Hintergrund stießen laute

Seufzer der Erleichterung aus. Matthäus konnte nun endlich seinen Wein trinken. In der ganzen Küche breitete sich tiefes Schweigen aus.

»Schenkt meinen Gästen Wein nach«, wies der Gastgeber schließlich die Dienerinnen an, die seinem Befehl eilends nachkamen. »Man lernt nie aus.«

»Lernen ist immer gut«, pflichtete Simon Petrus ihm bei, »denn es bedeutet, ewig jung zu bleiben. Du kennst sicher die Worte der Midrasch: ›Wenn es keine Kinder gibt, gibt es keine Schüler; und wo es keine Schüler gibt, gibt es auch keine Weisen, ohne Weise wiederum keine Meister, ohne Meister keine Propheten, und wo keine Propheten sind, läßt Gott Seine Schechina* nicht wirken.‹ Die Schechina des Herrn möge sich über dieses Haus legen.«

Der Herr erhob sich. »Laßt es euch schmecken und lobt den Herrn, daß Er euch hierher geführt hat«, sagte er. »Mein Haus steht euch offen, solange ihr wollt.«

Die Frauen klatschten Beifall; er tat, als habe er nichts gehört.

»Ich werde euer erster Täufling sein«, schloß er.

Neun Menschen wohnten in dem Haus; sie alle ließen sich am nächsten Tag taufen. Da ein reicher Kaufmann den Anfang gemacht hatte, beeilten sich die Nachbarn am darauffolgenden Tag, dem guten Beispiel zu folgen. Der Rabbi, derselbe übrigens, der sich vor einigen Monaten Jesus widersetzt hatte, versuchte diese Entwicklung aufzuhalten – aber vergebens. Als Argument führte er an, daß in keinem Buch geschrieben stünde, man könne sich mit Wasser von seinen Sünden reinwaschen. Er behauptete, ein solcher Ritus komme dem Heidentum gleich, und auf einer Versammlung der Stadtältesten von Kana ereiferte er sich sehr, als er mit schriller Stimme vor diesem Neuerungen warnte, die die althergebrachte Überlieferung gefährdeten.

Die Stadtältesten nickten nur höflich mit dem Kopf und hielten ihm dann entgegen, daß die Reinigungsriten schon lange vor der Taufe existiert hätten und daß es keinen Grund gäbe, sie als Sünden abzuurteilen wie beispielsweise die Berührung von Frauen während der Regel oder von Leichnamen, und schließlich stellten sie noch fest, daß die Überlieferung Jerusalem nicht gerettet habe. Zweien oder dreien der

* Eine der Gnade vergleichbare göttliche Gunstbezeigung.

Versammelten gelang es, den Rabbi zum Schweigen zu bringen, indem sie mit Verschwörermiene ein paar Verse Jesajas zitierten:

»Groß wird das Königreich sein,
und grenzenloser Friede wird herrschen
auf dem Thron Davids und über seinem Reich,
um ihn zu begründen und zu festigen
in Gerechtigkeit und Redlichkeit
für jetzt und in alle Ewigkeit.«

»... der Thron Davids!« Der Rabbi hatte die Anspielung verstanden; sogar die Stadtältesten glaubten also, daß Jesus der Messias sei. Denn der Rabbi kannte die Verse, die den eben zitierten vorangingen und die einen Erben für den Thron Davids ankündigten. Er hielt den Mund. Doch noch war nicht alles ausgestanden für ihn: Am nächsten Tag, wiederum auf einem Fest – auf Festen hatte er einfach kein Glück –, das ein Kaufmann, ein Freund des Gastgebers der beiden Jünger, veranstaltete, erblickte er Simon Petrus und Matthäus. Er eilte zur Tür, aber Matthäus stellte sich ihm in den Weg. Der Rabbi erblaßte, er hatte Angst vor einem Wortgefecht. Alle Geladenen verfolgten gespannt die Szene. Da erhob sich die Stimme des Simon Petrus, den der Wein dieser Stadt Kana in angriffslustige Stimmung versetzt hatte.
»›Du hast verachtet, was mir heilig ist, und du hast meinen Sabbat entweiht‹, spricht Ezechiel durch die Stimme eines alten Fischers. ›In dir, Jerusalem, haben Verräter Blut vergießen lassen; in dir wohnen Menschen, die an heiligen Stätten Festgelage abhielten und sich ihren Ausschweifungen hingaben ...‹«
Der Rabbi stieß Matthäus mit Gewalt zur Seite und entwischte durch die Tür.
»›... In dir haben Männer das Geschlecht ihrer Väter entblößt, sie haben Frauen während ihrer Regel vergewaltigt!‹« rezitierte Simon Petrus mit Donnerstimme.
So mancher glaubte von der Straße her Verwünschungen zu hören. Aber auf die Sieger wartete der Wein. Einige Gäste blickten zum Himmel auf und sahen die Wolken fliehen, als nähmen sie Reißaus vor dem Mond.

Thomas und Natanael waren nach Hippos aufgebrochen. Thomas hatte diese Wahl getroffen, denn die Bewohner von Hippos sprachen gut griechisch, und als ehemaliger Schüler des Apollonios sehnte er sich nach einer guten, gelehrten Unterhaltung in dieser Sprache. Er hegte keine großen Hoffnungen, viele Menschen in dieser heidnischen Stadt der Dekapolis zu taufen, aber er versicherte Natanael, daß jeder getaufte Heide zwei Juden aufwiege.
»Heißt das, daß du die Juden geringschätzt?« fragte Natanael.
»Sie sind so provinziell geworden!« murmelte Thomas. »Warte nur, bis du Hippos siehst, dann wirst du mich verstehen. Die Straßen sind sauber und hell erleuchtet in der Nacht, und die Leute dort halten Unwissenheit nicht für eine Tugend.« Und da Natanael peinlich berührt schien, fügte Thomas hinzu: »Jesus ist gewiß ein gebildeter Mann, Bruder, die Rabbi dagegen sehen keinen Unterschied zwischen Sokrates und einem alten Topf.«
»Wer ist Sokrates?« erkundigte sich Natanael.
»Siehst du nun, was ich meine, kleiner Jude?« erwiderte Thomas liebevoll lächelnd. »Er war ein sehr berühmter griechischer Meister, der lehrte, daß sogar der Geist sich von sich selbst befreien muß.«
»Ist dein Geist frei, Thomas? Lastet all dein Wissen nicht zu schwer auf ihm?«
Thomas blieb abrupt stehen. »Hör zu«, entgegnete er heftig, »je mehr du weißt, desto schneller arbeitet dein Geist, und je schneller dein Geist arbeitet, desto besser ist dein Urteil.«
Natanael dachte den ganzen Weg bis Hippos über diese Antwort nach. Der Abend dämmerte heran. Rötlich leuchtete der Himmel über der Stadt, und die Sterne der Denkmäler und Statuen waren in ebendieses rötliche Licht getaucht, und ihre goldenen Verzierungen funkelten ... Hunderte von Fackeln ließen die Straße, in die sie einbogen, in hellem Licht erstrahlen, und ihr Schein vermischte sich mit dem Purpur der untergehenden Sonne.
»Man hat den Eindruck, in Samoswein zu baden«, schwärmte Natanael, verzaubert von der Lichterpracht. Er sah zum erstenmal eine römische Stadt.
»Wir riechen nach Schweiß, komm, gehen wir in die Bäder«, schlug Thomas vor.
Sie überquerten den Platz des Hippodroms, überragt von der Zita-

delle, die sich allmählich purpurn färbte. Zwei nackte Männerstatuen standen dort – die eine stellte Apollo dar, die andere Herkules –, und sie wirkten wie Menschen aus Fleisch und Blut. Natanael schoß die Schamröte ins Gesicht. Als sie bei den Bädern ankamen, schritt Thomas durch die weit ausladende Säulenhalle voran und hinein in die feuchten, duftenden Dunstschwaden, wobei sie andere, noch anstößigere Statuen passierten. Natanael folgte ihm nur widerwillig und fragte sich gerade, ob dies hier wirklich eine Badeanstalt sei und kein Palast, wenn nicht gar irgendein heidnischer Tempel, als Thomas plötzlich einen der Aufseher, einen muskelstrotzenden Syrier, herbeirief und mit spöttelnder Autorität das Wort an ihn richtete, was seinen Gefährten endgültig aus der Fassung brachte.

»Könntest du dich wohl nach einem Gast umsehen, der sich gern von zwei gebildeten Männern unterhalten läßt, während er das Produkt seiner Ausschweifungen ausschwitzt«, bat ihn Thomas. »Wenn du einen findest – was ich nicht bezweifle, denn er wird es dir lohnen –, sag ihm, daß ich viel gereist bin, mehrere Sprachen spreche und Heilmittel gegen Gicht, müde Glieder und Haarausfall kenne, daß ich aber auch über Philosophie diskutieren, ja sie sogar lehren kann, gleich, ob es sich um Stoizismus, Epikureismus, Gnostizismus oder Buddhismus handelt, daß ich im Mithras- und Isiskult bewandert bin und auch über Astrologie Bescheid weiß. Kannst du das auch alles behalten?« fragte Thomas und wiederholte seine Frage auf syrisch, dann auf griechisch. »Wenn du diesen Gast gefunden hast, versichere ihm, daß du ihm einen bedeutenden Dienst erweist.«

Der Syrier, ein alter, mit allen Wassern gewaschener Fuchs, runzelte zunächst die Stirn, grinste dann und machte sich auf die Suche. Natanael schnappte fassungslos nach Luft.

»Wenn dich solche Kleinigkeiten schon aus den Sandalen kippen«, bemerkte Thomas, »wie wird es dir dann erst ergehen, wenn du dem Teufel begegnest!«

»Wir befinden uns hier ja schon in der Hölle!« schnaufte Natanael.

»Bete zu Gott, daß die Hölle so aussieht!« gab Thomas zurück. »Dies sind nur öffentliche Bäder, in denen die Menschen ihren Körper reinigen und Zerstreuung suchen. Du, wisch dir die Augen aus, dann entdeckst du sicher Leute, die uns brauchen können.«

»Jesus würde keinen Fuß in einen solchen Ort setzen«, hielt ihm Natanael vor.

»Er hat sogar beide Füße in diesen Ort gesetzt«, erwiderte Thomas. »Und das nicht nur einmal.«
Natanael unterdrückte einen Ausruf der Überraschung. Der Syrier kehrte in Begleitung eines Mannes zurück, dem die faltige Haut schlotternd wie ein Leintuch um den Körper hing.
»Das ist der Mann«, meinte der Syrier, wobei er mit dem Finger und seinem gespaltenen Bart auf Thomas zeigte.
Der andere war drei Schritte vor ihnen stehengeblieben und stellte sich breitbeinig hin, vielleicht, um eine herausfordernde Haltung einzunehmen, vielleicht aber auch nur, um besser das Gleichgewicht halten zu können.
»Was läßt die Steine den Berg hinunterrollen?« fragte er ganz plötzlich.
»Der Wind oder ein Ziegenhuf, wird der Bauer dir sagen. Der Ruf unserer Mutter, der Erde, antwortet dir der Weise.«
»Und was bringt die Steine zum Stillstand?« fragte der Mann unfreundlich weiter.
»Der Aufprall gegen einen größeren Stein oder ihre äußere Form, wird dir ein oberflächlicher Mensch sagen; das Nachlassen ihres Schwunges, antwortet dir der Weise.«
Der Mann nickte. »Und wenn ich einen Stein werfe, während ich mich um mich selbst drehe, wird dann seine Flugbahn kreisförmig oder geradlinig sein?« wollte er weiter wissen.
»Geradlinig, es sei denn, du bist ein Riese, der den Mond um die Sonne wirft«, erwiderte Thomas.
»Ausgezeichnet!« rief der Mann mit einem plötzlichen Lächeln aus, das eine recht lückenhafte Zahnreihe zum Vorschein brachte; er rieb sich die Hände. »Ich nehme also an, daß du die Bewegungen der Steine keinen übernatürlichen Kräften, wie zum Beispiel denen der Götter, zuschreibst?«
»Ich bin nicht eingeweiht in die göttlichen Gepflogenheiten«, entgegnete Thomas, »aber ich habe mir sagen lassen, daß sie ihre Launen haben, und ich weiß, daß nur Narren Wetten über Launen eingehen. Wer könnte zum Beispiel zu behaupten wagen, ein Gott ändere nie die Flugbahn eines Würfels?«
Der Alte brach in schallendes Gelächter aus, was sämtliche Hautfalten an seinem Körper zum Erzittern brachte. »Bring uns Met und

Wein«, wies er den Syrier an. »Und ihr, kommt mit herein«, forderte er Thomas und Natanael auf, »ihr seid meine Gäste.«
Ein anderer Aufseher half Thomas beim Auskleiden. Natanael sah zu, wie sein Gefährte sich entblößte, er betrachtete den knotigen Körper und blickte mit ungläubigen Augen auf die behaarten Beine und den Bauch, auf den Kontrast zwischen dem sonnengebräunten Hals und der bleichen Brust und auf die traurig zwischen den weißen Schenkeln baumelnden Genitalien. Er stieß einen Seufzer aus, und ein Schwindelgefühl erfaßte ihn, als er, gegen seine eigenen Prinzipien, sich ebenfalls auszog und neben Thomas auf eine Bank setzte.
»Ich heiße Hippolytos«, stellte sich ihr Gastgeber vor. »Ich war Kaufmann, bis ich zu Reichtum gekommen bin.«
»Ich heiße Thomas von Didyma und mein Begleiter hier Natanael. Er stammt aus Galiläa. Bist du Grieche?«
»Meine Mutter kam aus Griechenland. Mein Vater war Syrier, und seine Mutter war Idumäerin, in deren Adern auch ein wenig nabatäisches Blut floß. Warum interessiert dich das?«
»Du hast von den Göttern gesprochen, daraus habe ich gefolgert, daß du kein Jude bist«, antwortete Thomas lächelnd.
»Bist du Jude? Mir wollte nie in den Kopf gehen, weshalb die Juden so stur auf einem einzigen Gott bestehen«, entgegnete Hippolytos. »Im Grunde – da wir nun mal an göttliche Kräfte glauben müssen – ist die Vorstellung, die Fruchtbarkeit einer Frau werde von den gleichen Kräften beeinflußt wie zum Beispiel der Wind, einfach grotesk. Der Gedanke, daß ein einziger Gott für alles verantwortlich ist, birgt meiner Ansicht nach die große Gefahr, daß man der Illusion erliegt, sich selbst für einen Gott zu halten.«
Ein Bediensteter brachte einen Krug Met und einen zweiten mit Wein herbei. Syrische Trinkgläser wurden ihnen gereicht.
»Trinkt ein wenig Met vor dem Schwitzen«, forderte Hippolytos sie auf, »das hilft. Trink, junger Mann«, meinte er zu Natanael, »der Met weckt die irdischen Geister in einem Mann, und wie könnte man sich brüsten, ein Mann zu sein, wenn man seinen irdischen Geistern ängstlich ausweicht?«
Thomas hatte sein Glas längst geleert, als Natanael, dem äußerst unbehaglich zumute war, sich erst die Lippen benetzte.
»Ich fürchte, deiner Begründung nicht ganz folgen zu können«, fuhr

Thomas fort. »Warum sollte die Anbetung eines einzigen Gottes die Illusion der eigenen Göttlichkeit nach sich ziehen?«

»Das ist ganz einfach«, erwiderte Hippolytos, während er seine Beine ausstreckte und sich mit der Hand über den Bauch strich. »Wenn man mehrere männliche und weibliche Götter hat, läuft man nicht Gefahr, sich mit ihnen zu identifizieren. Denn man neigt immer dazu, den Göttern seine eigenen Züge zu verleihen. Ich zum Beispiel habe eine Vorliebe für Dionysos, nicht nur – wie ihr euch vielleicht denkt – weil er ein großer Trinker ist und ein ausschweifendes Leben zu führen scheint, sondern weil er der Verrücktheit, die im Innersten von uns allen steckt, von Zeit zu Zeit freien Lauf läßt, und ich halte es für durchaus heilsam, seine verborgensten Triebe herauszulassen. Wenn man seinen Dämonen gelegentlich freien Lauf läßt, regt man sie dazu an, ihre Kräfte zu verschwenden, danach brauchen sie eine Erholungspause und lassen einen in Frieden. Andere wiederum sind Apollo, Diana oder Venus zugetan, und sie neigen ebenfalls dazu, sich mit ihnen gleichzusetzen. Aber wenn man nur einen einzigen Gott verehrt, mit dem man vom ersten bis zum letzten Tag und vom Morgengrauen bis zur Abenddämmerung konfrontiert ist, identifiziert man sich nicht nur mit ihm, sondern mit der gesamten Gottheit als solcher. Die Juden verspüren ein viel stärkeres Bedürfnis, sich mit ihrem Gott gleichzusetzen, denn wenn sie ihn nicht vorschriftsmäßig anbeten, fallen sie seinem Gegenspieler, dem Teufel, in die Hände. Die Juden haben ganz augenscheinlich Angst vor dem Teufel und flehen ihren Gott unentwegt an, sie doch vor dessen Klauen zu bewahren. Natürlich führt das – zumindest ihrer Meinung nach – dazu, daß dieser Gott immer höhere Anforderungen stellt … Nehmt doch noch ein wenig Met … Die Juden scheinen sich noch nie die Frage gestellt zu haben, ob dieser Teufel nicht weniger aggressiv wäre, wenn sie auch ihm hin und wieder Ehre erwiesen, denn er könnte schließlich ein Teil ihrer selbst sein, ebenso wie sein Feind.«

Wahre Bäche von Schweiß rannen Natanael nur so den Körper hinab und färbten seine ersten sprießenden Brusthaare dunkler; der junge Mann preßte seine Hände so heftig gegen die Knie, daß alles Blut aus seinen Fingern wich.

»Dein Gefährte macht einen recht gequälten Eindruck«, meinte Hippolytos zu Thomas. »Er hat noch kein einziges Mal den Mund aufgemacht, und man könnte meinen, er fällt jeden Augenblick in Ohnmacht. Sollen wir vielleicht lieber das Thema wechseln?«

»Nein, ganz im Gegenteil!« rief Thomas aus. »Diese Gespräche sind bestens dazu geeignet, den Geist beweglich zu halten! Natanael müßte viel öfter solche Reden hören. Das kalte Wasser im Schwimmbecken wird gleich wieder Leben in ihn bringen.«

»Vielleicht würde ihm ein wenig Essen guttun«, schlug Hippolytos vor, dem Natanaels Verstimmung oder Übelkeit ernsthafte Sorgen bereitete. Er rief abermals den Syrier herbei, um getrockneten Fisch, sauren Käse und Oliven zu bestellen.

»Warum bemühst du dich so aufmerksam um mich?« fragte Natanael mit unmißverständlich gereiztem Unterton in der Stimme, langte dann aber doch tüchtig zu, als die Appetithäppchen aufgetragen wurden.

»Mein Junge«, erwiderte Hippolytos lachend, »vielleicht verhalte ich mich nur so, um dir zu beweisen, daß Skepsis mehr Freundlichkeit hervorzubringen vermag als steife Frömmigkeit und daß mehrere Götter die Toleranz viel stärker fördern als ein einziger Gott.«

Natanael wiegte nachdenklich den Kopf.

»Und nun laßt euch massieren«, fuhr Hippolytos fort, »in einer Stunde treffen wir uns wieder hier. Ich will euch zu einem richtigen Essen einladen. Eure Gesellschaft ist wirklich unterhaltsam.«

Als sie den niedrigen Warmluftraum betraten, begann Natanael so übermäßig stark zu schwitzen, daß mehrere der Anwesenden ihn neugierig musterten.

»Leidet der junge Mann an einem Fieber?« wollte ein Gast wissen.

»Nein, er hat nur Wut im Bauch«, entgegnete Thomas.

»Die Jugend ist immer wütend«, bemerkte der Mann.

»Ist er dein Liebhaber?«

»Nein«, antwortete Thomas lächelnd.

Natanael, der die Frage gehört hatte, stürzte Hals über Kopf aus dem Sudatio. Thomas fand ihn im Kaltwasserbecken wieder, wo er voll grimmigen Ungestüms das Wasser durchpflügte. Als er Thomas erblickte, schwamm er auf ihn zu und setzte sich auf den Rand des Schwimmbeckens.

»Dieser Ort ist schlimmer als die Hölle«, bemerkte er düster.

»Dann mußt du eben die Hölle kennenlernen«, gab Thomas ruhig zu-

rück, »denn es gehört auch zu deiner Aufgabe, die menschliche Natur zu bezwingen.«
Die energische Massage, die ihm ein Äthiopier mit stählernen Fingern verabreichte, besänftigte Natanael schließlich. Er hatte zunächst an den duftenden Balsamen Anstoß genommen, aber von einer Massage ohne Balsam wollte der Äthiopier nichts wissen. Als die beiden Gefährten wieder vor Hippolytos erschienen, war Natanael beinahe freundlich gestimmt.
»Ich sehe schon, die heidnischen Sitten in den römischen Bädern haben den Zorn aus dem Gesicht unseres jungen Freundes vertrieben.« Hippolytos lächelte. »Erlaubt mir die Frage: Was führt euch nach Hippos?«
»Wir verbreiten die Lehre des Jesus«, erwiderte Thomas.
»Wer ist Jesus?«
Die Jünger sahen sich ungläubig an.
»Erstaunt euch meine Frage? Ich habe noch nie von einem Jesus gehört, der eine Lehre verbreitet, obwohl ich viele Männer namens Jesus in Palästina kenne.«
»Wir sprechen vom Messias«, sagte Natanael und gebrauchte dabei das aramäische Wort, da er nicht wußte, was Messias auf griechisch hieß.
»Khristos, der die Salbung empfangen hat«, murmelte Hippolytos. »Ist er euer neuer Hoherpriester?«
»Nein.«
»Hat Rom etwa in einer seiner Provinzen einen neuen König ernannt?« fragte Hippolytos mit einem Anflug von Ungeduld.
»Nein.«
»Was versteht ihr dann unter Khristos?« beharrte Hippolytos. »Nur Hohepriester und Könige erhalten die Salbung!«
»Er wird sie empfangen«, entgegnete Thomas.
»Ihr seid also Propheten«, folgerte Hippolytos. »Es ist schon seltsam, daß einzig und allein die Juden Propheten sind. Weder die Griechen noch die Römer und auch nicht die Parther oder die Ägypter haben oder hatten je Propheten. Die Juden blicken immer in die Zukunft, und jetzt also warten sie auf einen König.«
Er stand auf, und der Syrier eilte herbei, um ihm in seine Kleider zu helfen.

»Ich denke, unser Essen wird gleich fertig sein«, sagte er.
»Du mußt Gott fürchten!« mahnte Natanael mit erhobener Stimme.
»Und du, warum fürchtest du denn Zeus nicht?«
»Er ist nicht mein Gott.«
»Jahwe ist auch nicht meiner«, gab Hippolytos zurück, »und ich drohe dir ja auch nicht mit den Blitzen des Zeus. Der Glaube schließt höfliches Benehmen keineswegs aus.«
Er reichte dem Syrier eine Münze, der daraufhin eine Verbeugung nach der anderen machte. Alle drei verließen sie das Badehaus. Der Abend war kühl und klar. Sie gingen zu dem Haus ihres Gastgebers, einem sehr großen und reich geschmückten Haus mit zahlreichen Dienern. Das Essen wurde aufgetragen; es gab blumig duftenden Wein, hervorragenden Fisch, erlesenes Geflügel und schmackhaftes Brot. Über Natanaels Gemüt hatte sich wieder ein Schatten gelegt. Thomas sprach von Magie, vom Geist und von der Materie, von der Heilkraft der Tonerde für die Eingeweide und von den positiven Einflüssen verschiedener Musikrhythmen auf die Stimmung. Und ebendiese brillante Wortführung, die Leichtigkeit, mit der er eine Idee aufgriff, sie von verschiedenen Seiten beleuchtete, um sie so in bestem Licht darzustellen, bevor er auf einige Trugschlüsse hinwies und den ganzen Gedanken wieder verwarf, regten Natanael im selben Maße auf, wie sie ihren Gastgeber anregten. Welchen Nutzen hatte diese Zurschaustellung »griechischer« Geistesbildung? War diese elegant verpackte Skepsis überhaupt mit der heißen, erobernden Inbrunst eines Herolds des Messias zu vereinbaren? Warum hatte Thomas, seit sie am Tisch saßen, noch kein einziges Mal Jesus erwähnt?
Thomas erriet die Gedanken seines Gefährten, als er so, nach Art der Römer auf seinen linken Arm gestützt, auf dem mit einem Teppich bedeckten Triklinium vor dem Tisch lag. Er warf einen gespielt bewundernden Blick auf den in Stein gehauenen Widderkopf auf seinem Alabaster-Rhyton und meinte dann ganz beiläufig, daß sein junger Freund offensichtlich darauf warte, endlich den Grund ihres Aufenthalts in dieser Stadt der Dekapolis bekanntzugeben.
»Ihr habt ihn in den Bädern schon erwähnt«, bemerkte Hippolytos, »und habt mich damit nicht überzeugt.«
»Ja, auf den ersten Blick«, entgegnete Thomas, »mag unser Beweggrund nur für Juden, ja sogar nur für einige unter ihnen, von Interesse

sein. Auch scheint es recht abwegig, daß er reiche Leute wie dich, Hippolytos, interessiert. Aber bei näherem Hinsehen könnte sich diese Sichtweise ändern. Die Religion ist nicht nur ein Pfeiler für Städte und Königreiche, wie das in Rom der Fall ist; sie ist auch eine persönliche Angelegenheit, eine Möglichkeit, in enge Beziehung zu einer unsterblichen Macht zu treten. Ich würde sie als eine Gewissensfrage bezeichnen, mein lieber Hippolytos. Es ist schwierig, einen fruchtbaren Umgang mit den überirdischen Mächten zu pflegen, wenn man ständig den Gesprächspartner wechselt und von einer imaginären göttlichen Ausdrucksform zur nächsten springt, von Athene zu Hera und von Apollo zu Dionysos. So verfällt man letztendlich in eine gewisse Unbeständigkeit. Die Gottheit ist keine Münze mit zwei Seiten und auch kein am Himmel hängender Spiegel, wie du anzunehmen scheinst.«

Hippolytos lächelte. »Mein lieber Thomas«, erwiderte er, »aber ihr Juden habt doch genau das getan, was du uns Nichtjuden vorwirfst! Ihr habt unseren Zeus zu einem anderen, noch väterlicheren Gott gemacht, und der einzige große Unterschied zwischen den beiden ist der, daß ständig der Zorn eures Gottes über euch zu hängen scheint und der Widerschein eurer Ängste im Himmelsspiegel euch schließlich so stark in Mitleidenschaft gezogen hat, daß ihr euer ganzes Leben in zitternder Furcht und Schrecken verbringt!«

»Alles, was recht ist!« schnaubte Natanael empört.

»Wir haben es vielleicht ungeschickt angestellt«, räumte Thomas ein, »aber wir sind der immateriellen Wesenheit Gottes gewiß viel näher gekommen als ihr.«

»Diese Äußerung scheint mir entweder von mangelndem Respekt oder von fehlenden Kenntnissen zahlreicher Religionen, wie dem Mithraskult oder der Religion der Ägypter, zu zeugen. Wenn unsere Götter deiner Meinung nach zu menschlich sind, so kann ich dir nur entgegenhalten, daß Mithras und Osiris geradezu übermenschlich sind. Und manchmal habe ich den Eindruck, daß die menschlichen Götter viel zugänglicher sind und den Sterblichen folglich weit mehr Trost spenden als so furchterregende Götter wie der eure. Das beweist allein schon die Tatsache, daß es in den Zehn Städten geradezu wimmelt von Juden, die sich, ihrer Angst endlich überdrüssig, Wein, Weib und Gesang hingeben. Außerdem wissen wir alle, daß die Juweliere der Dekapolis fast ausschließlich vom Handel mit heidnischen Amuletten leben, da sie in den Juden gute Abnehmer finden«, bemerkte Hippolytos, während er sich Wein nachschenkte. Daraufhin wandte er sich Natanael zu: »Wenn du eine jüdische Frau entkleidest, dann wirst du schon sehen, wie viele Abbilder Baals neben den Gebetsriemen auf ihrer Brust hängen, und wenn du einen Blick unter ihre Matratze wirfst, wirst du staunen, wie viele kleine, namenlose Götter mit erigiertem Glied dort schlummern! Frag doch die Besitzer unserer Bordelle, die am allermeisten auf blutjunge Sklavinnen, vor allem Nubierinnen, aus sind. Was ist das für ein Glaube, der …«

»Nein!« rief Natanael.

»Doch«, gab Hippolytos zurück, »ich weiß, wovon ich rede! Was ist das also für eine Religion, die die Menschen zwingt, im Krieg mit sich selbst zu leben? Bei mir, meine Lieben, seid ihr jedenfalls an den Falschen geraten. Bei allen, die Macht und Ruhm besitzen, werdet ihr, wie du schon sagtest, Thomas, auf taube Ohren stoßen.« Er leerte sein Rhyton und wischte sich mit dem Handrücken den Mund ab. »Ihr müßtet Bettlern predigen, Kranken, Ausgestoßenen, Verbrechern, Sklaven, Prostituierten, all jenen von den Göttern selbst Verdammten. Sie allein hoffen auf einen Befeier. Wir Heiden hingegen, wir sind schon frei.«

Drückende Stille herrschte im Raum, wie ein bleischwerer Vorhang legte sie sich über die bunten Girlanden an den Wänden und über die bestickte Tischdecke. Natanael richtete sich von seinem Lager auf, schlüpfte in seine Sandalen, verbeugte sich schweigend vor dem Hausherrn und ging hinaus. Auch Thomas setzte sich auf.

»Das war ein fürstliches Abendessen«, meinte er.

»Nur eine kleine, deinem Wissen und der Unschuld deines Freundes unwürdige Ehrerbietung«, antwortete Hippolytos mit abwesendem Blick.

Draußen, an einer Mauer lehnend, wartete Natanael. Thomas stellte sich breitbeinig vor ihn hin.

»Ich bin verzweifelt«, sagte Natanael. »Ich fühle mich ausgelaugt und schmutzig.«

»Dein Glaube ist viel zu schwach«, entgegnete Thomas. »Mir geht es nicht so wie dir. Jedenfalls bekommt man nur auf steinigem Gelände geübte Beine. Oder aber man gerät außer Atem, so wie du.«

»Ich bin verloren!« schrie Natanael in die einsame Nacht. »Was kannst du oder irgend jemand anderer mir noch an Trost spenden? Ich stehe hier und frage mich, ob ich nicht vielleicht wahnsinnig bin oder du ein lasterhafter Mensch, und womöglich ist Jesus selbst verrückt. Vielleicht trifft auch alles gleichzeitig zu.«
»Komm, gehen wir«, schlug Thomas vor. »Was bringt dich auf den Gedanken, daß Jesus verrückt sein könnte?«
»Wie bitte!?« Natanael schrie beinahe. »Weißt du denn nicht mehr, was er im Haus des Simon Petrus gesagt hat? Oder solltest du es schon wieder vergessen haben? Daß er gekommen ist, um den Sohn gegen seinen Vater aufzubringen? Und dabei durchklingen ließ, er sei die nahende Vollkommenheit?« Er seufzte. »Wie habe ich doch mein Leben vergeudet!«
Sie waren an einer der breiten und hell erleuchteten Verkehrsadern von Hippos angelangt. Ein Knabe zog mit einem blumenbeladenen Esel an ihnen vorüber; sicherlich waren die Blumen zur Destillation von Duftessenzen bestimmt. Der Junge streichelte den Kopf des Tieres und hielt ihm eine Karotte hin.
Natanael brach in Tränen aus. »Warum habe ich mich nur dazu entschlossen, einem Mann zu folgen, der mich gegen meinen eigenen Vater aufbringen will und in dessen Namen ich womöglich noch im Gefängnis ende! Und dabei verlief mein Leben so ruhig ...«
»Niemand zwingt dich, ihm zu folgen«, warf Thomas ein.
»Ich liebte ihn.«
»Vielleicht liebst du ihn nur oberflächlich. Das kommt vor.«
»Und du, warum folgst du ihm?«
»Das ist eine lange Geschichte«, erwiderte Thomas und wiegte dabei bedächtig seinen Kopf. »Er besitzt einen Schlüssel ...«
»Welchen Schlüssel?«
»Ich weiß nicht, ob du mich verstehen wirst. Er zeigt uns, daß die Gottheit in Wahrheit in uns geboren werden muß.«
»Und der Preis dafür ist unser Leben?«
»Wozu nützt denn das Leben, wenn man nichts damit kauft?«
»Warum hat er sich nur so verändert, seit er aus den Bergen zurückgekehrt ist?«
»Jokanaan wurde festgenommen, und bald wird er tot sein.«
»Und?«

»Jokanaan hätte der Messias sein können. Nun bleibt nur noch Jesus. Jetzt darf nicht mehr gezögert und gezweifelt werden. Jeder muß seine Aufgabe erfüllen. Jesus hatte recht, als er sagte, er sei gekommen, um den Sohn gegen seinen Vater aufzubringen. Alle Väter werden an der alten Religion festhalten.«
»Der alten Religion?«
»Die jüdische Religion liegt im Sterben.«
»Sind wir denn keine Juden mehr?«
»Ich glaube, die Juden sind dazu aufgerufen, sich zu ändern«, erwiderte Thomas. »Schwere Zeiten kommen auf uns zu.«
Sie kamen am Hippodrom an. Es roch nach Pferdemist.
»Und wir haben noch keinen einzigen Menschen getauft«, bemerkte Natanael.
»Aber wir haben eine gute Lehre erteilt bekommen. Die Reichen werden uns kein Gehör schenken, ganz wie Hippolytos es angekündigt hat. Morgen gehen wir also in die Armenviertel.«
»Ich bin todmüde«, sagte Natanael. »Ich möchte nur noch schlafen, schlafen, schlafen …«

XVI.

Hannas, der Realist

Josef von Arimathäa hatte Probleme mit der Verdauung. Da er nur zwei Löffel Quark und drei getrocknete Feigen gegessen hatte, vermutete er, daß eigentlich nur seine verdrießliche Stimmung daran schuld sein konnte. Er hatte eine bestimmte Vorahnung von etwas Kaltem und Klebrigem, dem er in Kürze ausgesetzt sein sollte. Und die Gruppe Seminaristen, der er begegnete, als er sich einen Weg durch den Tempelbazar bahnte, war auch nicht dazu angetan, seine Laune zu heben. Am hellichten Tag liefen sie mit geschminkten Lippen umher wie Huren, in ihren bunten, bestickten Jäckchen, die sie bis zum Nabel offen trugen, um ihren muskulösen Oberkörper nur ja zur Geltung zu bringen, nein, so etwas! Er hatte diese jungen Leute sogar im Verdacht, daß sie sich ihre Brustwarzen mit Koschenille oder Henna färbten. Sie alle waren Söhne der Sadduzäer und machten sich über seine pikierte Miene nur lustig. Und das alles mußte ihm genau jetzt widerfahren, da er dem Ältestenrat gegenübertreten mußte, den er um eine außerordentliche Sitzung gebeten hatte! Mit diesem Halunken Gedalja würde er das zweifelhafte Vergnügen haben ...

Da war er ja auch schon, er und sein Lächeln. »Friede sei mit dir, Josef.«

Josef unterdrückte einen Seufzer. »Friede sei mit dir, Bruder Gedalja.«

Ein paar Tauben verirrten sich zwischen ihre Füße, und um ihnen auszuweichen, vollführte Gedalja hysterische Sprünge, als wären sie Ratten.

Gleichzeitig mit Josef und Gedalja trafen auch die anderen Mitglieder des Sanhedrin am hasmonäischen Palast ein. Begrüßungen und Segenswünsche wurden ausgetauscht, auf kurze Fragen nach dem Befinden folgten lange, ausführliche Antworten. Sie nahmen ihre Plätze auf den Rängen ein. Das Licht schmerzte Josef von Arimathäa in den Augen.

»Unser ehrwürdiges und allseits geachtetes Ratsmitglied, Josef von Arimathäa, hat uns um diese Versammlung gebeten, um unsere Meinung über einen seiner Ansicht nach äußerst wichtigen Punkt zu hören«, kündigte Gedalja an.

Josef konnte sich gerade noch zurückhalten, seinen Unmut zu zeigen; er hatte nie gesagt, daß die von ihm aufgeworfene Angelegenheit von äußerster Wichtigkeit sei, aber er sah schon ein, daß eine außerordentliche Versammlung des Hohen Rates auch einer besonderen Begründung bedurfte, und im Grunde handelte es sich ja tatsächlich um eine sehr dringliche Frage.

»Bitten wir den Allmächtigen, uns mit Seinem Rat beizustehen«, sagte Gedalja.

Hannas, der Hohepriester, legte seinen Fächer weg und begann mit unverändert gelangweiltem Gesichtsausdruck lautlos seine Lippen zu bewegen. Josef hingegen betete nicht; er war verärgert. Dem Gebet folgte ein Augenblick des Schweigens. Dann erhob sich Gedalja und schritt auf der kleinen freien Fläche auf und ab, die sich in der Quadernhalle, ihrem Tagungsort, zwischen der Ratstribüne und der Balustrade befand, hinter der gewöhnlich Zeugen und Angeklagte erschienen. Heute traten natürlich keine Zeugen auf, auch keine Angeklagten und Wachen, von den zwei diensthabenden Leviten an der Pforte einmal abgesehen.

»Unser Mitbruder, Josef von Arimathäa, würde gern wissen, ob die Schechina des Herrn einem Menschen zuteil werden kann, der sich in mancherlei Hinsicht einer solchen Ehre als unwürdig erweist.«

»Ein Eunuch zum Beispiel?« fragte Esra ben Matthias.

»Nein, an einen Eunuchen dachte ich nicht«, entgegnete Josef.

»Gut«, meinte Esra mit seiner rauhen Stimme, »ich hatte auch nicht bezweifelt, daß du dich an die Worte des Leviticus erinnerst. An wen dachtest du?«

»Ich möchte wissen, ob die Schechina einem ganz gewöhnlichen Menschen zuteil werden kann.«

»Die Schechina ruht auf der westlichen Tempelmauer«, erklärte Levi ben Pinhas, wobei er an seinem Gebetsriemen herumfingerte, »folglich kann man annehmen, daß sich der Geist des Herrn über all jene senkt,

die sich in der Nähe dieser Mauer aufhalten oder an ihr entlanggehen. Aber diese Gnade widerfährt ihnen nur, solange sie unmittelbar an dieser Mauer sind. Jedermann empfängt also vorübergehend die Schechina, deshalb begeben sich auch alle Menschen, die eine schwierige Entscheidung zu treffen haben, an diese Mauer. Da du das alles weißt, Josef, denkst du vermutlich an ein längeres Verweilen der Schechina, eine Gnade, die nur Hohenpriestern und Auserwählten widerfährt. Gehe ich richtig in dieser Annahme?«
Betont bedächtig fächelte Hannas seinem Gesicht Kühlung zu.
»Ich dachte tatsächlich an eine längerwährende Gnade«, antwortete Josef.
»Bevor wir überhaupt einmal die Möglichkeit eines derart außergewöhnlichen Falles in Betracht ziehen«, bemerkte Esra, wobei er sein Kinn wichtigtuerisch tief in die Brust vergrub, »würden wir gern erfahren, wie du denn in Anwesenheit des Menschen, von dem du nicht genau weißt, ob er die Schechina empfangen hat oder nicht, nachprüfen willst, ob ihm diese Gnade auch wirklich durch Gott widerfahren ist, oder ob sie nicht vielmehr eine Gunstbezeigung des Teufels ist?«
»Nun ja, ich vermute ...«, begann Josef von Arimathäa mit leicht ärgerlichem Unterton in der Stimme.
»Mein Meister Mattathias hat mich gelehrt, niemals Vermutungen anzustellen!« fiel ihm Esra ins Wort. »Entweder stehen die Dinge im Gesetz geschrieben oder nicht!«
»Dein vortrefflicher Meister Mattathias hat dir aber sicherlich auch beigebracht, einen Amtsbruder beim Sprechen nicht zu unterbrechen«, wies ihn Josef zurecht. »Wie ich schon sagte, man muß einen Baum nach seinen Früchten beurteilen, und es ist nicht schwer, einen mit der Schechina begnadeten Menschen von einem vom Teufel Besessenen zu unterscheiden. Meine hier anwesenden Amtsbrüder«, sagte Josef, indem er sich nach rechts, dann nach links wandte, »glauben sicher nicht, daß eine Verwechslung möglich ist.«
»Darüber läßt sich streiten!« rief Esra aus und strich sich mit hintergründigem Lächeln durch den Bart. »Haben all unsere Meister uns denn nicht gelehrt, daß es erlaubt, wenn auch gefährlich ist, den Schedim anzurufen, um unheilbar Kranke mit Zauberkraft zu behandeln? Mein Meister Mattathias mußte einmal zur Heilung einer Frau durch einen Magier, der den Schedim angerufen hatte, Stellung neh-

men. Die Frau, die an der Fallsucht litt, wurde geheilt, aber ihr Ehemann wollte keinen Geschlechtsverkehr mehr mit ihr haben, bevor sie nicht für rein erklärt wurde und der Magier von jeglicher Schuld freigesprochen war ...«

Hannas saß mit halb geschlossenen Augen da und fächelte sich immer noch Luft zu.

»... tja«, schloß Esra, »die Frau wurde für rein erklärt und der Magier freigesprochen, wenn auch mit dem Hinweis, leichtfertig gehandelt zu haben. Aber in dem von meinem geschätzten Mitbruder, Josef von Arimathäa, angenommenen Fall – handelt es sich dabei tatsächlich nur um einen angenommenen Fall? – sieht die Sache anders aus, denn man müßte zwischen der Schechina und der Auswirkung des Schedim unterscheiden können. Hierzu wiederum bedürfte es der Feststellung, ob die von uns und von Zeugen wahrgenommenen Zeichen wirklich den auf eine göttliche Absicht hinweisenden Erfordernissen entsprechen. Der Allmächtige verleiht die Schechina schließlich nicht grundlos. Diese Zeichen ...«

»Du wirst uns hier doch jetzt nicht alle Zeichen aufzählen wollen, die für die Anerkennung der Schechina erforderlich sind«, fuhr ihm Hannas unvermutet dazwischen. »Mich würde vielmehr interessieren, ob unser Ratsmitglied Josef von Arimathäa an eine bestimmte Person denkt.«

»Ja«, antwortete Josef, »an Jesus.«

Sandalen scharrten auf der Tribüne, ein Hüsteln und Räuspern ging durch die Reihen. Der ganze Sanhedrin lag auf der Lauer.

»Glaubst du wirklich, daß diesem Mann, Jesus von Galiläa, möglicherweise die Schechina verliehen wurde?« erkundigte sich der Hohepriester. »Und wenn ja, was bringt dich auf diesen Gedanken?«

»Er heilt Menschen, verlangt aber kein Geld dafür. Und in den fünf Provinzen wie auch in Jerusalem glauben nun schon Tausende, daß er der Messias ist.«

»Na, hör mal!« rief Esra höhnisch. »Wird von diesem Jesus nicht behauptet, er sei der Sohn eines verstorbenen Priesters, Josef ben Jakob, aus Bethlehem?«

»Genau der ist er auch«, antwortete Gedalja. »Die Geschichte seiner Geburt war allerdings recht außergewöhnlich. Seine Mutter, die der Obhut Josefs, eines geachteten Nazareners, anvertraut worden war, wurde unter mysteriösen Umständen schwanger, ohne indessen verheiratet zu sein. Und Josef ben Jakob mußte auf Anweisung des damaligen Hohenpriesters Simon das Mädchen heiraten. Das Kind erkannte er als sein eigenes an.«

»Sollen wir etwa glauben, daß einem Menschen, der möglicherweise sogar ein Bastard ist, die Schechina zuteil wurde?« brauste Esra plötzlich auf. Er erhob sich und schrie mit puterrotem Kopf: »Träume ich das alles nur, oder ist dieser Jesus wirklich derselbe Mann, der vergangenes Jahr an diesem heiligen Ort einen Skandal verursacht hat, indem er sich mit den Händlern des Bazars prügelte? Denkst du an ebendiesen Mann, Josef von Arimathäa? Wenn dem so ist, dann fordere ich eine Entschuldigung von dir!«

»Eine Entschuldigung wirst du von mir nicht zu hören bekommen, Esra«, gab Josef zurück. »Mehrere meiner hier anwesenden Amtsbrüder sind nämlich auch der Meinung, daß es mit dem Handel im Tempel nicht so weitergehen kann, und jedermann hat schließlich das Recht, eine Frage zum Gesetz zu stellen.«

»Die Frage wurde gestellt, und es ist nun unsere Aufgabe, eine Antwort darauf zu finden«, meinte Levi ben Pinhas. »Du hast gesagt, Josef, daß er Menschen heilt und kein Geld dafür nimmt. Diese Tatsache«, fuhr er fort, indem er sich Esra zuwandte, »genügt meiner Ansicht nach, um Josefs Frage als berechtigt zu erachten, und zwar ungeachtet dessen, was über Jesus' Herkunft berichtet wurde. Wenn ihr mir erlaubt, meine persönliche Meinung kundzutun, so würde ich sagen, daß die Heilung von Kranken – gesetzt den Fall, der Mann ist weder Magier noch Arzt – in der Tat als Beweis einer besonderen Macht angesehen werden kann, die nur ein Mensch besitzt, dem Gott der Allmächtige herausragende Gaben verliehen hat.«

»Er ist weder Magier noch Arzt«, erklärte Josef.

»Wir haben ihn noch niemanden heilen sehen«, gab Schemaja, eines der jüngsten Ratsmitglieder, zu bedenken. »Und was seinen Beruf betrifft, so kennen wir nur Josef von Arimathäas persönliche Meinung dazu, die durchaus respektabel ist, aber für sich allein noch nicht genügt.«

»Alles, was für eine göttliche Auszeichnung spricht, ist nur auf Gerüchten begründet«, bemerkte Hannas, »aber alles, was dagegen spricht, ist wohlbekannt und erwiesen. Dieser Jesus scheint mir ein ge-

fährlicher Aufwiegler zu sein, und ich sehe mich gezwungen, die Aufmerksamkeit dieser Versammlung auf einige Fakten zu lenken, die unser Bruder Gedalja gesammelt hat. Der Mann verkehrt mit leichten Mädchen und unverheirateten Frauen, und mindestens einer seiner Gefolgsleute, ein junger Mann, war ebenfalls Prostituierter. Zudem hat er in zahlreichen Synagogen im ganzen Land, vor allem aber in Galiläa, für Aufruhr gesorgt und einmal sogar die Synagoge seiner Heimatstadt Kafarnaum besetzt, und zwar gegen den Willen des dortigen Rabbi. Diese beklagenswerten Umtriebe passen nur allzugut zu seinem ungehörigen Benehmen, das er letztes Jahr in diesem Tempel unter Beweis stellte. Dieser Jesus ist ein ehemaliger Schüler der Essener, die ihn aus Qumram verjagten, weil er dort einen Aufstand schürte. Dies«, erklärte Hannas mit Nachdruck, »ist uns allen nur vom Hörensagen bekannt. Schon etliche Klagen von Rabbis aus verschiedenen Städten sind bei uns eingegangen, denn dieser Galiläer geht in seiner Unverschämtheit so weit, in aller Öffentlichkeit zum Aufstand gegen uns aufzurufen, gegen diesen Ältestenrat höchstpersönlich und gegen jegliche etablierte religiöse Autorität!«
»Das sind ja unerhörte Neuigkeiten!« sagte Esra. »Warum haben wir nicht schon früher davon erfahren?«
»Wenn jemand in dieser Versammlung darüber Bescheid wissen müßte, dann doch du, Esra«, hielt ihm ein weiteres Mitglied, Nikodemus ben Bethyra, vor.
»Was willst du damit sagen?« fragte Esra bleich.
»Du bist doch für unsere Kundschafter zuständig, Esra«, entgegnete Nikodemus.
Esra wollte sich gerade ereifern, als Gedalja einwarf: »Unser hochverehrtes Ratsoberhaupt hat uns nur deshalb nicht feierlich in diese Vorkommnisse eingeweiht, weil er nicht ahnen konnte, daß jener Jesus einen derartigen Einfluß auf die vornehmen Mitglieder des Sanhedrin ausüben würde.« Und dann, Josef von Arimathäa zugewandt, der seinen Unwillen nicht verhehlen konnte, fuhr Gedalja fort: »Weißt du, daß er verdienstvolle Persönlichkeiten, Pharisäer, die der Synagoge von Kafarnaum angehören, als ›lebende Leichen‹ bezeichnet hat?«
»Das war mir nicht bekannt, es überrascht mich aber, ehrlich gesagt, nicht sonderlich«, entgegnete Josef von Arimathäa. »Einige Angehörige unseres Klerus sind tatsächlich lebende Leichen.«

»Das ist eine Beleidigung!« schrie Esra.
»Du hast gar keinen Grund, so zu schreien«, wies ihn Levi ben Pinhas zurecht. »Erst vorige Woche, Esra, mußten wir beide den Fall eines Priesters untersuchen, den man auf frischer Tat bei einer Amtsverletzung ertappt hatte.«
»Levi!« drohte der Hohepriester.
»Ich habe seinen Namen ja nicht genannt, Meister.« Levi mußte ein Lächeln unterdrücken.
»Wie dem auch sei, wenn dieser Mann die Wahrheit sagt«, fuhr Nikodemus fort, »dann spricht das doch nicht dagegen, daß er möglicherweise die Schechina empfangen hat. Man muß gar nicht lange in den Büchern blättern, um auf Stellen zu stoßen, in denen die Propheten ihre Stimme gegen die korrupten Priester Jerusalems erheben.«
»Wenn ihr weiter solche Herausforderungen äußert, verlasse ich diese Versammlung«, drohte Esra.
»Ohne meine Einwilligung kannst du nicht gehen«, wies ihn Hannas zurecht.
»›Kommt, ihr Tiere des Waldes, ihr Tiere des flachen Landes ...‹« begann Schemaja zu zitieren. Und Nikodemus fuhr fort: »›... kommt und freßt euch satt, denn die Hüter Israels sind mit Blindheit und Unwissenheit geschlagen!‹«
»Wir verfügen also nicht über die nötigen Hinweise, um nachzuprüfen, ob jenem Jesus die Schechina zuteil wurde oder nicht«, ließ sich nun Levis ben Pinhas' schrille Stimme wieder vernehmen. »Aber wir könnten uns zumindest mit dem befassen, was wir haben und uns wie die Heilung der Kranken dafür spricht: daß die Leute ihn für den Messias halten.«
»Aber das ist doch unsinnig!« begehrte Gedalja auf. »Glaubst du denn immer noch, daß der von unserem ehrenwerten Ratsoberhaupt beschriebene Mann der Messias sein könnte?«
»Alle Schandtaten, von denen uns berichtet wurde, laufen auf einen Skandal hinaus, und dieser Jesus wäre nicht der erste, der in der Geschichte unseres Klerus mit gutem Grund einen Skandal angezettelt hat, das möchte ich bei allem Respekt doch einmal betonen«, entgegnete Levi ben Pinhas in entschiedenem Ton. »Strenggenommen ist die Frage von Josef von Arimathäa noch nicht beantwortet. Jener Mann könnte die Schechina empfangen haben und der Messias sein. Du

mußt schließlich zugeben, Gedalja, daß man weder dich noch mich und auch nicht Esra oder Josef oder viele andere der hier Anwesenden für den Messias hält, trotz der Achtung, die man uns entgegenbringt. Und nun gibt es da einen Mann, den die Leute für den Messias halten. Meiner Ansicht nach ist es unsere Aufgabe, Josefs Frage jetzt ohne Umschweife und ohne gekränkte Protestrufe zu untersuchen.«
Gedalja und Hannas sahen sich an.
»Sehr gut, dann laß uns die Frage also untersuchen«, entgegnete Hannas, »obwohl ich es etwas leichtsinnig finde, eine so ernste Sache ohne Vorbereitung abzuhandeln.«
Nikodemus ben Bethyra, einer der geachtetsten Schriftgelehrten im Hohen Rat, hob die Hand.
»Ich bitte um das Wort«, sagte er, ohne aufzusehen oder gar den Kopf zu heben.
»Sprich«, forderte Hannas ihn auf.
»Bevor wir abwägen, ob der Mann Jesus der Messias ist oder nicht, möchte ich an die herkömmliche Auslegung der Bücher zur Ankunft des Erlösers erinnern«, sprach er in ernstem Ton mit immer noch gesenktem Kopf, was seine Worte schwer verständlich machte. Das war seine übliche Taktik, und sie hatte noch nichts von ihrer Wirksamkeit eingebüßt, denn alle Versammelten hielten den Atem an, um nur ja keine Silbe aus dem Mund des Greises zu verpassen. »Es steht fest«, fuhr er fort, »daß die Propheten seine Ankunft angekündigt haben. Ezechiel tat dies mit folgenden Worten: ›Dann werde Ich neue Zweige aus Israel hervorsprießen lassen, und Ich werde euch die Macht verleihen, zu seinen Menschen zu sprechen, und sie werden wissen, daß Ich der Herr bin.‹ Daraufhin beschreibt Ezechiel die Niederlage aller Feinde Israels. Auch Jesaja verkündet den Einzug des Messias in unser Land nach der Vernichtung der Heiden. Das ist nicht eingetreten. Das Buch Jesus Sirach kündigt an, daß der Reichtum der Welt nach der Ankunft des Messias nach Israel zurückfließt. Auch diese Vorhersage ist nicht eingetroffen. Im ›Deuteronomium‹ steht geschrieben, daß ›sich in Jeschurun ein König erheben wird, wenn die Anführer des Volkes mit allen Stämmen Israels versammelt sind‹. Und auch das ist nicht eingetreten, ganz im Gegenteil. Mehrere Tage wären vonnöten, wollte man alle Textstellen der Bücher aufgreifen, in denen vom Messias die Rede ist und die folglich die Hoffnung auf

sein Kommen erweckt haben; etliche Sabbate würden verstreichen, bevor diese Bestandsaufnahme vollendet wäre, aber wir würden keine einzige Passage finden, die sich auf jenen Galiläer namens Jesus bezöge. Das ist alles, was ich zu sagen habe.«

Josef von Arimathäa stand auf, um sich Wasser einzuschenken. Die anderen hingen ihren Gedanken nach.

»Ich würde dem gern etwas hinzufügen«, meldete sich schließlich Esra zu Wort. »Es findet sich nicht nur keinerlei Hinweis in den Büchern, der auf diesen Mann namens Jesus zutreffen könnte, sondern zudem wird uns berichtet, daß ebendieser Mann Umgang mit Prostituierten pflegt. Der Messias jedoch wird, wie wir alle wissen, sowohl König als auch Hoherpriester sein. Und wir, sollen wir allen Ernstes einen König und Hohenpriester mit ungewisser Herkunft erwarten, der obendrein mit leichten Mädchen verkehrt?«

Josef von Arimathäa stieß einen Seufzer aus und murmelte: »Ich hoffe, nicht nur für dich, Esra, sondern für uns alle, daß Jesus nicht der Messias ist.«

»Jedenfalls steht fest«, bemerkte Nikodemus, »daß Jesus derzeit einer der bedeutendsten Männer Israels ist, einerlei, ob er nun als Messias anerkannt wird oder nicht.«

»Meinst du das im Ernst?« fragte Gedalja skeptisch.

»Ja, es ist mein voller Ernst. Dieser Mann verkörpert alle Umbruchshoffnungen, die in unserem Lande gären.«

»Welcher Umbruch?« fragte Hannas gereizt.

»Ich bin nicht der Wortführer derer, die eine solche Änderung herbeisehnen«, entgegnete Nikodemus, »aber ich weiß, wie viele meiner hier anwesenden Ratsbrüder, daß sich in Israel Unzufriedenheit ausgebreitet hat. Jesus könnte sehr gut der Anführer eines nicht mehr fernen Aufstandes sein. Und die gelehrtesten Betrachtungen zu einem religiösen Thema werden leider nicht viel an der herrschenden Unordnung ändern.«

»All das ist doch maßlos übertrieben«, meinte Levi ben Pinhas.

»Nein«, widersprach Nikodemus ben Bethyra, »es herrscht wirklich Unzufriedenheit im Land. Aus Angst vor einem möglichen Aufruhr wagten wir ja nicht einmal, Jesus nach seinem Angriff auf die Händler vom Tempelbazar zu verfolgen.«

»Wir wollten Unfrieden innerhalb des Tempelbezirkes vermeiden, das ist der einzige Grund«, entgegnete Gedalja.

»Ihr wolltet keinen Aufstand, weder im Tempel noch sonstwo«, gab Nikodemus zurück.
»Du hast von einem Aufruhr in naher Zukunft gesprochen«, schaltete sich Hannas, zu Nikodemus gewandt, ein, »aber du weißt doch, daß das, so wie die Lage derzeit aussieht, nur zu einem Blutbad führen kann.«
»Unser erhabener Meister hat recht«, erwiderte Nikodemus mit kaum wahrnehmbarem Spott in der Stimme, »aber wenn alle seiner Meinung wären, dann hätte ein großer Aufstand allen Aufständen und aufrührerischen Plänen längst ein Ende gesetzt.«
»Was soll das heißen?« fragte Hannas.
»Daß sich nicht alle von der Unterdrückung durch die Römer abschrecken lassen«, antwortete Nikodemus.
»Es gibt also viele Narren in Israel«, meinte Hannas.
»Es gibt viele Verzweifelte«, entgegnete Nikodemus.
»Und du glaubst, daß die Verzweifelten Jesus folgen?« wollte Esra wissen.
»Ihm oder einem anderen«, erwiderte Nikodemus.
»Was schlägst du vor?« fragte ihn Hannas.
»Daß wir der Lage mit praktischen Maßnahmen begegnen«, antwortete er.
»Das ist Sache der Römer«, entgegnete Hannas. »Unsere Machtbefugnis ist rein religiöser Art. Wir können nur entscheiden, ob Jesus der Messias ist oder nicht und ob er gegen das Gesetz verstößt oder nicht.«
»Es war also sehr klug von Josef, uns einzuberufen«, bemerkte Nikodemus.
»Aber dieser Jesus verstößt doch gegen das Gesetz, oder?« erkundigte sich Esra.
»Nicht daß wir wüßten«, meinte Gedalja.
»Aber all die Gerüchte über seine messianische Berufung?«
»Uns wurde niemals zugetragen, daß er sich selbst so bezeichnet. Ganz im Gegenteil, er scheint sich dagegen zu wehren. Jokanaan, ein ehemaliger Essener, hat dieses Märchen in die Welt gesetzt. Er wurde ins Gefängnis geworfen, was die Gerüchte aber keineswegs zum Verstummen brachte.«
»Wer verbreitet sie denn?« fragte Nikodemus.

»Das Volk; höchstwahrscheinlich wird es von Jesus' Jüngern dazu angestachelt«, antwortete Gedalja.
»Na, dann lassen wir sie eben von der Tempelpolizei festnehmen«, schlug Esra vor. »Dieses Recht haben wir!«
Gedalja zuckte mit den Achseln, und Nikodemus lächelte.
»Meiner Ansicht nach wäre es unklug, so zu handeln«, erwiderte Hannas. »Sobald wir einen Jünger festnehmen, um ihn abzuurteilen, wird die ganze Angelegenheit noch weiter hochgeschaukelt. Und welches Urteil könnten wir denn schon über den Mann fällen? Das Todesurteil gewiß nicht. Und auch keine Gefängnisstrafe, denn wir können einen Menschen unmöglich allein aufgrund der Tatsache verurteilen, daß er an den Messias glaubt und diesen in Jesus sieht.«
»Wenn dem so wäre, müßten nämlich auch Schriftgelehrte ins Gefängnis«, bemerkte Josef von Arimathäa.
»Wir haben außerdem nicht einmal mehr die Macht, das Todesurteil über einen Menschen zu sprechen, zumindest nicht ohne die Zustimmung der Römer«, warf Nikodemus ein.
»Doch, die haben wir!« widersprach Esra.
»Reines Wunschdenken ist das!« sagte Nikodemus scharf. »Wir müssen schließlich über unsere Entscheidungen Rechenschaft ablegen.«
»Dank der Initiative Josefs von Arimathäa werden wir demnach über eine Sachlage aufgeklärt, die sich in wenigen Worten zusammenfassen läßt: Wir sind auf Gedeih und Verderb der Willkür eines galiläischen Aufwieglers ausgeliefert!« schloß Esra.
Hannas rutschte unbehaglich auf seinem Sitz hin und her, als suche er vergeblich nach einer bequemen Stellung.
»Ich bin froh, wenn ich das einmal so sagen darf, daß euch der Stand der Dinge bewußt wird«, sagte er. »Bevor wir die Sitzung schließen, möchte ich betonen, daß ich persönlich die Möglichkeit, Jesus könne die Schechina empfangen haben und der Messias sein, zurückweise. Dieser Mann ist in Wirklichkeit ein Feind. Sollen wir über diesen Punkt abstimmen?«
»Unsere Versammlung hier war nicht von vornherein als offizielle Sitzung geplant«, gab Gedalja zu bedenken. »Es ist unmöglich, jetzt sofort die Schreiber herbeirufen zu lassen.«
»Außerdem können wir nicht über einen Fall abstimmen, der nicht näher untersucht wurde«, räumte Nikodemus ein, »auch wenn der

Hohepriester da anderer Meinung zu sein scheint. Wir verfügen nicht einmal über einen Bericht der Tempelpolizei. Der Hohe Rat darf nicht abstimmen, wenn er im dunkeln tappt.«

»Jedenfalls«, meinte Gedalja, »hat Nikodemus uns dargelegt, daß zumindest die von den Propheten beschriebene Ankunft des Messias nicht auf Jesus paßt.«

»Ich habe jedoch nicht gesagt, daß der Herr nicht auch Absichten hegen kann, die uns verborgen bleiben«, fügte Nikodemus hinzu.

»Josefs Frage bleibt folglich unbeantwortet: Wir wissen nicht, ob Jesus die Schechina zuteil wurde und ob er der Messias ist. Aber beides könnte trotzdem zutreffen.«

»Könnte er der Messias Israels sein, ohne der Aarons zu sein, und umgekehrt?« erkundigte sich Nikodemus bei Josef von Arimathäa.

»Ja, das ist möglich, aber unwahrscheinlich.«

»Und wenn es so wäre?« rief Hannas, nun plötzlich höchst erregt, aus. »Was müßten wir tun? Ich bitte euch, doch einmal die Folgen zu bedenken: Ich ginge zu Jesus hin und übertrüge ihm die oberste Macht über den Tempel und alle religiösen Einrichtungen des Landes. Ja, glaubt ihr denn, daß Herodes und Pontius Pilatus diese unglaubliche Machtübergabe, ohne mit der Wimper zu zucken, mit ansehen würden? Daß Rom, wenn ihm die Nachricht einmal zu Ohren gekommen ist, so dumm wäre, nicht zu begreifen, daß dies unweigerlich die sofortige Wiedervereinigung der fünf Provinzen unter jüdischer Oberherrschaft nach sich ziehen würde, ebenso wie die augenblickliche Aberkennung der den Ethnarchen, Tetrarchen, Prokonsuln und anderen Beauftragten vom Kaiser übertragenen Befugnisse? Glaubt ihr, daß ein einigermaßen vernunftbegabtes Kind nicht begreift, daß hiermit das Ende einer römischen Provinz eingeläutet wird? Und gibt es auch nur einen unter euch, der nicht erkennt, daß diese Machtübertragung einer Kriegserklärung gleichkäme? Daß die römischen Legionäre unser verbliebenes jüdisches Erbe in ein paar Tagen hinweggefegt haben würden? Daß ich Israels Ende heraufbeschwören würde, wenn mich plötzlich die wahnwitzige Idee überkäme, meinen Sitz tatsächlich an Jesus abzutreten? Sollen das die Vorschläge weiser Männer wie euch sein? Antwortet mir!«

Hannas' Kopf war hochrot angelaufen, aber seinen Fächer ließ er diesmal ruhen. Alle Anwesenden, reife Männer ebenso wie weißhaa-

rige Greise, gebildete und einflußreiche Männer, Verbündete, Kritiker und Feinde des Hannas, alle waren sie zutiefst verblüfft. Hannas hatte also insgeheim schon längst die Fakten der durch Jesus neugeschaffenen Situation erwogen und mit bewundernswerter Klarheit seine Schlußfolgerungen daraus gezogen. Selbst diejenigen unter den Ratsmitgliedern, die ihn verabscheuten, mußten vor seiner Überlegenheit den Hut ziehen. Ihr Hoherpriester, der Meister des Sanhedrin und des Tempels, der Lenker des Schicksals seines Volkes, war unumstritten seines hohen Amtes würdig.
»Unser erhabener Meister hat recht«, meinte Nikodemus, »er hat vollkommen recht. Und dennoch …«
»Dennoch was?«
»Ich kann den Gedanken einfach nicht verdrängen, daß es früher oder später tatsächlich zu einem großen Konflikt kommen wird.«
Josef von Arimathäa sah seinen Ratsbruder bedrückt an. Nikodemus ben Bethyra zupfte an den Falten seines Mantels herum. Esra fuhr sich mit der Hand über den Kopf.
»Du bist diesem Mann begegnet, Nikodemus, ja, ich weiß, daß du ihm begegnet bist. Wir wollen jetzt auf Vorwürfe und Tadel verzichten. Wie denkst du persönlich über ihn?«
»Ich kann weder sagen, ob er die Schechina empfangen hat, noch ob er der Messias ist«, antwortete Nikodemus bedächtig. »Mir ist einzig und allein bewußt, daß eine geheimnisvolle Macht von ihm ausgeht. Und ich möchte in aller Deutlichkeit darauf hinweisen, daß er, entgegen der Meinung einiger hier Anwesender, nicht den Vorsitz im Sanhedrin anstrebt. Er will dir deinen Platz nicht wegnehmen. Der Gedanke ist ihm sogar zuwider. Er will einfach … alles ändern!«
»Was heißt, alles?« fragte Hannas.
»Er will, scheint mir – möglicherweise habe ich ihn auch falsch verstanden –, er will die Menschen von innen her ändern. Verzeiht, aber ich kann nicht in seinem Namen sprechen. Ihr tätet besser daran, ihr alle, ihn selbst nach seinen Absichten zu fragen. Aber ich weiß, daß die ihm innewohnende Stärke mächtig genug ist, um ihm die Kraft von zehntausend Widdern zu verleihen, sobald er gegen eine Wand stößt.«
»Bieten wir ihm doch eine Stelle im Tempel an«, schlug der Schriftgelehrte Joasar, der sich bisher noch nicht zu Wort gemeldet hatte, vor, »zum Beispiel die Umgestaltung des Bazars.«

»Genau das wär's, lassen wir den Fuchs in den Hühnerstall«, bemerkte Gedalja dazu.
»Ich kann euch gleich sagen, daß er keine Stelle im Tempel annehmen wird«, winkte Nikodemus ab.
»Es führt kein Weg daran vorbei«, murmelte Hannas leise, jedoch für alle verständlich, »wir müssen ihn so schnell wie möglich loswerden. Sonst stecken wir bald in größten Schwierigkeiten.«
Josef von Arimathäa fuhr hoch. »Willst du ihn etwa umbringen lassen?« fragte er.
»Nein, wir müssen ihn öffentlich verurteilen und seinen Einfluß zunichte machen. Wir müssen ihn festnehmen und aburteilen.«
»Vielleicht sind wir bei der Gerichtsverhandlung in diesem Punkt nicht alle einig«, meinte Levi ben Pinhas ruhig.
»Es finden sich unter uns genügend verantwortungsbewußte Männer, die wissen, was für die Rettung des Tempels und Israels zu tun ist«, entgegnete Hannas. Dann stand er ruckartig auf, so daß seine schmächtige Gestalt die anderen überragte, und rief kämpferisch in die Runde: »Bist du für uns, Jokanaan? Ja! Stimmst du für uns, Hananias? Ja! Bist du auch für uns, Joasar? Ja! Und du, Esra? Ja. Und du, Ismael, ja, auf dich können wir zählen! Und du, Simon? Nein, du bist gegen uns. Aber du, Gamaliel? Ja! Und auch du, Schaul! Wie denkst du, Levi ben Hananja? Ja ...«
Nach dem Aufruf stand fest, daß er die absolute Mehrheit für sich gewonnen hatte. Nur sechs Männer waren gegen Jesus' Verurteilung. Er setzte sich wieder und kniff die Lippen zusammen.
Josef von Arimathäa schüttelte den Kopf. Das tat er immer, wenn er die Versammlung verließ. »Und wenn es doch der Messias ist, über den wir zu Gericht sitzen werden, wenn diese unheilvolle Verhandlung stattfindet?« flüsterte er. Als er den Saal verließ, fühlte er sich noch schlechter als bei seiner Ankunft im Sanhedrin.
Auf dem Bazar erstand ein syrischer Kaufmann gerade einen Widder; er bezahlte mit Silbermünzen. Eine der Münzen fiel ihm dabei aus der Hand und rollte Josef direkt vor die Füße. Die Sonne schien, und das Geldstück funkelte in ihrem Licht. Sowohl der Händler als auch der Syrier warteten, daß er sich bückte, um ihnen die Münze zurückzugeben. Aber Josef stieß sie mit dem Fuß von sich. Sie verlor sich zwischen den Beinen der Tempelbesucher. Bebend vor Zorn, Scham, Angst und

Bitterkeit, stieg Josef die Stufen zum Tor der Opfergaben hinunter. Jemand rief hinter ihm her, doch er drehte sich nicht um. Da näherten sich ihm eilige Schritte, und kurz darauf hatte Nikodemus ihn eingeholt. Er sah alles andere als beruhigt aus.
Die beiden Männer gingen schweigend nebeneinander.
»Nicht einmal mehr im Gebet werde ich Ruhe finden«, murmelte Nikodemus endlich.
»Wer hat überhaupt noch Lust zu beten?« gab Josef zurück.

XVII.

Faszination

Am frühen Morgen, um die vierte Stunde etwa, bevor sich noch die großen Hitzewellen über das Land legten, kehrte Herodes, mit dem Falken auf der Hand, in die Festung Machärus zurück. Sein Roß trabte auf der Serpentinenstraße zum großen Eingangstor empor, hinter sich die herodianische Eskorte; das im Morgengrauen erlegte Wild – ein paar Hasen waren es nur – hing baumelnd am Sattel des obersten Verwalters. Oben empfing Herodes die angenehme Kühle des Innenhofs, in dem ein Springbrunnen plätscherte; er saß vom Pferd ab, übergab den Falken dem Verwalter, der ihn wiederum an den Jagdmeister weiterreichte, und setzte sich dann auf die Plattform des Aufzugs, der zum Zwinger hinaufführte. Geniale Ingenieure, diese Römer, dachte er bei sich. Sklaven stemmten sich gegen die Kurbel, Seilstränge liefen kreischend über die Rollen, und sanft schaukelnd stieg die Plattform in dem Schacht empor, der zur knapp hundert Ellen höher gelegenen Dachterrasse führte. Er ließ seinen Blick über die vom Sonnenlicht überflutete Landschaft schweifen und betrat den Zwinger. Dienstfertig eilten die Wachen umher, kurze Befehle ertönten, Seine Herrlichkeit, der König war da! Die Höflinge Manassah und Joschua erschienen. Herodos wies nur ersteren an, in seiner Nähe zu bleiben, und ließ sich auf einen Diwan sinken. Gerührt betrachtete er einen hübschen Strauß Ranunkeln, Kornwinden und Milchsterne in einer großen, türkisfarbenen Keramikschale. Der Kontrast, den die gelben, malvenfarbenen und weißen Blüten zu dem kräftigen Türkis der Vase bildeten, ließ ein kurzes Lächeln über seine vertrockneten, fahlen Lippen huschen. Wie aufmerksam von Joschua, ihm diese Blumen aus Jerusalem holen zu lassen! Er richtete den Blick aus seinen verquollenen und von dunklen Ringen umrandeten Augen auf das kantige, gespielt sorglos dreinblickende Gesicht Manassahs, der ne-

ben ihm auf einem Hocker saß und sich durch den kunstvoll geschnittenen, schwarzen Bart strich, der seine blaugeäderten Wangen zierte.
»Wie geht es ihm?« erkundigte er sich im Flüsterton.
»Unverändert. Er nimmt nicht viel zu sich, nur Wasser und Brot.«
»Man soll mir verdünnten Wein bringen! Weiß er etwas? Ruhe, die Kitharas da hinten!«
Die Musiker dämpften ihr Spiel. Die Gedenkfeier anläßlich des Todestages Herodes' des Großen, des Vaters ihres derzeitigen Fürsten und Tetrarchen, sollte erst am nächsten Tag beginnen; sie taten wohl besser daran, weniger lautstark zu proben.
»Ich habe gefragt: Weiß er etwas?«
Manassah zog die Augenbrauen hoch. »Was sollte er denn wissen?«
»Daß er morgen womöglich hingerichtet wird, was sonst?«
»Wird er denn wirklich hingerichtet?« fragte Manassah.
»Du nichtsnutziger Schwachkopf!« schimpfte Herodes. »Willst du etwa behaupten, daß dir die Spitzel, die du dir auf eigene Kosten in den Gemächern meiner Frau hältst, nichts erzählt haben?«
»Ach das!« entgegnete Manassah. »Es ist doch allseits wohlbekannt, daß die Königin den Tod des Gefangenen wünscht. Aber die Königin ist nicht der König.«
Diese kriecherische Angewohnheit von Manassah, ihn, Herodes, einen König und Herodias eine Königin zu nennen!
»Die Tetrarchin hatte von Anfang an recht«, sagte Herodes. »Dieser Jokanaan hätte nur Aufstände angezettelt, wenn ich ihn in die Freiheit entlassen hätte.«
»Das steht ebenso fest, wie ich glücklich bin, dich zu sehen«, meinte Manassah.
»Da wäre ich mir nicht so sicher, ob das dein Glück ist«, gab Herodes zurück. »Dieser Eremit behauptet jedenfalls immer noch, meine Ehe sei rechtswidrig.«
»Dieser elende Narr!« ereiferte sich Manassah. »Ein gotteslästerlicher Dummkopf!«
Die Tänzerinnen begannen sich auf bloßen Füßen auf dem gelben Marmorboden im Rhythmus der Musik zu bewegen. Es waren blutjunge, in seidenbestickte Schleier gehüllte Mädchen. Sechzig Ellen dieses Flors waren den syrischen Händlern mit purem Gold aufgewo-

gen worden, aber was war das schon gegen das Vergnügen, die verführerischen Formen unter dem hauchdünnen Gewebe zu erahnen …

»Und er könnte dennoch ein Prophet sein«, murmelte Herodes wie zu sich selbst.

»Es gibt keine Propheten mehr«, bemerkte Manassah.

»Woher willst du das wissen?« fragte Herodes.

»Die Juden sind nicht mehr, was sie einmal waren«, antwortete Manassah. »Sie haben zu viele Römer, Griechen und Syrier gesehen.«

Zwei Tänzerinnen näherten sich ihnen, um ihre Reize vor dem Tetrarchen zu entfalten: ihre mit Koschenille geröteten Brustspitzen, die mit Henna rötlichgolden gefärbten Handflächen und Fußsohlen, ihre mit duftenden Ölen parfümierten, seidenweichen Körper.

»Vielleicht gehst du da von dir aus«, spöttelte Herodes und nahm sich eine Handvoll geröstete Mandeln.

»Ich bin nun mal Jude, also muß ich es auch wissen«, entgegnete Manassah. »Was den Gefangenen betrifft, so sehe ich eigentlich keine Veranlassung, ihn zu töten, jetzt, da er nur mehr in Anwesenheit der Wachen schimpft. Der andere ist gefährlicher.«

»Welcher andere?« fragte Herodes und runzelte die Stirn.

»Sein Helfershelfer, Jesus von Galiläa.«

»Leiser mit euren Kitharas, habe ich gesagt!« brüllte Herodes, worauf die Musiker, die kühn immer lauter geworden waren, wieder gedämpfter spielten. »Was weißt du über diesen Jesus?«

»Ich traue ihm zu, daß nun er einen Aufstand vorbereitet.«

»Wenn du im Auftrag eines anderen, und sei es dem meiner Frau, sprichst, dann hüte deine Zunge, Manassah«, warnte Herodes. »Sag, was du denkst und nichts anderes, wenn du überhaupt denken kannst.«

»Ich sage, was ich denke«, entgegnete dieser. »Jener Jesus und Jokanaan stecken unter einer Decke. Vor mehreren Jahren waren sie beide Essenerschüler. Dann brach Jesus zu einer Reise auf, und als er zurückkehrte, kündigte Jokanaan ihn lauthals als den Messias an.«

»Und worin siehst du da die Gefahr eines drohenden Aufruhrs?« fragte Herodes mit immer noch mißtrauischem Blick. »Die Juden warten auf einen Messias, das ist bekannt; aber ob das nun dieser Jesus oder sonst jemand ist …«

»Wirklich?« entgegnete Manassah. »Ein Messias ist Hoherpriester und König, habe ich mir sagen lassen. Was wärst dann du, wenn sie Jesus zum König der Juden ausrufen sollten?«
»Das wird nicht geschehen«, widersprach ihm Herodes mit Bestimmtheit. »Die Priester, diese verdammten Heuchler, würden das nie zulassen.«
Manassah zuckte mit den Achseln.
»Wenn du noch einmal mit den Achseln zuckst, darfst du Jokanaan im Kerker Gesellschaft leisten!« schrie Herodes. »Warum machst du das, du Aas?«
»Weil Jesus die Priester selbst in Unruhe versetzt. Sie wissen nicht, wie sie sich ihm gegenüber verhalten sollen. Er und seine Jünger verjagen die Rabbiner aus ihren Synagogen und verkünden dabei, daß die Zeit gekommen sei, da der Messias sich im Glanz des Allmächtigen offenbare, was immer das auch bedeuten mag. Jesus ist vor einigen Monaten sogar zu den Verkaufsständen im Jerusalemer Tempel gegangen und hat dort auf die Händler und ein paar Priestersöhne eingeschlagen, ohne daß die Tempelpolizei eingegriffen hätte.«
»Die Priester stecken wohl ganz schön in der Klemme, was?« meinte Herodes mit schadenfrohem Lächeln. »Hannas auch, dieser alte Schnüffler?«
»Hannas auch«, bestätigte Manassah, während er sich Met einschenkte.
»Und du spielst hier auch gewiß nicht das Sprachrohr der Priester?« erkundigte sich Herodes. »Du verkehrst mir allzuoft mit Pharisäern.«
»Ich schnappe die Informationen auf und gebe sie an dich weiter.«
Herodes' verschlagener Gesichtsausdruck wich einer sorgenvollen Miene. Seine Lippen wurden schmal, selbst die Nase wirkte verkniffen. Sein bartloses Gesicht sah noch aufgedunsener aus als gewöhnlich. Der Tetrarch kratzte sich unter den Achseln und rutschte unruhig hin und her.
»All dies scheint darauf hinzudeuten, daß etwas Unvermeidbares am Gären ist«, murmelte er schließlich.
»Warum unvermeidbar?« fragte Manassah. »Nimm Jesus fest, und die Angelegenheit ist aus der Welt.«
»Jesus festnehmen? Unter welchem Vorwand? Jokanaans Jünger stif-

ten schon genug Unfrieden im Land, und während mir vorher nur einer seine Verwünschungen nachrief, verfluchen mich heute zwanzig! Wenn ich Jesus verhafte, bekommen wir es mit seinen Jüngern zu tun, und schon haben wir unseren Aufstand, darauf kannst du Gift nehmen! Noch dazu, wenn die Juden diesen Kerl für den Messias halten«, erklärte Herodes, während er sich erhob. »Warum sollen wir nicht auch Hannas verhaften, wenn du schon einmal dabei bist! Komm, schauen wir uns den Gefangenen an«, schlug er vor und strich die Falten seines Gewandes glatt.
»Er fasziniert dich offensichtlich«, bemerkte Manassah und stand ebenfalls auf.
»Bestimmt mehr als du.«
»Das ist nun der Dank für Ergebenheit und Treue«, sagte Manassah scherzhaft.
»Du bist ja schließlich kein Prophet, du bist ein Affe. Und Affen haben nichts Faszinierendes an sich.«
Herodes überquerte den Innenhof des Burgfrieds und schritt auf eine hohe, eisenbeschlagene Holztür zu. Die Wachen öffneten, und Herodes stieg, gefolgt von Manassah, ein paar Stufen hinunter. Sie gelangten in einen Verschlag, in dem zwei Wachen beim Würfelspiel saßen. Hastig erhoben sich die beiden und öffneten auf Befehl des Tetrarchen eine hölzerne Falltür. Herodes beugte sich vor über das Gitter, das darunter zum Vorschein kam, und versuchte, das Halbdunkel unter sich zu durchdringen. Erst nach einer Weile konnte er eine menschliche Gestalt erkennen, zunächst ein Schulterblatt, dann einen nackten Oberschenkel. Jokanaan saß mit gekreuzten Beinen da und blickte durch das kleine, vergitterte Fenster hinaus ins Freie. Dort in der Ferne erstreckte sich das Land, in dem er Kind gewesen und langsam zum Licht seines Schöpfers erwacht war, einem Licht, das keine Abenddämmerung kannte. Vollkommen reglos saß er da.
»Schläft er?« fragte Herodes flüsternd einen der Wachposten, der über die Schulter seines Herrn einen Blick auf jenes Bild warf, das ihm in den zehn Monaten, die der Gefangene nun schon im Kerker zubrachte, vertraut geworden war.
»Ich schlafe nicht, Herodes!« ertönte Jokanaans Stimme, durchdringend und bedrohlich, ohne daß der Gefangene jedoch seinen Kopf nach dem königlichen Besucher umgedreht hätte. »Die Zeugen des

Herrn schlafen niemals, und auch ihre Ihm geweihte Seele ruht nicht, selbst wenn sich die Lider manchmal über die Schandtaten dieser Welt senken.«

Als hätte ihn etwas gestochen, richtete sich der Tetrarch plötzlich wieder auf. »Deine Zunge schläft wohl auch nicht, was?« rief er zurück.

»Selbst wenn du sie abschneiden läßt, Herodes, wirst du meine Stimme klar und deutlich vernehmen! Lange schon sind meine Zunge und auch meine Stimme nicht mehr mein, sie stehen im Dienste des Herrn, und die Worte, die sie aussprechen, stammen nicht von mir. Wenn ich verstummt und diese Zelle leer sein wird, dann werden die Worte des Herrn im Kerker deines Schädels widerhallen bis in die tiefsten Tiefen dieser Lasterhöhle, zu der dein Körper verkommen ist! Bereue deine Sünden, Herodes, denn nur so wirst du den Frieden des Herrn erlangen!«

»Unverschämter Hund, Tollwütiger!« schrie Manassah. »Du wirst in den Frieden des Herrn eingehen, und zwar viel früher, als dir lieb ist!«

»Nur Narren würden zu einem Floh sprechen«, antwortete Jokanaan. »Ich kenne dich nicht, Sohn eines Menschen, aber ich kann mir denken, daß du der Floh des Herodes bist.«

Herodes lachte glucksend, und Manassah wurde blaß vor Wut.

»Ich spreche zu Herodes, denn ich kenne seine Sünden, und ich sage ihm: Herodes, dein Bett ist das eines Thronräubers, und die Frau, die darin liegt, muß zu ihrem Ehemann zurückkehren«, verkündete Jokanaan.

Herodes hörte Schritte hinter sich und drehte sich um. Doch der Ambraduft hätte ihm auch so verraten, daß die dunkle Gestalt hinter ihm seine Frau war, die in Begleitung ihrer Amme das Verlies betreten hatte. In den Augen der beiden Frauen lag ein derart zorniges Funkeln, daß es Herodes einen Augenblick lang die Sprache verschlug.

»Ich habe dich schon gehört!« schrie Herodias, während sie sich über das Gitter beugte. »Ich habe deine Worte gehört, du Giftspeier! Ein einziger Blick auf mein Bein, Heuchler, und schon würde deine falsche Tugendhaftigkeit von dir abfallen und deinen wahren Kern enthüllen! Wie eine sich häutende Schlange würdest du dich winden! Für wen hältst du dich überhaupt, daß du es wagst, einen von allen

Priestern geachteten Fürsten zu verleumden? Hast du womöglich für dich allein eine neue Religion gegründet? Wenn das der Fall ist, bist du ein Abtrünniger und hättest den Tod verdient!«
Das Echo ihrer wutbebenden Stimme hallte von Mauer zu Mauer wider, bis es von den Steinen verschluckt wurde. Ein langes Schweigen folgte. Fast hätte man meinen können, Jokanaan sei stumm geworden.
Aber nach einer Weile erhob sich seine Stimme von neuem, klar und ungebrochen. »Ich bin nicht mehr wert als die Heuschrecke in der Wüste, Frau. Selbst ihr Leben geht erst zu Ende, wenn der Herr es beschlossen hat, und mit meinem wird es ebenso sein. Meine Stimme gehört nicht mir, und die Worte, die dich aufwühlen, werden von ihr nur übermittelt; es sind die Worte des Herrn. Merk dir das und zögere nicht, Frau des Philippus, denn das Ende ist nah! Hast du denn keine Ohren? Hörst du nicht jenes Grollen, das ohne Unterlaß Tag und Nacht ertönt und ständig lauter wird? Durch die Schritte des Auserwählten unseres Herrn wird es hervorgerufen, Frau, es kündigt die Ankunft des Messias an! Wenn er sich im Glanz des Herrn offenbart, bleibt die Zeit stehen. Und du, Herodias, wirst ebenso wie alle anderen Geschöpfe gewogen, und ich sage dir, die Schande deines Leibes wird so schwer wiegen, daß sie die Waagschale zum Umkippen bringt und dich in die ewige Finsternis hinabwirft!«
Die Wachen machten große Augen; ihre anfangs zynischen Mienen waren nun angstverzerrt. Herodes und Manassah bemerkten es und erschraken ebenso über die Wirkung, die die Worte des Gefangenen auf die Soldaten ausübten, wie über die Drohungen, die sie beinhalteten. Das Gesicht der Amme war aschfahl geworden, und auch aus Herodias' geschminkten Wangen war alles Blut gewichen.
»Du verrückt gewordener Landstreicher!« schrie Herodias, wobei ihr der Speichel aus den Mundwinkeln tropfte. »Satansfurz! Welcher Messias? Sag mir, welcher Messias? Warum läßt dein Messias denn kein Wunder geschehen und befreit dich? Warum eilt er nicht an der Spitze einer Heerschar von Engeln oder schauriger Geister herbei und holt dich aus deinem Gefängnisloch? Kannst du mir das sagen? Ich kann es: Er tut es nicht, weil es ihn nicht gibt! Ich weiß, wer der Mann ist, den du einen Messias nennst, Jokanaan. Es ist dieser Geisterbeschwörer Jesus, dieser verlauste Magier, der gemeinsam mit dir von

den Essenern aus Qumram verjagt wurde!« schrie Herodias und brach in wildes Gelächter aus. »So einen nennst du Messias, den zukünftigen König Israels? Der Hunger hat dein Gehirn eintrocknen lassen, Jokanaan! Es ist zusammengeschrumpft auf die Größe des Gehirns dieser Heuschrecken, auf die du so scharf bist! Ihr seid alle beide nichts als ausgehungerte und heruntergekommene Magier! Glaubst du etwa, ich wüßte nicht, was du im Gefängnis treibst, Jokanaan? Welche Streiche du dir erlaubst, um die Wachen in Erstaunen zu versetzen? In die Lüfte erhebt er sich des Nachts! Hahaha!« Sie brach in hysterisches Gelächter aus. »Wie eine Fledermaus!«
»Frau ...«, begann Herodes.
»Laß mich aussprechen, Herodes!« befahl sie mit plötzlicher Autorität. »Zehntausende von Menschen leben in Israel, und dann ist da auch noch die Macht Roms. Aber dieses armselige Knochenbündel da unten wagt es, dich zu beschimpfen, dich, den Tetrarchen, und mich, deine Frau? Und er behauptet, das Ende der Welt sei nahe. Dein eigenes Ende naht, Jokanaan! Hält man ihn deshalb am Leben, damit er allen, die ihn hören, mit seinem gifttriefenden Geschwätz die Ohren vollstopfen kann?«
Die Stimme Jokanaans stieg aus dem Kerkerloch zu ihnen empor. »Du hast noch Zeit, deine Sünden zu bereuen, Frau des Philippus. Kehre zu deinem angetrauten Mann zurück, den du aus Machtgier verlassen hast. Wenn die Zeit kommt, wird deine Krone schwerer wiegen als ein Berg. Am Tag des Jüngsten Gerichts wirst du vor allen Generationen nackt dastehen und dir deinen von Dämonen aufgeblähten Leib halten, eine Last, von der dich keine Niederkunft befreien wird! Kehre zu Philippus zurück, Herodias!«
Da hob Herodias zu einem solch langen und schauerlichen Gebrüll an, daß es Herodes eiskalt den Rücken hinunterlief. Mit einer Kraft, die man ihr kaum zugetraut hätte, zerriß sie ihren Mantel und schrie: »Dieser Mann muß sterben! Ich will, daß dieser Mann sofort stirbt! Hörst du? Ich will es!«
Die Amme legte der Herrin eilends ihren eigenen Mantel an und führte sie hinaus. Auf Herodes' Stirn perlte der Schweiß. Manassah zitterte am ganzen Leib; unter dem Gemurmel der Wachen wankten er und sein Herr hinaus.
Selbst die Musiker ganz oben im Saal hatten Herodias' Schrei gehört; die Musik war verstummt.

Jokanaan in seiner Zelle hatte sich nicht von der Stelle gerührt. »Herr«, flüsterte er, »meine Stunde ist also gekommen. Aber was ist mit der Deinen? Sag mir, ist sie gekommen? Ist der Messias nahe? Ist Jesus wirklich der Messias? Ich habe Dich so oft danach gefragt! Warum feiert er mit den Reichen? Warum verkehrt er mit Frauen? Ich habe meine Boten ausgeschickt, um ihn zu fragen, und sie sind nicht zurückgekehrt! Und in wenigen Stunden werde ich sterben!«
Während er so auf dem Boden hockte, begann er seinen Oberkörper sachte vor und zurück zu wiegen, ganz langsam, mit beinahe mechanischer Regelmäßigkeit, eine Bewegung, die die Wachen während seiner zehnmonatigen Gefangenschaft unzählige Male beobachtet hatten. Mit größerem Entsetzen als je zuvor sahen sie ihm von oben her zu.
»Jetzt fängt er schon wieder an!« stieß einer der Wachposten hervor, und er spürte, wie sich ihm die Kehle zuschnürte. »Jokanaan, tu es nicht! Nicht heute!«
Aber er hörte nicht, hörte nichts mehr. Sie verharrten vor dem Gitter, neigten sich darüber, schaurig erregte Faszination hielt sie dort fest. Die Zeit verstrich, Jokanaan schaukelte noch immer vor und zurück.
»Sieh doch, jetzt schwebt er!«
Der Schein der auf dem Boden stehenden Öllampe breitete sich wie eine goldene Pfütze unter dem Körper des Asketen aus und warf seinen hängenden Schatten an die gegenüberliegende Wand.
»So hoch ist er noch nie geschwebt!«
Seine Beine waren nun nicht mehr gekreuzt, doch die Hände hielt er weiterhin fest ineinandergefaltet. Dann, während Jokanaan vom Boden abhob, entspannte sich sein Körper vollends, die Beine hingen lokker nach unten, so als werde er von Wellen getragen.
»Im Namen des Herrn!« hauchte ein Wachposten. »Wie stellt er das nur an? Er muß wirklich ein frommer Mann sein! Ich sage dir, Saul, die bringen einen Propheten um!«
»Sei doch still!«
»Jokanaan!«
Er stieg noch höher, und sein Körper nahm eine fast horizontale Lage ein. Auf dem Rücken liegend, schwebte er, sein Kopf mit den tiefliegenden Augen nur mehr ein abgezehrter, mit hauchdünner Haut umspannter Schädel, von dem lange, aufgelöste Haarsträhnen herab-

hingen. Der Wachposten, der auf den Namen Saul hörte, legte sich bäuchlings über das Gitter, um so das Wunder durch die Eisenstäbe besser beobachten zu können. Jokanaan stieg immer näher zu ihm empor. Das Licht der Wachstube fiel auf seinen nackten Oberkörper und glättete die Haut über den hervortretenden Rippen, dem Schlüsselbein und dem mageren Hals ... Dann näherte sich das Gesicht langsam schaukelnd dem Gitter. Jokanaans Unterkiefer hing kraftlos herab, sein Mund war nichts als ein von totenbleichen Lippen umrahmtes schwarzes Loch, die tiefliegenden, geschlossenen Augen waren kaum mehr auszumachen. Man hätte ihn für eine im Halbdunkel tanzende Leiche halten können. Einer der beiden Wachposten stieß einen Schrei aus und verließ fluchtartig den Raum, draußen auf der Terrasse wurde er von heftigem Zittern und Schluchzen geschüttelt. Der andere folgte ihm wankend und mit völlig verstörtem Gesichtsausdruck. Die Posten auf der Terrasse bemerkten die Bestürzung ihrer beiden Kameraden und liefen in die Wachstube, doch kaum hatten sie Jokanaans Gesicht dicht unter dem Gitter erblickt, blieben auch sie, von Entsetzen gelähmt, stehen. Dann rannten sie wie gehetzt und wild gestikulierend zurück ins Freie. Der Hauptmann lief eilends herbei und schüttelte seine Männer, um sie zum Sprechen zu bewegen, erhielt jedoch keine anderen Antworten als stotternd hervorgebrachte Ungereimtheiten oder Fingerzeige in Richtung Kerker. Er begab sich also in den Raum und betrachtete lange den unter dem Gitter schwebenden Körper, diesen im Nichts ertrinkenden Mann. Dann nahm er einen Krug und übergoß Jokanaan mit Wasser. Der Gefangene öffnete die Augen, sank aber nicht hinab. Sein Blick richtete sich auf den Hauptmann. Dieser sah zu, wie das Wasser über die braune Haut lief und sieben bis acht Ellen weiter unten auf den Boden plätscherte.
»Gott stehe uns bei!« murmelte der altgediente Soldat.
Die Wachen lagen vor der Türe auf den Knien und beteten.
Manassah und Joschua eilten, nachdem man sie benachrichtigt hatte, herbei, um das Phänomen mit eigenen Augen zu sehen. Joschua erbrach sich draußen. Manassah war mit einemmal wie in Schweiß gebadet.
Es war der Tag vor den Feierlichkeiten zum Todestag von Herodes dem Großen. Kurz nach der Mittagsstunde war Jokanaan wieder auf dem Boden seiner Zelle. Er schlief bis zum Abend.

In der klirrenden Kälte des darauffolgenden Morgens kamen zwei Boten über die Terrasse geschlichen. Die Wachposten erkannten die zwei Jünger Jokanaans und nickten ihnen unauffällig zu. Da die Wachen das vereinbarte Geld nicht annehmen wollten, waren die beiden beunruhigt und fürchteten das Schlimmste; sie rannten zur Wachstube, wurden aber anstandslos eingelassen und schauten durch das Gitter.

Jokanaan hockte wie gewöhnlich am Boden, den Blick auf das erste Licht der Morgendämmerung gerichtet, das durch das kleine Fenster ihm gegenüber in den Kerker drang. Er hob den Kopf. »Das ist mein letzter Morgen«, sagte er. »Habt ihr Jesus gesehen?«

»Wir haben ihn gesehen. Und wir haben ihn gefragt, wie du uns aufgetragen hast: ›Bist du derjenige, der da kommen soll, oder müssen wir auf einen anderen warten?‹ Er hat geantwortet: ›Berichtet Jokanaan, was ihr seht und hört: Blinde werden sehend, Krüppel gehen, Aussätzige werden rein, Taube hören, Tote kehren ins Leben zurück, Arme vernehmen die frohe Botschaft – glücklich ist der, für den ich kein Stein des Anstoßes bin.‹ Wir haben gesehen und gehört, was er gesagt hat, aber …«

»Was aber?«

»Er ist noch immer von den gleichen Leuten umgeben, Meister. Ist er wirklich der, auf den wir warten?«

»Es gibt jetzt nur mehr ihn«, antwortete Jokanaan. »Ich werde in wenigen Stunden von dieser Welt gehen.«

»Warum können wir dich nicht hier herausholen? Wir haben genug Geld für die Wachen bei uns. Warum kommt er dich nicht befreien?«

»Ich bin nicht der Messias, wie ich schon gesagt habe. Sein Stern steigt in dem Maße, wie der meine fällt.«

Die Jünger brachen in Tränen aus.

»Geht jetzt«, befahl Jokanaan, »von nun an ist Jesus euer Meister.«

Als sie gingen, wurde die Wache gerade abgelöst. Auch die neuen Wachposten kannten sie bereits und nickten ihnen zu. Die ersten Sonnenstrahlen spitzten hervor und gaben der Welt allmählich ihre Farben zurück.

Um die Mittagszeit lag brütende Hitze über dem Land. Die Musiker hatten ihr Spiel wiederaufgenommen. Die Klänge der Kitharas und

Zimbeln, der Flöten und Triangeln schwebten die gleißenden Hänge von Machärus hinab und stießen auf Felsgestein, das sie unter vielstimmigem, mißtönendem Echo an die Ufer des Arnon und die Moabitischen Berge weiterleitete.

Die Sonne ging unter, und wieder fand eine Wachablösung statt. In der Festung begann der Wein zu fließen, im Speisesaal der gemeinen Soldaten ebenso wie in den kleinen Gemächern der Höflinge und im Prunksaal des Herodes. Auch heute kühlten sich die Tänzerinnen wieder ihre zarte Füße auf dem Marmor- und Mosaikboden rund um das Podest, auf dem Herodes' und Herodias' Throne standen. In Begleitung von Manassah, Joschua und einigen Höflingen niedereren Ranges, betrat der Tetrarch den Saal. Dann erschien Herodias mit stolz erhobenem, elfenbeinweiß geschminktem Gesicht und einem gold- und perlenbestickten Purpurmantel um die Schultern; ein Netz aus granaten- und perlenbesetzten Goldkettchen schimmerte in ihrem Haar. Die Amme folgte ihrer Herrin, wie der Tod der Schönheit folgt. Das Königspaar setzte sich, die Höflinge ließen sich rings um sie nieder, und Sklaven mit Fächern in der Hand vervollständigten das Bild. Einige Dutzend der angesehensten Leute der Provinz und hochstehende Persönlichkeiten aus Jerusalem (sie waren eigens für die Festlichkeiten angereist) teilten sich in zwei Gruppen zur Linken und zur Rechten der beiden vom Sanhedrin abgesandten Priester.
Ein Kammerherr läutete den denkwürdigen Tag ein. Ein Dichter trug auf griechisch Verse vor über die Vereinigung der himmlischen Gnade und der irdischen Macht, die im verstorbenen Potentaten zusammengefunden hätten, und feierte die Verkörperung des Geistes Israels in jenem Mann, der den Tempel Salomos wiedererbaut hatte. Ein anderer zog auf hebräisch eine Parallele zwischen Herodes und Salomo, wobei er dem Himmel dafür dankte, daß die fruchtbare Familie des Großen Wiedererbauers den Nachkommen der Zwölf Stämme erlaubte, sich an der weitervererbten Sonne der Weisheit zu ergötzen.
Der erste Abgesandte des Hohenpriesters überbrachte dem Tetrarchen die Segenswünsche des Hannas samt Sanhedrin. Der zweite wünschte dem fürstlichen Paar Glück und ein langes Leben im Namen der religiösen Führer der Tetrarchie.

Nach Beendigung der Reden erscholl ein Beckenschlag, und die Höflinge beeilten sich, die Hände des Königspaares zu küssen. Dann wurde Wein ausgeschenkt.
Ein zweites Mal wurden die Zimbeln geschlagen, um den Beginn der Lustbarkeiten anzukündigen. Beschwingte Musik ertönte, die Tänzerinnen erschienen und stellten sich in zwei Reihen auf. Dann betrat eine einzelne Tänzerin den Raum, von Kopf bis Fuß in einen Seidenschleier gehüllt, wie Herodes noch nie einen gesehen hatte. Es war ein in allen Farben schillerndes, fließendes Gewebe, das sich bald den schlanken Formen anschmiegte, bald wieder aufflatterte, als sei es die schimmernde Ausstrahlung des Körpers selbst. Die in goldenen Sandalen steckenden Füße glitten, begleitet von anhaltendem Flötenton, langsam über den Boden, während die kaum vom Körper abgespreizten Arme den wundersamen Schleier in ständiger Schwingung hielten. Plötzlich blieb die Tänzerin stehen und hob die Arme, so daß man ihre mädchenhaften Brüste sehen konnte. Dann wirbelte sie auf einem Fuß und verwandelte sich so in eine kalt züngelnde Flamme.
Die Abgesandten des Hohen Rates, die ihre Augen zunächst weit aufgesperrt hatten, runzelten mißbilligend die Stirn.
Die Tänzerin nahm nun wieder ihre schlängelnden Bewegungen auf, drehte sich dabei langsam um sich selbst und hob allmählich den Schleier, der sie wie zuvor bald umhüllte, bald ihre Formen nachzeichnete. Zuerst erschienen ihre nackten Waden, dann ihre Beine und Hüften, daraufhin bewegte sie sich kreiselnd, der Schleier verwandelte sich in einen schimmernden Reif und enthüllte für den Bruchteil einer Sekunde ihren ganzen Oberkörper. Herodes unterdrückte einen Ausruf der Bewunderung. Die Tänzerin, die ihrer Gestalt nach dreizehn oder vierzehn Jahre alt sein mochte, hatte ihre nackten Brüste gezeigt und trug auch sonst nichts unter dem Schleier als ein schmales, besticktes und mit Fransen besetztes Seidenband um ihre Hüften.
Die Mitglieder des Sanhedrins hüstelten.
Sicherlich waren die anderen Tänzerinnen nicht weniger verführerisch, aber diese hier trug neben der aufreizenden und lockenden Zweideutigkeit ihrer Jugend eine geradezu königliche Selbstsicherheit zur Schau. Sie war nicht nur eine Tänzerin, sondern eine sich ihrer Macht bereits vollkommen bewußte Frau.

Herodes spürte die Begierde in sich wie einen scharfen, schmerzhaften Stich ins Herz. Diese hier war nicht einer jener Zugvögel, die er mühelos in sein Zimmer locken konnte, nein, diese hier war ein Raubvogel. Um sie zu verführen, bedurfte es viel mehr als seines Ansehens oder seiner Reichtümer; dazu hätte er das sein müssen, was er nicht mehr war.
Die Augen der Amme funkelten. Herodias' Gesicht versteinerte sich. Aber noch niemand hatte das Gesicht dieser leibhaftigen Versuchung gesehen.
»Wer ist sie?« fragte Herodes Manassah hinter vorgehaltener Hand. Aber der Höfling wußte es auch nicht.
Noch einmal drehte sich der Schleier, und die Tänzerin lüftete ihn mit ihrem erhobenen Arm Stück für Stück, bis ihr Gesicht vollkommen enthüllt war. Herodes saß wie vom Blitz getroffen. Es war Salome, die gemeinsame Tochter von Herodias und Philippus, schlicht und einfach seine Nichte. Er hatte die zugleich fremden und doch so vertrauten Gesichtszüge erkannt, die Nase, die sich bald herausfordernd über den unmerklich abgespreizten Nasenflügeln krümmen würde, die stolz geschwungenen, dem rätselhaften Schatten der Mundwinkel entspringenden Lippen und die kalten Mandelaugen, die vergeblich versuchten, die bereits ins Gesicht gezeichnete Raffinesse zu leugnen. Dies war Herodias noch einmal, wie sie gewesen war in ihren jungen Jahren, bevor ihre Machtgier, die der schwächliche Philippus nicht zu bändigen vermocht hatte, sie, wie Jokanaan sagte, in Herodes' pupurgesäumte Laken gelockt hatte, Herodias, bevor der Perlmuttschimmer ihrer Haut sich unaufhaltsam getrübt und den matten, stumpfen Glanz von Alabaster angenommen hatte, der nur noch hie und da ein Leuchten, die letzten Strahlen der Jugend, durchscheinen ließ.
»Ah!« seufzte Herodes nur, hin und her gerissen zwischen seiner Begierde und der brutalen Erkenntnis, daß er hier einer zugleich naiven und doch so schlau ausgeklügelten Intrige Herodias' aufgesessen war: Seine Frau ließ vor ihm das Bild ihrer eigenen Jugend erstehen und rechtfertigte so ihre Untreue! Herodias peitschte die animalischen Triebe ihres Gatten, um ihn für sich zurückzugewinnen, denn Salome war unerreichbar.
Aber war sie das wirklich?

Wenn doch nur Jokanaan Salome tanzen sehen könnte! Dann würde er schon verstehen! Vielleicht würde der Asket von seinen Schmähungen absehen, wenn sich bei ihrem Anblick Verwirrung und ein Anflug von Begierde in ihm einschlich. Er selbst müßte ihn dann nicht mehr töten lassen, und Herodias hätte sich in ihren selbstgesponnenen Netzen verfangen! Er lächelte vor Vergnügen bei dieser Vorstellung und wandte sich Herodias zu, die sein Lächeln mit übertrieben verliebter Verschwörermiene erwiderte. Herodes kicherte glucksend.

»Geh sofort Jokanaan holen!« befahl er Manassah.

Der Höfling sah seinen Herrn einen Augenblick an, lächelte dann und eilte davon.

Arme Herodias, soviel vergebliche Liebesmüh! dachte Herodes. Nein, ich begehre Salome! Dann jedoch wurde er wieder verdrießlich, denn ihm fiel ein, daß Jokanaan, sobald er den geringsten Verdacht schöpfte, er, der Tetrarch habe vor, einen Inzest an den anderen zu reihen, erneut seine Verwünschungen ausstoßen würde. Wenn sein Plan scheiterte, dann mußte er Jokanaan wohl oder übel schleunigst hinrichten lassen.

Mittlerweile warf Salome Herodes aufreizende Blicke zu, wie man ihr sicherlich aufgetragen hatte. Und dabei war es erst zwei Jahre her, daß die kleine Göre, die sie damals noch war, ihn um goldene Kinkerlitzchen angebettelt hatte!

Er spielte den Gleichgültigen, ließ seinen Blick über die hellbraunen Schenkel gleiten und auf der Falte verweilen, die das bestickte Band in ihre Scham grub, dann auf dem Nabel und schließlich auf den granatapfelförmigen Brüsten, die eine Perlenkette zierte …

Manassah kehrte zurück, hinter ihm Jokanaan in Begleitung von zwei Wachen, und Herodes zwang seine Gedanken wieder in nüchternere Bahnen.

Die Vertreter des Sanhedrin sperrten den Mund auf und brachten ihn offenbar nur unter größter Anstrengung wieder zu. Ein Raunen ging durch die Versammelten, und Salome – ebenso unfähig wie die anderen, ihr Erstaunen zu verbergen – hielt im Tanz inne.

Der Tetrarch wandte sich, wiederum lächelnd, um und begegnete dem starren Blick von Herodias, die die Hand ihrer Amme krampfhaft drückte.

»Tanze, Salome!« befahl Herodes.
Aber sie reagierte nicht. Sie betrachtete diesen Mann mit seinem zerzausten Haar, den man nach zehnmonatiger Gefangenschaft aus seinem Kerker hervorgeholt hatte, um ihn mitten in ein Vergnügungsspektakel zu werfen, das von lieblichen und würzigen Düften durchzogen und von schmachtender Musik untermalt war, diesen Mann, der nun unvermittelt einem jungen, nackten Körper gegenübergestellt wurde.
Nachdenklich musterte Salome die mageren Gliedmaßen, dann Jokanaans Gesicht, dieses von der selbstzerstörerischen Liebe zu Gott und der wilden Verweigerung vor der Schöpfung gezeichnete Gesicht, ein Widerspruch in sich, da es schwer und zerbrechlich zugleich wirkte, wie jene Wüstenfelsen, die von schmalen, spitzen Steinsäulen getragen werden.
Sie betrachtete den Mund, in den sich alles Leben und Blut des Asketen geflüchtet zu haben schien, seine vollen, sinnlich geformten Lippen, die sich durch die plötzliche Anstrengung eines Ganges an der frischen Luft gerötet hatten, sie musterte ohne Scham die dunklen Brustwarzen auf dem ausgemergelten, unbehaarten Oberkörper, deutete in Richtung der Schulter des Asketen und erschauerte. Auch Jokanaan starrte sie an.
»Tanze, Salome!« drängte Herodes. Ihn beschlich das unbestimmte Vorgefühl, daß irgend etwas Unvorhergesehenes seine Pläne durchkreuzen könnte.
Mit unendlich traurigem Gesicht wandte sie sich dem Manne zu, der gleichzeitig ihr Onkel und Stiefvater war. Und Herodes begriff, zutiefst bestürzt, was sie dachte. Sie war dem Mann begegnet, dessen Kopf auf dem Spiel stand, und – nein! dachte Herodes verzweifelt, nein! – hatte sich in ihn verliebt! Er hörte ein Geräusch hinter sich und sah sich um.
Herodias war aufgesprungen. Wie häßlich sie plötzlich war in ihrer Angst!
»Tanze, Salome!« befahl nun auch die Kupplerin und Mutter.
Das Mädchen zögerte. Schließlich kehrte es dem Tetrarchenpaar den Rücken zu und tanzte für Jokanaan. Für ihn allein entfaltete Salome nun ihre verführerischen Reize, Samt und Seide ihres Körpers, für ihn, den stinkenden, mit einem Kamelfell bekleideten Asketen, der sie

ungläubig betrachtete. Herodias trat einen Schritt vor, um vom Podest herabzusteigen, aber Herodes hielt sie mit heiserem Befehl zurück. Ihrer beider Pläne waren gescheitert.
Die Musiker, als hätten sie die Lage genau erfaßt, hatten ihre Begleitung verändert. Das Spiel der Flöte war keine Musik mehr, sondern ein Pinsel, der Salomes Körperkonturen nachzog. Zwei Tamburine spiegelten in ihren spannungsgeladenen syrischen Auftaktrhythmen die beklemmende Atmosphäre unter den Zuschauern wider, unterstützt von den Zimbeln, deren eherner Schlag jedesmal erscholl, wenn die Tänzerin die Arme hob, und weiteren Tamburinen, die den Bekkenschlag durch dramatische, von Klirren unterstrichene Trommelwirbel fortsetzen. Einmal gab sie sich wollüstigen Schnörkeln hin, dann wieder brach sie unvermutet ab und verfiel in einen neuen Rhythmus – die Musik hatte sich in einen Chor verwandelt, der die Handlung für die Zuschauer kommentierte. Und sie spornte Salome an, die ihren Körper geradezu akrobatisch wand und bog und ihre Beine viel höher hob, als sie es für Herodes getan hätte. Auch die Ekstase simulierte sie für Jokanaan mit viel größerer Hingabe als für Herodes. Die Lüge offenbarte allen die Wahrheit: Sie war von Jokanaan fasziniert.
Ohne ihr Wissen hatte sie um seinen Kopf getanzt, und jetzt tanzte sie für seinen ganzen Körper.
Und auch Jokanaan war fasziniert. Er zitterte. Wie gebannt blickte er Salome an, mit halb offenem Mund und feuchten Augen, er betrachtete das für den Tod tanzende Leben. Dann plötzlich stieß er einen langen Schrei aus, bis seine Stimme brach.
Die Musik erstarb. Salome hörte auf zu tanzen, und die Umstehenden hielten den Atem an.
Salome ging zu ihm und flüsterte ihm Worte zu, die niemand außer ihm hören konnte.
Und auch einzig und allein Salome vernahm seine Antwort. Wie angewurzelt stand sie vor ihm.
Herodes erhob sich halb von seinem Thron. In den Gesichtern der sanhedrinischen Abgeordneten las er helles Entsetzen über einen derartigen Skandal.
»Manassah!« befahl Herodes mit erstickter Stimme. »Dieser Mann ist auf der Stelle zu enthaupten!«

Man zerrte Jokanaan nach draußen auf den Vorplatz. Wenige Augenblicke später rollte sein Haupt.
Salome war die erste, die kam, um ihn sich anzusehen. Lange blieb sie dort und betrachtete im Fackelschein das Gesicht des Mannes, der ihre erste Liebe gewesen war.

XVIII.

Der Sturm

Ihre Stimmen summten im Morgengrauen wie bei einer gedämpft vorgetragenen Litanei. Ihre Worte glichen eher einem Gebet als einem Bericht über das Geschehene, und wären nicht ab und zu unterdrückte Schluchzer zu hören gewesen, hätte man sie für Nazarener gehalten, die gerade ihr Morgengebet sprachen.

»... Wir haben also seinen Kopf von dort, wo er lag, aufgehoben, da die Wachen ihn nicht anzurühren wagten, und haben seine Augen zugedrückt und das Blut abgewaschen. Dann haben wir den Körper gewaschen und vom Blut gereinigt, das Haupt darangefügt und den Leichnam in ein Leintuch gebettet, das wir vorher mit Myrrhe und Aloe bestreut hatten, wir falteten es und nähten es zu ...«

Ein Kind kam fröhlich aus einem Nachbarhaus getanzt und sang dabei ein Liedchen vor sich hin. Es erblickte Jesus, der in Gesellschaft einiger fremder Männer auf der Türschwelle des Hauses von Simon Petrus stand, und lächelte ihm zu. Jesus erwiderte das Lächeln mit einem ernsten Kopfnicken, und das Kind hüpfte auf einem Bein davon.

»... Wir haben den Leichnam auf den Rücken eines Maulesels geladen und ihn in der Wüste, unweit von Qumran, begraben.«

Die Frau des Simon Petrus verließ das Haus durch die Tür zum Garten und leerte eine Schüssel Schmutzwasser in den Rinnstein. Ihre Töchter kehrten mit vollen Tonkrügen auf den Köpfen vom Brunnen zurück und betraten das Haus, ohne auch nur einen Blick auf die Fremden zu werfen, wie es sich für sie ziemte.

»Du bist also der Messias, denn er hat es gesagt«, erklärte der Wortführer der sieben Jünger Jokanaans.

Jesus kannte ihn gut; Zacharias hieß er. Er hatte ihm damals, in jener Nacht in Änon-Salim, als Jokanaan so hoch emporgeschwebt war, geholfen, den Täufer auf den Erdboden zurückzuholen. Und ebendiesen Zacharias hatte Jokanaan vor einigen Wochen ausgesandt, um Jesus jene Frage zu stellen, die alle Gemüter seither so erhitzte: »Bist du derjenige, der da kommen soll, oder müssen wir auf einen anderen warten?« Ein anderer? Welcher andere? Es wäre unsinnig und falsch gewesen, abzuleugnen, daß Gott mit ihm, Jesus, eine Absicht verfolgte, auch wenn er daraus keineswegs eine messianische Berufung ableiten konnte.

Zacharias hätte, seinem Äußeren nach, ein jüngerer Bruder von Jokanaan sein können, nur lag in seinen Augen weder die Tiefe noch der Wahnsinn und auch nicht die Milde, die sich in den Augen seines Meisters widergespiegelt hatten. Jokanaans Blick war nach innen gerichtet gewesen, während Zacharias' Augen voller Wildheit und vielleicht sogar etwas Bitterkeit die Welt befragten. »Aber wir möchten dir sagen, daß du nicht unser Meister bist. Wir bleiben Jokanaans Lehre treu.«

Jesus nickte.

»Jedenfalls«, fuhr Zacharias beinahe unwirsch fort, »werden wir nicht die Manieren deiner Jünger annehmen. Wir halten den Sabbat ein, wir ...«

Jesus hob die Hand, um die Schmährede, die nun folgen würde, zu unterbrechen. »Eure Vorhaltungen sind mir schon bekannt«, sagte er. »Laßt mich jetzt mit meinem Kummer allein.«

Er spürte die auf ihn gerichteten Blicke der Jünger Jokanaans, Blicke ohne jede Wärme. Und er wußte auch, warum: Er hatte die Wüste verlassen, er war nicht nackt, er saß mit reichen Leuten an einem Tisch, verkehrte mit Frauen, beachtete das Arbeitsverbot am Sabbat nicht, und wahrscheinlich begegnete er der Welt auch nicht mit genügend Verachtung. Er zeigte Erbarmen, weil er Kranke heilte, anstatt ihr Schicksal den Absichten des Herrn zu überlassen. Aber er hielt es für notwendig, gegen Gott ebenso anzukämpfen wie gegen den Teufel. Deshalb hatte er Zacharias damals auch geantwortet, daß Blinde wieder sehen und Lahme gehen könnten. Zur Belehrung Jokanaans hatte das sicherlich ausgereicht. Jokanaan, der den Heilkundigen ebenso Verachtung entgegenbrachte wie den Pharisäern und dem die Heilung von Kranken suspekt erschien, weil man damit dem Willen des Herrn vorgriff, ja ihm sogar entgegenwirkte.

»Bevor ich gehe«, sagte Zacharias, »soll ich dir noch dies hier übergeben.« Er holte ein kleines Stück Rinde von einem Granatapfelbaum aus seinem Mantel hervor. Kaum halb so groß wie eine Hand war es und wirkte auf den ersten Blick verschmutzt. Bei näherem Hinsehen jedoch entpuppten sich die Schmutzflecken als Worte, die mit der Spitze eines angekohlten Holzspans aufgekritzelt waren. Jesus hielt das Rindenstück auf der flachen Hand. Vier Worte standen da, halb verwischt, aber noch lesbar.

»Unser Meister trug es an seinem Gürtel«, erklärte Zacharias. »Er sagte uns, er wolle es dir vermachen.«

Jesus dachte über die vier Worte nach und zog erstaunt die Augenbrauen hoch. Jokanaan hatte also seinen Kopf abgewandt und seinen Blick auf andere Dinge gerichtet. Als Jesus wieder aufsah, waren die Jünger Jokanaans gegangen. Von seinen eigenen Gefährten ließ sich keiner blicken. Er ging am See entlang, hockte sich schließlich an den Strand und betrachtete die vom Wind geblähten Segel auf der silbrig gleißenden Wasseroberfläche. Wie war es möglich, daß sich eine derartige geistige Katastrophe nicht in der materiellen Welt widerspiegelte? Bestand demnach keine Verbindung zwischen den beiden Welten? Wußten die Fischer nicht, daß man Jokanaan enthauptet hatte? Und falls sie es doch wußten, warum waren sie dann zum Fischen auf den See hinausgefahren? Würde der Mensch denn bis zum letzten Tag so gedankenlos auf dieser Erde dahinleben? Schwer wie ein Stein lastete die Trauer auf seinem Herzen. Ganz nah am Ufer schnellte ein Fisch kurz aus dem Wasser. Vielleicht hatten Jokanaans Lippen noch im Tode gezittert. Nun rann Sand in seinen Mund. In Aloe und Myrrhe vertrocknete sein Körper und fiel der Verwesung anheim. Vorbei war es mit den einst so sinnlichen Lippen des Jünglings; was blieb, war einzig ein hohler Schädel. All das war einmal mit Liebe erfüllt gewesen, mit liebender Erwartung. Jokanaan hatte anfänglich nur Jesus geliebt, und diese, das Leben übersteigende Liebe hatte ihn zu Gott geführt. Er hatte Gott durch Jesus geliebt und Jesus im Herrn. Wie Vorder- und Rückseite einer Münze, nur daß diese Münze aus Glas bestand und beide Seiten gleichzeitig sichtbar waren.

Er stand auf und warf das Rindenstück in den See. Es trieb eine Weile auf den Wellen, dann saugten sich seine ausgedörrten Fasern voll Wasser, und es ging unter. Dort in der Wüste versank Fleisch im Sand, hier versanken Worte im Wasser. Aber die Worte waren friedlich untergegangen. Hatte Jokanaan sich dem Tod mit Frieden im Herzen gestellt? Oder hatten ihn selbst noch in seiner Todesstunde Zweifel gequält? Die Frage bohrte in ihm. Billigte Jokanaan die Botschaft seiner Jünger, er, der sie noch vor seinem Tod als Überbringer dieser schrecklichen Frage gesandt hatte: »Bist du derjenige, der da kommen soll, oder müssen wir auf einen anderen warten?« Allein bei dem Gedanken an diese Frage, die Zacharias unverblümt gestellt hatte, errötete Jesus. Denn sie bedeutete im Grunde: Bist du der Messias oder ein Betrüger? Hatte ich recht oder unrecht? Sie überhaupt zu stellen kam schon einer Beleidigung gleich – soweit es dies geben konnte, bei der Vertrautheit, die zwischen den beiden Männern bestanden hatte. Und Zacharias' Verhalten vorhin hatte sie nicht gerade abgeschwächt. Wie schroff hatte er verkündet, daß Jesus der Messias sei, da Jokanaan es so gesagt habe! Mit anderen Worten, er war nur für Jokanaan der Messias, Jokanaan hatte ihn gesalbt, und folglich stand der Mann, der den Erlöser gesalbt hatte, über dem Erlöser selbst! Kurz, Jokanaan war der Gottgesandte, während er, Jesus, nur die Rolle einer Art Stellvertreter spielte. Er atmete tief durch und suchte in anderen Worten Jokanaans Trost: »Ich bin nicht einmal würdig, ihm die Sandalen auszuziehen.« Ja, das hatte er gesagt, aber das war noch in den ersten enthusiastischen Tagen gewesen, als Jesus von seinen Reisen zurückgekehrt war und Jokanaan die Ankunft eines Messias in Glanz und Glorie erwartete. Die Inbrunst der Jünger Jokanaans hatte einen bitteren Beigeschmack bekommen, und wenn Jokanaan auch nicht von seiner Meinung abgekommen war, daß Jesus der Messias sei, so war doch seine kalte, ablehnende Haltung Jesu Jüngern gegenüber bis zum Schluß geblieben. Das bewiesen Zacharias' Worte: »Jedenfalls werden wir nicht die Manieren deiner Jünger annehmen.« Ja, seine Jünger, die fasteten nicht! Der Vorstellung der anderen nach hätte er ihnen das Gebot auferlegen müssen, jeden ersten und fünften Tag der Woche keine Nahrung zu sich zu nehmen, nach dem Vorbild der Frömmler, der Pharisäer und Jokanaans eigener Jünger! Fasten! Sich jedesmal, bevor man sich zu Tisch setzte, die Hände waschen! Hatte Jokanaan noch immer nicht genug gehabt von den essenischen Riten? Offenbar nicht. Jesus schüttelte den Kopf. Wozu sollte das Fasten gut sein? Sollte es Ausdruck der Reue für begangene Sünden sein, was ja sein eigentlicher Sinn und Zweck war, oder diente es dazu, sich für seine Sünden selbst zu bestrafen? Es war tatsächlich eine Strafe, die sich Juden, Sadduzäer, Pharisäer, Nazarener, Essener, Rabbiner und Schriftgelehrte gleichermaßen auferlegten. All diese Menschen wandten das Vergeltungsrecht auf sich selbst an. Du hast Gott beleidigt, also bezahle dafür, enthalte dich der Nahrung! Du willst Ihm gefallen, nun, so schenke Ihm Nahrung! Zornesröte stieg Jesus ins Gesicht. Für sie war Gott ein Steuereintreiber, der den Ihm zustehenden Essensanteil verlangte! Unerträglich! Als ob irgend jemand Gott einfach zahlen konnte, was Ihm zukam! Daher auch die Schlußfolgerung, daß die Menschen nichts seien außer Sünder, daß sie, wenn sie nicht fasteten und sich die Hände vor dem Essen nicht wuschen, Gott beleidigten und, falls sie sich weigern sollten, sich selbst zu bestrafen, die Rache der Öffentlichkeit auf sich zögen. Das war auch Jokanaans Einstellung gewesen. Aber Gott war kein Steuereintreiber! Und selbst die Zöllner forderten schließlich nur den Zehnten für Cäsar ...

Es wurde in seinen Grübeleien unterbrochen. Eine kleine Männerschar kam auf ihn zugeeilt. »Meister!« riefen sie. Er erkannte sie, alles Leute aus Kafarnaum: Phiabi, der Heringsfässer herstellte, der Zimmermann Saul, Juda und Baba, zwei mit Andreas und Simon Petrus befreundete Fischer, und außerdem noch zwei junge Männer, die wohl die Söhne des einen oder anderen Fischers waren.

»Sie haben Jokanaan enthauptet!« brachte Saul keuchend hervor, als die Gruppe bei Jesus angelangt war.

Er nickte nur. Jokanaans Jünger hatten sich also sofort darangemacht, die ganze Stadt von Herodes' Missetat in Kenntnis zu setzen. Der Zimmermann fiel auf die Knie, küßte Jesus' Hände und erging sich dann händeringend in Wehklagen über das abscheuliche Verbrechen.

»Auge um Auge!« schrie Saul und schlug sich dabei auf die Brust. »Heute abend noch schlagen wir einem der Garnisonssoldaten den Kopf ab!«

Die anderen murmelten eifrig ihre Zustimmung. Jesus' Gelassenheit jedoch verunsicherte ihren Tatendurst.

»Welches Leben könnte Jokanaans Leben aufwiegen?« fragte er.

»Dann köpfen wir eben drei Soldaten!« schlug Phiabi vor.

»Und wenn ihr alle römischen Soldaten enthaupten würdet, so könntet ihr Jokanaan doch nicht wieder lebendig machen. Außerdem unter-

stehen die Garnisonssoldaten in Kafarnaum der römischen Oberherrschaft, während diejenigen, die Jokanaan verhafteten, Herodes unterstehen. Und was würde aus euren Frauen und Kindern in dem Blutbad, das unweigerlich die Folge eurer Rache wäre?«
»Aber ... Meister!« protestierte Baba. »Sollen wir uns tatenlos unserem Schmerz ergeben? In der ganzen Stadt herrscht helles Entsetzen!«
»Glaubt ihr, daß die Umwandlung von Schmerz in mörderische Wut euch wirklich Linderung verschaffen kann?« fragte Jesus.
»Aber die Ehre!« rief Saul aus, während er aufsprang und sich mit flammendem Blick vor Jesus aufbaut. »War Jokanaan nicht dein Vorläufer? Willst du seinen Leichnam ohne ein Wort der Trauer verwesen lassen?«
Jesus verschränkte die Arme. »Jokanaan war ebenso mein Vetter wie mein Vorläufer, wie du sagst. Wenn es hier einen Menschen gibt, der für ihn eintreten müßte, dann bin ich das. Aber wenn ihr ihn so sehr geliebt habt und er euch nun so am Herzen liegt, warum seid ihr ihm dann bei seiner Verhaftung nicht zu Hilfe geeilt? Und wenn er mein Vorläufer war, zählt dann mein Wort nicht ebensoviel wie seines? Hört auf mich und gebt jeglichen Rachegedanken auf.«
Ganz offensichtlich wenig überzeugt von seinen Worten, standen sie da und starrten ihn nur an. Er hielt ihren Blicken stand. Als sie merkten, daß er seine Meinung nicht ändern würde, erklärten sie verunsichert, daß sie ihre Ältesten um Rat fragen wollten, und zogen ab. Jesus blieb allein zurück. Noch ein Problem kam da also auf ihn zu. Bald würden in allen Städten und Dörfern Galiläas, in die Jokanaans Jünger die Nachricht trugen, Aufrufe zu blutiger Rache ertönen. Welch gute Gelegenheit, Jesus herauszufordern! Eilends kehrte er in die Stadt zurück, er wollte so schnell wie möglich fort von hier, auch wenn seine eigenen Jünger noch nicht zurückgekehrt waren. Denn wenn er in Kafarnaum blieb, würde bald ein ganzer Pulk von ihm verlangen, sich an die Spitze eines Aufstandes zu stellen.
Als er vor dem Haus des Simon Petrus anlangte, sah er Andreas auf der Türschwelle sitzen. Das konnte nur bedeuten, daß er sich ihnen wieder anschließen wollte. Ob auch Bartolomäus seine Meinung geändert hatte? Andreas hielt jeweils in einer Hand eine Zwiebel und ein Stück Brot, in die er abwechselnd herzhaft hineinbiß. Die Hände hatte er sich zuvor gewiß nicht gewaschen.

Sobald er Jesus erkannte, lief er ihm, immer noch mit Zwiebel und Brot in den Händen, entgegen. »Meister!« rief er und umfing Jesus mit seinen mächtigen Armen. Seit langem war das wieder die erste Geste der Zuneigung.
Jesus befreite sich aus der Umarmung. Als Andreas verlegen zu einer Erklärung ansetzen wollte, hob Jesus die Hand und sagte nur: »Du bist da, und das genügt.«
Ein glückliches Lächeln überzog das breite Gesicht des zurückgekehrten Jüngers.
»Wo ist dein Bruder? Wo sind die anderen? Wir müssen Kafarnaum so schnell wie möglich verlassen.«
»Simon Petrus und Matthäus haben sich ein wenig hingelegt«, erwiderte Andreas.
Gerade als sie das Haus betraten, um ihn zu wecken, vernahmen sie Stimmen hinter sich. Sie drehten sich um. Eine weitere kleine Gesellschaft war gekommen. Jesus ging hinaus, um mit den Leuten zu sprechen, während Andreas die Szene von der Schwelle aus verfolgte.
»Friede sei mit euch«, empfing er sie.
»Meister«, sagte ein junger, pausbäckiger Mann, »die Heiden müssen für Jokanaans Blut bezahlen.«
»Niemand kann in seinem eigenen Namen Gericht halten, und schon gar nicht, um den Tod eines frommen Mannes zu rächen«, erwiderte er.
»Verleugnest du Jokanaan?« fragte der junge Mann, der offensichtlich der Wortführer der Schar war.
»Ich habe euch eben schon gesagt, daß das im Namen des Guten verübte Böse dem Guten schadet«, entgegnete Jesus. »Wenn ein Mensch für Jokanaans Tod zur Rechenschaft gezogen werden muß, dann einzig und allein der, der seinen Tod verschuldet hat. Könnt ihr diesem Mann etwas anhaben? Nein. Ihr schlagt also vor, einen Unschuldigen an seiner Stelle zu opfern. Und das wäre reiner Mord.«
»Es gibt keinen unschuldigen Heiden!« rief der junge Mann, und die anderen pflichteten ihm lautstark bei.
»Ruft euch die Worte eures Herrn ins Gedächtnis!« gab Jesus mit unverhohlenem Zorn in der Stimme zurück. »Wenn ein Mann der Feind eines anderen ist, dann mag er ihn angreifen und ihm einen tödlichen Stoß versetzen. Zeigt kein Erbarmen, aber reinigt Israel von der Sünde

unschuldig vergossenen Blutes, so spricht der Herr. Aber niemals hat Er gesagt, daß ihr einen Angehörigen seines Stammes opfern sollt.«
Enttäuschung zeichnete sich auf ihren Gesichtern ab.
»Und denkt daran, daß nicht nur ihr Schwerter in Händen haltet. Auf die Ermordung eines Römers würden unweigerlich weitere Racheakte folgen, eure Hoffnungen gingen nicht in Erfüllung, sondern ihr müßtet Jokanaans Blut mit noch mehr jüdischem Blut bezahlen. Ist das euer Ziel? Ich habe euch ebenfalls gesagt, daß die Römer nicht für Jokanaans Tod verantwortlich sind. Herodes hat ihn umbringen lassen. Und nun geht und denkt über meine Worte nach.«
Verstimmt zogen sie ab. Simon Petrus und Matthäus, die inzwischen aufgewacht waren, beobachteten die Szene durch das Fenster.
»Nun versteht ihr, warum wir Kafarnaum sofort verlassen müssen«, sagte Jesus zu seinen Jüngern. »Wißt ihr, wo die anderen sind?«
»Vor einer Stunde hat mein ältester Sohn Thomas und Natanael gesehen. Sie gingen ein Bad nehmen und wollten sich dann ein wenig stärken«, antwortete Andreas.
»Schicke deinen Sohn los, und laß ihnen ausrichten, sie sollen so bald wie möglich zu uns kommen, und zwar zum Hafen, an den Anlegeplatz deines Bootes. Und den anderen hinterläßt du eine Nachricht, daß sie ebenfalls baldmöglichst in Betsaida Julias zu uns stoßen sollen.«

Als die sechs Männer am Hafen eintrafen, stellte sich heraus, daß Johannes mit seinem Bruder Jakobus wie auch Thaddäus und Jakobus, der Sohn des Alphäus, bereits zurück waren, und zwar alle aus demselben Grund: In vier Tagen war das Passah-Fest, und sie wollten es gemeinsam mit Jesus feiern. Es fehlten also nur noch Judas, Philippus, Judas Iskariot, Simon der Zelot und Bartolomäus, der, wie Andreas eifrig versicherte, seinen Ausbruch gegen Jesus inzwischen heftig bereue. Simon Petrus meinte, sie kämen vielleicht noch gegen Abend, und es wäre wohl besser, auf sie zu warten, aber Jesus wollte, daß sofort die Segel gesetzt wurden, und so gingen sie an Bord. Es war ein windiger Tag, und das Boot kam rasch in Richtung Osten voran.
»Werden wir das Passah-Fest über in Betsaida Julias bleiben?« wollte Matthäus wissen.
»Möglicherweise«, antwortete Jesus. »Ich will nicht zehnmal am Tag mit der Bitte bedrängt werden, einen Aufstand zu organisieren, um Jokanaans Tod zu rächen.«

»Warum glaubst du, daß die Bewohner von Betsaida dies nicht von dir verlangen werden?«
»Weil sie gar nicht die Gelegenheit dazu haben werden. Gleich nach unserer Ankunft ziehen wir uns in die Berge zurück.«
Eine Zeitlang segelten sie schweigend dahin. Die Dörfer an der Küste verschmolzen in der Mittagshitze zu einer Kette aus flirrenden Pünktchen. Wieder einmal, so ging es Jesus durch den Kopf, mußte er der Rolle entfliehen, ihn die man ihn zu zwängen suchte. Einige Jünger schliefen, andere dösten gedankenverloren vor sich hin. Nur Thomas erwiderte seinen Blick mit dem Anflug eines Lächelns.
»Nun denn«, meinte Thomas, »willst du nicht wissen, was sich inzwischen bei uns getan hat?«
»Was hat sich denn getan?«
»Ich habe einen alten Mann getauft und Natanael ein jungvermähltes Paar.«
»Du hast nur einen einzigen Mann getauft?« fragte Simon Petrus ungläubig.
»Er will eigentlich sagen, daß er nur einen einzigen davon überzeugt hat, sich taufen zu lassen«, berichtigte Natanael. »Viele andere sind von sich aus gekommen, um sich in Jesus' Namen taufen zu lassen, und natürlich hat Thomas das auch getan. Wie viele es waren, wird er nicht sagen.«
»Wie viele?« erkundigte sich Jesus.
»Zu wenig«, entgegnete Thomas. »Denk an all die Römer, die ich nicht getauft habe!«
»Bei mir waren es einundsechzig!« prahlte Matthäus, was ihm von Simon Petrus auch gleich einen unsanften Stoß mit dem Ellbogen einbrachte.
»Heute sind aber eine Menge Fischer auf dem Wasser«, bemerkte Johannes, der am Heck saß.
»Tatsächlich, die reinste Flotte«, pflichtete ihm Matthäus bei.
»So viele habe ich hier noch nie gesehen«, meinte Simon Petrus.
Jesus schaute besorgt zurück. Unmöglich konnten das alles Fischer sein, dazu waren es zu viele Boote. Sie folgten ihm. Einige wendigere setzen sogar zum Überholen an. Kinder und alte Frauen, junge Männer und Mädchen, Gesunde und Kranke, halb Kafarnaum begab sich nach Betsaida Julias. Als er an Land ging, wurde er bereits von Men-

schenmassen empfangen, die ihn kaum vorwärts kommen ließen. Die Leute riefen ihn an, und da sie alle auf einmal redeten, versuchte jeder den anderen zu überschreien. Ein einziges Durcheinander. Trotzdem bahnte er sich einen Weg, und sie folgten ihm, heftig gestikulierend und ständig bemüht, seinen Mantelsaum zu erwischen. Ein Blinder fiel und wurde von der Menge fast niedergetrampelt. Jesus half ihm auf und untersuchte ihn. Schon wieder einer, dessen Blindheit auf eitrige und verkrustete Sekrete zurückzuführen war; er heilte ihn, indem er ihm lange die Augen auswusch. Und wie die Leute schrien, als der Mann »Licht!« rief! Man bedrängte Jesus so sehr von allen Seiten, daß er fast selbst das Gleichgewicht verloren hätte. Plötzlich rammte ihm jemand den Kopf in den Leib. Eine alte Frau war es, der ein rheumatisches Leiden den Oberkörper tief gebeugt hatte. Er wollte ihr helfen, sich auf den Boden zu setzen, aber sie fiel um und lag in grotesk verrenkter Haltung da. Er umfing ihren Leib von hinten und bat Simon Petrus, an ihren Beinen zu ziehen. Sie zogen in entgegengesetzte Richtungen. Die Frau brüllte auf.
»Das ist der Dämon, der jetzt aus ihrem Körper fährt«, bemerkte ein Schaulustiger.
»Halte du dich lieber ein wenig abseits, daß er nicht gleich in deinen einfährt«, riet ein anderer.
Die Leute wichen zurück. Mit einem Ruck richtete Jesus den Oberkörper der Frau auf. Man vernahm ein Knacken, dann verlor die Frau das Bewußtsein. Als er sie nun wieder zurücksinken ließ, streckte sie sich der Länge nach auf dem Boden aus, sicherlich zum erstenmal seit langer Zeit. Etwas oberhalb der Augen drückte ihr Jesus die Daumen in die Augenhöhlen. Sie schrie auf, tot war sie also nicht. Simon Petrus stellte sie wieder auf die Beine. Zunächst stand sie in ihrer gewohnt gebückten Haltung da. Die Menge hielt den Atem an. Dann richtete sich die alte Frau langsam auf, wobei sie ihre Hände ins Kreuz drückte. Fassungslos staunend blickte sie sich um.
»Lobet den Herrn! Seht die Macht unseres Meisters Jesus!« schrie eine Frau.
Sie klatschten Beifall, schrien, stampften mit den Füßen auf den Boden, weinten. So verging eine Stunde, während Jesus noch einige andere heilte.
»Ich bin erschöpft«, sagte er dann. »Laßt uns essen.«

Er entdeckte Simon, den Zeloten, und Judas Iskariot in der Menge. Waren sie mit den drei anderen in einem Boot gekommen? Und warum begrüßten sie ihn nicht? Er musterte sie; kühl erwiderten sie seinen Blick. Sie denken vermutlich, ich sei nichts als ein Wunderheiler, dachte er. Judas' Blick hatte ihn auf unangenehme Weise berührt. Kalt und finster war er gewesen.
Die Menge erklomm den Hügel, der sich unweit vom Strand erhob, und die kleine, ihn umringende Jüngerschar verschaffte sich energisch Ellbogenfreiheit, um ihn vor dem Ansturm all dieser Leute zu schützen, so daß er schließlich ohne allzu große Schwierigkeiten am Gipfel anlangte.
»Schau nur«, sagte Thomas, »das sind mehr als tausend Menschen.«
Jesus blickte den Hügel hinab auf eine Unzahl von Köpfen, kahle und behaarte, unbedeckte und verschleierte.
»Begreifst du jetzt, daß Galiläa erobert ist?« fragte Thomas.
»Erobert?« fragte Jesus zurück.
»Warte nur, bis wir erst nach Judäa kommen!« rief Johannes. Von hier oben sah man bis hinunter zu den blauen Dunstschwaden über dem Seeufer einen blutroten Blütenteppich zwischen den einzelnen Grüppchen hervorleuchten, die sich gebildet hatten und sich nun ringsumher niederließen. Warum nur waren all diese Menschen gekommen? Würden sie wieder vom Täufer sprechen und Rache fordern? Er mußte ihnen zuvorkommen.
Er breitete die Arme aus.
»Jetzt wird er zu uns sprechen!« flüsterten die Versammelten in seiner Nähe, und die Nachricht eilte von Mund zu Mund den Hang hinab. Sie verstummten, und aller Augen richteten sich auf ihn.
»Kommende Woche«, sprach er mit klarer, weithin hörbarer Stimme, »beginnen die Tage des Passah-Festes. Ich möchte, daß ihr euch den Sinn dieses Festes ins Gedächtnis ruft. Vor Moses' Zeit kündigte er das neue Jahr an und diente dem Volke Israels dazu, sich mit Hilfe eines dem Herrn dargebrachten Opfers vom Schmutz des vergangenen Jahres zu reinigen. Es bedeutete also für jeden Mann und jede Frau, die daran teilnahmen, eine Befreiung von der Vergangenheit.«
Er begann den Hügel hinabzusteigen. Sie hörten ihm alle zu, aber verstanden sie ihn auch? Sie hatten Essenskörbe dabei, vor allem Brot und getrockneten Fisch, die Seeluft hatte sie sicher hungrig gemacht.

Sie warteten, daß er zu essen begann, um dann auch selbst essen zu können.
»Früher wollten die Ägypter den Juden dieses Fest nicht erlauben«, fuhr er fort, »deshalb beschloß Moses, unserer Knechtschaft ein Ende zu setzen, und führte uns aus Ägypten. Als wir in das Gelobte Land einzogen, bekam das Passah-Fest einen anderen Sinn für uns. Es versinnbildlichte die Freiheit, für die wir mit der Hilfe des Allmächtigen gekämpft hatten. Das ungesäuerte Brot soll uns an die Opfer erinnern, die man auf sich nehmen muß, um die Freiheit zu erlangen. Denn wenn wir uns Zeit genommen hätten, unser Brot mit Sauerteig zu backen, hätten uns die Armeen des Pharaos ergriffen.« Er drückte sich so einfach wie nur möglich aus, war sich aber doch nicht sicher, ob sie die Aussage seiner Rede verstanden. »Und bis zum heutigen Tag ist diese Bedeutung des Passah-Festes geblieben, es ist ein Sinnbild der Freiheit.«
»Er redet wie ein Rabbi. Ist er vielleicht auch einer?« flüsterte eine Frau, aber er hörte es dennoch. Wie viele von ihnen würde er wohl noch von ihrer Blindheit und Taubheit heilen müssen?
»Das Passah-Fest ist gleichzeitig Ausdruck der Hoffnung. Ich sage euch, der neue Weizen wächst erst, wenn der reife Weizen abgeerntet und das neue Korn ausgesät ist. Jedes vergangene Jahr in eurem Leben muß für euch wie das Stroh sein, auf dem das neue Korn sprießt.«
Judas Iskariot und der Zelot, die nur einige Schritte von ihm entfernt saßen, hörten mit gleichgültiger Miene zu.
»Kein Mensch«, sagte Jesus, »kann seine ganze Ernte einbehalten, wenn er auf eine neue hofft. Der auf den Herrn vertrauende Mensch behält für zehn Scheffel Korn, die er ernten will, einen Scheffel zurück.«
Er drehte sich um. Auch Andreas und Jakobus wirkten unbeeindruckt. Danach würden sie ihn dann sicher wieder fragen, was er damit hatte sagen wollen und warum er in Gleichnissen geredet habe.
»Der Vogel steigt vom Himmel herab, um die nötige Nahrung aufzunehmen und sich dann wieder emporzuschwingen. Seht die Vögel, nehmt sie euch als Beispiel. Das Brot wird nicht gebacken, um den Gläubigen zu mästen, sondern um ihm zu ermöglichen, den kommenden Tag zu erleben. Die einzige Nahrung, die man sein Leben lang

in sich ansammeln kann, ist das Wort Gottes. Die Nahrung, die ihr jetzt gleich zu euch nehmen werdet, hilft euch nur bis zum nächsten Tag weiter, doch das Wort Gottes wird euch in die Ewigkeit führen. Laßt uns alle den Herrn um Seinen Segen für diese Mahlzeit bitten.«
Auf dem Hügel erscholl ein vielstimmiges Gebet, das der Wind auf den See hinaustrug. Jesus kehrte zu seinen Jüngern zurück. Die Menschen begannen zu essen, Geflügel, hartgekochte Eier, Fisch.
»Habt ihr auch etwas zu essen mitgebracht?« erkundigte sich Jesus bei den Jüngern.
»Wir haben nur fünf Gerstenbrote und sieben getrocknete Fische«, antwortete Matthäus beschämt.
»Die teilen wir unter uns auf«, meinte Jesus.
Als er alles verteilt hatte, bemerkte Johannes bestürzt, daß Jesus ja gar nichts für sich selbst zurückbehalten habe.
»Ich esse später«, entgegnete Jesus.
Ein paar Leute aus der Menge hatten es gehört. Kurz darauf wurden bis an den Rand gefüllte Körbe herangeschleppt.
»Unglaublich«, murmelte Matthäus, »er hatte nichts für sich selbst, und jetzt sitzt er vor ganzen Körben!«
Jesus nahm sich, was er brauchte, und ließ alles übrige wieder an die Spender zurückgehen. Dann mußte er sich erneut um die Kranken kümmern. Da war zum Beispiel ein dreijähriges Kind, das unter einer eitrigen Geschwulst im Ohr litt. Er empfahl, eine Handvoll Senfkörner zu mahlen und sie über Nacht zusammen mit Granatapfelblüten in Leinöl einzulegen, dann einen Docht mit dieser Lösung zu bestreichen und ihn in das Ohr des Kindes einzuführen, bis die Geschwulst aufplatzte. Ein junger Mann mit einem Geschwür am Kopf kam zu ihm. Ein impotenter Greis. Eine unfruchtbare Frau. Dem ersten verordnete er Honigkompressen, dem zweiten kalte Bäder. Und der Frau gab er den Rat, das nächstbeste Waisenkind an Kindes Statt anzunehmen. Allmählich wurde er ungeduldig, und Thomas bemerkte es.
»Ein Messias ist kein Arzt für eure körperlichen Leiden«, sagte Thomas zu den Leuten, »sondern für die Geschwüre eurer Seelen!«
Da schlossen sich Judas und der Zelot den anderen an, um sich schützend um ihren Meister zu stellen. Taumelnd ließ sich Jesus nieder, streckte sich auf dem Boden aus und schloß die Augen. Einige kamen, um ihn schlafen zu sehen.

»Seht nur, er schläft genau wie wir!« rief ein junger Mann in freudigem Erstaunen aus.

Er schlief also; ja, was glaubten sie denn? Er schlief und litt, kam seinen natürlichen Bedürfnissen nach und lachte; und machmal langweilte er sich auch. So wie ihn gerade eben die ausgesprochene Sinnlosigkeit seines Tuns anödete. Hunger, Lüsternheit, Raffgier, Angst und Zorn waren die Antriebskräfte, von denen die Menschen sich leiten ließen, und wenn sie es bemerkten – vorausgesetzt, es blieb ihnen noch genügend Zeit, um über Gut und Schlecht nachzudenken –, dann brauchten sie einfache und erprobte Maßregeln, die eisernen Klingen gleich, das, was es zu tun galt, von dem, was zu unterlassen war, trennten. Sie machten sich keine Gedanken über diese Regeln, sondern folgten ihnen blindlings. Sobald man Regeln anzweifelt, sind es schließlich keine Regeln mehr! So wurden aus Leitsätzen Worte, Zeichen, Töne. Wenn man aber versuchte, ihre eigene, vom Verstand geleitete Urteilskraft zu wecken, waren sie verloren. Was also tun? Neue Worte? Neue Regeln?

Er blieb nicht lange liegen.

Plötzlicher Lärm und Stimmengewirr rissen ihn aus seinen Gedanken. Thomas, Simon Petrus und Johannes hatten sich mit einem halben Dutzend Männer angelegt, und Jesus begriff sofort den Grund der Auseinandersetzung: Es ging um Jokanaan. Wortfetzen drangen an sein Ohr, obwohl der Wind in die andere Richtung blies und die Jünger versuchten, die aufgebrachten Männer von ihm fernzuhalten. »... Wir wären schlimmer als die Heiden, wenn wir den Tod dieses frommen Mannes einfach hinnähmen, ohne daß ... Zweimal haben wir eine Schar Abgesandter zu ihm geschickt, aber er wollte nicht ... Wenn er der Messias ist ...« Jähe Wut überkam Jesus, er stand auf, um sich diese Unbelehrbaren vorzunehmen. So wie sie sich benahmen, war es mit ihren Kampfandrohungen nicht weit her.

»Worum geht es?« fragte er mit hörbarem Überdruß in der Stimme.

»Warum willst du Jokanaan nicht rächen?« hielt ihm ein alter Mann vor.

»Jokanaan gehörte dem Reich des Göttlichen an. In diesem Reich gibt es keine Rache. Folglich kann er nicht gerächt werden.«

»Du hast wohl die Bücher nicht gelesen!« rief der andere. »Hat Gott die Treulosen nicht mit Seiner Rache verfolgt? Hat Er nicht Feuer über die von Ihm verfluchten Städte geschickt? Antworte mir!«

»Gott ist größer als alles, was du dir vorstellen kannst, und keine Rache kann eine Beleidigung gegen Gott aufwiegen.«
»Du verhöhnst die Bücher!« schrie der Mann außer sich vor Wut. »Du bist nicht der Messias! Du bist nur einer dieser vielen Magier!«
»Ich verhöhne nicht die Bücher, sondern lediglich jene Menschen, die nur Wörter darin lesen. Dann rächt doch Jokanaan mit einem Blutbad unter den römischen Soldaten, aber tragt auch die Verantwortung dafür, wenn das Blut eurer Frauen und Kinder fließt.«
»Vielleicht hat er recht«, meinte einer von ihnen.
»Wenn er recht hat, haben wir keine Ehre!« schrie der Mann.
»Wenn du deine Ehre im Blutvergießen siehst, alter Mann«, stieß Jesus mit grimmig zusammengebissenen Zähnen hervor, »dann ist sie keinen Deut mehr wert als die eines Schlächters!«
»Er hat recht«, pflichtete ihm ein Umstehender bei.
»Jokanaan wurde von Herodes umgebracht«, fuhr Jesus fort, »was also haben die Römer mit eurer Rache zu tun?«
»O Israel!« klagte der Mann. »Grenzenlos ist deine Schmach!«
Einigen aus der Gruppe gelang es schließlich, ihn fortzuziehen. Die Schaulustigen machten einen verunsicherten Eindruck.
Der Abend dämmerte heran. Die Einwohner von Kafarnaum machten sich in ihren Booten auf den Heimweg, die Leute aus Betsaida gingen zu Fuß. Vögel ließen sich auf der Anhöhe nieder und suchten Brotkrumen zu ergattern, Grasmücken waren es, verspätete Buchfinken und erste Grünfinken. Thomas beobachtete sie zerstreut und mißgelaunt. Eine Zeit ging zu Ende. Jesus' Geduld wich Wutausbrüchen und Erschöpfung, wenn die Leute kamen, um sich von ihm heilen zu lassen. Galiläa mochte erobert sein, jedoch nur oberflächlich. Der eigentliche Kampf würde sich in Judäa abspielen. Und dann?
Wind kam auf, Jesus stieß einen Seufzer aus.
»Du siehst müde aus«, bemerkte Johannes.
»Das hätte Tage und Monate so weitergehen können«, sagte Jesus. »Und was hätte sich geändert? Diese Arbeit hier müßtet eigentlich ihr für mich übernehmen.«
»Wir haben es versucht und werden es weiter versuchen«, erwiderte Matthäus, »aber wir beherrschen das einfach nicht so wie du. Wir sind keine Heilkundigen.«
»Es weht ein guter Wind«, sagte Andreas. »Wir sollten ein paar frische

Fische fangen. Sich nur von getrocknetem Fisch zu ernähren ist gar nicht gesund.«
»Ich glaube eher, ihr wollt nach Kafarnaum zurück«, meinte Jesus lächelnd. »Also gut, fahrt nur zu. Ich bleibe einige Zeit hier. Vermutlich werden wir die Racherufe für Jokanaans Tod bis nach Judäa hören. Ich komme dann wieder zu euch nach Kafarnaum. Wartet dort auf mich.«
Sie stiegen den Hügel hinab. Er sah ihnen zu, wie sie ins Boot stiegen, den Anker lichteten und das große Segel setzten, bevor sie dann nach rechts dem Sonnenuntergang entgegensteuerten.
Er blieb allein. Nach einer Weile durchlief ihn ein Schauer. Sicher, der Wind war frischer geworden, doch dies war nicht der Grund seines Fröstelns. Eine Kraft, die er die ganze Zeit über, als er von Menschen umgeben war, im Zaume gehalten hatte, bemächtigte sich nun seiner, unabhängig von seinem Willen. Ihm klapperten die Zähne, und er atmete tief durch, um nicht die Kontrolle über sich zu verlieren. Seit langem war dies nicht mehr eingetreten; er hätte wissen müssen, daß es eines Tages wiederkehren würde. »Herr«, betete er, »wie einst finde ich Dich nun wieder. Sei gelobt, ich liebe Dich!« Die ihn durchrieselnden Schauer ließen die Worte nur stockend über seine Lippen kommen. Allerdings zählten sie auch kaum, nur »Liebe« wollte er sagen, das einzige Wort, das er kannte für jene unwiderstehliche Kraft, die er in allen Fasern seines Körpers spürte. Von Norden her zogen tiefliegende Wolken, Schiefertafeln gleich, in Windeseile dem Sonnenuntergang entgegen. Einen Augenblick lang blutete die Sonne durch ein Loch in diesem Leichentuch, und das Blut spritzte auf den schwarzen See, dann legte sich Dunkelheit über die Welt, und die Ufer vor Kafarnaum verschwanden in der rasch hereinbrechenden Nacht. Das Zittern ließ in dem Maße nach, als der Sturm an Wildheit zunahm; Jesus atmete im Einklang mit dem Wind, stark und heftig. Er gab jeglichen Widerstand auf, er fühlte sich leicht, und er erriet auch den Grund dafür: Er hatte jenes zugleich beruhigende und erhebende Gefühl wiedergefunden, das ihn immer überkam, wenn er die Erdanziehung überwand.
Ohne daß er es wollte, erhob er sich und glitt dem Strand entgegen. Ein Blitz vereinte Wolken und Wasser, dann noch einer, mehrere, und alle tauchten sie die Landschaft in die Farben des Todes. Er hörte Schreie,

war das ein Mensch, der da »Wir gehen unter!« rief? Doch schon erkannte er Johannes' Stimme und vernahm eine weitere, die befahl, das Segel zu reffen; Simon Petrus war das. Er schwebte den Strand entlang, kaum daß er dabei den Boden berührte. Die Wellen brachen sich vor ihm. Er schwang sich auf, und während seine Fußsohlen die Wellenkämme leicht streiften, bewegte er sich auf das Boot der Jünger zu, als schwimme er über dem Wasser. Sie durften jetzt nicht sterben, nicht jetzt, nein, nicht jetzt. Ein Blitz schlug in unmittelbarer Nähe ein und peitschte einen gischtsprühenden Schaumwirbel auf. Er erblickte das Boot, das sich gefährlich zur Seite neigte, wenn es nicht gerade bugüber in jähe Wellentäler hinabstürzte. Simon Petrus und Johannes entdeckten ihn als erste. Wie alle anderen hatten auch sie sich an das nächstbeste festverankerte Holzstück geklammert, um nicht über Bord geschleudert zu werden. Die beiden Männer, der älteste und der jüngste der Schar, verloren vor Schreck den Halt und schlitterten über das Deck. Da bemerkten auch die anderen diese menschliche, jedoch von einem hellen Schein umstrahlte Gestalt, die neben dem Boot schwebte, und die Angst vor dem Sturm wich dem Grauen vor dieser übernatürlichen Erscheinung. Simon der Zelot, der sich ganz in der Nähe des Schiffsmasts festhielt, fiel in Ohnmacht. Einzig und allein Thomas beobachtete ihn ohne sichtliches Anzeichen von Furcht.

»Habt Vertrauen!« sprach er. »Ich bin es. Habt keine Furcht.«

Er war nun an Bord, und Thomas sah ihn immer noch unverwandt an. Seine nassen Haare und Kleider klebten ihm an Kopf und Körper, und auch die anderen starrten ihn an aus schreckensweiten Augen. Plötzlich stürzte Johannes vor, umschlang seine Füße mit solcher Heftigkeit, daß Jesus das Gleichgewicht verlor und ebenfalls zu Boden stürzte, ohne daß der junge Mann jedoch seine Waden losließ. Jesus richtete sich wieder auf. Johannes wurde von Schluchzern geschüttelt, und Jesus nahm ihn in seine Arme, während die anderen, vom Schlingern und Stampfen übel mitgenommen, vom Tosen der Wellen und den krachenden Donnerschlägen betäubt und bis auf die Haut durchnäßt, wie versteinert von dort, wo sie gerade saßen oder lagen, die beiden anstarrten.

Es regnete noch immer, als sie Kafarnaum erreichten, aber das Unwetter zog nach Osten ab. Allmählich brach die Wolkendecke auf und

ließ einen klaren Sternenhimmel durchblinken. Johannes war eingeschlafen. Als das Boot vertäut war und sie wieder festen Boden unter den Füßen hatten, sprach Judas Iskariot als einziger von allen.
»Meister«, sagte er, »du bist wahrhaftig der König!«
»Und wo ist mein Königreich?« entgegnete Jesus.

XIX.

Drei Palastintrigen

In der Nacht nach Jokanaans Enthauptung tat Herodes kein Auge zu. Salome war, obwohl es längst dunkel war und ihre Mutter heftigst protestiert hatte, unter großem Geleitschutz nach Jerusalem zurückgeschickt worden. Herodias selbst mußte sich, bleich vor Ärger, den Mißerfolg ihrer Intrigen eingestehen, die sie, besessen von dem Wunsch, Jokanaans Haupt rollen zu sehen, gesponnen hatte; das Scheitern war um so bitterer, als es sich gerade durch den Erfolg ihrer Machenschaften eingestellt hatte, und nun mußte sie, ebenfalls unter militärischer Bewachung, ihre Gemächer hüten. Das alte Blut des Großen Herodes sprach; sie riskierte das Schwert, den Strang, Vergiftung oder bestenfalls Verstoßung. Die Ungezwungenheit der Höflinge war wie weggeblasen, die Abgesandten des Hohen Rates waren vor Angst wie gelähmt. Der Geist des Vaters schien zu seinem Todestag wiedergekehrt zu sein, um gelbe Schatten der Angst und rote Schatten des gewaltsamen Todes auf dieses falsche Fest eines einsamen Tyrannen zu werfen.

Die wunderschöne Morgendämmerung, deren perlmuttener Schimmer durch die duftigen Florvorhänge ins Zimmer des Tetrarchen drang, brachte ihm keinen Trost. Einmal überfielen ihn Schweißausbrüche, dann wieder Kälteschauer.

Auch Manassah, dem er befohlen hatte, den Rest der Nacht in seiner Nähe zu verbringen, war an der Seite seines Herrn kaum zur Ruhe gekommen. Zuviel Wein und zu vielerlei Weine, zuviel Aufregung auch, hatten seinem Gesicht eine wächserne Farbe verliehen.

»Laß mir ein Bad herrichten«, wies ihn Herodes mit rauher Stimme an. »Mit vielen Ölen. Du wirst mir übrigens dabei Gesellschaft leisten.«

Als sie sich in das Marmorbecken begaben, den Zedern- und Nelkenölduft einsogen, der in den Dampfschwaden aufstieg, und Mandelmilch

und Granatapfelsaft tranken, wobei der Höfling mit seinem schlaffen Bauch dem Wanst seines Gebieters gegenübersaß, meinte Herodes schließlich: »Du hättest mich besser beraten müssen.«
Manassahs Körper sackte ein wenig tiefer ins Wasser.
»Das hättest du auch getan, wenn dir ein bißchen mehr Hirn zur Verfügung stünde«, fügte Herodes hinzu, während er sich an seinem fleischigen Oberarm kratzte.
Manassah waren diese Launen, diese Stimme und der Tonfall wohlbekannt; sie kündigten plötzliche Entscheidungen an. Bei derartigen Unwettern war es am vernünftigsten, die Segel einzuholen und sich an den Mast zu binden. Wenn Herodes nämlich seine Meinung änderte, dann behielt er die erste Richtung nicht bei, nein, er schlug sogleich die entgegengesetzte ein. Es war also klug, ihm nicht zu dicht zu folgen. Und Herodes wußte, daß er es wußte, und Manassah wiederum war klar, daß Herodes wußte, daß er es wußte. Was das Spiel beinahe unmöglich machte.
Also blieb Manassah stumm.
»Ich kehre heute nach Jerusalem zurück. Was hältst du davon?« erkundigte sich Herodes.
Manassah strich sich mit der flachen Hand über die Brust. »Du willst zum Passah-Fest dort sein«, antwortete er. »Und du willst für den Fall eines Aufstandes dort sein, um deine Präsenz zu demonstrieren. Aber ich zweifle daran, daß es eine Revolte gibt, da ich keinen Anstifter wüßte. Ich meine natürlich einen großen Aufstand. Die Essener lösen ihn nicht aus, weil es zu wenige von ihnen in Jerusalem gibt und weil Jokanaan außerdem ein Abtrünniger für sie war. Und Jünger hatte er nicht mehr als eine Handvoll.«
Ein Sklave kam, um die Haare des Tetrarchen mit einer eigens aus Rom importierten Seife einzuschäumen, und kurze Zeit später trat ein anderer aus dem gleichen Grund zu Manassah. Die beiden Männer schlossen die Augen.
»Jedenfalls«, fuhr Manassah fort, »verzeih, daß ich dich daran erinnern muß, verfügst du in Jerusalem über keinerlei Macht. Du besitzt dort nur den Palast deines Vaters. Wenn ein Aufstand ausbricht, wäre das eine Angelegenheit des Pontius Pilatus, und da Jerusalem nun einmal unter der Fuchtel des Statthalters von Judäa steht, scheint es mir recht unwahrscheinlich, daß die paar Anhänger eines Eremiten aus

Galiläa sich erdreisten sollten, dort Krach zu schlagen. Außerdem hält sich bestimmt dein Schwager Agrippa in Jerusalem auf, und dieser Nichtsnutz, der bis zum Hals in Schulden steckt, hat nichts anderes im Sinn, als dir einen bösen Streich zu spielen. Somit wirst du in Jerusalem alles andere als einen ruhigen Aufenthalt haben.«

»Gründe genug, um in Jerusalem zu sein«, gab Herodes zurück. »Wenn es dort zu einem Aufstand käme, würde Agrippa sofort das Gerücht in die Welt setzen, daß ich dafür verantwortlich sei, und dies über Pontius Pilatus dem Cäsaren zukommen lassen. Wenn ich dort bin, wird man dagegen sagen, daß Jokanaans Jünger zu große Angst vor mir haben. Und Agrippa hält dann seinen Mund!«

Ein Sklave stieg in das Becken hinab, um ihm die Schultern zu massieren.

»Es liegt also wirklich in meinem ureigensten Interesse, so schnell wie möglich nach Jerusalem zu kommen«, fuhr Herodes fort. »Außerdem vergißt du den anderen, diesen Jesus.«

»Was sollte Jesus denn unternehmen können?«

»Er hat wesentlich mehr Anhänger als Jokanaan«, gab Herodes zu bedenken.

»Wenn er in Jerusalem einen Aufstand anzetteln sollte, dann gilt für ihn dasselbe wie für Jokanaan, das heißt, es ginge lediglich Pilatus oder den Sanhedrin an ...«

»Ich spreche von keiner Revolte in Jerusalem«, fiel ihm Herodes ins Wort, wähend er sich das schweißtropfende Kinn abwischte, »sondern von einer Revolte in Galiläa, die meine Autorität bedrohen könnte. Da alles von Jerusalem ausgeht, ist meine Anwesenheit gerade dort vonnöten, um die Sicherheit für das übrige Land gewährleisten zu können. Und außerdem will ich in Erfahrung bringen, was die Intriganten und Schwätzer des Sanhedrin im Schilde führen.«

»Dann gehen wir eben nach Jerusalem«, räumte Manassah ein. »Aber denk daran, daß es, falls Jesus einen Aufstand schürt, wo immer das auch sein mag, Rom und den Sanhedrin viel mehr angeht als dich, denn dieser Mann gilt als Messias, das heißt als König von ganz Israel, nicht nur von Galiläa oder Peräa, sondern auch von Ituräa, Trachonitis, Samarien und Judäa und warum nicht auch von Phönizien und Idumäa, kurz, von der Gesamtheit der römischen Provinzen in Palästina. Mehr noch als der Sanhedrin würden Pilatus und Tiberius

verhöhnt. Laß also Pilatus und Hannas sich um diesen Jesus kümmern. Es sei denn ...«
»Es sei denn, was?« fragte Herodes, wobei er unter dem Druck der knetenden Hände des Masseurs den Kopf zurückwarf.
»Es sei denn, du hast selbst ein Hühnchen mit diesem Jesus zu rupfen. Was hast du in Jerusalem vor? Willst du Jesus' Verhaftung einleiten? Und das gleiche Spiel wie mit Jokanaan von vorne beginnen?« fragte Manassah.
Herodes besprengte sich das Gesicht mit dem kalten Wasser, das ihm sein Sklave in die Hände goß, und rieb sich die Augen. »Du vergißt, daß Jesus in Galiläa, also einem Gebiet, das unter meiner Rechtsprechung steht, die meisten Anhänger hat. Ganz Galiläa ist ihm ergeben, das versichern mir meine Kundschafter. Wer weiß, was dieser alte Schlaufuchs von Hannas mit Agrippas Hilfe daraus alles machen könnte, nur um mich zu bedrohen.«
»Du beschwörst die Gefahr herauf, Herodes«, warnte Manassah. »Du hast selbst gesagt, Jesus habe ganz Galiläa erobert. Seine Verhaftung, wo immer sie auch stattfinden würde, wäre für den Herrscher Galiläas eine wirkliche Gefahr.«
»Das werden wir ja sehen!« entgegnete Herodes kurz angebunden. Er stieg aus dem Becken und ließ sich von dem Sklaven abtrocknen. Manassah blieb verunsichert im Wasser sitzen.
Kurze Zeit später setzte die königliche Galeere des Herodes Antipas Segel, um zum anderen Ufer des Toten Meeres aufzubrechen. Vierzig Ruderer legten sich auf der Diere ins Zeug, während zehn Matrosen und der Kapitän auf der Brücke das Beste aus den Segeln herauszuholen suchten. Herodes saß unter einem Baldachin, Manassah und Joschua hockten jeweils zu seiner Linken und Rechten. Die Wachen standen ganz in seiner Nähe; am Heck wieherten in eigens für sie geschaffenen Boxen sechs Pferde aus den fürstlichen Stallungen. Trotz des Windes stach die Sonne erbarmungslos auf die bleierne Wasserfläche nieder und zog verdunstende, über die bunte Küstenlandschaft hinwegtanzende Wasserschleier gen Himmel, schillernd wie Wasser, eine Illusion von Wasser über einem Wasser, das keinen Durst zu stillen vermochte. Die Ruderer fluchten. Herodes hörte sie wie von ferne und blinzelte träge in die Spiegelungen des Lichts, wie ein dösender Leviatan, der schleimigen Schweiß ausdünstet, wäh-

rend das Gurgeln seines Gedärms das angestrengte Brüten seines Gehirns begleitete. Bemüht, weder den roten Faden der Geschehnisse noch jegliche Entwicklung im Gedankengang seines Herrn zu verpassen, beobachtete ihn Manassah aus den Augenwinkeln. Doch immer wieder schlichen sich andere Bilder ein und lenkten ihn ab – einmal das Gesicht von Herodias, wie sie bei der Vorstellung, in der Festung Machärus zurückgelassen zu werden, vor Zorn erbleicht war, dann wieder der verlockende Gedanke an die Freuden, die die Bordelle von Lydda oder Jericho, in die er sicherlich einen Abstecher machen würde, für ihn bereithielten. So döste er vor sich hin, als ihm plötzlich die Erleuchtung kam, wie ein Blitz die Hitze durchzuckte und das unerträglich gleißende Licht, die hartnäckige Wirkung des nächtlichen Weingenusses und die üble Laune, die ihm schon frühmorgens Unbehagen und unbestimmte Ängste wie Gift eingeträufelt hatten. Herodes hatte Angst! Herodes hatte vor Jesus Angst, weil er dachte, der Galiläer sei wirklich der Messias! Daß er jetzt erst darauf kam! Das war der eigentliche Grund für diesen überstürzten Aufbruch nach Jerusalem! Er schlug sich mit der Hand auf den Schenkel, und Herodes fuhr hoch.
»Was ist denn los?« fragte Herodes voller Argwohn.
»Diese verfluchten Fliegen.«
Herodes fiel in seinen Dämmerzustand zurück, und bald schnarchte er sogar.
Manassah nahm seine Überlegungen über die so urplötzlich erhellte Lage wieder auf. Herodias hatte Jokanaans Hinrichtung geplant. Herodes hatte sich nur widerwillig dazu verleiten lassen, aber Salomes Verführungkünste hatten den Ausschlag gegeben. Jetzt – und das war das erste und einzige Gefühl, das er bei der Unterhaltung im Bad ausgedrückt hatte – bedauerte er Jokanaans Tod und brachte seine Unzufriedenheit dadurch zum Ausdruck, daß er Herodias in Machärus zurückließ. Er hatte geglaubt, daß der Täufer ein frommer Mann sei, vielleicht sogar ein Prophet, und er fürchtete nun, daß seine Ermordung Rachegedanken in Jesus wachrief. Herodes hatte keinerlei erklärte Meinungsverschiedenheiten mit Jesus, aber er fürchtete ihn. Und weshalb? Weil man den Galiläer für den Messias hielt. Der Tetrarch hielt zwar die politischen Fäden in der Hand und führte sie sehr geschickt, zeigte sich dafür aber in religiösen Belangen, noch

dazu von solchem Niveau, unerfahren und hilflos. Ein Messias! Das war ein gefährlicher Feind, sogar für einen unter Tiberius' Schutz stehenden Tetrarchen.
Manassah fühlte sich plötzlich beobachtet. Er sah Herodes an und begegnete dem Blick aus den listigen Fuchsaugen des Potentaten, des Sohnes der Samariterin Malthake. Was für eine Sippschaft!
»Was brütest du schon wieder aus?« fragte Herodes.
»Die Krankheit«, entgegnete Manassah vorsichtig.
»Lüg nicht, du denkst ununterbrochen, selbst wenn du einen Anfall deines viertägigen Fiebers hast. Sag es mir.«
»Nun gut. Ich habe mir gerade überlegt, welche Chancen du hast, Verbündete zu finden.«
»Und zu welchem Ergebnis bist zu gekommen?«
»Was Pilatus betrifft, stehen sie gleich Null. Für die Priester, insbesondere für Hannas und seine Wanze Gedalja, rate ich dir, eine besondere Taktik anzuwenden.«
Herodes knurrte und wollte wissen, wie sie denn aussehen solle.
»Du behauptest am besten, du hieltest dich ganz zufällig in Jerusalem auf. Zeig dich glücklich und zufrieden wie ein Maulwurf in seinem Bau und auch etwas spöttisch. Versuche die Priester in Sachen Jesus zu beruhigen, erinnere an die Gefahr, die er für sie darstellt. Lach sie ruhig ein bißchen aus.«
»Ich müßte trotzdem sichergehen, daß Pilatus sich nicht einmischt.«
»Dieser Ansicht bin ich nicht, aber die Entscheidung liegt natürlich bei dir.«

Ihr Schiff legte unweit von Qumran an. Herodes, seine zwei Berater und die Geleitschaft schwangen sich auf die Pferde und ritten im Trab nach Jerusalem; am späten Nachmittag erreichten sie die Stadt. Der alte hasmonäische Palast, der Herodes bei seinen Aufenthalten in Jerusalem als Wohnsitz diente – den neuen Palast seines Vaters hatte man zur Residenz des Prokurators umfunktioniert –, war wie immer das ganze Jahr hindurch aufs beste für seinen Empfang gerüstet. Herodes nahm noch ein Bad und schickte einen Boten zu Pilatus, um ihn um eine Unterredung zu bitten. Der Bote kehrte mit der Nachricht zurück, der Präfekt erwarte den Tetrarchen. Herodes zog sich ein weißes Gewand mit purpurnem Saum an und warf sich einen ebenfalls

purpurgesäumten, reichbestickten Mantel um. Um die Taille schlang er einen goldenen Gürtel, befestigte eine gleichfalls goldene Schnalle auf der Schulter, goß ein Glas Zimtwein hinunter und stieg dann in eine Sänfte, der einige Fackelträger und acht bewaffnete Mitglieder seiner gallischen Leibgarde das Geleit gaben.
Oben von seinen Gemächern aus verfolgte Pilatus durch das Fenster die Ankunft des Tetrarchen und seines Gefolges. Sein pockennarbiges, von der Sonne des Orients braungebranntes Gesicht verzog sich zu einer mürrischen Grimasse. Es war allgemein bekannt, daß dem kaiserlichen und senatorischen Abgesandten Verhandlungen mit Levantinern unangenehm waren. Und in Zukunft war es wohl besser, in den Beziehungen zu den Juden Zurückhaltung zu üben. Tiberius hatte den israelitischen Gotteskult in Rom noch immer nicht anerkannt. Außerdem lebte Herodes Agrippa, der Neffe des Herodes – wirklich ein widerlicher, von Alexandria bis Antiochia verschuldeter Taugenichts – in offener Feindschaft mit Herodes Antipas, verstand sich aber bestens mit den kaiserlichen Angehörigen. Pilatus griff nach einem Fläschchen aus syrischem Glas und träufelte ein paar Tropfen parfümierten Weingeist auf ein Tuch, mit dem er sich Gesicht und Hände einrieb. Waffen und Rüstungen klirrten im unteren Stockwerk, und ein Offizier trat ein, um die Ankunft des Tetrarchen von Galiläa und Peräa zu melden. Pilatus nickte und nahm auf seinem curulischen Stuhl Platz, brachte sein von der orientalischen Krätze arg geplagtes Gesäß in eine möglichst bequeme Stellung und bedeutete seinem Sekretär, Haltung anzunehmen. Dann wurde der Tetrarch eingelassen. Einen ganz kurzen Augenblick lang blieb Pilatus sitzen, um der römischen Vorherrschaft Nachdruck zu verleihen, dann erhob er sich, ging zwei, und zwar genau zwei Schritte auf seinen Gast zu und mühte sich ein Lächeln ab. Herodes machte die restlichen fünf Schritte.
»Eine Ehre, die nur Gutes verheißen kann, Herodes«, begrüßte ihn Pilatus auf lateinisch. »Wenn ich das hätte vorhersehen können, hätte ich ein Festmahl für dich bereiten lassen.« Er setzte sich und forderte Herodes auf, ihm gegenüber Platz zu nehmen. »Zudem eine unerwartete Ehre«, fügte er hinzu.
»Die Ehre liegt ganz auf meiner Seite«, entgegnete Herodes. »Ich bin gekommen, um den erhabenen Prokurator von Judäa um seine Meinung zu bitten.«

»Den Verbündeten des Imperiums stehen meine bescheidenen Kenntnisse jederzeit zur Verfügung.«
Herodes zupfte an seinem Gewand herum. »Von Jesus hast du wahrscheinlich schon gehört?« fragte er dann unvermittelt.
»Jesus?« wiederholte Pilatus und wandte sich fragend an seinen Sekretär.
»Der Heilkundige und Magier aus Galiläa«, erklärte ihm dieser.
»Ach ja«, meinte Pilatus. »Der Heilkundige. Meine Frau hat vor, ihn um ein Mittel gegen ihre Schlaflosigkeit zu bitten.«
»Heilkundig?« fragte Herodes fassungslos und blinzelte dabei ungläubig mit dem linken Auge. »Na ja, wahrscheinlich kann man ihn auch so bezeichnen. Aber er ist vor allem deswegen bekannt, weil er sich für den Messias ausgibt.«
»Was ist ein Messias?« erkundigte sich Pilatus. Er meinte die Frage offenbar ernst, warf auch seinem Sekretär erneut einen fragenden Blick zu. Dieser bedeutete ihm, daß er das ebenfalls nicht wisse.
Na ja, dachte Herodes, er ist eben kein Jude und erwartet auch keinen Erlöser. Und der Tetrarch versuchte so knapp wie möglich zu erklären, daß ein Messias jemand sei, der gleichzeitig die Salbung zum König und zum Hohenpriester empfangen habe.
»So wie dein verstorbener Vater?« fragte Pilatus.
»Wie?« murmelte Herodes überrascht, und suchte in Pilatus' Miene forschend nach einem Zeichen des Spottes oder der Belustigung. Herodes der Große ein Messias! Das Skelett dieses Schurken würde sich in seinem Grab vor Lachen schütteln bei dieser Unterstellung. »Wahrscheinlich«, sagte Herodes, während er sich selbst das Lachen verbeißen mußte, »kann mein Vater mit einem Messias verglichen werden. Es besteht nur der kleine Unterschied, daß der Messias als Gottgesandter gilt.«
»Ich verstehe.« Pilatus nickte. Er verstand rein gar nichts und verlor allmählich den Boden unter den Füßen. Diese Geschichten von einem einzigen jüdischen Gott verwirrten ihn stets. »Ja, und kommt das oft vor, daß Gott diese Leute schickt?«
Unglaublich! dachte Herodes. Und dieser Esel ist Statthalter von Judäa! Er lächelte milde. »Noch niemand hat je einen Messias gesehen. Dennoch erwarten die Juden einen«, erklärte er.
»Weshalb?« erkundigte sich Pilatus.

»Er wäre ein vollkommener König, der Palästina in ein Paradies verwandeln könnte«, entgegnete Herodes, dem langsam der Geduldsfaden riß. Die Pest über Manassah! Diese Ratte hatte recht gehabt, was Pilatus betraf! »Und außerdem«, fügte Herodes hinzu, »gilt der Messias als ein König, der Israel von der Fremdherrschaft befreien würde.«

Pilatus machte einen ratlosen Eindruck. »Erwarten die Galiläer auch einen Messias?« wollte er wissen.

»Na und wie!« rief Herodes. »Sie zählen sogar zu Jesus' glühendsten Anhängern.«

Pilatus kratzte sich am Kinn und sagte dann: »Ich könnte ja verstehen, wenn die Judäer, die keinen König haben, einen erwarten, aber die Galiläer! Haben sie nicht in gewisser Hinsicht einen König, Herodes? Sitzt nicht der Tetrarch von Galiläa mir im Augenblick höchstpersönlich gegenüber? Ist er denn kein Jude? Hat sein geachteter Vater nicht das den Juden, wie man mir sagte, teuerste Denkmal errichten lassen, den Tempel von Jerusalem? Ich verstehe diese ganze Angelegenheit einfach nicht.«

Herodes bemühte sich, Ruhe zu bewahren. »Ich habe noch vergessen zu sagen, daß der Messias ein König davidischer Herkunft ist«, bemerkte er.

»Und welchen Vorteil bringt das?« fragte Pilatus, der immer weniger verstand.

»Die Legitimität«, erklärte Herodes seufzend. »Um mich kurz zu fassen, erhabener Pontius Pilatus, wenn es Jesus und seinen Anhängern gelingt, allen Juden glaubhaft zu machen, daß er der Messias ist, also ein König aus dem Geschlecht Davids, dann stellt das dich, Hannas, mich und ebenso Herodes Philippus vor ein heikles Problem.«

»Ein Problem von Hannas kann nicht mich betreffen«, wandte Pilatus ein. »Ich kümmere mich nicht um religiöse Belange. Die Autorität des Hohenpriesters und des Sanhedrins reicht meiner Ansicht nach aus, um Glaubensstreitigkeiten beizulegen. Wir haben sie ermächtigt, eine Tempelpolizei aufzustellen, und es ist wohlbekannt, daß die Befehlsgewalt des Cäsaren nicht in Entscheidungen eingreift, die in Sachen jüdischer Religion getroffen wurden.« Pilatus hielt inne und ließ seinen Blick auf dem Gast ruhen. »Bevor ich mir irgendeine Maßnahme gegen Jesus überlege, müßte ich sicher sein, daß er einen politi-

schen Aufstand anstrebt. Soviel ich weiß, scheint dieser Mann ein, äh, Mystiker zu sein, oder aber« – Pilatus verfiel ins Griechische –, »ein ›mustes‹, ein Eingeweihter. Du scheinst zu meinen, daß der Anspruch auf den Königstitel ein Unsinn ist. Wenn dem so ist, dann zweifle ich daran, daß er auch nur einen Juden dazu anstachelt, sich gegen deine oder meine Männer zu erheben. Aber falls es soweit kommt, müßtest du natürlich geeignete Maßnahmen ergreifen.« Der Prokurator rutschte unruhig auf seinem Stuhl hin und her. »Trotzdem gilt jener Jesus als guter Heilkundiger. Mir wurde berichtet, daß er sogar Blinde heilt. Ich könnte ihn eigentlich selbst einmal nach einem Heilmittel fragen, um endlich meinen Ausschlag loszuwerden.«
Verärgert stand Herodes auf. »Einen Ausschlag«, wiederholte er mit abwesendem Blick. »Versuch es einmal mit Kleiebädern. Ich muß mich für deine Fürsorge bedanken, erhabener Pilatus.« Er verbeugte sich, der Römer stand ebenfalls auf und verneigte sich.
Kurze Zeit später beobachtete Pilatus vom Fenster aus, wie sich der Tetrarch mit seinem Gefolge wieder auf den Heimweg machte. Auf der Straße warfen die Fackeln seiner Leute flüchtige Schatten auf Pflastersteine und Mauern, dann verschwand der Zug. Der Gesang einer nabatäischen Karawane stieg leise in die Nacht auf. Pilatus kratzte sich heftig am Gesäß.

In der Regel nahm Hannas sein Frühstück – heiße Milch mit Rosinen – alleine ein. Darauf zog er sich immer in seine Gemächer zurück, um sich später, nach einem kalten Sitzbad, in den Teil des alten herodianischen Palastes zu begeben – demselben übrigens, der Pilatus als Wohnsitz in der Stadt diente –, in dem der Hohe Rat seinen ordentliche Sitzungen abhielt und den man Quadernhalle nannte. Der Sanhedrin versammelte sich nicht jeden Tag, aber es gab doch immer ein paar Angelegenheiten zu klären, deren sich Hannas mit Gedalja und einigen Ratsmitgliedern annahm: der Klage einer durch ein zweifelhaftes Testament um ihr Vermögen gebrachten Witwe, die Beschuldigung eines Händlers wegen Betrugs, eine vorzeitige Geburt und dazu noch die alltäglichen Pflichten wie Beschneidungen, Reinigungszeremonien für Wöchnerinnen, Beerdigungen.
An jenem Morgen nun meldete sich Gedalja vor Hannas' Gemächern an, ein ungewöhnliches Ereignis, das nur bedeuten konnte, daß Ge-

dalja vertraulich mit ihm über irgendeine Angelegenheit zu sprechen wünschte.

»Herodes hält sich in der Stadt auf«, verkündete Gedalja nach einigen kurzen, förmlichen Höflichkeitsbezeigungen. »Vorletzte Nacht hat er Jokanaan in seiner Festung Machärus enthaupten lassen, und unmittelbar nach seiner Ankunft in Jerusalem hat er Pilatus einen Besuch abgestattet.«

Hannas zog die Augenbrauen hoch. »Jokanaan enthauptet?« wiederholte er überrascht.

»Die Enthauptung hat nach einer Orgie stattgefunden, auf der die Tochter der Herodias und des Philippus nackt vor Jokanaan getanzt haben soll. Eine Wache des Herodes hat uns diese Nachricht verkauft.«

Hannas überlegte eine Weile und fragte dann: »Weiß man, worüber Herodes mit Pilatus gesprochen hat?«

Gedalja schüttelte den Kopf. »Manassah hätte es wissen können, aber er hatte es noch eiliger, in ein Bordell zu kommen, als sein Herr, Pilatus aufzusuchen. Er war also nicht dabei. Außerdem redet Manassah in letzter Zeit nicht viel. Er hat jetzt genug Geld zusammengerafft.«

»Herodes hatte nicht das Recht, Jokanaan töten zu lassen, ohne uns nach unserer Meinung zu fragen«, sagte Hannas. »Schließlich handelt es sich hier um eine religiöse Angelegenheit.«

»Das stimmt schon«, gab Gedalja zu, »aber Jokanaan wurde in Galiläa verhaftet und in Peräa hingerichtet, und Herodes ist der Tetrarch dieser beiden Provinzen. Dagegen können wir nichts einwenden, zumindest was die Form betrifft.«

»Meine religiöse Machtbefugnis erstreckt sich über ganz Palästina und über alle jüdischen Gemeinschaften, die darüber hinausgehen«, entgegnete Hannas hochmütig. »Wenn Jokanaan ein Prophet gewesen wäre, hätten wir den Tetrarchen selbst wegen Mordes an einem jüdischen Propheten zum Tode verurteilen können.« Er schritt sichtlich unzufrieden im Raum auf und ab. »Ich werde es Herodes schon zeigen«, sagte er.

Gedalja wunderte sich zwar über den mangelnden politischen Sachverstand seines Vorgesetzten, ließ aber kein Wort darüber fallen. »Wenn sich die Gelegenheit bietet«, ergänzte er statt dessen. »Aber vorläufig müssen wir nur auf der Hut sein, denn dieser alte Fuchs führt etwas im Schilde, das spüre ich.«

»Und Jesus?« fragte Hannas.

»Was denn, Jesus?« sagte Gedalja. »Er weiß wahrscheinlich noch gar nichts davon.«

»Wenn er die Neuigkeit erfährt, werden auch andere davon wissen, und das könnte zu Unruhen führen. Die Leute werden unweigerlich Rache fordern, und möglicherweise wird Jesus der Anführer des Aufstandes.«

»Das kann uns doch gleichgültig sein.« Gedalja hob die Schultern. »Schließlich haben ja wir Jokanaan nicht umgebracht.«

»Na, hör mal!« rief Hannas aus. »Siehst du denn nicht, daß die Dummköpfe uns verdächtigen, mit Herodes und Pilatus unter einer Decke zu stecken? Sobald diese Fliegenhirne sich einbilden, wir hätten bei Jokanaans Ermordung die Finger im Spiel gehabt, strömen sie nach Jerusalem, um dort Unruhe zu stifen.«

»Sehr gut, das wäre ja bestens!« entgegnete Gedalja. »Wir werden Jerusalem zu einer Falle machen. Wenn Jesus den Fuß in die Stadt setzt, lassen wir ihn wegen Aufwiegelung der Bevölkerung verhaften.«

»Aber zunächst müßten wir uns absichern, daß es eine rein religiöse Angelegenheit ist«, sagte Hannas langsam. »Pilatus würde uns das ansonsten übelnehmen. Wir sind nicht für die Einhaltung des Gesetzes auf der Straße zuständig, das ist Sache des Statthalters. Und außerdem, bis die Aufrührer aus Galiläa hier eintreffen – vermutlich erfahren sie die Neuigkeit in zwei bis drei Tagen –, stecken wir bereits mitten in den Vorbereitungen zum Passah-Fest, oder schlimmer noch, das Fest könnte dann schon in vollem Gange sein. Wir können Jesus also nicht verhaften und im Gefängnis schmoren lassen, denn damit würden wir die Aufwiegler geradezu provozieren, und das wiederum bedeutete Ärger mit Pilatus ... Wir müssen ihn sofort aburteilen. Das ist schwierig, weil wir ja ab Freitag mittag keine Versammlung mehr einberufen dürfen und jedes gerichtliche Verfahren vom Sonnenuntergang dieses Tages bis zum darauffolgenden Montag eingestellt werden muß. Wenn wir Jesus also bei seiner Ankunft in Jerusalem verhaften, so müßten wir auch in einem extrem kurzen Zeitraum das Urteil, wie auch immer es ausfällt, vollstrecken ... Eine äußerst gewagte Sache, denn wenn irgend etwas Unvorhergesehenes dazwischenkommt, stehen wir völlig machtlos da.«

»Ein Urteil«, wiederholte Gedalja vorsichtig, »welches Urteil?«
»Eine Verurteilung zum Tod, was sonst?« rief Hannas gereizt. »Wenn wir ihn nicht verhaften, riskieren wir Unruhen. Wenn wir ihn festnehmen und uns mit einer Gefängnisstrafe begnügen, belagern seine Anhänger das Gefängnis, und es kommt auch zu Unruhen. Wir können das Problem nur ein für allemal lösen, wenn wir diesen Mann aus der Welt schaffen. Oh, Herodes werden seine Launen teuer zu stehen kommen! Wenn er Jokanaan nicht hingerichtet hätte, wären wir jetzt nicht gezwungen, so übereilt zu handeln!«
Wieder wanderte er im Raum auf und ab.
»Es war nicht Herodes' Idee, sondern die seiner Frau Herodias«, warf Gedalja ein. »Jokanaan hat sie nicht grundlos verabscheut. Außerdem ist gar nicht sicher, daß Jesus nach Jerusalem kommt, um Unfrieden zu stiften. Er könnte ebensogut nichts unternehmen. Und weiter haben wir ein gewaltiges Problem außer acht gelassen, nämlich den Sanhedrin. Stell dir doch mal vor, du bekämst nicht die nötige Mehrheit, um ihn, Jesus meine ich, wegen irgendeines begangenen oder noch zu befürchtenden Verbrechens zu verurteilen. Das wäre weitaus schlimmer, als ihn von vornherein in Freiheit zu lassen.«
»Der Sanhedrin wird auf meiner Seite sein«, gab Hannas zurück. »Warte nur, wenn die erst alle einmal um ihr Amt zu zittern beginnen ...!«
»Du kannst dir nur etwa der Hälfte der Stimmen sicher sein«, sagte Gedalja warnend. »Wir haben doch neulich gesehen, daß Leute wie Josef von Arimathäa, Nikodemus ben Bethyra, Levi ben Pinhas und etwa dreißig andere einen entschlossenen Kern des Widerstands bilden. Insbesondere Josef von Arimathäa hat oft recht erfolgreiche Überredungsversuche bei seinen Ratsbrüdern unternommen. Mir ist hinterbracht worden, daß es ihm gelungen ist, mehrere davon zu überzeugen, daß Jesus sehr wohl ein nicht offenbarter Messias sein könnte.«
»Nun gut«, rief Hannas entschlossen, wobei er die Schöße seines Umhangs raffte, »ich werde mich sofort um die Angelegenheit kümmern.«
Er eilte die drei Stufen zur Tür hinab. Gedalja folgte ihm. Trotz seines Alters legte der Hohepriester einen beachtlichen Schritt vor.

Gegen Mittag kehrte Manassah mit einer Girlande aus malvenfarbenen Schwertlilien und Rosen in den Palast zurück. Frisch geputzt wie er war, massiert und mit eingeölten, duftenden Haaren, strahlte er Gewitztheit und Zufriedenheit aus. Er sprang die Stufen zu Herodes' Gemach empor, eilte, ohne sich anmelden zu lassen, an den gallischen Wachen vorüber, verneigte sich tief vor seinem Herrn, der auf einem Diwan ausgestreckt lag, und überreichte ihm die Blumen.
»Die ersten in diesem Jahr«, verkündete er fröhlich. »Gleich als ich sie erblickte, war mir klar, daß sie für dich gepflückt waren. Tausend Jahre sollst du dich an diesen frühen Blumen erfreuen, mein erhabener König.«
Herodes nahm sie entgegen, strich verträumt mit dem Finger über die sanft geschwungenen Blütenblätter und reichte das Geschenk an einen Sklaven weiter mit dem Auftrag, die Blumen in Wasser zu legen. »Mir ist weder nach Girlanden noch nach Feiern zumute.«
Manassah seufzte und ließ sich auf einem Hocker neben dem Diwan nieder. »Ich vermute, daß Pilatus' Spatzenhirn wieder mal nichts Weltbewegendes vollbracht hat«, sagte er. »Traurigkeit ist das Los der Weitsicht, und dennoch, trotz meiner Enttäuschung ist es mir unmöglich, Überraschung vorzutäuschen. Deshalb habe ich den ersten Schritt getan und das Problem von einer anderen Seite her gepackt.«
»Welchen Schritt?« entgegnete Herodes. »Du hast dich im Bordell ausgetobt, sonst nichts!«
»Die Bordelle stehen zu Unrecht in Verruf«, verteidigte sich Manassah. »Von den ehelichen Banden und den Zügeln des Anstands befreit, spitzen die Stammgäste dort die Ohren, und mit dem Gürtel legen sie auch die Maske vor ihrer Seele ab. Bei Sonnenuntergang, Herr, werden alle namhaften Einwohner Jerusalems wissen, daß eine ganze Horde Rebellen unter der Leitung eines Priesters namens Jesus auf Jerusalem zumarschiert in der Absicht, so aufrührerische Pläne wie die Entthronung des Hannas, des heimlichen Drahtziehers für die Enthauptung Jokanaans, in die Tat umzusetzen. Ein paar Klatschmäuler und zahlreiche nicht unbedeutende Bürger der Stadt, denen ich in den Bädern begegnet bin, bringen diese Neuigkeiten in Umlauf.«
»Woher weißt du das?«
»Ich weiß es nicht. Ich habe es erfunden ... Ein Mitglied des Hohen Rates, ein gewisser Nikodemus, der dort sein Zipperlein ausschwitzen

wollte, war von dem Gehörten derart betroffen, daß er das Haus Hals über Kopf verließ.«

»Ein Mitglied des Sanhedrin hielt sich im Bordell auf?« fragte Herodes ungläubig.

»Nicht im Bordell, im Bad. Das Bordell kam erst danach. In Lydda.«

»Das ist ja alles recht gut gemeint, aber wahrscheinlich wirkungslos«, meinte Herodes, während er sich den großen Zeh massierte. »Jedermann kennt dich in diesen Räuberhöhlen und wird dich verdächtigen, daß du nur Gerüchte in die Welt setzt. Wie willst du einen Zusammenhang zwischen Hannas und Jokanaans Hinrichtung herstellen? Und was geschieht, wenn Jesus nicht nach Jerusalem kommen sollte?«

»Hat Jokanaan den Tempel und seine Diener nicht öffentlich verdammt? Hat er den Heuschrecken, Wüstenspringmäusen und Eidechsen mit seinen Verwünschungen gegen die unrechtmäßigen Herren von Klerus und Königreich nicht die Ohren vollgeschrien? Hat er nicht überall, wo Menschen seine fanatischen Selbstgespräche hörten, für genug Skandal gesorgt? Wen würde es also verwundern, wenn du, in Anbetracht deiner königlichen Pflichten, Hannas' inständigen Bitten nachgegeben und beschlossen hast, wieder für Anstand in deinen Provinzen und andernorts zu sorgen, indem du diesen Ausbund an Gottlosigkeit zum Schweigen bringst? Und schon steckt Hannas mittendrin, und da die Aufrechterhaltung der Ordnung in Jerusalem bei weltlichen Angelegenheiten Pilatus' Aufgabe, bei religiösen hingegen die des Hannas ist, kannst du Jesus' Ankunft in Jerusalem in aller Ruhe abwarten.«

Herodes lächelte über Manassahs Eifer. Wenn der Höfling so guter Laune war, dann deshalb, weil er vom Gelingen seines Streichs überzeugt war, und Manassah täuschte sich selten. Trotzdem konnte sich Herodes eines gewissen Unbehagens, was diesen Jesus betraf, nicht erwehren. Er war hin und her gerissen zwischen Zweifel und Angst: Enttäuschend wäre es für ihn, wenn ihm diese rätselhafte Person entginge und unter Hannas' oder Pilatus' Fuchtel geriet; Angst aber empfand er bei dem Gedanken, womöglich für die Verurteilung eines wirklichen Messias verantwortlich gemacht zu werden.

»Und daß Jesus in die Stadt kommt«, fuhr Manassah fort, während er sich ungeniert von dem Met einschenkte, der eigentlich für den Tetrarchen bestimmt war, »das steht so gut wie fest. Nur Jerusalem kann das Endziel dieses Mannes sein. Alles, was er bisher getan hat, und das haben auch unsere Kundschafter berichtet, war nichts als eine einzige Probe für den geplanten großen Auftritt in Jerusalem. Wenn etwas Bedeutendes in Palästina geschieht, dann immer in Jerusalem. In wenigen Tagen wirst du das selbst wieder einmal feststellen können, wenn fast eine Viertelmillion Menschen, also das Zehnfache der üblichen Einwohnerzahl der Stadt, von allen Küsten des Mittelmeeres herbeiströmt, um den Feierlichkeiten zum Passah-Fest beizuwohnen, und dabei in Kauf nimmt, vor Haustüren und auf Dächern zu schlafen, nur um sich rühmen zu können, in Jerusalem gewesen zu sein. Und nicht daß du denkst, das seien alles Juden, weit gefehlt! Unter ihnen sind ebenso Anbeter von Mithras, Isis, Baal, Zeus, Brahma und all den anderen Göttern! In Jericho und Ptolemais herrscht ein paradiesisches Klima, und die Freuden, die einem das Leben in der Dekapolis zu bieten vermag, gehen weit über die hinaus, die man in Antiochia und Alexandria genießen kann. Aber wohin lenken Fremde, wenn sie nach Palästina kommen, ihre Schritte zuerst? Nach Jerusalem! Wo sollte Jesus denn deiner Meinung nach seine Krönung als Messias in die Tat umsetzen wollen? Wo sonst als in dieser Stadt?«

»Krönung«, wiederholte Herodes versonnen.

»Ich würde wetten, Herr, noch vor Ablauf von zwei Tagen wird Hannas' Kettenhund, der hängebackige Gedalja, dich um eine Audienz bitten. Er wird einen nichtigen Vorwand gebrauchen, im Grunde aber will er nur versuchen, dir Auskünfte über Jokanaans Hinrichtung zu entlocken. Gib dich ganz ungezwungen. Gedalja wird dir in erpresserischer Absicht zu verstehen geben, daß du eine religiöse Persönlichkeit getötet hast. Und du antwortest, daß Jokanaan deine politische Autorität gefährdet habe. Daß du vor Rom der Verantwortliche seist, für alles, was sich in deinen Provinzen abspielt. Und daß die hohen Herren des Tempels, wenn sie sich schon solche Sorgen wegen Jokanaan und religiöser Belange machen, sich gleich um Jesus kümmern könnten. Denn Jokanaans Jünger hätten sich Jesus' Speichelleckern angeschlossen und marschierten geradewegs auf Jerusalem zu. Du hättest den Prokurator pflichtgetreu davon in Kenntnis gesetzt und hofftest nun, daß die Legion und die Tempelpolizei diesen Aufwieglern in gehöriger Weise entgegentritt. Das wird Hannas zu denken geben.«

Herodes brummelte vor sich hin, während er Manassahs Argumentation überdachte. »Laß mich jetzt ein wenig ruhen«, sagte der Tetrarch nach einer Weile.
»Und mein Anteil?«
Herodes setzte eine Leidensmiene auf.
»Ein großer Krug Wein aus Chios, abgemacht?«
»Ersaufen sollst du darin«, entgegnete Herodes mit breitem Lächeln.
Tatsächlich erschien am nächsten Tag Gedalja im Palast. Und in dieser Nacht sah man sehr lange Licht in Hannas' Gemächern.
Die Falle war aufgestellt. Hannas bemühte sich, eine Mehrheit unter den Mitgliedern des Sanhedrin zu gewinnen.

Pilatus' Frau, Procula, eine von Schlaflosigkeit geplagte Matrone, verbrachte den größten Teil ihrer Nächte damit, dem abergläubischen Geschwätz ihrer Sklaven zuzuhören, während Pilatus zwei Zimmer weiter friedlich schnarchte. Begierig lauschte sie nicht enden wollenden Geschichten von Gespenstern, Lemuren, wandernden Statuen, Stimmen, die aus Gräbern emporstiegen, und Milch, die vom nächtlichen Sternenhimmel herabtropfte, während sie genüßlich heißen Wein mit Mohnsaft schlürfte – der ihr natürlich Verstopfung einbrachte. Das Sammeln von Statuen und Figuren aus allen möglichen Materialien, die alle möglichen Götter und Dämonen darstellten, war Proculas Leidenschaft, und sie bedauerte sehr, daß sie kein einziges Abbild eines gewissen Wunderwirkers besaß, dem sie wachsende Verehrung entgegenbrachte: ein Galiläer namens Jesus. Osiris, Momus und auch Tinnit waren nicht mehr von dieser Welt, aber Jesus lebte, er hielt sich in Palästina auf und vollbrachte Wunder, deren Echtheit selbst die Kundschafter ihres Mannes nicht anzweifelten. Procula träumte davon, nach Galiläa zu reisen, und dort – so stellte sie sich vor – würde sie vom besten verfügbaren Künstler sein Antlitz in Stein hauen lassen. Doch sie wagte nicht, diese verrückte Idee in die Tat umzusetzen, aus Angst, ihrem Ruf zu schaden und sich einen Vorwurf ihres Mannes einzuhandeln wegen Einmischung in Angelegenheiten, von denen die Frau eines römischen Würdenträgers besser nichts zu wissen hatte.
Allerdings tröstete sich Procula bald, denn ihre äthiopische Sklavin

hatte versichert, daß Jesus sich zum Passah-Fest in Jerusalem aufhalten werde. Sie hatte Pilatus sogar soweit gebracht, diesen Jesus in den Palast einzuladen, damit er sie von ihrer Schlaflosigkeit heilen könne. Und dieser bemerkenswerte Mann würde das Angebot, ein Bild von ihm zu schaffen, sicherlich nicht ablehnen. Da ihr außerdem zu Ohren gekommen war, daß Jesus dem Sanhedrin – dieser griesgrämigen Greisen- und Intrigantenbande – und Herodes – diesem schamlosen Lustmolch – aus tiefstem Herzen verhaßt war, hegte sie große Abneigung gegen beide, womit sie nun auch Pilatus schon angesteckt hatte. Sie zählte die Tage bis zum Passah-Fest, und um jenen Jesus, der auch der Messias genannt wurde – was sie sich nicht so recht erklären konnte –, nur ja nicht zu verpassen, hatte sie ein erstaunlich weit reichendes Informantennetz ins Leben gerufen, dessen Fäden unter anderem sogar bis in Hannas' Hauspersonal gespannt waren.
Da die Fenster ihrer Wohnung über dem Gebäudeflügel lagen, in dem sich die Quadernhalle – die reinste Ränkeschmiede, wenn man sie fragte – befand, konnte Procula alles, was sich dort abspielte, mit den Augen mitverfolgen, ein praktischer Umstand, den sie natürlich weidlich ausnutzte. So wurde sie vom Tage nach Gedaljas Unterredung mit Herodes an Zeuge einer ungewöhnlichen Betriebsamkeit im Sitzungssaal des Sanhedrin. Während die Sitzungen für gewöhnlich in langen Abständen aufeinanderfolgten und immer in aller Geruhsamkeit noch vor der Abenddämmerung endeten, kamen und gingen nun die Besucher erst weit nach Einbruch der Dunkelheit, und manche blieben sogar bis zu vorgerückter Stunde. Wenn sie den Hals verrenkte, konnte Procula beobachten, wie die Greise heftig gestikulierten oder in geheimnisvoller Bewegungslosigkeit verharrten. Wenn die Fenster offenstanden – und das kam bei den späten Sitzungen immer häufiger vor, weil ja der Rauch der Lampen abziehen mußte –, konnte sie sie nicht nur sehen, sondern sogar hören, doch sie verstand kein Hebräisch, und es drangen ohnehin nur die lautesten Satzbrokken an ihr Ohr. All dies war doch zu merkwürdig, und so schickte Procula die Äthiopierin, die der hebräischen Sprache mächtig war und sowohl den Aberglauben ihrer Herrin als auch deren Vorliebe für Jesus leidenschaftlich teilte, unter die Fenster, um dort zu lauschen. Wenig später kehrte die Sklavin mit traurigem Kopfnicken zurück, um Procula zu berichten, daß Hannas, der Hohepriester, Jesus' Verhaf-

tung vorbereite für den Tag, an dem dieser den Fuß in die Stadt setzen würde. Procula packte wilder Zorn. Nach der Wasseruhr war es die zehnte Stunde, Pilatus schlief also noch nicht. Sie eilte in seine Gemächer.

Der Prokurator nahm gerade ein Kleiebad, wie ihm Herodes empfohlen hatte. Ohne Rücksicht auf die Anstandsregeln, die einer Frau verboten, außerhalb der trauten Intimität des Schlafzimmers ihren Mann nackt zu sehen, trat Procula zu ihm und teilte ihm die Neuigkeit mit. Die Intrige, wetterte sie, stelle eine grobe Verletzung der Autorität des Prokurators dar, da der Sanhedrin nicht berechtigt sei, irgend jemanden festzunehmen, ohne zuerst der römischen Obrigkeit davon zu berichten, selbst wenn die Verhaftung auf rein religiösen Gründen beruhe. Daraufhin rauschte sie wutschnaubend ab.

Pilatus seinerseits regte sich auf, als ihm bewußt wurde, daß Herodes seine, Pontius Pilatus', Autorität umgangen und den Sanhedrin alarmiert hatte, um seinen Plan, Jesus zu verhaften, in die Tat umzusetzen. Eine derartige Hartnäckigkeit, dachte Pilatus, kann nur bedeuten, daß es sich um eine wichtige Angelegenheit handelt und daß mehr auf dem Spiel steht als die berechtigten oder unberechtigten Ansprüche eines galiläischen Magiers. Wenn dies der Fall war, dann durfte in seinem Obrigkeitsgebiet in dieser Sache keine Entscheidung ohne seine Zustimmung getroffen werden. Schließlich besaß er die höchste Macht in Judäa, und allmählich hatte er die hinterhältigen, krummen und scheinheiligen Touren all dieser Juden satt.

Gleich am Morgen des nächsten Tages ließ Pilatus Hannas bestellen, daß er ihn unverzüglich zu sehen wünsche. Um die Mittagszeit begab sich der Hohepriester mit beleidigter Miene und in Begleitung von Gedalja in den Palast. Nachdem die üblichen Begrüßungsfloskeln ausgetauscht waren, kam Pilatus zur Sache.

»Weder in Jerusalem noch anderswo wird es eine Verhaftung ohne meine Zustimmung geben«, verkündete er kurz angebunden. »Ich betrachte es als einen schwerwiegenden Angriff gegen die Obrigkeit, deren Vertreter ich bin, daß ihr euch auf meinem Territorium mit Beihilfe weiterer Mitglieder des Sanhedrin verschworen habt, einen Mann zu verhaften, der meines Wissens keinerlei strafbare Handlung begangen hat. Dies kommt einer vorsätzlich geplanten Störung der öffentlichen Ordnung gleich.«

Hannas erbleichte und atmete tief durch, brachte dann aber, nachdem Pilatus' zornbebende Stimme verklungen war, doch eine Antwort hervor: »Aber gerade dieser Mann, der sich als Messias ausgibt, bedroht doch die öffentliche Ordnung, erhabener Prokurator. Du kennst nicht die Folgen seines Anspruchs, die, das möchte ich betonen, allein religiösen Angelegenheiten zuzuordnen sind. Weder ich noch irgend jemand anderer, der mit meiner Ermächtigung handelte, hatte die Absicht, deine Autorität zu untergraben.«
»Kein anderer als der Tetrarch persönlich hat mir mitgeteilt, daß ihr Juden seit Jahren einen Messias erwartet. Für mich ist es also kein Verbrechen, wenn jemand den Anspruch erhebt, ein Messias zu sein«, entgegnete Pilatus in ebenfalls sehr bestimmtem Ton. »Da dieser Jesus, den ihr verhaften wollt, zahlreiche Jünger hat, folgere ich daraus, daß ihr die Gefahr eines offenen Aufstandes auf meinem Staatsgebiet bewußt in Kauf genommen habt, und das, ohne mich vorher in Kenntnis zu setzen.«
»Dann ersuche ich dich jetzt um deinen Rat«, sagte Hannas.
»Du hast meine Meinung dazu gehört.«
»Ein Messias würde auch die römische Macht bedrohen. Er soll König über die fünf Provinzen sein.«
»Wenn das jemanden etwas angeht«, erwiderte Pilatus, »dann einzig und allein Tiberius. Nicht dich. Ich wünsche, daß ihr den Plan zu Jesus' Verhaftung auf der Stelle aufgebt.«
Hannas war fassungslos, aber nicht lange. Er spielte seine letzte Karte aus. »Du forderst damit meinen Rücktritt«, sagte er.
»Du zwingst mich dazu. Noch vor Sonnenuntergang betrachte ich dich als deines Amtes enthoben.«
Die Unterredung hatte nur ein paar Minuten gedauert. Diese kurze Zeitspanne genügte, um aus Hannas einen gebrochenen Mann zu machen, der sich auf dem Weg die Treppe hinunter auf Gedaljas Arm stützen mußte.
»Es gibt einen Spion in unseren Reihen«, meinte Gedalja, als sie an der Wohnung des Hohenpriesters angelangt waren.
»Dem werden wir später nachgehen«, entgegnete Hannas müde. »Als erstes müssen wir jetzt sofort den Sanhedrin zu einer Sitzung einberufen.«

Eine Stunde nach Einbruch der Abenddämmerung hatten die siebzig Mitglieder der Versammlung in der Quadernhalle Platz genommen. Es herrschte eine höchst angespannte Atmosphäre. Hannas erhob sich.
»Brüder«, sprach er, »heute morgen hat der Statthalter von Judäa, Pontius Pilatus, in Gedaljas Gegenwart meinen Rücktritt gefordert. Er ist tatsächlich dazu befugt, wenngleich dies auch nicht im Gesetz festgelegt ist. Weder Herodes Antipas noch Herodes Philippus würden mich verteidigen. Der Statthalter hat uns unseren Plan, Jesus verhaften zu lassen, übelgenommen. Er ist der Ansicht, daß es kein religiöses Vergehen sei, wenn ein Mann sich anmaßt, der Messias sein zu wollen, und daß seine Verhaftung Unruhe stiften würde, was unter den Einflußbereich der kaiserlichen und senatorischen Macht Roms fallen würde. Ich habe euch gebeten, euch heute abend in aller Eile hier einzufinden, um meinen Nachfolger zu wählen.«
Mehrere Stimmen wurden gleichzeitig laut. Einige brachten ihre Empörung zum Ausdruck, andere bekräftigten ihre Treue zu Hannas, wieder andere schlugen vor, sich Pilatus zu widersetzen und ein Protestschreiben an Tiberius zu verfassen.
»Unter uns ist ein Spion!« rief Gedalja.
Wieder erhob sich empörtes Gemurmel.
»Ich kann nicht glauben, daß auch nur ein einziger Spion unter uns ist«, bemerkte Gideon ben Hanun. »Aber die Fenster stehen die ganze Zeit über offen. Und in Pilatus' Wohnung sprechen einige Bedienstete Hebräisch.«
Die Leviten beeilten sich, die Fenster zu schließen, die tatsächlich offenstanden.
Die siebzig waren über die Folgen dieser kleinen Unachtsamkeit bestürzt.
»Ich habe schon einmal gesagt, daß Jesus die Schechina empfangen haben könnte«, sagte Josef von Arimathäa, nachdem wieder Ruhe eingekehrt war. »Ich möchte hiermit meinen Wunsch zum Ausdruck bringen, daß wir von diesem unheilvollen Vorhaben ablassen, von dem ich persönlich gar nichts wußte, ebenso wie viele andere Mitglieder dieser Versammlung. Um der Ehre des Hohen Rates willen, und obwohl ich den Plan des Hohenpriesters sehr bedaure, schlage ich vor, die Wahl eines neuen Hohenpriesters zu verschieben und an Tiberius zu schreiben.«

»Denken wir doch ein bißchen realistisch«, entgegnete Hannas, »es dauert zwei Wochen, bis ein Brief in Rom ankommt, und auf die Antwort des Kaisers werden wir weitere zwei Wochen warten müssen. Diese Versammlung muß morgen und für das Passah-Fest ein Oberhaupt haben. Ich bitte euch, einen Nachfolger zu wählen. Die Gerichtsschreiber haben meinen Rücktritt bereits registriert.« Er setzte sich wieder.

Sie beratschlagten sich. Und sie kamen zu keinem Ergebnis. Es war ebenso schwierig, einen Hohenpriester unter den Befürwortern von Jesus' Verhaftung auszuwählen wie unter den Gegnern dieses Plans.

Nikodemus ben Bethyra hob die Hand.

»Sprich«, forderte Hannas ihn auf.

»Die einzige Möglichkeit, dem Befehl des Römers nachzukommen und ihm gleichzeitig um unserer Ehre willen zu trotzen, besteht darin, jemanden aus deinem Haus zu wählen. Ich dachte an deinen Schwiegersohn Kaiphas.«

Allgemeine Verwunderung.

»Er ist kein Mitglied des Sanhedrin«, gab Levi ben Pinhas zu bedenken.

»Wir können ihn sofort zum Mitglied wählen und gleich danach zum Hohenpriester«, entgegnete Nikodemus.

»Holt Kaiphas«, wies Hannas die Leviten an.

Eine halbe Stunde später kam er, frisch aus dem Bett. Untersetzt, mit tiefdunklem Haar und blaß stand er da.

Nikodemus berichtete ihm ausführlich den Sachverhalt. Er war einverstanden.

Kurz nach Mitternacht war er ernannt. Die feierliche Einsetzung ins Amt sollte so bald wie möglich stattfinden.

Die Wähler zogen sich zurück. Hannas, Kaiphas und Gedalja, der die Schlüssel hatte, blieben als letzte zurück. Der ehemalige und der neue Hohepriester wollten ebenfalls gerade gehen, als Gedalja einen Finger hob. Neugierig sahen sie ihn an.

»Es fehlt uns eine äußerst wichtige Information, um unseren Plan ausführen zu können«, sagte Gedalja.

»Auch ich habe daran gedacht«, sagte Hannas und nickte bedeutungsvoll. »Wer wird uns sagen, daß Jesus in Jerusalem eingetroffen ist? Ihn unter den Zehntausenden von Besuchern, die zum Fest kommen, herausfinden zu wollen wäre wie die Suche nach einer Stecknadel in einem Heuhaufen.«

»So ist es«, meinte Gedalja. »Wir brauchen einen Spitzel. Einen von Jesus' eigenen Jüngern.«

XX.

Brot und Fleisch

Eine Stimme drängte sich in seinen Schlaf. Eine sanfte Stimme, die nicht seinen Träumen entsprang und ständig dasselbe Wort wiederholte: »Meister!« Er bewegte sich, noch halb im Schlaf. Seine Hände und Füße bekamen allmählich wieder ein Gefühl für die Wirklichkeit, und seine vom Alpdruck des Traums noch feuchte Haut litt unter der Leere, die sie plötzlich umgab.

»Meister! Bitte wach doch auf!«

Er schlug die Augen auf und sah in Johannes' Gesicht, das sich über ihn neigte und dennoch eine Wegstunde von ihm entfernt schien. Er las Angst darin.

»Meister, eine Unmenge Leute warten draußen auf dich. Sie wissen alles ... daß du übers Wasser gegangen bist.«

Er setzte sich auf seinem Lager, einer durchgelegenen Strohmatratze, am Boden auf. Die Morgendämmerung warf ein bläuliches Licht auf sein Gesicht, die Schultern und den Oberkörper. Er zog seinen Lendenschurz zurecht und stand auf, um den Wasserkrug vom Fensterbrett zu nehmen; er trank einen großen Schluck.

»Wirst du nicht zu ihnen sprechen? Sie sind hierhergekommen, statt zum Fischen auszufahren.«

»Da wäre wohl einer auch besser zum Fischen gefahren, statt von der letzten Nacht zu erzählen«, entgegnete Jesus fröstelnd und streckte die Hand nach seinem Gewand aus. »Geh nun, ich will mich waschen, und sag ihnen, daß ich dann komme.«

»Du machst es wirklich?«

Jesus lächelte.

»Die anderen sind endlich auch zurück. Judas, Philippus und auch Bartolomäus«, berichtete Johannes.

Die Hähne krähten. Er verließ das Haus durch die Hintertür und ging auf die Felder zu. Vom Boden stieg noch der Geruch feuchter Erde auf. Am klaren Himmel funkelten die letzten Sterne. Ein schöner Tag würde das werden! Er kehrte zurück, um sich mit einem Schwamm im Holzzuber zu waschen, den ihm die Frauen wie gewöhnlich mit kaltem Wasser gefüllt und bereitgestellt hatten. Er begann mit Gesicht und Haaren und wusch sich zuletzt Lenden und Füße. Dann rieb er sich trocken, ein wenig erstaunt über die Langsamkeit seiner Bewegungen, als wäre ihm sein Körper plötzlich fremd. Er kämmte sich die Haare nach hinten, band sie mit einem Leinenbändchen zu einem Knoten und schlüpfte in Gewand und Mantel.

Es stimmte, was Johannes gesagt hatte; eine Riesenmenge erwartete ihn. Tausend, zweitausend vielleicht, und keineswegs nur Fischer. Sie jubelten ihm zu.

Er begrüßte sie mit einem Kopfnicken. »Gehen wir zur Synagoge«, forderte er sie auf.

Er führte sie zu dem Bauwerk aus schwarzem Basalt, dem die ersten Strahlen der Morgensonne einen rötlichen Schimmer verliehen. Als es zu einigem Gedränge am Eingangstor kam, schimpfte er. Dann bestieg er wie vor zwei Jahren, als er seine restlichen Jünger ausgesucht hatte, die Kanzel. Der Rabbi, der sich ihm damals entgegengestellt hatte, war nicht mehr da. Er hatte einen Schlaganfall erlitten und faselte nur noch dummes Zeug; ein geiferndes Wrack war aus ihm geworden. Sein Nachfolger, der in der ersten Reihe unter der Kanzel stand, war ein überaus ängstliches Männchen, das sich kaum getraute, den Mund aufzutun. Unter dem Deckengewölbe vollführten Tauben ihre kunstvollen Flüge, und Jesus beobachtete sie, bis sich die Zuhörer alle gesetzt hatten; erst dann wollte er das Wort ergreifen. In dem Augenblick ging ein Raunen durch die Reihen.

»Seht! Seht doch! Das ist seine Mutter! Und da sind seine Brüder! Geh aus dem Weg, Frau! Laß sie durch!«

Beunruhigt senkte Jesus die Augen. In Marias Blick lag ein dunkler, angespannter Ausdruck. Und wer nur hatte seine vier Halbbrüder benachrichtigt? Er hob die Arme, und sofort trat Stille ein.

»Ich weiß, daß ihr nicht zu mir gekommen seid, weil euch von Zeichen berichtet wurde«, begann er, »sondern weil diejenigen unter euch, die mit mir in Betsaida waren, das Brot des Himmels gegessen haben und satt wurden, während die anderen noch immer Hunger haben und nach dem einzigen Brot verlangen, das ihren Hunger stillt. Ich sage euch allen, das im Ofen gebackene Brot ist ein verderbliches Nahrungsmittel, aber das Brot des ewigen Lebens wird weder gebacken, noch ist es verderblich oder käuflich.«

Sie machten große Augen. Maria saß regungslos.

»Dieses Brot«, fuhr er fort, »werdet ihr vom Menschensohn empfangen, denn ihm hat Gott das Siegel Seiner Macht aufgedrückt. Wenn ihr nicht an ihn glaubt, werdet ihr dieses Brot nicht erlangen.«

»Das sind Worte«, entgegnete ein Mann aus der Versammlung heftig, »aber welche Zeichen kannst du uns geben, damit wir an dich glauben? Auch ich war in Betsaida, aber ich habe dort nur das selbst mitgebrachte Brot gegessen. Du hast uns kein Brot gegeben, so wie der Herr unseren Vorfahren in der Wüste Manna schickte und wie es in den Büchern geschrieben steht: ›Er gab ihnen das Brot des Himmels, auf daß sie zu essen hätten.‹ Du hast uns deine Worte gegeben und behauptet, sie seien das Brot des Himmels, und jetzt wiederholst du das Ganze. Du vollbringst Wunder, aber das können Magier auch. Gib uns ein Zeichen, Mann.«

»Gestern ist er über das Wasser gegangen, was willst du mehr, Ungläubiger?« rief eine Stimme, die Jesus als die des Simon Petrus erkannte. »Ich war mit meinem Bruder Andreas, hier ist er, und mit sieben weiteren Jüngern im Boot, und wir haben gesehen, wie er, den wir in Betsaida zurückgelassen hatten, über das Wasser ging wie du über den Boden, um uns im Sturm zu Hilfe zu kommen! Welche Zeichen willst du noch?«

In der Versammlung kam es zu heftigen Debatten. Aber Jesus fuhr dazwischen. »Ich sage euch dies: Nicht die Zeichen sind ausschlaggebend. Moses hat euch das Brot des Himmels gegeben, aber nur der wahre Vater gibt euch das wahre Brot des Himmels. Dieses Brot bringt Leben in die Welt.«

»Dann gib uns dieses Brot, jetzt und für immer!« riefen einige Stimmen.

Jesus wartete, bis wieder Ruhe einkehrte, und sagte dann: »Ich bin das Brot des Lebens.«

Verblüffung und Empörung wurden laut.

»Alle, die zu mir kommen, werden nie mehr Hunger haben«, verkündete er, »und wer an mich glaubt, wird nie mehr durstig sein. Aber ihr glaubt nicht an mich, obwohl ihr Zeugen gewesen seid.«

Sie waren nicht reif für diese Worte, o ja, das war ihm nur allzu bewußt. Keiner von ihnen konnte auch nur einen Funken seiner Rede verstehen. Sie bissen sich an den Worten fest, und die Worte empörten sie. Aber sie würden ja nie fähig sein, ihn zu verstehen. Und er war in die Synagoge gekommen, um sie zu besänftigen. Die Zeit verlangte nicht nach Besänftigung; sie verlangte nach einem, der wachrüttelte. Diese Worte waren schon seit langem in ihm gewesen. Er hatte einfach gewartet, bis sie von selbst aus seinem Munde sprudelten, und ebenso wußte er schon lange, daß allein er fähig war, sie aus ihrer inneren Wüste zu führen, wie Moses sie aus der Sklaverei befreit hatte. Immer brauchten sie einen Befreier, diese Menschen, seine Menschen. Aber wenn sie zum Beispiel Römer gewesen wären oder Skythen, also Menschen, die keine Ketten sprengen mußten, dann hätten sie ihn nicht gebraucht.

»Was soll das alles heißen? Was erzählst du da, Mann?« rief ein anderer. »Was meinst du, wenn du sagst, daß du das vom Herrn geschickte Brot bist und daß wir das ewige Leben nicht erlangen, wenn wir dieses Brot nicht essen? Was ist mit unserem Glauben, unseren Büchern, unseren Propheten?«

Dem Rabbi war unbehaglich zumute, er trat von einem Bein aufs andere. Vielleicht war es besser, die Synagoge zu verlassen, sonst kam womöglich noch jemand auf den Gedanken, er unterstütze derart dreiste und unsinnige Behauptungen. Auch Maria schienen die Worte ihres Sohnes zu mißfallen.

»Ich wurde vom Vater gesandt, nicht um meinen Willen zu erfüllen und meine eigenen Worte zu sprechen, sondern um Seinen Willen zu erfüllen und Seine Worte zu sprechen. Sein Wille ist, daß kein Schaf aus der mir anvertrauten Herde verlorengeht und daß ich mich mit unermüdlicher Sorge um meine Herde kümmere bis zum Jüngsten Tag.«

»Du hast schon eines verloren, eins von deinen Schafen!« schrie jemand. Auch andere riefen, daß sie diese angebliche Herde verlassen wollten.

»Wir sind gekommen, weil wir einen Mann suchen, der Israels Fundament festigt«, meinte ein alter Mann, »nicht um jemanden anzuhören, der es ins Wanken bringt!«

Ein Strom von Leuten strebte dem Ausgang zu. Maria, die Jünger und alle, die sonst noch zurückblieben, waren sprachlos.

»Es ist der Wille meines Vaters, daß alle, die ihren Blick dem Sohn zuwenden und ihren Glauben in ihn setzen, das ewige Leben haben«, sagte Jesus mit fester Stimme, »und ich lasse sie auferstehen am Jüngsten Tag.«
»Dieser Mann ist verrückt!« warf erneut ein entrüsteter Zuhörer ein. »Gerade vorhin meinte er, er sei das vom Herrn gesandte Brot, um uns zu nähren, und jetzt behauptet er, der Sohn des Herrn zu sein und die Toten aus ihren Gräbern hervorkriechen zu lassen! Wo bleibt da der gesunde Menschenverstand! Spielt dieser Mann mit den Worten? Gehört er zu jenen Phrasendreschern der Dekapolis, die ihre Zuhörer in Esel verwandeln? Wir hier sind Juden, Mann, du bist zu weit gereist! Dies hier ist Moses' und Davids Erde und nun die des Ijob! Drück dich verständlich aus!«
Jesus merkte, wie sein Puls schneller ging, die Adern an den Schläfen traten hervor, seine Handflächen wurden feucht. Er verspürte ein Kribbeln im Nacken, aufsteigenden Zorn, und gleich darauf erfaßte ihn eine bleierne Traurigkeit. Er sah seinen Gegner ruhig an.
»Der Ungläubige hält den Gläubigen für verrückt, und der Gläubige hält den Ungläubigen für verrückt«, entgegnete er, »weil jeder von ihnen alte Worte gebraucht. Ich verwende neue Worte. Der Herr hat sie für mich reingewaschen. Du gehörst zur Rasse derer, die die Propheten nicht verstanden, und du führst Moses an. Aber als Moses vom Berg herabstieg, Mann, mußte er zusehen, wie deine Vorfahren ebendiejenigen, die er ernährt und befreit hatte, um das Goldene Kalb tanzten, weil sie nicht auf ihn gehört hatten. Denn deine Vorfahren kannten das Goldene Kalb besser als die Worte, die er vom Berg herab zu ihnen brachte!«
In Marias Gesicht war äußerste Anspannung zu lesen, auf Johannes' Stirn perlte der Schweiß, und Simon Petrus wirkte verstört.
»Moses hat uns das Gesetz gebracht, du dagegen zerstörst es. Deine Jünger halten den Sabbat nicht ein und haben es auch nicht nötig, sich vor dem Essen die Hände zu waschen. Und von dir weiß man, daß du mit gefallenen Mädchen sprichst und Umgang mit Heuschreckenfressern und Tavernenhockern pflegst!« rief der Mann mit kaum mehr verhaltenem Hohn in der Stimme zurück.
»Du kannst mich mit deinen Beschimpfungen nicht treffen«, antwortete Jesus. »Ihr selbst habt das Gesetz mit Füßen getreten. Ein weiser

Mann versucht nicht, durchgewetztes Gewebe mit einem Stück neuen Stoffes zu flicken.«
»Soll das etwa heißen, daß das Gesetz ein durchgewetztes Gewebe ist?«
»Ich frage dich: Hat es Israels Unzucht verhüllt?« entgegnete Jesus.
»Du behauptest, vom Herrn gesandt zu sein«, warf ein anderer ein, »aber wir wissen alle, daß du der Sohn von Josef, dem nazarenischen Zimmermann, bist, der hier arbeitete, und von Maria, seiner hier anwesenden zweiten Frau. Wann hat der Herr dich gesandt? Hast du Ihn gesehen?«
»Ihr seid zu mir gekommen, ich habe euch nicht gerufen, aber ich werde euch trotzdem folgendes antworten: Ich will nicht sagen, daß kein Mensch je den Vater gesehen hat. Wer vom Herrn kommt, hat den Vater gesehen, er allein hat Ihn gesehen. Wahrlich, ich sage euch, der Gläubige besitzt das ewige Leben. Wer das Brot des Lebens ißt, besitzt das ewige Leben, und ich bin dieses Brot ...«
Wieder wurde er unterbrochen, diesmal von gleichzeitigen Protestrufen mehrerer Zuhörer. Jesus' Brüder warfen verzweifelte Blicke zum Himmel, Maria war kreidebleich, und die Jünger sahen sich nach allen Seiten um, als suchten sie einen Fluchtweg. In Judas Iskariots Gesicht war ein raubvogelähnlicher Zug getreten, und unterdrückte Schluchzer umzuckten Johannes' Mund. »Unverständliches Zeug! Das geht zu weit! Schafft diesen Mann aus dem Haus des Herrn!« Der Rabbi hatte sich längst schon fortgestohlen. Der Strom der aus dem Tempel drängenden Menschen traf auf den der Leute, die hineinwollten, um den Grund dieses Krawalls zu erfahren.
Es kam zu heftigen Wortgefechten, deren Zielscheibe Jesus' Jünger waren.
Endlich übertönte Simon Petrus' Stimme die Debatten. »Ruhe!« schrie er. »Gebt diesem Mann doch wenigstens die Möglichkeit, sich zu erklären!«
Und andere stimmten ihm zu: »Ja, er soll erklären, was er damit meint!« Vorübergehend wurde es wieder ruhig, spannungsgeladene Stille lag im Raum.
Jesus' anklagende Stimme erhob sich von neuem. »Hört auf zu murren! Die Propheten haben euch gewarnt und den Herrn zum Zeugen aufgerufen, doch ihr habt ihre Worte in Büchern festgehalten und

sprecht sie mit euren Lippen vor euch hin, aber eure Augen sind blind, ihr seid taub, und eure Herzen haben sich in Stein verwandelt! Eure Vorfahren haben Manna in der Wüste gegessen, aber sie sind gestorben! Ich spreche zu euch vom Brot des Himmels, von jenem Brot, das jeden Menschen, der es ißt, unsterblich macht.« Und mit gewaltiger Donnerstimme verkündete er: »Ich bin dieses lebendige Brot! Wer dieses Brot ißt, wird ewig leben!« Seine Worte hallten unter dem Gewölbe nach. »Und das Brot, das ich gebe, ist mein eigenes Fleisch! Ich gebe es hin für das Leben der Welt!«

Da hob die Menge an zu schreien, zu brüllen, als hätten sich alle bösen Geister in der einen Synagoge versammelt. »Wieder dasselbe, und viel schlimmer noch! Dieser Mann ist uns nicht nur eine Erklärung schuldig geblieben, sondern hat jetzt auch noch ein Sakrileg begangen! Du da oben, Jesus, bist du denn ein Heide, weil du nicht weißt, daß Kannibalismus verboten ist? Und glaubst du vielleicht, wir haben Appetit auf dein Fleisch?«

Der Rabbi war zurückgekehrt, sichtlich unfreiwillig, denn zwei Männer schoben ihn vor sich her und drängten ihn, endlich etwas zu sagen. Es gelang seinem dünnen Stimmchen schließlich sogar, sich im Tumult bemerkbar zu machen. »In der Liste der vom allmächtigen Herrn über die ungehorsamen Juden ausgesprochenen Verfluchungen steht im ›Deuteronomium‹ geschrieben: ›Sie werden dich in allen Städten, auf der ganzen Erde, die der Herr, dein Gott, dir geschenkt hat, belagern. Dann wirst du deine eigenen Kinder essen, das Fleisch der Söhne und Töchter, die der Herr, dein Gott, dir gegeben hat, denn eine Hungersnot wird ausbrechen, wenn dein Feind dich belagert. Der wählerische, verwöhnte Mann wird nicht mit seinem Bruder, seiner Gattin oder den eigenen Kindern, die ihm noch bleiben, teilen. Nein, er wird seine eigenen Kinder essen.‹ Das steht im ›Deuteronomium‹ über den Verzehr von Menschenfleisch.«

»Die anderen Zitate, Rabbi!« schrie Jesus. »Wo sind die anderen Zitate! Bist du nicht hier, um das Gesetz zu verteidigen? Bist du kein gebildeter Mann? Hat man dich die Bücher nicht gelehrt? Stehst du nicht zitternd hier vor uns, um uns daran zu erinnern, was ebenfalls geschrieben steht? Wirst du nicht dafür bezahlt? Rede endlich, Rabbi!«

Schweiß glänzte auf dem Gesicht des Rabbi. Maria brach in Tränen

aus und stürzte, gefolgt von Jesus' Brüdern, wie gehetzt hinaus. Zwar sagte Simon noch: »Dieser Mann hat den Verstand verloren! Gebt ihm Raute! Oder Nieswurz!«
»In den Bekenntnissen und Mitteilungen des Jeremia, in denen der Prophet vermerkt hat, welche Drohungen der Herr über die gottlosen Fürsten von Juda und über die Einwohner von Jerusalem ausspricht, steht folgendes geschrieben, hört auch ihr zu, ihr anderen: ›Ich werde aus dieser Stadt einen Anblick des Schreckens und der Verachtung machen, so daß jeder, der vorübergeht, entsetzt sein wird und verächtlich das Gesicht verzieht beim Anblick ihrer Wunden. Ich werde die Menschen zwingen, das Fleisch ihrer Söhne und Töchter zu essen. Sie werden einander zerfleischen in der Hungersnot, in die ihre Feinde und alle, die ihren Tod wollen, sie während der Belagerung treiben.‹ Das steht im Buch Jeremia über Menschenfleisch!«
Mit steinernem Gesicht stand Jesus der restlichen Zuhörerschar gegenüber, die immerhin noch die Hälfte der Synagoge füllte.
»Er hat tatsächlich den Verstand verloren«, murmelte Thomas.
»Er ist der Messias«, hielt ihm Simon Petrus entgegen.
»Nein, er ist verrückt geworden«, widersprach Judas.
»Ja, verrückt«, bekräftigte Jakobus.
»Auf der Stelle verlasse ich diesen Ort«, sagte Andreas.
»Er ist noch immer der Messias, wir verstehen zwar seine Worte nicht, aber wir müssen sie anhören«, entgegnete Johannes. »Hat er uns in all den Monaten, die wir seine Jünger sind, auch nur einmal in die Irre geführt? Nein, kein einziges Mal! Deshalb bleibe ich.«
Ein buckliger Greis bahnte sich einen Weg nach vorn bis zum Fuße der Kanzel, und während er Jesus seine Arme bedrohlich fuchtelnd entgegenstreckte, sagte er: »Du behauptest, du könntest uns das Brot des ewigen Lebens geben, aber in Wahrheit bietest du uns die Nahrung der unheilvollsten aller Sünden an! Menschenfleisch, hat man so etwas schon gehört! Haben wir uns so schwer gegen den Herrn versündigt, daß wir dazu verdammt sind, dich zu opfern und zu verzehren?« Dann wandte er sich an die Leute: »Wahrlich, ich, Zacharias, Sohn des Efraim, sage euch, die einzige Sünde, die wir begangen haben, war, diesem Hochstapler zuzuhören. Jagt ihn fort von hier!«
Einige Männer traten vor, um Jesus aus der Synagoge zu vertreiben. Er blieb reglos stehen.

»Komm herunter und geh!«
»Er wird schon von allein gehen. Entweiht diesen Ort nicht noch mehr durch euer Geschrei!«
»Wahrlich, ich sage euch«, fuhr Jesus unerschrocken fort, »wenn ihr nicht das Fleisch des Menschensohnes eßt und sein Blut nicht trinkt, könnt ihr kein Leben in euch haben! Jeder, der mein Fleisch ißt und mein Blut trinkt, wird das ewige Leben haben, und ich werde ihn auferwecken am Jüngsten Tag. Mein Fleisch ist das wahre Brot, mein Blut ist der wahre Wein. Jeder, der mein Fleisch ißt und mein Blut trinkt, wird für immer in mir sein und ich in ihm. Ebenso wie der lebendige Vater mich gesandt hat und ich durch Ihn am Leben bin, wird der, der mich ißt, durch mich leben. Dies«, verkündete er, wobei er sich gegen die Brust schlug, »ist das Brot, das vom Himmel kam, und es ist anders beschaffen als jenes, das unsere Väter gegessen haben. Sie sind gestorben. Aber ich wiederhole es und werde es so oft wiederholen, bis ihr mich versteht: Wer dieses Brot ißt, wird ewig leben.«
»Ich halte das nicht mehr aus«, schrie Judas Iskariot und ging.
Die anderen Jünger folgten ihm, nur Simon Petrus, Thomas und Johannes blieben.

Jesus stieg von der Kanzel herab und schritt an den Männern, die ihn bedroht hatten, vorbei. Er ging zum See hinunter. Am Ufer angekommen, atmete er tief durch. Wie die Worte aus ihm hervorgesprudelt waren! Ganz vage hatte er sie früher gedacht, dann hatten sie sich von selbst in ihm geordnet! Sie erschütterten ihn zutiefst. Da hatte er sich nun dem Vater als Opfergabe angeboten, um Israel von seinen Sünden zu erlösen! Große Verwirrung befiel ihn, wenn er an seine Verwandlung in ein Opferlamm dachte, seine Gedanken kreisten, haltlos, richtungslos … Nun hatte er den Weg gefunden, der immer schon versteckt auf ihn gewartet hatte bis zu diesem Tag. Wenn er Israel nicht mit Gewalt befreite, mußte er sich für sein Volk opfern. Liebte er Israel so sehr? Nein, nicht Israel allein. Er hatte gesagt, daß er sein Fleisch für die Welt hingeben wolle! Für die Welt! Vor seinen Augen tauchten die in der Mittagssonne gleißenden Straßen Alexandrias auf und die von Antiochia im Abendlicht, er sah die grüne Morgendämmerung über dem Oxus und das Indigo der untergehenden Sonne in Memphis, er dachte an die Tausenden von Menschen, die so gerne glauben wollten, daß sie einen Vater hätten und daß dieser Vater sich an sie erinnerte, daß Er, der alleinige Herr, sie trotz ihrer Sünden liebte. Aber der Vater wollte sich versichern, daß Seine Geschöpfe wirklich nach Seiner Liebe verlangten … Also mußte Ihm ein sehr großes Opfer dargebracht werden, um die zahllosen Verstöße gegen Sein Gesetz zu sühnen. Kein Lamm war dazu schön genug, keine Taube weiß genug, weder Milch noch Wein waren Seines Altares würdig … Das einzige Opfer, das Ihm dargebracht werden konnte … die Worte verschwammen. Ja, das erforderliche Opfer wäre das des einzigen, zur Unterhandlung mit dem Vater auserwählten Mannes, die Opferung des Mannes, der fähig gewesen war, sich zu Ihm zu erheben, der Ihm so nahe gekommen war, um Sohn genannt zu werden, er selbst, Jesus … Dieses Wissen also war unbewußt in ihm herangereift! Es bedurfte einer Opfergabe, seiner selbst, um den Lauf der Welt zu ändern.

Er stieß einen Seufzer aus. Wie ein gewaltiger, mit den Strahlen der Morgensonne verschmelzender Silberbarren lag der See Gennesaret vor ihm.

Wie würde er sich opfern? Oder sollte er womöglich geopfert werden? Entsetzen spiegelte sich in seinen Augen, als er sich zerstückelt auf einem Altar liegen sah … Und verlassen! Essen würden sie ihn nicht, nein, es stimmte, daß die Bücher den Verzehr von Menschenfleisch verboten … Plötzlich spürte er jemanden in seiner Nähe. Simon Petrus, Thomas und Johannes waren es.

»Wollt auch ihr mich verlassen?« fragte er müde, ohne sie anzusehen.

»Wohin sollten wir gehen?« entgegnete Simon Petrus. »Du bist unser Meister, wir haben keinen anderen. Wir verstehen deine Worte nicht, aber vielleicht können wir sie später verstehen.«

»Die anderen sind fortgegangen«, sagte Jesus.

»Sie kommen wieder.«

»Nicht alle«, entgegnete Jesus. »Jedenfalls werden Verräter unter denen sein, die zurückkehren.«

»Warum?« rief Johannes.

»Einige glauben, ich hätte sie in die Irre geführt. Sie werden sich rächen wollen.«

»Ich werde keinen Verrat begehen«, sagte Thomas.

»Aber du bist doch hier!« erwiderte Johannes, den der Unterton in Thomas' Stimme stutzig gemacht hatte.
»Er bleibt nicht mehr lange hier, auch er geht fort«, bemerkte Jesus. »Nicht wahr, Thomas?«
»Ja«, antwortete der.
»Du lehnst mich ab.«
»Das stimmt. Voll und ganz.«
Eine Weile blickten die vier Männer auf den See hinaus.
»Ich hatte gehofft, du könntest uns aus dieser Wüste führen«, sagte Thomas, »aus dieser ewigen Wüste der Juden, in der Gott nichts als eine rächende Macht ist.«
»Du lästerst Gott!« rief Simon Petrus.
»Heute ist wirklich der Tag der Gotteslästerungen!« gab Thomas zurück. »Kaum äußert man eine abweichende Meinung, so klingt das schon wie eine Verhöhnung in den Ohren gewisser Leute. Aber ich klage niemanden an. Ich will keinen Gott, dem immer noch Opfer dargebracht werden müssen.«
»Du warst zu oft mit Griechen zusammen«, meinte Simon Petrus. »Du willst einen Gott, der überhaupt keine Rolle in unserem Leben spielt.«
»Eben weil ich zuviel mit Griechen verkehrte, ertrage ich keine Menschenopfer mehr oder jene Omophagien*, während der die Priester symbolisch Dionysos verschlingen und sein Blut trinken. Ich gehe.«
»Geh zu deinen Griechen, geh doch!« forderte Johannes ihn auf.
»O nein, ich habe dir schon gesagt, daß ich die Griechen satt habe. Auch sie verehren einen Gott, der auf den Scheiterhaufen gestiegen ist, um seinen Vater Zeus zu besänftigen ... Herakles heißt er.«
Jesus wandte sich Thomas zu und sah ihn an. Der Jünger hielt seinem Blick stand.
»Ich bin kein Jude, und auch Grieche bin ich nicht mehr«, sagte Thomas. »Aber mir scheint, daß ihr viel mehr von Griechen an euch habt, als ihr glaubt. Oder womöglich sind die Griechen auch jüdischer, als sie selbst oder die Juden meinen!
»Du hast keine Wurzeln«, bemerkte Simon Petrus. »Du spielst nur.«
»Unsere Vorfahren hatten auch keine Wurzeln«, entgegnete Thomas.

* Wörtl.: »Verzehren von rohem Fleisch«. Primitiver, ursprünglich nichtgriechischer Brauch des Dionysos-Kults.

Er kehrte ihnen den Rücken zu. Jesus sah ihm nach, wie er davonging, bis nur mehr ein zitternder Schatten am Strand zu erkennen war. Sie kehrten in Simon Petrus' Haus zurück. Mit finsterem Gesicht bereitete ihnen die Frau des ehemaligen Fischers das Essen.
»Wir wollen zum Passah-Fest in Jerusalem sein«, sagte Jesus.
Er hing seinen Gedanken nach. Ein- oder zweimal murmelte er ein paar Worte vor sich hin, und Johannes glaubte, ihn »Dionysos« sagen zu hören.

XXI.

Eine Geisel namens Judas

»Können wir denn nichts gegen die Prostituierten unternehmen?« Wie ein Stein schien die Frage durch die lichtdurchflutete Quadernhalle zu fliegen, dem Kommandeur der Tempelpolizei mitten ins Gesicht; er warf den Kopf zurück. Zum erstenmal sprach ein Hoherpriester von Prostitution. Dieser Kaiphas war wirklich noch jung und unerfahren. Sein Schwiegervater hätte sich eine solche Frage nicht erlaubt.

»Aus einem Bericht, der dir zugeschickt wurde«, fuhr Kaiphas in gespielt gleichgültigem Ton fort, »und den übrigens auch ich erhalten habe, geht hervor, daß es im vergangenen Jahr rund dreitausend Prostituierte gab, wobei die Knaben und Jünglinge, die ungefähr ein Fünftel der Huren ausmachen, nicht mitgerechnet werden. In diesem Jahr ist ihre Zahl schon auf viertausend gestiegen. Wenn das so weitergeht, werden sich in Jerusalem während des Passah-Festes bald ebenso viele Prostituierte aufhalten, wie die Stadt das restliche Jahr über Einwohner zählt. Nun will ich von dir wissen: Was können wir tun?«

Der Kommandeur verzog sein Gesicht zu einer langen Grimasse.

»Das ist ein heikles Problem«, meinte er.

»In der Tat«, pflichtete ihm Kaiphas mit leisem Spott in der Stimme bei.

»In erster Linie stellt sich die Frage, wie man überhaupt feststellen kann, ob eine Frau oder ein Mann sich anbietet. Dazu müßte man sie auf frischer Tat ertappen und den Beweis erbringen, daß sie sich für den Geschlechtsverkehr bezahlen ließen.«

»Dann mußt du sie eben dabei ertappen lassen«, sagte Kaiphas.

»Aber, Herr, ich verfüge über knapp fünfhundert Tempelwachen. Während des Passah-Festes bräuchte ich zehnmal so viele, um jede

Nacht Kontrollen in Jerusalem und auf den umliegenden Feldern und Hügeln durchführen zu können.«

»Du könntest zunächst dein Augenmerk verstärkt auf all jene richten, die mit geschminkten Augen und in auffälliger Kleidung herumlaufen.«

»Könnte ich das wirklich, Herr?« fragte der Kommandeur mit lauerndem Blick. »Sogar die Kinder einiger ehrenwerter Mitglieder des Sanhedrin machen diese Mode mit und rechtfertigen ihre Schminke mit der Behauptung, das Antimon, mit dem sie ihre Augen größer wirken lassen, biete Schutz vor Krankheiten. Du möchtest doch nicht, daß ich während der Festtage oder auch irgendwann sonst den Sohn einer bedeutenden Persönlichkeit des Ältestenrates verhafte, nicht wahr?«

Kaiphas dachte an seine eigenen Schwager und auch an einige seiner Neffen und zog dann ein langes Gesicht. Aber diesem Treiben mußte trotzdem Einhalt geboten werden. Er wies den Kommandeur an, ihm zumindest die Namen all derer mitzuteilen, die durch herausforderndes Verhalten auffielen.

»Außerdem«, gab dieser weiter zu bedenken, »dürfen wir nicht vergessen, daß sich während des Festes viele heidnische Besucher in der Stadt aufhalten, die zum Wohlstand Jerusalems beitragen. Wenn man ihnen die ... Dienstleistungen, an die sie in den anderen Städten gewöhnt sind, vorenthielte, würden sie anfangen, unsere eigenen Töchter, unsere Frauen und, da du auch sie erwähnt hast, die Knaben und Jünglinge zu belästigen. Natürlich würden diese ihnen die kalte Schulter zeigen, aber mit der Zeit könnte das Geld sie doch locken, und so würden wir mit einer unbedachten Jagd auf Prostituierte nur unsere eigenen Bürger verderben und den Preis für die käufliche Liebe hochtreiben. Dagegen halte ich es für ein kleineres Übel, wenn wir die Dinge so lassen, wie sie sind. Wir müssen das Ärgernis nur drei Wochen lang ertragen, und im übrigen wird man nichts mehr davon sehen, wenn die Besucher erst wieder abgereist sind.«

»Ich verstehe«, meinte Kaiphas finster. »Du kannst gehen.«

Aber der Kommandeur der Tempelpolizei hatte einen leicht arroganten Gesichtsausdruck aufgesetzt und rührte sich nicht von der Stelle.

»Hast du noch etwas zu sagen?« fragte der Hohepriester gereizt.

In diesem Augenblick betrat Gedalja den Raum. Der Kommandeur warf einen kurzen Blick auf ihn und schien befriedigt. »Ja, Herr, ich habe noch etwas zu sagen. Ich werde nicht nur auf eine großangelegte Prostituiertenjagd verzichten, sondern mich auch jeglicher, von übertriebenem Glaubenseifer geleiteten Verfolgung lasterhaften sexuellen Lebenswandels enthalten. Es ist verwirrend für meine Männer, wenn sie bedeutende Bürger der Stadt während des Geschlechtsaktes – auf einem Hausdach zum Beispiel – festnehmen müssen, um sich später dann versichern zu lassen, daß sie einer Sinnestäuschung zum Opfer gefallen seien. Mit deiner Erlaubnis, Herr.«

Damit verließ er den Saal.

»Was wollte er damit sagen?« fragte Kaiphas.

»Eine peinliche Angelegenheit«, murmelte Gedalja hastig. »Ein angesehenes Ratsmitglied. Ich wäre dir dankbar, wenn du mich nicht nach seinem Namen fragst. Ich bin gekommen, um dich über andere Dinge zu unterrichten. Nach einem Skandal, den ich dir später ausführlich schildern werde, hat Jesus Kafarnaum verlassen. Die meisten seiner Jünger haben sich von ihm abgekehrt, unter ihnen auch zwei, die für unseren Plan in Frage kommen, Thomas von Didyma und Judas Iskariot. Ersterer scheint Milesier thrakischer Herkunft zu sein, der andere stammt aus Judäa. Anscheinend hat Jesus vor einigen Tagen, nachdem er ein recht fragwürdiges Wunder vollbracht hatte – er soll während eines Sturms über den See Gennesaret gegangen sein –, zu den Einwohnern von Kafarnaum gesprochen und von der Kanzel der Synagoge herab eine unverständliche und gotteslästerliche Rede gehalten. Ich schenke Gerüchten nicht zu großes Gehör, aber ich kann mit einiger Sicherheit behaupten, daß er mehrmals wiederholt hat, er sei das Brot der Ewigkeit, und alle Menschen Israels und der Welt müßten sein Fleisch essen und sein Blut trinken, um das ewige Leben zu erhalten. Seine Mutter und seine Halbbrüder, ebenso wie die Mehrzahl seiner Jünger, wie ich ja schon erwähnte, und ein Großteil der Zuhörerschaft haben den geweihten Ort angewidert verlassen ...«

»Das Brot der Ewigkeit!« rief Kaiphas wie benommen. »Das Brot der Ewigkeit! Das ist ja die Rede eines Heiden!« fügte er hinzu, wobei er sich mit der flachen Hand auf den Schenkel schlug.

»Nicht die eines Juden jedenfalls, und ihre kannibalischen Inhalte sind wirklich einzigartig. Diese Informationen sind uns durch den Rabbi der Synagoge von Kafarnaum mit Eilkurier zugekommen, es finden

sich darin auch ein paar Einzelheiten über die Jünger, die ich dir genannt habe«, bemerkte Gedalja. »Judas Iskariot ist ein Zelot, der vor zwei Jahren wegen eines Diebstahls, dem römische Legionäre zum Opfer gefallen waren, schon einmal mit unserer Polizei Bekanntschaft gemacht hat. Derselbe Judas behauptet jetzt – aber wir wissen nicht, ob er damit nicht nur prahlen will –, er habe jene Legionäre getötet. Man nimmt an, daß er sich Jesus anschloß, weil er die Hoffnung an der Sache der Zeloten, die, wie jeder weiß, völlig verloren ist, aufgegeben hatte und auch weil es ihm nicht gelungen war, sich irgendwo in Judäa als Anführer einer Zelotenbande zu behaupten. Ich hoffe, dir damit angedeutet zu haben«, sagte Gedalja mit einem forschenden Blick auf seinen neuen Vorgesetzten, »daß dieser Mann ein Hitzkopf und Versager ist. Thomas ist das genaue Gegenteil. Er ist ein gebildeter Mann, der viel in der Welt herumgekommen ist und mehrere Sprachen spricht. Der Rabbi von Kafarnaum fürchtet ihn ein wenig, weil Thomas viel schneller als er Passagen aus den Büchern zitieren kann und dies noch dazu einwandfrei. Dieser Thomas, der in der jüdischen Religion bewandert ist – wir glauben zu wissen, daß er eine jüdische Mutter hatte –, scheint sich Jesus nach einer zufälligen Begegnung in Antiochia vor ein paar Jahren angeschlossen zu haben, und da er einen Meister suchte, hat er sich bis zum Vorfall in der Synagoge in Abhängigkeit zu Jesus begeben. Das sind die beiden Männer, die uns zur Wahl stehen«, schloß Gedalja, während er sich Wasser einschenkte.
»Weiß man, warum die zwei Männer Jesus verlassen haben?« fragte Kaiphas und begriff wieder einmal, weshalb sein Schwiegervater darauf bestanden hatte, daß er Gedalja in seinem Dienst behielt. Er war wirklich ein fähiger und klar denkender Kopf.
»Wir verfügen über ein paar Hinweise. Judas hat lautstark verkündet, daß Jesus den Verstand verloren habe und daß er nicht nur unfähig sei, Israel jemals vom römischen Joch zu befreien, sondern daß zwei Männer von seiner Sorte Israel nur noch tiefer in die Sklaverei hineintreiben würden. Thomas dagegen soll – was jene Rede von Fleisch und Brot, von Blut und Wein betrifft – einen anderen philosophischen Standpunkt bezogen haben als Jesus.«
»Und die anderen?«
»Ich habe ihre Fälle anhand der verfügbaren Informationen untersucht und sie aus zwei wesentlichen Gründen verworfen. Zum einen

sind sie alle Galiläer und auch in Galiläa geblieben. Obwohl zwischen ihnen und Jesus Unstimmigkeit herrscht, würden sie um nichts in der Welt die Schande auf sich nehmen, mitgeholfen zu haben, ihren ehemaligen Meister den Feinden in die Hände zu spielen. Zum anderen sind sie zu jung, oder aber es fehlt ihnen jeglicher Ehrgeiz. Das trifft weder auf Judas Iskariot noch auf Thomas von Didyma zu. Judas bindet nichts an Galiläa, er ist dem Gedanken, seinen Meister zu verraten, nicht abgeneigt, und Thomas ist ein geborener Vagabund, so könnte ihm auch niemand seine Untreue vorwerfen.«

»Aber mir scheint, du hast deine Wahl bereits getroffen«, bemerkte Kaiphas, dem seine neue Verantwortung noch immer nicht ganz geheuer war. Er bemühte sich, Gedaljas Redlichkeit und Sachverstand vorsichtig gegeneinander abzuwägen.

»Darauf kommen wir noch«, entgegnete Gedalja, während er im Raum auf und ab schritt. »Zunächst stellt sich die Frage: Was wollen wir sagen? Wir werden dem einen oder dem anderen gewiß nicht vorschlagen, seinen Meister ganz einfach zu verraten. Sie verabscheuen uns alle, und außerdem haben diese Kerle auch eine gewisse Ehre; hohnlachend würden sie uns zum Teufel schicken. Man muß ihnen sagen, daß wir einen starken Mann brauchen, der Jesus' Nachfolge an der Spitze der zerschlagenen Gruppe antritt, da Jesus seine Chance vertan hat.«

»Das sollen *wir* ihnen sagen?« fragte Kaiphas verblüfft.

»Genau«, entgegnete Gedalja. »Eine gut organisierte aufständische Gruppe, die aus rein religiösen Motiven handelt, sei für uns lebensnotwendig, werden wir ihnen sagen. Mit ihrer Hilfe könnten wir die Kontrolle über Judäa wiedererlangen, da es auch uns unerträglich sei, daß über die Provinz, in der der Tempel steht, ein Heide regiert. Wir werden durchklingen lassen, daß einige Anschuldigungen aufgrund des Sittenverfalls während des Passah-Festes, ein paar Skandale, die Verhaftung einiger zu grell gekleideter Prostituierter schon genügen würden, um Wunder zu wirken, das heißt, einen Aufstand auszulösen. Der wiederum gäbe uns Gelegenheit, mit Rom zu verhandeln. Wir würden darlegen, daß die Verwaltung des Statthalters wegen seines Mangels an Durchsetzungsfähigkeit gefährlich und es außerdem einfach undenkbar sei, daß die Heilige Stadt selbst von einem Heiden regiert werde, während die Verantwortung für die Provinzen im

Norden von Juden, nämlich den Tetrarchen Herodes Antipas und Herodes Philippus, getragen würde. Wir werden außerdem anführen, daß der Friede in Jerusalem nie bedroht war, solange ein Jude, der Vater der beiden Tetrarchen, Herodes der Große, dort die Macht innehatte.«

Fast reglos saß Kaiphas auf seinem Stuhl. Mit wachsendem Staunen hörte er zu. Und mit Bewunderung. Dieser Gedalja war wirklich ein unbezahlbarer Ratgeber. Hannas hatte recht gehabt, ihn ihm gleichsam aufzudrängen. »Aber glaubst du, daß sie uns das abnehmen?« fragte der Hohepriester.

»Abnehmen?« wiederholte Gedalja fast gekränkt. »Diese Geschichte ist absolut glaubwürdig. Wenn es während der Festtage zu einem Aufstand kommt, und der Sanhedrin durch seinen Einfluß wieder für Ordnung sorgen kann, dann würde es einem einigermaßen redegewandten Wortführer nicht schwerfallen, Rom davon zu überzeugen, daß es im kaiserlichen Interesse sei, zum alten Stand der Dinge zurückzukehren, das heißt, den Statthalter abzuberufen und dem Hohenpriester wieder die weltliche Macht zu übertragen, der dann auch Fürst von Judäa wäre.«

Gedalja blickte Kaiphas prüfend an, und Kaiphas sah forschend in Gedaljas Gesicht. Der erste suchte nach einem Zeichen des Einverständnisses, der zweite war bemüht, die Grenze zwischen der Lüge, die man einem der beiden Abtrünnigen aufzutischen gedachte, und dem tatsächlichen politischen Vorhaben zu erkennen.

»Ist es wirklich glaubwürdig?« fragte Kaiphas. »Warum sollte einer der beiden Jünger ein Spiel spielen wollen, aus dem nur wir Nutzen ziehen?«

»Wenn es sich um ernstzunehmende Leute handelt«, erwiderte Gedalja, »können sie einem Plan gegenüber nicht gleichgültig sein, dessen Gelingen uns vom römischen Joch befreien würde und den Juden die Herrschaft über Jerusalem und Judäa zurückgäbe. Wenn sie nur vom Ehrgeiz angestachelt sind, bieten wir ihnen irgendeinen ehrenamtlichen Posten an, wenn's sein muß sogar einen Sitz im Sanhedrin. Wir dürfen nicht vergessen, daß sie jetzt enttäuschte, vom Gefühl des Scheiterns geplagte Gesetzlose oder Landstreicher sind und daß sie jeden Vorschlag, der ihnen neue Geltung verschaffen könnte, mit größtem Interesse aufnehmen würden.«

»Aber sie werden uns entgegenhalten, daß wir uns ihnen gegenüber wie Feinde verhalten haben!« warf Kaiphas ein.
»Falsch!« rief Gedalja aus. »Wir werden sie daran erinnern, daß wir den Skandal mit den Tempelhändlern nicht weiter verfolgt haben, obwohl wir befugt gewesen wären, sie auf der Stelle festnehmen zu lassen.« Er lächelte. »Ich bin es nämlich, der für unsere außergewöhnliche Freizügigkeit verantwortlich war. Man muß sich immer ein Hintertürchen offenhalten«, bemerkte er.
»Und alles übrige ist ein Märchen«, meinte Kaiphas.
»Aber nein, überhaupt nicht.«
»Willst du dich über mich lustig machen?«
»Nein, wirklich nicht, Kaiphas.«
»Du glaubst im Ernst, daß ich, der Hohepriester, Fürst von Judäa werden könnte?«
»War das vor zwanzig Jahren etwa anders?« gab Gedalja zurück. »Wie gesagt, es würde genügen, Rom Beweise für unsere Treue zu liefern und Tiberius klarzumachen, daß die Aufrechterhaltung des Friedens in Judäa und Jerusalem in seinem Interesse liegt.«
»Du warst und bleibst doch, wie ich glaube, ganz meinem Schwiegervater ergeben. Warum hast du ihm diese Möglichkeit nicht früher vorgeschlagen?«
»Jede neue Lage bringt auch neue Möglichkeiten mit sich. Die Situation damals sah ganz anders aus. Jesus, seine Jünger und ihre Anhänger stellten eine eng verbundene und gut aufeinander eingespielte Kraft dar; das ist heute nicht mehr der Fall. Unsere Aufgabe ist es nun, diese Gegebenheiten für uns zu nutzen. Vielleicht versuche ich auch, mich an Pilatus für das zu rächen, was er Hannas angetan hat. Und du bist womöglich derjenige, der von dieser Rache profitiert. Du gehörst zum Haus des Hannas.«
»Und du?«
»Ich?« fragte Gedalja und stutzte. »Du meinst wohl, was dabei für mich herausspringen soll? Hat irgend jemand in den dreißig Jahren, die ich nun schon im Dienst des Sanhedrin und des Tempels stehe, auch nur den kleinsten Funken Profitgier an mir entdeckt?«
»Du willst also jenem Judas oder auch jenem Thraker vorschlagen, Jesus' Anhängerschar in Jerusalem wieder zusammenzuführen, damit sie während des Passah-Festes für Unruhe in der Stadt sorgen, die

wir dann in den Griff bekommen. Ist das nicht sehr gewagt? Wir könnten so Pilatus oder sogar Herodes auf Gnade oder Ungnade ausgeliefert sein, und du weißt ja, daß Herodes sich nichts mehr wünscht, als wieder die Macht seines Vaters in Judäa zu erlangen.«
»Das wäre eingetreten, wenn Jesus den Aufstand organisiert hätte, denn er ist ein unberechenbarer Mann, von dem man nie so genau weiß, was er im Schilde führt. Aber wenn einer von unseren Leuten den Aufruhr anstiftet, sieht die Sache ganz anders aus. Pilatus würde es nicht wagen, sich in eine rein religiöse Angelegenheit einzumischen. Außerdem sollten wir, um dem Statthalter jegliche Einmischung unmöglich zu machen, das Ganze so organisieren, daß der Aufstand im Tempel losbricht und es so aussieht, als greife er auf die Stadt über, damit Pilatus einen gehörigen Schreck bekommt. Wir könnten zum Beispiel den Vorfall im Bazar neu inszenieren. Pilatus' Machtbefugnis erstreckt sich nicht bis in den Tempelbezirk. Deshalb sind wir ja auch befugt, unsere eigene Polizei zu haben.«
»Bleiben wir vorerst lieber auf dem Boden der Tatsachen«, meinte Kaiphas, der Gedaljas theoretischen Gebilden allmählich nicht mehr recht zu folgen vermochte. »Nehmen wir zunächst einmal an, daß einer der beiden Jünger deine Geschichte glaubt. Wie könnte uns das für Jesus' Verhaftung dienlich sein?«
»Das ist ganz einfach. Derjenige, für den wir uns entscheiden, müßte sich Jesus bei seiner Ankunft in Jerusalem anschließen und uns Stunde und Ort mitteilen, wo wir ihn zu fassen bekommen.«
»Das alles ist ziemlich kompliziert«, bemerkte Kaiphas. »Ich frage mich, ob es nicht einfacher wäre, unsere Kundschafter einzusetzen. Nun, da ihn seine Jünger verlassen haben, stellt Jesus keine Gefahr mehr dar. Wir könnten ihn leicht festnehmen, und niemand würde sich darum kümmern.«
Gedalja sah den Hohenpriester ungläubig an. Dieser Kaiphas war wahrhaftig kein Mann mit politischem Sachverstand!
»Du sagst ja gar nichts mehr«, bemerkte der Hohepriester.
»Kaiphas, entweder Jesus ist nicht mehr gefährlich, wie du anzunehmen scheinst, und dann verstehe ich nicht, warum wir uns die Mühe machen sollten, ihn festzunehmen. Oder er ist gefährlich, und in diesem Fall erscheint es mir eine gewagte Sache, uns auf unsere Kundschafter zu verlassen. Jesus während des Passah-Festes unter zwei-

hundertfünfzigtausend Menschen herausfinden zu wollen wäre ein Ding der Unmöglichkeit! Nehmen wir einmal an, wir schieben seine Verhaftung hinaus, er hat aber inzwischen eine richtige Revolte vorbereitet, eine große Revolte, die wir nicht mehr unter Kontrolle bringen können – da säßen wir ganz schön in der Patsche! Es wäre dann Pilatus' Verdienst, die Ordnung wiederherzustellen.«

»Du glaubst also, daß Jesus immer noch gefährlich ist.«

»Ja. Es wäre falsch zu glauben, daß er keine Macht mehr hat, nur weil seine Jünger ihn im Stich gelassen haben. Sein Name dient Tausenden von Menschen im Land, in Judäa, ja sogar in Jerusalem, immer noch als Erkennungszeichen.«

»Gut, gut«, räumte Kaiphas gereizt ein. »Bedienen wir uns also eines dieser beiden Jünger. Wir schlagen ihm vor, Jesus' Nachfolge anzutreten. Und dann?«

»Dann kann nichts mehr passieren«, erwiderte Gedalja.

»Was? Nichts mehr passieren? Du meine Güte!« rief Kaiphas aus, während er sich mit einem Ruck von seinem Sitz erhob. »Du weißt ganz genau, daß Jesus unter Pilatus' Schutz steht! Du treibst mich dazu, meinen Sitz aufs Spiel zu setzen! Hannas hat den seinen schon aus demselben Grund verloren!« Er schien wirklich sehr wütend. »Eben hast du selbst gesagt, daß Jesus immer noch eine Gefahr darstellt und daß er Tausende von Menschen mobilisiert«, fuhr er fort. »Wenn wir ihn verhaften, bekommen wir es nicht nur mit Pilatus zu tun, sondern mit Tausenden von Jesus' Anhängern vor den Tempeltoren!« Er fuhr sich mit der Hand durch den Bart und versuchte, sich wieder zu beruhigen. »Wir können Jesus nur verhaften, wenn wir ihn in Verruf bringen. Du hattest theoretisch recht mit deinem Vorschlag, ihn durch jemand anderen an der Spitze seiner Bewegung zu ersetzen. Aber so wie du seine Jünger beschrieben hast, ist das unmöglich! Besagter Judas ist ein Schurke und Thomas ein Phantast. Keiner von beiden hat das nötige Format, um Jesus' Nachfolge antreten zu können. Wie dem auch sei, in sechs Tagen ist Passah, für ein so langwieriges Unterfangen bleibt keine Zeit mehr.«

Manche Menschen werden intelligent, wenn sie an der Macht sind, dachte Gedalja. Daran habe ich noch gar nicht gedacht. Aber eine dunkle Ahnung sagte ihm, daß er trotzdem recht hatte, Jesus verhaften zu wollen. »Da ist was dran«, gab er zu. »Eine Tatsache bleibt unbestritten: Wenn während des Passah-Festes ein Aufstand losbricht, wird die Lage unkontrollierbar und mehr als gefährlich für den Hohenpriester. Jesus muß unschädlich gemacht werden, und das ist nur durch seine Verhaftung möglich. Wir müssen uns also mit Pilatus anlegen.«

»Uns mit Pilatus anlegen«, wiederholte Kaiphas und begann wieder, im Saal auf und ab zu schreiten.

»Er kann schwerlich zwei Hohepriester nacheinander ihres Amtes entheben. Und wir legen ihm einfach dar, daß er vor Rom die Verantwortung für folgende Alternative übernehmen muß: Entweder wird Jesus festgenommen, oder aber es kommt zu Unruhen.« Gedalja kratzte sich am Kopf. »Pilatus weiß nur zu gut, daß er in allem bespitzelt wird von den Leuten des Herodes Agrippa, der ja zwischen Jerusalem und Rom ständig seine Intrigen spinnt. Er wird Vorsicht walten lassen.«

»Könnte man diesen Jesus nicht ... heimlich umbringen lassen?« schlug Kaiphas vor.

»Das ist gewagt. Damit würden wir uns Pilatus endgültig zum Feind machen. Außerdem, wie sollen wir ihn finden? Ich muß es noch einmal betonen, wir brauchen einen Spion.«

»Und wenn er verhaftet ist, was machen wir dann mit ihm?«

»Wir lassen ihn nach unseren Gesetzen aburteilen«, antwortete Gedalja. »Das war Hannas' Plan, er hatte schon damit begonnen, eine Mehrheit im Sanhedrin für diese Sache zu gewinnen.«

»Ich weiß«, sagte Kaiphas. »Wir verurteilen ihn also zum Tode.« Er seufzte. »Ein gewagtes Unterfangen.«

»Entweder – oder. Sein Tod oder eben das Chaos«, entgegnete Gedalja.

»Ich weiß«, sagte Kaiphas noch einmal.

»Wenn wir all das erst einmal hinter uns gebracht haben, können wir unsere Reise nach Rom ins Auge fassen.«

»Was wollen wir dort?« fragte Kaiphas.

»Darlegen, daß es weitaus leichter zu bewerkstelligen wäre, die Ordnung durch einen Hohenpriester aufrechtzuerhalten, der gleichzeitig Fürst über Judäa wäre«, antwortete Gedalja.

»Ach ja, Fürst von Judäa«, wiederholte Kaiphas ohne große Überzeugung. »Wir wollen mit dem Anfang beginnen. Für welchen der beiden abtrünnigen Jünger entscheiden wir uns?«

»Für Judas Iskariot.«
»Ich dachte ebenfalls an ihn«, stimmte Kaiphas zu. »Laß ihn herkommen.«
»Das wird nicht schwer sein. Er versteckt sich in Betanien. Wenn ich ihm irgend etwas von Begnadigung erzähle, wird er schon anbeißen.«
Kaiphas nickte nur. Ein plötzlicher Migräneanfall machte ihm zu schaffen.

Gleich am nächsten Tag wurde Judas im Tempel vorgeführt. Verstört sah er aus und böse: Man hatte ihn im Schlaf gefaßt. Er hatte nicht einmal mehr Zeit gehabt, seine Haare im Nacken zusammenzubinden. Mit zerzaustem Haar stand er nun vor ihnen.
»Laßt uns allein, aber bleibt vor der Tür stehen«, befahl Gedalja den Wachen, die Judas hergebracht hatten. Dann wandte er sich Judas zu, der den Hohenpriester verstohlen musterte, und sagte: »Wenn dein Raub vor drei Jahren sich nicht im Tempelbezirk abgespielt hätte, wärst du jetzt in den Händen der römischen Justiz. Wir können dich übrigens immer noch den Römern ausliefern, da es ja auch Römer waren, denen du damals Kupferamulette verkauft hast, die du für goldene ausgabst, bevor du sie anschließend um ihre Geldbeutel erleichtert hast. Obendrein hast du noch zu behaupten gewagt, du hättest sie getötet.«
Judas sah sie von unten her an, er witterte ein Geschäft.
»Es wäre doch wirklich schade«, fuhr Gedalja fort, »wenn ein Mann, der glaubt, für die Befreiung seines Landes vom römischen Joch gekämpft zu haben, wegen kleiner Diebereien an einem römischen Kreuz enden müßte. Welch göttlicher Hohn, daß große Pläne immer von banalen Zwischenfällen durchkreuzt werden! Der Löwe wird vom Speer des Jägers durchbohrt, weil ihn ein Dorn in der Pfote an der Flucht hinderte, und der Sperber taumelt am Himmel, weil er eine vergiftete Ratte gefressen hat!« Er lachte kurz auf. »Sag uns, Judas Iskariot, hat Jesus dich aufgrund eines anderen kleinen Diebstahls verjagt? Was hast du gestohlen?«
»Warum verurteilt ihr mich nicht gleich?« entgegnete Judas herausfordernd. »Sogar Verbrecher haben ein Recht auf einen Urteilsspruch! Mit Leuten wie euch will ich nichts zu schaffen haben! Ihr und die Römer, ihr steckt sowieso unter einer Decke!«

»Na gut«, sagte Kaiphas, »ruf die Wachen.«
Gedalja ging zur Tür.
»Warte einen Augenblick«, entfuhr es Judas plötzlich.
Gedalja blieb stehen.
»Nein, ruf die Wachen«, wiederholte Kaiphas.
Gedalja legte die Hand auf die Klinke.
»Warte!« rief Judas.
»Warten auf was?« fragte Gedalja und drehte sich um.
»Ihr wollt etwas von mir. Was ist es?«
»Wir wollen etwas!« empörte sich Gedalja. »Unverschämtheit! Gleich hole ich wirklich die Wachen. Kaiphas, dieser Mann müßte gekreuzigt werden, und da wagt er zu behaupten, wir wollten etwas von ihm!«
»Erbarmen!« rief Judas und fiel auf die Knie. »Erbarmen! Sagt mir, was ich tun soll!«
»Als erstes, Judas Iskariot, leg deinen Hochmut ab. Wahrscheinlich bist du intelligent. Aber mit deinem verächtlichen Gehabe kommst du nicht weit.«
Judas nickte.
»Warum hast du Jesus verlassen?«
Judas, der noch immer auf den Knien lag, schloß die Augen und legte den Kopf zurück. Er machte einen gequälten Eindruck. »Ich war ... enttäuscht«, flüsterte er. »Schrecklich enttäuscht. Und empört.«
»Wegen dieser Geschichte von Fleisch und Brot, nicht wahr?«
»Ihr wißt recht gut Bescheid«, entgegnete Judas. »Ja, deswegen. Aber das war nicht der einzige Grund.«
»Weshalb denn noch?« wollte Kaiphas wissen.
»Wenn ihr schon so viel wißt, dann müßtet ihr auch das wissen«, gab Judas mit neuerwachender Aggressivität in der Stimme zurück.
»Wir würden es gern aus deinem Mund hören.«
Judas setzte sich auf den Boden. »Der Mißerfolg«, sagte er. »All mein Tun war von vornherein zum Scheitern verurteilt. Die Zeloten sind Versager. Sie können sich nicht organisieren. Ein Schwerthieb hier, ein Schwerthieb da, das bringt doch nichts. Ich hatte gehofft, Jesus könnte in den Provinzen großen Rückhalt gewinnen und mächtig genug werden, um das ganze System zu stürzen, all die hohen Tiere wie euch und die Römer. Und da fängt er an zu faseln, daß wir ihn essen

sollen …« Judas seufzte und rang in völliger Ratlosigkeit die Hände. »So viele Jahre der Anstrengungen und Hoffnungen gehen einfach in Rauch auf! Der letztmögliche Anführer hält seinen Nacken dem Henker hin … Ihr könnt das nicht verstehen. Niemand kann es verstehen.« Wie ein Häufchen Elend saß er vor den beiden. »Warum habe ich euch nur daran gehindert, die Wachen zu holen? Worauf kann ich noch hoffen als auf den Tod? Ruft die Wachen.«

Aufmerksam betrachtete Kaiphas den Mann. Wie leicht ist doch die Seele aus der Ferne zu ergründen, dachte er; man beschreibt sie mit ein paar Sätzen, und alles scheint klar, dies ist gut, und das ist böse, dieser Mann ist anständig und der dort nicht. Doch wenn man sich die Menschen aus der Nähe besieht … Als einen grobschlächtigen Schurken hatte er sich Judas vorgestellt; er hatte sich getäuscht. In dem Burschen steckte mehr.

»Du willst Israel befreien«, bemerkte er, halb feststellend, halb fragend. »Aber du bist schlecht unterrichtet.«

Judas reagierte nicht.

»Ich spreche mit dir«, sagte Kaiphas.

»Ich habe dich schon gehört. Ich bin schlecht unterrichtet.«

»Gib nicht auf. Hilf uns lieber.«

»Euch soll ich helfen?«

»Ja, uns, den hohen Tieren.«

Judas verzog das Gesicht.

»Jesus ist auf dem Weg nach Jerusalem, nicht wahr?«

»Ich nehme es an.«

»Stell dir folgendes vor: In einer knappen Woche trifft er hier ein. Das Passah-Fest hat gerade begonnen. Er fängt an zu reden, rasch versammelt er eine Zuhörerschar um sich. Die Leute behaupten, er sei der Messias, und was immer er auch sagt, ist für sie die Offenbarung schlechthin. Er ruft dazu auf, Unfrieden zu stiften. Brennt den Tempel nieder, verjagt die Priester und lauter solche Sachen, nicht wahr? Ich frage dich, was ist die notwendige Folge davon?«

»Ein Aufstand.«

»Sehr richtig«, bestätigte Kaiphas in fast mildem Ton. »Aufstände, Mord und Totschlag. Blut in den Straßen. Feuersbrünste. Wie reagieren die Römer darauf? Natürlich schreiten sie ein, schlagen nieder und zerstückeln alles, was sich regt. Die Ordnung ist wiederherge-

stellt. Wer hat gewonnen? Die Römer! Da soll noch einer von der Befreiung Israels sprechen! Das römische Joch lastet schwerer als je zuvor auf Jerusalem und Judäa. Aber das kann verhindert werden.«
»Wie?«
»Hilf uns, Jesus festzunehmen. Du hast dich bereits von ihm losgesagt.«
Judas erhob sich, der Ekel stand ihm im Gesicht geschrieben. Kaiphas und Gedalja sahen ihn unverwandt an.
»Weißt du was, Gedalja?« meinte Kaiphas plötzlich. »Mir liegt nichts mehr an der Sache. Dieser Mann will nur den Einsatz erhöhen. Was hat er in Händen, frage ich dich? Nichts! Ein Hanfseil oder Nägel. Aber er hat seine Prinzipien, dieser Judas Iskariot, er ist ein ehrbarer Mann, denkst du nicht auch? Er wird sich sehr gut verteidigen, wenn er erst in den Händen der Römer ist. Wir sind nicht würdig, mit ihm zu verhandeln, nicht wahr, Gedalja? Also müssen wir uns seinen Wünschen beugen. Hol die Wachen!«
Judas erbleichte und biß die Zähne aufeinander. »Nein!« murmelte er. »Nein!«
Kaiphas' Gesichtsausdruck wurde plötzlich hart.
»Deine letzte Chance«, sagte er. »Wir haben keine Zeit zu verlieren, Judas. Und auch deine Zeit ist wertvoll, denn du kannst dein Leben in wenigen Minuten retten. Überleg es dir gut diesmal. Weißt du, was dein Problem ist, Judas? Du bist wie jene Granatäpfel, die zur Hälfte gut und zur Hälfte faul sind. Einerseits bist du ein ganz gewöhnlicher Übeltäter, andererseits möchtest du Israels Fesseln sprengen. Einerseits bist du der Anführer einer skrupellosen Bande mit hochfliegenden Plänen, andererseits glaubst du, für das Wohl Israels gearbeitet zu haben, falls es dir gelingen sollte, die Mächtigen zu stürzen. Das Ärgerliche ist nur, Judas, daß dir, obwohl ein Tyrann in dir steckt, das eine fehlt, was für einen Machtmenschen unverzichtbar ist, nämlich die Fähigkeit zu faszinieren. Du bist ein ungehobelter Kerl. Deine Rede ist nicht ausgefeilt, deine Nase nicht fein gebildet, du hast Hände und Füße wie ein Bauer, und dein Gang ist der eines Mannes, dem das nötige Selbstbewußtsein fehlt. Keinerlei Aussichten, Judas«, meinte Kaiphas und schüttelte mitleidig den Kopf. »Wenn das Glück dir nicht zu Hilfe kommt, bist du erledigt.«
Er warf Gedalja einen fragenden Blick zu. Der reagierte nicht, da er völlig überrascht war; er hatte Kaiphas wirklich unterschätzt.

»Wir sind deine Chance, Judas«, fuhr Kaiphas fort. »Wenn du uns bei Jesus' Festnahme hilfst, könntest du später versuchen, seine Nachfolge anzutreten. Ich meine damit nicht, daß du der Anführer der kleinen Schar werden sollst, die ihm bis vor wenigen Tagen nicht von der Seite wich. Ich spreche von der Gesamtheit seiner Anhänger, von der Menge, die er in Kafarnaum vor den Kopf gestoßen hat. Das könnte doch deinen Ehrgeiz befriedigen, oder?«

Judas rührte sich nicht.

»Aber natürlich müßte das auch uns dienlich sein, Judas. Du fragst dich wahrscheinlich, wie du uns eine Hilfe sein kannst, indem du den Platz unseres Feindes einnimmst. Das ist ganz einfach: Nicht die Heuchelei der Mächtigen sollst du beklagen, sondern ihre Verwirrung und Entgleisung. Denn wir machen nicht gemeinsame Sache mit den Römern, wie du denkst. Nur Dummköpfe und Ignoranten würden ein solches Märchen glauben. Pilatus verabscheut uns, Herodes ebenfalls. Wenn wir mit den Römern unter einer Decke steckten, bräuchten wir dich nicht und müßten uns auch wegen Jesus keine Sorgen machen. Falls du ihm nachfolgen solltest, müßtest du eines tun, nämlich den Niedergang des Gesetzes beklagen, den die Fremdherrschaft in unserem Land heraufbeschworen hat.«

»Aber genau das machen die Zeloten doch!« wandte Judas ein. »Und Jesus hat viele Menschen um sich geschart, nicht nur, weil er dies oder jenes anprangert, sondern auch, weil er Wunder vollbringt.«

»Die Zeloten sind wie Fliegen, die einen Schakal angreifen«, entgegnete Kaiphas. »Und Fliegen haben noch nie einen Schakal umgebracht. Was die Wunder angeht, so kann ich nur sagen, daß Magier und Betrüger auch Wunder wirken, ohne deshalb gleich für Erlöser gehalten zu werden. Wir könnten sehr wohl den Magier Simon darum bitten, den Platz einzunehmen, den wir dir vorschlagen. Simon hat keinen sehnlicheren Wunsch, als für den Messias gehalten zu werden.«

»Simon hat seinem jüdischen Glauben abgeschworen«, hielt ihm Judas entgegen. »Er wäre euch keinerlei Hilfe.«

»Deshalb wenden wir uns an dich«, schaltete sich Gedalja ein. »Du müßtest das tun, was Jesus nicht getan hat. Klar und deutlich sprechen und verlangen, daß der Tradition, die die Krone Israels und das Amt des Hohenpriesters vereint, wieder Geltung verschafft wird.«

»Aber in einem gewissen Sinn macht das Jesus ja auch«, meinte Judas.

»Mag sein, aber seine ehrgeizigen Pläne sind zum Scheitern verurteilt, wenn er danach strebt, sowohl König als auch Hoherpriester zu werden. Dazu muß man schon eins von beiden sein; er aber ist keins von beiden. Lediglich ein Thronräuber.«
Judas dachte über Gedaljas Antwort nach. »Was soll ich tun?« fragte er schließlich.
»Man muß ihm den Einfluß, den er unberechtigterweise über die Bevölkerung gewonnen hat, entziehen, ihn also gewissermaßen vom öffentlichen Leben ausschließen. Dazu ist es notwendig, daß du Jesus wieder aufsuchst und uns über die näheren Umstände, das Wo, Wie und Wann unterrichtest. Den Rest übernehmen wir. Danach liegt es an dir, dein Können unter Beweis zu stellen. Welche Taktik du verfolgen willst, bleibt ganz dir überlassen, vorausgesetzt, du greifst weder den Tempel noch die Priester an und verursachst kein Blutvergießen«, erwiderte Gedalja und fügte nach einer Weile noch hinzu: »Es bleibt dir gar nichts anderes übrig.«
»Und ihr werdet mich nicht an die Römer verraten?«
»Da du uns ja hilfst, würden wir gegen unsere Interessen handeln, wenn wir, wie du befürchtest, ein doppeltes Spiel spielen sollten.«
Judas blieb nachdenklich.
»Du bist auf dem Holzweg«, sagte Kaiphas, »wenn du denkst, es ginge hier um einen Handel, deine Freiheit gegen einen Verrat. Es geht allein um die Interessen Israels.«
Judas machte ein überraschtes Gesicht.
»Laß uns alles klarstellen«, sagte Gedalja. »Der Mann, den wir loswerden müssen, ist kein Herold Israels. Wenn er einen Auftrag hatte, dann hat er ihn verspielt. Er hatte Jünger und hat sie nun verloren. Wenn er zum Passah-Fest kommt und wieder eine Rede über die Notwendigkeit, ihn zu essen, halten sollte, würde er nicht nur sich selbst, sondern sogar die messianische Idee bloßstellen. Das können wir nicht akzeptieren, und auch du hast es nicht akzeptiert. Wenn wir so niederträchtig wären, wie du eben anzunehmen schienst«, sagte Gedalja, während er sich mit sehr ernstem Gesicht vor Judas hinstellte, »würde es genügen, ihn einfach in Ruhe zu lassen. Er braucht nur zu kommen und zum Volk zu sprechen, ihm zu verkünden, daß sein Fleisch das Brot des ewigen Lebens sei, und innerhalb von ein paar Stunden hat er das Ansehen verloren, das er in drei Jahren mühsam gewonnen hat. Wenn man ihn nicht gar steinigt!«

Mit dieser Argumentation hatten sie Judas offensichtlich für ihre Sache gewonnen. Er nickte.
»Falls er etwas geschickter vorgehen sollte und keine solche Rede hält, wenn es ihm vielleicht gelingt, die Massen zu begeistern und Unruhe zu stiften, so kann das doch nichts am Ausgang der Angelegenheit ändern. Denn du weißt ganz genau, Judas, daß Jesus sich nun als Verlierer, nein, sogar als Opfer betrachtet. Warum sollte er sich sonst mit einem Lamm vergleichen, das auf dem Altar geopfert wird? Ich möchte noch einmal ausdrücklich betonen: Wir können einfach nicht hinnehmen, daß ein so heroischer Begriff wie der des Messias ins Lächerliche gezogen wird. Kein Jude könnte das akzeptieren. Jetzt, wo du wieder klar denken kannst, wird dir sicherlich bewußt, welches Unheil dieser Mann über uns bringt.«
Judas nickte wiederum, noch überzeugter als das letztemal. »Also gut«, willigte er mit rauher Stimme ein.
»Du bist frei«, erklärte Kaiphas.
Judas ging zur Tür.
»Judas!« Gedalja rief ihn zurück.
Er drehte sich um. Gedalja hielt ein Säckchen in der Hand. »Du wirst Geld brauchen, um Männer für deine Sache zu gewinnen. Nimm das hier. Dreißig Denare, das dürfte genügen.«
»Das ist viel Geld«, meinte Judas.
»Du wirst es schon brauchen.« Gedalja begleitete Judas zur Tür, um den Wachen mitzuteilen, daß der Mann frei sei, dann zog er sie wieder hinter sich zu.
»Nun, was meinst du?« fragte Kaiphas, während er sich nachdenklich durch den Bart strich.
»Die Sache läuft.«
»Ich frage mich, ob der andere, Thomas, nicht geeigneter gewesen wäre«, sagte Kaiphas zweifelnd.
»Hätten wir uns etwa auf eine philosophische Diskussion über die Definition des Messias-Begriffes einlassen sollen?« entgegnete Gedalja.
Kaiphas seufzte. »Jetzt müssen wir uns auf jeden Fall für Pilatus rüsten«, meinte er dann.
Er stieg von seinem Stuhl herab und ging auf die Tür zu, die ihm Gedalja öffnete. Draußen warteten zwei Leviten und ein Schriftgelehrter,

um ihnen den komplizierten Fall eines freien Sklaven zu unterbreiten, der reicher als sein Herr geworden war und jenem eine hohe Summe geliehen hatte, mit dem Hintergedanken, seine Tochter dafür zur Frau zu bekommen.

»Morgen«, winkte Kaiphas sie fort, während er seinen Gemächern zu eilte und sich mit entschlossener, derart schwungvoller Geste seinen Mantel umwarf, daß die goldenen Quasten am Saum wie stumme Glöckchen hin und her pendelten.

XXII.

Die Jünger kommen und gehen

Seit dem Morgengrauen waren sie auf der Straße nach Tiberias. Die Füße taten ihnen weh, und obwohl es bisher außerordentlich kalt gewesen war, stach an diesem Tag die Sonne unerbittlich auf sie nieder. So setzten sie sich schließlich unter einen schon in Blüte stehenden Schlehdorn. Simon Petrus knüpfte ein Bündel auf, das seine Frau ihm mit auf den Weg gegeben hatte, und breitete den Inhalt im Schatten aus: Brot, hartgekochte Eier, Käse und Oliven. Ungeduld war in seinem Gesicht zu lesen, als er es unauffällig Andreas zuwandte, der daraufhin ebenfalls sein Bündel aufschnürte, Geflügel und eine große Flasche Wein hervorholte und beides seinem Bruder reichte.

Ja, Andreas war wieder zurückgekehrt.

»Herr, unser Vater, segne diese Mahlzeit!« betete Jesus.

Er brach das Brot mit jener Geste, die allen nun schon vertraut war; er legte die Daumen nebeneinander auf den Laib, drückte sie jedoch nicht in das Brot, wie andere das zu tun pflegten, sondern teilte das Brot mit einer kräftigen Auswärtsdrehung der Handgelenke. Simon Petrus, Andreas und Johannes nahmen sich jeder ihr Teil und hielten es nachdenklich, fast verlegen in der Hand. Als sie sich vom Geflügel, den Eiern, dem Käse und den Oliven genommen hatten, zögerten sie noch und warteten, bis Jesus in sein Brot biß. Dann begannen auch sie zu essen, doch kauten sie ganz bedächtig, als fürchteten sie ständig, auf Steinchen zu beißen.

»Stimmt das?« fragte Andreas plötzlich, »daß man von uns nicht erwarten kann, alles zu verstehen, was du, der Messias, sprichst, und daß man das, was du sagst, nicht wörtlich nehmen darf?«

»Wenn du wissen willst, ob du meine Gliedmaßen essen sollst«, entgegnete Jesus, »dann kann ich dir mit Nein antworten.«

Andreas wirkte sehr erleichtert.

»Aber hinter den Worten verbirgt sich ein tieferer Sinn, Andreas. Das Brot ist weit mehr als gemahlener und gebackener Weizen. Die Erde bringt den Weizen hervor, und die Erde ist ein einziges großes Grab. Wenn du Brot ißt, nimmst du auch die Substanzen vergangener Generationen in dich auf.«
Andreas kaute wieder sehr vorsichtig auf seinem Brot herum. »Aber du, du wirst hier auf Erden sterben, oder?« fragte er.
»Das weiß allein der Herr«, entgegnete Jesus. »Jedenfalls muß ich sterben, um diese Erde zu neuem Leben zu erwecken.«
Andreas erschauerte und griff nach der Flasche. Jesus wandte sich zu Johannes um. Als er den Jünger ansprechen wollte, den er manchmal ganz ungezwungen »Kind« nannte, weil Johannes mit Abstand der Jüngste unter ihnen war, überkam ihn ein plötzliches Gefühl der Ergriffenheit, als sehe er Johannes nach sehr langer Trennung wieder. Johannes' Augen begegneten den seinen, ungeduldig und fragend, aber Jesus blieb stumm. Wenn alle Jünger ihn verlassen würden, Johannes würde als einziger bleiben. Und wenn er, Jesus, einmal nicht mehr sein sollte, würde Johannes sich weiterhin und mit gleicher Begeisterung so verhalten, als lebe sein Meister noch. Die Essener, dachte Jesus, würden ihn, ohne zu zögern, in ihre Gemeinschaft aufnehmen. Johannes ist Jokanaan sehr ähnlich.
Johannes errötete. »Denkst du gerade über mich nach?« fragte er leise.
»Ja«, antwortete Jesus. »Du bist gesegnet.«
Johannes blickte weg. Wenig später sagte er: »Mein Bruder Jakobus wird zurückkommen. Mach dir da keine Sorgen!«
»Woher willst du das wissen?«
»Er *muß* einfach.«
»Es wäre mir lieber, er käme aus freiem Willen«, entgegnete Jesus.
»Es fällt nun mal nicht jedem leicht, sich zu ergeben. Wir bestehen aus Fleisch und Blut, und es ist schwer, sich dem Vater mit Fleisch und Blut zu ergeben.«
Jesus kniff die Augen zusammen. Das klang ja beinahe wie Jokanaans Testament. »Durch das Fleisch allein!«
»Habe ich etwas Falsches gesagt?« erkundigte sich Johannes.
»Nein. Du bist wirklich gesegnet.«
»Du hast mich nicht auf Herz und Nieren geprüft.«

»Doch.«
»Und die anderen?«
»Jeder hat seine Bestimmung.«
Er erhob sich und ging über die Felder. Sie folgten ihm und setzten ihren Weg fort. Bei Einbruch der Dunkelheit gelangten sie in Tiberias an. Fast unmittelbar nach ihrer Ankunft umgab sie eine Menschenansammlung. Man jubelte Jesus zu. Eine Frau rief: »Dies ist der Messias, hört auf ihn!« Ein Mann fragte: »Wohin gehst du, Menschensohn?« Als sie erfuhren, daß er auf dem Weg nach Jerusalem war, murrten sie.
»Verläßt der Hirte seine Schafe aus Angst vor dem Wolf?« hielt er ihnen entgegen. »Ich bin der Hirte. Ich kenne meine Schafe, und meine Schafe kennen mich, so wie ich den Vater kenne und der Vater mich kennt, und ich werde mein Leben hingeben für meine Schafe.«
Einige Männer hielten Fackeln hoch über ihre Köpfe, um Jesus im Dunkeln besser sehen zu können. Da erkannte Jesus ein Gesicht in der Menge.
»Bist du es, Thomas?« rief er.
Thomas bahnte sich einen Weg durch das Gedränge und trat auf ihn zu. »Hier bin ich, Meister!«
Er wirkte müde und schien den Tränen nahe.
»Du bist ungeheuer intelligent, Thomas, aber dadurch bist du auch arm, denn der Verstand allein ist wenig. Erst das Herz vermag zu verstehen.«
»Ich bleibe jetzt bei dir, Meister.«
»Was hat dich dazu gebracht, deine Meinung zu ändern?« wollte Jesus wissen.
»Beim erstenmal oder diesmal?« wollte Thomas wissen.
Jesus konnte nicht mehr an sich halten und brach in herzliches Gelächter aus. Auch Thomas begann zu lachen. Alle sahen die beiden verwundert an. Der Messias konnte auch Scherze machen?
»Alter Schlaukopf«, meinte Jesus nur.
»Du hast den Messias zum Lachen gebracht?« fragten die Leute Thomas überrascht, ja fast entrüstet.
Selbst Simon Petrus und Andreas waren angesichts dieses Heiterkeitsausbruchs, dessen Grund ihnen schleierhaft war, unangenehm berührt. Nur Johannes lächelte, denn er hatte begriffen.

»Die Griechen haben wohl nichts von dir wissen wollen, hm?« fragte Simon Petrus.
»Die Pest über die Griechen!« rief Thomas. »Sie lachen nicht genug.«
»Vielleicht lachst du zuviel«, hielt ihm Simon Petrus vor.
»Und du zuwenig«, gab Thomas zurück. »Der Herr lacht; wofür hältst du dich denn, daß du so ernst bleibst?«
»Der Herr lacht?« empörte sich Simon Petrus.
»Du lästerst Gott!« erklärte Andreas mit Bestimmtheit, und ein Schaulustiger wollte wissen: »Worüber sprechen die denn?«
»Das laß dir gesagt sein, Simon Petrus, mit einem sorgenvollen Gesicht kommst du nicht weit!« verkündete Thomas.
»Lacht der Herr?« wurde Jesus von einem jungen Mann aus der Menge gefragt.
»Wenn der Herr zornig sein kann, warum sollte Er dann nicht auch lachen können?« entgegnete Jesus.
»Worüber sollte der Herr denn lachen?« wollte der junge Mann wissen.
»Über die Absurdität des Lebens«, erwiderte Jesus.
»Warum beweint Er sie nicht?« forschte ein Greis nach.
»Und warum stellt ihr euch den Herrn immer als eine wütende oder mürrische Macht vor?« fragte Jesus zurück. »Warum, glaubt ihr, hat Er der Menschheit das Lachen geschenkt? Lachen denn Hunde? Oder Krokodile, Löwen und Fische? Wenn der Mensch Sein Spiegelbild auf Erden ist, bedeutet das dann nicht, daß auch Er lacht?«
»Das ist entschieden zuviel für mein armes Gehirn«, klagte der Greis. »Zum erstenmal höre ich heute, daß der Herr lacht. Und kein anderer als der Messias verkündet es!«
»Und doch gefällt mir der Gedanke an einen lachenden Gott«, meinte der junge Mann, worauf ihm Johannes beipflichtete.
In der Menge kam es zu Diskussionen über die Gründe für Gottes Heiterkeit, denn der Gedanke war ihnen allen noch zu fremd. Ein reicher Mann lud Jesus und seine Jünger zum Abendessen ein. Thomas' Rückkehr hatte belebend auf Jesus gewirkt.
Johannes bemerkte es. Als er während des Essens neben Jesus saß, fragte er ihn: »Glaubst du immer noch, daß du geopfert werden mußt?«
Jesus nickte.

»Aber es steckt so viel Leben in dir!«
»Glaubst du vielleicht, dem Herrn werden kranke Lämmer geopfert?« entgegnete Jesus. »Oder denkst du, daß Lachen den Verstand trübt?«
Thomas hatte Johannes' Frage gehört; er beugte sich zu dem jungen Mann hinüber. »Das größte Hindernis, auf das jeglicher Gedanke stößt«, flüsterte er ihm zu, »ist die Erkenntnis, daß jedes Ding auch sein Gegenteil in sich trägt.«
Nachdem Jesus sich in das für ihn bereitgehaltene Zimmer zurückgezogen hatte, schlief er rasch ein. Mitten in der Nacht stieß er mit dem Fuß auf einen warmen Widerstand: ein menschlicher Körper. Er mußte sich nicht erst aufsetzen, um zu wissen, wer da lag. Es war Johannes, zusammengerollt wie ein Hütehund am Fußende seines Bettes. Lange blieb er dann wach bei dem Gedanken, daß ihm die Liebe und der Tod ebenso nah waren wie Süß- und Salzwasser an einer Flußmündung ins Meer.

Nazaret war ihre nächste Etappe auf dem Weg nach Jerusalem. Das Dörfchen, in dem Josef seinen Sohn vor so vielen Jahren hatte wissen lassen, daß er kein Priester werden solle, hatte sich kaum verändert. Neben Federvieh, Eiern und Käse hatte es nur eine spärliche Einwohnerschar zu bieten, doch fehlte auch hier nicht das Grüppchen Kranker, die sich von Jesus Heilung erwarteten. Einige hofften sogar, von ihren Altersbeschwerden geheilt zu werden, da ja schließlich kein Geringerer als der Messias zu ihnen gekommen war. »Und die Toten?« fragte ein alter Bauer. »Könnte man sie nicht wieder zum Leben erwekken?« Diese Frage wurde gleich am ersten Abend vor allen Nazarenern gestellt, und zwar im Schatten der alten Synagoge, die so klein und stickig war, daß die Leute sich lieber im Freien versammelt hatten. Jesus schwieg zunächst, er spürte die Befangenheit seiner Jünger, als sie ihn mit dieser naiven und dennoch logischen Frage konfrontiert sahen: Warum holte er die Toten nicht aus ihren Gräbern, wenn er doch der Gottgesandte war?
»Warum sollte ich die Toten der Erde entreißen?« hielt er ihnen entgegen. »Oder warum sollte ich die Alten jung machen? Vielleicht um zu leugnen, daß das menschliche Leben nach dem Willen des Herrn ein Ende haben muß? Oder um dem Jüngsten Gericht vorzugreifen, das

an dem Tag, den Er allein bestimmt, abgehalten wird? Erwartet ihr das wirklich von mir, daß ich die Gebote umkehre, die der Herr, unser Vater, seit Anbeginn aller Zeiten in Seiner göttlichen Weisheit aufgestellt hat? Ihr irrt, wenn ihr so denkt. Ich bin der Knecht des Herrn und achte Seinen Willen. Ich glaube, daß ihr ein Zeichen von mir erwartet, einen Beweis für die Kräfte, die Er mir verliehen hat. So könnte ich euren Glauben stärken. Aber laßt mich euch lieber eine Geschichte erzählen: Es war einmal ein reicher Mann, gekleidet in Purpur und feinstes Leinen ...«

Ja, eine Geschichte. Geschichten hörten sie gern, alle liebten Geschichten. Sie hielten den Atem an, ihre Augen glänzten, und erwartungsvoll wie Kinder lauschten sie seinen Worten.

»Dieser Mann hielt jeden Tag prunkvolle Festgelage ab. Vor seiner Tür saß ein armer Mann namens Lazarus, über und über mit Geschwüren bedeckt. Der hätte so gern seinen Hunger mit den Abfällen vom Tisch des reichen Mannes gestillt. Doch nur die Hunde kamen zu ihm, um seine Geschwüre zu lecken. Eines Tages starb Lazarus und wurde von den Engeln zu Abraham getragen. Auch der reiche Mann starb, und aus den Qualen, die er in der Hölle durchlitt, erhob er seine Augen. Da erblickte er, weit oben, Lazarus, direkt an Abrahams Seite. ›Abraham, mein Vater‹, rief er, ›hab Erbarmen mit mir! Schicke Lazarus zu mir, damit er seine Fingerspitze in Wasser taucht, um meine Zunge zu kühlen, denn ich vergehe in dieser Feuersglut.‹ Doch Abraham entgegnete: ›Erinnere dich daran, mein Sohn, daß zu deinen Lebzeiten alle guten Dinge dir gehörten und alle schlechten für Lazarus bestimmt waren. Nun findet er hier Trost, und du mußt leiden. Aber das ist noch nicht alles: Uns trennt ein tiefer Abgrund; niemand, weder von unserer Seite noch von der deinen, kann ihn überwinden.‹«

Jesus machte eine Pause. Thomas zog ein schiefes Gesicht, was Johannes nicht entging.

»Was ist los?«

»Eine schreckliche Geschichte ist das, einfach schrecklich!« murmelte Thomas.

»Warum denn?«

»Ja, merkst du denn nicht, daß es hier um einen finsteren und niederen Racheakt geht?«

»Laß ihn erst zu Ende erzählen«, flüsterte Johannes.
»›Nun gut, Vater‹, meinte daraufhin der reiche Mann zu Abraham, ›darf Lazarus dann wenigstens in das Haus meines Vaters zurückkehren, in dem noch fünf meiner Brüder leben, um sie zu warnen und sie so vor diesem Ort der Qualen zu bewahren?‹ Aber Abraham entgegnete: ›Sie haben Moses und die Propheten gehabt, auf die sollen sie hören.‹ – ›Nein, Vater Abraham‹, hielt ihm der Reiche entgegen, ›nur wenn ihnen ein Toter erscheint, werden sie ihre Sünden bereuen.‹ Abraham erwiderte: ›Wenn sie auf Moses und die Propheten nicht hören, dann werden sie auch einem, der vom Grabe auferstanden ist, nicht mehr Gehör schenken.‹«
Eine Weile verharrten die Zuhörer in tiefem Schweigen. Entsetzen hatte sie gepackt und nachdenklich gemacht. Fledermäuse flatterten dicht über ihren Köpfen. Rasch brach die Nacht herein, kühl und feucht. Die Frauen und Kinder fröstelten.
»Ihr seht also«, schloß Jesus, »daß es keinen Sinn hat, die Alten jung zu machen oder die Toten ins Reich der Lebenden zurückzuholen.«
Johannes blickte sich um, Thomas war fort. Auch beim Abendessen, zu dem die Nazarener Jesus und seine Jünger eingeladen hatten, fiel allen auf, daß Thomas fehlte.
»Er ist wieder fortgegangen, nicht wahr?« fragte Jesus. Und kurz darauf: »Hat er gesagt, warum?«
Johannes schlug die Augen nieder. Jesus sprach das Gebet und brach das Brot. Als Simon Petrus und Andreas sich zurückgezogen hatten, um Körper und Geist von der Mühe des Tages auszuruhen, wandte sich Jesus erneut an Johannes: »Was hat er gesagt?«
»Er hat das Gleichnis abgelehnt.«
Jesus nickte. Er legte sich nieder und lauschte den Geräuschen der Nacht.
»Ich will nicht, daß du zu meinen Füßen liegst, du bist doch kein Hund!« sagte er zu Johannes. »Du kannst neben mir schlafen.«
Johannes streckte sich neben ihm aus, und selbst als Jesus längst eingeschlafen war, lag er noch hellwach. Zweimal beugte er sich über seinen Herrn, um sich zu vergewissern, daß er atmete und nur schlief. Er versuchte, Thomas' Mißbilligung zu verstehen, gab es aber schließlich auf und fand in den ersten Morgenstunden endlich Schlaf. Im Traum sah er Thomas, wie er ihm mit dem Zeigefinger auf den Lippen

Schweigen gebot. Er konnte Thomas fragen, sooft er wollte, der entlaufene Jünger blieb stumm. »Was ist dein Geheimnis?« rief er ihm zu. Davon erwachte er.
»Welches Geheimnis?« fragte ihn Jesus.
Und Johannes wußte keine Antwort darauf.

Auf dem Weg nach Nain und Skythopolis hoffte Johannes ständig auf Thomas' Rückkehr. Sein Blick suchte unter den zahllosen Reisenden nach dem dünnen Lächeln über dem eigenwilligen Kinnbart, nach den Wieselaugen unter der gewölbten Stirn und den struppigen Augenbrauen; Thomas war nirgendwo zu sehen.
»Wahrscheinlich hat er den Jordan überquert«, mutmaßte Andreas, »um sich jetzt in Philadelphia mit parthischen Landstreichern oder skythischen Wandermönchen in seinen obergelehrten Reden zu ergehen.«
»Aber wo sind nur die anderen, all die anderen?« fragte Johannes bekümmert. »Wo ist mein Bruder?«
Jakobus fanden sie in Archelaus wieder. Bei ihm waren auch Natanael und Judas, der Sohn des Jakob. Nicht, daß sie zu Jesus gekommen wären, Johannes entdeckte vielmehr zufällig ihre Spur, nachdem ihm jemand von einem Mann erzählt hatte, der früher einmal einer von Jesus' Gefährten gewesen sei und nun in einer Taverne arbeitete. Johannes suchte in allen Tavernen Archelaus' – und die Stadt war mit ihnen reichlich gesegnet – und fragte sich dabei, welcher der vom rechten Weg abgekommenen Jünger wohl Schenkkellner geworden sein mochte. Schließlich kam er in eine Taverne, in der sechs Männer lautstark miteinander stritten: sein Bruder, Natanael und Judas, Sohn des Jakob, sowie drei Jünger des Magiers Simon. Wüste Beschimpfungen flogen hin und her. »Saukopf! Scheißkerl! Geh doch zurück zu deinem Möchtegernmessias!« Aber das war noch nicht alles: »Du Rotzhändler! Drecksbauer! Nichts als albernes Zeug schwätzt dein Jesus daher!« Ab und zu wurde der hitzigen Auseinandersetzung mit Schlägen und Fußtritten ordentlich Nachdruck verliehen. Sichtlich belustigt verfolgten der Wirt, ein paar römische Soldaten und einige Kinder die Szene.
»Jakobus!« rief Johannes.
Jakobus wandte sich um und blieb wie angewurzelt stehen; ebenso Na-

tanael und Judas. Zerzaust und unordentlich gekleidet, wie sie waren, hätte man sie für Tagediebe halten können. Sie gingen einen Schritt auf Johannes zu.
»Welchen Sinn hat es, Jesus an einem solchen Ort zu verteidigen?« fragte Johannes entrüstet. »Warum bist du nicht zurückgekehrt, und warum hast du uns überhaupt verlassen?«
»Unser Meister kann durch die Lüfte fliegen!« schrie einer der Jünger des Magiers, da er glaubte, die Gegner hätten den Kampf aufgegeben.
»Das können Fledermäuse auch«, gab Johannes zurück.
Die Soldaten lachten.
Einer der Anhänger des Magiers wollte sich gerade auf Johannes stürzen, als ihn dessen Faust auch schon mitten ins Gesicht traf. Der Mann wankte und brach zusammen.
»Wollt ihr noch mehr?« drohte Johannes den beiden anderen. »Wir schlagen euch zu Brei, noch bevor ihr überhaupt wißt, wie euch geschieht!«
Sein Ton und die zahlenmäßige Überlegenheit der Jünger Jesus' taten ihre Wirkung. Ihre Gegner gaben klein bei.
»He, Kleiner, willst du Legionär werden?« fragte ein Soldat Johannes.
»Kommt«, forderte dieser seinen Bruder, Natanael und Judas auf, »wir müssen weiter!«
»Und wohin geht ihr?« wollte Judas wissen.
»Nach Jerusalem zum Passah-Fest.«
»Warum sollten wir mit euch kommen?«
»Ach, macht doch, was ihr wollt!« entgegnete Johannes verdrossen und ging zur Tür.
»Warte!« rief ihm Jakobus nach.
»Habe ich nicht schon genug gewartet?«
»Er wird nicht ... Wie sollen wir ihm denn gegenübertreten?« fragte Jakobus.
»Ihm gegenübertreten?« äffte Johannes seinen Bruder nach. »Jakobus, wie trittst du dir selbst gegenüber? Und wie willst du erst unserem Vater gegenübertreten?«
»Er wird mich beschimpfen«, meinte Jakobus.
»Vielleicht. Aber du kannst dich nicht ewig um das, was dir gebührt, herumdrücken.«

»Wie kannst du es dir eigentlich leisten, so selbstherrlich aufzutreten?« fragte Natanael mit herausfordernd erhobenem Kinn. »Womöglich etwa, weil du sein Liebling bist? Sag doch, daß du es nicht bist, los, sag's doch! Was immer er auch sagt, Meister Johannes, du nimmst es für bare Münze. Er befiehlt: ›Eßt mich‹, und der gutgläubige Johannes nickt brav. Was hast du da eben erzählt, Johannes? Daß wir zurückkehren und ihm zu Füßen kriechen sollen?«

Johannes stieß einen Seufzer aus. »Vielleicht sollte ich besser gar nichts sagen. Vielleicht versteht ihr einfach seine Art, in Gleichnissen und Bildern zu sprechen, nicht. Vielleicht habt ihr auch keine Lust, gegen andere Feinde als grölende Schreihälse in Schenken anzukämpfen. Und womöglich behauptet ihr sogar, er sei nicht der Messias. Vielleicht könnt ihr wirklich erst in Frieden mit euch leben, wenn ihr ihn verlassen habt.«

»Genau das ist es«, sagte Judas. »Kommt, Brüder, laßt uns den Verlierer begrüßen. Denn von nun an wird er ein Verlierer sein, das wissen wir alle. Er hat aufgegeben.«

»Ein Verlierer, Judas? Was hat er verloren? Warst du etwa doch auf der Suche nach einem Feldherrn oder Zeloten? Hat er nicht oft genug betont, daß er keine Armee aufstellen wolle und daß Worte Zitadellen viel sicherer zum Einsturz bringen als Sturmböcke und Schwerter? Glaubst du, daß sich die Tausenden von Juden, die sich ihm in ganz Galiläa angeschlossen haben, getäuscht haben oder daß er ihnen etwas vorgespielt hat?«

Betroffen standen die drei vor dem jungen Mann. Nach einer Weile meinte Jakobus schließlich: »Er ist mein Bruder. Ich gehe mit ihm.«

Judas und Natanael verständigten sich mit einem Blick und folgten seinem Beispiel.

Als sie zu Jesus stießen, saß er gerade, von einer Menschenschar umringt, auf der Türschwelle des Hauses eines reichen Mannes. Wieder erzählte er eine Geschichte. Da sah er sie kommen, und sein Gesicht wurde ernst. »Seid willkommen!« begrüßte er sie.

»Hattest du nicht schon mehr Jünger?« fragte eine alte Frau, wobei sie auf die sechs Männer deutete, die sich um Jesus versammelt hatten.

»Es werden neue kommen«, meinte Jesus.

»Bist du kein Heiler? Alle behaupten, daß du einmal einer gewesen bist«, fragte sie weiter.

»Jeder vom Glauben beseelte Mensch kann heilen, Frau, und jeder gläubige Mensch kann geheilt werden.«
»Heißt das, daß Kranke ungläubig sind?«
»Ein schwacher Glaube ist wie der Südwind, er trocknet den Körper aus.«
»Und der Tod?« bohrte sie weiter, während sie sich an Jesus' Arm klammerte.
»Es gibt keinen Tod«, antwortete er, »nur ein Scheiden von dieser Welt, das alle Erinnerungen auslöscht.«
Daraufhin begaben sie sich nach Jericho, dann nach Efraim; sie waren also längst in Judäa.

Etwa eine Woche vor dem Passah-Fest gelangten sie in Betanien an. Zwischen ausgedörrten Olivenbäumen und blauen Zypressen hindurch erblickten sie Jerusalem.
Im Dorf bereitete man ihnen einen seltsamen Empfang. »Seht! Seht doch! Er lebt! Sie haben ihn nicht gegessen! Kommt und seht!«
Andreas packte einen Mann, der in näselndem Ton ohne Unterlaß ausrief, daß man Jesus noch nicht gegessen habe, am Arm und verlangte von ihm eine Erklärung. Das verwunderte den Mann: Jeder wisse doch, daß seine Feinde in Jerusalem geplant hätten, Jesus zu ergreifen, um ihn hinzurichten und ihn dann wie bei den Heiden in Afrika zu essen.
Jesus hörte dies und mußte lächeln. Verständnisinnig tat Natanael es ihm nach.
Gegen Abend saßen Jesus und die sechs Jünger unter einem Bergahorn, umringt von Leuten, die ihr Tagwerk vollbracht und nun Essen herbeigeschafft hatten: Geflügel, getrockneten Fisch, Eier, Salate und Quark. Da tauchte plötzlich ein Fremder auf und teilte Jesus mit, daß ein Mann, der seit einigen Tagen in Betanien auf ihn warte, um Erlaubnis bitte, ihn sehen zu dürfen. Ob es sehr wichtig sei, wollte Jesus wissen. Wohl ein Kranker? Nein, antwortete der Bote, aber der ihn gesandt habe, befürchte, von Jesus abgewiesen zu werden. Sein Name? Judas Iskariot.
»Judas Iskariot erwartet mich also hier?« fragte Jesus nachdenklich.
»Wozu braucht er einen Boten?« murrte Simon Petrus. »Das gefällt mir nicht.«

»Er soll kommen«, sagte Jesus.
Judas war nicht weit; kurz darauf schon erschien er. Er näherte sich Jesus bis auf einige Schritte. Wie Lanzen durchbohrten ihn die Blicke seiner ehemaligen Gefährten. Er wagte sich nicht weiter.
»Willkommen, Judas!« begrüßte ihn Jesus. »Tritt näher!«
Judas trat vor.
»Woher wußtest du, daß ich in Betanien bin?« fragte Jesus.
»Hast du nicht gesagt, du wolltest zum Passah-Fest nach Jerusalem? Ist es nicht einleuchtend, daß du da in Betanien haltmachst?«
»Ich hätte auch die Straße am Meer entlang nehmen und in Emmaus eine Zwischenstation einlegen können«, bemerkte Jesus.
»Wann hast du beschlossen, zu uns zurückzukehren?« erkundigte sich Simon Petrus.
»Vor einiger Zeit.«
»Wann genau?« fragte Jesus nach.
»Vor ungefähr zehn Tagen.«
»Vor fünfzehn Tagen hast du uns verlassen; also bist du seit zehn Tagen in Betanien, da man ja fünf Tage braucht, um von Kafarnaum hierher zu gelangen, nicht wahr?«
»Ganz richtig«, bestätigte Judas verunsichert.
»Sicher, du stammst aus Judäa und fühlst dich in dieser Provinz zu Hause, selbst wenn du nichts anderes zu tun hast, als zu warten«, meinte Jesus in gleichgültigem Ton. »Jedenfalls hast du Zeit gehabt, dir neue Kleidung zu kaufen«, fügte er mit einem Blick auf Judas' neue Sandalen und sein Gewand hinzu.
»Meine Sandalen waren durchgetreten und mein Gewand zerrissen«, entgegnete Judas.
»Es freut mich, daß du Geld hattest, dir neue Sachen zu kaufen.«
Zwei Diener kamen, um Jesus und seine Jünger zum ersten Abendessen der Passah-Woche bei Simon dem Aussätzigen einzuladen. Dieser Simon war ein reicher Mann. Sein Vermögen hatte er Jesus zu verdanken, der ihn drei Jahre zuvor von seinen Geschwüren geheilt hatte; mit seiner Gesundung war er gleichzeitig berühmt geworden. Sogar die Pharisäer statteten ihm Besuche ab, um sich zu vergewissern, ob er auch endgültig von seiner Krankheit geheilt sei. Simon, der seither rein war – auch wenn er seinen alten Beinamen nicht mehr los wurde –, hatte einen kleinen Gemüseladen eröffnet, und die Geschäfte waren so gut gegan-

gen, daß er sich kurze Zeit später einen Obstgarten kaufte und einen Mann zu dessen Pflege einstellte. Mittlerweile besaß er viele Morgen Land, auch hatte er geheiratet und unlängst seinen ersten Sohn bekommen. Jesus nahm seine Einladung gern an.
Simon empfing sie aufs herzlichste.
»Nur die Obstgärten im Himmel zählen«, sagte Jesus lächelnd.
»Rabbi, wenn ich einmal sterbe, wirst du da oben keinen fleißigeren Gärtner finden«, erwiderte Simon.
Alle lachten.
Simon hatte kein gewöhnliches Abendessen vorbereitet, nein, er veranstaltete ein richtiges Fest. Die Diener, die sich draußen vor dem Haus aufhielten, erklärten den Vorübergehenden, daß der vor die Tür gespannte Vorhang um Mitternacht aufgezogen werde, was bedeutete, daß das Haus dann allen offenstand. Für drei Dutzend Gäste war bereits gedeckt.
Simon schenkte Jesus einen prallgefüllten Geldbeutel, zeigte ihm dann sein Haus, ließ seinen Sohn bringen, damit Jesus ihn segnen konnte, und stellte seinem Gast schließlich alle Bewohner des Hauses und die bedeutendsten anderen Gäste vor. Das Essen wurde aufgetragen. Simon hatte Jesus den Platz des Hausherrn überlassen und sich an seine rechte Seite gesetzt. Der erste von fünfzehn Gängen wurde serviert – in Weinblätter gerolltes Lammfleisch –, und den Wein reichte man unverdünnt, wie es in Jerusalem Brauch war, noch dazu in gläsernen Trinkbechern. Die Stimmung wurde rasch ausgelassen. Ein Mädchenchor sang so fröhliche Lieder, daß es einigen der jüngsten Gäste in den Beinen juckte und sie sich erhoben, um im Kreis zu tanzen. Junge Mädchen streuten überall Blumen, und Tamburine – wo hatte man sie plötzlich nur hergeholt? – schlugen den Takt. Natanael, Jakobus und Judas, Sohn des Jakob, konnten dem Rhythmus nicht widerstehen und gesellten sich zu den Tänzern. Einige kamen zu Jesus und baten ihn, doch mit ihnen zu tanzen.
»Ich sehe euch lieber zu«, meinte er, »denn so kann ich euch alle auf einmal sehen. Tanzt nur weiter! Ihr könntet alle David heißen, kein einziger Saul ist unter euch.«
Also tanzten sie. Simon der Aussätzige mischte sich, leicht angeheitert, unter die fröhliche Runde und sang: »Lobet den Herrn, der diesen Tag und diese Nacht erschuf! Preiset den Herrn, der uns einen Messias

gesandt hat! Lobet den Herrn, der uns unsere Verzweiflung vorgehalten hat!«
»Siehst du, du hast den Kummer vertrieben«, bemerkte Johannes, der es vorgezogen hatte, an der Seite seines Meisters zu bleiben.
»Gefühle sind wie die Wogen des Meeres«, meinte Jesus.
»Aber ich sehe noch Traurigkeit in deinen Augen«, sagte Johannes und fügte nach kurzem Nachdenken hinzu: »Ist es wegen Judas Iskariot?«
»Er ist der einzige, der bei seiner Rückkehr Angst gezeigt hat. Warum sollte er mich fürchten?« fragte Jesus.
»Aber fürchten wir dich denn nicht alle irgendwie? Mein Bruder Jakobus, Judas, der Sohn des Jakob, und Natanael hatten auch Angst zurückzukommen.«
»Aber als sie mich sahen, sind sie gleich auf mich zugegangen. Und jetzt tanzen sie sogar. Sieh dir dagegen Judas Iskariot an!«
Tatsächlich! Er saß griesgrämig in einer Ecke.
»Der Sperber ist ein meisterhafter Segler, wenn er durch die Lüfte gleitet, doch auf dem Boden bewegt er sich linkisch. Der Buchfink hüpft anmutig in Feldern und Obstgärten herum, obwohl er fliegen kann. Jedes Geschöpf verhält sich so, wie es seinen Gewohnheiten entspricht. Hast du mich diesmal verstanden? Außerdem: Warum hast du mich gefragt, ob ich wegen Judas traurig bin?«
Die Gäste priesen, daß der Messias gekommen sei, über Jesus' Gemüt aber legte sich ein Schatten.
»Wenn sie wüßten, was der Messias ihnen bringt«, murmelte er, »würden sie gewiß nicht so ausgelassen singen. Und doch, ich mag die Fröhlichkeit.«
»Du bist ihr Messias«, bemerkte Johannes.
»Für sie bin ich der Messias«, fuhr Jesus fort. »Ich versuche, sie zu führen, wie Moses sie aus Ägypten geführt hat. Aber wollen sie die Freiheit wirklich?«
Dann erstarrte er zu Johannes' Verwunderung plötzlich. Beide wandten sich um. Eine Frau stand da. Mit ihren dunklen Augen, die durch tiefliegende Schatten und Antimonschminke – die Frauen färbten sich mit ihr die Lider, wenn sie viel geweint hatten – noch schwärzer wirkten, mit ihren eingefallenen Wangen und dem ernsten Gesichtsausdruck bildete sie einen krassen Gegensatz zur Heiterkeit des Festes.

Bei ihrem Anblick wurde Simon der Aussätzige mit einem Schlag wieder nüchtern. »Maria Magdalena«, sagte er, »willkommen in meinem Haus!« Sein Blick ruhte voller Besorgnis auf ihr. Zu Jesus gewandt, erklärte er: »Dies ist die Schwester von Lazarus, dem Mann, den du am gleichen Tag wie mich geheilt hast.«
»Ja«, sagte Jesus, ohne seinen Blick von Maria Magdalena, die er sehr wohl wiedererkannte, zu wenden. »Er litt an Krämpfen.«
»Lazarus ist tot«, verkündete Maria Magdalena. »Er wäre nicht gestorben, wenn du letzten Monat hiergewesen wärst.«
»Du darfst im Tod kein Werk der Zerstörung sehen, Maria«, sagte Jesus. »Und es liegt nicht in meiner Macht, den Menschen auf Erden Unsterblichkeit zu verleihen.«
»Freue dich, Maria, der Messias ist unter uns!« tröstete sie Simon.
Maria Magdalena nickte und zog ein Fläschchen unter ihrem Mantel hervor. Sie öffnete es, goß den Inhalt langsam über Jesus' Kopf und massierte das Öl behutsam in sein Haar ein. Nardenduft breitete sich im Raum aus. Dann träufelte sie das restliche Öl auf Jesus' Hände, Arme und schließlich sogar auf seine Füße. Kniend verharrte sie am Boden, ein schwarzes, in die Heiterkeit des Festes geworfenes Bündel Kummer.
»So eine Verschwendung!« rief Simon Petrus aus. »Das muß mindestens dreißig Denare gekostet haben!«
Judas Iskariot fuhr hoch.
»Wer ist diese Verrückte da?« schrie er. »Man hätte das Duftöl verkaufen und dann das Geld den Armen geben können. Simon, jag diese Frau aus deinem Haus!«
Jesus, der bis dahin reglos und stumm dagesessen hatte, erhob endlich seine Stimme. »Arme wird es immer unter euch geben«, sagte er, »ich dagegen werde nicht immer unter euch sein. Vielleicht bleibt ihr noch ein wenig Öl übrig für den Tag meines Begräbnisses. Steh auf, Maria Magdalena!«
Ihre Hände strichen hilflos über den Boden, dann setzte sie sich Jesus zu Füßen, während die Tänzer sich wieder ins Vergnügen stürzten. Als die weiteren Gänge des Festmahls aufgetragen wurden, erhob sie sich und verschwand.
»Es ist spät geworden«, stellte Jesus schließlich fest. Er schloß Simon den Aussätzigen in seine Arme und verabschiedete sich. Die Jünger

folgten ihm. Sie gingen zu dem Haus, das Simon ihnen zur Verfügung gestellt hatte, als plötzlich eine dunkle Gestalt hinter ihnen herlief und rief: »Meister, warte auf mich!« Jesus blieb stehen. Die Gestalt holte sie keuchend ein.

»Meister, ich bin's, Philippus! Ich war gerade in Jerusalem, als Pilger mir erzählten, daß du in Betanien bist... Ich habe mich sofort auf den Weg gemacht.« Er zögerte. »Oder willst du mich vielleicht nicht mehr?«

»Doch, natürlich«, beruhigte ihn Jesus. »Komm und geh mit uns schlafen! Du siehst erschöpft aus.«

»Ich bin so schnell gelaufen, wie ich nur konnte«, erklärte Philippus. »Wo ist Judas Iskariot?«

»Hier bin ich«, meldete sich Judas, der sich im Schatten gehalten hatte.

»Da, deine Sandalen!« sagte Philippus und hielt sie ihm hin. »Das sind deine alten Sandalen, die du beim Flickschuster in Jerusalem gelassen hast. Ich hielt mich gerade bei ihm auf, als man mir berichtete, daß der Messias in Betanien ist. Ich hab' sie dir mitgebracht.«

Judas nahm seine Sandalen entgegen.

Im Morgengrauen kehrte auch Matthäus zurück. Simon Petrus, der früh erwachte, fand den Zolleinnehmer vor der Tür wie einen verlorenen Sohn – oder besser einen geprügelten Hund. In einem Zug trank er die Milch aus, die Simon Petrus ihm brachte, dann fragte er, ob er sich ein wenig hinlegen könne. Auch er hatte von Pilgern erfahren, daß Jesus sich in Betanien aufhielt.

»Weiß denn ganz Jerusalem, daß Jesus hier ist?« fragte Simon Petrus beunruhigt.

»Habe ich von ganz Jerusalem gesprochen? Nein, ich habe nur von Pilgern erzählt, die erfahren hatten, daß Jesus sich in der Nähe von Jerusalem aufhält. Ich habe dann daraus geschlossen, daß er in Betanien sein muß. Aber er hätte ebensogut in Betfage sein können. Weshalb fragst du?«

»Wir sollten nicht unbedingt so leicht zu finden sein. Sie suchen Jesus. Und uns wahrscheinlich auch.«

»Wer, ›sie‹?« wollte Matthäus wissen.

»Der Sanhedrin, die Priester, Herodes, was weiß ich. Nun leg dich aber schlafen!« fügte Simon Petrus nach einer Weile hinzu.

Gegen Mittag weckte er Matthäus. »Wir müssen fort von hier. Du und Philippus, ihr habt uns zu leicht gefunden. Anderen könnte das auch gelingen«, verkündete er.
Also verließen sie Betanien – in Zweiergrüppchen und angemessenen Abständen, um kein Aufsehen zu erregen. Sie wanderten nicht lange, denn die Sonne stand noch hoch an jenem achten Tag des Nisan*, als sie ihr Ziel Betfage erreichten. Andreas hatte für eine etwas abseits gelegene Unterkunft auf der Ostseite des Ölberges gesorgt. Matthäus war noch müde und döste vor sich hin. Kaum hatte er sich auf den Boden gesetzt, als er sich auch schon der Länge nach ausstreckte, die Augen schloß, sich nur noch vage fragte, wo Jesus denn bleiben mochte, und dann einschlief.
Eine Hand rüttelte ihn an der Schulter. Er schlug die Augen auf und blickte in ein Stück grünlichen Himmels.
»Willkommen, Matthäus! Jetzt ist nicht die rechte Zeit zum Schlafen.«
Jesus war es, umringt von den acht anderen Jüngern. Schlaftrunken richtete Matthäus sich auf.
»So ist es schon besser. Sei wachsam! Denn du weißt nicht, wann der Augenblick kommt. Kennst du die Geschichte von dem Mann, der sein Haus verlassen hat? Seine Diener wies er an, weiter ihren Pflichten nachzukommen, und dem Pförtner befahl er, auf der Hut zu sein. Seid also auf der Hut, du, Matthäus, und ihr anderen, denn ihr wißt nicht, wann der Hausherr zurückkehrt! Ob am Abend oder um Mitternacht, beim ersten Hahnenschrei oder am Morgen, wenn er unverhofft kommt, darf er euch nicht schlafend finden.«
Am nächsten Tag erzählte er ihnen das Gleichnis von dem Blinden und dem Mann in der Nacht.

Am zehnten Tag des Nisan entdeckte er einen jungen Esel, der gerade in der Nähe des Hauses weidete. Er lieh ihn sich von seinem Besitzer aus und kündigte an, daß er sich nun nach Jerusalem begeben wolle.
»Auf einem Esel?« wunderte sich Simon Petrus.
»Ja, denk nur an die Schrift. ›Hab keine Furcht mehr Tochter Zion / Sieh dein König kommt auf dem Rücken eines jungen Esels‹«, rezitierte er lächelnd.

* Also März/April

»Wir müssen dich begleiten, du kannst nicht allein nach Jerusalem ziehen«, meinte Simon Petrus und legte seinen Mantel auf den Eselsrükken, damit er seinem Herrn als Sattel diene. Johannes tat es ihm nach. Jesus bestieg den Esel. Matthäus, kampfbereit mit der Hand am Dolch, und Simon Petrus gingen voran, die anderen schlossen sich dem Esel an. Nach einer Viertelstunde waren sie auf dem Gipfel des Ölbergs angelangt. Jesus machte halt. Vor seinen Augen breitete sich das Herz Israels aus: Jerusalem. Ließ er seinen Blick nach links schweifen, so bot sich ihm die Wüste Judäas dar, einem riesigen Löwenfell gleich, das zu Urzeiten in der Sonne zum Trocknen ausgebreitet worden war. Etwas weiter entfernt konnte er gleichsam als zwei das Tote Meer umarmende Pranken des Tieres die Berge von Judäa und die Moabitische Hochebene überblicken, deren Umrisse am Horizont verschwammen. Dort unten, in Qumran, arbeiteten Menschen im Schweiße ihres Angesichts wie früher Jokanaan und er – alle in Erwartung des Endes, das nun so nahe war. Der Esel neigte seinen Kopf, um zu grasen. Jesus kniff die Augen zusammen. Sein Blick kehrte unweigerlich zum Bild der Stadt vor ihm zurück. Im Nordosten erhoben sich stolz und strahlend im Sonnenlicht die Türme der Burg Antonia auf ihrem Felsen. Auf dem Zions-Hügel blitzten die Fenster des alten hasmonäischen Palastes wie Karfunkelsteine, um all jene zu blenden, die versuchen sollten, das Geheimnis seiner Mauern zu durchdringen, die Machenschaften des Sanhedrin und Pilatus' Intrigen.

Man hörte Leute reden. Jesus sah sich um und begegnete den furchtsamen und überraschten Blicken einiger Pilger. Die Jünger erklärten ihnen, daß er Jesus sei, ja, genau der, und auf einem Esel nach Jerusalem ziehe, um die Weissagungen der Schriften zu erfüllen. Die Menge wuchs an, und einige begannen ihn zu bitten, sie doch von dieser oder jener Krankheit zu heilen. So würde er nie in Jerusalem ankommen. Er versetzte dem Esel einen leichten Schlag, trieb ihn auf einen der drei Pfade zu, die durch das Tal des Kidron führten, und schlug dann den Weg zum Tempel hinauf ein. Kinder hüpften um ihn herum und besangen den Messias in rasch improvisierten Liedchen. Die Älteren segneten ihn, der im Namen des Herrn kam, um ihnen das Zepter Davids zurückzubringen. Am Goldenen Tor angelangt, umgab ihn eine Schar von mehreren hundert Menschen. Die vierte Stunde des Nachmittags brach an, die Höfe leerten sich. Leviten fegten den Boden, bevor sie sich daranmachten, ihn feucht aufzuwischen. Taubenfedern wirbelten auf. Unter den abweisenden Blicken der Leviten sang Jesus' Begleitzug: »Hosianna!« Bald würde der Tempel geschlossen und die Menge zerstreut sein. Am Abend könnten dann alle sagen, sie seien mit dem Messias im Tempel gewesen.

Am elften Tag des Nisan, einem Mittwoch, brachen Jesus und die Jünger zu früher Stunde auf, nachdem sie die Nacht, wie Simon Petrus vorgeschlagen hatte, wieder in Betanien verbracht hatten, um eventuelle Nachstellungen in die Irre zu leiten. Die Menge, von der sie nach ihrer Ankunft begleitet wurden, war noch größer und begeisterter als die vom Vortag. Als die Leviten unter dem Vorwand, die Gesänge seien unzusammenhängend und störend, die Leute zum Schweigen bringen wollten, sangen ein paar Männer nur noch lauter.

»Ihr Tempeldiener solltet eigentlich besser unterrichtet sein«, meinte einer von ihnen. »Der Messias ist mitten unter uns in diesem Gotteshaus. Ihr solltet eher schweigen.« Ein wahrer Strom von Pilgern wogte in den Höfen, und die Neuigkeit von der Anwesenheit des Messias verbreitete sich in Windeseile. Aufregung und auch eine gewisse Beklommenheit breitete sich aus. Die Leute in den Verkaufsständen blickten sich auf der Suche nach dem Grund für diese plötzliche Unruhe nach allen Seiten um. Die Leviten schossen wie kopfscheu in alle Richtungen, denn sie wußten weder, wo Jesus war, noch, wie sie ihn erkennen konnten. So glichen sie einer Schar Ameisen, deren Hügel eben angegriffen wurde.

»Seht nur, dort!« rief Jesus plötzlich aus, wobei er mit dem Finger auf die Händler und Wechsler deutete. »Da sind sie schon wieder!« Er stürzte mit federnden Schritten und geballter Faust auf die Stände zu, genau wie einige Jahre zuvor. Seine Jünger umringten ihn kampfbereit mit vorgerecktem Kinn und angespannten Ellbogen. »Ich habe es euch schon einmal gesagt«, rief Jesus, während er den Tisch eines Wechslers umstieß und Hunderte von Silber- und Bronzemünzen auf die Steinfliesen kullerten. »Ich habe euch doch gewarnt, oder?« schrie er und packte einen Mann an seinem bestickten Kragen. »Aber ihr habt nicht verstehen wollen. In den Büchern steht geschrieben: ›Mein Haus wird ein Bethaus für alle Völker sein‹, ihr aber habt es in eine Räuberhöhle verwandelt!« Er stieß den Mann zurück, der ihm einen

Fausthieb versetzen wollte, so daß dieser mit voller Wucht geradewegs in einer Reihe weiterer Tische landete, an denen sich die Jünger schon zu schaffen machten. »Da ist schon wieder dieser Mensch!« schrie jemand und bemühte sich emsig, seine Münzen aufzusammeln. »Holt die Wachen!« Wiederholt war das Wort »Wachen« zu vernehmen, einmal hier, dann wieder dort ertönte der wutentbrannte Ruf. Die Leviten eilten zu Hilfe, aber sie wußten nicht, mit wem sie sich schlugen, denn zahlreiche Pilger unterstützten tatkräftig den von Jesus und seinen Jüngern angezettelten Übergriff. Hier ein Fausthieb, dort ein Fußtritt, da ein gestelltes Bein – bald war ein dichtes Gerangel entstanden, an dem sich die Kreter, Skyther, Parther und Kappadokier, die bei Prügeleien immer gerne mit von der Partie waren, mit Feuereifer beteiligten. Den Leviten aber wie auch der Tempelpolizei mangelte es an Erfahrung mit derartigen Krawallen. Jakobus brachte einen Leviten zu Fall, indem er ihn am Ärmel seines Gewandes um sich schleuderte, Simon Petrus beförderte einen anderen mit einem einzigen kräftigen Schubs in die Arme eines Amtsbruders. »Ruft die Wachen!« schrien nun auch die Leviten, aber die Wachen waren längst da und wußten nicht, wer an dem ganzen Spektakel schuld war. Also packten sie einmal einen Händler, dann wieder einen vollkommen unbeteiligten Pilger.

In dem allgemeinen Durcheinander hatten sich Jesus und seine Jünger einen Rückweg zum Tor gebahnt. Draußen konnte ihnen die Tempelpolizei nichts anhaben. Hier legten sie eine Verschnaufpause ein. Philippus brach in schallendes Gelächter aus. Johannes blickte hoch und musterte die Außenmauern. »Trotzdem: Was für ein Bauwerk!« sagte er.

»Sieh es dir gut an!« erwiderte Jesus. »Bald wird kein Stein mehr auf dem anderen liegen.« Dann fügte er noch hinzu: »Und sein Staub wird unfruchtbar sein.«

Diese Worte schienen Johannes zu verunsichern.

»Du weißt doch«, fuhr Jesus fort, »daß ein Weizenkorn allein bleibt, es sei denn, es fällt in die Erde und stirbt. Aber wenn es stirbt, bringt es reiche Ernte. Ebenso ist der Mensch, der sich liebt, allein, aber wenn er sich verachtet und in seinen Augen stirbt, wird ihm die Ernte des ewigen Lebens zuteil. Dieser Tempel ist ein protziges Bauwerk, angefüllt mit leerem Prunk. Wenn er fällt, wird er keinerlei Frucht bringen.«

Vermutlich war Johannes der einzige, der das Gleichnis hörte, da nur er in Jesus' unmittelbarer Nähe stand; die anderen waren in Gedanken noch ganz mit der Rangelei beschäftigt. Auch in dieser Nacht kehrten sie nach Betanien zurück, Matthäus führte den Esel am Halfter; mühsam war der Heimweg auf dem Pfad, der sich zwischen den Felsen des Kidron-Tals hindurchschlängelte. Und kalt war es. Gleich nach ihrer Ankunft in dem Haus, das ihnen schon am Vorabend als Unterschlupf gedient hatte, machten Johannes und Jakobus sich daran, das Feuer neu zu entfachen, und füllten dann glühende Kohlen in ein irdenes Feuerbecken. Die anderen bereiteten das Abendessen vor.

»Das Passah-Fest sollte an jenem Wochentag gefeiert werden, an dem es ursprünglich begangen wurde«, bemerkte Jesus, als sie mit dem Essen fertig waren.

Erstaunen zeichnete sich auf den Gesichtern der Jünger ab. War das gewöhnlich denn nicht der Fall?

»In Jerusalem«, fuhr er fort, »wird es am Sabbat gefeiert. Aber wenn man der Überlieferung treu bleiben will, muß man sich an das Buch der Jubiläen halten, wie wir das in Qumran immer taten.«

Ihre Verwunderung wuchs; zum erstenmal erwähnte Jesus Qumran. Sie alle wußten, daß er der Gemeinschaft der Essener angehört hatte, aber da er nie davon erzählte, hatten sie dieses Thema auch nie von sich aus angesprochen.

»Wir werden also das Passah-Fest morgen feiern, einem Donnerstag, am zwölften Tag des Nisan«, schloß er.

»Aber wir haben es doch sonst immer mit den anderen begangen!« meldete sich Andreas zu Wort.

»Ja, doch diesmal hat das Fest eine besondere Bedeutung. Ich will es in Jerusalem feiern und bitte euch, noch einmal einen Ort auszumachen, an dem wir dieses Mahl unbehelligt teilen können. Matthäus, dir als Zolleinnehmer ist sicher bekannt, daß die Reichen oft Unterkünfte haben, die sie geheimzuhalten pflegen. Du wirst also Nachforschungen anstellen. Judas, Sohn des Jakob, Judas Iskariot, Natanael und Philippus begleiten dich, und Simon Petrus wird dir Geld geben.«

Simon Petrus kam der Aufforderung sofort nach.

»Ihr zieht bei Anbruch der Morgendämmerung los! Gegen Mittag erwarte ich euch hier zurück.«

Sie versuchten, sich an den irdenen Becken zu wärmen. Die Kälte trieb unzählige Nachtfalter ins Haus.
»Ab morgen abend«, verkündete Jesus, »setzen wir uns mit jedem Schritt großer Gefahr aus. Vielleicht werden wir getrennt. Seid also auf der Hut! Wenn ihr mich aus den Augen verlieren solltet, so mißtraut jedem Boten, der möglicherweise in meinem Namen an euch herantritt! Mißtraut auch all jenen, die Anspruch auf meine Nachfolge erheben! Wenn ihr Kampfgetöse in eurer Nähe oder die Kunde von entfernten Schlachten vernehmt, bewahrt ruhig Blut! Dergleichen muß eintreten, und das Ende wird nahe sein. Völker und Königreiche werden sich gegenseitig bekämpfen, Katastrophen und Hungersnöte werden über die Welt hereinbrechen, aber all dies sind nur die Geburtswehen, die den Anbruch eines neuen Zeitalters ankündigen. Vielleicht wird man euch vor den Richter schleppen, vielleicht werdet ihr in der Synagoge gegeißelt. Könige und Statthalter werden euch zu sich rufen und auffordern, Zeugnis über mich abzulegen. Macht euch jetzt noch keine Gedanken, was ihr dann antworten sollt! Zu gegebener Zeit werdet ihr sagen, was zu sagen ist, denn der göttliche Geist wird euch erleuchten. Wie gesagt, die kommende Zeit wird grausam sein, die Kinder werden sich gegen ihre Eltern erheben und sie in den Tod schicken, und alle werden euch hassen, weil ihr mir treu seid. Jeder von euch, der bis zum Ende durchhält, wird gerettet. Nach dieser Not wird die Sonne sich verfinstern, und auch der Mond spendet dann kein Licht mehr, die Sterne fallen vom Himmel, und die Himmelsmächte werden gestürzt. Dann werden sie den Menschensohn mit Macht und Glanz auf den Wolken kommen sehen, und sie werden sehen, wie er die Engel in alle vier Himmelsrichtungen aussendet, um seine Auserwählten zu versammeln, von den Enden der Erde bis zu den Grenzen des Himmels. Seid auf der Hut!«
Nach diesen Worten froren sie noch mehr.
»Ich bin morgen gegen Mittag wieder zurück«, fügte er knapp hinzu, dann ging er zur Tür hinaus.
Judas Iskariot fühlte sich sichtlich unwohl.
»Ich werde also Galiläa nie mehr wiedersehen«, klagte Andreas. »Warum mußte das alles nur so kommen!«
»Freu dich doch!« entgegnete Johannes. »Du gehörst zu den Auserwählten.«

»Oder aber zu den Lämmern, die am Freitagmorgen noch nicht wissen, daß sie am Abend geopfert werden«, murmelte Andreas.
»Wird denn das Leid auf der Welt nie enden?« rief Simon Petrus. »Was hat der Messias überhaupt daran ändern können? Soll das nun schon alles gewesen sein?«
»Freu dich doch!« wiederholte Johannes. Aber auch er fragte sich: Und was wird nachher kommen?
Verzagt und erschöpft schliefen sie bald ein.

Am nächsten Tag fühlten sie sich recht verloren; diejenigen, die ohne einen Auftrag in Betanien bleiben mußten, mehr noch als jene, die sich auf die Suche nach einer geheimen Unterkunft in Jerusalem machten. Man mußte schon Jesus heißen, um hoffen zu können, während der Passah-Woche in Jerusalem ein leeres Haus zu finden.
Als die Zurückgebliebenen ihn um die Mittagszeit zurückkommen sahen, schöpften sie wieder Mut. Er war da, an nichts anderes konnten sie denken. Ihr Aufbegehren und ihre Bestürzung waren vergessen. Was sollten sie eines Tages nur ohne ihn tun?
Und fast zur gleichen Zeit kehrten auch die fünf, die er nach Jerusalem geschickt hatte, mit Matthäus an der Spitze zurück.
»Ich habe etwas gefunden«, verkündete der Zolleinnehmer.
Das Haus, in dem sie speisten, lag ganz in der Nähe des Teiches Schiloach. Sein Erdgeschoß diente gewöhnlich als Lagerhalle. Einen Raum hatte man geputzt, einen großen Tisch und Bänke hineingestellt und Kerzenleuchter und Fackeln an den Wänden angebracht. Die Tafel war prächtig gedeckt, auf der bestickten Tischdecke standen randvoll gefüllte Glaskaraffen und gläserne Trinkbecher. Das Essen wurde aufgetragen; es war überreichlich für alle gesorgt.
»Wer hat all das bezahlt?« erkundigte sich Jesus.
Matthäus gab Simon Petrus den Geldbeutel zurück, der genauso voll war, wie dieser ihn ausgehändigt hatte. »Er will nicht genannt werden, aber er hat gesagt, er kenne dich schon viele Jahre und sei dein Diener: Josef von Arimathäa.«
»Ein Mitglied des Sanhedrin!« rief Simon Petrus entsetzt. »Das ist eine Falle!«
»Nein«, widersprach Jesus, »er steht nicht auf Kaiphas' Seite. Und wie seid ihr ihm begegnet?« fragte er Matthäus.

»Seltsamerweise sprach er uns an«, erklärte Matthäus. »Ich erkundigte mich gerade bei einem Kaufmann über die Möglichkeiten, einen geeigneten Raum zu finden, als ein reichgekleideter älterer Mann in der Nähe stehenblieb, um ganz unverhohlen unsere Unterhaltung mitzuverfolgen. Er und der Kaufmann tauschten Blicke. Dann lud dieser den Mann in aller Offenheit ein, an unserem Gespräch teilzunehmen, und der Mann, Josef von Arimathäa also, wollte von uns wissen, was wir in jenem Raum zu tun gedächten, da wir vorher erklärt hatten, daß wir ihn nur für einige Stunden benötigten. Ich habe geantwortet, es sei für ein gemeinsames Essen. Daraufhin nickte er und meinte: ›Ja, ich verstehe, ihr wollt das Passah-Fest nach den Jubiläen begehen.‹ Das wunderte uns natürlich nicht wenig. Dann hat er uns erklärt, daß er uns diesen Raum hier zur Verfügung stellen und für alles Weitere selbst Sorge tragen wolle. Geld wollte er nicht annehmen. Hätte ich nicht darauf eingehen sollen?«

»Du hast deine Sache gut gemacht«, lobte ihn Jesus.

Matthäus strahlte. »Außerdem meinte dieser Josef noch«, fuhr er etwas betreten fort, »wir sollten sofort nach dem Mahl Jerusalem verlassen, ganz wie unsere Vorfahren beim Auszug aus Ägypten.«

»Ja, und daß wir uns versteckt halten sollen«, fügte Judas, der Sohn des Jakob, hinzu.

»Folglich ist ein Mitglied des Sanhedrin auf unserer Seite«, überlegte Simon Petrus laut. »Mit Nikodemus sind es schon zwei. Erinnerst du dich an Nikodemus?«

Jesus verharrte in nachdenklichem Schweigen.

»Ich frage mich nur, wen er von uns kannte«, meinte Judas, der Sohn des Jakob, »denn er sagte, er sei nur deshalb stehengeblieben, um unserer Unterhaltung mit dem Kaufmann zuzuhören, weil er einen von uns wiedererkannt habe. Ich jedenfalls habe ihn noch nie gesehen.«

Auch die anderen beteuerten, ihn nie zuvor gesehen zu haben.

Sie rückten die Bänke an den Tisch. Auf den bestickten syrischen Kissen saß es sich angenehm weich.

»Das will ich einen großzügigen Mann heißen!« rief Jakobus und nickte zufrieden.

Jesus nahm in der Mitte an der Tafel Platz. Er wirkte noch immer sehr ernst. Plötzlich streifte er sein Gewand ab und stand im Lendenschurz und mit nacktem Oberkörper vor ihnen. Verblüfft sahen sie ihren Meister an.

»Bringt mir einen Zuber voll Wasser!« befahl er.
Einen Augenblick lang regte sich niemand in der Runde. War er verrückt geworden? Als er seine Bitte wiederholte, ging Johannes den Zuber holen. Jesus schleppte ihn zu demjenigen von ihnen, der am äußersten Ende der Tafel saß – es war Andreas – und ergriff dessen Füße. Er wusch sie und trocknete sie dann ab. Alle ringsum hielten den Atem an. Dann war Judas, der Sohn des Jakob, an der Reihe.
»Was soll ...?« stammelte Matthäus, unfähig, seinen Satz zu beenden.
Als Jesus bei Simon Petrus angelangt war, begann der alte Gefährte lautstark zu protestieren: »Niemals erlaube ich dir, meine Füße zu waschen, Meister!«
»Wenn du dich weigerst, bist du nicht in Einklang mit mir.«
»Dann wasch mich ganz, so werde ich vollkommen in Einklang mit dir sein!«
»Nein, nur die Füße«, entgegnete Jesus, »nur die Füße.«
Also wusch er allen neunen die Füße, rieb hie und da ein wenig eingetrockneten Schmutz ab, zog sich dann wieder an und setzte sich. Sie betrachteten ihre Füße, dann ihren Meister und wieder ihre Füße, als erwarteten sie, eine außergewöhnliche Veränderung an ihnen zu entdecken.
»Versteht ihr, was ich für euch getan habe?« fragte er.
Sie waren sprachlos vor Verwunderung.
»Ihr nennt mich Meister und Herr«, fuhr er fort, »wenn also ich, euer Herr und Meister, euch die Füße gewaschen habe, müßtet auch ihr euch gegenseitig die Füße waschen. Ich bin euch mit gutem Beispiel vorangegangen; ihr solltet tun, was ich für euch getan habe. Ich sage euch, ein Knecht ist seinem Herrn wahrlich nicht überlegen und auch ein Bote nicht dem, der ihn gesandt hat. Wenn ihr das begriffen habt, welch Glück wäre es, wenn ihr euch danach richten würdet.« Er seufzte. »Und doch wird einer von euch nicht entsprechend leben, weil er mich nicht für seinen Meister hält, obwohl er mich so genannt hat.« Bis dahin hatte er ruhig und sehr leise gesprochen, doch nun erhob er die Stimme. »Er wird mich verraten. Er hat mich schon verraten.«
Johannes stieß einen erstickten Schrei aus.
»Er wird sich selbst niemals von dieser Schuld befreien, und auch auf Erden und im Himmel wird ihn niemand davon befreien!« rief Jesus.

Die Gesichter der Jünger waren schreckensverzerrt.
»Wer ist es, Meister?« rief Judas, der Sohn des Jakob.
»Wer ist es?« fragte auch Simon Petrus.
»Wer?« hauchte Johannes und beugte sich weit zu Jesus vor.
Jesus brach ein Brot, tauchte ein Stück davon in eine Schale mit gesalzenem, zerstoßenem Sesam und reichte es Judas Iskariot, der es widerwillig entgegennahm.
»Der ist es, dem ich dieses Stück Brot reiche«, sagte Jesus.
Judas warf das Brot fort und stürzte zur Tür. Die anderen sprangen mit großen, entsetzten Augen auf. Johannes rannte Judas hinterher, doch die Nacht hatte den Mann verschluckt. Betroffene Stille folgte dem Tumult. Nur die Fackeln knisterten.
»Wir müssen ihn töten!« schrie Matthäus.
»Du wußtest es schon lange, nicht wahr?« fragte Simon Petrus seinen Herrn.
»Erst seit vorhin bin ich mir sicher. Ihn nämlich hat Josef von Arimathäa wiedererkannt, weil er ihn zusammen mit Kaiphas gesehen haben muß.«
»Ich bringe ihn um!« schrie Jakobus.
»Wenn du ihn wiedersiehst, wird es dafür sicher schon zu spät sein«, meinte Jesus. »Laßt uns jetzt essen!«

XXIII.

Jerusalem am zwölften Nisan-Abend des Jahres 34

Herodes Antipas griff in eine große Kupferschale und nahm sich eine der rubinroten ägyptischen Datteln, dieselbe Sorte übrigens, die Kleopatra so geschätzt hatte. Geräuschvoll biß er in das fasrige, tadellos weiße Fruchtfleisch.
»Manassah hatte recht«, brummte er mit gespielt abwesendem Gesichtsausdruck, während seine Frau Herodias, besagter Manassah und dessen farbloser Amtsbruder Joschua aufmerksam seinen geheuchelten Überlegungen lauschten.
Die vier saßen in einem kleinen Raum des neuen königlichen Palastes. Sie hatten sich dick eingemummt in ihre Wollmäntel, denn es war kalt in Jerusalem in diesen ersten Nisan-Tagen. Auch die beiden randvoll mit Holz gefüllten Feuerbecken konnten daran nicht viel ändern. Genaugenommen waren sie allerdings nicht zu viert, sondern zu fünft, wenn man Herodias' Amme, diese alte Hexe, mitzählen wollte, die nur von den Falten ihres Mantels aufrecht gehalten zu werden schien. Dieses wandelnde Gespenst war Herodes zutiefst zuwider.
»Manassah hat sehr richtig vorausgesagt, daß es Jesus zum Passah-Fest nach Jerusalem ziehen würde«, fuhr Herodes mit einem Seufzer fort, »und vor zwei Tagen nun hat der Mann auf einem Esel und unter dem Jubel Hunderter von Pilgern einen wahrhaft spektakulären Einzug in die Stadt gehalten.«
Er trank einen mächtigen Schluck hellroten Wein und verzog das Gesicht: Der Wein war gesüßt.
»Es ist erstaunlich, wie sehr die Vielfalt der Weine seit meiner Jugendzeit zugenommen hat«, bemerkte er. »Damals hatten wir kaum mehr als zwei oder drei Sorten: einen sehr dunklen, den man aus den Trauben von Judäa kelterte und der einen schnell betrunken machte, wenn nicht gar schlimmeres; einen anderen aus den galiläischen oder

syrischen Trauben, der mehr oder weniger gewürzt war und den man gefahrlos trinken konnte, wenn man ihn zu einem Drittel mit Wasser verdünnte; und dann war da noch ein sirupartiger Wein, den man aus Chios bezog und zur Hälfte verdünnen mußte. Heute hingegen haben wir zwei bis drei Dutzend verschiedene Weine: die leichten aus Gallien, von denen zwei oder drei angenehm prickeln und sogar hie und da die Krüge sprengen, dann die harzigen, bernsteinfarbenen Weine aus Kreta und Zypern, und sogar italische Weine werden mittlerweile eingeführt, die mir allerdings, muß ich sagen, oft Kopfschmerzen bescheren ... Aber, wo war ich doch gleich wieder stehengeblieben? Ach ja, dieser Jesus hatte also mit Glanz und Gloria seinen Auftritt und bereitete dem Sanhedrin damit ordentlich Magenschmerzen. Kaiphas hat sich vor Ärger das Vier-, wenn nicht gar Fünf- oder Sechstagefieber eingefangen. Seltsam, nicht wahr, wie ein frommer Mann gewisse Leute in Aufruhr versetzen kann?«
Er unterbrach sich, um Herodias mit leerem Blick zu fixieren, nicht anders, als habe er eine Fliege an der Wand entdeckt. Sie funkelte ihn böse an. Joschua lauschte offenen Mundes, während Manassah sorgfältigst an einem Dattelkern herumlutschte.
»Der hier anwesende Manassah«, sprach Herodes weiter – dabei streckte er sich und betrachtete die getäfelte und mit Weinranken bemalte Zimmerdecke –, »hatte ebenfalls recht mit der Annahme – denn mehr war es doch nicht, nicht wahr, Manassah? –, daß ich wegen Jesus nach Jerusalem kommen wollte. Aber«, und hier hob Herodes den Zeigefinger, um erst nach einer Weile fortzufahren, »Manassah hatte nicht recht, wenn er meinte, daß ich Jesus verhaften lassen wollte. Das war ein Gedanke, den ich mir zwar durch den Kopf gehen ließ ...«
»Ich hatte dir doch davon abgeraten, Pilatus aufzusuchen, oder etwa nicht?« platzte Manassah heraus.
»Laß deinen Herrn ausreden!« schaltete sich Herodias ein.
Herodes strafte sie beide mit einem verächtlichen Blick. »Ich sagte, daß dies ein Gedanke war, mit dem ich sehr wohl gespielt hatte. Aber ich habe meine Meinung geändert.«
Still und heimlich – nur die Luft schien davon in Bewegung zu geraten – schienen sich tausend grimassenschneidende Teufelsfratzen von der Decke herabzulassen. Die Anwesenden zwangen sich, eine gleichgültige Haltung zu bewahren.

»So, du hast deine Meinung geändert«, sagte schließlich Herodias. »Du hast also beschlossen, ihm den Tetrarchenthron zu überlassen.«

»Ein Mann ist auf dieser Welt völlig allein!« seufzte Herodes, wobei er erneut seinen Blick zur Decke schweifen ließ, um diesmal die korinthischen Alabasterkapitelle über den Wandpfeilern aus blaugeädertem Marmor eingehend zu mustern. »Seine Freunde neigen dazu, ihn für ihr Eigentum zu halten, ihn mit einem Affen oder Papageien zu verwechseln, und sehen es als ausgemachte Sache an, daß er ihre Vorlieben und Abneigungen teilt. Die Frauen halten ihn für ein Reittier, das nur noch gezähmt sein will. Ach ja, was gäbe ich für einen guten Feind gegen einen Freund oder eine Ehefrau! Glücklicherweise haben mich meine Vernunft und mein Verstand über die mittelmäßige Denkweise meiner Frau und meines nächsten Beraters triumphieren lassen. Jesus ist mein Verbündeter.«

»Was?« entfuhr es Herodias.

»Du hast schon richtig verstanden: Jesus ist mein Verbündeter«, wiederholte Herodes. »Aber ihr könnt freilich die tiefere Bedeutung des Ereignisses nicht so ohne weiteres erfassen. Wer ist Jesus? Ein Mann, der der jüdischen Obrigkeit den Krieg erklärt hat, weil er sie als korrupt, einfältig, ja viel schlimmer noch, als für das jüdische Volk schädlich einschätzt. Ist es nicht so? Antwortet mir!«

»So ist es«, nickte Joschua eifrig und wie immer hingerissen von den unberechenbaren Meinungsumschwüngen seines Herrn.

»Ja, so ist es«, räumte Manassah ein. Er war vorsichtiger.

»Schön. Und was war die oberste Überzeugung meines edlen Vaters, Herodes' des Großen, des ganz Großen? Hm, Manassah? Ich werde für dich antworten: Wenn man ihnen nicht das fanatische Getue um ihr Judentum austreibt und ihre fixe Idee von Propheten, Leuten also, die sich in so verschwommenen, jedoch immer gallig-bösen Begriffen ausdrücken, daß man sie ganz nach Belieben auslegen kann, und wenn man ihnen nicht ihre pedantischen Riten nimmt und nicht ihre ewigen Kategorisierungen und ihre Abneigung gegen alles, was nicht jüdisch ist, abgewöhnt, dann sind diese Juden dem Untergang geweiht und zur Knechtschaft verurteilt. Na?«

»Ja, und?« fragte Herodias schroff zurück.

»Ja, seht ihr denn nicht, daß Herodes der Große und Jesus dasselbe Ziel verfolgen? Herodes der Große zwang die Juden, breite Prachtstraßen zu benutzen und in sauberen, solide gebauten Häusern zu leben, statt in den dunklen Gassen und Rattenlöchern, in denen sie bislang immer gehaust hatten. Er ließ des Nachts die Straßen beleuchten, um die Engel und Dämonen zu verscheuchen, die sie in allen dunklen Ecken zu sehen glaubten. Er hat dem Handel zu Aufschwung verholfen, um sie zur Einsicht zu zwingen, daß es auch um sie eine Welt gab und daß die Heiden nicht weniger intelligent, rechtschaffen oder gesittet sind als sie selbst. Er ließ heidnische Tempel bauen, um sie mit anderen Glaubensüberzeugungen vertraut zu machen, er ließ große freie Plätze schaffen, um sie zu zwingen, reinere Luft zu atmen als die weihrauchgeschwängerte und von dem Gestank verbrannten Blutes verpestete Luft in den Synagogen, er …«

»… hat den Tempel Salomons neu erbaut«, fiel Manassah ein.

»Ah, wie klug das doch von ihm war! Aber er hat ihn im römischen Stil gebaut und die stinkenden Priester und Schriftgelehrten verjagt, denen es in ihrem verbissenen Festhalten an der Vergangenheit nur darum ging, die Juden unter der Fuchtel ihrer Rechtsprechung zu behalten!« Schwärmerisch hob Herodes die Arme.

»Er hat auch fünfundvierzig Mitglieder des Hohen Rates ausgerottet«, bemerkte Joschua.

»Ja, genau! Fünfundvierzig Eselsköpfe weniger! Ein großartiger Entschluß!«

»Und die Rabbiner, die den goldenen Adler vom Tempeldach heruntergeschlagen hatten, hat er bei lebendigem Leib verbrennen lassen«, fügte Manassah hinzu, um nicht hintanzustehen.

»Bei lebendigem Leib!« schwärmte Herodes. »Was für ein Mann! Jetzt sind diese Leute alle klüger geworden. Genau das ist es, wovon dieser Jesus träumt. Ich kann euch sagen: Wenn Jesus früher gelebt hätte, mein Vater hätte einen Statthalter aus ihm gemacht!«

Manassah mußte angesichts dieser Übertreibung lächeln. Joschua war wie üblich schwer beeindruckt. Herodias dagegen zuckte nur mit den Achseln. »Was soll das ganze schöne Gerede? Jesus ist ein Gefolgsmann des Jokanaan, der uns bekanntlich so lange gereizt und mit Schmutz beworfen hat, bis es ihn den Kopf gekostet hat.«

»Frau!« versetzte Herodes kühl. »Laß dir eines gesagt sein: Diesmal, bei Jesus, werde ich mich nicht in der Art beeinflussen lassen, wie es dir bei Jokanaan gelungen ist.«

»Was gedenkst du zu tun?« fragte Herodias, nachdem sie erst einmal hatte schlucken müssen.
»Ich werde mich seiner Verhaftung entgegenstellen.«
Herodias, Manassah und Joschua sahen ihn verblüfft an. Sogar die Amme hörte auf, ihre runzligen Füße zu massieren.
»Ich muß dich untertänigst darauf aufmerksam machen, daß Jesus jetzt der Rechtsprechung des Pilatus untersteht«, sagte schließlich Manassah, »und daß es womöglich unklug wäre, sich bei Pilatus für ihn zu verwenden, nachdem du den Statthalter zuvor um seine Verhaftung angegangen bist.«
»Papperlapapp!« winkte Herodes ab. »Nur Dumme ändern nie ihre Meinung. Pilatus war ohnedies gegen eine Verhaftung von Jesus. Außerdem habe ich erfahren, daß seine Frau Procula Jesus kennenlernen möchte. Der Prokurator kann nur froh sein, jemanden auf seiner Seite zu finden, der noch dazu ein Tetrarch ist.«
»Wir werden ja sehen«, meinte Manassah gedehnt.
»Ich für mein Teil habe schon genug gesehen«, sagte Herodias und erhob sich, um den Raum zu verlassen. »Amme, komm!«
Allein geblieben mit seinen Höflingen, nickte Herodes mehrmals bedächtig mit dem Kopf. »Dieser Jesus könnte ein Verbündeter werden, wenn man nur richtig mit ihm umgeht«, murmelte er. »Wenn man ihm nun Judäa gäbe ... Rom gegenüber ließe sich das durchaus plausibel darlegen.«

Der Hohepriester Kaiphas mühte sich, sein Abendessen zu würdigen, doch seine verspannten Gesichtsmuskeln verrieten, daß er dabei weniger an das Essen als an andere Dinge dachte. Er kaute eine Weile lustlos an einer halben Wachtel herum, dann gab er es auf. Sein Schwiegervater Hannas, der ihm gegenüber saß, beobachtete ihn besorgt. Gedalja, der zwischen seinem alten und seinem neuen Vorgesetzten ebenfalls bei Tisch saß, tat, als bemerke er die Beklommenheit des Jüngeren nicht.
»Alles ist bereit«, sagte schließlich Hannas. »Ich sehe keinen Grund, mein Sohn, weshalb du dich mit Sorgen quälen solltest. Alles wird gutgehen.«
»Ach nein?« fuhr Kaiphas fort. »Du hast doch auch von Jesus' Einzug vor zwei Tagen in Jerusalem gehört! Wie ein König wurde er empfan-

gen! Stell dir vor, wie viele Anhänger er hat! Stell dir vor, Pilatus ergreift im Falle eines Aufstandes für ihn statt für uns Partei! Und stell dir weiter vor, wir könnten ihn vielleicht nicht verhaften, weil Judas uns versetzt! Oder daß Pilatus sich der Verhaftung in den Weg stellen oder danach verfügen könnte, daß Jesus wieder freigelassen werden muß! Und daß ...«

»Nur mit der Ruhe!« unterbrach ihn Hannas. »Ich könnte mir ebensogut vorstellen, daß Hühner zu sprechen anfangen.« Er griff nach einer Wachtel, riß ihr mit einem energischen Ruck seiner knochigen Finger die Schenkel vom Rumpf und löste geschickt mit den Fingernägeln das Brustfleisch aus, das er, von einem mächtigen Schluck Wein begleitet, genießerisch in seinen Magen wandern ließ. »Judas wird kommen«, sagte er. »Er wird uns Jesus' Aufenthaltsort verraten. Dann schicken wir die Tempelpolizei, um den Mann verhaften zu lassen. Pilatus wird sich der Verhaftung nicht entgegenstellen, weil er an Jesus nicht wirklich interessiert ist. Noch vor dem Sabbat haben wir die Erlaubnis, den Mann geißeln und kreuzigen zu lassen. Und einen Aufstand wird es auch nicht geben, weil Jesus weniger Anhänger hat, als du denkst. Ehrlich, du machst dir viel zu viele Sorgen. Ich hätte dir mehr Entschlossenheit zugetraut.«

Kaiphas spülte diese Zurechtweisung mit einem Schluck Wein hinunter.

Ein Diener kam, um zu melden, daß ein seltsamer Mann dringendst den Hohenpriester zu sprechen wünsche.

»Um diese Zeit!« regte sich Kaiphas auf. »Schick ihn wieder fort!«

»Er sagt, er heiße Judas Iskariot, und er würde sich hier vor der Türschwelle schlafen legen, wenn du ihn nicht empfängst, Herr.«

»Laß ihn unverzüglich hereinkommen!«

Judas trat ein. Er wirkte mitgenommen, mehr noch, er war aschfahl im Gesicht.

»Was ist los?« fragte Kaiphas und stand vom Tisch auf. »Warum machst du ein Gesicht, als hätte man dich gerade aufgeknüpft?«

»Man hat mich verraten«, stieß Judas mit rauher Stimme hervor.

»Verraten?« wiederholte Kaiphas und bemühte sich vergeblich, ein Lächeln zu verkneifen.

»Er hat mich einen Verräter genannt! Wir wollten gerade zu Abend essen, vor ungefähr einer halben Stunde, als er plötzlich erklärte,

daß einer seiner Jünger ihn verraten würde, und dabei hat er auf mich gezeigt. Sie haben versucht, mich festzuhalten, aber ich konnte ihnen entkommen.«
»Siehst du!« wandte sich Kaiphas an seinen Schwiegervater. »Jetzt werden die Hühner zu sprechen anfangen.«
»Nur Geduld!« meinte Hannas. »Wann und wo hat sich das zugetragen?«
»Vor einer halben Stunde, in einem Lagerhaus beim Teich Schiloach. Ich zeige euch den Weg.«
»Ein Lagerhaus?« überlegte Gedalja. »Es würde mich nicht wundern, wenn Josef von Arimathäa da seine Finger im Spiel hat.«
»So ist es auch.« Judas nickte.
»Es spielt keine Rolle, wem das Lagerhaus gehört«, sagte Hannas. »Die Tempelpolizei muß sofort dort hingeschickt werden.«
Gedalja, der sich um den Befehl hätte kümmern sollen, wischte sich in aller Gemütsruhe den Mund ab, ehe er sich Hannas zuwandte. »Die einzige Aufgabe, mit der wir unsere Leute bestenfalls betrauen könnten, wäre, dort das Geschirr zu spülen.«
»Wie?« fuhr Kaiphas hoch.
»Die Gäste werden gewiß nicht auf uns gewartet haben.«
Ein Levit trat ein, um einen römischen Offizier anzumelden. Judas begann zu zittern. Die drei Priester tauschten vielsagende Blicke.
»Er soll hereinkommen«, sagte Kaiphas, sichtlich verunsichert.
»Guten Abend, erhabener Kaiphas!« Der Offizier betrat den Raum und steuerte zielsicher auf den Hohenpriester zu.
»Dies ist das Haus eines Priesters, rühr hier nichts an!« warnte ihn Kaiphas.
»Allein meine Füße berühren den Boden«, erwiderte der Römer ironisch. »Doch ich hatte geglaubt, daß ihr es eigentlich seid, die keine heidnischen Häuser betreten.«
Er sprach ausgezeichnetes Aramäisch; sicherlich war er schon seit vielen Jahren in Palästina. Kaiphas, Hannas und Gedalja erfaßten rasch die unterschwellige Drohung, die sich hinter der Gelassenheit des Besuchers verbarg; sie erwiderten nichts.
»Der Prokurator von Judäa, Pontius Pilatus, hat mich beauftragt, euch mitzuteilen, daß Jesus, der Galiläer, nicht ohne Mitwirkung einer römischen Militärbewachung verhaftet werden darf.«

Der Offizier streifte Judas, der mittlerweile vor Angst schlotterte, mit einem gleichgültigen Blick, der ebensogut einem Hund hätte gelten können.
Die drei Priester wägten stumm die Bedeutung dieser Botschaft ab.
»Diese Vorsichtsmaßnahmen sind überflüssig«, erklärte Kaiphas endlich. »Der Mann wird ohne jedes Aufsehen verhaftet. Das dürfte keinerlei Störung verursachen.«
Wie nur hatte Pilatus von ihrem Plan Wind bekommen? überlegten Hannas und Gedalja fieberhaft.
»Ob mit oder ohne Aufsehen«, erwiderte der Römer, »Befehl ist Befehl. Außerdem muß ich euch sagen, daß Jesus, sollte er ohne Beisein eines Militärtrupps verhaftet werden, auf Weisung des Prokurators von Judäa unverzüglich wieder in die Freiheit entlassen wird.«
»Es handelt sich hier um eine religiöse Angelegenheit«, gab Gedalja bleichen Gesichts zu bedenken. »Verbietet man uns, einen Unruhestifter zu verhaften?«
»Bisher hat er noch keine Unruhe gestiftet«, sagte der Offizier. »Ihr werdet lediglich gebeten, die Anordnungen des Prokurators zu befolgen, das ist alles. Gute Nacht!« Mit diesen Worten war er auch schon zur Tür hinaus.
Die drei Männer brüteten dumpf vor sich hin. Nur Judas atmete befreit auf.
»Was hat das zu bedeuten?« fragte schließlich Kaiphas. »Entweder er verbietet uns, Jesus festzunehmen, oder aber es ist ihm egal. Wozu also dieser Begleittrupp?«
»Pilatus«, meinte Gedalja grüblerisch, »erkennt an, daß es sich um eine Religionsangelegenheit handelt und daß die Tempelpolizei gemäß unserem Abkommen mit Rom befugt ist, Jesus zu verhaften. Folglich«, schloß er mit erhobenem Zeigefinger, »gesteht er uns zu, daß wir das Gesicht wahren, mehr jedoch nicht. Er will beispielsweise nicht, daß der Mann bei seiner Verhaftung getötet wird.«
»Aber warum interessiert sich Pilatus so sehr für Jesus?« knurrte Hannas.
Wieder erschien der Levit, um Kaiphas mitzuteilen, daß ein römischer Militärttrupp von sechs Mann unter dem Kommando des Offiziers von vorhin vor der Tür stehe.
»Sie kennen aber auch wirklich jeden unserer Schritte, ja, sogar unsere Pläne«, stellte Gedalja fest.

»Meinst du, er wird uns ihn kreuzigen lassen?« fragte ihn Hannas.
»Ich bezweifle es«, erwiderte dieser. »Soviel Interesse an Jesus läßt eher vermuten, daß er sich weigern wird, diese Erlaubnis zu erteilen.«
»Verflucht!« schrie Kaiphas auf und schlug mit der Faust auf den Tisch. »Verflucht sei Pilatus!«
»Vor Wut zu toben nützt uns jetzt gar nichts«, meinte Hannas. »Ich schlage vor, wir nehmen die Würfel an, die man uns anbietet, so gefälscht sie auch sein mögen. Nur müssen wir jetzt doppelt so schlau vorgehen. Verhaften wir zunächst den Mann! Wo wird er im Augenblick sein?« wandte er sich an Judas, der dem Zusammenbruch nahe schien.
»Sicher hat er sich in den Garten Getsemani zurückgezogen.«
»Schön«, sagte Hannas. »Gedalja, du schickst die Tempelpolizei in den Garten Getsemani!«
»Eine Frage noch!« meldete sich Kaiphas. »Wir verhaften ihn. Und dann? Wenn Pilatus die Kreuzigung tatsächlich nicht zuläßt, müssen wir die Blamage einstecken, den Mann, den wir erst verhaftet haben, wieder laufenzulassen.«
»Pilatus ist nicht der einzige Spieler in diesem Spiel. Wir können ihn unter Druck setzen. Wir veranstalten einen Massenauflauf vor seinem Haus, bei dem Jesus' Tod gefordert wird. Ich kann mindestens fünfhundert Leute zusammentrommeln. Das bringt den Römer in die Klemme, denn er wird es dann nämlich sein, der Straßenunruhen zu verantworten hat.«
Gedalja war schon an der Tür, als Hannas ihn noch einmal zurückrief: »Warum, meinst du, ist Pilatus so an Jesus interessiert?« wollte er von ihm wissen.
»Wegen seiner Frau. Diese verrückte Alte glaubt doch, Jesus sei ein Magier.«
»Nein!« widersprach Hannas. »Ein römischer Prokurator richtet sich in seinem Handeln nicht nach den Launen seiner Frau. Es gibt da einen anderen Grund.«
»Was vermutest du?« fragte Kaiphas.
Hannas kratzte sich am Bart. »Vielleicht will er Jesus gegen uns ausspielen und tatsächlich zum König von Judäa machen.«
»Was?« rief Kaiphas ungläubig.

»Ja, zu einem Vasallenkönig. Wie Herodes den Großen. Wie den Tetrarchen«, erklärte Hannas. »Bequem wäre das. Ein Mann, den man gleichzeitig zum König und zum Hohenpriester ernennt, würde vieles einfacher machen. Für Rom würde das den gesicherten Frieden bedeuten. Mach dir keine Illusionen, Kaiphas! Wenn man uns – bestenfalls – vor die Tür setzt, weint uns keiner nach.«

»Willst du damit sagen«, murmelte Judas erschrocken, »daß Jesus wirklich König von Judäa und Hoherpriester werden könnte?«

»Los, Judas! Die Würfel sind bereits gefallen«, drängte Gedalja.

»Nein! Nicht!« flehte Judas.

»Du willst wohl, daß wir dich sofort festnehmen lassen?« fauchte ihn Gedalja verächtlich an. »Vorwärts, habe ich gesagt!« Er stieß Judas vor sich her in die Nacht hinaus.

Hannas und Kaiphas füllten ihre Becher nach.

»Bist du dir auch sicher?« fragte Procula ihren Ehemann über die Obstschale hinweg, die zum Abschluß ihrer Mahlzeit gereicht wurde. »Bist du dir sicher, daß sie ihm kein Leid antun werden?«

»Ich habe es dir doch schon gesagt: auf jeden Fall nicht, bevor sie ihn abgeurteilt haben.«

»Und danach?«

»Vielleicht werden sie ihn geißeln.«

»Geißeln?« fragte Procula entsetzt. »Aber er ist doch kein Straßenräuber! Kannst du sie nicht daran hindern?«

»Ich weiß nicht«, erwiderte Pilatus gereizt. »Ich habe den Mann noch nicht einmal gesehen. Woher soll ich wissen, ob er es wert ist, ihn aus den Händen der Juden zu befreien und sich seinetwegen Ärger mit ihnen einzuhandeln?«

»Aber gestern hast du noch gesagt ...«, begehrte Procula auf.

»Ja, ich habe gesagt, er könnte einen guten König von Judäa abgeben. Aber tut er das wirklich? Zuerst einmal muß ich ihn kennenlernen. Stell dir vor, er entpuppte sich nur als ein Schwärmer, einer dieser pythischen Juden, die nichts als Nebel und prophetische Verwünschungen im Kopf haben. Wozu dann seine Verteidigung übernehmen? Doch damit du zufrieden bist: Ich werde meine Einwilligung einzig und allein zur Geißelung geben; das wird ihn nicht umbringen.«

»Die wollen ihn kreuzigen, Pilatus, und du weißt das sehr wohl. Kannst du das nicht verhindern?«
»Wahrscheinlich schon«, erwiderte Pilatus und stand auf, um ans Fenster zu treten.
»Wahrscheinlich?« rief Procula mit vor Empörung weit aufgerissenen Augen.
»Du weißt, daß der Mann Gegenstand eines schweren Zwistes unter den Juden ist. Ich kann nicht ohne weiteres zu seiner Verteidigung einschreiten, ohne mit Unruhen rechnen zu müssen. Man kann einen Menschen einige Stunden lang am Kreuz hängen lassen und ihn dann heimlich herunterholen. Davon stirbt er noch nicht. Meine Soldaten haben manchmal schon weit Schlimmeres durchstehen müssen und haben es überlebt. Caius Sempronius, den du ja kennst, war schon mehrere Stunden lang mit dem Kopf nach unten an einem Baum aufgehängt und erfreut sich heute besserer Gesundheit als du und ich.«
»Taub ist er geworden«, bemerkte Procula spitz.
»Na gut, dann ist er eben taub geworden«, räumte Pilatus unwillig ein, während er sich zu seiner Frau umdrehte. »Sehen wir uns erst mal den Mann an, ja? Und hab Vertrauen zu mir!« Dann wandte er ihr wieder den Rücken zu und sah zum Fenster hinaus.
Unten standen auf dem von Fackeln erhellten Vorplatz, der den Blick auf das in dunkle Schatten getauchte Tal des Kidron freigab, seine Soldaten Wache. Dahinter erhob sich die schwarze Masse des Ölbergs. Eine düstere Landschaft, heimgesucht von unbekannten Göttern. Oberflächlich betrachtet, ähnelte sie den Hügeln Roms. Doch im Grunde seines Herzens wußte Pilatus nur zu gut, daß nichts von alldem römisch war. Diese Finsternis hier hatte etwas Bedrohliches, sie war erfüllt von einer Kraft, die sein geradlinig denkender Geist nicht zu erfassen wußte. Ach, die Pest über den Orient! Eine Menge verrückter Geschichten hatte er schon zu hören bekommen. Zugegeben, die Leute, von denen sie gewöhnlich stammten, gehörten nicht unbedingt zu den größten Geistesleuchten. Jedenfalls waren es Geschichten, wie sie sich seine Soldaten an freien Abenden erzählten, wenn der griechische Wein zum Lammbraten mit Safran und der Duft von Reseda und Sandelholz ihre römische Logik umnebelten: Geschichten von tapferen Männern, die sich mit Gespenstern schlugen, und von Schwertern, die unantastbare Leiber durchbohrten. Mit herablassend-

freundlicher Nachsicht war er mit dergleichen umgegangen, und nun plötzlich verhandelte er, der Stellvertreter Roms, mit einem immateriellen Gegner, und zwar nicht etwa mit einer Gottheit, die sich strahlend über dem festen Erdboden erhob, sondern mit einem Nebelschleier, der sich brodelnd und wallend im Dämmerlicht über ein ungewisses Terrain legte. Allein schon diese Idee von einem Mann, der der Gesandte eines allmächtigen Gottes sein soll! Er zuckte mit den Achseln.
»Woran denkst du?« fragte Procula.
»An Salome«, log er.
»Was ist mit Salome?«
»Kundschafter haben mir berichtet ...«
»Ja?«
»Nun, Kundschafter haben mir berichtet, daß sie gemeinsam mit ihrer Großmutter Maria, der ersten Gemahlin Herodes' des Großen und späteren Frau des Kleophas, ein Komplott zur Rettung Jesus' vorbereitet«, sagte Pilatus, während er sich von der Betrachtung der judäischen Landschaft abkehrte.
»Salome?« wunderte sich Procula. »Ich dachte immer, daß gerade sie für die Hinrichtung jenes Eremiten Jokanaan verantwortlich ist, der doch ein Mitstreiter von Jesus war.«
»Trotzdem besteht kein Zweifel. Na ja, auf jeden Fall passen meine Leute auf, daß Jesus heute abend nichts geschieht. Gute Nacht!«

Ein Diener kam, um Josef von Arimathäa zu melden, daß kurz zuvor zwei bewaffnete Trupps, ein römischer und ein anderer von der Tempelpolizei, vor der Tür des Kaiphas gesehen worden seien. Dann räumte er den Tisch ab, an dem sein Herr und dessen Gast Nikodemus ben Bethyra soeben zu Abend gegessen hatten. Er stellte vor jeden einen Krug leicht parfümierten Wassers und eine Karaffe Samos-Wein, der wie roter Topas funkelte.
»Sie sind aufgebrochen, um Jesus zu verhaften«, stellte Josef von Arimathäa fest. »In einer Stunde wissen wir mehr.«
Nikodemus schnalzte mit der Zunge. »Einer der besten Weine, die ich je getrunken habe«, meinte er. »Er hat einen leisen Harzgeschmack und ist nicht so gesüßt wie manche andere griechische Weine.« Dann, nachdem beide eine Weile ihren Gedanken nachgehangen hatten, fragte er: »Was wird geschehen, wenn Pilatus Jesus freiläßt?«

»Innerhalb weniger Stunden wird man Jesus zum Helden machen. Es wird Prozessionen von singenden Menschen geben, die seine Krönung fordern. Binnen kürzester Zeit wird der Sanhedrin seine gesamte Macht verlieren, und im Tempel wird es drunter und drüber gehen, wenn beispielsweise Leute sich weigern, die Händler zu bezahlen. Das und vieles andere werden wir dann erleben. Pilatus wird sich dem Willen des Volke scheinheilig beugen und Kaiphas seines Amtes entheben, um Jesus an seine Stelle zu setzen.« Er seufzte. »Pilatus und Rom haben die Unzufriedenheit des Volkes satt. Sie wollen Frieden und Ordnung. Also werden sie durchaus geneigt sein, einen neuen Hohenpriester einzusetzen, der wieder Ruhe in Jerusalem und Judäa einkehren läßt. Es wäre nur noch interessant zu wissen, ob sich Pilatus Rom gegenüber für den Statuswechsel einer römischen Provinz in ein unabhängiges Königtum aussprechen wird, wie es unter Herodes dem Großen der Fall war. Mit anderen Worten, ob er Jesus zum König von Judäa machen will.«
»König von Judäa«, murmelte Nikodemus. »Das hieße ja in Wirklichkeit König von Israel. Und Herodes?«
»Herodes könnte wie sein Bruder Philippus den Tetrarchentitel behalten; bis zum Tod. Danach bestünde die Möglichkeit, wieder ein vereinigtes israelisches Königreich zu schaffen.«
Nikodemus strich sich durch seinen Bart, den er in Erinnerung an einen langen Aufenthalt in Alexandria nach ägyptischer Art trug. »Aber wir kennen Jesus«, gab er zu bedenken. »Er wird sich diesen Plänen nicht unbedingt fügen. Er drückt sich nie klar aus, und er hat sich bisher nicht einmal selbst als Messias bezeichnet.«
Josef klatschte in die Hände. Ein Diener erschien.
»In diesem Zimmer schwirrt es geradezu von Mücken«, sagte Josef. »Hat man Netze vor den Fenstern anbringen lassen?«
»Eines der Netze hat Löcher, Herr.«
»Dann schließ das Fenster, solange das Netz nicht erneuert ist, und bring ein paar Zitronenblätter und Aloe zum Anzünden! Ja, es stimmt«, wandte er sich wieder Nikodemus zu, »er drückt sich nicht klar aus. Gelegentlich finde ich das, was er sagt, sogar unzusammenhängend. Nehmen wir zum Beispiel diese Idee, die er in letzter Zeit entwickelt hat, daß die Welt angeblich ihrem Ende zugeht. Was bedeutet das? Daß der Allmächtige rätselhafterweise jahrhundertelang

gewartet hat, um nun den Bund zu widerrufen. Warum? Und warum jetzt?
»Die Wege des Herrn ...«, wußte Nikodemus lediglich zu brummen. Dann jedoch: »Vielleicht weil es – so scheint es jedenfalls – das Ende Israels ist. Bewaffnete, wohin man sieht, ein korrupter Klerus, Provinzen unter der Regierung von zwei Tetrarchen und ein leicht verbitterter und entmutigter römischer Prokurator. Wenn das keine Vorzeichen sind!«
»Ich bin ganz deiner Meinung«, erwiderte Josef. »Trotzdem wäre es möglich, unser Land durch einen König wiederzuvereinigen, ohne daß deswegen das Ende der Zeiten über uns hereinbrechen muß. Und Jesus könnte dieser König sein.«
»Aber du hast eben selbst zugegeben, daß er schwer faßbar ist.«
»Wenn er erst mal eine Krone trägt, wird er seine Ideen schon klarer zum Ausdruck bringen.«
»Meinst du wirklich, er ist ein heiliger Mann?« Nikodemus zog die Falten seines Umhangs fester um sich. »Kalt ist es heute abend!«
»Deswegen haben sich auch die Insekten ins Haus geflüchtet.«
Josef von Arimathäa warf einen Blick zum Fenster hinaus. »Aber es schneit ja!« rief er plötzlich. Er wies einen Diener an, in einem zusätzlichen Kohlebecken Feuer zu machen. »Ja, er ist ein heiliger Mann«, sagte er dann, »darüber besteht kein Zweifel. Und deshalb werde ich auch mit allen Mitteln versuchen, ihn aus den Klauen Kaiphas' zu retten.«
Der Diener brachte das Kohlebecken, schürte die Glut. Bald darauf meldete er, daß ein Mann da sei, der dringend den Hausherrn zu sprechen wünsche.
»Laß ihn sogleich hereinkommen«, sagte Josef.
Der Mann, der eintrat, war fast vollständig in einen Mantel gehüllt. Nur ein Bruchteil seines Gesichtes war zu erkennen, das Gesicht eines reifen Mannes. Josef reichte dem Kundschafter einen Becher Wein und fragte ihn, was er zu berichten habe.
»Die Tempelpolizei und ein römischer Militärtrupp sind zum Garten Getsemani aufgebrochen, um Jesus festzunehmen. Gedalja führt die Wachen an, bei ihm ist auch ein gewisser Judas Iskariot. Ich bin auf halbem Weg umgekehrt. Ephrem allerdings folgt ihnen weiter und wird dich auf dem laufenden halten.«

Josef gab dem Mann ein Geldstück, worauf er wieder verschwand.
»Und das mitten in der Nacht!« platzte Nikodemus los. »Das zeigt nur, wie sehr sie Angst vor Jesus haben. Und Pilatus hat seine Leute mitgeschickt. Was das wohl zu bedeuten hat?«
»Daß er nicht beabsichtigt, den Sanhedrin in dieser Sache frei schalten und walten zu lassen.«
»Was machen wir nun?«
»Am besten, wir legen uns ein wenig aufs Ohr. Sicher wird der Hohe Rat in aller Frühe zusammengerufen. Du kannst gerne hier schlafen, ich denke, das wird für dich bequemer sein.«
Nikodemus stimmte zu, und Josef ließ ihm ein Lager mit Felldecken richten. Alle Lampen bis auf die in der Diele wurden gelöscht. In den Kohlebecken knisterte die Glut. Von der Kälte dieser Nisan-Nacht überrascht, hingen Spanner und andere Nachtfalter zu Hunderten an den weißgekalkten Wänden.

Selbst die angeketteten Geparden im herodianischen Palast waren nach langem Strecken und Gähnen eingeschlafen. Die vier Wachposten am Tor standen so dicht wie möglich bei den Fackeln, um ein wenig in den Genuß ihrer Wärme zu kommen. Von Zeit zu Zeit fiel ihnen ein Tropfen Pech auf die Helme. Frierend traten sie von einem Bein aufs andere und wagten hie und da heimlich einen tüchtigen Schluck Wein aus einer Feldflasche, die sie unter dem Fenstersims versteckt hielten, was eigentlich streng verboten war. Sie achteten nicht darauf, daß wenige Schritte von ihnen entfernt eine Tür knarrte; wohl ein Koch, der spät nach Hause ging, nachdem er noch Geflügel gefüllt und einige Töpfe gescheuert hatte.
Doch es war kein Koch. Ein junges Mädchen war es, dick in einen schweren Kamelhaarumhang eingemummt. Sie huschte flink an der Palastmauer entlang, bog um ein paar Straßenecken und blieb schließlich vor einer Tür stehen, an die sie dreimal kurz pochte. Die Tür öffnete sich, ein Diener erschien und verneigte sich, so tief er nur konnte. Das Mädchen kannte den Weg; behende sprang sie die Treppe zum ersten Stock hinauf.
»Komm, Salome, komm nur herein!« sagte eine alte Frau, die auf einem Diwan zwischen zwei Kohlebecken saß. Eine schwere Granatkette hing um ihren faltigen Hals, ein königliches Schmuckstück, das

davon zeugte, daß sie, Maria, Tochter des Hohenpriesters Simon, eine der zehn Ehefrauen von Herodes dem Großen gewesen war. Das schwarze Kleid, das sie trug, verriet ihren Witwenstand, denn ihr zweiter Ehemann, Kleophas, war ebenfalls seit einigen Jahren tot. Zu ihren Füßen saß ihre Enkelin Maria Magdalena, die Schwester des verstorbenen Lazarus, dieselbe, die Jesus das Öl aufs Haupt gegossen hatte. Sie sah auf und erhob sich, um ihrer Base die Hand zu küssen.

»Nun, mein Kind, was hast du während der letzten Stunden in Erfahrung bringen können?« erkundigte sich Maria, die Witwe des Kleophas.

»Kann ich etwas heißen Wein haben?« bat Salome, während sie sich die kalten Füße rieb. »Es ist eisig draußen! Vater sagt, daß er sich gegen Jesus' Verhaftung stellen wird, obwohl meine Mutter diesen Mann genauso verabscheut, wie sie Jokanaan verabscheut hat.«

»Ah! ›Vater sagt‹! Ist Salome nicht ein kluges Mädchen!« wandte sich die alte Frau an Maria Magdalena. »Sie sagt nicht: ›Vater wird sich gegen Jesus' Verhaftung stellen‹, nein, sie drückt sich vorsichtig aus: ›Vater sagt‹, weil sie ihn kennt. Und was veranlaßt ihn dazu, sich dem Willen seiner Frau zu widersetzen?«

»Wer weiß?« antwortete Salome, während sie an dem heißen Getränk nippte. »Vielleicht seine Abneigung gegenüber Kaiphas. Oder auch um meine Mutter zu ärgern. Sagt mal, wie ist dieser Jesus eigentlich?«

Maria Magdalena schien die Frage zu verstimmen. Sie antwortete mürrisch: »Er ist groß und ruhig und weckt in jedermann unwillkürlich Bewunderung.« Dann bat sie ihre Großmutter, sich zurückziehen zu dürfen, weil sie müde sei.

»Maria Magdalena mag mich nicht wegen Jokanaans Tod«, seufzte Salome, als ihre Base verschwunden war. »Aber schließlich war es doch nicht ich, die ihn enthaupten ließ. Ich hätte anders entschieden«, fügte sie versonnen hinzu.

»Kind«, sagte die alte Frau streng, »hier handelt es sich um heilige Männer!«

»Soll das etwa heißen, daß sie deshalb keine Männer als solche sind?« entgegnete Salome.

Maria verzog das Gesicht. »Man merkt, daß herodianisches Blut in deinen Adern fließt«, bemerkte sie mit einem bitteren Unterton. »Doch diese Beute, Salome, ist um einiges zu groß für deine kleinen Krallen. Dieser Mann ist der Messias. Verstehst du, was das bedeutet? Ein Mann, den der Herr uns gesandt hat.« Sie schloß die Augen und fügte hinzu: »Wir haben eben die Nachricht bekommen, daß er vor einer Weile verhaftet wurde. Der Herr möge uns gnädig sein!« Ihre gichtigen Hände reckten sich gen Himmel.

»Ist demnach alles verloren?« fragte Salome. »Und Herodes kann nichts dagegen unternehmen? Er würde es mir gewiß nicht abschlagen, wenn ...«

»Dein Stiefvater besitzt keinerlei Macht in Jerusalem!« schnitt ihr Maria das Wort ab. »Hier ist es Pontius Pilatus, der das Sagen hat. Aber vielleicht gelingt es mir zu verhindern, daß Jesus am Kreuz sterben muß.«

»Am Kreuz?« schrie Salome auf.

»Ja, was hast du denn gedacht, kleine Prinzessin? In Kaiphas, seinem Schwiegervater Hannas und der ganzen Bande vom Sanhedrin steckt mehr Entschlossenheit als in diesem verweichlichten Herodes. Sie wollen Jesus' Tod, weil allein schon seine Existenz die ihre bedroht. Pilatus hingegen ... Aber Kind, wenn du das irgend jemandem weitererzählst, wirst du nie wieder diese Schwelle hier überschreiten!«

»Ich habe noch nie ein Geheimnis ausgeplaudert«, erwiderte Salome hochmütig.

»Gut. Pilatus' Frau hat mich vorhin aufgesucht. Auch er ist dagegen, daß man Jesus hinrichtet. Seine Gründe allerdings sind absurd!«

»Welche Gründe?«

»Er stellt sich vor, man könne Jesus unter der Oberhoheit Roms zum König von Judäa ernennen! Gibt es etwas Undurchsichtigeres als das Gehirn eines Römers, der sich in jüdische Angelegenheiten mischt?«

»Und wie wollt ihr verhindern, daß Jesus am Kreuz stirbt?« wollte Salome wissen, während sie ihr Glas leerte.

»Durch Bestechung. Wir sorgen dafür, daß er nicht lange am Kreuz bleibt. Und wir werden verhindern, daß man ihm die Schienbeine bricht.«

»Werde ich ihn zu sehen bekommen?«

Doch die Witwe des Kleophas schien sie nicht mehr zu hören. Noch einmal hob sie die Arme zum Himmel, schlug sich an die Brust und klagte, der Herr habe sich von den Juden abgekehrt.

Salome setzte sich zu ihr, um ihre Hand zu halten.
»Du mußt wieder zurück«, meinte die alte Frau und trocknete ihre Tränen. »Es ist spät geworden. Bist du auch sicher, daß deine Amme schläft?«
»Ich habe ihr Opium in den Wein gemischt«, erwiderte Salome lächelnd. »Um die jetzt aufzuwecken, wäre schon ein Gong nötig. Und wenn sie wirklich aufwacht, dann gebe ich ihr eben Rauteblätter.«
Draußen lag Jerusalem mittlerweile unter einer hauchdünnen Schneedecke. Eine Ratte, die vor Salome über die Straße flitzte, hinterließ eine zarte Spur auf diesem jungfräulichen Schleier.

XXIV.

Von Abend bis Mittag

Jesus' Hände zitterten unmerklich. Er war bleich. Die Tür, durch die Judas entflohen war, stand noch immer weit offen.
»Kommt, essen wir, und essen wir rasch!« sagte Jesus. »Denn es könnte leicht sein, daß er mit der Tempelpolizei zurückkommt.«
»Ein Verräter!« schnaubte Simon Petrus.
»Laß mich ihn suchen gehen! Ich bringe ihn zurück, und wir binden ihn hier fest«, schlug Matthäus vor.
»Zu spät«, meinte Jesus nur. »Komm und setz dich! Komm auch du, Johannes!« Er hob die Augen. »Der Menschensohn folgt also dem Weg, der ihm in den Schriften vorgezeichnet wurde. O Unglück für denjenigen, der ihn verraten hat, denn er wäre besser nie geboren worden.«
Sie aßen wenig und ohne Appetit, die Augen ständig auf die Tür gerichtet.
»Wie lange hast du ihn schon verdächtigt?« fragte Natanael.
»Seit Philippus ihm seine alten Sandalen gebracht hat. Da nämlich wurde klar, daß er in Jerusalem gewesen war. Als Josef von Arimathäa einen von Matthäus' Begleitern in Jerusalem wiedererkannt hatte, war ich mir sicher. Judas hatte mich belogen: Er hatte mich nicht in Betanien erwartet.«
»Dann hätten wir ihn doch zum Schweigen bringen können«, warf Simon Petrus ein. »Noch vorhin hätten wir es tun können.«
»Dazu war es bereits zu spät«, erwiderte Jesus. »Wenn ich ihn nach dem Essen bei Simon dem Aussätzigen weggeschickt hätte, wären uns vom Sanhedrin ganze Legionen von Wachen auf den Hals gehetzt worden. Nachdem aber Judas noch als einer der Unseren galt, konnte sich der Hohe Rat im festen Glauben wiegen, uns im Griff zu haben, und sich Zeit lassen.«

Ihre Teller waren leer, die Schüsseln jedoch noch halb voll. Jesus nahm das Brot, das sie kaum angerührt hatten, brach es und verteilte es unter ihnen mit den Worten: »Nehmt dies! Das ist mein Leib.« Er füllte seinen Becher mit Wein und ließ ihn durch die Runde gehen. »Trinkt! Dies ist mein Blut, das Blut des Neuen Bundes, das vergossen wurde für euch alle. Ich sage euch, ich werde nicht mehr von der Frucht des Weinstocks trinken bis zu dem Tag, an dem ich ins Reich Gottes eingehen werde.«

Einige von ihnen brachen in Tränen aus.

»Meister, wir haben genug Zeit, um aus Jerusalem zu fliehen«, bat Simon Petrus. »Verschwinden wir so schnell wie möglich von hier! Sie werden uns niemals finden.«

»Ich soll mich davonmachen wie ein Dieb? Nein, die Wahrheit muß ans Licht in der Stadt Davids und Salomons.«

Dann stimmte er den Lobgesang zum Passah-Fest an, und sie folgten alle seinem Beispiel, ohne jedoch die Tür aus den Augen zu lassen.

»Die Bediensteten werden sich um die Reste kümmern«, sagte Matthäus anschließend.

Jesus erhob sich, las die Brotkrümel von seinem Gewand auf und aß sie. Johannes lief zur Tür, um sich draußen kurz umzusehen. Wenig später kam er mit der Meldung zurück, daß der Weg frei sei.

Auf den Straßen wimmelte es von auswärtigen Besuchern, die Tavernen waren überfüllt. Als sie das Tal des Kidron in Richtung Ölberg gingen, rutschten sie immer wieder mit ihren Sandalen auf dem verschneiten Weg aus.

»Warum verlassen wir eigentlich nicht einfach die ganze Gegend?« fragte Jakobus.

»Du wirst sie noch früh genug verlassen, Jakobus, weil ihr alle nämlich den Glauben an mich verlieren werdet, denn es steht geschrieben: ›Ich werde den Hirten schlagen, und die Schafe der Herde werden sich zerstreuen.‹«

»Meister«, protestierte Simon Petrus, »wenn sie auch alle den Glauben an dich verlieren, ich jedenfalls bestimmt nicht.«

»Und ich sage dir, Simon Petrus, noch in dieser Nacht, bevor der Hahn kräht, wirst auch du mich dreimal verleugnen.«

Sollten sie nach Betanien gehen oder nach Betfage? Judas Iskariot kannte beide Unterschlupfe; wenn die Wachen sie hier nicht fanden,

würden sie sie dort suchen. War es vielleicht ratsam, sich ins Hinterland jenseits des Jordans zu flüchten? Sie waren steif vor Kälte und kamen immer langsamer voran. Bei der Ölpresse, die sich an den Hängen des Olivenhains befand, legten sie eine Pause ein. Man nannte diesen Ort den Garten Getsemani, weil hier in den ersten Frühlingswochen für gewöhnlich Veilchen und Cyclamen einen bunten Blütenteppich bildeten.
»Machen wir kurz Rast!« beschloß Jesus. Er wollte beten. Johannes schlug vor, die Straße noch ein Stück weiterzugehen, damit sie sich im Wald verstecken konnten, doch keiner hörte auf ihn. Simon Petrus setzte sich und war im Handumdrehen eingenickt. Matthäus folgte seinem Beispiel.
»Und schon eingeschlafen?« fragte Jesus. »Kann denn keiner eine Stunde mit mir wachen? Ihr werdet doch wohl jetzt nicht alle schlafen!«
Simon Petrus, der wieder aufgeschreckt war, versprach, wach zu bleiben. Seine Stimme war träge und schläfrig.
»Ja«, murmelte Jesus, »der Geist ist willig, das Fleisch aber ist schwach.«
Verzweifelt suchte er nach einer Lösung. Wenn er flüchtete, ließ er sein Volk im Stich. Blieb er aber, so war er verloren.
Da schrie auf einmal Johannes: »Wacht auf!«
Waffen und Harnische blinkten im Schein der Fackeln. Die Häscher standen nur wenige Schritte vor ihnen, schienen jedoch unschlüssig, welchen der neun Männer es zu verhaften galt. Gespenstisch warf das Licht der Fackeln ihre Schatten auf den weißverschneiten Erdboden.
»Diesen da!« rief Judas, stürzte sich auf Jesus und packte ihn am Arm. »Das ist euer Mann!«
Zwanzig Bewaffnete, Juden wie auch Römer, sprangen nun auf Jesus zu und kreisten ihn ein. Hier der rote Mantel eines Römers, dort der schwarze Umhang eines Juden, Schwerter sprangen aus der Scheide, und Knüppel wurden geschwungen. Rauhe Hände ergriffen ihn an Schultern und Handgelenken und stießen ihn vor Gedalja hin. Da erscholl ein Schrei, gefolgt von wilden Flüchen. Ein Bediensteter aus dem Hause des Kaiphas hielt sich mit schmerzverzerrtem Gesicht die Wange. Das Blut strömte ihm über die Schulter. Eine der Wachen be-

sah sich ein Stück rosiges Fleisch etwas genauer, das zu Füßen des verletzten Mannes im Schnee schimmerte. Es war ein Ohr.
»Verbindet ihm den Kopf, damit er zu bluten aufhört!« meinte einer.
»Und setzt ihm unter dem Verband das Ohr an! Wer weiß, vielleicht wächst es wieder an«, riet ein anderer.
»Warum bittest du nicht den Messias, ein Wunder zu wirken?« spöttelte ein dritter.
Gedalja wurde nervös. Wer hatte das Ohr abgeschlagen? Nur Matthäus trug eine Waffe bei sich; Jesus sah sich nach ihm um, aber da war kein Matthäus mehr. Auch kein Simon Petrus, Jakobus, Johannes oder Natanael.
»Zum Kuckuck noch mal«, rief plötzlich ein Offizier, »was machst du da hinten, Claudius?«
Ein Stück entfernt von ihnen kämpfte ein Römer fluchend mit einer Gestalt, die man in der Dunkelheit nicht recht erkennen konnte, die aber Ähnlichkeit mit Johannes hatte. Der Römer hatte sich in das Gewand seines Gegners verkrallt. Man hörte das Geräusch von reißendem Stoff, dann einen Aufschrei des Römers, und im selben Augenblick verschwand ein junger Mann nackt und wie ein gehetztes Wild zwischen den Olivenbäumen.
Gedalja befahl, Jesus eine Fackel vors Gesicht zu halten, und trat näher, um den Gefangenen in Augenschein zu nehmen.
»Haltet ihr mich für einen Banditen, daß ihr mit Schwertern und Knüppeln kommen müßt, um mich zu verhaften?« fragte Jesus. »Tag für Tag hättet ihr nur den Arm auszustrecken brauchen, um meiner habhaft zu werden. Aber natürlich, am hellichten Tag hättet ihr mich gewiß nicht festgenommen, ist es nicht so?«
»Los, vorwärts!« war der einzige Kommentar des römischen Offiziers.
Sie machten sich auf den Weg zurück nach Jerusalem. Ein Hase hoppelte ihnen zwischen den Füßen hindurch. Die verwaschenen Farben des grauenden Morgens zeigten sich allmählich am Horizont.
Schließlich gelangten sie vor ein Haus, das Jesus unbekannt war. Auf Gedaljas Klopfen hin öffnete sich augenblicklich die Tür, und ein Sklave warf einen Blick auf die nächtlichen Besucher. Er riß den Mund auf und lief eilends ins Haus zurück. Kurz darauf erschien Hannas voll bekleidet in der Tür, musterte Jesus und nickte dann bedäch-

tig. »Der Hohepriester ist in der Quadernhalle«, sagte er, worauf sich der Zug wieder in Bewegung setzte.

Der hasmonäische Palast, um den ringsum römische Soldaten Wache standen, war hell erleuchtet. Sämtliche Fackeln, die aufzubieten waren, schienen zu brennen. Die Schar mit ihrem Gefangenen zog durchs Tor und überquerte den quadratisch angelegten Hof, der die Residenz des Pilatus vom Gebäude des Sanhedrin trennte. Jesus, der mittlerweile völlig durchfroren, verstört und durstig war, wurde in ein Vorzimmer gestoßen. Eine schwere Flügeltür öffnete sich. Das aufgeregte Stimmengewirr, das bis zu diesem Augenblick hinter ihr geherrscht hatte, erstarb schlagartig. Schweigen legte sich über die Versammelten.
Da standen sie nun vor ihm. Siebzig Männer. Siebzig Männer, die mitten in der Nacht, in der Stunde der Träume, ihre Betten verlassen hatten, um über den Überbringer eines Traumes zu Gericht zu sitzen. Jesus straffte sich. Man schien auf eine herausfordernde Haltung von seiner Seite gefaßt zu sein. Immer noch herrschte Schweigen.
»Bist du Jesus, Sohn des Zimmermanns Josef, geboren zu Bethlehem?«
»Ja, der bin ich.«
»Du wirst heute vor Gericht gestellt, um vor dem Gesetze Israels Rede und Antwort für deine Taten zu stehen.«
Dann ergriff Gedalja, der als Oberhaupt der Tempelpolizei die Anklage vertrat, das Wort: »Hier also seht ihr den Mann, der jahrelang die Gesetze des Allmächtigen und der Menschen in den Schmutz gezogen hat. Er hat ehrwürdige Bürger beschimpft, zweimal im heiligen Tempel Unordnung gestiftet und Partei ergriffen für die Zeloten, die doch die Feinde unserer Gesellschaft sind. Er hat Hexenwerk getrieben, wie man es von heidnischen Magiern kennt, dabei jedoch verkündet, daß er die Leute durch Gottes Willen heile. Er hat gedroht, er werde den Tempel zerstören und ihn innerhalb von drei Tagen wiederaufbauen. Und schließlich hat er sogar am heiligen Sabbat sein Hexenwerk nicht unterlassen, er hat in seinen Reden die Leute zu Kannibalismus aufhetzen und diese Versammlung in Mißkredit bringen wollen. Ein jeder dieser Anklagepunkte für sich allein würde schon eine harte Strafe verdienen. Doch diese Verbrechen sind lediglich Bagatel-

len und Kratzer auf dem Stein des Gesetzes gegen die beiden ungeheuerlichen Lügen, die dieser Mann hier wieder und wieder verbreitet hat und von seinen Handlangern verbreiten ließ.«
Gedalja legte eine kurze Atempause ein und ließ seinen Blick über die Reihen der Versammelten schweifen, jener siebzig Männer, den Hohenpriester nicht mit eingerechnet, die den gesamten Sanhedrin ausmachten. Hie und da verriet das hereindringende Licht des dämmernden Morgens in fahlen Gesichtern die Spuren einer schlaflosen Nacht voller Sorge und Aufbegehren. Unbeweglich hörte Jesus zu, als sei er zu Stein erstarrt.
»Verehrter Vater dieser Versammlung«, fuhr Gedalja fort, »erlaube mir, mich vor dir der schrecklichen Bürde zu entledigen, die in der Nennung der Sünden des Angeklagten besteht. Denn, meine Brüder und Väter, man kann sich auch noch auf andere Art als durch die Berührung eines Leichnams oder einer Frau während der Regel entehren. Auch Worte können beschmutzen, wenn sie auf gottlose Weise ausgesprochen werden. Dieser Mann also hat behauptet, er sei zugleich der Sohn des Allerhöchsten und der Messias!«
»Ist das bewiesen?« meldete sich die schwache Greisenstimme Bethyras, des Gelehrten der Halacha, des rabbinischen Rechts.
»Dreiundzwanzig Zeugen haben es beeidet, hinzu kommen noch die Rabbiner etlicher Städte in Galiläa, deren Zeugenaussagen dem Gerichtsschreiber hier vorliegen«, antwortete Gedalja.
»Die Anzahl der Beleidigungen ist ungemein groß«, meinte Esra ben Matthias. »Ich schlage eine Gesamtbuße für diese unglaublich vielen Sünden vor, die nach dem Passah-Fest erfüllt werden soll.«
»Dein Antrag wird sorgfältig geprüft«, erwiderte Gedalja. »Inzwischen jedoch müssen wir hier noch vor Mittag darüber befinden, ob der Angeklagte schuldig ist oder nicht. Dies ist unsere Aufgabe heute morgen.«
Lautes Stimmengewirr erhob sich, angeführt von den Gefolgsleuten des Kaiphas. Sie spielten die Empörten und riefen bereits: »Schuldig!«, um die Sache anzuheizen. Bethyra hob die Hand. Stille kehrte wieder ein. Wie die meisten Sachkundigen der Halacha hatte sich auch Bethyra geweigert, sich zu Kaiphas' geheimem Plan zu äußern; niemand wußte, wie er über ihn dachte.
»Wir haben hier, an diesem Ort«, erinnerte Bethyra, »bereits einmal

die Frage des messianischen Anspruchs untersucht, und wenn mich mein Gedächtnis nicht im Stich läßt, sind wir damals zu dem Schluß gekommen, daß der Anspruch als solcher keineswegs sündhaft ist. Da nun diese Sitzung noch vor Mittag abgeschlossen werden soll und kaum zu erwarten steht, daß die Versammelten ihre Meinung hierüber geändert haben, schlage ich vor, diesen Anklagepunkt zu streichen, um uns statt dessen auf den Vorwurf des Anspruchs auf göttliche Herkunft konzentrieren zu können. Oder aber wir lassen auch diesen fallen, da er ja mit dem anderen verknüpft sein dürfte, und beschäftigen uns mit den übrigen von Gedalja genannten Verfehlungen.«
Kaiphas runzelte die Stirn. »Können die beiden Anklagepunkte, Messias und von göttlicher Herkunft zu sein, nicht voneinander getrennt werden?« fragte er.
Bethyra hob seine halb geschlossenen Augen und ließ sie auf Kaiphas ruhen. »Die Gelehrten werden darüber umgehend befinden«, entgegnete er.
Die dreiundzwanzig Gelehrten des rabbinischen Rechts steckten die Köpfe zusammen und unterhielten sich leise. Gedalja warf Kaiphas einen düsteren Blick zu. Nach einer Weile, die schier endlos schien, verstummten die Gelehrten und nahmen wieder Haltung an.
»Da ein Messias göttliche und unermeßliche Eigenschaften besitzt, sind die beiden Anklagepunkte nicht voneinander trennbar, wenn der Beschuldigte mit der Begründung, er sei der Messias, göttliche Herkunft geltend macht«, verkündete Bethyra.
Erneutes Stimmengewirr. »Aber dann würde ja das Gesetz die Schänder unseres Glaubens schützen!« empörte sich Esra ben Matthias. Josef von Arimathäa und Nikodemus saßen wie versteinert auf ihren Bänken.
»Wenn allerdings«, fuhr Bethyra mit schriller Stimme fort, und sofort wurde es wieder still im Saal, »wenn allerdings die beiden Ansprüche unabhängig voneinander gestellt wurden, wie es möglicherweise aus den dem Gerichtsschreiber vorliegenden Zeugenaussagen hervorgeht, können sie getrennt behandelt werden.«
»Die Ansprüche wurden unabhängig voneinander gestellt«, sagte Gedalja. »Gerichtsschreiber, laß die Zeugenaussagen einsehen!«
Die Dokumente gingen von Hand zu Hand. Die Prüfung dauerte fast eine halbe Stunde. Schließlich nickte Bethyra.

»Ich würde den Angeklagten gerne selbst befragen«, wünschte Levi ben Pinhas.
»Über alle Anklagepunkte?« fragte Gedalja beunruhigt.
»Warum nicht?« meinte Levi. »Auf jeden Fall möchte ich ihn mit eigenen Ohren sagen hören, daß er der Sohn des Allerhöchsten ist.«
»Gut, meinetwegen«, sagte Gedalja, der sich dem Wunsch wohl oder übel beugen mußte.
»Du hast die Frage gehört«, wandte sich Levi nun an Jesus. »Bist du der Sohn des Allerhöchsten?«
»Er hat sich mehrmals auf den Allmächtigen berufen, als handle es sich um seinen Vater«, fiel Gedalja ein. »Das sind Tatsachen.«
»Sind wir denn nicht alle Söhne des Herrn?« antwortete Jesus. Es war seit der Frage zu seiner Person das erstemal, daß er überhaupt den Mund aufmachte.
»Hast du gesagt, du seist der Messias? Und wenn ja, welche Beweise kannst du dafür vorbringen?«
»Ich habe niemals gesagt, ich sei der Messias.«
»Aber wir haben die beeidigten Zeugenaussagen«, hielt ihm Gedalja entgegen, »denen zufolge du in Kafarnaum gesagt haben sollst: ›Es ist der Wille meines Vaters, daß allen, die sich dem Sohn zuwenden und an ihn glauben, das ewige Leben gewiß ist; und ich werde sie wiedererwecken, wenn der letzte Tag gekommen ist.‹ Hast du nun diese Worte gesagt oder nicht?«
»Ja, ich habe sie gesagt.«
»Es scheint also, daß du behauptest, der Sohn des Allmächtigen zu sein, nicht jedoch der Messias?« forschte Levi ben Pinhas nach.
»Nicht jeder Same wird zum Baum, und nicht alle Blüten bringen Früchte«, erwiderte Jesus.
»Du hast ebenfalls gesagt, daß der Tempel ein Schurkennest sei. Deshalb dürfe man ihn getrost zerstören, und du würdest ihn binnen drei Tagen wieder errichten. Mit welchen Kräften, frage ich dich?« wollte Gedalja wissen.
»Durch den Willen Gottes kann es geschehen, daß ein Mensch Wunder zu wirken vermag«, gab Jesus zur Antwort.
»Ihr könnt also sehen, meine Väter und Brüder, daß die beiden Ansprüche unabhängig voneinander bestehen. Der Beschuldigte nimmt an, daß er das außergewöhnliche Privileg besitzt, diejenigen, die an ihn

glauben, auferstehen zu lassen. Das würde bedeuten, daß er unsterblich ist, da er ja am Tag des Jüngsten Gerichts anwesend sein wird, und daß er dann dieselbe Macht innehaben wird wie der Allerhöchste, der allein fähig ist, die Toten auferstehen zu lassen. Er versteht sich demnach nicht als eines der unzähligen Kinder des Herrn, wie er zuvor angedeutet hat, sondern als Dessen ganz besonderes Kind. Zudem gibt er vor, die außergewöhnliche Macht zu haben, ein Bauwerk zu zerstören, zur dessen Errichtung man sechsundvierzig Jahre gebraucht hat, und es innerhalb von drei Tagen wiederaufzubauen. Reicht uns das nicht?«

Die Gelehrten nickten.

»Auch dir, Levi?«

»Ich hätte es vorgezogen, wenn der Beschuldigte auf Anhieb zugegeben hätte, daß er der Messias und zugleich der Sohn des Allerhöchsten ist«, antwortete Levi.

»Was hätte das geändert?« wollte Gedalja wissen.

»Ich hätte dann an meinen Vorbehalten gegenüber seinem Anspruch festhalten können. Doch ich kann mir schwerlich einen Messias vorstellen, der es ableugnet, einer zu sein.«

»Das ist es! Das ist ja die Frage!« rief da eine Stimme.

»Was ist die Frage, Nikodemus?« wollte Kaiphas wissen.

Nikodemus erhob sich. »Einige meiner ehrwürdigen Amtsbrüder finden, daß es Widersprüche gibt zwischen den Aussagen des Beschuldigten und den Berichten, die über ihn vorliegen. So denke ich nicht. Ich kann mir sehr gut vorstellen, daß der Messias keinen Anspruch auf diese seine Eigenschaft geltend machen will, da sie ja geheim ist, ebenso wie niemals ein Prophet von sich behauptet hat, er sei ein Prophet. Wir haben nicht die leiseste Ahnung, wie sich ein Messias verhalten müßte und wie nicht, weil wir schließlich noch nie einen zu Gesicht bekommen haben. Ich kann mir sehr wohl einen Messias vorstellen, der sich wenn auch nicht seiner Wesenheit, so doch sehr wohl seiner himmlischen Bande und seiner Fähigkeiten bewußt ist. Ich beantrage, daß wir auf den von Gedalja zuletzt genannten Anklagepunkt zurückkommen, dem zufolge Jesus der Messias ist, und daß wir im Zweifelsfall zu seinen Gunsten entscheiden, denn ich bitte euch inständig zu bedenken, welch verheerender Irrtum es doch wäre, wenn wir einen Messias vor Gericht verurteilen würden!«

Jesus sah den Redner, der sich soeben wieder gesetzt hatte und auf dessen Worte langes Schweigen folgte, nachdenklich an. Mittlerweile drang das volle Tageslicht durch die Fenster.
»Ich wäre geneigt, diese Möglichkeit in Erwägung zu ziehen«, sagte schließlich Gedalja, »wäre da nicht die Persönlichkeit des Angeklagten, aus der sich die übrigen Anklagepunkte ergeben. Denn hier steht ein Mann, der innerhalb weniger Jahre haarsträubendste Beweise eben gegen seine eigene Behauptung, er sei der Messias, geliefert hat. Er pflegt Umgang mit zweifelhaften Frauen, respektiert den Sabbat nicht und ruft ständig Skandale hervor. Kurz, dieser Mann hat sich eher wie ein Taugenichts verhalten denn wie ein gesitteter Bürger, und schon gar nicht wie einer, dem die erhabene Würde eines Messias zuteil wurde. Ich frage euch alle: Ist das hier ein Mann, dem es gebührt, Hoherpriester und Erbe des Thrones Davids zu werden? Sind wir denn so tief gefallen, daß wir es in Betracht ziehen können, das oberste Amt im Staat einem Magier zu überlassen, den man eigentlich aus der Gesellschaft verstoßen müßte?« Gedalja ließ den Widerhall seiner Worte verklingen, um sich dann besonders eindringlich an den gesamten Sanhedrin zu wenden: »Denn, meine Väter und Brüder, ich bitte euch zu bedenken, welch große Verantwortung ihr mit dem Urteil tragt, das ihr zu fällen habt. Entweder der Angeklagte ist der Messias und kann in diesem Fall seinen Anspruch auf göttliche Abstammung geltend machen: Dann muß ihm der Hohepriester noch hier und in dieser Stunde seinen Sitz und die Insignien seines Amtes überlassen. Ferner dürftet auch ihr euch als umgehend entlassen betrachten, da ihr ja als unwürdig erachtet werdet für die Aufgabe, Hüter dieses Gesetzes zu sein, das ihr habt verkommen lassen. Oder aber er ist nicht der Messias und seine Behauptungen von wegen göttlicher Abstammung sind gottlose Phantastereien: Dann muß die Zweideutigkeit, die bereits viel zu lange den Gang dieser Angelegenheit bestimmt hat, auf exemplarische Art und Weise aus dem Weg geräumt werden. Wir dürfen nicht mehr zulassen, daß ganze Vagabundenbanden weiterhin landauf, landab herumposaunen, Jesus sei der Messias und die ehrbarsten Institutionen Israels – also der Tempel mitsamt dieser Versammlung – seien nichts als ein einziges Natterngezücht. Denn all jene Verleumder handeln nur nach Anweisung dieses Mannes, der hier vor euch steht.«

Gedalja wies mit der Hand auf Jesus. Seine Augen sprühten Blitze. Selbst Kaiphas war mehr als beeindruckt von seiner Redegewandtheit.
»Welche Strafe schlägst du also vor?« fragte Josef von Arimathäa.
»Den Tod«, antwortete Gedalja.
Jesus wandte nicht einmal den Kopf.
»Würde nicht die Geißelung genügen, um den Angeklagten seines Ansehens zu berauben?« brachte Levi ben Pinhas vor.
Da nun sprang Kaiphas plötzlich auf und schrie mit wutverzerrtem Gesicht: »Ja, haben wir denn jeglichen Begriff von Gotteslästerung verloren? Wenn das keine Gotteslästerung ist, sich als Sohn, und zwar als einzigen Sohn, des Allmächtigen auszugeben! Ich jedenfalls behaupte, daß dies eine abscheuliche Gotteslästerung ist!« Und er zerriß sich eigenhändig das Gewand. Wie ein Aufschrei wirkte das jähe Geräusch des reißenden Tuches. Seine behaarte Brust hob und senkte sich bebend. »Ich verlange, daß das Urteil in dieser Angelegenheit hier und jetzt gefällt wird!« fuhr er fort. »Und ich darf euch daran erinnern, daß ein Übermaß an Skrupel das Zeichen für schwächliche Feigheit ist.« Er setzte sich wieder.
»Gerichtsschreiber«, sagte Gedalja, »schlag dein Buch auf und mach dich bereit, die Hände zu zählen, die für die Todesstrafe stimmen!«
»Ein letztes Wort!« Die Stimme, die sich da erhob, ließ keinen Widerspruch zu; sie gehörte Nikodemus. »Wir wissen alle, daß es gar nicht in unserer Macht steht, ein Todesurteil zu fällen. Denn wir sind kein souveränes Gericht mehr, sondern ein rein religiöses und lediglich befugt, Geldstrafen und Körperstrafen zu verhängen, beziehungsweise zu vollstrecken. Diese Strafen dürfen nicht über eine Geißelung hinausgehen, und selbst in diesem Falle ist uns nur eine gewisse Anzahl von Schlägen stattgegeben. Also wird das Todesurteil, auf das in dieser Versammlung gedrängt wird«, hier warf Nikodemus einen wütenden Blick in Richtung Gedalja und Kaiphas, »rein symbolischer Natur sein, seine Folgen für uns jedoch gewiß nicht. Alles, was wir unternehmen können, wenn wir tatsächlich dieses Urteil vollzogen wissen wollen, ist, den Verurteilten dem Statthalter von Judäa, Pontius Pilatus, mit dem Antrag auf Kreuzigung zu übergeben. Wenn aber Pilatus unseren Antrag ablehnt und dem Mann die Freiheit schenkt, sind

wir peinlich kritisiert und gedemütigt. Daher erkläre ich ohne Umschweife, daß ich nicht für den Tod stimmen werde. Ich beantrage die Geißelung, weil sie weder unser Ansehen noch unsere Würde bedroht.«
Ein dumpfes Hämmern zog aller Blicke auf Hannas, der als ehemaliger Hoherpriester zu den Mitgliedern des Sanhedrin zählte. Er schlug mit der Faust gegen die Lehne seines Sitzes. »Wir sind hier nicht zusammengekommen, um uns dieser Art taktischer Überlegungen hinzugeben«, knurrte er. »Die Sünde besteht in der Gotteslästerung, sie muß geahndet werden.«
Jesus wandte leicht den Kopf, um Hannas anzusehen.
»Gerichtsschreiber, mach dich bereit!« ordnete Gedalja an.
Der Gerichtsschreiber öffnete eine Schriftrolle, deren Griffleisten durch den Gebrauch der Zeit abgenutzt glänzten; ein Gerichtsdiener hielt sie an den beiden Enden fest. Die Feder wurde mit Tinte getränkt, dann begann sie, über das Pergament zu kratzen.
»Alle, die für die Todesstrafe sind, mögen die Hand heben!« rief Gedalja.
Etliche Hände fuhren in die Höhe, andere, wie zögernd, wenig später. Vierundfünfzig waren es.
»Dieser Gerichtshof verfügt, daß der angeklagte Galiläer Jesus, Sohn des Priesters Josef, Zimmermann seines Standes und einundvierzig Jahre alt, am heutigen Tag, dem dreizehnten Tag des Nisan im dreitausendsiebenhundertvierundneunzigsten Jahr seit der Entstehung der Welt, durch Mehrheitsabstimmung des Großen Sanhedrin von Jerusalem wegen Gotteslästerung zum Tode verurteilt wird«, las der Gerichtsschreiber vor.
Kaiphas stieg die Stufen hinunter, um zu unterzeichnen. Ein Levit sprang eilfertig vor, um ihm mit seinem Mantel die Schultern zu bedecken. Daraufhin unterschrieb Gedalja, dann Bethyra, der älteste der Schriftgelehrten, und schließlich Levi ben Pinhas, der älteste der gesamten Ratsversammlung.
»Bringt den Verurteilten zu Pilatus!« befahl Kaiphas.
Die Türen öffneten sich. Vier Tempelwachen kamen herein und nahmen Jesus in ihre Mitte. Die Versammlung verließ den Saal durch die rechte Tür, während die Wachen mit ihrem Gefangenen die linke nahmen. Jesus zitterte; es war kalt.

An der Tür, die auf den Innenhof hinausführte, hatten Bedienstete Kohlebecken aufgestellt, damit sich die Wachen daran aufwärmen konnten. Auch andere Leute, die vorüberkamen, wärmten sich hier die Hände, darunter ein gebeugter alter Mann mit grämlichem Gesicht.

»Sag mal«, sagte einer der Knechte, »gehörst du nicht zu den Gefolgsleuten von diesem Kerl, über den man da drinnen gerade zu Gericht sitzt?«

»Ich kenne niemanden, der vor Gericht steht«, murmelte der Alte.

»Doch, doch!« Der Knecht ließ nicht locker, während er sich vorbeugte, um dem Alten besser ins Gesicht zu sehen. »Ich habe dich schon oft mit ihm auf der Straße gesehen. Du weißt schon, mit diesem Jesus.«

»Ach, der«, meinte der Alte, »dem habe ich ein- oder zweimal zugehört, als er seine Reden hielt.«

Der Knecht grinste hämisch. »Na, da kommen sie ja wieder. Die Verhandlung scheint beendet.«

Gedalja überquerte den Hof in Richtung des Gebäudetraktes, in dem Pilatus residierte. Hinter ihm folgten die Tempelwachen mit Jesus in ihrer Mitte. Vielleicht hatte er den alten Mann bemerkt, denn er schien für den Bruchteil einer Sekunde seinen Schritt zu verzögern, wandte den Kopf nach ihm und suchte seinen Blick. Der alte Mann brach plötzlich in Tränen aus.

»Jetzt kann ich mich sogar an deinen Namen erinnern«, sagte der Knecht. »Du bist Simon Petrus!«

Ein junger Mann tauchte neben dem Alten auf. Wie ein Nachtwandler bewegte er sich. Er sah Jesus nach, wie er unter dem Gewölbe des hasmonäischen Palastes verschwand, und ging dann in derselben gedankenverlorenen Haltung wieder fort.

»Den da kenne ich auch«, meinte der Knecht. »Johannes heißt er. Hör auf zu flennen, Alter, sonst verhaften sie dich auch noch! Dein Messias ist geliefert. Erledigt, verstehst du? Paß nur auf, nun werden sie sich an seine Gefolgsleute halten.«

Simon Petrus erschauerte und ging.

Obwohl sein Sekretär neben ihm stand, vermochte Pilatus ein Gähnen nicht zu unterdrücken; er hatte wenig geschlafen.

»Erhabener Prokurator, der Sanhedrin läßt dir durch eines seiner Mitglieder, Gedalja ben Jeasar, mitteilen, daß er über Jesus die Todesstrafe verhängt hat. Der Gefangene wurde wegen Gotteslästerung verurteilt. Der Sanhedrin vertraut nun ganz auf die Macht Roms, wobei er dringendst die sofortige Vollstreckung des Urteils empfiehlt.«
»Gotteslästerung«, wiederholte Pilatus.
»Der Mann behauptet, der Sohn des jüdischen Gottes und sein Gesandter auf Erden zu sein«, erklärte der Sekretär.
»Ich weiß, ich weiß«, winkte Pilatus ab.
»Der Gefangene ist unten, von vier jüdischen Tempelwachen eskortiert.«
»Veranlasse, daß die Wachen fortgeschickt werden und der Angeklagte heraufgeholt wird!« wies Pilatus den Sekretär an.
Dieser ging, den Befehl auszuführen. Offensichtlich unwillig, verständigten sich die Tempelwachen mit Blicken und sahen abwartend Gedalja an. Er sollte entscheiden.
»Ihr habt den Befehl des Prokurators gehört«, sagte der Sekretär. »Also geht!«
Gedalja zögerte einen Augenblick und erklärte dann: »Der Mann ist ein Gefangener des Sanhedrin. Er muß unter unserer Aufsicht bleiben.«
Der Sekretär musterte sein Gegenüber abschätzig. »Wir sind hier in einer Provinz des römischen Reiches. Der Gefangene untersteht der Rechtsprechung des Statthalters von Judäa. Ihr habt keine Inhaftierungsgewalt«, sagte er kühl. »Ihr habt hier nichts mehr verloren.«
Gedalja ließ sich die Worte durch den Kopf gehen. Er war mit seinem Manöver gescheitert. Und so zogen die fünf Männer unter dem spöttischen Blick des Römers ab.
Jesus wurde in das obere Stockwerk zu Pilatus geleitet. Der Prokurator setzte sich, während Jesus vor ihm stehenblieb.
»Sprichst du Latein?« fragte Pilatus.
»Ein wenig.«
»Gibt es irgendwelche Gründe dafür, dich als König der Juden zu bezeichnen?«
»Ich verlange nicht nach einem Königreich.«
Durch die Fenster auf der anderen Seite des Raumes drang lautstarkes Geschrei von der schmalen Gasse herauf, die die Mauern des Palastes von denen der Festung trennte.

»Fließt in deinen Adern königliches Blut?«
»Nicht daß ich wüßte.«
»Ich kenne eure Gepflogenheiten nicht, aber ich weiß, wenn jemand euer Messias ist, wie man es sich von dir erzählt oder wie du es von dir behauptest, dann ist er dazu bestimmt, das Amt des Hohenpriesters zu übernehmen. Und ich weiß auch, daß die Mitra des Hohenpriesters, zumindest bis dieses Land eine römische Provinz wurde, traditionsgemäß mit der königlichen Krone identisch war.«
»Du bist gut unterrichtet.«
»Schön, wenn du also sagst, du seist der Messias, erhebst du Anspruch auf den königlichen Thron. Ist es nicht so?«
Das Geschrei auf der Straße unten wurde immer lauter. Dabei wurden drei oder vier Worte unablässig wiederholt. Pilatus schien dem kaum Beachtung zu schenken.
»Ich habe mich niemals als Messias bezeichnet«, erwiderte Jesus.
»Wer bist du dann? Warum haben sie dich verurteilt?«
»Der Messias wird kommen.«
»So?« Pilatus kratzte sich am Bart. »Hör zu, ich habe keinerlei Anlaß, mich deinen Richtern gefällig zu zeigen und ihr Urteil vollstrecken zu lassen. Es ist mir wichtig, daß du das begreifst. Aber ich kann mich nicht mit deinen undurchsichtigen Antworten begnügen. Drück dich klar und deutlich aus!«
Jetzt konnte man verstehen, was sie unten riefen: »Tod dem Gotteslästerer!«
»Ich glaube, ich weiß, was du denkst!« sagte Pilatus. »Du denkst, wenn ich, der Statthalter von Judäa, dich laufenlasse, so muß es aussehen, als würde ich dich nur als politische Schachfigur benutzen. Aber mittlerweile müßte dir auch klargeworden sein, daß es hier um deinen Kopf geht.« Er erhob sich und ging zur Tür. »Sagt diesen Leuten da unten, sie sollen gefälligst Ruhe geben, oder sie bekommen es mit mir zu tun!«
»Das habe ich ihnen schon gesagt«, meldete ein Offizier auf dem Flur. »Aber es sind alles Priester. Sollen wir ihnen trotzdem den Knüppel verabreichen?«
Pilatus knurrte unwillig und schlug die Tür zu. Dann wandte er sich wieder an Jesus, der sich nicht gerührt hatte und folglich mit dem Rücken zu ihm stand. »Hör mir gut zu! Deinetwegen braut sich auf der

Straße ein Aufruhr zusammen. Du tätest gut daran, eiligst ein Argument zu deiner Verteidigung zu finden. Wir können schließlich nicht den ganzen Tag hier so reden. Stammst du von David ab? Wenn dies der Fall ist, was im übrigen nützlicher wäre, als du denkst, dann sag es, aber sag es schnell! Ich kann dir die Freiheit wiedergeben, den Nachweis für deine Abstammung beschaffen wir dann später.« Pilatus ging im Raum auf und ab. »Rom hätte wohl nichts gegen einen legitimen König von Judäa einzuwenden.«

Jesus sah ihn an. Gerissene Schachzüge. Ehrgeizige Pläne. Gib mir eine Lüge und nimm die Krone! Und das vor den Augen des Herrn?

Ein Stein schlug ans Fenster. Ein- oder zweihundert bärtige Fanatiker standen da unten und wollten Blut sehen! Und all das, weil ihre alten Gewohnheiten gefährdet waren! Wenn in Rom jemand behaupten würde, er sei Jupiters Sohn ... überlegte Pilatus. Nein, mit offenen Armen würde der nicht empfangen. Der Cäsar würde das sehr übelnehmen. Es lag ganz im Interesse der Götter, dort oben unter sich zu bleiben und keine Bastarde hervorzubringen. Sogar Herkules würde im Gefängnis landen. »Verflucht!« murmelte er auf aramäisch. Er riß die Tür auf. »Wache!« Alles um ihn her schrak zusammen. Ein Soldat trat vor. Pilatus dachte einen Augenblick nach. Dieser rätselhafte Jude würde keine ausschlaggebende Aussage machen, soviel stand fest, und er, Pilatus, hatte keine Lust, dem Sanhedrin einen Gefallen zu erweisen. Es mußte jetzt etwas unternommen werden. »Sorge dafür, daß zwanzig bewaffnete Männer vor der Gasse postiert werden.« Und zu Jesus gewandt: »Du hast also nichts zu sagen?«

»Ich bin unschuldig.«

Pilatus sah ihn ungläubig an. Unschuldig, ja, aber nicht im entgegengesetzten Sinne zu »schuldig«. War das wirklich der Mann, der den ganzen Sanhedrin zum Erzittern brachte?

»Deine Unschuld interessiert keine Menschenseele!« polterte Pilatus los. »Unschuld hat noch nie etwas gegolten vor den Interessen der Menschen und Völker.« Jetzt zählte jede Minute, und dieser Mann, dessen Leben auf dem Spiel stand, wußte nichts Besseres zu sagen, als daß er unschuldig sei! »Es geht um das Wohl deines Volkes, über das du in diesem Moment entscheidest. Willst du das Oberhaupt deines Volkes sein? Die Interessen Roms und die der Juden können unter ei-

nen Hut gebracht werden, wie es unter Herodes dem Großen ja bereits geschehen ist. Verstehst du mich?«
Jesus war wie vor den Kopf gestoßen. Hatten diese Leute denn für nichts anderes Sinn als für irdische Macht? Doch gleichzeitig stellte sich ihm eine weitere Frage: Hatte er demnach sein ganzes Leben lang nichts anderes getan, als seine eigene Opferung vorbereitet? Und zu welchem Zweck? Angst packte ihn, und er wußte nichts zu erwidern.
Er glaubt mir nicht, ging es Pilatus durch den Kopf, er hält dies alles für eine Falle. Procula öffnete die Tür einen Spaltbreit und betrachtete Jesus hingebungsvoll, doch unter dem mißbilligenden Blick ihres Mannes zog sie sich rasch wieder zurück.
»Wir gehen jetzt hinunter«, verkündete Pilatus.
Er öffnete die Tür und machte mit einer brüsken Handbewegung dem Sekretär und den Wachen ein Zeichen.
»Er soll mit mir nach unten kommen.«
Sie traten auf die erhöhte Terrasse, die in die Straße hineinragte und von einem Baldachin überspannt war. Die Menschenmenge drängte näher heran, wobei sich allerdings ein jeder hütete, die Mauern des heidnischen Palastes zu berühren, um sich nur ja nicht zu verunreinigen. Natürlich! Pilatus überflog die Szenerie mit einem Blick. Alles Rabbiner, Strohmänner und von den Sadduzäern bestochene Spitzel! Allein schon deswegen wollte er ihnen mit Freuden eins auswischen.
Und schon hoben sie wieder an mit ihrem Gerufe und Gelärme.
»Ruhe!« donnerte er grob über sie hinweg. Vom Zorn des Römers eingeschüchtert, verstummte die Menge. In ihrer Mitte stand Gedalja mit verkniffenem Mund.
»Ich sehe«, spöttelte Pilatus, »ihr seid gekommen, um mich zu bitten, euren König freizugeben.« Mit der Hand wies er dabei auf Jesus, der mit gespannter Miene auf die Menge hinunterstarrte.
Schreie, Pfiffe und erhobene Fäuste waren die Antwort.
»Ruhe!« befahl Pilatus erneut. »Was soll ich machen mit dem König der Juden?«
Gedalja lief puterrot an. Die durchwachte Nacht und die Aburteilung des Gefangenen hatten seine Kräfte alles andere als erschöpft, sondern sogar noch aufgepeitscht. »Hör auf, uns zu beschimpfen!« rief er. »Dieser Mann da ist weder unser König noch überhaupt ein König! Ein Hochstapler ist er!«

Pilatus bereitete es wahres Vergnügen, den sonst so gewandten Gedalja die Beherrschung verlieren zu sehen.
»Kreuzige ihn!« schrie Gedalja nun. »Wir haben ihn zum Tode verurteilt, weil er unsere Religion in den Schmutz zieht.«
Und die Rabbiner wiederholten: »Kreuzige ihn!«
Immerhin, diese Leute konnten tatsächlich einen Aufstand auslösen, überlegte Pilatus. Und ein Aufstand war für keinen Prokurator ein Vergnügen. Zwar konnte man damit ohne weiteres fertig werden, doch Rom würde eine Untersuchung einleiten.
»Warum? Was hat er eigentlich verbrochen?« fragte Pilatus.
»Du verstehst unsere Religion nicht! Kreuzige ihn!«
Pilatus drehte sich nach Jesus um. Doch der schien wie versteinert. Die Macht ergreifen und mit diesen Leuten umgehen müssen? Nein, niemals!
»Es ist der Brauch, daß ich jedes Jahr zu eurem Fest einen Gefangenen freilasse«, sagte Pilatus. »Ich habe jetzt zwei Gefangene, diesen hier und Jesus Barabbas!«*
»Wer ist Barabbas?« wollte ein Rabbiner stirnrunzelnd wissen. »Ist das einer der unseren?«
»Wer ist dieser Barabbas?« fragte auch Gedalja einen Leviten. Dieser zuckte mit den Achseln; er kannte ihn nicht; allein schon der Name schien fragwürdig.
»Wen also soll ich freilassen, Jesus oder Barabbas?« fragte Pilatus.
»Du kannst freilassen, wen du willst, vorausgesetzt, es ist nicht dieser Mann da«, antwortete Gedalja.
Pilatus überlegte kurz und wandte sich dann an seinen Adjutanten: »Führe den Gefangenen ab! Man soll ihn geißeln.«
Er sah Jesus an, doch als dieser ihm keine Beachtung schenkte, machte er kehrt und verschwand wieder im Palast.
»Na also!« meinte ein Rabbiner zu Gedalja. »Wir haben uns durchgesetzt.«

* Die Evangelien, die den Namen Jesus Barabbas anführen, scheinen nicht zu bedenken, daß der Name Barabbas auf aramäisch »Sohn des Vaters« oder in weitergehender Bedeutung »Sohn des Herrn« heißt. Das Zusammentreffen dieses Namens mit der göttlichen Herkunft, die einen der Anklagepunkte gegen Jesus darstellte, scheint viel zu merkwürdig, als daß man dahinter einen Zufall vermuten dürfte. Es könnte sein, daß Pilatus den Namen dieses offensichtlich gar nicht existierenden Gefangenen frei erfunden hat, um sich einen letzten Vorwand für Jesus' Freilassung zu verschaffen.

»So sicher ist das nicht. Er hat nicht Befehl gegeben, den Mann zu kreuzigen. Ich kehre zum Sanhedrin zurück, aber sag den anderen, daß sie sich um keinen Preis von hier wegbewegen dürfen. Es kann möglich sein, daß Pilatus die Straße dann von seinen Truppen besetzen läßt, und dann haben wir das Nachsehen.«
Es war zehn Uhr morgens. Ein eisiger Wind hatte sich erhoben. Gedalja mußte niesen.
»Los!« sagte ein Offizier zu Jesus und legte ihm die Hand auf die Schulter. Auch er versuchte, dem Blick des Verurteilten zu begegnen, doch es gelang ihm nicht. »Zieh dich aus!«
Der Befehl hallte von den Mauern des Palasthofes wider. Jesus sah sich um. Die Soldaten beobachteten ihn mit feierlichem Ernst; ein Verbrecher wie jeder andere konnte der hier wohl nicht sein, da ihn Pilatus offensichtlich schonen wollte. Jesus hob den Kopf. Weder Angst noch Tränen; ein ungewöhnlicher Mann. Er zog sein Gewand, jenes nahtlose Gewand, das Maria für ihn gewebt hatte, aus und ließ es zu Boden fallen. Zwei Wachen stießen ihn zu einer Säule, die in der Mitte des Hofes wie ein toter Baumstamm aufragte, und banden seine Arme an diesem Pfeiler fest, der nie anderes als das Gewicht vergangener und künftiger Leiden zu stützen hatte. Ein Zischen, dann ein scharfer Schmerz, so als zerrissen mehrere Krallen gleichzeitig seine Haut auf dem Rücken. Wieder ein Zischen – er erschauerte in Erwartung des Schmerzes – und wieder prasselten Qualen auf ihn nieder. Er wußte, es war eine neunschwänzige Peitsche, deren Enden mit Blei beschwert waren. Ein Krampf fuhr ihm durch den Rücken. Er stürzte mit dem Gesicht gegen den Pfeiler – seine Nase! Und schon wieder! Seine Nase blutete. Und wieder ein Zischen! Die Bleizacken gruben sich immer wieder in dieselben Wunden. Er keuchte. Er brach zusammen, die Knie hatten nachgegeben. Die Schläge trafen nun seine Schultern. Dann wurde alles dunkel um ihn herum.
»Einundzwanzig!« sagte jemand.
Er wand sich auf dem gefrorenen Erdboden. Man hatte ihn losgebunden. Er stürzte der Länge nach hin. Sie gossen einen Eimer Wasser über ihn. Kälte durchbohrte ihn. Er öffnete die Augen und setzte sich ganz langsam auf. Alle standen sie im Kreis um ihn herum.
»Wasser«, bat er.
Man schenkte ihm einen Becher voll ein, dann noch einen. Die Zähne

klapperten ihm so sehr, daß er die Hälfte des Wassers über seine Brust verschüttete. Ihm war kalt, so kalt ... Er kroch zu seinem Gewand und mühte sich, auf dem Boden sitzend, ab, es überzustreifen. Und trotz all der Kälte brannte der Rücken wie Feuer. »Vater ...«, stammelte er, und in den Falten seines Gewandes, das ihm zur Hälfte noch um den Kopf hing, verloren sich seine Stimme und das Gebet, das er sprach.

»Manche sagen, er sei ein König«, meinte ein Soldat.

Jesus sah zu ihm auf und schüttelte den Kopf.

»Er scheint uns zu verstehen geben zu wollen, daß er kein König ist«, überlegte der Soldat.

»Haben sie ihn deswegen abgeurteilt?« wollte ein anderer wissen.

Pilatus' Adjutant trat heran und nahm Jesus in Augenschein. »Sobald er sich auf den Beinen halten kann, bringt ihr ihn zu Herodes. Befehl des Prokurators.«

»Ein König besucht einen Tetrarchen«, bemerkte lakonisch ein Soldat.

Es gelang Jesus nicht, sich aufrecht zu halten; sie mußten ihn stützen. Gefolgt von den neugierigen Rabbinern und anderem Volk, bewegten sie sich an der nördlichen Stadtmauer entlang. Die Gallier, die am Tor zum Neuen Palast Wache standen, blickten überrascht auf, als der kleine Zug sich näherte. Man ging, den Tetrarchen darüber in Kenntnis zu setzen.

»Vater ...«, flüsterte Jesus wieder. Er lehnte sich gegen die Mauer. Doch man faßte ihn unter den Schultern, um ihn zu Herodes hinaufzubringen.

»Sie haben ihn ganz schön zugerichtet«, murmelte der Tetrarch. »Ich hätte nicht gedacht, daß Pilatus so weit gehen würde.«

»Das hat er nur getan, um ihm das Kreuz zu ersparen«, raunte Manassah ihm zu.

»Gebt dem Mann stark verdünnten Met und Brot! Und helft ihm beim Essen!« ordnete Herodes mit lauter Stimme an.

Die Diener kamen dem Befehl beflissen nach. Jesus trank den Met. Der Becher fiel ihm aus den Händen. Er zwang sich, ein wenig Brot zu essen ... Und danach? Wozu eigentlich? Diejenigen, die ihm zu helfen suchten, konnten nicht verstehen; der Wille des Herrn hatte seinen Lauf genommen.

»Kannst du mich hören?« fragte Herodes, der vor Jesus Aufstellung genommen hatte. »Kannst du sprechen?... Hör zu, weder der Prokurator noch ich beabsichtigen, dem Sanhedrin Genüge zu leisten. Um dein Leben zu retten, brauchst du nur zu sagen, daß du über deinen Vater von David abstammst, denn ich weiß, daß dein Vater dem Stamm Davids angehörte. Wir, das heißt, der Prokurator und ich, veranlassen dann dein sofortiges Verschwinden aus Jerusalem und setzen uns später dafür ein, daß dir die Herrschaft über Judäa zukommt. Die judäische Krone. Verstehst du, was ich sage?«

»Pilatus hat mir dasselbe Angebot gemacht«, brachte Jesus endlich hervor. »All das führt zu nichts. Ich verlange kein Königreich.«

»Mit dem Königreich kommt auch das Amt des Hohenpriesters«, sagte Herodes, »und das weißt du. Das ist doch das, wonach du immer gestrebt hast? Du hast es fast erreicht. Du hast Angst gesät unter die Mitglieder des Sanhedrin.«

»Ich will nicht«, sagte Jesus abermals. Die ausgestandenen Qualen hatten seine Stimme rauh und hart gemacht. »Ich wurde geschickt, um ...« Er rang nach Luft. »... um zu verkünden, daß Sein Reich gekommen ist. Du kannst mir nicht helfen.«

»Wer hat dich geschickt?« wollte Herodes wissen. An seinem vorgereckten Hals pulsierten die Adern. »Wovon sprichst du? Du hast alle Kräfte in diesem Land erschüttert. Wenn das nicht weltlich und konkret ist!«

»Ich habe vielen meine Lehre verkündet, doch wenige haben mir wirklich zugehört. Du hast mir nicht zugehört.«

»Was hätte ich schon hören sollen?« regte sich Herodes auf. »Du bist in Todesgefahr, und ich biete dir Sicherheit und den Thron von Judäa an gegen den schlichten Nachweis, daß du auch wirklich königlichen Blutes bist. Und was tust du? Du antwortest mir in einer Art und Weise, die kein Mensch verstehen kann. So viel Zeit haben wir nicht, um hier den ganzen Tag mit diesem Thema zu verbringen. Also, nimm dich zusammen und gib mir eine klare Antwort!«

»Wir sprechen nicht dieselbe Sprache«, erwiderte Jesus. »Ein Lamm kann nicht lernen zu heulen.« Er schloß die Augen.

Herodes redete und redete, doch es war, als spräche er gegen eine Wand. Und so verstummte er schließlich.

»Was für ein Mann ist das?« sagte er dann wie zu sich selbst.

»Der ist vom selben Schlag wie Jokanaan«, meinte Manassah. »Übrigens waren die beiden Vettern.«
Herodes beugte sich zu Jesus vor, der immer noch mit geschlossenen Augen dasaß, und betrachtete ungläubig den Mann, der soeben ein Königreich ausgeschlagen hatte. Jesus öffnete die Augen, und sein Blick tauchte in den des Herodes: braune, müde Augen. Und schwarze, um die Iris rotgeäderte Augen.
Hat er tatsächlich eine solch eiserne Willenskraft? fragte sich Herodes. Oder ist er vielleicht verrückt? Da war keine Herausforderung in den Augen des Gegeißelten, und auch keine heroische Entschlossenheit – nur ein Ausdruck, der sagen zu wollen schien: Du wirst es nie und nimmer verstehen.
»Schickt ihn zu Pilatus zurück!« befahl Herodes verdrossen und fassungslos.

Im ersten Stock seines Palastes ging Pilatus mit großen Schritten auf und ab. Procula saß niedergeschlagen in einem Sessel.
»Der Gefangene ist zurück«, meldete eine der Wachen.
»Laßt ihn heraufkommen!« befahl Pilatus.
Procula erhob sich und warf sich, in Tränen aufgelöst, dem Eintretenden zu Füßen.
»Steh auf«, sagte Jesus leise, »deine Tränen haben deine Sünden getilgt.«
Pilatus beobachtete verblüfft die Szene. Procula verlangte nach heißem Wasser und Tüchern, was auch im Handumdrehen herbeigebracht wurde.
»Laß mich deine Wunden auswaschen, ich habe Heilsalben!« bat sie.
Jesus nickte. Ein Sklave half ihm beim Ausziehen seines Gewandes. Beim Anblick der schwarzen Striemen, die sich quer über seinen Rükken zogen, verzog Pilatus das Gesicht, Procula fügte dem Wasser balsamische Essenzen bei: Wegerichsaft, Nelkenöl und zerstoßene Weidenrindenstückchen. Dann tränkte sie ein Tuch darin und begann, das verkrustete Blut auf Jesus' Rücken behutsam aufzuweichen. An etlichen Stellen trat erneut Blut aus.
»Wir haben nicht viel Zeit«, meinte Pilatus ungeduldig. Das alles ging doch wahrhaftig über jeden gesunden Menschenverstand! Er hatte, wenn auch widerwillig, einen Mann geißeln lassen, und nun pflegte seine Frau diesen Mann vor seinen eigenen Augen!

»Das muß sein«, erwiderte Procula.
Wieder begann der Prokurator im Raum auf und ab zu gehen. »Ich hoffe nur, die Leute geben sich damit nun zufrieden«, murmelte er. Und zu seiner Frau gewandt: »Das muß jetzt reichen! Komm mit!« sagte er zu Jesus.
Wieder traten sie auf die Terrasse hinaus. Hunderte von Bärten reckten sich ihnen neugierig entgegen.
»So, seht ihn euch jetzt an!« begann Pilatus. »Ich habe nichts gefunden, was man ihm vorwerfen könnte.«
Protestschreie, erhobene Fäuste. Dann eine Bewegung in den vorderen Reihen. Kaiphas, Hannas und Gedalja bahnten sich einen Weg zur Terrasse.
»Laß ihn kreuzigen!« rief Kaiphas mit herrischer Stimme. Die Meute fiel lärmend in die Forderung ein.
Pilatus zeigte buchstäblich die Zähne. »Er wurde bereits gegeißelt, er ist bestraft.«
»Kreuzigen, habe ich gesagt«, brüllte Kaiphas.
»Ich wiederhole, ich habe nichts an ihm gefunden, was er sich hätte zuschulden kommen lassen.«
»Wir haben ein Gesetz, ein Gesetz, das zu respektieren sich der Cäsar verpflichtet hat, und nach diesem Gesetz muß dieser Mann getötet werden, weil er die Gotteslästerung begangen hat, sich für den Sohn Gottes auszugeben!« schrie Gedalja.
»Bringt den Angeklagten wieder hinein!« wies Pilatus seine Soldaten an und folgte ihnen in den Palast. »Hör zu, es ist immer noch Zeit, deine Meinung zu ändern. Wer bist du?« sagte er dann zu Jesus.
»Es wird zu nichts führen, wenn ich dir sage, daß ich der Sohn von Josef und Maria bin. Ich habe meinen Vater gefunden, und jene kennen Ihn nicht. Ich stehe für den Vater, den sie verhöhnen. Du und Herodes, ihr wollt mich in eure Machenschaften mit einbeziehen, doch eure Pläne würden scheitern; sie können mich nicht retten. Das Geschick nimmt seinen Lauf, bis es erfüllt ist. Die einzige Möglichkeit, das Böse zu zerstören, ist, mich als Opfer darzubieten.«
»Dir ist doch klar, daß ich sowohl die Befugnis habe, dir die Freiheit zu schenken, als auch die Macht, dich ans Kreuz schlagen zu lassen?« sagte Pilatus. »Ich versuche, dein Leben zu retten, aber du mußt mir dabei auch helfen.«

»Du hättest keine Macht über mich, wenn sie dir nicht vom Himmel eingeräumt worden wäre, und deshalb fällt die Schuld auf diejenigen zurück, die mich dir überantwortet haben.«
Procula trat aus dem Hintergrund des Raumes auf sie zu und sagte mit schwacher Stimme: »Können wir denn die unsichtbaren Bande, die dich deinen Henkern ausliefern, nicht zerreißen?«
Jesus drehte sich zu ihr um.
Verzweifelt rang sie die Hände.
»Von Anfang an stand es so geschrieben«, sagte er nur.
»Wirklich?« fragte sie.
»›Er empfand große Betrübnis‹«, rezitierte Jesus auf aramäisch, »›Er ließ sich zu Boden werfen und tat seinen Mund nicht auf / Wie ein Lamm das zur Schlachtbank geführt wird / Und wie ein Widder der vor seinem Scherer verstummt / Man hat ihn mitgenommen ohne Schutz und ohne Gerechtigkeit …‹ Verstehst du Aramäisch, Frau?«
Sie schüttelte den Kopf.
»Dann lerne es und lies Jesaja!«
Sie heulte auf. »Ich hasse die Juden! Oh, wie ich diese Ergebenheit dem Schicksal gegenüber hasse!« Und sie verließ den Raum.
»Das Ratsmitglied Gedalja ben Jeasar bittet um eine Unterredung mit dir, o Pontius Pilatus, doch nicht hier, sondern draußen«, meldete der Sekretär.
Pilatus ging hinaus und schritt die Steinstufen der Terrasse hinunter. Gedalja trat einen Schritt vor. »Wir haben nun lange genug gewartet, Pilatus«, erklärte er. »Es müßte dir klar sein, daß wir unsere Meinung nicht ändern werden. Außerdem muß der Verurteilte noch vor Sonnenuntergang gekreuzigt werden.«
»Willst du mir etwa Befehle erteilen?« fauchte Pilatus mit vorgeschobenem Kinn.
»Wir sagen dir lediglich, daß wir, sollte der Verurteilte nicht zu gegebener Zeit am Kreuz hängen, eine Gesandtschaft nach Rom schicken werden, um uns zu beklagen, daß du unsere Gesetze verhöhnt hast, um einen Betrüger zu schützen, der es auf eine kaiserliche Provinz abgesehen hat. Haben wir uns verstanden?«
Pilatus kehrte Gedalja den Rücken zu, ging in den Palast zurück und wies seinen Sekretär an, eine Schale Wasser und ein Handtuch auf

die Terrasse bringen zu lassen. Als er draußen wieder erschien, schrie er der Menge zu: »Meine Hände soll das Blut dieses Unschuldigen nicht beflecken!«
»So laß es über uns und unsere Kinder kommen!« brüllten sie von der Straße herauf.
Noch einmal kehrte er in den Palast zurück und ließ ihnen Jesus ausliefern.

XXV.

Von Mittag bis Mitternacht

Gegen Mittag war der Himmel schwarz verhangen. Bleierne Wolkenbänke türmten sich mit erschreckender Geschwindigkeit über Judäa.

Die römischen Soldaten schoben Jesus nach draußen auf die Stufen vor dem Palast. Er schwankte einen kurzen Augenblick lang, als er die Tempelwachen erblickte, die auf der Straße unten auf ihn warteten.

»Bring ihn runter!« rief einer von ihnen seinem römischen Kollegen zu. »Wir können nicht hinaufkommen. Wir haben nämlich keine Lust, uns wegen dieses Verrückten da stündlich zu reinigen.«

Der Römer hielt Jesus' Gewand in den Händen, jenes Gewand, das aus einem Stück gewebt war ... Wo nur blieb seine Mutter? Hatte man sie nicht darüber in Kenntnis gesetzt, was mit ihm geschah? Und wo waren die anderen?

Die Römer warfen den jüdischen Wachen einen spöttischen Blick zu. Die und sich reinigen, das war ja wohl die Höhe! Sie rührten sich nicht und taten auch nichts dergleichen, wie um zu sagen: Kommt ihn doch holen, wenn ihr ihn unbedingt haben wollt! Da schritt Jesus die Stufen hinunter. Sobald er das heidnische Gebäude endgültig verlassen hatte, stürzten sich die Tempelwachen förmlich auf ihn. Von oben warf ihm der Römer sein Gewand zu, das er eilig überstreifte, denn er fröstelte.

Würde es nun mit der Welt zu Ende gehen? Oder würde es noch ein wenig dauern? Er sah über die Menge hinweg, aus der ihn Hannas, Kaiphas, Gedalja und andere anstarrten. Warum schrien sie denn ihren Triumph nicht hinaus? Jagte er ihnen wirklich solche Angst ein? Eine Wache trat auf ihn zu und reichte ihm einen Holzbalken. Ja, den Querbalken des Kreuzes.

»Los, vorwärts«, befahl die Wache.

Jesus versuchte, den Balken hinter sich herzuschleifen, doch dessen Gewicht ging über seine Kräfte. Er versuchte, ihn auf die Schultern zu nehmen, was jedoch nur erneut seine Wunden aufbrechen ließ, so daß er mit Mühe einen Schmerzensschrei unterdrückte.
Die Wache mit dem Begleittrupp von sechs Mann blieb stehen. »So kommen wir niemals an«, stellte sie fest. Sie wirkte ratlos.
Jesus sah nun in andere Gesichter, doch immer noch herrschte absolutes Schweigen. Warum hatte sich der Himmel nur so schwarz überzogen? Jemand löste sich aus der Menge der Schaulustigen und erklärte der Tempelwache, er wollte den Balken tragen. Man fragte den Mann nach seinem Namen. Simon von Zyrene. Der Befehlshabende nickte erleichtert. Simon von Zyrene führte jetzt den Zug an, während Jesus dicht hinter ihm folgte und der Begleittrupp den Schluß bildete.
»Was soll denn das nun wieder?« wunderte sich eine der Tempelwachen, als sie einen Blick zurückwarf. Eine römische Sonderabteilung von zehn Soldaten folgte dem Zug. Den Tempelwachen wurde es unbehaglich zumute.
Ein aufgeschwemmter junger Mann zeigte mit dem Finger auf Jesus. »Aha, du also wolltest den Tempel niederreißen. Jetzt sieh zu, wie du dich aus der Affäre ziehst!«
Eine alte Frau spuckte Jesus ins Gesicht.
Am Efraim-Tor blieb die Menge der Gaffer zurück. Am Vortag des Passah-Festes wollten sie das Heilige Jerusalem nicht mehr verlassen, denn sonst hätte man sich einer erneuten Reinigung unterziehen müssen. Nur Simon von Zyrene schien das nicht zu kümmern.
Sie waren nicht die einzigen auf dem Golgota. Noch zwei andere waren zum Tod am Kreuz verurteilt worden. Soeben hatte man den einen hochgehievt, und nun war der andere an der Reihe. Schon streifte man ihm die zusammenziehbaren Schlingen über die Unterarme. Dann ein markerschütterndes Aufheulen: Der Henker schlug den ersten Nagel durch eines der Handgelenke. Der Gekreuzigte urinierte. Die Männer der Tempelpolizei kommentierten dies grinsend. Dann heulte der Gekreuzigte erneut auf.
Simon setzte keuchend den Balken ab und sah Jesus lange an, bevor er sich abwandte, um wieder nach Jerusalem zurückzukehren.
»Trink!« forderte der Befehlshabende des Begleittrupps Jesus auf und reichte ihm einen Becher, randvoll mit einem schwarzen Gebräu.

Jesus kostete davon mit der Zungenspitze. Es war Wein, aber bitter. Wohl mit einem Rauschmittel versetzt, um ihn schneller das Bewußtsein verlieren zu lassen. Sein Blick fiel auf einen der römischen Soldaten, die die Szene beobachteten. Der Römer schüttelte leicht den Kopf. Bedeutete das etwa: Nein, trink nicht? Aber er hätte es ohnehin nicht getan.
»Bist du sicher, daß du nichts davon willst?« fragte der Befehlshabende.
Jesus winkte ab. Es schüttelte ihn plötzlich am ganzen Körper. Er wollte, er mußte seine letzten Kräfte zusammennehmen. Und es blieben ihm doch nur so wenige!
Sie ergriffen ihn und zogen ihn völlig nackt aus. Die Zähne klapperten ihm vor Kälte. Er spürte das rauhe Holz im Rücken, die Seile unter den Achseln. Man zog ihn hoch. Wie Feuer loderten die Wundschmerzen am Rücken auf. Dann der grauenhafte Atem des Henkers. Ein stechender Schmerz im Handgelenk. Aber es war doch nur der Körper, der zu leiden hatte. Wie war das? Die Kräfte zusammennehmen? Wieder ein bohrender Schmerz. Er hatte das Gefühl, nur noch eine gewaltige Wunde zu sein. Nun kam noch ein Schmerz, in die Füße. Er rang nach Atem. Sein Körper hing an drei Schmerzzentren. Die Muskeln seines Oberkörpers waren derart gespannt, daß er kaum noch Luft bekam. Vater! Er versuchte, nach Luft zu schnappen. Sein Mund war trocken. »Durch das Fleisch allein …«, sagte eine ferne Stimme. »Aber es ist nicht mein Körper!« antwortete eine andere Stimme tief in ihm. Vater! Luft, er brauchte Luft. Er hörte sich sagen, daß er Durst habe. Ein mit Essigwasser getränkter Schwamm wurde an seine Lippen gehoben. Er saugte ihn aus.
»Eli, eli, lema sabachtani?«* Das Schwarz des Himmels senkte sich in ihn.
Unter ihm Stimmen: »Du hattest kein Recht, ihm zu trinken zu geben.«
»Ab jetzt bestimme ich hier. Befehl des Pilatus.«
»Für alle drei Kreuze?«
»Für alle drei. Du kannst heimgehen und dich reinigen. Auf den Sonnenuntergang wirst du ja bei diesem Wetter wohl nicht gerade warten wollen, oder?«

* hebräisch: Mein Gott, mein Gott, warum hast Du mich verlassen?

»Er hat nach Eli gerufen. Wollen mal sehen, ob Eli ihn auch holen kommt!«
Noch ein Schmerz, ein anderer, im Brustkorb. Merkwürdig, nun empfand er Erleichterung.
Nichts geschah so, wie man es sich vorstellte. Die Seele, die dem Körper entweicht – ein Gefühl des Aufbruchs, aber wohin? Vater, Du warst nicht da, Du bist nicht mehr da, Du bist nicht mehr ...
»Ich habe dir doch gesagt, daß jetzt ich hier befehle, was zu geschehen hat. Woher nimmst du das Recht, ihm den Brustkorb mit der Lanze zu durchbohren? Mach, daß du wegkommst!«
»Hoho, ich glaube fast, du hältst ihn auch für deinen König!«
»Das Herz hat er nicht getroffen, sonst wäre nicht jede Menge Wasser aus der Wunde ausgetreten ...«
»So, und nun erteile ich den Befehl, daß sämtliche Tempelwachen auf Anweisung des Prokurators den Golgota zu verlassen haben!«
»Das will ich schriftlich haben. Wo steht diese Anweisung?«
»Hier.«
»He, was für eine Inschrift nagelt der da oben denn hin? Was? ›Jesus von Nazaret, König der Juden!‹ Und auch noch in drei Sprachen! So geht das aber nicht, Freundchen! Dieser Mann ist nicht unser König!«
»Verschwindet, habe ich gesagt! Wachen, ihr verhaftet jeden von der Tempelpolizei, der sich auf dem Golgota herumtreibt!«
»Für diese Inschrift wirst du dich vor Pilatus zu verantworten haben!«
»Darum mach dir mal keine Sorgen! Dein Hoherpriester hat bereits versucht, sich zu widersetzen. Vergiß nicht, Jude, wir sind die Herrscher in Palästina. Wache, nimm diesen Mann auf der Stelle fest!«
»Gut, gut, wir gehen ja schon. Also kommt, bevor wir noch mehr Ärger mit denen bekommen!«
»Nehmt den Henker und seine Gehilfen gleich mit.«
»Das auch noch? Aber ...«
»Ich habe Order, morgen früh, also am Sabbat und Tag eures Passah-Festes, jeden einer Geißelung zu unterziehen, der sich den Weisungen des Prokurators von Judäa widersetzt. Die Henker müssen ebenfalls den Golgota verlassen.«
Jokanaans Stimme erfüllte die Luft. Sie sprach und sang unverständ-

liche Worte. »Durch das Fleisch allein!« Aber Jokanaan, das Fleisch hat doch keine Bedeutung ... Der Körper, mein Körper vergeht, er ist nur das welkende Blatt eines Baumes. Meine Füße brennen, meine Brust ist ein einziges Feuermeer, meine Arme sind züngelnde Flammen, und mein Rücken ein breites, glühendes Holzscheit! Meine Kerze erlischt.

Einer wütenden Brandung gleich, wogt finstere Nacht um mich. Eine rote Nacht. Eine Nacht aus Feuer. Das Herz – es schlägt so langsam. Wie weit ist der Weg wohl noch bis zum Stillstand? Das Wachs fließt nach allen Seiten. Die Flamme flackert und erstirbt. Eisig kalt ist es plötzlich. Der Sturm fegt über den Golgota. Das Meer der leidenden Seelen ergießt sich in Wogen über das Land. Schon ist es vor den Mauern Jerusalems. Es steigt an bis über das Kreuz hinauf. Vater, Vater ...

»Henker, ich habe Befehl gegeben, daß du und deine Helfer mit den Leuten vom Tempel verschwinden sollt. Was suchst du hier also noch?«

»Hör mal, Römer! Die Leichen müssen noch vor Sonnenuntergang vom Kreuz runtergeholt werden. Wer soll sich darum kümmern? Wollt ihr das etwa an meiner Stelle erledigen?«

»Ja, das machen wir. Laß deine Leiter da! Und die Zangen auch.«

»Seit wann kümmern sich die Römer...«

»Willst du, daß ich dich morgen geißeln lasse?«

»Mich geißeln? Mich, den Henker? Du hast wohl zu viel Raute gefressen? Und wer soll die Kerle begraben?«

»Du.«

»Ich? Fluch würde über mich kommen, wenn ich nach Sonnenuntergang auf die Schädelhöhe zurückkehren wollte!«

»Na schön, dann lassen wir sie eben auf dem Boden liegen.«

»Leichen ohne Grabstätte? Und das am Passah-Fest?«

»Du kannst ja auch morgen früh wiederkommen, um sie zu beerdigen. So, und jetzt geh mir nicht länger auf die Nerven!«

Unter lautem Fluchen ziehen die Juden ab.

Der Wind heult. Der Himmel kommt der Erde zu nahe. Es ist nicht gut, wenn der Himmel so nahe ist. Er muß oben sein. Und dort auch bleiben.

»Cestus, du nimmst den großen Hammer des Henkers und brichst den beiden Räubern die Schienbeine!«

Schmerzens- und Verzweiflungsschreie. Ein kurzer Schlag. Ein Krachen wie von Holz. Noch einer. Dann wieder einer. Und ein letzter. Ein Blitz erhellte die faulige Substanz, aus der der Himmel zu bestehen schien. Dann ging das, was man in Ermangelung anderer Worte wohl ein Gewitter nennen mußte, nieder. Eine Flut böser Geister ergoß sich in Strömen auf die Erde. Tote Dämonen und gefallene Engel. Alles auf einmal. Der Regen. Nein, das war kein Regen, das waren ihre schleimigen Exkremente, die durch die elektrisch geladene Luft herabtrieften.
Die Römer fluchten. Dieser verdammte Orient!

Pilatus lag völlig zerschlagen auf seinem Bett. Das Gewitter hatte seine Rheumabeschwerden verschlimmert. Und wieder einmal juckte es ihn überall. Er kratzte sich am Kopf. Da klopfte es an der Tür.
Es war der Sekretär: »Herr, zwei Männer vom Sanhedrin bitten um eine Unterredung mit dir.«
Also war Procula in der Tat gut unterrichtet gewesen; man hatte ihr angekündigt, daß zwei Männer des Hohen Rates vorsprechen würden und daß sie darum bitten würden, man möge ihnen Jesus' Körper überlassen. Mit ein bißchen Glück, hatten sie gesagt, könne der Gekreuzigte noch am Leben sein, vorausgesetzt, die Henker hatten ihm nicht die Schienbeine zertrümmert. Doch da die meisten Informationen, die Procula bezog, von ihrer Negerin, einem grauenhaften Klatschweib, stammten, hatte Pilatus dem keine Beachtung geschenkt. Außerdem schien es ihm, als sei das sonst so klare Urteilsvermögen seiner Frau in bezug auf diesen Jesus stark getrübt. Ob sie sich gar in ihn verliebt hatte? Jedenfalls gab es nur einen, der die Macht hatte zu verhindern, daß Jesus die Schienbeine gebrochen wurden, und das war er, Pontius Pilatus, Prokurator von Judäa. Wie konnte sich also irgend jemand, und obendrein ein Mitglied des Sanhedrin, einbilden, dieser tödliche Schlag könne womöglich unterlassen werden? Er, Pilatus, wußte sehr wohl, daß der Sanhedrin die drei Gekreuzigten noch vor Sonnenuntergang getötet sehen wollte, weil ihre Religion es verbot, am Vorabend des Passah-Festes Sterbende am Kreuz hängen zu lassen. Tja, und nun hatte er, er allein, alle miteinander, Tempelpolizei wie auch Henker, vom Golgota verscheucht. Kurz nach Sonnenuntergang wollte er Jesus heimlich vom Kreuz herunterholen

lassen. Vorausgesetzt, der Mann war noch am Leben. Der Grund? Nun, um dem Sanhedrin eins auszuwischen. Er, Pilatus, würde dieser Bande von bärtigen Giftspritzern doch nicht das letzte Wort lassen! Was er mit Jesus zu tun gedachte? Wenn er ihn erst einmal nach Cäsarea oder Jericho gebracht hatte, dann würde er mit ihm vor ihrer Nase herumwedeln ...

»Gut. Laß sie eintreten!«

Zwei Männer kamen herein, müde und außer Atem, eingehüllt, nein, eher verborgen in die Falten ihrer schlammtriefenden Umhänge. Diesen beiden da schien es eigenartigerweise nicht das geringste auszumachen, die Schwelle eines heidnischen Hauses zu überschreiten. Neugierig erhob sich Pilatus. Gar nicht wohl fühlte er sich. Leichter Brechreiz und Schwindelgefühl waren da plötzlich auch noch. Die beiden schoben ihre Kapuzen ein wenig zurück. Pilatus erkannte Josef von Arimathäa und Nikodemus.

»Pilatus, wir kommen, um dich zu fragen, ob wir über den Leichnam des gekreuzigten Jesus verfügen dürfen.«

»Den Leichnam? Jetzt schon?« fragte Pilatus.

»Wir kommen eben vom Golgota. Der Mann ist tot. Die Tempelpolizei hat ihm das Herz durchbohrt.«

Pilatus wurde puterrot. Seine Befehle waren also nicht ausgeführt worden! Die Tempelpolizei war auf dem Golgota geblieben. Sie hatte den Mann am Kreuz getötet.

»Womit?« wollte er wissen.

»Mit einer Lancea*.«

Pilatus riß die Tür auf und bellte geradezu nach draußen: »Caius!« Das blasse und faltenzerfurchte Gesicht des guten alten Caius erschien. Wie tröstlich, daß es noch solche Soldaten gab!

»Caius, der gekreuzigte Jesus soll bereits tot sein.«

»Herr, ich werde jemanden hinaufschicken, um das zu überprüfen.«

»Aber geschwind!«

Pilatus warf einen Blick auf seine Besucher. War es möglich, daß sie sich mit der Behauptung, Jesus sei tot, über ihn lustig machten, während dem gar nicht so war? Und in welcher Absicht baten diese bei-

* Während die Lancea eine sehr flache, ca. drei Zentimeter breite Klinge aufwies, hatte die Hasta eine massivere, an der Schneide teilweise gerillte und das Pilum, der schwerste der drei Lanzentypen, sogar eine ausgesprochen dicke und besonders breite Klinge.

den, die immerhin dem Sanhedrin angehörten, der Jesus verurteilt hatte, um den Leichnam? Procula hatte gesagt – Procula hatte bis zu einem gewissen Grad recht gehabt –, daß sie darauf hofften, Jesus möge die Kreuzigung überleben. Wozu aber jetzt noch den Leichnam? All das war ihm rätselhaft.
»Was habt ihr mit dem Leichnam vor?« erkundigte er sich.
»Ich möchte ihn in meiner Gruft bestatten. Es ist eine noch völlig ungenutzte Grabstätte«, erklärte Josef von Arimathäa.
Pilatus schenkte sich einen Becher Met ein. »Schadet ihr da nicht in den Augen des Sanhedrin gewaltig eurem Ruf?«
»Es ist allgemein bekannt, daß wir Jesus verteidigt und gegen das Todesurteil gestimmt haben«, erwiderte Nikodemus, gekränkt, daß man ihn verdächtigen konnte, ein falsches Spiel zu spielen. »Wir haben in aller Offenheit gehandelt und tun das auch jetzt.«
»Wart ihr die einzigen, die sich zu Jesus' Gunsten ausgesprochen haben?«
»Es gab noch andere, die ihn für unschuldig hielten, doch wir waren in der Minderheit«, antwortete Nikodemus.
Pilatus wanderte mit großen Schritten im Raum auf und ab.
»Wie hat es nur passieren können?« fragte er schließlich. »Ich hatte ausdrücklich Befehl gegeben, ihm nicht die Schienbeine zu brechen.«
»Das wissen wir«, meinte Josef von Arimathäa. »Aber da war eben noch dieser Lanzenstich.«
Pilatus knirschte mit den Zähnen. Den betreffenden Zenturio, der das hatte durchgehen lassen, sollte der Vorfall teuer zu stehen kommen!
»Ein Stich mit der Lancea muß nicht unbedingt tödlich sein«, gab er zu bedenken. »Viele Soldaten haben schon Schlimmeres überlebt, nicht nur Verletzungen durch die Lancea, sondern sogar durch eine Hasta oder ein Pilum.« Plötzlich drehte er sich zu ihnen um. »Was meint ihr? Ist der Mann wirklich tot?«
Nikodemus riß die Augen auf.
»Der Mann wurde kurz nach Mittag ans Kreuz geschlagen«, rief Pilatus aufgeregt und schaute nach der Wasseruhr. »Fünf Stunden sind seither vergangen. Es sollte mich wundern, wenn er nach fünf Stunden am Kreuz bereits tot wäre. Ihr wißt genausogut wie ich, daß es

schon Leute gab, die eine Woche am Kreuz überlebt haben, und daß es mindestens zwölf Stunden dauert, bis der Erstickungstod eintritt. Und selbst dann muß man ihnen zuerst die Schienbeine brechen, um den Tod zu beschleunigen. Die Schienbeine hat man ihm doch nicht gebrochen, oder?«

»Nein«, bestätigte Josef von Arimathäa.

Wieder durchmaß Pilatus mit großen Schritten den Raum, in dem die Lampen, die bereits seit der Mittagsstunde brannten, ein trübes Licht streuten.

»Ihr habt vorhin erwähnt, daß ihr von meiner Anordnung, Jesus die Schienbeine nicht brechen zu lassen, wußtet. Wie habt ihr das erfahren?«

»Wir sind auf deine Leute zugegangen mit ebender Bitte, Jesus nicht die Schienbeine zu brechen. Dabei erhielten wir die Antwort, daß du bereits diesbezügliche Anordnungen gegeben hast«, antwortete Josef von Arimathäa. »Und was die Verwundung angeht – es ist durchaus richtig, daß sie nicht unbedingt tödlich sein muß. Aber wir hatten den Eindruck, daß Jesus, der Messias, tot ist; sein Kopf hängt vornüber.«

Jesus, der Messias! In welches ausweglose Abenteuer bin ich da nur hineingeraten! dachte Pilatus. Ein Messias! Und das mir, dem Prokurator von Judäa!

»Wart nur ihr dort oben?«

»Ja, nur wir beide.«

»Ich habe mir sagen lassen, daß er sehr ergebene Jünger um sich hatte?«

Die beiden Juden zuckten mit den Achseln.

»Der älteste von ihnen, ein gewisser Simon Petrus, hat sich heute morgen vor dem Tor des Sanhedrin aufgewärmt und behauptet, er kenne den Verurteilten gar nicht. Ein anderer namens Johannes, von dem es heißt, er sei mit Hannas entfernt verwandt, ist seit heute mittag spurlos verschwunden, obwohl er sich zuvor mit Sicherheit in Jerusalem aufhielt.«

Pilatus setzte nachdenklich seine Sandalenspitze genau auf den feinen Putzstreifen, der zwei Marmorplatten voneinander trennte.

»Bei all den Anhängern, die er hatte ...«, hob er an, verstummte aber wieder und sah zum Fenster hin, an dem der Wind rüttelte. Dicke

Wolken schienen drauf und dran, sich wie tote Leviatane über das Land stürzen zu wollen. Da klopfte es an der Tür. Es war der Sekretär und hinter ihm ein keuchender, vom Regen völlig durchweichter Soldat.
»Herr, der Mann scheint tatsächlich tot zu sein.«
»Hat er viel Blut verloren?«
»Nicht allzuviel, Herr, nur an den Händen und Füßen. Und auch aus einer schmalen Wunde in der Seite. Aber der Regen hat alles abgewaschen.«
»Wer ist jetzt dort oben?«
»Die von dir beorderte Sonderabteilung, Herr. Aber es drücken sich vereinzelt auch ein paar Leute herum, die heimlich beobachten, was sich tut.«
Pilatus nickte. Der Sekretär zog sich zurück und schloß die Tür hinter sich.
»Wenn er nicht stark geblutet hat«, wandte sich Pilatus wieder an Josef von Arimathäa und Nikodemus, »könnte das bedeuten – und ich spreche da aus Erfahrung –, daß er trotz der Verwundung noch lebt. Sonst hätte er überhaupt nicht geblutet oder aber wie manche Leichen eine Art schwarzgefärbtes Wasser abgesondert ... Gut, er gehört euch. Haltet mich jedoch auf dem laufenden!«

Die falsche Nacht wich der echten. Der Wind trieb die Wolken nach Westen fort.
»Ich will hin, und zwar sofort!« sagte Salome zu ihrer Großmutter.
»Frauen haben auf dem Golgota nichts zu suchen«, erwiderte Maria, die Witwe des Kleophas. Das fehlte noch: nackte Männer, wie sie am Kreuze hingen, dachte sie bei sich. »Außerdem kümmert man sich ja um ihn. Wir werden ihn später sehen, wenn er noch am Leben ist.«
Maria Magdalena, die Schwester des Lazarus, blieb schweigsam; auch sie suchte nach einem Vorwand, um zur Schädelhöhe hinauszukommen. Doch am Vorabend des Passah-Festes blieb es gewiß nicht unbemerkt, wenn Frauen das Efraim-Tor passierten.
»Dann gehe ich eben allein«, erklärte Salome entschlossen, warf sich den Mantel über und war schon an der Tür.
»Ich gehe mit ihr«, sagte Maria Magdalena rasch und erhob sich.
»Wartet doch!« rief Maria. »Na gut, ich komme mit.« Sie klatschte in

die Hände, woraufhin eine Dienerin erschien. »Bring mir einen schwarzen Umhang, Mädchen, und sag Hussein, er soll sich bereit machen, um uns zur Stadt hinauszubegleiten!«
Bald darauf schlugen die drei Frauen unter dem wachsamen Schutz eines bewaffneten Nabatäers den Weg zum Efraim-Tor ein. Die drei Schatten huschten am hell erleuchteten Palast der Hasmonäer entlang und gelangten durch die erste Stadtmauer. Von den Posten, die sich der Kälte wegen in ihre Wachstuben zurückgezogen hatten, wurden sie auch an der zweiten Mauer nicht bemerkt. Als sie den Golgota erreichten, verhielten sie unwillkürlich ihre Schritte; sie hatten soeben die drei vom Fackelschein beleuchteten Kreuze mit den Körpern der Hingerichteten erblickt. Am Himmel oben kreisten Sperber und Geier.
Die drei Frauen hielten sich in einiger Entfernung und beobachteten das Geschehen. Gut zwei Dutzend Personen standen herum, die Hälfte davon römische Soldaten. Ein Römer griff nach einer Zange, zog den Nagel heraus, der Jesus' Füße durchbohrte, und warf ihn auf den Boden. Der Nagel schlug klirrend auf einem Stein auf. Unter dem wachsamen Auge zweier in Umhänge gehüllter Männer lehnte der Römer, dem noch drei andere zur Hand gingen, dann eine Leiter an die linke Seite des Kreuzes und zog den Nagel aus dem rechten Handgelenk. Der Körper des Gekreuzigten fiel ihm entgegen, da er nur noch am linken Handgelenk am Kreuz gehalten wurde. Die Helfer beeilten sich, den Körper, der durch die geringe Höhe des Kreuzes kaum drei Ellen* über dem Erdboden hing, an den Füßen zu stützen, während ihr Kamerad von der Leiter stieg und diese auf der rechten Seite des Kreuzes anlehnte. Er entfernte nun auch den anderen Nagel und stieg vorsichtig, um sein Gleichgewicht bemüht, mit seiner Last die Leiter hinab. Vier Männer also hielten den Körper, den sie auf dem Boden absetzten. Einer der beiden verhüllten Zuschauer beugte sich über den Gekreuzigten und hielt sein Ohr an dessen Brust. Der Wind riß die Worte mit sich fort, die er an die Umstehenden richtete. Seine Kapuze war zurückgefallen, und Maria erkannte ihn plötzlich: Es war Josef von Arimathäa. Der andere mußte demnach Nikodemus sein, der nun das Leichentuch ausbreitete, das er unter dem Arm gehalten

* ungefähr eineinhalb Meter

hatte. Ihn unter den Achseln und an den Füßen fassend, legten sie Jesus auf das Leichentuch, das aus einer langen Stoffbahn bestand. Sie bestreuten ihn mit etwas, das sie zwei mitgebrachten Beuteln entnahmen und das aus der Entfernung wie Sand aussah. Dann schlugen sie ihn in das Tuch ein. Myrrhe und Aloe, um dem Verwesungsgeruch vorzubeugen, dachte Maria. Pfundweise Myrrhe und Aloe, überlegte sie weiter, aber sie haben ihm weder die Kinnbinde umgebunden noch das Schweißtuch aufgelegt. Sie wußte nicht, was sie davon halten sollte. War Jesus wirklich tot? Das Gebaren dieser Laientotengräber jedenfalls war merkwürdig. Mit Sicherheit wußten diese beiden Mitglieder des Hohen Rates, daß ein Leichnam gewaschen werden mußte, bevor man ihn in ein Leichentuch wickelte. Auch, daß man ihm das Kinn hochzubinden und das Schweißtuch aufzulegen hatte. Was dachten sie sich nur dabei? Zwar hatten sie auf jedes Auge eine Silbermünze gelegt, aber … Maria kniff die Augen zusammen: dieses Taschentuch, das Nikodemus da in der Hand hielt – aber, das war ja das Schweißtuch! Sie stieß Maria Magdalena an.
»Das Schweißtuch …«, flüsterte sie.
Maria Magdalena nickte. Auch ihr war aufgefallen, wie eigentümlich das Zeremoniell vonstatten ging.
Die Römer machten sich nun daran, die beiden anderen vom Kreuz abzunehmen. Josef von Arimathäa, Nikodemus und der befehlshabende Zenturio steckten indessen tuschelnd die Köpfe zusammen. Zwei Soldaten hoben den eingewickelten Leichnam hoch und strebten mit ihrer Last dem nahe gelegenen Friedhof zu.
Die drei Frauen machten sich wieder auf den Heimweg. Maria murmelte unablässig vor sich hin. Weshalb hatte man Jesus nicht das Schweißtuch übers Gesicht gelegt?
»Und warum nur hat sich einer der Männer, die ihn in das Leichentuch gewickelt haben, so eigenartig mit seinem Arm zu schaffen gemacht?« überlegte Salome laut.
Die alte Frau blieb mit einemmal stehen. Sie hatten soeben das Efraim-Tor passiert. Im Schein der Fackeln schienen Marias dunkel geschminkte Augen tief in ihren Höhlen einen Schrei auszustoßen, doch der Mund der Frau blieb stumm. Sie war nichts mehr als eine alte, verängstigte Königin, ohne jedes Recht, einen Ausgleich zu finden für die Enttäuschungen ihres langen Lebens. Sollte sie einen toten Mes-

sias beweinen oder sich freuen, weil eine Hoffnung blieb: die Hoffnung zu hoffen?

Am Friedhof wurden Josef von Arimathäa und Nikodemus von je zwei Bediensteten erwartet. Diese führten die Soldaten, die Jesus trugen, zu einem völlig neu in den Fels gehauenen Grab, das nur eine knappe Viertelstunde vom Golgota entfernt lag. Es war eine fast würfelförmige, in den Hügel eingelassene Gruft, zu der eine niedrige, gewölbte Türöffnung führte.

Die Bediensteten nahmen sich des Leichnams an, während Josef den Soldaten einen Beutel voll Geld gab. Dann griff er sich eine der Fakkeln, die seine Bediensteten bisher gehalten hatten, und reichte die andere Nikodemus. Die Bediensteten traten in die Gruft und bahrten Jesus auf einem der vier aus den Wänden gehauenen Felssockel auf. In der Hand hielt Nikodemus immer noch das Schweißtuch, das er jetzt neben Jesus' Kopf legte.

Niemand sprach ein Gebet.

Die sechs Männer verließen die Grabkammer. Ein dumpfes Knirschen war zu hören, als die Diener einen schweren, flachen Felsbrokken, der als Tür diente, vor den Eingang wälzten. Mit einem kleineren Stein verkeilten sie den Zugang. In zwei Tagen, also nach dem Passah-Fest, würde Kaiphas kommen, um die Gruft zu versiegeln. Kaum hatten sie ihr Werk beendet, sahen sie zwei Tempelwachen wie aus dem Nichts auftauchen.

»Befehl des Hohenpriesters«, erklärte der eine. »Wir bewachen die Grabstätte.«

Der alte Fuchs wollte sich vergewissern, daß man ihm die Leiche seines Feindes nicht stahl! Josef von Arimathäa hob die Schultern. Armer Kaiphas! Die sechs Männer traten im Schein der beiden Fackeln den Heimweg an. Ein ganzes Stück weit hinter ihnen folgten die Römer, die inzwischen ihre Arbeit auf der Schädelstätte beendet hatten. Sie gingen sich jetzt gehörig die Kehle anfeuchten. Josef von Arimathäa wandte sich ein letztes Mal um. Nur noch ein einziges Kreuz stand auf dem Golgota. Um die beiden Verbrecher herunterzuholen, hatten die Soldaten einfach die Seile gekappt, die den Querbalken mit dem Hauptpfahl verbanden. Noch halb am Holz hängend, waren die Verbrecher herabgestürzt.

Wieder in Jerusalem, entließen Josef von Arimathäa und Nikodemus ihre Bediensteten, nicht ohne sie reichlich entlohnt zu haben. Sie selbst suchten nicht ihre Häuser auf, sondern blieben in einer dunklen Ecke vor dem Eingangstor zu Josefs Anwesen stehen. Sie sahen einander an.

»Der Körper war nicht steif«, raunte Nikodemus schließlich dem anderen zu.

»Ja, richtig, das habe ich auch festgestellt«, flüsterte Josef von Arimathäa. »Und du hast ihm das Schweißtuch nicht aufs Gesicht gelegt.«

»Er war nahezu warm um den Hals herum. Und das bei diesem Wetter!« fügte Nikodemus hinzu.

»Jedenfalls konnten wir die Beisetzung nicht abbrechen. Wir hätten schließlich den Leichnam nicht einfach so fortschleppen können. Selbst Pilatus würde uns das nicht verzeihen. Was machen wir nur?« fuhr er nach einer Weile fort. »Wer kann sagen, ob er wirklich tot ist?«

»Wir können uns unmöglich in dieser Ungewißheit schlafen legen! Er braucht vielleicht Pflege. Und stell dir vor, er käme im Grab wieder zur Besinnung!«

»Wir müssen wieder zurück«, schloß Josef von Arimathäa ihre Überlegungen ab.

»Und die Grabwachen?...«

»Die Wachen? Die haben auch nur ihren Preis! Könntest du mir helfen, den Stein wegzurollen? Es wäre mir lieber, wenn meine Bediensteten nichts davon erfahren.«

»Natürlich helfe ich dir. Aber wenn du glaubst, meine und deine Leute hätten nichts geahnt...«

»Trotzdem ist es besser, wenn wir ohne sie auskommen«, meinte Josef von Arimathäa.

»Und was machen wir, wenn er tatsächlich am Leben ist?« fragte Nikodemus.

»Weit könnten wir ihn bestimmt nicht wegschaffen. Ich habe ein Haus in der Nähe von Emmaus. Dort wäre eine erste Rast möglich. Danach ... Danach wird der Herr uns beistehen müssen.«

»Und falls er tot ist?« fragte Nikodemus.

»Dann lassen wir ihn selbstverständlich, wo er ist.«

»Und wie kommen wir nach Emmaus? Wir brauchen ein Reittier. Meinst du, ich soll mein Pferd holen?«
»Nein, kein Pferd. Das ist zu auffällig. Besser ein Maultier. Ich warte hier auf dich. Und bring auch zwei Knüppel und einen Dolch mit.«
»Wir haben nichts gegessen«, fiel Nikodemus ein. »Wenn wir wirklich heute nacht noch den Weg bis Emmaus vor uns haben ...«
Sie gingen in eine Taverne, wo sie sich, um möglichst kein Aufsehen zu erregen, auf griechisch unterhielten. Sie aßen wenig. Zwei Stunden vor Mitternacht zogen dann zwei Männer mit einem Maulesel durch das Efraim-Tor zur Stadt hinaus.
... Die Welt brüllt. Die Welt ist und kann nichts anderes sein als ein Meer von Gebrüll. Der Herr kann nur regieren, wenn das Brüllen verstummt, doch so schnell wird das nicht geschehen ... Daraus sind ja auch die Vögel und Blumen gemacht, aus Gebrüll ... Die Lilien und die Schwalben brüllen, selbst die Sonne brüllt, und der Mond ist auch nur ein Grab, umzingelt von Brüllenden. Da ist ein Faden ... Ein ganz feiner Faden, feiner noch als das filigranste Spinnennetz ... Komm zurück, Schmerz, du bist das Leben ... Durst, Durst! Hitze und Durst! Daß alles so finster ist! ... Sind die Augen denn tot? Trommeln. Durst. Trommeln. Wer schlägt da Trommeln? Luft! Durst, Wasser, Luft! Und dieser Duft! Ist es die Erde, die so nach Myrrhe riecht? Durst. Trommeln.
Die Nacht zerriß, und Ströme von Blut ergossen sich im Rhythmus von Trommelschlägen von oben herab. Eine Woge brandete gegen eine Mauer, höher als tausend Berge. Ein weißes Feuer verwüstete die Hügel Israels, während Menschen starrsinnig murrten. Ein roter Stern tanzte am oberen Ende eines Stockes. Ein menschlicher Schatten teilte die Mauer der Grabkammer. Josef von Arimathäa beugte sich mit angehaltenem Atem über das Leichentuch und schob es langsam beiseite. Ein Schrei entfuhr ihm, so daß die Wachen herbeiliefen. Jesus blickte ihn aus blutunterlaufenen Augen an. Die Silbermünzen, die sie ihm auf die Lider gelegt hatten, waren seitlich über die Ohren weggerutscht.
Nikodemus schrie auf. Ebenso die Wachen, die an allen Gliedmaßen zu schlottern begannen.
Die Fackeln in den Händen der Männer schwankten.
Jesus versuchte, den Arm auszustrecken. Dann bat er um Wasser.

Verstört brachte ihm Nikodemus die Feldflasche eines der beiden Wachposten. Diese hatten sich mit dem Gesicht nach unten zu Boden geworfen und flehten um Erbarmen.
Draußen scharrte das Maultier mit den Hufen. Die Sterne funkelten wie riesenhafte Diamanten.

XXVI.

»Das Ende ist ein Anfang«

Am Sabbat, kurz vor Mittag, war er da, der Skandal, und die Kunde von ihm verbreitete sich wie ein Lauffeuer. Jeder erfuhr es: die Händler im Tempelbezirk, die kreideweiß wurden, die Frauen, die auf den Markt gingen, jedoch mit leeren Körben heimkehrten, die Dirnen aus dem Zitadellenviertel, die sich plötzlich verschleiert hatten, die Köche im Untergeschoß des herodianischen Palastes, die mit der Pfanne in der Hand in ihrer Arbeit innehielten, ebenso wie die Gewürzhändler, die Josef von Arimathäa und Nikodemus Myrrhe und Aloe verkauft hatten, und auch der Knecht, der Simon Petrus am Tag zuvor angesprochen hatte. Man hatte das Grab leer gefunden. Ganz Jerusalem befand sich in heller Aufregung.

Die Nachricht überfiel Kaiphas auf dem Weg zum Allerheiligsten wie das Viertagefieber einen Reisenden. Der Hohepriester verlangte nach Gedalja, doch dieser war unauffindbar. Daraufhin wollte er den Kommandeur der Tempelpolizei zu sich rufen lassen, der aber war mit Gedalja unterwegs. Während Kaiphas den heiligsten Ort des Tempels betrat, hatte er das Gefühl, als laste auf ihm ein unsichtbarer Mühlstein.

Um die dritte Stunde des Nachmittags tauchte Gedalja wieder auf.

»Wo warst du?« fragte Kaiphas mit tonloser Stimme.

»Ich bin der Sache nachgegangen.«

»Und was hast du gefunden?«

»Ein leeres Grab. Und zwei Wachposten, die dem Wahnsinn nahe waren.«

Gedalja setzte sich dem Hohenpriester gegenüber; sein Gesicht war aschfahl.

»Wer hat als erster das leere Grab entdeckt?« wollte Kaiphas wissen.

»Eine Frau namens Maria Magdalena, eine engere Verwandte von Ma-

ria, der Witwe des Kleophas. Angeblich ging sie zum Grab, um dort zu beten, fand es aber offen vor und daneben die Wachen in völlig apathischem Zustand. Sie war zu Tode erschrocken und wandte sich an zwei Männer, die sich in der Nähe aufhielten und von denen sich herausstellte, daß sie zu Jesus' Jüngern gehörten, ein gewisser Simon Petrus und ein Johannes, der ein Großneffe von Hannas sein soll. Die beiden sind daraufhin ebenfalls zum Grab gelaufen, um sich von dem, was sie ihnen erzählt hatte, zu überzeugen. Dann hat sie Maria, die Witwe des Kleophas, und auch Jesus' Mutter davon unterrichtet. Fünfhundert Menschen sind im Augenblick auf dem Golgota zusammengeströmt. Ich habe die Wachposten ablösen lassen, aber das nützt natürlich nichts mehr.« Gedalja rieb sich nervös das Gesicht.
»Und die Wachen, was sagen die?«
Gedaljas Miene verfinsterte sich. »Einer von ihnen hat mir ins Gesicht gespuckt«, gestand er schließlich. »Sie haben beide den auferstandenen Jesus gesehen. Mehr war aus ihnen nicht herauszuholen.«
»Jesus ist auferstanden, hat die beiden Grabsteine von innen weggewälzt und ist in der Nacht verschwunden?« rief Kaiphas.
»Natürlich nicht. Die Wachen sind todsicher bestochen worden. Aber sie müssen immerhin etwas Ungewöhnliches gesehen haben, das ihnen den Verstand geraubt hat. Sie hatten ihre Rüstung zu Boden geworfen, ihre Kleider zerfetzt, und als ich sie ablösen ließ, brüllten sie laut auf und rangen vor aller Welt die Hände. Es ist also sehr wahrscheinlich, eigentlich sogar sicher, daß sie irgend etwas gesehen haben, was sie völlig verstört hat, und daß es sich dabei um den lebendigen Jesus handelte.«
»Den lebendigen Jesus«, wiederholte Kaiphas niedergeschmettert.
»Ja«, nickte Gedalja. »Er blieb nur fünf Stunden am Kreuz, und die Schienbeine wurden ihm nicht gebrochen. Auf Anordnung von Pilatus. Am Nachmittag, um die fünfte Stunde, hat ein Sondertrupp Legionäre unter dem Kommando eines Offiziers die Tempelpolizei samt Henker und seinen Helfern vom Golgota verjagt. Unsere Leute mußten sich notgedrungen den Anweisungen des Prokurators beugen. Der Henker kam sich beschweren, daß die Römer ihm unter Strafandrohungen befohlen hätten, heute morgen, am heiligen Sabbat, die Leichen, allerdings eben nur die Leichen der beiden Räuber, zu begraben.«

»Das war mir bekannt«, meinte Kaiphas, »aber ich hatte angenommen, daß die Römer uns lediglich ärgern wollten, indem sie den geplanten Ablauf der Kreuzigungen und Bestattungen behinderten. Das hat aber nichts mit der Tatsache zu tun, daß Jesus am Leben ist.«
»O doch«, widersprach Gedalja, »das war alles Teil einer Verschwörung. Wenn Jesus die Schienbeine nicht gebrochen worden sind, so deshalb, um ihm die größtmöglichen Überlebenschancen zu verschaffen. Das Begräbnis, das Josef von Arimathäa und Nikodemus in Szene gesetzt haben, war reine Komödie. Der Mann lebte, als unsere beiden ehrenwerten Ratsmitglieder ihn in die Gruft legten. Sie wußten sehr wohl, daß sie ihn wenige Stunden später dort wieder herausholen würden.«
»Demnach stecken Josef von Arimathäa und Nikodemus mit Pilatus unter einer Decke? Das ist ja unglaublich!« fuhr Kaiphas wütend hoch. »Schaff mir Josef von Arimathäa herbei! Hier und sofort soll er verhört werden! Wir werden ihn aus dem Sanhedrin hinauswerfen oder ...«
»Josef von Arimathäa hat Jerusalem gestern verlassen, und aus dem Sanhedrin ausgeschlossen zu werden ist gewiß seine geringste Sorge. Wer sollte ihn außerdem hinauswerfen?«
»Wie meinst du das?«
»Wir müßten über ihn Gericht halten. Und ich würde mich hüten, die Ratsversammlung über ihn richten zu lassen.«
»Weshalb?«
»Heute morgen haben mich sechs der Ratsmitglieder, die sich für die Todesstrafe ausgesprochen haben, gefragt, ob wir nicht nach dem Passah-Fest eine Bußwoche verhängen sollten, da wir doch offensichtlich den Mann verurteilt haben, der der Messias ist. Und es gibt sicher noch mehr, die der Meinung sind, daß wir einen Fehler begangen haben. Alle Welt glaubt an Jesus' Auferstehung von den Toten. Bethyra hat sich persönlich auf den Golgota begeben, die Grabwachen gesehen und daraus geschlossen, daß sie unter dem Eindruck eines übernatürlichen Ereignisses stehen.«
»Also war die Kreuzigung völlig umsonst«, murmelte Kaiphas.
»Wir hatten keine andere Wahl«, bemerkte Gedalja trocken.
»Aber wer hat Jesus verschwinden lassen?«
»Keine Ahnung. Vielleicht Leute des Pilatus, vielleicht auch solche

von Herodes. Schließlich hat der Tetrarch bis jetzt nicht verwunden, daß er Jokanaan enthaupten lassen mußte. Es ist aber auch möglich, daß es seine Stieftochter Salome war oder Maria, die Witwe des Kleophas. Tja, auch Josef von Arimathäa und Nikodemus könnten natürlich dahinterstecken. Wir wissen nicht, welche Kreise die Verschwörung gezogen hat, denn daß es eine ist, steht außer Zweifel.«
»Welches Interesse hätten all diese Leute daran, Jesus am Leben zu erhalten?«
»Sie könnten ihn gegen uns ausspielen, wenn er wieder auftaucht ...«
»Ja, was dann?« fragte Kaiphas.
»Dann wäre der Sanhedrin geliefert«, antwortete Gedalja und sah Kaiphas vielsagend an.
»Wo kann Jesus jetzt nur sein? Möglicherweise wird Judas uns das sagen können.«
»Judas hat sich gestern erhängt.«
»Das wird Pilatus mir büßen müssen!« knurrte Kaiphas.
»So einfach liegen die Dinge nicht«, bemerkte Gedalja nach einer Weile. »Wenn Jesus wieder auftaucht, steckt Pilatus ebenso in der Klemme wie wir. Ich bin mir nicht einmal sicher, ob die römische Legion imstande wäre, den Aufstand in Schach zu halten, der dann stattfinden würde. Rom müßte aus Nachbarprovinzen Truppen schicken und die gesamte Bevölkerung von Jerusalem und den umliegenden Städten niedermetzeln, um wieder alles in den Griff zu bekommen. Und wenn ruchbar wird, daß Pilatus der Verantwortliche dafür war, weil er Jesus das Leben gerettet hat, ist sein Los ebensowenig beneidenswert wie das unsere. Und was Herodes betrifft, den würden sie auf offener Straße massakrieren.« Er verstummte einen Augenblick lang. »Deswegen glaube ich auch, daß Jesus sich nicht wieder blicken läßt. Ob wir wollen oder nicht, Kaiphas, wir sitzen alle im selben Boot.« Er erhob sich.
Kaiphas saß, in trübe Gedanken versunken, da.
»Wenn du mich nicht mehr brauchst«, sagte Gedalja, »dann werde ich mich jetzt um die Festtagsangelegenheiten im Tempel kümmern.« Er steuerte auf die Tür zu, zögerte dann jedoch einen Augenblick und wandte sich noch einmal zum Hohenpriester um: »Ein letztes Wort. Auch Jesus hat mit Sicherheit begriffen, daß Pilatus alles andere als begeistert wäre, wenn er wieder auftauchte, so daß es womöglich der Prokurator selbst wäre, der ihn hinrichten ließe.«

Er öffnete die Tür. Für Augenblicke drangen die Geräusche der Straße und das Gurren der Tauben in den Raum. Dann hüllten Kaiphas wieder Stille und Einsamkeit ein.

Der Mann, der bei der warmen Quelle von Ammathus in der Nähe von Tiberias gerade seine Kleider ablegte, erweckte eigentlich nicht den Eindruck, als bedürfe er der Heilkraft dieses Wassers, zumindest nicht so sehr wie die übrigen Badenden, Kranken, die an Wassersucht, Rheuma oder Geschwüren litten, wobei letztere ein separates Becken zu benutzen hatten. Kräftig gebaut und schlank, wie er da stand, hätte man sich fragen können, was er überhaupt hier verloren hatte, wären nicht die tiefen Narben an seinen Handgelenken gewesen, die ihn bei jeder seiner Handbewegungen zu behindern schienen. Das war auch der Grund, weshalb er im warmen Wasser ihre Beweglichkeit übte. Seine Gesichtszüge hätten einwandfrei auf einen Juden schließen lassen, wenn er nicht glatt rasiert gewesen wäre, was bei einem Juden in seinem Alter undenkbar war, denn der Mann hatte die Vierzig überschritten.
Sein Blick streifte gedankenverloren über das Geschehen um ihn her und blieb an einem kleinen Mädchen hängen, das von seiner Mutter behutsam an den Beckenrand getragen wurde. Ein Bein der Kleinen war völlig ausgezehrt, man hatte den Eindruck, daß es mißgestaltet und gelähmt war. Die Mutter stieg mit ihr auf den Armen in das Bekken. Er trat hinzu, um ihr behilflich zu sein, da sie offensichtlich fürchtete, am Boden auszurutschen.
»Ich werde sie für dich halten«, sagte er.
Ohne dem Mann mehr als einen traurigen, zerstreuten Blick zu schenken, atmete die Mutter erleichtert auf. Aufmerksam jedoch wurde sie, als der Fremde, der ihre Tochter dicht unter der Wasseroberfläche hielt, so daß nur der Kopf über Wasser blieb, zu dem Kind zu sprechen und ihm zart das Bein zu massieren begann. Endlich einmal einer, der Mitleid für Kranke und Kinder empfand! Er sprach leise, während er der Kleinen Worte zuraunte, die sich nicht anders anhörten, als all jene liebevollen Nichtigkeiten, mit denen man kranke Kinder zu trösten sucht. Wie lange das so ging, hätte die Mutter nicht zu sagen vermocht, doch wurde ihre Aufmerksamkeit endgültig wach, als das Kind plötzlich aufgeregt ausrief, es könne sein Bein bewegen. Mit ge-

runzelter Stirn und auf den Beckenrand gestützt, beugte sich die Mutter vor, um das angebliche Wunder in Augenschein zu nehmen. Fast wäre sie vornübergekippt.

»Allmächtiger Herr!« flüsterte sie. »Seit zwei Jahren war das Bein gelähmt.«

»Dieses Wasser hat schon vielen geholfen, besonders Kindern«, meinte der Mann.

»Aber wir waren schon etliche Male hier, ohne daß sich jemals eine Wirkung gezeigt hätte«, erklärte die Frau, während sie ihr Kind wieder an sich nahm. »Gott segne dich! Wie heißt du?«

»Immanuel.«

»Das ist wie ein Wunder, Immanuel. Ein Wunder, wie Jesus, der Messias, sie vollbracht hat. Lebst du in Tiberias?«

»Nein, aber ich bin Galiläer«, antwortete er. »Der Herr möge deine Tochter behüten!«

Langsam stieg er aus dem Wasser und trocknete sich ab, während sich eine kleine Ansammlung um die Mutter und ihr Kind bildete. Dann zog er sich an und verband sich jeden Fuß straff mit langen Stoffstreifen, bevor er in seine Sandalen schlüpfte und seinen Stab ergriff, einen dicken Stab aus Nußbaumholz, der am Griff bereits stark abgenutzt war. Er verließ das Bad und schlug die Straße nach Norden, am Ufer des Sees Gennesaret entlang, ein.

Als der Abend herandämmerte, erreichte er die ersten Häuser von Kafarnaum. Der Sommer ging seinem Ende zu. Über den Dächern und dem See lag ein kupferner Schimmer, und bald legte der Himmel in Erinnerung an den vergangenen Tag sein indigofarbenes Trauergewand an. Immanuel ging wie jemand, der seinen Weg kennt, und betrat fast geistesabwesend und wie ein häufiger Gast eine Taverne nahe am See. Der Wirt empfing ihn mit einem flüchtigen Kopfnicken und bot ihm einen Platz am Ende eines Tisches an, an dem sich drei Griechen über getrockneten Fisch mit Zwiebeln und kühlem Wein hermachten.

»Wie war der Fischfang heute?« erkundigte sich Immanuel bei dem Wirt.

»Mäßig. Kein Wunder bei der Windstille. Aber ich habe trotzdem ein paar Barsche.«

»Gegen Mitternacht wird Wind aufkommen. Ich habe vorhin gesehen, daß von Norden her Wolken aufziehen.«

»Hm, kann sein«, meinte der Wirt. »Nur ist es nicht gerade die bequemste Art, nachts zu fischen. Man weiß nie so recht, wo das Viehzeug gerade ist; manchmal ganz nah am Ufer, dann wieder mitten im See.«
»Das hängt von den Strömungen ab«, sagte Immanuel. »Wenn der Wind von Norden her bläst, kühlen die südlichen Strömungen innerhalb etwa einer Stunde ab, und dann findet man auf der Höhe von Tiberias Unmengen von Saiblingen, Barschen und Karpfen.«
»Du kennst dich vielleicht aus mit der Fischerei! Ich sollte dir meinen Sohn schicken, der erlernt den Beruf nämlich gerade. Bist du aus Galiläa? Man hört den Akzent bei dir.«
»Ja, ich bin Galiläer, aber ich war einige Zeit nicht mehr in der Gegend. Würdest du mir also bitte einen Barsch zubereiten?«
»Du warst fort ... Das erklärt wohl auch dein glattrasiertes Gesicht. Ich hatte dich für einen Griechen oder jemanden aus der Dekapolis gehalten, der hier in der Gegend gelebt hat. Und ich habe mir auch erzählen lassen, daß man in Judäa mehr Männer ohne Bart sieht. Jedenfalls hast du während deiner Abwesenheit nichts Großartiges verpaßt«, meinte er noch trübsinnig, bevor er sich in die Küche trollte.
Einer der Griechen lächelte Immanuel zu und lud ihn zu einem Becher Wein ein. Er nahm an.
»Ich habe bei eurem Gespräch gerade aufgeschnappt, daß du von einer Reise zurückkehrst. Warst du weit weg?« erkundigte sich der Grieche.
»Nicht allzuweit, nur in Judäa«, gab Immanuel zur Antwort.
»Erzähl! Was war denn nun dort eigentlich los?«
»Los? Von welchen Ereignissen sprichst du?« fragte Immanuel nach.
»Sie sollen einen Mann dort gekreuzigt haben, von dem alle Welt behauptet, er sei der Messias gewesen: ein gewisser Jesus, der König der Juden werden sollte. Es heißt, nachdem sie ihn begraben haben, sei der Messias verschwunden, auferstanden ... So genau weiß ich das eben nicht.«
»Ja, sie haben einen gewissen Jesus gekreuzigt«, nickte Immanuel. »Und sein Leichnam, oder sagen wir: seine sterbliche Hülle, ist tatsächlich verschwunden.«
Inzwischen wurden ihm Barsch und Wein serviert.
»Ist das nicht merkwürdig?« meinte der Grieche.

»Vielleicht war es besser so, daß er verschwunden ist«, sagte Immanuel. »Vielleicht war ein Messias in diesem Land nicht willkommen.«
»Ich habe ihn reden gehört, diesen Jesus, weißt du, ein- oder zweimal. Er war sogar hier in dieser Stadt, vor drei Jahren. Ich bin Kaufmann in Skythopolis und reise oft nach Ptolemais in Phönizien, um Waren, Gewürze und wertvolle Hölzer einzukaufen. Da mache ich dann immer Zwischenstation in Tiberias oder Kafarnaum. Wie ich schon sagte, ich habe ihn also reden gehört. Er war in manchen Dingen kein sonderlich überzeugender Redner, zu unverständlich und zu anspruchsvoll für die Leute von der Straße. Ich habe den Eindruck, daß seine Botschaft nicht angekommen ist, sonst hätte er viele Menschen hinter sich gehabt, die ihn verteidigt hätten, und er wäre nicht gekreuzigt worden.«
Immanuel trennte mit der Messerspitze das Fleisch des Barsches von den Gräten. Er nickte leicht mit dem Kopf, zum Zeichen, daß er dem Mann zuhörte, der offenbar recht redselig war.
»Ich habe das Gefühl, daß dieser Jesus ungeschickt vorgegangen ist. Verzeih, wenn ich von Dingen rede, die mich im Grunde nichts angehen, da ich ja kein Jude bin, aber ich lebe in diesem Land seit vielen Jahren und glaube die Juden zu kennen. Sie sagen, sie wollen eine Veränderung, was sie dabei aber tatsächlich fordern, ist die Rückkehr zu ihren alten Lebensumständen. Die Juden sehnen sich danach, wieder zu leben wie zu Zeiten ihres Königs David, nur ist das eben nicht mehr möglich, jetzt wo die Römer die ganze Welt beherrschen. Nun, und da haben sie dann in diesem Jesus ihren König und Messias gesehen. Er aber wollte kein König sein. Sie haben außerdem geglaubt, daß er den Hohenpriester in Jerusalem entthronen würde, aber er wollte auch kein Hoherpriester sein. Deshalb haben sie sich von ihm abgekehrt.«
Immanuel kaute gedankenverloren vor sich hin.
»Eine tragische Situation war das«, fuhr der Grieche fort. »Hier die Juden, die nach einer nicht realisierbaren Freiheit strebten, dort ein Heerführer, der seine Truppen nahezu zum Sieg geführt hatte und dann plötzlich auf die Macht verzichtete.«
Seine beiden Freunde nickten beifällig mit dem Kopf.
»Wenn Sophokles Zeuge der Geschichte dieses Jesus geworden wäre, er hätte eine schöne Tragödie darüber geschrieben! Mit dem Titel ›Die Juden‹ zum Beispiel.«

»Dieser Jesus war also mit Blindheit geschlagen«, sagte Immanuel schließlich.
»Ich sehe nicht, wo seine Lehre hätte hinführen sollen«, antwortete der Grieche. »Eine uralte Geschichte ist das, wie sie sich da abgespielt hat. Die Menschen wollen ihre Freiheit, doch sie wollen auch mächtige Staaten und fühlen sich gedemütigt, wenn diejenigen, die sie regieren, besiegt werden. Sie wollen also Tyrannei *und* Freiheit. Jesus predigte die Liebe zu Gott und die Freiheit, während die Juden doch nichts anderes im Sinn hatten, als wieder einen mächtigen Staat zu bilden.«
»Du meinst, man kann nicht gleichzeitig Gott und seine Heimat lieben?« fragte Immanuel, der mittlerweile seine Mahlzeit beendet hatte.
»Nein, ich glaube, daß das nicht möglich ist«, meinte der Grieche plötzlich sehr ernst. »Die Götter sind die Feinde einer jeden Heimat. Die ersten Juden haben das doch an der eigenen Haut erfahren. Gewiß war es ihnen während ihrer Zeit in Ägypten klargeworden. Vielleicht hast du von jenem unglückseligen Pharao Echnaton gehört, der das gesamte ägyptische Pantheon durch einen einzigen Gott, durch Aton, ersetzen ließ. Er verehrte diesen alleinigen Gott, wie die Juden den ihren verehren. Und was geschah? Sein Reich ist langsam zugrunde gegangen, und Echnaton hatte den Verlust ganzer Provinzen zu beklagen. Erst als einer seiner Nachfolger das alte Pantheon mitsamt einer scheinheiligen Priesterschar wieder ins Leben rief, wurde Ägypten von neuem ein mächtiges Land.«
Immanuel sah zu seinem Gegenüber auf. Aus seinen Augen sprach solch dumpfe Bitterkeit, daß der andere erschrak. »So. Die Götter sind also die Feinde des Menschen«, sagte er und fügte nach einer Weile hinzu: »Aber wie kann man nur ohne Gott leben?«
Der Grieche, immer noch betroffen, antwortete nicht.
Immanuel zahlte und verließ die Taverne. Er ging zum Seeufer hinunter. Die Fischer, die am Morgen ausgefahren waren, hatten ihre Netze eingeholt, die Boote an Land gezogen und ihre Fische verkauft. Einige, die erst am Abend auf Fischfang gingen, legten im Schein der Fackeln vom Ufer ab.
»Wir bekommen neute nacht Wind«, meinte einer dieser Fischer, ein Mann an die Sechzig. »Vielleicht gelingt uns ein guter Fang.«

Tatsächlich begannen die Fackeln zu flackern.
Sechs oder sieben Männer waren es, die sich da am Landesteg zu schaffen machten und Immanuel mit zerstreutem Blick streiften.
»Kommst du mit, Thomas?« rief einer von ihnen. Er rollte gerade die am Strand ausgebreiteten Netze zusammen, während zwei andere ihr Boot zu Wasser ließen.
»Ich bin kein Fischer«, antwortete Thomas, »das weißt du doch, Natanael! Nur Fische essen, das kann ich!«
»Ja, sogar Aale*!« gab Natanael scherzhaft zurück.
»Ja, auch Aale.« Thomas nickte grinsend. »Bringt mir ruhig ein paar Aale mit!« Und er erhob sich und verschwand in der Dunkelheit, nachdem er Immanuel interessiert gemustert hatte.
Wind kam auf, in der Tat, doch anstatt von Norden her zu wehen, wie man ursprünglich hätte meinen können, ging er in einen Nordostwind über. Immanuel streckte sich am Ufer aus, hüllte sich in seinen Umhang und dämmerte vor sich hin. Er dachte an Maria Magdalena, die Schwester des Lazarus. Was sie wohl gerade in Emmaus machte? Als er mit Hilfe eines Stabes wieder laufen lernte, saß sie eines Tages plötzlich vor ihm im dichten, sommerlichen Grün eines Wäldchens. Ganz sicher war sie auf der Suche nach einem Lebensgefährten. Oder suchte sie etwa ihn? Hatte sie ihn vielleicht immer schon gesucht? Zufall gab es bei Frauen nicht. Sie hatte ihn erblickt und lange angesehen. Auch für ihr Leben war es Sommer, und sie hatte Angst vor dem Herbst. Sie lud ihn ein, sich doch zu ihr zu setzen, doch er war, auf seinen Stab gestützt, stehengeblieben. Er hatte sich verstellt, sie gefragt, ob sie auf ihren Geliebten warte. Ja, doch er sei verschwunden, hatte sie gesagt, und sie suche ihn, ohne zu wissen, wo. Er war verlegen geworden. Als er allmählich wieder zum Leben erwacht war, hatte er sich gesagt, daß er nun ja keinen Grund mehr hatte, das Zölibat weiter einzuhalten. In seinem Leben hatte ihn nur Saphira beschäftigt; warum sollten es von nun an nicht auch andere tun? Was war denn schon ein Mann ohne Frau? Und was eine Frau ohne Mann? Ein Weinstock, der keine Früchte trägt. »Wirklich?« hatte er Maria Magdalena gefragt. »Ist er untreu, dein Geliebter?« Dabei hatte er versucht, möglichst unbeteiligt zu wirken. »Nein«, war ihre Antwort gewesen.

* Der Verzehr von Aalen war den Juden untersagt.

»Er ist ein Geliebter, wie man ihn sich nur wünschen kann.« Durch sein bartloses Gesicht für sie unkenntlich geworden, hatte er sie indessen aufmerksam gemustert. Sie spielte ihm nichts vor. Sie sprach von ihm, als hätte er ihr Lager geteilt, ihren Körper gespalten, wie man für den Gast die Mandel entzweischlägt. »Maria Magdalena!« hatte er da ausgerufen, und ihr Wiedererkennen war beängstigend gewesen. Nachdem sie sich endlich beruhigt hatte, zitterte sie noch lange am ganzen Leib vor ausgestandenem Entsetzen. Dann war sie auf den Knien zu ihm gekrochen, hatte seine Füße berührt und geküßt. »Faß mich nicht an!« hatte er gesagt. Er war nicht mehr der, den sie einmal geliebt hatte, er war ein anderer geworden. Er war nicht mehr der Messias, nein, er wollte es auch nicht mehr sein. Er brauchte eine Frau, die nichts von seiner Vergangenheit wußte. Und er hatte sie inzwischen auch gefunden: die Tochter eines Fischers, deren Mann ihr keine Beachtung schenkte, vielleicht auch zeugungsunfähig war. Heute abend oder morgen wollte er sie besuchen gehen.

Die Kälte der ersten Morgenstunden weckte ihn. Er massierte sich die Füße, die jedesmal beim Aufwachen immer noch schmerzten, und wusch sich das Gesicht im See. Der Himmel war bedeckt, und der Wind hatte sich gelegt. Mit schlaffem Segel näherte sich langsam ein Boot. Es war jenes, das bei Anbruch der Nacht ausgelaufen war. Vier Männer sprangen mit nacktem Oberkörper ins Wasser, um es an den Strand zu ziehen und einen Stein als Anker auszuwerfen, der sich tief in den Sand eingrub.

»Habt ihr einen guten Fang gemacht?« rief er zu ihnen hinüber.

»Nein«, rief Simon Petrus zurück.

»Wo habt ihr's denn versucht?«

»Auf halber Strecke nach Kursi.«

»Wenn ihr jetzt gleich nach Betsaida zurückfahrt, stoßt ihr dort auf Karpfen und Hechte in Hülle und Fülle.«

Er sagte das mit solcher Bestimmtheit, daß sie nichts darauf zu erwidern wußten; sie sahen ihn lediglich neugierig an.

»Was willst du von der Fischerei verstehen?« fragte Johannes.

»Fahrt, solange das Wasser noch kalt ist, und werft die Netze nahe am Ufer aus!«

Sie zögerten. Dann machten sie sich daran, den Stein, der ihnen als Anker diente, wieder ins Boot zu hieven, wobei sie sich jedoch immer wieder mit mißtrauischen Blicken nach ihm umdrehten. Johannes, Jakobus, Natanael und Philippus schoben das Schiff so weit in den See, bis ihnen das Wasser unter die Achseln reichte, und schwangen sich dann zu Simon Petrus und Andreas ins Boot. Bis er außer Sichtweite war, blickten sie zurück nach jenem seltsamen Bartlosen, der angeblich wissen wollte, wo die Fische zu finden waren. Immanuel ging zu seinen Waschungen und um ein wenig zu essen und kehrte später an den Strand zurück, um sie dort zu erwarten.

Das Boot war noch einen Steinwurf vom Ufer entfernt, als Johannes, der am Bug stand, ins Wasser sprang und bis zum Ufer schwamm. Keuchend und triefnaß warf er sich Immanuel zu Füßen, umschlang sie leidenschaftlich und ließ sich erst zum Aufstehen bewegen, als Immanuel ihm die Hand aufs nasse Haar legte und ihn zu sich hochzog, um ihn in seine Arme zu nehmen. Der junge Mann wurde von Schluchzern geschüttet. Um sie herum standen inzwischen die anderen. Zaghaft berührten sie Immanuels Gesicht und Arme, und sie küßten ihm die Hände, die Johannes' Schultern umfaßten.

Er weinte. Und auch sie konnten nicht aufhören zu weinen.

»Das Boot wird noch abgetrieben, wenn ihr nicht den Anker werft«, meinte er. »Und bringt euren Fang an Land!«

Bis auf Johannes, dem es unmöglich schien, sich von ihm zu lösen, kamen sie seiner Aufforderung nach. Sie schleppten die Netze an, die zum Reißen voll waren. Er musterte sie der Reihe nach, wie sie glückselig strahlten, während sie abwechselnd die Fische und ihren wiedergefundenen Meister ansahen. Dann aber verdüsterte sich sein Blick. Kaum hatte er sie wiedergefunden, verlor er sie auch schon wieder. Nicht daß er ihnen grollte, weil sie ihn im Stich gelassen hatten. Nein, menschlich, nur allzu menschlich war es gewesen, daß sie ihn verlassen hatten, als ihr Leben in Gefahr war. Nun überwältigten sie ihre Gefühle, was ihn tief bewegte. Wenn er sie jetzt verlor, so deshalb, weil er begonnen hatte, sein neues, sein restliches Leben zu leben.

»Macht Feuer«, sagte er, »wir wollen ein paar Fische braten! Und holt Thomas!« Er gab Natanael ein Geldstück, damit er auf dem Weg auch gleich etwas Brot kaufen konnte.

Als Thomas zu ihnen stieß, waren die Fische längst ausgenommen und abgeschuppt. Sie brutzelten nun über dem Feuer. Armer, vom Zweifel zernagter Thomas!

»Bist du wirklich Jesus?« fragte er, während er sich dicht über Immanuels bartloses Gesicht beugte.
Dieser zeigte ihm seine Handgelenke.
»Und die Wunde, die Wunde in der Seite?« rief Thomas atemlos.
Immanuel schob sein Gewand zur Seite. Eine dünne rote Narbe war da zu sehen. »Liebt ihr mich?« fragte er, bevor er das Brot brach.
»Mehr als alles auf der Welt«, antworteten sie.
»Dann nehmt euch meiner Herde an! Möge allen, die Hoffnung gefaßt haben, diese Hoffnung nie verlorengehen.«
Als sie ihre Mahlzeit beendet und die Reste im Sand vergraben hatten, kamen die anderen Fischer, um ihren Fang zu bewundern.
»Warum bist du zurückgekommen?« wollte Thomas wissen.
»Hatte ich mich nicht mit euch in Galiläa verabredet?«
Woher hat er wissen können, daß er nicht sterben, daß er nicht am Kreuz den Tod finden würde? fragte sich Thomas.
»Denkt an die Zukunft! Solange man jung ist, braucht man nur den Gürtel zu knoten und in die Sandalen zu schlüpfen, um aufzubrechen, wohin es einem gefällt. Wenn man einmal alt wird, streckt man den Arm aus, und ein Fremder kommt, um einen dorthin zu bringen, wohin man nicht will.«
Ein feiner Nieselregen setzte ein. Das Feuer knisterte. Auf seinen Stab gestützt, erhob sich Immanuel. Er dachte an das, was der Grieche ihm am Tag zuvor gesagt hatte: daß er gescheitert war.
Sicher war es so, ganz sicher. Das Leben in Kafarnaum ging weiter, als wäre nichts geschehen. In den übrigen Städten Palästinas war es nicht anders. Immer noch war Kaiphas Hoherpriester, und immer noch stand der Tempel. Und der Allmächtige Vater war stumm geblieben.
Nein, er konnte den Vater nicht zwingen, sich in die Angelegenheiten der Menschen zu mischen. Er ging einige Schritte. Die anderen standen um das Feuer, das allmählich erlosch, und beobachteten ihn. Vielleicht hatte der Vater auch andere Pläne.
Er wandte sich um und rief nach Johannes, der sofort zu ihm eilte.
»Lebt meine Mutter noch?«
»Ja.«
»Du bist der jüngste von euch. Kümmere dich um sie, als wäre sie deine eigene Mutter!«

Dann rief er Thomas zu sich. Er konnte sich ein Lächeln nicht verwehren, als er ihn auf sich zukommen sah: ein einziges Knäuel aus Zweifel und Dickköpfigkeit.
»Laß dich nicht mehr in die Irre leiten, Thomas! Körper und Seele sind eins.«
»Wo gehst du hin?« fragte Thomas.
»Folge meinen Worten, das ist alles.«
»Wo gehst du hin? Ich folge dir seit damals in Antiochia. Ich habe ein Recht darauf, es zu wissen.«
»Ostwärts.«
Er winkte den anderen, und sie liefen herbei.
»Denkt daran, das Ende ist ein Anfang!«
Dann drehte er sich um und ging am Ufer entlang davon. Sie sahen ihm nach, bis es ihnen schien, als würde er die Straße nach Norden, in Richtung Chorazin und der Wasser von Merom, einschlagen, und er ihren Augen entschwand.
»Er ist also wirklich von den Toten auferstanden«, murmelte Thomas.
»Nur dem Sohn Gottes war das möglich«, nickte Simon Petrus.
Sie sortierten die Fische und kehrten mit ihren Netzen in die Stadt zurück.

Nachwort

Als ich diese Geschichte in Angriff nahm, war ich angesichts ihrer Zielsetzung – von der Fülle des Stoffes gar nicht zu reden – so verunsichert, daß ich beschloß, jede scheinbar romanhafte Erfindung mit einer Anmerkung zu versehen. Aber bald schon stellte sich heraus, daß mehr als zweitausend Anmerkungen nötig gewesen wären, deren Ausarbeitung ebensoviel Zeit in Anspruch genommen hätte wie die Niederschrift der Erzählung selbst. Mein damaliger Berater, Theron Raines aus New York, äußerte ebenfalls Bedenken gegenüber einem so umfangreichen Anhang von nahezu vierhundert kleingedruckten Seiten, weshalb ich mich entschloß, auf das, was man gemeinhin für eine imposante Zurschaustellung meines Wissens halten könnte, zu verzichten. Schließlich ist die Erzählung das eigentliche Betätigungsfeld des Romanautors.

Im Laufe der Jahre wuchs die Zahl dieser Anmerkungen noch an; ihr derzeitiger Umfang nähert sich dem des Buches. Sie beschäftigen sich etwa mit dem äußerst eigenartigen Sachverhalt, daß die beiden Männer, die bei Pilatus vorsprachen, um Jesus' Leichnam zurückzufordern, Mitglieder des Sanhedrin waren – was Markus und Lukas unklugerweise betonen –, oder mit der Tatsache, daß Jesus nicht sein vollständiges Kreuz auf den Golgota schleppen mußte, sondern nur den Querbalken des Folterinstruments, wie die Evangelisten durchklingen lassen, wenn es sich nicht um spätere, stark abgeänderte Abschriften handelt. Es schien mir notwendig, die offenkundigen Unwahrscheinlichkeiten der kanonischen Evangelien aufzudecken, zum Beispiel die Beschreibung der Volksmenge, die, als sie von Pilatus Jesus' Todesurteil fordert, erklärt, sie habe nur einen König und dieser König sei der römische Kaiser. Kein Jude hätte das jemals zugegeben und erst recht nicht lauthals vor dem Stellvertreter dieses Kaisers.

Viele Anmerkungen sollten in Erinnerung rufen, daß das von der christlichen Religion geschaffene Jesusbild als eine Art Mosaik betrachtet werden kann, dessen Steinchen oft unverändert aus fremden Glaubenslehren übernommen wurden. So zum Beispiel trug ursprünglich Apollo, der Gott der Viehherden, die Bezeichnung »Guter Hirte«, später wurden auch Mithras und Hermes so genannt, und alle drei werden mit einem Lamm auf ihren Schultern dargestellt. Sicherlich, das ist nur ein Detail, aber doch sehr aufschlußreich. Auch habe ich Simon Petrus' Ernennung zum Grundstein der Kirche und Träger der Himmelsschlüssel abgelehnt, weil diese Symbole in wirklich bedenkenlos naiver Weise dem Mithras-Kult entlehnt wurden, dessen Anhänger den mystischen Fels Petra verehrt und Mithras die Himmelsschlüssel als Sinnbild verliehen haben. Vielleicht veröffentliche ich einmal diese Anmerkungen in einem gesonderten Werk, in dem dann zu lesen sein wird, daß Petra im »Ägyptischen Totenbuch« merkwürdigerweise auch der Name des Hüters der Himmelsschlüssel ist ...

Dennoch möchte ich an dieser Stelle betonen, und sei es auch nur für all jene Leser, die Wert auf wissenschaftlich fundierte Arbeit legen, daß ich meiner Phantasie beim Schreiben dieses Buches keineswegs einfach freien Lauf gelassen habe. Alle wesentlichen Aussagen basieren auf historischen Analysen, Folgerungen und Rekonstruktionen. Ich bin sicher, daß viele Leser, würden sie sich jahrelang mit Lektüre dieser Art auseinandersetzen, zu den gleichen Schlußfolgerungen kämen wie ich.

Die Hauptschwierigkeit dieses Werkes bestand darin, die verfügbaren historischen Daten, die Grundideen der christlichen Überlieferung und die Strukturen zahlreicher religiöser Traditionen des Mittelmeerraums miteinander in Einklang zu bringen.

Seit etwa fünfzig Jahren wird uns eine wahre Fülle neuer historischer Daten geliefert, die direkt oder indirekt mit Jesus zu tun haben. An erster Stelle stehen die berühmten Handschriften vom Toten Meer. Ein Schäfer fand die ersten Schriftrollen im Jahr 1949, und allein schon die Zustände dieses Fundes könnten einem Roman entnommen sein. Nicht nur die Konservierung und Deutung der Rollen warf nämlich beachtliche technische und philologische Probleme auf, sondern manchmal glaubten sich die Forscher bei der Suche nach den Schriftrollen geradezu in einen Krimi versetzt, wie Edmund Wilson in »Israel and the Dead Sea Scrolls« und John Allegro in »The Dead Sea Scrolls – An Appraisal« anschaulich erzählen. Oft ist die schlimmste Gefahr, die archäologischen Schätzen drohen kann, ihre Entdeckung schlechthin.

Das Außergewöhnliche an diesen Rollen ist jedoch, daß vierzig Jahre nach ihrer Entdeckung und obwohl sie nun vollständig entziffert sind, erst kaum zwanzig Prozent davon veröffentlicht wurden. Jeder kennt sie, aber nur wenige wissen über ihren Inhalt Bescheid, und hätte es da nicht ein überraschend freizügig gehaltenes, diskretes kleines Werk des Kardinals Jean Daniélou gegeben, könnten sich noch weniger Menschen eine Vorstellung davon machen, was nun eigentlich von diesen Rollenfunden zu halten ist. Aber ebendieser Sachverhalt erklärt leicht – sofern auf diesem Gebiet überhaupt von Leichtigkeit die Rede sein kann – die nur allzu wirkliche Verschwörung, die über die Handschriften vom Toten Meer einen Mantel des Schweigens wirft: Sie zeigen auf – und ein Irrtum ist bei der Interpretation nahezu auszuschließen –, daß Jesus' Lehre, ja sogar die Struktur seiner Lehre im wesentlichen schon vor ihm existiert hat. Das heißt, um es kurz zu machen, was ein Privileg aller Laien ist, daß die von den Meistern der Essenergemeinschaft in Qumran vertretene Lehre Jesus stark beeinflußt hat. Alles deutet darauf hin, daß sich der Übergang vom Judentum zum Christentum über den Chiliasmus einer jüdischen Sekte vollzieht, die rund einhundertfünfzig Jahre vor unserer Zeitrechnung auftauchte und bei der Belagerung von Masada, jedenfalls aber noch vor Ende des ersten Jahrhunderts wieder von der Bildfläche verschwand. Letzten Endes bedeutet dies, daß die Zäsur zwischen Judentum und Christentum nichts weiter als ein Mythos ist, der zwanzig Jahrhunderte lang verbreitet wurde, trotz seines langen Bestehens jedoch nicht an Glaubwürdigkeit gewinnt.

Eine weitere große Entdeckung, die mich zum Schreiben etlicher Seiten dieses Buches inspirierte, ist das im Jahr 1945 in Oberägypten bei Nag'Hammadi gefundene Thomas-Evangelium, über das man vorsichtshalber den undurchsichtigen Schleier der Gelehrsamkeit warf. Wären nicht die bemerkenswerten Arbeiten von Henri Puech gewesen, die 1978 unter dem Titel »En quête de la Gnose« gesammelt und veröffentlicht wurden und deren zweiter Band eine detaillierte Ana-

lyse des Thomas-Evangeliums und seiner Implikationen beinhaltet, wüßten nur sehr wenige Menschen, daß die erste christliche Überlieferung von einer langen, recht beachtlichen gnostischen Ader durchzogen war, die im nachhinein zu verbergen die Theologen keine Mühe scheuten. Mit anderen Worten: Es gab möglicherweise in Jesus' unmittelbarer Umgebung, auf jeden Fall jedoch unter seinen Nachfolgern zumindest einen exemplarischen Gnostiker, also einen erklärten Gegner des Menschwerdungsdogmas. Wie dem auch sei, dieses fünfte Evangelium wirft ein besonderes Licht auf die Person des Jüngers Thomas. Ich persönlich bin aus etlichen philosophischen Gründen – ganz zu schweigen von der Skepsis, die in den kanonischen Evangelien anklingt – nicht der Meinung, daß der griechische Beiname Didymos darauf hindeutet, daß er irgend jemandes Zwillingsbruder gewesen sein soll; für mich stammte Thomas aus einer der berühmtesten heiligen Stätten der Antike, nämlich aus dem milesischen Didyma.
Aus der Sicht der heutigen christlichen Lehre mag das fünfte Evangelium sicherlich verwirrend erscheinen. Und dennoch wurde es bis ungefähr ins 5. Jahrhundert hinein von den Christen verschiedenster Benennung gelesen und praktiziert. Noch verwirrender aber ist die Tatsache, daß diese Christen neben den vier kanonischen Evangelien des Neuen Testaments nicht weniger als einunddreißig weitere Evangelien lasen, die später aus dem Verkehr gezogen wurden. Zu diesem Zweck wurde im 5. Jahrhundert das Decretum Gelasianum beschlossen, das wohl weniger dem Papst Gelasius I. zuzuschreiben ist – er war vermutlich gar nicht daran beteiligt – als vielmehr religiösen Autoritäten, die in diesem Punkt einer Meinung mit dem heiligen Hieronymus waren.
Mehrere dieser Evangelien sind nach den Fragmenten, die uns zukamen, nur naive Hagiographien, in denen man wohl eher phantastische Geschichten als Zeugenberichte sehen sollte. Sie bergen oft Widersprüche in sich, was sicher auch der Grund für Hieronymus' negative Einstellung ihnen gegenüber war. Er nannte sie, indem er auf die Bezeichnung seines Vorgängers Origenes zurückgriff, »apokryph«, was in der Übersetzung keineswegs »unecht« bedeutet, sondern wortwörtlich »verborgen«, im heutigen Sprachgebrauch »parallel«. Inzwischen gibt es mehrere hervorragende kritische Ausgaben der Apokryphen, die ich zu den neueren historischen Grundlagen zähle. Um die Person

Josefs zu rekonstruieren, habe ich dabei in verstärktem Maße auf das Protevangelium des Jakobus zurückgegriffen, und zwar aus einem rein psychologischen Grund: Es »klingt« besonders echt.
In den kanonischen Evangelien wird Josef nur gezwungenermaßen erwähnt; er ist eine notwendige, jedoch farblose Gestalt, mit dem einzigen Bestimmungszweck, Jesus eine davidische Herkunft zu verschaffen. Leider sind die ausführlichen Geschlechterfolgen von Matthäus und Lukas unbrauchbar, das sei nur nebenbei bemerkt, und das Decretum Gelasianum hätte gut daran getan, auch sie auszumerzen, weil sie voller Widersprüche stecken. Da sie sich nicht einig waren, welches der Kinder Davids nun am Ursprung der königlichen Herkunft Jesus' stand – das ist ein wesentlicher Punkt, denn die kanonischen Evangelien erwähnen mehrmals die vorherbestimmte, natürliche Abstammung des Messias aus dem davidischen Geschlecht –, haben die beiden Apostel ganzen Generationen von Exegeten Kopfzerbrechen bereitet. Ein übrigens um so sinnloseres Kopfzerbrechen, als alle Evangelisten erklären, daß Josef keinesfalls an Jesus' Zeugung beteiligt war, was von vornherein seine schon immer fragliche Funktion zunichte macht, als Glied in der Kette des davidischen Geschlechts zu agieren. Zudem berichtet der antike Geschichtsschreiber Julius Africanus, daß Herodes der Große die Aufzeichnungen der Ahnenfolgen aller jüdischen Familien hatte vergraben lassen, um jeglichen Herrschaftsansprüchen vorzubeugen.
So stünde man also dem Rätsel des recht verschwommen gehaltenen Josefsbildes vollkommen hilflos gegenüber, gäbe es da nicht ein paar Hinweise, die man sich sowohl aus den kanonischen Evangelien wie auch aus den Apokryphen zusammentragen kann. Josef war Priester. Diese gewagte Behauptung läßt sich damit begründen, daß nach Lukas (1, 36) Maria, Jesus' Mutter, eine Verwandte der Elisabeth ist, der Mutter des Täufers Jokanaan und Frau des Priesters Zacharias, die selbst aus einer Priesterfamilie stammt. Das nun bedeutet, daß Maria einer Priesterfamilie angehörte. Nach jüdischem Brauch, der in dieser Hinsicht sehr streng war, konnte sie somit nur einen Priester heiraten, es sei denn, sie wäre unehelich geboren, das Kind eines Proselyten oder einer freigegebenen Sklavin. Die Tatsache jedoch, daß die Priester so um Marias Schicksal besorgt sind, wie aus dem Protevangelium des Jakobus hervorgeht, schließt diese drei Möglichkeiten aus und legt

unweigerlich eine vierte nahe, nämlich die, daß Maria ein Waisenkind und Tochter aus einer Priesterfamilie war.
Natürlich kann man sich fragen, und mir wurde die Frage tatsächlich gestellt, warum dieser Punkt so wichtig sein soll. Er ist von großer Bedeutung, denn entweder vertritt man die Hypothese einer historischen Existenz Jesus', und in diesem Fall ist die Person seines Vaters, auch wenn er nur Adoptivvater war, entscheidend; oder aber man verschanzt sich unter dem Vorwand, Jesus' Person sei immateriell, da ja göttlicher Herkunft, hinter dem reinen Mythos, und dann ist schwerlich zu erkennen, wozu die irdisch-weltlichen Hinweise in den kanonischen oder apokryphen Evangelien gut sein sollen.
Kein anderer als Josef hat Jesus seine ersten religiösen Grundkenntnisse vermittelt. Ausschlaggebend waren in dieser Hinsicht die persönlichen Überzeugungen und das Alter des Erziehers, und dies um so stärker, als Josef Mitglied einer überaus strengen Sekte war, der Sekte der Nazarener, deren pedantischer Purismus Jesus meiner Meinung nach zum Anhänger der ebenfalls sehr strengen Lehre der Essener werden ließ, die allerdings chiliastisch, das heißt apokalyptisch ausgerichtet war. Darüber hinaus lehne ich auch die Behauptung ab, der zufolge Josef seinen zweiten Beruf als Zimmermann in Nazaret ausgeübt haben soll. Durch die Ausgrabungen dort kam man zu der Erkenntnis, daß die Synagoge von Nazaret nicht mehr als rund vierzig Personen fassen konnte. Wie hätte ein Zimmermann, der sich obendrein erst als Achtzigjähriger dort niedergelassen haben soll, in einem so kleinen Nest seinen Lebensunterhalt bestreiten können? Warum also gibt es überhaupt die Legende von »Jesus aus Nazaret«? Sie basiert meiner Meinung nach auf einer Verwechslung späterer Kopisten, die, weil sie von jüdischen Angelegenheiten so gut wie keine Ahnung hatten, unter dem Begriff »Nazarener« einen Einwohner Nazarets verstanden; das Aramäische, die zur damaligen Zeit in Palästina meistgesprochene Sprache, unterschied jedoch ganz eindeutig zwischen Nàzàri, was soviel bedeutet wie »der Beachtende«, also jemand, der der Sekte der Nazarener angehört, und »Nazéri«, einem Einwohner Nazarets.
Außerdem bringt eine selbst nur flüchtige Analyse der Reise, die Josef vor Jesus' Geburt von Nazaret nach Bethlehem unternommen haben soll, um seinen Sohn – wie der römische Volkszählungserlaß ver-

langte – einschreiben zu lassen, die Hypothese von der Niederlassung in Nazaret noch mehr ins Wanken, ja schließt sie letztendlich völlig aus. Die Wegstrecke von Nazaret nach Bethlehem hätte an die achtzig Kilometer betragen, wenn Josef eine der zwei Straßen im Landesinnern gewählt hätte, und rund hundertzwanzig, wenn er den weit ungefährlicheren Weg entlang der Küste genommen hätte; Wegelagerer und Diebsgesindel machten die beiden anderen Straßen unsicher. Im ersten Fall hätte die Reise auf dem Eselsrücken vier Tage gedauert, im zweiten Fall sechs. Es ist kaum anzunehmen, daß ein auch noch so schlecht unterrichteter Mann – und doch erst recht nicht Josef, der schon Witwer gewesen war und mindestens sechs Kinder hatte, worauf ich später noch zurückkomme – bewußt die Gefahren außer acht gelassen hätte, die eine so beschwerliche Reise für eine hochschwangere Frau mit sich bringt und sie vielleicht sogar der Schande einer Fehlgeburt aussetzt. Und all das nur, um ein Kind, das nicht einmal sein eigenes war, in der Stadt seiner Vorfahren einschreiben zu lassen! Die Hypothese ist um so unhaltbarer, als Josef sein Kind problemlos in einer nahe gelegenen Stadt hätte einschreiben lassen können, zum Beispiel in Cäsarea in Samarien oder im galiläischen Tiberias. Zudem kann man sich fragen, ob Maria, so jung sie auch gewesen sein mochte, bei einem derart ausgefallenen Vorhaben nicht doch ein Wörtchen mitzureden hatte. Daher meine Schlußfolgerung: Die Reise von Nazaret nach Bethlehem hat niemals stattgefunden. Sie ist eine Erfindung der Kopisten, die sich übrigens noch viele andere Freiheiten bei der Niederschrift unserer heutigen synoptischen Evangelien herausgenommen haben und die, nachdem sie sich dieses »Nazaret« nun einmal aufgehalst hatten, eifrig bemüht waren, ihren Bericht schlüssig zu gestalten. Josef begab sich von Jerusalem aus nach Bethlehem. Diese Reise ist viel kürzer und vollkommen plausibel, da der alte Priester ja aus Bethlehem stammte. Übrigens verliert der Evangelist Johannes kein Wort über Nazaret, nur in den sehr oft überarbeiteten Evangelien von Lukas, Markus und Matthäus findet dieser Ort Erwähnung.

Wie konnte es geschehen, daß ein so grundsätzlich gestrenger Mann wie Josef, der schon einmal verheiratet gewesen war – sogar in den kanonischen Evangelien ist nämlich von Jesus' Geschwistern die Rede –, eine so schwierige Ehe einging, die ihn notgedrungen zu Jesus'

Adoptivvater machte? In Wirklichkeit wurde der Priester zu diesem Schritt gezwungen. Nach dem Protevangelium des Jakobus hatte ihn der Hohepriester zweifellos deshalb zum Vormund der jungen Maria bestimmt, weil er ein ehrbarer Mann war, wahrscheinlich aber auch, weil das Los – eine Taube, die auf seinem Haupt gelandet war – für ihn entschieden hatte, wie das im Tempel der Brauch war. Wie wir aus dem Protevangelium erfahren, weigerte er sich zunächst. Da erteilte ihm der Hohepriester den Befehl, Maria in seinem Haus aufzunehmen. Nebenbei bemerkt ist dies ein weiterer Beweis dafür, daß sich die Angelegenheit in Jerusalem abspielte – denn der Hohepriester reiste auf der Suche nach einem Vormund nicht im Land umher – und daß Josef sehr wohl im Tempel arbeitete. Warum nun weigerte er sich? Weil er alt war. Nach dem arabischen Kindheits-Evangelium soll Josef mit vierzig Jahren zum erstenmal geheiratet und seine erste Frau, die ebenfalls Maria hieß, neunundvierzig Jahre später verloren haben; zu diesem Zeitpunkt jedoch soll er bereits seit einem Jahr mit Maria verheiratet gewesen sein. Vermutlich ging das arabische Evangelium recht großzügig mit den Zahlen um im Bestreben, Josef zu einer testamentarischen Langlebigkeit zu verhelfen. Neunundachtzig Jahre also – ein beachtliches Alter, das zwar eine Heirat nicht ausschließt, aber doch nicht recht der Realität entsprechen kann, denn in diesem Fall hätte Josef ungefähr hundertfünf Jahre alt werden müssen, um, wie die Evangelien berichten, in der Passah-Woche mit seinem vierzehnjährigen mündigen Sohn im Tempel zu erscheinen. In Wirklichkeit war Josef wohl etwas jünger, und ich schätze ihn bei seiner zweiten Heirat auf höchstens achtzig.

Josef war Vater von vier Knaben gewesen, deren Name von Quelle zu Quelle verschieden lauten: Jakobus, Josef, Simon und Judas nach dem Matthäus-Evangelium (13, 55–57); Jakobus, Justus, Simon und Judas nach den Apokryphen. Außerdem hatte er nach der apokryphen Geschichte vom Zimmermann Josef noch zwei Töchter, Lydia und Lysia. Man vermutete, daß die Halbbrüder zu Jesus' Jüngern zählten, da von diesen drei dieselben Namen trugen; aber im folgenden Text klärt Johannes diese Frage: »Danach [nach dem ersten Wunder im galiläischen Kana] zog er hinab gen Kafarnaum, er, seine Mutter, seine Brüder und seine Jünger …« (2, 12). Bei Jesus' Geburt scheint der älteste Halbbruder etwa fünfzig Jahre alt gewesen zu sein und der jüngste fünfundzwanzig.

Josef war also ein ehrwürdiger Patriarch, und so ist es nur allzu verständlich, daß ihn der Gedanke an einen Skandal erschauern ließ, als Maria plötzlich auf unerklärliche Weise schwanger war. Abermals trat der Hohepriester auf den Plan und zwang ihn unter Androhung einer Gefängnisstrafe, Maria zur Frau zu nehmen. Den Wortlaut dieser Begebenheit habe ich direkt den Apokryphen entnommen.

Es handelt sich dabei um einen wesentlichen Umstand, denn er beleuchtet die sicherlich recht schwierige Beziehung, die der alte Mann zu einem Kind, das nicht sein eigenes war, unterhalten mußte, unter einem ganz neuen Aspekt – was immer die christliche Heiligenlegende da auch behaupten mag. Auch weist dieser Überlieferungsstrang darauf hin, daß Jesus kein Priester gewesen ist; ja, Josef hat ihn sogar aus dem Tempel geholt, als das Kind von den Schriftgelehrten geprüft wurde.

Auch der Grund für Josefs überstürzte Flucht aus Palästina ist von Bedeutung, desgleichen derjenige, weshalb er sich bei seiner Rückkehr in Kafarnaum niederließ. Als Priester und Zimmermann – viele Priester übten ganz bestimmte erlaubte Berufe aus wie zum Beispiel den des Zimmermanns – war Josef geradezu dazu prädestiniert, am Tempelbau, den Herodes der Große im Jahre 20 vor unserer Zeitrechnung beschloß, mitzuwirken. Dazu brauchte man Handwerker, an denen es zwar in der römischen Provinz keineswegs mangelte, doch auf den Tempelgrund durften nur Geweihte, also Priester, den Fuß setzen. Ganze Scharen von Priestern wirkten am Bau, oder genauer: am Wiederaufbau des Tempels mit, nicht nur Zimmerleute, sondern auch Maurer, Dachdecker, Marmorschleifer, Dekorateure usw. Der Stamm Davids – ein rein zufallsbedingter Titel –, dem Josef angehörte, genoß einst das Vorrecht, das nötige Holz zur Instandhaltung des alten Tempels zu liefern. Folglich war Josef auch besonders geeignet, als Zimmermann direkt am Wiederaufbau mitzuarbeiten; damals mußte er zwischen vierzig und fünfzig Jahre alt gewesen sein. Josephus Flavius, dessen Niederschriften eine der wertvollsten Informationsquellen über die Geschichte der Juden darstellen, berichtet, daß die Priester, und vor allem die Pharisäer, sich ständig gegen Herodes den Großen verschworen, wobei sie sich auf unzählige verwickelte Intrigen einließen, deren Fäden sich bis in die Königsfamilie erstreckten, ja sogar bis in die Küchen des alten hasmonäischen Palastes gesponnen wurden. Josef war mit großer Wahrscheinlichkeit Pharisäer, einmal, weil die Sekte der Nazarener nur Pharisäer aufnahm, dann aber auch, weil es offenbar unter den Sadduzäern keine Handwerker gab. Man kann bedenkenlos davon ausgehen, daß Josef als redlicher und legitimistischer Jude Herodes verabscheute. Er verzieh ihm seine zahlreichen Fehler nicht und konnte auch nicht vergessen, daß er mit einem Schlag fünfundvierzig Mitglieder des Sanhedrin – die ihm entschieden zu feindlich gesinnt waren – hatte hinrichten lassen. Josef teilte wohl mit den meisten Juden die Einstellung – eine Einstellung, die in der christlichen Überlieferung erhärtet wurde –, daß Herodes ein Thronräuber und Mörder sei. Wahrscheinlich scheiterte eine der Intrigen, in die er verwickelt war, und da Herodes nicht gerade zimperlich mit seinen Feinden umging, floh Josef Hals über Kopf nach Ägypten. Mit dem Zufluchtsort hatte er eine gute Wahl getroffen, denn in Alexandria gab es eine große, blühende jüdische Kolonie.

Nebenbei sei bemerkt, daß sich nirgendwo ein Hinweis auf irgendein Gemetzel finden ließ, das Herodes der Große an Neugeborenen verübt haben soll. Seinen Zeitgenossen entging keine seiner Handlungen, und alle Ereignisse während seiner Herrschaft wurden aufgezeichnet; so wäre auch ein Massenmord an Neugeborenen sicher nicht unbemerkt geblieben. Der in den synoptischen Evangelien angegebene Vorwand klingt unwahrscheinlich: Herodes wußte sehr wohl – und das aus gutem Grund –, daß die Aufzeichnungen der davidischen Ahnenfolgen, die den Anspruch eines eventuellen Erben hätten geltend machen können, nicht existierten, da er sie ja hatte vergraben lassen. Das berühmte Massaker des bethlehemitischen Kindermordes ist schlicht und einfach eine fromme Erfindung, dazu bestimmt, die Idee einer königlichen Herkunft Jesus' zu untermauern.

Es ist einleuchtend, daß Josef sich nach dem Tod Herodes' des Großen bei der Rückkehr aus Ägypten in Kafarnaum niederließ: Kafarnaum war eine große Stadt in der für ihre Aufsässigkeit weithin bekannten Provinz Galiläa. Dort konnte Josef also Arbeit finden und Lehrlinge einstellen. Außerdem deutet eine besondere Stelle in den kanonischen Evangelien darauf hin, daß Kafarnaum Jesus' Stadt und folglich auch die Josefs war: »Und über etliche Tage ging er wiederum nach Kafarnaum; und es ward ruchbar, daß er im Hause war« (Mark. 2, 1).

Damit hoffe ich einen groben Einblick in Josefs Persönlichkeit gegeben zu haben. Er ist ein übertrieben pflichtgetreuer Gläubiger und ein verbitterter Legitimist, der die letzten Jahre seines Lebens möglichst weit von Jerusalem zubringen will, ohne deshalb aber sein Land zu verlassen. Es ist unmöglich, genau festzulegen, weshalb er Jesus nicht zum Rabbiner ausbilden ließ; vielleicht, weil er seine Bedenken hatte, was die wahren Umstände von dessen Zeugung betraf, und wußte, daß ein uneheliches Kind nicht zum Priester gewählt werden konnte, vielleicht aber auch, weil er die geistliche Administration in Jerusalem verachtete. Jedenfalls war seine Erziehung die beste Vorbereitung auf das Noviziat bei den Essenern.

Immense Mühe war vonnöten gewesen, um eine Analyse der Handschriftenfunde vom Toten Meer vorzunehmen, jener Sammlung von Glaubenslehren und Regeln, die den künftigen Generationen vermacht werden sollten, und zwar paradoxerweise von Männern, die an das unmittelbar bevorstehende Ende der Welt glaubten, von den Essenern. Nach Lektüre sämtlicher verfügbarer Fragmente und eines Teils ihrer umfangreichen Begleitkommentare und nachdem ich das bereits erwähnte, gewagte kleine Werk des Kardinals Daniélou durchgearbeitet hatte, bin ich meinerseits zur festen Überzeugung gelangt, daß die Essener eine entscheidende Rolle bei der Herausbildung von Jesus' Lehre gespielt haben. Die vollkommene Abkehr vom Reich der Materie, das Warten auf den unmittelbar bevorstehenden Anbruch des Gottesreiches und die beharrlich praktizierte Taufe zur Reinigung von den Sünden des Körpers und des Geistes, diese drei typisch essenischen Merkmale – um nur sie zu nennen – wichen einfach zu stark vom durchaus andersgearteten Glaubensgefüge der Juden ab, als daß sie aus reinem Zufall auch in Jesus' Lehre wieder auftauchen könnten. Die Sekte der Essener war eineinhalb Jahrhunderte vor Jesus gegründet worden; nur sie konnten ihn beeinflußt haben. Es mußte eine Verbindung zwischen den Essenern und Jesus bestehen, und diese Verbindung war Jokanaan, den die Evangelien als Jesus' Vetter vorstellen und dessen Ähnlichkeit mit den Essenern – sowohl was seine Lehre als auch seine Lebensführung betraf – ebenfalls zu groß war, um auf einem Zufall zu beruhen.

Ich postuliere in diesem Buch, daß Jesus von Jokanaan in Qumran eingewiesen wurde. Die Gelehrten, denen Mutmaßungen von Natur aus zuwider sind, finden dies sicher ungerechtfertigt. Noch unbegründeter wird ihnen meine Hypothese erscheinen, daß die beiden Männer Qumran nach einer gewissen Zeit verlassen haben. Ich möchte jedoch an zwei Behauptungen in den Evangelien erinnern, die sowohl das erste als auch das zweite Postulat rechtfertigen: Erstens wird behauptet, daß Jokanaan noch vor Jesus lehrte, da der Täufer das Kommen des Messias ankündigte, und zweitens steht in den Evangelien, daß Jokanaan offenbar außerhalb jeglicher Gemeinschaft als Eremit lebte, was ganz und gar nicht zu der im wesentlichen gemeinschaftlich ausgerichteten Lebensweise der Essener paßt. Nun hat er aber allem Anschein nach seine Ausbildung bei den Essenern genossen, da er ihre Sprache spricht, also muß er sie auch irgendwann verlassen haben. Aber wann? In den Evangelien finden sich kaum chronologische Hinweise, die diese Frage beantworten könnten, doch vermutlich geschah dies kurz vor Jesus' Auftreten in der Öffentlichkeit, also nach den sogenannten Jahren in der Wüste.

Dem Leser wird sich gewiß wie mir die Vermutung aufdrängen, daß Jesus jene Jahre in der Wüste, die gleichsam als Einschnitt erscheinen – gemeint ist damit die Zeitspanne zwischen seinem vierzehnten Lebensjahr und dem Beginn seines Wirkens in der Öffentlichkeit –, in Qumran zugebracht hat, das ja bekanntlich in der Wüste unweit des Toten Meeres liegt. Seine gleichnishafte, oft schwer verständliche Sprache hat er sich wohl dort angeeignet, als er mit der in sich abgeschlossenen, ja fast esoterischen Lehre der Essener in Berührung kam.

Ich glaube allerdings nicht, daß Jesus wirklich zwanzig Jahre hinter den Klostermauern Qumrans verbracht hat, denn meiner Meinung nach wäre er nach einem so langen Aufenthalt unweigerlich in der Essenergemeinschaft aufgegangen. Nach einem solch langen Aufenthalt hätte er keinen Grund mehr gehabt, die Essener zu verlassen. Und doch ging er fort. Weshalb?

Dafür gibt es zwei mögliche Erklärungen. Zum einen äußert sich Jesus mehr als einmal verärgert über all jene, die sich zu eng an die Worte des Gesetzes klammern und darüber deren Sinn vernachlässigen. Diese Kritik kann sehr wohl auf die Essener gemünzt sein, weil sie sich zahllose, fast lächerlich anmutende Rituale auferlegt hatten und diese uns bis ins kleinste Detail überlieferten Gepflogenheiten peinlich genau ausführten. Während Jesus für seine Person weiterhin jegliches Privateigentum ablehnte, was die Essener ihm ja vorgelebt hatten, verwarf er jedoch eine ihrer strengsten Vorschriften, nämlich die der vollständigen körperlichen Reinigung vor der Berührung von Nahrungsmitteln, was ihm von den Pharisäern später zum Vorwurf gemacht wurde. Vor allem aber verstieß er gegen die gestrengen Vorschriften zur Einhaltung des Sabbats; so heilte er zum Beispiel Kranke am Sabbat, was wiederum bei den Pharisäern Anstoß erregte und die Essener geradezu schockieren mußte. Diese verboten sich nämlich sogar, am Sabbat ihren natürlichen Bedürfnissen nachzukommen, da man, ebenfalls genau nach Ritual, mit einer besonderen Schaufel ein Loch von ganz bestimmter Tiefe graben mußte, in das hinein die Ausscheidungen zu entleeren waren. Eine derart übertriebene Strenge mußte Jesus unerträglich erschienen sein, da für ihn das Heil Israels und der Menschen wirklich nicht in solchen Lächerlichkeiten zu suchen war.

Ein letzter Punkt noch, der zu bestätigen scheint, daß Jesus eine bestimmte Zeitspanne seines Lebens der Gemeinschaft der Essener angehörte: Er überschüttet die Pharisäer, manchmal auch die Sadduzäer mit Verwünschungen, die Essener hingegen verschont er rätselhafterweise damit.

Hatte Jesus den Essenern in ideologischer Hinsicht auch manches zu verdanken, so konnte er sich doch auf seinen ureigenen Genius verlassen. Wahrscheinlich kam dieser Genius im Laufe seines Wirkens in der Öffentlichkeit immer mehr zum Ausdruck, als er nämlich immer häufiger mit dem palästinensischen Volk konfrontiert war und dabei allmählich Erfahrungen als Redner erwarb. Verglichen mit seinen Lehren wirken die Schriften der Essener so knochentrocken und langweilig wie das Bürgerliche Gesetzbuch. Die Essener hatten ja keinen Grund, ihre Rhetorik zu pflegen; sie überließen die anderen Juden ihrem schrecklichen Schicksal, dem sie ihrer Meinung nach nicht entrinnen konnten, und erwarteten stündlich den Weltuntergang. Als im Jahre 31 vor unserer Zeitrechnung ein fürchterliches Erdbeben Palästina erschütterte, das rund dreißigtausend Menschenleben forderte und in Qumran den Turm und die Zisternen zerstörte, glaubten sie schon, das Ende sei gekommen, und zerstreuten sich in der Wüste; nur war es bekanntlich dann eben doch noch nicht soweit gewesen.

Ich habe zuvor schon erwähnt, daß Jesus' Lebensabschnitt »in der

Wüste« – in diese Phase fallen unter anderem wahrscheinlich auch seine Lehr- und Wanderjahre im östlichen Mittelmeerraum – einen Zeitraum von ungefähr zwanzig Jahren umfaßt. Diese Schätzung mag den Leser überraschen, der, wenn er nachrechnet und zwanzig mit vierzehn oder fünfzehn addiert, auf ein Lebensalter von etwa fünfunddreißig Jahren kommt, während doch gewöhnlich behauptet wird, Jesus sei mit dreiunddreißig Jahren gestorben. Irgend etwas kann also nicht stimmen, wenn er mit fünfunddreißig erst an die Öffentlichkeit getreten sein soll, um dort schätzungsweise drei Jahre lang zu wirken. Wie großzügig die Evangelien geschichtliche Tatsachen auch handhaben mögen – zum Beispiel sprechen sie vom »König Herodes« und meinen damit Herodes Antipas, einen Sohn des Königs Herodes des Großen, obwohl Herodes Antipas doch nur Tetrarch von Galiläa und Peräa war –, sie enthalten trotzdem einige Fakten, die sehr brauchbare Anhaltspunkte liefern, auch wenn sie einigermaßen verzerrt festgehalten wurden. Zwei Angaben dieser Art deuten darauf hin, daß Jesus höchstwahrscheinlich im Jahr 7 vor unserer Zeitrechnung zur Welt kam.

Die erste findet sich bei Lukas: »Es begab sich aber zu der Zeit, daß ein Gebot von dem Kaiser Augustus ausging, daß alle Welt geschätzt würde. Und diese Schätzung war die allererste und geschah zur Zeit, da Quirinius Statthalter von Syrien war. Und jedermann ging, daß er sich schätzen ließ, ein jeglicher in seine Stadt« (2, 1–3). Lukas oder sein späterer Kopist bringen jedoch die Daten durcheinander, denn an anderer Stelle behaupten sie, daß damals Herodes der Große über die Juden herrschte. Nun ist aber Herodes der Große im Jahre 4 vor unserer Zeitrechnung gestorben, und die Römer konnten keine direkte Zählung verlangen, bevor Judäa nicht ordnungsgemäß zu einer römischen Provinz wurde, was erst im Jahre 6 eintrat, also zehn Jahre später. Und P. Sulpicius Quirinius, der nur von 8 bis 2 vor unserer Zeitrechnung über Syrien regiert hatte, war dann nicht mehr Legat von Syrien. Folglich hat im Jahr 1 der christlichen Zeitrechnung keine Volkszählung stattgefunden.

Von noch größerer Bedeutung ist die Tatsache, daß Judäa zu Lebzeiten Herodes' des Großen, der Quirinius übrigens freundschaftlich verbunden war, keine Steuern an Rom zahlen und auch keine Soldaten stellen mußte. Rom hatte sogar darauf verzichtet, Garnisonen in Judäa zu halten, um jenen Vasallenkönig zufriedenzustellen, weshalb nicht einmal durchziehende Truppen dieses Gebiet belästigen sollten.

Richtig aber ist, daß Quirinius im Lauf seiner *zweiten* Amtszeit, nach dem Tod Herodes' des Großen, im Jahre 7 unserer Zeitrechnung eine Steuer in Judäa erhoben hat, und daß diese Erhebung ein denkwürdiges Ereignis war, weil dadurch ein Aufstand der im Untergrund operierenden Sikarier losbrach, der daraufhin blutig niedergeschlagen wurde, wie Josephus Flavius berichtet. Doch, wie gesagt, Herodes der Große war im Jahre 7 schon seit elf Jahren tot; Lukas hingegen behauptet, die Volkszählung habe unter der Herrschaft Herodes' des Großen stattgefunden. Der Text seines Evangeliums, der gerade diesbezüglich zum Gegenstand zahlloser Erläuterungen und Kommentare wurde, ist folglich irreführend: Augustus hat zu Lebzeiten Herodes' des Großen keine Volkszählung angeordnet.

Allerdings ist allgemein bekannt, daß Augustus gelegentlich die Dienste verbündeter und vor allem tributpflichtiger Staaten, etwa Palästina, in Anspruch nahm. Daher rührt auch meine Erfindung des Legaten, der eine Reise unternimmt, nur um den Potentaten zu bitten, seinen Beitrag zu den Ausgaben des Imperiums zu leisten. Wann aber könnte das geschehen sein? Herodes der Große erhob bereits recht hohe Steuern für seine Armee, den Tempel und die Verwaltung, was Rom wußte. Aber das schloß keineswegs aus, daß Rom nicht den Erlaß zu einer Volkszählung hätte geben können, zum Beispiel um herauszufinden, wieviel Palästina wohl einbringen könne; schließlich übte Rom ja maßgebenden Einfluß auf Palästina aus, und Herodes war im Grunde nichts anderes als ein Lehnsmann dieser Provinz (Augustus befahl ihm sogar, seinen Sohn, Herodes Antipater, hinrichten zu lassen, weil er sich gegen ihn verschworen hatte). Und tatsächlich, im Jahre 8 vor unserer Zeitrechnung* ordnete Augustus eine solche Volkszählung an, wie der englische Historiker D. W. Hughes aufzeigte. Vermutlich wurde die Zählung dann im Jahre 7 vor unserer Zeitrechnung in Palästina durchgeführt. Daraus ist zu schließen, daß Lukas oder sein Kopist zwei Volkszählungen verwechselt haben, eine, die im Jahre 7 vor und eine andere, die im Jahre 7 unserer Zeit-

* Davon zeugt eine 1924 in Ankara ausgegrabene Inschrift.

rechnung stattfand, was für sie keine große Rolle spielte, da die Juden Herodes den Großen, seinen Sohn Herodes Antipas und die Römer im selben Maß verabscheuten.
Zu diesem Datum, dem Jahre 7 unserer Zeitrechnung, findet sich eine weitere Textstelle in den Evangelien, nämlich der Hinweis auf die Himmelszeichen, die den Astrologen zu jener Zeit aufgefallen sein sollen. Man erging sich in Mutmaßungen darüber, was wohl jener Stern von Bethlehem war, der die berühmten Heiligen Drei Könige führte. War es der Komet, der im März des Jahres 5 unserer Zeitrechnung siebzig Tage lang im Sternbild des Steinbocks erstrahlte? War es die Nova, die im April des Jahres 4 unserer Zeitrechnung im Sternbild des Adlers explodierte? Heute vermutet man eher, daß überhaupt kein Stern aufgetaucht war. Der revidierte Evangelientext meint, daß nach Jesus' Geburt Astrologen aus dem Morgenland nach Jerusalem kamen und sagten: »Wir haben den Aufgang seines Sterns beobachtet und sind gekommen, um ihm zu huldigen.« Sie sprachen ganz offensichtlich von einem heliakischen Aufgang, das heißt von einem Stern, der sich direkt bei Anbruch der Morgendämmerung noch vor Sonnenaufgang zeigt. Tatsächlich konnte im Jahre 7 vor unserer Zeitrechnung ein solch außergewöhnliches astronomisches Ereignis beobachtet werden, das den Astrologen unwillkürlich auffallen mußte: Jupiter und Saturn tauchten in sehr geringen Abständen dreimal hintereinander, in einer dreifachen Konjunktion, im Sternbild des Fisches auf. Eine solche dreifache Konjunktion tritt nur alle 139 Jahre auf, wobei die letzte 1961 beobachtet werden konnte. Im Sternbild des Fisches aber zeigt sich dieses Phänomen nur alle 900 Jahre. Natürlich war das ein alarmierendes Zeichen für die Astrologen. Allerdings hätte sie ein plötzlich sichtbares Phänomen schon vorher stutzig machen müssen: Mitte März erreichten die beiden Planeten nämlich bei ihrem Aufgang eine außerordentliche Leuchtdichte: Saturn hatte eine Größe von + 0,5, was ihn achtunddreißigmal heller erstrahlen ließ als alle umliegenden Sterne, und Jupiters Leuchtkraft war dreizehnmal höher als die des Saturns. Wenn man über die astrologische Symbolik der beiden Planeten Bescheid weiß, kann man sich unschwer vorstellen, daß die Astrologen – noch dazu in einer von Aberglauben geprägten Zeit – in helle Aufregung gerieten. Ein noch nie dagewesenes Ereignis schien sich da anzubahnen.

Solche Berechnungen ziehen beträchtliche Folgen nach sich, weil sie aufzeigen, daß Jesus, wenn er 7 Jahre vor unserer Zeitrechnung zur Welt kam und im Jahre 30 ans Kreuz geschlagen wurde, wie Lukas behauptet, im Jahr 33, wie Johannes andererseits meint, oder sogar im Jahr 37, wie aus H. Schonfields brillanten Berechnungen hervorgeht, folglich mit siebenunddreißig, vierzig oder sogar vierundvierzig Jahren gestorben ist. Nun läßt sich aber das Bewußtsein eines vierzigjährigen Mannes nicht mit dem eines dreißigjährigen vergleichen, damals noch weniger als heute.

Angesichts der Dimensionen, die Jesus' Auftreten erreichte, und der Auswirkungen desselben auf das Schicksal der westlichen Welt mögen diese historischen und astronomischen Überlegungen vielleicht übertrieben spitzfindig erscheinen. Sie sind jedoch von ausschlaggebendem Interesse; sie stellen nämlich die einzigen Beweise für eine geschichtliche Existenz Jesus' dar. Denn einen Konsul Quirinius gab es damals sehr wohl ebenso wie eine dreifache planetare Konjunktion. Man kann sich daher von Thesen distanzieren, denen zufolge Jesus nur ein Mythos sein soll. Freilich legen uns diese Fakten auch nahe, den Evangelien gegenüber einen kritischeren Standpunkt einzunehmen.

Obwohl sie auf vier reduziert wurden, um den Einwänden des gelasianischen Klerus Genüge zu tun, wimmelt es in den Evangelien von Widersprüchen. Das ist auch weiter nicht erstaunlich, wenn man weiß, daß die drei synoptischen Evangelien aus ein und derselben verlorenen Quelle hervorgehen (die gewöhnlich als Q bezeichnet wird, eine Abkürzung des deutschen Wortes Quelle), und daß das Johannes-Evangelium, das als einziges von *einem* Autor verfaßt wurde, wahrscheinlich um das Jahr 80 an seinem Lebensabend von Johannes selbst umgearbeitet wurde.

Es gibt sehr wohl einige Autoren, die für Jesus' historische Existenz plädieren, jedoch gleichzeitig jede Diskussion darüber ablehnen mit dem Argument, das Evangelium, in dem sich diese Beweise finden, sei eine Katechese und damit nicht hinterfragbar. Trotzdem steht für Philologen außer Zweifel, daß die Anfangserzählung aufgrund von Abschriften, die gegen Ende des 1. oder auch im 2. Jahrhundert erstellt wurden, viel an Genauigkeit eingebüßt hat. Dies ist nicht verwunderlich, wenn man bedenkt, daß die Kopisten oft keine Ahnung von der Geschichte Palästinas zur Zeit Jesus' hatten, ganz zu schweigen von den Ausschmückungen, mit denen sie die Texte versahen. Schon damals half man der Wahrheit gern ein bißchen nach. Neben den historischen Angaben in den Evangelien verfügen wir aber auch über Daten und Hinweise aus außerevangelischen Dokumenten, von denen zumindest gesagt werden kann, daß sie nicht immer mit der christlichen Überlieferung übereinstimmen.

Auf verschiedene Einzelheiten, die nur eine untergeordnete Rolle in meiner Erzählung spielen, möchte ich nicht genauer eingehen; auf Jesus' Geburtstag zum Beispiel, der meiner Meinung nach im Frühling anzusetzen ist, zur Zeit des Passah-Festes*, keinesfalls aber in der Nacht vom 24. auf den 25. Dezember, in der ein altes heidnisches Fest, unter anderem auch der Sieg Mithras' über die Finsternis gefeiert wird; oder auf die Anzahl der Jünger, bei der beharrlich an der symbolischen Zahl zwölf festgehalten wird, die sich jedoch auf vierzehn erhöht, wenn man sich die Mühe macht, alle von den Evangelisten genannten Namen zusammenzuzählen. Ich lege wesentlich mehr Wert auf eine genauere Untersuchung der letzten beiden historischen Angaben, die ich im Buch anführe und die für das Verständnis der Geschichte Jesus', so wie ich sie mir niederzuschreiben erlaubt habe, unverzichtbar sind: Es handelt sich dabei um die Verurteilung und die Kreuzigung, deren Sachverhalte in den Evangelien bis zur Unverständlichkeit verzerrt wurden.

Die Evangelien, aber auch die unzähligen Kommentatoren, die im Laufe der Jahrhunderte die Einzelheiten von Jesus' Verhaftung, Verurteilung ebenso wie die Entscheidung, ihn ans Kreuz zu schlagen, diskutierten, haben dabei einen unglaublich sorglosen Umgang mit der geschichtlichen Realität an den Tag gelegt. Nur weil Herodes Antipas, Pilatus und der Sanhedrin mit derselben Verachtung betrachtet werden, wirft man sie in einen Topf, und alle drei werden für Jesus' Tod am Kreuz verantwortlich gemacht. Jesus' Prozeß wird von den Evangelisten wie eine Formalität abgehandelt, die schlicht und einfach zur Erfüllung des Opfertodes gehört.

Nun muß aber daran erinnert werden, daß Jerusalem in der Provinz Judäa unter römischer Verwaltung stand, die in der Gestalt des Proku-

* Nur einmal im Jahr waren die Herbergen in Bethlehem überfüllt, nämlich zur Zeit des Passah-Festes, an dem ungewöhnlich viele Menschen nach Jerusalem strömten, fast eine Viertelmillion Besucher, von denen sich viele im nah gelegenen Bethlehem einquartieren mußten.

rators Pontius Pilatus repräsentiert wurde. Dieser hatte von Rom seit dem Jahr 6 für alle Angelegenheiten Judäas, die nicht gerade den jüdischen Glauben betrafen, die rechtsprechende und ausübende Gewalt übertragen bekommen. In Jerusalem gab es – ebenso wie in ganz Judäa – eine römische Ordnungsmacht. Die Befugnisse des Sanhedrin waren also auf religiöse Angelegenheiten beschränkt. Die Tempelpolizei hatte einen sehr kleinen, im wesentlichen auf den Umkreis des Tempelbezirks begrenzten Wirkungsbereich, zu dem auch die Vorladung von Beschuldigten und Zeugen gehörte.

Wenn Johannes schreibt (18, 12), daß Soldaten *und* jüdische Tempelwachen Jesus verhafteten, so geschieht das weder aus Versehen noch aus Lust an Weitschweifigkeit. Es kann sich bei ersteren nur um römisches Militär handeln, da es gar keine anderen Truppen in Judäa gab. Und dies weist darauf hin, daß Pilatus sehr wohl von der Festnahme wußte. Da Pilatus Jesus aber von Anfang an nicht feindlich gesinnt zu sein schien, was auch in allen Evangelien deutlich zum Ausdruck kommt, mußte er also seine Soldaten in einer bestimmten Absicht ausgeschickt haben; ein einleuchtender Grund dafür wäre, daß er Jesus vor der Tempelpolizei schützen wollte. Auf meine Vermutung, die eine Erklärung für diese fürsorgliche Maßnahme liefern könnte, komme ich noch zurück. Jedenfalls hat noch kein Kommentator bemerkt, welch außergewöhnliches Faktum die Anwesenheit römischer Soldaten im Garten Getsemani darstellt.

Lukas behauptet (23, 6–12), daß Pilatus Jesus an Herodes, den damaligen Tetrarchen von Galiläa, ausgeliefert habe, als er erfuhr, daß Jesus Galiläer sei. Das klingt plausibel, muß aber doch stutzig machen. Zunächst einmal, weil ein möglicherweise von Herodes gefälltes Todesurteil nicht ohne Pilatus' Zustimmung vollstreckt werden konnte. Herodes hatte keineswegs die Macht, irgend jemanden in Judäa ans Kreuz schlagen zu lassen. Dann aber auch, weil vorherzusehen war, wie sich die Dinge weiterentwickeln würden: Der Sanhedrin verabscheute Herodes Antipas wie alle anderen Mitglieder der Dynastie der Herodeer. Herodes einen Feind des Sanhedrin anzuvertrauen hätte gleichsam bedeutet, diesen den geheimen Machenschaften des Hohen Rates zu entreißen, womit der über Jesus gefällte Urteilsspruch wirkungslos geblieben wäre. Auch diese Besonderheit wurde nie aufgedeckt. Jedenfalls muß Herodes von jeglicher Schuld an Jesus' Verurtei-

lung zum Tod am Kreuz freigesprochen werden: Er hat sich schlicht und einfach nicht in diese Angelegenheit eingemischt.
Fest steht auch, daß die Mehrheit des Sanhedrin Jesus aufs heftigste bekämpfte und nach einer kaum ernstzunehmenden, mehr als fragwürdigen Verhandlung rasch das Urteil sprach. Kaiphas mußte die anderen siebzig Mitglieder dieser Versammlung zum Morgengrauen einberufen, und er lud sie nur deshalb so früh vor, weil er sich auf ernste Streitigkeiten gefaßt machte. Folglich gab er sich sechs Stunden Zeit, um dann möglicherweise ein Todesurteil fällen zu können – ein Scheinurteil wohlgemerkt, denn der Sanhedrin hatte nicht die Befugnis, ein Kreuz errichten zu lassen. Vielmehr mußte Pilatus die Genehmigung für das vom religiösen Gericht gefällte Urteil abgerungen werden. Wie aus den Evangelien hervorgeht, kam Pilatus dem Begehren des Hohen Rates alles andere als entgegen. Der Sanhedrin fühlte sich gedemütigt und griff zur erpresserischen Methode der Aufstandsdrohung, worauf Pilatus es mit der Angst zu tun bekam. Kein römischer Funktionär trug gern die Verantwortung für Unruhen in einer kaiserlichen Provinz (ebensowenig wie heutzutage ein Innenminister in seinem Land, und sei es auch unter einer Diktatur). Nach langem Hin und Her gab Pilatus nach, dem Anschein nach zumindest: Meinetwegen kreuzigt Jesus dann eben!
Diese Hinrichtungsart erfreute sich im Römischen Reich überaus großer Beliebtheit. Tausende von Menschen wurden zum Tod am Kreuz verurteilt, ja, auch Juden, wie zum Beispiel der Hohepriester Alexander Jannai, belegten andere Juden mit dieser Strafe. Das Entsetzliche an ihr war das langsame, qualvolle Dahinsterben. In seiner »Etymologiae« erklärt Isidor von Sevilla, »daß die Kreuzigung eine schlimmere Strafe ist als der Tod durch den Strang. Denn der Galgen sorgt für den sofortigen Tod des Opfers, während das Kreuz die an ihm Hängenden lange martert«. Die Wunden an Händen und Füßen führten mit Sicherheit nicht zum Tod. Soldaten in allen möglichen Kriegen haben weit Schlimmeres überlebt, und man muß nur daran denken, daß die Soldaten, die Larrey* auf der Stelle und ohne Anästhetika – da es die noch nicht gab – amputierte, vor allem an Infektionen starben, da man auch noch nichts von aseptischer Wundbehand-

* französischer Militärchirurg und Chef des Sanitätswesens bei den Feldzügen Napoleons (Anm. d. Ü.)

lung wußte. Der Gekreuzigte mußte neben der Schande, nackt und bloß vor den Schaulustigen zu hängen, die Qualen eines allmählich eintretenden Starrkrampfs der Brustmuskeln erleiden, der sich Tage hinziehen konnte, bevor endlich der Erstickungstod eintrat. Mehrere Tage hindurch konnte der Gekreuzigte folglich nur oberflächlich atmen. Manche Opfer hatten jedoch immer noch genug Kraft, um ihre Peiniger herauszufordern. In seinem Werk »De vita beata« läßt Seneca eine seiner Figuren sagen: »Haben einige von euch nicht von den Kreuzen herab auf die Zuschauer gespuckt?« Aristophanes berichtet in seinen »Thesmophoriazusen«, daß manche Gekreuzigte nach zehn Tagen, die sie an die Balken »genagelt« waren, erst starben, als man ihnen den Schädel zerschmetterte. Rascher ging es jedoch – denn dazu mußte man nicht erst die Leiter holen –, wenn ihnen die Schienbeine gebrochen wurden. Die Beine der Gekreuzigten waren nämlich auf eine Art Holzklotz gestützt, an den ihre Füße gebunden oder genagelt waren. Sobald diese Stütze fehlte, hing der Körper nur noch mittels der Stricke oder Nägel an den Handgelenken; die Muskeln des Brustkorbs wurden dann so qualvoll gedehnt, daß der Erstickungstod bald eintrat.

Manche Verbrecher, beispielsweise Piraten, berichtet die »Historia Augusta«, wurden vor der Kreuzigung gefoltert, um ihre Qualen noch zu erhöhen. Die üblichste Methode war dabei die Geißelung. Im Fall Jesus verfügen wir über einen wichtigen Hinweis, der aus dem Markus-Evangelium hervorgeht. Als Josef von Arimathäa und Nikodemus am Vorabend des Passah-Festes vor Pilatus erschienen, um ihn zu bitten, ihnen den Leichnam des Gekreuzigten zu überlassen, wunderte sich Pilatus, daß dieser »schon tot war, und rief den Hauptmann und fragte ihn, ob er schon lange gestorben wäre« (Mark. 15, 44). Wahrscheinlicher jedoch ist, daß Pilatus den Zenturio vom hasmonäischen Palast aus – in dem er während seiner Aufenthalte in Jerusalem Quartier bezog – zum Golgota hinaufschickte, der direkt hinter der zweiten Schutzmauer, also kaum fünfhundert Meter entfernt, lag. Auch wenn man die Stufen zum Hügel hinauf mitberechnet, war der Bote wohl nicht länger als zehn Minuten unterwegs.

Pilatus hatte tatsächlich allen Grund zur Überraschung. Den Zeugenberichten der Evangelisten gemäß war Jesus zwischen zwölf Uhr und zwölf Uhr dreißig ans Kreuz geschlagen worden. Nach den synoptischen Evangelien war er gegen drei Uhr dreißig, nach Johannes (dessen Aussage wir mehr Glauben schenken*) um sechs Uhr tot. Fest steht, daß ihm nicht die Schienbeine gebrochen wurden. Überrascht von diesem früh eingetretenen, fast unerklärlichen Tod, stieß eine Wache auf dem Golgota die Spitze ihrer Lanze in Jesus' Brust, um ihm eine tiefe Wunde zuzufügen. Da aber Jesus keinerlei Reaktion zeigte, hielt der Mann ihn für tot, was das Brechen der Schienbeine überflüssig machte. Daraufhin eilten Josef und Nikodemus, die diese Szene gewiß beobachtet hatten, zum Prokurator, um ihn um die Aushändigung des Leichnams zu bitten.

Jene Wunde ist einige Bemerkungen wert. Zumindest in der christlichen Überlieferung wird allgemein behauptet, daß die Lanze das Herz durchbohrte. Johannes' Beschreibung aber entspricht diesem Postulat nicht hundertprozentig. Johannes führt nämlich nicht genau an, in welche Seite und in welcher Höhe die Wache ihren Lanzenstich ausführte. Der Stich kann folglich ganz willkürlich als Gnadenstoß ins Herz ausgelegt werden. Ich bin jedoch der Meinung, daß Johannes, falls es sich tatsächlich um einen Stoß ins Herz gehandelt haben sollte, uns diese Tatsache nicht verschwiegen hätte.

Johannes' Beobachtungsgabe war nämlich sehr ausgeprägt, auch Einzelheiten entgingen ihm nicht. Er schreibt außerdem, daß eine große Menge Wasser und etwas Blut aus der Wunde floß. Ich möchte mich jetzt nicht über die Symbolik auslassen, die einige Autoren in diesem Bild zu erkennen glaubten. Der von Johannes beobachtete starke Wasserfluß deutet mit größter Wahrscheinlichkeit darauf hin, daß die Lanze – die Lancea hatte eine flache, spitzzulaufende Klinge – nicht das Herz, sondern nur das Brustfell durchdrang. Aus dem Herzen wäre mit Sicherheit kaum Wasser geflossen. Das Wasser ist vielmehr Anzeichen für eine beginnende Rippenfellentzündung, hervorgerufen durch die Kälte, der der nackte Körper ausgesetzt wurde – in Palästina und Jerusalem ist es im März/April recht kalt –, wobei die ungeheure Dehnung der Brustmuskeln das Ganze noch verschlimmerte. An dem Blut, von dem Johannes außerdem berichtet, ist nichts

* Von den vier Evangelien ist nur das Johannes-Evangelium von einem einzigen Autor geschrieben worden, wie philologische Studien ergaben. Die drei anderen, sogenannten synoptischen Evangelien dagegen basieren auf einer unauffindbaren Quelle und sind im Grunde nur spätere, indirekte Abschriften.

Außergewöhnliches zu finden, es ist Blut, wie es aus jeder Wunde fließt.
Nach Aussage eines von mir befragten Gerichtsmediziners kann jedoch die einem Leichnam zugefügte Wunde zum Erguß einer Art »Leichenblut« führen, eines Sekrets aus Serum und zersetztem Hämoglobin. Es handelt sich dabei um eine bräunliche Flüssigkeit. Wir wissen nicht, ob Johannes, der als einziger der vier Evangelisten sowohl bei Jesus' Tod anwesend war als auch sein gesamtes Evangelium allein niedergeschrieben hat, die Muße hatte, die Farbe der aus der Wunde strömenden Flüssigkeit eingehend zu besehen. Die zwischen »Wasser« und »Blut« getroffene Unterscheidung, der Wassererguß, auf den sogleich Blut folgte, ist ein Hinweis dafür, daß er alles, was er beschreibt, genau beobachtet hat, und daß es sich bei der Flüssigkeit nicht um sogenanntes Leichenblut handelte.
Aber neben diesen im Grunde schon erwiesenen Tatsachen wollen wir unser Augenmerk auch auf Gegebenheiten richten, die sich im Licht der Geschichte enträtseln lassen. Vor allem möchte ich auf das äußerst ungewöhnliche Verhalten der zwei Juden, Josef von Arimathäa und Nikodemus, zu sprechen kommen. Beide sind Mitglieder des Sanhedrin und in jedem Fall geachtete Juden, die ganz offen gegen zwei unantastbare Gebote verstoßen, das eine politischer, das andere religiöser Art.
Das politische Tabu verletzen sie damit, daß sie sich völlig unangemessen verhalten, und das sowohl Pilatus als auch dem Sanhedrin gegenüber, der Jesus durch Mehrheitsbeschluß zum Tod verurteilt hat: Sie wenden sich an den römischen Statthalter, um den Leichnam des noch am selbigen Morgen hingerichteten Aufwieglers zurückzufordern! Josef von Arimathäa unterstreicht diese herausfordernde Handlungsweise sogar noch, indem er sich erbietet, Jesus in einem ganz neuen, von ihm erworbenen Grab beizusetzen. Ein Mitglied des Obersten Gerichtshofs der Vereinigten Staaten, das Sacco und Vanzetti in seinem eigenen Familiengrab hätte beisetzen wollen, wäre wohl kaum exzentrischer erschienen!
Die Verletzung des religiösen Tabus steht hinter der des politischen nicht zurück. Die jüdische Religion schreibt vor, daß am Vorabend des Passah-Festes vor Sonnenuntergang alle Reinigungsriten abgeschlossen sein müssen, und erklärt ausdrücklich, daß die Berührung

eines Leichnams ebenso wie der Kontakt mit Frauen während ihrer Menstruation zu den schwersten Verstößen gegen das jüdische Reinheitsgebot gehören. Und da spielen Josef und Nikodemus aushilfsweise auch noch Totengräber! Außerdem will es der Brauch, daß sich jeder Jude vor Sonnenuntergang innerhalb der Stadtmauern Jerusalems aufhält. Weit gefehlt: Die beiden machen sich auf dem Golgota zu schaffen, um für die Beisetzung eines Staatsfeindes zu sorgen!
Ein derartiges Verhalten kann nur nachdenklich stimmen. Oder aber Skepsis wachrufen. In Wirklichkeit erklärt jedoch der eine Verstoß den andern. Josef von Arimathäa und Nikodemus wußten, daß Jesus nicht tot war. Daher erklärt sich auch die Leichtigkeit, mit der sie den Verstoß gegen ihre Religion auf sich nahmen.
Wenn man ihren Zeitplan nach Jesus' angenommenem Tod rekonstruiert, kommt man zu einem Ablauf, der möglicherweise so ausgesehen hat:

18.00: Die Wache auf dem Golgota hält Jesus für tot; Josef von Arimathäa und Nikodemus kommen zum hasmonäischen Palast und bitten Pilatus um eine Unterredung.

18.15: Sie werden vom Prokurator empfangen.

18.20: Der Prokurator schickt einen Zenturio los, um sich Gewißheit über Jesus' Tod zu verschaffen.

18.40: Der Zenturio kehrt zurück und bestätigt die Nachricht; Pilatus erteilt den Besuchern seine Genehmigung.

18.50: Josef und Nikodemus kaufen ein Leichentuch und wohlriechende Kräuter in der Stadt und brechen dann wieder, sicherlich in Begleitung von Dienern, zur Schädelstätte auf.

19.00: Sie gelangen auf dem Golgota an und machen sich daran, den Gekreuzigten von den Nägeln zu befreien. Dazu benötigen sie Leitern und Zangen und die Hilfe von drei Männern.

19.20: Jesus wird auf den Boden gelegt; wird er auch gewaschen, wie das Ritual es vorschreibt? Johannes erwähnt es nicht. Er wird auf das Leichentuch gelegt, mit Duftstoffen bedeckt.

19.40: Ein Zug trägt Jesus' Leichnam zum neuen Grab des Josef von Arimathäa.

20.10–20.30: Der Leichnam wird in das Grab gelegt, das daraufhin verschlossen wird. Josef von Arimathäa und Nikodemus kehren nach Jerusalem zurück.

Unsere beiden Retter haben kaum Zeit, ein Abendessen zu sich zu nehmen, denn ihr Werk ist noch nicht vollendet. Neben dieser äußerst wunderlichen Begebenheit fallen mindestens noch zwei weitere ins Auge. Die erste Absonderlichkeit besteht darin, daß das jüdische Gesetz verbot, am Vorabend des Passah-Festes nach Sonnenuntergang auf dem Golgota Menschen am Kreuz hängen zu lassen. Da die Gekreuzigten nicht noch lebend abgenommen werden konnten, liefert diese Vorschrift eine Erklärung dafür, daß den beiden gleichzeitig mit Jesus ans Kreuz geschlagenen Räubern die Schienbeine gebrochen wurden, um sie dann in aller Eile abnehmen und begraben zu können. Jesus aber wurden sie nicht gebrochen, wie Johannes ausdrücklich betont. Weshalb? Theoretisch, weil er womöglich schon tot war, meiner Ansicht nach, weil eine Verschwörung im Gange war. Die auf dem Golgota postierten Wachen waren sicherlich leicht zu bestechen. Steckten Josef von Arimathäa und Nikodemus ihnen Geld zu? Die Verschwörung war gewiß viel breiter angelegt, und der Gedanke ist nicht gänzlich von der Hand zu weisen, daß Pilatus' Frau Procula ebenso an ihr beteiligt war wie Maria, die Witwe des Kleophas, die aus Herodes' Haushalt stammte. Warum aber nicht auch der Prokurator selbst, der bekanntlich Jesus nicht feindlich gesinnt war?
Nach Matthäus sollen die Priester die Wachen bestochen haben, damit sie, als man das Grab leer vorfand, nicht von dem gleißenden Licht sprachen, das sie geblendet hatte, als ein Engel den runden Stein vom Grabeingang wegwälzte. Sie sollten vielmehr sagen: »Seine Jünger kamen des Nachts und stahlen ihn, dieweil wir schliefen« (28, 13). Sollten die Priester wirklich zu einer so naiven List gegriffen haben? Denn wenn die Wachen eingeschlafen waren, woher hätten sie dann wissen können, wer den Leichnam gestohlen hatte? Und wenn jene Grabschänder sie aus dem Schlaf geschreckt hätten, warum waren sie ihnen dann nicht nachgelaufen? Diese Gegengeschichte wird um so fragwürdiger, als Matthäus in Kapitel 27, 3–4 von mehreren Wachen berichtet, in Kapitel 27, 66 dagegen nur von einer.
Zwei Überlegungen möchte ich noch anfügen zum Abschluß meiner Darstellung der historischen Gegebenheiten, die ich zur Untermauerung meiner Verschwörungstheorie zu Jesus' Rettung brauchte. Die erste beschäftigt sich mit den offenkundigen, merkwürdigen und zum Teil überaus raffinierten Bemühungen, mit denen man Jesus zu

Hilfe eilte. Obwohl der Prokurator mit seiner Frau von den Christen Äthiopiens in religiöser Verehrung angebetet wurde, wird er nicht als frommer Mann dargestellt. Josephus und Philon sehen einen Rohling und Mörder in ihm, einen »von Natur aus unnachgiebigen und unerbittlich gnadenlosen« Menschen, wie Philon ihn beschreibt. Natürlich sind Josephus und Philon Juden und folglich auf römische Funktionäre nicht sonderlich gut zu sprechen. Trotzdem aber kann jene Hypothese abgelehnt werden, der zufolge in Jesus' Gegenwart plötzliche Gnade über Pontius Pilatus gekommen sei oder ihn eine derartige Bewunderung ergriffen habe, daß er versuchte, ihm den Kreuzestod zu ersparen.

Die zweite Überlegung gilt der Faszination, in deren Bann Herodes durch Jesus geriet. Sieht man einmal von den plumpen Karikaturen ab, die Herodes den Großen und seinen Sohn Herodes Antipas nicht gerade ins beste Licht rücken, muß man zugeben, daß beide doch ausgezeichnete Regenten waren. Herodes Antipas war mit Sicherheit nicht jener schwerfällige Dummkopf, als den die Evangelien ihn gerne darstellen; selbst Jesus bezeichnet ihn als »Fuchs«. Wenn er Herodias' Drängen nachgab und den Täufer enthaupten ließ, so letztendlich doch nur, weil es um seine Autorität ging. Jedenfalls erwähnen sogar die Evangelien seine Gewissensbisse über Jokanaans Hinrichtung. Er glaubte nämlich, daß Jesus, als er das erstemal von ihm hörte, der auferstandene Täufer sei, was zumindest auf ein abergläubisches, vielleicht sogar religiöses Empfinden hinweist.

Bei Jesus' Festnahme, so berichtet Lukas (23, 7), hielt Herodes sich in Jerusalem auf. Lukas behauptet, daß der Sanhedrin Druck auf Herodes ausübte, um Jesus' Verurteilung von ihm zu erzwingen. Das ist eine Erfindung, denn Herodes hatte keine rechtsprechende Macht in Jerusalem. Wenn Herodes also dem angeklagten Jesus begegnen wollte, dann nicht aus rechtlichen Gründen.

Pilatus' und Herodes' Interesse war politischer Art, beide wurden jedoch von unterschiedlichen Beweggründen geleitet. Israel war damals der Auflösung nahe; geographisch war es in fünf Provinzen unterteilt, die der Führung verschiedener Statthalter unterstanden, und gesellschaftlich war es zersplittert: Die Samariter wurden von allen anderen Juden gehaßt und umgekehrt, die Judäer verachteten die Galiläer, was ebenso auf Gegenseitigkeit beruhte, die legitimistischen Pharisäer verabscheuten alle Hasmonäer – einer von diesen, der schon erwähnte Alexander Jannai, hatte sie ein knappes Jahrhundert zuvor ans Kreuz schlagen lassen – ebenso wie die »Verräter« des Jerusalemer Klerus, mordlustige Zeloten hier, nicht weniger mordlustige Sikarier da, apokalyptische Essener nährten in der Wüste ihren Haß auf alle Welt, und alle vereinte nur die gemeinsame Aversion gegen die Nachkommen Herodes' des Großen und gegen die Römer. Angesichts dieser Zersplitterung war die Lage außerordentlich gespannt. Sowohl das Volk als auch zahlreiche Angehörige der Führungsschicht strebten nach Unabhängigkeit, Einigung und nach der Wiederherstellung ihrer nationalen Würde. Diese jedoch stand in engem Zusammenhang mit der Wiedererrichtung des davidischen Thrones, und wenngleich sie auch aus verschiedenen Gründen darauf hofften, glaubten Pilatus, Josef von Arimathäa und Herodes doch, daß Jesus als wahrer Nachkomme Davids die Führung übernehmen könne.

Pilatus erhoffte sich von Jesus die Wiederherstellung und Aufrechterhaltung des Friedens in Palästina, wie dies unter Herodes dem Großen der Fall gewesen war; als wahren König der Juden würde das Volk ihn jedoch nicht wie Herodes anfechten. Man mußte ihn dann nur noch überzeugen, Rom als Schutzmacht zu akzeptieren. Rom wäre der große Nutznießer eines von Jesus regierten Königreiches gewesen, da der ewig gärenden Unzufriedenheit ein Ende gesetzt worden wäre, einer Unzufriedenheit, die dieses für das Imperium recht unrentable Land in einen Hexenkessel verwandeln konnte.

Für Herodes stellte Jesus zunächst eine Bedrohung dar: Mit der Ankunft des Königs der Juden, des Messias, hatte das letzte Stündchen für seine Tetrarchie geschlagen. Vielleicht aber konnte er ihn dazu bringen, sich mit Judäa zu begnügen, wenn er ihm gleichzeitig noch ein, zwei andere Provinzen anbot; so hätte Herodes sich der Hypothek entledigen können, die ihm der unausstehliche Stiefneffe Herodes Agrippa I. aufgebürdet hatte.

Für Josef von Arimathäa und Nikodemus schließlich war Jesus der Befreier, der jener Zeit der Korruption, der Intrigen und Zugeständnisse des Sanhedrin ein Ende bereiten sollte.

Vermutlich waren Pilatus und Herodes von Jesus' rätselhafter Persönlichkeit enttäuscht. Trotzdem war er von der besonderen Aura eines Thronprätendenten umgeben, und sein Tod hätte nur den Interessen des beiden verhaßten Sanhedrin gedient. Es bestand kein Anlaß, dem Hohen Rat eine solche Freude zu bereiten. Man konnte ihm freilich den Gesichtsverlust und sich selbst Aufstände ersparen, aber ebensogut konnte man Jesus' Leben retten, um noch einen Trumpf in der Hand zu haben.

Und genau hier scheint es mir angebracht, auf die Grundlagen der christlichen Überlieferung zu sprechen zu kommen. Von Origenes über die zahllosen Streitereien und Auslegungen der Konzile, die Schismen und Häresien bis in die heutige Zeit scheint die gesamte christliche Kirche fest daran zu glauben, daß im Begriff des Messias eine gleichsam schon vorher existierende oder sogar rückwirkende christliche Sehnsucht Gestalt angenommen hat. Dem ist aber keineswegs so: Es handelt sich um einen ganz und gar jüdischen Begriff. Jesus verwirklichte eine spezifisch jüdische Sehnsucht, er tat es obendrein nur widerwillig, denn kein einziges Mal hat er gesagt: »Ich bin der Messias.«

Die Kirche scheint nicht nur zu glauben, daß der Begriff des Messias christlicher Herkunft ist, sondern daß er auch genau definiert ist. Auch das trifft nicht zu. Unter der aramäischen Bezeichnung Messih, die »Gesalbter« bedeutet, war ein sowohl zum König der Juden als auch zum Hohenpriester auserkorener Gottgesandter zu verstehen, ein geistlicher und weltlicher Herrscher, der die Zepter Aarons und Israels hielt. Er konnte ebenso auf den Wolken daherschweben wie als verborgener Messias schon mitten unter den Juden weilen. Jedenfalls war das Ganze eine rein jüdische Angelegenheit. In den späteren Jahrhunderten wurde die Verurteilung dieses Messias gleichsam als eine gegen die Christen gerichtete Verfolgung dargestellt, für die die Juden bis in alle Ewigkeit Verantwortung trugen. Als Katholik kann ich nicht verheimlichen, daß ich in dieser irrigen Annahme die grundlegende Wurzel für eine der heftigsten Glaubensverfolgungen aller Zeiten sehe.

Korrupt bis dorthinaus, agierte der Sanhedrin, als er Jesus verurteilte, aus hauptsächlich politischen Gründen. Seine Mitglieder wußten viel besser über die messianische Bewegung Bescheid als ein Pilatus; Leute wie Hannas und Kaiphas machten sich kaum Illusionen über folgenden Punkt: Wenn Jesus das messianische Königtum anstrebte, würde er sich auf keinen Kompromiß mit den Römern einlassen; ein

Bürgerkrieg war dann nicht mehr zu vermeiden. Die beiden Würdenträger glaubten folglich im Interesse dessen, was noch vom Volke Israels übriggeblieben war, zu handeln. Die kommenden Jahrzehnte sollten ihre Überlegungen grausam bestätigen. Als die Juden im Jahre 66 die Römer endlich aus Jerusalem vertrieben, startete Rom einen beispiellos brutalen Gegenangriff. Im Jahre 79 fiel Jerusalem nach einer erbarmungslosen Belagerung, jahrhundertelang durften die Juden nicht mehr in ihre Stadt zurückkehren, und der jüdische Staat hörte auf zu existieren. Hätte Jokanaan ben Sakkai nicht die Initiative ergriffen und von den Römern die Erlaubnis erhalten, eine jüdische Schule in Jamnia zu gründen, dann gäbe es heute vielleicht gar keine jüdische Religion mehr. Es schien mir also notwendig, sowohl die jüdischen als auch die politischen Elemente von Jesus' Lebensgeschichte herauszuarbeiten. Auch wenn dieses Buch ein Roman und keine Streitschrift ist, rechtfertigen gewisse Geschehnisse des 20. Jahrhunderts, die das Entsetzen auf die Stufe des Zeitlosen und Unvergänglichen gehoben hat, hier doch mein Anliegen, sich jene grundlegende Wahrheit ins Gedächtnis zu rufen: Mit Jesus' Verurteilung sollte ein Blutbad vermieden werden; leider war sie jedoch der Auslöser für viele andere Blutbäder vom präkolumbianischen Amerika bis Auschwitz.

Zu Beginn dieses Nachworts habe ich die strukturellen Fundamente der Religionen des Mittelmeerraums und des Orients erwähnt. Sie decken sich, zumindest teilweise, unweigerlich mit den traditionellen christlichen Grundlagen. Man bräuchte schon das Format eines Georges Dumézil, um die Vielfalt in einer vergleichenden Studie über die verschiedenen Messiasvorstellungen, von denen die antiken Kulturen um das 1. Jahrhundert entscheidend geprägt wurden, erschöpfend zu behandeln. Damals wimmelte es nur so von messianischen Helden. Dieses Buch erwähnt nur drei der berühmtesten: Dositheus, Apollonios von Tyana und Simon den Magier. Neben ihnen gab es noch viele andere, zum Beispiel jenen essenischen Meister der Gerechtigkeit, der ebenfalls hingerichtet wurde und dessen »Profil« dem des später auftauchenden Jesus verblüffend ähnelte.

Eines ist ihnen gemeinsam: Sie alle sind Gnostiker, das heißt, historisch gesehen, Erben jener Gesamtheit von Glaubenslehren asiatischen Ursprungs, die sich im 1. Jahrhundert herausbildete, als sie mit

Hellenismus und Judaismus in Berührung kam, und die man heute mit Mystizismus umschreibt. Das Wesen der Gnosis liegt in der Suche nach transzendentaler Erkenntnis durch Erleuchtung. Ganz Palästina war von der Gnosis erfüllt, was dadurch zum Ausdruck kommt, daß Jokanaans samaritische Jünger sowohl unter dem Namen Dosithäer als auch Nazarener bekannt waren (wiederum ein Beweis dafür, daß man Nazarener sein konnte, ohne irgend etwas mit Nazaret zu tun zu haben).

Auch Jesus wurde von der gnostischen Strömung erfaßt. Sein ganzes Verhalten ist gnostisch geprägt, auch seine gleichnishaften Reden zeugen davon, darunter folgende, die zu den ausdrucksvollsten seiner Gleichnisse zählt: »Euch ist's gegeben, das Geheimnis des Reiches Gottes zu wissen; denen aber draußen widerfähret es alles durch Gleichnisse, auf daß sie es (...) mit hörenden Ohren hören, und doch nicht verstehen« (Mark. 4, 11–12). Hier offenbart sich in einem Satz der Mensch, der er war: Er kümmert sich nicht darum, ob er verstanden wird, und pflegt ganz bewußt die Unklarheit, und genau dies stürzt ihn beinahe ins Verderben. Die Juden haben ihn gegen seinen Willen in die Uniform des Messias gesteckt, die ihm einfach nicht passen kann. Für die meisten seiner Anhänger, seine Jünger inbegriffen, wirkte er nicht weniger inkohärent als ein El Cid, der im Théâtre-Français womöglich Valérys »Die junge Parze« rezitieren soll. Selbst Thomas, der doch mit der gnostischen Esoterik vertraut ist, glaubt ihn verstanden zu haben und hat ihn in Wirklichkeit doch nicht verstanden. In meiner Erzählung zeigt sich Thomas, ebenso wie die anderen Jünger, entsetzt über zwei Gleichnisse, vor allem über das, in dem Jesus von Omophagie spricht. Zu deutlich klingen hier wieder Grundzüge der griechischen Religion an, einer toten Religion, der er entflieht, und vor allem das Martyrium des Dionysos, dessen Körper tatsächlich von den Bacchen gegessen wurde und dessen Blut sie tranken.

Das ist der springende Punkt, denn er erklärt, daß Jesus einem jüdischen und einem geschichtlichen Mißverständnis zum Opfer gefallen ist. Alle wollen – damals wie heute – unbedingt einen Messias aus ihm machen; kein einziges Mal erklärt er, der Messias zu sein. Er ist sich der Rolle, in die er sich drängen ließ, vollkommen bewußt, erträgt sie aber nur, um somit seinerseits das gnostische Thema vom Aufstieg

des Menschen zu Gott propagieren zu können, das ganz im Gegensatz zu der Vorstellung steht, Gott steige herab, um in Gestalt des Messias unter den Menschen zu weilen. Pilatus wird aus Verärgerung das Interesse an ihm verlieren, und der Hohepriester wird seine Kleider zerreißen. Sie verstehen Jesus nicht und glauben, er mache sich über sie lustig. Und diesem Mißverständnis hat er meiner Meinung nach wiederum zu verdanken, daß er seine Kreuzigung überlebt: Er hat noch Anhänger, die ihn nach wie vor für den Messias halten, und sei es auch nur für einen verborgenen Messias.
Welch rätselhafte Persönlichkeit ... Er taucht am Scheideweg des Mythos und des mediterranen Chiliasmus auf. Im 1. Jahrhundert sind alle großen Religionen des Orients tot, zumindest liegen sie im Sterben. Theben ist verfallen, der Mithras-Kult wird nur mehr in entlegenen Landstrichen praktiziert, von wo aus Julianus Apostata ihn im 4. Jahrhundert wieder zu verbreiten versuchte, vom Baal-Kult und der Verehrung der Kybele bleiben nur noch ein paar abergläubische Rituale für unfruchtbare Frauen. Überall triumphiert die römische Religion, von den Säulen des Herkules bis zu den äußersten Grenzen des Pontus, von der kaiserlichen Provinz Lusitanien bis hin zu den Völkern des Bosporus und Kappadokiens, und dies nicht nur dank ihrer prachtvollen Tempel, sondern auch aufgrund der entschieden von den Göttern gesegneten Annehmlichkeiten, in deren Genuß man durch die römische Verwaltung gelangte: fließendes Trinkwasser, nach Möglichkeit kalt und warm, Beton, Aufzüge, Kanalisation, nächtliche Straßenbeleuchtung in den Städten, gepflasterte Straßen, Post und sogar Zeitungen. Die alte mediterrane Welt, die jahrhundertelang in ihrer dunklen Magie vor sich hin garte, erleidet einen Schock; sie ahnt das nahende Ende eines Zeitalters. Sie erwartet Gesandte, die den Weg in die Zukunft erhellen: Die schon erwähnten messianischen Helden verbuchen einen ungeheuren Erfolg. Mit Apollonios von Tyana zum Beispiel verkehren die Könige wie mit ihresgleichen. Einen tiefgehenden Einfluß üben sie jedoch nicht aus; im Grunde sind sie eher Philosophen als Persönlichkeiten, die Faszination ausüben. In ihren Reden geben sie sich als Synkretisten zu erkennen – ein Zug, der auch Jesus anhaftet, allerdings in weit geringerem Maße –, und es fehlen ihnen folglich jegliche ethnischen Wurzeln.
Ihr Charisma reicht nicht aus, um im Menschen das natürliche Stre-

ben zum Übernatürlichen hin anzuregen. Als Simon der Magier von Jesus' Erfolg erfuhr, starb er buchstäblich vor Enttäuschung: Nachdem ihm von Jesus' Auferstehung berichtet wurde, ließ er sich ebenfalls lebendig beisetzen, was er jedoch nicht überlebte. Ungefähr hundertfünfzig Jahre vor unserer Zeitrechnung wurden die Juden schon einmal von einer solchen Angst ergriffen. Damals waren es die Essener mit ihrem Meister der Gerechtigkeit, die aufrecht blieben. Doch die übrigen Juden, einschließlich der Samariter, die doch aufs heftigste von den Juden abgelehnt wurden, erlagen ihrer Angst; die bis dahin in der Versenkung verschwundene, uralte Idee eines Messias lebte plötzlich wieder auf.

Nebenbei sei bemerkt, daß in der Welt des 1. Jahrhunderts einzig und allein die Römer nicht von jener religiösen Angst heimgesucht wurden. Für sie bestand kein Grund, an das Ende der Welt zu glauben; das Ende ihrer Welt war noch mehr als vier Jahrhunderte entfernt. Somit ist der Chiliasmus eine Angelegenheit der politisch Besiegten.

Aus jener Erwartungshaltung erwächst natürlich auch der Mythos. Der Glaube an eine handelnde Gottheit mündet unweigerlich in die Erschaffung einer außergewöhnlichen Persönlichkeit, die in der Regel halbgöttlicher Abstammung ist – in unserem Fall also eines Messias –, und in den Opferbegriff. Um die Katharsis zu schaffen und Gott zum Einschreiten zu zwingen, bedarf es eines Opfers, und wer eignet sich besser dazu als die Gestalt des Helden?

Alle Mythen entstehen auf diese Weise. Der obligatorische Held ist immer ein Mann, der Sohn eines Gottes und einer Sterblichen: Herakles, Mithras, Tammuz, Dionysos, Sinnbilder des göttlichen Samens, der die Materie erschafft und gestaltet. (Es ist gewiß kein Zufall, daß sich die Worte »Mutter« und »Materie« in allen indoeuropäischen Sprachen so ähnlich sind.) Die Frau, wie beispielsweise die Mutter Mithras', die ihn empfing, nachdem sie durch den vom Mond herabgefallenen Samen befruchtet worden war, bringt einen Helden zur Welt, der unweigerlich ein Fremder, ein allogenés, sein wird. Alle seine Wohltaten bringen ihm nichts als die Undankbarkeit der Menschen ein, wie Herakles, der trotz seiner zwölf vollbrachten Arbeiten einen qualvollen Tod erleiden muß. Er ist der Unverstandene per definitionem, und hierin finden wir ein Grundthema der Gnosis: Niemand versteht, was er sagt. Schließlich wird er hingerichtet, oder aber er stirbt in einem himmlischen Kampf. Doch er erlangt Unsterblichkeit und dient von nun an der Menschheit als ebenfalls himmliches Leuchtfeuer. Sogar bei den Ägyptern, die doch lange vor Entstehung der Mehrzahl dieser Mythen gelebt haben, taucht dieses Schema in ganz ähnlicher Form auf: Osiris wird von Seth getötet, zerstückelt, um dann – in mühsamer Arbeit durch Isis, die das dreizehnte Stück, das Geschlecht, nicht mehr finden kann – wieder zusammengesetzt zu werden, woraufhin er in den Himmel aufsteigt.

Die Essener, Jesus' mutmaßliche Lehrer, halten sich ebenfalls an diese Struktur. Sie haben ihren Messias, den Meister der Gerechtigkeit, schon gehabt und warten folglich nur noch auf das Ende der Welt. Sie verhalten sich mitten unter den Juden wie Fremde, allogénoi, und paradoxerweise verabscheuen sie die Juden sogar. Hieraus erklärt sich der vereinzelt bei den Spätgnostikern und vor allem bei den Evangelisten auftretende antisemitische Beigeschmack. Sowohl die kanonischen als auch die apokryphen Evangelien neigen dazu, von den Juden wie von Fremden zu sprechen, so als wären die Autoren der Texte selbst keine Juden. Dafür gibt es eine theologische Erklärung: Das Judentum schließt die persönliche Offenbarung aus, weil man hinter ihr den gefährlichen Einfluß der asiatischen Religionen und Ekstasen nach Drogengenuß wittert, spielen doch in den asiatischen Religionen Drogen eine bedeutende Rolle.

Ab und zu gebraucht Jesus einen Ausdruck, dessen Sinn in der christlichen Exegese praktisch verlorenging, gemeint ist der Begriff »Menschensohn«. Im Hebräischen ist er vollkommen ungebräuchlich. Doch es ist sehr unwahrscheinlich, daß Jesus während seiner Reisen Hebräisch sprach, da dies die Sprache der Gebildeten und vor allem die des Klerus war; er sprach also Aramäisch, und der Ausdruck in dieser Volkssprache stimmt nachdenklich: Bar anas heißt sowohl »Menschensohn« als auch »Sohn des Ehemanns«, was im letzten Fall soviel bedeutet wie eheliches Kind. Wenn er vom Menschensohn sprach, so geschah das immer mit großer Feierlichkeit, die in besonderem Einklang mit dem Anos-Uthra der Gnostiker zu stehen schien. Vielleicht ist der Begriff jenes »Sohnes« als vollkommenes Abbild seines Schöpfers zu verstehen, der am Ende der Zeiten wiederkehren wird. Dies wäre seine persönliche Interpretation des Messiasgedankens. Meiner Meinung nach muß man genau in diesem gnostischen

Thema nach einem der Schlüssel für seine Lehre suchen. Aber ich möchte hier keineswegs den Anschein erwecken, im Handumdrehen eine Bezeichnung abzuhandeln, in der ein so besonnener Denker wie Guignebert »das undurchsichtigste aller neutestamentlichen Probleme« sieht.

Alle diese Betrachtungen waren schwer in eine romanhafte Erzählung einzubringen. Ich habe deshalb versucht, sie so kurz wie möglich in diesem Nachwort zusammenzufassen. Auf zwei Punkte möchte ich abschließend noch näher eingehen, nämlich auf das Verhalten der Jünger und auf Jesus' Werdegang nach der Kreuzigung.

Das Verhalten der Jünger kann, offen gesagt, nur als jämmerlich bezeichnet werden. Johannes, neben Thomas offenbar der einzige Zeuge von Jesus' Lebensgeschichte, dessen Bericht uns erhalten blieb, erwähnt mit keinem Wort die Anwesenheit eines weiteren Jüngers unter dem Kreuze oder beim Begräbnis. Daß Johannes als einziger behauptet, unter dem Kreuz gestanden zu haben, was sonst in keinem anderen kanonischen oder apokryphen Evangelium erwähnt wird, erscheint mir suspekt. Noch verdächtiger wird das Ganze, wenn Johannes vorgibt, daß Maria, Jesus' Mutter, ebenfalls anwesend war, und daß Jesus zu ihr gesagt haben soll: »Mutter, hier ist dein Sohn«, wobei er auf Johannes zeigte. Johannes bestimmt sich so zu Jesus' direktem Nachfolger. Leider findet man weder bei Matthäus noch bei Markus oder Lukas die leiseste Andeutung, daß Jesus' Mutter bei der Kreuzigung zugegen war. Matthäus erwähnt Maria Magdalena, Maria, Mutter des Jakobus und des Josef (welchen Josefs?), sowie die Mutter der Söhne des Zebedäus (27, 56); bei Markus finden sich Maria Magdalena, Maria, Mutter des Jakobus und des Josef, sowie Salome (vermutlich die Enkelin der Maria, Witwe des Kleophas). Jesus' Mutter jedoch, die ja schließlich keine Randfigur darstellt, taucht auch bei ihm nicht auf (15, 40). Lukas nennt keine Namen; er spricht nur von »Frauen« (23, 49), aber ebenso wie Matthäus und Markus weist er darauf hin, daß sich jene Zuschauer »in einiger Entfernung« hielten, höchstwahrscheinlich am Tor der zweiten Stadtmauer, von wo aus man – vorausgesetzt, man hatte gute Augen – die Szene beobachten konnte. Man muß also bedauerlicherweise auf die Darstellung der drei Marien verzichten, jene Ikonographie, die der christlichen Kunst so lieb geworden ist, und erst recht auf die Pieta. Marias Abwesenheit ist übrigens verständlich angesichts der beleidigenden Abfuhren, die sie von Jesus hinnehmen mußte. Matthäus berichtet zum Beispiel (12, 48), daß Jesus, nachdem sie einmal einen Boten mit der Bitte, ihren Sohn sprechen zu dürfen, geschickt hatte, ausgerufen hat: »Wer ist meine Mutter?« Wirklich unverständlich dagegen ist die Abwesenheit der Jünger.

Über Simon Petrus' feiges Verhalten wird zur Genüge berichtet. Die Angst des alten Fischers vor der Tempelpolizei war größer als sein Verlangen nach dem Himmel, für den ihm – Ironie des Schicksals – die Schlüssel ausgehändigt wurden. Das Benehmen von Johannes allerdings, Jesus' offensichtlichem Lieblingsjünger, ist viel unverzeihlicher. Oder aber es gilt nochmals einen geheimen Schlüssel zu überdenken, den er uns in seinem Evangelium liefert (18, 15–16), wenn er von einem Jünger spricht, »der dem Hohenpriester bekannt« war und Jesus nach dessen Verhaftung noch in den Hof des Hohenpriesters folgte. »Petrus aber stand draußen vor der Tür. Da ging der andere Jünger (...) hinaus, und redete mit der Türhüterin und führte Petrus hinein.« Wer ist dieser Jünger, und warum nennt er seinen Namen nicht? Sollte es womöglich er selbst sein, da er über alle Einzelheiten so gut Bescheid weiß? Denn Johannes spricht gewöhnlich in der dritten Person von sich und flüchtet lieber in die Anonymität, wenn er selbst im Geschehen in Erscheinung tritt. Mit anderen Worten, Johannes könnte vom Hohenpriester oder einer dem Hohenpriester nahestehenden Person dazu überredet worden sein, sich nicht zu zeigen. Das Motiv für dieses abgekartete Spiel zwischen Jesus' Lieblingsjünger und seinem Todfeind Kaiphas ist noch unklar. Fest steht jedoch das nicht gerade erbauliche Ergebnis.

Thomas hatte sich bereits davongemacht, bevor das Drama seinen Lauf nahm; Judas Iskariot hatte den Verrat begangen; wo aber steckten die zehn anderen? Andreas, der Bruder des Simon Petrus? Jakobus, der Bruder des Johannes? Jakobus, Sohn des Alphäus, Thaddäus, Bartholomäus, Simon der Zelot, Judas, Sohn des Jakobus, Matthäus, Philippus, Natanael? Keiner ließ sich mehr blicken. Da sind uns aus der jüngeren Geschichte weiß Gott größere Vorbilder bekannt. Ich muß zugeben, daß ich den Jüngern nicht gerade Hochachtung entgegenbringen kann.

Und was geschah mit Jesus? Seltsamerweise blieb er einige Zeit in der

Gegend seiner Hinrichtungsstätte. Ein wenig später – und gewiß nicht schon nach den drei symbolischen Tagen, von denen in den Evangelien die Rede ist – taucht ein Mann im Garten Getsemani auf. Er begegnet dort Maria Magdalena; sie beachtet ihn nicht, da sie ihn für den Gärtner hält. Warum gerade für den Gärtner? Er spricht sie an: »Maria!« Da erkennt sie seine Stimme und schrickt zusammen. Folglich erkennt sie ihn nur an seiner Stimme. Es ist nahezu unmöglich, daß eine Frau, die einem Mann mehrere Monate lang gefolgt ist – vielleicht sogar mehr als nur das –, ihn lediglich an seiner Stimme wiedererkennt. Also muß sich seine äußere Erscheinung stark verändert haben. Warum aber sollte ein Auferstandener sein Erscheinungsbild ändern? Um der Polizei zu entkommen. Und wodurch sollte er sich verändert haben? Indem er sich den Bart abrasiert hatte. Schlachtern und Gärtnern war es in Jerusalem nicht erlaubt, sich einen Bart wachsen zu lassen.

Den Jüngern ergeht es auf dem Weg nach Emmaus ebenso. Sie begegnen einem Fremden und erkennen ihn nicht. Sie laden ihn zum Abendessen ein; er nimmt die Einladung an. Noch immer wissen sie nicht, wer er ist. Erst in dem Augenblick, als er das Brot bricht, fällt es ihnen wie Schuppen von den Augen. Diese Handbewegung! Aber natürlich ... Dieselbe Erklärung.

Was ein Mensch empfinden mußte, der am Kreuze hängend verzweifelt zu seinem himmlischen Vater aufschrie: »Warum hast Du mich verlassen!« und dessen öffentlichem Wirken, eingesponnen in ein Netz von Verrat, Mißverständnissen und Intrigen, ein Ende gesetzt wurde, wagen wir uns nicht auszumalen. Jesus hatte mit Sicherheit die nötige Seelenstärke, um das, was ein furchtbarer Mißerfolg für ihn sein mußte, zu verkraften. Er hatte versucht, seinem Volk den Weg zu einem Gott zu zeigen, der nicht nur jene rächende und strenge Macht war, als den ihn die Überlieferung in den Schriften darzustellen pflegte. Dazu mußte das komplexe, unüberwindbare Hindernis von Riten, Vorschriften und Verboten – das sich noch heute andeutungsweise in den 637 Geboten des Talmud widerspiegelt – aus dem Weg geräumt werden, jenes Hindernis, das der Klerus um so eifersüchtiger aufrechtzuerhalten suchte, als seine Macht darauf gegründet war. In all den Jahren seines öffentlichen Wirkens zeigte Jesus offen seinen Unmut über die rituellen Vorschriften, was die Pharisäer ihm auch ständig zum Vorwurf machten. Am Sabbat brachte er die Weizenernte ein, und seine Jünger wuschen sich vor dem Essen nicht die Hände. Das grenzte fast schon an Ketzerei. Ich persönlich vermute, daß ihn neben der Hoffnungslosigkeit, die die Essener zur Doktrin erhoben hatten – und die seinem erwartungsvollen Eroberungsdrang überhaupt nicht entsprach –, vor allem die Unmenge von Riten, mit denen man ihn in Qumran überschüttete, zum Verlassen des Klosters bewegten. Konnte sich Gott denn wirklich einem Bruder der Gemeinschaft verweigern, der am Sabbat zum Beispiel dringend Wasser lassen mußte? Mußte man, um zu Gott zu gelangen, wirklich durch all diese lächerlichen Regeln organisierter Gottesverwaltung hindurch? Jesus, dessen Aufbegehren in mehr als einer Hinsicht an Luthers Kampf gegen den Ablaßhandel erinnert, war also mit dem Klerus aneinandergeraten. Und schließlich sah er sich auch mit einer politischen Lage konfrontiert, in der hinter jeglichem Versprechen von religiöser Befreiung die Gefahr eines weltlichen Aufstands lauerte. Aber wie bitter das Scheitern auch gewesen sein mochte, dahinter schimmerte doch eine Lehre durch, die auf eine unumschränkte Öffnung des Wesens zum Göttlichen und zu den Mitmenschen hin gegründet war. Das geht zumindest aus den Niederschriften von Johannes, Matthäus und Thomas hervor, den drei einzigen Evangelisten, die diese Lehre vernommen und nach ihrem Verständnis schriftlich festgehalten haben. Der Mensch Jesus aber war ein Rebell. Seine schier unermeßliche Großmut verschmolz in seinem Innersten mit dem Drang nach Rebellion.

Bevor ich schließe, möchte ich noch auf eine Schule verweisen, in der sich die Fäden der Exegese, der historischen Analyse und der Philologie begegnen, eine Schule freilich, die Jesus' historische Existenz leugnet. Die von ihr angeführten Gründe sind gewiß »interessant«. Es gibt keine anderen Beweise für diese Existenz als die von Jesus' eigenen Jüngern erbrachten, ein Sachverhalt, der verständlicherweise Mißtrauen erwecken kann. Die einzigen beiden zeitgenössischen Andeutungen auf Jesus' Existenz, die nicht das Werk von Eiferern sind, die berühmten Hinweise von Josephus Flavius und Tacitus, erscheinen verdächtig. Es ist gut möglich, daß übereifrige Kopisten sie im nachhinein hinzugedichtet haben. Diese skeptische Schule geht mit Bernard Dubourg* sogar so weit zu behaupten, Jesus' Existenz sei das

* L'Invention de Jésus, Bd. I., Gallimard, Paris 1987.

Produkt eines Mißverständnisses, an dem jene Übersetzer schuld seien, die die hebräische Originalfassung der Evangelien ins Griechische übertragen haben. Diese Übersetzer, denen das numerische Deutungssystem der Kabbala völlig fremd war, hätten einiges durcheinandergebracht und Symbole für Tatsachen gehalten.

Natürlich wimmelt es in den Evangelien von Unstimmigkeiten und Sinnwidrigkeiten. Sie gleichen einem verlorengegangenen Text, den wir uns nur noch in ungefähr vorstellen können. Schon in jungen Jahren habe ich mich darüber entrüstet, daß die Kirche auf einem nur in romanischen Sprachen verständlichen Wortspiel begründet sein soll*. Es steht jedoch fest, daß die Evangelien, auch wenn sie offensichtliche Mängel enthalten, eine Geschichte erzählen und daß diese Geschichte, was immer die Skeptiker von ihr halten mögen, plausibel ist und sich erstaunlich gut in die historische Realität Palästinas im 1. Jahrhundert einfügt. Daran kann auch die Philologie nicht rütteln. Da ist ein Mensch, und sowohl sein Charakter als auch seine Geschichte stehen den Theologien und der Philologie in ungebrochener Widerständigkeit gegenüber; das macht ihn aber gerade so faszinierend.

»Sie behaupten, daß er nicht am Kreuz gestorben ist. Ja, was ist denn dann aus ihm geworden?« wird man mich nach der Lektüre dieses Buches fragen. Man sollte hierzu wissen, daß Jesus nach der Leidensgeschichte noch Spuren seiner Reisen hinterließ. Emmaus, der Ort, in dem ihn einige Jünger und andere Leute zum erstenmal wiedersahen, liegt auf dem Weg nach Joppe, einer Hafenstadt. Wahrscheinlich schiffte sich Jesus nach dem Ausland ein. Wohin er wohl reiste? Vielleicht nach Asien.

Paris, 1987

* »Du bist Petrus (= der Fels), und auf diesen Felsen werde ich meine Kirche bauen.« (Anm. d. Ü.).

Karten

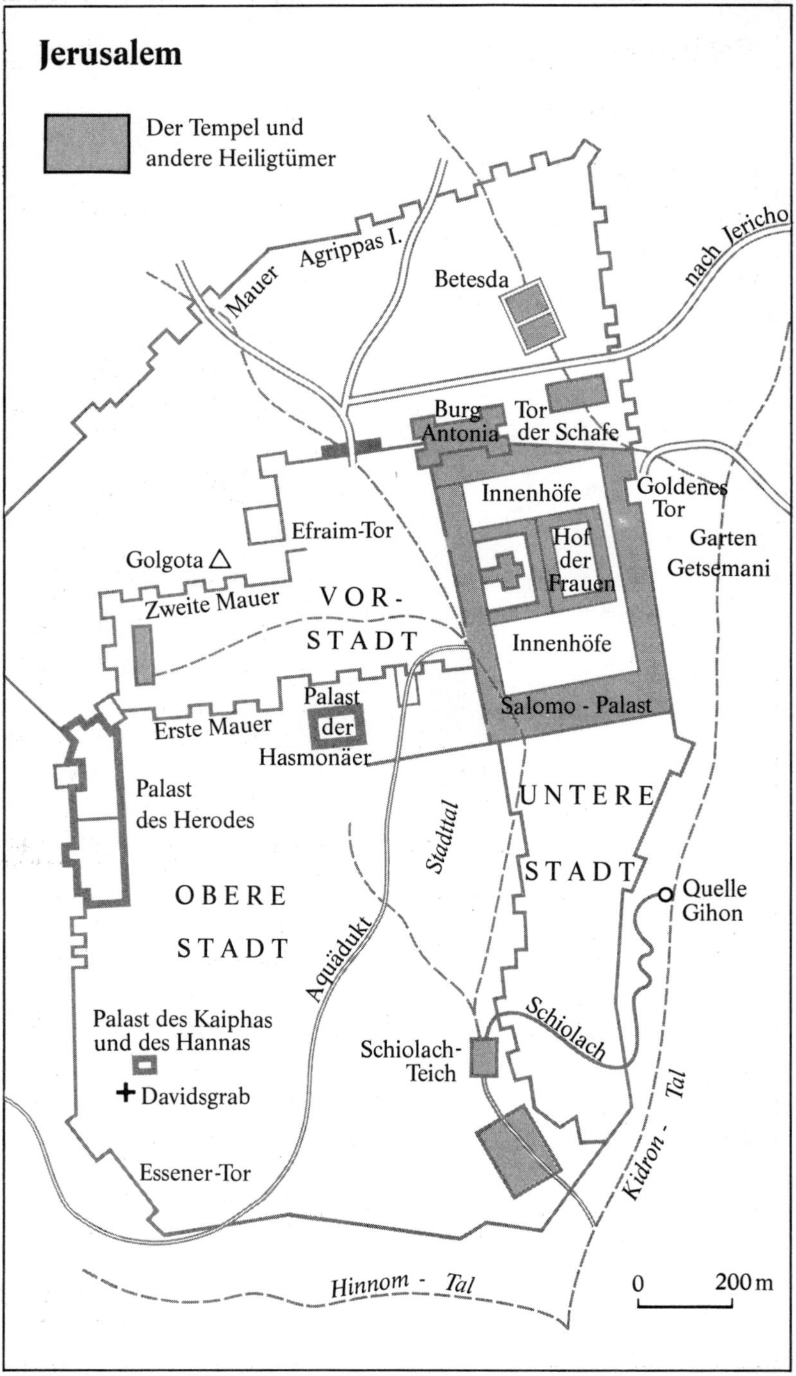
Jerusalem
Der Tempel und
andere Heiligtümer
Mauer Agrippas I.
nach Jericho
Betesda
Burg
Antonia
Tor
der Schafe
Goldenes
Tor
Innenhöfe
Efraim-Tor
Hof
der
Frauen
Garten
Getsemani
Golgota
Zweite Mauer
VOR-
STADT
Innenhöfe
Salomo - Palast
Palast
der
Hasmonäer
Erste Mauer
Palast
des Herodes
UNTERE
STADT
Stadttal
Quelle
Gihon
OBERE
STADT
Aquädukt
Schiolach
Palast des Kaiphas
und des Hannas
Schiolach-
Teich
Davidsgrab
Kidron - Tal
Essener-Tor
Hinnom - Tal
0
200 m

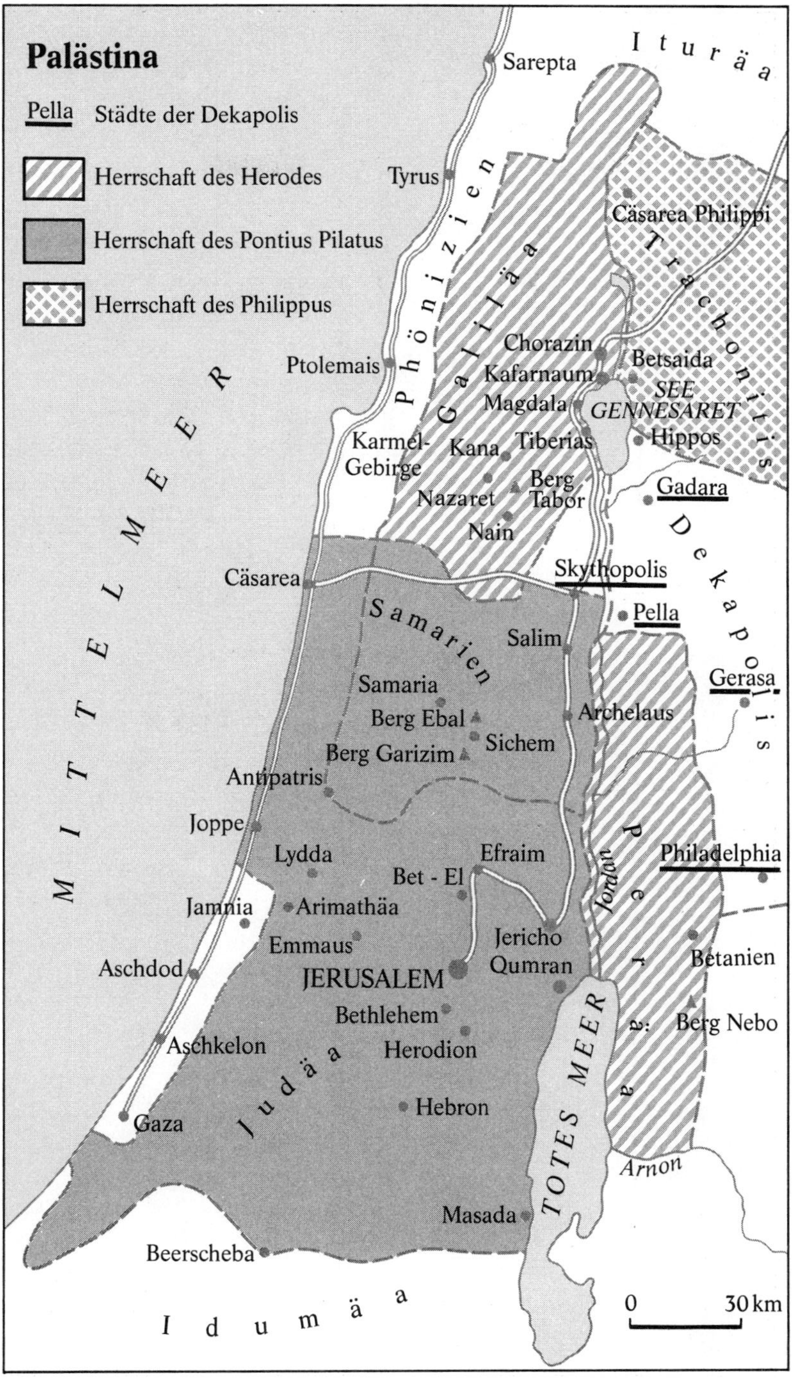
Palästina
Pella Städte der Dekapolis
Herrschaft des Herodes
Herrschaft des Pontius Pilatus
Herrschaft des Philippus
Ituräa
Sarepta
Tyrus
Phönizien
Galiläa
Cäsarea Philippi
Trachonitis
Ptolemais
Chorazin
Betsaida
Kafarnaum
Magdala
SEE GENNESARET
Hippos
Karmel-Gebirge
Kana
Tiberias
Berg Tabor
Nazaret
Nain
Gadara
MITTELMEER
Dekapolis
Cäsarea
Skythopolis
Pella
Samarien
Salim
Samaria
Gerasa
Berg Ebal
Archelaus
Sichem
Berg Garizim
Antipatris
Joppe
Lydda
Efraim
Philadelphia
Bet - El
Jordan
Peräa
Jamnia
Arimathäa
Emmaus
Jericho
Qumran
Betanien
Aschdod
JERUSALEM
Bethlehem
Berg Nebo
Aschkelon
Herodion
Judäa
TOTES MEER
Hebron
Gaza
Arnon
Masada
Beerscheba
Idumäa
0 30 km

Inhalt